商務
袖珍英漢詞典

修訂版

尹元耀　史津海　陳榮烈　編

商務印書館

責任編輯	黃稔茵　黃家麗　魏智恆
裝幀設計	麥梓淇
繪　圖	楊志強
排　版	高向明
印　務	龍寶祺

商務袖珍英漢詞典（修訂版）

編　者	尹元耀　史津海　陳榮烈
出　版	商務印書館（香港）有限公司
	香港筲箕灣耀興道 3 號東滙廣場 8 樓
	http://www.commercialpress.com.hk
發　行	香港聯合書刊物流有限公司
	香港新界荃灣德士古道 220 - 248 號荃灣工業中心 16 樓
印　刷	中華商務彩色印刷有限公司
	香港新界大埔汀麗路 36 號中華商務印刷大廈 14 樓
版　次	2023 年 2 月修訂版第 1 版第 1 次印刷
	© 1999 商務印書館（香港）有限公司
	ISBN 978 962 07 0419 2
	Printed in Hong Kong

出 版 説 明

　　掌握常用英語詞彙是學好英語的基本要素,《商務袖珍英漢詞典 (修訂版)》的出版目的,是為讀者提供一個隨身英語小詞庫,有助隨時隨地解決英語詞彙的拼寫、讀音及釋義等問題。

　　本書在 1999 年首次出版,一直廣受學生、老師及成年自修者歡迎,為使本書與時並進,是次修訂增加不少新詞條,當中包括派生詞、複合詞、短語動詞、慣用搭配及成語等。例如新增 put something on the back burner (暫時擱置)、a drop in the ocean (杯水車薪) 等,全是常用詞語,也包括近年出現的新詞新義,如 paracetamol (撲熱息痛)。

　　本詞典共收錄超過 41,000 詞條,拼寫、讀音及釋義等信息簡單清晰,有助讀者容易掌握;並設有多個實用目錄,為讀者正確使用英語提供指引。無論在學校、辦公室或家裏,有了這本小巧輕便的詞典,就可隨時查閱似懂非懂或者是完全陌生的英語詞彙。

　　只要您希望增加詞彙量,提高英語表達能力,這本小書對您一定有用。如果不能將浩如煙海的英語詞彙記在腦袋裏,不妨將它們放在口袋裏隨時備用。

商務印書館 (香港) 有限公司編輯部

鳴　謝

本辭典承蒙盧思源教授及路修先生仔細審閱，質量提高不少，謹此向兩位表示萬二分謝意。

商務印書館（香港）有限公司

iii

目　錄

v

凡　例

詞　目

1. 詞條按英文字母順序排列。

2. 詞條主要內容：詞目、國際音標、詞性、中文釋義。

3. 詞條內的詞目排列次序：1) 主詞目 2) 派生詞 3) 複合詞 4) 慣用語。例如：1) salt 2) salted 3) salt-junk 4) worth one's salt

4. 詞目的排序除以上第三點所指以外，短語動詞 (phrasal verb) 也附於主詞目後，按英文字母排序。

5. 拼法、發音相同，但詞源不同的單詞，另立條目。例如：bay¹ (海灣)；bay² (月桂樹)；bay³ (車庫)；bay⁴ (赤褐色的)。

6. 派生詞與複合詞一般不另立條目，只將詞尾變化部份列出。例如：brave 詞條下的 ~ly (即 bravely)；但與詞根在拼寫上不能銜接時，則列出全拼寫。例如：benefit 下的 beneficial。

拼　法

1. 詞目可省略部份可用括號括起來。例如：ca(u)ldron。

2. 詞目如有兩種不同拼法，則兩者以逗號「,」分隔，後者只列出差異部份，相同部份以「-」代替。例如：collectable, -tible。

3. 因詞性或釋義不同而讀音有別時，會分別標出讀音。例如：contract *n.* /ˈkɒntrækt/ *v.* /kənˈtrækt/

詞　性

1. 詞性以斜體標在詞目之後，可參閱「略語表」。

釋　義

1. 以序號 ① ② ③ 等分開同一詞條下的不同義項。
2. 圓括號「( )」用於習慣搭配、釋義等方面的補充說明。
3. 方括號「[ ]」用於有關語體、語域、語種等方面的略語，以及加註某些釋義、用法等方面的詞形變化、詞源說明等。
4. 魚尾括號「【 】」用於有關專科方面的略語。
5. 代字號「~」用於例證及慣用語中，代表省略的詞。
6. 連字號「-」用於連接可選擇連寫的複合詞。
7. 等號「=」用於表示釋義相同，但拼法或詞源不同的單詞。

略語表

以下為本詞典所用的略語：

(一) 詞性略語

abbr. abbreviation 縮寫

adj. adjective 形容詞

adv. adverb 副詞

art. article 冠詞

conj. conjunction 連接詞

fem. feminine 陰性

int. interjection 感歎詞

n. noun 名詞

num. numeral 數詞

pl. plural 複數

pref. prefix 前綴

prep. preposition 介詞

pro. pronoun 代詞

sing. singular 單數

suf. suffix 後綴

v. verb 動詞

v. aux. verb auxiliary 助動詞

vi. verb intransitive 不及物動詞

vt. verb transitive 及物動詞

&/and 和

(二) 語種略語

[口] 口語

[方] 方言

[古] 古詞，古義

[忌] 禁忌

[罕] 罕用

[昵] 親昵

[兒] 兒語

[俚] 俚語

[書] 書面語

[貶] 貶義

[粗] 粗俗

[喻] 比喻

[婉] 委婉

[詩] 詩歌用語

[學] 學生用語

[諺] 諺語

[諷] 諷刺

[謔] 戲謔

[舊] 舊時用語

[廢] 廢詞，廢義

[日] 日語

[西] 西班牙語

[英] 英國特有用語

[拉] 拉丁語

[法] 法語

[俄] 俄語

[美] 美國特有用語，美式讀音

[意] 意大利語

[德] 德語

(三) 專科略語

【心】心理學

【天】天文學

【化】化學

【古生】古生物學

【史】歷史 (學)

【生】生物 (學)

【印】印刷術

【桌】桌球

【地】地理學，地質學

【交】交通運輸

【技】一般科技

【足】足球

【希神】希臘神話

【冶】冶金技術

【社】社會學

【板】板球

【昆】昆蟲 (學)

【牧】畜牧

【物】物理學

【股】股票及證券 (交易)

【宗】宗教

【空】航空，航天

【軍】軍事 (學)

【食】食品 (工業)

【律】法律

【建】建築，土木工程

【計】電腦技術

【音】音樂

【核】核物理學

【哲】哲學

【氣】氣象學

【海】航海

【紡】紡織染整

【紙】造紙，紙張

【動】動物 (學)

【鳥】鳥類 (學)

【船】船舶，造船

【魚】魚類 (學)

【商】商業，貿易

【烹】烹飪

【棒】棒球

【棋】棋類

【植】植物 (學)

【畫】繪畫

【晶】晶體 (學)

【無】無線電技術

【測】測繪

【統】統計學

【電】電學

【農】農業

【牌】牌戲

【微】微生物 (學)

【解】解剖學

【經】經濟，財政

【漁】漁業

【語】語言學

【網】網球

【數】數學

【機】機械 (工程)

【雕】雕塑

【戲】戲劇

【縫】縫紉，編結

【醫】醫學

【獵】狩獵

【藥】藥物 (學)

【羅神】羅馬神話

【礦】礦物 (學)

【攝】攝影技術

【鐵】鐵路

【邏】邏輯學

【體】體育

註：部份專科略語近乎全寫，如【考古】和【生理】等，意義明顯，不再列入。

發音指南

本詞典採用 IPA 國際音標。/ˈ/ 表示主重音。/ˌ/ 表示次重音。

Vowels 元音

iː	seem /siːm/
ɪ	fit /fɪt/
ɛ	bet /bɛt/
æ	act /ækt/
ɑ	farm /fɑːm/
ɒ	top /tɒp/
ɔː	fall /fɔːl/
ʊ	hook /hʊk/
uː	zoo /zuː/
ʌ	cup /kʌp/
ɜː	gird /ɡɜːd/
ə	about /əˈbaʊt/

Diphthongs 雙元音

eɪ	pay /peɪ/
əʊ	logo /ˈləʊɡəʊ/
aɪ	life /laɪf/
aʊ	cow /kaʊ/
ɔɪ	toy /tɔɪ/
ɪə	ear /ɪə/
ɛə	air /ɛə/
ʊə	our /aʊə/

Consonants 輔音

p	piece /piːs/
b	ball /bɔːl/
t	tab /tæb/
d	dig /dɪɡ/
k	comic /ˈkɒmɪk/
ɡ	gift /ɡɪft/
tʃ	chat /tʃæt/
dʒ	jog /dʒɒɡ/
f	fan /fæn/
v	van /væn/
θ	thick /θɪk/
ð	that /ðæt/
s	say /seɪ/
z	zoom /zuːm/
ʃ	shift /ʃɪft/
ʒ	leisure /ˈlɛʒə/
h	he /hiː/
m	me /miː/
n	no /nəʊ/
ᵊn	hidden /ˈhɪdᵊn/
ŋ	spring /sprɪŋ/
l	lift /lɪft/
ᵊl	handle /ˈhændᵊl/
r	ray /reɪ/
j	yet /jɛt/
w	walk /wɔːk/

A

A, a /eɪ/ (*pl.* A's, a's /eɪz/) // A1 (= A one) 頭等的; 極好的, 一流的.

a /eɪ, 弱ə/ , **~n** /強 æn, 弱 ən/ *det.* ① 一, 一個 ② 任何一個; 某一個 ③ 相同的; 同一的 ④ 一種; 一類(~一般用於以輔音音素開始的詞前; ~n 則用於以元音音素開頭的詞前).

a- *pref.* [前綴] 表示 on, to, in, into, of, not, out 等.

AA /eɪ eɪ/ *abbr.* ① = Alcoholics Anonymous [美]戒酒無名協會 ② = Automobile Association [美] 汽車駕駛協會.

AAA /eɪ eɪ eɪ/ *abbr.* (亦作 triple A) /ˈtrɪpˈl eɪ/ *n. abbr.* = anti-aircraft artillery 高射炮.

aardvark /ˈɑːdˌvɑːk/ *n.* 南非一種長腿長鼻的食蟻獸.

abaca, -aka /ˈæbəkɑː/ *n.* 馬尼拉麻.

aback /əˈbæk/ *adv.* 向後 // **be taken ~** 嚇了一大跳.

abacus /ˈæbəkəs/ *n.* (*pl.* **-ci** /-ˌsaɪ/, **-cuses**) 算盤.

abaft /əˈbɑːft/ *adv. & prep.* 在船尾; 向船尾; 在 … 後.

abalone /ˌæbəˈləʊnɪ/ *n.*【動】鮑魚.

abandon /əˈbændən/ *vt.* ① 放棄; 拋棄; 遺棄 ② 戒絕 ③ 聽任 *n.* 放肆; 任性; 縱情 **~ed** *adj.* ① 放縱的; 任性的 ② 放蕩的; 不道德的 **~ment** *n.*

abase /əˈbeɪs/ *vt.* ① 降低; 貶低 ② 使卑下; 使屈辱 **~ment** *n.* 失

意; 屈辱; 敗落.

abash /əˈbæʃ/ *vt.* 使 … 羞愧; 使 … 臉紅 **~ed** *adj.* 羞愧的; 侷促不安的 **~ment** *n.*

abate /əˈbeɪt/ *v.* ① 減少; 減輕 ② 消除; 作廢 **~ment** *n.*

abbess /ˈæbɪs/ *n.* 女修道院院長.

abbey /ˈæbɪ/ *n.* 修道院, 寺院.

abbot /ˈæbət/ *n.* 男修道院院長.

abbr., abbrev. *abbr.* = abbreviation 縮寫詞; 縮寫式.

abbreviate /əˈbriːvɪˌeɪt/ *vt.* 省略; 縮短 abbreviation /əˌbriːvɪˈeɪʃən/ ① 略語, 縮寫 ② 省略 ③【數】約分.

ABC /eɪ biː siː/ *n.* ① 初步; 入門 ② 火車時刻表.

abdicate /ˈæbdɪˌkeɪt/ *v.* ① 棄(權) ② 退(位); 辭(職) ③【律】廢嫡 abdication *n.*

abdomen /ˈæbdəmən, æbˈdəʊ-/ *n.* 腹; 腹部 abdominal *adj.*

abduct /æbˈdʌkt/ *v.* 誘拐, 拐走 **-ion** *n.* **~or** *n.* 拐子.

abeam /əˈbiːm/ *adv.*【空】正橫(與船的龍骨或飛機機身成直角).

abele /əˈbiːl, ˈeɪbˈl/ *n.*【植】銀白楊.

abelmosk /ˈeɪbˈlˌmɒsk/ *n.*【植】麝香樹; 黃葵.

aberrant /æˈberənt/ *adj.* 越軌的;【醫】失常的, 異常的.

aberration /ˌæbəˈreɪʃən/ *n.* 越軌;【醫】失常;【生】畸變, 變形.

abet /əˈbet/ *vt.* 唆使, 慫恿 **~ter** *n.*

教唆者; 煽動者 ~tor n.【律】教唆犯 // ~aid and ~【律】教唆, 煽動.

abeyance /ə'beɪəns/ or **abeyancy** /ə'beɪənsɪ/ n. 中止, 暫擱 // in ~ (規定等)處於中止狀態.

abhor /əb'hɔː/ vt. 憎惡; 厭棄 ~rence n. ① 厭惡; 痛恨 ② 極討厭的人(或物) ~rent adj. ① 可惡的, 討厭的 ② 不相容的.

abide /ə'baɪd/ v. (過去式 ~d, abode 過去分詞 ~d, abode) ① 住在 ② (+ by) 遵守 ③ 等候 ④ 忍受 **abiding** adj. 持久的; 不變的.

ability /ə'bɪlɪtɪ/ n. 能力; 本事; 才能.

abiosis /ˌeɪbaɪ'əʊsɪs/ n.【醫】生活力缺失; 無生命狀態 **abiotic** adj. 無生命的.

abject /'æbdʒekt/ adj. ① 落魄的; 悲慘的 ② 卑鄙的 ~ion n. ① 落魄 ② 卑劣.

abjure /əb'dʒʊə/ vt. 發誓斷絕; 公開宣佈放棄 **abjuration** n. 誓絕; 公開放棄.

ablactation /ˌæblæk'teɪʃən/ n. 斷奶.

A-blast /eɪ blɑːst/ n. 原子彈爆炸.

ablaze /ə'bleɪz/ adv. & adj. ① 燃燒, 着火的 ② 閃耀 ③ 激動.

able /'eɪb'l/ adj. 有才能的, 能幹的 **ably** adv. ① 能幹地 ② 巧妙地 ③ 適宜地 ~**d** adj. 體格健全的(相對於 **dis-~d** 而言) ~-**bodied** adj. 強壯的 ~-**minded** adj. 能幹的.

abloom /ə'bluːm/ adv. & adj. 開着花.

ablution /ə'bluːʃən/ n. 洗淨; 沐浴 **abluent** adj. & n. 洗滌的; 洗滌劑 n.

ABM /eɪ biː ɛm/ abbr. = antiballistic missile 反彈道導彈.

abnegate /'æbnɪˌgeɪt/ vt. ① 拒絕; 放棄 ② 克制 **abnegation** n.

abnormal /æb'nɔːməl/ adj. 反常的, 變態的; 不規則的 ~**ly** adv. ~**ity** n. 反常; 變態; 變體; 畸形; 反常事物.

aboard /ə'bɔːd/ adv. & prep. 在船(或車、飛機)上; 上船; 登機.

abode /ə'bəʊd/ n. 住宅; 住處.

abolish /ə'bɒlɪʃ/ vt. 取消; 廢除 **abolition** n. **abolitionism** n. 奴隸制度(或死刑)廢除論 **abolitionist** n. 奴隸制廢除論者.

A-bomb /eɪ bɒm/ n. = atom bomb, atomic bomb 原子彈.

abominable /ə'bɒmɪnəb'l/ adj. 討厭的; 可惡的 // **A-Snowman** (喜馬拉雅山的)雪人.

abominate /ə'bɒmɪˌneɪt/ vt. 厭惡; 憎恨 **abomination** n. ① 厭惡; 憎恨 ② 令人厭惡(或憎恨)的事物(或行為).

aboriginal /ˌæbə'rɪdʒɪn'l/ adj. 原生的; 土著的 n. ① 土生動(植)物; 土著居民 ② (A-)澳洲的土著居民.

aborigine /ˌæbə'rɪdʒɪnɪ/ n. 土著居民; (A-)澳洲土人.

abort /ə'bɔːt/ vt. 流產, 墮胎; 夭折; 失敗 ~**icide** /ə'bɔːtɪˌsaɪd/ n. 墮胎藥 ~**ive** adj. 流產的; 夭折的;【藥】墮胎的.

abortion /ə'bɔːʃən/ n. ① 流產, 墮胎 ② 夭折; 失敗 ~**ist** n. 為人墮

胎者 // ~ **pill** 墮胎藥.

abound /əˈbaʊnd/ vi. ① 豐富, 大量存在 ② 充滿.

about /əˈbaʊt/ adv. & prep. ① 周圍 ② 倒轉 ③ 附近 ④ 大約 ⑤ 關於 ⑥ (疾病)流行 ⑦ 傳開 **~-turn** n. (= [美])流行 **~-face**)① 向後轉(操練動作)②(立場、觀點等的)徹底改變 // **be ~ to** (+ 不定式) 即將 **how ~...? What ~...?** (用於徵求意見或詢問消息)(你)… 怎麼樣?.

above /əˈbʌv/ adv. & prep. ① 在上面 ② 超過 ③ 以上 ④ 高於 ⑤ 上述 **~-board** adv. & adj. 光明正大(地); 公開(地) **~-ground** adv. & adj. 在地上; 活着(的) **~-mentioned** adj. 上述的 **~-norm** adj. 定額以上的 // **all ~** 尤其是; 最重要的是.

abracadabra /ˌæbrəkəˈdæbrə/ n. (尤指魔術師表演時所說的)咒語; 符籙.

abrade /əˈbreɪd/ vt. ① 擦掉; 擦傷 ② 磨損 abrasion n. 擦傷處 abrasive adj. ① 有磨損作用的 ② 傷人感情的 n. 磨料; 金鋼砂.

abreast /əˈbrɛst/ adv. 並列; 並肩 // **be / keep ~ of** 和 … 並列; (使)不落後於.

abridge /əˈbrɪdʒ/ vt. 摘要; 節略 **~ment** n. = abridgment.

abroad /əˈbrɔːd/ adv. ① 在國外; 到國外 ② 到處(傳開).

abrogate /ˈæbrəʊˌɡeɪt/ vt. 取消, 廢除 abrogation n.

abrupt /əˈbrʌpt/ adj. ① 突然的 ② 粗暴的 ③ 陡峭的 **~ness** n.

abscess /ˈæbsɛs, -sɪs/ n. 膿腫; 潰瘍.

abscission /æbˈsɪʒən, -ˈsɪʃ-/ n. 切除.

abscond /əbˈskɒnd/ vi. 逃亡, 潛逃.

abseil /ˈæbseɪl/ vi. & n. 緣繩而下.

absence /ˈæbsəns/ n. ① 不在, 缺席 ② 沒有; 缺少 // **~ of mind** 心不在焉.

absent /ˈæbsənt, æbˈsɛnt/ adj. ① 缺席的 ② 不在意的; 恍惚的 ③ 缺乏的 **~ee** n. 不在者 **~eeism** /ˌæbsənˈtiːɪzəm/ adj. n. 經常曠工, 曠課 **~-minded** adj. 心不在焉的.

absinth(e) /ˈæbsɪnθ/ n. 苦艾酒(一種由苦艾和芳香植物調製的含酒精飲料).

absolute /ˈæbsəˌluːt/ adj. ① 絕對的; 完全的 ② 無條件的 ③ 專制的 ④ 確實的 **~ly** adv. 完全地; 當然地.

absolution /ˌæbsəˈluːʃən/ n. 赦免, 解除.

absolve /əbˈzɒlv/ vt. ① 赦免; 寬恕 ② 解除; 免除.

absorb /əbˈsɔːb, -ˈzɔːb/ vt. ① 吸收 ② 吞併 ③ (使)專心 **~ed** adj. 專心的 **~ent** n. 【醫】吸收劑 adj. 吸收的 **~ing** adj. 非常吸引人的 absorption n. 吸收; 專心.

abstain /əbˈsteɪn/ vi. ① 戒除(煙、酒等) ② 棄權(投票) abstention n.

abstemious /əbˈstiːmɪəs/ adj. 有節制的; 飲食有度的.

abstinence /ˈæbstɪnəns/ n. 禁慾; 戒酒; 節制; 節制 abstinent adj.

abstract /ˈæbstrækt/ adj. ① 抽象的; 理論上的 ② 難解的 ③ [美]

抽象派的 n. ① 摘要 ② 抽象 ③【化】提出物 /æb'strækt/ vt. ① 抽取 ② 摘要 ③【化】提出 ~ed adj. ① 分心的; 出神的 ② 抽出了的.

abstraction /æb'strækʃən/ n. 抽象 ② 提取 ③ 出神 ~ism n. [美] 抽象派.

abstruse /əb'struːs/ adj. 深奧的; 難解的; 奧妙的.

absurd /əb'sɜːd/ adj. 不合理的; 荒謬的; 荒唐可笑的 ~ity n. 荒謬; 謬論; 荒唐事.

abundance /ə'bʌndəns/ or **abundancy** /ə'bʌndənsɪ/ n. 豐富; 富裕 **abundant** adj.

abuse /ə'bjuːz/ vt. ① 濫用; 妄用 ② 辱罵; 虐待 /ə'bjuːs/ n. ① 濫用; 虐待 ② 辱罵 ③ 弊端; 陋習 **abusive** adj.

abut /ə'bʌt/ v. 鄰接, 毗連, 緊靠 ~ment n. 橋墩; 拱座.

abuzz /ə'bʌz/ adj. 嗡嗡叫的; 嘈雜的; 活躍的, 熱鬧的.

abysmal /ə'bɪzməl/ adj. ① 無底的; 極端的 ② 非常壞的.

abyss /ə'bɪs/ n. 深淵; 無底洞.

AC /eɪ siː/ abbr. = alternating current 交流電注 DC abbr. = direct current 直流電.

a/c /eɪ siː/ abbr. = account (current) (往來或活期)存款賬戶.

acacia /ə'keɪʃə/ n. 阿拉伯樹膠.

academy /ə'kædəmɪ/ n. 學會; 學院 **academic(al)** /ækə'demɪk(əl)/ n. 學會的; 學術的 n. 大學教師 **academician** n. 學會會員; 院士 // **Academy Award** 美國電影

藝術科學院頒發的年度獎(即奧斯卡金像獎) **academic year** 學年.

ACAS /'eɪkæs/ abbr. = Advisory Conciliation and Arbitration Service [英](解決勞資糾紛的)諮詢、調解及仲裁服務部.

accede /æk'siːd/ vi. ① 同意; 應允 ② 就職 ③ 正式參加.

accelerate /æk'seləˌreɪt/ vt. 加速; 促進 **acceleration** n. 加快速度 **accelerator** n. 加速器; 加速劑.

accent /'æksənt/ n. ① 重音 ② 口音; 腔調 /æk'sent/ vt. 重讀; 強調; 加重音符號.

accentuate /æk'sentʃʊˌeɪt/ vt. 重讀; 強調 **accentuation** n.

accept /ək'sept/ vt. ① 接受; 認可 ②【商】承兌 ~ance. ~ed adj. 公認的, 認可的.

acceptable /ək'septəb'l/ adj. ① 可接受的 ② 合意的; 受人歡迎的 **acceptability** n.

access[1] /'ækses/ n. ① 接近 ② 通路, 門路 ~ible adj. 可接近的 ~ion n. ① 接近 ② 就職; 登基 ③ 增加(物), (尤指)新增的圖書, 收藏 // **gain ~ to (sb / sth)** 被允許與某人談話; 被允許使用某物.

access[2] /'ækses/ n.【計】存取時間(亦作 ~ **time**) v.【計】存取電腦檔案.

accessory /ək'sesərɪ/ adj. ① 附屬的 ② 同謀的 n. ① 附件; 零件 ② 從犯, 幫兇(不作 **accessary**) // **~ before / after the fact** 事前 / 後從犯, 幫兇.

accident /'æksɪdənt/ n. ① 事故;

意外 ② 橫禍 ③【地】起伏 ~al
adj. 偶然的; 意外的【音】臨
時符 --prone adj. (指人)常出事
故的 // ~ emergency room (略
作 A&E)(=[美]emergency room)
[英]急症室 by ~ 意外地; 偶然
地.

acclaim /ə'kleɪm/ v. 歡呼; 喝
采 acclamation n. ① 歡呼; 喝
采 ② 鼓掌, 歡呼表示通過
acclamatory adj.

acclimate /ə'klaɪmeɪt, 'æklɪˌmeɪt/ v.
= acclimatize; acclimation n. =
acclimatization.

acclimatize, -se /ə'klaɪməˌtaɪz/ or
acclimate /ə'klaɪmeɪt, 'æklɪˌmeɪt/
v. (使)服水土; (使)適應新環境
acclimatization n.

acclivity /ə'klɪvɪtɪ/ n. 斜坡; 上斜.

accolade /'ækəˌleɪd, ˌækə'leɪd/ n. 獎
勵, 榮譽; 嘉獎, 讚揚.

accommodate /ə'kɒməˌdeɪt/ vt.
① 容納 ② 提供住宿 ③ 供應;
適應 accommodating adj. 隨和
的; 與人方便的 accommodation
n. ① 住所; 膳宿 ② 適應 //
accommodation address 臨時通
訊地址 accommodation ladder 舷
梯.

accompany /ə'kʌmpənɪ, ə'kʌmpnɪ/
vt. 陪同, 伴隨; 伴奏; 合奏
accompaniment n. 伴奏; 伴隨物
accompanist n. 伴奏者.

accomplice /ə'kɒmplɪs, ə'kʌm-,
[美]ə'kʌmplɪs/ n.【律】共犯, 同
謀; 幫兇.

accomplish /ə'kɒmplɪʃ, ə'kʌm-,
[美]ə'kʌmplɪʃ/ vt. 完成; 做成; 貫

徹 ~ed adj. 有教養的; 有才能的
~ment n. ① 成就 ② (常用複)才
藝; 技能; 造詣.

accord /ə'kɔːd/ v. ① 相一致, 符合
② 給予 n. ① 一致; 調和; 符合
② 協定 // of one's own ~ 自願地;
主動地.

accordance /ə'kɔːdəns/ n. ① 一致
② 給予 // in ~ with 按照, 依據.

according /ə'kɔːdɪŋ/ adj. 照, 按, 依
// ~ as 根據; 取決於 ~ to 依據,
按照.

accordion /ə'kɔːdɪən/ n. 手風琴.

accost /ə'kɒst/ vt. ① 貿然地招呼;
上前和…說話 ② (妓女)拉客;
勾引.

account /ə'kaʊnt/ n. ① 計算; 賬,
賬戶, 賬單 ② 敍述, 報道 ③ 理
由, 原因 ④ 重要性; 利益 v. 說
明; 認為 ~able adj. 有責任的; 可
說明的 ~ancy n. 會計工作或職
務 // ~ for ① 說明, 解釋 ②(數
量比例上)佔 on ~ of 因為 on all
~s (= on every ~) 無論如何 on
no ~ (= not on any ~) 決不 on
one's own ~ 為自己打算; 自行
負責; 依靠自己.

accountant /ə'kaʊntənt/ n. 會計
員.

accounting /ə'kaʊntɪŋ/ n. 會計
(學).

accoutre, 美式 **-er** /ə'kuːtə/ vt. 穿
裝備 ~ments n. (士兵的)裝備(通
常不包括軍服及武器).

accredit /ə'krɛdɪt/ v. ① 信任
② 委派 ③ 認為…是; 為…所為
~ation n. 水準鑒定, 達標鑒定,
認證 ~ed adj. 官方認可的; 普遍

接受的; 立案的.

accretion /əˈkriːʃən/ n. 增加; 合生; 增加物.

accrue /əˈkruː/ vi. 產生; 增值; 增長.

accumulate /əˈkjuːmjʊˌleɪt/ v. 積聚, 積累, 堆積 accumulation n. 積累物 accumulator n. ① 積累者 ② 充電電池.

accuracy /ˈækjʊrəsɪ/ n. 正確; 準確; 精密 accurate adj. accurately adv.

accursed /əˈkɜːsɪd, əˈkɜːst, [美] əˈkɜːsɪd/ or accurst /əˈkɜːst/ adj. ① 被詛咒的 ② 不幸的 ③ 可恨的; 可惡的.

accuse /əˈkjuːz/ vt. 指責, 譴責; 控告 accusation n. 責備, 譴責; 控告 accusatory adj. the ~d. n. 被告.

accustom /əˈkʌstəm/ vt. 使習慣 ~ed adj. 慣常的.

ace /eɪs/ n. ① 么點 ② 高手, 行家 ③ 空中英雄 ④【網】發球得分 adj. [俚]第一流的 // within an ~ of [口]差一點.

acerbic /əˈsɜːbɪk/ or acerb /əˈsɜːb/ adj. ① 酸的 ② 尖刻的 acerbity n. ① 酸, 澀味 ② 尖刻.

acervate /əˈsɜːvɪt, -ˌveɪt, [美] əˈsɜːvɪt/ adj. 叢生的; 成堆生長的.

acetate /ˈæsɪˌteɪt/ n. ①【化】醋酸鹽 ② 醋酸合成纖維(亦作 ~ rayon, ~ silk).

acetic /əˈsiːtɪk, əˈsɛt-, [美] əˈsiːtɪk/ adj. 醋的; 酸的 // ~ acid 醋酸.

acetous /ˈæsɪtəs, əˈsiː-, [美] ˈæsɪtəs/

or acetose /ˈæsɪˌtəʊs, -ˌtəʊz/ adj. 醋一樣酸的; 醋的.

acetylene /əˈsɛtɪˌliːn/ n.【化】乙炔; 電石氣.

ache /eɪk/ n. 痛 vi. 痛; 渴望, 想念 achy adj. [口]疼痛的.

achieve /əˈtʃiːv/ vt. 完成, 實現, 達到 achievable adj. 做得到的, 可完成的 ~ment n. 完成; 成就.

Achilles' heel /əˈkɪliːz hiːl/ n. 致命的弱點; 致命的缺陷.

Achilles' tendon /əˈkɪliːz ˈtɛndən/ n.【解】肌腱.

achromatic /ˌækrəˈmætɪk/ adj. 非彩色的; 消色差的.

acid /ˈæsɪd/ adj. 酸的; 尖刻的 n. ①【化】酸 ② = LSD (lysergic ~ diethylamide) [俚]迷幻藥 ~ity n. 酸味; 酸性; 酸度 ~ulous adj. 有酸味的 ~-proof adj. 耐酸的 // ~ precipitation 酸性降水 = rain 酸雨 ~ reaction 酸性反應.

acierate /ˈæsɪəˌreɪt/ vt. 使(鐵)鋼化.

aciform /ˈæsɪˌfɔːm/ adj. 針狀的; 銳利的.

ack-ack /ˈækæk/ adj. & n. [俚][舊]高射炮(的).

acknowledge /əkˈnɒlɪdʒ/ vt. ① 認可, 承認 ② 告知收到 ③ 表示感謝 ~ment n. 公認的 ~ment n. (= acknowledg(e)ment) ① 承認 ② 感謝 ③ 回帖; 收條 // in ~ment of 答謝.

acme /ˈækmɪ/ n. 極點, 頂點.

acne /ˈæknɪ/ n. 痤瘡; 粉刺.

acock /əˈkɒk/ adj. (帽邊)反捲的.

acolyte /ˈækəˌlaɪt/ n. ① 侍僧; 侍祭 ② 助手; 侍者.

aconite /ˈækəˌnaɪt/ or **aconitum** /ˌækəˈnaɪtəm/ n. 【植】附子; 烏頭.

acorn /ˈeɪkɔːn/ n. 【植】橡子 ~ **cup** n. 橡子殻 ~ **shell** n. 【動】藤壺.

acoumeter /əˈkuːmiːtə/ n. 測聽計; 聽力計.

acoustic /əˈkuːstɪk/ adj. 聲學的; 音響效果的, 音響裝置的 ~**s** n. 聲學, 音響效果.

acquaint /əˈkweɪnt/ vt. 使熟悉; 告知 ~**ance** n. 相識的人; 熟人.

acquiesce /ˌækwɪˈes/ vi. 默認, 默許 ~**nce** n. ~**nt** adj.

acquire /əˈkwaɪə/ vt. 獲得 ~**ment** n. (常用複)獲得學識或技藝.

acquisition /ˌækwɪˈzɪʃən/ n. 獲得(物) **acquisitive** adj. 渴望獲得的.

acquit /əˈkwɪt/ vt. 開釋; 免(罪) ~**tal** n. 宣判無罪; 釋放 ~**tance** n. 解除; 清債.

acre /ˈeɪkə/ n. 英畝 ~**age** n. 英畝數; 面積.

acrid /ˈækrɪd/ adj. 辛辣的; 苦的; 毒辣的 ~**ity** n.

acrimony /ˈækrɪmənɪ/ n. 毒辣, 激烈 **acrimonious** adj.

acrobat /ˈækrəˌbæt/ n. 雜技演員 ~**ic** adj. ~**ics** pl. n. 雜技; 特技飛行.

acronym /ˈækrənɪm/ n. 頭字語; 首字母縮拼詞 (如 NATO = North Atlantic Treaty Organization 北大西洋公約組織).

acrophobia /ˌækrəˈfəʊbɪə/ n. 畏高症.

acropolis /əˈkrɒpəlɪs/ n. (古希臘城市的)衛城.

across /əˈkrɒs/ adv. & prep. ① 橫過, 越過 ② 在對面, 在另一邊 ③ 交叉 ~**-the-board** adj. 全面的, 包括一切的.

acrostic /əˈkrɒstɪk/ n. & adj. 離合詩句(的); 離合詩體(的).

acrotheater /ˈækrəʊˈθɪətə/ n. [美] 雜技曲藝聯合演出.

acrylic /əˈkrɪlɪk/ adj. & n. 【化】丙烯酸的; 丙烯酸纖維, 塑料或樹脂 // ~ **acid** 丙烯酸.

act /ækt/ n. ① 行為 ② 法令, 條例 ③【戲】幕 v. ① 做, 幹 ② 扮演(角色); 演(戲) ③ 奏效 ④ 假裝; 充當 ~**ing** n. & adj. ① 行為; 演技 ② 代理的; 演出用的 ~**or** n. 男演員. ~**ress** n. 女演員.

actinism /ˈæktɪnˌɪzəm/ n. 射線化學變化; 光化作用.

actinium /ækˈtɪnɪəm/ n. 【化】錒(元素名, 符號為 Ac).

actinoid /ˈæktɪˌnɔɪd/ adj. 放射線狀的 **actinology** n. 放射線學 **actinometer** n. 光度計; 曝光計.

action /ˈækʃən/ n. ① 行動; 作用 ② 情節 ③ 戰鬥 ④ 訴訟 ~**able** adj. 可控告的 // ~ **replay** (電視)某一鏡頭的重放 **in** ~ 在行動(或運轉、戰鬥中) **out of** ~ 不再工作(或運轉、戰鬥中).

active /ˈæktɪv/ adj. ① 活動的; 積極的 ② 活潑的 ③ 戰鬥的 ④ 放射性的 ⑤ 主動的 ⑥【醫】特效的 **activate** vt. 使活動; 使有放射性; 活化 **activator** n. 【化】活化劑 **activity** n. 活動; 放射性 **activist** n. (社會或政治活動的)積極份子 // ~ **service** (= [美]~ **duty**) 現役.

actual /ˈæktʃʊəl/ adj. 現實的, 實

8

際的 **~ly** *adv.* 實際上; 竟然 **~ity** *n.* (*pl.*)現實, 現狀.

actuary /ˈæktʃʊərɪ/ *n.* 保險精算師; [舊](法院的)記錄員.

actuate /ˈæktʃʊˌeɪt/ *vt.* 開動; 驅動 **actuation** *n.*

acuity /əˈkjuːɪtɪ/ *n.* 尖銳; 敏銳.

acumen /ˈækjʊˌmen, əˈkjuːmən/ *n.* 敏銳; 聰明.

acupressure /ˈækjʊˌpreʃə/ *n.* 【醫】指壓(療法)(亦作 shiatsu).

acupuncture /ˈækjʊˌpʌŋktʃə/ *n.* 針刺(法); 針灸.

acute /əˈkjuːt/ *adj.* ① 銳利的; 敏銳的 ② 劇烈的; 嚴重的; 厲害的 ③ 急性的(疾病).

ad /æd/ *n.* = **~vertisement** [口]廣告.

AD /ˌeɪ ˈdiː/ *abbr.* = Anno Domini [拉]公元.

adage /ˈædɪdʒ/ *n.* 格言; 諺語.

adagio /əˈdɑːdʒɪˌəʊ/ *adv. & adj.* [意]緩慢地(的) *n.* 【音】柔板.

Adam /ˈædəm/ *n.* [俚] "亞當" 迷幻藥(亦作 ecstasy).

adamant /ˈædəmənt/ *adj.* 堅決的; 堅硬的.

Adam's apple /ˈædəmz ˌæpˈl/ *n.* 喉結.

adapt /əˈdæpt/ *v.* (使)適應; 改編, 改寫 **~able** *adj.* ① 可適應的 ② 能改寫的 **~ability** *n.* 適應性 **~ation** *n.* ① 適應 ② 改編(的作品) **~er, ~or** *n.* 轉接器, 多頭插座.

add /æd/ *v.* ① 加, 增加; 增添 ② 接着說 // **~ up** ① 合計 ② [口]合情合理 **~ up to** 合計達; [俗]意

味着.

addendum /əˈdendəm/ *n.* (*pl.* **-da**) 補遺; 附錄.

adder /ˈædə/ *n.* 【動】蝮蛇, 蝰蛇.

addict /ˈædɪkt/ *vt.* 使沉溺於; 對⋯上癮 *n.* 有(毒)癮的人; [俗]醉心於, 從事⋯的人 **~ed** *adj.* 沉溺於; 醉心於 **~ion** *n.* ① 沉溺 ② 吸毒成癮 **~ive** *adj.* 使上癮的.

addition /əˈdɪʃən/ *n.* ① 附加; 加法 ② 增加物 **~al** *adj.* 附加的; 另外的 // **in ~** 另外, 加上 **in ~ to** 除⋯之外.

additive /ˈædɪtɪv/ *n.* (食品中的)添加物, 添加劑(亦作 **food ~**).

addle /ˈædˈl/ *v.* ① (使)混亂 ② (使)糊塗 **~d** *adj.* ① 變質腐敗的 ② 混亂的 ③ 糊塗的.

address /əˈdres/ *n.* ① 地址 ② 致辭, 演說 *vt.* ① 寫姓名、地址於信件上 ② 對⋯講話 ③ 致力於 **~ee** *n.* 收信人, 收件人.

adduce /əˈdjuːs/ *vt.* 引證; 舉出(理由或例子).

adenoids /ˈædɪˌnɔɪdz/ *pl. n.* 【醫】腺樣增殖體 **adenoidal** /ˌædɪˈnɔɪdˈl/ *adj.* 腺樣增殖體的; 患腺樣增殖症的.

adept /əˈdept/ *adj.* 熟練的 *n.* 內行; 能手.

adequate /ˈædɪkwɪt/ *adj.* 足夠的; 適當的; 勝任的 **adequacy** *n.*

adhere /ədˈhɪə/ *vi.* ① 黏着 ② 堅持 ③ 追隨 **~nce** *n.* 依附; 堅持 **~nt** *adj.* 黏着的; 依附的 *n.* 支持者; 信徒.

adhesion /ədˈhiːʒən/ *n.* 黏着; 支持; 信奉 【醫】黏連.

adhesive /əd'hiːsɪv/ *adj.* 黏性的; 膠黏劑 // ~ **plaster** 黏橡皮膏.

ad hoc /æd ˌhɒk/ *adv. & adj.* [拉] 為某一目的而特別安排(的); 特別(地).

adieu /ə'djuː/ *int.* 再會; 一路平安 *n.* 告別.

ad infinitum /æd ˌɪnfɪ'naɪtəm/ *adv.* [拉]無限地, 永遠地.

adipose /'ædɪˌpəʊs, -ˌpəʊz/ *adj.* (多)脂肪的; 胖的 **adiposity** /ˌædɪ'pɒsɪtɪ/ *n.* 肥胖; 脂肪過多.

adj. *abbr.* = adjective【語】形容詞.

adjacent /ə'dʒeɪsᵊnt/ *adj.* 毗連的, 鄰近的 **adjacency** *n.* ① 毗連, 鄰近 ② 鄰接物.

adjective /'ædʒɪktɪv/ *n. & adj.* ① 形容詞(的) ② 附屬的.

adjoin /ə'dʒɔɪn/ *v.* 接近, 鄰近; 臨近 **~ing** *adj.* 鄰接的; 隔壁的.

adjourn /ə'dʒɜːn/ *v.* ① 暫停; 休會 ② (+ to) 到(另一地方去) **~ment** *n.* 休會; 延期.

adjudge /ə'dʒʌdʒ/ *vt.* 判決; 評判 給 **adjudg(e)ment** *n.*

adjudicate /ə'dʒuːdɪˌkeɪt/ *v.* 判決; 宣判 **adjudication** *n.*

adjunct /'ædʒʌŋkt/ *n.* ① 附屬物; 助手 ②【語】修飾語.

adjure /ə'dʒʊə/ *vt.* 嚴令; 懇求 **adjuration** *n.*

adjust /ə'dʒʌst/ *v.* ① 對準; 調整 ② (使)適應 **~able** *adj.* 可調整 的 **~ment** *n.* // **~able spanner** (= [美]monkey wrench) 板手.

adjutant /'ædʒətənt/ *adj.* 輔助的

n. 副官; (印度產之)大鸛(亦作 ~ **bird**).

ad lib /æd'lɪb/ *adj.* [口]即興的, 即席的; 臨時穿插的 *adv.* [口] ① 即興地, 即席地 ② 隨心所欲地, 盡情地.

adman /'ædˌmæn, -mən/ *n.* [口]廣告員; 廣告製作人.

admin /'ædmɪn/ *n.* = **~istration** [口].

administer /əd'mɪnɪstə/ *v.* ① 管理; 支配 ② 行使; 執行 ③ 給予; 用(藥) **administration** *n.* ① 管理 ② 行政機構; 部門 ③ 給予 ④ (A-) [美]政府, 內閣 **administrative** *adj.* 管理的; 行政的 **administrator** *n.* 管理人; 行政人員.

admirable /'ædmərəbᵊl/ *adj.* 可欽佩的; 極好的.

admiral /'ædmərəl/ *n.* 海軍上將; 艦隊司令 **(the) Admiralty** *n.* [舊]英國海軍部.

admire /əd'maɪə/ *vt.* 讚美; 欽佩 **admiration** /ˌædmə'reɪʃən/ *n.* 讚美; 欽佩; 令人讚美的人(或物) **~r** *n.* 讚賞者; 愛慕某一女子的男人.

admissible /əd'mɪsəbᵊl/ *adj.* ① 可採納的; 允許進入的 ②【律】(證據)可接受的 **admissibility** *n.*

admission /əd'mɪʃən/ *n.* ① 允許進入; 入場費 ② 承認.

admit /əd'mɪt/ *v.* ① 允許進入; 招收 ② 容納 ③ 承認 **~tance** *n.* 許可入場; 准入 **~ted** *adj.* 公認的 **~tedly** *adv.* 公認地.

admixture /əd'mɪkstʃə/ *n.* 混合

(物); 攙合(劑).

admonish /ə'mɒnɪʃ/ vt. 告誡; 勸告 admonition n. admonitory adj.

ad nauseam /æd 'nɔːzɪæm, -sɪ-/ adj. [拉](冗長反覆得)令人厭煩地.

ado /ə'duː/ n. ① 忙亂; 無謂的紛擾 ② 困難 // make much ~ about nothing 無事空忙; 小題大造.

adobe /ə'dəʊbɪ/ n. 磚坯; (曬乾的)土坯; 泥磚砌成的房屋.

adolescence /,ædə'lesəns/ n. 青春期 adolescent adj. 青春期的少年.

adopt /ə'dɒpt/ vt. ① 採用 ② 收養 ③ 選定 ④ 批准; 通過 ~ed adj. 被收養的 ~ion n. ~ive adj. 收養的.

adorable /ə'dɔːrəbl/ adj. 值得敬慕的; [口]極可愛的.

adore /ə'dɔː/ vt. 崇拜; 敬慕, [口]喜歡 adoration /,ædə'reɪʃən/ n. adoring adj.

adorn /ə'dɔːn/ vt. 裝飾 ~ment n. 裝飾(品).

ADP /eɪ diː piː/ abbr. = automatic data processing 自動數據處理.

adrate /ə'dreɪt/ n. 附加稅.

adrenal /ə'driːnəl/ adj. 腎上腺的 ~in(e) /ə'drenəlɪn/ n. 【藥】腎上腺素 // ~ gland 腎上腺.

adrift /ə'drɪft/ adv. & adj. 飄浮的, 漂流的; 漂泊的; 隨命運擺佈的; 漫無目的地.

adroit /ə'drɔɪt/ adj. 靈巧的, 機敏的 ~ness n.

adsorb /əd'sɔːb, -'zɔːb/ vt. 吸附 ~ent /əd'sɔːbənt, -'zɔː-/ adj. 【化】

有吸附力的 n. 吸附劑 adsorption n. 吸附作用.

adulate /'ædjʊˌleɪt/ vt. 諂媚, 拍馬屁 adulation n. adulator n. 拍馬屁的人 adulatory adj. 拍馬屁的.

adult /'ædʌlt, [美] ə'dʌlt/ adj. 已成人的; 成熟的 n. 成年人; 成蟲; 成熟的植物 ~hood n. 成年.

adulterate /ə'dʌltəˌreɪt/ vt. 攙雜; 攙假 adulteration n.

adultery /ə'dʌltərɪ/ n. 通姦, 私通 adulterer /ə'dʌltərə/ n. 姦夫 adulteress n. 姦婦 adulterous adj. 通姦的.

adumbrate /'ædʌmˌbreɪt/ vt. ① 畫輪廓; 略示 ② 預示; 暗示 adumbration n.

adv. abbr. = adverb【語】副詞.

advance /əd'vɑːns/ v. ① 推進; 提高; 提升 ② 提前; 預付; 貸款 n. ① 前進; 上漲 ② 貸款; 預付 ③ (常用複)挑逗; 求愛 adj. ① 先行的, 前面的 ② 預先的, 事先的 ~d adj. ① 先進的 ② 年老的 ③ 高深的 ~ment n. 先進; 促進; 進步; 晉升 // in ~ 預先 in ~ of sb / sth 在前面.

advantage /əd'vɑːntɪdʒ/ n. 利益; 優點; 長處 vt. 使有利; 有助於 ~ous adj. 有利的; 有益的 // take ~ of 利用.

advent /'ædvɛnt, -vənt/ n. ① 到來 ② (Advent)耶穌降臨; 降臨節 ~itious /,ædvɛn'tɪʃəs/ adj. ① 外來的 ② 偶然的 ③【醫】偶發的 ④【生】遇補的.

adventure /əd'vɛntʃə/ n. 冒險; 冒險的經歷(或事業); 奇遇 ~r,

(*fem.*) ~ss *n.* (女)冒險家; (女)投機家 *n.* (女)冒險家; (愛)冒險的 // ~ **playground** 兒童遊樂場.

adverb /ˈædvɜːb/ *n.* 【語】副詞 ~**ial** *adj.* 副詞的; 狀語的 *n.* 狀語.

adversary /ˈædvəsərɪ/ *n.* 敵手; 對手.

adverse /ˈædvɜːs, ædˈvɜːs/ *adj.* 逆的; 相反的; 不利的 **adversity** *n.* 逆境; 苦難; 不幸.

advert /ədˈvɜːt, ædˈvɜːt/ *vi.* 留意; 談到 *n.* [英俗]廣告.

advertise, 美式 -**ze** /ˈædvətaɪz/ *v.* 登廣告 **advertisement** /ədˈvɜːtɪsmənt, -tɪz-/ *n.* 廣告 **advertising** *adj.* 廣告的 *n.* 登廣告; 廣告業 **advertorial** *n.* 社論式廣告.

advice /ədˈvaɪs/ *n.* ① 勸告; 意見 ② 【商】通知 ③ (常用複)消息 // ~ **column** (= agony column) (解答讀者個人問題的)建議專欄, 私事廣告欄.

advisability /ədˌvaɪzəˈbɪlɪtɪ/ *n.* 可取; 得當.

advisable /ədˈvaɪzəbl/ *adj.* ① 可取的 ② 適當的 ③ 明智的.

advise /ədˈvaɪz/ *v.* ① 勸告 ② 通知 ~**d** *adj.* 考慮過的; 消息靈通的 ~**dly** *adv.* ① 深思熟慮地 ② 故意地 ~**r** *n.* (= advisor) 勸告者; 顧問 **advisory** *adj.* 勸告的; 諮詢的.

advocacy /ˈædvəkəsɪ/ *n.* ① 擁護; 提倡 ② 辯護.

advocate /ˈædvəkɪt, -ˌkeɪt/ *n.* ① 擁護者; 倡議者 ② 律師 /ˈædvəˌkeɪt/ *vt.* 擁護; 提倡; 辯護.

adze, 美式 **adz** /ædz/ *n.* 錛子; 扁斧, 手斧.

aegis, 美式 **egis** /ˈiːdʒɪs/ *n.* ①【希神】主神宙斯 (Zeus) 的神盾 ② 保護; 支持; 贊助 // **under the ~ of sb / sth** 在 … 庇護(或支持)下; 由 … 主辦(或贊助).

aeon, 美式 **eon** /ˈiːən, ˈiːɒn/ *n.* 永世, 萬古 **aeonian** /iːˈəʊnɪən/ *adj.* 永世的.

aerate /ˈɛəreɪt/ *vt.* 充氣於; 使暴露於空氣中 **aeration** *n.* 通風; 通氣.

aerial /ˈɛərɪəl/ *adj.* 空中的 *n.*【無】天線.

aerie /ˈɛərɪ, ˈɪərɪ/ *n.* (鷹)巢.

aeriform /ˈɛərɪˌfɔːm, ˈɪərɪ/ *adj.* 氣狀的; 無形的.

aero- /ˈɛərəʊ/ *pref.* [前綴] 表示 "空氣; 空中; 航空", 如: ~**amphibious** *adj.* 海陸空(聯合)的 ~**ballistics** /ˌɛərəʊbəˈlɪstɪks/ *pl. & n.* 航空彈道學 ~**batics** /ˌɛərəˈbætɪks/ *n.* 花式飛行; 特技飛行 ~**bee** /ˈɛərəʊˌbiː/ *n.* 小火箭 ~**biology** /ˌɛərəʊbaɪˈɒlədʒɪ/ *n.* 大氣生物學 ~**boat** *n.* 水上飛機 ~**bus** /ˈɛərəʊˌbʌs/ *n.* 客機, 班機 ~**cade** /ˈɛərəʊˌkeɪd/ 飛行隊 ~**done** /ˈɛərəʊˌdʌn/ *n.* 滑翔機 ~**drome** /ˈɛərəˌdrəʊm/ *n.* 飛機場 ~**dynamics** /ˌɛərəʊdaɪˈnæmɪks/ *n.* 空氣動力學 ~**foil** /ˈɛərəˌfɔɪl/ *n.* 機翼; 翼型; 翼剖面 ~**gram** /ˈɛərəˌgræm/ *n.* 空郵 ~**grapher** /ɛərˈɒɡrəfə/ *n.* 氣象員 ~**lite, ~lith** /ˈɛərəˌlaɪt, ˌlɪθ/ *n.* 石隕石 ~**meter** /ɛərˈɒmɪtə/ *n.* 氣體比重計 ~**metry** /ɛərˈɒmɪtrɪ/ *n.* 氣體測量 (學) ~**naut** /ˈɛərəˌnɔːt/ *n.* 氣球(飛艇)駕駛員 ~**nautics**

/ˌɛərˈnɔːtɪks/ n. 航空學 **~phone** /ˈɛərəˌfəʊn/ n. 助聽器; 擴音器. **~plane** /ˈɛərəˌpleɪn/ n. [英]飛機 **~stat** /ˈɛərəˌstæt/ n. 氣球 **~track** n. 飛機場 **~view** n. 鳥瞰圖.

aerobe /ˈɛərəʊb/ or **aerobium** /ɛərˈəʊbɪəm/ n. 需氧菌.

aerobics /ɛərˈəʊbɪks/ n. 健身舞; 增氧健身術; 帶氧運動.

aerosol /ˈɛərəˌsɒl/ n. (裝香水、殺蟲劑等的)噴霧器.

aerospace /ˈɛərəˌspeɪs/ n. ① 地球大氣層及其外層空間 ② 航空航天空間.

aesthete, 美式 esthete /ˈiːsθiːt/ n. 審美家 **aesthetic** adj. 審美的; 美學的 **aesthetics** n. 美學 **aestheticism** n. 唯美主義.

aether /ˈiːθə/ n. = ether.

aetiology, 美式 etiology /ˌiːtɪˈɒlədʒɪ/ n. 【醫】病因學.

afar /əˈfɑː/ adv. 遙遠地; 在遠處.

affable /ˈæfəb̩l/ adj. 和藹可親的; 怡人的 **affability** n.

affair /əˈfɛə/ n. ① 事情; 事件 ② 男女曖昧關係 ③ (常用複)業務; 事務.

affect /əˈfekt, ˈæ-/ vt. ① 影響 ② 感動 ③ (指疾病)使感染 ④ 愛好 ⑤ 假裝, 冒充 **~ation** n. 假裝; 做作 **~ed** adj. ① 受了影響的 ② 做作的 ③ 假裝的 **~ing** adj. 感人的 **~ion** n. 感情; 愛好; (常用複)愛慕 **~ionate** adj. 充滿深情的, 慈愛的.

affiance /əˈfaɪəns/ n. ① 信約; 婚約 ② [古]信賴; 信用.

affidavit /ˌæfɪˈdeɪvɪt/ n. 【律】宣誓書.

affiliate /əˈfɪlɪˌeɪt/ vt. 使隸屬於; 吸收為會員; 參與 /əˈfɪlɪt, -ˌeɪt/ n. 會員; 附屬機構 **affiliation** n. 加入; 吸收為會員; 關係.

affinity /əˈfɪnɪtɪ/ n. ① 姻親 ② 近似 ③ 吸引力; 愛好 ④【化】親合力 ⑤【生】親緣.

affirm /əˈfɜːm/ vt. 斷言; 肯定 **~ant** n. 斷言者; 確認者 **~ation** n. **~ative** adj.

affix /əˈfɪks/ vt. 貼上; 附加上 /ˈæfɪks/ n. 附件;【語】詞綴.

afflict /əˈflɪkt/ vt. 使苦惱; 折磨 **~ion** /əˈflɪkʃən/ n. 苦惱; 憂傷.

affluent /ˈæfluənt/ adj. 豐富的; 富裕的 **affluence** n.

afford /əˈfɔːd/ vt. ① 買得起; (在時間、金錢上等)承擔得起, 花費得起 ② 給予; 提供 **~able** adj.

afforest /əˈfɒrɪst/ vt. 造林; 綠化 **~ation** n.

affray /əˈfreɪ/ n. 打架; 紛爭; 鬧事.

affront /əˈfrʌnt/ vt. & n. 侮辱; 冒犯.

Afghan /ˈæfgæn, -gən/ adj. 阿富汗(人、語)的 n. 阿富汗人.

afield /əˈfiːld/ adv. 遠離 // **far** ~ 遠離; 入歧途.

aflame /əˈfleɪm/ adv. & adj. 燃燒着; 大為激動(地).

AFL-CIO abbr. = American Federation of Labor and Congress of Industrial Organizations 美國勞工聯合會產業工會聯合會(略作勞聯一產聯).

afloat /əˈfləʊt/ adv. & adj. 漂浮的; 在海上; 浸在水中; 在流傳.

afoot /əˈfʊt/ adv. & adj. 進行中; 活動中; [舊]步行.

aforesaid /əˈfɔːˌsed/ adj. 前述的.

aforethought /əˈfɔːˌθɔːt/ adj. 早先想到的; 預謀的 // **with malice ~**[律](指罪行)預謀的.

aforetime /əˈfɔːˌtaɪm/ adv. 從前.

Afr. abbr. = Africa(n).

afraid /əˈfreɪd/ adj. 害怕的; 擔心的.

afresh /əˈfreʃ/ adv. 重新.

African /ˈæfrɪkən/ adj. 非洲(人、語)的 n. 非洲人.

Afrikaans /ˌæfrɪˈkɑːns, -ˈkɑːnz/ n. 南非荷蘭語 adj. 南非白人的; 南非荷蘭語的.

Afrikaner /afriˈkɑːnə, æfrɪˈkɑːnə/ n. 南非白人.

Afro- /ˈæfrəʊ/ pref. [前綴] 表示 "非洲(的)" **~American** /ˈæfrəʊəˈmerikən/ n. & adj. 美國黑人(的) **~Asian** /ˈæfrəʊ ˈeɪʃən, ˈɜːʒən/ adj. 亞非的.

afro /ˈæfrəʊ/ n. & adj. 蓬鬆鬈曲髮型(的). 阿福羅頭(的).

aft /ɑːft/ adj. & adv. 在(或到)船(或飛機)尾.

after /ˈɑːftə/ prep. 在後; 晚於; 儘管; 由於; 依照; 追求 adv. 後來; 在後 conj. 在 … 之後 **~birth** n. [醫] 胎衣 **~care** n. ① (病後)調養 ②(釋放後的)安置 ③(機器定期維修 **~clap** n. 意外變動 **~crop** n. 第二次收穫 **~effect** n. 後效; 副作用 **~glow** n. ① 餘輝; 夕照 ② 餘韻, 餘味 **~grass** n. 再生草 **~image** n. ①[心] 遺像 ② 餘感 **~life** n. 來世; 晚年

~math n. (不幸事件的)後果; 結果 **~most** adj. 最後面的 adv. **~noon** n. 下午 **~pains** pl. n. [醫] 產後痛 **~s** n. (餐後的)甜食 **~sales** adj. 回味 **~thought** n. 事後的想法; 計劃外添加物 **~ward(s)** adv. 後來; 以後 **~wit** n. 事後諸葛亮 **~word** n. 編後記 // **all** 畢竟 **~ you** (禮貌用語)您先來; 您先用.

aftershave /ˈɑːftəˌʃeɪv/ adj. & n. 剃鬚後搽的(潤膚香水), 鬚後水.

again /əˈɡen, əˈɡeɪn/ adv. 又, 再; 加倍; 另外; 而且 // **and ~** 再三地 **as much / many ~** 加倍, 翻一番 **now and ~** 有時.

against /əˈɡenst, əˈɡeɪnst/ prep. ① 對着 ② 反對; 違反 ③ 防備 ④ 倚靠 ⑤ 對照; 對比 ⑥ 用以交換 // **~ a rainy day** 未雨綢繆地 **~ one's will / wishes** 迫於無奈; 違背自己的意願.

agape /əˈɡeɪp/ adv. & adj. ① 張開着嘴 ② 目瞪口呆.

agar /ˈeɪɡɑː/ n. 石花菜; 瓊脂; 凍粉.

agaric /ˈæɡərɪk, əˈɡærɪk/ n. 蘑菇; 木耳; 傘菌類.

agate /ˈæɡɪt/ n. 瑪瑙.

agave /əˈɡeɪvɪ, æɡeɪv/ n. [植] 龍舌蘭.

age /eɪdʒ/ n. ① 年齡 ② 成年; 老年 ③ 時代 ④ 壽命; 老年 **(~s)** 長時間 v. 上年紀; (使)變老 **~d** adj. 老年的; … 歲的; **~less** adj. 不會老的; 永恆的 **~old** adj. 古老的.

ag(e)ism /ˈeɪdʒɪzəm/ n. 老人歧視; 年齡歧視 **ag(e)ist** adj.

agenda /əˈdʒendə/ n. 議程表.

agent /ˈeɪdʒənt/ *n.* 代理人; 動因; 作用物 agency *n.* 代理; 代辦; 代理處; 經濟處; 政府機構 // **secret ~** 特務, 密探.

agent provocateur /aʒɑ̃ prɔvɔkatœr/ *n.* [法](政府或警方僱用的)坐探, 內線.

agglomerate /əˈɡlɔməˌreɪt/ *v.* (使)成團; (使)結塊 /əˈɡlɔmərɪt, -ˌreɪt/ *n.* 團塊 /əˈɡlɔmərɪt, -ˌreɪt/ *adj.* 成團的; 結塊的 agglomeration *n.* 凝聚作用.

agglutinate /əˈɡluːtɪˌneɪt/ *v.* 膠合; (使)黏結 agglutination *n.* agglutinative *adj.*

aggrandize, -se /æɡrənˈdaɪz, əˈɡrænˌdaɪz/ *vt.* 擴張(權力); 提高(地位); 增加(財富) **~ment** /əˈɡrændɪzmənt/ *n.*

aggravate /ˈæɡrəˌveɪt/ *vt.* ① 加重 ② 使惡化 ③ [口]使惱火 **~d** *adj.* 【律】(罪行)嚴重的 aggravating *adj.* ① 使…惡化的 ② 惱人的 aggravation *n.* 加重; 惡化; 激怒; 令人惱火的事.

aggregate /ˈæɡrɪˌɡeɪt/ *vt.* 聚集; 共計 /ˈæɡrɪɡɪt, -ˌɡeɪt/ *adj.* 聚集的; 合計的 /ˈæɡrɪɡɪt, -ˌɡeɪt/ *n.* 聚集; 聚合體; 骨料 aggregation *n.* 聚集.

aggression /əˈɡrɛʃən/ *n.* 侵略 aggressive *adj.* ① 侵略的; 愛尋釁的 ② 有進取心的 ③ 敢作敢為的 aggressor *n.* 侵略者.

aggrieved /əˈɡriːvd/ *adj.* 憤憤不平的.

aggro /ˈæɡrəʊ/ *n.* [英俚]尋釁鬧事.

aghast /əˈɡɑːst/ *adj.* 吃驚的; 嚇呆的.

agile /ˈædʒaɪl/ *adj.* 敏捷的; 機敏的 agility *n.*

agitate /ˈædʒɪˌteɪt/ *v.* ① 使不安, 使焦慮 ② 鼓動; 煽動 ③ 攪動; 搖動 **~d** *adj.* 焦慮不安的; 激動的 agitation *n.* agitator *n.* 鼓動者; 攪拌器.

aglow /əˈɡləʊ/ *adv. & adj.* 發亮的; 發紅的.

AGM /eɪ dʒiː ɛm/ *abbr.* = annual general meeting 年度大會, 年會.

agnail /ˈæɡˌneɪl/ *n.* = hangnail ① (指甲旁的)倒刺 ② (腳趾上的)雞眼.

agnostic /æɡˈnɒstɪk/ *n.* 不可知論者 *adj.* 不可知論的 **~ism** *n.* 不可知論.

ago /əˈɡəʊ/ *adv.* 以前; 之前.

agog /əˈɡɒɡ/ *adj.* ① 渴望的 ② 興奮激動的.

agony /ˈæɡənɪ/ *n.* 極度痛苦 agonize /ˈæɡəˌnaɪz/ *v.* (使)極度痛苦; 折磨 agonizing *adj.* 使人苦惱的 // **~ column** (報刊上的)讀者來信專欄.

agoraphobia /ˌæɡərəˈfəʊbɪə/ *n.* 【醫】廣場恐懼症 agoraphobic *n.* 廣場恐懼患者 *adj.* 患廣場恐懼症的.

agrarian /əˈɡrɛərɪən/ *adj.* 土地的; 耕地的.

agree /əˈɡriː/ *v.* ① 同意; 答應 ② 性情投合 ③ 意見一致; 符合; 相宜 **~able** *adj.* ① 欣然贊同的 ② 怡人的 ③ 一致的 **~ment** *n.* ① 一致 ② 協議; 契約 // **a gentleman's ~ment** 君子協定.

agriculture /ˈægrɪˌkʌltʃə/ n. 農業,
農藝; 農學 **agricultural** adj. 農業
的; 農藝的; 農學的 **agricultur(al)
ist** n. 農學家.

agro- pref. [前綴] 表示"土
壤; 農業; 田地", 如: ~**biology**
n. 農用生物學 ~**chemical**
/ˌægrəˈkemɪkˈl/ n. 農業化學製
品; 農藥 ~**logy** /ɔˈgrɒlədʒɪ/ n. 農
業土壤學 ~**nomy** /ɔˈgrɒnəmɪ/ n.
農. 農藝學; 作物學 ~**techny**
/ɔˈgrɒtɛknɪ/ n. 農產品加工學.

aground /əˈgraʊnd/ adv. & adj. 擱
淺的 // **go / run ~** 擱淺.

ague /ˈeɪgjuː/ n. 瘧疾, 發冷.

ah /ɑː/ int. 啊!.

ahead /əˈhɛd/ adv. & adj. 在前, 向
前; 提前.

ahem /əˈhɛm/ int. 啊嗨!(輕咳聲).

ahoy /əˈhɔɪ/ int. [海] 喂!啊嗨!(船
員招呼船隻或人的喊聲).

AI /eɪ aɪ/ abbr. ① = artificial
intelligence【計】人工智能 ② =
artificial insemination【醫】人工
受孕.

AID /eɪ aɪ diː/ abbr. = Agency for
International Development [美]國
際開發署.

aid /eɪd/ v. 幫助, 支持; 救援 n. 助
手; 幫助 ~**man** n. 戰地
醫務急救員 ~**post, ~station** n. 前
線救護站 // **~ and abet**【律】同
謀; 夥同作案 **come / go to sb's
~** 幫助某人.

aide /eɪd/ n. = **~-de-camp** 副官; 助
手.

aid(e)-de-camp /eɪd də ˈkɒŋ/ n.
[法]副官; 隨從武官.

aide-mémoire /eɪd memˈwɑː/ n.
[法](外交上的)備忘錄.

AIDS, Aids /eɪdz/ abbr. = Acquired
Immune Deficiency Syndrome 愛
滋病(後天免疫力缺乏症).

aigret(te) /ˈeɪgrɛt, ˌeɪgrˈɛt/ n.【鳥】
鷺鷥.

AIH /eɪ aɪ eɪtʃ/ abbr. = artificial
insemination by husband 配偶人
工授精.

ail /eɪl/ v. ① 使苦惱; 使痛苦
② 生病 ~**ing** adj. [舊]不舒服的;
生病的 ~**ment** n. 小病; 失調.

aileron /ˈeɪlərɒn/ n.【空】副翼, 輔
助翼.

aim /eɪm/ v. ① (把 …)瞄準; 針對
② 目的在於 n. 瞄準; 目的 ~**less**
adj. 無目的的.

ain't /eɪnt/ ① = am not, are not, is
not [美口] ② = has not, have not.

air /eə/ n. ① 空氣, 大氣 ② 天空
③ [舊]微風 ④ 曲調 ⑤ 神態; 外
表 ⑥ (常用複)做作的姿態; 擺
出來的架子 vt. ① 晾乾 ② 透氣
通風 ③ 顯示; 誇示 ~**ily** adv. 輕
快地; 輕率地; 快活地 ~**ing** n.
晾乾; 通風; 發表(意見、想法)
~**less** adj. 缺少新鮮空氣的; 空
氣不流通的 ~**y** adj. ① 空氣的
② 通風的 ③ 空虛的 ④ 輕快的;
輕浮的 ⑤ 裝腔作勢的 ~**bag** n.
(汽車)安全氣袋 ~**base** n. 空軍基
地 ~**bed** n. (= ~ **mattress**) 空氣
床墊 ~**borne** adj. 空運的; 空降
的; 飛行中的 ~**brush** n. 噴槍
用噴槍噴 ~**bus** n. 大型客機, 空
中巴士 ~**cast** n. [美]無線電廣播
~**-conditioning** n. 空調 ~**craft** n.

飛機 ~drome n. [美]機場 ~drop
vt. & n. 空投 ~field n. 機場 ~lift
vt. & n. 空運 ~line n. 航空公司
~liner n. 大型客機 ~lock n. 氣
塞; 氣密艙 ~mail n. 航空郵件 vt.
空郵 ~man n. 飛行員; 機組人員;
[英]皇家空軍士兵 ~plane n. [美]
飛機 ([英]亦作 aeroplane) ~port
n. 機場 ~screw n. 飛機螺旋槳
~shed n. 飛機庫 ~ship n. 飛船
~show n. 航空表演 ~sickness
n. 暈機 ~strip n. 臨時飛機跑
道 ~tight adj. 不透氣的; 密封
的 ~way n. (= ~line) 航線 ~wise
adj. 熟悉航空的 ~worthy adj. 耐
飛的, 適宜飛行的 // ~ bladder
氣胞; 鰾 ~ brake 空氣制動器
~ conditioner 空調 ~ cooler 空
氣冷卻器 A-Corps [美]飛行大
隊 ~ cover / umbrella 空中護
~ cushion 氣墊空調機 ~ fight 空
戰 ~ force 空軍 ~ gun, ~ rifle 氣
槍 ~ gauge 氣壓計 ~ hostess 空
中小姐 ~ meter 測氣計 ~ raid,
~ strike 空襲 ~ sailer 滑翔機
~ shaft (隧道、礦井的)(通)風
井 ~ taxi [美]出租飛機 ~craft
carrier 航空母艦 by ~ 用飛機;
乘飛機.

airhead /ˈɛəˌhɛd/ n. [美俚]傻瓜.

aisle /aɪl/ n. 走廊; 過道 // **roll in
the ~** (觀眾)捧腹大笑.

ajar /əˈdʒɑː/ adv. & adj. (門)半開
着.

akimbo /əˈkɪmbəʊ/ adv. 兩手叉腰
// **with arms ~** 兩手叉腰的(地).

akin /əˈkɪn/ adj. 同族的; 同種的;
類似的.

Al abbr. 【化】元素鋁 (aluminium)
的符號.

AL /eɪ el/ abbr. = American Legion
美國退伍軍人協會.

alabaster /ˈæləˌbɑːstə, -ˌbæstə/ n.
雪花石膏.

à la carte /ɑː lɑː ˈkɑːt/ adj. & adv.
按菜單點菜的(地).

alacrity /əˈlækrɪtɪ/ n. ① 樂意
② 敏捷.

à la mode /ɑː lɑː ˈməʊd/ adv. 時髦
地 adj. ① 流行的 ② [美](食品)
加冰淇淋的.

alarm /əˈlɑːm/ n. 驚慌; 警報; 警報
器 vt. 使驚慌; 發警報 **~ing** adj.
~ist n. 大驚小怪; 無事驚擾者 //
~ word 暗號; 黑話 **~ clock** 鬧鐘.

alas /əˈlæs/ int. [舊]哎呀! 唉!.

Alaskan /əˈlæskən/ adj. & n. 阿拉
斯加的; 阿拉斯加人.

Albanian /ælˈbeɪnɪən/ adj. & n. 阿
爾巴尼亞亞(人、語)的; 阿爾巴尼
亞人(語).

albatross /ˈælbəˌtrɒs/ n. 【鳥】信天
翁.

albedo /ælˈbiːdəʊ/ n. 【天】反射率;
反照率.

albeit /ɔːlˈbiːɪt/ conj. [舊]雖然; 儘
管.

albino /ælˈbiːnəʊ/ n. 白化病患者;
【生】白化體; 白變種 albinism n.
【醫】白化病.

album /ˈælbəm/ n. 相冊; 照片集;
郵冊; 唱片集.

albumin, -men /ˈælbjʊmɪn/ n.
【化】白蛋白; 白朊 **~oid** adj. 白
朊似的. n. 【化】賽白朊 **~ous**
adj. 含白朊的; 有胚乳的.

alchemy /ˈælkəmɪ/ n. 煉金術, 煉丹術 **alchemist** n. 煉金術士, 煉丹術士.

alcohol /ˈælkə.hɒl/ n. 酒精; 醇; 乙醇 ~ic adj. (含)酒精的 n. 酒鬼 ~ism n. 酗酒; 酒精中毒 // ~ abuse 酗酒.

alcove /ˈælkəʊv/ n. 壁龕; 涼亭.

aldehyde /ˈældɪ.haɪd/ n. 【化】醛; 乙醛.

alder /ˈɔːldə/ n. 【植】赤楊, 接骨木.

alderman /ˈɔːldəmən/ n. 市參議員; 市議員.

ale /eɪl/ n. (深色)濃啤酒 ~house n. (昔日英國)酒吧.

aleatory /ˈeɪlɪətərɪ, -trɪ/ or aleatoric /ˌeɪlɪəˈtɒrɪk/ adj. 碰運氣的; 尚未肯定的.

alembic /əˈlɛmbɪk/ n. 蒸餾器.

alert /əˈlɜːt/ adj. 警惕的; 機敏的; 警報, 警戒狀態; 警戒期間 v. 使警覺 // on the ~ (= on full ~) 警惕着, 警戒着.

A level /eɪ lɛv/ n. = Advanced level [英俗]高級程度考試(入學英國大學需具備的高級考試成績).

alexandrite /ˌælɪɡˈzændraɪt/ n. 紫翠玉; 變色寶石.

alfalfa /ælˈfælfə/ n. 【植】紫花苜蓿.

alfresco /ælˈfrɛskəʊ/ adv. & adj. 在戶外(的).

alga /ˈælɡə/ n. (pl. -gae /ˈældʒiː/) 【植】海藻.

algebra /ˈældʒɪbrə/ n. 代數 ~ic /ˌældʒɪˈbreɪk/ adj.

Algerian /ælˈdʒɪərɪən/ adj. 阿爾及利亞(人、語)的 n. 阿爾及利亞人(語).

ALGOL /ˈælɡɒl/ n. (亦作 Algol) abbr.【計】算法語言.

algorithm /ˈælɡə.rɪðəm/ n. 【計】演算法; 演段.

alias /ˈeɪlɪəs/ n. 別名; 化名 adv. 別名叫; 化名為.

alibi /ˈælɪ.baɪ/ n. 【律】不在現場的申辯(或證據) n. [口]藉口, 托詞 v. [美俗](為 …)辯解.

alien /ˈeɪljən, ˈeɪlɪən/ adj. ① 外國(人)的 ② 異己的; 相異的; 陌生的 n. 外國人; 外僑 ~able adj. 【律】可讓渡的, 可轉讓的 ~ate vt. 使疏遠; 離間 【律】讓渡; 轉讓(所有權) ~ation n.

alight /əˈlaɪt/ vt. ① 下車(或馬) ② 飛落, 降落 ③ 偶然碰見 adj. 燒着的; 照亮的.

align /əˈlaɪn/ v. (使)成一行; (使)結盟 ~ment n. 列隊; 結盟.

alike /əˈlaɪk/ adj. 相同的 adv. 一樣地; 相似地.

alimentary /ˌælɪˈmɛntərɪ, -trɪ/ adj. 有關食物的; 有關營養的 **alimentotherapy** n. 食物療法 // ~ canal 消化道.

alimony /ˈælɪmənɪ/ n. 【律】贍養費, 生活費.

A-line /ˈeɪ.laɪn/ adj. (裙、褲等)上窄下寬成喇叭型的.

aliquant /ˈælɪkwənt/ adj. & n. 除不盡的(數).

aliquot /ˈælɪ.kwɒt/ adj. & n. 除得盡的(數).

alive /əˈlaɪv/ adj. ① 活着; 繼續

存在的 ② 有生氣的 ③ 充滿的 ④ 知曉的 // ~ **and kicking** 生龍活虎的 **bring ~** 使妙趣橫生的 **come ~** 變得有趣的, 變得興奮的.

alkali /ˈælkə.laɪ/ *n.* (*pl.* **-li(e)s**)【化】鹼 **~ne** *adj.* (含)鹼的 **alkaloid** /ˈælkə.lɔɪd/ *n.* 生物鹼.

all /ɔːl/ *adj.* ① 所有的; 全部的; 整個的 ② 極度的 有的, 全部的 *n. & pro.* 一切, 全體 *adv.* ① 完全, 全然, 都 ② (球賽)各得分均為⋯⋯ **~clear** *n.* 解除警報 **--embracing** *adj.* 無所不包的 **--fired** *adj. & adv.* 非常的(地) **--overish** *adj.* [口]渾身不舒服的 **~-purpose** *adj.* 通用的, 可作各種用途的 **~-round** *adj.* 全面的; 全能的; 廣博的 **~-rounder** *n.* 多面手; 全能運動員 **~-star** *adj.* 眾星雲集的 **--time** *adj.* 空前的; 前所未聞的 **--weather** *adj.* 全天候的 // **~ along** 始終; 一路 **~ at once** 突然 **~ but** 簡直是, 幾乎 **~ in** [口] 疲倦極了 **~ in** 總之 **~ out** 竭盡全力 **~ over** 渾身, 到處 ② 全都完了 ③ 十足; 完全是 **~ ready** 一切就緒的 **~ right** 行, 好; 良好; 平安 **~ there** [口]頭腦清醒的; 機警的 **~ told** (= in ~) 總共, 合計.

Allah /ˈælə/ *n.* (伊斯蘭教)安拉, 真主; 神.

allay /əˈleɪ/ *vt.* 減輕, 解除(痛苦、憂慮等).

allege /əˈlɛdʒ/ *vt.* 斷言; 宣稱 **allegation** /ˌælɪˈgeɪʃən/ *n.* (未經證實的)指控; 指稱; 聲稱 **~d** *adj.* 被說成的; 被指控的 **~dly** *adv.* 據說; 被指控地.

allegiance /əˈliːdʒəns/ *n.* 忠誠; 歸順; 忠心.

allegory /ˈælɪgəri/ *n.* 寓言; 諷喻 **allegoric(al)** *adj.* allegorist *n.* 寓言作家; 諷喻家 **allegorize** *v.* 用諷喻方式敘述; 作寓言.

allegretto /ˌælɪˈgrɛtəʊ/ *adv.* [意] 【音】稍快的 *n.* 小快板.

allegro /əˈleɪgrəʊ, -ˈlɛg-/ *adv.* [意] 【音】輕快地, 活潑地 *n. & adj.* 快板(的).

allergy /ˈælədʒi/ *n.* 【醫】變(態反)應性; 過敏; [口]憎惡 **allergen** *n.* 【醫】變應源; 過敏源 **allergic** *adj.* **allergist** *n.* 治療變態症或過敏症專家.

alleviate /əˈliːvi.eɪt/ *vt.* 減輕, 緩和(痛苦、疼痛等) **alleviation** *n.*

alley /ˈælɪ/ *n.* ① 小路; 巷; 胡同 ② (九柱戲或保齡球之)球道.

alliance /əˈlaɪəns/ *n.* 聯盟, 同盟; 聯姻.

allied /ˈælaɪd, əˈlaɪd/ *adj.* ① 結盟的 ② 有關的; 類似的 // **~ nation** 同盟國.

alligator /ˈælɪˌgeɪtə/ *n.*【動】短吻鱷魚; 短吻鱷魚皮革.

alliterate /əˈlɪtəˌreɪt/ *v.* (使)押頭韻 **alliteration** *n.* 頭韻(法) **alliterative** *adj.*

allocate /ˈæləˌkeɪt/ *vt.* 分配; 分派; 劃撥 **allocation** *n.* 分配物; 分配量; 分配; 分派.

allogamy /əˈlɒgəmi/ *n.* ①【植】異花受粉 ②【動】異體受精.

allopath /ˈæləˌpæθ/ *or* **~ist** /əˈlɒpəθɪst/ *n.* 對抗療法醫師 **~ic**

adj. ~ *n.* 對抗療法.

allot /ə'lɒt/ *vt.* 分配; 撥給 ~ment *n.* ① 分配; 份額 ② [英](租給私人種蔬菜的)小塊公地.

allotrope /'ælə,trəʊp/ *n.* [化]同素異形體 allotropic(al) *adj.* allotropism, allotropy *n.* 同素異形.

allow /ə'laʊ/ *v.* ① 允許; 准許; 容許 ② 讓…得到 ③ 考慮到; 顧及 ~able *adj.*

allowance /ə'laʊəns/ *n.* ① 津貼, 補助 ② 折扣 ③ 份額 // make ~s for 考慮到; 顧及.

alloy /'ælɔɪ, ə'lɔɪ/ *n.* 合金 *v.* /ə'lɔɪ/ ① 熔合; 合鑄 ② 減低…成色; 降低(品質、價值); (使)損壞.

allspice /'ɔːl,spaɪs/ *n.* 牙買加胡椒.

allude /ə'luːd/ *vi.* 暗指, 暗示; 間接提及 allusion *n.* 引喻.

allure /ə'ljʊə, ə'lʊə/ *v.* 引誘; 誘惑 ~ment *n.* 誘惑力; 誘餌.

alluvium /ə'luːvɪəm/ *n.* [地]沖積層 alluvial *adj.*

ally /ə'laɪ/ *v.* (使)結盟; (使)聯姻 /'ælaɪ, ə'laɪ/ *n.* 同盟國; 同盟者 allied *adj.* ① 同盟的 ② (A-)(第一次世界大戰中)協約國的; (第二次世界大戰中)同盟國的 the Allies (第一次世界大戰中的)協約國; (第二次世界大戰中的)同盟國.

alma mater /'ælmə 'mɑːtə, 'ælmɑ 'meɪtə/ *n.* [拉]母校.

almanac /'ɔːlmə,næk/ *n.* 曆書, 月曆, 日曆; 年鑑.

almighty /ɔːl'maɪtɪ/ *adj.* 全能的;

[口]極大的 the A- *n.* (= A- God) 上帝.

almond /'ɑːmənd/ *n.* 杏仁; 扁桃 ~-eyed *adj.* 杏眼的.

almoner /'ɑːmənə/ *n.* [英舊]醫院之社會服務員(現稱 medical social worker); [美舊]施賑吏.

almost /'ɔːlməʊst/ *adv.* 差不多, 幾乎.

alms /ɑːmz/ *n.* (單複數同形)[舊]捐款; 救濟品 ~giving *n.* 賑濟 ~house *n.* [舊]濟貧所; 養老院.

aloe /'æləʊ/ *n.* [植]蘆薈 *pl. n.* [藥]蘆薈(亦作 bitter ~s) // ~ swood 伽羅木, 沉香木.

aloft /ə'lɒft/ *adv.* 高高地; 向上.

aloha /ə'ləʊə, ɑː'ləʊhɑː/ *int.* [夏威夷語]你好; 再見.

alone /ə'ləʊn/ *adj. & adv.* 獨; 只, 僅 // let ~ 不管; 別碰; 更不用說.

along /ə'lɒŋ/ *prep. & adv.* 沿着; 一道; 向前 ~shore *adv.* 沿岸, 沿岸 ~side *adv. & prep.* 在旁, 靠着 並排地, 並肩地; [口]與…一道; 除…以外 // ~ with 與…一道, 和…一起.

aloof /ə'luːf/ *adv.* 離開, 避開 *adj.* 冷漠的 ~ness *n.* 超然; 冷漠.

alopecia /,ælə'piːʃɪə/ *n.* 禿頭症; 脫毛症.

aloud /ə'laʊd/ *adv.* 高聲地.

alp /ælp/ *n.* 高山; (瑞士的)山地牧場 the Alps *n.* 阿爾卑斯山脈.

alpaca /æl'pækə/ *n.* ① [動]羊駝 ② 羊駝毛; 羊駝絨.

alpenstock /'ælpən,stɒk/ *n.* 鐵頭登山杖.

alpha /'ælfə/ *n.* ① 希臘字母第一

個字(A, α) ② 最初; 開始; (考試成績)優等, 最高分 // ~ **and omega** 首尾; 始終 ~ **particle** 阿爾法粒子 ~ **ray** 阿爾法射線, 阿爾法粒子流.

alphabet /ˈælfəˌbet/ n. 字母表 ~**ical** adj. 按字母表順序的 ~**ize** vt. 按字母表順序排列.

alpine /ˈælpaɪn/ adj. 高山的; (A-) 阿爾卑斯山脈的 n. 高山植物.

already /ɔːlˈredɪ/ adv. 已經, 早已.

also /ˈɔːlsəʊ/ adv. 也, 亦, 同樣, 還 ~**-ran** n. [口]落選的馬; (競賽、競爭)落選者, 失敗者.

Altair /ˈæltɛə/ n.【天】牽牛星.

altar /ˈɔːltə/ n. 祭檯; 聖餐枱 ~**piece** n. 祭壇上方及後面的繪畫或其他藝術品.

altazimuth /ælˈtæzɪməθ/ n.【天】經緯儀.

alter /ˈɔːltə/ v. 變更, 改變 ~**able** adj. ~**ation** n. ~**ative** adj.

altercation /ˌɔːltəˈkeɪʃən/ n. 爭辯; 爭吵.

alter ego /ˈæltər ˈiːgəʊ, ˈegəʊ/ n. [拉]另一個自己; 知己朋友.

alternate /ɔːlˈtɜːnɪt/ adj. 交替的, 輪流的; 候補的; 間隔的 /ˈɔːltɜːˌneɪt, ˈæltɜːˌt, ɔːlˈtɜːt/ v. 替換物; 代理人 /ˈɔːltɜːˌneɪt/ v. (使)輪流; (使)交替 **alternation** /ˌɔːltɜːˈneɪʃən/ n. **alternating** adj. 交流的 **alternator** n. 交流發電機.

alternative /ɔːlˈtɜːnətɪv/ adj. 可供選擇的; 別種的, 另一可選用的方法 ~**ly** adv. // ~ **birthing**【醫】非傳統分娩法(指在產院以外的場所分娩) ~ **energy** 新能源(如太

陽能、風力等) ~ **technology** 替代技術(為保護環境和自然資源而開發的新科技).

althorn /ˈælthɔːn/ n.【音】中音薩克號.

although /ɔːlˈðəʊ/ conj. 雖然; 儘管.

altimeter /ˈæltɪmɪtə, ˈæltɪˌmiːtə, [美] ælˈtɪmɪtər/ n. 高度計.

altitude /ˈæltɪˌtjuːd/ n. (海拔)高度 // ~ **sickness**【醫】高山症.

alto /ˈæltəʊ/ n.【音】男童低音; 女低音(亦作 **contr**~); 中音樂器.

altogether /ˌɔːltəˈgeðə, [美] ˌɔːltʊˈgeðər/ adv. ① 全然; 總共 ② 總之.

altruism /ˈæltruːˌɪzəm/ n. 利他主義 **altruist** n. 利他主義者.

alum /ˈæləm/ n. 明礬.

alumina /əˈluːmɪnə/ n.【化】礬土, 鋁氧土.

aluminium /ˌæljəˈmɪnɪəm/ or [美] **aluminum** /əˈluːmɪnəm/ n. 鋁.

alumna /əˈlʌmnə/ n. (pl. **-nae** /-niː/) [美]女畢業生; 女校友.

alumnus /əˈlʌmnəs/ n. (pl. **-ni** /-naɪ/) [美]男畢業生; 男校友.

alumroot /ˈæləmˌruːt/ n.【植】礬根草.

alveolar /ælˈvɪələ, ˌælvɪˈəʊlə, [美] ælˈvɪələr/ n. & adj.【語】齒齦音(的)(如 t, d 等).

alveolus /ælˈvɪələs/ or **alveole** /ˈælvɪˌəʊl/ n. ① 蜂窩 ②【解】肺泡 **alveolate** adj. 蜂窩狀的.

alvine /ˈælvɪn, -vaɪn/ adj. 腸的; 腹部的.

always /ˈɔːlweɪz, -wɪz/ adv. 永遠;

總是 **~-on** adj.【計】隨時可連接的.

alyssum /ˈælɪsəm/ n.【植】十字花科庭薺屬植物.

am /æm, əm弱/ v. (be 的第一人稱單數現在式) 是; 為.

AM /eɪ ɛm/ abbr. = amplitude modulation 調幅.

A. M. /eɪ ɛm/ abbr. = Master of Arts 文學碩士.

a. m. , A. M. /eɪ ɛm/ abbr. 上午.

amalgam /əˈmælgəm/ n. 混合物;【冶】汞合金, 汞齊.

amalgamate /əˈmælgəˌmeɪt/ v. (使) 混合, (使) 合併 amalgamation n.

amanuensis /əˌmænjʊˈɛnsɪs/ n. (pl. **-ses**) 抄寫員; 聽寫員.

amaranth /ˈæməˌrænθ/ n. (人們想像中的) 不凋花;【植】莧菜.

amaryllis /ˌæməˈrɪlɪs/ n.【植】宮人草; 孤挺花.

amass /əˈmæs/ vt. 累積; 積聚.

amateur /ˈæmətə, -tʃə, -ˌtjuə, ˌæməˈtɜː/ adj. 業餘的; 外行的, 不熟練的 n. ① 業餘愛好者 ② 非專業人員; 外行 **~ish** adj. [貶]不熟練的.

amatory /ˈæmətərɪ/ or amatorial /ˌæmɪˈtɔːrɪəl/ adj. 戀愛的; 色情的.

amaurosis /ˌæmɔːˈrəʊsɪs/ n.【醫】黑內障, 青光眼 amaurotic adj.

amaze /əˈmeɪz/ vt. 使大為吃驚, 使驚愕 **~d** adj. 驚愕的 **~ment** n. amazing adj. 令人驚奇的.

Amazon /ˈæməzən/ n. ① 傳說中的女戰士 ② 強壯高大的婦女.

ambassador /æmˈbæsədə/ n. 大使

~ial adj. ambassadress n. 女大使; 大使夫人 **~-at-large** n. 無任所大使.

amber /ˈæmbə/ n. 琥珀 adj. 琥珀色的, 黃褐色的.

ambergris /ˈæmbəˌgriːs, -ˌgrɪs/ n. 龍涎香.

ambidextrous /ˌæmbɪˈdɛkstrəs/ or ambidexterous /ˌæmbɪˈdɛkstrəs, ˌæmbɪˈdɛkstərəs/ adj. 左右手同樣靈巧的.

ambience, -ance /ˈæmbɪəns/ n. 環境; 氣氛 ambient adj. 周圍的; 包圍着的.

ambiguous /æmˈbɪɡjʊəs/ adj. ① 多義的 ② 含糊不清的; 不明確的 ambiguity /ˌæmbɪˈɡjuːɪtɪ/ n. 含糊; 不明確; 模棱兩可.

ambit /ˈæmbɪt/ n. [書](權力、職權等的)界限; 範圍.

ambition /æmˈbɪʃən/ n. 野心; 雄心 ambitious adj. 野心勃勃的; 有雄心壯志的 ambitiousness n.

ambivalence /æmˈbɪvələns/ or ambivalency n. 矛盾心理 ambivalent adj. 有矛盾感情的.

amble /ˈæmbl/ n. & vi. (人) 漫步, 徐行; (馬)溜蹄.

ambrosia /æmˈbrəʊzɪə/ n. ①【羅神】神仙的食物 ② 美味芳香的食物 **~l** adj.

ambulance /ˈæmbjʊləns/ n. 救護車.

ambuscade /ˌæmbəˈskeɪd/ n. & v. 埋伏; 伏擊.

ambush /ˈæmbʊʃ/ n. & v. 埋伏(處); 伏擊; 伏兵.

ameba /əˈmiːbə/ n. = amoeba adj.

ameliorate /əˈmiːljəˌreɪt/ v. 改善, 改良 amelioration n. ameliorative adj.

amen /ˌeɪˈmɛn, ˌɑːˈmɛn/ int. 阿門 (心願如此; 肯聽話者於祈禱結尾).

amenable /əˈmiːnəbˈl/ adj. ① 願服從的; 肯聽話的 ② 可檢測的 amenability n.

amend /əˈmɛnd/ v. 改正, 修正 ~able adj. ~ment n. 修正(案).

amends /əˈmɛndz/ n. 賠償; 賠罪 // make ~ for 為 … 賠償(損失); 為 … 賠罪道歉.

ament /ˈæmənt, ˈeɪmənt/ n. 【植】葇荑花序.

American /əˈmɛrɪkən/ adj. 美洲的; 美國的 n. 美洲人; 美國人 ~ism n. 美式英語的用詞; 美國習俗 ~ize /əˈmɛrɪkəˌnaɪz/ vt. 使美國化 ~-Indian n. 美洲印第安人 (亦作 Amerindian) // ~ football 美式足球.

Ameripol /əˈmɛrɪpɒl/ n. [美]人造橡膠.

amethyst /ˈæmɪθɪst/ n. 【礦】紫晶; 紫水晶.

amiable /ˈeɪmɪəbˈl/ adj. 和藹可親的 amiability n. amiably adv.

amicable /ˈæmɪkəbˈl/ adj. 友好的; 和睦的 amicability n. amicably adv.

amide /ˈæmaɪd/ n. 【化】酰胺.

amid(st) /əˈmɪd/ prep. 在 … 中間; 在其中.

amino acid /əˈmiːnəʊ ˈæsɪd/ n. 氨基酸, 胺酸.

amiss /əˈmɪs/ adj. & adv. 差錯(地); 不恰當(地) // come ~ 不稱心; 有

妨礙 go ~ 不順當 take sth ~ 見怪; 生氣.

amity /ˈæmɪtɪ/ n. 親善; 友好; 和睦.

ammeter /ˈæmˌmiːtə/ n. 安培計; 電流表.

ammo /ˈæməʊ/ n. = ammunition [軍俚]彈藥.

ammonia /əˈməʊnɪə, -njə/ n. 【化】氨 (NH3); 氨水(亦稱 liquid ~) // ~ chloride 【化】氯化銨 ~ hydroxide 【化】氫氧化銨.

ammonite /ˈæməʊnaɪt/ n.【古生】菊石, 鸚鵡螺化石.

ammunition /ˌæmjʊˈnɪʃən/ n. 彈藥; 爭辯中使用的論據.

amnesia /æmˈniːzjə, -ʒə, -zɪə/ n.【醫】健忘症.

amnesty /ˈæmnɪstɪ/ n. 大赦 Amnesty International 國際特赦組織.

amniocentesis /ˌæmnɪəʊsɛnˈtiːsɪs/ n.【醫】羊膜刺透(術).

amniotic fluid /ˌæmnɪˈɒtɪk ˈfluːɪd/ n.【醫】羊水.

amnion /ˈæmnɪən/ n.【解】羊膜.

amoeba, 美式 **ameba** /əˈmiːbə/ n. (pl. -bae /-biː/, -bas) 【生】變形蟲; 阿米巴.

amok /əˈmʌk, əˈmɒk/ or **amuck** /əˈmʌk/ n. 狂暴; 狂怒 // run ~ 橫衝直撞; 胡砍亂殺.

among(st) /əˈmʌŋ/ prep. 在(多數)的 … 中; 在 … 中間; 在 … 之間分給每個成員.

amoral /ˌeɪˈmɒrəl/ adj. 不基於道德標準的; 不知是非的 ~ity n.

amorous /ˈæmərəs/ adj. 好色的;

色情的; 多情的 **~ly** *adv.* **~ness** *n.*

amorphous /əˈmɔːfəs/ *adj.* 無定形的; 無組織的.

amortize, -se /əˈmɔːtaɪz/ *vt.* ①【律】讓渡(不動產)給法人 ②【經】攤提(資產) ③ 分期償還(債務) amortization *n.* ①【律】不動產的讓渡 ② 分期償還.

amount /əˈmaʊnt/ *vi.* 總計; 等於 *n.* ① 總數; 數量 ② 要旨.

amour /əˈmʊr/ *n.* 婚外情, 戀情.

amp /æmp/ *n.* ① (**~ere** 之略)安培 ② = **~lifier** [口]擴音器.

amperage /ˈæmpərɪdʒ/ *n.* 安培數.

ampere /ˈæmpeə/ *n.*【電】安培 **~meter** *n.* 電流表.

ampersand /ˈæmpəsænd/ or amperzand /ˈæmpəzænd/ *n.* "&"(表示 and 之符號).

amphetamine /æmˈfetəmiːn, -mɪn/ *n.*【藥】安非他明, 氨基丙苯.

amphibian /æmˈfɪbɪən/ *n.* ① 兩棲類動物 ② 水陸兩用飛機(車輛) amphibious *adj.* 水陸兩棲的; 水陸兩用的.

amphitheatre, 美式 -ter /ˈæmfɪˌθɪətə/ *n.* 圓形競技場; 圓形劇場.

amphora /ˈæmfərə/ *n.* (古希臘或羅馬的)兩耳酒(油)罐.

ample /ˈæmpl/ *adj.* 充份的; 富足的; 廣大的 amply *ad.*

amplify /ˈæmplɪfaɪ/ *vt.* 擴大, 增強; 詳述 amplification *n.* amplifier /ˈæmplɪfaɪə/ *vt. n.*【電】擴音器, 放大器.

amplitude /ˈæmplɪtjuːd/ *n.* 廣闊; 充足;【物】振幅 // **~ modulation** 振幅調制.

ampoule, 美式 ampule /ˈæmpuːl, -pjuːl/ *n.* 安瓿(裝注射液的密封小玻璃瓶).

amputate /ˈæmpjʊˌteɪt/ *vt.*【醫】截(肢) amputation *n.* 截肢. 施行截肢手術者 amputee *n.* 被截肢者.

amtrack /ˈæmtræk/ *n.* 水陸兩用車輛.

amuck /əˈmʌk/ *n.* = amok.

amulet /ˈæmjʊlɪt/ *n.* 護身符.

amuse /əˈmjuːz/ *vt.* 逗 … 樂, 使 … 高興; 給 … 娛樂 **~ment** *n.* 娛樂; 消遣 amusing *adj.* 有趣的, 好笑的 // **~ment arcade** 遊戲機中心 **~ment park** 遊樂園.

an /ən/ *det. & conj.* → a.

anabolic steroid /ˌænəˈbɒlɪk ˈstɪərɔɪd/ *n.* 合成代謝類固醇(運動員服用之興奮劑, 為國際比賽所禁用的藥物).

anabolism /əˈnæbəˌlɪzəm/ *n.*【生】合成代謝.

anachronism /əˈnækrəˌnɪzəm/ *n.* 時代錯誤; 不合時宜的人(或事物) anachronistic *adj.*

anaconda /ˌænəˈkɒndə/ *n.* (南美產的)蟒蛇.

an(a)emia /əˈniːmɪə/ *n.*【醫】貧血症 an(a)emic *adj.* ① 貧血的 ② 蒼白的; 缺少生氣的.

anaerobe /æˈneərəʊb, ˈænərəʊb/ or anaerobium /ˌænəˈrəʊbɪəm/ *n.*【微】厭氧微生物 anaerobic *adj.* 厭氧的.

anaesthesia /ˌænɪsˈθiːzɪə/ *n.* 麻醉 anaesthetic /ˌænɪsˈθetɪk/ *adj. & n.*

24

麻醉的; 麻醉劑 anaesthetist n. 麻醉師 anaesthetize vt. 使麻醉, 使麻木.

anagram /ˈænəˌɡræm/ n. (變動字母排列順序而形成的)變位字(或詞句).

anal /ˈeɪn'l/ adj. 肛門的.

analgesia /ˌæn'lˈdʒiːziːə, -sɪə/ or analgia /ænˈældʒɪə/ n. 【醫】痛覺缺失; 止痛法 analgesic adj. 痛覺缺失的; 止痛的. n. 止痛藥.

analogic(al) /ˌænəˈlɒdʒɪk(ˈl)/ adj. 類似的; 類推的.

analogous /əˈnæləɡəs/ adj. 類似的; 模擬的.

analogue, 美式 **analog** /ˈænəˌlɒɡ/ or analogon /əˈnæləɡɒn/ 類似物 // analogue computer 模擬電腦.

analogy /əˈnælədʒɪ/ n. 類似; 【邏】類推.

analyse, 美式 -ze /ˈænˌlaɪz/ vt. 分解; 分析; 解釋(亦作 psycho~) analysis /əˈnælɪsɪs/ n. (pl. -ses) ① 分解; 分析 ②(= psychoanalysis) 精神分析 analyst /ˈænəlɪst/ n. 分析家; 精神分析學家(亦作 psychoanalyst) analytic adj.

anaphora /əˈnæfərə/ or anaphor /ˈænəˌfɔː/ 【語】指代法.

anaplasty /ˈænəˌplæstɪ/ n. 整形外科術 anaplastic adj.

anarchy /ˈænəkɪ/ n. 無政府狀態 anarchic adj. 無政府(主義)的 anarchism /ˈænəˌkɪzəm/ n. 無政府主義 anarchist /ˈænəkɪst/ n. 無政府主義者. anathema /əˈnæθəmə/ n. ① 極討厭的人(或事物); 詛

兒 ②【宗】詛逐 anathematize /əˈnæθɪməˌtaɪz/ vt. 詛咒.

anatomy /əˈnætəmɪ/ n. ① 解剖學 ②(動植物的)構造 ③ 人體 ④ 剖析 anatomical adj. 解剖(學)的 anatomist n. 解剖學家.

ancestor /ˈænsɪstə/ n. 祖先 ancestral adj. ancestry n. 【集合名詞】列祖列宗; 世系; 血統 // ~ worship 祭祖.

anchor /ˈæŋkə/ n. 錨 v. 拋錨; (把⋯)固定 ~age n. 錨地 ~man, (fem.) ~woman n. ① 廣播或電視的節目主持 ② 團體賽或接力賽中最後出場的運動員.

anchorite /ˈæŋkəˌraɪt/ n. 隱士.

anchovy /ˈæntʃəvɪ/ n. 【魚】鯷.

ancient /ˈeɪnʃənt/ adj. ① 古代的; 古老的. 古代的人.

ancillary /ænˈsɪlərɪ/ adj. 輔助的; 附屬的.

and /ænd, 弱 ənd, ən/ conj. ① 和, 與 ② 又, 並 ③ 那麼; 然後 ④ 因而, 於是.

andante /ænˈdæntɪ/ adj. & adv. 【音】用行板(演奏)的(地) n. 行板.

andiron /ˈændˌaɪən/ n. (壁爐的)柴架.

androgynous /ænˈdrɒdʒɪnəs/ adj. 雌雄同體的; 兼兩性的.

android /ˈændrɔɪd/ n. 擬人自動機, 機器人.

anecdote /ˈænɪkˌdəʊt/ n. 軼事, 趣聞 anecdotal adj.

anemometer /ˌænɪˈmɒmɪtə/ n. 風速計.

anemone /əˈnɛmənɪ/ n. 【植】白頭

翁; 秋牡丹.

aneroid barometer /ˈænɪˌrɔɪd bəˈrɒmɪtə/ n. 無液氣壓計.

aneurysm, -rism /ˈænjəˌrɪzm/ n.【醫】動脈瘤.

anew /əˈnjuː/ adv. 重新.

angel /ˈeɪndʒəl/ n. 天使; 仁慈善良的人 // ~ **dust** [俚]天使塵(一種粉狀迷幻藥).

angelica /ænˈdʒelɪkə/ n.【藥】白芷 // **Chinese** ~ 當歸.

angelus /ˈændʒɪləs/ n.【天主】(早午晚三次祈禱時唸的)三鐘經; 宣告唸三鐘經的鐘聲.

anger /ˈæŋgə/ n. 怒, 憤怒 vt. 使發怒; 使生氣.

angina (pectoris) /ænˈdʒaɪnə ˈpektərɪs/ n.【醫】心絞痛; 咽喉痛.

angle /ˈæŋgˈl/ n. ① 角; 角度; 角落; 棱角 ② 觀點 v. ①(使)轉變角度 ② 釣魚; 謀取 ~**r** n. 釣魚者 **angling** n. 釣魚九 ~ **bracket** 尖角括號(< >) ~ **grinder**【機】角磨機; 角挫 **at an** ~ 傾斜地.

Anglican /ˈæŋglɪkən/ adj. & n. (英國國教)聖公會的(教徒) ~**ism** n. 聖公會教義 // ~ **Church** 聖公會.

Anglicize, -se /ˈæŋglɪˌsaɪz/ v. (在語言, 習俗方面)(使)英國化 **Anglicism** n. 英國式的語言和習俗.

Anglo /ˈæŋgləʊ/ pref. [前綴] 表示"英國; 英國的; 英裔的", 如: ~**American** n. 英裔美國人 adj. 英美的 ~**Catholic** adj. & n. 英國國教聖公會高教派的(教徒) ~**Indian** n. & adj. 英印混

血兒(的) ~**phil(e)** /ˈæŋgləʊfɪl, -ˌfaɪl/ n. 親英派的人 ~**phobe** /ˈæŋgləʊˌfəʊb/ n. 仇(或恐)英派的人 ~**phobia** 仇(或恐)英心理 ~**Saxon** n. & adj. 盎格魯撒克遜族(的); 盎格魯撒克遜語(的).

angora /æŋˈgɔːrə/ n. ① 安哥拉長毛兔(或羊、貓) ② 安哥拉長毛兔(或羊)毛 ③ 安哥拉長毛兔(或羊)毛織成之毛絨.

Angostura /æŋgɒsˈtuːrə/ n. ① (南美產的)安哥斯圖拉苦味樹皮 ② (用這種樹皮製的)安哥斯圖拉滋補液(亦作 ~ **bitters**).

angry /ˈæŋgrɪ/ adj. 發怒的; 憤怒的 **angrily** adv.

angst /æŋst/ n. 焦慮; 擔心.

angstrom /ˈæŋstrəm, -strəm/ n.【物】埃(測量波長之單位, = 1/1億厘米).

anguish /ˈæŋgwɪʃ/ n. (極度的)痛苦 ~**ed** adj. 極痛苦的.

angular /ˈæŋgjələ/ adj. ① 有角的; 用角度量的 ② 瘦骨嶙峋的 ③ 不靈活的 ~**ity** n. // ~ **bearing**【機】徑向止推軸承.

anhydrite /ænˈhaɪdraɪt/ n.【礦】硬石膏.

anhydrous /ænˈhaɪdrəs/ adj. 無水的 // ~ **sodium sulphate**【化】無水硫酸鈉.

anil /ˈænɪl/ n.【植】木藍; 靛藍.

anilin(e) /ˈænɪlɪn/ n. 苯胺.

animadvert /ˌænɪmædˈvɜːt/ v. 指責; 批評 **animadversion** /ˌænɪmædˈvɜːʃən/ n.

animal /ˈænɪməl/ n. ① 動物; 禽獸; 牲畜 ② 牲畜般的人 adj. 動物

的; 肉慾的 **~cule** /ˈænɪˈmælkjuːl/ *n.* 微動物; 微生物 **~-pollinated** /ˈænɪməlˈpɒlɪˌneɪtɪd/ *adj.* 蟲媒授粉的 // **~ husbandry** /ˈænɪməlˈhʌzbəndrɪ/ *n.* 畜牧業.

animalist /ˈænɪməlɪst/ *n.* ① 縱慾者; 獸性主義者 ② 擁護動物生存權者.

animate /ˈænɪˌmeɪt/ *vt.* ① 賦予生命; 使有生氣; 激勵 ② 繪製 (卡通、動畫片) *adj.* 有生氣的 animation *n.* ① 興奮 ② 卡通製作 animator *n.* 卡通製作者.

animated /ˈænɪˌmeɪtɪd/ *adj.* 栩栩如生的; 生氣勃勃的 // **~ cartoon** 動畫片, 卡通.

animism /ˈænɪˌmɪzəm/ *n.* 泛靈論; 萬物有靈論 animist *n.* 泛靈論者 animistic *adj.*

animosity /ˌænɪˈmɒsɪtɪ/ *n.* 仇恨; 憎惡; 敵視.

animus /ˈænɪməs/ *n.* (+ against) 仇恨; 敵意.

anion /ˈænˌaɪən/ *n.* 陰離子.

anise /ˈænɪs/ *n.* 【植】大茴香.

aniseed /ˈænɪˌsiːd/ *n.* 茴香子.

ankle /ˈæŋkˀl/ *n.* 踝; **~t** *n.* 腳鐲.

annals /ˈænˀlz/ *pl. n.* 編年史; 年表; 年鑒 annalist *n.* 編年史作者.

anneal /əˈniːl/ *vt.* 【冶】使退火; 使鍛鍊.

annelid /ˈænəlɪd/ *n.* 【動】環蟲; 蠕蟲.

annex /əˈnɛks/ *vt.* ① 併吞; 擅自拿走 ② 附加 **~ation** *n.* ① 吞併; 吞併物 ② 附加; 附加物.

annexe, 美式 annex /ˈænɛks/ *n.* 附屬建築.

annihilate /əˈnaɪəˌleɪt/ *vt.* 消滅; 殲滅 annihilation *n.*

anniversary /ˌænɪˈvɜːsərɪ/ *n.* 週年紀念(日) *adj.* 每年的; 週年(紀念)的.

anno Domini /ˈænəʊ ˈdɒmɪˌnaɪ, -ˌniː/ *adv. & n.* [拉]公元; 耶穌紀元(略作 A. D.).

annotate /ˈænəʊˌteɪt, ˈænə-/ *vt.* 註解 annotation *n.* annotator *n.* 註解者.

announce /əˈnaʊns/ *vt.* 通告; 宣告; 宣佈 **~ment** *n.* 通告; 宣佈 **~r** /əˈnaʊnsə/ *n.* 報告員; 廣播員.

annoy /əˈnɔɪ/ *vt.* 使煩惱; 使生氣 **~ance** *n.* 煩惱; 令人煩惱之事物 **~ing** *adj.* 討厭的; 惱人的.

annual /ˈænjʊəl/ *adj.* 每年的; 一年的 *n.* ① 一年生植物 ② 年刊, 年鑒.

annuity /əˈnjuːɪtɪ/ *n.* 年金; 養老金.

annul /əˈnʌl/ *vt.* 廢除, 取消; 解除 (尤指婚約) **~ment** *n.*

annular /ˈænjʊlə/ *adj.* 環狀的.

Annunciation /əˌnʌnsɪˈeɪʃən/ *n.* 【宗】天使報告(亦作聖母領報); 天使報喜節(亦作聖母領報節)(3月 25 日).

anode /ˈænəʊd/ *n.* 【電】陽極.

anodize /ˈænəˌdaɪz/ *vt.* 對(金屬)進行陽極電鍍.

anodyne /ˈænəˌdaɪn/ *n.* 止痛藥 *adj.* ① 鎮痛的, 止痛的 ② 撫慰的.

anoint /əˈnɔɪnt/ *vt.* (尤指宗教儀式)塗油於.

anomaly /əˈnɒməlɪ/ *n.* 不規則; 反常; 反常之人(或事物) anomalous *adj.*

anon /ə'nɒn/ *adv.* [舊]不久; 即刻.

anonymous /ə'nɒnɪməs/ *adj.* 匿名的 anonymity *n.* 匿名; 無名; 作者不明.

anopheles /ə'nɒfɪˌliːz/ *n.*【昆】瘧蚊.

anorak /'ænəˌræk/ *n.* 帶風帽的防雨短外衣(或夾克).

anorexia (nervosa) /ˌænəˈreksɪə/ *n.*【醫】厭食症; 神經性食慾缺乏 anorexic *adj. & n.* 患厭食症的(人).

another /ə'nʌðə/ *adj.* 又一; 另外的 *pro.* 另一個; 別的東西(或人).

anoxia /æn'ɒksɪə/ *n.*【醫】缺氧症.

answer /'ɑːnsə/ *n.* ① 回答, 答覆 ② 答案; 解決辦法 *v.* ① 回答, 答覆 ② 答辯, 響應 ③ 負責; 符合 ~**able** *adj.* 可答覆的; 應負責的 // ~ **for sth / to sb** 對某事/某人負責 ~**ing machine** (= ~**phone**) 自動接話錄話機.

ant /ænt/ *n.*【昆】蟻 ~**bear** *n.* 大食蟻獸 ~**eater** *n.* 食蟻獸 ~**hill** *n.* 蟻冢 // **have** ~**s in one's pants** 坐立不安.

antacid /ænt'æsɪd/ *n. & adj.* 抗酸劑; 解酸藥; 解酸的; 防酸的, 中和酸的.

antagonism /æn'tægəˌnɪzəm/ *n.* 敵對, 對抗 antagonist *n.* ① 敵手 ②【解】頡頏肌, 對抗肌 ③【藥】解藥.

antagonize /æn'tægəˌnaɪz/ *vt.* ① 對抗 ② 中和, 抵銷.

antalkali /ænt'ælkəˌlaɪ/ *adj.* 解鹼藥; 抗鹼劑.

Antarctic /æn'tɑːktɪk/ *n. & adj.* 南極(的) // ~ **Circle** 南極圈.

anta /'æntə/ *n.* (發新牌前)預下的賭注 *v.* 預下賭注; 預付.

ante- *pref.* [前綴] 表示"前; 在…前".

antecedent /ˌæntɪ'siːdənt/ *n.* ① 前例; 前事 ②【語】先行詞 ③【數】前項 ④【邏】前提 ⑤ (*pl.*) 經歷; 身世; 祖先 *adj.* 先行的; 先前的 antecedence *n.* ① 先行; 居先 ②【天】逆行.

antechamber /'æntɪˌtʃeɪmbə/ *n.* 前室; 接待室(亦作 anteroom).

antedate /'æntɪˌdeɪt, ˌæntɪ'deɪt/ *vt.* ① 把日期填早 ② 先於, 早於(亦作 predate).

antediluvian /ˌæntɪdɪ'luːvɪən, -daɪ-/ *adj.* ① 上古的 ② 過時的; 陳舊的.

antelope /'æntɪˌləʊp/ *n.*【動】羚羊.

antemeridian /ˌæntɪmə'rɪdɪən/ *adj.* 午前的.

antenatal /ˌæntɪ'neɪtl̩/ *adj.* 胎兒的; 胎前的.

antenna /æn'tenə/ *n.* (*pl.* **-nae** /-naɪ/) ①【動】觸角 (*pl.* **-nas**) (= [英]aerial)【無】[美]天線.

antepenultimate /ˌæntɪpɪ'nʌltɪmɪt/ *n. & adj.* 倒數第三的(的).

anterior /æn'tɪərɪə/ *adj.* 位於前面的; 先前的.

anteroom /'æntɪˌruːm, -ˌrɒm/ *n.* = antechamber.

anthem /'ænθəm/ *n.* 聖歌, 讚美詩; 頌歌.

anther /'ænθə/ *n.* 花藥, 花粉囊.

anthology /æn'θɒlədʒɪ/ *n.* (詩、文學作品等的)選集.

anthracite /ˈænθrəˌsaɪt/ *n.* 無煙煤、白煤.

anthrax /ˈænθræks/ *n.* 【醫】炭疽(病).

anthropoid /ˈænθrəˌpɔɪd/ *adj.* 似人類的 *n.* 類人猿.

anthropology /ˌænθrəˈpɒlədʒɪ/ *n.* 人類學 anthropological *adj.* anthropologist *n.* 人類學家.

anthropomorphism /ˌænθrəpəˈmɔːfɪzəm/ *n.* (把神、動物或物體說成具有人形和人性的)擬人説 anthropomorphic *adj.* 擬人的.

anti- /ˈæntɪ/ *pref.* [前綴] 表示"反; 抗; 非" 等.

antiaircraft /ˌæntɪˈeəkrɑːft/ *adj.* 防空的.

antiballistic missile /ˌæntɪbəˈlɪstɪk ˈmɪsaɪl/ *n.* 反彈道導彈.

antibiotic /ˌæntɪbaɪˈɒtɪk/ *n.* 【生】抗生素; 抗菌素 *adj.* 抗菌的; 抗生的.

antibody /ˈæntɪˌbɒdɪ/ *n.* 【醫】抗體 ~-positive *adj.* 【醫】愛滋病抗體測試為陽性的; 有愛滋病病毒的.

antichoice /ˌæntɪˈtʃɔɪs/ *adj.* 反對墮胎的.

Antichrist /ˈænˌtɪsˌpeɪt/ *n.* (亦作 a-)基督的反對者; 基督教的敵人.

anticipate /ænˈtɪsɪˌpeɪt/ *n.* 預期; 期待; 預支; 佔先 anticipation /ænˌtɪsɪˈpeɪʃən/ *n.* 預期; 期待 anticipatory /ænˌtɪsɪˈpeɪtərɪ/ *adj.* 預期的; 先發制人的.

anticlimax /ˌæntɪˈklaɪmæks/ *n.*
① 【語】突降法 ② 虎頭蛇尾.

anticlockwise /ˌæntɪˈklɒkˌwaɪz/ *adj.* & *adv.* 逆時針方向的(地)(亦作 counterclockwise).

antics /ˈæntɪks/ *pl. n.* 滑稽奇怪的動作(或姿態).

anticyclone /ˌæntɪˈsaɪkləʊn/ *n.* 【氣】反氣旋; 高氣壓.

antidote /ˈæntɪˌdəʊt/ *n.* ① 解毒劑 ② 能除害(或起矯正作用)的東西.

antifreeze /ˈæntɪˌfriːz/ *n.* 防凍液; 抗凝劑(用於汽車散熱器中).

antigen /ˈæntɪdʒən, -ˌdʒen/ or **antigene** /ˈæntɪˌdʒiːn/ *n.* 【醫】抗原.

antihero /ˈæntɪˌhɪərəʊ/ *n.* (小説等)不按傳統主角特質所塑造的主角; 非英雄主角.

antihistamine /ˌæntɪˈhɪstəˌmiːn, -mɪn/ *n.* 【藥】抗組織胺(用以治療過敏症).

antimacassar /ˌæntɪməˈkæsə/ *n.* 椅(或沙發背)的罩布.

antimony /ˈæntɪmənɪ/ *n.* 【化】銻.

antinuclear /ˌæntɪˈnjuːklɪə/ *adj.* 反對核子武器(或核大國)的.

antipasto /ˌæntɪˈpɑːstəʊ, -ˈpæs-/ *n.* [意]飯前的開胃小菜.

antipathy /ænˈtɪpəθɪ/ *n.* 厭惡; 憎恨 antipathetic *adj.* 引起厭惡的.

antipersonnel /ˌæntɪˌpɜːsəˈnel/ *adj.* (指炸彈或地雷等)殺傷性的.

antiperspirant /ˌæntɪˈpɜːspərənt/ *n.* 止汗劑.

antipodes /ænˈtɪpəˌdiːz/ *pl. n.* 對蹠點; 地球上相反的兩地區 the A-*n.* 澳洲和新西蘭所處位置正好

與英國相對 antipodean *adj*.

antipyretic /ˌæntɪpaɪˈrɛtɪk/ *adj.* 退熱的 *n.* 退熱藥.

antiquarian /ˌæntɪˈkwɛərɪən/ *adj.* ① 古物的 ② 研究古籍文物的; 搜集買賣古籍文物的 *n.* = antiquary.

antiquary /ˈæntɪkwərɪ/ *n.* 文物工作者; 古籍收藏家; 古董商.

antiquated /ˈæntɪˌkweɪtɪd/ *adj.* 陳舊的; 老式的; 過時的.

antique /ænˈtiːk/ *adj.* 古代的; 老式的; 過時的 *n.* 古玩, 古物.

antiquity /ænˈtɪkwɪtɪ/ *n.* 古老; 古代; 古蹟; 古物.

antiracism /ˌæntɪˈreɪsɪzəm/ *n.* 反種族主義; 反種族歧視.

antirrhinum /ˌæntɪˈraɪnəm/ *n.* 【植】金魚草.

anti-Semite /ˌænti ˈsiːmaɪt/ *n.* 反猶排猶份子 **anti-Semitism** *n.* 反猶主義 **anti-Semitic** *adj.*

antiseptic /ˌæntɪˈsɛptɪk/ *adj.* 防腐的 *n.* 防腐劑; 抗菌劑.

antisocial /ˌæntɪˈsəʊʃəl/ *adj.* 反社會的, 厭惡社交的.

antistatic /ˌæntɪˈstætɪk/ *n.* 抗靜電劑 *adj.* 抗靜電的.

antitank /ˌæntɪˈtæŋk/ *adj.* 反坦克的.

antithesis /ænˈtɪθɪsɪs/ *n.* (*pl.* -ses /ˌænˈtɪθɪsiːz/)對立, 對立面;【修】對偶, 對句, 對語 **antithetical** *adj.*

antitoxin /ˌæntɪˈtɒksɪn/ *n.*【生】抗毒素.

antonym /ˈæntənɪm/ *n.* 反義詞.

ANTU, Antu /ˈænˌtuː/ *n.* 安妥(殺鼠藥).

anus /ˈeɪnəs/ *n.* 肛門.

anvil /ˈænvɪl/ *n.* 鐵砧.

anxiety /æŋˈzaɪtɪ/ *n.* 掛慮; 焦急.

anxious /ˈæŋkʃəs, ˈæŋˌʃəs/ *adj.* ① 掛慮的; 焦急的 ② 渴望的.

any /ˈɛnɪ/ *adj.* ① 甚麼; 一些 ② 任何一個; 無論哪個 *pro.* (*sing.* & *pl.*) 哪個; 無論哪個 *adv.* 略微; 一點也.

anybody /ˈɛnɪˌbɒdɪ, -bədɪ/ *pro.* ① (用於肯定句中)誰都, 隨便哪一個人 ② (用於否定句中)誰也 ③ (用於疑問或條件句中)誰; 任何人 *n.* 重要人物; 有名聲的人.

anyhow /ˈɛnɪˌhaʊ/ *adv.* ① 總之; 不管怎麼樣, 無論如何 ② 隨隨便便地, 馬馬虎虎地.

anyone /ˈɛnɪˌwʌn, -wən/ *pro.* = anybody.

anything /ˈɛnɪˌθɪŋ/ *pro.* ① (用於疑問或否定句中)任何事物 ② (用於肯定句中)甚麼事物都; 任何重要或嚴重的事 // ~ but 絕不是 if ~ 要說有甚麼不同的話; 甚至可以這麼說 like ~ 非常激烈地, 拼命地 or ~ 或別的類似的事物.

anyway /ˈɛnɪˌweɪ/ *adv.* 總之; 不管怎麼樣.

anywhere /ˈeɪ əʊ bɪː/ *adv.* 無論何處; 任何地方.

AOB, a. o. b. /ˈeɪ əʊ bɪː/ *abbr.* = (on the agenda for a meeting) any other business (在議事日程上的)任何其他事情.

aorta /eɪˈɔːtə/ *n.* (*pl.* -tas, -tae /-tiː/)【解】主動脈, 大動脈.

A. P., AP /ˈeɪ piː/ *abbr.* = Associated Press (美國)聯合通訊社(簡稱美

聯社).

apace /ə'peɪs/ *adv.* 飛速地.

apart /ə'pɑːt/ *adv.* ① 分, 離 ② 分; 別; 相隔 ③ 在一邊 ④ 拆開地 // ~ **from** 除… 以外; 此外 **fall** ~ 破碎; 崩潰 **tell** ~ 區分; 辨認.

apartheid /ə'pɑːthaɪt, -heɪt/ *n.* (南非的)種族隔離(政策).

apartment /ə'pɑːtmənt/ *n.* ① 房間 ② = [英]**flat** [美]公寓.

apathy /'æpəθɪ/ *n.* 冷淡; 漠不關心 **apathetic** /,æpə'θetɪk/ *adj.*

apatite /'æpə,taɪt/ *adj.* 【礦】磷灰石.

APC /eɪ piː siː/ *abbr.* 【藥】複方阿士匹靈, 複方阿斯匹靈.

ape /eɪp/ *n.* 猿 *vt.* 模仿 **apish** *adj.* ① 猿一樣的 ② 愚蠢, 糊塗的 ③ 學人樣的 **~man** *n.* 猿人.

APEC /'eɪpek/ *abbr.* = Asian Pacific Economic Cooperation Forum 亞太經濟合作論壇.

aperient /ə'pɪərɪənt/ *adj.* 有輕瀉作用的 *n.* 輕瀉劑.

aperitif /ə,perɪ'tiːf/ *n.* 開胃酒, 飯前酒.

aperture /'æpətʃə/ *n.* ① 孔, 隙縫 ② (照相機等的)孔徑, 光圈.

apex /'eɪpeks/ *n.* (*pl.* **~es**, **apices** /'æpɪ,siːz, 'eɪ-/) 頂尖; 頂.

APEX /'eɪpeks/ *abbr.* = Advance Purchase Excursion (在指定時期內預訂)可享受折扣優惠票價.

aphasia /ə'feɪzɪə/ *n.* 【醫】失語症.

aphid /'eɪfɪd/ *n.* 蚜蟲.

aphorism /'æfə,rɪzəm/ *adj.* 格言; 警句.

aphrodisiac /,æfrə'dɪzɪæk/ *adj.* 激

發性慾的 *n.* 催慾劑; 春藥; 壯陽藥.

apiary /'eɪpɪərɪ/ *n.* 養蜂場 **apiarist** *n.* 養蜂者 **apiculture** /'eɪpɪ,kʌltʃə/ *n.* 養蜂(業).

apiece /ə'piːs/ *adv.* 每個, 每人, 各.

aplomb /ə'plɒm/ *n.* [法]沉着, 鎮靜; 自若.

apocalypse /ə'pɒkəlɪps/ *n.* 世界末日; 大災難 **the A-** *n.* (基督教《聖經·新約》中的)《啟示錄》 **apocalyptic** *adj.* 啟示將發生大災禍的.

apocrypha /ə'pɒkrɪfə/ *n.* 偽經; 經外書 **apocryphal** *adj.* 偽的; 不足憑信的.

apogee /'æpə,dʒiː/ *n.* ①【天】遠地點 ② 最高點; 最遠點; 頂點.

apolitical /,eɪpə'lɪtɪk'l/ *adj.* 與政治無關的, 非政治的.

apologia /,æpə'ləʊdʒɪə/ *n.* 辯解書; 道歉.

apology /ə'pɒlədʒɪ/ *n.* ① 道歉, 認錯 ② 辯解 ③ 聊以充數的東西; 勉強湊合的代用品 **apologetic** *adj.* ① 道歉的 ② 辯解的 **apologetics** *n.* (基督教神學中的)護教學 **apologist** *n.* 辯護士; 辯解者 **apologize** *vi.* 道歉; 認錯.

apo(ph)thegm /'æpə,θem/ *n.* 格言, 箴言.

apoplexy /'æpə,pleksɪ/ *n.* 【醫】中風 **apoplectic** /,æpə'plektɪk/ *adj.* 中風的; 狂怒的.

apostasy /ə'pɒstəsɪ/ *n.* 背教; 脫黨 變節 **apostate** *adj.* 背教的, 脫黨的 *n.* 背教者; 脫黨者.

a posteriori /,eɪ pɒs,terɪ'ɔːraɪ, -rɪ,

ɑː/ adj. [拉]【邏】由結果追溯到原因的; 歸納的.

Apostle /ə'pɒsˌl/ n. ①【宗】(耶穌的)使徒, 傳道者 ② (a-)倡導者, 積極鼓吹者 apostolic /ˌæpə'stɒlɪk/ adj. ① 使徒的 ②【宗】教宗的, 教皇的.

apostrophe /ə'pɒstrəfi/ n. ① 省字符號或所有格符號(') ②【語】頓呼語 apostrophize /ə'pɒstrəˌfaɪz/ v. 用頓呼語稱呼.

apothecary /ə'pɒθɪkərɪ/ n. [舊]藥劑師; 藥商.

apotheosis /əˌpɒθɪ'əʊsɪs/ n. (pl. -ses /-siːz/) 尊為神, 神化, 聖化; 盡善盡美之典範.

appal, 美式 **appall** /ə'pɔːl/ v. 嚇壞; 使膽寒 appalling adj. 駭人的 appallingly adv.

apparatus /ˌæpə'reɪtəs, -'rɑːtəs, 'æpəˌreɪtəs/ n. 器具, 裝置, 設備.

apparel /ə'pærəl/ n. [舊]衣服, 服裝.

apparent /ə'pærənt, ə'peər-/ adj. 明顯的, 顯而易見的; 表面上的; 貌似的 // ~ **depth** 視深.

apparition /ˌæpə'rɪʃən/ n. 鬼, 幽靈.

appeal /ə'piːl/ v. ① 懇求; 呼籲; 求助 ② 引起興趣; 有吸引力 ③ 上訴 n. 呼籲; 上訴; 吸引力; 感染力 ~**ing** adj.

appear [ə'pɪə/ vi. 顯現; 來到; 看來; 出場; 出庭; 公開露面, 發表, 出版 ~**ance** n. ① 出現 ② 外貌 ③ (常用複)表面的跡象(或徵兆).

appease /ə'piːz/ vt. ① 平息; 緩

和 ② 滿足 ③ 撫慰; 姑息; 綏靖 ~**ment** n.

appellant /ə'pelənt/ n.【律】上訴人 adj. 上訴的.

appellate /ə'pelɪt/ adj.【律】受理上訴的 // ~ **court** 上訴法院.

appellation /ˌæpɪ'leɪʃən/ n. 名稱; 稱呼.

append /ə'pend/ vt. 附和; 添加; 增補 ~**age** n. 附和物; 附屬物 ~**ant** adj. 附加的; 附屬的.

appendectomy /ˌæpən'dektəmɪ/ n.【醫】闌尾切除術.

appendicitis /əˌpendɪ'saɪtɪs/ n.【醫】闌尾炎.

appendix /ə'pendɪks/ n. (pl. -dixes, -dices /-dɪˌsiːz/) ① 附錄, 補遺 ②【解】闌尾.

appertain /ˌæpə'teɪn/ vi. 屬於; 和…有關; 適合於.

appetite /'æpɪˌtaɪt/ n. ① 食慾; 慾望 ② 愛好 appetizer n. (正餐前吃或喝的)開胃物 appetizing adj. 開胃的.

applaud /ə'plɔːd/ v. 鼓掌歡迎; 歡呼; 喝采; 稱讚 applause n.

apple /'æpˌl/ n. 蘋果 [美]蘋果酒 // **Adam's ~** 喉結 **pie** 蘋果批 ~**pie order** [口]井然有序 **the ~ of sb's eye** 掌上明珠.

appliance /ə'plaɪəns/ n. 器具; 裝置; 設備.

applicable /'æplɪkəbˌl, ə'plɪkə-/ adj. ① 可適用的; 能應用的 ② 適當的; 合適的 applicability n. applicably adv.

applicant /'æplɪkənt/ n. 申請者.

application /ˌæplɪ'keɪʃən/ n. ① 申

請; 申請表格 ② 適用; 應用; 敷
用 ③ 專心致志 ④【計】應用程
式, 應用軟件.

applicator /ˈæpliˌkeitə/ n. 塗藥器;
敷貼器.

applique, -qué /əˈpliːkei/ n. [法]縫
飾; 鑲飾; 補花 vt. 用縫飾(或補
花)來裝飾.

apply /əˈplai/ vt. ① 申請 ② 應
用; 適用 ③ 敷, 塗, 搽 applied
adj. 應用的 // applied
linguistics 應用語言學.

appoint /əˈpɔint/ vt. ① 約定 ② 任
命, 委派, 指定 ~ed adj. 指定
的; 約定的 ② 任命的 ③ 設備···
的 ~ee n. 被任命者; 被指定者
~ment n. ① 任命 ② 約會 ③ 職
位 ④ (常用複)設備, 傢具.

apportion /əˈpɔːʃən/ vt. 分派, 分
攤 ~ment n. // ~ blame 認定責任.

apposite /ˈæpəzit/ adj. 適當的; 恰
當的 ~ness n.

apposition /ˌæpəˈziʃən/ n. ① 並置
②【語】同格, 同位 ~al adj.

appositive /əˈpɒzitiv/ n.【語】同位
語.

appraise, -ze /əˈpreiz/ vt. 評價; 鑒
定 appraisal n. appraising adj.

appreciable /əˈpriːʃəb(ə)l, -ʃəb(ə)l/
adj. ① 可察覺到的 ② 相當多
(或大)的.

appreciate /əˈpriːʃiˌeit, -sit-/ v.
① 鑒賞; 賞識; 讚賞 ② 感激
③ 意識到; 評價 ④ (使)增值; 漲
價 appreciation n. appreciative
adj. ① 有眼力的 ② 感激的; 讚
賞的 ③ 意識到的.

apprehend /ˌæpriˈhend/ vt.

① 逮捕 ② [舊]領悟, 理解
apprehension n. apprehensive adj.
憂慮的; 意識到的.

apprentice /əˈprentis/ n. 學徒; 見
習生 vt. 使當學徒 ~ship n. 學徒
的身份(或年限).

apprise /əˈpraiz/ vt. 通知; 報告.

appro /ˈæprəʊ/ n. = ~val, ~bation
// on ~ (= on ~val) [英口]

approach /əˈprəʊtʃ/ v. ① 走近; 接
近 ② 探討, 處理 ③ 向···接洽;
打交道 n. ① 走近; 接近 ② 通路
③ 入門; 方法 ④ 近似 ~able adj.
易接近的 ~ability n.

approbation /ˌæprəˈbeiʃən/ n. 認
可, 核准, 讚許.

appropriate /əˈprəʊpriˌeit/ vt.
① 撥出(款項) ② 擅用, 挪用
/əˈprəʊprit/ adj. 適當的 ~ly adv.
appropriation n. ① 專用; 挪用
② 撥款 // ~ technology【經】相
宜技術.

approval /əˈpruːv(ə)l/ n. 批准; 贊成
// on ~ (= on appro) (指商品)供
試用的, 包退包換的.

approve /əˈpruːv/ v. ① 批准, 贊成 ~d
adj. 已被批准的 // ~d school [英]
少年犯教養院; 工讀學校.

approx. /əˈprɒks/ abbr. =
approximate(ly).

approximate /əˈprɒksiˌmeit/ v.
① (使)接近 ② 近似; 概算
/əˈprɒksimit/ adj. 近似的, 大概
的 approximation n. ① 接近
② 【數】近似值 ③ 概算.

appurtenance /əˈpɜːtinəns/ n.【律】
附屬物; 附屬權利.

Apr abbr. = ~il.

apres-ski, après-ski /ˈæpreiˈskiː/ *adj.* [法]滑雪運動後的 *n.* (在滑雪勝地白天滑雪後)晚間進行的悠閒交誼活動.

apricot /ˈeɪprɪˌkɒt/ *n.* ①【植】杏 ② 杏黃色.

April /ˈeɪprəl/ *n.* 四月 // ~ **fool** 愚人節時受愚弄者 ~ **Fool's Day** 愚人節(4月1日).

a priori /eɪ praɪˈɔːraɪ, ɑːˈpriːriː/ *adj.* & *adv.* [拉]由原因推及結果的(地), 演繹的(地).

apron /ˈeɪprən/ *n.* ① 圍裙 ②【空】停機坪 ③【劇】(舞台幕前的)台口.

apropos /ˌæprəˈpəʊ/ *adv.* & *adj.* [法]適當的(的); 及時的(地) // ~ **of** 關於; 至於.

apse /æps/ *n.* (尤指教堂內之)拱頂或圓頂的凹室.

apt /æpt/ *adj.* ① 恰當的 ② 傾向於⋯的, 易於⋯的 ③ 靈敏的 ④ 擅長於⋯的 ~**ly** *adv.* ~**ness** *n.*

APT *abbr.* = Advanced Passenger Train [英]高級旅客列車.

aptitude /ˈæptɪˌtjuːd/ *n.* 天資; 才能.

aqualung /ˈækwəˌlʌŋ/ *n.* (潛水員用的)水下呼吸器; 水肺.

aquamarine /ˌækwəməˈriːn/ *n.*【礦】海藍寶石, 藍晶.

aquaplane /ˈækwəˌpleɪn/ *n.* 滑水板 *vi.* 站在滑水板上滑行; (車輛在濕滑的路面上)失控地滑行.

aquarium /əˈkwɛərɪəm/ *n.* (*pl.* **-riums, -ria** /-rɪə/) 養魚缸; 水族館; 水族池.

Aquarius /əˈkwɛərɪəs/ *n.*【天】寶瓶(星)座, 水瓶座.

aquatic /əˈkwætɪk, əˈkwɒt-/ *adj.* ① (指動植物)水生的, 水棲的 ② (指運動)水上的, 水中的 ~**s** *n.* 水上運動.

aquatint /ˈækwəˌtɪnt/ or **aquatinta** /ˌækwəˈtɪntə/ *n.*【印】銅版蝕刻法; 銅版蝕刻畫.

aqueduct /ˈækwɪˌdʌkt/ *n.* ① 溝渠, 導水管 ② 水管橋.

aqueous /ˈeɪkwɪəs, ˈækwɪ-/ *adj.* 水的; 似水的; 含水的; 水多的.

aquiline /ˈækwɪˌlaɪn/ *adj.* ① (似)鷹的 ② (指鼻子)鷹鈎似的.

Ar *abbr.*【化】元素氬 (argon) 的符號.

Arab /ˈærəb/ *n.* 阿拉伯人; 阿拉伯馬 *adj.* 阿拉伯(人)的.

arabesque /ˌærəˈbɛsk/ *n.* ① 芭蕾舞的一種舞姿(一足着地一足後伸, 雙臂前後平伸) ② 精緻的圖飾.

Arabian /əˈreɪbɪən/ *adj.* 阿拉伯(人)的 // the ~ **Penninsula** 阿拉伯半島.

Arabic /ˈærəbɪk/ *adj.* 阿拉伯人的; 阿拉伯語的 *n.* 阿拉伯語 // ~ **numerals, ~ figures** 阿拉伯數字.

arable /ˈærəb°l/ *adj.* 適於耕種的 *n.* 可耕地.

arachnid /əˈræknɪd/ *n.* 蜘蛛類節肢動物.

arb /ɑːb/ *n.*【經】套利人(亦作 ~**itrageur**).

arbiter /ˈɑːbɪtə/ *n.* ① 公斷人, 仲裁者, 裁決者 ② 權威人士.

arbitrary /ˈɑːbɪtrərɪ/ *adj.* ① 任意

的; 武斷的 ② 專橫的.

arbitrate /ˈɑːbɪˌtreɪt/ v. 仲裁, 公斷; 進行仲裁 arbitration n. 仲裁, 調解 arbitrator n. 仲裁人; 裁決者.

arboreal /ɑːˈbɔːrɪəl/ adj. 樹林的; 棲息或生活在樹上的.

arboretum /ˌɑːbəˈriːtəm/ n. (pl. -ta /-tə/, -tums)樹林園; 植物園.

arboriculture /ˈɑːbərɪˌkʌltʃə/ n. 樹木栽培; 造林(學).

arbo(u)r /ˈɑːbə/ n. 棚架; 涼亭.

arc /ɑːk/ n. ① 弧; 弓形拱(洞)〔電弧〕; 弧光 v. 形成弧光 // ~ lamp, ~ light 弧光燈 ~ welding(電)弧焊.

arcade /ɑːˈkeɪd/ n. ① 拱廊; 有拱廊(或騎樓)的街道 ② = shopping ~ 〔英〕步行街 ③ = amusement ~ 遊戲機中心.

Arcadia /ɑːˈkeɪdɪə/ n. 具有淳樸怡人田園風光的地方; 世外桃源.

arcane /ɑːˈkeɪn/ adj. 神秘的; 秘密的.

arch /ɑːtʃ/ n. ①【建】拱; 拱門 ② 弓形結構 ③ 足底弓 v. 使成弓形的; 拱形的; 會心的.

arch-, archi- pref. 〔前綴〕表示"主要的; 最高的; 總的".

archaeology /ˌɑːkɪˈɒlədʒɪ/ n. 考古學 archaeological adj. archaeologist n. 考古學家.

archaic /ɑːˈkeɪɪk/ adj. ① 古代的 ② (指語言)古體的, 陳舊的.

archaism /ˈɑːkɪˌɪzəm, -keɪ-/ n. 古詞; 古語.

archangel /ˈɑːkˌeɪndʒəl/ n. 天使長, 大天使.

archbishop /ˌɑːtʃˈbɪʃəp/ n.【宗】大主教 ~ric n. 大主教的職位、任期或管轄區.

archdeacon /ˌɑːtʃˈdiːkən/ n. 副主教 ~ry n. 副主教的職位或住宅.

archdiocese /ˌɑːtʃˈdaɪəˌsiːs, -sɪs/ n. 大主教的管轄區.

archduke /ˌɑːtʃˈdjuːk/ n. 大公; 大公爵(尤指舊時奧地利帝國皇太子).

archenemy /ˈɑːtʃˈɛnɪmɪ/ n. 首敵, 大敵 the A- n.【宗】魔王)撒旦.

archer /ˈɑːtʃə/ n. ① 弓箭手; 射手 ②【天】射手座, 人馬宮 ~y n. 射箭(術) ~fish n. 射手魚.

archetype /ˈɑːkɪˌtaɪp/ n. 原型; 典型 archetypal adj.

archiepiscopal /ˌɑːkɪˈpɪskəpəl/ adj. 大主教的.

archipelago /ˌɑːkɪˈpɛlɪˌgəʊ/ n. (pl. -go(e)s) 羣島; 多島海 archipelagic adj.

architect /ˈɑːkɪˌtɛkt/ n. 建築師; 設計師.

architecture /ˈɑːkɪˌtɛktʃə/ n. 建築(學) architectural adj.

architrave /ˈɑːkɪˌtreɪv/ n.【建】框緣; (門窗的)嵌線.

archives /ˈɑːkaɪvz/ pl. n. 檔案(室) archival adj. archivist n. 檔案保管員 archive v.【計】存檔; 備份.

archway /ˈɑːtʃˌweɪ/ n. 拱道; 拱門.

arctic /ˈɑːktɪk/ adj. & n. = the Arctic 北極圈 adj. ① 北極的; 寒帶的 ② (a-)極冷的.

ardent /ˈɑːdənt/ adj. 熱情的; 熱心的; 熱烈的; 強烈的 ~ly adv.

ardour, 美式 ardor /ˈɑːdə/ n. 熱情; 熱心.

arduous /ˈɑːdjʊəs/ *adj.* 艱難的; 費力的 ~**ly** *adv.* ~**ness** *n.*

are /ɑː, 弱 ə/ *vi.* be 的第二人稱單數以及第一、二、三人稱複數形式.

area /ˈɛərɪə/ *n.* ① 面積; 空地; 地區 ② 學科; 領域 ③ (地下室前的庭院) // ~ **code** [美][加拿大]地區電話代碼.

areca /ˈærɪkə, əˈriːkə/ *n.*【植】檳榔(樹) // ~ **nut** (= betel nut) 檳榔.

arena /əˈriːnə/ *n.* ① 競技場 ② 活動(或競爭)場所.

aren't /ɑːnt/ = are not.

areola /əˈrɪələ/ (*pl.* **-lae** /-ˌliː/ *n.*, **-las**) *n.* ① 小空隙 ②【解】乳頭暈 ③【植】果臍.

arête /əˈreɪt, əˈret/ *n.* [法]陡峭的山脊;【地】刀嶺.

argentine /ˈɑːdʒənˌtiːn, -ˌtaɪn/ *adj.* ① 銀色的 ② (A-)阿根廷的 *n.* 包銀物; (A-)阿根廷人.

argon /ˈɑːɡɒn/ *n.*【化】氫(符號為Ar).

argot /ˈɑːɡəʊ/ *n.* [法]行話; 隱語; 暗語.

argue /ˈɑːɡjuː/ *v.* 爭論; 爭辯; 論證; 說服; 顯示出 **arguable** *adj.* 可爭辯的; 可論證的; 有疑義的.

argument /ˈɑːɡjʊmənt/ *n.* ① 爭論, 爭辯 ② 論據, 論點 ③ 理由 ~**ation** *n.* 推論, 立論, 論證 ~**ative** *adj.* 好爭辯的.

argy-bargy, argie-bargie /ˈɑːdʒɪˈbɑːdʒɪ/ *n.* [俗]爭吵; 抬槓.

aria /ˈɑːrɪə/ *n.* [意]【音】詠歎調; (歌劇中的)獨唱曲段.

arid /ˈærɪd/ *adj.* ① 乾旱的 ② 枯燥的, 乏味的 ③ 荒蕪的 ~**idity** *n.* ~**ly** *adv.*

Aries /ˈɛəriːz/ *n.*【天】白羊座, 白羊宮.

aright /əˈraɪt/ *adv.* [舊]正確地, 不錯.

arise /əˈraɪz/ *vi.* (過去式 arose /əˈrəʊz/ 過去分詞 ~**n** /əˈrɪzən/) ① 起來 ② 出現; 發生 ③ 起因於.

aristocracy /ˌærɪˈstɒkrəsɪ/ *n.* ① 貴族(政治) ② 上層階級; 最優秀、最有錢或最有權勢的人物.

aristocrat /ˈærɪstəˌkræt/ *n.* 貴族; 最優秀者 ~**ic(al)** *adj.* 貴族政治的; 貴族氣派的 ~**ism** *n.* 貴族(政治)主義; 貴族氣派.

arithmetic /əˈrɪθmətɪk/ *n.* 算術(學) ~**al** *adj.* ~**ian** *n.* 算術家 // ~ **mean**【數】算術平均數 ~ **progression** 算術級數.

ark /ɑːk/ *n.* ① 基督教《聖經》中挪亞為避洪水而造的方舟 ② [喻]避難所 // Noah's ~ 挪亞方舟.

arm /ɑːm/ *n.* ① 臂, 臂狀物 ② 扶手 ③ 衣袖 ④ (常用複)武器, 武力, 紋章 *v.* 武裝; 配備 ~**chair** *n.* 扶手椅 ~**ful** *n.* 一抱 ~**hole** *n.* 袖孔 ~**less** *adj.* 無臂的; 無武裝的 ~**pit** *n.* 腋窩.

armada /ɑːˈmɑːdə/ *n.* 艦隊.

armadillo /ˌɑːməˈdɪləʊ/ *n.*【動】犰狳.

Armageddon /ˌɑːməˈɡɛdən/ *n.* ① 基督教《聖經》中所說的世界末日善惡決戰的戰場 ② 傷亡慘

重的大決戰.

armament /ˈɑːməmənt/ n. 軍備;
武裝.

armature /ˈɑːmətjʊə/ n. ①【電】
轉子; 電樞 ②(動/植物的)保護器
官.

armed /ɑːmd/ adj. 武裝的 //
~ **forces** (= ~ **services**) 武裝力量
(指陸海空三軍).

armistice /ˈɑːmɪstɪs/ n. 停戰.

armorial /ɑːˈmɔːrɪəl/ n. 紋章的, 盾
徽的.

armour, 美式 **armor** /ˈɑːmə/ n. 盔
甲; 裝甲; 裝甲部隊 **~ed** adj. 裝
甲的 **~er** n. 武器製造者; 軍械士
~y n. 軍械庫; 兵工廠 **~clad** adj.
裝甲的 // **armour-clad vessel** 裝
甲戰艦.

army /ˈɑːmɪ/ n. ① 陸軍; 軍隊
② 大軍, 團體 // ~ **corps** 軍團.

aroma /əˈrəʊmə/ n. 芳香 **~tic** adj.
芬芳的 **~tics** n. 香料.

aromatherapy /əˌrəʊməˈθerəpɪ/ n.
芳香按摩療法, 香薰按摩療法.

arose /əˈrəʊz/ v. arise 的過去式.

around /əˈraʊnd/ adv. 周圍; 各處;
在附近 prep. 在周圍; 圍着; 大
約; 左右.

arouse /əˈraʊz/ vt. ① 喚醒; 喚起
② 引起; 激起 **arousal** n.

arpeggio /ɑːˈpedʒɪəʊ/ n. (pl. -gios)
n.【音】琶音, 急速和弦.

arr. abbr. ① = arranged (by) 由 …
改寫的 ② = arrival, arrive(d) 到
達, 抵達.

arraign /əˈreɪn/ vt. ①【律】傳訊;
提審 ② 控告 ③ 彈劾 **~ment** n.

arrange /əˈreɪndʒ/ v. ① 整理; 商

定, 調停 ② 安排 ③ 改編樂曲
~ment n. // **~d marriage** 由(父
母)安排的婚姻.

arrant /ˈærənt/ adj. (形容壞人壞
事)徹頭徹尾的, 十足的, 透頂的.

arras /ˈærəs/ n. [舊]花毯; 掛毯.

array /əˈreɪ/ vt. ① 盛裝打扮 ② 佈
置 ③ 列陣 n. ① 陳列; 盛裝; (陳
列着的)一大批 ② 【計】陣列.

arrears /əˈrɪəz/ n. ① 欠款; 尾數
② 欠工; 尾活 // **in ~** 拖欠; 拖延.

arrest /əˈrest/ vt. ① 逮捕, 扣留
② 阻止, 抑制 ③ 引起 n. 逮捕;
阻止, 抑制 **~er** n. 捕拿者
② 制動裝置; 避雷器 **~ing** adj.
引人注意的 // **under ~** 遭拘留
under house ~ 被軟禁.

arrival /əˈraɪv°l/ n. 到達; 到達者,
到達物 **~s** n. (機場的)下機旅客
區.

arrive /əˈraɪv/ vi. ① 到達; 來臨
② 發生; [口]降生 ③ 成功, 成名.

arrivederci /ərivɛˈdertʃi/ int. [意]
回頭見, 再見.

arrogant /ˈærəgənt/ adj. 傲慢的;
自大的 **~ly** adv. **arrogance** n.

arrogate /ˈærəˌgeɪt/ vt. ① 僭稱, 冒
稱 ② 擅取, 僭取.

arrow /ˈærəʊ/ n. 矢, 箭; 箭頭標
記; **(the A-)**【天】天箭座 **~head**
n. ① 箭頭 ②【植】慈菇 **~root** n.
【植】葛, 葛粉.

arse /ɑːs/, 美式 **ass** /æs/ ① [粗]屁
股 ② 討厭的笨蛋 **~hole** n. [粗]
屁眼.

arsenal /ˈɑːsən°l/ n. 武器庫; 兵工
廠.

arsenic /ˈɑːsnɪk/ n.【化】砷; 砒霜

~al *adj.*

arson /ˈɑːsˀn/ *n.* 縱火 **~ist** *n.* 縱火犯.

art /ɑːt/ *n.* ① 藝術, 美術 ② 技術, 技藝 ③ 策略; 詭計 ④ (常用複)(人)文(學)科 **~ful** *adj.* 狡猾的, 詭計多端的; 巧妙的 **~fully** *adv.* **~fulness** *n.* **~less** *adj.* 樸實無華的; 天真的; 粗笨的 **~lessness** *n.* 樸質; 率直; 拙劣 // **A- Nouveau** [法](19 世紀末於歐洲流行的)新藝術.

artefact, arti- /ˈɑːtɪˌfækt/ *n.* 人工製品.

artemisia /ˌɑːtɪˈmiːzɪə/ *n.*【植】艾屬.

arterial /ɑːˈtɪərɪəl/ *adj.* 動脈的.

arteriosclerosis /ɑːˌtɪərɪəʊskləˈrəʊsɪs/ *n.*【醫】動脈硬化(症).

artery /ˈɑːtərɪ/ *n.* ① 動脈 ② 命脈; 幹線.

artesian /ɑːˈtiːzɪən/ *adj.* 自流的 // **~ well** 自流井.

arthritis /ɑːˈθraɪtɪs/ *n.* 關節炎 **arthritic** /ɑːˈθrɪtɪk/ *n.* 關節炎患者 *adj.* 關節炎的.

arthropod /ˈɑːθrəˌpɒd/ *n. & adj.* 節肢動物(的).

arthrosis /ɑːˈθrəʊsɪs/ *n.*【解】關節.

artic /ɑːˈtɪk/ *n.* = ~ulated **lorry** [口]

artichoke /ˈɑːtɪˌtʃəʊk/ *n.*【植】朝鮮薊; 法國百合 // **Jerusalum ~** 菊芋.

article /ˈɑːtɪkˀl/ *n.* ① 物品 ② 條款 ③ 文章 ④【語】冠詞 *vt.* 訂約收 … 做學徒.

articulate /ɑːˈtɪkjʊlɪt/ *adj.* ① (指說話)發音清晰明白的 ② (指人)口齒伶俐的, 能明確表達的 ③ 有關節的 /ɑːˈtɪkjəˌleɪt/ *v.* 明確表達; 發音清晰; (用關節)連接 **articulation** *n.* 發音; 關節連接 **~d** *adj.* 用關節相連而能活動自如的 // **~d lorry** (英)(拖車 = [美]**~d trailer**) (用鉸鏈連接拖車的)大卡車, 大客車.

artifice /ˈɑːtɪfɪs/ *n.* 詭計, 巧計; 謀略; 技巧 **~r** *n.* 技工; (海陸軍中的)技術兵.

artificial /ˌɑːtɪˈfɪʃəl/ *adj.* ① 人造的; 人工的 ② 虛假的; 不自然的; 不真誠的 // **~ insemination** 人工授精 **~ intelligence** (略作 AI)【計】人工智能(研究) **~ respiration** 人工呼吸 **~ satellite** 人造衛星.

artillery /ɑːˈtɪlərɪ/ *n.* 大炮; 炮兵.

artisan /ˌɑːtɪˈzæn, ˌɑːtɪˈzæn/ *n.* 工匠; 技工.

artist /ˈɑːtɪst/ *n.* 藝術家; 美術家 **~ic(al)** /ɑːˈtɪstɪk(əl)/ *adj.* 藝術的 **~ry** *n.* 藝術性; 藝術技巧; 藝術才華.

artiste /ɑːˈtiːst/ *n.* [法]藝人.

artsy-craftsy /ˈɑːtsɪˈkræftsɪ, ˈɑːtsɪˈkrɑːftsɪ/ *adj.* = **arty-crafty**.

arty /ˈɑːtɪ/ *adj.* [口]冒充藝術品的; 對藝術不懂裝懂的; 附庸風雅的 **~-crafty** *adj.* ① (傢具)華而不實的 ② (人)附庸風雅的.

arum (lily) /ˈɛərəm/ *n.*【植】白星海芋.

Aryan, Ari- /ˈɛərɪən/ *n. adj.* 雅利安人的(的); 雅利安語的(的).

As *abbr.*【化】元素砷 (arsenic) 的

as /æz, 弱 əz/ *conj. & prep.* ① 像,
如 ② 當 ③ 同為, 由於 ④ 雖然,
儘管 ⑤ 作為 // ~ **against** 與…
比起來 ~ **for,** ~ **to,** ~ **regards**
就…而言, 至於 ~ **from** ~ =
[美]~ **of**) 由…日起 ~ **if (though)**
好像, 彷彿 ~ **it is** 實際上; 原樣
的(地) ~ **it was** 其實是 ~ **it were**
就好像是, 可以説是 ~ **per** 按照,
根據.

ASA /eɪ ɛs eɪ/ *abbr.* = Advertising
Standards Authority [英]廣告標
準局.

asaf(o)etida /ˌæsəˈfetɪdə/ *n.* 【植】
阿魏; 阿魏膠.

asap, a. s. a. p. /ˈeɪsæp, eɪ ɛs eɪ piː/
abbr. = as soon as possible 盡快,
盡早.

asbestos /æsˈbestəs, -təs/ or
asbestus *n.* 【礦】石棉 ~**is**
/ˌæsbesˈtəʊsɪs/ 【醫】石棉沉着
病.

ascarid /ˈæskərɪd/ or ascaris
/ˈæskəˌrɪs/ *n.* 【動】蛔蟲.

ascend /əˈsend/ *v.* 上升; 登高
~**ancy, ~ency** *n.* 優勢; 支配地位
~**ant, ~ent** *adj.* 上升的, 佔優勢
的 *n.* (用於 in the ~**ant** 的短語中)
(影響及支配力)日益增長 ~**ing**
adj.

ascension /əˈsenʃən/ *n.* 上升; 登位
the A- *n.* (耶穌)升天 // A- **Day**
耶穌升天節.

ascent /əˈsent/ *n.* 上升; 攀登; 上
坡.

ascertain /ˌæsəˈteɪn/ *vt.* 查明, 確定
~**able** *adj.* ~**ment** *n.*

ascetic /əˈsetɪk/ *adj.* 禁慾(主義)的;
苦行的 *n.* 禁慾(主義)者; 苦行僧
~**ally** *adv.* ~**ism** *n.* 禁慾主義; 苦
行.

ascorbic acid /əˈskɔːbɪk ˈæsɪd/ *n.* 抗
壞血酸; 維生素 C(亦作 Vitamin
C).

ascribe /əˈskraɪb/ *vt.* 把…歸於; 歸
因於 ascribable *adj.* 可歸(因)於
ascription *n.*

ASEAN /ˈæsɪˌæn/ *abbr.* =
Association of Southeast Asian
Nations 東南亞國家聯盟.

aseptic /eɪˈseptɪk, eɪ-/ *adj.* 無菌的;
防腐的 asepsis *n.* 無菌(狀態).

asexual /eɪˈseksjʊəl/ *adj.* 無性(器
官)的; 沒有性慾的 ~**ity** *n.* //
~ **reproduction** 無性生殖.

ash /æʃ/ *n.* ① 灰, 灰燼 ② (*pl.*)骨
灰 ③【植】梣, 秦皮 ~**en** *adj.* 灰
(色)的; 蒼白的; 梣木做的 ~**bin,**
~**can** *n.* [英]dustbin) 垃圾桶
~**cart** *n.* 垃圾車 // ~ **fire** 灰火; 餘
燼 ~ **tray** 煙灰盤 A- **Wednesday**
【宗】聖灰星期三(四旬節的第一
天).

ashamed /əˈʃeɪmd/ *adj.* (感到)羞
恥的, 慚愧的; (感到)恥於(去
做…)的.

ashlar /ˈæʃlə/ *n.*【建】方石; 琢石.

ashore /əˈʃɔː/ *adv.* 在岸上, 向岸.

ashram /ˈæʃrəm, ˈɑːʃ-/ *n.* (印度教
高僧的)修行處.

Asian /ˈeɪʃən, ˈeɪʒən/ *n. & adj.* 亞
洲人(的).

Asiatic /ˌeɪʃɪˈætɪk, -zɪ-/ *adj.* [貶]亞
洲人(的).

aside /əˈsaɪd/ *adv.* 在旁邊; 向旁邊

n. ①【劇】旁白, 獨白 ② 離題的
話 // ~ **from** (= apart from) [美]
除外.

asinine /ˈæsɪˌnaɪn/ adj. 愚蠢的
asininity n. 蠢事.

ask /ɑːsk/ v. ① 問, 詢問, 質問
② 求, 請求; 邀請 // ~ **for trouble**
[口]自找麻煩, 自討苦吃 ~ **after**
問候 ~**ing price** 索取的價格.

askance /əˈskæns/ or askant
/əˈskænt/ adv. 橫; 斜 // **look** ~ **at**
(因懷疑、厭惡、不贊成)斜眼
看.

askew /əˈskjuː/ adv. & adj. 斜, 歪.

aslant /əˈslɑːnt/ adv. & prep. 歪; 傾
斜; 斜跨.

asleep /əˈsliːp/ adj. ① 睡着 ②(四
肢)麻木 ③ 長眠.

asp /æsp/ n. 小毒蛇, 蝮蛇.

asparagus /əˈspærəgəs/ n.【植】蘆
筍.

aspect /ˈæspɛkt/ n. ① 樣子, 容貌
② 方面; 方向.

aspen /ˈæspən/ n.【植】白楊.

asperity /æˈspɛrɪtɪ/ n. ① 粗糙
② 粗暴; 嚴厲; 嚴酷.

aspersion /əˈspɜːʃən/ n. 誹謗, 中
傷 // **cast** ~**s on (sb)** 對(某人)進
行誹謗.

asphalt /ˈæsfælt, ˈæf-, -fɔːlt/ n. 柏
油, 瀝青 vt. 鋪柏油於; 塗瀝青.

asphodel /ˈæsfəˌdɛl/ n.【植】日光
蘭; 水仙.

asphyxia /æsˈfɪksɪə/ n. 窒息, 室息
(使)窒息 ~**tion** n.

aspic /ˈæspɪk/ n. 肉凍.

aspidistra /ˌæspɪˈdɪstrə/ n.【植】蜘
蛛抱蛋, 葉蘭.

aspirate /ˈæspɪˌreɪt/ vt.【語】發 h
音; 發送氣音 n. h音; 送氣音.

aspire /əˈspaɪə/ vi 渴望; 立志要
aspirant n. 抱負不凡者, 有志者
aspiration n. 志向; 抱負 aspiring
adj. 雄心壯志的; 熱望的.

aspirin /ˈæsprɪn/ n. 阿士匹靈(片),
阿斯匹靈(片).

ass /æs/ n. 驢; 傻子 ~**hole** n. [俚]
肛門; 笨蛋.

assagai, asse- /ˈæsəˌgaɪ/ n. (南非土
著使用的)細柄標槍.

assail /əˈseɪl/ vt. ① 猛攻; 抨擊; 指
責 ② 着手解決, 毅然應付(困
難、任務) ~**ant** n. 攻擊者; 抨擊
者.

assassin /əˈsæsɪn/ n. 刺客, 暗殺者
~**ate** vt. 行刺, 暗殺 ~**ation** n.

assault /əˈsɔːlt/ vt. & n. 猛擊, 突擊;
強姦 // ~ **and battery**【律】暴力
毆打罪.

assay /əˈseɪ/ n. & vt. 化驗; 分析;
鑒定.

assemble /əˈsɛmbl/ v. 集合; 裝配
assemblage n. ① 集合 ②(機器
等的)裝配 ③ 大羣, 會眾 ④ 集
合物.

assembly /əˈsɛmblɪ/ n. ① 集合;
集會 ② 裝配 ③【軍】集合號
④ 議會, (尤指)下議院 ~**man,**
(fem.) ~**woman** [美]眾議院(女)
議員 ~ **line** 裝配線.

assent /əˈsɛnt/ n. & vt. 同意; 贊成.

assert /əˈsɜːt/ vt. ① 斷言, 極力主
張 ② 宣稱; 維護 ~**ion** n. ~**ive**
adj. 斷言的; 武斷的 // ~ **oneself**
堅持自己的權力, 表現堅定.

assess /əˈsɛs/ vt. (為課稅)估值; 評

價 **~able** *adj.* 可估值的; 可評價的 **~ment** *n.* 評估; 評價 ② 意見 ③ 稅額 **~or** *n.* ① 估價員; 評稅員 ② (法庭的)技術顧問, 助理.

asset /ˈæset/ *n.* ① 有價值的人(或物) ② (*pl.*)資產, 財產 **~-stripping** *n.*【經】資產折售(低價收購虧損公司, 再出售以謀利).

asseverate /əˈsevəˌreɪt/ *or* asseverate /əˈsevə/ *vt.* 鄭重聲明, 斷言 asseveration *n.*

assiduous /əˈsɪdjəs/ *adj.* 刻苦的; 勤勉的 assiduity *n.*

assign /əˈsaɪn/ *vt.* ① 分配 ② 委派; 指定 ③【律】轉讓 **~ment** *n.* (分配的)任務; (指定的)作業; 分配, 指派; 轉讓.

assignation /ˌæsɪɡˈneɪʃən/ *n.* ① (秘密或非法)約會; 幽會 ② 分配; 指定.

assimilate /əˈsɪmɪˌleɪt/ *v.* ① (被)同化; (被)消化(被)吸收 ② 使相似 assimilation *n.*

assist /əˈsɪst/ *vt.* 幫助, 支援 **~ance** *n.* 援助 **~ant** *adj.* 助理的; 副職的 *n.* 助手; 助理; 助教; [英]營業員, 店員.

assizes /əˈsaɪzɪz/ *pl. n.* [舊](英國各郡的)巡迴裁判庭.

Assoc., assoc. *abbr.* = associate, associated 或 association.

associate /əˈsəʊʃɪˌeɪt, -sɪ-, əˈsəʊʃɪt/ *v.* ① 使聯合; 合夥 ② 結交 ③ 聯想, 聯繫 *adj.* ① 同夥的; 有聯繫的 ② 準會員的; 副的 *n.* 夥伴; 同事; 準會員 // **~ professor** [美]

副教授.

association /əˌsəʊsɪˈeɪʃən, -ʃɪ-/ *n.* ① 聯合 ② 協會 ③ 聯繫, 關係 // **Association football** (= soccer) [英]英式足球.

assonance /ˈæsənəns/ *n.* 詞或音節中的半諧音 assonant *adj.* 半諧音的.

assorted /əˈsɔːtɪd/ *adj.* 各色俱備的; 雜錦的.

assortment /əˈsɔːtmənt/ *n.* 各色各樣物品的混合.

Asst., asst. *abbr.* = assistant.

assuage /əˈsweɪdʒ/ *vt.* 緩和; 減輕.

assume /əˈsjuːm/ *vt.* ① 假定 ② 假裝 ③ 承擔 ④ 呈現 ⑤ 採取; 僭取 **~d** *adj.* 假裝的; 虛構的 **~dly** *adv.* 大概, 也許 // **~d name** 化名.

assumption /əˈsʌmpʃən/ *n.* ① 假定 ② 假裝 ③ 採取 ④ 承擔 **the A-** *n.* 聖母升天(節)(8 月 15 日) assumptive *adj.* 假定的.

assure /əˈʃʊə/ *vt.* ① 保證 ② 保險 ③ 使確信; 使放心 **~d** *adj.* 確定的; 自信的; 有把握的 **~dly** *adv.* 肯定地 **the ~d** *n.* 參加人壽保險者 assurance *n.* ① 自信; 保證 ② [英](尤指人壽保險 // **rest ~d (that …)** 可以放心.

aster /ˈæstə/ *n.*【植】紫苑.

asterisk /ˈæstərɪsk/ *n.* 星號(*) *vt.* 加星號於.

asterism /ˈæstəˌrɪzm/ *n.* ① 三星標 ②【天】星羣.

astern /əˈstɜːn/ *adv.* ① 在船(或飛機)尾; 向船(或飛機)尾 ② 在後; 向後.

asteroid /ˈæstəˌrɔɪd/ *n.*【天】(火星

asthma /ˈæsmə/ n. 【醫】哮喘(病) **~tic** adj. & n. 哮喘的(患者).

astigmatism /əˈstɪɡməˌtɪzəm/ or **astigmia** /əˈstɪɡmɪə/ n. ① 散光, 亂視 ② 散射現象 astigmatic adj. (矯正)散光的.

astir /əˈstɜː/ adj. & adv. ① 起床 ② 轟動起來.

astonish /əˈstɒnɪʃ/ vt. 使吃驚 **~ed** adj. 吃驚的 **~ing** adj. 極為驚人的 **~ment** n. 驚奇.

astound /əˈstaʊnd/ vt. 使 … 大吃一驚; 使 … 驚駭 **~ing** adj. 令人驚駭的.

astrakhan /ˌæstrəˈkæn, -ˈkɑːn/ n. (俄國)鬈毛羔羊皮; 仿羔羊皮織物.

astral /ˈæstrəl/ adj. ① 星(狀)的 ② 鬼魂的.

astray /əˈstreɪ/ adv. & adj. ① 迷路, 入歧途 ② 墮落.

astride /əˈstraɪd/ adv. & prep. 跨(着); 兩腳分開.

astringent /əˈstrɪndʒənt/ adj. ① 辛辣的, 濃味的 ② 嚴厲的, 嚴格的 ③ 【醫】止血的; 收斂的 n. 止血劑; 收斂藥 astringence n. ① 嚴厲; 嚴格 ② 收斂性.

astro- pref. [前綴] 表示 "星; 天體; 宇宙".

astrolabe /ˈæstrəˌleɪb/ n. 【天】(測定天體位置的)星盤.

astrology /əˈstrɒlədʒɪ/ n. 占星(術), 占星學 astrologer n. 占星學家.

astrometeorology /ˌæstroʊˌmiːtɪəˈrɒlədʒɪ/ n. 天體氣象學.

astronaut /ˈæstrəˌnɔːt/ n. 宇航員, 太空人 **~ics** n. 宇航學, 太空航行學.

astronomy /əˈstrɒnəmɪ/ n. 天文學 astronomer n. 天文學家 astronomical adj. ① 天文學的 ② 極大的.

astrophysics /ˌæstroʊˈfɪzɪks/ n. 天體物理學 astrophysicist n. 天體物理學家.

astute /əˈstjuːt/ adj. 機敏的; 精明的; 狡猾的 **~ly** adv. **~ness** n.

asunder /əˈsʌndə/ adv. (分)開; (扯)碎; (折)斷.

asylum /əˈsaɪləm/ n. ① 避難(所), 庇護(所) ② = political ~ 政治庇護(權) ③ [舊]瘋人院 // ~ seeker 尋求政治庇護者.

asymmetry /æˈsɪmɪtrɪ, eɪ-/ n. 不對稱 asymmetric(al) adj.

asymptote /ˈæsɪmˌtəʊt/ n. 【數】漸近線.

at /æt/ prep. ① 在; 向; 以 ② 從事; 於 ③ 由於.

atavism /ˈætəˌvɪzəm/ n. 返祖現象 atavistic adj.

ataxia /əˈtæksɪə/ or **ataxy** /əˈtæksɪ/ n. 【醫】(肌肉的)運動失調 ataxic adj.

ate /ɛt, eɪt/ v. eat 的過去式.

atheism /ˈeɪθɪˌɪzəm/ adj. 無神論 atheist adj. 無神論者.

atherosclerosis /ˌæθəroʊskləˈrəʊsɪs/ n. 【醫】動脈粥樣硬化.

athlete /ˈæθliːt/ n. 運動員.

athletic /æθˈletɪk/ adj. ① 體育運動的; 運動員的 ② 體格健壯且行動敏捷的 **~s** n. 體育運動; [英]

田徑運動 ~ism/ n. 運動練習.

at-home /æt həʊm/ n. 家庭招待會.

athwart /ə'θwɔːt/ adv. & prep. (斜向地)橫越過.

Atlantic /ət'læntɪk/ adj. 大西洋的 the ~ n. 大西洋.

atlas /'ætləs/ n. ① 地圖冊 ② (A-) 大力神洲際飛彈.

ATM /eɪ tiː ɛm/ abbr. = automated teller machine【經】自動出納機; 櫃員機.

atmometer /æt'mɒmɪtə/ n. 蒸發計.

atmosphere /'ætməsˌfɪə/ n. ① 大氣(層); 空氣 ② 氣氛 ③【物】大氣壓.

atmospheric /ˌætməs'fɛrɪk/ adj. ① 大氣的 ② 有 … 氣氛的 ③ 氣壓的 ~s pl. n.【無】天電干擾.

atoll /'ætɒl, ə'tɒl/ n. 環狀珊瑚島; 環礁.

atom /'ætəm/ n. ① 原子 ② 微量; 微粒 v. 用原子彈攻擊 ~-blitz n. 用原子彈進行的閃電式空襲 // ~ bomb (= ~ic bomb) 原子彈.

atomic /ə'tɒmɪk/ adj. 原子的 // ~ bomb (= atom bomb, A-bomb) 原子彈 ~ energy 原子能 ~ number 原子序數 ~ pile 早期的原子反應堆(現稱 nuclear reactor 核反應堆) ~ weight 原子量.

atomize, -se /'ætəˌmaɪz/ vt. ① 使成為原子 ② 使成為微粒 ~r n. 噴霧器.

atonal /eɪ'təʊnˈl, æ-/ adj.【音】無音色的; 無調的 ~ity n.

atone /ə'təʊn/ vi. 彌補(過錯); 贖

(罪) ~ment n.

atop /ə'tɒp/ prep. 在 … 頂上.

atrium /'eɪtrɪəm, 'ɑː-/ n. (pl. atria /'eɪtrɪə, 'ɑː-/) ① (古羅馬建築的)中庭 ② (現代建築的)中廳 ③【解】心房.

atrocious /ə'trəʊʃəs/ adj. ① 非常兇殘的; 十分惡毒的 ② [俗]糟透的 atrocity n. ① 兇殘; 惡毒 ② 暴行.

atrophy /'ætrəfɪ/ n. ①【醫】萎縮症 ② 虛脫; 衰退 v. (使)萎縮; (使)虛脫.

atropine /'ætrəˌpiːn, -pɪn/ , atropin /'ætrəpɪn/ or atropia /ə'trəʊpɪə/ n. 【藥】顛茄鹼; 阿托品.

attach /ə'tætʃ/ v. ① 繫; 接; 貼 ② 附上 ③ (使)附屬 ④ 拘留 ⑤ 任命 ~ed adj. 依戀的; 愛慕的 ~ment n. ① 附着; 附屬物 ② 友愛 ③【律】拘留, 扣押 ④【計】(電子郵件中的)附件.

attaché /ə'tæʃeɪ/ n. [法]隨員; 專員 // ~ case 公文包.

attack /ə'tæk/ vt. & n. ① 攻擊, 進攻; 抨擊 ② (疾病)侵襲, 發作 ③ 努力從事; 動手(去做) ~er n. 攻擊者.

attain /ə'teɪn/ v. 達到; 獲得; 完成 ~able adj. ~ment n. 完成; 獲得; (常用複)成就; 造詣.

attar /'ætə/ , otto /'ɒtəʊ/ or ottar /'ɒtə/ n. 玫瑰油; 香精.

attempt /ə'tɛmpt/ vt. 試; 企圖; 努力 n. 試; 企圖; 努力 ~ed adj. (罪行等)未遂的.

attend /ə'tɛnd/ v. ① 參加, 出席 ② 照顧; 服侍 ③ 留意; 專心

④ 伴隨 **~ance** *n.* 出席；照料；出席人數 **~ant** *adj.* 隨行的 *n.* 隨員；服務員 **~ee** *n.* 出席者，參加者.

attention /ə'tɛnʃən/ *n.* ① 注意，留心 ②【軍】立正 *int.* (亦作 **shun** /ə'tɛnʃən/ *n.*)(軍口令)立正!

attentive /ə'tɛntɪv/ *adj.* 注意的，周到的，殷勤的 **~ly** *adv.* **~ness** *n.*

attenuate /ə'tɛnjʊ,eɪt/ *v.* (使)變稀薄；(使)減弱；(使)減少 **attentuation** *n.*

attest /ə'tɛst/ *v.* 證明，證實 **~ation** *n.* 證明(書) **~ed** *adj.* (=【美】certified) (牛或牛奶)經檢驗證明無病或不帶病菌的.

attic /'ætɪk/ *n.* 頂樓，閣樓.

attire /ə'taɪr/ *n.* 服裝 *v.* 使穿著；打扮 **~d** *adj.* (用作表語)穿著…的衣服.

attitude /'ætɪ,tjuːd/ *n.* 姿態；態度；看法.

attorney /ə'tɜːnɪ/ *n.* 法定代理人；[美]律師 // **~ general** 檢察長；[美]司法部長.

attract /ə'trækt/ *vt.* 吸引；有吸力 **~ion** *n.* 吸引，吸引物；【物】引力 **~ive** *adj.* 有吸引力的，漂亮的 **~iveness** *n.*

attribute /ə'trɪbjuːt/ *vt.* ① 歸於；諉於 ② 認為…是某人所為 *n.* ① 屬性，特質；標誌，象徵 ②【語】定語 **attribution** *n.* 歸屬；屬性 **attributive** *adj.*【語】定語的 *n.* 修飾語，定語.

attrition /ə'trɪʃən/ *n.* 消耗；磨損 // **war of ~** 消耗戰.

attune /ə'tjuːn/ *vt.* 使諧和；使協調.

Atty-Gen *abbr.* = Attorney General.

atypical /eɪ'tɪpɪkʰl/ or **atypic** /ə'tɪpɪk, eɪ'tɪpɪk/ *adj.* 非典型的；不規則的.

Au *abbr.*【化】元素名之符號.

aubergine /'əʊbə,ʒiːn/ *n.* = [美] eggplant【植】茄子；紫紅色.

aubrietia /ɔː'briːʃə/ *n.* 十字花科植物.

auburn /'ɔːbən/ *n. & adj.* (指毛髮)赤褐色(的).

auction /'ɔːkʃən/ *n. & vt.* 拍賣 **~er** *n.* 主持拍賣者 // **~ bridge** 拍賣式橋牌(玩法).

audacious /ɔː'deɪʃəs/ or **outdacious** /aʊt'deɪʃəs/ *adj.* 大膽的；魯莽的，放肆的 **audacity** *n.*

audible /'ɔːdɪbʰl/ *adj.* 聽得見的 **audibility** *n.* ① 聽得見目 ②【物】可聞度.

audience /'ɔːdɪəns/ *n.* ① 聽眾；觀眾 ② 謁見；觀見.

audio /'ɔːdɪ,əʊ/ *adj.* ① 聽覺的；聲音的 ②【無】音頻的 **~meter** *n.* 聽力計 **~tape** *n.* 錄音帶 **~typist** *n.* 錄音打字員 **~visual** *adj.* (略作 AV) 視聽的 // **~ frequency** (成)聲頻(率).

audit /'ɔːdɪt/ *n. & v.* 審計；核數；查賬 **~or** *n.* ① 審計員；核數員 ② 旁聽生.

audition /ɔː'dɪʃən/ *n.* 試聽 *v.* 試聽；試音.

auditorium /ˌɔːdɪ'tɔːrɪəm/ *n.* (*pl.* **-toriums -toria** /-'tɔːrɪə/) ① 大禮堂；會堂 ② (音樂廳、劇院之)觀眾(或聽眾)席.

auditory /ˈɔːditəri, -tri/ *adj.* 聽覺的.

au fait /əʊ ˈfei/ *adj.* [法]熟諳; 精通.

au fond /o fɔ̃/ *adv.* [法]基本上; 實際上.

auf Wiedersehen /auf ˈviːdərzeːən/ *int.* [德]再見.

Aug /ɔːɡ/ *abbr.* = ~ust.

auger /ˈɔːɡə/ *n.* 【建】螺旋鑽.

augment /ɔːɡˈmɛnt/ *v.* /ˈɔːɡmɛnt/ *n.* 增大 ~ation *n.* 增大(之物).

au gratin /o ɡratɛ̃/ *adj.* [法]用麵包屑或芝士而煮成焦黃色的脆皮.

augur /ˈɔːɡə/ *v.* 預卜; 預示 ~y *n.* 預卜, 預兆.

august /ɔːˈɡʌst/ *adj.* 尊嚴的; 威嚴的; 令人敬畏的.

August /ˈɔːɡʌst/ *adj.* 八月.

auk /ɔːk/ *n.* 【動】海雀.

aunt /ɑːnt/ *n.* ① 伯母, 嬸嬸, 舅母, 姨媽, 姑媽 ② 阿姨, 大媽, 大娘([俗]亦作 ~ie 或 ~y) // A- Sally ① 市集上當作投擲遊戲靶子的木製女人像(莫名其妙地受到大家指責的眾矢之的.

au pair (girl) /əʊ ˈpeə (ɡɜːl)/ *n.* [法]換工者(常指為學習僑居國語言而幫人料理家務, 以換取免費膳宿的年輕外國女僑民或留學生).

aura /ˈɔːrə/ *n.* 氣氛; 氣息.

aural /ˈɔːrəl/ *adj.* 耳的; 聽力的.

aureole /ˈɔːrɪˌəʊl/ *or* **aureola** /ɔːˈrɪːələ/ *n.* 光環; 光暈.

au revoir /o rəˈvwɑr/ *int.* [法]再見.

auricle /ˈɔːrɪkˈl/ *n.* ①【解】耳廓 ②【解】心耳 **auricular** *adj.*

Auriga /ɔːˈraɪɡə/ *n.* 【天】御夫座.

aurochs /ˈɔːrɒks/ *n.* 古代歐洲野牛.

aurora /ɔːˈrɔːrə/ *n.* (*pl.* -ras, -rae)【天】極光; 曙光 // ~ australis /ɔːˈstrɑːlɪs/ *n.* 南極光 & ~ borealis /-ˌbɔːrɪˈeɪlɪs/ *n.* 北極光.

auscultation /ˌɔːskəlˈteɪʃn/ *n.* 聽診.

auspices /ˈɔːspɪsɪz/ *pl. n.* 贊助, 資助; 主辦 // under the ~ of 由 … 贊助(或主辦); 在 … 保護下.

auspicious /ɔːˈspɪʃəs/ *adj.* 吉兆的; 順利的; 幸運的.

Aussie /ˈɒzɪ/ *adj.* & *n.* [俗]澳洲的(人).

austere /ɒˈstɪə/ *adj.* ① 嚴格的, 嚴肅的 ② 克己的 ③ 簡樸的, 質樸的 **austerity** *n.* ① 嚴格, 嚴肅 ② 簡樸, 克己 ③ (國家經濟上處於)緊縮情況.

Australasian /ˌɒstrəˈleɪzɪən/ *adj.* & *n.* 澳大拉西亞(澳洲、新西蘭及鄰近諸島之統稱)的(人).

Australian /ɒˈstreɪlɪən/ *adj.* & *n.* 澳洲的(人).

Austrian /ˈɒstrɪən/ *adj.* & *n.* 奧地利的(人).

Austro- /ˈɒstrəʊ-/ *pref.* [前綴]表示"奧大利; 奧地利人"的, 如: the ~Italian border *n.* 奧意邊境.

autarchy /ˈɔːtɑːkɪ/ *n.* 專制; 獨裁; 專制國家.

autarkic /ɔːˈtɑːkɪk/ *n.* 自給自足的政策.

autarky /ˈɔːtɑːkɪ/ *n.* = autarchy.

authentic /ɔːˈθɛntɪk/ *or* **authentical** /ɔːˈθɛntɪkəl/ *adj.* ① 真正的 ② 可

信的, 可靠的 **~ally** *adv.* **~ity** *n.*

authenticate /ɔː'θentɪˌkeɪt/ *vt.* 證實; 鑒定; 認證 authentication *n.*

author /'ɔːθə/ *n.* ① 著者, 作家 ② 創始人 **~ess** *n.* 女作家 **~less** *adj.* 匿名的 **~ship** *n.* ① 作者身份 ② (書的)來源.

authority /ɔː'θɪrɪtɪ/ *n.* ① 權威, 權力; 職權 ② (常用複)當局, 官方 ③ 權威人士 authoritarian *adj.* & *n.* 專制主義的(者) authoritative *adj.* ① 有權威的 ② 可靠的; 官方的 ③ 發號施令的 // **~ figure** (政治或經濟上的)強人.

authorize, -se /'ɔːθəˌraɪz/ *vt.* 授權; 認可, 批准 authorization *n.* ① 授權 ② 委任(狀) **~d** *adj.* 公認的; 核准的; 授權的 // the Authorized Version (1611 年英王詹姆士一世核定發行的)欽定聖經英譯本(略作 AV)(亦作 King James Version).

autism /'ɔːtɪzəm/ *n.* 【心】(兒童常患的)孤獨性; 孤癖症, 自閉症 autistic *adj.* 患有自閉症的.

auto /'ɔːtəʊ/ *n.* [美俗]汽車.

auto- *pref.* [前綴]表示"自己; 自身; 自動; 汽車".

autobahn /'ɔːtəˌbɑːn/ *n.* [德](德、奧、瑞士等國的)高速公路.

autobiography /ˌɔːtəʊbaɪ'ɒɡrəfɪ, ˌɔːtəbaɪ-/ *n.* 自傳 autobiographical *adj.*

autocrat /'ɔːtəˌkræt/ *n.* ① 獨裁者, 專制君主 ② 專橫的人 autocracy *n.* 專制政體, 獨裁政治.

autocross /'ɔːtəʊˌkrɒs/ *n.* 汽車越野賽.

autocue /'ɔːtəʊˌkjuː/ *n.* 電視講詞提示器.

autocycle /'ɔːtəʊˌsaɪk'l/ *n.* 機器腳踏車, 電單車.

autoeroticism /ˌɔːtəʊɪ'rɒtɪˌsɪzəm/ or autoerotism /ˌɔːtəʊ'erəˌtɪzəm/ *n.* 手淫.

autogamy /ɔː'tɒɡəmɪ/ *n.* 【植】自花授粉.

autogiro, -gyro /ˌɔːtəʊ'dʒaɪrəʊ/ *n.* 自轉旋翼飛機.

autograph /'ɔːtəˌɡrɑːf, -, -ˌɡræf/ *n.* & *v.* 親筆(署名於 …).

automat /'ɔːtəˌmæt/ *n.* [美]自動售貨機, (顧客從自動售賣機取出食物的)自助餐館.

automate /'ɔːtəˌmeɪt/ *vt.* 使自動化 automation /ˌɔːtə'meɪʃən/ *n.*

automatic /ˌɔːtə'mætɪk/ *adj.* ① 自動操作的 ② (指行動)自然而然的; 無意識的 *n.* 自動機械(裝置、武器) // **~ transmission** 自動換檔, 自動變速裝置.

automaton /ɔː'tɒməˌtɒn, -tən/ *n.* (*pl.* **-tons, -ta**) 機器人; 機械式動作的人; 自動玩具.

automobile /'ɔːtəməˌbiːl/ *n.* [美]汽車.

autonomy /ɔː'tɒnəmɪ/ *n.* 自治 autonomous /ɔː'tɒnəməs/ *adj.*

autopsy /'ɔːtəpsɪ, ˈɔː'tɒp-/ *n.* 驗屍; 屍體解剖.

autostrada /ˌɔːtəʊ'strɑːdə/ *n.* [意]高速公路.

autosuggestion /ˌɔːtəʊsə'dʒestʃən/ *n.* 【心】自我暗示.

autumn /'ɔːtəm/ *n.* 秋天 **~al** *adj.* 秋天的.

auxiliary /ɔːgˈzɪljərɪ, -ˈzɪlə-/ *adj.* 輔助的; 從屬的 *n.* 輔助者 (或物); (*pl.*) 外國援軍;【語】助動詞 (亦作 ~ verb).

avail /əˈveɪl/ *v.* 有益 (於); 有用 *n.* 效用 // **to little / no** ~ 沒有甚麼用處 (或完全沒用).

available /əˈveɪləbˀl/ *adj.* ① 可得到的; 可買到的; 可用的 ② 可以會見的; 有空的 availability *n.*

avalanche /ˈævəlɑːntʃ/ *n.* ① 雪崩 ② (雪崩似的) 大批湧來.

avant-garde /ˌævɒŋˈɡɑːd/ *n. & adj.* (尤指藝術) 先鋒派 (的), 前衛派 (的).

avarice /ˈævərɪs/ *n.* 貪婪; 貪慾 avaricious *adj.*

avatar /ˈævətɑː/ *n.* (印度教中神的) 降凡 (而成為人或動物).

Ave /ˈævɪ/ *abbr.* = ~nue.

Ave Maria /ˌɑːveɪməˈriːə/ *n.*【宗】萬福瑪利亞.

avenge /əˈvendʒ/ *vt.* 復仇; 報復 ~r *n.* 復仇者, 報復者.

avenue /ˈævɪnjuː/ *n.* ① 林蔭路; 大街 ② 途徑.

aver /əˈvɜː/ *vt.* 斷言; 極力聲明.

average /ˈævərɪdʒ, ˈævrɪdʒ/ *n.* ① 平均 (數) ② 一般水平; 普通 ③【商】海損 *adj.* 平均的; 平常的 *v.* 平均; 均分; 平均為 // **on** ~ 平均; 通常.

averse /əˈvɜːs/ *adj.* 厭惡的; 反對的; 不願意的 aversion *n.* 厭惡; 反感.

avert /əˈvɜːt/ *vt.* 避免, 防止; 避開, 轉移 ~ment *n.*

aviary /ˈeɪvjərɪ/ *n.* 大鳥籠; 鳥舍.

aviation /ˌeɪvɪˈeɪʃən/ *n.* 飛行 (術); 航空 (學); 飛機製造業.

aviator /ˈeɪvɪeɪtə/ *n.* [舊] 飛行員, 飛機師.

avid /ˈævɪd/ *adj.* ① 渴望的 ② 熱心的 ③ 貪婪的 ~ity *n.*

avionics /ˌeɪvɪˈɒnɪks/ *n.* 航空電子學.

avocado /ˌævəˈkɑːdəʊ/ *n.*【植】牛油果, 酪梨.

avocation /ˌævəˈkeɪʃən/ *n.* 副業; 嗜好.

avocet /ˈævəˌset/ *n.*【鳥】反嘴長腳鷸.

avoid /əˈvɔɪd/ *vt.* 迴避; 避免; 防止 ~able *adj.* 可避免的 ~ance *n.*

avoirdupois /ˌævwɑːdjuːˈpwɑː/ *n.* ① 常衡 (以 16 安士為 1 磅之衡制) ② 體重.

avow /əˈvaʊ/ *vt.* ① 公開聲明 ② 供認 ~al *n.* ~ed *adj.* 公然承認的; 明言的 ~edly *adv.* 公然地.

avuncular /əˈvʌŋkjʊlə/ *adj.* 像長輩般慈愛關懷的.

await /əˈweɪt/ *vt.* 等待; 等候.

awake /əˈweɪk/ *v.* (過去式 awoke /əˈwəʊk/ 過去分詞 awoken /əˈwəʊkən/) ① 喚醒; 睡起; 激起 ② (使覺悟; 醒悟到 *adj.* 醒着的; 意識到的.

awaken /əˈweɪkən/ *v.* 喚醒; 使覺醒, 醒悟到 ~ing *n.* 覺悟; 覺醒.

award /əˈwɔːd/ *vt.* 授予; 判給 *n.* ① 獎品 ② 裁定; 判定 ③ [英] 助學金.

aware /əˈwɛə/ *adj.* ① 知悉; 意識到 ② 有⋯意識的 ~ness *n.*

awash /əˈwɒʃ/ *adj.* ① 被波浪衝

擊的; 被水淹的 ② 充斥的, 泛濫
的.

away /ə'weɪ/ *adv.* ① 離開 ② 在別
處; 不在 ③ 立刻 ④ (直至)消失
掉.

awe /ɔː/ *n.* 敬畏 *vt.* ① 使敬畏
② 威嚇 **~some** *adj.* ① 可怕的;
②【美俚】好極, 捧極了 **~struck**
adj. 令人敬畏的.

awful /'ɔːfəl/ *adj.* ① 可怕的
②[口]糟透了, 非常壞的 **~ly**
adv. [口]糟糕地, 非常 **~ness** *n.*

awhile /ə'waɪl/ *adv.* 暫時, 片刻.

awkward /'ɔːkwəd/ *adj.* ① 笨拙
的; 不靈活的 ② 難使用的 ③ 棘
手的; 難對付的; 尷尬的 **~ly** *adv.*
~ness *n.* // ~ **age** 未成年的青春
期 ~ **customer** 危險或難以對付
的人或動物.

awl /ɔːl/ *n.* 錐子.

awning /'ɔːnɪŋ/ *n.* (擋風雨和遮太
陽用的塑料或帆布)遮篷.

awoke /ə'wəʊk/ *v.* awake 之過去
式.

awoken /ə'wəʊkən/ *v.* awake 之過
去分詞.

AWOL, A. W. O. L. /'eɪwɒl/ *adj.* =
absent without leave【軍】擅離職
守, 開小差.

awry /ə'raɪ/ *adj. & adv.* 曲, 歪, 斜;
差錯, 錯誤.

axe, 美式 ax /æks/ *n.* (*pl.* axes)
斧; [口]突然解僱, 開除; 削減 *vt.*
①[口]解僱, 開除 ② 大削減; 終
止(計劃).

axil /'æksɪl/ *n.*【植】葉腋 **~ary** *adj.*

axiom /'æksɪəm/ *n.* 公理; 自明之
理 **~atic** *adj.* 公理的; 自明的.

axis /'æksɪs/ *n.* (*pl.* axes /'æksiːz/)
① 軸; 軸線 ② (國與國之間的)
聯盟 the A- *n.* (第二次世界大戰
德、日、意聯盟結成之)軸心國
axial /'æksɪəl/ *adj.*

axle /'æksəl/ *n.* 輪軸, 車軸 //
~ **bearing** 軸承.

axolotl /'æksə,lɒt'l/ *n.*【動】墨西哥
蝶螈.

ayatollah /,aɪə'tɒlə/ *n.* (伊朗)伊斯
蘭教領袖.

ay(e) /eɪ/ *int.* 是, 行 *n.* 贊成票; 投
贊成票者 *pl.* // the ayes have it 贊成
的佔多數.

azalea /ə'zeɪljə/ *n.*【植】杜鵑(花).

azimuth /'æzɪməθ/ *n.* 方位(角);
【天】地平經度.

AZT /,eɪ zed 'tiː/ *n.* =
azidothymidine【醫】疊氮胸苷
(抗愛滋病藥).

Aztec /'æztɛk/ *n. & adj.* (墨西哥印
第安原始部族)阿茲特克人(的);
阿茲特克語(的).

azure /'æʒə, -ʒʊə, 'eɪ-/ *n. & adj.* 天
藍色(的); 青天(的).

B

BA /ˌbiːˈeɪ/ *abbr.* ① = Bachelor of Arts 文學士 ② = British Airways 英國航空公司.

baa /baː/ *v.* (過去式和過去分詞 ~ed) 羊叫；咩咩地叫 *n.* 咩的叫聲.

baba /ˈbaːbaː/ *n.* 巴巴冧酒蛋糕.

babble /ˈbæbl/ *v.* ① 喋喋不休，嘮叨 ② 發出潺潺流水聲 *n.* ① 空話，胡話 ② 潺潺流水聲 ~**r** *n.* 胡言亂語者，説話前言不對後語者.

babe /beɪb/ *n.* ① [古] 嬰孩 ② [美俚] 女子，小妞；漂亮的女人.

babel /ˈbeɪbl/ *n.* 喧嘩；混亂嘈雜的景象.

baboon /bəˈbuːn/ *n.* [動] 狒狒.

baby /ˈbeɪbɪ/ *n.* ① 嬰孩；幼畜 ② [俚]寶貝，心肝；家庭(或集團)中最年幼的成員 ③ 孩子氣的人 *vt.* 把⋯當嬰兒看待；嬌養 *adj.* 小型的，微型的 ~**hood** *n.* 嬰兒期 ~**ish** *adj.* 孩子氣的 ~**bound** *adj.* [美]懷孕的 ~**minder** *n.* [英]保姆 ~**sit** *v.* 充任臨時保姆 ~**sitter** *n.* 臨時保姆 ~**talk** *n.* 兒語 // ~**grand** 小型三角鋼琴.

baccarat /ˈbækəˌraː, ˌbækəˈraː/ *n.* [法]一種三人玩的紙牌賭博(俗稱百家樂).

bacchanal /ˈbækənl/ *n.* 酗酒狂歡 ~**ian** *adj.*

bachelor /ˈbætʃələ, ˈbætʃlə/ *n.* ① 單身漢 ② 學士 ~**hood** *n.* (男子)獨身 // ~**'s degree** 學士學位.

bacillus /bəˈsɪləs/ *n.* (*pl.* -**cilli** /bəˈsɪlaɪ/) 桿菌.

back /bæk/ *n.* ① 背，背部 ② 背面，後面 ③ 靠背 ④ (球類運動的)後衛 *adj.* ① 背後的 ② 邊遠的，偏僻的(雜誌、期刊等) *adv.* 向後；回原處，回復 *v.* ① 後退 ② 資助，支持 ③ 下賭注於⋯ ④ 背書(支票等) ⑤ 裱(畫)；襯裏於⋯ ~**er** *n.* 支持(或資助)者 ~**ing** *n.* ① 支持 ② 音樂伴奏 ~**ward** *adj.* 向後的；落後的；倒後的 ~**wards**, [美]~**ward** *adv.* 向後地，倒後地 ~**bencher** *n.* (英國、澳洲及新西蘭下院，在政府或黨內無官職的)後座普通議員 ~**biting** *n.* 背後講謗 ~**bone** *n.* 脊骨；骨幹 ~**breaking** *adj.* 累死人的 ~**chat** *n.* [俗]頂嘴 ~**cloth**, ~**drop** *n.* 背景幕布 ~**cross** *vt.* & *n.* 【生】回交，(使)逆代雜交 ~**date** *v.* 回溯至(過去某時)生效；故意將日期填早 ~**down** *v.* 退讓 ~**fill** *v.* & *n.* 【建】回填 ~**fire** *v.* 發生逆火；產生事與願違的後果 ~**ground** *n.* 背景；出身，經歷 ~**handed** *adj.* 反手的；諷刺的 ~**hander** *n.* [俚]賄賂 ~**lash** *n.* (社會或政治上的)強烈反應 ~**log** *n.* 積壓待辦之事 ~**pack** *n.* 背包 ~**pedal** *v.* 變卦，出爾反爾 ~**seat driver** *n.* [俚]不在其位卻愛亂出主意的人 ~**side** *n.* [俚]屁股

~**slide** *v.* 退縮; 倒退; 故態復萌 (~**slider** *n.*). ~**stage** *adv.* ① 在後台, 往後台 ② 私下 *adj.* 後台的; 幕後的; 私下的 ~**stairs** *adj.* 秘密的; 見不得人的 ~**stroke** *n.* 仰游 ~**track** *v.* 走回頭路; 變卦 ~~**up** *n.* 支持 (~**up** *vt.*). ~**water** *n.* ① 滯水; 死水 ② 窮鄉僻壤 ③ 思想閉塞 ~**woods** *n.* 人口稀少的邊遠地區 // ~ **and forth** 來回地 ~ **away** 後退; 退縮 ~ **door** 非法途徑的(的); 後門(的) ~ **issue / number** ① 過期的報刊雜誌 ② 落伍於時代的人(或物) ~ **out** 不履行(協議、諾言等) ~ **room** (進行秘密研究或從事陰謀策劃的)密室 **behind sb's** ~ 背着某人 **put sth on the** ~ **burner** 把某事暫時擱置, 留待以後考慮.

backgammon /ˈbækˌgæmən, ˌbækˈgæmən/ *n.* 西洋十五子棋.

back-up /ˈbækʌp/ *n.* ①【計】(文件的)備份複製(多指電腦數據) ② 備用元件, 後備人員.

bacon /ˈbeɪkən/ *n.* 煙肉, 鹹豬肉, 熏豬肉.

bacteria /bækˈtɪərɪə/ *pl. n.* (*sing.* -**rium**) 細菌 ~**l** *adj.* 細菌的.

bacteriology /bækˌtɪərɪˈɒlədʒɪ/ *n.* 細菌學 **bacteriological** *adj.* 細菌學的 **bacteriologist** *n.* 細菌學家.

bad /bæd/ *adj.* (比較級 **worse** /wɜːs/ *adj.* 最高級 **worst** /wɜːst/ *adj.*) ① 壞, 惡, 劣 ② 不正確的; 低劣的 ③ 有害的; 令人不愉快的 ④ 嚴重的 ⑤【美俚】出色的 *adv.* [美俗]非常 ~**ly** *adv.* ① 惡劣地, 拙劣地 ② 非常 ~**ly** *adv.* ① 惡劣

地, 拙劣地 ② 非常 ~**dy** *n.* [俚]電影、小說中的反派角色, 壞人 ~**mouth** *vt.* 詆毀; 貶低 // ~ **debt** 倒賬, 呆賬 ~ **blood** 怨恨 **be** ~**ly off** (尤指經濟上)景況不佳 **from ~ to worse** 每況愈下 **to the** ~ 虧損; 負債.

bade /bæd, beɪd/ *or* **bad** /bæd/ *v.* **bid** 的過去式.

badge /bædʒ/ *n.* 徽章, 證章; 標記.

badger /ˈbædʒə/ *n.*【動】獾 *vt.* 煩擾; 糾纏.

badinage /ˈbædɪˌnɑːʒ/ *n.* [法]開玩笑, 打趣.

badminton /ˈbædmɪntən/ *n.* 羽毛球.

baffle /ˈbæfl/ *vt.* 使困惑; 使為難 *n.* 隔板, 障板 ~**ment** *n.* 為難; 困惑.

bag /bæg/ *n.* ① 袋子; 提包 ② [蔑]性格暴躁的醜女人 ③ (*pl.*) (+ **of**) 許多 *v.* ① 把 ... 裝入袋內 ② 捕獲 ③ (使)膨脹; (使)脹大鬆垂(成袋狀) ~**gy** *adj.* (指衣服)鬆弛下垂的 // ~ **people** 把家當放在購物袋中浪跡街頭的人.

bagatelle /ˌbægəˈtel/ *n.* ① 瑣事; 微不足道之物 ② 九穴球桌.

baggage /ˈbægɪdʒ/ *n.* ① = [英] **luggage** 行李 ② [軍]輜重 ③ [貶]醜陋討厭的老女人 // ~ **car** (= [英]**luggage van**) [美]行李車 ~ **reclaim** (= [美]~ **claim**) (機場)的行李認證處 ~ **room** (= [英]**left luggage office**) [美](車站)的行李寄存處.

bagpipes /ˈbægˌpaɪps/ *pl. n.* 風笛 (亦作 **pipes**).

bail¹ /beɪl/ n. 【律】保釋(金); 保釋人 v. 【律】准許保釋; 保釋(某人).

bail², **bale** /beɪl/ v. (+ out) ① (從船中)舀水 ② (從飛機上)跳傘 ③ 幫助… 擺脫困境 ~out n. 【經】緊急財政援助.

bail³ /beɪl/ n. 【板】三柱門上的橫木.

bailey /ˈbeɪlɪ/ n. 城堡的外牆; 外牆內之庭院 // **B- bridge**【軍】活動便橋.

bailiff /ˈbeɪlɪf/ n. 法警; 執行官; 地主管家.

bailiwick /ˈbeɪlɪwɪk/ n. 執行官的職權範圍.

bairn /bɛən/ n. [蘇格蘭]小孩; 孩子.

bait /beɪt/ v. & n. 餌; 誘餌 vt. ① 裝餌的; 引誘 ② 折磨; 要弄.

baize /beɪz/ n. (綠色)枱面絨.

bake /beɪk/ v. 烤, 烘, 焙; 燒硬; 焙乾 ~**r** n. 麵包師傅 ~**ry** n. 麵包房 // ~**r's dozen** 十三 **baking powder** 發酵粉 **baking soda** 碳酸氫鈉, 小蘇打.

ba(c)ksheesh /ˈbækʃiːʃ/ n. (中東國家的)小費; 賞錢.

balaclava (helmet) /ˌbæləˈklɑːvə (ˈhelmɪt)/ n. 大絨帽, 大氈帽.

balalaika /ˌbæləˈlaɪkə/ n. (流行於斯拉夫國家的)巴拉萊卡琴, 三弦三角琴.

balance /ˈbæləns/ n. ① 天平, 秤 ② 平衡 ③【商】差額, 餘額 v. ① (用天平)秤 ② (使)平衡; (使)相等 ③ 對比; 權衡 ~**d** adj. 平衡的; 均衡的 // ~ **of payments** 國際收支差額 ~ **of power** ① (國際間的)均勢 ② 力量對比 ~ **of trade** 貿易(輸出入)差額 ~ **sheet** 資產負債表 **in the** ~ 懸而未決.

balcony /ˈbælkənɪ/ n. 陽台; (戲院的)樓座.

bald /bɔːld/ adj. ① 禿的 ② (指車胎)胎面花紋磨損的 ③ (指講話或文章等)直率的, 開門見山的 ~**ing** adj. ~**ly** adv. 直率地 ~**ness** n. // ~ **eagle** (北美產)白頭鷹, 禿鷹(用作美國的象徵).

balderdash /ˈbɔːldədæʃ/ n. 胡言亂語.

bale /beɪl/ n. 大包, 大捆 vt. ① 把…打包 ② = bail // ~ **out** (飛行員)跳傘.

baleful /ˈbeɪlfəl/ adj. 惡意的; 懷恨的; 有害的.

ba(u)lk /bɔːk, bɔːlk/ v. ① 畏縮不前 ② 阻止, 妨礙.

ball¹ /bɔːl/ n. ① 球; 投出的球 ② (pl.) [俗]胡說八道; [俚]睾丸 v. 捏(或繞)成球形 ~**bearing** n. 滾珠軸承 // ~ **cock** 浮球活栓 ~ **pen** (= ~**point** 或 ~**point pen**) 圓球筆, 原子筆.

ball² /bɔːl/ n. 舞會 ~**room** n. 跳舞廳.

ballad /ˈbæləd/ n. 民謠, 民歌; 抒情小曲 ~**monger** n. 民謠作者.

ballast /ˈbæləst/ n. ①【船】壓艙物 ② (鐵路、公路上鋪路基用的)石碴.

ballet /ˈbæleɪ, bæˈleɪ/ n. 芭蕾舞 **ballerina** /ˌbæləˈriːnə/ n. [意]芭蕾舞女演員.

ballistics /bəˈlɪstɪks/ n. 彈道學 // **ballistic missile** 彈道導彈; 彈道

飛彈.

balloon /bəˈluːn/ *n.* 氣球 *v.* ① (使)
膨脹成氣球狀; (使)充氣 ② 乘
氣球乘行 (常作 **go ~ing**) **~ist**
n. 駕駛氣球者 **~fish** *n.* 河豚
~ angioplasty *n.*【醫】氣球血管
整形術(用於治療心肌梗塞症).

ballot /ˈbælət/ *n.* ① (不記名)投票,
投票權 ② 選票 *v.* (使)投票(表決
或選出) // **~ box** 投票箱.

ballyhoo /ˈbælɪˈhuː/ *n.* 大肆宣揚;
喧鬧; 大吹大擂.

balm /bɑːm/ *n.* ① (止痛或療傷用
的)香油, 香膏 ② 安慰物 **~y** *adj.*
① (指天氣)溫和怡人的 ② =
barmy [英俚].

baloney, bo- /bəˈləʊni/ *n.* ① [俚]
胡說八道 ② 大香腸.

balsa /ˈbɔːlsə/ *n.* [西](美洲熱帶)輕
木(樹).

balsam /ˈbɔːlsəm/ *n.* ①【植】鳳仙
花 ② 鎮痛膏.

baluster /ˈbæləstə/ *n.*【建】欄杆柱
balustrade *n.* 欄杆.

bamboo /bæmˈbuː/ *n.* 竹 // **~ shoot**
竹筍.

bamboozle /bæmˈbuːzˈl/ *v.* ① [俚]
哄, 騙 ② (使)困惑.

ban /bæn/ *vt.* 禁止; 取締 *n.* 禁令;
禁止.

banal /bəˈnɑːl/ *adj.* 平庸的, 陳腐
的 **~ity** *n.* ① 平庸, 陳腐 ② 陳腔
濫調.

banana /bəˈnɑːnə/ *n.* 香蕉 //
~ republic [貶]香蕉共和國(指中
南美洲經濟落後, 政治不穩定的
農業小國).

band /bænd/ *n.* ① 帶; 箍 ②【無】

波段, 頻帶(亦作 **wave ~**) ③ 一
幫, 一夥 ④ 樂隊 ⑤ 等級; 級
別; 區段 *v.* ① 用帶綁(或捆、紮)
② 聯合 **~master** *n.* 樂隊指揮
~man *n.* 樂隊隊員 **~stand** *n.* 室
外音樂台.

bandage /ˈbændɪdʒ/ *n.* 繃帶 *vt.* 用
繃帶包紮.

Band-Aid /ˈbændˌeɪd/ *n.* [美商標]
急救膠布, 邦廸創可貼.

bandan(n)a /bænˈdænə/ *n.* (帶彩
色斑點的)大圍巾; 大頭巾.

B & B, B and B /ˌbiː ən ˈbi/ *abbr.*
[英俚]提供住宿及早餐(亦作 **bed
and breakfast**).

bandeau /ˈbændəʊ/ *n.* (*pl.* **-x**
/ˈbændəʊz/ *n.*) [法]束髮帶.

bandit /ˈbændɪt/ *n.* 土匪, 強盜 **~ry**
n. 盜匪的活動.

bandoleer, -lier /ˌbændəˈlɪə/ *n.*
【軍】子彈帶.

bandwagon /ˈbændˌwægən/ *n.*
① 樂隊花車 ② 潮流 ③ 一時得
勢的黨派或思想 // **climb / jump
on the ~** 趕浪頭; 看風使舵, 看風
使帆.

bandy[1] /ˈbændi/ *vt.* ① 吵(嘴)
② 散佈(謠言等). 曲棍球棍.

bandy[2] /ˈbændi/ *adj.* (膝)向外彎
曲的 **~-legged** *adj.* 羅圈腿的.

bane /beɪn/ *n.* 禍害, 禍根 **~ful** *adj.*
有害的; 致禍的.

bang /bæŋ/ *v.* ① (咚咚地)重擊(或
猛撞) ② 砰地(把門等)關上; 砰
作作響 ③ [粗]性交 ④ 把頭髮
剪成瀏海 *n.* ① 砰的一聲重擊
② 猛擊, 重敲 ③ [粗]性交 ④ 有
瀏海的髮型 *adv.* 砰地; 突然.

banger /'bæŋə/ n. [英口] ① 香腸 ② 爆竹; 鞭炮 ③ 噪聲很大的舊汽車.

bangle /'bæŋg'l/ n. 手鐲, 腳鐲.

banian, banyan /'bænjən/ n. 【植】印度榕樹.

ban(n)ish /'bænɪʃ/ vt. ① 放逐; 流放 ② (從頭腦中)消除, 忘卻 **banishment** n. 流放, 驅逐.

banisters /'bænɪstəz/ pl. n. ① 樓梯; 扶手 ② 欄杆.

banjo /'bændʒəʊ/ n. 班卓琴.

bank [1] /bæŋk/ n. 銀行; 庫 v. ① 存(款)於銀行 ② (在賭博中)當莊家 **~er** n. 銀行家; (賭博的)莊家 **~ing** n. 銀行業; 金融 **~note** n. 鈔票; **~book** n. 銀行存摺 **~rate** n. 銀行貼現率 // **~ card** 信用卡 **~ draft** 銀行匯票 **~ on / upon** 依靠, 指望.

bank [2] /bæŋk/ v. ① 築堤; 堆積 ② 使(飛機、車輪轉變時)傾斜飛行或行駛. n. ① 堤岸; 埂堆 ③ 斜坡, 邊坡.

bank [3] /bæŋk/ n. ① (機器中的)一排或一系列(開關、按鍵) ② (雲、霧等)大堆.

bankable /'bæŋkəb'l/ adj. 會賺錢的; 能叫座的.

bankrupt /'bæŋkrʌpt, -rəpt/ n. 【律】破產者 adj. ① 【律】破產的; 無力償還的 ② 完全喪失…的 vt. 使破產 **~cy** n. 破產; 完全喪失.

banner /'bænə/ n. 旗; 旗幟 ② 橫幅標語 ③ 【計】網址上的通欄廣告 adj. [褒]極好的 **~-bearer** n. 旗手 // **~ ad** 【商】網頁上的通欄廣告 **~ headline** (= **streamer**) 報紙上的通欄標題 **under the ~ of** 以…的名義; 在…旗幟下.

bannock /'bænək/ n. 燕麥(或大麥)烤餅.

ban(n)s /bænz/ pl. n. (在教堂宣佈的)結婚預告.

banquet /'bæŋkwɪt/ n. 宴會, 盛宴 v. 宴請; 參加宴會.

banshee, 美式 **banshie** /bæn'ʃiː, 'bænʃiː/ n. (愛爾蘭傳說中的)報喪女妖.

bantam /'bæntəm/ n. 矮腳雞 // **~ weight** 次輕量級拳擊手(體重在 51 至 53.5 公斤之間).

banter /'bæntə/ n. & v. 開玩笑, 打趣.

Bantu /'bɑːntʊ, 'bæntʊ, bæn'tuː/ n. (非洲)班圖人, 班圖語.

baobab /'beɪəʊ,bæb/ n. 【植】猴麵包樹.

bap /bæp/ n. 小圓麵包.

baptism /'bæp,tɪzəm/ n. 【宗】洗禮, 浸禮 **~al** adj. baptize vt. 給…施洗禮; 通過洗禮儀式成為教徒.

Baptist /'bæptɪst/ n. (基督教新教)浸禮會教友.

bar /bɑː/ n. ① (金屬、木等)條, 棒, 杆; 棒狀物 ② (門窗)閂 ③ 酒吧 ④ 【音】小節線 ⑤ 障礙(物) ⑥ 法庭 ⑦【物】巴(氣壓單位) v. 門上; 阻擋; 不准 prep. 除… 外 **the ~**, **the Bar** n. 律師業, 律師 **~bell** n. 【體】槓鈴 **~maid** n. 酒吧女招待 **~man** n. (= [美] **~tender**) 男招待 // **~ code** 條形碼(用電腦

讀取資料的編碼化標籤).

barb /bɑːb/ n. ① 倒刺, 倒鈎 ② [喻]刺耳之言論 ~ed adj. 有倒刺的; 刺耳的 // ~ed wire 有刺鐵絲.

barbarian /bɑːˈbɛərɪən/ n. & adj. 野蠻人(的) barbaric adj. ① 野蠻(人似)的 ② 粗俗的 barbarism n. ① 野蠻 ② 粗俗 barbarity n. ① 野蠻行為 ② = barbarism barbarous adj. 野蠻的; 殘暴的 ② 粗野的.

barbecue /ˈbɑːbɪˌkjuː/ n. 野餐烤肉架; 野餐烤肉會 v. (用烤肉架)燒烤(食物).

barber /ˈbɑːbə/ n. (為男人服務且通常為男性的)理髮師.

barbiturate /bɑːˈbɪtjʊrɪt, -ˌreɪt/ n. 【藥】巴比土酸鹽(一種鎮靜劑).

bard /bɑːd/ n. [書]吟遊詩人 the Bard n. 詩聖(指莎士比亞).

bare /bɛə/ adj. ① 赤裸的 ② 無遮蔽的, 無裝飾的 ③ 質樸的 ④ 勉強夠的 ⑤ 空白 vt. 剝去; 敞開 ~ly adv. ① 僅僅; 勉強 ② 幾乎沒有 ~ness n. ~back adv. & adj. 不用馬鞍(的) ~faced adj. 不要臉的 ~facedness n. 厚顏無恥 ~foot, ~footed adv. & adj. 赤腳(的) ~handed adv. & adj. ① 未戴手套的 ② 赤手空拳的 ~headed adv. & adj. 光着頭的(的) // ~ fallowing 【農】休耕.

bargain /ˈbɑːɡɪn/ n. ① 交易② 合同, 協議; 成交條件 ③ 便宜貨 v. 討價還價; (為成交達成協議而)講條件 // ~ counter [美]廉價品櫃台 ~ chip [美](談判中使用的)

討價還價的籌碼 ~ for 指望; 預計 ~ hunter 專找廉價商品的人 ~ money 定金 ~ sale 大減價 in / into the ~ 另外, 而且.

barge /bɑːdʒ/ n. 平底貨船; 駁船 v. [俗]衝撞, 碰撞 // ~ in / into 闖入; 打擾.

baritone /ˈbærɪˌtəʊn/ n.【音】男中音(歌手).

barium /ˈbɛərɪəm/ n.【化】鋇 // ~ meal [醫] 鋇餐(消化道作 X 光檢查前服用或注射的化學藥劑].

bark /bɑːk/ n. ① 犬吠聲 ② 樹皮 v. ① 吠, 狗叫 ② 怒吼 ③ 剝去(樹)皮 ~ing adj. [俚]瘋狂的.

barley /ˈbɑːlɪ/ n. 大麥 // ~ sugar 麥芽糖 ~ water 大麥茶.

Barmitzvah, Bar mitzvah /bɑːˈmɪtsvə/ n.【宗】(滿13歲男孩的)受戒儀式; 受戒齡少年(亦作 barmitzvah boy).

barmy /ˈbɑːmɪ/ adj. = [美]balmy [英用]呆笨瘋狂的; 精神不正常的.

barn /bɑːn/ n. 糧倉, 穀倉 ~storm v. [美]在鄉間作巡迴演出; 在各地巡迴作政治性演說; 大力推銷, 鼓吹, 宣傳 // ~ dance 鄉間的穀倉舞(會).

barnacle /ˈbɑːnəkºl/ n. ①【動】藤壺 ② [喻]跟屁蟲.

barney /ˈbɑːnɪ/ n. [俗]大吵大鬧; 吵吵嚷嚷.

barometer /bəˈrɒmɪtə/ n. ① 氣壓計; 晴雨錶 ② [喻]顯示輿論(市場行情或人們情緒變化)的事物 barometric adj.

baron /ˈbærən/ *n.* ① 男爵 ② 富商; 工商業巨額 **~ess** *n.* 男爵夫人, 女男爵 **~ial** *adj.* **~y** *n.* 男爵爵位.

baronet /ˈbærənɪt, -ˌnɛt/ *n.* 準男爵 (英國世襲爵位中最低等級的受勳者).

baroque /bəˈrɒk, bəˈrəʊk/ *n.* (16世紀末至18世紀於歐洲流行)過份雕琢的藝術風格和建築風格; 巴羅克風格 *adj.* 十分複雜和怪異的; 精緻和華麗的; 巴羅克風格的.

barque, 美式 **bark** /bɑːk/ *n.* 三桅帆船.

barrack /ˈbærək/ *v.* (對運動員、演講)喝倒采; 起哄.

barracks /ˈbærəks/ *pl. n.* 兵營.

barracuda /ˌbærəˈkjuːdə/ *n.* 梭子魚.

barrage /ˈbærɑːʒ/ *n.* 【軍】掩護炮火, 火網 ② 連珠炮似的提出 (問題、批評等) ③ 堰, 攔河壩.

barrel /ˈbærəl/ *n.* ① 桶, 大琵琶桶 ② 槍管, 炮管, 筆管 // **~ organ** 手搖風琴.

barren /ˈbærən/ *adj.* ① 貧瘠的; 不結果實的; 不育的 ② 無益的; 無效的 **~ness** *n.*

barricade /ˌbærɪˈkeɪd, ˈbærɪˌkeɪd/ *n.* 防寨, 防柵; 路障 *vt.* 設障於; 阻塞.

barrier /ˈbærɪə/ *n.* ① 柵欄; 關卡 ② 障礙(物) // **~ cream** 護膚霜 **~ reef** 堡礁.

barrister /ˈbærɪstə/ *n.* [英](可出席高等法庭的)律師, 大律師; [美]法律顧問; 律師.

barrow /ˈbærəʊ/ *n.* ① (獨輪或兩輪)手推車 ② (攤販的)擔架; 活動攤位 ③ (史前人的)古墳, 冢.

barter /ˈbɑːtə/ *v.* 以物易物; 作易貨貿易 *n.* 易貨(貿易).

basalt /ˈbæsɔːlt/ *n.*【地】玄武岩 **~ic** *adj.*

bascule /ˈbæskjuːl/ *n.* 活動吊橋, 開合橋(亦作 **~ bridge**).

base /beɪs/ *n.* ① 底部; 基礎; 根據 ② 基地; 起點 ③【數】底邊, 底線; 基數 ④【棒】壘 ⑤【化】鹼 ⑥【語】詞根 *vt.* 基於; 以……作為根據 *adj.* ① 卑鄙的 ② 低劣的 **~ly** *adv.* **~ness** *n.* 卑鄙, 無恥 **~less** *adj.* 無根據的 **~ball** *n.* 棒球(運動) **~ment** *n.* 地下室; 底層 **~minded** *adj.* 品質惡劣的 **~off** ~ [美俚]大錯特錯的; 冷不防地.

bash /bæʃ/ [俗] *v. & n.* 猛擊.

bashful /ˈbæʃfʊl/ *adj.* 害羞的, 羞怯的 **~ly** *adv.* **~ness** *n.*

basic /ˈbeɪsɪk/ *adj.* 基本的, 基礎的 **~ally** *adv.* **~s** *n.* 基礎, 基本; 要點.

BASIC, Basic /ˈbeɪsɪk/ *n.* = beginners' all purpose symbolic instruction code【計】(電腦程式使用的)basic 程式語言.

basil /ˈbæzˈl/ *n.*【植】(調味用的)羅勒, 紫蘇.

basin /ˈbeɪsˈn/ *n.* ① 臉盆 ② 盆地; 流域; 水窪 ③【船】繫船池.

basis /ˈbeɪsɪs/ *n.* (*pl.* **-ses** /-siːz/) ① 基礎; 根據 ② 主要成份.

bask /bɑːsk/ *vi.* ① (舒適地)取暖 (如曬太陽、烤火等) ② 感到舒服; 得到樂趣.

basket /'bɑːskɪt/ *n.* ① 籃, 簍, 筐 ②（籃球場的）籃；一次投籃的得分 ③【空】氣球的吊籃 ④【經】（不同貨幣的）一籃子 **~ful** *n.* 一滿籃（或簍、筐）**~ry** *n.* ① 編籃技藝（亦作 **~ry weaving** 或 **~work**）② 籃、筐等編織品 **~ball** *n.* 籃球（賽）**~worm** *n.*【昆】結草蟲.

basque /bæsk, bɑːsk/ *n.*（婦女的）緊身上衣 (**B-**) *n. & adj.*（居住在法國和西班牙交界的比利牛斯山西部的）巴斯克人(的), 巴斯克語(的).

bas-relief /,bɑːrɪ'liːf, ,bæs-, 'bɑːrɪ,liːf, 'bæs-/ *or* **bass-relief** /,beɪsrɪ'liːf/ *n.* 淺浮雕.

bass ¹ /beɪs/ *n.*【音】男低音(歌手) *adj.* 低音的 // **~ guitar** 低音結他.

bass ² /bæs/ *n.* ①【植】椴木 ② 鱸魚.

basset /'bæsɪt/ *n.* 矮腳長耳獵犬（亦作 **~hound**).

bassinet /,bæsɪ'net/ *n.*（有篷蓋的）搖籃；嬰兒車.

bassoon /bə'suːn/ *n.*【音】巴松管；低音管.

bastard /'bɑːstəd, 'bæs-/ *n.* ① 私生子 ②【粗】雜種；壞蛋 ③【俚】傢伙（對男性熟人的稱呼）④ 令人頭痛的事 *adj.* 不純正的；不合標準的 **~ize** *v.* (使)變為不純正；(使)變壞；醜化 **~y** *n.*【律】私生；庶出.

baste ¹ /beɪst/ *vt.* (用長針腳)疏縫.

baste ² /beɪst/ *v.* ① 塗脂油於(烤或煎的肉上)② 【俚】(用棍子)狠揍, 痛打.

bastion /'bæstɪən/ *n.* ① 棱堡 ②【喻】堡壘；捍衛者.

basuco /bə'suːkəʊ/ *n.*【毒】一種含有雜質的廉價古柯鹼.

bat ¹ /bæt/ *n.*【動】蝙蝠.

bat ² /bæt/ *n.* ① 短棍；球棒 ②（棒球等的）擊球；(板球等的)擊球手(亦作 **~sman**) *v.* ① 用球棒打(球)；擊球；擊打, 棒擊 // **off one's own ~** 憑自己努力, 獨立地 **off the ~**【俗】馬上, 立即.

batch /bætʃ/ *n.* ① 一爐；一批；一群；一組 ②【計】批量, 成批 // **in ~es** 分批地, 成批地.

bated /'beɪtɪd/ *adj.* 抑制住的 // **with ~ breath** (由於焦急、恐懼或其他強烈情緒而)屏息靜氣地.

bath /bɑːθ/ *n.* ① 洗澡 ② = **~tub** 澡盆, 浴缸 ③ 室內公共游泳池；公共浴室 *v.* 洗澡 **~ chair** (或 **B- chair**) *n.* (病殘人坐的)輪椅 **~room** *n.* 浴室, 盥洗間.

bathe /beɪð/ *v.* ① (在河、海、湖中)游泳 ② 用水清洗(皮膚、傷口等) ③ 沐浴, 籠罩 *n.* (河、海、湖中的)游泳 **~r** *n.* 洗澡者, 游泳者.

bathing /'beɪðɪŋ/ *n.* 游泳 **~ cap** 游泳帽 **~ costume** 游泳衣(亦作 **~ suit**) **~ machine** 海濱浴場的更衣車 **~ place** 海濱浴場.

bathos /'beɪθɒs/ *n.* ①【語】頓降法(由嚴肅突轉庸俗之法) ② 虎頭蛇尾 ③ 平凡的風格.

bathyscaph /'bæθɪ,skæf/ *or* **bathyscaphe** /'bæθɪ,skeɪf, -,skæf/ *or* **bathyscape** /'bæθɪ,skæp/ *n.* (觀察

海洋生物的)深海潛測艇; 深海
潛艇.

bat(t)ik /'bætɪk/ n. ①【紡】蠟染
(法) ②蠟染花布.

batman /'bætmən/ n. (軍官的)勤
務兵.

baton /'bætən, -tɒn/ n. ① (樂隊的)
指揮棒 ② 接力棒 ③ 警棍.

bats /bæts/ adj. 發瘋的; 古怪的.

battalion /bə'tæljən/ n.【軍】營.

batten /'bæt'n/ n. ①【建】板條
②【船】壓條 v. ① 用板條固定
② 中飽私囊 // **~ on** 損人以利己.

batter [1] /'bætə/ v. ① 連續猛擊; 打
爛 ② 用壞, 磨損 **~ed** adj. 破舊
的 // **~ing ram** (古代攻城用之)
破城槌.

batter [2] /'bætə/ n. (做糕餅時用麵
粉、雞蛋調成的)牛奶麵糊.

battery /'bætərɪ/ n. ①【電】電池
(組) ②炮兵連; 炮台; (戰艦上
的)炮組 ③【律】毆打 ④【金屬
器具的)一套, 一組 ⑤ (問題等)
一連串 ⑥ 孵蛋箱組 // **assault
and ~**【律】非法毆打罪.

battle /'bæt'l/ n. ①戰鬥, 戰役; 鬥
爭 ② (the ~) 勝利, 成功 v. 戰
鬥, 作戰, 鬥爭 **~axe** n. ① (古代
之)大戰斧 ② (俗)悍婦 **~field**,
~ground n. 戰場 **~ship** n. 戰艦
~some adj. 愛爭吵的 **~wise** adj.
有戰鬥經驗的 // **~ cry** 作戰時的
吶喊; (鬥爭)口號 **~ dress** 軍裝.

battlement /'bæt'lmənt/ n. (常用
複)城垛; 雉堞.

batty /'bætɪ/ adj. [俚]瘋狂的; 古怪
的 **battiness** n.

bauble /'bɔːb'l/ n. 華而不實的小

擺設; 不值錢的小裝飾品; 騙錢
貨.

baulk /bɔːk, bɔːlk/ n. = balk.

bauxite /'bɔːksaɪt/ n.【礦】鋁礬土.

bawl /bɔːl/ v. ① 喊叫; 大聲哭泣.

bay [1] /beɪ/ n. 海灣.

bay [2] /beɪ/ n. [植]月桂樹(亦作
~tree) // **~ leaf** 月桂葉(調味用).

bay [3] /beɪ/ n.【建】壁洞 ② 車
庫 // **~ window** 凸窗.

bay [4] /beɪ/ adj. & n. 赤褐色的(馬).

bay [5] /beɪ/ n. ① (狼、狗的)吠
聲 ② 絕境 v. (向 …)吠叫 // **at
~** ① (指獵物)作困獸鬥 ② (指
人遭受猛烈攻擊而)陷入絕境 //
bring / drive ... to ~ 使陷入絕境
keep / hold ... at ~ 不使 … 接近;
牽制.

bayonet /'beɪənɪt/ n. 刺刀 vt. 用刺
刀刺.

baza(a)r /bə'zɑː/ n. ① 義賣(市場)
② (東方國家的)市場, 市集.

bazooka /bə'zuːkə/ n. 反坦克火箭
筒.

BBC /biː biː siː/ abbr. = British
Broadcasting Corporation 英國廣
播公司.

BC /biː siː/ abbr. = Before Christ
公元前.

BD /biː diː/ abbr. = Bachelor of
Divinity 神學士.

be /biː, 弱 bɪ/ vi. & v. aux. ① 有,
在 ② 是 ③ 成為 ④ 發生 ⑤ 屬
於 ⑥ 聽任(第一人稱單數現在
式 am, 第二人稱單數現在式 are,
第三人稱單數現在式 is, 複數現
在式 are, 第一及第三人稱單數
過去式 was, 第二人稱單數及所

有人稱複數過去式 were, 過去分詞 ~en, 現在分詞 ~ing.)

beach /biːtʃ/ n. 海(或湖、河)濱, 海灘, v. ① (使)船擱岸 ② 把(船)拖至岸邊 ~comber n. (在海灘上拾東西謀生的)海灘遊民 ~head n. 灘頭陣地, 灘頭堡.

beacon /biːkən/ n. ① 烽火 (台) ② 燈塔 ③ (機場的)信標 ④【交】指向標.

bead /biːd/ n. ① 有孔小珠; 水珠 ② 滴 ③ (pl.)念珠; 珠鍊 ~ing n. 串珠狀緣飾 ~y adj. (指眼睛) 小、圓而明亮的 // keep a ~ eye on 密切注視.

beagle /biːgl/ n. 小獵兔犬.

beak /biːk/ n. ① 鳥嘴; 鈎鼻 ② [英俚]治安法官, 地方法官; ③ (中小學)校長.

beaker /biːkə/ n. ①【化】燒杯 ② (有腳)大酒杯.

beam /biːm/ n. ① 樑; (船的)橫樑 ② 秤桿 ③ 光線; 光束【無】波束, 射束 ④ 笑容; 喜色 ⑥【體】[英]平衡木 v. ① (定向地)發射光線、無線電訊號等 ② 眉開眼笑 ~ing adj. 眉飛色舞的; 閃閃發光的 // off / on the ~ (不)對.

bean /biːn/ n. ① 豆, 豆科植物 ② 豆形果實; 結豆形果實的植物 ~pole n. 瘦高個子 // ~ curd 豆腐 ~sprouts 豆芽菜 full of ~s [俗]精力充沛, 興高采烈 spill the ~s [俚]不慎泄密, 說漏嘴.

bear [1] /beə/ v. (過去式 bore 過去分詞 borne, born) ① 支持; 負擔 ② 忍受 ③ 適宜於 ④ 攜帶 ⑤ 產(子); 結(果實) ⑥ 懷有 ⑦ 朝向 ~able adj. 可忍受的; 承受得起的 ~er n. ① 持票人; 帶信人 ② 搬運人 ③ 抬棺人 ③ 擔架 // ~ on / upon 與⋯有關 ~ out 證實 ~ up (困難時)勇於承受.

bear [2] /beə/ n. ①【動】熊 ② 魯莽漢 ③【股】做空頭者 ~hug n. [俗]熱烈的擁抱 // ~ market 【股】熊市 the Great / Little B- 【天】大/小熊座.

beard /biəd/ n. (頰上的)鬍子 ~ed adj. 有鬍子的 ~less adj. 無鬍子的; 年輕無知的.

bearing /beərɪŋ/ n. ① 關係; 聯繫 ② 忍耐 ③ 舉止, 儀態 ④【機】軸承 ⑤ (pl.)方向; 方位 // lose one's ~s ① 迷失方位 ② 不知所措.

beast /biːst/ n. ① 野獸 ② 兇殘粗暴的人 ~ly adj. 令人厭惡的; 糟透了的.

beat /biːt/ v. (過去式 ~ 過去分詞 ~en) v. ① (連續)敲打 ② 打敗; 勝過, 戰勝 ③ (心)跳動 ④ 攪拌 (蛋、麵粉等) n. ① 心跳 ②【音】拍子 ③ (警察等的)巡邏路線 adj. 疲乏的 ~en adj. 打敗的; 踏平的; 陳腐的 ~er n. 攪拌器 ~ing n. ① 責打 ② (心)跳動 ③ 打敗 // ~ about / around the bush 旁敲側擊 ~ down ① [口]殺價 ② (陽光)強烈照射 ~ time【音】打拍子 ~ up 痛打.

beatify /bɪˈætɪˌfaɪ/ vt.【宗】為死者行宣福禮儀(宣佈死者已升天) beatific adj. 賜福的; 極樂的 beatification n.

beatitude /bɪˈætɪˌtjuːd/ n. 至福 the Beatitudes n.【宗】(耶穌論福時所發表的)八福詞.

beatnik /ˈbiːtnɪk/ n. (50年代末至60年代初的)"垮掉的一代"的成員.

beau /bəʊ/ n. (pl. ~s, ~x) ① 紈絝子弟, 花花公子 ② 情郎 // the ~ monde【法】上流社會.

Beaufort scale /ˈbəʊfət skeɪl/【氣】(測量風級的)蒲福風級.

beautiful /ˈbjuːtɪful/ adj. ① 美麗的 ② 好極了(亦作 beauteous /ˈbjuːtɪəs/ adj.) **~ly** adv.

beautify /ˈbjuːtɪˌfaɪ/ v. 使美麗; 變美 beautification n.

beauty /ˈbjuːtɪ/ n. ① 美麗; 美人 ② 美好的東西 ③ 妙處, 優點 ④ [俗]極好(或極壞)的人(或事物) beautician n. 美容師 // ~ parlour, ~ salon, [美]~ shop 美容院 ~ queen 選美賽的獲勝者 ~ spot ① 美景, 名勝 ② 美人痣, 美人斑.

beaver /ˈbiːvə/ n.【動】海狸(皮毛) v. (+ away) [俗]賣力地幹 **eager** ~ [俗]努力工作的人.

becalmed /bɪˈkɑːmd/ adj. (帆船)因無風而不能前進的.

became /bɪˈkeɪm/ v. become 的過去式.

because /bɪˈkɒz, -ˈkəz/ conj. 因為 // ~ of 因為, 由於.

beck¹ /bek/ n. 小溪, 山澗.

beck² /bek/ n. 招手; 點頭(表示召喚) // at sb's ~ and call 聽人命令, 受人指揮.

beckon /ˈbekən/ v. ① 打手勢; 點

頭 ② 吸引, 引誘 ③ 有可能成為現實(或發生).

become /bɪˈkʌm/ v. 過去式 became 過去分詞 ~) ① 變成, 成為 ② 適宜於 becoming adj. 合適的, 相稱的 // ~ of (人或事物)發生情況, 遭遇.

bed /bed/ n. ① 床; 河床 ② 海底; 湖底 ③ 路基 ④ 菌床; 花圃 ⑤ 地層 v. ① 安置; 嵌入 ② 栽植 ③ [俗]性交 **~ridden** adj. 臥病在床的 **~bug** n. 臭蟲 **~ clothes** n. 被單, 床罩 **~pan** n. 病人在床上用的便盆 **~rock** n. ① 岩床 ② 基本事實(或原理) **~sit(ter)** n. [英]寢室兼起居室 **~spread** n. 床單 **~time** n. 就寢時間 **~wetting** n. 尿床 **~stead** n. 床架 // ~ and breakfast (略作 B and B, B & B) [英](一夜的)住宿及早餐 **~ down** (使)睡下.

bedaub /bɪˈdɔːb/ vt. 塗污; 亂塗.

bedeck /bɪˈdek/ vt. 裝飾.

bedevil /bɪˈdevᵊl/ vt. 使十分苦惱; 折磨.

bedlam /ˈbedləm/ n. [俗]喧鬧; 喧鬧的地方.

bedraggled /bɪˈdrægᵊld/ adj. (指衣服、頭髮)凌亂不堪的; 邋遢的.

bee /biː/ n. 蜜蜂 **~hive** n. 蜂房, 蜂箱 **~keeper** n. 養蜂人 **~line** n. (兩點間的)直線; 捷徑 **~swax** n. 蜂蠟.

beech /biːtʃ/ n.【植】山毛櫸.

beef /biːf/ n. (pl. beeves) 牛肉 v. [俚]訴苦 **~y** n. & adj. ① 牛(肉)一樣的 ② [俗]強壯結實的 ③ 肥胖的 **~burger** n. 煎牛肉餅; 漢堡

包 ~eater n. 英王或倫敦塔的衛兵 ~steak n. 牛扒.

been /biːn, bɪn/ v. be 的過去分詞.

beep /biːp/ n. (汽車喇叭或電子設備發出的)嘟嘟聲 v. (使)發出嘟嘟聲.

beer /bɪə/ n. 啤酒; 一杯啤酒 ~y adj. (似)啤酒的 // ~ and skittles [謔]享樂; 樂事 ~ money 丈夫(為喝啤酒等用)的私房錢, small ~ [俚]不重要的(人或事物).

beet /biːt/ n. ① 紅菜, 甜菜 ② = ~ root [美]甜菜根.

beetle /ˈbiːtl/ n. ① 甲蟲 ② 大木追 v. [英俚](坐車或步行)匆匆離去 // ~ off 急速離開.

befall /bɪˈfɔːl/ v. (過去式 befell 過去分詞 ~en) ① [舊]降臨(到⋯頭上) ② 發生(於).

befit /bɪˈfɪt/ vt. 適宜於; 適合 ~ting adj. 適宜的; 得體的.

befog /bɪˈfɒɡ/ vt. 使迷惑; 使模糊不清.

before /bɪˈfɔː/ adv. & prep. ① 在前, 當着⋯的面 ② 以前 ③ 寧願 conj. 在⋯以前; 與其⋯(寧可) ~hand adv. 事先, 提前 ~-mentioned adj. 上述的.

befriend /bɪˈfrend/ vt. 友好對待; 照顧; 待之如友.

beg /beɡ/ v. ① 乞求 ② 乞討(食物、金錢等) ③ 懇求; 請(原諒); 請(允許) // go ~ging (指商品)無銷路.

began /bɪˈɡæn/ v. begin 的過去式.

beggar /ˈbeɡə/ n. ① 乞丐 ② [俚]傢伙 vt. ① 使⋯淪為乞丐; 使貧窮 ② 使⋯難以 ~ly adj. ~y n. 赤

貧 // ~s description 筆墨難以形容.

begin /bɪˈɡɪn/ v. (過去式 began 過去分詞 begun) 開始; 動手 ~ner n. 初學者; 創始人 ~ning n. 初; 開端 // to ~ with 首先, 第一點.

begonia /bɪˈɡəʊnjə/ n. 【植】秋海棠.

begrudge /bɪˈɡrʌdʒ/ vt. = grudge ① 捨不得給; 吝惜 ② 嫉妒.

beguile /bɪˈɡaɪl/ vt. ① 欺騙; 哄 ② 消磨(時間); 消遣 ③ 迷住 beguiling adj. 令人陶醉的; 有吸引力的.

begum /ˈbeɪɡəm/ n. (穆斯林)公主, 貴婦人.

begun /bɪˈɡʌn/ v. begin 的過去分詞.

behalf /bɪˈhɑːf/ n. 用於下列慣用語中: on ~ of sb, on sb's ~, [美] in ~ of sb, in sb's ~ 代表某人; 為了某人(的利益).

behave /bɪˈheɪv/ vt. ① 行為, 舉止 ② 行為得體; 講禮貌 ③ (指機器)運轉, 工作 ④ 【化】起反應, 起作用.

behaviour, 美式 **behavior** /bɪˈheɪvjə/ n. 行為, 舉止 ~al adj. ~ism n.【心】行為主義【化】反應, 變化 // be on one's best ~行為檢點.

behead /bɪˈhed/ vt. 砍頭, 斬首.

beheld /bɪˈheld/ v. behold 的過去式及過去分詞.

behind /bɪˈhaɪnd/ adv. & prep. ① 在後; 向後 ② 落後於 ③ 遲於 ④ 支持 n. [口]屁股 ~ hand adj. & adv. 遲(的); 拖欠; 過期

(的) // **be ~hand in / with** 拖
欠…；在…方面落後.

behold /bɪ'həʊld/ v. (過去式及過
去分詞 beheld) int. 看哪! **~er** n.
觀看者.

beholden /bɪ'həʊld°n/ adj. 感激的；
受惠的；欠人情的.

behove /bɪ'həʊv/ vt. 對…來説是
應該(或必要、值得)的.

beige /beɪʒ/ adj. 米黃色的 n. 嗶
嘰.

being /'biːɪŋ/ n. be 的現在分詞 n.
① 存在(方式) ② 生物；人 ③ 本
質 ④ 上帝 // **bring / call sth into
~** 使產生, 使形成 **come into ~** 產
生, 形成；成立 **for the time ~** 暫
時；目前.

belated /bɪ'leɪtɪd/ adj. 誤期的；來
得太遲的 **~ly** adv.

belay /bɪ'leɪ/ v. 【海】(登山)把繩繫
在繫索栓上(或岩石上).

belch /belʧ/ v. & n. ① 打嗝 ② 猛
烈地噴發；大量冒出.

beleaguer /bɪ'liːgə/ vt. ① 圍困；圍
攻 ② 使煩惱 **~ed** adj. **~ment** n.

belfry /'belfrɪ/ n. ① 鐘樓；(教堂
之)鐘塔 ② [口]頭腦.

belie /bɪ'laɪ/ vt. ① 使人誤解；掩飾
② 證明…是假的；與…不符.

belief /bɪ'liːf/ n. ① 相信；信念
② 意見；信仰；信條 // **beyond
~** 難以置信.

believe /bɪ'liːv/ v. ① 信, 相信
② 信奉；信任 ③ 認為；以為
believable adj. **~r** n. 信仰者, 信
徒 // **~ it or not** [口]信不信由你
make ~ 假裝.

Belisha beacon /bə'liːʃə 'biːkən/ n.

(英國城市中標明人行橫道的)
橙色閃光指示燈.

belittle /bɪ'lɪt°l/ vt. ① 輕視；貶低
② (相形之下)使顯得微小.

bell /bel/ n. ① 鐘(聲)；鈴(聲)
② 鐘狀物 ③ (pl.)喇叭褲(亦
作 **~-bottoms**) **~boy**, **~hop**,
~man n. [美]旅館侍應 [英]亦
作 **pageboy** **~wether** n. ① (繫
鈴的)帶頭羊 ② (一羣人的)首
領 // **~ captain** [美]旅館侍者領
班 **~ the cat** 為他人而甘願冒風
險(猶如老鼠壯膽為貓繫鈴) **(as)
sound as a ~** 極健康；情況極佳.

belladonna /ˌbelə'dɒnə/ n.【植】顛
茄；【藥】顛茄製劑.

belle /bel/ n. 美女；女中西施.

belles lettres /bel letrə/ n. [法]純
文學.

bellicose /'belɪˌkəʊs, -ˌkəʊz/ adj. 好
戰的；愛打架的.

belligerent /bɪ'lɪdʒərənt/ adj. ① 好
戰的, 好鬥的 ② 交戰中的 n. 交
戰國；交戰的一方 **belligerence** n.
交戰(狀態).

bells and whistles /belz ænd 'wɪs°l/
pl. n.【自】① 系統程式的附帶
功能 ② 花巧華麗的點綴.

bellow /'beləʊ/ v. ① (公牛、象等)
吼叫 ② (痛苦地)大聲喊叫；怒吼
n. ① (牛等)吼聲 ② 怒叫聲.

bellows /'beləʊz/ pl. n. 風箱.

belly /'belɪ/ n. ① 肚子, 腹部
② 胃, 胃部 ③ (物件的)前部(或
下部、內部) v. (使)鼓起；(使)漲
滿 **~ful** n. [俚]過量, 太多 **~ing**
adj. 漲滿的, 鼓起的 **~-bound**
adj. 便秘 **~-worm** n. [俚]蛔蟲 ③

~ button 肚臍 **~ flop** [俗] 一種腹部首先擊水的拙劣跳水動作.

belong /bɪˈlɒŋ/ vi. ① 屬於 ② 是 … 的財物 ③ 應歸入 (某種類別); 是 … 的成員; 適合於 (某種處境) **~ings** pl. n. 所有物.

beloved /bɪˈlʌvɪd, -ˈlʌvd/ adj. 心愛的 n. 心愛的人.

below /bɪˈləʊ/ adv. & prep. ① 在下, 向下 ② 低於.

belt /belt/ n. ① 腰帶, 皮帶; 傳動帶 ② [軍] 子彈帶 ③ 區; 地帶 v. ① 用帶繫緊 ② [俚] 重擊 ③ [俚] 快速移動 **~way** n. (= [英]ring road) [美]環形公路.

bemoan /bɪˈməʊn/ vt. 悲歎.

bemused /bɪˈmjuːzd/ adj. 困惑的; 迷迷糊糊的.

bench /bentʃ/ n. ① 長椅; 工作枱 ② 法官席; 列席的法官; 法院 **~es** n. [英]議院的議員席 // **~ mark** [測] 水準基點; 標準; 規範 **~ warrant** 法院傳票.

bend /bend/ v. (過去式及過去分詞 bent) ① (使)彎曲 ② (使)屈從; 屈身 ③ [目光、精力等]集中於; 轉向 n. 彎曲(部) (道路的)轉變處 **the ~s** n. [醫] 沉箱病, 空氣栓塞症; [英口]航空病 // **on / upon ~ed knees** [書]屈膝祈求; 跪着(祈禱或哀求).

beneath /bɪˈniːθ/ prep. & adv. ① 在下 ② 不值得, 不相稱.

Benedictine /ˌbenɪˈdɪktɪm, -taɪn/ n. ① 聖本篤教會的修士或修女 ② (**b-**)聖本篤修士修女首創的一種烈性甜酒 adj. 聖本篤教會的.

benediction /ˌbenɪˈdɪkʃən/ n. 祝福, 賜福; 祈禱 **~'s solution** n. [化] 貝內迪克特溶液.

benefaction /ˌbenɪˈfækʃən/ n. ① 善行 ② 捐助物; 捐款.

benefactor /ˈbenɪˌfæktə, ˌbenɪˈfæk-/ n. 恩人; 捐助人; 保護人.

benefice /ˈbenɪfɪs/ n. (教區牧師的)有俸聖職.

beneficent /bɪˈnefɪsənt/ adj. 行善的; 慈善的; 慷慨的 **beneficence** n.

benefit /ˈbenɪfɪt/ n. ① 利益; 好處; 恩惠 ② 救濟金 ③ 義演; 義賽 v. 有益於, 受益 **beneficial** adj. 有益的 **beneficiary** n. (尤指遺產的)受益人; 受惠者 // **give sb the ~ of the doubt** 給某人以無罪(或正確)的判定.

benevolent /bɪˈnevələnt/ adj. 慈善的; 仁愛的 **benevolence** n. 善心; 仁慈.

benighted /bɪˈnaɪtɪd/ adj. 愚昧的; 無知的; 未開化的.

benign /bɪˈnaɪn/ adj. ① 仁慈的 ② 和藹可親的 ③ (氣候)溫和怡人的 ④ (腫瘤)良性的 **~ity** n. **~ly** adv.

bent /bent/ v. bend 的過去式及過去分詞 adj. ① [俚]不誠實的, 受賄的 ② [俚]同性戀的 ③ (+ on) 決心的; 專心的; 一心想要 n. 嗜好; 擅長.

benumbed /bɪˈnʌmd/ adj. [書] ① 失去感覺的; 麻木的 ② 凍僵的.

benzene /ˈbenziːn, benˈziːn/ n. [化] 苯.

benzine /ˈbɛnziːn, bɛnˈziːn/ or benzin /ˈbɛnzɪn/ n.【化】汽油; 揮發油.

bequeath /bɪˈkwiːð, -ˈkwiːθ/ vt.【律】[書]遺贈給 bequest n.【律】遺贈(物); 遺產.

berate /bɪˈreɪt/ v. [書]嚴責; 訓斥.

bereaved /bɪˈriːvd/ adj. 喪失至親好友的 bereavement n. 喪親(之痛).

bereft /bɪˈrɛft/ adj. (+ of) 喪失的.

beret /ˈbɛreɪ/ n. 貝雷軍帽; 扁圓便帽 // the Green B- [美]特種部隊.

bergamot /ˈbɜːgəˌmɒt/ n.【植】佛手柑, 香檸檬.

beriberi /ˌbɛrɪˈbɛrɪ/ n.【醫】腳氣病.

berk, bu- /bɜːk/ n. [英俚][貶]傻瓜 (尤指男人).

Bermuda shorts /bəˈmjuːdə ʃɔːts/ pl. n. (長及膝部, 散步時穿的)百慕達短褲.

berry /ˈbɛrɪ/ n. ① 漿果 ②【植】乾果種, 乾果仁(如咖啡豆) ③ (蝦或魚的)籽.

berserk /bəˈzɜːk, -ˈsɜːk/ adj. 狂暴的 // go ~ 氣得發瘋 send sb ~ 使狂怒.

berth /bɜːθ/ n. ① (火車、船等)臥鋪, 鋪位 ② 泊地, 錨位 v. (使)停泊.

beryl /ˈbɛrɪl/ n.【礦】綠玉; 海綠色.

beseech /bɪˈsiːtʃ/ v. (過去式及過去分詞 besought) 懇求, 乞求 ~ing adj. ~ingly adv.

beset /bɪˈsɛt/ v. (過去式及過去分詞 ~) vt. 困擾; 圍困 ~ment n.

~ting adj. 不斷侵襲的; (念頭等) 老是纏着人的.

beside /bɪˈsaɪd/ prep. ① 在 … 之旁, 在 … 附近 ② 和 … 相比 // ~ the point / question / mark 離題, 不中肯 ~ oneself (with) (由於煩惱、激動)發狂, 失去自制, 忘形.

besides /bɪˈsaɪdz/ prep. ① 除 … 之外(還有) ② 除 … 之外(不再有) adv. 而且, 此外.

besiege /bɪˈsiːdʒ/ vt. ① 圍困, 圍攻 ② 對 … 不斷提出(質問, 要求等) ③ 困擾; (使)感到煩惱.

besmear /bɪˈsmɪə/ vt. 塗抹; 弄髒.

besmirch /bɪˈsmɜːtʃ/ vt. ① 弄髒; 醜化 ② 玷污 ③ 誹謗(某人或其人格); 糟蹋(名聲).

besom /ˈbiːzəm/ n. 長把細枝掃帚; 竹掃帚.

besotted /bɪˈsɒtɪd/ adj. (尤指因愛情而)痴迷的; 陶醉的.

besought /bɪˈsɔːt/ v. beseech 的過去式及過去分詞.

bespeak /bɪˈspiːk/ vt. (過去式 bespoke 過去分詞 bespoken) 顯示; 表明; 暗示.

bespoke /bɪˈspəʊk/ adj. [英](產品)訂製的.

best /bɛst/ adj. (good 和 well 的最高級)最好的; 最合適的 adv. (well 的最高級)最好地; 最; 極 n. 最好的人(或東西) ~seller n. 暢銷貨(尤指暢銷書) ~selling adj. 暢銷的, 受人歡迎的 // at ~ 充其量, 至多 at one's ~ 處於最佳狀態 ~ man 伴郎, 男儐相 ~ of all 最; 首先 do / try one's ~ 盡

力 **get / have the ~ of** 勝過 **had ~** 最好 **make the ~ of** 充份利用 **one's Sunday ~** 最好的衣服 **to the ~ of one's knowledge / belief / ability)** 就某人所知/所信/能力所及.

bestial /ˈbɛstɪəl/ adj. [貶] ① 禽獸 (般)的; 獸性的 ② 殘忍的 **~ity** n. ① 獸性; 獸行 ② 獸慾; 獸姦.

bestir /bɪˈstɜː/ vt. [書]激勵; 使發奮.

bestow /bɪˈstəʊ/ vt. 給予, 賜贈, 授予 **~al** n.

bestrew /bɪˈstruː/ vt. (過去式 -ed 過去分詞 -ed, -n)撒滿; 撒佈(在).

bestride /bɪˈstraɪd/ vt. (過去式 **bestrode** 過去分詞 **bestridden**) ① 跨; 騎(馬或自行車等) ② (兩腿分開)跨騎(或跨立)在 … 之上; 橫跨在 … 之上.

bet /bɛt/ v. (過去式及過去分詞 - 或 ~ted) ① (與人)打賭; (用 …)打賭 ② [俚]敢斷定 n. ① 打賭; 賭注 ② [俗]看法; 預測 // **~ one's boot / bottom dollar / shirt on (that)** … [俗]確信; 絕對肯定 **you ~** [俚]當然; 的確(會是如此); 一定.

beta /ˈbiːtə, ˈbeɪtə/ n. ① 希臘字母第二個字(B, β) ② (學生成績)乙等(亦作 B) **~-blocker** n. 【藥】(治療高血壓及心絞痛)藥物 // **~ particle** 【物】β 粒子, β 質子 **~ ray** 【化】β 射線.

betatron /ˈbiːtətrɒn/ n. 【物】電子迴旋感應加速器.

betel /ˈbiːtʲl/ n. (亞洲熱帶植物)蒟醬(葉)(其葉用來包檳榔嚼食) //

~ nut 檳榔子 **~ palm** 檳榔樹.

bete noire, bête - /bɛt nwɑː/ n. [法]最為討厭之的人(或物).

betide /bɪˈtaɪd/ v. [書]發生; 降臨於(常用於慣用語 **woe ~ sb** 願災禍(或不幸)降臨某人頭上).

betoken /bɪˈtəʊkən/ vt. [書]顯示, 表示; 預示.

betray /bɪˈtreɪ/ vt. ① 背叛, 出賣, 陷害 ② 泄露(秘密等) ③ (不自覺地)顯露, 暴露 **~al** n. **~er** n. ① 背叛者, 叛徒 ② 告密人.

betroth /bɪˈtrəʊð/ vt. [舊或書]和 … 訂婚, 把 … 許配給 **~al** n. 訂婚, 許配 **~ed** adj. 訂了婚的. n. 未婚夫(妻) // **the ~ed (pair)** 一對未婚夫妻.

better /ˈbɛtə/ adj. (good 的比較級) ① 較好地, 更好的 ② 更適合的 ③ (健康情況)轉好的; (疾病)痊癒的 adv. (well 的比較級) ① 更加; 更 ② 更好地 n. ① 較好的事物 ② (pl.)長輩; 上級 v. 改善; 超越 **~ment** n. 改善, 改進 // **against one's ~ judgement** 明知不該做而做了 **~ than one's word** 做的比答應的還要好(或更多、更慷慨) **be the ~ for it** 因此而更好 **late than never** [諺]遲做總比不做好 **for ~ or (for) worse** 禍福與共, 同甘共苦(婚禮時主婚牧師用語) **for the ~(處境、病情等)轉好 **get the ~ of** 勝過, 佔上風 **had ~ (= had best)** 最好 **have seen ~ days** [俗]今非昔比 **no ~ than** 簡直就是; 幾乎一樣 **one's ~ half** [謔]妻子 **so much the ~** 這樣的就更好了.

between /bɪˈtwiːn/ *prep.* (指空間、時間或關係)在 … 之間 *adv.* (在兩者)中間,當中 **~decks** *n.*【船】中艙 // **~ ourselves** (= **~ you and me** or **~ you, me and the gatepost**) (只有)你知我知,別對人說 - **the devil and deep sea** 進退兩難,左右為難.

bevel /ˈbevˈl/ *n.* ① 斜面,斜角 ② 斜角規 *v.* (在木材或玻璃上)斜切,斜截 // **~ gear** 斜齒輪.

beverage /ˈbevərɪdʒ, ˈbevrɪdʒ/ *n.* 飲料(指飲水之外的各種飲料).

bevy /ˈbevɪ/ *n.* 一羣(少女或婦女);一羣鳥(尤指鵪鶉).

bewail /bɪˈweɪl/ *v.* ① 悲歎,哀悼 ② 痛哭.

beware /bɪˈwɛə/ *v.* 謹防,當心.

bewilder /bɪˈwɪldə/ *vt.* ① 使迷惑;使為難 ② 把 … 弄糊塗 **~ing** *adj.* **~ingly** *adv.* **~ment** *n.*

bewitch /bɪˈwɪtʃ/ *vt.* ① 使着迷;使消魂 ② 施魔術於;蠱惑 **~ing** *adj.* 迷人的;令人神魂顛倒的 **~ment** *n.* ① 迷惑 ② 魔力;妖術.

beyond /bɪˈjɒnd/ *prep.* ① 在 … 的那邊 ② 在 … 以上;為 … 所不能及;超出 … 的範圍 ③ (表示時間)遲於 *adv.* 在(向)遠處 // **~ compare / comparison** 無與倫比 - **all praise** 好極了 **~ one's hope, ~ one's wildest dream** 做夢也沒有想到這麼好.

bi- /baɪ/ *pref.* [前綴] 表示"二;雙;複;每 … 兩次;每兩 … 一次".

biannual /baɪˈænjʊəl/ *adj.* 一年兩次的 **~ly** *adv.*

bias /ˈbaɪəs/ *n.* ① 偏見 ② 傾向;嗜好 ③ 斜裁 ④【保齡球】(使)球斜進的偏力) *v.* 使有偏見;使有傾向性 **~ed** *adj.* 有偏見的 // **~ binding** (縫衣時滾邊用的)斜料.

bib /bɪb/ *n.* ① (小孩)圍嘴 ② 圍裙;(工人褲)腰圍以上的部份.

Bible /ˈbaɪbˈl/ *n.* ① (基督教、猶太教)聖經 ② (b-)權威性典籍 **biblical** *adj.* (有時B-)聖經的.

bibliography /ˌbɪblɪˈɒɡrəfɪ/ *n.* ① 書目(提要) ② 參考書目 ② 目錄學;文獻學 **bibliographer** *n.*

bibliophile /ˈbɪblɪəˌfaɪl/ or **bibliophil** /ˈbɪblɪəfɪl/ or **bibliophilist** /bɪˈblɪɒfɪlɪst/ *n.* 珍愛書籍者;藏書家.

bibulous /ˈbɪbjʊləs/ *adj.* ① 嗜酒的 ② 很能吸水的.

bicarbonate /baɪˈkɑːbənɪt, -ˌneɪt/ *n.*【化】碳酸氫鹽 // **~ of soda** (= **sodium ~**) 碳酸氫鈉,小蘇打.

bicentenary /ˌbaɪsɛnˈtiːnərɪ/ or 美式 **bicentennial** /ˌbaɪsɛnˈtɛnɪəl/ *n.* 二百週年(紀念).

bicentennial /ˈbaɪsɛntˈenɪəl/ *adj.* 二百年週年(紀念)的;每二百年一次的 *n.* = **bicentenary**.

biceps /ˈbaɪsɛps/ *n.*【解】二頭肌.

bicker /ˈbɪkə/ *v.* (為小事)鬥嘴.

bicycle /ˈbaɪsɪkˈl/ *n.* 自行車,腳踏車,單車.

bid /bɪd/ *v.* (過去式 bade 或 ~ 過去分詞 ~den 或 ~) ① 出價;投標 ② 爭取得到 ③【牌】叫牌 *n.* ① 出價;投標;② 叫牌 ③ 力求獲得 **~dable** *adj.* [英]順從的,聽

話的 ~**der** *n.* (拍賣中)出價者, 競買人 ~**ding** *n.* 出價; 叫牌; 命令.

bide /baɪd/ *vi.* = a~ *vt.* [舊][書]等待(只用於慣用語 ~ **one's time** 等待時機).

bidet /'biːdeɪ/ *n.* [法](尤指洗下身用的)坐浴盆.

biennial /baɪ'enɪəl/ *adj.* ① 兩年一次的 ② 【植】兩年生的 *n.* 【植】兩年生植物.

bier /bɪə/ *n.* ① 棺架; 屍架 ② 棺材.

biff /bɪf/ *n.* [俗](用拳頭)快速重擊.

bifocals /baɪ'fəʊkəlz/ *pl. n.* (遠視近視兩用)雙光眼鏡.

bifurcate /'baɪfəkeɪt, -kɪt/ *adj.* (道路、河流、樹枝)分為兩支的; 兩叉的.

big /bɪg/ *adj.* (比較級 ~**ger** 最高級 ~**gest**) ① 大, 巨大 ② 重要的, 重大的 ③ 已長大的 ④ 懷孕的 ⑤ [美俚]極受歡迎的 ⑥ 寬宏的; 大度的 *adv.* ① 大量地 ② [俚]自大 ③ 寬宏地; 大度地 ④ 成功地 ~**head** *n.* [俗]自大的人 ~**headed** *adj.* 自大的 ~**hearted** *adj.* 寬宏大量的 ~**name** *adj.* [俚]大名鼎鼎的 ~**time** *adj.* [美俚]第一流的; 有名的; 成功的 ~**wig** *n.* (= ~ **gun**, ~ **shot**, ~ **wheel**) [俚]大亨, 要人, 大人物 // **a ~ fish in a little pond** 小地方的大人物 **No ~ deal!** [美俚]有甚麼了不起! ~ **name** 名人 ~ **time** 出名, 成功 ~ **top** [俗]馬戲團的大帳篷 **talk ~** 吹牛, 説大話 **think ~** 有抱負, 雄心勃勃.

bigamy /'bɪgəmɪ/ *n.* 重婚(罪)

bigamist *n.* **bigamous** *adj.*

bight /baɪt/ *n.* 海灣(海岸線向內彎曲部分).

bigot /'bɪgət/ *n.* [貶](尤指對宗教或政治信仰)執拗的人; 盲信者 ~**ed** *adj.* 執迷不悟的; 盲信的 ~**ry** *n.* 頑固; 偏執.

bijou /'biːʒuː/ *pl. n.* (*pl.* -x) *n.* [法]珠寶的 *adj.* 小巧精緻的.

bike /baɪk/ *n.* [俗]自行車, 腳踏車; 電單車.

bikini /bɪ'kiːnɪ/ *n.* 比基尼(三點)式泳裝 *adj.* 比基尼式的, 三點式的.

bilateral /baɪ'lætərəl/ *adj.* 雙邊的; 兩方的 ~**ism** *n.* (貿易)互惠主義.

bilberry /'bɪlbərɪ/ *n.* 歐洲越橘; 可食用帶深藍色的歐洲越橘漿果.

bile /baɪl/ *n.* ① 膽汁 ② 壞脾氣 **bilious** *adj.* (令人)噁心的 // ~ **duct** 膽管 ~ **stone** 膽石 **raise / stir sb's ~** 惹惱某人.

bilge /bɪldʒ/ *n.* ① 艙底; 艙底污水 (亦作 ~ **water**) ② [俚]無聊的話.

bilingual /baɪ'lɪŋgwəl/ *adj. & n.* 兩種語言的; 能講兩種語言的人).

bilk /bɪlk/ *vt.* ① 賴⋯的賬; 躲⋯的債 ② 騙取.

bill¹ /bɪl/ *n.* ① 議案, 法案 ② 賬單 ③ 廣告, 招貼 ④ [美]鈔票 ⑤ 娛樂節目表 *vt.* ① 開賬單給 ② 貼廣告; 發傳單 ~**board** [美]廣告牌 // ~ **of exchange** 匯票 ~ **of fare** 菜單 ~ **of health** (船員、乘客)健康證書 ~ **of lading** 提貨單 ~ **of rights** (常大寫)人權法案 ~ **of sale** 賣據 **fill the ~** [口]符合要求 **foot the ~** [口]付賬; 承

擔責任 **head / top the ~** [口]名列榜首; 領銜主演.

bill² /bɪl/ *n.* ① (鳥類、水禽等的)嘴 ② 海岬 *vi.* 常用於慣用語 **~ and coo** 談情說愛, 接吻.

billabong /ˈbɪləˌbɒŋ/ *n.* [澳]回水湖; 死水潭.

billet /ˈbɪlɪt/ *n.* (在民房或公共建築駐屯士兵之)營舍 *v.* 為(士兵在民間)分配宿舍; 駐屯.

billet-doux /ˌbɪlɪˈduː, bijedu/ *n.* (*pl.* **billets-doux** /ˌbɪlɪˈduːz/) [法][謔]情書; (不願意看到的)催眠眼業.

billhook /ˈbɪlˌhʊk/ *n.* (修剪樹枝用的)長柄鈎鐮.

billiard /ˈbɪljəd/ *adj.* 桌球的, 彈子的 *n.* 桌球 **// ~ cue** 桌球棒 **~ room** 桌球室, 彈子房.

billion /ˈbɪljən/ *n.* [美][法]十億; [英]兆 **~th** *n.* 第十億(個), 十億分之一 **~aire** *n.* 億萬富翁.

billow /ˈbɪləʊ/ *n.* 巨浪; 巨浪般滾滾而來之物(例如煙、霧等) *v.* 使(巨浪般)翻騰; 波濤洶湧; 揚起 **~y** *adj.*

billy /ˈbɪlɪ/ *n.* or **~can** (野營時燒水用的)洋鐵罐.

billy goat /ˈbɪlɪ ɡəʊt/ *n.* 公山羊.

biltong /ˈbɪlˌtɒŋ/ *n.* [南非]乾肉條.

bimbo /ˈbɪmbəʊ/ *n.* [俚]與名人有暧昧關係的)性感輕浮的年輕女子; 行為不檢的女人.

bimetallism /baɪˈmɛtəˌlɪzəm/ *n.* (金銀)複本位幣制.

bimonthly /baɪˈmʌnθlɪ/ *adv. & adj.* ① 每兩月一次(的) ② 一月兩次(的) *n.* 雙月刊; 半月刊.

bin /bɪn/ *n.* (存放垃圾、糧食、煤等的)箱子.

binary /ˈbaɪnərɪ/ *adj.* ① 二; 雙; 複 ②【計】【數】二進制的 **// ~ fission**【生】二分裂 **~ notation system** 二進位數字系統 **~ star**【天】雙星, 聯星.

bind /baɪnd/ *v.* (過去式及過去分詞 bound) ① 捆縛, 綁 ② (用繃帶)包紮 ③ 裝訂 ④ 使結合 ⑤ 給 … 鑲邊 ⑥ 束縛, 使受約束; 使承擔義務 *n.* [俚]困境 **~er** *n.* 活頁封面 **~ing** *n.* 封皮; 鑲邊 *adj.* 有約束力的; 附有義務的 **~weed** *n.* 旋花屬植物 **~wood** *n.*【植】常青藤.

binge /bɪndʒ/ *n.* [俚]狂飲作樂; 大吃大喝 **// ~ drinking** 喝得酩酊大醉.

bingo /ˈbɪŋɡəʊ/ *n.* 賓果遊戲(一種排五點的賭博遊戲).

binnacle /ˈbɪnəkl/ *n.*【海】羅經箱.

binoculars /bɪˈnɒkjʊləz, baɪ-/ *pl. n.* 雙筒望遠鏡.

binomial /baɪˈnəʊmɪəl/ *n. & adj.*【數】二項式(的).

bio- /ˈbaɪəʊ/ *pref.* [前綴] 表示"生命; 生物".

biochemistry /ˌbaɪəʊˈkɛmɪstrɪ/ *n.* 生物化學 biochemist *n.* 生物化學家.

biodegradable /ˌbaɪəʊdɪˈɡreɪdəbl/ *adj.* (指物質)能被微生物分解的, 可能遭細菌侵蝕破壞的.

biography /baɪˈɒɡrəfɪ/ *n.* 傳記 biographical *adj.* biographer *n.* 傳記作者.

biology /baɪˈɒlədʒɪ/ *n.* 生物學 biological *adj.* biologist *n.* 生物

學家 // biological clock 生理時鐘 biological control (對害蟲的)生物防治 biological warfare (= germ warfare) 生物戰; 細菌戰.

bionic /baɪˈɒnɪk/ *adj.* (科幻小說中)電子機器人的, 超人的(指在力量、速度等方面) ~ *n.* 仿生學.

biopsy /ˈbaɪɒpsɪ/ *n.*【醫】活組織檢查.

biosphere /ˈbaɪəˌsfɪə/ *n.* 生物圈; 生命層.

biotechnology /ˌbaɪəʊtekˈnɒlədʒɪ/ *n.* 生物工藝學; 生物科技.

bipartisan /ˌbaɪpɑːtɪˈzæn, baɪˈpɑːtɪˌzæn/ *adj.* (代表)兩黨的.

bipartite /baɪˈpɑːtaɪt/ *adj.* 由兩部份構成的; 雙方的.

biped /ˈbaɪped/ *n.* 二足動物.

biplane /ˈbaɪˌpleɪn/ *n.* 雙翼飛機.

bipolar /baɪˈpəʊlə/ *adj.* ①【電】雙極的 ② 有兩種截然相反性質的.

birch /bɜːtʃ/ *n.* ①【植】樺木, 赤楊 ② (鞭打用的)樺樹條.

bird /bɜːd/ *n.* ① 鳥, 禽 ② [英俚]女子 ② [口]人, 傢伙 ③ [俚]刑期 ~**brained** *adj.* [口][貶]愚蠢的 ~**lime** *n.* (塗在樹上的)黏鳥膠 // A ~ **in the hand is worth two in the bush.** [諺]雙鳥在林不如一鳥到手 **an early** ~ 早起的人; 早到者 ~ **flu**【醫】禽流感 ~ **of prey** 猛禽 ~**'s eye view** 鳥瞰; 概觀 ~**s of a feather** (flock together) 一丘之貉, [諺]物以類聚, 人以羣分 **kill two ~s with one stone** [諺]一箭雙鵰 **The early** ~ **catches /**

gets the worm [諺]捷足先登.

birdie /ˈbɜːdɪ/ *n.* ① [口][兒]小鳥 ②【體】較標準桿數少一擊而入穴.

biretta, berretta /bɪˈretə/ *n.* (天主教教士的)四角帽.

birth /bɜːθ/ *n.* ① 分娩; 出生 ② 身世; 血統 ③ 起源; 開始 ~ **certificate** *n.* 出生證 ~ **control** *n.* 節育; 避孕 ~**day** *n.* 生日 ~**mark** *n.* 胎記, 痣 ~**place** *n.* 出生地; 發源地 ~**rate** *n.* 出生率 ~**right** *n.* 生來就有的權利 // **by** ~ 在血統上; 生來 **give** ~ **to** 生孩子, 產生.

biscuit /ˈbɪskɪt/ *n.* ① [英]餅乾[美]亦作 **cracker** ② [美]熱圓鬆餅 ③ 淡褐色 ④ 本色陶器(或瓷器), 素坯 // **take the** ~ [英俚]得頭獎, 獲勝.

bisect /baɪˈsekt/ *vt.* 把 … 二等分 ~**ion** *n.* ~**or** *n.*【數】等分線, 平分線.

bisexual /baɪˈseksjʊəl/ *adj.* & *n.* 雙性戀的(人), 對男女兩性都有性慾的(人) ~**ity** *n.* 雌雄共體.

bishop /ˈbɪʃəp/ *n.* ①【宗】主教 ②【體】象 ~**ric** /-rɪk/ *n.* 主教的職位或管區.

bismuth /ˈbɪzməθ/ *n.*【化】鉍.

bison /ˈbaɪs²n/ *n.* (單複數同形)【動】(北美及歐洲)野牛, 犎牛.

bisque, bisk /bɪsk/ *n.* 海鮮濃湯.

bistro /ˈbiːstrəʊ/ *n.* (*pl.* -tros) 小餐館; 小型酒吧.

bit¹ /bɪt/ *n.* ① 馬嚼子, 馬銜 ② 鑽頭, 錐.

bit² /bɪt/ *n.* ① 少許, 一點; 小塊

(片)② 一會兒, 片刻 ③ [英]輔幣; [美]十二美分半 // a ~ [口]有點, 稍微 a ~ of 有點…的味道 ~ by ~ 一點一點地 ~ part (戲劇中的)次要角色 ~s and pieces [口]零散的小東西 do one's ~ [口]盡自己的本份 every ~ as [口]就像…, 正如… not a ~, not one (little) ~ 一點也不 to ~s 成為碎片.

bit³ /bɪt/ n. 【計】比特(二進位制訊息單位).

bitch /bɪtʃ/ n. ① 母狗(或母狐、母狼) ② [俚][貶]娼婦, 潑婦, 淫婦 ③ [俚]難處, 窘境 vi. 抱怨, 發牢騷 ~ing adj. [美俚]好極了 adv. 非常; 極 ~y adj. 下流的, 惡毒的 // son of a ~ [罵人語]狗娘養的; 畜生.

bite /baɪt/ v. (過去式 bit 過去分詞 bitten) ① 咬, 叮 ② (魚)吞餌, 上鈎 ③ 刺痛; [喻]產生不快之後果 ④ (酸等)腐蝕 ⑤ 緊抓; 咬住 n. ① 咬(傷); 叮(傷) ② 腐蝕; 刺痛 ③ 緊咬; 上鈎 ④ 少量(食物) biting adj. 銳利的; 刺痛的; 辛辣的; 譏諷的 // be bitten by / with [口]迷上 ~ back ① 咬住嘴把(話)咽下去, 不說出來 ② 對…進行回擊 ~ on ① [口]思考事 ~ the ~r bit / bitten 騙人者反遭騙了 ~ sb's head off [口](不公正地)嚴責某人 ~ the dust [俚]倒下死去; 大敗 ~ the hand that feeds one 恩將仇報, 以怨報德 Once bitten, twice shy. [諺]一朝遭蛇咬, 十年怕草繩.

bitter /ˈbɪtə/ adj. ① 苦 ② 辛酸的; 痛苦的 ③ 懷恨的, 抱怨的; 傷心的 ④ 嚴(寒)的; 刺骨的, 劇烈的 adv. 劇烈地, 厲害地 n. [英]苦味啤酒 ~ly adv. 苦苦地; 慘痛地, 厲害地 ~ness n. ~s n. (調製雞尾酒用的)苦味藥酒 ~sweet adj. 又苦又甜的; 苦樂參半的 // a ~ pill (for sb) (to swallow) 難以忍受或令人感到手臉的事 to the ~ end 堅持到底.

bittern /ˈbɪtən/ n. 【鳥】麻鷺.

bitumen /ˈbɪtjumɪn/ n. 【礦】瀝青 bituminous adj. // bituminous coal (= [口]soft coal)煙煤.

bivalve /ˈbaɪˌvælv/ n. 雙殼貝; 牡蠣.

bivouac /ˈbɪvʊˌæk, ˈbɪvwæk/ n. (軍隊或登山運動員的)露營(地) vi. (過去式及過去分詞 ~ked 現在分詞 ~king) 野營, 露宿.

bizarre /bɪˈzɑː/ adj. 稀奇古怪的, 異乎尋常的.

blab /blæb/ vt. 泄漏(秘密等).

blabber /ˈblæbə/ v. 胡扯, 亂說; 饒舌 ~mouth n. 大嘴巴; 嘴巴不牢靠的人.

black /blæk/ adj. ① 黑色的 ② 黑人的 ③ 污穢的 ④ (咖啡)不加牛奶或奶油的 ⑤ 怒氣衝衝的 ⑥ 邪惡的 ⑦ 暗淡的 ⑧ 非法交易的 n. 黑色; 黑人; 黑漆, 黑顏料; 黑衣; 污點 v. ① 弄黑, 變黑 ② (工會)對(貨物或人員)進行抵制 ~en v. ① (使)變黑, 變污 ~berry n. 黑莓 ~bird n. 【鳥】畫眉, 燕八哥 ~board n. (= [美]chalkboard) n. 黑板 ~mail n. & vt. 勒索, 訛詐 ~smith n. 鐵匠 //

69

~box (飛機上詳細記錄飛行情況的電子自動儀器)黑箱, 黑匣 ~ death 黑死病(14 世紀在歐洲流行的傳染病)【經】(無視止失會、稅捐等)違法僱傭(職工) ~eye (遭打後的)眼圈發青的眼睛 ~ flag 海盜旗 ~ hole ① (外太空的)黑洞 ② [口](沒有收益卻耗資巨大的)無底黑洞 ~ guard 無賴; 流氓 ~ humo(u)r 黑色幽默 ~ jack 短棒;【牌】二十一點牌戲 ~ leg [英犮](破壞罷工的)工賊 ~list 黑名單 B- Maria [俚]囚車 ~ market 黑市 ~ out 實施燈火管制 B- Panther (倡導黑人民權運動的)美國黑豹黨黨員 ~ sheep 害羣之馬; 敗家子 B- shirt (前意大利法西斯組織)黑衫黨黨員 ~ spot (道路上)交通事故地段, 交通黑點 ~ tea 紅茶 ~ widow (吃掉雄蜘蛛的)有毒的美洲雌蜘蛛 call white ~, call ~ white 顛倒黑白 in the ~ 有盈利 not as ~ as one is painted 不像人們所說的那樣壞.

bladder /ˈblædə/ n.【解】膀胱; 氣泡; 水囊.

blade /bleɪd/ n. ① 刀口; 劍鋒 ② 刀刃 ② (保險剃刀的)刀片 ③ 葉葉; 葉片 ④ 槳葉; 螺旋槳翼.

blame /bleɪm/ vt. 責備, 責怪; 歸咎於 n. ① 責怪 ② 過錯; 責任 ~less adj. 無可責難的; 無過錯的 ~worthy adj. 該受責備的 // be to ~ for (為 …)應負責任; 應受責備.

blanch /blɑːntʃ/ v. ① (因恐懼、

寒冷而)變蒼白 ② (用沸水)焯, 燙煮(蔬菜等).

blancmange /bləˈmɒnʒ/ n. 牛奶凍 (一種膠狀甜食).

bland /blænd/ adj. ① 乏味的, 平淡無味的 ② (食品、煙草等)溫和的, 味醇的 ~ly adv. ~ness n.

blandishments /ˈblændɪʃmənts/ pl. n. 奉承, 討好; 哄誘.

blank /blæŋk/ adj. ① 空白的 ② 沒有表情的; 茫然的; 漠然的 n. 空白;【軍】空彈(亦作 ~ cartridge) ~ly adv. ~ cheque ① 空白支票 ② 自行處置權 ~ verse 無韻詩 draw a ~ [口]落空, 失敗.

blanket /ˈblæŋkɪt/ n. ① 毛毯, 絨被 ② 厚厚的覆蓋物(如雪、黑夜等) vt. 覆蓋, 掩蓋 adj. 總括的 // a wet ~ 使人掃興的事物(或人).

blare /bleə/ v. & n. (發出)刺耳的響聲.

blarney /ˈblɑːnɪ/ n. [口] ① 奉承 (話), 甜言蜜語 ② 胡扯, 欺人之談.

blasé /ˈblɑːzeɪ/ adj. [法]厭倦的; (因司空見慣而)不感興趣的.

blaspheme /blæsˈfiːm/ v. 褻瀆; 咒罵 blasphemous adj. blasphemy n. 瀆神(之言詞) ~r n.

blast /blɑːst/ n. ① 爆炸(氣浪) ② 一陣(疾風) ③ 銅管樂(或汽笛等)刺耳的聲音 ④ [美俚]激動人心的經歷 v. ① 炸開; 爆破 ② 摧毀; (使)枯萎 ~ed adj. [俚]非常討厭的; 該死的 ~ing n. [俚]尖銳批評 ~off n. (太空船等的)發射, 升空 // ~ furnace

【冶】鼓風爐 ~ **off** 發射(太空船等); (太空船)發射, 升空 (at) **full** ~ [口]全速地; 全力地.

blatant /'bleɪt'nt/ *adj.* ① 露骨的; 顯眼的 ② 無恥的 // ~**ly** *adv.*

blather, blether /'blæðə/ *n. & vi.* [蘇格蘭]胡說.

blaze [1] /bleɪz/ *n.* ① 火焰, 烈火; 強光; 光輝 ② (感情等的)迸發, 爆發 *v.* ① (使)冒火焰; 熊熊燃燒; 發強光 ② 激發 blazing *adj.* ① 熊熊燃燒的 ② 引人注目的, 昭然若揭的 // ~ **away** 連續迅射 ~ **up** 燃燒起來; 勃然發怒.

blaze [2] /bleɪz/ *n.* (樹皮上刻的)路標 *v.* (在樹皮上)刻路標 // ~ **a trail** 領先; 開路.

blaze [3] /bleɪz/ *n.* (馬臉上的)白斑.

blazer /'bleɪzə/ *n.* (學校、球隊等社團印有特殊標記或色彩的)運動衣, 輕便外套.

blazes /'bleɪzɪz/ *pl. n.* [俚](用加強語氣)地獄 // **go to** ~!見鬼!該死! **like** ~ 迅猛地.

blazon /'bleɪz'n/ *n.* 紋章 *vt.* 傳佈; 宣佈; 表彰.

bleach /bliːtʃ/ *v.* 漂白; 變白; (使)脫色 *n.* 漂白劑 // ~**ing powder** 漂白粉.

bleachers /'bliːtʃəz/ *pl. n.* [美](運動場的)露天看台.

bleak /bliːk/ *adj.* ① 荒涼的 ② 陰冷的 ③ 淒涼的 ④ (指前景)黯淡的.

bleary /'blɪərɪ/ *adj.* (因淚水或疲勞而)視力模糊的, 眼花的 blearily *adv.* bleariness *n.*

bleat /bliːt/ *v. & n.* (小牛或羊)咩叫(聲).

bleed /bliːd/ *v.* (過去式和過去分詞 bled *v.*) ① (使)流血; 【醫】給…放血 ② 榨取, 敲詐.

bleeder /'bliːdə/ *n.* [英俚][貶]討厭的人; 傢伙.

bleep /bliːp/ *n. & v.* ① (電子機械等)發出嗶嗶(或嘟嘟)聲 ② 嗶嗶(或嘟嘟)的聲音 ③ 用傳呼機傳呼 ~**er** *n.* 無線電傳呼機, BP 機.

blemish /'blemɪʃ/ *n.* 瑕疵; 缺點; 污點 *v.* 損傷; 玷污.

blench /blentʃ/ *vi.* 退縮, 畏縮.

blend /blend/ *v.* 混合, 攙合; 調和; 融合 *n.* 混合(物) ~**er** *n.* ① 合量的人 ② 攪拌器 ③ [美]榨汁器 (英)亦作 liquidizer).

bless /bles/ *vt.* (過去式及過去分詞 ~**ed** 或 blest) ① 祈(求上帝賜)於; 為…祝福; 求神保祐 ② (用宗教儀式或禱告)使神聖; 讚美, 稱頌(上帝) ~**ed** *adj.* 神聖的; 有福的, 幸福的; [反話]該死的, 遭天罰的 ~**ing** *n.* ① 賜福, 祝福 ② (飯前或飯後的)祈禱 ③ 幸事 ④ (常用單)[口]批准 // **a** ~**ing in disguise** [諺]因禍得福 **be** ~**ed with** 使有福氣(得到), 使幸運(地具有).

blether /'bleðə/ *n.* = blather.

blew /bluː/ *v.* blow 的過去式.

blight /blaɪt/ *n.* ① (植物的)枯萎病 ② (使計劃、希望等落空的)破壞性因素(或人) ③ (尤指城市中)醜陋或雜亂無章的地區 *vt.* 使枯萎; 挫折, 損毀.

blighter /'blaɪtə/ *n.* [口]討厭鬼; 傢伙.

blimey /'blaɪmɪ/ *int.* [英俚](表示

驚訝或厭煩)啊呀!.

blimp /blɪmp/ *n.* 小型飛艇.

blind /blaɪnd/ *adj.* ① 瞎, 盲 ② 供盲人用的 ③ 視而不見的; 無識別能力的 ④ 盲目的; 輕率的, 魯莽的 ⑤ 隱蔽的, 不顯露的 ⑥【空】全憑儀器操作飛行的 *vt.* 弄瞎; 把…的眼睛弄花; 矇蔽, 使失去理智或判斷力 *n.* ① 窗簾, 百葉窗([美]亦作 window shade) ② 口實, 擋箭牌; 障眼物 the ~ *n.* 盲人們 ~ly *adv.* ~ness *n.* ~fold *vt.* 矇住…的眼睛 *adj.* 被矇住眼睛的; 盲目的 *n.* 矇眼布, 眼罩 // ~ alley 死胡同; 絕路 ~date (由別人安排的)男女間的首次見面 ~man's buff 捉迷藏 ~ spot ① 盲點(眼中無光感處) ② (駕駛員)不易看見處 ③ 不理解的事物 turn a ~ eye to 熟視無睹, 假裝不見 the ~ leading the ~ [諺]無知者指導其同類.

blinder /blaɪndə/ *n.* [英俚] ① 狂飲作樂 ② (球賽中)精彩的高難動作 ~s *n.* [美]馬眼罩[英]亦作 blinkers.

blink /blɪŋk/ *v.* ① 眨眼 ② (燈等)閃亮, 閃爍 ③ 閉眼不見; 不顧(事實等) *n.* ① 眨眼 ② 閃爍 ~ers *pl. n.* 馬的眼罩 // ~ at 等…表示驚訝 ~ away / back 眨眼抹掉(或止住)(淚水) ~ the fact 無視(或迴避)事實 be on the ~ ① [俚](機器)出毛病; 運轉不靈.

blip /blɪp/ *n.* ① (雷達屏幕上所閃現的)可視訊號, 光點 ② (過程中出現的)小問題.

bliss /blɪs/ *n.* 極樂, 至福 ~ful *adj.* ~fully *adv.* ~fulness *n.*

blister /blɪstə/ *n.* (皮膚上起的)水泡; (油漆後表面起的)氣泡, 浮泡 *v.* (使起泡 ~ing *adj.* ① (指天氣等)酷熱的 ② (指批評等)激烈惡毒的 // ~ beetle【昆】斑蝥 ~ pack (包裝或展示商品或藥丸的)透明塑料罩.

blithe /blaɪð/ *adj.* ① 輕率的; 漫不經心的 ② 快樂的; 無憂無慮的 ~ly *adv.*

blithering /blɪðərɪŋ/ *adj.* ① [俚][貶]胡說八道的 ② 絕頂的; 無以復加的.

B Litt /ˌbiː'lɪt/ *abbr.* = Bachelor of Letters 文學士.

blitz /blɪts/ *n.* ① 閃電戰, (尤指)閃電式猛烈空襲 ② [俚](在某方面)閃電式的大舉行動 *vt.* 用閃電戰攻擊(或摧毀) the B- *n.* 1940年德國對英國的大規模閃電式空襲 ~krieg *n.* = ~.

blizzard /blɪzəd/ *n.* 暴風雪; 雪暴.

bloated /bləʊtɪd/ *adj.* ① 腫脹的; 臃腫的 ② 過大的 ③ 最為驕橫自負的 ④ (吃得或喝得)肚子發脹的.

bloater /bləʊtə/ *n.* 醃熏鯡魚.

blob /blɒb/ *n.* 一滴; 軟綿綿的一團.

bloc /blɒk/ *n.* (政黨或國家等組成之)集團.

block /blɒk/ *n.* ① 大塊(木、石或金屬等) ② 砧板 ③ (辦公室或公寓)大廈, 大樓 ③ 街區, 街段 ④ 障礙, 阻礙 ⑤ [俚]人頭 ~age *n.* 阻塞物, 堵塞(物) the ~ *n.* 斷頭台 the ~s *n.*【體】起跑器

~head n. [口]傻瓜 // ~ and tackle 滑輪組 ~ house 碉堡 ~ letter (= ~ capital) 印刷體(正楷)大寫字母 go / be sent to the ~ (被送)上斷頭台 have a ~ (about sth) (因緊張而)對…感到茫然不解 knock sb's ~ / head off 給某人吃苦頭; 痛打某人.

blockade /blɒˈkeɪd/ n. & vt. 封鎖 / break / run a ~ (尤指船隻)越過封鎖線 lift / raise a ~ 解除封鎖.

bloke /bləʊk/ n. [俚]傢伙(指男人).

blond(e) /blɒnd/ adj. (頭髮)亞麻色的, 金色的 n. 白皮膚金髮的人.

blood /blʌd/ n. ① 血 ② 血統; 種族, 家族 ~less adj. 不流血的, 無血色的, 無生氣的; 冷酷的 ~bath n. 血洗; 大屠殺 ~hound n. 警犬 // ~ bank 血庫, 血站 ~ brother 歃血為盟的結拜兄弟 ~ count 【醫】血球計數 ~ curdling 令人毛骨悚然的 ~ donor 獻血者 ~ feud 家族間的宿仇 ~ group, ~type 血型 ~ heat 人體的正常溫度 ~ letting 放血; [俚](戰爭等的)流血 ~ lust 殺戮慾 ~ money 血腥錢; (償付被害者家屬的)撫恤金 ~ poisoning 【醫】血毒症 ~ pressure 血壓 ~ relation 血親; 骨肉 ~ sucker 吸血蟲; 吸血鬼 ~ thirsty 嗜血的; 殘忍的 ~ transfusion 輸血 ~ vessel 血管.

bloody /ˈblʌdɪ/ adj. ① 血污的; 流血的 ② 殺戮的; 血腥的 ③ [俚]該死的 adj. & adv. 完全的(地); 極端的(地) vt. 血污, 血染 bloodily adv. bloodiness n.

~minded adj. 存心作梗的, 故意刁難的.

bloom /bluːm/ n. ①(供觀賞用的植物)花 ② 盛開 ③ 青春; 最盛期 ④【冶】鐵/鋼坯 v. (使)開花, (使)繁盛; 使艷麗 / in (full) ~ (盛)開着花 take the ~ off 使…失去美貌; 使…不完美.

bloomer /ˈbluːmə/ n. [英俚]大錯.

bloomers /ˈbluːməz/ pl. n. 女裝燈籠褲.

blossom /ˈblɒsəm/ n. (尤指果樹的)花; 羣花 vi. ① 開花 ② 繁榮, 興旺 / in (full) ~ (盛)開着花; (非常)興旺時期.

blot /blɒt/ n. ① 污漬; 墨跡 ② 污點 v. (使)沾上污漬; (用墨昏水紙)吸乾 ~ter n. 吸墨水紙滾台 // a ~ on / in the escutcheon [書]名譽上之污點 a ~ on the landscape 破壞周圍景緻的不雅觀之物(尤指建築物) ~ one's copy book [諺]敗壞自己的名聲 ~ out 抹去(字跡等); 遮住 ~ting paper 吸墨水紙.

blotch /blɒtʃ/ n. (皮膚、紙等上的)斑, 疱, 大污漬 ~y adj. 有疱的; 斑斑點點的.

blotto /ˈblɒtəʊ/ adj. [英俚]爛醉如泥的.

blouse /blaʊz/ n. 女襯衫; (士兵或飛行員的)軍服上裝.

blow¹ /bləʊ/ v. (過去式 blew 過去分詞 blown) ①(風)吹 ②(使)喘氣 ③ 噴水 ④(使)(保險絲)燒斷 ⑤ 使爆炸 ⑥ 吹響 ⑦ [俚]揮霍(錢財) n. ① 吹風 ② 疾風 ③ 擤(鼻子) ~er n. 吹風機; 鼓

風機; [英俚]電話 ~y adj. [俚]多風的, 颶風的, ~-dry vt. & n. (用吹風機)吹乾並做髮型 ~-fly n. 綠豆蠅 ~-hard n. [美俚]吹牛大王 ~-lamp n. 噴燈(亦作 ~torch) ~-out n. ① (車胎)爆裂 ② (油井或天然氣井的)井噴 ③ [俚]盛宴 ~pipe n. 吹箭管 // ~ hot and cold [俚]反覆無常, 出爾反爾 ~ one's nose 擤鼻子 ~ one's own trumpet / horn [俚]自吹自擂 ~ one's stack / top [俚]大發雷霆 ~ up ① (使)爆炸, 炸毀 ② (使)充氣 ③ 放大(照片等) ④ 勃然大怒.

blow ² /bləʊ/ n. 重擊; 打擊; 災禍 // ~-by-~ adj. 極為詳細的 ~ the whistle 揭發, 舉報 come to ~s 互毆 exchange ~s 互毆 strike a ~ against (for) 反對(支持, 為…而奮鬥) without (striking) a ~ 輕而易舉地; 兵不血刃地 with / at a single ~, with / at one ~ 一擊, 一下子.

blown /bləʊn/ v. blow 的過去分詞.

blowsy, -zy /ˈblaʊzɪ/ adj. [貶](指女人)肥胖、邋遢和臉色赤紅的.

blubber ¹ /ˈblʌbə/ v. [常貶]號啕大哭 // ~ out 哭訴.

blubber ² n. 鯨脂, 海獸脂.

bludgeon /ˈblʌdʒən/ n. 大頭短棒 v. 用大頭棒連續打 // ~ into 強迫做.

blue /bluː/ n. 藍色; 藍布; 藍色服裝 adj. ① 藍色的 ② [俚]沮喪的, 憂鬱的 ③ 淫猥的, 下流的 ~s n. ① 憂鬱, 沮喪 ② 藍調, 布魯

斯(美國南方一種感傷的緩慢爵士樂) ③ (the ~) 藍天 bluish adj. 帶藍色的 ~-bell n. [植]野信風子 ~-bird n. 藍知更鳥 ~-blooded adj. 貴族出身的 ~-bottle n. (= blowfly)大綠頭蠅 ~-collar adj. 藍領工人的 ~-print n. 藍圖, 設計圖; 計劃大綱 ~-stocking n. [貶](高不可攀的)女才子, 女學者 // a bolt from the ~ 晴天霹靂 once in a ~ moon 千載難逢(地) out of the ~ 突然地 scream / shout ~ murder 大聲訴苦或抗議.

bluff ¹ /blʌf/ adj. ① 壁立的, 陡的 ② 粗率的, 坦率的 n. 陡岸, 峭壁.

bluff ² /blʌf/ v. (虛張聲勢地)嚇唬, 恫嚇 n. 恫嚇 // ~ it out [口]矇騙別人以逃避麻煩或擺脫困境 call sb's ~ 針鋒相對地頂住某人的恫嚇; 要某人攤牌.

blunder /ˈblʌndə/ n. 大錯, 失策 v. ① 犯大錯 ② 笨手笨腳地蹣跚亂轉 ~er n. 容易出大錯的人.

blunderbuss /ˈblʌndəbʌs/ n. 老式大口徑短程散彈槍.

blunt /blʌnt/ adj. ① 鈍 ② (指人或言語)直率的, 生硬的, 不轉彎抹角的 v. 弄鈍 ~ly adv. 率直地 ~ness n.

blur /blɜː/ n. 模糊不清的東西; 一片模糊 v. 把…弄模糊; 變模糊 ~red, ~ry adj. 模糊不清的, 記不清的.

blurb /blɜːb/ n. 出版商介紹書籍內容的簡要說明(多印於書的護封上); 新書廣告.

blurt /blɜːt/ v. 脫口說出.

blush /blʌʃ/ v. & n. 臉紅, 羞愧, 害羞 ~**er** n. 胭脂 ~**ingly** adv. // **spare sb's ~es** [俚]別讓某人臉紅.

bluster /blʌstə/ v. ① (人)咆哮, 氣勢洶洶地喊叫; ② (風)狂吹 n. ① 狂風聲 ② 恫嚇 ③ 大話 ~**y** adj. 狂風大作的.

BM /ˌbiː ˈem/ abbr. = Bachelor of Medicine 醫學士.

BMA /ˌbiː ˈem ˈeɪ/ abbr. = British Medical Association 英國醫學學會.

BMX /ˌbiː ˈem ˈeks/ abbr. = Bicycle Motorcross 單車越野賽.

BO, B.O., b.o. /ˌbiː ˈəʊ/ abbr. = body odo(u)r 體臭, 狐臭.

boa (constrictor) /ˈbəʊə (kənˈstrɪktə)/ n. 蟒蛇, 王蛇.

boar /bɔː/ n. (未閹的)公豬; 野公豬(亦作 **wild** ~).

board /bɔːd/ n. ① 木板, 板 ② (棋)盤 ③ 委員會, 理事會, 董事會 ④ (政府機關或商業)部門 ⑤ 膳食(費用) v. ① 用板鋪上 ② 上(船); 登上(公共交通工具) ③ 供膳(宿); 寄膳(宿) ~**er** n. 寄宿學校的學生; 寄宿者 ~**ing school** n. 寄宿學校 ~**s** pl. n. (作書封面的)紙板 **the ~s** n. [舊]舞台; 劇院 // **above** ~ 光明正大 **across the** ~ 全面的; 包括所有團體和全體成員的 ~**ing card** 登船證, 登機證 ~**room** n. 董事會會議室 ~ **sailing** 滑浪風帆(亦作 windsurfing) **go by the** ~ (計劃等)落空, 失敗 **on** ~ 在船(或飛機、車)上 **sweep the** ~ 全勝.

boast /bəʊst/ n. & vi. 自誇, 誇口 vt. 以擁有 ... 而自豪 ~**er** n. 自誇者 ~**ful** adj.

boat /bəʊt/ n. ① 小船, 艇 ② 船形器皿 v. 乘船或划船(遊玩) ~**er** n. 硬草帽 ~**ing** n. 划船 ~**hook** n. 有鉤的船篙 ~**house** n. 船庫 ~**man** n. 船伕 ~**swain** n. 水手(亦作 bo's'n, bosun) ~ **train** (與船銜接的)聯運火車 **in the same** ~ 同舟共濟; 共患難 **miss the** ~ 錯失良機 ~ **people** (乘船逃離本國的)船民 **rock the** ~ 搗亂, 破壞 **take to the** ~**s** (沉船時)乘救生艇逃命.

bob[1] /bɒb/ v. & n. ① 上下跳動 ② (行)屈膝禮 // ~ **up** 突然又出現.

bob[2] /bɒb/ n. 女式短髮 vt. 剪短(髮、尾等) ~**tail** n. 截短的尾巴; 截短尾巴的狗(或馬).

bobbin /ˈbɒbɪn/ n. (縫紉機等之)線軸, 筒管.

bobble /ˈbɒbl/ n. 裝飾用的小絨線球(尤指縫在帽子上).

bobby /ˈbɒbɪ/ n. [英俚]警察 // ~ **pin** [美]髮夾[英]亦作 **hair grip**).

bobsleigh /ˈbɒbˌsleɪ/ or **bobsled** /ˈbɒbˌsled/ n. & v. (乘)連橇(一種雪上交通工具, 亦作雪橇).

bod /bɒd/ n. [英俚]人(尤指男子).

bode /bəʊd/ v. [舊][書]預示, 預兆 // ~ **well** / **ill** 主吉/凶.

bodice /ˈbɒdɪs/ n. (女)緊身胸衣.

bodkin /ˈbɒdkɪn/ n. 大眼鈍頭粗針.

body /ˈbɒdɪ/ n. ① (人或動物的)身體, 軀體; (植物的)軀幹 ② 屍

體 ③ 主體; 本文; 正文 ④ 物體 ⑤ 團體, 機構 ⑥ (一)羣; (一)批 ⑦ 女胸衣 bodied adj. [後綴]具有 … 軀體(或形體)的 bodily adj. 身體的 adv. 全體, 全部 ~work n. 警衞員, 保鏢 ~work n. 機動車的車身製造 // ~ clock 生物鐘 ~ corporate 【律】法人團體 ~ odo(u)r (略作 BO)體臭, 狐臭 ~ politic (由全體公民組成之)國家 ~ scanner【醫】人體掃瞄機 ~ stocking 緊身女內衣褲 ~ suit 一件式貼身女裝 ~ and soul 全心全意; 整個 give ~ to 使具體化; 實現 in a ~ 全體 keep ~ and soul together 勉強維持生命.

Boer /bʊə, ˈbʊə, bɔː/ n. 波爾人(荷蘭裔南非人).

boffin /ˈbɒfɪn/ n. [英俚]科學家.

bog /bɒg/ n. ① 泥炭地; 沼澤 ② [英俚]廁所 vt. (使)陷於泥潭; (使)陷入困境 ~gy adj. 濕軟的, 似沼澤的. ~-standard adj. 一般的, 普通的.

bogey /ˈbəʊgi/ n. [英]【體】球手的標準進球分數.

boggle /ˈbɒgl/ vi. [俚](因驚慌而)猶豫, 畏縮不前 // ~ sb's / the mind [美俚]使大吃一驚 the mind / imagination ~s [俚]簡直不敢相信.

bogus /ˈbəʊgəs/ adj. 偽造的, 假的 ~ caller n. (冒充公務員上門)行騙, 偷竊者.

bog(e)y, bogie /ˈbəʊgi/ n. ① (用來嚇唬小孩的所謂)妖怪(亦作 ~ man) ② 可怕或令人擔心的東西 ③【兒】鼻涕.

bohemian /bəʊˈhiːmiːən/ adj. & n. ① 生活放蕩不羈的(人)(尤指藝術家) ② 流浪者.

boil /bɔɪl/ v. ① 煮沸; (使)沸騰; (在開水中)煮 ② 激昂, 奮激 n. ① 煮沸 ② 沸點 ③【醫】癤子, 膿腫 ~er n. 鍋爐 ~ing (hot) adj. 酷熱的 // ~ away 煮乾 ~ down 熬濃; 壓縮 ~ down to 壓縮成; 歸結為 ~ over 沸溢; 發怒 ~ over into (形勢、爭吵等)惡化而發展為 ~er suit 連褲工作服 ~ing point 沸點.

boisterous /ˈbɔɪstərəs, -strəs/ adj. ① (指人)喧鬧的, 興高采烈的 ② (指風、海水)狂暴的 ~ly adv.

bold /bəʊld/ adj. ① 大膽的, 果敢的 ② 魯莽的; 冒失的; 厚顏無恥的 ③ 醒目的; 用粗體鉛字印刷的 n.【印】黑體, 粗體 ~ly adv. ~ness n. ~face n.【印】黑體, 粗體 ~faced adj. ① 厚顏無恥的; 魯莽的 ②【印】黑體的, 粗體的 // as ~ as brass 極其無恥的.

bole /bəʊl/ n. 樹幹.

bolero /bəˈleərəʊ/ n. [西] ① 波萊羅舞(曲) ② /ˈbɒlərəʊ/ 波萊羅女短上衣.

boll /bəʊl/ n. 棉桃, 棉鈴.

bollard /ˈbɒləd, ˈbɒlɑːd/ n. ①【海】繫纜柱 ② [英](人行道或行人安全島的)護柱; (花園)矮欄.

boloney /bəˈləʊni/ n. = baloney.

Bolshevik /ˈbɒlʃəvɪk/ n. & adj. ① 布爾什維克 ② [貶]激進的社會主義者 Bolshevism n. 布爾什維克主義.

bolshie, bolshy /ˈbɒlʃi/ adj. [俚]

[貶]存心與人為難的, 故意鬧彆扭的; 與正統社會秩序格格不入的.

bolster /ˈbəʊlstə/ vt. 支持, 支撐 n. 長枕.

bolt /bəʊlt/ n. ① 螺釘 ② 門閂, 窗閂; 插銷 ③ 閃電 v. ① 閂(門), 上插銷 ② 匆匆吞嚥; 慌忙逃跑 ③ 篩(麵粉) ④ [美]退出(政黨) ~hole n. 安全藏匿所 // a ~ from the blue 晴天霹靂 ~ upright 筆直的 make a ~ for 企圖藉…迅速逃走 make a ~ for it 迅速逃走.

bomb /bɒm/ n. ① 炸彈; [舊](the ~)原子彈或核彈 ② (a ~) [俚]一大筆錢 v. 轟炸 [英俚]迅速移動(或行駛) ② [計]死機 ~er n. 轟炸機; 投彈手; 投放炸彈者(尤指恐怖份子) ~proof adj. 防炸彈的 ~shell n. [俚](令人吃驚且不快的)爆炸性事件 ~sight n. 投彈瞄準器 // ~ bay 機上的炸彈艙 go like a ~ ① 飛速行駛; ② 獲得極大成功.

bombard /bɒmˈbɑːd/ vt. ① 炮轟, 轟炸 ② 痛斥; (連珠炮地)質問 ③ [原](以中子等)轟炸, 對…進行高速粒子流輻射 ~er n. [英]炮兵下士; [美]轟炸機投彈手 ~ment n.

bombast /ˈbɒmbæst/ n. [貶]高調, 大話 ~ic adj. ~ically adv.

bona fide /ˈbəʊnə ˈfaɪdɪ/ adj. & adv. 真正的(地), 真誠的(地); 善意的(地) ~s n. [律]誠意, 真誠.

bonanza /bəˈnænzə/ n. [口]財運亨通, 走鴻運; 茂盛的財運.

bonbon /ˈbɒnbɒn/ n. [法]糖果.

bond /bɒnd/ n. ① 契約, 合同 ② 羈絆 ③ 黏合劑; 結合物 ④ 債券, 證券 ⑤ (連結人與人或團體間的)情感, 友誼, 共同點 ⑥ (pl.)鐐銬, 鎖鏈 ⑦ [律]保證金, 保釋金 ⑧ [化]鍵合 v. ① 結合在一起 ② 把(貨物)存入保稅倉庫以待完稅 ③ [建] 砌合 ④ [物]接地 ~age n. 奴役; 束縛 ~ed adj. ① (多層)黏合在一起的 ② (進口貨物)尚未完稅的 // ~ed warehouse 保稅倉庫.

bone /bəʊn/ n. 骨頭 vt. 去…骨 bony adj. 瘦的, 憔悴的; 多骨的 ~-dry adj. 乾透的 ~head n. [俚]笨蛋 ~shaker n. [俚][謔]破舊搖晃的老爺汽車(或自行車) // all skin and ~ [俚]瘦得皮包骨似的 ~ china 骨灰瓷 ~ idle 極懶的 to the ~ 深入骨髓的; 透骨的; 到極點.

bonfire /ˈbɒnˌfaɪə/ n. 大篝火, 營火 // Bonfire Night [英]篝火之夜(指 11 月 5 日).

bongo (drum) /ˈbɒŋgəʊ/ n. (用手指敲打的)小鼓.

bonhomie /ˈbɒnəmiː, bɒnɒˈmiː/ n. [法]和藹; 親切; 友好.

bonito /bəˈniːtəʊ/ n. [魚]鰹.

bonk /bɒŋk/ v. & n. [俚]性交.

bonkers /ˈbɒŋkəz/ adj. [俚]瘋狂的.

bon mot /bɔ̃ mo/ n. (pl. bons mots) [法]俏皮話; 雋語.

bonnet /ˈbɒnɪt/ n. ① (無邊繫帶的)女裝帽 ② (汽車發動機上的)蓋罩([美]亦作 hood).

bonny, bonnie /ˈbɒni/ adj. [蘇格蘭][褒]美麗的; 健康的.

bonsai /ˈbɒnsaɪ/ n. 盆栽植物, 盆景.

bonus /ˈbəʊnəs/ n. ① 獎金; 紅利; 津貼 ② [俚]意外的收穫.

bon voyage /bɔ̃ vwajaʒ/ int. [法]一路平安!再見!.

bonzer /ˈbɒnzə/ adj. [澳俚]極好的; 漂亮的.

boo /buː/ int. & n. 呸!(表示反對或輕蔑的喊聲) // 噓聲 v. 發出呸聲; 喝倒采 ~ **sb off** 用噓聲(或喝倒采)轟走某人 **can't / couldn't say a ~ to a goose** [俚]非常膽小; 羞怯.

boob /buːb/ n. [俚]愚蠢的錯誤 v. 犯愚蠢的錯誤.

boobs /buːbs/ n. [俚](婦女的)乳房.

booby /ˈbuːbɪ/ n. [俚]笨蛋[美]亦作 boob) ~-**trap** vt. 放置詭雷於; 安設惡作劇性的陷阱於 n. ①[軍] 餌雷, 詭雷 (無傷大雅之惡作劇)陷阱 // ~ **prize** (= wooden spoon) 安慰獎.

boodle /ˈbuːdl/ n. [美俚](受賄或盜竊所獲的大筆)贓款; 偽鈔.

boogie /ˈbuːɡɪ/ vi. [俚]隨着流行音樂樂曲的節奏跳搖擺舞 n. (= ~-**woogie**) 一種用鋼琴彈奏以節奏很急的布吉斯舞曲.

book /bʊk/ n. ① 書, 書籍 ② 著作 ③ 裝訂成冊的一本東西(如車票、支票等) ④ (pl.)賬簿; 名冊 v. (= [美]**reserve**) ① 訂位, 預訂(機票、戲票等) ② 登記… 在冊 ③ 記下(某人的)違法行為(進行指控或處罰) ~**able** adj. 可預訂的 ~**ish** adj. 好讀書的; 書生氣的; 咬文嚼字的 ~**let** n. 小冊子 ~**keeper** n. 簿記員, 記賬人 ~**keeping** n. 簿記 ~**maker** n. (賽馬場上的)賭注登記員 ~**mark** n. 【計】書籤 ~**worm** n. 書迷; 書呆子.

booking /ˈbʊkɪŋ/ n. (座位等的)預訂([美]亦作 reservation) // ~ **clerk** [英]售票員 ~ **office** [英]售票處.

boom /buːm/ n. ① 隆隆聲 ② 景氣, 繁榮 ③ 帆的下桁 ④ 吊杆; (掛麥克風等的)活動懸臂 ⑤ 欄江鐵索 v. ① 發出隆隆聲 ② (使)興旺; (使)迅速發展 // ~ **town** 新興城鎮.

boomer /ˈbuːmə/ n. [美俚]在生育高峯期出生的嬰孩(亦作 baby ~).

boomerang /ˈbuːməræŋ/ n. ① 回力鏢(澳洲土著用的發鏢投出後能飛回原處) ② 自食其果的言行 v. (意外地)產生反效果; 自作自受.

boon /buːn/ n. 裨益; 福利; (給人帶來)方便(之事物) // ~ **companion** 好友.

boor /bʊə/ n. [貶]粗俗遲鈍的人(尤指男子) ~**ish** adj.

boost /buːst/ v. & n. ① 提高; 增加 ② 促進; 支援; 鼓勵 ③ 吹捧 ~**er** n. ①【電】調壓器 ② 助推火箭(亦作 ~ **rocket**) ③【藥】(增強藥效的)輔助藥劑.

boot¹ /buːt/ n. ① 皮靴, 膠靴 ② (汽車後的)行李箱[美]亦作 trunk) ③ [俚](用靴子)一踢 vt.

[俚] ① 踢 ② 解僱 ~ed *adj.* 穿着…靴的 ~-ee /'bu:ti:, ˌbu:'ti:/ *n.* (常用複)嬰兒的毛線鞋 ~-lace *n.* 靴帶, 鞋帶 // ~ out [俚]攆走(尤指解僱) by one's own ~ strap [俚]靠自己力量.

boot² /bu:t/ *vt.* 【計】啟動; 使起作用(亦作 ~ up) *n.* 效用 // to ~ 此外, 再者.

bootleg /'bu:tˌleg/ *v. & adj.* (指酒)非法釀造或販運(的) ~ger *n.* (指酒)從事非法釀造或販運者.

booth /bu:ð, bu:θ/ *n.* 攤位; 隔開的小間; 貨攤.

booty /'bu:ti/ *n.* 掠奪物, 戰利品; 贓物.

booze /bu:z/ *vi.* [俚]痛飲 *n.* [俚]酒, 杯中物 ~r *n.* [俚]貪杯者, 痛飲者 ② (= pub)[英俚]小酒店 boozy *adj.* 狂飲的 // be / go on the ~ 縱酒狂飲.

bop /bɒp/ *v.* ① [俚](隨着流行音樂節奏)跳舞 ② (用拳、棒等)打 *n.* ① 毆打 ② (節奏瘋狂的)流行爵士樂.

borage /'bɒrɪdʒ, 'bærɪdʒ/ *n.* 【植】琉璃苣(地中海地區生長的一種植物, 花為藍色葉多毛, 可作調味品).

borax /'bɔ:ræks/ *n.* 【化】硼砂.

border /'bɔ:də/ *n.* ① 邊, 邊緣 ② 邊境; 國界 *v.* ① 與…接壤; 鄰接 ② 鑲邊 ③ (+ on) 近似 ~land *n.* 邊疆 ~line *n.* 界線.

bore¹ /bɔ:/ *n.* ① 鑽孔(亦作 ~hole) ② (槍炮的)口徑 ~r *n.* 鑽孔或打洞的人(或工具、昆蟲).

bore² /bɔ:/ *vt.* 使厭煩 *n.* [貶]令人厭煩的人(或物) ~dom /'bɔ:dəm/ *n.* 厭煩, 無趣 ~d *adj.* 厭煩的, 厭倦的 boring *adj.* 令人厭煩的; 無趣的.

bore³ /bɔ:/ *n.* 怒潮, 激浪.

bore⁴ /bɔ:/ *v.* bear 的過去式.

born /bɔ:n/ *v.* bear 的過去分詞 *adj.* 出身…的; 生來的 ~-again *adj.* 對某種活動或信仰突然感興趣的.

borne /bɔ:n/ *v.* bear 的過去分詞.

boron /'bɔ:rɒn/ *n.* 【化】硼.

borough /'bʌrə/ *n.* ① 自治城鎮, 自治區 ② [美]紐約市的行政區.

borrow /'bɒrəʊ/ *v.* ① 借入, 借用 ② 剽竊; 擅自取用 ~er *n.* 借物者, 借用人 ~ing *n.* 借貸; 借用(物)(尤指借用的外來單詞).

borscht /bɔ:ʃt/ *n.* or borsch /bɔ:ʃ/ *n.* 俄國甜菜湯, 羅宋濃湯.

borstal /'bɔ:stəl/ *n.* 少年犯教養院.

borzoi /'bɔ:zɔɪ/ *n.* 俄國大獵犬.

bosh /bɒʃ/ *n.* [俚]胡說, 廢話.

bosom /'bʊzəm/ *n.* 胸部, (尤指)婦女的乳房 *adj.* 親密的 ~y *adj.* [口]胸部豐滿的 // ~ friend 知己, 密友.

boss¹ /bɒs/ *n.* ① 老闆; 工頭; 經理; 上司 ② [美](政黨的)領袖 *vt.* 指揮; 對…發號施令 ~y *adj.* [口][貶]霸道的, 專橫的 // ~ sb about / around 把某人差來遣去.

boss² /bɒs/ *n.* ① 瘤; 突起部 ② 【建】浮凸飾.

bosun /'bəʊsən/ *n.* = boatswain.

botany /'bɒtənɪ/ *n.* 植物學 botanic(al) *n.* 植物(學)的 botanist *n.* 植物學家 botanize, -se *v.* ① 研究並採集植物 ② 為研究植物而勘察(某地區).

botch /bɔtʃ/ *v.* ① 拙劣地修補工作, 笨手笨腳地弄糟 ② 笨拙的工作, 笨活(亦作 ~-up) ~ed *adj.* 弄得一團糟的 // make a ~ of sth 把某事弄糟.

both /bəʊθ/ *adj.* 兩, 雙; 兩方的 *pro.* 兩者; 兩人; 雙方 // ~...and... 兩個都; 既 ... 又 ....

bother /ˈbɒðə/ *v.* ① 打攪, 煩擾 ② 煩惱; 操心 *n.* ① 麻煩; 不便; 吵鬧 ② 討厭的人; 麻煩的事物 ~some *adj.* 麻煩的; 討厭的.

bottle /ˈbɒtl/ *n.* ① 瓶; 一瓶的量 ② (the ~) 酒; 喝酒 ③ [俚] 活力 *vt.* 把 ... 裝瓶中 ~-**feed**(用奶瓶)人工餵養 ~-**neck** *n.* ① 瓶頸口 ② (交通容易堵塞的)隘道, 狹口 ③ (影響或妨礙事情進度的)因素 // ~ 上抑制(感情) hit the ~ [俚](開始)狂飲; 酗酒.

bottom /ˈbɒtəm/ *n.* ① 底部, 底 ② 盡頭; 末端 ③ 最低點; 最壞的地步 ④ 根底; 起因 ⑤ [口]屁股 *adj.* ① 最底的, 最後的 ② 根本的 ~-**less** *adj.* 無底的; 無限的; 深不可測的 ~-**up** *adj.* 完全的, 徹底的 // **at** (the) ~ 實際上; 內心裏; 本質上 **Bottoms up!** [口]乾杯! **from the** ~ **of one's heart** 衷心地; 真誠地 **get to the** ~ **of sth** 弄清某事的真相.

botulism /ˈbɒtjʊˌlɪzəm/ *n.* 【醫】嚴重的罐頭食品中毒.

boudoir /ˈbuːdwɑː, -dwɔː/ *n.* [法]閨房.

bouffant /ˈbuːfɒŋ/ *adj.* [法](髮式或裙子)蓬鬆的, 鼓脹的.

bougainvill(a)ea /ˌbuːgənˈvɪlɪə/ *n.* 【植】九重葛屬類攀綠植物.

bough /baʊ/ *n.* 粗大的樹枝.

bought /bɔːt/ *v.* buy 的過去式及過去分詞.

bouillon /ˈbuːjɒn/ *n.* [法](用肉和蔬菜煮的)肉湯.

boulder /ˈbəʊldə/ *n.* 大圓石.

boulevard /ˈbuːlvɑː, -vɑːd/ *n.* ① 林蔭大道 ② [美]大街, 幹道.

bounce /baʊns/ *v.* ① (球等)反跳, 彈起 ② (使)(人)跳起, 急促行動 ③ (支票)被退票, 拒付 *n.* ① 跳起; 彈回; 彈力 ② [俚]活力 ~**r** *n.* [口](夜總會或劇院中的)保鏢 **bouncing** *adj.* ① (指人)活躍的; 生氣勃勃的 ② (指人)健壯的 **bouncy** *adj.* ① 有彈性的 ② 活躍的; 生氣勃勃的 // ~ **back** 恢復元氣; 挽回(敗局等) // [商] 反彈.

bound [1] /baʊnd/ *v.* bind 的過去式及過去分詞 *adj.* ① 一定的, 必定的 ② 有義務的; 受(法律、合同等)約束的 ③ 裝訂的.

bound [2] /baʊnd/ *v. & n.* (向前或向上)跳動; 跳躍 // **by leaps and** ~**s** 飛快地; 連跳帶跑地.

bound [3] /baʊnd/ *adj.* (**+ for**) 開往(某處)去的, 要往(某處)去的.

bound [4] /baʊnd/ *vt.* ① 限制 ② 以 ... 為界, 鄰接 ~**s** *pl. n.* 邊界; 範圍 ~**less** *adj.* 無邊際的; 無限的 ~**lessly** *adv.* 無限地 // **know no** ~**s** 無限; 不知足.

boundary /ˈbaʊndərɪ, -drɪ/ *n.* 分界線; 邊界.

bounty /ˈbaʊntɪ/ n. ① 慷慨; 恩惠 ② 賜物; 贈物 ③ 獎金; 補助金 **bounteous** adj. [書] ① 慷慨的 ② 豐富的; 富裕的 **bountiful** adj. ① 慷慨的 ② 豐富的.

bouquet /boˈkeɪ, buː-/ n. [法] ① 花束 ② 恭維話 ③ (酒等的)香味 // **~ garni** (燉肉煮湯用的)調味香草.

bourbon /ˈbɜːbən/ n. (一種粟米釀製的美國威士忌酒).

bourgeois /ˈbʊəʒwɑː, bʊəˈʒwɑː/ adj. & n. [貶] ① 中產階級的(人); 資產階級的(人) ② 勢利, 庸俗, 守舊的(人) **~ie** n. 資產階級; 中產階級.

bout /baʊt/ n. ① (工作、活動等)一陣, 一次, 一場, 一番 ② (疾病的)一次發作 ③ (拳擊或摔跤的)一場比賽.

boutique /buːˈtiːk/ n. [法] ① (婦女)時裝用品小商店 ② (百貨商店的)婦女時裝用品部(櫃) // **~ hotel** 精品酒店(服務周到的小旅館).

bouzouki /buːˈzuːkɪ/ n. 一種希臘弦樂器.

bovine /ˈbəʊvaɪn/ adj. ① 牛的; 牛般的 ② (牛般)遲鈍的.

bow [1] /bəʊ/ n. ① 弓 ② 琴弓 ③ 蝴蝶結; 蝴蝶領結(亦作 **~tie**) **~-legged** adj. 弓形腿的, 羅圈腿的.

bow [2] /baʊ/ v. & n. ① 鞠躬, 點頭(表示感謝、同意或敬從) ② 屈從.

bow [3] /baʊ/ n. 船頭, 艦首.

bowdlerize, -se /ˈbaʊdləˌraɪz/ vt.

刪除(書或劇本中)不宜的部份或欠妥之處.

bowels /ˈbaʊəlz/ n. ① (人的)腸 ② 內臟; 內部 ③ [書]憐憫心, 同情心 // **move / loosen / relax the ~** 大便 **relieve the ~** 通便(大便或小便).

bower /ˈbaʊə/ n. 涼亭; 樹蔭處.

bowl [1] /bəʊl/ n. ① 碗, 缽 ② 碗狀物.

bowl [2] /bəʊl/ n. ① 滾木球 ② **~s** 滾木球, 保齡球 v. ① 玩保齡球【板球】投球給擊球員 **~ing** 保齡球.

bowler /ˈbəʊlə/ n. ① [英]圓頂硬禮帽(亦作 **~hat**) [美]亦作derby) ②【板球】比賽中的投球手.

box [1] /bɒks/ n. ① 箱, 盒 ② (戲院的)包廂; (特定用途的)小亭子 ③ [英俚]電視 vt. 把…裝入箱(或盒)內 **~y** adj. 盒狀的, 四四方方的 // **~ office** (劇院等)售票處 **~ lunch** 午餐盒飯 **~ number** 信箱號 **~ office value** 票房價值 **penalty ~**【體】(足球比賽中的)禁區.

box [2] /bɒks/ v. 拳擊; 打拳 n. 一巴掌; 一拳 **~ing** n. 拳擊 // **sb's ear (s), give sb a ~ on the ear(s)** 打耳光.

box [3] /bɒks/ n. [植] ① 黃楊 ② 黃楊木(亦作 **~wood**).

boxer [1] /ˈbɒksə/ n. 拳擊家, 拳師 **the Boxers** n. (19 世紀末在中國興起的反洋組織)義和團.

boxer [2] /ˈbɒksə/ n. 拳師犬, 柏克瑟狗.

boy /bɔɪ/ n. 男孩 **~cott** vt. & n.

① (聯合)抵制 ② 拒絕出席(或
參加, 從事) **~hood** *n.* 男孩時代,
少年時期 **~ish** *adj.* 男孩(似)的
n. **~ friend** 男朋友 **the B- Scouts**
童子軍.

Br *abbr.*【化】元素溴 (bromine)
的符號.

bra /brɑː/ *n.* [口]胸罩.

brace /breɪs/ *n.* ① 支柱; 支持物
② 【醫】支架 ③ 一雙, 一對(獵
物等) ④ (*pl.*)(褲子的)背帶 *v.*
① 振作(精神); 作好準備(面對
困難等) ② 支柱 *bracing adj.* 振
奮精神的, 令人心神爽快的.

bracelet /ˈbreɪslɪt/ *n.*
① 手鐲 ② (*pl.*) [俚]手銬(亦作
handcuffs).

bracken /ˈbrækən/ *n.*【植】歐洲蕨.

bracket /ˈbrækɪt/ *n.* ① (常用複)括
號 ② 托架, 撐架 ③ (按某些特
性如收入、年齡等區分的)階層,
等級, 類別 *v.* ① 把 … 放在括號
內 ② 把…歸為一類.

brackish /ˈbrækɪʃ/ *adj.* (水)稍有
鹹味的.

bract /brækt/ *n.*【植】苞(片); 托
葉.

brad /bræd/ *n.* 角釘, 土釘.

brag /bræg/ *v.* 吹牛, 自誇 **~gart**
adj. & *n.* 吹牛的(人); 大言不慚
的(人).

Brahman /ˈbrɑːmən/ *n.* 婆羅門(印
度四大種姓中最高的等級, 即僧
侶); 名門貴族.

braid /breɪd/ *n.* ① 髮辮; 編帶; 縧
② (衣服上的)縧帶 *vt.* ① 編成辮
帶 ② 飾成縧帶.

Braille /breɪl/ *n.* (盲人使用的)點

字(法).

brain /breɪn/ *n.* ①【醫】腦 ② 腦
力; 智力; 智囊 ③ [口]聰明人 *vt.*
打 … 的腦袋 **-less** *adj.* 沒有頭
腦的; 愚蠢的 **~y** *adj.* [口]聰明
的 **~child** *n.* [口]智力產兒(指腦
力勞動的成果, 如計劃、創造
和發明等) ② 腦死
亡(的) ② 不動腦子(的) **~storm**
n.【解】腦猝病 *v.* 集思廣益地創
新 **~wash** *v.* [口]對(人)實行洗腦;
把某種思想或信仰強加於(人)
~washing *n.* **~wave** *n.* 靈感; 妙
想 // **~ death** 腦死亡 **~ drain** 人
才外流 **~(s) trust** 智囊團.

braise /breɪz/ *vt.* (用文火)燉, 燜
(肉等).

brake /breɪk/ *n.* 制動器, 剎車, 閘
v. (把車)剎住.

bramble /ˈbræmbᵊl/ *n.*【植】荊棘.

bran /bræn/ *n.* 麥麩; 糠麩.

branch /brɑːntʃ/ *n.* ① 樹枝, 分枝
② 支部; 分部; 分行; 分店 ③ (學
科)分科 ④ 支流; 支線; 支脈 *v.*
(使)分支; 分岔 // **~ out** (事業等)
擴大規模.

brand /brænd/ *n.* ① (產品的)
商標, 牌子 ② 品種 ③ 烙印 *v.*
① 在 … 上打烙印 ② 污辱; 玷污
~new *adj.* 嶄新的.

brandish /ˈbrændɪʃ/ *vt.* & *n.* 揮舞
(武器等).

brandy /ˈbrændɪ/ *n.* 白蘭地(酒) //
~ snap 以(白蘭地酒調味的)薑
餅.

brash /bræʃ/ *adj.* ① 性情急躁的;
傲慢無禮的 ② 魯莽的; 輕率的
③ (東西)過於亮麗的, (地方)過

於熱鬧的 ~ness n.

brass /brɑːs/ n. ① 黃銅 ② (總稱) 銅管樂器 ③ [俚] 錢 ④ [俚] 厚顏 無恥 ~y adj. ① (音、色)似黃銅 的 ② 厚顏無恥的 // ~ band 銅 管樂隊.

brasserie /ˈbræsəri/ n. (兼賣小吃 的)啤酒店.

brassière /ˈbræsɪə, ˈbræz-/ n. = bra [法]胸罩.

brat /bræt/ n. [蔑](調皮搗亂的)小 傢伙, 小鬼.

bravado /brəˈvɑːdəʊ/ n. 虛張聲勢; 逞能; 恐嚇.

brave /breɪv/ adj. 勇敢的 vt. 勇敢 地面對(危險、困難、痛苦等) ~ly adv. ~ry n. // ~ it out 硬着頭 皮幹到底.

bravo /brɑːˈvəʊ/ int. 好極了!.

bravura /brəˈvjʊərə, -ˈvʊərə/ n. ① 壯舉; 雄糾糾氣昂昂的樣子 ② 【音】氣勢磅礴的演奏.

brawl /brɔːl/ n. & vi. 爭吵; 打架.

brawn /brɔːn/ n. ① 體力 ② 醃豬 肉, 鹹豬肉(凍) ~y adj. (指人)強壯 的; 肌肉結實的.

bray /breɪ/ v. & n. 驢叫(聲).

brazen /ˈbreɪzⁿn/ adj. 厚顏無恥的 v. 厚着臉皮幹 // ~ it out 厚着臉 皮幹下去.

brazier, -sier /ˈbreɪzɪə/ n. 火盆.

breach /briːtʃ/ n. ① 違犯(法紀); 毀(約); 破壞; 不履行 ② (城堡 等被攻破的)缺口; 裂口 ③【軍】 突破 v. ① 攻破; 突破 ② 違 (約); 不履行(義務); 破壞 // ~ of confidence 泄密 ~ of the peace [律]擾亂治安 ~ of promise 毀

約.

bread /brɛd/ n. ① 麵包 ② 食物; 糧食; [喻]生計 ③ [俚] 錢 ~line n. 排隊領救濟食物的窮人隊伍 ~winner n. 養家活口者 ~and-butter adj. ① 生計的; 最低生 活必需的 ② 對所受款待表示 謝意的 ~fruit n. 麵包樹 // ~ and butter [俚]生計 ~-and-butter letter 給東道主的感謝信.

breadth /brɛdθ, brɛtθ/ n. ① 寬度, 闊度 ② (學識等的)廣博 ③ (性 格、胸襟等的)寬宏大量 // by a hair's ~ 差一點; 險些 to a hair's ~ 精確地.

break /breɪk/ v. (過去式 broke 過 去分詞 broken) ① 打破; 折斷; 衝破 ② 損壞, 弄壞 ③ 破壞; 違 犯 ④ 泄漏(秘密等) ⑤ 透露(消 息等) ⑥ 使(突然)中止; 打斷 ⑦ 削弱, 減弱 ⑧ 超越(記 錄) ⑨ 強行通過; 衝破 ⑩ 暫停 工作(或活動) ⑪破產, 倒閉; (健 康等)垮掉 n. ① 破裂(處) ② 決 裂 ③ 破曉(時分) ④ 中止; 停頓 ⑤ 停歇; 休息 ⑥ 突變 ⑦ [俚](好)運 氣 ⑧ 闖進; 衝出 ~able adj. 易碎 的 ~ables n. 易碎的東西 ~age n. ① 破損(量) ② ~ages 破損物; 損 耗 ~dancing n. 霹靂舞 ~even n. 得失相當; 收支平衡; 不賠不賺 ~neck adj. 極危險的 ~through n. 突破, 衝破 // ~ down ① 打破; 毀 掉; 破除 ② (感情、精神等)失 控, 崩潰 ③ (機器等)發生故障, 損壞 ④ (化合物等)分解; 拆散 (機器等) ~ in ① (竊賊等)破門而 入, 闖入 ② 插嘴 ~off ① (使)折

斷 ② (使)終止; 中止 ~ out 爆發,
越獄 ~ up ① 打破; 拆散 ② 解散
③ (使)終止; 結束.

breakfast /ˈbrɛkfəst/ n. & v. (吃)早
餐.

bream /briːm/ n. 鯿(一種淡水魚).

breast /brɛst/ n. ① 乳房 ② 胸
(脯) ③ [書]心情; 胸懷 vt. ① 挺
胸面對… ② 用胸部觸及 … ~-
feed v. 用母乳餵養(自己的嬰
兒) ~stroke n. 俯泳, 蛙式游泳 //
make a clean ~ of sth 和盤托出
某事.

breath /brɛθ/ n. ① 呼吸(的空氣)
② 微風; 微音 ③ 一瞬間 ④ 跡
象 ~less adj. ① 屏息的 ② 氣
喘吁吁的 ~-taking
adj. 驚險的; 令人透不過氣來的
// below / under one's ~ 低聲地
catch one's ~, get one's ~ back
① 喘息 ② 歇一口氣 hold one's
~ 屏息 lose one's ~ 喘不過氣來
out of ~ 上氣不接下氣 short of
~ 呼吸短促.

breathalyser, 美式 **-zer**
/ˈbrɛθəˌlaɪzə/ n. (測醉用的)呼吸
試驗器 **breathalyse**, 美式 **-ze** vt.
用測醉器對 … 進行試驗.

breathe /briːð/ v. ① 呼吸 ② 低聲
說 ③ 散發出(氣味、感情等) ~**r**
n. 呼吸者; 休息片刻 **breathing** n.
呼吸 // ~ one's last 斷氣.

bred /brɛd/ v. breed 的過去式及
過去分詞.

breech /briːtʃ/ n. ① 屁股 ② (槍
炮)的後膛 // ~ **birth**, ~ **delivery**
【醫】(臀部或橫位)異常分娩.

breeches /ˈbrɪtʃɪz, ˈbriː-/ pl. n. (長

僅及膝的)褲子; 短褲.

breed /briːd/ (過去式及過去分詞
bred) v. ① (動物)生產 ② (使)繁
殖; 飼養 ③ 產生, 引起 ④ 養育;
教養 n. 品種; 種類 ~**er** n. ① 種
畜 ② 飼養員 ~**ing** n. ① 薰陶;
教養 ② (動物的)繁殖, 生育 //
close ~**ing** 近親繁殖 cross ~**ing**
雜交.

breeze /briːz/ n. ① 微風, 和風
② [美]輕而易舉的事 v. [俚]急
匆匆地行走 **breezy** adj. ① 有風
的 ② 輕鬆自在的; 談笑風生的.

brethren /ˈbrɛðrɪn/ pl. n. =
brothers [古]會友; 弟兄; 教友.

breve /briːv/ n.【音】全音符.

breviary /ˈbriːvjərɪ/ n.【宗】(神父
用的)每日祈禱書.

brevity /ˈbrɛvɪtɪ/ n. 簡短; 短暫.

brew /bruː/ vt. ① 釀造(啤酒等)
② 調製(飲料) ③ 醞釀; 策劃
④ 即將來臨 n. 釀造(出來的飲
料、酒等) ~**er** n. 釀(啤)酒的人
~**ery** n. 啤酒廠; 釀酒廠.

briar /ˈbraɪə/ n. = brier.

bribe /braɪb/ n. 賄賂 v. (向 …)行
賄 ~**ry** n. 行賄; 受賄.

bric-a-brac /ˈbrɪkəˌbræk/ n. 小擺
設; 小裝飾品; 古玩.

brick /brɪk/ n. ① 磚(塊) ② 磚狀
物 ③ [英]積木([美]亦作 block)
v. 用磚建造(圍砌或填補) ~**bat** n.
[口]批評; 抨擊 ~**layer** n. 泥水匠,
泥瓦工.

bride /braɪd/ n. 新娘 ~**al** adj.
① 新娘的 ② 婚禮的 ~**groom** n.
新郎 ~**smaid** n. 女儐相, 伴娘.

bridge¹ /brɪdʒ/ n. ① 橋【船】

船橋, 艦橋 ③ 鼻樑; (眼鏡的)鼻架; (假牙上的)齒橋 ④ (提琴的)弦馬 vt. ① 架橋於 ② 縮短⋯之間的距離或分歧 ~head n.【軍】橋頭堡 // ~ over 克服, 渡過(困難、難關等).

bridge² /brɪdʒ/ n. 【體】橋牌.

bridle /ˈbraɪd'l/ n. 馬勒; 籠頭 v. ① 給⋯套上籠頭 ② 抑制; 約束 ③ 昂首(表示輕蔑、不悅或憤怒) // ~ path, ~ way, ~ road (騎馬專用的)馬道.

Brie /briː/ n. 布里芝士, (法國布里產)白乳酪.

brief /briːf/ adj. 短暫的; 簡短的 n.【律】案情 ② 概要, 摘要 ③ 簡短指令 vt. ① 向⋯下達指令; 向⋯作指示 ② 向⋯作簡要介紹 ~ing n. (下達)指令; 簡況(介紹) ~ly adv. ~ness n. ~case n. 公文皮包 ~s n. 三角褲 // in ~ 簡單地說.

brier, briar /ˈbraɪə/ n.【植】荊棘(尤指野薔薇).

brig /brɪg/ n. 方帆雙桅船.

brigade /brɪˈgeɪd/ n.【軍】旅 ② (從事某項活動的)(一)隊/組(人).

brigadier /ˌbrɪgəˈdɪə/ n. 旅長 // ~ general 准將.

brigand /ˈbrɪgənd/ n. 土匪, 強盜, 草寇.

brigantine /ˈbrɪgənˌtiːn, -ˌtam/ n. 雙帆帆船.

bright /braɪt/ adj. ① 明亮的, 發亮的 ② (顏色)鮮艷的 ③ (聲名)顯赫的 ④ 歡快的; 生氣勃勃的 ⑤ 聰明的 ~ly adv. ~ness n. //

look on / at the ~ side of things 對事物抱樂觀態度.

brighten /ˈbraɪt'n/ v. ① (使)發光, (使)發亮 ② (使)快活 ③ (天)放晴.

brilliant¹ /ˈbrɪljənt/ adj. ① 光輝的; 輝煌的 ② 卓越的, 英明的 ③ 才氣煥發的 ④ [俚]極好的 brilliance n. ~ly adv.

brilliant² /ˈbrɪljənt/ n. ① (琢成多角形的特別明亮的)寶石 ② 人造寶石.

brilliantine /ˈbrɪljənˌtiːn/ n. (男用)潤髮油.

brim /brɪm/ n. ① (杯、碗等的)邊, 緣 ② 帽邊 v. ① 滿溢 ② 注滿(容器等) // ~ful adj. ① 滿到邊緣的 ② (+ of) 洋溢着⋯的 ~less adj. 無邊緣的.

brimstone /ˈbrɪmˌstəʊn/ n. [舊]硫黃(石).

brindled /ˈbrɪndəld/ adj. (動物毛皮上)有斑紋的.

brine /braɪn/ n. 鹽水, 鹹水.

bring /brɪŋ/ v. (過去式及過去分詞 brought) ① 拿來; 帶來; (使)來到 ② 產生; 引起 ③ 使處於(某種狀態) ④ 提出(訴訟、抗議等) // ~ about 帶來; 造成 ~ off 辦妥; 圓滿完成 ~ on ① 生產 ② 出版; 發表 ③ 使顯出 ~ up ① 養育, 培養(子女) ② 提出 ③ 嘔吐.

brink /brɪŋk/ n. (懸崖、峭壁等處的)邊沿; 界; 涯 // on the ~ of 瀕臨, 在⋯的邊緣.

briny /ˈbraɪnɪ/ adj. 很鹹的 the ~ n. [俚]大海.

brisk /brɪsk/ *adj.* ① 輕快的; 活潑的 ② (天氣等)令人爽快的, 清新的 ③ (生意)興旺的 ~**ly** *adv.* ~**ness** *n.*

brisket /ˈbrɪskɪt/ *n.* (牛、羊、豬等)胸肉; 胸部.

bristle /ˈbrɪsl̩/ *n.* ① (動植物的)短硬毛 ② (豬等)鬃毛 *v.* ① (使)毛髮等豎立立 ② (+ with) 發怒 (+ with sth) 充滿 **bristly** *adj.* ① 有硬毛的; 硬毛般的 ② (毛髮等)短而硬的 ③ 易怒的.

bristols /ˈbrɪstl̩z/ *pl. n.* [英俚]女子的乳房.

Brit /brɪt/ *abbr.* ① = ~**ain**, ~**annia**, ~**ish** ② [口]英國人.

brittle /ˈbrɪtl̩/ *adj.* ① 脆的 ② 易損壞的 ③ 易生氣的 ~**ness** *n.* 【機】脆化.

broach /brəʊtʃ/ *v.* ① 打開(桶或瓶子) ② 提出(問題)加以討論.

broad /brɔːd/ *adj.* ① 寬的, 闊的 ② 廣大的; 遼闊的 ③ (思想、心胸)開闊的, 寬厚的 ④ 粗略的; 概括的 ⑤ 粗俗的 ⑥ 明顯的 ~**ly** *adv.* ~**ness** *n.* ~**band** *n.*【計】寬頻 ~**-brush** *adj.* 大體的, 大致的 ~**-minded** *adj.* (心胸)寬宏大量的 ~**sheet** *n.* (印刷品)大幅印張 ~**side** *n.*【軍】一邊舷側的火炮齊發 ② (口頭或文字上的)激烈抨擊 ~**ways**, ~**wise** *adv.* 橫着; 寬面向前地 ~ **bean** 蠶豆 B- **Church** (英國國教的)廣教派.

broadcast /ˈbrɔːdkɑːst/ *v.* ① (用無線電、電視)廣播; (在廣播節目中)講話(或演出) ② 傳播; 傳佈 *n.* (無線電、電視的)廣播(節目)

~**er** *n.* ① 廣播者 ② 廣播電台; 廣播機構 ~**ing** *n.* 廣播, 播音.

broaden /ˈbrɔːdn̩/ *v.* (使)變闊, 擴大; 加寬.

Broadway /ˈbrɔːdweɪ/ *n.* ① 百老匯(美國紐約市一街道以其眾多的一流劇院及夜總會而著稱) ② 美國的戲劇(娛樂)業.

brocade /brəˈkeɪd/ *n.* 浮花錦緞.

broccoli /ˈbrɒkəli/ *n.* 西蘭花, 硬花甘藍.

brochure /ˈbrəʊʃjʊə, -ʃ-/ *n.* 小冊子; (以小冊子形式出版的)論文 ~ **site** *n.*【商】宣傳手冊或網站.

brogue[1] /brəʊɡ/ *n.* 結實的厚底皮鞋.

brogue[2] /brəʊɡ/ *n.* (尤指愛爾蘭英語的)土腔, 土調.

broil /brɔɪl/ *v.* ① 焙, 燒, 烤(肉、雞、魚等) ② (陽光)灼(人); (使)感到炎熱 ~**ing** *adj.* 酷熱.

broke /brəʊk/ *v.* break 的過去式 *adj.* [俚]破了產的; 一文不名的 // **go** ~ 破產.

broken /ˈbrəʊkən/ *v.* break 的過去分詞 *adj.* ① 破碎的; 被打破的; 弄壞了的 ② (腿臂)已骨折的 ③ (地面)高低不平的 ④ (語言、文字)整腳的, 不標準的 ~**down** *adj.* ① 破舊的, 損壞的 ② 病弱的 ~**-hearted** *adj.* 心碎的, 極度悲痛的 // ~ **home** (父母離異造成的)破碎家庭.

broker /ˈbrəʊkə/ *n.* 經紀人; 掮客; (買賣的)中間人 ~**age** *n.* 佣金; 回扣.

brolly /ˈbrɒli/ *n.* [英俚]傘.

bromide /ˈbrəʊmaɪd/ *n.* ①【化】

溴化物 ② 陳腔濫調; 平庸的思想或看法.

bromine /ˈbrəʊmiːn, -mɪn/ n. 【化】溴.

bronchus /ˈbrɒŋkəs/ n. (pl. **-chi**) 【解】支氣管 bronchial adj. 支氣管的 bronchitis n. 【醫】支氣管炎.

bronc(h)o /ˈbrɒŋkəʊ/ n. (美國西部的)(半)野(生)馬.

brontosaurus /ˌbrɒntəˈsɔːrəs/, 美式 brontosaur n. 【古生】雷龍.

Bronx cheer /brɒnks tʃɪə/ n. [美俚](表示嘲笑、厭惡的)咂舌聲; 噓噓聲([英]亦作 raspberry).

bronze /brɒnz/ n. ① 青銅(銅錫合金) ② 青銅製品(如塑像、獎章等) ③ 青銅色 adj. 青銅(製)的; 青銅色的 v. (把…)曬成青銅色 // B- Age 青銅器時代 ~ medal 【體】銅牌.

brooch /brəʊtʃ/ n. 胸針; 飾針.

brood¹ /bruːd/ n. ① (雞、鳥等)一窩幼雛 ② [貶](一家的)孩子們; 同黨; 同夥.

brood² /bruːd/ v. 悶悶不樂地沉思.

broody /ˈbruːdɪ/ adj. ① (母雞)要孵卵的 ② 鬱鬱沉思的.

brook¹ /brʊk/ n. 溪流, 小河.

brook² /brʊk/ vt. 容忍; 忍受.

broom /bruːm, brʊm/ n. & v. ① 掃帚 ② 金雀花 ~stick n. 掃帚柄 // A new ~ sweeps clean. 新官上任三把火.

broth /brɒθ/ n. (肉、魚、蔬菜)湯.

brothel /ˈbrɒθəl/ n. 妓院.

brother /ˈbrʌðə/ n. ① 兄或弟 ② (常用複)(基督教)修士 ~**ly** adj. 兄弟(般)的 ~**hood** n. ① 手足情誼 ② 同業; 同僚; 協會; 社團 ~**-in-law** n. ① 姐夫; 妹夫 ② 大伯; 小叔 ③ 內兄; 內弟.

brought /brɔːt/ v. bring 的過去式及過去分詞.

brouhaha /ˈbruːhɑːhɑː/ n. 騷動; 喧鬧; 哄動.

brow /braʊ/ n. ① 眉毛 ② 額 ③ 山頂; 坡頂.

browbeat /ˈbraʊbiːt/ vt. 恫嚇; 威逼.

brown /braʊn/ n. & adj. 棕色(的); 褐色(的) v. (使)成為褐色(或棕色) ~**ish** adj. 帶褐色的 ~**ed-off** adj. [俚]厭煩透了; 沮喪的 // in a ~ study 沉思.

brownie /ˈbraʊnɪ/ n. ① 棕山(傳說中夜間替人作家務的小精靈) ② 胡桃巧克力小方餅.

Brownie (Guide) /ˈbraʊnɪ/ n. (10歲以下的)女童子軍.

browse /braʊz/ v. & n. ① 瀏覽(書刊) ② (牛、羊)吃嫩枝或草.

bruise /bruːz/ n. 瘀傷; 擦傷 v. 打傷; (使)成瘀傷 ~**r** n. 彪形大漢.

brunch /brʌntʃ/ n. = breakfast + lunch (早午餐併作一頓的)晚早餐, 早午飯.

brunette, 美式 **brunet** /bruːˈnet/ n. 毛髮淺黑色的白種女子.

brunt /brʌnt/ n. 正面的衝突; 主要的衝力或壓力 // bear the ~ 首當其衝.

brush¹ /brʌʃ/ n. ① 刷子, 毛刷 ② 毛筆, 畫筆 ③ 小衝突; 遭遇

戰 ④ 狐狸尾巴 ⑤ 刷; 拂拭 v. ① 刷(掉); 擦(掉) ② 擦過, 掠過 ~work n. 繪畫; 筆法; 畫法; 書法 // ~ aside / away 不顧; 漠視 ~ off [俚]不理睬; 打發走(某人) ~ up 溫習, 複習.

brush ² /brʌʃ/ n. 灌木叢(地帶) ~wood n. 柴木, 小樹枝 // ~ fire war 灌木林式戰爭, 小規模(局部)戰爭.

brusque, brusk /bruːsk, brʌsk/ adj. 魯莽無禮的; 唐突的 ~ly, ~ly adv. ~ness, ~ness n.

brussels sprout /brʌsˈlz spraʊt/ n. 湯菜; 抱子甘藍.

brutal /ˈbruːtʲl/ adj. ① 獸性的; 殘忍的; 蠻橫的 ② (天氣)令人難受的, 嚴酷的 ~ity n. 暴行; 獸性 ~ize, ~ise v. (使)變成野獸般殘忍無情.

brute /bruːt/ n. ① 獸; 畜生 ② 人面獸性的人; 殘忍的人 adj. ① 畜生(般)的; 野蠻的 ② 沒有理性的 brutish adj. ① 禽獸(般)的 ② 野蠻的; 愚鈍的.

BS /biː ɛs/ abbr. = British standard 英國標準.

BSc /biː ɛs siː/ abbr. = Bachelor of Science 理學士.

BST /ˌbiː ɛs ˈtiː/ abbr. = British Summer Time 英國夏令時間.

bubble /ˈbʌbʲl/ n. ① 氣泡; 水泡 ② 幻想; 妄想; 泡影 v. ① (使)冒泡; 沸騰 ② (水)汩汩地流; 發出噗噗聲 ③ (+ over / with) 興奮; 歡騰; 激動 bubbly adj. ① 興奮的; 歡騰的 ② 發泡的; 泡沫多的

// ~ gum 泡泡糖.

bubonic plague /bjuːˈbɒnɪk pleɪg/ n. 【醫】淋巴腺鼠疫.

buccaneer /ˌbʌkəˈnɪə/ n. 海盜; 冒險家.

buck /bʌk/ n. ①【動】公鹿; 公羊; 雄兔 ②[美俚][澳俚]元 v. ① (+ off) (馬等)拱背躍起(把騎手摔下) ②[美俚]反對 // ~ up ① [口] 精神振作起來 ② 快點 pass the ~ to [口]推卸責任給 ….

bucket /ˈbʌkɪt/ n. ① 水桶; 吊桶 ②【建】鏟斗 v. ① (+ down) 下傾盆大雨; (雨)傾盆而下 ② 顛簸而行 ~ful n. 一滿桶 // ~ seat (火車或飛機上的)單人摺椅 in ~s 大量地(尤指雨水)kick the ~ [俚][諧]翹辮子, 死掉.

buckle /ˈbʌkʲl/ n. 皮帶扣環; 扣狀裝飾品 v. ① (用扣環)扣住; (把…)扣緊 ② (使)變彎曲 // ~ down to sth 全力以赴做某事.

buckram /ˈbʌkrəm/ n. 硬麻布.

buckshee /ˌbʌkˈʃiː/ or **buckshish** /ˌbʌkˈʃiːʃ/ adj. & adv. [英俚]免費的(地).

buckshot /ˈbʌkˌʃɒt/ n. (打獵用)粗鉛彈.

buckteeth /ˈbʌkˌtuːθ/ pl. n. 齙牙; 獠牙.

buckwheat /ˈbʌkˌwiːt/ n. 蕎麥.

bucolic /bjuːˈkɒlɪk/ adj. 田園生活的; 農家風味的.

bud /bʌd/ n. 芽; 蓓蕾 v. ① (使)發芽; 萌芽 ② 開始生長(或發展、發育) // in (the) ~ 含苞待放; 發芽 nip in the ~ 把 … 消滅於萌芽狀態; 防患於未然.

Buddhism /'bʊdɪzəm/ n. 佛教
Buddhist n. 佛教徒 adj. 佛(教)
的.

buddy /'bʌdɪ/ n. [美俚]夥伴; 弟兄.

budge /bʌdʒ/ v. ① 微微移動; 推動 ② (指立場、態度等)(使)動搖.

budgerigar /'bʌdʒərɪˌɡɑː/ n.【鳥】(澳洲的)虎皮鸚鵡.

budget /'bʌdʒɪt/ n. ① 預算(案) ② 經費 adj. 廉價的 v. ① 預早安排(金錢、時間等) ② 編制預算; 作好安排 **~ary** adj. // **balance the ~** 使收支平衡.

budgie /'bʌdʒɪ/ n. = budgerigar [口].

buff[1] /bʌf/ n. & adj. ① 淺黃色(的) ② 淺黃色皮革(的) vt. (用軟皮等)擦亮 // **in the ~** 一絲不掛 **strip to the ~** 把衣服剝得精光.

buff[2] /bʌf/ n. 愛好者; 迷.

buffalo /'bʌfəˌləʊ/ n. ① 水牛 ② [美]野牛.

buffer /'bʌfə/ n. ① 緩衝器; 能起緩衝作用的人(或物) ②【計】緩衝區 v. 緩衝, 保護.

buffet[1] /'bʌfɪt/ v. 連打; 打擊.

buffet[2] /'bʊfeɪ/ n. ① 自助餐, 快餐 ② 快餐櫃台; 小吃店 // **~ car** 餐車.

buffoon /bə'fuːn/ n. ① 小丑 ② 愚蠢而滑稽的人; 言行荒謬可笑的人 **~ery** n.

bug /bʌg/ n. ① 臭蟲; 昆蟲 ② [口]病菌; (病菌引起的)疾病 ③ (電腦程序上的)小錯; (機器上的)小毛病 ④ 竊聽器 ⑤ 着迷; 癖好; [口]…迷 vt. ① (在房間、電話

內)安裝竊聽器; 竊聽 ② 煩擾, 折磨.

bugbear /'bʌɡˌbeə/ n. 嚇人或令人頭痛的事物.

bugger /'bʌɡə/ n. ① [俚]壞蛋; 討厭的東西 ② 雞姦犯 v. ① 雞姦 ② 使疲乏不堪 **~y** n. 雞姦.

buggy /'bʌɡɪ/ n. ① 嬰兒車 ② 輕便車; 舊汽車.

bugle /'bjuːgl/ n. 軍號, 喇叭 **~r** n. 號手; 司號兵.

build /bɪld/ v. (過去式及過去分詞 built) v. ① 建築, 造, 蓋 ② 建立; 發展; 增進; 培養 n. 體格, 體型 **~er** n. 建造者, 建築商 // **~ on** ① 擴建; 增設 ② 建立於; 以…為基礎 **~ up** ① (使)增進, 加強, 擴大 ②【軍】集結(部隊) ③ 吹捧.

building /'bɪldɪŋ/ n. 建築物 // **~ society** [英]建房互助協會(協助會員集資並貸款建房).

built /bɪlt/ v. build 的過去式及過去分詞 **~-in** adj. ① 不可分的; 固定的 ② 內在的; 固有的 **~-up** adj. 多建築物的.

bulb /bʌlb/ n. ①【植】球莖 ② 球莖狀物; 電燈泡 **~ous** adj. [常貶] 球莖狀的; 又肥又圓的.

bulge /bʌldʒ/ n. ① 腫脹, 膨脹 ② 激增; 暴漲 v. (使)膨脹; (使)凸出 **bulging, bulgy** adj.

bulk /bʌlk/ n. ① (尤指大的)體積, 容積; 數量 ② 大部份; 大多數 **~y** adj. 龐大的; 笨重的 // **~ large** 顯得重要; 突出 **in ~** ① 大量, 大批 ② 散裝.

bulkhead /'bʌlkˌhed/ n.【船】艙壁

bull¹ /bʊl/ n. ① (公牛、雄象、雄鯨等)雄性大動物 ② 粗壯如牛的人 ③ (股市中的)買方,多頭 ~dog n. 牛頭犬 ~fight n. 鬥牛 ~fighter n. 鬥牛士 ~frog n. 牛蛙 ~'s-eye n. 靶心 // ~ market【股】牛市.

bull² /bʊl/ n. (教皇的)勅書; 訓諭.

bull³ /bʊl/ n. [俚]胡說八道.

bulldoze /ˈbʊlˌdəʊz/ vt. ① 用推土機推平 ② 威脅, 強迫 ~r n. 推土機.

bullet /ˈbʊlɪt/ n. 子彈 ~proof adj. 防彈的.

bulletin /ˈbʊlɪtɪn/ n. ① 公報; 公告 ② 新聞簡報 // ~ board n. 公告板.

bullion /ˈbʊljən/ n. 金條(塊); 銀條(塊).

bullock /ˈbʊlək/ n. 小公牛; 閹牛.

bully /ˈbʊlɪ/ n. 欺侮弱者的人; 惡霸; 小流氓(尤指學童中欺侮弱小學生者) v. 威嚇; 欺侮.

bulrush /ˈbʊlˌrʌʃ/ n.【植】寬葉香蒲; 蘆葦.

bulwark /ˈbʊlwək/ n. 堡壘; 防禦物; 保障.

bum¹ /bʌm/ n. [口]屁股.

bum² /bʌm/ n. [英俚]無業遊民; 乞丐.

bumble /ˈbʌmbl̩/ v. 結結巴巴地講話; 笨手笨腳地做; 跟跟蹌蹌地前進 bumbling adj. 常出差錯的 n. 無能; 失職.

bumblebee /ˈbʌmblˌbiː/ n. 大黃蜂.

bump /bʌmp/ v. ① 碰; 撞; 撞擊 ② (車輛)顛簸地行駛 n. ① 碰; 撞; (碰、撞發出的)撲通聲 ② 腫塊 adv. 突然地, 猛烈地; 撲通一聲地 ~y adj. ① (路等)崎嶇不平的 ② (車等)顛簸的 // ~ into sb 偶然遇見某人 ~ off [俚]謀殺; 把…幹掉.

bumper¹ /ˈbʌmpə/ n. (汽車前後的)保險槓 // ~ to ~ (汽車)一輛接一輛的(地).

bumper² /ˈbʌmpə/ adj. 豐盛的; 特大的 // ~ harvest / crop 大豐收.

bumph, bumf /bʌmf/ n. [俚]公文, 文件; 表格.

bumpkin /ˈbʌmpkɪn/ n. [貶]鄉巴佬, 土包子, 笨伯.

bumptious /ˈbʌmpʃəs/ adj. 自以為是的; 狂妄的.

bun /bʌn/ n. ① 小圓甜麵包 ② (盤捲成圓形的)髮髻.

bunch /bʌntʃ/ n. ① (一)束; (一)串 ② (指人羣)一夥 v. (使)捆成一束(或一串); (使)集攏.

bundle /ˈbʌndl̩/ n. ① 包; 捆; 束 ②【生】(神經)叢; 纖維束 v. ① 匆匆離去; 把…匆匆打發走 ② (+ in / into) 把…胡亂地塞進 // ~ up ① 把…包紮起來 ② 使穿得暖和.

bung /bʌŋ/ n. (桶、瓶等)塞子 v. ① (+ up) [口](用塞子)塞住 ② [俚]扔丟.

bungalow /ˈbʌŋɡələʊ/ n. 平房; 小屋.

bungle /ˈbʌŋɡl̩/ v. ① 粗製濫造 ② 把事情做得一團糟 ~r n. bungling adj. 笨拙的; 粗劣的.

bunion /ˈbʌnjən/ n.【醫】拇囊炎腫.

bunk¹ /bʌŋk/ n. (車、船上依壁而設的)床鋪; 床位 v. 睡在鋪位上 // ~ bed 雙層床.

bunk² /bʌŋk/ n. = ~um.

bunk³ /bʌŋk/ v. [俚]逃走 (僅用於慣用語 do a ~ 逃走).

bunker /bʌŋkə/ n. ① 煤箱; (船上的)煤倉 ②【體】沙坑, 障礙洞 ③【軍】掩蔽壕, 地堡.

bunkum, buncombe /bʌŋkəm/ n. 胡說.

bunny /bʌni/ n. ① [兒]小兔子 ② (夜總會中衣着打扮如小兔的)女招待, 兔女郎 (亦作 ~ girl).

Bunsen burner /bʌns'n bɜːnə/ n. 本生燈 (實驗室用的煤氣燈).

bunting¹ /bʌntɪŋ/ n. 彩旗.

bunting² /bʌntɪŋ/ n.【鳥】白鵐鳥, 黃胸鵐.

buoy /bɔɪ, US 'buːɪ/ n. ① 浮標 ② = life ~ 救生圈 vt. ① 使浮起 ② 鼓勵; 支持.

buoyance, -cy /bɔɪənsɪ/ n. ① 浮力; 浮性 ② 輕快; 開朗 buoyant n. adj. ① 有浮力的 ② 輕快的; 開朗的.

bur /bɜː/ n. =~r.

burble /bɜːb'l/ vi. ① (水、河流等)發出汩汩聲 ② 嘰嘰咕咕地說 ③ [商] 看漲的(行情).

burden¹ /bɜːd'n/ n. ① 負擔; 重載 ② 重任; 艱難 vt. 使負重擔; 使麻煩; 勞累 ~some adj. 難於負擔的; 沉重的; 令人煩惱的.

burden² /bɜːd'n/ n. ① 歌曲末尾的疊句; 重唱句 ② (詩歌、發言等的)要點, 主旨.

bureau /bjʊərəʊ/ n. (pl. -x, -s) n.

① 局; 司; 處; 辦事署 ② 大書桌; 寫字枱 // ~ de change 外幣兌換所.

bureaucracy /bjʊə'rɒkrəsɪ/ n. ① 官僚政治; 官僚機構 ② 官僚主義 bureaucrat n. 官僚; 官僚派頭的人 bureaucratic adj. 官僚主義的; 官僚作風的.

b(o)urgeon /bɜːdʒən/ vi. (迅速)發展; 成長.

burgh /bʌrə/ n. = borough [蘇格蘭]自治市.

burglar /bɜːglə/ n. (入戶行竊的)夜盜, 竊賊 ~y n. 夜盜(罪), 盜竊 ~ alarm n. 防盜警報器.

Burgundy /bɜːgəndɪ/ n. (法國東部)勃艮第葡萄酒.

burial /berɪəl/ n. 埋葬.

burlesque /bɜː'lesk/ n. 打油詩; 遊戲文字; 滑稽戲; 諷刺畫.

burly /bɜːlɪ/ adj. 健壯的, 魁偉的.

burn¹ /bɜːn/ v. (過去式及過去分詞 ~ed 或 ~t) ① 燃燒 ② (被)毀 (被)燒焦; 燒傷 ③ 點(燈、燭等) (燈等)點着 ④ 激動; (使)發怒; 渴望 ⑤ 燒傷; 灼燒; 灼痛感 ② 宇宙飛船發動機的點火起動 ~ing adj. ① 強烈的; 熱烈的 ② 緊要的; 迫切的 ~out n. [醫] 筋疲力盡 // ~ bag [美](存放待燒毀機密文件的)焚燒袋 • the candle at both ends 過份耗費精力 ~ the midnight oil 開夜車 do a slow ~ [俚]愈來愈生氣.

burn² /bɜːn/ n. [蘇格蘭]小溪, 小河.

burnish /bɜːnɪʃ/ v. (被)擦亮; 打磨.

burp /bɜːp/ n. & v. [俚](使)打嗝.

burr [1] /bɜː/ n.【植】(栗、牛蒡等)刺果植物.

burr [2] /bɜː/ n. ① (發 r 音時小舌顫動的)粗喉音 ② 嗡嗡聲; 嘎嘎聲.

burrow /ˈbʌrəʊ/ n. (兔、狐等的)穴, 地洞 v. 挖(穴); 打(洞).

bursar /ˈbɜːsə/ n. (大學財務部門的)會計員, 出納員 ~y n. ① (大學)財務處 ② 獎學金.

burst /bɜːst/ v. (過去式及過去分詞~) ① (使)爆炸; (使)脹裂; 衝破 ② 突然出現; 突然發作 ③ (使)充滿 n. ① 突然破裂; 爆炸 ② 突發; 突然出現 // ~ into ① (感情等)突然發作; 突然…起來 ② 闖入 ~ out ① 突然說起來 ② 突然…起來.

bury /ˈberɪ/ vt. ① 埋; 埋葬 ② 埋藏; 掩蓋.

bus /bʌs/ n. 巴士, 公共汽車 v. 乘巴士; 用巴士運送 // ~ lane 巴士專用道.

busby /ˈbʌzbɪ/ n. 高頂毛皮軍帽.

bush /bʊʃ/ n. ① 灌木; 矮樹叢 ② (the ~)(一國, 尤指澳洲或非洲的)未開墾荒地 ~y adj. (毛髮)濃密的 // beat about / around the ~ [口]旁敲側擊; (說話)轉彎抹角.

bushbaby /ˈbʊʃˌbeɪbɪ/ n.【動】(一種非洲產的)嬰猴.

bushel /ˈbʊʃəl/ n. 蒲式耳(穀物計量單位, 約為三十六公升半).

business /ˈbɪznɪs/ n. ① 商業; 生意; 營業 ② 事務, 事業 ③ 職業, 工作 ④ 職責, 本份; 權利 ⑤ 商店; 企業 ~like adj. ① 井然有

條的; 有效的 ② 實事求是的 ~man, (fem.) ~woman n. (女)商人; (女)實業家 // ~ is ~ 公事公辦 mean ~ 是當真的 mind your own ~ [口]別多管閒事 no ~ of yours [口]沒有你的事.

busk /bʌsk/ v. 街頭賣藝 ~er n. 街頭藝人.

bust [1] /bʌst/ n. ① (婦女的)胸部, 胸圍 ② 半身雕像.

bust [2] /bʌst/ v. (過去式及過去分詞 ~ 或 ~ed) ① 打破 ② 逮捕; 突然搜查 adj. ① 破壞的 ② 破了產的 ~up n. ① 爭吵, 打架 ② (關係)破裂 // go ~ 破產.

bustier /ˈbʌstɪeɪ/ n. [法]婦女無肩帶緊身胸衣.

bustle [1] /ˈbʌsl/ v. (使)奔忙; (使)忙亂; 催促; 喧鬧 n. 喧鬧; 忙亂 bustling adj. 忙忙碌碌的; 喧鬧的.

bustle [2] /ˈbʌsl/ n. (以前婦女撐裙褶的)腰墊, 裙撐.

busy /ˈbɪzɪ/ adj. ① 忙的; 繁忙的; 熱鬧的 ② [美](電話)佔線, 線沒空 vt. 使忙於 busily adv. ~body n. 好管閒事的人 // as ~ as a bee 非常忙碌 ~ season 旺季.

but /bʌt, 弱 bət/ conj. ① 但是, 可是, 然而 ② 而是; 儘管…還是 ③ 除非; 若不 ④ 只能; 不得不 prep. 除…之外 adv. 只, 僅僅; 剛剛 // ~ for 要不是, 如果沒有 not only … ~ also 不但…而且… .

butane /ˈbjuːteɪn, bjuːˈteɪn/ n.【化】丁烷.

butch /bʊtʃ/ adj. [俚]男子似的, 男性化的 n. 大老粗.

butcher /ˈbʊtʃə/ n. ① 屠夫; 肉販子 ② 劊子手; 殘殺者 vt. ① 屠宰 ② 殘殺; 濫殺無辜 ~y n. ① 屠宰業 ② 屠殺.

butler /ˈbʌtlə/ n. 男管家; 主管膳食的男僕.

butt [1] /bʌt/ n. ① 粗端 ② [俚]屁股 ③ 香煙頭, 煙蒂.

butt [2] /bʌt/ n. ① 靶子; 箭垛 ② 笑柄; 抨擊的對象.

butt [3] /bʌt/ n. 大酒桶.

butt [4] /bʌt/ v. (用頭或角)頂撞; 碰撞 // ~ in 插嘴, 干擾.

butter /ˈbʌtə/ n. ① 牛油, 白脫油 ② 牛油狀的東西 vt. (在 … 上)塗牛油 // **peanut** ~ 花生醬 ~ **up** [口]拍馬屁, 巴結.

buttercup /ˈbʌtəˌkʌp/ n. 【植】毛茛.

butterfingers /ˈbʌtəˌfɪŋɡəz/ n. [口]拿不穩東西的人; 笨手笨腳的人.

butterfly /ˈbʌtəˌflaɪ/ n. ① 蝴蝶 ②[體] 蝶泳 ③ 遊手好閒的人 // **have butterflies in sb's stomach** [俚]感到緊張不安.

buttermilk /ˈbʌtəˌmɪlk/ n. 脱脂奶.

butterscotch /ˈbʌtəˌskɒtʃ/ n. 牛油硬糖.

buttery /ˈbʌtərɪ/ n. (英國大學的)食堂, 小賣部.

buttock /ˈbʌtək/ n. (半邊)屁股.

button /ˈbʌtən/ n. ① 鈕扣 ② 按鈕, 電鈕 ③ 鈕扣狀的東西; 鈕扣徽章 v. (用鈕扣)扣住; 扣上鈕扣 ~**hole** n. ① 鈕孔, 扣眼 ② 西服翻領鈕孔上插的花 vt. 強留人談話.

buttress /ˈbʌtrɪs/ n. ① 【建】扶垛, 扶壁 ② 支柱; 支持者(或物) vt. 支撐; 支持.

buxom /ˈbʌksəm/ adj. (婦女)豐滿的; 健美的.

buy /baɪ/ v. (過去式及過去分詞 **bought**) ① 買 ② (用賄賂)收買 ③ [俚]相信; 同意 n. 購得的(便宜)貨 ~**er** n. ① 買者, 顧客 ② 採購員 // ~ **out** 買下 … 全部產權 ~ **time** [口]拖延時間.

buzz /bʌz/ n. & v. ① 嗡嗡聲 ②[口](交頭接耳的)喊嘁喳喳聲 ③[俚]電話 ④ 興奮激動感 v. ① (使)嗡嗡叫 ② 喊嘁喳喳地說 ③ 用蜂音器傳呼 ~**er** n. 蜂音器(聲) ~**word** n. 流行的行話 // ~ **about / around** 匆匆地來回走動.

buzzard /ˈbʌzəd/ n. 【鳥】鵟鷹(一種食肉鷹).

by /baɪ/ adv. ① 在近旁 ② 經過 ③ (擱, 存)在一邊 prep. ① 在 … 旁; 靠近 ② 被; 由 ③ (指手段、方法)靠, 用, 通過 ④ (指時間)不遲於 ⑤ 在 … 旁邊 ⑥ 根據 ⑦ 在 … 時間 ⑧ 用 … 去乘(或除) // ~ **and** ~ [口]不久 ~ **and large** 總的説來; 大體上.

bye /baɪ/ n. or ~~ int. 再見.

by-election /ˈbaɪˌlɛkʃən/ n. (英國國會)補缺選舉.

bygone /ˈbaɪˌɡɒn/ adj. 過去的, 以前的 ~**s** n. 往事 // **let** ~**s be** ~**s** [口] 既往不咎; 捐棄前嫌.

bylaw, bye-law /ˈbaɪlɔː/ n. (地方當局所訂的)地方法.

byline /ˈbaɪˌlaɪn/ n. (報刊雜誌標題

下的)作者署名.

bypass /'baɪˌpɑːs/ *n.* ① 旁道; 小路 ②【醫】旁通管 *vt.* 迴避; 越過.

by-product /'baɪˌprɒdʌkt/ *n.* 副產品.

byre /baɪə/ *n.* 牛棚; 牛欄.

bystander /'baɪˌstændə/ *n.* 旁觀者.

byte /baɪt/ *n.*【計】(二進制的)位元組.

byway /'baɪˌweɪ/ *n.* 偏僻小路 ~s *n.* 較冷門的學科.

byword /'baɪˌwɜːd/ *n.* ① 俗諺 ② 有代表性的人(或事物); 別稱.

C

C /siː/ *n.* ① (羅馬數字)一百 ②【化】元素碳 (carbon) 的符號 *abbr.* = centigrade, celsius.

c. /siː/ *abbr.* ① = cent(s) ② = century ③ = centimetre.

Ca *abbr.*【化】元素鈣 (calcium) 的符號.

cab /kæb/ *n.* ① 出租汽車, 計程車, 的士 ② (火車、機車的)司機室, (卡車的)駕駛室.

cabal /kə'bæl/ *n.* ① 陰謀小集團; 秘密組織 ② 陰謀.

cabaret /'kæbəˌreɪ/ *n.* ① (夜總會中的)歌舞表演 ② (有歌舞表演的)夜總會.

cabbage /'kæbɪdʒ/ *n.* 椰菜; 甘藍; 洋白菜; 高麗菜; 捲心菜.

cabby, cabbie /'kæbɪ/ *n.* [口]的士司機; 計程車司機.

caber /'keɪbə, Scottish 'kebər/ *n.* 在蘇格蘭傳統競賽中用以比氣力的樹幹.

cabin /'kæbɪn/ *n.* ① 小屋, 木屋 ② 船艙; 機艙 // ~ **boy** 船上的男服務員 ~ **class** (客輪的)二等艙 ~ **crew** (客機上的全體)機組人員 ~ **cruiser** 有客艙住宿設備的汽艇.

cabinet /'kæbɪnɪt/ *n.* ① 櫥, 櫃 ② 內閣 ~**maker** *n.* 傢具木工 // ~ **drawing**【測】斜二軸測圖.

cable /'keɪbl/ *n.* ① 纜; 索; 鋼絲繩 ② 電纜; 海底電線; (海底)電報 (亦作 ~**gram**) *v.* (經 …)打電報 // ~ **car** 纜車; 索車 ~ **television** 有線電視.

caboodle /kə'buːdl/ *n.* [俚]羣, 夥, 堆 // **the whole** ~ 全部, 全體.

caboose /kə'buːs/ *n.* ① (輪船)艙面廚房 ② [美](列車長的)車務專用車廂.

cabriolet /ˌkæbrɪəʊ'leɪ/ *n.* [法](有活動頂篷的)輕便馬車.

cacao /kə'kɑːəʊ, -'keɪəʊ/ *n.*【植】可可(樹); 可可豆.

cache /kæʃ/ *n.* ① (儲藏財寶、物資的)暗窖, 地窖 ② (儲藏物) // ~ **memory**【計】緩衝記憶體(高傳輸速度的記憶裝置).

cachet /'kæʃeɪ/ *n.* ① 威望; 卓越 ② 顯示優良卓越的標誌 ③ 紀念郵戳.

cack-handed /ˌkækˈhændɪd/ adj. [口] 笨手笨腳的.

cackle /ˈkækl/ vi. ① (母雞) 咯咯叫 ② 呵呵大笑; 嘰嘰嘎嘎地講話 n. ① (母雞的) 咯咯叫聲 ② 呵呵笑聲; 嘰嘰嘎嘎的講話聲.

cacophony /kəˈkɒfənɪ/ n. 不和諧的刺耳聲音 cacophonous adj.

cactus /ˈkæktəs/ n. (pl. -tuses, -ti) 【植】仙人掌.

cad /kæd/ n. [舊] 下流人; 粗俗卑鄙的傢伙 ~dish adj. 下流的.

cadaver /kəˈdeɪvə, -ˈdɑːv-/ n. 屍體 ~ous adj. ① 蒼白的 ② 形容枯槁的.

caddie, caddy /ˈkædɪ/ n. 【高爾夫】 (為人背球棒的) 球僮 vi. 給人當球僮.

caddis fly /ˈkædɪsˌflaɪ/ n. 【昆】石蠶蛾.

caddy /ˈkædɪ/ n. ① 茶葉盒 ② = caddie.

cadence /ˈkeɪdns/ or cadency n. ① 聲音的抑揚頓挫 ② 節奏, 拍子 ③【音】樂章的結尾.

cadenza /kəˈdɛnzə/ n. 【音】華彩樂段.

cadet /kəˈdɛt/ n. ① 軍官 (或警官) 學校學員 ② 商船學校學生 // ~ corps [英] 學生軍訓隊.

cadge /kædʒ/ v. 乞得 (金錢、食物等), 乞求 ~r n. 乞丐; 二流子.

cadmium /ˈkædmɪəm/ n. 【化】鎘.

cadre /ˈkɑːdə/ n. 幹部; 骨幹.

caecum, 美式 **cecum** /ˈsiːkəm/ n. (pl. **-ca**) 【解】盲腸, 盲囊.

caesarean (caesarian) section /sɪˈzɛərɪən ˈsɛkʃən/ n.

【醫】剖腹產 (手術).

caesium, 美式 **cesium** /ˈsiːzɪəm/ n. 【化】銫.

caesura /sɪˈzjʊərə/ n. ① (詩行中的休止之) 【音】中間休止.

cafe, café /ˈkæfeɪ/ n. 咖啡館; 小餐館 cafeteria n. 自助餐廳.

caffein(e) /ˈkæfiːn, ˈkæfiˌiːn/ n. 【化】咖啡鹼, 咖啡因.

caftan /ˈkæfˌtæn, -ˌtɑːn/ n. = kaftan.

cage /keɪdʒ/ n. ① (鳥獸的) 籠, 檻 ② (礦井內的) 罐籠, 升降機 vt. 把 … 關進籠 (或檻) 內.

cag(e)y /ˈkeɪdʒɪ/ adj. ① 機警的; 謹慎的 ② 不敢表態的; 不坦率的 caginess n.

cagoule /kəˈɡuːl/ n. 帶有兜帽的輕便防雨外套.

cahoots /kəˈhuːts/ n. [美俚] 合夥; 共謀 // in ~(s) 共謀, 勾結.

cairn /kɛən/ n. (作紀念性標誌或路標等的) 錐形石堆.

caisson /kəˈsuːn, ˈkeɪs-/ n. ① 彈藥箱 ②【建】沉箱.

cajole /kəˈdʒəʊl/ vt. 哄騙, 勾引 ~ry vt. & n.

cake /keɪk/ n. ① 糕, 餅, 蛋糕 ② 一塊 (餅狀物) v. (使) 塊結; (使) 膠凝 // a piece of ~ [英俚] 容易事 have one's ~ and eat it (too), eat one's ~ and have it [口] 兼得 (截然相反的) 兩種利益.

calabash /ˈkæləˌbæʃ/ n. 【植】葫蘆.

calamine /ˈkæləˌmaɪn/ n. 【藥】爐甘石 (液).

calamity /kəˈlæmɪtɪ/ n. 災禍, 災害, 大災難 calamitous adj.

calamitously *adv.*

calcify /'kælsɪˌfaɪ/ v. ①【醫】(使)鈣化 ②(使)硬化 calcification *n.*

calcium /'kælsɪəm/ *n.*【化】鈣.

calculate /'kælkjʊˌleɪt/ v. ①計算 ②估計 ③ [美][口]以為, 認為 ~d *adj.* ①故意的; 有計劃的 ②可供…之用的 calculating *adj.* 有心計的; 為自己打算的 calculation *n.* ①計算 ②考慮; 預料 calculator *n.* 計算機; 計算者 v. (+ on / upon) 指望; 依靠 // ~d risk 預期風險.

calculus /'kælkjʊləs/ *n.* (*pl.* -li, -luses) ①【數】微積分 ②【醫】結石.

calendar /'kælɪndə/ *n.* ①日曆; 月份牌 ②曆法 ③ / solar ~ 陽曆 lunar ~ 陰曆, 農曆.

calender /'kælɪndə/ *n.* ①【機】研光機; 壓延機 ②【紡】軋光機.

calendula /kæ'lendjʊlə/ *n.*【植】金盞花.

calf /kɑːf/ *n.* (*pl.* calves) ①小牛, 犢 ②(鯨、象、海獅等)幼仔 ③小牛皮 ③腿; 腿肚子.

caliber, 美式 -er /'kælɪbə/ *n.* ①(槍炮等)口徑 ②才能 calibrate *vt.* ①校準 ②測定…的口徑 ③(在尺、秤等量具上)劃刻度 calibration *n.*

calico /'kælɪˌkəʊ/ *n.* 白棉布; 印花布.

caliph, calif, kalif, khalif /keɪlɪf, 'kæl-/ *n.* 哈里發(伊斯蘭國家政教合一領袖的尊號).

call /kɔːl/ v. ①喊, 叫 ②召請; 召集 ③稱呼; 名叫 ④ (+ on) 拜訪 ⑤認為, 看作 ⑥ (給…)打電話(亦作 ~ up) ⑦要求 *n.* ①叫; 喊聲 ②召喚 ③訪問 ④(電話)通話 ⑤必要; 需要 ⑥要求 ~er *n.* ①呼喊者 ②訪問者 ③打電話來的人 ~ing *n.* ①點名; 召集 ②職業 ③強烈慾望, 衝動 // ~ after sb 按照某人名字起名 ~ box 公用電話亭(亦作 phone booth) ~ for ①需要 ②去接(人); 去取(某物) ~ girl 應召女郎(用電話喚之妓女) ~ off 取消 ~ up ①徵召(入伍) ②打電話.

calligraphy /kə'lɪɡrəfɪ/ *n.* 書法 calligrapher, -phist *n.* 書法家.

calliper, 美式 caliper /'kælɪpə/ *n.* & v. (常用複) ①卡鉗, 兩腳規 ②(輔助腿腳無力或傷殘者走路用的)金屬支架.

callisthenics, 美式 calisthenics /ˌkælɪsˈθɛnɪks/ *n.* 柔軟體操; 健美體操 ca(l)listhenic *adj.*

callous /'kæləs/ *adj.* ①(指皮膚)硬結的, 起老繭的 ②(指人)無情的, 硬心腸的 ~ed *adj.* 起繭的 ~ly *adv.* 無情的 ~ness *n.*

callow /'kæləʊ/ *adj.* ①羽毛未豐的 ②未成熟的; 沒經驗的.

callus /'kæləs/ *n.* or callosity *n.*【醫】胼胝; 硬繭.

calm /kɑːm/ *adj.* ①(指天氣)平靜無風的; (指海)風平浪靜的 ②鎮靜的; 沉着的 *n.* ①平靜; 無風 ②鎮定 v. (使)安靜, (使)鎮定 ~ly *adv.* ~ness *n.*

calomel /'kæləˌmɛl, -məl/ *n.*【化】甘汞.

calorie, calory /'kælərɪ/ *n.*【物】(熱

量單位)卡(路里)calorific *adj.* 含熱量的; 熱量的 calorimeter *n.* 熱量計.

calumny /ˈkæləmnɪ/ *n.* 誹謗; 中傷; 誣衊 calumniate *vt.* calumnious *adj.* calumniously *adv.*

Calvinism /ˈkælvɪˌnɪzəm/ *n.* 【宗】加爾文派主義 Calvinist *n.* 加爾文派教徒.

calypso /kəˈlɪpsəʊ/ *n.* (西印度羣島)卡利普索民歌(即興小調).

calyx /ˈkeɪlɪks, ˈkælɪks/ *n.* 【植】花萼.

cam /kæm/ *n.* 【機】凸輪 ~shaft *n.* 【機】凸輪軸.

camaraderie /ˌkæməˈrɑːdərɪ/ *n.* [法]情誼, 友愛.

camaron /ˌkæməˈrəʊn, ˈkæməˌrɒn/ *n.* 【動】(淡水)大斑節蝦.

camber /ˈkæmbə/ *n.* (道路等的)中凸形; 反彎度 // ~ angle【機】外傾角.

cambric /ˈkeɪmbrɪk/ *n.* 亞麻布.

camcorder /ˈkæmˌkɔːdə/ *n.* (手提式)攝錄放影機.

came /keɪm/ *v.* come 的過去式.

camel /ˈkæməl/ *n.* 駱駝 ~hair *n.* 駝絨(亦作 ~'s hair).

camellia /kəˈmiːlɪə/ *n.* 山茶(花).

Camembert /ˈkæməmˌbeə, kamãber/ *n.* 金文拔芝士, 卡門培爾乾酪(一種法國軟乾芝士).

cameo /ˈkæmɪˌəʊ/ *n.* 浮雕寶石(刻有浮雕的小寶石, 尤指有一層為背景, 一層為浮雕的兩種不同顏色的寶石).

camera /ˈkæmərə, ˈkæmrə/ *n.* 照相機; 攝影機 ~man *n.* 攝影師, 攝

影記者 // in ~ (審訊)秘密地, 禁止旁聽.

camiknickers /ˈkæmɪˌnɪkəz/ *pl. n.* 女裝連褲內衣.

camisole /ˈkæmɪˌsəʊl/ *n.* 女裝吊帶內衣; 婦女穿的類似睡衣的寬鬆長袍.

camomile /ˈkæməˌmaɪl/ *n.*【植】甘菊(花).

camouflage /ˈkæməˌflɑːʒ/ *n.* ① 偽裝 ② 隱瞞; 掩飾 ③ [喻]幌子.

camp¹ /kæmp/ *n.* ① 野營; 露營地 ② 陣營 *vi.* ① 露營; 宿營 ② 在某地紮營 ~er *n.* ① 露營者 ② [美]露營車 ~fire *n.* 營火(會) // ~ bed 行軍床 ~ chair 摺椅~ stool 摺櫈.

camp² /kæmp/ *adj.* [口] ① 同性戀的 ② (指男人)女子氣的; 忸怩作態的 // ~ it up [口]忸怩作態地動作.

campaign /kæmˈpeɪn/ *n.* ①【軍】戰役 ②【政】競選活動; 運動 *vi.* ① 參加(或從事)某項運動 ② 從軍, 出征.

companology /ˌkæmpəˈnɒlədʒɪ/ *n.* 鳴鐘法; 鑄鐘術.

camphor /ˈkæmfə/ *n.* 樟腦 // ~ ball 樟腦丸.

campion /ˈkæmpɪən/ *n.*【植】石竹科植物(的花).

campus /ˈkæmpəs/ *n.* (大學)校園.

can¹ /kæn, 弱 kən/ *v. aux.* (過去式 could) ① 能; 會 ② 可能; 可以 // ~not but 不得不 ~not help (doing sth) 不禁, 忍不住(要做某事).

can² /kæn/ *n.* = [英]tin [美]罐

頭; 鐵罐 vt. 裝進罐中; 裝成罐頭 ~nery n. 罐頭食品廠 // ~ned food (= [英]tinned food) 罐頭食品.

Canadian /kəˈneɪdɪən/ adj. 加拿大(人)的 n. 加拿大人.

canal /kəˈnæl/ n. ① 運河; 灌渠 ②【解】(人體內的)管道.

canapé /ˈkænəpeɪ, -ˌpeɪ/ n. (上加魚、肉、芝士佐酒用的)開胃餅乾(或烤麵包).

canard /kæˈnɑːd, kanar/ n. 謠言; 謊報; 誤傳.

canary /kəˈnɛərɪ/ n. 金絲雀.

canasta /kəˈnæstə/ n. 凱納斯特(用兩副紙牌玩的牌戲).

cancan /ˈkænˌkæn/ n. [法]康康舞(婦女跳的一種高踢腿輕快舞步).

cancel /ˈkænsˀl/ vt. ① 刪去 ② 取消 ③ 注銷; 勾銷(支票、郵票等) ~iation n. // ~ out 抵消.

cancer /ˈkænsə/ n. 癌; 癌症 ~ous adj.

candela /kænˈdiːlə, -ˈdeɪlə/ n.【物】燭光.

candelabrum /ˌkændɪˈlɑːbrəm/ or **candelabra** n. 枝狀燭台, 燭架.

candid /ˈkændɪd/ adj. 坦率的; 正直的 ~ly adj.

candidate /ˈkændɪˌdeɪt, -dɪt/ n. 候選人; 應徵人; 應試者 candidacy, candidature n. 候選(人)資格(或身份).

candle /ˈkændˀl/ n. 蠟燭 ~power n.【物】燭光 ~stick n. 燭台 ~wick n. 燭芯 // not worth the ~ [英俚]得不償失.

candour, 美式 candor /ˈkændə/ n. 正直; 坦率.

candy /ˈkændɪ/ n. ① 冰糖 ②[美]糖果([英]亦作 sweets) v. ① 把 … 煮成結晶; (使)結晶成糖塊 ② 把(水果等)用糖煮成蜜餞 ~floss n. 棉花糖 [美]亦作 cotton ~) ~-striped adj. (織物)有條紋相間圖案的 ~ store 糖果店.

candytuft /ˈkændɪˌtʌft/ n.【植】白蜀葵.

cane /keɪn/ n. ①(竹、藤等)莖 ② 手杖 ③ 藤條, 笞杖 ④ = sugar ~ 甘蔗 vt. 用藤條打 // ~ chair 藤椅 ~ sugar 蔗糖 to get / give the ~ 受到或者給以笞杖的處罰.

canine /ˈkeɪnaɪn, ˈkæn-/ adj. (像)狗的; 犬屬的 ~tooth n. (人的)犬齒.

canister /ˈkænɪstə/ n. ①(金屬)罐 ②【軍】霰彈筒 // ~ of tear gas 催淚彈.

canker /ˈkæŋkə/ n. ①【植】黑腐病 ②【醫】潰瘍; 口瘡 ③ 腐敗; 毒害; 弊端 v. (使)患潰瘍; (使)生黑腐病; (使)腐敗 ~ous adj.

cannabis /ˈkænəbɪs/ adj. ①【植】大麻 ②【毒】大麻煙.

cannel(l)oni /ˌkænɪˈləʊnɪ/ pl. n. 烤碎肉麵卷.

cannibal /ˈkænɪbˀl/ n. ① 食人者 ② 同類相食的動物 ~ism n. 吃人肉的習性; 同類相食 ~ize vt. (用拆下的零件)修理(另一機器).

cannon¹ /ˈkænən/ n. ① 大炮 ②(戰門機上的)機關炮 ~ade n. [舊]連續炮轟 // ~ fodder 炮灰.

cannon² /ˈkænən/ n.【桌球】連

撞兩球 v. ①【桌球】連撞兩球 ② 碰撞.

cannot /ˈkænɒt, kæˈnɒt/ v. ① 不能; 不會 ② 不可能; 不可以.

canny /ˈkænɪ/ adj. 精明的; 謹慎的.

canoe /kəˈnuː/ n. ① 獨木舟; 小划子 vi. 乘(或划)獨木舟.

canon¹ /ˈkænən/ n. ① 教規 ② 規範; 準則 ③ (作家的)真作; 真傳 經典 ~ical form【語】標準(或規範)句型.

canon² /ˈkænən/ n. 大教堂教士會 的牧師 ~ize v.【宗】封…為學者.

canoodle /kəˈnuːdʰl/ vi. [俚]撫愛, 擁抱; 接吻.

canopy /ˈkænəpɪ/ n. ① (床、王座 等上面的)罩篷; 華蓋 ② 天篷 ③【植】林冠 vt. 用天篷遮蓋.

cant¹ /kænt/ n. ① 假話 ② 行話; 黑話.

cant² /kænt/ n. ① 斜坡; 斜面; 斜 角 ② 斜撐, 斜推 v. (使)傾斜.

can't /kɑːnt/ abbr. = cannot.

cantaloup(e) /ˈkæntəluːp/ n.【植】 甜瓜.

cantankerous /kænˈtæŋkərəs/ adj. 脾氣壞的; 愛爭吵的.

cantata /kænˈtɑːtə/ n.【音】大合 唱; 清唱劇.

canteen /kænˈtiːn/ n. ① (工廠、兵 營內的)食堂 ② 小賣部 ③ 食具箱 ④【軍】水壺.

canter /ˈkæntə/ n. (馬的)慢跑 v. (使)慢跑.

canticle /ˈkæntɪkʰl/ n. (宗教)頌歌, 讚美詩.

cantilever /ˈkæntɪˌliːvə/ n. (橋樑的) 懸臂, 肱樑; 支架 // ~ bridge 懸 臂橋.

canto /ˈkæntəʊ/ n. (長詩的)篇章.

cantor /ˈkæntɔː/ n. ① (猶太教堂 中)祈禱文的領誦者 ② 教堂合 唱團的領唱者.

canvas /ˈkænvəs/ n. ① 帆布 ② 油 畫.

canvass /ˈkænvəs/ v. & n. ① (進行) 遊說活動(拉票等); 兜售(貨物 等) ② 民意調查 ③ 仔細檢查, 討論或鑽研問題.

canyon /ˈkænjən/ n. 峽谷 ~eeing /【體】峽谷漂流.

cap /kæp/ n. ① (無邊)軟帽 ② (瓶) 蓋; (筆帽)③ (經費等的)最高 限度 vt. ① 給…戴帽; 覆蓋 ② 給…定限額 ③ 勝過.

capability /ˌkeɪpəˈbɪlɪtɪ/ n. ① 能力; 才能 ② 性能 ③ (常用複)潛在能 力 ④ 容量.

capable /ˈkeɪpəbʰl/ adj. ① 有能力 的; 能幹的 ② (指事物)能…的; 易於…的 // ~ of ① 有…能力的 ② (指事物)有…可能的; 有… 傾向的; 易於…的.

capacious /kəˈpeɪʃəs/ adj. ① 廣闊 的, 寬敞的 ② 氣量大的.

capacitor /kəˈpæsɪtə/ n.【電】電容 器.

capacity /kəˈpæsɪtɪ/ n. ① 容積; 容 量 ② 能量; 生產力 ③ 能力; 智 能; 才能 ④ 職位; 身份; 資格 // filled to ~ 全滿, 客滿.

caparisoned /kəˈpærɪsˈnd/ adj. 衣着 華麗的.

capa¹ /ˈkæpə/ n. 披肩; 短斗篷.

capa² /ˈkæpə/ n. 岬, 海角.

caper¹ /ˈkeɪpə/ n. 跳躍; 雀躍 // **cut a ~, cut ~s** [口] ① 雀躍; 嬉戲 ② 做出愚蠢的行為.

caper² /ˈkeɪpə/ n. 馬檳榔屬植物.

capercaillie /ˌkæpəˈkeɪljɪ/ n.【鳥】松雞.

capillary /kəˈpɪləri/ n. & adj. 毛細管(作用的); 毛髮狀的 // **~ attraction** 毛細管作用.

capital /ˈkæpɪt'l/ n. ① 首都; 首府; 省會 ② 大寫字母 ③ 資本; 資方 adj. ① 主要的, 首要的 ② 可處極刑的 int. 好極了! // **make ~ of** 利用.

capitalism /ˈkæpɪtəˌlɪzəm/ n. 資本主義 **capitalist** n. 資本家 adj. 資本主義的.

capitalize, -se /ˈkæpɪtəlaɪz/ vt. ① 用大寫字母寫(或排印) ② 變成資本 // **~ on** 利用.

capitation /ˌkæpɪˈteɪʃən/ n. 人頭稅; 按人收取或支付的費用.

Capitol /ˈkæpɪt'l/ n. (the ~)(美國) 國會大廈 // **~ Hill** (美國)國會.

capitulate /kəˈpɪtjuleɪt/ vi. (有條件的)投降 **capitulation** n. ① 有條件的投降 ② 投降的條約.

capon /ˈkeɪpən/ n. (育肥以供食用的)閹雞.

cappuccino /ˌkæpuˈtʃiːnəʊ/ n. (意大利生產的)泡沫咖啡, 卡布奇諾咖啡(加牛奶用蒸氣加熱造成).

caprice /kəˈpriːs/ n. ① 反覆無常; 任性; 多變 ② 怪想 **capricious** adj. **capriciously** adv.

capsicum /ˈkæpsɪkəm/ n. = pepper

辣椒.

capsize /kæpˈsaɪz/ v. (船等)傾覆; 使(船等)傾覆.

capstan /ˈkæpstən/ n. 絞盤, 起錨機.

capsule /ˈkæpsjuːl/ n. ①【植】蒴果, 莢 ②【藥】膠囊 ③【生理】莢膜, 囊 ④ 瓶帽 ⑤ 太空艙, 密閉艙.

captain /ˈkæptɪn/ n. ① 船長; 艦長; (民航機)機長 ② (海、空軍)上校 ③ (陸軍)上尉 ④ 隊長; 首領 vt. 當……的隊長; 統率 ~**cy** n. // **~ of industry** 工業界巨頭.

caption /ˈkæpʃən/ n. ① 標題 ② (圖片)說明; (影視)字幕.

captious /ˈkæpʃəs/ adj. 吹毛求疵的; 挑剔的 ~**ly** adv. ~**ness** n.

captivate /ˈkæptɪveɪt/ vt. 迷惑.

captive /ˈkæptɪv/ n. 俘虜; 捕獲物 adj. 被囚禁的; 被俘虜的 **captivity** n. 囚禁; 被俘 **captor** n. 捕捉者 // **hold sb** ~ 俘虜某人.

capture /ˈkæptʃə/ vt. ① 俘獲; 捕獲; 捉拿 ② 攻佔; 奪取 ③ 贏得, 引起(注意) n. 俘獲; 捕獲(物); 戰利品.

car /kɑː/ n. ① 汽車 ② 電車; 火車(車廂); 客車 ~**phone** n. 汽車電話 ~**sick-ness** n. 暈車的 // **~ crash** ① 車禍 ② [喻]失敗, 垮台 ~ **park** 停車場 ~ **pool** 合夥輪流用車.

carafe /kəˈræf, -ˈrɑːf/ n. (餐桌上的)玻璃水瓶; 飲料瓶.

caramel /ˈkærəməl, -ˌmɛl/ n. ① 焦糖 ② 飴糖.

carapace /ˈkærəˌpeɪs/ or carapax

/ˈkærəpæks/ *n.* 龜和甲殼類動物堅硬的外殼.

carat /ˈkærət/ *n.* ① 克拉(寶石的重量單位) ② 開(黃金的成色單位).

caravan /ˈkærəˌvæn/ *n.* ① 旅行隊; 商旅隊 ② 大篷車 **~sary, ~serai** *n. & adj.* (東方國家的)商隊旅店, 大車店.

caraway /ˈkærəˌweɪ/ *n.* 【植】葛縷子(其籽可用作調味品).

carbide /ˈkɑːbaɪd/ *n.* 【化】① 碳化物 ② [口]碳化鈣.

carbine /ˈkɑːbaɪn/ *n.* 卡賓槍; 馬槍.

carbohydrate /ˌkɑːbəʊˈhaɪdreɪt/ *n.* ①【化】碳水化合物, 醣類 ② (麵包、餅乾、馬鈴薯等)含醣的食物.

carbolic /kɑːˈbɒlɪk/ *adj.* 碳的 // **~ acid** 石碳酸.

carbon /ˈkɑːbᵊn/ *n.* ①【化】碳 ② 碳精棒 ③ 複寫紙(亦作 **~ paper**) // **~ copy** ① 複寫的副本 ② 極相似的人(或物) **~ dioxide** 二氧化碳 **~ic acid** 碳酸.

carbonate /ˈkɑːbəˌneɪt/ *n.* 碳酸鹽 *vt.* 給⋯充碳酸氣 **carbonation** *n.*

carboniferous /ˌkɑːbəˈnɪfərəs/ *adj.* 產生碳和煤的; 含碳的; (C-)【地質】*adj.* 石碳紀的 *n.* 石碳紀(亦作 **C- Period**).

Carborundum /ˌkɑːbəˈrʌndəm/ *n.* ① 金鋼砂(商標名)②【化】碳化硅.

carboy /ˈkɑːbɔɪ/ *n.* (有保護性包裝的)玻璃大瓶.

carbuncle /ˈkɑːbʌŋkᵊl/ *n.* ① 紅寶石 ②【醫】癰.

carburettor, -er /ˌkɑːbjʊˈrɛtə/ *n.* or 美式 **carburetor** /ˈkɑːbəˌrɛtər/, -ˈ 【機】汽化器, 化油器.

carcass, -case /ˈkɑːkəs/ *n.* (動物)屍體; (牲畜屠宰後的)軀體.

carcinogen /ˈkɑːsɪnədʒən, ˈkɑːsɪnəˌdʒɛn, [美] kɑrˈsɪnədʒən/ *n.*【醫】致癌物質 **~ic** *adj.*

carcinoma /ˌkɑːsɪˈnəʊmə/ *n.*【醫】癌, 惡性腫瘤.

card [1] /kɑːd/ *n.* ① 卡片; 名片; 信用卡 ② 紙牌; 撲克牌(亦作 **playing ~**) ③ (*pl.*)紙牌戲 **~board** *n.* 紙板 **~sharp(er)** 打牌作弊的賭徒 // **~ index** 卡通目錄; 卡片索引.

card [2] /kɑːd/ *n.*【紡】梳棉(或梳毛、梳麻)機.

cardamom, -mum /ˈkɑːdəməm/ *n.* or **-mon** /ˈkɑːdəˌmɒn/ *n.* 小豆蔻.

cardiac /ˈkɑːdɪˌæk/ *adj.* 心臟(病)的.

cardinal /ˈkɑːdɪnᵊl/ *adj.* 最重要的; 主要的; 基本的.

cardiogram /ˈkɑːdɪəʊˌgræm/ *n.* 心電圖.

cardiograph /ˈkɑːdɪəʊˌgrɑːf, -ˌgræf/ *n.* 心電圖儀器.

cardiology /ˌkɑːdɪˈɒlədʒɪ/ *n.* 心臟病學 **cardiologist** *n.* 心臟病(學)專家.

cardiovascular /ˌkɑːdɪəʊˈvæskjʊlə/ *adj.*【醫】心血管的.

cardigan /ˈkɑːdɪgən/ *n.* 羊毛衫, 對襟毛衣.

cardinal /ˈkɑːdɪnᵊl/ *adj.* ① 主要的,

最重要的 ② 深紅的 n.【宗】紅衣主教, 樞機主教 ③ 基數(亦作 ~ number) // ~ points (羅盤上的四個)方位基點.

care /keə/ n. ① 注意; 留心; 謹慎 ② 照應; 照顧; 看護 ③ 擔心, 掛慮 v. ① 關心, 在意, 憂慮 ② (+ for) 喜歡 ③ 照顧, 照應 ④ (+ 不定式) 願意 ~**ful** adj. 小心的, 仔細的 ~**fully** adv. ~**fulness** n. ~**less** adj. ① 不小心的, 不謹慎的 ② 草率的, 疏忽大意的 ③ 無憂無慮的 ~**lessly** adv. ~**lessness** n. ~**free** adj. 無憂無慮的 ~**laden** adj. 憂心忡忡的 ~**worn** adj. 操心的, 焦慮的 // ~ **assistant** / **worker** (醫院裏照顧病人的)護理人員.

careen /kə'riːn/ v. ① 使(船)側傾; (船)側傾 ② (車輛)左右傾斜地行駛.

career /kə'rɪə/ n. ① 經歷; 生涯 ② 專業, 職業 ③ 急駛; 全速飛跑 vi. 衝刺; 飛跑 ~**ist** n. 野心家; 追逐名利者 // ~ **woman** / **girl** 職業婦女 in full ~ 全速前進.

caress /kə'res/ n. & vt. 愛撫; 擁抱.

caret /'kærɪt/ n. 加字符號(∧或∨); 脫字號, 插入符號(∧).

cargo /'kɑːɡəʊ/ n. (pl. -**go(e)s**) 船(或車、飛機上的)貨物.

caribou /'kærɪ,buː/ n. (北美)馴鹿.

caricature /'kærɪkə,tjʊə/ n. & vt. (畫)漫畫; (畫)諷刺畫 caricaturist n. 漫畫家.

caries /'keəriːz/ n.【醫】① 齲齒 ② 骨瘍.

carillon /kə'rɪljən/ n.【音】(掛在鐘樓上的)編鐘; 編鐘樂曲.

carmine /'kɑːmaɪn/ n. & adj. 洋紅色(的), 深紅色(的).

carnage /'kɑːnɪdʒ/ n. 大屠殺, 殘殺.

carnal /'kɑːnʲl/ adj. 肉體的; 性慾的 // ~ **knowledge** 性經驗; 性關係.

carnation /kɑː'neɪʃən/ n. ①【植】荷蘭石竹, 康乃馨 ② 粉紅色.

carnival /'kɑːnɪvʲl/ n. ① (天主教國家的)狂歡節; 嘉年華會 ② 狂歡; 歡宴.

carnivore /'kɑːnɪ,vɔː/ n. 食物動物 carnivorous adj.

carob /'kærəb/ n. ①【植】角豆樹(亦作 ~ **tree**) ② 角豆莢(亦作 ~ **bean**)(可食用的植物, 亦可用作巧克力的代用品).

carol /'kærəl/ n. 頌歌; 聖誕頌歌 v. ① 唱頌歌 ② 歡唱.

carotid (artery) /kə'brɒtɪd ˈɑːtəri/ n. & adj.【解】頸動脈(的) n. 頸動脈.

carouse /kə'raʊz/ n. 暢飲狂歡, 痛飲 carousal n. 喜闹的酒宴.

carousel /,kærə'sel, -'zel/ n. ① 旋轉式行李傳送帶 ② [美](遊樂園中的)旋轉木馬[英]亦作 merry-go-round.

carp¹ /kɑːp/ n. 鯉魚.

carp² /kɑːp/ v. 挑剔, 吹毛求疵 ~**ing** adj.

carpel /'kɑːpʲl/ n.【植】心皮.

carpenter /'kɑːpɪntə/ n. 木匠 carpentry n. 木匠手藝, 木工工作.

carpet /'kɑːpɪt/ n. 地毯 vt. 鋪上地

毯 ~bagger n. [貶](企圖在當地謀得一官半職的)外地政客 // on the ~ ① [俚]受訓斥 ② [英口]在審議中; 在考慮中.

carpus /ˈkɑːpəs/ n. (pl. -pi) [解] 腕(骨) carpal adj.

carriage /ˈkærɪdʒ/ n. ① (四輪)馬車 ② [英](鐵路)客車車廂[美]亦作 car) ③ 運費; 貨運 ④ (儀用單)姿態 ⑤ [機]車架, 台架 ~way n. 車行道 // ~ forward [英] 運費由收件人支付 ~ free / paid 運費免付/已付.

carrier /ˈkærɪə/ n. ① 搬運(工)人; 運輸公司 ② (自行車等)行李架 ③ 運載工具; 運輸艦; 航空母艦(亦作 aircraft ~) ④ [醫]帶菌者 // ~ bag [英](用塑料或厚紙造的)手提購物袋 ~ pigeon 信鴿(亦作 homing pigeon).

carrion /ˈkærɪən/ n. 腐肉 // ~ crow (吃腐肉的歐洲)大烏鴉.

carrot /ˈkærət/ n. ① 胡蘿蔔 ② 物質獎勵 ~y adj. 橘紅色的; 紅髮的 // (the) stick and (the) ~ 胡蘿蔔加大棒的, 軟硬兼施的.

carry /ˈkærɪ/ v. ① 搬運, 運送 ② 攜帶; 佩帶 ③ 傳送; 傳播 ④ 支持; 支撐 ⑤ 登載(消息等) ⑥ 推進; 使延長; 贏得; 奪得 ⑦ (使)獲得贊同(或通過) ~cot n. (便攜式)嬰兒床 // ~ away ① 帶走; 搬走; 沖走 ② 使陶醉; 使失去自制 ~ forward ① 把一筆錢(款項)轉入(次頁或下期) ~ off ① 帶去(生命) ② 得(獎) ③ 輕易地完成(任務) ~ on ① 進行; 繼續 ② [口]舉止失措 ③ (+ with) [口]

與 … 發生曖昧關係 ~ out 執行; 貫徹; 實現 ~ through 堅持到底; 完成.

cart /kɑːt/ n. (兩輪)運貨馬車, 大車; 手推車 vt. ① 用大車裝運 ② 押走 ~er n. 趕大車工人 ~horse n. 拉貨車的馬 // put the ~ before the horse 本末倒置.

carte blanche /kɑːt ˈblɑːntʃ, kɑːt blɑːʃ/ n. [法]全權委任; 自由處理權.

cartel /kɑːˈtɛl/ n. 卡特爾; 同業聯盟(同業為減少競爭而組成的聯盟).

cartilage /ˈkɑːtɪlɪdʒ, ˈkɑːtɪlɪdʒ/ n. [解]軟骨 cartilaginous n.

c(h)artography /kɑːˈtɒɡrəfɪ/ n. 製圖(學) c(h)artographer n. 製圖員.

carton /ˈkɑːtᵊn/ n. 紙板盒(箱).

cartoon /kɑːˈtuːn/ n. ① 幽默或諷刺畫; 連環漫畫 ② 卡通, 動畫(亦作 animated ~) ③ 草圖, 底圖 ~ist n. 漫畫家; 動畫片畫家.

cartridge /ˈkɑːtrɪdʒ/ n. ① 彈藥筒; 子彈 ② (打印機的)墨盒或碳粉盒 ③ 膠卷(軟片)盒 // ~ paper 厚白紙, 繪圖紙.

cartwheel /ˈkɑːtwiːl/ n. ① 側翻筋斗 ② 大車輪.

carve /kɑːv/ n. ① 雕刻 (把熟肉等)切成片或塊 ~r n. ① 雕刻者 ② 切肉人; 切肉刀 carving n. 雕刻(品) ~up n. 分得一份 // ~ out 切出(職位、名利等) ~ up 瓜分, 劃分.

caryatid /ˌkærɪˈætɪd/ n. [建]女像柱(雕成婦女形狀的建築物支柱).

Casanova /ˌkæsəˈnəʊvə/ n. 意大利花花公子卡薩諾瓦式的人物; 喜歡在女人中間廝混、生活放蕩的男人.

cascade /kæˈskeɪd/ n. ① 小瀑布 ② (瀑布狀)下垂之物 v. (使)瀑布般大量落下.

case [1] /keɪs/ n. ① 情況, 情形 ② 事實, 實情 ③ 事例, 實例 ④【醫】病人; 病症 ⑤【律】案件, 判例 ⑥【語】格 // ~ **history** ①【醫】病歷 ② 個人歷史 **in any** ~ 無論如何; 總之 **in** ~ ① 假若 ② 免得; 以防 **in** ~ **of** ~ 萬一; 如果遇到…的時候 **in no** ~ 決不; 無論如何也不.

case [2] /keɪs/ n. ① 箱子, 盒子 ② 殼子; 套子 ③ 框子; 架子 vt. ① 把…裝入箱(盒等) ②[俚](竊賊行竊前)窺察(作案現場), 勘道, 踩點 **~-harden** vt. ①【冶】使(鐵合金)表面硬化, 淬火 ② 使麻木不仁; 使冷酷無情.

casement /ˈkeɪsmənt/ n. 門式窗(亦作 ~ **window**).

cash /kæʃ/ n. 現金, 現款 vt. 兌現(支票等) // ~ **card** 提款卡 ~ **crop**【農】商品作物 ~ **dispenser**, ~ **point**, ~ **machine** 自動提款機 ~ **register** 現金出納機 ~ **in on**[口]利用; 從中取利 ~ **on delivery** (略作 C. O. D.)貨到付款.

cashew (nut) /ˈkæʃuː, kæˈʃuː/ n. (美洲產的熱帶植物)檟如樹; 腰果(檟如樹果仁).

cashier /kæˈʃɪə/ n. 出納員 vt. 撤職; 罷免.

cashmere, kashmir /ˈkæʃmɪə/ n. 羊絨, 茄士咩(一種細毛線); 開士米織物.

casing /ˈkeɪsɪŋ/ n. ① 包裝(箱、袋、筒等的總稱) ② 外胎; 套管 ③ 窗框, 門框.

casino /kəˈsiːnəʊ/ n. 娛樂場; (尤指)賭場.

cask /kɑːsk/ n. 桶.

casket /ˈkɑːskɪt/ n. ① 首飾盒 ② [美]棺材.

cassava /kəˈsɑːvə/ n. ①【植】木薯 ② 木薯根澱粉.

casserole /ˈkæsərəʊl/ n. ① 砂鍋 ② (用砂鍋燒的)菜餚 v. 用砂鍋燒煮(菜餚).

cassette /kæˈset/ n. ① 膠卷(軟片)盒 ② 收納盒, 工具盒.

cassock /ˈkæsək/ n. (教士穿的)黑袍法衣; 長袍.

cassowary /ˈkæsəˌweərɪ/ n.【動】(澳洲及新畿內亞產的)食火雞.

cast /kɑːst/ v.(過去式及過去分詞 ~) ① 投, 拋, 扔, 擲 ② 脫落 ③ 投射(影子、眼光等) ④ 計算; 加 ⑤ 分派(演員的角色) ⑥ 鑄(造) n. ① 投, 擲 ② 模子; 鑄件; 模製品 ③ 蛇蛻 ④ 特徵, 特性 ⑤ 演員表 ⑥ 輕微斜視 ~**away** n. 坐船遇難者~**ing** n. ① 鑄件 ② 演員的選派 ~**ing-vote** n. (贊成和反對票數相同時, 主席所投的)決定性一票 ~**-iron** adj. ① 鑄鐵製的 ② 剛直的, 不可通融的 ~**-off** adj. 被捨棄的 // ~ **about / around for** 到處尋找 ~ **away** ① 擯棄 ② 使(船)失事 ③ 使乘船遇難者飄

流到岸上 ~ **down** 使沮喪 ~ **off**
① 解(船)纜 ② 放棄, 拋棄.

castanets /ˌkæstəˈnets/ *pl. n.* 【音】
(跳西班牙舞時使用的)響板.

caste /kɑːst/ *n.* ① (印度的)種姓
② (世襲的)社會等級 // **lose** ~ 失
去社會地位.

castellated /ˈkæstɪˌleɪtɪd/ *adj.* 造成
城堡形狀的; 建有城堡的.

caster, -or /ˈkɑːstə/ *n.* ① (傢
具、機器小腳輪 ② 調味瓶 //
~ **angle** 【機】後傾角 ~ **sugar** 細
白砂糖.

castigate /ˈkæstɪˌgeɪt/ *vt.* 【書】申斥;
嚴厲批評; 懲戒 castigation *n.*

castle /ˈkɑːsl/ *n.* ① 城堡 ② (國際
象棋的)城堡, 車 // ~ **in the air**,
~ **in Spain** 白日夢, 空中樓閣.

castor oil /ˈkɑːstə ɔɪl/ *n.* 蓖麻油.

castrate /kæˈstreɪt/ *vt.* ① 閹割;
去勢 ② 使喪失精力 ③ 刪除
castration *n.*

casual /ˈkæʒjʊəl/ *adj.* ① 偶然的
② 不注意的; 漫不經心的 ③ 臨
時的; 不定期的 ④ 非正式的; 隨
便的 ~**ly** *adv.*

casualty /ˈkæʒjʊəltɪ/ *n.*
① (事故或戰爭中的)傷亡者,
損失物 ② (*pl.*)傷亡(人數) ③ =
~ **department** 急症室 // ~ **ward**
(傷病員的)急救室.

casuistry /ˈkæʒjɔɪstrɪ/ *n.* 詭辯(術)
casuist *n.* 詭辯家.

CAT /siː ei tiː/ *abbr.* = computerized
axial tomography 【醫】X 射線軸
斷層攝影, CT 掃瞄.

cat [1] /kæt/ *abbr.* = catalytic
converter (汽車排氣淨化用的)催
化轉化器.

cat [2] /kæt/ *n.* ① 貓; (虎、獅等)
貓科動物 ② [口]心胸狠毒的
女人 ③ 【海】起錨滑車 ④ =
~ **burglar** [英] (爬牆入屋的)
飛賊 ~ **flap** 貓門, ~**ty, ~tish** *adj.*
[口]狠毒的 ~**call** *n.* (表示不滿
的)噓噓聲 ~**gut** *n.* (弦樂器的)
羊腸線 ~**nap** *v. & n.* (日)瞌睡
~-**o'-nine-tails** *n.* 九尾鞭 ~**seye**,
~**'s eye** *n.* (道路中指示行車方向
的)反光裝置 ~**'s-paw** *n.* 被人利
用的人 ~**walk** *n.* 狹窄的過道 //
~ **and dog life** 經常吵吵的生活
~ **burglar** (由屋頂潛入的)竊賊
let the ~ out of the bag [口]泄露
秘密, 露馬腳 **rain ~s and dogs**
下傾盆大雨.

cataclysm /ˈkætəˌklɪzm/ *n.* ① (地
震、洪水等)大災變 ② (政治、
社會的)大變動 ~**ic** *adj.*

catacomb /ˈkætəˌkəʊm, -ˌkuːm/ *n.*
(常用複)塞窖, 陵墓.

catafalque /ˈkætəˌfælk/ or catafalco
/ˌkætəˈfælkəʊ/ *n.* 靈柩台(車).

catalepsy /ˈkætəˌlepsɪ/ *n.* 【醫】強
直性昏厥, 僵住症 cataleptic *adj.*

catalogue, 美式 catalog /ˈkætəlɒɡ/
n. (圖書、商品等)目錄 *v.* (為 ⋯)
編目錄; (把 ⋯)編入目錄.

catalyst /ˈkætəlɪst/ *n.* 【化】觸煤,
接觸劑, 催化劑 catalyse *vt.* 【化】
催化 catalysis *n.* catalytic *adj.*

catamaran /ˌkætəməˈræn/ *n.* 雙體
小船.

catapult /ˈkætəˌpʌlt/ *n.* ① 彈弓
② (古代)石弩, 投石機 ③ (導
彈、飛機的)彈射機 *v.* ① 用彈

弓射擊 ② 用彈弓(彈射機)發射
③ 突然將…拋出.

cataract /'kætəˌrækt/ n. ① 大瀑布
② 【醫】白內障.

catarrh /kə'tɑː/ n. 【醫】卡他; (鼻喉)黏膜炎.

catastrophe /kə'tæstrəfi/ n. 大災禍, 大災難 catastrophic adj.

catatonia /ˌkætə'təʊnɪə/ n. 【醫】緊張性精神分裂症 catatonic adj.

catch /kætʃ/ v. (過去式及過去分詞 caught) ① 抓住; 捕(獲); 接住; 截住 ② 及時趕上(火車等) ③ 無意中發現, 撞見 ④ 染上(病); 着(火) ⑤ 聽清楚; 理解 ⑥ 掛住, 絆住, 鉤住 ⑦ 屏住(呼吸) ⑧ 抓; 接球 ⑨ 捕獲物 ③ (窗)鉤; (門)鉤; 料不到的困難 ~ing adj. (指疾病)傳染的 ~y adj. (指曲調)動聽的; 易記的 ~phrase, ~word n. 時髦話, 流行語; 標語 // 難以擺脫的困境 // ~ it [口]挨罵; 受罰 ~ on [口] ① 風行 ② 理解 ~ out [口]看出(破綻); 發覺(錯誤) ~ up (with) 趕上.

catchment area /'kætʃmənt ɛərɪə/ n. ① (地區醫院的)服務地區 ② (供雨水流入的)集水區域.

catechism /'kætɪˌkɪzəm/ n. ① (基督教) 教義問答手冊 ② (教義)問答教學法 catechist n. 問答教學者 catechize vt. ① 用問答法教學 ② 盤問.

categorical /ˌkætɪ'ɡɒrɪkʲl/ or categoric adj. 無條件的; 絕對的; 明確的 categorically adv. // ~ variable 【數】分類變數.

category /'kætɪɡərɪ/ n. 種類; 部屬; 類目; 範圍 categorize vt. 把…分類 categorization n.

cater /'keɪtə/ v. ① (為…)備辦酒食 ② 投合, 迎合 ~er n. 包辦酒食者 ~ing n. 餐飲承辦業.

caterpillar /'kætəˌpɪlə/ n. ① 【動】毛蟲 ② (拖拉機、坦克等的)履帶; 履帶拖拉機(或牽引車)(亦作 ~ tractor).

caterwaul /'kætəˌwɔːl/ v. & n. (發出)貓一樣的叫聲.

catfish /'kætˌfɪʃ/ n. 【動】鯰魚.

catharsis /kə'θɑːsɪs/ n. 【醫】精神發泄; 導瀉 cathartic adj. 導瀉的; 有宣泄作用的 n. 瀉藥.

cathedral /kə'θiːdrəl/ n. 大教堂.

Catherine wheel /'kæθrɪn wiːl/ n. 輪轉焰火.

catheter /'kæθɪtə/ n. 【醫】導(液)管.

cathode /'kæθəʊd/ n. 【電】陰極 // ~ ray 陰極射線 ~ ray tube 陰極射線管.

catholic /'kæθəlɪk, 'kæθlɪk/ adj. ① 普遍的; 廣泛的 ② 寬宏大量的 ~ally adv. ~ity n.

Catholic /'kæθəlɪk, 'kæθlɪk/ adj. 天主教徒; 天主教的 ~ism n. 天主教教義.

cation /'kætaɪən/ n. 【化】陽離子, 正離子.

catkin /'kætkɪn/ n. 【植】柔荑花序(如楊花、桃絮).

cattle /'kætʲl/ n. (總稱)牛; 牲口 // ~ grid (路中溝坑上所鋪設的)攔牛木柵 ~ lifter 偷牛賊 ~ lifting 偷牛.

catty, cattie /ˈkætɪ/ n. 斤(中國和東南亞國家的重量單位).

caucus /ˈkɔːkəs/ n. ① [英]政黨的地方委員會員決策會議 ② [美]政黨高層領導決策會議 v. [美]開政黨高層領導會議.

caught /kɔːt/ v. catch 的過去式及過去分詞 adj. 陷入(進退兩難境地)的.

caul /kɔːl/ n. 【解】胎膜, 羊膜.

ca(u)ldron /ˈkɔːldrən/ n. 大鍋.

cauliflower /ˈkɒlɪˌflaʊə/ n. 【植】椰菜花; 花椰菜; 菜花.

ca(u)lk /kɔːk/ vt. 堵塞(船等)縫隙 n. 【建】防水堵藏物.

causal /ˈkɔːzl/ adj. ① 原因的, 構成原因的; 因果關係的 ②【語】表示原因的 **~ly** adv.

causality /kɔːˈzælɪtɪ/ n. 因果關係; 因果性.

causation /kɔːˈzeɪʃən/ n. ① 起因 ② = causality **causative** adj.

cause /kɔːz/ n. ① 原因, 起因 ② 理由; 緣故; 動機 ③ (奮鬥的)目標; 理想; 事業 ④【律】訴訟事由; 案件 vt. 促使, 引起; 使遭受, 使發生 **~less** adj. 無原因的, 無理由的 **~-and-effect** adj. 有因果關係的.

cause célèbre /ˈkɔːz səˈlebrə/ (pl. **causes célèbres**) n. (轟動一時的)有爭議的訴訟案件.

causerie /ˈkəʊzərɪ, kozri/ n. [法]漫談; 隨筆.

causeway /ˈkɔːzˌweɪ/ n. 堤道; 砌道.

caustic /ˈkɔːstɪk/ n. 【化】苛性鹼; 腐蝕劑 adj. ①【化】苛性的, 腐蝕的 ② 尖刻的; 諷刺的 **~ally** adv. // **~ soda** 苛性蘇打, 燒鹼.

cauterize, -se /ˈkɔːtəˌraɪz/ vt.【醫】(為消炎而)燒灼, 烙(傷口) **cauterization** n.

caution /ˈkɔːʃən/ n. ① 小心; 謹慎 ② 警告; 提醒 vt. 警告, 告誡.

cautious /ˈkɔːʃəs/ adj. 小心的, 謹慎的 **~ly** adv.

cavalcade /ˌkævəlˈkeɪd/ n. (遊行列隊中的)騎兵隊; (車隊的)行列; 遊行隊伍.

cavalier /ˌkævəˈlɪə/ n. ① 騎士; 武士 ② (C-) [英史]查理一世時的保王黨員 adj. ① 傲慢的; 滿不在乎的 ② (對婦女)殷勤的.

cavalry /ˈkævəlrɪ/ n. ① 騎兵(部隊) ②【軍】高度機械化的裝甲部隊.

cave /keɪv/ n. 穴, 洞; 岩洞; 洞窟 v. (+ in) ① (使)塌陷 ② [口]屈服, 投降 **~r** n. 探察或研究洞穴者 **caving** n. 洞穴探察或研究 **~-in** n. 塌方; 塌陷 **~man** n. (上古時代的)穴居人.

caveat /ˈkeɪvɪˌæt, ˈkæv-/ n. 警告.

cavern /ˈkævən/ n. 大山洞; 大岩洞 **~ous** adj. 大而深的.

caviar(e) /ˈkævɪˌɑː, ˌkævɪˈɑː/ n. 魚子醬.

cavil /ˈkævɪl/ v. & n. (對 …)挑剔; 吹毛求疵; (找 …)岔子.

cavity /ˈkævɪtɪ/ n. ① 洞; 窟窿 ②【解】腔, 窩 ③【醫】(尤指齲齒中的)空洞 // **~ wall**【建】空心牆.

cavort /kəˈvɔːt/ vi. 跳躍; 歡躍; 狂舞.

caw /kɔː/ v. & n. (烏鴉)呱呱叫(聲).

cayenne pepper /keɪˈɛn ˈpɛpə/ n. 辣椒(粉).

cayman, cai- /ˈkeɪmən/ n. 【動】(中南美洲的)大鱷魚.

CB /siː biː/ abbr. = Citizens' Band 民用電台波段.

CBE /siː biː ˈiː/ abbr. = Commander of the order of the British Empire (第二等的)高級英帝國勳位爵士.

cc, c. c. /siː siː/ abbr. = cubic centimetre(s) 立方厘米.

Cd abbr. 【化】元素鎘(cadmium)的符號.

CD /siː diː/ abbr. = compact disc 雷射(激光)光碟.

CD-ROM /siː diː-ˈrɒm/ abbr. = compact disc read-only memory 雷射(激光)唯讀光碟(可儲存大量數據供電腦使用的磁碟).

cease /siːs/ n. 停止 n. 【書】停息 ~less adj. 不停的 ~lessly adv. ~fire n. 【軍】停火 // ~ and desist 【律】終止, 停止 without ~ 不停地, 不間斷地.

cedar /ˈsiːdə/ n. 【植】雪松; 雪松木, 杉木.

cede /siːd/ v. 割讓; 讓與.

cedilla /sɪˈdɪlə/ n. 【語】下加符, 尾形符(某些語言中, 字母 c 下加一撇的符號, 表示發 s 音, 而不發 k 音).

ceilidh /ˈkeɪli/ n. 非正式的社交歌舞會(尤指在蘇格蘭舉辦的).

ceiling /ˈsiːlɪŋ/ n. ① 天花板 ② 最高限度 ③ 【空】升限.

celandine /ˈsɛlənˌdaɪn/ n. 【植】白屈菜.

celebrant /ˈsɛlɪbrənt/ n. 主持宗教儀式的教士.

celebrate /ˈsɛlɪˌbreɪt/ v. ① 慶祝; 祝賀 ② 讚美; 表揚 ③ 舉行(宗教)儀式 ~d adj. 著名的.

celebration /ˌsɛlɪˈbreɪʃən/ n. 慶祝(會) celebratory adj. 慶祝的.

celebrity /sɪˈlɛbrɪti/ n. ① 著名人士, 名流 ② 名聲; 名譽.

celerity /sɪˈlɛrɪti/ n. 迅速; 快速.

celery /ˈsɛlərɪ/ n. 芹菜.

celestial /sɪˈlɛstɪəl/ adj. 天空的, 天的 // ~ body 【天】天體.

celibate /ˈsɛlɪbɪt/ adj. & n. 獨身(的人) celibacy n. 獨身生活.

cell /sɛl/ n. ① (監獄或寺院中的)單身牢房; 單人小室 ② 蜂房 ③ 細胞 ④ (政黨或團體的)基層組織 ⑤ 電池 ⑥【計】單元.

cellar /ˈsɛlə/ n. 地窖; 地下室.

cello /ˈtʃɛləʊ/ n. (pl. -los) 大提琴 cellist n. 大提琴手.

Cellophane /ˈsɛləˌfeɪn/ n. 玻璃紙, 賽璐玢(商標名).

cellular /ˈsɛljʊlə/ adj. ① (由)細胞(組成)的 ② 多孔的; 有蜂窩的 // ~ rubber 泡沫橡膠 ~ telephone 攜帶式活動電話, 手機.

celluloid /ˈsɛljʊˌlɔɪd/ n. 【化】賽璐珞.

cellulose /ˈsɛljʊˌləʊz, -ˌləʊs/ n. 植物纖維(造紙、塑膠等原料).

Celsius /ˈsɛlsɪəs/ adj. & n. = centigrade 攝氏的.

Celtic, K- /ˈkɛltɪk, ˈsɛl-/ adj. 凱爾特人的; 凱爾特語的 n. 凱爾特語.

cement /sɪˈmɛnt/ n. ① 水泥 ② 膠

合劑 ③【醫】(牙科用的)黏固粉
v. ①(用水泥)黏合; 鞏固, 加強
② 鋪上水泥 // ~ mixer 混凝土
攪拌機.

cemetery /ˈsemitri/ n. 墓地, 公墓.

cenotaph /ˈsenɔ.tɑːf/ n. 紀念碑.

censer /ˈsensə/ n. 香爐.

censor /ˈsensə/ n. (書報、信件、影劇等的)審查員, 檢查員 vt. 審查; 刪改 ~ship n. 審查(制度); 檢查(制度).

censorious /senˈsɔːrɪəs/ adj. 愛挑剔的; 苛評的 ~ly adv.

censure /ˈsenʃə/ v. & n. 責備, 譴責, 非難.

census /ˈsensəs/ n. 人口普查.

cent /sent/ n. (貨幣)分.

cent. /sent/ abbr. ① = century ② = centigrade ③ = centimetre.

centaur /ˈsentɔː/ n. ①(希臘和羅馬神話中的)人頭馬怪物, 半人半馬怪物 ②【天】半人馬座.

centenary /senˈtiːnəri/ adj. & n. 一百年的; 一百週年, 百年紀念 **centenarian** adj. & n. 百歲(或以上)的老人.

centennial /senˈtenɪəl/ adj. & n. = centenary [美].

center /ˈsentə/ n. = centre.

centigrade /ˈsenti.greid/ adj. & n. 百分度(的); 攝氏的.

centigram(me) /ˈsenti.græm/ n. 厘克, 公毫.

centilitre, 美式 **-ter** /ˈsenti.liːtə/ n. 厘升, 公勺.

centime /ˈsɒn.tiːm, sɑ̃tim/ n. [法]生丁(1/100 法郎).

centimetre, 美式 **-ter** /ˈsenti.miːtə/

n. 厘米 / **cubic ~** 立方厘米.

centipede /ˈsenti.piːd/ n. 蜈蚣.

central /ˈsentrəl/ adj. ① 中心的, 中央的 ② 主要的, 最重要的 -ly adv. // ~ **heating** (大廈中)中央供暖(系統) ~ **nervous system**【解】中樞神經系統.

centralism /ˈsentrə.lɪzəm/ n. 中央集權制; 集中制 **centralist** n. 中央集權主義者.

centrality /senˈtrælɪti/ n. 中心; 向心性.

centralize, -se /ˈsentrə.laɪz/ v. 集中; 把…集中起來; 使中央集權 **centralization** n. 集中; 中央集權.

centre, 美式 **center** /ˈsentə/ n. ① 中央, 中心 ② 中心地區 ③ 中心人物, 中心事物 ④ (常用C-)(政黨等的)中間派 ⑤ (足球等)中鋒 v. 集中於; (把球)傳中 **centrist** n. 中間派政黨的成員 // ~ **forward**【體】中前鋒 ~ **of gravity**【物】重心.

centrifugal /senˈtrɪfjʊɡ'l, ˌsentrɪˌfjuːˈɡ'l/ adj. 離心的 // ~ **force** 離心力 ~ **punch**【機】撞針, 中心衝頭.

centrifuge /ˈsentri.fjuːdʒ/ n.【機】離心機; 離心分離機.

centripetal /senˈtrɪpɪt'l, ˌsentrɪˈpiːt'l/ adj. 向心的.

centurion /senˈtjʊərɪən/ n. (古羅馬軍團的)百人隊隊長.

century /ˈsentʃəri/ n. ① 世紀, 百年 ②【板】一百分.

cephalopod /ˈsefələˌpɒd/ n. & adj.【動】(烏賊等)頭足類動物(的).

ceramic /sɪˈræmɪk/ adj. 陶器的; 陶

器製的 ~s *pl. n.* 陶器製造術; 陶器.

cereal /ˈsɪərɪəl/ *n.* (常用複) ① 穀類, 穀類植物 ② 穀類食物(如麥片等).

cerebellum /ˌsɛrɪˈbeləm/ *n.* 小腦.

cerebral /ˈsɛrɪbrəl, səˈriːbrəl/ *adj.* 腦的; 大腦的; 有智力的; 聰明的 // ~ **cortex** /ˈ大腦皮層 ~ **haemorrhage**【醫】腦出血, 腦溢血 【醫】大腦性麻痺.

cerebrum /ˈsɛrɪbrəm/ *n.* 大腦.

ceremony /ˈsɛrɪmənɪ/ *n.* ① 典禮, 儀式 ② 禮儀, 禮節 ceremonial *adj. & n.* 禮儀(節的); 儀式 ceremonious *adj.* 講究禮節的; 客套的; 儀式隆重的 ceremoniously *adv.* ceremoniousness *n.* // master of ceremonies ① 司儀 [美](電視台、電台的)節目主持人 **stand on / upon** ~ 講究禮節; 客氣.

cerise /səˈriːz, -ˈriːs/ *n. & adj.* 櫻桃色(的), 鮮紅色(的).

cerium /ˈsɪərɪəm/ *n.*【化】鈰(符號為 Ce).

cert[1] /sɜːt/ *n.* [英俚]必然發生之事.

cert[2] /sɜːt/ *abbr.* = ~ificate

certain /ˈsɜːtən/ *adj.* ① 確實的; 可靠的 ② (只作表語)確信…; 一定會 ③ (只作定語)某一, 某些; 一定的 ④ (只作定語)一些, 有些 ~**ly** *adv.* ① 的確, 一定 ② [口]當然可以, 行.

certainty /ˈsɜːtəntɪ/ *n.* 確實, 必然的事.

certificate /səˈtɪfɪkɪt, -keɪt/ *n.* 證

(明)書 ~**d** *adj.* (有)合格(證書)的.

certify /ˈsɜːtɪˌfaɪ/ *v.* ① 證明; 保證 ② 【醫】診斷(某人)患有精神病 certified *adj.* 被證明的; 有保證的 // certified check [美]保兌支票 certified milk [美]消毒牛奶 certified public accountant (略作 CPA) [美]有執照的特許會計師 ([英]亦作 chartered accountant).

certitude /ˈsɜːtɪˌtjuːd/ *n.* ① 確信 ② 必然(性); 確實(性).

cerulean /sɪˈruːlɪən/ or cerule /ˈsɪruːl/ or ceruleous /sɪˈruːlɪəs/ *adj.* 天藍色的; 蔚藍的.

cervix /ˈsɜːvɪks/ *n.* (*pl.* **-vices**, **-vixes**)【解】① 子宮頸 ② 頸部 cervical *adj.* 宮頸的 // cervical smear *n.* 【醫】宮頸抹片.

cessation /seˈseɪʃən/ *n.* 停止, 中止.

cession /ˈseʃən/ *n.* 割讓; 讓與(物).

cesspit /ˈsɛsˌpɪt/ *n.* or cesspool *n.* 污水坑; 化糞池.

cetacean /sɪˈteɪʃən/ *n.*【動】鯨目動物(如鯨、海豚等) *adj.* 鯨目動物的.

cf. /siː ɛf/ *abbr.* = confer [拉]比較; 參看([英]亦作 compare).

CFC /siː ɛf siː/ *abbr.* = chlorofluorocarbon (被認為會破壞臭氧層的)氟氯碳化合物.

ch. /siː eɪtʃ/ *abbr.* ① = chapter ② = church

cha-cha(-cha) /ˈtʃɑːtʃɑː/ *n.* 查查舞(一種源自拉丁美洲的現代舞蹈舞蹈.

chafe /tʃeɪf/ *v.* ① 使(皮膚等)擦痛; 擦破 ② 惹惱; (使)焦躁 *n.* 擦傷; 擦痛.

chafer / ˈtʃeɪfə/ n. 【昆】金龜子.

chaff / tʃɑːf/ n. ① 穀殼；糠 ② 鍘碎的草料；秣 ③ 善意的玩笑 v. (跟…)開玩笑；打趣.

chaffinch / ˈtʃæfɪntʃ/ n. 【鳥】(歐洲的)蒼頭燕雀.

chafing dish / ˈtʃeɪfɪŋ/ n. 火鍋,暖鍋.

chagrin / ˈʃæɡrɪn/ n. 懊惱；悔恨；灰心 vt. 使懊惱；使感委曲.

chain / tʃeɪn/ n. ① 鏈子, 鏈條 ② 連鎖；一連串 vt. ① 用鏈拴住 ② 束縛, 拘束 ~saw n. 電鋸 ~smoke v. 一支接一支抽煙 ~smoker n. 一支支不斷抽的煙鬼 ~store n. 連鎖商店, 聯號 // ~ gang (用鎖鏈拴住的囚犯隊) ~ mail n. 鎖子甲 ~ reaction 【化】連鎖反應 in ~s ① 上着鐐銬 ② 囚禁着.

chair / tʃeə/ n. ① 椅子 ② 主席(或議長、會長)的席位(或職位) vt. 當(會議的)主席 ~lift n. (供滑雪者等上山用的)架空滑車 ~man, ~person n. 主席 ~woman n. 女主席.

chaise / ʃeɪz/ n. 二輪(或四輪)輕便馬車.

chaise longue / ʃeɪz 'lɒŋ, ʃeɪz lɔ̃ɡ/ or 美式 chaise lounge / ʃeɪz laʊndʒ/ n. 【法】躺椅.

c(h)alcedony / kælˈsedənɪ/ n. 【礦】玉髓.

chalet / ˈʃæleɪ, ʃɑˈleɪ/ n. ① 瑞士的小木屋 ② 度假用小木屋.

chalice / ˈtʃælɪs/ n. 聖餐杯; (高腳)酒杯.

chalk / tʃɔːk/ n. 白堊; 粉筆 vt. 用粉筆寫或(畫) ~y adj. (像)白堊的 // ~ out ① 畫出; 規劃出 ② 概略

地説明.

challenge / ˈtʃælɪndʒ/ n. ① 挑戰 ② (哨兵的)口令; 盤問 ③ 鞭策 vt. ① 向…挑戰 ② (哨兵)盤問 ③ 鞭策; 考驗 ~r n. 挑戰者 challenging adj. ① 具有挑戰性的 ② 有吸引力的; 有刺激性的.

chamber / ˈtʃeɪmbə/ adj. ① [舊]寢室 ② 議院 ③ 會; 會所 ④ (動植物體內的)腔, 室 ⑤ (槍的)彈膛 ⑥ (pl.)法官的議事室 ~pot 夜壺 // C- of Commerce 商會 ~ music 室內樂 the Upper / Lower C- [英]上/下議院.

chamberlain / ˈtʃeɪmbəlɪn/ n. 宮廷內臣; (貴族的)管家.

chambermaid / ˈtʃeɪmbəˌmeɪd/ n. (旅館中)女服務員.

chameleon / kəˈmiːlɪən/ n. 【動】石龍子,變色龍 ② 反覆無常的人.

chamois / ˈʃæmɪ, ʃæmwɑ/ n. (pl. -ois) ①【動】小羚羊 ② 小羚羊皮(衣服); 麂皮(衣服).

chamomile / ˈkæməˌmaɪl/ n. = camomile.

champ¹ / tʃæmp/ v. ① (馬)大聲咀嚼(食物等) ② 焦急, 不耐煩 // ~ at the bit [口]不耐煩, 焦急.

champ² / tʃæmp/ abbr. = ~ion [口]冠軍.

champagne / ʃæmˈpeɪn/ n. 香檳酒.

champion / ˈtʃæmpɪən/ n. ① 冠軍, 優勝者 ② 擁護者; 鬥士 adj. [口]第一流的; 極好的 vt. 擁護, 支持 ~ship n. ① 錦標賽 ② 冠軍的地位(或稱號) ③ 支持, 擁護.

chance / tʃɑːns/ n. ① 偶然性; 運氣; 風險 ② 可能性 ③ 機會 adj.

偶然的 v. 偶然發生; 碰巧; 冒風險 chancy adj. 冒險的 // by ~ 偶然地 ~ it [俚]試試看; 碰碰運氣 看 ~ on / upon 碰上, 碰巧看見.

chancel /ˈtʃɑːnsᵊl/ n. (教堂內供祭司及唱詩班用的)聖壇, 高壇.

chancellor /ˈtʃɑːnsələ, -slə/ n. ① (某些國家的)大臣, 總理, 部長; 司法官 ② [英]大學校長 ~ship n. 大臣(或總理、大法官)的職位 // **Chancellor of the Excheque** [英]財政大臣(亦作 the First Lord of the Treasury) **Lord Chancellor of England** [英]大法官.

chancery /ˈtʃɑːnsəri/ n. ① (Chancery)(英)大法官法庭 ② (美國)衡平法院 ③ 檔案館; 公文保管處.

chancre /ˈʃæŋkə/ n. 【醫】硬性下疳(梅毒的早期癥狀).

chancroid /ˈʃæŋkrɔɪd/ n. 【醫】軟性下疳(亦作 soft chancre).

chandelier /ˌʃændᵻˈlɪə/ n. 枝形吊燈.

chandler /ˈtʃɑːndlə/ n. = ship's ~ 船用雜貨(如繩索、帆布等)經銷商.

change /tʃeɪndʒ/ v. ① 改變, 變化 ② 換, 更換 ③ 交換, 兌換 ④ 找零錢 n. ① 更換(物); 變化 ② 零錢; 找頭 ~able adj. 易變的; 可變的 ~d adj. (人或物)改觀了的; 變了樣的 ~less adj. 不變的 ~over n. 改變, 轉變 // a ~ for the better / worse 好轉/變壞 ~ purse [美](放零錢的)皮夾子 changing room ① (運動場)更衣室 ② (商

場)試身室.

changeling /ˈtʃeɪndʒlɪŋ/ n. (傳說中被神仙偷換後留下的)又醜又怪的嬰孩, 小醜八怪.

channel /ˈtʃænᵊl/ n. ① 海峽 ② 水道; 河床 ③ 溝渠; 槽 ④ 路線; 途徑 ⑤ 電視頻道 ⑥ (the Channel)英倫海峽(亦作 the English Channel) vt. (為 …)開闢途徑; 引導; 流經.

chant /tʃɑːnt/ n. ① 聖歌; 讚美詩 ② 歌曲 ③ (有節奏叫喊的)口號 v. (單調反覆地)唱(或說).

chanter /ˈtʃɑːntə/ n. ①【音】(風笛的)指管 ② 歌唱者; 領唱人.

chaos /ˈkeɪɒs/ n. ① 渾沌 ② 混亂 chaotic adj. chaotically adv.

chap¹ /tʃæp/ n. or ~py [俚]傢伙; 小伙子.

chap² /tʃæp/ v. (使皮膚)皸裂; (使皮膚)變粗糙.

chap. abbr. = chapter.

chapel /ˈtʃæpᵊl/ n. ① 小教堂; (學校、監獄、私人住宅內的)小禮拜堂 ② (教堂內的)祈禱處 ③ 工會, 小組.

chaperon(e) /ˈʃæpərəʊn/ n. (在公共場所陪伴少年男女的)成年監護人 v. 護送; 伴隨(少年男女).

chapfallen /ˈtʃæpˌfɔːlən/ adj. [口]悶悶不樂的, 沮喪的.

chaplain /ˈtʃæplɪn/ n. (學校、醫院、軍隊、監獄等中的)牧師 ~cy n. 牧師的辦公處 ② 牧師的職位(或任期).

chaplet /ˈtʃæplɪt/ n. (頭上戴的)花冠; (誦經時戴的)念珠.

chaps /tʃæps, ʃæps/ n. [美](騎手

穿的)皮護腿套褲.

chapter /ˈtʃæptə/ n. ① (書籍)章 ② (歷史或人生的)重要章節 ③ (社團等的)教會分會 ④【宗】(基督教的)教士會.

char ¹ /tʃɑ:/ n. 打雜女工(亦作 ~ woman) v. 打雜; 做家庭雜務.

char ² /tʃɑ:/ n. (把…)燒成炭, (把…)燒焦, (使…)變焦黑 ~coal (木)炭.

char ³ /tʃɑ:/ n. [俚]茶.

charabanc /ˈʃærə͵bæŋ, ʃarabã/ n. [法]大型遊覽車; 旅遊客車.

character /ˈkærɪktə/ n. ① 性格, 品性 ② 特性, 特徵 ③ (小說、戲劇中的)人物, 角色; 身份, 資格 ④ 文字; 字體 ⑤ 骨氣; 正直 ⑥ 名聲 ⑦ 怪人, 奇人 // in ~ 合乎個性 out of ~ 與個性不符.

characteristic /͵kærɪktə'rɪstɪk/ n. 特性, 特徵, 特色 adj. 特有的, 獨特的 ~ally adv.

characterize, -se /ˈkærɪktə͵raɪz/ v. ① 表現…特性; 刻劃…的性格 ② 塑造, 描繪(人物、性格) characterization n.

charade /ʃə'rɑ:d/ n. 荒唐可笑的掩飾.

charcoal /ˈtʃɑː͵kəʊl/ n. 木炭.

charge /tʃɑːdʒ/ n. ① 指控, 控告 ② 衝鋒, 襲擊 ③ 價錢, 費用 ④ 充電; 電荷; (一次裝載之)彈藥量 ⑤ 義務; 責任; 主管 ⑥ 命令 v. ① 要求支付; 委託給; 委託給 v. ① 控告 ② 衝鋒, 襲擊 ③ 索價, 收費 ④ 裝載; 充電 ⑤ 囑託, 委託; 把…記在(某人)賬上 ⑥ 命令; 告誡 ~able adj. 可被控告的;

應由某人支付的; 可記在某人賬上的 ~r n. 充電器; 裝彈機; 戰馬 // in ~ 主管, 負責 take ~ (of) 開始掌管, 看管.

chargé d'affaires /ʃɑːʒeɪ dæ'feə/ n. [法]代辦 // ~ ad interim n. [法]臨時代辦.

chariot /ˈtʃærɪət/ n. 馬車; (古代)戰車 ~eer n. 馬車駕駛員.

charisma /kə'rɪzmə/ or charism /ˈkærɪzəm/ n. (偉大人物的)氣質, 超凡魅力 ~tic adj.

charity /ˈtʃærɪtɪ/ n. ① 慈善; 施捨; 賑濟(物) ② 慈善團體 charitable adj. charitably adv.

charlady /ˈtʃɑː͵leɪdɪ/ n. = charwoman.

charlatan /ˈʃɑːlət'n/ n. ① 庸醫, 江湖郎中 ② 假內行.

charleston /ˈtʃɑːlstən/ n. 查爾斯頓舞(流行於 20 世紀 20 年代的快步舞).

charlock /ˈtʃɑːlɒk/ n.【植】田芥菜.

charlotte /ˈʃɑːlət/ n. 水果布丁 // ~ russe (用餐時最後一道上的甜點)奶油水果布丁, 夏洛特蛋糕.

charm /tʃɑːm/ n. ① 妖媚; 魅力 ② 護身符; 符咒 v. ① 迷人; 令…神往; 使喜愛 ② 行魔法, 施魔法控制(或保護) ~er n. ① 迷人的年輕男女 ② 耍蛇者 ~ing adj. 令人喜愛的, 迷人的; 妖媚的 ~ingly adv. // work like a ~ [口]非常有效的; 效驗如神的.

charnel(house) /ˈtʃɑːn'l/ n. 存放屍骨的場所.

chart /tʃɑːt/ n. ① 海圖, 航線圖

(顯示天氣、物價等變化情況
的)圖表; 曲線(標繪)圖 vt. 製圖
the ~s pl. n. [口]每週最暢銷的流
行歌曲唱片榜.

charter /tʃɑ:tə/ n. ① 特許證, 執
照 ② 憲章; 章程 ③ (機、船等
的)包租 vt. ① 特許(設立); 給…
發特許執照 ② 包租(機、船等).

chartered /tʃɑ:təd/ adj. 特許的;
有執照的 // ~ accountant [英]
有執照的特許會計師[美]亦
作 certified public accountant)
~ flight 包機旅行.

Chartism /tʃɑ:tɪzəm/ n. [英]【史】
憲章運動 Chartist n. & adj. 憲章
運動者的; 憲章派(的).

chartreuse /ʃɑ:trɜ:z, ʃɑrtrøz/ n.
(黃綠色甜味的)蕁麻酒 adj. 黃綠
色的.

charwoman /tʃɑ:wʊmən/ n. 打雜
的清潔女工.

chary /tʃeəri/ adj. 謹慎小心的
charily adv.

chase ¹ /tʃeɪs/ v. ① 追趕, 追逐
② 驅逐 n. 追趕; 追擊; 追求 // in
~ of 追逐.

chase ² /tʃeɪs/ v. 雕鏤(金屬或木
材); 鏤刻.

chaser /tʃeɪsə/ n. ① [口](喝完烈
酒後再喝的)低度酒 ② 追趕者;
[美]追逐女性者.

chasm /kæzəm/ n. ① (地殼等的)
陷窖, 裂縫 ② 分歧, 隔閡.

chassis /ʃæsɪ/ n. ① (汽車等的)底盤;
(飛機等的)機架.

chaste /tʃeɪst/ adj. ① (指品行)純
潔的, 貞潔的 ② (指文體)簡潔的
chastity n.

chasten /tʃeɪsən/ vt. ① 懲戒; 磨
練 ② 抑制, 緩和.

chastise /tʃæsˈtaɪz/ vt. 嚴懲; 責打
~ment n.

chasuble /tʃæzjʊbˈl/ n. (天主教神
父作彌撒時空的)無袖十字褡.

chat /tʃæt/ v. & n. 閒談, 聊天 ~ty
adj. 好閒聊的 // ~ show (電視或
電台上的)訪談節目.

chateau, châ- /ʃætəʊ/ n. (pl.
-teaux, -teaus) [法]城堡; 鄉間別
墅.

chatelaine /ʃætəleɪn, ʃɑtlɛn/ n.
莊園或城堡的女主人.

chattel /tʃætˈl/ n. (一件)動產 //
goods and ~s 私人財產.

chatter /tʃætə/ vi. & n. ① 喋喋
(不休), 嘮叨; 胡扯 ② (鳥獸等)
啁啾(聲), 吱吱叫(聲) ③ (機器或
牙齒)喀嗒作響(聲) ~box n. 饒舌
者, 喋喋不休的人.

chauffeur /ʃəʊfə, ʃəʊˈfɜ:/ n. (受僱
為人開轎車的)司機 v. ① 開(汽
車) ② 當司機.

chauvinism /ʃəʊvɪnɪzəm/ n.
① 沙文主義; 盲目狂熱的愛
國主義 ② 性別歧視主義; 民
族至上論 chauvinist n. & adj.
chauvinistic adj.

cheap /tʃi:p/ adj. ① 便宜的, 廉價
的 ② 不值錢的 ③ 低劣的; 可鄙
的 ~ly adv. ~-jack n. [口]廉價商
品經銷者 ~skate n. [口]吝嗇鬼,
守財奴 // hold sb ~ 輕視某人.

cheapen /tʃi:pən/ vt. ① 減價
② 降低…威信; (使)降低(地位).

cheat /tʃi:t/ v. 欺騙; 騙取; 作弊
① 騙子 ② 欺騙.

check /tʃɛk/ vt. ① 核對; 檢查
② 抑制; 阻止 ③ [美]寄存; 託運
④【象棋】將(軍) ⑤ [美]逐項相
符 ⑥ 停; 突然停止 n. ① 抑制
(者); 阻止(物) ② 核對記號(✓);
查核, 檢查 ③ 對號牌, 行李牌;
賬單 ④ 格子圖案 ⑤ (= cheque)
[美]支票 ⑥ (國際象棋)將軍, 遭
對方將軍的局面. ~ed a. 有
格子圖案的 ~book n. = [英]
chequebook) [美]支票簿 ~-in n.
簽到, 報到; 辦理登記手續 ~out
n. (超級市場)結賬收款處; (旅店
的)結賬退房時間 ~point n. 檢查
哨, 關卡 ~up n. (體格)檢查; 核
對 // ~ in (在機場或旅店)辦理登
機或入住手續 ~ off 查訖 ~ out
辦清手續(或付賬)後離開; 檢驗;
[口]瞧瞧.
checker /tʃɛkə/ n. [美] ① (超市)
收銀員 ② (pl.)國際跳棋.
checkmate /tʃɛk,meɪt/ vt. ① (象
棋)將死 ② 阻止並打敗; 徹底擊
敗 n. (象棋)將死的局面.
Cheddar /tʃɛdə/ n. 車打芝士, 切
德乾酪(一種黃色硬芝士).
cheek /tʃiːk/ n. ① 面頰 ② 厚顏
無恥 vt. [英口]對人 … 粗魯無
禮 ~ily adv. ~iness n. ~bone n. 顴
骨 ~ad! 粗魯無禮的 // none of
your ~! 別不要臉!.
cheep /tʃiːp/ v. & n. (小鳥等)吱吱
叫(聲).
cheer /tʃɪə/ v. ① (使)高興; (令
人)振奮 ② (向 …)歡呼, (向 …)
喝采 n. ① 愉快, 高興 ② 歡呼,
喝采 ③ (pl.) int. [英口] ① 乾
杯! ② 謝謝 ③ 再見(電話用語)

~ful adj. 高興的; 令人愉快的
~fulness n. ~less adj. 不快活的;
陰鬱的 ~y adj. 愉快的, 興高采
烈的 ~ily adv. ~iness n. ~leader n.
啦啦隊隊長 // ~ (sb) up (使某人)
高興(或振作起來).
cheerio /tʃɪərɪˈəʊ/ int. [英口]再見.
cheese /tʃiːz/ n. 芝士; 乾酪; 乳酪
~burger n. 芝士漢堡飽 ~cake n.
① 芝士蛋糕 ②[俚]半裸女人
艷照 ~d-off adj. 厭倦的; 生氣的
~paring n. & adj. 小氣(的), 斤斤
計較的, 吝嗇的 // ~ screw【機】
圓頭螺釘.
che(e)tah /tʃiːtə/ n.【動】(非洲)獵
豹; 印度豹.
chef /ʃɛf/ n. [法] ① 男主廚 ② 廚
師.
chef-d'oeuvre /ʃedœvrə/ n. [法]傑
作.
chemical /kemɪkˈl/ n. 化學藥品,
化學製品 adj. 化學的 ~ly adv.
chemise /ʃəˈmiːz/ n. 女裝無袖襯
裙.
chemist /kemɪst/ n. 藥劑師; 藥商;
化學家 ~'s shop n. 藥店([美]亦
作 drugstore).
chemistry /kemɪstrɪ/ n. 化學.
chemotherapy /ˌkiːməˈθerəpɪ,
kiːmə-/ n. (略作 chemo)【醫】化
學療法; 化療.
chenille /ʃəˈniːl/ n. (刺繡用的)繩
絨線; 繩絨線織物.
cheque, 亦或 check /tʃɛk/ n. 支
票([美]亦作 check) // ~ book
n. 支票簿([美]亦作 checkbook)
~ card (擔保支票兌現的)銀行證
卡 crossed ~ 劃線支票, 轉賬

支票.

chequer, 美式 **checker** /ˈtʃekə/ n. ① 棋子 ② (pl.)國際跳棋 vt. ① 把…畫成不同色彩的方格 (或花樣) ② 使交替變化.

chequered, 美式 **checkered** /ˈtʃekəd/ adj. ① 有格子圖案的 ② 盛衰無常的; 起伏不定的.

cherish /ˈtʃerɪʃ/ vt. ① 珍愛; 珍惜; 撫育 ② 懷抱(希望等).

cheroot /ʃəˈruːt/ n. 方頭雪茄.

cherry /ˈtʃerɪ/ n. ① 櫻桃(樹); 櫻木 ② = virginity [俚]處女; 鮮紅色的 // lose one's ~ 失去童貞, 失身.

cherub /ˈtʃerəb/ n. ① (pl. ~bim) 天使 ② (pl. ~s) 天真可愛的兒童; 胖娃娃 ~ic adj.

chervil /ˈtʃɜːvɪl/ n. 山蘿蔔; (調味用的)乾山蘿蔔葉.

chess /tʃes/ n. 國際象棋 ~board n. (國際象棋)棋盤 ~man n. 棋子.

chest /tʃest/ n. ① 箱, 櫃, 橱 ② 胸腔 ~y adj. [口] ① (婦女)胸部豐滿發達的 ② 有支氣管疾病的 // ~ of drawers (= [美]bureau) 五斗櫥.

chesterfield /ˈtʃestəfiːld/ n. (有扶手的)長沙發.

chestnut /ˈtʃesˌnʌt/ n. ① 栗子(樹); 栗木 ② [口]陳腐的笑話(或故事) adj. 栗色的.

cheval glass /ʃəˈvæl/ n. (可轉動的)穿衣鏡; 立式鏡.

chevron /ˈʃevrən/ n. [軍](表示軍階的) V 形袖章.

chew /tʃuː/ v. & n. 嚼, 咀嚼(物) ② 細想 ~y adj. ① 需咀嚼

的 ② 要細細思量的 // **bite off more than one can** ~ [口]貪多嚼不爛, 不自量力 ~ **over** 細細思量 ~**ing gum** 口香糖(亦作 gum).

chianti /kɪˈæntɪ/ n. (意大利)基安蒂淡味紅葡萄酒.

chiaroscuro /kɪˌɑːrəˈskʊərəʊ/ n. (繪畫中的)明暗對照法.

chic /ʃiːk, ʃɪk/ n. & adj. 別緻(的); 時髦(的).

chicane /ʃɪˈkeɪn/ n. ① 詭計, 詐騙 ② 汽車賽車道上設置的障礙物.

chicanery /ʃɪˈkeɪnərɪ/ n. 詭計; 詐騙; 詭辯.

chick /tʃɪk/ n. 小雞; 小鳥 ~**pea** n. [植]鷹嘴豆; 雞豆 ~**weed** n. [植]繁縷.

chicken /ˈtʃɪkɪn/ n. ① 雞; 小雞; 家禽 ② 雞肉 ③ [俚]膽小鬼 adj. 膽怯的 ~-**hearted**, ~-**livered** adj. 膽怯的; 軟弱的 ~-**pox** n. [醫]水痘 // ~ **out** 害怕, 畏縮 **count one's** ~**s before they are hatched** 打如意算盤.

chicory /ˈtʃɪkərɪ/ n. [植]菊苣 ② 菊苣根(其粉末可作咖啡代用品).

chide /tʃaɪd/ v. (過去 chid 或 ~d 過去分詞 chid 或 chidden) 申斥, 責罵.

chief /tʃiːf/ n. ① 首領; 酋長, 族長 ② 首長; 主任 ③ 頭目, 頭子 adj. ① 主要的 ② (作定語)首席的; 主任的 ~**ly** adv. 主要地; 尤其 // **in** ~ ① 尤其, 最主要地 ② 在首席地位, 總….

chieftain /ˈtʃiːftən, -tɪn/ n. 族長;

酋長; 首領.

chiffon /ˈʃɪfɒn, ˈʃɪfən/ n. [法]雪紡綢, 薄綢.

chignon /ˈʃiːnjɒn, ʃiˌʃ/ n. (婦女的)髮髻.

chihuahua /tʃɪˈwɑːwɑː, -wə/ n. 吉娃娃(墨西哥原產的一種微型狗).

chilblain /ˈtʃɪlˌbleɪn/ n. 凍瘡.

child /tʃaɪld/ n. (pl. **~ren**) ① 孩子, 兒童 ② 兒子(或女兒) ③ 胎兒, 嬰兒 **~ bearing**, **~birth** n. 分娩 **~hood** n. 幼年, 童年 **~ish** adj. ① 孩子(氣)的 ② [貶]幼稚的 **~like** adj. [常褒]孩子似的; 天真無邪的 **~proof** adj. (指玩具、工具、器械等)不會危害孩子的, 對兒童安全的 // **~ abuse** (對兒童的)虐待 **~ molester** 猥褻兒童者 **~'s play** 輕而易舉之事.

chill /tʃɪl/ n. ① (常用單)寒冷, 寒氣 ② 風寒; 寒戰 ③ (常用單)寒心, 掃興 v. ① 使冷, 變冷; 冷藏 ② (使)掃興, (使)寒心 adj. ① 寒冷的 ② 冷淡的; 掃興的 **~ing** adj. 恐怖的 **~y** adj. ① 涼颼颼的; 冷淡的, 不友好的 **~iness** n. // cast / put a **~ into** sb 使某人掃興, 使某人泄氣.

chilli, 美式 **chili** /ˈtʃɪliː/ n. (乾)辣椒(粉).

chim(a)era /kaɪmˈɪərə/ n. 【希神】(獅頭、羊身、蛇尾的)妖怪 ② 幻想; 妄想 ③ 不可實現的想法 **chim(a)erical** adj. 幻想的; 荒誕不經的.

chime /tʃaɪm/ n. 一組樂鐘; (常用複)(一組鐘發出的)鐘聲, v.

① (鐘等)諧鳴; 鳴鐘報時 ② 協調, 一致 // **in** 插嘴 **~(in)** with 與⋯協調一致.

chimera /kaɪˈmɪərə, kɪ-/ n. = **chim(a)era** adj.

chimney /ˈtʃɪmnɪ/ n. ① 煙囪 ② (煤油燈的)燈罩 // **breast** [英]壁爐牆 **~ pot** 煙囪頂管 **~ sweep(er)** 掃煙囪工人([俗]亦作 sweep).

chimp /tʃɪmp/ n. = **~anzee** [口].

chimpanzee /ˌtʃɪmpænˈziː/ n. 黑猩猩.

chin /tʃɪn/ n. 頦, 下巴.

china /ˈtʃaɪnə/ n. 磁器瓷器; (杯、碟等)瓷製品 // **~ clay** (= kaolin) 瓷土, 高嶺土.

Chinatown /ˈtʃaɪnəˌtaʊn/ n. 華埠, 唐人街.

chinchilla /tʃɪnˈtʃɪlə/ n. ① (南美的)灰鼠, 栗鼠 ② 灰鼠毛皮 ③ 栗鼠絨, 珠皮絨.

chine /tʃaɪn/ n. (動物的)脊肉 vt. 沿脊骨切肉.

Chinese /tʃaɪˈniːz/ adj. (單複數同形)中國人(的); 中國的; 漢語(的) // **~ cabbage** (中國的)大白菜 **~ chequers** 中國跳棋 **~ lantern** 燈籠 **~ leaves** (= **~ cabbge**) 大白菜 **~ medicine** 中醫.

chink [1] /tʃɪŋk/ n. 裂縫, 裂口.

chink [2] /tʃɪŋk/ n. 叮噹聲 v. (使)叮噹作響.

chintz /tʃɪnts/ n. 擦光印花棉布.

chip /tʃɪp/ n. ① 碎片; 切片; 木屑 ② 凹口, 缺口 ③ 炸薯片, 炸薯條(亦作 **potato ~**) ④ [美]籌

碼 ⑤ 集成電路芯片 v. ① 切(或削)成薄片 ② 碎裂 // ~ **in** ① 插嘴 ② 捐錢 carry a ~ on one's shoulder [口]脾氣暴躁; 喜歡吵架 pass / cash in one's ~s [俚]死.

chipboard /'tʃɪp.bɔːd/ n. 木屑板.

chip card /tʃɪp kɑːd/ n. 微型晶片(一種數據儲存卡).

chipmunk /'tʃɪpmʌŋk/ n. (北美的)金花鼠(一種小松鼠).

chipolata /ˌtʃɪpə'lɑːtə/ n. (尤指英國的)小香腸, 直布羅陀腸.

chiropodist /kɪ'rɒpədɪst/ n. 足科醫生 chiropody n. [醫]足科.

chiropractic /ˌkaɪrə'præktɪk/ n. 脊柱按摩治療法 chiropractor n. 脊柱按摩治療師.

chirp /tʃɜːp/ v. & n. or chirrup /'tʃɪrəp/ v. & n. ① (蟲鳴)啾啾(唧唧)叫(聲) ② 喊喊喳喳講話(聲) ~**y** adj. [口](指人)興高采烈的.

chisel /'tʃɪz°l/ n. 鑿子 v. ① 鑿(成); 鏤(刻); 雕 ② [俚]欺騙, 詐騙 ~(**l)er** n. [俚]騙子.

chit ¹ /tʃɪt/ n. 短信, 便條; 單據.

chit ² /tʃɪt/ n. 冒失的少女.

chitchat /'tʃɪt.tʃæt/ n. & vi. 閒聊, 聊天.

chitterlings /'tʃɪtəlɪŋz/ or chitlins /'tʃɪtlɪnz/ or chitlings /'tʃɪtlɪŋz/ pl. n. (豬的)小腸.

chivalry /'ʃɪvəlrɪ/ n. ① 對女子殷勤有禮的舉止 ② (歐洲中世紀的)騎士制度 ③ 俠義精神 chivalrous adj. ① 勇武的 ② (對女人)獻殷勤的 ③ 有騎士氣概的.

chive /tʃaɪv/ n. 細香蔥, 蝦夷蔥.

chiv(v)y /'tʃɪvɪ/ n. & v. or chevy /'tʃevɪ/ v. ① [口]嘮嘮叨叨地催促(… 去做) n. ② 煩擾; 欺凌.

chloride /'klɔːraɪd/ n. 【化】氯化物 ~ **sodium** /~/ 【化】氯化鈉(食鹽).

chlorinate /'klɔːrɪˌneɪt/ vt. 【化】用氯加以消毒 chlorination n. chloinator n. 【化】加氯器.

chlorine /'klɔːriːn/ or chlorin /'klɔːrɪn/ n. 【化】氯(氣).

chlorofluorocarbon /ˌklɔːrəˌflʊərə(ʊ)'kɑːb°n/ n. 氯氟碳化合物(被認為會破壞真氧層)(略作 CFC).

chloroform /'klɔːrəˌfɔːm/ n. 【化】【醫】氯仿, 哥羅芳, 三氯甲烷.

chlorophyll, 美式 chlorophyl /'klɒrəfɪl/ n. 葉綠素.

choc-ice /tʃɒkˌaɪs/ n. [英口]巧克力脆皮冰淇淋.

chock /tʃɒk/ n. (用以防轉動或滑動的)楔子; 墊木 ~**-a-block** adj. & adv. 塞滿的(地); 擠滿的(地) ~**-full** adj. [口](擠)滿的.

chocolate /'tʃɒkəlɪt, 'tʃɔːk, -lət/ n. 巧克力(糖), 朱古力; 巧克力飲料.

choice /tʃɔɪs/ n. ① 選擇 ② 選擇權; 選擇機會 ③ 精華, 應選品, 精華 ④ (一批)備選的品種 adj. 精選的, 上等的.

choir /kwaɪə/ n. ① 合唱團; (教堂的)唱詩班 ② (教堂內)唱詩班的席位.

choke /tʃəʊk/ v. ① (使)窒息; 哽住, 嗆住 ② 抑制(情感) ③ 阻塞, 堵塞 n. ① 窒息 ② 【機】阻氣門, 阻氣門 // ~ **back** 抑制(怒氣、眼

淚等) ~ **down** 哽嚥食物.

choker /'tʃəʊkə/ n. 短而緊的項鏈; (硬)高領.

chok(e)y /'tʃəʊkɪ/ n. [英俚]監獄; 拘留所.

choler /'kɒlə/ n. 怒氣, 易怒性; 暴躁.

cholera /'kɒlərə/ n. 【醫】霍亂.

choleric /'kɒlərɪk/ adj. 易怒的, 脾氣壞的.

cholesterol /kə'lɛstərɒl/ n. 【生】膽固醇.

chomp /tʃɒmp/ v. = champ ① 大聲明嚼 ② 不耐煩, 焦急.

choose /tʃuːz/ v. (過去式 chose 過去分詞 chosen) ① 選擇, 挑選 ② (後接不定式)選定, 甘願 ③ // **cannot ~ but** 不得不.

choosy /'tʃuːzɪ/ adj. [口]愛挑剔的, 難討好的.

chop /tʃɒp/ v. ① 砍, 劈, 斬 ② 切細, 剁碎 ③ 猛擊 n. ① 砍, 劈 ② 猛擊 ③ 排骨.

chopper /'tʃɒpə/ n. ① 大菜刀, 斧子 ② [口]直升機 ③ (pl.) [俚]牙齒.

choppy /'tʃɒpɪ/ adj. ① 波濤洶湧的 ② (風向)多變的, 突變的.

chopsticks /'tʃɒpstɪks/ pl. n. 筷子.

chop suey /,tʃɒp 'suːɪ/ n. (中國菜)雜碎; 雜錦雜炒.

choral /'kɔːrəl/ adj. 合唱(團)的.

choral(e) /kɔː'rɑːl/ n. 讚美詩(曲調).

chord /kɔːd/ n. ①【音】和弦; 和音 ② 琴弦 ③【數】弦 ④【解】索, 帶 // **vocal ~s** 聲帶.

chore /tʃɔː/ n. 家務雜務, 日常事務.

chorea /kɒ'rɪə/ n. 【醫】舞蹈病.

choreography /,kɒrɪ'ɒɡrəfɪ/ or **choregraphy** /kɒ'rɛɡrəfɪ/ n. 舞蹈 (尤指芭蕾舞)動作的設計和編排 **choreographer** n. 舞蹈動作的編排者.

chorister /'kɒrɪstə/ n. 唱詩班歌手.

chortle /'tʃɔːtl/ vi. & n. 哈哈大笑(聲).

chorus /'kɔːrəs/ n. ① 合唱 ② 合唱團 ③ 副歌; 合唱曲; (歌曲的)疊句; 合唱句 ④ 齊聲 v. 齊聲說; 合唱 // **in ~** 一齊聲; 一齊.

chose /tʃəʊz/ v. choose 的過去式.

chosen /'tʃəʊz'n/ v. choose 的過去分詞.

chow /tʃaʊ/ n. [俚]食物 v. 吃.

chow (chow) /tʃaʊ(tʃaʊ)/ n. 鬆獅犬(中國種的狗).

chowder /'tʃaʊdə/ n. (鮮魚、蛤等調製的)海鮮濃湯, 周打湯.

chow mein /,tʃaʊ 'meɪn/ n. [漢]炒麵.

Christ /kraɪst/ n. (基督教救世主)基督, 耶穌基督(亦作 Jesus ~).

christen /'krɪsən/ vt. 【宗】施以洗禮 ② 命名; 給予受洗名 **~ing** adj.

Christendom /'krɪsəndəm/ n. 基督教世界; 基督教徒(總稱).

Christian /'krɪstʃən/ n. 基督教徒 **~ity** n. 基督教义 // **~ name** 教名, 聖名(受洗時所起的名字) **~ Science** 基督教科學派(主張以宗教信仰及精神療法治病).

Christmas /'krɪsməs/ n. 聖誕節(12月 25 日)(略作 X'mas).

chromatic /krə'mætɪk/ adj. ① 色

彩的; 顏色的 ②【音】半音階的
~ally adv.

chromatography /ˌkrəʊməˈtɒɡrəfi/ n.【化】層析, 色層分析.

chrome /krəʊm/ n. or chromium /ˈkrəʊmiəm/ n.【化】鉻.

chromosome /ˈkrəʊməˌsəʊm/ n.【化】染色體.

chronic /ˈkrɒnɪk/ adj. ① 長期的; 慢性的 ② 慣常的, 經常的 ③【口】極壞的, 糟糕的 ~ally adv. // fatigue syndrome【醫】慢性疲勞綜合症.

chronicle /ˈkrɒnɪkl/ n. 年代記; 編年史 vt. 把 … 載入編年史; 記述 ~r n. 編年史作者.

chronology /krəˈnɒlədʒi/ n. 年代學; 年表 chronological adj. 按年代次序排列的.

chronometer /krəˈnɒmɪtə/ n. 精密時計, 天文鐘.

chrysalis /ˈkrɪsəlɪs/ n. 蛹; 繭.

chrysanthemum /krɪˈsænθəməm/ n.【植】菊(花).

chub /tʃʌb/ n.【魚】雪鰷魚.

chubby /ˈtʃʌbɪ/ adj. 豐滿的; 圓胖的 chubbiness n.

chuck [1] /tʃʌk/ v. ①【口】扔; 抛 ②【口】抛棄; 放棄 ③ 輕撫(下巴) // ~ it!【俚】住手!住口! ~ out 驅逐.

chuck [2] /tʃʌk/ n. 牛頸肉.

chuck [3] /tʃʌk/ n.【機】(車床等的) 夾盤, 卡盤.

chuckle /ˈtʃʌkl/ vi. & n. 嘻嘻笑(聲).

chuffed /tʃʌft/ adj.【口】高興的.

chug /tʃʌɡ/ vi. & n. (機器)嘎嘎地

開動着; 嘎嘎的響(聲).

chukka /ˈtʃʌkə/ n. (馬球比賽的)一局.

chum /tʃʌm/ n.【口】(尤指男孩間的)好朋友 vi. 同室居住 ~my adj.【口】友好的, 親密的 // ~ up (with) 和 … 友好.

chump /tʃʌmp/ n. ①【口】呆子 ② 厚肉塊.

chunk /tʃʌŋk/ n. ① 厚塊 ②【口】大量 ~y adj. 矮胖的; 厚實的.

church /tʃɜːtʃ/ n. ① 教堂; 禮拜堂 ② 禮拜 ③ (C-)教會; 全體教徒 ~goer n. 常去做禮拜的教徒 ~warden n. 教會執事.

churchyard /ˈtʃɜːtʃˌjɑːd/ n. 教堂墓地; 毗連教堂的庭院.

churlish /ˈtʃɜːlɪʃ/ adj. 脾氣壞的; 粗野的.

churn /tʃɜːn/ n. ① (煉製牛油的)攪奶桶 ② 大奶罐 v. ① 用攪奶桶攪拌 ② 製造(牛油) ② (使)劇烈攪動或翻騰 // ~ out【口】迅速大量地生產(東西) ~ rate【商】客戶流失率.

chute /ʃuːt/ n. ① 斜槽, 瀉槽 ② 急流; 瀑布 ③ = para–【口】傘衣.

chutney /ˈtʃʌtnɪ/ n. (用水果、醋、香料等調製的)酸辣醬.

CIA /siː aɪ eɪ/ abbr. = Central Intelligence Agency (美國)中央情報局.

cicada /sɪˈkɑːdə/ or cicala n.【昆】蟬.

cicatrice /ˈsɪkətrɪs/ n. or cicatrix /ˈsɪkətrɪks/ n. ①【醫】傷痕, 疤痕 ②【植】葉痕.

CID /siː aɪ diː/ abbr. = Criminal

Investigation Department [英]刑事偵緝處.

cider, cyder /'saɪdə/ n. 蘋果酒; 蘋果汁.

CIF /si: aɪ ɛf/ abbr. = Cost, Insurance and Freight (all included) 到岸價.

cigar /sɪ'gɑ:/ n. 雪茄煙.

cigarette, 美式 cigaret /ˌsɪgə'ret/ n. 香煙, 紙煙.

cinch /sɪntʃ/ n. [口] ① 輕而易舉之事 ② 必然(發生)的事情.

cinder /'sɪndə/ n. 煤渣, 爐渣; (pl.) 灰燼.

Cinderella /ˌsɪndə'relə/ n. ① 灰姑娘 ② 長期遭忽視或冷落而被埋沒的人(或事物).

cine camera /'sɪnɪ 'kæmərə/ n. 電影攝影機.

cinema /'sɪnɪmə/ n. ① 電影院 ② 電影, 影片 ③ 電影業; 電影製片術 ~**tic** adj.

cinematography /ˌsɪnɪmə'tɒgrəfi/ n. 電影攝影術 cinematographer n. 電影攝影師.

cineraria /ˌsɪnə'reərɪə/ n. 【植】爪葉菊.

cinnamon /'sɪnəmən/ n. 【植】肉桂(樹).

cipher, cy- /'saɪfə/ n. ① 密碼; 暗號 ② 無足輕重之人(或事物) ③ 零; 數學符號 0.

circa /'sɜ:kə/ prep. [拉]大約.

circle /'sɜ:k'l/ n. ① 圓; 圓周; 圈 ② 圓形物; (劇院的)樓廳 ③ 派系, 集團; 圈子; …界 ④ 循環; 週期 v. ① 圓, 環繞 ② 盤旋; 環行; 旋轉 // **go (a)round in ~s** 白費力

氣, 毫無進展.

circlet /'sɜ:klɪt/ n. (作為飾物戴在頭上的)花環, 金屬環.

circuit /'sɜ:kɪt/ n. ① 周遊; 巡迴; 巡迴審判地區 ② (體育競賽)巡迴賽 ③【電】電路; 迴路 ~**ous** adj. 迂迴的; 迂遠的 // ~ **breaker** 【電】斷路器 ~ **court** 巡迴法庭.

circular /'sɜ:kjʊlə/ adj. ① 圓形的, 環狀的 ② 循環的; 迂迴的; 環遊的 n. 傳單, 通告; 通報; 通函.

circularize, -se /'sɜ:kjʊlə,raɪz/ vt. 傳閱; 發通知給…; 發傳單.

circulate /'sɜ:kjʊ,leɪt/ v. (使)運行; (使)周轉; 循環; (使)流通; 傳播 // **circulating library** 流通圖書館.

circulation /ˌsɜ:kjʊ'leɪʃən/ n. ① 運行; 循環(尤指血液) ② 流通; 流轉 ③ 發行(貨幣等)發行額; (報刊)銷數 // **put … into ~** 發生(貨幣等).

circulatory /'sɜ:kjʊ,leɪt/ adj. (血液)循環的 // ~ **system** (血液的)循環系統.

circumcise /'sɜ:kəm,saɪz/ vt. 【醫】割除男性的包皮(女性的陰蒂) circumcision n. 【醫】包皮環切術; 【宗】割禮.

circumference /sə'kʌmfərəns/ n. 圓周; 周圍長度.

circumflex /'sɜ:kəm,fleks/ n. 【語】音調(長音)符號(^).

circumlocution /ˌsɜ:kəmlə'kju:ʃən/ n. (言辭的)婉轉曲折; 囉嗦(話); 遁辭 circumlocutory adj.

circumnavigate /ˌsɜ:kəm'nævɪ,geɪt/ vt. 環航(世界) circumnavigation n.

circumscribe /ˌsɜːkəmˈskraɪb, ˈsɜːkəmˌskraɪb/ *vt.* ① 限制 ② (在…的周圍)劃界線; 立界限於 ③【數】使外接, 使外切 circumscription *n.* // circumscribing circle【數】外接圓.

circumspect /ˈsɜːkəmˌspekt/ *adj.* 謹慎小心的; 慎重的; 考慮周詳的 ~ion *n.* ~ly *adv.*

circumstance /ˈsɜːkəmstəns/ *n.* ① (常用複)情況; 環境 ② 詳情, 細節; 事實 ③ (*pl.*)經濟情況 情況 // **under / in the ~s** 在這種情況下 **under / in no ~s** 決不.

circumstantial /ˌsɜːkəmˈstænʃəl/ *adj.* ① (指證據)根據情況推斷的 ② (指說明等)詳細的 ③ 偶然的; 不重要的.

circumstantiate /ˌsɜːkəmˈstænʃɪˌeɪt/ *vt.* 證實.

circumvent /ˌsɜːkəmˈvent/ *vt.* ① 規避(困難等) ② 對…以計取勝 ~ion *n.*

circus /ˈsɜːkəs/ *n.* ① 馬戲(團) 圓形劇場; [英]圓形廣場; 圓形露天競技場.

cirrhosis /sɪˈrəʊsɪs/ *n.*【醫】肝硬化.

cirrus /ˈsɪrəs/ *n.* (*pl.* **-ri**)【氣】卷雲.

CIS /siː aɪ ɛs/ *abbr.* = Commonwealth of Independent States 獨立國家聯合體(簡稱獨聯體).

cissy /ˈsɪsɪ/ *n.* = sissy [英貶]脂粉氣的男人.

cistern /ˈsɪstən/ *n.* ① 蓄水池

② (尤指油水馬桶的)貯水箱.

citadel /ˈsɪtədˌl, -ˌdɛl/ *n.* ① 城堡 ② 堡壘; 要塞.

cite /saɪt/ *vt.* ① 引用, 引證 ② 嘉獎 ③【律】傳訊 citation *n.*

citizen /ˈsɪtɪzˈn/ *n.* ① 市民; 平民 ② 公民; 國民 ~**ship** *n.* 公民身份; 公民權 // ~**'s band** (供私人無線電通訊用的)民用波段.

citric /ˈsɪtrɪk/ *adj.*【化】檸檬(性)的 // ~ **acid** 檸檬酸.

citron /ˈsɪtrən/ *n.*【植】香櫞(樹).

citrus /ˈsɪtrəs/ *n.*【植】① 柑橘屬 ② 檸檬; 柑橘.

city /ˈsɪtɪ/ *n.* 市, 都市, 城市 ~**-state** *n.* (舊時的)城邦 **the City** *n.* 倫敦商業金融中心 // **the City of Rams** 羊城(即廣州).

civet /ˈsɪvɪt/ *n.*【動】香貓, 麝貓; 【化】麝貓香.

civic /ˈsɪvɪk/ *adj.* 城市的; 市民的; 公民的.

civics /ˈsɪvɪks/ *pl. n.* 公民學.

civil /ˈsɪvˈl/ *adj.* ① 平民的; 市民的; 公民的; 民用的;【律】民事的 ② 國內的; 內政的 ③ 謙恭的, 文明的 // ~ **aviation** 民用航空 ~ **defence** 民防 ~ **disobedience** 非暴力反抗, 公民抗命 ~ **engineering** 土木工程(學) ~ **law** 民法 ~ **servant** 公務員; 文官 ~ **service** 行政部門 ~ **war** 內戰.

civilian /sɪˈvɪljən/ *adj.* 民用的; 民間的 *n.* 平民, 老百姓.

civility /sɪˈvɪlɪtɪ/ *n.* ① 謙恭; 有禮 ② 文明禮貌的言行.

civilization, -sation /ˌsɪvɪlaɪˈzeɪʃən/

n. ① 文明; 文化 ② 文明世界; 文明社會.

civilize, -se /ˈsɪvɪˌlaɪz/ *vt.* 使文明; 開化; 教化.

civvies /ˈsɪvɪz/ *pl. n.* [俚]便服(以別於軍服).

Cl *abbr.* 【化】元素氯 (chlorine) 的符號.

clack /klæk/ *n.* ① 嗶剝聲 ② [俚]嘮叨, 饒舌 *v.* ① (使)發嗶剝聲 ② [俚]嘮嘮叨叨地講, 喋喋不休地說.

clad /klæd/ *adj. & v.* clothe 的過去式和過去分詞 *adj.* 穿衣的; 覆蓋着的.

cladding /ˈklædɪŋ/ *n.* 【物】包層; (建築物外牆上的)保護材料; 鍍層.

claim /kleɪm/ *vt.* ① 要求(應得的權利等); 認領; 索賠 ② 聲稱, 主張 ③ 需要; 值得 *n.* ① (對於權利等的)要求; 主張 ② 要求權, 要求物 ③ 認領; 索賠 **~ant** *n.* 要求(應得的權利者); 認領者; 索賠者.

clairvoyance /kleəˈvɔɪəns/ *or* **clairvoyancy** /kleəˈvɔɪənsɪ/ *n.* ① 超強的洞察力; 非凡的視力 ② 機敏 **clairvoyant** *adj. & n.* 具有超凡洞察力的(人).

clam /klæm/ *n.* 【動】蛤, 蚌, 蚶 ② 嘴緊的人; 沉默寡言者 // **~ up** [俚]拒不開口.

clamber /ˈklæmbə/ *vi.* (費勁地)攀登, 爬上.

clammy /ˈklæmɪ/ *adj.* 黏乎乎的; 濕冷的 **clamminess** *n.*

clamour, 美式 **clamor** /ˈklæmə/ *n.* ① 吵鬧; 喧嚷 ② 大聲叫喊(支持或反對) **~ous** *adj.* **~ously** *adv.* // **~ for** 吵鬧地要求.

clamp /klæmp/ *n.* ① 鉗, 夾子 ② 夾板 *vt.* 夾住, 夾緊 // **~ down on** 勒緊; 箝制; 取締 **~down** *n.*

clan /klæn/ *n.* ① 氏族; 部族 ② 宗派 **~nish** *adj.* [貶]宗派的, 小集團的.

clandestine /klænˈdestɪn/ *adj.* 秘密的; 暗中的; 私下的.

clang /klæŋ/ *v.* (使)叮噹地響 *n.* 叮噹聲.

clanger /ˈklæŋə/ *n.* [口]大錯, 失言.

clangour, 美式 **clangor** /ˈklæŋə/ *n. & v.* (發)叮噹聲 **~ous** *adj.*

clank /klæŋk/ *n.* 噹啷聲 *v.* (使)發噹啷聲.

clap [1] /klæp/ *v.* ① 拍手, 鼓掌 ② 輕拍 ③ 快速(或用力)擺放於; 匆匆鼓掌 *n.* ① 鼓掌聲 ② 霹靂聲 **~ped-out** *adj.* ① [俚]破舊的 ② 筋疲力盡的.

clap [2] /klæp/ *n.* (the ~) [俚]淋病.

clapper /ˈklæpə/ *n.* ① 鐘錘; 鈴舌 ② [俚](饒舌者的)舌頭 **~board** *n.* 【影】(開拍前在鏡頭前敲的)場記板, 音影對號牌.

claptrap /ˈklæpˌtræp/ *n.* 廢話; 嘩眾取寵之言詞.

claret [1] /ˈklærət/ *n.* ① 紅葡萄酒 ② [俚]血.

claret [2] /ˈklærət/ *adj. & n.* 紫紅色(的).

clarify /ˈklærɪˌfaɪ/ *v.* 澄清; 弄清楚 **clarification** *n.*

clarinet /ˌklærɪˈnet/ *n.* 【音】單簧管, 黑管 **~(t)ist** *n.* 單簧管手.

clarion /ˈklærɪən/ n. (古代的)號角 (聲) adj. 響亮清澈的; 鼓舞人心 的 // ~ call 鼓舞人心的號召.

clarity /ˈklærɪtɪ/ n. ① 明晰; 清楚 ② 清澈; 透明.

clash /klæʃ/ v. ① (使)碰撞作聲 ② 猛撞; 衝突 ③ (色彩)不調 和 n. ① 碰撞聲 ② 衝突; 抵觸 ③ (色彩的)不調和.

clasp /klɑːsp/ n. ① 帶扣; 鈎子, 緊 環 ② 緊握; 抱住 v. ① 扣住, 鈎 住 ② 緊握; 摟抱 // ~ knife 摺刀.

class /klɑːs/ n. ① 階級 (學校 的)年級; 班 ③ (一節)課 ④ 等 級; 種類 vt. 將 … 分類; 分等; 分 級 ~-conscious adj. 有階級覺悟 的 ~-mate n. 同班同學 // ~ action (律)集團訴訟.

classic /ˈklæsɪk/ adj. ① (尤指文 學、藝術作品)最優秀的; 第一 流的 ② 古典的; 經典的; 古典派 的 ③ (因其歷史淵源而)著名的 n. ① 第一流的作家(或藝術家); 名著, 傑作 ② (pl.)經典著作; 古 典作品.

classical /ˈklæsɪkᵊl/ adj. ① (指文 學、藝術作品)經典性的, 古典 (派)的; 正統派的 ② (古希臘、 羅馬)古典文學(藝術)的; 古代文 化的 ③【音】古典的 ~ly adv. // ~ music 古典音樂.

classify /ˈklæsɪˌfaɪ/ vt. 分類, 分等 **classifiable** adj. 可分類(等級) 的 **classification** n. classified adj. ① 分類的 ② 機密的 // classified ad / advertisement 分類廣告.

classy /ˈklɑːsɪ/ adj. [口]時髦的; 上 等的; 漂亮的; 高雅的.

clatter /ˈklætə/ v. ① (使)發喔唧(或 卡嗒)聲 ② 嘰哩呱啦地談笑 n. (僅用單) ① (機器)卡嗒聲; (馬 蹄)嗒嗒聲; (金屬碰撞)鏗鏘聲 ② 嘰哩呱啦談笑聲.

clause /klɔːz/ n. ①【語】子句 ② 條款; 條; 項.

claustrophobia /ˌklɔːstrəˈfəʊbɪə, ˌklɒs-/ n.【醫】幽閉恐怖, 獨居恐 懼症 **claustrophobic** adj. 患幽閉 恐怖症的.

clavichord /ˈklævɪˌkɔːd/ n.【音】翼 琴(鋼琴的前身).

clavicle /ˈklævɪkᵊl/ n.【解】鎖骨 **clavicular** adj.

claw /klɔː/ n. ① (動物的)爪 ② (蟹、蝦等的)螯 ③ 似爪的工 具 v. (用爪子)抓; 搔; 撕 ~bar n. 撬棒 // ~ hammer 羊角榔頭, 拔 釘錘 ~ hold of 抓住.

clay /kleɪ/ n. 黏土.

claymore /ˈkleɪˌmɔː, Scottish ˈkleˈmor/ n. (16 世紀蘇格蘭高地 居民用的)雙刃大砍刀.

clean /kliːn/ adj. ① 清潔的; 乾淨 的 ② 純潔的; 清白的 ③ 愛乾淨 的 ④ 沒有用過的; 新鮮的 ⑤ 勻 稱的; 齊整的 ⑥ 徹底的; 完全 的 adv. ① 乾淨地; 純潔地 ② 徹 底地; 完全地 v. 弄清潔, 弄乾淨 ~-cut adj. 輪廓分明的; 整潔好 看的; 清楚的; 明確的 n. 清潔工 作 // come ~ [口]供認, 吐露真情.

cleaner /ˈkliːnə/ n. ① 清潔工人; 洗衣工人 ② 清潔器; 除垢劑.

cleaning /ˈkliːnɪŋ/ n. 掃除; 清洗.

cleanly¹ /ˈklenlɪ/ adj. 愛清潔的; 乾淨慣的 **cleanliness** n.

cleanly ² /ˈkliːnlɪ/ adv. 清潔地, 乾淨俐落地.

cleanse /klɛnz/ vt. ① 弄清潔; 洗淨 ② 使純潔; 清洗(罪惡) ~r n. 清潔劑.

clear /klɪə/ adj. ① 晴朗的; 清澈的; 明晰的 ② 清晰的; 響亮的 ③ 清楚的; 明白的 ④ 空曠的; 清除了(危險、障礙等)的 ⑤ 純利的; 淨得的 adv. ① 清楚地 ② 完全地 v. ① 掃除, 清除; 澄清 ② 放晴 ③ 跳過 ④ 淨得, 賺得 ⑤ 交換票據 **~ly** adv. ① 明朗化; 明顯地 ② 無疑地 **~ness** n. **~-cut** adj. 輪廓分明的; 清晰的 **~-sighted** adj. 目光銳利的; 精明的 **~-way** n. (車輛拋錨時才准停靠的)遇障通道 // **~ off** [口]走掉 **~ out** [口]溜掉; 清理.

clearance /ˈklɪərəns/ n. ① 掃除, 清除; 出清 ② 餘地; 間隙 ③ 出港(許可)證; 通關手續 // **~ sale** 【商】清倉賤賣.

clearing /ˈklɪərɪŋ/ n. ① (森林中的)空曠地 ② 【商】票據交換; 清算 // **~ house** 票據交換所.

cleat /kliːt/ n. ① 楔子; 索栓; 繫繩鐵角 ② (鞋底)防滑釘.

cleave ¹ /kliːv/ v. (過去式 ~d, clove 過去分詞 cloven, cleft 劈開) ① 劈開(處); 分裂 **cleavage** n. ① 劈開(處); 分裂 ② (婦女的)乳溝, 胸槽 **~r** n. 屠夫的切肉刀.

cleave ² /kliːv/ vi. (過去式 ~d, clove 過去分詞 ~d) (+ to) ① 黏住 ② 忠於; 堅持.

clef /klɛf/ n. 【音】譜號, 音部記號.

cleft ¹ /klɛft/ v. cleave 的過去式和

過去分詞 adj. 劈開的; 裂開的 // **~ lip** 兔唇 • **palate** 【醫】裂顎 **in a ~ stick** 進退兩難.

cleft ² /klɛft/ n. ① 裂縫, 裂口 ② V 字形凹刻.

clematis /ˈklɛmətɪs, kləˈmeɪtɪs/ n. 【植】鐵線蓮.

clement /ˈklɛmənt/ adj. ① (指氣候)溫和的 ② (指人)仁慈的; 寬厚的 **clemency** n.

clementine /ˈklɛmənˌtiːn, -ˌtaɪn/ n. 小柑橘.

clench /klɛntʃ/ v. ① 握緊(拳頭); 咬緊(牙關) ② 抓緊, 抓牢.

clerestory /ˈklɪəˌstɔːrɪ/ n. 【建】天窗; 高側窗.

clergy /ˈklɜːdʒɪ/ n. (總稱)牧師; 教士 **~man** n. 牧師; 教士.

cleric /ˈklɛrɪk/ n. [舊]教士, 牧師.

clerical /ˈklɛrɪkəl/ adj. ① 牧師的; 教士的 ② 文書的, 書記的; 辦公室工作的.

clerk /klɑːk, US klɜːrk/ n. ① 文員; 職員; 管理員 ② [美]店員.

clever /ˈklɛvə/ adj. 聰明的, 機敏的, 靈巧的, 伶俐的 **~ly** adj. **~ness** n.

cliché /ˈkliːʃeɪ/ n. [法][貶]陳腔濫調; 老生常談.

click /klɪk/ n. 滴答(或卡嗒)聲 v. ① (使)滴答(或卡嗒)地響 ② [口]一見如故; 一見傾心 ③ [口]大受歡迎; 獲得成功 ④ 使恍然大悟 ⑤ 【計】點擊.

client /ˈklaɪənt/ n. ① 委託人; (律師的)當事人 ② 顧客 **~ele** n. (總稱)委托人; 顧客; 當事人 // **~ state** 附屬國.

cliff /klɪf/ n. (尤指海邊的)懸崖; 峭壁 **~hanger** n. 扣人心弦的驚險影視節目(或緊張的體育比賽) // **~ jumping** 跳崖運動.

climacteric /klaɪˈmæktərɪk, ˌklaɪmækˈterɪk/ n. ① = menopause 更年期 ② 緊要時期.

climate /ˈklaɪmɪt/ n. ① 氣候 ② 風土; 地帶 ③ 思潮, 風氣 climatic adj.

climax /ˈklaɪmæks/ n. ① 頂點 ②(小說戲劇的)高潮 ③ 性交高潮 v. (使)達到頂點, (使)達到高潮 climactic adj.

climb /klaɪm/ v. ① 攀登; 爬 ②(飛機等)上升; (植物)蔓緣 n. 攀登; 上升 // **~ down** 認輸; 讓步.

climber /ˈklaɪmə/ n. ① 登山者 ② 攀緣植物 ③ 野心家, 向上爬的人.

clime /klaɪm/ n. [書]氣候; 地方; 風土.

clinch /klɪntʃ/ n. ① 彎彎; 釘住 ②[口]確認; 確定(論據、交易等) ③(尤指拳擊手)互相扭住 n. ① 互相扭住 ②[口]擁抱 **~er** n. [口]定論, 無可置疑的論點 // **~ a deal** [口]達成交易.

cling /klɪŋ/ vi. (過去式及過去分詞 clung)① 黏住; 纏住; 依附; 緊握 ② 堅持(意見); 墨守(成規) **~ing** adj. 緊身的; 依附的 // **~ film** 保鮮紙, 塑膠薄膜包裝紙.

clinic /ˈklɪnɪk/ n. ① 門診部; 診療所 ② 臨診; 臨床(講授或實習課).

clinical /ˈklɪnɪkˈl/ adj. ① 臨床的; 診所的 ②(指態度、判斷等)慎重的, 科學而客觀的 **~ly** adv. // **~ test** (新藥的)臨床試驗 **~ thermometer** 體溫計.

clink ¹ /klɪŋk/ n. & v. [口]叮噹聲; (使)叮噹地響.

clink ² /klɪŋk/ n. [俚]監獄, 牢房.

clinker /ˈklɪŋkə/ n. ① 爐渣; 煤渣; 熔渣 ②[俚]大失敗; 大錯誤.

clinker-built /ˈklɪŋkə-bɪlt/ adj. (指船)重疊搭造的, 鱗狀搭造的.

clip ¹ /klɪp/ n. ① 夾子; 迴形針; 萬字夾; 紙夾 ② 子彈夾 vt. 夾住.

clip ² /klɪp/ n. ① 剪(短); 修剪 ②[俚]痛打, 猛擊 n. ① 電影剪輯 ② 猛擊.

clipper /ˈklɪpə/ n. ① 快速帆船 ②(pl.)剪刀, 修剪工具 ③ 剪削者.

clipping /ˈklɪpɪŋ/ n. ① 剪下物 ②[美]剪報([英]亦作 cutting).

clique /kliːk, klɪk/ n. [貶]派系; 小集團 cliqu(e)y, cliquish adj. 小集團的, 有小集團傾向的; 排他的.

clitoris /ˈklɪtərɪs, ˈklaɪ-/ n. 【解】陰蒂, 陰核 clitoral adj.

cloak /kləʊk/ n. ① 斗篷, 大氅 ② 遮蓋物; 偽裝 vt. 遮蓋, 掩蓋 **~room** n. ① 衣帽間 ②[英婉]廁所 // **under the ~ of** 用…作藉口, 趁着….

clobber ¹ /ˈklɒbə/ vt. [口]① 連續打擊, 狠揍 ② 打垮, 徹底擊敗.

clobber ² /ˈklɒbə/ n. [口]行李; 衣服; 裝備.

cloche /klɒʃ/ n. ①(玻璃或透明塑膠的)幼苗保護罩 ②(狹邊)鐘形女帽.

clock ¹ /klɒk/ n. ① 鐘 ②[口]時速

錶; 里程錶 ③[英里](人的)面孔 // **around / round the ~** 整天整夜地, 夜以繼日地 **work against the ~** 搶時間做完.

clock² /klɒk/ v. (為…)計時 // **~ in / on** (用自動記時裝置)打卡記錄上班時間 **~ off / out** 打卡記錄下班時間 **~ up** (時間、距離、速度等)達到.

clockwise /ˈklɒkˌwaɪz/ adj. & adv. 順時針的(地); 正轉的(地).

clockwork /ˈklɒkˌwɜːk/ n. 鐘錶機構; 發條裝置 // **~ like** 有規律地; 精確地; 順利地.

clod /klɒd/ n. ① 土塊; 泥塊 ②[口]笨蛋 **~dish** adj. 呆笨的 **~hopper** n. ①[貶]笨人; 粗人 ② (pl.)[謔]笨重的大鞋.

clog /klɒg/ n. ① 木底鞋, 木屐 v. 妨礙, 阻礙 ② 塞滿, 填滿 // **~ dance** 木屐舞.

cloggy /ˈklɒgɪ/ adj. 黏牢的, 黏糊糊的.

cloisonné /klwɑːˈzɒneɪ/ adj. & n. 景泰藍(一種中國工藝品).

cloister /ˈklɔɪstə/ n. ① 迴廊 ② 修道院 **~ed** adj. 隱居的.

clone /kləʊn/ n. ①[生]無性系 ②[口]酷似別人的人 v. ① 無性繁殖 ②[計算]複製.

close¹ /kləʊs/ v. ① 關, 閉 ② 不開放; 關閉 ③ 結束 ④ (使)靠緊; (使)靠攏 n. (僅用單)結束 // **bring sth to a ~** 終止, 結束 **~d-circuit television** 閉路電視 **~d shop** 只僱用工會會員的工廠(或商店) **come / draw to a ~** 告終 **~ in** 包圍, 逼近; (白晝)漸短.

close² /kləʊs/ adj. ① 近的, 接近的; 緊密的 ② 嚴密的; 準確的; 仔細的 ③ 封閉的; 不公開的; 秘密的 ④ 親密的 ⑤ 悶氣的 ⑥ 不相上下的 adj. 緊密地; 接近地 **~ly** adv. 緊密地; 接近地; 親密地, 仔細地 **~ness** n. 接近; 悶氣; 緊密; 嚴密; 親密 **~-run** adj. 險勝的 **~-up** n. (影視的特寫鏡頭) // **~ season** (= [美]**~d season**) 禁獵期.

closet /ˈklɒzɪt/ n. ① 壁櫥; 套間 ②[美]儲藏室 ③ 盥洗間, 廁所 adj. 關起門來的, 私下的 vt. 關起門來密談.

closing /ˈkləʊzɪŋ/ adj. 結束的, 末了的; 閉會的 // **~ date** 截止日期 **~ price**【經】股市收盤價 **~ time** (商店的)打烊時間.

closure /ˈkləʊʒə/ n. ① 關閉 ② 結束.

clot /klɒt/ n. ① 血栓, (血等)凝塊 ② 傻瓜 v. (使)凝結.

cloth /klɒθ/ n. (pl. ~s) ① (棉、毛、絲等的)織物, 衣料; 布; 毛料 ② (作某種用途的)布.

clothe /kləʊð/ vt. ① 給…穿衣; 供給…衣着 ② 覆蓋.

clothes /kləʊðz/ pl. n. ① 衣服 ② (總稱)被褥 // **~ horse** 曬衣架 **~ peg** (= [美]**~pin**) [英]曬衣夾 **~ tree** 衣帽架.

clothing /ˈkləʊðɪŋ/ n. (總稱)衣服.

cloud /klaʊd/ n. ① 雲 ② (煙霧、灰塵等)雲狀物 ③ 大羣, 大堆 ④ 引起不快或疑慮的事物; 陰影 v. ① (使)烏雲密佈 ② (使)朦朧; (使)變得不清楚 ③ (使)心情

黯然 ~less *n.* 無雲的 ~y *adj.* 多雲的，陰天的；(指液體)混濁的；朦朧的，模糊的；(指情緒)陰鬱的，煩惱的 ~burst *n.* 大暴雨.

clout /klaʊt/ *n.* [口] ① 敲，打 ② 勢力，影響(力) *v.* ① [俚]打，敲 ② [美口]用力擊球.

clove¹ /kləʊv/ *n.* ①【植】丁香(樹) ② 一片，一瓣(大蒜) // ~ hitch 【海】丁香結，酒瓶結.

clove² /kləʊv/ *v.* cleave 的過去式.

cloven /ˈkləʊv²n/ *v.* cleave 的過去分詞naut，裂開的；分趾的；偶蹄的 // ~ hoof，~ foot 偶蹄性.

clovergrass /ˈkləʊvə/ *n.*【植】三葉草，苜蓿 // live / be in ~ 生活優裕.

clown /klaʊn/ *n.* ① 小丑，丑角 ② 滑稽可笑的人 ③ 笨拙粗魯的人 *vi.* 扮小丑 ~ish *adj.*

cloy /klɔɪ/ *vt.* 使膩味 ~ing *adj.*

cloze test /kləʊz/ *n.* 填空測驗.

club /klʌb/ *n.* ① 棍棒，球棒 ② 俱樂部，夜總會 ③ (撲克牌)梅花 *vt.* ① 棍打 ② 湊集(款項等)；貢獻(意見等) // ~ together 共攤費用.

clubfoot /ˈklʌbfʊt/ *n.* 畸形足.

cluck /klʌk/ *vi. & n.* 母雞咯咯叫(的聲音).

clue /kluː/ *n.* 線索，暗示 *vt.* 為…提供線索 ~less *adj.* [英俚]愚蠢的；無能的 // ~ up 使見多識廣(或消息靈通) not have a ~ 一無所知；不知所措.

clump¹ /klʌmp/ *n.* (樹)叢，(土)塊，(泥)堆 *v.* (使)成叢(或成堆、成塊).

clump² /klʌmp/ *n. & v.* (用)沉重的腳步聲(行走).

clumsy /ˈklʌmzɪ/ *adj.* ① 笨拙的，笨重的 ② (器具等)製作簡陋，難用的；拙劣的 clumsily *adv.* clumsiness *n.*

clung /klʌŋ/ *v.* cling 的過去式和過去分詞.

clunk /klʌŋk/ *n. & vi.* (發出)沉悶的金屬撞擊聲.

cluster /ˈklʌstə/ *n.* ① (葡萄、櫻桃等的)串，簇 ② (樹、星、蜜蜂、人等的)叢，羣 *v.* (使)叢生；(使)成羣.

clutch¹ /klʌtʃ/ *v.* (去)抓；抓住；揑緊 *n.* ① 抓牢；把握 ② (*pl.*)控制；掌握 ③【機】離合器 // fall / get into sb's ~es 落入某人的掌握之中.

clutch² /klʌtʃ/ *n.* ① 一次所孵的蛋 ② 一窩小雞.

clutter /ˈklʌtə/ *vt. & n.* (使)雜亂，(使)凌亂 // in a ~ [口]雜亂的，凌亂的.

cm. /siː em/ *abbr.* = centimeter(s).

Co., /kəʊ/ *abbr.* ① = company ② = county.

Co *abbr.*【化】元素鈷 (cobalt) 的符號.

C. O. /siː əʊ/ *abbr.* = Commanding Officer 指揮官；司令員.

co- /kəʊ/ *pref.* [前綴] 表示"共同，一起，相互"，如：~production *n.* 共同生產.

c/o *abbr.* ① = care of (信封上用語)由…轉交 ② = carried over (簿記用詞)轉入.

coach /kəʊtʃ/ *n.* ① 四輪大馬

車 ② (鐵路)客車 ③ 長途汽車 ④ 私人教師; (體育)教練(員) v. 輔導; 訓練(運動員) ~man n. 馬車夫 // ~ party 包車旅遊團隊.

coagulant /kəʊˈægjʊlənt/ or **coagulator** /kəʊˈægjʊˌleɪtə/ n. 【化】凝結劑.

coagulate /kəʊˈægjʊˌleɪt/ v. (使)凝結; (使)合成一體 coagulation n.

coal /kəʊl/ n. 煤(塊) v. (給 …)加煤 ~face n. 煤層截面, 採煤工作面 ~field n. 煤田 // ~ gas 煤氣 ~ mining 煤礦盟採 ~ tar 煤焦油.

coalesce /ˌkəʊəˈles/ vi. 結合; 聯合; 合併 ~nce n.

coalition /ˌkəʊəˈlɪʃən/ n. 結合; 合併; (政黨等的)聯合, 聯盟 // ~ government 聯合政府.

coarse /kɔːs/ n. ① 粗糙的, 粗的 ② 粗鄙的, 粗魯的 ~ly adv. ~ness n. // ~ fish (鮭、鱒以外的淡水魚)

coarsen /ˈkɔːsᵊn/ v. (使)變粗.

coast /kəʊst/ n. 海岸, 海濱 v. ① 沿海岸航行 ② (靠慣性)滑行; (由坡上)滑下 ~al adj. ~ guard n. (負責海岸救難、緝私和巡邏任務的)海岸警衛隊(員) ~line n. 海岸線.

coaster /ˈkəʊstə/ n. ① 沿岸航行的小船 ② (杯、盤等的)墊子.

coat /kəʊt/ n. ① 上衣, 外套; (女裝)上裝 ② (動物的)皮毛; (植物)的表皮 ③ (漆等)塗層 ④ 【解】(外膜) vt. 塗上; 包上 // ~ of arms (盾形)紋章.

coating /ˈkəʊtɪŋ/ n. ① 薄層; 薄皮

② 外衣衣料.

coax /kəʊks/ v. ① 哄誘; 勸誘 ② 耐心地處理; 用心地把 … 弄好 ~ing n. & adj. 哄誘(的) ~ingly adv.

coaxial /kəʊˈæksɪəl/ adj. or **coaxal** /kəʊˈæksᵊl/ adj. 【數】同軸的, 共軸的 // coax(i)al cable 同軸電纜.

cob /kɒb/ n. ① (玉米的)穗軸; 粟米芯; 粟米棒子 ② 健壯的矮腿馬 ③ 雄天鵝.

cobalt /ˈkəʊbɔːlt/ n. ①【化】鈷 ② 鈷藍顏料.

cobber /ˈkɒbə/ n. [澳俚](男人間的稱呼語)老朋友, 夥伴.

cobble /ˈkɒbᵊl/ v. 草草拼湊; 粗製濫造 n. (= ~stone) (鋪路用的)鵝卵石 ~d adj. 鵝卵石路面的.

cobbler /ˈkɒblə/ n. 皮匠; 補鞋匠.

cobblers /ˈkɒbləz/ pl. n. [英俚]胡說; 蠢話.

cobra /ˈkəʊbrə/ n. 【動】眼鏡蛇.

cobweb /ˈkɒbˌweb/ n. 蜘蛛網.

Coca-Cola /ˌkəʊkəˈkəʊlə/ n. [美]可口可樂(商標名).

cocain(e) /kəˈkeɪn/ n. 【藥】可卡因, 古柯鹼.

coccyx /ˈkɒksɪks/ n. (pl. coccyges /kɒkˈsaɪdʒiːz/) 【解】尾骨; 尾椎.

cochineal /ˌkɒtʃɪˈniːl, ˈkɒtʃɪˌniːl/ n. ①【昆】胭脂蟲 ② 胭脂蟲紅, 洋紅顏料.

cock /kɒk/ n. ① 雄禽; (尤指)公雞 ② (水管的)龍頭 ③ (槍的)擊機 v. ① (使)翹起, (使)豎起; (使)朝上; 歪戴(帽子) ② 扣上扳機 ~-a-hoop adj. & adv. 洋洋得意的(地) // ~-and-bull story [口]荒

誕無稽之談.

cockade /kɒˈkeɪd/ n. 帽章; 帽上的花結.

cockatoo /ˌkɒkəˈtuː, ˈkɒkətuː/ n. ①【鳥】白鸚鵡, 大冠鸚鵡 ②【澳俚】小農場主.

cockchafer /ˈkɒkˌtʃeɪfə/ n.【昆】金龜子.

cocker (spaniel) /ˈkɒkə/ n. ① 長耳獵犬 ② 喜歡鬥雞比賽的人.

cockerel /ˈkɒkərəl, ˈkɒkrəl/ n. 小公雞.

cockeyed /ˈkɒkˌaɪd/ adj. [口] ① 歪斜的 ② 荒唐的 ③ 內斜視的, 鬥雞眼的.

cockle /ˈkɒkl̩/ n. ①【動】鳥蛤 ② 小舟.

cockney /ˈkɒknɪ/ n. (尤指東區的) 倫敦佬; 倫敦土話.

cockpit /ˈkɒkˌpɪt/ n. (飛機的) 駕駛艙; (賽車的) 座艙.

cockroach /ˈkɒkˌrəʊtʃ/ n. 蟑螂.

cockscomb, coxcomb /ˈkɒkskəʊm/ n. ① [口] 花花公子 ② 雞冠花 ③ 雞冠.

cocksure /ˌkɒkˈʃʊə, -ˈʃɔː/ adj. 過份自信的; 傲慢的.

cocktail /ˈkɒkˌteɪl/ n. ① 雞尾酒 ② (用餐時第一道上的) 開胃小吃 ③ 雜錦水果 ~ **party** 雞尾酒會.

cocky /ˈkɒkɪ/ adj. 自負的; 過份自信的 cockily adv. cockiness n.

cocoa /ˈkəʊkəʊ/ or cacao n. 可可粉; 可可飲料.

coconut /ˈkəʊkəˌnʌt/ n. 椰子 // ~ **palm**, ~ **tree** 椰子樹.

cocoon /kəˈkuːn/ n. ① 繭 ② 保護噴層; 護套 vt. 用護套把… 包裹;

把… 包在繭內.

cocooning /kəˈkuːnɪŋ/ n. 繭式生活(業餘時間足不出戶的生活方式).

cod /kɒd/ n.【魚】鱈 // **~-liver oil** 魚肝油.

COD /siː əʊ diː/ abbr. = cash on delivery 貨到收款; 到岸價.

coda /ˈkəʊdə/ n.【音】結尾, 符尾.

coddle /ˈkɒdl̩/ vt. 嬌養; 溺愛.

code /kəʊd/ n. ① 法典; 法規 ② 禮教; 慣例; 規章 ③ 密碼; 代碼; 編碼 ④【計】編碼, 代碼 vt. 把… 譯成電碼(或代碼) // ~ **name** 代號.

codeine /ˈkəʊdiːn/ n.【化】可待因 (鴉片製成的止痛藥).

codex /ˈkəʊdeks/ n. (pl. codices /ˈkəʊdɪˌsiːz/) [拉](聖經等古籍的) 抄本.

codger /ˈkɒdʒə/ n. [口]怪老頭.

codicil /ˈkɒdɪsɪl/ n.【律】遺囑的附錄.

codify /ˈkəʊdɪˌfaɪ, ˈkɒ-/ vt. ① 編成法典 ② 編纂 codification n.

codswallop /ˈkɒdzˌwɒləp/ n. [英俚] 廢話, 胡說八道.

coeducation /ˌkəʊedjʊˈkeɪʃən/ n. 男女同校(教育) ~al adj. ~ally adv.

coefficient /ˌkəʊɪˈfɪʃənt/ n.【數】系數 // ~ **of expansion** 膨脹系數.

coelacanth /ˈsiːləˌkænθ/ n.【古生】空棘魚(化石).

coeliac /ˈsiːlɪˌæk/ adj.【解】腹腔的 // ~ **disease** 【醫】腹腔疾病.

coerce /kəʊˈɜːs/ vt. 強制, 強迫 coercion n. coercive adj.

coeval /kəʊˈiːvˈl/ adj. & n. 同時代的(人或事物); 同年齡的.

coexist /ˌkəʊɪɡˈzɪst/ vi. 共存; 共同存在(尤指和平地共存).

coexistence /ˌkəʊɪɡˈzɪstəns/ n. 共存, 共處 // **peaceful ~** 和平共處.

coextend /ˌkəʊɪkˈstend/ n. (在時間或空間上)(使)共同擴張 **coextension** n. **coextensive** adj.

C of E /ˌsiː ɒv iː/ n. = Church of England 英國國教.

coffee /ˈkɒfɪ/ n. 咖啡(樹); 咖啡豆; 咖啡飲料 // **~ bar** [英]咖啡館 **~ table** 咖啡茶几 **~-table book** [常貶或謔](放在咖啡茶几上作擺設用的)名貴書畫冊.

coffer /ˈkɒfə/ n. ① 保險箱; 貴重物品櫃 ② (pl.)資金; 財源; 金庫; 國庫 ③ = dam 圍堰; 潛水箱; 沉箱.

cofferdam /ˈkɒfəˌdæm/ n. 圍堰; 沉箱.

coffin /ˈkɒfɪn/ n. 棺材.

cog /kɒɡ/ n. ① 【機】(齒輪的)嵌齒; 鈍齒 ② (雖微不足道卻不可缺少的)小人物.

cogent /ˈkəʊdʒənt/ adj. 極具說服力的; 無法反駁的 **cogency** n. **~ly** adv.

cogitate /ˈkɒdʒɪˌteɪt/ v. 深思熟慮 **cogitation** n.

cognac /ˈkɒnjæk, kɔˈnak/ n. (法國西南部出產的)優質白蘭地; 干邑酒.

cognate /ˈkɒɡneɪt/ adj. ①【語】同詞源的, 同語系的 ② 同性質的, 同類的; 相關的 n. ①【語】同源詞 ② 同類或相同的人(或物).

cognition /kɒɡˈnɪʃən/ n. 【哲】認知; 認識力 **cognitive** adj.

cognizance, -sance /ˈkɒɡnɪzəns, ˈkɒnɪ-/ n. ① 認識; 察覺 ②【律】審理; 審判權 **cognizant** adj. 認識的; 知曉的 // **take ~ of** 注意到.

cognomen /kɒɡˈnəʊmen/ n. (pl. -nomens, -nomina) ① 別名, 綽號 ② 姓.

cognoscenti /ˌkɒnjəʊˈʃentɪ, ˌkɒɡnəʊ-/ or **conoscenti** /ˌkɒnəʊˈʃentɪ/ pl. n. [意][美術品、時裝、食品等的]鑒賞家, 鑒別家.

cohabit /kəʊˈhæbɪt/ vi. (男女)同居; 姘居 **~ation** n.

cohere /kəʊˈhɪə/ vi. ① 附着; 黏着; 凝聚 ② (議論等)前後連貫, 緊湊, 有條理 **-nce** n. **-nt** adj.

cohesion /kəʊˈhiːʒən/ n. ① 黏着; 結合力 ②【物】內聚性; 凝聚力 **cohesive** adj.

cohort /ˈkəʊhɔːt/ n. ① 同夥; 同謀; 同黨 ② (古羅馬)步兵大隊(300至 600人) ③ 一羣; 一羣.

coiffeur /kwɑːˈfɜː, [美] kwɑˈfɜr/ n. [法](女式髮型的)男理髮師, 男髮型師.

coiffure /kwɑːˈfjʊə, kwɑfyr/ n. [法](婦女的)髮型, 髮式.

coil /kɔɪl/ v. 捲, 盤繞; 捲成一圈 n. ① (一)卷; (一)盤 ②【電】線圈; 【機】蛇管, 盤管 ③ (婦女避孕用的)子宮環.

coin /kɔɪn/ n. 硬幣; 貨幣 vt. ① 鑄造(硬幣) ② 創造; 杜撰(新詞) // **~ it (in)**, **~ (the) money** [口]暴發

發大財.

coinage /'kɔɪnɪʒ/ n. ① 造幣, 鑄幣 ② 貨幣(制度); 貨幣鑄造 ③ 新造(詞語); 新詞.

coincide /ˌkəʊɪn'saɪd/ vi. ① (空間上)相合, 重合 ② 與 … 同時發生 ③ (意見等)符合; 一致 ~nce n. ~nt(al) adj. ~nt(al)ly adv.

coir /kɔɪə/ n. 椰子殼纖維.

coition /kəʊ'ɪʃn/ n. 性交, 交媾 coital adj. // coitus interruptus [拉][書](為避孕而作出的)性交中止.

coke¹ /kəʊk/ n. 焦炭 v. (使)成焦炭 coking n. 煉焦; 焦化.

coke² /kəʊk/ n. = cocaine [俚].

coke³, **Coke** /kəʊk/ n. = Coca Cola [口].

col /kɒl, kɔl/ n. [地] 山口, 坳(口).

cola, ko- /'kəʊlə/ n. 可樂類飲料, 碳酸性飲料, 汽水.

colander /'kɒləndə, 'kʌl-/ or cullender n. 濾器; 濾鍋.

cold /kəʊld/ adj. ① 冷, 寒 ② 冷淡的; 無情的 ③ (指顏色)使人冷感的 ④ [俚]失去知覺的; (指婦女)性冷淡的 n. 寒冷 ② 感冒, 傷風 adv. 完全地, 徹底地 ~ly adv. 冷淡地 ~ness n. ~-blooded adj. ① (指動物、蟲、魚等)冷血的 ② 冷酷的 ~-shoulder vt. 冷待 // ~ call (為推銷商品打給潛在顧客的)冷不防電話, 促銷電話 ~ cream 冷霜 ~ feet [俚]害怕, 膽怯 ~ sore (傷風時長的)唇疱疹 ~ war 冷戰.

coley /'kəʊli, 'kɒli/ n. 生存在北大酒洋中像鱈魚的一種食用魚.

coleslaw /'kəʊlslɔ/ n. 涼拌菜絲.

colic /'kɒlɪk/ n. 紋痛, (急性)腹痛 ~ky adj.

colitis /kɒ'laɪtɪs, kə-/ or colonitis /ˌkɒlə'naɪtɪs/ n. 【醫】結腸炎.

collaborate /kə'læbəˌreɪt/ vi. ① 協作, 合作; 合著 ② 勾結; 通敵 collaboration n. collaborator n. ① 合作(或合著)者 ② 通敵份子; 內奸.

collage /kə'lɑːʒ, kɒ-, kɒlɑʒ/ n. 抽象派貼貼藝術; 抽象派拼貼畫.

collapse /kə'læps/ v. ① (使)倒塌; (使)崩潰; (使)潰敗; (使)瓦解 ② (指價格)(使)暴跌 ③ (指健康、精神等)衰退; (使)垮下 ④ 摺疊中 n. ① 倒塌; 崩潰; 衰弱 ② (價格等)暴跌 ③ 【醫】虛脫; 萎陷 collapsible adj. (椅子等)可摺疊的.

collar /'kɒlə/ n. ① 衣領 ② (馬等的)軛, 頸圈; (狗的)脖圈 ③ 【機】軸環 vt. ① 扭住 … 的領口 ② 捕, 抓; [口]硬拉住 … 說話 ③ [口](未經許可而)奪取 ~bone n. 【解】鎖骨.

collate /kɒ'leɪt, kə-/ vt. ① 對照; 核對; 校對 ② (裝訂)整理 collation n. ① 核對 ② [書](便餐; 茶點 collator n.

collateral /kɒ'lætərəl, kə-/ adj. ① 並行的; 附屬的; 旁系的 ② 擔保的 n. 抵押品, 擔保物.

colleague /'kɒliːg/ n. 同事, 同僚.

collect¹ /kə'lɛkt/ v. ① 收集, 採集, 搜集; 募集 ② 領取; 接走 ③ 集中(思想); (使)鎮定 ④ 聚集, 堆集.

collect ² /kə'lekt/ *adj. & adv.* [美] (指電話)由受話方付款(的) // **call sb ~** 打電話由對方付款.

collectable, -tible /kə'lektəb°l/ *adj.* 可收集的; 可徵收的; 可代收的 *n.* 有收集價值之物.

collected /kə'lektɪd/ *adj.* 鎮定的, 泰然自若的.

collection /kə'lekʃən/ *n.* ① 收藏; 搜集, 採集; 徵收 ② 收藏品; 搜集物 ③ 募捐(款).

collective /kə'lektɪv/ *adj.* 集體的; 集合的 **~ly** *adv.* 集體主義 // **~ bargaining** (由工會出面進行的)勞資談判.

collectivize, -se /kə'lektɪˌvaɪz/ *vt.* 使集體化 **collectivization** *n.*

collector /kə'lektə/ *n.* ① 收集者; 收藏家; 徵收者.

colleen /'kɒlin, kɒ'lin/ *n.* [愛爾蘭] 少女(亦作 **girl**).

college /'kɒlɪdʒ/ *n.* ① 學院; 高等專科學校; [美]大學 ② (英國某些中學的名稱)公學 ③ 學會; 社團 **collegiate** *n. & adj.*

collide /kə'laɪd/ *vi.* (**+ with**) ① (尤指車船等)碰撞 ② 衝突; 抵觸.

collie /'kɒlɪ/ *n.* 長毛牧羊犬.

collier /'kɒlɪə/ *n.* ① (煤礦)礦工 ② 運煤船 **~y** *n.* 煤礦.

collision /kə'lɪʒən/ *n.* ① 碰撞 ② 衝突; 抵觸 // **~ course** 必然導致相撞或衝突的行動或路線.

collocate /'kɒləˌkeɪt/ *vt.* (詞語)進行搭配; 配置.

collocation /ˌkɒlə'keɪʃən/ *n.* (詞語)排列, 配置; 【語】(詞語的)習慣搭配, 搭配詞組.

colloid /'kɒlɔɪd/ *n.* 【化】膠體; 膠質.

colloquial /kə'ləʊkwɪəl/ *adj.* 口語的, 通俗語的 **~ism** *n.* 通俗語言, 口語(詞彙) **~ly** *adv.*

colloquy /'kɒləkwɪ/ *n.* (正式)談話; 會談.

collude /kə'luːd/ *vi.* 共謀, 勾結; 串通 **collusion** /kə'luːʒən/ *n.* **collusive** *adj.* // **in collusion with** 與⋯勾結.

collywobbles /'kɒlɪˌwɒbəlz/ *pl. n.* [俚] ① 害怕; 緊張 ② 肚子痛.

cologne /kə'ləʊn/ *n.* 古龍水; 花露水.

colon ¹ /'kəʊlən/ *n.* 冒號(:).

colon ² /'kəʊlən/ *n.* 【解】結腸.

colonel /'kɜːn°l/ *n.* (陸軍)上校; [美] (空軍)上校.

colonial /kə'ləʊnɪəl/ *adj. & n.* 殖民(地)的; 殖民地居民 **~ism** *n.* 殖民主義 **~ist** *n.* 殖民主義者.

colonist /'kɒlənɪst/ *n.* 殖民地居民; 殖民者.

colonize, -se /'kɒləˌnaɪz/ *vt.* 拓殖; 殖民 **colonization, -sation** *n.*

colonnade /ˌkɒlə'neɪd/ *n.* 柱廊, 列柱.

colony /'kɒlənɪ/ *n.* ① 殖民地 ② 一羣僑民; (聚居的)一羣同業; 一批同行 ③【生】羣體; 菌落.

colophon /'kɒləˌfɒn, -fən/ *n.* ① 出版社的標記 ② 書籍末尾之題號 (出版年月、出版社等).

Colorado (potato) beetle /ˌkɒlə'rɑːdəʊ (pə'teɪtəʊ) 'biːt°l/ *n.* 【昆】科羅拉多馬鈴薯甲蟲(一種危害甚烈的害蟲).

colo(u)ration /ˌkʌləˈreɪʃən/ n. 染色(法); 着色(法).

coloratura /ˌkɒlərəˈtʊərə/ or **colorature** /ˈkɒlərəˌtjʊə/ n. [意]【樂】① 花腔, 華彩 ② 花腔女高音(歌手).

colossal /kəˈlɒsəl/ adj. 巨大的; 龐大的.

colossus /kəˈlɒsəs/ n. (pl. -suses, -si) 巨像; 巨人, 巨物; 大人物.

colostomy /kəˈlɒstəmɪ/ n.【醫】結腸造口術.

colostrum /kəˈlɒstrəm/ n. (產婦的)初乳.

colour, 美式 color /ˈkʌlə/ n. ① 顏色 ② 顏料; 染料 ③ 臉色, 氣色; 膚色 ④ 外觀; 色彩 ⑤ (pl.)旗幟; 軍旗, 船旗, 國旗; (體育競賽的)優勝旗 ⑥ 生動; 風采 v. ① 着色, 上色 ② 變色; 臉紅 ③ 渲染 ~ed adj. ① (指人種)有色的 ② 有(某種)顏色的, 非黑(或白)的 ~ful adj. 豐富多彩的; 鮮艷的; 生動的 ~fully adv. ~ing n. 着色(法); 色素; 顏料 ~less adj. ① 無色的 ② 蒼白的③ 不精彩的, 無特色的 ~-blind adj. 色盲的 ~-blindness n. ~-fast adj. 不褪色的.

colourize, -se, 美式 colorize /ˈkʌləˌraɪz/ v. & n. 給黑白影片着色 colo(u)rization n. (黑白電視)彩色化.

colt /kəʊlt/ n. ① 小(公)馬; 駒 ② 生手, 新手.

columbine /ˈkɒləmˌbaɪn/ n.【植】耬斗菜.

column /ˈkɒləm/ n. ①【建】(圓)柱 ② 柱狀物 ③【印】欄; (報紙的)專欄;【數】(縱)行 ④【軍】縱隊; 縱列 ~ist n. (報紙上的)專欄作家.

coma /ˈkəʊmə/ n.【醫】昏迷(狀態).

comatose /ˈkəʊməˌtəʊs, -ˌtəʊz/ adj. 昏迷的; 酣睡的, 昏昏欲睡的.

comb /kəʊm/ n. ① 梳子;【紡】精梳機 ② 雞冠③ 蜂巢(亦作 honey ~) vt. ① 梳(髮); 刷(毛) ② 搜索.

combat /ˈkɒmbæt/ n. 戰鬥; 格鬥; 搏鬥 v. (與…)戰鬥; 反對…; (為…)奮鬥.

combatant /ˈkɒmbətənt, ˈkʌm-/ adj. 戰鬥的 n. 戰士, 戰鬥員.

combative /ˈkɒmbətɪv, ˈkʌm-/ adj. 好鬥的 ~ly adv.

combination /ˌkɒmbɪˈneɪʃən/ n. ① 合併; 結合, 聯合(體) ②【化】化合; 化合物 ③ 組合, 配合 ③ (號碼鎖的)號碼組合 ④ (pl.)連褲內衣 // ~ lock 暗碼鎖.

combine [1] /kəmˈbaɪn/ v. ① (使)合併, (使)結合; (使)聯合 ② 兼備, 兼有 ③【化】(使)化合.

combine [2] /ˈkɒmbaɪn/ n. ① 聯合收割機(亦作 ~ harvester) ② 集團, 團體; 聯合企業.

combo /ˈkɒmbəʊ/ n. 小型爵士樂隊.

combustible /kəmˈbʌstəbəl/ adj. ① 易燃的 ② 易激動的 n. 易燃物 combustibility n.

combustion /kəmˈbʌstʃən/ n. 燃燒.

come /kʌm/ vi. (過去式 came vi.

過去分詞 ~) ① 來; 來到; 到達 ② 發生 ③ 出現 ④ (後接不定式)終於 …; 逐漸 … 起來 ⑤ 成為; 證實為 ⑥ 來(自); 出生(於) ⑦ [俚](性交時)達到性高潮 ⑧ (用於以 how 開首的問句中) 怎麼會的 // ~ across 偶然發現; 碰見 ~ back 再度流行; 復原; 捲土重來; 反駁 (~-back n.) 被獲得; 搞到 ~ of 出身於; 從 … 引起 ~ off 脫落; 舉行, 發生; 成功 ~ round 改變(觀點等); 甦醒; 復原 ~ under ① 歸屬於(某一類別) ② 受制於.

comedown /ˈkʌmˌdaʊn/ n. (地位等的)降低, 敗落; 失望.

comedy /ˈkɒmɪdɪ/ n. 喜劇; 喜劇性事件 comedian, (fem.) comedienne n. (女)喜劇演員.

comely /ˈkʌmlɪ/ adj. [舊]標緻的; 秀麗的 comeliness n.

comestibles /kəˈmestɪbᵊlz/ pl. n. 食物.

comet /ˈkɒmɪt/ n. 【天】彗星.

comeuppance /ˌkʌmˈʌpəns/ n. [口] 報應.

comfit /ˈkʌmfɪt, ˈkɒm-/ n. 糖衣果仁; 蜜餞.

comfort /ˈkʌmfət/ n. ① 安慰, 慰勞 ② 舒適, 愜意 ③ 給予安慰的人(或事物); 使生活舒適的東西 vt. ① 安慰; 寬慰 ② 使(痛苦等)緩和.

comfortable /ˈkʌmfᵊtəbᵊl, ˈkʌmfᵊtəbᵊl/ adj. ① 舒適的, (房屋等)設備良好的 ② 愜意的 ③ [口]小康的, 富裕的 comfortably adv. // comfortably

off 相當富有.

comforter /ˈkʌmfətə/ n. ① 安慰者; 安慰物 ② 羊毛圍巾.

comfrey /ˈkʌmfrɪ/ n. 紫草科植物; 雛菊.

comfy /ˈkʌmfɪ/ adj. = comfortable [口].

comic /ˈkɒmɪk/ adj. ① 喜劇的 ② 滑稽的, 好笑的 n. ① 喜劇演員 ② (the ~s)(報刊上的)滑稽連環漫畫 ~al adj. 好笑的, 滑稽的, 古怪的 ~ally adv. // ~ strip 連環漫畫.

coming /ˈkʌmɪŋ/ adj. ① 即將來臨的, 未來的 ② 大有前途的 n. 到達 // ~s and goings 來來往往.

comma /ˈkɒmə/ n. 逗號(,).

command /kəˈmɑːnd/ vt. ① 命令; 指揮, 統帥 ② 克制(感情、自我) ③ 支配; 掌握 ④ 博得, 應得 ⑤ 俯瞰. n. ① 命令; 指揮(權), 統率 ② 掌握; 運用能力 ③ 指揮部, 指揮部 ~ing adj. ~ingly adv. // ~ key【計】命令鍵 ~ line【計】命令行.

commandant /ˌkɒmənˈdænt, -ˌdɑːnt/ n. ① 司令; (尤指戰俘營的)指揮官 ② 軍事學校校長.

commandeer /ˌkɒmənˈdɪə/ vt. 徵作軍用.

commander /kəˈmɑːndə/ n. ① 指揮官, 司令員 ② (海軍)中校 ~-in-chief n. 總司令.

commandment /kəˈmɑːndmənt/ n. 【宗】戒律; 聖訓.

commando /kəˈmɑːndəʊ/ n. (pl. -do(e)s) 突擊隊(員).

commemorate /kəˈmeməˌreɪt/ vt.

紀念 commemoration n. 紀念
(會); 紀念物 commemorative adj.

commence /kə'mɛns/ v. 開始
~ment n. 開始; [美](大學)畢業
典禮.

commend /kə'mɛnd/ vt. ① 稱讚,
表揚 ② 委托; 推薦 ~able adj. 值
得讚揚的 ~ation n. 表揚, 稱讚;
獎狀, 獎品 ~atory adj.

commensurable /kə'mɛnsərəbəl,
-ʃə-/ adj. 相應的; 相稱的; 成比
例的 commensurability n.

commensurate /kə'mɛnsərɪt, -ʃə-/
adj. ① 同量的; 相同的 ② 相稱
的, 相當的 ~ly adv.

comment /'kɒmɛnt/ n. ① 評論
② 註釋, 説明 ③ 流言蜚語 vi.
評論; 評頭品足.

commentary /'kɒməntəri, -tri/ n.
① 評註; 註釋本 ② (影視等的)
解説詞; (電台、球賽等的)實況
報道.

commentate /'kɒmən.teit/ v. (為
電台、電視)作實況評述或報道
commentator n. 實況報道評述
員.

commerce /'kɒmɜːs/ n. 商業.

commercial /kə'mɜːʃəl/ adj. ① 商
業(性)的; 商務的 ② 由廣告資
助的 n. (電台、電視的)廣告節
目 ~**ize** vt. 使商業化 ~**ization**
n. // ~ **traveler** (= [美]traveling
salesman) 旅行推銷員.

commingle /kɒ'mɪŋɡ'l/ v. 混合, 攪
和.

commiserate /kə'mɪzə.reit/ v. 憐
憫; 同情 **commiseration** n.

commissar /'kɒmɪ.sɑː, ˌkɒmɪ'sɑː/ n.
① 政治委員 ② 人民委員(前蘇
聯政府部長的舊稱); 部長.

commissariat /ˌkɒmɪ'seərɪət/ n.
① 軍需處; 軍糧部門 ② 委員
(會).

commissary /'kɒmɪsəri/ n. ① [美]
(軍隊、礦山等的)日用品供銷
店; 食堂 ② 代表; 委員.

commission /kə'mɪʃən/ n. ① 委
托(的事); 代辦(的事); 代理權
② 佣金 ③ 委員會 ④ 委任(狀)
⑤ 犯(罪) vt. 委任, 任命; 委托
~**er** n. 委員; 專員 // **on** ~ 用抽取
佣金的方式委托 **out of** ~ (尤指艦、
船)退役的; 不能使用的; 不能工
作的.

commissionaire /kə.mɪʃə'nɛə/ n.
[英](劇院、旅館等)穿制服的門
衛.

commit /kə'mɪt/ vt.
① 犯(罪、錯誤); 作(愚蠢行為)
② 承諾; 使(自己)受約束; 牽累
③ 判 … 入獄; 送 … 入精神病
院 ④ (~ **oneself**) 公開表態 ~**tal**
n. 拘留, 關押; 送入精神病院
~**ted** adj. 忠誠的; 有獻身精神的
~**ment** n. ① 委托; 托付 ② 許諾;
承擔義務 ③ 信仰; 贊助 ④ 拘
留, 關押.

committee /kə'mɪti/ n. 委員會.

commode /kə'məʊd/ n. ① 五斗櫥
② 便桶.

commodious /kə'məʊdɪəs/ adj.
① 寬敞的 ② 方便的.

commodity /kə'mɒdɪti/ n. 商品;
(pl.)日用品 **commodification** n.
商品化.

commodore /'kɒmə.dɔː/ n. ① 海軍

准將; 商船隊隊長② 遊艇俱樂部主任 // **air ~** 空軍准將.

common /ˈkɒmən/ *adj.* ① 共有的, 共同的; 共用的② 普通的; 通常的; 常見的③ 庸俗的; 粗魯的; 粗製的 *n.* ① (通常指鄉村)公用草地② (*pl.*)(總稱)平民百姓③ (the Commons) [英]下議院 **~er** *n.* 平民(指個人) **~-law** *adj.* 按習慣同居的; (子女等)非結婚同居所生的;【律】非正式結婚, 同居 // **~ cold** 感冒 C- Market 歐洲共同市場 (European Economic Community 歐洲經濟共同體的俗稱) **~ room** (學校中的)公共休息室; 教員休息室 **~ sense** 常識 **in ~** 公有的, 共同的 **in ~ with** 與 ⋯ 一樣.

commonplace /ˈkɒmənˌpleɪs/ *adj. & n.* 平凡的(事), 平常的(事); 老生常談的(事).

commonwealth /ˈkɒmənˌwelθ/ *n.* ① 全體國民② 國家; 共和國③ 聯邦 **the C- ** *n.* 英聯邦.

commotion /kəˈməʊʃən/ *n.* 混亂, 騷亂.

commune¹ /ˈkɒmjuːn/ *n.* 公社 **communal** *adj.* 公社的; 公共的, 公用的.

commune² /kəˈmjuːn/ *v.* 談心; 密切聯繫.

communicant /kəˈmjuːnɪkənt/ *n.*【宗】領聖餐者.

communicate /kəˈmjuːnɪkeɪt/ *v.* ① 傳達; 傳播; 傳染② 通訊; 通話③ (房間、道路等)相通 **communicable** *adj.* (指疾病)會傳染的.

communication /kəˌmjuːnɪˈkeɪʃən/ *n.* ① 通訊; 傳達; 傳播; 傳來; 聯繫② 訊息; 消息③ (*pl.*)通訊工具; 交通(工具) **communicative** *adj.* 愛説話的, 交際的.

communion /kəˈmjuːnjən/ *n.* ① 共有, 共享② (思想感情的)交流③ 宗教團體④ (*pl.*)【宗】聖餐禮, 領聖體(亦作 Holy C-).

communiqué /kəˈmjuːnɪˌkeɪ/ *n.* [法] 公報.

communism /ˈkɒmjʊˌnɪzəm/ *n.* 共產主義.

communist /ˈkɒmjʊnɪst/ *adj. & n.* 共產主義的(者); 共產黨的(黨員) **~ic** *adj.* 共產主義(者)的.

community /kəˈmjuːnɪtɪ/ *n.* ① 社區; (同一地區的)公眾② 團體; 共同體③ 共同, 共有; 一致④【生】羣落 // **~ centre** 公眾會堂; 社區中心 **~ chest** [美]社區福利基金, 公益金 **~ service** ①【律】社區服務性勞役② 社區服務.

commutator /ˈkɒmjʊˌteɪtə/ *n.* ① 換向器; 整流器② 轉接器.

commute /kəˈmjuːt/ *v.* ① (使用長期票)經常往返(兩地)② 交換, 變換; 兌換③ 減(刑) **commutable** *adj.* commutation *n.* **~r** *n.* (使用長期票)經常往返兩地者 // **commutation ticket** [美]長期車(或機)票 [英]亦作 season ticket) **~r time** 上下班時間.

compact¹ /ˈkɒmpækt/ *n.* 契約; 合同; 協定.

compact² /kəmˈpækt, ˈkɒmpækt/ *adj.* ① 緊密的; 細密的; 袖珍的

② (文體)簡潔的 v. ① 把 … 壓實; (使)變緊湊 ② 使(文體)簡潔; 簡化 n. (帶蓋子的)小粉盒 **~ly** adj. **~ness** n. // **~ bone**【解】密質骨 **~ car**[美]小型汽車 **~ disc** 激光 (雷射)唱片.

companion /kəmˈpænjən/ n. ① 伴侶, 同伴 ② 配對物 ③ 手冊, 指南 **~able** adj. 友好的; 好交友的 **~ship** n. 交誼; 友誼.

companionway /kəmˈpænjənˌweɪ/ n.【船】升降口; 扶梯.

company /ˈkʌmpənɪ/ n. ① 交往; 陪伴; 同伴; 來客 ② 公司, 商號 (略作 Co.) ③ (在一起工作的)班; 團; 隊 ④【軍】連 // **~ law**【律】公司法.

comparable /ˈkɒmpərəbˈl/ adj. ① (+ with) 可比較的 ② (+ to) 比得上的 comparability n. comparably adv.

comparative /kəmˈpærətɪv/ adj. ① 比較的; 相當的 ②【語】比較級的 n.【語】比較級 **~ly** adv.

compare /kəmˈpeə/ v. ① 比較; 對照 ② 比喻; 比作 n. 比較(僅用於 **beyond / without / past ~** 無比的, 無雙的).

comparison /kəmˈpærɪsˈn/ n. 比較; 對照 // **by ~** 比較起來 **in ~ with** 跟 … 比較.

compartment /kəmˈpɑːtmənt/ n. 分隔間; 隔水艙; (火車中的)分隔車室.

compass /ˈkʌmpəs/ n. ① 指南針, 羅盤儀 ② (pl.)圓規, 兩腳規 ③ 範圍; 界限 // **beyond one's ~** 非能力所及.

compassion /kəmˈpæʃən/ n. 憐憫; 同情.

compassionate /kəmˈpæʃənət/ adj. 有同情心的 **~ly** adv. // **~ leave** 特准休假.

compatible /kəmˈpætəbˈl/ adj. ① 相容的, 可共存的; 和諧的, 一致的 ②【無】【計】兼容制的 compatibility n.

compatriot /kəmˈpætrɪət/ n. ① 同胞 ② 同事.

compeer /kɒmˈpɪə/ n. ① (地位、能力)相當者 ② 同伴, 夥伴.

compel /kəmˈpel/ vt. 強迫, 逼迫.

compelling /kəmˈpelɪŋ/ adj. ① 強制的 ② 引人入勝的; 令人不得不信的.

compendium /kəmˈpendɪəm/ n. (pl. **-diums, -dia**) ① 概要; 梗概, 綱要 ② (匯裝成盒出售的)棋類遊戲總匯 compendious adj. 概要的.

compensate /ˈkɒmpenˌseɪt/ v. ① 補償, 賠償 ② 報酬, 酬勞.

compensation /ˌkɒmpenˈseɪʃən/ n. 補償(物); 賠償(金) compensatory adj.

compere, -père /ˈkɒmpeə/ n. [法] (電台、電視節目演出等)主持人, 司儀 vt. 主持(或演出)節目.

compete /kəmˈpiːt/ vi. 比賽, 競爭 competition n. competitive adj.

competent /ˈkɒmpɪtənt/ adj. 有能力的; 勝任的 **~ly** adv. **competence, -cy** n. ① 能力; 才幹 ②【律】權限.

competitor /kəmˈpetɪtə/ n. 競爭者; 對手.

compile /kəm'paɪl/ vt. 編輯; 匯集; 【計】編譯 compilation n. ~r n. 編輯者.

complacent /kəm'pleɪs°nt/ adj. 自滿的; 自鳴得意的 ~ly adv. complacency, complacence n.

complain /kəm'pleɪn/ v. ① 抱怨; 訴苦; 發牢騷 ② 投訴; 控訴; 申訴 ~ant n. 抱怨者;【律】原告(亦作 plaintiff).

complaint /kəm'pleɪnt/ n. ① 怨言, 牢騷 ② 投訴, 控訴 ③ 小疾病.

complaisant /kəm'pleɪz°nt/ adj. 殷勤的; 謙恭的; 順從的 complaisance n.

complement /'kɒmplɪmənt/ n. ① 補足(物) ② 全數 ③【語】補語, 補充, 補足 ~ation n. (總稱) 補語【生】互補作用.

complementary /ˌkɒmplɪ'mentərɪ, -trɪ/ or complemental adj. 補充的; 互補的 // ~ angle【數】餘角 ~ medicine【醫】補充醫學, 輔助治療.

complete /kəm'pliːt/ adj. ① 全部的, 完全的, 徹底的 ② 完成的; 結束的 vt. 完成; 結束; 使完善 ~ly adv. ~ness n. // ~ combustion【物】完成燃燒.

completion /kəm'pliːʃən/ n. 完成; 結束; 完善.

complex /'kɒmpleks/ adj. ① 複雜的 ②【語】複合的 n. ① 合成物; 綜合企業 ②【心】情結; [俚]變態心理 ~ity n. 複雜性 // inferiority / superiority ~ 自卑 /自高/大情結.

complexion /kəm'plekʃən/ n.

① 面色; 氣色; 膚色 ② 形勢; 局面.

compliant /kəm'plaɪənt/ or compliable adj. 依從的; 屈從的 compliance n. // in compliance with 依從⋯; 按照⋯.

complicate /'kɒmplɪˌkeɪt/ vt. 使複雜化; 使陷入.

complicated /'kɒmplɪˌkeɪtɪd/ adj. 錯綜複雜的; 紛繁的.

complication /ˌkɒmplɪ'keɪʃən/ n. ① 複雜; 混亂 ② 使情況更困難的事物;【醫】併發症.

complicity /kəm'plɪsɪtɪ/ n. 同謀; 共犯.

compliment /'kɒmpləmənt/ n. ① 恭維話, 稱讚 ② (pl.)問候; 祝賀; 致敬 vt. 恭維, 稱讚.

complimentary /ˌkɒmplɪ'mentərɪ, -trɪ/ adj. ① 致敬的; 稱讚的; 祝賀的 ② 免費贈送的 // ~ ticket 贈券, 招待券.

compline /'kɒmplɪn, -plaɪn/ or complin /'kɒmplɪn/ n. (羅馬天主教會)一天中最後一次的禱告; 晚禱.

comply /kəm'plaɪ/ v. vi. 依從; 同意; 遵照.

component /kəm'pəʊnənt/ adj. 組成的; 構成的 n. ① 成份; 組成部份 ②【計】元件, 部件.

comport /kəm'pɔːt/ v. 舉止; 行動 ~ment n.

compose /kəm'pəʊz/ v. ① 組成, 構成 ② 寫作; 作(曲) ③【印】排字 ④ 調解 ⑤ (使)鎮靜 ~r n. 作曲家.

composed /kəm'pəʊzd/ adj. 鎮靜

的 ~ly adv. ~ness n.

composite /ˈkɒmpəzɪt/ adj. 合成的, 集成的; 綜合的 // ~ volcano【地】複式火山.

composition /ˌkɒmpəˈzɪʃən/ n. ① 寫作; 作曲; 排字 ② 樂曲; 作文; 作品 ③ 成份; 組成 ④ 合成物; 混合物.

compositor /kəmˈpɒzɪtə/ n. 排字工人.

compos(mentis) /ˈkɒmpəs ˈmɛntɪs/ adj. [拉] 精神正常的, 心理健全的.

compost /ˈkɒmpɒst/ adj.【農】混合肥料; 堆肥.

composure /kəmˈpəʊʒə/ n. 鎮靜, 沉着.

compote /ˈkɒmpəʊt, kɒpət/ n. 糖水水果; 蜜餞.

compound [1] /ˈkɒmpaʊnd, kəmˈpaʊnd/ n. ① 混合物; 化合物 ② 複合詞 adj. 複合的; 混合的 v. 混合; 配合 // ~ fracture【醫】哆開骨折, 有創骨折 ~ interest【商】複利息.

compound [2] /ˈkɒmpaʊnd/ n. 圍牆內的住宅區; 四合院.

comprador /ˌkɒmprəˈdɔː/ n. 洋行買辦.

comprehend /ˌkɒmprɪˈhɛnd/ vt. ① 理解 ② 包含; 包括.

comprehensible /ˌkɒmprɪˈhɛnsəbl/ adj. 可理解的; 易領會的 comprehensibility n. comprehensibly adv.

comprehension /ˌkɒmprɪˈhɛnʃən/ n. ① 理解(力) ② 包含, 包括.

comprehensive /ˌkɒmprɪˈhɛnsɪv/ adj. 全面的, 廣泛的, 綜合的 // ~ school [英](不分階級, 不問能力高低全面招生的)綜合中學.

compress /kəmˈprɛs, ˈkɒmprɛs/ vt. ① 壓縮, 濃縮 ② 使(文章、語言)變簡練 n.【醫】(止血、退燒用的)敷布; 壓布 ~ible adj. ~or n. 可壓縮的, 可濃縮的 ~ion n. 壓縮器; 壓氣機.

comprise /kəmˈpraɪz/ vt. 包括; 包含; 由…組成.

compromise /ˈkɒmprəˌmaɪz/ n. 妥協, 和解; 折衷; 互讓了結 v. ① 與…妥協(或和解) ② (使)受牽連; 連累; 危及.

comptroller /kənˈtrəʊlə/ n. 審計員.

compulsion /kəmˈpʌlʃən/ n. ① 強迫, 強制 ② (難以克制的)衝動.

compulsive /kəmˈpʌlsɪv/ adj. ① 身不由己的; 衝動的 ② 引人入勝的 ~ly adv.

compulsory /kəmˈpʌlsərɪ/ adj. 強制的; 必須做的; 義務的 // ~ education 義務教育.

compunction /kəmˈpʌŋkʃən/ n. 後悔, 悔恨; 內疚.

compute /kəmˈpjuːt/ v. 計算; 估計 computation n. computing n. 電腦應用.

computer /kəmˈpjuːtə/ n. 電腦 ~ate adj. 具有電腦知識的 ~ese n. 電腦語言.

computerize, -se /kəmˈpjuːtəˌraɪz/ vt. ① 給…裝備電腦 ② 使電腦化; 用電腦計算 ③ 把(訊息)輸入電腦 computerization, -sation n.

comrade /ˈkɒmreɪd, -rɪd/ n. 同伴;

戰友;同志 **~ship** n. 同志關係;
友誼.

con ¹ /kɒn/ v. [俚]欺騙;欺詐 n. &
adj. 騙術;欺騙(的),欺詐(的).

con ² /kɒn/ adv. 反對地;從反面
反對論;反對票 // **the pros and
~s** 贊成和反對的議論;贊成者
(或票)和反對者(或票).

concatenation /kɒn,kætɪˈneɪʃən/ n.
一連串有聯繫的事物.

concave /ˈkɒnkeɪv, kɒnˈkeɪv/ adj.
凹(面)的 **concavity** n. 凹面,凹
狀;凹處.

conceal /kənˈsiːl/ vt. 隱藏;隱蔽;隱
瞞 **~ment** n.

concede /kənˈsiːd/ v. ① (勉強)承
認;讓與;容許 ② 讓步;(比賽或
辯論中)認輸.

conceit /kənˈsiːt/ n. ① 自負,自高
自大 ② [書](文學作品中的)妙
語;牽強附會的比喻.

conceited /kənˈsiːtɪd/ adj. 自負的
~ly adv.

conceive /kənˈsiːv/ v. ① 設想,構
思,想出(計劃、主意等) ② 懷孕
conceivable adj. 可以想像的,可
以相信的 **conceivably** adv. & adj.

concentrate /ˈkɒnsənˌtreɪt/ v.
① (使)集中;集結(軍隊等) ② (+
on / upon) 全神貫注 ③ 濃縮 n.
濃縮物.

concentration /ˌkɒnsənˈtreɪʃən/ n.
① 集中;專心 ② 濃縮,濃度 //
~ camp 集中營.

concentric /kənˈsentrɪk/ or
concentrical /kənˈsentrɪkəl/ adj. 同
(中)心的.

concept /ˈkɒnsept/ n. 【哲】概念

② 觀念;思想 **~ual** adj. **~ualize**
vt. 使形成概念;構思 // **~ual art**
觀念藝術.

conception /kənˈsepʃən/ n. ① 構
想;構思(理解)力;概念 ② 懷孕.

concern /kənˈsɜːn/ vt. ① 和…有
關,牽涉到 ② 使關切;擔心,掛
念 n. ① 關係;關心的事;對…
關係重大之事 ② 企業集團;
公司 ③ 股份 ④ 擔心;掛念
// **as ~s** 關於.

concerned /kənˈsɜːnd/ adj. ① 關心
的;掛念的 ② (用於名詞後)有關
的 **~ly** adv. // **as far as sb / sth is
~** 就某人/某事而言.

concerning /kənˈsɜːnɪŋ/ prep. 關
於.

concert /ˈkɒnsɜːt, -sət/ n. ① 音樂
會;演奏會 ② 一致;協調 **~ed**
adj. 協同一致的;商定的 **~edly**
adv. // **in ~** ① 協同一致的 ② 現
場演出的.

concertina /ˌkɒnsəˈtiːnə/ n. 形狀似
手風琴的小型樂器;六角手風琴 v.
摺疊,(使)壓縮成摺褶狀.

concerto /kənˈtʃeɪtəʊ/ n.【音】協
奏曲.

concession /kənˈseʃən/ n. ① 讓步;
讓與(物) ② 特許(權) ③ 租界,
租借地.

conch /kɒŋk, kɒntʃ/ n.【動】海螺;
貝殼.

concierge /ˌkɒnsiˈeəʒ, kɔːsjɛrʒ/ n.
[法]看門人,門房;(公寓等)管理
員.

conciliate /kənˈsɪlɪˌeɪt/ vt. ① 安
撫,勸撫,贏得(支持、友誼
等) ② 調停,懷柔(反對者)

conciliation n. conciliator n. 安撫者; 調停者 conciliatory adj.

concise /kən'saɪs/ adj. 簡明的, 簡練的, 簡要的 ~ly adv. ~ness n.

conclave /'kɒnkleɪv, 'kɒŋ-/ n. ① 秘密會議 ②【宗】(選舉教皇的)紅衣(樞機)主教秘密會議.

conclude /kən'kluːd/ v. ① 結束; 終結 ② 締結 ③ 作結論, 斷定.

conclusion /kən'kluːʒən/ n. ① 結束; 終結 ② 締結 ③ 結論 // in ~ 最後, 總之.

conclusive /kən'kluːsɪv/ adj. (指事實、證據等)令人確信的; 確定的; 結論性的 ~ly adv.

concoct /kən'kɒkt/ vt. ① 調製; 調合 ② 編造; 虛構 ~ion n.

concomitant /kən'kɒmɪtənt/ adj. & n. 相伴的(物), 附隨的(物).

concord /'kɒnkɔːd, 'kɒŋ-/ n. ① 一致, 協調, 諧和 ②【語】(人稱、性、數、格的)一致.

concordance /kən'kɔːdns/ n. ① 諧和, 一致 ② (著作、作品的)詞彙索引 concordant adj.

concourse /'kɒnkɔːs, 'kɒŋ-/ n. ① (羣眾集會的)廣場; 大廳 ② 匯合, 集合.

concrete /'kɒnkriːt/ adj. ① 具體的; 有形的; 實在的 ② 混凝土的 n. 混凝土 vt. 澆上混凝土 // reinforced ~ 鋼筋混凝土.

concubine /'kɒŋkjʊbaɪn, 'kɒn-/ n. 妾, 小老婆; 情婦; 姘婦 concubinage n. 納妾; 姘居.

concupiscence /kən'kjuːpɪsəns/ n. 性慾; 肉慾 concupiscent adj.

concur /kən'kɜː/ vi. ① 同意; 一致

② 同時發生 ~rence n. ~rent adj. ~rently adv.

concussion /kən'kʌʃən/ n. ① 震動; 衝擊 ②【醫】腦震盪.

condemn /kən'dɛm/ vt. ① 譴責, 指責 ② 判罪; 定…罪; 使顯得有罪 ③ 宣告…不適用; 報廢; 注定(要受某種折磨) ~ation n. // ~ed cell 死囚的單身牢房.

condense /kən'dɛns/ v. ① (使)濃縮, (使)凝縮 ② 精簡, 縮短 ~r n. 【機】冷凝器; 【電】電容器.

condensation /ˌkɒndɛn'seɪʃən/ n. ①【物】冷凝(作用), 凝聚(作用) ② (文章等的)壓縮, 摘要 ③ (凝結成之)水珠.

condescend /ˌkɒndɪ'sɛnd/ vi. ① 俯就架子; 屈尊 ② (+ to) 自以為高人一等; 以恩賜的態度待人 condescension n.

condiment /'kɒndɪmənt/ n. 調味品; 佐料.

condition /kən'dɪʃən/ n. ① (必要)條件 ② 情形, 狀態, 狀況 ③ (pl.) 環境, 情況 ④ 社會地位, 身份 vt. ① 以…為(先決)條件; 限制 ② 使達到所要求的情況; 使適應; 調節(空氣) ③ 引起條件反射 ~al adj. 有條件的, 有限制的 ~er n. 護髮素 // ~ed reflex / response 【心】條件反射 ~al discharge 【律】有條件釋放.

condole /kən'dəʊl/ vi. 慰問; 吊唁, 哀悼 ~nce n.

condom /'kɒndɒm, 'kɒndəm/ n. 安全套, 避孕套.

condominium /ˌkɒndə'mɪnɪəm/ n. [美](住戶有產權的)公寓; (公寓

中的)一套房子.

condone /kən'dəʊn/ vt. 寬恕, 寬容 (過錯等).

condor /'kɒndɔː/ n. 【鳥】(南美)禿鷹.

conduce /kən'djuːs/ vt. 導(致), 有助(於).

conducive /kən'djuːsɪv/ adj. 有助於…, 有益於… **~ness** n.

conduct [1] /'kɒndʌkt/ n. ① 行為, 操行 ② 處理, 管理, 經營, 指導 (事物)的方式.

conduct [2] /kən'dʌkt/ v. ① 引導; 帶領(遊客等); 指揮(樂隊、軍隊等) ② 管理; 處理 ③ 為人; 表現 ④ 傳導(電、熱等) **conduction** n. 傳導.

conductance /kən'dʌktəns/ n. ① 傳導力 ② 【電】電導; 電導系數; 傳導性.

conductive /kən'dʌktɪv/ adj. 傳導性的, 有傳導力的 **conductivity** n. 傳導率; 傳導性.

conductor /kən'dʌktə/ n. ① (樂隊的)指揮 ② (電車、巴士的)售票員; [美]列車員 ③ 導體.

conductress /kən'dʌktrəs/ n. (巴士的)女售票員.

conduit /'kɒndɪt, -djʊɪt/ n. ① 水道; 管道 ② 導管; 【電】導線管.

cone /kəʊn/ n. ① 圓錐, 錐體 ② (杉、松、柏等的)球果.

coney /'kəʊnɪ/ n. = cony 兔子; 家兔; 兔的毛皮.

confab /'kɒnfæb/ n. & v. = **~ulation** [口]談話, 交談.

confabulation /kən,fæb,jə'leɪʃən/ n. 談心; 閒聊.

confection /kən'fekʃən/ n. 糖果; 蜜餞; 甜點 **~er** n. 糖果糕餅商 **~ery** n. (總稱)糖果糕點; 糖果糕點店.

confederacy /kən'fedərəsɪ, -'fedrəsɪ/ n. 同盟, 聯盟 // the (Southern) C- [美]【史】(南北戰爭時的)南部邦聯.

confederate /kən'fedərɪt, -'fedrɪt/ adj. 同盟的, 聯盟的 n. ① 同盟國, 聯盟者 ② 同夥, 黨羽 v. (使)結盟, (使)聯盟 **confederation** n. 同盟, 聯盟.

confer [1] /kən'fɜː/ v. ① 授予(學位、稱號等) ② 商議, 討論 **~ment** n.

confer [2] /kən'fɜː/ v. [拉]比較(略作cf.).

conference /'kɒnfərəns, -frəns/ n. ① 商議; 會議 ② [書](正式)會議; 協商會 // ~ call 電話會議.

confess /kən'fes/ v. ① 認錯; 自供; 坦白; 承認 ②【宗】懺悔, 聽取懺悔 **~or** n. 坦白者; 懺悔者.

confession /kən'feʃən/ n. ① 承認; 供認 ② 懺悔 **~al** n. (教堂內的)懺悔室; 告解所.

confetti /kən'fetɪ/ n. (婚禮時拋撒之)五彩碎紙.

confidant /,kɒnfɪ'dænt, 'kɒnfɪ,dænt/ n. 心腹; 知己.

confidante /,kɒnfɪ'dænt, 'kɒnfɪ,dænt/ n. 知心女友.

confide /kən'faɪd/ v. ① 傾訴(秘密) ② 委托, 交托 **confiding** adj. 信任(別人)的, 輕信的 **confidingly** adv.

confidence /'kɒnfɪdəns/ n. ① 信

任 ② 心事, 秘密 ③ 信心, 把握
// ~ index【經】信心指數 ~ trick
騙術, 騙局 in ~ 秘密地, 私下.

confident /ˈkɒnfɪdənt/ *adj.* 自信的;
確信的 **~ly** *adv.*

confidential /ˌkɒnfiˈdenʃəl/ *adj.*
① 秘密的, 機密的 ② 親信的;
極信任的; 心腹的 **~ly** *adj.*

configuration /kənˌfigjʊˈreiʃən/
n. ① 構造; 結構 ② 形狀; 外形
③【計】配置.

confine /kənˈfain/ *vt.* ① 限制
② 禁閉; 使囚居 ③ (常用被動語
態) 分娩, 坐月子 **~ment** *n.* 禁閉,
軟禁; 分娩(期).

confines /ˈkɒnfainz/ *n.* 界限, 邊界.

confirm /kənˈfɜːm/ *vt.* ① 證實
② 加強(權力、所有權等); 使
(意見、信心等)堅定 ③ 批准(條
約、任命等); 確認 ④ 給…堅守
信禮.

confirmation /ˌkɒnfəˈmeiʃən/ *n.*
① 證實 ② 批准, 確認 ③【宗】
堅信禮.

confirmed /kənˈfɜːmd/ *adj.* 確
定的, 證實的 ② 慣常的; 根深蒂
固的.

confiscate /ˈkɒnfiˌskeit/ *vt.* 沒收;
充公; 徵用 confiscation *n.*

conflagration /ˌkɒnfləˈgreiʃən/ *n.*
大火, 火災.

conflate /kənˈfleit/ *vt.* 合併
conflation *n.*

conflict /ˈkɒnflikt, kənˈflikt/ *n.*
① 鬥爭, 戰鬥; 爭吵 ② (意見、
利害等的)抵觸, 衝突 *vi.* 抵觸,
衝突.

confluence /ˈkɒnfluːəns/ *or* conflux

/ˈkɒnflʌks/ *n.* 合流; 匯流處
confluent *adj.*

conform /kənˈfɔːm/ *v.* (使…)一致;
依從; (使)遵守 **~ity** *n.* // in ~ity
with / to 依照; 和…相一致; 遵
奉.

conformist /kənˈfɔːmist/ *n.* (傳統、
習俗、法規等的)遵守者; 國教
教徒.

confound /kənˈfaund/ *vt.* ① 使驚
惶; 弄糊塗 ② 搞亂.

confounded /kənˈfaundid/ *adj.*
① 困惑的; 驚惶失措的; ② [口]
討厭的; 該死的 **~ly** *adv.*

confront /kənˈfrʌnt/ *vt.* ① 使面臨;
面對 ② 對抗(敵人) **~ation** *n.* 對
抗, 對峙 **~ional** *adj.*

Confucian /kənˈfjuːʃən/ *adj.* 孔子
的; 儒家的 *n.* 儒家; 儒生 **~ism** *n.*
孔子的學說; 儒教.

Confucius /kənˈfjuːʃəs/ *n.* 孔子.

confuse /kənˈfjuːz/ *vt.* ① 搞亂, 混
亂 ② 使糊塗; 令(人)昏厥 **~d**
adj. 糊塗的, 迷惑的 **~dly** *adv.*

confusing /kənˈfjuːzɪŋ/ *adj.* 把人弄
糊塗的, 使人迷惑不解的.

confusion /kənˈfjuːʒən/ *n.* ① 混亂,
混淆 ② 慌亂, 狼狽; 迷惑不解.

confute /kənˈfjuːt/ *vt.* 駁斥; 駁倒
confutation *n.*

conga /ˈkɒŋgə/ *n.* ① 康加舞(樂曲)
② (康加舞伴奏用的)手鼓.

congeal /kənˈdʒiːl/ *v.* ① (使)凝結,
(使)凝固 ② 凝滯; 癱瘓.

congenial /kənˈdʒiːnjəl, -nɪəl/ *adj.*
① 性格相似的, 氣味相投的
② 適宜的, 合適的 **~ity** *n.* **~ly**
adv.

congenital /kənˈdʒɛnɪtᵊl/ *adj.* 先天的, 天賦的, 生來的 **~ly** *adv.*

conger /ˈkɒŋɡə/ *n.* 【魚】大海鰻 (亦作 ~ eel).

congested /kənˈdʒɛstɪd/ *adj.* ① 擁塞的; 充滿的 ② 充血的; (指鼻子)堵塞的 congestion *n.* // congestion charge (交通)擁塞費, 交通擁擠附加費.

conglomerate /kənˈɡlɒmərɪt, kənˈɡlɒməreɪt/ *n.* ① 聯合大企業; 企業大集團 ② 聚集物; 混合物 *adj.* 聚集的; 由不同種類組成的 *v.* (使)聚集 conglomeration *n.*

congratulate /kənˈɡrætjʊˌleɪt/ *vt.* 祝賀, 恭喜.

congratulation /kənˌɡrætjʊˈleɪʃən/ *n.* (常用複)賀詞, 賀詞 **~s** *int.* 恭喜! congratulatory *adj.*

congregate /ˈkɒŋɡrɪˌɡeɪt/ *v.* 聚集, 會合.

congregation /ˌkɒŋɡrɪˈɡeɪʃən/ *n.* (聚集的)人羣; (教堂中的)會眾 **~al** *adj.*

Congregational /ˌkɒŋɡrɪˈɡeɪʃənᵊl/ *adj.* 【宗】公理會的 **~ism** *n.* 公理會教派 **~ist** *n.* & *adj.* 公理會教友; 公理會教派的.

congress /ˈkɒŋɡrɛs/ *n.* ① (代表)大會, (正式)會議 ② (C-) [美]國會 **~man**, *(fem.)* **~woman** *n.* [美](女)國會議員.

congressional /kənˈɡrɛʃənᵊl/ *adj.* ① 會議的, 大會的 ② (C-) [美]國會的.

congruent /ˈkɒŋɡrʊənt/ *adj.* ① 適合的, 一致的 ② 【數】全等的;

疊合的; 同餘的 congruence *n.* **~ly** *adv.*

conic /ˈkɒnɪk/ *adj.* & *n.* 圓錐(的) 【數】二次曲線 **~al** *adj.* 圓錐形的.

conifer /ˈkəʊnɪfə, ˈkɒn-/ *n.* 【植】 (松、樅等)針葉樹 **~ous** *adj.*

conj. *abbr.* = conjunction.

conjecture /kənˈdʒɛktʃə/ *v.* & *n.* 推測, 猜想; 設想 conjectural *adj.*

conjugal /ˈkɒndʒʊɡᵊl/ *adj.* 婚姻的; 夫婦的 **~ly** *adv.*

conjugate /ˈkɒndʒʊˌɡeɪt/ *v.* 【語】 列舉動詞的詞形變化; 變位; (動詞)有詞形變化 conjugation *n.* 【語】動詞的詞形變化(或詞形變位).

conjunction /kənˈdʒʌŋkʃən/ *n.* ①【語】連詞 ② 連接; 結合 ③ (事件的)同時發生.

conjunctiva /ˌkɒndʒʌŋkˈtaɪvə/ *n.* 【解】(眼球的)結膜.

conjunctivitis /kənˌdʒʌŋktɪˈvaɪtɪs/ *n.* 【醫】結膜炎.

conjuncture /kənˈdʒʌŋktʃə/ *n.* ① 事態; 局面 ② 緊要關頭, 時機.

conjure /ˈkʌndʒə/ *v.* 變戲法; 變出 **~r**, conjuror *n.* 變戲法者; 魔術師 // **~ up** 如用魔法般地使… 出現.

conk[1] /kɒŋk/ *n.* [俚]腦袋, 鼻子.

conk[2] /kɒŋk/ *v.* = conk out [口](機器等)發生故障, 突然失靈.

conker /ˈkɒŋkə/ *n.* [英]【植】七葉樹果 ② (*pl.*)(用七葉樹果玩的)打栗子遊戲.

connect /kəˈnɛkt/ *v.* ① 連接, 連結; 聯繫 ② 聯想.

connection, connexion
/kə'nekʃən/ n. ① 連接, 衝接; 聯繫 ② 有貿易關係的人(或商號), 往來客戶; (pl.)人際關係, 社會關係 ③ 聯運的車(或船、飛機).

connective /kə'nektɪv/ adj. 連合的, 連接的 n. 【語】連接詞.

conning tower /'kɒnɪŋ 'taʊə/ n. (潛水艇的)瞭望塔, (軍艦)司令台.

connive /kə'naɪv/ vi. ① (+ at) 縱容, 默許 ② (+ with) 共謀 connivance n.

connoisseur /ˌkɒnɪ'sɜː/ n. 鑒賞家; 行家.

connote /kɒ'nəʊt/ vt. 暗示, 意味着 connotation n. 含義, 涵義.

connubial /kə'njuːbɪəl, [美] kə'nuːbɪəl/ adj. 婚姻的.

conquer /'kɒŋkə/ vt. ① 戰勝(敵人); 征服 ② 克服(困難等) ~or n. 征服者; 勝利者.

conquest /'kɒŋkwest, 'kɒŋ-/ n. ① 征服 ② 征服的; 戰利品; 獲得物; (愛情的)俘虜.

consanguineous /ˌkɒnsæŋ'gwɪnɪəs/ adj. 血親的, 同血統的 consanguinity n.

conscience /'kɒnʃəns/ n. 良心 ~-smitten adj. 受良心責備的 ~-stricker adj. 內疚的; 良心不安的.

conscientious /ˌkɒnʃɪ'enʃəs/ adj. 憑良心做的; 盡責的; 認真的 ~ly adv. ~ness n. // ~ objector (出於道德或宗教原因而)拒服兵役者.

conscious /'kɒnʃəs/ adj. ① 有意識的; 知道的; 自覺的 ② 故意的 ~ly adv. ~ness n. 意識; 覺悟; 知覺.

conscript /'kɒnskrɪpt, kən'skrɪpt/ n. 應徵入伍的士兵 vt. 徵募; 徵召… 入伍 ~ion n.

consecrate /'kɒnsɪˌkreɪt/ vt. ① 奉為神聖 ② 奉獻 consecration n. 供獻;【宗】聖職授任(儀式).

consecutive /kən'sekjʊtɪv/ adj. 連續的, 依次相繼的 ~ly adv.

consensus /kən'sensəs/ n. 一致同意, 應允.

consent /kən'sent/ n. 同意, 准許 v. 同意; 准許, 贊同.

consequence /'kɒnsɪkwəns/ n. ① 結果, 後果; 影響 ② 重要(性); 重大.

consequent /'kɒnsɪkwənt/ adj. 隨之而來的, 因… 而起的 ~ly adv. 因而.

consequential /ˌkɒnsɪ'kwenʃəl/ adj. ① 重要的; 自大的 ② 隨之而來的 ~ly adv.

conservancy /kən'sɜːvənsɪ/ n. (天然資源、生態、環境的)保護.

conservation /ˌkɒnsə'veɪʃən/ n. ① 保存; 保持; (自然資源的)保護 ②【物】守恆; 不滅 ~ist n. 自然資源保護論者; 生態環境保護主義者.

conservative /kən'sɜːvətɪv/ adj. ① 保守的, 守舊的 ② [口]穩健的, 謹慎的 ③ (C-) [英]保守黨(員)的 n. ① 保守派; 保守(主義)者 ② (C-) [英]保守黨黨員 conservatism n. 保守主義; 守舊性.

conservatoire /kən'sɜːvəˌtwɑː/ n. [法]音樂學院; 戲劇學校.

conservatory /kən'sɜːvətrɪ/ n. 暖房, 溫室.

conserve /kən'sɜːv/ vt. ① 保存, 保藏; 保養 ② 用糖漬(水果) n. (常用複)蜜餞; 果醬.

consider /kən'sɪdə/ vt. ① 考慮; 細想 ② 照顧, 體諒 ③ 認為, 以為 ④ 凝視, 端詳.

considerable /kən'sɪdərəbl/ adj. 相當大(或多)的; 大量的, 巨額的 considerably adv.

considerate /kən'sɪdərɪt/ adj. 體諒的, 顧全人的; 設想周到的.

consideration /kən,sɪdə'reɪʃən/ n. ① 體諒, 關心 ② 考慮; 研究 ③ 需考慮的事項 // in ~ of 作為對 ... 的報酬; 由於 take into ~ 考慮到, 顧及.

considering /kən'sɪdərɪŋ/ prep. 鑒於; 就 ... 而論.

consign /kən'saɪn/ vt. ① 委托; 托付 ② 寄售; 托運 ~ee n. 受托者, 承銷人; 收件人, 收貨人 ~ment n. 寄售物; 托運之貨物 // on ~ment 以寄售方式出售.

consist /kən'sɪst/ vi. ① (+ of) 由 ... 組成(或構成) ② (+ in) 在於.

consistent /kən'sɪstənt/ adj. 一致的, 始終一貫的 consistence, -cy n. -ly adv.

console [1] /kən'səʊl/ v. 安慰; 慰問 consolation n. 安慰(物), 慰藉(者) consolatory adj.

console [2] /kən'səʊl/ n. ① (收音機、電視機等的)落地式支架 ② (電子儀器、風琴等的)儀表板, 鍵盤 ③ (固定在牆上的)裝飾性支架 ④ 【計】遊戲機.

consolidate /kən'sɒlɪdeɪt/ v. ① 鞏固; 加強; 使堅固 ② 合併, 聯合 consolidation n.

consommé /kən'sɒmeɪ, ˌkɒnsɒ,meɪ/ n. 【法】【烹】清燉肉湯.

consonance /'kɒnsənəns/ or consonancy n. ① 和諧; 一致 ② 【音】和音; 【物】共鳴.

consonant /'kɒnsənənt/ n. 【語】輔音(字母) adj. 符合的; 一致的.

consort /kən'sɔːt, 'kɒnsɔːt/ vi. ① 結伴; 交往 ② 一致; 相稱 n. (君主的)配偶.

consortium /kən'sɔːtɪəm/ n. (pl. -tia) 財團.

conspectus /kən'spektəs/ n. 梗概, 大綱.

conspicuous /kən'spɪkjʊəs/ adj. 顯著的, 顯眼的; 惹人注目的 ~ly adv. // ~ consumption 炫耀性消費.

conspiracy /kən'spɪrəsɪ/ n. 陰謀.

conspire /kən'spaɪə/ vi. ① 共謀, 密謀策劃 ② (指事件)共同促成; 湊合起來 conspirator n. 密謀策劃者; 陰謀家 conspiratorial adj.

constable /'kʌnstəbl, kɒn-/ n. 【英】警察 constabulary n. (某一地區或城鎮的)警察部隊.

constancy /'kɒnstənsɪ/ n. 堅定不移; 恆心; 堅貞, 忠實.

constant /'kɒnstənt/ adj. ① 經常的, 繼續不斷的 ② 堅定的, 有恆心的, 不變的; 忠實的 n. 【數】【物】常數, 恆量 -ly adv. 經常地 // ~ velocity joint 等速萬向節.

constellation /ˌkɒnstɪ'leɪʃən/ n. 星座; 星羣.

consternation /ˌkɒnstəˈneɪʃən/ *n.* 驚恐; 震驚.

constipation /ˌkɒnstɪˈpeɪʃən/ *n.* 【醫】便秘, 大便不通 **constipated** *adj.* 便秘的.

constituency /kənˈstɪtjʊənsɪ/ *n.* ① 全體選民 ② 選舉區.

constituent /kənˈstɪtjʊənt/ *adj.* 組成的, 構成的 *n.* ① 選民 ② 成份; 要素 // ~ **assembly** 立憲會議.

constitute /ˈkɒnstɪˌtjuːt/ *vt.* ① 組成, 構成 ② 任命.

constitution /ˌkɒnstɪˈtjuːʃən/ *n.* ① 憲法, 章程 ② 構造; 組織 ③ 體質, 體格 **~al** *adj.* ① 憲法(上)的; 立憲的 ② 體質的.

constrain /kənˈstreɪn/ *vt.* ① 強迫, 強制 ② 抑制; 拘束; 倔促 **~t n.**

constrained /kənˈstreɪnd/ *adj.* (聲音、態度等)勉強的; 不自然的, 拘束的, 倔促的.

constrict /kənˈstrɪkt/ *vt.* 壓縮; 使收縮 **~ive** *adj.*

constriction /kənˈstrɪkʃən/ *n.* ① 壓縮, 收縮 ② 壓抑感.

constrictor /kənˈstrɪktə/ *n.* ①【動】大蟒 ②【解】括約肌(亦作 ~ **muscle**).

construct /kənˈstrʌkt/ *vt.* ① 建築, 建造 ②【數】作(圖) ③【語】造(句); 作(文) **~or** *n.* 建造者, 營造商.

construction /kənˈstrʌkʃən/ *n.* ① 建設, 建造 ② 建築物 ③ 解釋 ④【語】結構; 造句 ⑤【數】作圖.

constructive /kənˈstrʌktɪv/ *adj.* ① 建設性的; 積極的 ② 結構的; 建築的 **~ly** *adv.* // ~ **interference** 【物】相長干擾.

construe /kənˈstruː/ *v.* ① 解釋(詞句) ②【語】分析(句子).

consul /ˈkɒnsl/ *n.* ① 領事 ②【史】(古羅馬)執政官; [法]【史】執政 **~ar** *adj.* 領事的.

consulate /ˈkɒnsjʊlɪt/ *n.* ① 領事職位(或任期) ② 領事館.

consult /kənˈsʌlt/ *v.* ① 商量, 商議 ② 請教 ③ 查閱(詞典、參考書籍等) ④ 考慮; 顧及 // ~**ing room** 門診室.

consultant /kənˈsʌltnt/ *n.* 顧問; 醫科專家, 會診醫生 **consultancy** *n.* (高級醫學)顧問的職務.

consultation /ˌkɒnslˈteɪʃən/ *n.* 商量; 會議; 會診.

consultative /kənˈsʌltətɪv/ or **consultatory** /kənˈsʌltətərɪ, -trɪ/ or **consultive** /kənˈsʌltɪv/ *adj.* 協商的; 顧問的; 諮詢的, 消息品.

consume /kənˈsjuːm/ *v.* ① 消費, 消耗; 浪費 ② 吃完, 喝光 ③ 消滅, 毀滅; 消磨; 枯萎 **consumable** *adj.* & *n.* 消費品, 消耗品.

consumer /kənˈsjuːmə/ *n.* 消費者; 用戶; 顧客 **~ism** *adj.* 維護消費者權益主義; 用戶至上 **~-facing** *adj.* 面向用戶的.

consummate /ˈkɒnsəˌmeɪt, kənˈsʌmɪt, ˈkɒnsəmɪt/ *vt.* ① 使(男女)圓房完婚 ② 使圓滿; 使完美 *adj.* ① 圓滿的, 完美的 ② 技藝精湛的 **~ly** *adv.*

consummation /ˌkɒnsəˈmeɪʃən/ *n.* 圓滿; 完婚.

consumption /kənˈsʌmpʃən/ *n.*

① 消費(量); 消耗(量) ②〔舊〕肺癆, 肺結核 consumptive adj. 消耗性的; 浪費的 n. 肺癆患者.

cont. /kɒnt/ abbr. = continued.

contact /'kɒntækt, kən'tækt/ n. ① 接觸; 聯繫 ② 熟人; 關係, 門路 ③【電】觸頭, 觸點 vt. 接觸; 聯繫 // ~ lens 隱形眼鏡 ~ sports 【體】(欖球、拳擊等)身體接受運動項目.

contagion /kən'teɪdʒən/ n. ① (接觸)傳染; 傳染病 ② (不良影響、思想、感情等的)感染, 蔓延, 傳播 contagious adj. 傳染性的; 會感染的.

contain /kən'teɪn/ vt. ① 含有; 包括; 容納 ② 控制, 抑制(感情); 【軍】牽制 ③【數】可被…除盡 ~ment n. 抑制; 遏制【軍】牽制.

container /kən'teɪnə/ n. 容器; 集裝箱.

contaminate /kən'tæmɪ,neɪt/ vt. ① 污染, 沾污; 弄髒 ② 使受到放射性物質污染 contaminant n. 污染物質 contamination n.

contemplate /'kɒntɛm,pleɪt, -təm-/ v. ① 凝視; 默察, 沉思 ② 預期; 打算 contemplation n. contemplative adj. (好)沉思的 contemplatively adv.

contemporary /kən'tɛmprərɪ/ adj. ① 當代的; 現代的 ② 同時代的 n. 同時代的人(或事物).

contempt /kən'tɛmpt/ n. ① 恥辱 ② 輕視; 藐視 // ~ of court【律】藐視法庭.

contemptible /kən'tɛmptəb°l/ adj. 可鄙的.

contemptuous /kən'tɛmptjʊəs/ adj. 輕蔑的; 瞧不起人的 ~ly adv.

contend /kən'tɛnd/ v. ① 鬥爭; 競爭 ② 爭論; 爭辯; 主張 ~ed n. 爭論者.

content¹ /'kɒntɛnt/ n. ① 內容; 要旨 ② 容積, 容量 ③ (pl.)內容; 內含物; 目錄.

content² /kən'tɛnt/ adj. (作表語) ① 滿足的, 滿意的 ② 願意的 n. 滿足; 自得 vt. 使滿足 ~ment n. 滿意, 知足 // to one's heart's ~ 心滿意足地; 盡情地.

contented /kən'tɛntɪd/ adj. 滿足的, 滿意的 ~ly adv.

contention /kən'tɛnʃən/ n. ① 爭奪, 競爭 ② 爭論; 論戰 ③ 論點 contentious adj. 好爭論的, 引起爭論的 // bone of ~ 爭端.

contest /'kɒntɛst, kən'tɛst/ v. ① 爭論, 爭辯 ② 爭取; 競賽; 爭奪 n. ① 爭論; 鬥爭 ② 競爭; 競賽 ~ant n. ① 競賽者, 選手 ② 競爭者; 爭論者.

context /'kɒntɛkst/ n. ① 上下文; 文章的前後關係 ② (事情的)來龍去脈 ~ual adj. (根據)上下文的 // take sth out of ~ 斷章取義.

contiguous /kən'tɪɡjʊəs/ adj. 接觸的; 接近的 contiguity n.

continent¹ /'kɒntɪnənt/ n. ① 大陸; 洲 ② (the C-) 歐洲大陸(相對英倫三島而言) ~al adj. // ~al breakfast (歐洲大陸國家通常吃的)簡便早餐(包括果醬塗麵包、咖啡和果汁) ~al quilt (= duvet) 羽絨被褥 ~al shelf【地】大陸架 ~al tropical【地】熱帶大

陸氣團.

continent² /ˈkɒntɪnənt/ adj. ① 自制的; 節慾的 ②【醫】有排便節制能力的 **continently** adv.

contingency /kənˈtɪndʒənsɪ/ n. ① 偶然(性); 可能(性) ② 偶發事件, 意外事故.

contingent /kənˈtɪndʒənt/ adj. ① 可能(發生)的; 偶發的 ② 視情況而定的; 因條件而異的 n. 分遣隊, 小分隊.

continual /kənˈtɪnjʊəl/ adj. 連續的, 頻繁的 ~**ly** adv. 屢屢, 再三.

continuance /kənˈtɪnjʊəns/ n. 連續(時間); 持續(期間).

continuation /kənˌtɪnjʊˈeɪʃən/ n. ① 繼續, 連續 ② 續篇; 續載; 延續物, 延伸部分.

continue /kənˈtɪnjuː/ v. ① (使)繼續, (使)連續 ② (使)延伸 ③ 接着說 **~d** adj. 繼續的, 連續的 // continuing education【教】持續教育.

continuity /ˌkɒntɪˈnjuːɪtɪ/ n. ① 連續性, 連貫性 ② (影視、電台節目中的)插白, 插曲.

continuo /kənˈtɪnjʊˌəʊ/ n. [意]【音】鍵盤樂器的低音部.

continuous /kənˈtɪnjʊəs/ adj. 連續不斷的, 連綿的 ~**ly** adv. // ~ **variable**【數】連續變量.

continuum /kənˈtɪnjʊəm/ n. 連續(統一)體.

contort /kənˈtɔːt/ vt. 扭歪; 歪曲; 曲解 ~**ion** n. ~**ionist** n. 柔體動作表演者.

contour /ˈkɒntʊə/ n. 輪廓(線); 外形; 周線; (= ~ **line**) 等高線; 恆值線.

contra- /ˈkɒntrə-/ pref. [前綴] 表示"反對; 逆; 抗".

contraband /ˈkɒntrəˌbænd/ adj. & n. 走私的(貨); 違禁的(品).

contraception /ˌkɒntrəˈsɛpʃən/ n. 避孕(法) **contraceptive** adj. & n. 避孕的; 避孕用具; 避孕藥.

contract /ˈkɒntrækt, kənˈtrækt/ n. ① 契約, 合同 ② (橋牌)定約, 合約; 合約橋牌(亦作 ~ **bridge**) v. ① 訂定(契約、合同); 承包 ② (使)收縮, 弄窄; 緊縮; 縮短 ③【語】縮寫, 簡略 ④ 染患(疾病); 養成(習慣).

contraction /kənˈtrækʃən/ n. ① 收縮, 縮小 ② 省略句, 縮寫詞 ③ (病的)傳染;【醫】攣縮.

contractor /ˈkɒntræktə, kənˈtræk-/ n. 立約人; 承包商.

contractual /kənˈtræktjʊəl/ adj. 契約的.

contradict /ˌkɒntrəˈdɪkt/ vt. ① 駁斥; 否認 ② 與…矛盾; 抵觸 ~**ion** n. ~**ory** adj.

contradistinction /ˌkɒntrədɪˈstɪŋkʃən/ n. 對比; 對照 // **in** ~ **to** 與…對比, 與…截然不同.

contraflow /ˈkɒntrəˌfləʊ/ n.【交】逆向行駛.

contralto /kənˈtræltəʊ, -ˈtrɑːl-/ n. 女低音(歌手).

contraption /kənˈtræpʃən/ n. [口] 新奇的器械.

contrapuntal /ˌkɒntrəˈpʌntəl/ adj. 【音】對位(法)的.

contrariwise /ˈkɒntrərɪˌwaɪz/ adv.

相反地; 反對地.

contrary /ˈkɒntrəri/ *adj.* ① 相反的, 逆向的 ② [口]執拗的, 別扭的 *adv.* 相反地 *n.* (the ~) 相反, 反面 // on the ~ 反之, 正相反 to the ~ 與此相反的(地) contrarily *adv.* contrariness *n.*

contrast /kən'trɑːst, ˈkɒntrɑːst/ *v.* ① 對照; 對比 ② 形成對比; 相對立 *n.* ① 對照; 對比 ② 差別; 懸殊; 對照物 ~ive *adj.*

contravene /ˌkɒntrə'viːn/ *vt.* ① 違反(習俗); 觸犯(法律等) ② 推翻, 反駁(意見、論據等) contravention *n.*

contretemps /ˈkɒntrətɑːn, kɔ̃trətɑ̃/ *n. & vt.* (單複數同形) [法]令人尷尬的意外小事; 不幸的挫折.

contribute /kən'trɪbjuːt/ *v.* ① 捐助, 捐獻 ② (+ to) 貢獻; 有助於 ③ 投稿; 撰稿.

contribution /ˌkɒntrɪ'bjuːʃən/ *n.* ① 捐獻, 捐款 ② 貢獻 ③ 投稿.

contributor /kən'trɪbjətə/ *n.* 捐助者; 貢獻者; 投稿者 ~y *adj.* 貢獻的; 捐助的, 有助於 // ~y negligence【律】共同過失, 共同疏忽.

contrite /kən'traɪt, ˈkɒntraɪt/ *adj.* 悔悟的; 悔罪的 ~ly *adv.* contrition *n.*

contrivance /kən'traɪvəns/ *n.* ① 發明; 設計 ② 發明物; 裝置.

contrive /kən'traɪv/ *v.* ① 發明; 設計 ② 圖謀; 策劃; 設法 ~d *adj.* 預謀的, 人為的; 不自然的.

control /kən'trəʊl/ *n.* ① 管理; 控制; 支配; 操縱 ② (感情等的)

抑制, 節制 ③ (常用複)操縱裝置, 控制器 *vt.* ① 管理; 控制; 支配; 操縱 ② 抑制(感情等) ~lable *adj.* 可控制(或限制)的.

controller /kən'trəʊlə/ *n.* ① 管理員; 檢驗員; 審計員 ② 控制器; 調節器.

controversy /ˈkɒntrə,vɜːsɪ, kən'trɒvəsɪ/ *n.* 論戰; 爭論; 爭議 controversial *adj.* (會)引起爭論的; 有爭議的.

contumacy /ˈkɒntjʊməsɪ/ *n.* 頑抗; 拒絕服從; 倔強 contumacious *adj.*

contumely /ˈkɒntjʊmɪlɪ/ *n.* 傲慢無禮; 侮辱.

contusion /kən'tjuːʒən/ *n.* 打傷; 挫傷; 撞傷.

conundrum /kə'nʌndrəm/ *n.* 謎; 難題.

conurbation /ˌkɒnɜː'beɪʃən/ *n.* (由大城市及其衛星城鎮組成的)集合城市.

convalesce /ˌkɒnvə'les/ *vi.* 康復; 漸癒 ~nce *n.* 康復(期) ~nt *adj.*

convection /kən'vekʃən/ *n.* (氣體、液體傳熱時的)對流.

convector (heater) /kən'vektə 'hiːtə/ *n.* (對流式)熱空氣循環加熱器.

convene /kən'viːn/ *v.* 召集; 集合(開會等) ~r, convenor *n.* 會議召集人.

convenience /kən'viːnɪəns/ *n.* ① 便利, 方便 ② 便利設施; [英]婉公共廁所 // ~ store 方便食品(指罐頭食品、即食麵等).

convenient /kən'viːnɪənt/ *adj.* 便利

的, 方便的 **~ly** *adv.*

convent /ˈkɒnvənt/ *n.* 女修道院; 修女辦的教會學校.

convention /kənˈvenʃən/ *n.* ① (社團、政黨等的)大會, 會議 ② 協定; 公約 ③ 習俗; 慣例; 常規.

conventional /kənˈvenʃənᵊl/ *adj.* ① 慣例的; 慣用的 ② (指藝術等)傳統的; 規範的; (指戰爭、武器)非核的, 常規的 **~ity** *n.* 慣例性, 傳統性; 常套 **~ly** *adv.* // **~ weapon** 常規武器(相對於核武器而言).

converge /kənˈvɜːdʒ/ *v.* (使)會聚, (使)集中; 輻合 **~nce** *n.* **~nt** *adj.*

conversant /kənˈvɜːsᵊnt/ *adj.* (+ with) 通曉的; 熟悉的; 精通的.

conversation /ˌkɒnvəˈseɪʃən/ *n.* 會話, 會談 **~al** *adj.* 會話的; 健談的 **~alist** *n.* 健談者; 談話風趣者.

converse [1] /kənˈvɜːs/ *vi.* 談話.

converse [2] /ˈkɒnvɜːs/ *adj.* & *n.* 相反的(; 顛倒的(的) **~ly** *adv.*

conversion /kənˈvɜːʃən/ *n.* ① 變換; 轉化; 換位 ②(意見、信仰等的)改變 ③【商】兌換; 更換(字據等) ③【數】換算.

convert /kənˈvɜːt, ˈkɒnvɜːt/ *vi.* ① 使轉變 ② 使…改變信仰 *n.* 皈依者 **~er, ~or** *n.* (煉鋼)轉爐; 變壓器; 變頻器.

convertible /kənˈvɜːtəbᵊl/ *adj.* ① 可改變的; 可轉換的 ②(指錢幣)自由兌換的 ③ (汽車)敞篷的 *n.* 敞篷汽車.

convex /ˈkɒnveks, kɒnˈveks/ *adj.* 凸出的 **~ity** *n.* 凸(狀).

convey /kənˈveɪ/ *vt.* 搬運; 運送(旅客、貨物等) ② 傳達(思想、消息等) ③【律】讓與; 轉讓(財產等) **~er, ~or** *n.* 搬運者, 傳送者, 傳送機; 傳送帶(亦作 **~er / ~or belt**).

conveyance /kənˈveɪəns/ *n.* ① 運輸, 運送; 傳達 ② 運輸工具 ③【律】轉讓證書, 轉易契 **~r** *n.* 【律】辦理此種業務的律師.

conveyancing /kənˈveɪənsɪŋ/ *n.* 【律】財產轉讓業務(法).

convict /kənˈvɪkt, ˈkɒnvɪkt/ *vt.* 證明…有罪; 宣告…有罪 *n.* 罪犯; 囚犯.

conviction /kənˈvɪkʃən/ *n.* ① 定罪; 判刑 ② 說服; 堅信, 確信.

convince /kənˈvɪns/ *vt.* 使確信, 使信服.

convincing /kənˈvɪnsɪŋ/ *adj.* 使人信服的, 有說服力的 **~ly** *adv.*

convivial /kənˈvɪvɪəl/ *adj.* 喜歡宴飲交際的; 歡樂的 **~ity** *n.* **~ly** *adv.*

convocation /ˌkɒnvəˈkeɪʃən/ *n.* 召集; 集合.

convoke /kənˈvəʊk/ *vt.* 召開; 召集(會議等).

convoluted /ˈkɒnvəˌluːtɪd/ *adj.* ① 彎曲的, 盤繞的 ② 複雜難解的 **convolution** *adj.* 彎曲, 蜷繞 // **~ tubule** 腎曲小管.

convolvulus /kənˈvɒlvjʊləs/ *n.* 旋花類植物(如牽牛花).

convoy /ˈkɒnvɔɪ/ *vt.* 護航, 護送 *n.* ① 護航(隊), 護送(隊) ② 被護送的車(或船)隊.

convulse /kənˈvʌls/ *vt.* 震撼, 震動; 使痙攣.

convulsion /kən'vʌlʃən/ n. ① 震撼, 震動, 騷動 ② (常用複)【醫】抽筋; 痙攣 convulsive adj. convulsively adv.

con(e)y /'kəʊnɪ/ n. [舊]兔; 兔的毛皮.

coo /ku:/ vi. & n. ① (鴿等)咕咕叫(聲) ② 輕柔地說話(聲).

cook /kʊk/ v. ① 烹調; 煮; 燒(食物) ② 偽造; 竄改 n. 廚師 // ~ up [口]捏造.

cooker /'kʊkə/ n. 炊具(尤指爐、鍋等) ~y n. 烹調術.

cookie, cooky /'kʊkɪ/ n. ① [美]甜餅乾; 曲奇餅乾 ②【計】網上資訊檔案, 小型文字檔案.

cool /ku:l/ adj. ① 涼的, 涼爽的 ② 冷靜的, 沉着的 ③ 冷淡的 ④ [口][貶]厚顏的; 放肆的 ⑤ (指數額等)不折不扣的, 整整的 ⑥ [俚]絕妙的 v. ① (使)變冷; 冷卻 ② (使)鎮定; (使)冷淡 n. (the ~) 涼爽的空氣或地方 ~ly adv. ~ness n. ① 涼快 ② 冷靜, 沉着 ③ 冷淡 ~-headed adj. 頭腦冷靜的.

coolant /'ku:lənt/ n. 冷卻劑.

cooler /'ku:lə/ n. ① 冷卻器 ② [俚]牢房.

coolie, cooly /'ku:lɪ/ n. [舊][貶]苦力, 小工.

coon /ku:n/ n. ① = rac~ [口]浣熊 ② [俚][貶]黑人 ③ 狡猾的人.

coop /ku:p/ n. 雞籠 vt. (+ up) 關進(籠內).

co-op /'kəʊ,ɒp/ n. = ~erative [口]合作社.

cooper /'ku:pə/ n. 箍桶工人.

cooperate, co-operate /kəʊ'ɒpə,reɪt/ vt. 互助, 合作, 協作 cooperation n. cooperative adj. 合作(社)的; 抱合作態度的 n. 合作社.

co-opt /kəʊ'ɒpt/ vt. 增選(新成員); 吸收, 羅致; 接收 ~ion n.

coordinate, co-ordinate /kəʊ'ɔ:dɪ,neɪt/ adj. ① 同等的;【語】並列的 ② 座標的 n. ① 同等者(或物) ② (pl.)座標 ③ (pl.)(尤指顏色協調的女裝)套裝 v. (使)協調, (使)配合 ~ly adv. coordinator n. 協調人; 配合者.

coordination, co-ordination /kəʊ,ɔ:dɪ'neɪʃən/ n. 協調, 作伴; 同時; 配合.

coot /ku:t/ n.【鳥】大鷭; 水鴨.

cop /kɒp/ n. [俚]警察 v. [俚]逮住 // ~ it 惹大麻煩; 挨罰 ~ out [貶] 推諉責任, 臨陣退縮.

cope [1] /kəʊp/ vi. (善於)應付; 處理.

cope [2] /kəʊp/ n. (教士主持儀式時穿的)斗篷式長袍.

copier /'kɒpɪə/ n. 抄寫員; 複印機; 模仿者.

copilot /'kəʊ,paɪlət/ n. 副駕駛員.

coping /'kəʊpɪŋ/ n. (牆的)頂蓋; 牆帽 // ~ stone 蓋頂石.

copious /'kəʊpɪəs/ adj. 豐富的; (指作家)多產的 ~ly adv.

copper [1] /'kɒpə/ n. 銅; 銅幣, 銅錢 ~-bottomed adj. 可靠的; 安全的 ~plate n. 工整的字體 ~smith n. 銅匠.

copper [2] /'kɒpə/ n. [俚]警察.

coppice /'kɒpɪs/ n. or copse /kɒps/ n. 矮樹木, 灌木林.

copra /ˈkɒprə/ *n.* 椰肉乾; 椰子核.

copulate /ˈkɒpjʊˌleɪt/ *v.* [書](動物) 交配; (人)交媾 copulation *n.*

copulative /ˈkɒpjʊlətɪv/ *adj.* 交配的; 連結的 *n.* 【語】繫詞.

copy /ˈkɒpɪ/ *n.* ① 抄本, 副本, 摹本; 複製品 ② 一部, 一冊; 一份 (書、報紙等) ③ (送交印刷的)原稿 *v.* ① 抄, 謄, 複寫 ② 臨摹; 摹仿 **~book** *n.* 習字帖 **~cat** *v. & n.* 山寨的, 抄襲的; 模仿者, 抄襲者.

copyright /ˈkɒpɪˌraɪt/ *n.* 版權, 著作權 *vt.* 取得 … 的版權.

copywriter /ˈkɒpɪˌraɪtə/ *n.* (廣告的)撰稿員.

coquette /kɒˈkɛt, kɒˈkɛt/ *n.* 賣弄風情的女子.

coquetry /ˈkəʊkɪtrɪ, ˈkɒk-/ *n.* 賣弄風情; 撒嬌 coquettish *adj.*

coracle /ˈkɒrəkəl/ *n.* 柳條艇, 小漁船.

coral /ˈkɒrəl/ *n.* 珊瑚(蟲) *adj.* 珊瑚製的; 珊瑚色的 // **~ island** 珊瑚島 **~ reef** 珊瑚礁.

cor anglais /ˈkɔːr ˈɑːŋgleɪ/ *n.* [法]【音】英國管(亦作 English horn).

corbel /ˈkɔːbəl/ *n.* 【建】樑托, 翅托.

cord /kɔːd/ *n.* ① 繩, 索, 弦② [生] 索(狀組織) ③ 燈芯絨; (*pl.*)燈芯絨褲 *adj.* (織物)有棱凸紋的.

cordial [1] /ˈkɔːdɪəl/ *adj.* 誠懇的; 熱誠的; 親切的 **~ly** *adv.* **~ity** *n.*

cordial [2] /ˈkɔːdɪəl/ *n.* 果汁飲料; 甘露酒.

cordite /ˈkɔːdaɪt/ *n.* 線狀無煙火藥.

cordon [1] /ˈkɔːd²n/ *n.* 哨兵線; 警戒

線 *vt.* (**+ sth off**) 在 … 周圍設警戒線.

cordon [2] /ˈkɔːd²n/ *n.* [園藝] 單幹形果枝.

cordon bleu /ˌkɔːdɔ̃ blø/ *adj.* [法] (指廚師或其烹飪技術)特級的; 第一流的.

corduroy /ˈkɔːdɔˌrɔɪ, ˌkɔːdəˈrɔɪ/ *n.* 燈芯絨(褲) // **~ road** [美](沼澤地區的)木排路.

core /kɔː/ *n.* ① 果心, 果核 ② 核心; 精髓 *vt.* 挖去 … 的果心 // **to the ~** 徹底, 完完全全.

co-respondent /ˌkəʊrɪˈspɒndənt/ *n.* 【律】(離婚訴訟中被控通姦的)共同被告.

corgi /ˈkɔːgɪ/ *n.* ① 短腿小狗, 哥基犬 ② [俚]微型汽車.

coriander /ˌkɒrɪˈændə/ *n.* 【植】芫荽(子), 胡荽(子).

cork /kɔːk/ *n.* 軟木(塞) *vt.* (用軟子)塞住 **~screw** *n.* 開塞鑽.

corkage /ˈkɔːkɪdʒ/ *n.* (向自備酒的顧客索取的)開瓶塞費.

corm /kɔːm/ *n.* 【植】球莖.

cormorant /ˈkɔːmərənt/ *n.* 【鳥】鸕鶿; 水老鴉.

corn [1] /kɔːn/ *n.* ① 穀類, 五穀 [美]粟米, 玉米 ② 穀粒 ③ 陳腐或傷感的音樂(或文學藝術作品) **~y** *adj.* 陳腐的, 傷感的 **~cob** *n.* 粟米棒子芯, 粟米穗軸 **~flakes** *n.* 粟米片 **~flower** *n.*【植】矢車菊.

corn [2] /kɔːn/ *n.* (腳上的)雞眼.

corned /kɔːnd/ *adj.* (指肉類)醃製的.

cornelian /kɔːˈniːlɪən/ *n.* [礦] 光玉髓(次等寶石).

corner /'kɔːnə/ n. ① 角, 隅 ② 偏僻處; 角落 ③ 困境 ④ 囤積(居奇) ⑤ = ~ **kick** vt. ① 使陷困境 ② 囤積 ③ (車輛)轉彎 **~stone** n. 牆角石; 基石; 基礎 // **around** / **round the** ~ 就在拐角處; 近在眼前 ~ **kick** (足球)角球 **cut (off) a** ~ 抄近路.

cornet /'kɔːnɪt/ n. ①【音】短號 ② (圓錐形的)甜筒冰淇淋 [美] 亦作 **cone**).

cornice /'kɔːnɪs/ adj.【建】飛簷; 上楣.

cornucopia /ˌkɔːnjʊ'kəʊpɪə/ n. ① (象徵)富饒(的羊)角 ② 富裕; 豐饒.

corolla /kə'rɒlə/ n.【植】花冠, 花瓣.

corollary /kə'rɒlərɪ/ n. 推論; 必然之結果.

corona /kə'rəʊnə/ n. (pl. **-nas**, **-nae**)【天】日暈; 冠狀物.

coronary /'kɒrənərɪ/ adj. (心臟)冠狀動脈的 n. = ~ **thrombosis** // ~ **thrombosis**【醫】冠狀動脈栓塞症(俗)亦作 **heart attack** 心臟病).

coronation /ˌkɒrə'neɪʃən/ n. 加冕禮.

coroner /'kɒrənə/ n. 驗屍官; 法醫.

coronet /'kɒrənɪt/ n. 寶冠; 小冠冕.

corpora /'kɔːpərə/ n. corpus 的複數.

corporal [1] /'kɔːpərəl/ adj. 肉體的 // ~ **punishment** 體罰.

corporal [2] /'kɔːpərəl/ n.【軍】下士.

corporate /'kɔːpərɪt, -prɪt/ adj. ① 團體的; 法人的; 公司的 ② 共同的, 全體的 ~**ly** adv. // ~ **rate** (出售機票、船票或出租酒店房間的)公司合同價, 商務價格 ~ **travel** (公司高級職員的)出差.

corporation /ˌkɔːpə'reɪʃən/ n. ①【律】社團; 法人 ② [英] 市(鎮)政府 ③ 大企業, 大公司 ④ [俚]腹大便便.

corporeal /kɔː'pɔːrɪəl/ adj. 肉體的; 物質的;【律】有形的.

corps /kɔː/ n. (pl. ~) ① 軍團 ② 特種部隊; (特殊兵種)隊; 兵團 ③ 隊; 團.

corpse /kɔːps/ n. 屍體.

corpulent /'kɔːpjʊlənt/ adj. (指人)肥胖的 **corpulence** n.

corpus /'kɔːpəs/ n. (pl. **-pora**) n. (作家、著作的)文集, 全集.

corpuscle /'kɔːpʌsəl/ n. ① 血球; 細胞 ②【物】微粒, 粒子.

corral /kɒ'rɑːl/ n. [美]畜欄 v. 把⋯⋯關入畜欄.

correct /kə'rekt/ adj. ① 正確的 ② 恰當的, 合適的 vt. ① 改正, 修改 ② 訓誡 ~**ly** adv. ~**ness** n.

correction /kə'rekʃən/ n. 改正; 修改 **corrective** adj. 改正的; 糾正的; 矯正的 n. 起矯正作用的事物.

correlate /'kɒrɪleɪt/ v. (使)相互發生關係, (使)關聯 n. 相關物 **correlation** n. **correlative** adj. 相關的, 關聯的 n. 關聯詞.

correspond /ˌkɒrɪ'spɒnd/ vi. ① 符合; 協調 ② 相應, 相當 ③ 通信.

correspondence /ˌkɒrɪ'spɒndəns/ n. ① 相應, 相當; 符合 ② 通信;

(來往)信件.

correspondent /ˌkɒrɪˈspɒndənt/ n.
① 通信員; 通訊記者 ②【商】(海外)客戶, 代理商.

corresponding /ˌkɒrɪˈspɒndɪŋ/ adj.
相應的, 相應的 ~ly adv.

corridor /ˈkɒrɪˌdɔː/ n. ① 走廊, 通路 ② (通過別國的)走廊地帶.

corrigendum /ˌkɒrɪˈdʒendəm/ n.
(pl. -da)應改正的錯誤; (pl.)勘誤表.

corroborate /kəˈrɒbəˌreɪt/ vt.
確定, 確證 corroboration n.
corroborative adj.

corrode /kəˈrəʊd/ v. (使)腐蝕; 侵蝕 corrosion n.

corrosive /kəˈrəʊsɪv/ adj. 腐蝕(性)的; (對社會或個人感情等)有腐蝕作用的; (指語言)尖刻的 n. 腐蝕劑.

corrugate /ˈkɒrʊˌɡeɪt, ˈkɒrəˌɡɪt, -ˌɡeɪt/ v. 弄皺; 起皺; (使)成波狀 ~d adj. corrugation n. ① 皺摺, 波紋 ② 車轍; 溝.

corrupt /kəˈrʌpt/ adj. ① 腐化的; 貪污的 ② 腐敗的; 污濁的 ③ (語言等)誤用的; 轉訛的 v. ① (使)腐敗, (使)腐化 ② 賄賂 ③ 訛用(詞等) ~ly adj. ~ness n.
~ible adj. 易腐化的 ~ibly adv.

corruption /kəˈrʌpʃən/ n. ① 腐化, 腐敗, 貪污 ② (語言的)誤用, 轉訛.

corsage /kɔːˈsɑːʒ/ n. 女裝胸部的花束; 胸衣.

corsair /ˈkɔːseə/ n. 海盜(船).

corset /ˈkɔːsɪt/ n. (女裝)緊身胸衣.

cortege, -tège /kɔːˈteɪʒ/ n. 送葬行

列; 儀仗行列.

cortex /ˈkɔːteks/ n. (pl. -tices)【解】皮質;【植】皮層 cortical adj.

cortisone /ˈkɔːtɪˌsəʊn, -ˌzəʊn/ n.
【藥】可的松(腎上腺皮質酮素).

corundum /kəˈrʌndəm/ n. 剛玉.

coruscate /ˈkɒrəˌskeɪt/ vi. [書]閃爍, 閃亮; (才氣)煥發 coruscation n.

corvette /kɔːˈvet/ n.【軍】小型快速護衛艦.

cos [1] /kɒs/ n.【植】羅馬生菜, 科斯長葉萵苣(亦作 ~ lettuce).

cos [2] /kɒs/ abbr.【數】餘弦 (~ine)的符號.

cosh /kɒʃ/ n. (金屬芯的)橡皮棍子 vt. 用棍打人.

cosine /ˈkəʊˌsaɪn/ n.【數】餘弦.

cosmetic /kɒzˈmetɪk/ n. 化妝品 adj. ① 化妝用的, 美容的 ② [貶]裝飾門面的, 擺樣子的 ~ian n. 美容師 // ~ surgery 整容手術.

cosmic /ˈkɒzmɪk/ adj. 宇宙的 ~ally adv. // ~ ray 宇宙射線.

cosmology /kɒzˈmɒlədʒɪ/ n. 宇宙論 cosmological adj.

cosmonaut /ˈkɒzməˌnɔːt/ n. [俄]羅斯太空人, 宇航員(亦作 astronaut).

cosmopolitan /ˌkɒzməˈpɒlɪt'n/ adj. ① 全世界的, 世界性的 ② 四海為家的; 見多識廣的 n. 四海為家的人; 見多識廣者; 世界主義者 ~ism n. 世界主義.

cosmos /ˈkɒzmɒs/ n. 宇宙.

Cossack /ˈkɒsæk/ n. 哥薩克人.

cosset /ˈkɒsɪt/ vt. 寵愛, 嬌養.

cost /kɒst/ v. (過去式及過去分詞 ~) ① 值(多少錢) ① (使)花費(時間、金錢、勞力等) ②(使)遭受損失,使付出代價 n. ① 成本;費用,價錢 ② 代價;犧牲;(pl.)【律】訴訟成本// at all ~s 不惜任何代價 at the ~ of 以…為代價.

co-star /ˈkəʊstɑː/ v. (電影或電視)(使)共同主演 n. 共同主演的明星.

coster(monger) /ˈkɒstə(ˌmʌŋɡə)/ n. 推車沿街叫賣果菜的小販.

costive /ˈkɒstɪv/ adj. ① 便秘的 ② 拘謹的 ③ 吝嗇的.

costly /ˈkɒstlɪ/ adj. 昂貴的;代價高的;損失重大的 costliness n.

costume /ˈkɒstjuːm/ n. (某一時期或場合穿的)服裝;戲服;服裝式樣// ~ ball 化裝舞會 ~ drama 古裝戲 ~ jewellery 人造珠寶.

costum(i)er /kɒˈstjuːm(ɪ)ə/ n. 服裝製造商.

cosy [1], 美式 **cozy** /ˈkəʊzɪ/ adj. ① 溫暖而舒適的 ② 親切的,友好的 cosily, cozily adv. cosiness, coziness n.

cosy [2] /ˈkəʊzɪ/ n. 保暖罩.

cot /kɒt/ n. 輕便(可摺疊的)小床;兒童床// ~ death【醫】(病因不明的)嬰兒猝死(症).

cote /kəʊt/ or **cot** n. (禽畜的)欄;圈;籠.

coterie /ˈkəʊtərɪ/ n. (排他性的)小集團;小圈子;同人俱樂部.

cotoneaster /kəˌtəʊnɪˈæstə/ n.【植】枸子.

cottage /ˈkɒtɪdʒ/ n. 農舍//

~ **cheese** 茅屋芝士(軟白芝士)//

~ **industry** 家庭手工業 ~ **pie** 農家餡餅,肉餡薯餅(亦作 shepherd's pie).

cotter /ˈkɒtə/ n.【機】銷,栓;開尾銷.

cotton /ˈkɒtʰn/ n. 棉花;棉線;棉布 ~y adj. 棉花(似)的// ~ **candy** [美]棉花糖[英]亦作 candy floss)~ **on** (to sth)[口]懂得,逐漸理解~ **wool** 脫脂棉;藥棉.

cotyledon /ˌkɒtɪˈliːdʰn/ n.【植】子葉.

couch /kaʊtʃ/ n. 長沙發;臥榻;躺椅 v. (用語言)表達// ~ **potato** [俚]老是在電視機前的傢伙,愛窩在沙發上看電視的人.

couchette /kuːˈʃet/ n.【法】(火車上的)臥鋪;鋪位.

couch grass /kaʊtʃ ɡrɑːs, kuːtʃ ɡrɑːs/ n.【植】茅根(亦作 couch).

cougar /ˈkuːɡə/ n.【動】美洲獅(亦作 puma 或 mountain lion).

cough /kɒf/ v. & n. 咳嗽 n// ~ **out** 咳出;(迫於無奈)說出;交出.

could /kʊd/ v (mo). can 的過去式.

couldn't /ˈkʊdʰnt/ v. = could not.

coulomb /ˈkuːlɒm/ n.【電】庫侖.

coulter /ˈkəʊltə/ n. 犁刀(亦作 coulter).

council /ˈkaʊnsəl/ n. 政務會;理事會;委員會;參議會;會議// ~ **house** (公建的)廉租屋,公營房屋 **Security C-** (聯合國)安全理事會 **State C-** (中國)國務院.

councillor, 美式 **councilor** /ˈkaʊnsələ/ n. (市鎮等)參議員;理

事; 委員; 參事.

counsel /ˈkaʊnsəl/ n. ① 勸告, 忠告; 意見 ② 意圖 ③ (單複數同形)法律顧問, 律師 v. 勸告, 忠告; 商議 ~(l)or n. 顧問; [美]律師, 法律顧問.

count [1] /kaʊnt/ v. ① 數; 計算 ② 計算在內 ③ 認為, 以為 ④ 有價值, 重要; 值得考慮 n. ① 計數; 計算 ② 注意; 重視 ③【律】(控告的)罪狀 ~**less** adj. 無數的, 不可勝數的 ~**down** n. (火箭發射前的)倒數計時 // ~ **on** / **upon** 指望; 依靠.

count [2] /kaʊnt/ n. 伯爵(用於歐洲大陸)([英]亦作 earl) ~**ess** n. 女伯爵, 伯爵夫人.

countdown /ˈkaʊntˌdaʊn/ n. 在重大事件發生前的逆序計數; 倒數計時.

countenance /ˈkaʊntɪnəns/ n. ① 面容; 臉色 ② 支持; 贊助; 贊同 vt. 支持, 贊助 // **keep one's** ~ 泰然自若; 忍住不笑.

counter [1] /ˈkaʊntə/ n. ① 櫃台 ② 籌碼 ③ 計算者; 計數器 // **under the** ~ 私下; 走 "後門".

counter [2] /ˈkaʊntə/ adv. 相反地 v. 反對; 反駁; 反擊; 抵銷.

counter- /ˈkaʊntə/ pref. [前綴] 表示 "反…"; 相反的; 反對的; 對應的; 重複.

counteract /ˌkaʊntərˈækt/ vt. 抵銷; 消除; 中和 ~**ion** n. ~**ive** adj. 抵銷的, 中和的; 反作用的; 中和劑.

counter-attack /ˈkaʊntərəˌtæk/ n. & v. 反攻, 反擊.

counterbalance /ˌkaʊntəˈbæləns,

ˈkaʊntəˌbæləns/ vt. 使平衡; 抵銷 n. 平衡物; 平衡力.

counterblast /ˈkaʊntəˌblɑːst/ n. ① 逆風 ② 猛烈的反駁, 強烈的抗議.

countercharge /ˈkaʊntəˌtʃɑːdʒ/ n. & vt. 反訴; 反告; 反控.

counterespionage
/ˌkaʊntərˈespɪəˌnɑːʒ/ n. 反間諜活動; 策反.

counterfeit /ˈkaʊntəfɪt/ adj. & n. 偽造的(品), 假冒的(品) vt. 偽造, 假冒.

counterfoil /ˈkaʊntəˌfɔɪl/ n. (支票等的)存根, 票根.

countermand /ˌkaʊntəˈmɑːnd/ vt. 取消(命令); 收回(成命); 取消.

counterpane /ˈkaʊntəˌpeɪn/ n. 床罩, 床罩.

counterpart /ˈkaʊntəˌpɑːt/ n. ① 相對應的人(或物) ② 副本; 複本 ③ 配對物; 對方.

counterpoint /ˈkaʊntəˌpɔɪnt/ n. 【音】對位法; 對位音.

counterpoise /ˈkaʊntəˌpɔɪz/ v. (使)平衡; 抵銷 n. 平衡物; 平衡力.

counterproductive
/ˌkaʊntəprəˈdʌktɪv/ adj. 起反作用的.

countersign /ˈkaʊntəˌsaɪn,
ˌkaʊntəˈsaɪn/ vt. 連署, 副署.

countersink /ˈkaʊntəˌsɪŋk/ vt. 打埋頭孔.

countertenor /ˈkaʊntəˈtenə/ n.
【音】男聲最高音部(歌手).

countrified, country- /ˈkʌntrɪˌfaɪd/ adj. 鄉土氣的; 粗俗的.

country /ˈkʌntrɪ/ n. ① 國家; 國

土② 鄉土; 故鄉 ③ (the ~) 國民 ④ (the ~) 鄉下, 農村 ⑤ (僅用單) 地方, 地域 ~man, (fem.) ~woman n. (女)同胞; 鄉下(女)人 ~side n. 鄉間, 農村 // ~ and western (= ~ music) [美]西部鄉村音樂(略作 C and W) ~ code (電話撥號的)國家代號.

county /ˈkaʊntɪ/ n. ① (英國的)郡 (亦作 shire) ② (美國、中國的)縣.

coup /kuː/ n. [法] ① 驚人的成功之舉 ② = ~ d'état // ~ de grâce n. 致命的一擊 ~ d'état n. (軍事)政變(舊譯「苦迭打」).

coupé, -pe /ˈkuːpeɪ/ n. (雙門)小轎車.

couple /ˈkʌpʼl/ n. ① 一對, 一雙 ② 配偶, 夫婦 v. ① 連合; 連接(車輛等) ② [書]性交; (動物)交配.

couplet /ˈkʌplɪt/ n. 對句; 對聯.

coupling /ˈkʌplɪŋ/ n. ① 連接 ② 聯結器; (火車的)碰鈎, 車鈎.

coupon /ˈkuːpɒn/ n. 息票; 禮券; 優惠券; (食物等)配給券.

courage /ˈkʌrɪdʒ/ n. 勇氣, 勇敢; 膽量 ~ous adj. ~ously adv.

courgette /kʊəˈʒet/ n. [法]翠玉瓜, (綠皮)小胡瓜.

courier /ˈkʊərɪə/ n. ① 信使; (傳送急件的)信差 ② (旅行團的)導遊.

course /kɔːs/ n. ① (空間或時間的)前進, 進行; 過程 ② 方向; 路線 ③ 跑道; 跑馬場; (高爾夫)球場 ④ 一系列(演講、治療等); 課程; 科目 ⑤ 一道菜 ⑥【建】

一層(磚石)等 v. ① 追獵(特指用獵犬追兔) ② (液體)急速流動 // as a matter of ~ 勢所必然; 當然 ~ book 課本, 教科書 ~(s) of action 行動方針 of ~ 當然; 自然.

courser /ˈkɔːsə/ n. [詩]駿馬.

court /kɔːt/ n. ① 法庭, 法院 ② 朝廷 ③ 球場 ④ 庭院; 天井 ⑤ 殷勤; 求愛 v. ① (向…)求愛; 獻殷勤 ② 設法獲得(支持等); 博得(喝采) ③ 招致(失敗、危險等) ~ship n. 求愛, 求婚 ~yard n. 院子 // ~ martial 軍事法庭 ~(s) of appeal 上訴法院 ~ of law 法庭, 法庭.

courteous /ˈkɜːtɪəs/ adj. 有禮貌的; 謙恭的 ~ly adv. courtesy n. // (by) courtesy of ① 經…特許; 經…同意 ② 因為, 由於.

courtesan, -zan /ˌkɔːtɪˈzæn/ n. [舊]名妓; (達官貴族的)情婦.

courtier /ˈkɔːtɪə/ n. 廷臣, 朝臣.

courtly /ˈkɔːtlɪ/ adj. 有禮貌的 courtliness n.

cousin /ˈkʌzʼn/ n. 堂(表)兄弟; 堂(表)姊妹 // first ~ 親堂(表)兄弟(姊妹) second ~ 遠房堂(表)兄弟(姊妹).

couture /kuːˈtʊə, kutyr/ n. [法](高檔)時裝設計(業) couturier n. (高檔)時裝設計師(或設計員).

cove /kəʊv/ n. ① 小海灣 ② 小谷.

coven /ˈkʌvʼn/ n. 巫婆的聚會.

covenant /ˈkʌvɪnənt/ n. 契約, 盟約; (尤指定期捐贈的)契約書; 盟約 v. 締結盟約; 立約.

coventry /ˈkɒvəntrɪ/ n. 受排斥的狀態 // send sb to ~ 把某人排斥

在集體之外; 拒絕與某人交往.

cover /ˈkʌvə/ vt. ① 蓋, 覆, 包, 鋪 ② 掩蓋, 掩飾 ③ 掩護, 庇護 ④ 包括; 涉及 ⑤ 走(多少路程) ⑥ (錢)足夠支付 ⑦ 報導(新聞) ⑧ 為(貨物等)投保, 承保 ⑨ 首次演唱(或錄製)某人的作品 n. ① 蓋子, 套子, 罩子, (書的)封面 ② 隱伏處, 庇護所 ③ 掩護; 假託, 藉口 ④ 保險 // ~ **charge** 餐飲行業(的)附加服務費 **under separate** ~ 在另函(或另包)內.

coverage /ˈkʌvərɪdʒ/ n. ① 範圍; 規模; 總額 ② 承保險別; 保險總額; 保險範圍 ③ (新聞)報導(範圍).

covering /ˈkʌvərɪŋ/ n. 遮蓋物 // ~ **letter** (附於封面的)說明書.

coverlet /ˈkʌvəlɪt/ n. 被單, 床罩, 床單.

covert /ˈkʌvət/ adj. 隱密的; 偷偷摸摸的 n. (樹叢等鳥獸)隱伏處 ~**ly** adv.

covet /ˈkʌvɪt/ vt. 垂涎; 覬覦; 貪圖 (別人之物) ~**ous** adj. ~**ousness** n.

covey /ˈkʌvɪ/ n. (鷓鴣、松雞等)一羣, 一窩.

cow [1] /kaʊ/ n. ① 母牛, 乳牛 ② (象、犀牛、鯨等)母獸 ~**boy** n. ① 牧童; 牛仔 ② [英俗][貶]不法商人, 奸商; [美]不負責任的人.

cow [2] /kaʊ/ v. 恐嚇, 威脅.

coward /ˈkaʊəd/ n. 懦夫 ~**ly** adj.

cowardice /ˈkaʊədɪs/ n. 怯懦; 膽小.

cower /ˈkaʊə/ v. 畏縮, 抖縮.

cowl /kaʊl/ n. ① (僧侶的)頭罩; (帶頭罩的)僧侶道袍 ② 煙囱帽.

cowling /ˈkaʊlɪŋ/ n. (飛機的)活動罩, 整流罩, 引擎罩.

cowrie, cowry /ˈkaʊrɪ/ n.【動】寶貝(一種腹足動物, 生長於暖海中).

cowslip /ˈkaʊˌslɪp/ n.【植】野櫻草, 黃花九輪草.

cox /kɒks/ n. = ~**swain** 掌舵.

coxcomb /ˈkɒksˌkəʊm/ n. ① [舊]紈絝子弟, 花花公子 ② = **cockscomb**.

coxswain /ˈkɒksən, -ˌsweɪn/ n. 舵手; 艇長.

coy /kɔɪ/ adj. 害羞的, 忸怩的 ~**ly** adv. ~**ness** n.

coyote /ˈkɔɪəʊt, kɔɪˈəʊt, kɔɪˈəʊtɪ/ n. (北美西部草原的)土狼.

coypu /ˈkɔɪpuː/ n.【動】(南美的)海狸鼠.

cozen /ˈkʌzˀn/ vt. 欺騙; 哄騙.

CPU /siː piː juː/ abbr. = **central processing unit**【計】中央處理器.

Cr abbr.【化】元素鉻 (**chromium**) 的符號.

crab [1] /kræb/ n. 蟹(肉).

crab [2] /kræb/ v. [口]抱怨, 發牢騷; 挑剔, 指責 // ~ **apple** 野生酸蘋果.

crabbed /ˈkræbɪd/ adj. ① (字跡)難認的 ② = **crabby** 壞脾氣的; 易怒的.

crack /kræk/ n. ① 裂縫 ② 劈啪聲 v. ① (使)破裂; (使)爆裂; (使)裂開; 砸裂(硬東西) ② (使)發劈啪聲 adj. 最好的; 高明的; 第一流的 ~**brained** adj. 愚蠢的; 神經錯

亂的 **~down** *n.* 鎮壓, 制裁 **~pot** *adj. & n.* 古怪的(人) // **~ down on** 對… 採取嚴厲措施, 對… 進行制裁(或鎮壓) **~ up** [口](體力、精神)垮掉, 崩潰.

cracker /'krækə/ *n.* ① [美]餅乾 (英)亦作 biscuit) ② 爆竹 ③ 破碎機.

crackers /'krækəz/ *adj.* (作表語)精神失常的, 發瘋的, 瘋狂的.

cracking /'krækɪŋ/ *adj.* [英口]極好的, 出色的.

crackle /'kræk°l/ *n. & vi.* (發)劈啪聲, (發)爆裂聲.

crackling /'kræklɪŋ/ *n.* ① (烤豬肉的)脆皮 ② 爆裂聲.

cradle /'kreɪd°l/ *n.* ① 搖籃 ② (文化等的)發源地 ③ (船)支架 *vt.* 將… 放進搖籃; 輕輕抱着.

craft [1] /krɑːft/ *n.* ① 工藝; 手藝 ② (特殊技藝的)行業; 行會 ③ 奸狡; 詭計 **~sman** *n.* 手藝人, 工匠 **~smanship** *n.* (工匠的)技藝 **~work** *n.* 手工藝(品).

craft [2] /krɑːft/ *n.* (單複數同形)(總稱)船; 飛機.

crafty /'krɑːftɪ/ *adj.* 狡猾的, 詭詐的 **craftily** *adv.* **craftiness** *n.*

crag /kræg/ *n.* 岩崖, 峭壁 **~gy** *adj.* ① 多岩的; 峻峭的 ② (人臉)毛糙的, 多皺紋的.

cram /kræm/ *v.* ① 塞滿; 塞入; 填入 ② 填鴨式地教 …; (考試前)死記硬背 **~mer** *n.* (考試前)臨急抱佛腳者.

cramp [1] /kræmp/ *n.* ① 抽筋, 痙攣 ② (pl.)腹部絞痛; 痛性痙攣(亦作 **stomach ~s**) *vt.* 使抽筋.

cramp [2] /kræmp/ *n.* 夾, 鉗 *vt.* ① 限制(於狹窄處); 阻礙 ② 夾住.

cramped /kræmpt/ *adj.* ① 狹窄的 ② (字跡)小而潦草的, 難寫的.

crampon /'kræmpən/ *n.* (常用複)(登高防滑用的)靴底釘.

cranberry /'krænbərɪ, -brɪ/ *n.* 【植】小紅莓, 蔓越莓 // **~bush** (tree) 【植】三裂葉莢蒾.

crane /kreɪn/ *n.* ① 起重機 ② 【鳥】鶴 *v.* 伸長(脖子) // **~ fly** 【昆】大蚊; (= daddy longlegs) 長腳蜘蛛.

cranium /'kreɪnɪəm/ *n.* (pl. **-niums**, **-nia**)【解】頭顱; 頭蓋骨 **cranial** *adj.*

crank /kræŋk/ *n.* ① 【機】曲柄 ② [口]古怪的人 *v.* 搖動; 起動 **~shaft** *n.* 【機】曲軸, 機軸.

cranky /'kræŋkɪ/ *adj.* ① 古怪的 ② [美]脾氣急的 ③ (指機器)搖晃的; 有毛病的.

cranny /'krænɪ/ *n.* 裂縫; 縫隙 **crannied** *adj.*

crap /kræp/ *n.* [粗] ① 廢話 ② 糞便 ③ 垃圾 *vi.* [粗]拉屎 **~per** *n.* 廁所.

crape /kreɪp/ *n.* ① (喪事用的)黑紗 ② = crepe.

crappy /'kræpɪ/ *adj.* [俚]極差勁的.

craps /kræps/ *pl. n.* (用作單)擲雙骰子賭博 // **shoot ~** 玩擲雙骰子賭博.

crash /kræʃ/ *v.* ① (發出猛烈聲音地)倒下, 碰撞, 砸碎 ② (指飛機、車等)(使)墜毀, (使)撞壞 ③ (企業、經濟)失敗, 破產, 倒

閉 ④【計】死機 n. ① 轟隆聲; 嘩啦聲 ②（飛機、車輛的）墜毀, 撞壞 ③（企業、政府等的）破產, 倒閉, 垮台 ④【計】死機 adj. 應急的; 速成的 ~ dive v. (潛艇)緊急下潛 // ~ barrier [英](高速公路上的)防撞欄 ~ dive (潛艇)緊急下潛 ~ helmet (電單車駕駛員的)安全帽, 頭盔 ~ landing 緊急降落; 迫降.

crass /kræs/ adj. [書][貶] ①（指愚蠢等）非常的, 徹底的 ② 愚鈍的; 無知的 ~ly adv. ~ness n.

crate /kreɪt/ n. ① 板條箱; 柳條筐（或籃、簍）②[俚]破舊飛機; 老爺車 vt. (+ sth up) 把 … 裝入板條箱內.

crater /ˈkreɪtə/ n. ① 火山口 ② 彈坑 ③（月球上的）環形山.

cravat(e) /krəˈvæt/ n. (男裝)領巾.

crave /kreɪv/ v. ① 懇求 ② 渴望 craving n. 渴望.

craven /ˈkreɪv²n/ adj. 膽怯的 n. 膽小鬼, 懦夫 ~ly adv. ~ness n.

craw /krɔː/ n. 鳥或昆蟲的嗉囊; 低等動物的胃.

crawfish /ˈkrɔːˌfɪʃ/ n. = crayfish.

crawl /krɔːl/ vi. ① 爬;(指人)匍匐, 慢行 ② (+ with) 爬滿(爬蟲等) ③ (指皮膚)發癢; 起雞皮疙瘩 ④ [口]巴結; 討好, 鑽營 n. ① 爬行; 慢行 ②（常作 the ~）自由泳.

crawler /ˈkrɔːlə/ n. ① 馬屁精 ②（嬰兒的）單衣, 連身服.

crayfish /ˈkreɪˌfɪʃ/, 美式 crawfish n.【動】小龍蝦, 蛄.

crayon /ˈkreɪən, -ɒn/ n. 有色粉筆; 蠟筆 vt. 用有色粉筆(或蠟筆)畫.

craze /kreɪz/ n. (一時的)狂熱;(極流行的)時尚; 風氣.

crazed /kreɪzd/ adj. ① 狂熱的; 瘋狂的 ② 有裂紋的.

crazy /ˈkreɪzɪ/ adj. ① 瘋狂的 ② 荒唐的; 怪誕的 ③ 狂熱的; 熱衷的 crazily adv. craziness n. // ~ paving 碎石路 like ~ [俚]發狂地; 賣力地; 激昂地.

creak /kriːk/ n. & vi. (發出)吱吱嘎嘎聲 ~y adj.

cream /kriːm/ n. ① 忌廉, 鮮奶油; 乳脂 ② 鮮奶油製食品 ③ 護膚霜, 雪花膏 ④(the ~) 精華; 最佳處 ⑤ 奶油色 adj. 奶油色的, 淺黃色的 v. ① 打成奶油狀 ② (+ off) 從 … 提取精華 ~y adj. 奶油狀的; 含奶油的; 奶油色的 // ~ cheese 忌廉芝士, 奶油乳酪 ~ of tar 酒石酸氫鉀 ~ puff 忌廉泡芙(一種西點); 柔弱的男子.

creamery /ˈkriːmərɪ/ n. 乳酪廠; 乳品商店; 牛奶貯藏室.

crease /kriːs/ n. ① 摺縫, 摺痕, 皺摺 ②【板】(投手或打擊手的)界線 v. 摺; 弄皺; 變皺; (使)起摺縫.

create /kriːˈeɪt/ v. ① 創造, 創作 ② 產生; 製造 ③ 封授(爵位); 任命(職位) ④ [俚]大喊大叫, 大驚小怪.

creation /kriːˈeɪʃən/ n. ① 創造, 創作 ② 創造物; 作品 ③ 新型衣帽 ④ (C-)基督教《聖經》創世紀.

creative /kriːˈeɪtɪv/ adj. 有創造力的; 創造性的; 創作的 creativity n. 創造力.

creator /kriːˈeɪtə/ n. ① 創造者, 創

作者 ② (C-)【宗】造物主, 上帝.

creature /ˈkriːtʃə/ n. ① 生物(人或動物) ② 奴才, 傀儡.

crèche /kreʃ, kreɪʃ/ n. (日間)托兒所; 孤兒院.

credence /ˈkriːdns/ n. 信任 // **letter of ~** 介紹信; 信任狀; (大使的)國書.

credentials /krɪˈdenʃlz/ pl. n. ① 證書; 信任狀; 國書 ② 資質.

credible /ˈkredɪbl/ adj. 可信(任)的; 可靠的 **credibly** adv. **credibility n.** // **credibility gap** 信用差距(指說客言行不一致).

credit /ˈkredɪt/ n. ① 相信, 信任 ② 信用; 賒欠; 存款 ③ 讚揚, 聲望; 榮譽 ④【會計】貸方 ⑤【美學分 vt. ① 相信, 信任 ② 記入貸方 ③ 把…歸於 // **~ card** 信用卡 **~ squeeze** 信貸緊縮 **letter of ~** 信用證(略作 L/C).

creditable /ˈkredɪtəbl/ adj. ① 可讚譽的; 可信的; 值得給予信貸的 ② 可歸功的 **~ness n.** **creditably** adv.

creditor /ˈkredɪtə/ n. 債權人;【會計】貸方.

credo /ˈkriːdəʊ, ˈkreɪ-/ n.【宗】教義, 信條.

credulous /ˈkredjʊləs/ adj. 輕信的 **credulity n.**

creed /kriːd/ n.【宗】信條, 教義; 教條.

creek /kriːk/ n. ① 小溪, 小河 ② 小灣.

creel /kriːl/ n. 魚籃.

creep /kriːp/ vi. (過去式及過去分詞 crept) ① 爬; 匍匐 ② 躡手躡腳(前進); (時間等)不知不覺地到來 ③ (植物等)蔓延, 攀附生長 ④ 起雞皮疙瘩, 毛骨悚然 n. ① (俚]馬屁精 ② (the ~s) 毛骨悚然的感覺 **~y adj.** [俚]毛骨悚然的 **~-y-crawly n.** [口]小爬蟲.

creeper /ˈkriːpə/ n. ① 爬蟲 ② 匍匐植物, 攀緣植物.

cremate /krɪˈmeɪt/ vt. 火葬; 焚化 **cremation n.**

crematorium /ˌkreməˈtɔːrɪəm/ n. 火葬場[美]亦作 **crematory**).

crème de menthe /ˌkreɪm də ˈmɒnθ, ˌkrem də ˈment/ n. [法]薄荷酒.

crenellated, 美式 **crenelated** /ˈkrenɪˌleɪtɪd/ adj. 有城垛的 **crenel(l)ation n.** 城垛的建築.

creosote /ˈkriːəˌsəʊt/ n.【化】木焦油, 木餾油, 雜酚油(木材等防腐劑) vt. 塗上雜酚油.

crepe, cra- /kreɪp/ n. [法] ① = **crape** ② 縐綢(或紗) ③ 縐膠(亦作 **~rubber**) ④ 油煎薄餅 // **~ paper** 縐紙.

crept /krept/ v. creep 的過去式及過去分詞.

crepuscular /krɪˈpʌskjʊlə/ or **crepusculous** /krɪˈpʌskjʊləs/ adj. [書] ① 黃昏的; 拂曉的 ② 朦朧的 ③ (動物)在黃昏(或拂曉)時活動的.

crescendo /krɪˈʃendəʊ/ n. [意] ① [音] 漸強(音) ② [口] 頂點, 高潮, (激情、危險或行為)逐漸增強 adj. & adv.【音】漸強的

(地).

crescent /ˈkrɛsᵊnt, -zᵊnt/ *n.* ① 月牙; 新月 ② 新月形的街道 *adj.* 新月形的; 逐漸增大的.

cress /krɛs/ *n.* 【植】水芹.

crest /krɛst/ *n.* ① 鳥冠; 雞冠; 冠毛 ② 頭盔 ③ 山頂; 浪峯 ④【徽章】(楯形上部的)飾章 **~ed** *adj.* 有冠毛的; 有飾章的. **~-fallen** *adj.* 垂頭喪氣的.

cretin /ˈkrɛtɪn/ *n.* 【醫】① 呆小病(克汀病)患者 ②【口】白痴, 傻瓜 **~ism** *n.* 呆小病, 克汀病 **~ous** *adj.*

cretonne /krɛˈtɒn, ˈkrɛtɒn/ *n.* 【法】(用作窗簾或佈置傢具的)印花(棉或麻織)布.

crevasse /krɪˈvæs/ *n.* (冰河的)裂口, 冰隙.

crevice /ˈkrɛvɪs/ *n.* (地面、牆、岩石等的)裂縫; 罅隙.

crew [1] /kruː/ *n.* ① (總稱)全體船員, 全體機組人員 ② (除船長或機長外的)船員或機組人員 ③ (一組)機組人員 ④【口】一羣人 *v.* 當船長; 當機組成員 // **~ cut** (髮型)平頭 **~ neck** 圓領(汗衫).

crew [2] /kruː/ *v.* 【舊】crow 的過去式.

crewel /ˈkruːɪl/ *n.* (刺繡用)細絨線.

crib /krɪb/ *n.* ① 有圍欄的幼兒床 ② 秣槽 ③ 抄襲之作品 ④【學生作弊用的】對照譯文; 習題答案 *v.* = **~bage** *v.* 【口】抄襲; 剽竊; 作弊.

cribbage /ˈkrɪbɪdʒ/ *n.* 【牌】(二至四人玩的)紙牌戲.

crick /krɪk/ *n.* 【醫】(頸、背的)肌

肉痙攣 *vt.* 使(頸背)發生肌肉痙攣.

cricket [1] /ˈkrɪkɪt/ *n.* 【昆】蟋蟀.

cricket [2] /ˈkrɪkɪt/ *n.* 板球(運動) **~er** *n.* 板球運動員.

crime /kraɪm/ *n.* ① 罪(行) ②【口】壞事; 蠢事; 可恥的事 // **~ wave** 犯罪率激增(期).

criminal /ˈkrɪmɪnᵊl/ *n.* 罪犯, 犯罪份子 *adj.* ① 犯罪的, 犯法的 ②【口】可惡的, 糟透了 **~ly** *adv.* // **~ damage**【律】刑事毀壞 **~ negligence**【律】刑事疏忽 **~ record**【律】案底, 前科.

criminology /ˌkrɪmɪˈnɒlədʒɪ/ *n.* 犯罪學, 刑事學 **criminological** *adj.* **criminologist** *n.* 犯罪專家.

crimp /krɪmp/ *vt.* 使捲曲; 使有摺.

crimson /ˈkrɪmzᵊn/ *n. & adj.* 深紅色(的).

cringe /krɪndʒ/ *vi. & n.* ① 畏縮; 退縮 ② 阿諛奉承; 卑躬屈膝.

crinkle /ˈkrɪŋkᵊl/ *v.* (使)起皺; (使)捲縮 *n.* 皺摺; 皺紋 **crinkly** *adj.*

crinoline /ˈkrɪnᵊlɪn/ *n.* (舊時支撐女裝裙的)襯架; 裙襯.

cripple /ˈkrɪpᵊl/ *n.* 跛子; 殘廢者 *vt.* ① 使跛; 致殘 ② 損傷; 削弱戰鬥力.

crisis /ˈkraɪsɪs/ *n.* (*pl.* **-ses**)危機; 緊急關頭; (疾病等的)轉折點.

crisp /krɪsp/ *adj.* ① (特指食物)脆的 ② (指空氣、天氣)清新的; 寒冷的 ③ (指態度)乾脆的, 爽快的 *n.* (= [美]chip)[英]油炸薯片(亦作 potato ~) **~ly** *adv.* **~ness** *n.* **~y** *adj.* 【口】(指菜)爽脆的; 新鮮的.

crisscross /ˈkrɪsˌkrɒs/ v. (使)成十字形; (使)交叉往來 adj. 成十字形的; 相互交叉的.

criterion /kraɪˈtɪərɪən/ n. (pl. **-ria**) (判斷的)準則; 標準.

critic /ˈkrɪtɪk/ n. ① 批評家; (尤指文藝)評論家 ② 指摘者; 吹毛求疵者.

critical /ˈkrɪtɪkəl/ adj. ① 評論的; 鑒定的 ② 指摘的, 批評的 ③ 危急的, 生死關頭的 ④【物】臨界的; 處於轉折關頭的 ~ly adv.

criticism /ˈkrɪtɪˌsɪzəm/ n. ① 批評; 評論 ② 責備, 指摘; 批判.

criticize, -se /ˈkrɪtɪˌsaɪz/ v. ① 批評; 評論 ② 責備, 指摘; 批判.

critique /krɪˈtiːk/ n. 評論(文章); 鑒定.

croak /krəʊk/ n. (烏鴉、青蛙等的)叫聲 vi. ① 呱呱叫 ② 發牢騷 ~y adj.

crochet /ˈkrəʊʃeɪ, -ʃɪ/ v. & n. 鈎針編織(品).

crock /krɒk/ n. ① 罈子, 瓦罐 ② 碎瓦片 ③【口】老弱無用的人 ~ery n. (總稱)陶器; 瓦罐.

crocodile /ˈkrɒkəˌdaɪl/ n. ① 鱷魚 ② (兩人一列行走的)學童隊伍 // ~ tears 鱷魚淚, 假慈悲.

crocus /ˈkrəʊkəs/ n. 番紅花.

croft /krɒft/ n. (蘇格蘭)小農場 ~er n. 小農場主.

croissant /ˈkrwɑːsɒŋ, krwasɑ̃/ n. 牛角麵包, 可頌麵包.

crone /krəʊn/ n. 醜陋的乾癟老太婆.

crony /ˈkrəʊnɪ/ n. 知己, 摯友.

crook /krʊk/ n. ①【口】拐子; 壞蛋; 小偷 ② 曲柄拐杖 ③ (河道等)彎處, 彎子 v. (使)彎曲.

crooked /ˈkrʊkɪd/ adj. ① 彎曲的 ②【口】拐騙的, 不老實的 ~ly adv.

croon /kruːn/ v. 低聲唱; 輕吟; 哼唱 ~er n. 低聲哼唱(歌曲)的歌手.

crop /krɒp/ n. ① 一年(或一季)的收成; 收穫(量) ② 農作物, 莊稼 ③ 一大堆 ④ 平頭, 短髮 ⑤ 短馬鞭 (亦作 **hunting ~, riding ~**) v. ① 指(牲畜)啃去(草等) ② 剪短(頭髮、馬尾等) ③ 播種, 種植 ④ 收穫 // ~ **out** (礦床等)露出 ~ **up**【口】突然發生(或出現).

cropper /ˈkrɒpə/ n. ① 種植者 ② 農作物 ③ 收割機; 剪毛機; 剪毛者 ④【俚】跌一跤; 慘敗 // **come a ~**【俚】重重跌倒; 遭到慘敗.

croquet /ˈkrəʊkeɪ, -kɪ/ n. 槌球.

croquette /krəʊˈkɛt, krɒ-/ n.【法】炸丸子, 炸肉餅, 炸薯餅.

crosier, -zier /ˈkrəʊʒə/ n.【宗】(主教的)權杖.

cross /krɒs/ n. ① 十字; 交叉 ② (C-)十字架 ③ 十字形物; 十字勳章 ④ (動植物的)雜交, 雜種; 混合物 adj. ① 橫的, 交叉的 ② (風)逆的, 相反的; 乖戾的, 壞脾氣的 v. ① (使)交叉, (使)相交 ② 橫過, 渡過 ③ 畫交叉; 勾劃 ④ (指行人、信件)互相在路上錯過 ⑤ 反對; 阻撓 ⑥ (使)雜交; 配種 ~ly adv. 橫, 斜; 生氣地 ~ness n. 壞情緒; 生氣 ~bred adj. 雜交的, 雜種的 ~breed n. 雜種,

雜交 **~-country** *adj. & adv.* 越
野的(地) *n.* 越野賽 **~-cut** *n.* 捷
徑, 直路 **~-examine** *v.*【律】盤
問(證人) **~-examination** *n.* **~-eye**
n. 鬥雞眼 **~-eyed** *adj.* **~-fertilize**
v. 使異體(或異花)受精(或受粉)
~-fertilization *n.* **~-fire** *n.* 交叉火
力 **~-purposes** *n.* 相互誤解; 有矛
盾 **~-reference** *vt. & n.* 相互參照
~-roads *pl. n.* 十字路(口) **~-wise**
adj. & adv. 相反的(地); 交叉的
(地) **~-word (puzzle)** *n.* 縱橫字謎
// **keep one's fingers ~ed** 求神保
祐(或希望)一切順利 **~ section**
橫截面; (有代表性的)人物, 典
型.

crossing /ˈkrɒsɪŋ/ *n.* 橫越; 橫斷;
交叉(點); 十字路口; 渡口.

crotch /krɒtʃ/ *n.* (人體的)胯; (褲
子的)襠.

crotchet /ˈkrɒtʃɪt/ *n.*【音】四分音
符.

crotchety /ˈkrɒtʃɪtɪ/ *adj.* [口]脾氣
壞的; (尤指老年人)愛吵吵和發
牢騷的.

crouch /kraʊtʃ/ *v. & n.* 蜷縮; 蹲
伏; 低頭, 彎腰 // **~ing start**【體】
蹲下起跑法.

croup /kruːp/ *n.*【醫】(兒童患的)
假膜攣性喉頭炎; 哮吼.

croupier /ˈkruːpɪə, krupje/ *n.* (賭桌
上收付賭注的)莊家.

crouton /ˈkruːtɒn/ *n.* [法](放在湯
內的)油煎(或烤)麵包塊.

crow [1] /krəʊ/ *n.* 烏鴉;【天】烏鴉
座 **~-bar** *n.* 撬棍 // **as the ~ flies**
成直線地 **~'s feet** (眼睛外角的)
魚尾(皺)紋 **~'s nest** 桅樓瞭望台.

crow [2] /krəʊ/ *n.* 公雞啼聲; (嬰孩)
笑聲 *vi.* (過去或 **-ed**, **crew** 過去
分詞 **-ed**) (嬰孩)歡叫 // **over**
洋洋得意; 幸災樂禍.

crowbar /ˈkrəʊˌbɑː/ *n.* 起貨物; 撬
棍.

crowd /kraʊd/ *n.* ① 人羣 ② (**the
~**) 羣眾, 民眾 ③ 一堆(東西)
④ [口]一夥人, 一羣人 *v.* ① 聚
集 ② 擁擠 ③ 擠滿; 塞滿 **~ed**
adj. 充滿的, 擠滿的 // **follow /
move with / go with the ~** 隨波
逐流 **raise oneself / rise above
the ~** 出類拔萃, 鶴立雞羣.

crown /kraʊn/ *n.* ① 王冠; (**the C-**)
王位 ② 花冠 ③ 頂; 頭頂; 帽頂;
齒冠 ④ [英][舊]克朗, 五先令銀
幣 *vt.* ① 加冕, 加冠於 ② 置
上, 位於⋯的頂上 ③ 表彰; 酬
勞 ④ 使圓滿完成 // **C- Colony**
[英]直轄殖民地 **~ prince**, (*fem.*)
~ princess [英]王太子(妃), (女)
王儲.

crozier /ˈkrəʊʒə/ *n.* = crosier.

cruces /ˈkruːsiːz/ *n.* crux 的複數.

crucial /ˈkruːʃəl/ *adj.* ① 決定
性的, 緊要關頭的 ② 嚴酷的
③ [俚]極好的 **-ly** *adv.*

crucible /ˈkruːsɪbʲl/ *n.* 坩堝; [喻]嚴
酷的考驗.

crucifix /ˈkruːsɪfɪks/ *n.* (釘在十
字架上的)耶穌受難像 **~ion** *n.*
① 被釘死在十字架上 ② (**C-**)耶
穌在十字架上受難的畫像.

cruciform /ˈkruːsɪfɔːm/ *n. & adj.*
十字形的.

crucify /ˈkruːsɪfaɪ/ *vt.* ① 把⋯釘
在十字架上 ② 虐待; 折磨.

crude /kruːd/ *adj.* ① 天然的; 未加工的 ② (人、行為)粗魯的 ③ 粗製濫造的; 拙劣的 ~ly *adv.* crudity *n.* // ~ oil 原油.

cruel /kruəl/ *adj.* ① 殘忍的, 殘酷的 ② (引起)痛苦的 ~ly *adv.* ~ty *n.* 殘忍, 殘酷(行為).

cruet /kruːɪt/ *n.* (餐桌上的)佐料瓶, 調味瓶.

cruise /kruːz/ *vi.* & *n.* ① 巡航; 航遊; (飛機、汽車)以最省燃料的速度航行 ② [俚]在公共場所尋找異性伴侶 // ~ missile 巡航導彈.

cruiser /kruːzə/ *n.* 巡洋艦.

crumb /krʌm/ *n.* ① 麵包屑; 餅乾屑 ② 一些, 點滴.

crumble /krʌmbl/ *v.* ① 弄碎; 破碎 ② 粉碎; 崩潰, 瓦解 *n.* 酥皮水果布丁 crumbly *adj.* 易碎的; 脆弱的.

crummy /krʌmi/ *adj.* [俚] ① 劣質的; 差勁的 ② 骯髒的, 巡邋的.

crumpet /krʌmpɪt/ *n.* ① 小圓烤餅 ② [俚]性感的女性.

crumple /krʌmpl/ *v.* 弄皺, 壓皺; 變皺 ~d *adj.* 弄皺了的 // ~ up 壓碎; 打垮(敵人); 垮台.

crunch /krʌntʃ/ *v.* ① 發出嘎吱吱咬嚼聲 ② (使)發出嘎吱聲 *n.* ① 嘎吱聲 ② (the ~) [口]緊要關頭; 攤牌時刻 ~y *adj.* 嘎吱作聲的.

crupper /krʌpə/ *n.* (勒在馬屁股上的)後皮帶.

crusade /kruːseɪd/ *n.* ① (C-)【史】十字軍東征 ② (除惡揚善的)鬥爭; 改革運動 *vi.* 開戰; 討伐; 從事改革運動 ~r *n.* 從事改革運動者.

crush /krʌʃ/ *v.* ① (被)壓扁, (被)壓壞, (被)壓碎 ② 弄皺, 壓皺, 起皺 ③ 擠進 ④ 壓服 *n.* ① (僅用單)(擁擠在一起的)人羣 ② (果)汁 ③ [口]迷戀 ~ing *adj.* (常作定語) ① 壓倒的, 決定性的 ② 凌辱性的.

crust /krʌst/ *n.* ① 麵包皮, 餅皮 ② 硬殼; 外層 *v.* 用外皮覆蓋; 結硬皮 ~y *adj.* 有硬殼的; 脾氣暴躁的 // the earth's ~ 地殼.

crustacean /krʌˈsteɪʃən/ *adj.* & *n.* 甲殼類的(動物).

crutch /krʌtʃ/ *n.* ① 拐杖 ② 支柱; 支撐(物) ③ 胯, 褲襠(亦作crotch).

crux /krʌks/ *n.* (*pl.* ~es, cruces) ① 難點, 難題 ② 關鍵, 癥結.

cry /kraɪ/ *v.* ① 叫, 喊 ② 哭, 啼 ③ 呼告; 叫賣 *n.* ① 叫喊; 哭聲 ② 哭訴; 呼籲; 叫賣聲 ③ 口號; 標語 ~baby *n.* 愛哭的人(尤指小孩); 好訴苦的人 // ~ down 貶損 ~ off [口]食言, 毀約.

crying /kraɪɪŋ/ *adj.* ① 緊急的, 迫切的 ② (尤指壞事、蠢事)極壞的; 顯著的.

cryogenics /ˌkraɪəˈdʒɛnɪks/ *pl. n.* 【物】低溫學 cryogenic *adj.*

crypt /krɪpt/ *n.* (教堂的)地窖; 地穴.

cryptic /krɪptɪk/ *or* cryptical *adj.* 秘密的; 難解的; 隱晦的 ~ally *adv.*

cryptogam /krɪptəˌɡæm/ *n.* 隱花植物.

cryptogram /ˈkrɪptəʊgræm/ *n.* 密碼; (文件的)暗號 **~mic** *adj.*

cryptography /krɪpˈtɒgrəfɪ/ or **cryptology** /krɪpˈtɒlədʒɪ/ *n.* 密碼(破譯)學 **cryptographic** *adj.*

crystal /ˈkrɪstʔl/ *n.* ① 水晶 ② 結晶(體) ③ 水晶玻璃(製品) ④ [美](鐘、錶的)表面玻璃 *adj.* 水晶的; 透明的 // **~ clear** ① 透亮的 ② 清楚明白的.

crystalline /ˈkrɪstəˌlaɪn/ *adj.* 水晶(般)的; 透明的.

crystal(l)ize, crystal(l)ise /ˈkrɪstəˌlaɪz/ *v.* ① (使)結晶 ② (指計劃、思想等)(使)具體化 ③ 使沾糖; 給(水果等)裹上糖屑 **crystallization** *n.*

CS gas /siː ɛs gæs/ *n.* 【化】催淚瓦斯.

Cu *abbr.* 【化】元銅 (copper) 的符號.

cu *abbr.* = ~bic.

cub /kʌb/ *n.* ① (熊、狐、獅、虎等的)幼仔, 崽子 ② 毛頭小伙子(或女子); 初出茅蘆的記者 ③ 生育幼獸 // **C- Scout** 幼年童子軍.

cubbyhole /ˈkʌbɪˌhəʊl/ *n.* 狹窄的地方; 小房間; 小壁櫥.

cube /kjuːb/ *n.* 立方(體) *v.* ① 求~的立方; 求...的體積 ② 把...切成小方塊 **cubic(al)** *adj.* 立方體的;【數】三次的, 立方的 **cubism** *n.* 立體派藝術 **cubist** *n.* 立體派藝術家 *adj.* 立體派(藝術家)的 // **~ root** 立方根.

cubicle /ˈkjuːbɪkʔl/ *n.* (宿舍中的)小臥室; (游泳池的)更衣室.

cuckold /ˈkʌkəld/ *n.* [謔]烏龜(姦婦的丈夫) *vt.* 使...成烏龜, 與...通姦 **~ry** *n.* (與有夫之婦的)通姦.

cuckoo /ˈkʊkuː/ *n.* 布穀鳥, 杜鵑 *adj.* [口]瘋狂的; 愚蠢的.

cucumber /ˈkjuːˌkʌmbə/ *n.* 【植】青瓜, 黃瓜.

cud /kʌd/ *n.* 反芻的食物 // **chew the ~** 細細思考 **sea ~** 海參.

cuddle /ˈkʌdʔl/ *v. & n.* 擁抱, 撫抱 **cuddly** *adj.* // **~ up** 依偎地睡着.

cudgel /ˈkʌdʒəl/ *n.* 短棍, 棒.

cue [1] /kjuː/ *n. & vt.* 暗示; 提示.

cue [2] /kjuː/ *n.* 【桌球】球桿, 彈子棒.

cuff [1] /kʌf/ *n.* ① 袖口; 衣袖(褲腳的)翻邊 **= hand~s** [美]手銬 **~links** *pl. n.* 襯衫的袖口[美]亦作 **~ buttons** // **off the ~** [口]即興地.

cuff [2] /kʌf/ *n. & vt.* (用巴掌)打.

cuisine /kwɪˈziːn/ *n.* [法]烹飪(法).

cul-de-sac /ˈkʌldəˌsæk, ˈkɒl-/ *n.* [法]死巷, 死胡同.

culinary /ˈkʌlɪnərɪ/ *adj.* 廚房的; 烹飪(用)的.

cull /kʌl/ *vt.* ① 採集(花); 揀選 ② 揀出; 剔出; 淘汰(老弱動物) *n.* 挑出且遭淘汰的動物.

culminate /ˈkʌlmɪˌneɪt/ *vi.* 達到頂點(或最高潮) **culmination** *n.*

culottes /kjuːˈlɒts/ *pl. n.* (女裝)裙褲.

culpable /ˈkʌlpəbʔl/ *adj.* 該受譴責的; 有罪的 **culpably** *adv.* **culpability** *n.*

culprit /ˈkʌlprɪt/ *n.* 犯人; 罪犯.

cult /kʌlt/ *n.* ① 【宗】禮拜; 祭禮 ② (對個人、教義的)崇拜, 膜拜 ③ 時尚, 風靡一時的愛好 // **personality ~** 個人崇拜, 個人迷信.

cultivate /ˈkʌltɪˌveɪt/ *vt.* ① 耕作(土地); 培植(莊稼) ② 培養, 教養 **~d** *adj.* 耕作的; 栽培的; 有教養的 cultivator *n.* 耕種者; 耕種機.

cultivation /ˌkʌltɪˈveɪʃən/ *n.* ① 耕作, 耕種 ② 培養, 教養.

cultural /ˈkʌltʃərəl/ *adj.* 文化(上)的 **~ly** *adv.*

culture /ˈkʌltʃə/ *n.* ① 教養; 修養 ② 文化 ③ 飼養; (人工)培養; 栽培 **~d** *adj.* 有教養的; 有修養的 // **~d pearl** 人工養殖的珍珠 **~ medium** 【生】培養基.

culvert /ˈkʌlvət/ *n.* 涵洞, 暗溝; 地下管道.

cum /kʌm/ *prep.* [拉]和; 兼; 附有, 連帶 // **kitchen-~-dining room** 廚房兼作飯廳.

cumbersome /ˈkʌmbəsəm/ *or* **cumbrous** /ˈkʌmbrəs/ *adj.* 麻煩的; 笨重的(辦事)拖拉的.

cum(m)in /ˈkʌmɪn/ *n.* 【植】小茴香(子).

cummerbund /ˈkʌməˌbʌnd/ *n.* (男裝)寬腰帶.

cumulative /ˈkjuːmjʊlətɪv/ *adj.* 累積的 **~ly** *adv.*

cumulus /ˈkjuːmjʊləs/ *n.* (*pl.* **-li** /-ˌlaɪ/) 【氣】積雲.

cuneiform /ˈkjuːnɪˌfɔːm/ *n. & adj.* 楔形文字; 楔形的.

cunning /ˈkʌnɪŋ/ *adj.* ① 狡猾的, 詭詐的; 機靈的 ② [美]動人的, 可愛的, 漂亮的 *n.* 狡猾, 詭詐 **~ly** *adv.*

cup /kʌp/ *n.* ① 杯; 茶杯; 酒杯; 獎杯 ② 一杯(量) ③ 杯狀物 *vt.* ① 弄成杯狀(凹形) ② (用手掌)捧着 **~ful** *n.* (一)滿杯子 【體】(尤指足球)決賽 **~tie** 優勝杯淘汰賽.

cupboard /ˈkʌbəd/ *n.* 碗櫃; 食櫥; 壁櫥 // **a skeleton in the ~** (不可外揚之)家醜.

Cupid /ˈkjuːpɪd/ *n.* 【羅神】(愛神)丘比特.

cupidity /kjuːˈpɪdɪtɪ/ *n.* 貪婪; 貪財; 貪心.

cupola /ˈkjuːpələ/ *n.* ① 圓屋頂; 圓頂篷 ② 【冶】化鐵爐.

cupreous /ˈkjuːprɪəs/ *adj.* 含銅的; (似)銅的.

cur /kɜː/ *n.* ① 雜種狗, 劣種狗 ② 壞蛋, 卑鄙小人.

curacao /ˌkjʊərəˈsəʊ/ *n.* (庫拉索島產的)柑香酒.

curare, -rari /kjʊˈrɑːrɪ/ *n.* 【植】馬錢子, 番木鱉.

curate /ˈkjʊərɪt/ *n.* 副牧師, 助理牧師 curacy *n.* 副牧師的職務(或職位).

curative /ˈkjʊərətɪv/ *adj.* 治病的, 有療效的 *n.* 藥物.

curator /kjʊəˈreɪtə/ *n.* ① (博物館、美術館)館長 ② 監護人; 保護人 **~ship** *n.* 館長的職位(或職務).

curb /kɜːb/ *n.* ① 馬勒, 馬銜 ② 控制(物) ③ [美]路邊; 路緣石, 鑲邊石(亦作 kerb) *vt.* ① 勒(馬) ② 控制, 抑制.

curd /kɜːd/ n. (常用複)凝乳 // **bean** ~ 豆腐.

curdle /ˈkɜːd³l/ v. (使)凝結.

cure /kjʊə/ vt. 治癒, 醫治; 袪除① 治療, 治癒 ② 療法; 治療的藥劑 **curable** adj. 可治癒的 ~**less** adj. 無法醫治的 ~**-all** n. 靈丹妙藥, 萬靈藥.

curet(te) /kjʊəˈrɛt/ n. & v. 【醫】刮器, 刮匙 v. 刮除 **curettage** n. 【醫】刮除術.

curfew /ˈkɜːfjuː/ n. 戒嚴, 宵禁 // **impose / lift a** ~ 實施/解除宵禁.

curie /ˈkjʊərɪ, -riː/ n. 【物】(放射性強度單位)居禮.

curio /ˈkjʊərɪˌəʊ/ n. 古玩, 古董; 珍玩, 珍品.

curiosity /ˌkjʊərɪˈɒsɪtɪ/ n. ① 好奇(心) ② 奇事; 珍品, 古玩 // ~ **killed the cat.** [諺]好奇害死貓(因過於好奇而惹禍上身).

curious /ˈkjʊərɪəs/ adj. ① 好奇的; 渴望知道的 ② 愛打聽的 ③ 古怪的, 稀奇的 ~**ly** adv. ~**ness** n.

curium /ˈkjʊərɪəm/ n.【化】鋦.

curl /kɜːl/ n. ① 鬈髮; 鬈毛 ② 捲曲物 ③ 螺旋狀物 v. ① (使)捲曲 ② (煙)繚繞 ~**y** adj. ~**er** n. 捲髮夾(器).

curlew /ˈkɜːljuː/ n.【鳥】麻鷸.

curlicue /ˈkɜːlɪˌkjuː/ n. 捲曲裝飾; 花體字.

curling /ˈkɜːlɪŋ/ n. ① (蘇格蘭)冰壺運動, 冰上溜石遊戲 ② 捲曲.

curmudgeon /kɜːˈmʌdʒən/ n. 脾氣暴躁的人; 卑鄙吝嗇的人.

currant /ˈkʌrənt/ n. ① 無核葡萄乾 ② 紅醋栗.

currency /ˈkʌrənsɪ/ n. ① 通用, 流通, 流傳 ② 通貨, 貨幣 // **hard** ~ 硬貨幣, 硬通貨.

current /ˈkʌrənt/ adj. ① 通用的, 流行的 ② 現時的, 當今的 n. ① 水流; 氣流 ② 電流 ③ 傾向, 趨勢 ~**ly** adv. 普通地, 通常地; 當前 // ~ **account** 活期存款 ~ **electricity**【物】電流 **direct / alternating** ~ 直/交流電.

curriculum /kəˈrɪkjʊləm/ n. (pl. **-lums, -la**) 課程(表) // ~ **vitae** (= [法]résumé) 簡歷.

curry [1] /ˈkʌrɪ/ n. 咖喱食品 vt. 用咖喱烹調 **curried** adj. 用咖喱烹調的 ~ **powder** 咖喱粉.

curry [2] /ˈkʌrɪ/ vt. 梳刷(馬匹等) ~ **comb** n. 馬梳 // ~ **favo(u)r** 拍馬屁, 討好.

curse /kɜːs/ n. ① 咒詛; 咒語 ② 災禍, 禍根 v. ① 咒詛, 咒罵 ② 降禍; 使受罪 // **not care / give a (tinker's)** ~ [俚]不在乎.

cursed /ˈkɜːsɪd, kɜːst/ adj. or **curst** /kɜːst/ adj. ① 該詛咒的; 可惡的 ② [口]討厭的.

cursive /ˈkɜːsɪv/ n. & adj. (字跡)草寫體(的).

cursor /ˈkɜːsə/ n. (計算尺的)游標,【計】游標.

cursory /ˈkɜːsərɪ/ adj. 草率的, 粗略的 **cursorily** adv.

curt /kɜːt/ adj. (指言詞)簡慢的; 草率無禮的; 唐突的 ~**ly** adv. ~**ness** n.

curtail /kɜːˈteɪl/ vt. 縮短; 削減 ~**ment** n.

curtain /ˈkɜːt³n/ n. ① 簾子; 窗簾;

門簾 ② 幕; 幕狀物 vt. 給…掛
上簾子; (用簾子)遮蔽, 隔開 //
~ call (演員終場時)出場謝幕.

curts(e)y /ˈkɜːtsɪ/ n. (女性行的)屈
膝禮 vi. 行屈膝禮.

curvaceous, -cious /kɜːˈveɪʃəs/ adj.
[俚](指女性)有曲線美的; (身材)
苗條的.

curvature /ˈkɜːvətʃə/ n. ① 彎曲
②【數】曲率.

curve /kɜːv/ n. 彎曲; 曲線 v. 弄彎;
彎曲.

curvilinear /ˌkɜːvɪˈlɪnɪə/ or
curvilineal adj. 曲線的; 由曲線
組成的.

cushion /ˈkʊʃən/ n. ① 墊子, 靠
墊 ② 墊層, 軟墊, 坐褥 ③ 緩衝
器 vt. ① 減輕(震動); 緩和(衝擊)
② 給…裝墊子.

cushy /ˈkʊʃɪ/ adj. [口]輕鬆的, 舒
適的 cushily adv.

cusp /kʌsp/ n. ① 尖頂; 牙尖
【天】月角.

cuss /kʌs/ n. [口] ① 詛咒, 咒罵
② 討厭的傢伙.

cussed /ˈkʌsɪd/ adj. [口]執拗的; 彆
扭的 ~ly adv. ~ness n.

custard /ˈkʌstəd/ n. 蛋奶凍.

custodian /kʌˈstəʊdɪən/ n. (圖書
館、博物館等的)管理員, 保管
人 ~ship n. 管理員的資格(或責
職).

custody /ˈkʌstədɪ/ n. ① 保管, 保
護, 監護(權) ② 監禁, 拘留
custodial adj. // be in ~ 被拘留中.

custom /ˈkʌstəm/ n. ① 習俗, 風
俗 ② 習慣 ③ (對商店的)光顧,
惠顧 ④ (pl.)關稅; (the Customs)

海關(亦作 ~ house 或 ~s house)
~-built, ~-made adj. 訂造的, 訂
製的.

customary /ˈkʌstəmərɪ, -təmrɪ/ adj.
通常的; 慣例的 customarily adv.

customer /ˈkʌstəmə/ n. ① 顧客,
主顧 ② [口]傢伙.

cut /kʌt/ v. (過去式及過去分詞 ~)
① 切(傷); 割(破); 剪; 刺痛 ② 開
鑿; 鑿成 ③ 刪節, 削減 ④ 斷;
缺席, 曠(課) ⑤ 切斷(水電等供
應) ⑥【牌】切(牌) ⑦ (指線條)
相交 ⑧ 削球 ⑨ 不理睬, 假裝看
不見 n. ① 切傷; 傷口 ② 切下
物, 一片, 一塊; [口](利潤的)一
份 ③ 減少, 削減 ④ 裁剪的式
樣 ⑤ 不理睬 **~-and-dried** adj.
固定的; 呆板的; 例行的 **~-price**
adj. 廉價的 // **~ across** 抄近路
~ back 裁短; 削減 **~ down** 砍倒;
削減, 刪節 **~ in** 打斷, 插嘴 **~ off**
切斷, 隔絕 **~ out** 剪裁; 刪; 停止;
放棄 **~ short** 打斷; 縮短 **~ up** 切
碎; 殲滅; 使苦惱.

cutaneous /kjuːˈteɪnɪəs/ adj. 皮膚
的; 影響皮膚的.

cute /kjuːt/ adj. ① [口]聰明的, 伶
俐的 ② 美麗動人的 **~ly** adv.
~ness n.

cuticle /ˈkjuːtɪkl/ n. 表皮.

cutlass /ˈkʌtləs/ n. 短劍; 彎刀.

cutlery /ˈkʌtlərɪ/ n. ① 刀具 ② 餐
具 cutler n. 刀具(或餐具)製造商.

cutlet /ˈkʌtlɪt/ n. 肉片; 炸肉扒.

cutter /ˈkʌtə/ n. ① 切削工; 裁剪
師 ② 切削器, 刀具 ③ 大輪船的
駁船; 緝私快艇.

cutting /ˈkʌtɪŋ/ n. 切割; 裁

剪 ② 剪報 ([美]亦作 clipping)
③ (電影的)剪輯 ④ 插枝 adj. (語
言)尖刻的; (風)刺骨的 // ~ edge
(事情發展)最前沿的, 最先進的.

cutthroat /ˈkʌtθrəʊt/ n. 兇手; 殺人
犯 adj. 兇狠的; 殘酷無情的.

cuttlefish /ˈkʌtˤlˌfɪʃ/ n. 烏賊, 墨魚.

cwt /sɪ: dʌb'l, ju: ti:/ abbr. =
hundredweight.

-cy /-sɪ/ suf. [後綴]表示"性質; 狀
態; 職位".

cyanide /ˈsaɪəˌnaɪd/ or cyanid
/ˈsaɪənɪd/ n. 【化】氰化物.

cybernetics /ˌsaɪbəˈnɛtɪks/ pl. n. 控
制論.

cyberphobic /ˌsaɪbəˈfəʊbɪə/ n. 因
不懂使用而對電腦產生恐懼的
人.

cyberpunk /ˈsaɪbəˌpʌŋk/ n. 描述由
電腦控制的未來暴力社會的科
幻小說.

cyclamen /ˈsɪkləmən, -ˌmɛn/ n.
【植】櫻草屬植物, 仙客來.

cycle /ˈsaɪk'l/ n. ① 週期; 循環
② 自行車; 單車 ③ 【無】周(波)
④ (文學、音樂作品的)(一)整
套, 系列 vi. ① 循環 ② 騎自行
車(或踏單車) cyclist n. 騎自行
車者, 踏單車者.

cyclic /ˈsaɪklɪk, ˈsɪklɪk/ adj. or ~al
adj. 週期的; 循環的 ~ally adv.

cyclone /ˈsaɪkləʊn/ n. 旋風, 颶風
cyclonic adj.

cyclotron /ˈsaɪklɒˌtrɒn/ n. 迴旋加
速器.

cygnet /ˈsɪgnɪt/ n. 【鳥】小天鵝.

cylinder /ˈsɪlɪndə/ n. ① 圓柱體; 圓
筒 ② 【機】汽缸 cylindric(al) adj.

cymbal /ˈsɪmb'l/ n. (常用複)銅鈸,
鐃鈸.

cynic /ˈsɪnɪk/ n. 憤世嫉俗者; 冷嘲
熱諷的人 ~al adj. ~ally adv.

cynicism /ˈsɪnɪˌsɪzəm/ n. 譏諷, 冷
嘲; 犬儒主義.

cynosure /ˈsɪnəˌzjʊə, -ˈʃʊə/ n. 【書】
① 注意的焦點; 讚美的目標
② 指引方向之物.

cypher /ˈsaɪfə/ n. = cipher.

cypress /ˈsaɪprəs/ n. 【植】絲柏
(樹).

cyst /sɪst/ n. 【生】胞囊; 【醫】囊
腫.

cystitis /sɪˈstaɪtɪs/ n. 【醫】膀胱炎.

cytology /saɪˈtɒlədʒɪ/ n. 細胞學
cytological adj. cytologist n. 細胞
學家.

czar /zɑ:/ n. = tsar 沙皇.

Czech /tʃɛk/ n. 捷克(語) adj. 捷
克的; 捷克人(語)的.

Czechoslovak /ˌtʃɛkəʊˈsləʊvæk/ n.
捷克斯洛伐克人 adj. 捷克斯洛
伐克(人)的.

D

D, d /di:/ ① (D) 羅馬數字 500
② (D)【化】元素氘 (deuterium)

的符號 ③ (d)【物】密度.

dab /dæb/ v. 輕拍, 輕撫; 輕敷; 輕

塗 *n.* ① 輕拍, 輕撫; 輕敷, 輕塗 ② 少量(尤指少量濕軟的東西) ③ [口]老手, 行家(亦作 **~hand**).

dabble /ˈdæbᵊl/ *v.* ① 濺水; 玩水 ② 涉獵; 淺嘗 **~r** *n.* 玩水者; 涉獵者.

dace /deɪs/ *n.*【魚】鰷魚; 雅羅魚.

dachshund /ˈdæksˌhʊnd, ˈdakshʊnt/ *n.* 長身短腿的小獵犬, 臘腸犬.

dactyl /ˈdæktɪl/ *n.* [英詩]揚抑抑格 **~ic** *adj.*

dad /dæd/ *n.* or **~dy** *n.* [口]爹爹, 爸爸.

daddy-longlegs /dˈadi-lˈɒŋlegz/ *n.*【昆】長腳蜘蛛(亦作 crane fly).

dado /ˈdeɪdəʊ/ *n.* (*pl.* **-do(e)s**)【建】護壁板, 牆裙.

daffodil /ˈdæfədɪl/ *n.* 水仙; 水仙花.

daft /dɑːft/ *adj.* [英口]傻的, 愚蠢的; 瘋狂的 **~ly** *adv.*

dagger /ˈdægə/ *n.* 短劍, 匕首 // **at ~s drawn** 劍拔弩張, 勢不兩立.

dago /ˈdeɪgəʊ/ *n.* [貶]拉丁佬(指西班牙、葡萄牙、意大利人).

dahlia /ˈdeɪljə/ *n.*【植】大麗花屬; 天竺牡丹.

daily /ˈdeɪlɪ/ *adj.* & *adv.* 每日, 天天 *n.* ① 日報 ② [英口](不住宿的)打雜女傭(亦作 **~ help**).

dainty /ˈdeɪntɪ/ *adj.* ① 秀麗的, 嬌美的 ② 好吃的, 可口的 ③ 講究的; 挑剔的 *n.* 美味(的食物) daintily *adv.* daintiness *n.*

daiquiri /ˈdaɪkɪrɪ, ˈdæk-/ or daquiri *n.* 代基里酒(由冧酒、酸橙汁加糖攙和而成的酒精飲品).

dairy /ˈdɛərɪ/ *n.* ① 牛奶場, 製酪坊 ② 乳品店, 奶製品公司 **~maid** *n.* 乳牛場女工 **~man** *n.* 奶場工人 // **~ cattle** 奶牛 **~ farming (= ~ing)** 乳品業加工 **~ produce / products** 奶製品.

dais /ˈdeɪɪs, deɪs/ *n.* 講壇; 高台.

daisy /ˈdeɪzɪ/ *n.*【植】雛菊 // **~ wheel** 菊花瓣字輪(打印機上的圓盤狀字體輪).

Dalai Lama /ˈdælaɪ ˈlɑːmə/ *n.* 達賴喇嘛(中國西藏佛教格魯派首席轉世活佛的稱號).

dale /deɪl/ *n.* [詩]山谷; 英格蘭北部的)谿谷.

dally /ˈdælɪ/ *vi.* 延誤; 閒蕩; 嬉戲 dalliance *n.*

Dalmatian /dælˈmeɪʃən/ *n.* 斑點狗(達爾馬提亞狗).

dam [1] /dæm/ *n.* 壩, 水閘 *vt.* 築壩.

dam [2] /dæm/ *n.* 母獸.

damage /ˈdæmɪdʒ/ *n.* ① 損害 ② (*pl.*)【律】賠償金 *vt.* 損害, 損傷 damaging *adj.* // **do ~ to** 損害, 損傷.

damask /ˈdæməsk/ *n.* 花緞, 錦緞.

dame /deɪm/ *n.* ① [俚]女人 ② **(D-)** [英]夫人(女爵士的封號).

damn /dæm/ *vt.* ① (上帝)判罪; 罰入地獄 ② 指摘, 痛罵; 詛咒 ③ 毀掉 *adj.* & *adv.* [俚](用於加強語氣)非常, 極(亦作 **~ed**) *int.* [俚]該死的!可惡的! **~able** *adj.* 該死的; 糟透的 **~ation** *n.* 遭天罰; [口]毀滅 **~ing** *adj.*

damp /dæmp/ *adj.* 潮濕的 *n.* 潮濕(亦作 **~ness**) **~ly** *adv.* // **~ course, ~-proof course**【建】(牆根的)

防濕層(略作 dpc) **~-proof membrane** 防潮膜(略作 dpm).

damp(en) /dæmp(ən)/ *adj.* 弄濕 ② 使沮喪; 挫折; 對…撥冷水 // **~down** ① 控制(火勢); 滅(火) ② 抑制.

damper /dæmpə/ *n.* ① (調節)風門, 風擋;【音】制音器 ② 掃興的人(或事物) // **put a ~ on** 掃…的興; 抑制….

damsel /dæmzl/ *n.* [舊]少女; 閨女.

damson /dæmzən/ *n.*【植】西洋李子(樹).

dance /dɑːns/ *v.* ① 跳舞; 舞蹈 ② 雀躍, 跳躍 *n.* ① 跳舞, 舞蹈 ② 舞會; 舞曲 **~r** *n.* 舞蹈家, 舞蹈演員 **dancing** *n.* 跳舞, 舞蹈 // **~ band** 伴舞樂隊 **~ music** 舞曲.

D and C /diː ænd siː/ *abbr.* = dilatation and curettage【醫】子宮擴張刮除術.

dandelion /dændɪˌlaɪən/ *n.*【植】蒲公英.

dander /dændə/ *n.* ① 皮屑 ② [口]怒火 // **get one's ~ up** [俚]使發怒.

dandle /dændl/ *vt.* 將(嬰孩)上下舉動地逗樂.

dandruff /dændrəf/ *n.* 頭皮屑; 頭垢.

dandy /dændi/ *n.* 紈绔子弟, 花花公子 *adj.* [口]極好的, 第一流的 **dandified** *adj.* 打扮得像花花公子似的 // **fine and ~** [口]好的, 行.

Dane /deɪn/ *n.* 丹麥人.

danger /deɪndʒə/ *n.* 危險的人或事物; 危害; 威脅 **~ous** *adj.* 危險的 **~ously** *adv.* 危險地 // **be in ~ of** 有…的危險 **out of ~** 脫離危險; 脫險 **~ous driving**【律】危險駕駛.

dangle /dæŋgl/ *v.* ① 搖晃; 懸擺 ② 以某事物來招引人 // **keep sb dangling** [口]吊(某人)胃口, 賣關子.

Danish /deɪnɪʃ/ *adj.* 丹麥(人、語)的 *n.* 丹麥語.

dank /dæŋk/ *n.*【植】月桂(樹).

dapper /dæpə/ *adj.* ① (尤指矮小男子)乾淨俐落的 ② 服務整潔的.

dappled /dæpld/ *adj.* 有斑點的; 有花紋的.

dapple-grey, dapple-gray /dæplgreɪ/ *adj.* & *n.* 深灰色花斑的(馬).

Darby and Joan /dɑːbi ænd dʒəʊn/ *n.* 幸福美滿的老兩口 // **~ Club** 老人俱樂部.

dare /deə/ *v. aux.* (過去式及過去分詞 **~d**) (後接不帶 to 的不定式, 用於疑問、否定、條件句中)敢; 竟敢 *vt.* (用或不用to) ① 敢於做(某事) ② 挑戰 **~devil** *adj.* & *n.* 膽大妄為的(人), 冒失的(人) // **~ say** 我敢說; 我敢肯定.

daren't /deənt/ *v.* = dare not.

daring /deərɪŋ/ *n.* & *adj.* 勇敢(的), 大膽(的); 創新(的) **~ly** *adv.* **~ness** *n.*

dark /dɑːk/ *adj.* ① 暗, 黑暗的 ② (指顏色)深濃的 ③ 隱蔽的; 秘密的 ④ 邪惡的; 陰鬱的 *n.* ① 黑暗; 暗處 ② 黃昏 ③ 無知 **~ly** *adv.* **~ness** *n.* **~room** *n.* (沖曬底片的)黑房 // **~ horse** 黑馬; 意

想不到的勁敵, (異軍突起的)競爭者 **~ matter**【天】暗物質 **in the ~** 在黑暗中; 暗地裏; 不知 **keep sth ~** 保守秘密.

darken /ˈdɑːkən/ v. 弄黑; 變黑 // **~ sb's door** (不受歡迎或未被邀請地)登門造訪.

darling /ˈdɑːlɪŋ/ n. 心愛的人; 寵物 adj. 心愛的, 寵愛的.

darn ¹ /dɑːn/ v. 縫補; 織補. 織補處.

darn ² /dɑːn/ int. & adj. & adv. & n. = damn [婉].

dart /dɑːt/ v. ① 急衝, 飛奔 ② 投擲, 投射 n. ① 標槍; 鏢 ② 突進; 飛奔 ③ (衣服上縫製的)揑褶 ④ (pl.)投鏢遊戲 **~board** n. (投鏢用的)鏢靶.

Darwinism /ˈdɑːwɪˌnɪzəm/ or **Darwinian theory** n. (達爾文文)進化論 Darwinian, Darwinist adj. & n. 進化論的; 相信進化論者.

dash /dæʃ/ v. ① 猛衝, 突進, 猛擊 ② 破滅; 粉碎 ③ 衝擊, 擊拍 ④ 濺, 潑, 濺 n. ① 猛衝, 突進 ② (the ~ 或 a ~) 少量(攙加物) ③ 破折號; 長劃符號(——) ④ (the ~) 短跑 ⑤ 銳氣; 精力; 幹勁 **~ing** adj. 幹勁十足的; 生氣勃勃的 // **cut a ~** (外表)使人產生深刻印象; 有氣派 **~ off** 草草寫(書)信.

dashboard /ˈdæʃˌbɔːd/ n. (車、船、飛機的)儀表板.

dastardly /ˈdæstədlɪ/ adj. 卑怯的; 懦弱的.

data /ˈdeɪtə, ˈdɑːtə/ n. (亦可用作複數)資料; 論據; 數據 // **~ base / bank**【計】數據庫 **~ capture**【計】數據捕捉 **~ compression**【計】數據壓縮 **~ mining**【計】數據挖掘技術 **~ processing**【計】數據處理.

date ¹ /deɪt/ n.【植】棗.

date ² /deɪt/ n. ① 日期; 年、月、日; 時代 ② [口](未婚男女間的)約會 v. ① 註日期於; 斷定…的年代 ② (使)過時 **~d** adj. 過時的 **~line** n. ① (註明發稿日期、地點的)日期欄 ② (D- L-)【天】日界線 // **~ back to** 回溯至; 起源於 **~ from** 從…開始 **~ rape** 約會(中進行的)強姦 **out of ~** 過時的; 陳舊的 **up to ~** 最新的; 時興的.

dative /ˈdeɪtɪv/ n. & adj.【語】與格(的).

daub /dɔːb/ v. ① (胡亂地)塗抹(油漆、顏料、灰泥等) ② 弄髒; 亂畫 n. ① 粗灰泥 ② 拙劣的畫.

daughter /ˈdɔːtə/ n. 女兒 **~ly** adj. 女兒(似)的 **~-in-law** n. 兒媳婦 **~ cell**【生】子細胞.

daunt /dɔːnt/ vt. 威壓; 使…沮喪 **~less** adj. 不屈不撓的; 無畏的 **~lessly** adv. **~lessness** n. **~ing** adj. 令人膽怯的.

dauphin /ˈdɔːfɪn, dɔːˈfiːn, dəˈfɛ̃/ n. (舊時法國的)王太子.

davenport /ˈdævənˌpɔːt/ n. ① [英]小書桌 ② [美]坐臥兩用的長沙發.

davit /ˈdævɪt, ˈdeɪ-/ n. 吊艇架.

Davy lamp /ˈdeɪvɪ læmp/ n. (早期礦工用的)安全礦燈.

dawdle /ˈdɔːdl/ v. 閒蕩; 混日子 **~r** n. 遊手好閒者.

dawn /dɔːn/ n. ① 黎明 ② 開端 vi. 破曉 ③ 顯露; 出現 // ~ **on** / **upon** 使理解(或感知).

day /deɪ/ n. ① 白晝 ② (一)日; 一晝夜 ③ (*pl.*)時代; 時期; 日子, (D-)節日, 重要日子 ~**to**~ adj. 日常的 // **by** ~ 白天裏, 日間 ~ **by** ~ 一天天地 ~ **in** **out** 一天又一天; 連續不斷地 **in** ~**s to come** 將來; 此後在 **these** ~**s** 當前 **in those** ~**s** 那時 **one** ~ (將來的)某日 **some** ~ 有朝一日 **the other** ~ 前幾天.

daybreak /ˈdeɪˌbreɪk/ n. 黎明.

daydream /ˈdeɪˌdriːm/ vi. & n. 做白日夢; 空想, 幻想 ~**er** n. 做白日夢的人, 空想者.

daylight /ˈdeɪˌlaɪt/ n. 日光, 白晝 // ~ **saving time** [美]夏令時間, 夏時制(亦作 summer time).

day return /deɪ rɪˈtɜːn/ n. = [美] roundtrip ticket 當日來回票(亦作 ~ ticket).

daze /deɪz/ vt. 使暈眩; 使迷惑 n. 迷惑 ~**d** adj. 眩暈的; 茫然的 ~**dly** adv. // **in a** ~ 處於迷惑狀態.

dazzle /ˈdæzʲl/ v. ① (使)眼花; (光等)刺眼, 目眩 ② 給人深刻印象 **dazzling** adj.

DC /di siː/ abbr. ① = direct current 直流電 ② = District of Columbia (美國)哥倫比亞特區(首都華盛頓).

DD /ˌdiː ˈdiː/ abbr. = Doctor of Divinity 神學博士.

D-day /ˈdiː deɪ/ n. (1944 年 6 月 6 日盟軍登陸歐洲開始進行大規模作戰的)反攻日.

DDT /ˌdiː diː ˈtiː/ abbr.【化】滴滴涕(一種化學殺蟲劑).

de- /diː-/ pref. [前綴] 表示 "否定; 相反; 減少; 降低; 下; 離; 剝奪", 如: ~**compose** v. 分解 ~**mobilize** v. 復員 ~**scend** v. 下來.

deacon /ˈdiːkən/ n.【宗】(教會中的)副主祭, 助祭; 執事 ~**ess** n. 女執事, 女助祭.

deactivate /diːˈæktɪˌveɪt/ vt. 使無效, 取下(炸彈等)雷管使之無法引爆; 使之無害.

dead /dɛd/ adj. ① 死的; 凋謝的 ② 無活動的, 停頓的, 呆滯的 ③ 完全的; 突然的 ④ 已廢的; 失效的 adv. 全然; 十足 n. ① (**the** ~)(總稱)死者 ② 最沒生氣的時期(或時刻) ~**beat** [口] adj. 精疲力盡的 n. 遊手好閒者 ~**end** adj. 行不通的; 絕境的 ~**line** n. 截止日期 ~**lock** n. 僵局 v. (使)陷入僵局 ~**wood** n. ① 沒用的人 ② 沒用的東西, 廢物 ③ 枯枝 // **be** ~ **set against** 堅決反對 ~ **heat** 不分勝負的比賽 ~ **letter** (無法投遞的)死信; 已失效的法規 ~ **shot** 神槍手 ~ **weight** ① 重負 ② 淨重 ③ (船)總載重量.

deaden /ˈdɛdʲn/ vt. 緩和; 消除; 減弱(聲音等).

deadly /ˈdɛdlɪ/ adj. ① 致命的; 勢不兩立的 ② [口]令人受不了的; 使人厭煩透了的 adv. 非常, 極 // ~ **nightshade**【植】顛茄; 龍葵.

deaf /dɛf/ adj. ① 聾的 ② 不願聽的; 裝聾的 ~**ness** n. ~**mute** n. 聾啞人 // **turn a** ~ **ear to** 充耳不聞; 置之不理.

deafen /'defⁿ/ v. 震聾, (使)變聾 **~ing** adj. 震耳欲聾的, 極吵鬧的.

deal¹ /di:l/ n. 數量 // **a good / great ~** ① 很多; 大量 ② …得多.

deal² /di:l/ v. (過去式及過去分詞 **~t** n.) ① 分派, 分配, 分給 ② 給予(打擊的); 發(牌) ③ (俚)販毒 n. ① (口)買賣, 交, 易協議 ② (受到的)待遇 **~er** n. 商人; 發牌 **~ings** pl. n. 交易; (個人間或商業上的)往來 // **a fair / square ~** 公平交易 **~ in** 經營; 做買賣 **~ with** ① 論述; 涉及 ② 對付; 與… 相處 ③ 處理; 解決.

dealt /delt/ v. deal 的過去式及過去分詞.

dean /di:n/ n. ①【宗】教長, 主教 ② (大學)院長; 教務長; 系主任 **~ery** n. ① 教長(或主教)的教區 ② 院長; 教務長; 系主任的辦公室(或住宅).

dear /dɪə/ adj. ① 親愛的(用於稱呼或書信中) ② 可愛的, 令人疼愛的 ③ 貴重的, 貴價的 n. 親愛的人 n. 親愛的. int. 表達驚異, 焦急, 沮喪等)哎呀! **~ly** adv. ① 深情地 ② 貴價地 **~ness** adj. ① 至愛; 親愛 ② 高價 **~ie**, **~y** n. (口)親愛的人; 寶貝 // **cost sb ~** 使人大吃苦頭, 讓人付出很高代價.

dearth /dɜ:θ/ n. (僅用單)稀少; 缺乏, 饑饉.

death /deθ/ n. ① 死(亡) ② 消滅, 毀滅 **~ly** adj. & adv. 死一般的(地) **~less** adj. 不死的, 不朽的 **~bed** n. 臨終病榻, 死亡時睡的床 adj. 臨終的 **~blow** n. 致命的一擊 // **~ duty** (= [美]~ **tax**) [英] 遺產稅 **~ knell** 喪鐘 **~ rate** 死亡率 **~ roll** 死亡人數 **~ warrant** 死刑執行令 **~watch beetle**【昆】木蠹蟲.

deb /deb/ n. = **~utante** [口].

debacle /deɪ'bɑ:kəl, dɪ-/ n. [法]瓦解; 潰敗; 垮台.

debar /dɪ'bɑ:/ vt. 阻攔; 拒絕; 排斥 **~ment** adj.

debase /dɪ'beɪs/ vt. 貶低, 降低; 貶值 **~ment** n.

debate /dɪ'beɪt/ n. 討論; 辯論 v. 討論; 辯論; 思考 **debatable** adj. 可爭辯的; 爭論中的; (指土地歸屬等)有爭議的; 未決的 **~r** n. 爭論者, 辯論者 // **in ~** 爭執未決的.

debauch /dɪ'bɔ:tʃ/ or **debosh** /dɪ'bɒʃ/ vt. 使墮落, 使道德敗壞; 淫逸, 放蕩 n. 放蕩(行為), 荒淫 **~ery** n. 放蕩; 淫蕩.

debauched /dɪ'bɔ:tʃt/ adj. 道德敗壞的; 淫逸的, 放蕩的.

debenture /dɪ'bentʃə/ n. (政府或公司發行的)債券.

debilitate /dɪ'bɪlɪˌteɪt/ vt. 使虛弱, 使衰弱 **debilitation** n.

debility /dɪ'bɪlɪtɪ/ n. 衰弱, 虛弱.

debit /'debɪt/ n.【會計】借方 vt. 記入借方 // **~ card** (銀行存戶持有的)借記卡, 扣賬卡.

debonair, debon(n)aire /ˌdebə'neə/ adj. ① 心情愉快的 ② 彬彬有禮的.

debouch /dɪ'baʊtʃ/ v. (河水等)流出; 進入(開闊地帶).

debrief /di:'bri:f/ vt. 聽取(士兵、

外交官等)匯報(情況) **~ing** n.

debris, débris /ˈdeɪbrɪ, ˈdebrɪ/ n.
[法]瓦礫; 殘骸.

debt /det/ adj. 欠款; 債務 **~or** n.
債務人; 【會計】借方 // **bad ~** 倒
賬; 壞賬 **National D-** 國債, 公債.

debt-counselling /ˈdet ˈkaʊnsəlɪŋ/ n.
債務諮詢.

debug /diːˈbʌɡ/ vt. [口] ①【計】排
除(電腦裝置等的)故障; 移去
(電腦程序中的)錯誤; 調整; 調
諧 ② 從 … 拆除竊聽器 **~ger** n.
【計】調試器, 除錯器.

debunk /diːˈbʌŋk/ v. [口]揭露; 駁
斥; 拆穿.

debut /ˈdeɪbjuː, ˈdebjuː/ n. [法](演
員)初次登台演出; 首次露面.

debutante /ˈdebjʊˌtɑːnt, -ˌtænt/ n.
[法](上流社會)初次參加社交活
動的少女; 初次登台的女演員.

Dec abbr. = **~ember**.

deca- /ˈdekə/ pref. [前綴] 表示"十;
十倍".

decade /ˈdekeɪd, dɪˈkeɪd/ n. 十年.

decadence /ˈdekədəns/ or
decadency n. 頹廢; 衰落; 墮落.

decadent /ˈdekədənt/ adj. 頹廢的;
衰落的; 墮落的 n. (19 世紀末英
法的頹廢派作家或藝術家).

decaffeinated /diːˈkæfɪneɪtɪd,
diːˈkæfɪneɪtɪd/ adj. (指咖啡)不含
咖啡因的.

decagon /ˈdekəˌɡɒn/ n.【數】十角
形, 十邊形.

decahedron /ˌdekəˈhiːdrən/ n.【數】
十面體.

Decalog(ue) /ˈdekəˌlɒɡ/ n.
【宗】十誡(亦作 the Ten

Commandments).

decamp /dɪˈkæmp/ vi. ① 撤營
② 逃亡, 逃走.

decant /dɪˈkænt/ vt. ① 注入; 傾注
(酒等) ② 為 … 暫時提供住房
~er n. 洋酒瓶.

decapitate /dɪˈkæpɪˌteɪt/ vt. 斬首,
殺頭 decapitation n.

decarbonize, -se /diːˈkɑːbəˌnaɪz/ vt.
【化】使脫碳; (為內燃機)除碳
decarbonization n.

decathlon /dɪˈkæθlɒn/ n.【體】十
項全能運動.

decay /dɪˈkeɪ/ vt. & vi. 腐朽; 腐敗;
衰敗; 凋謝.

decease /dɪˈsiːs/ n.【律】死亡(亦作
death).

deceased /dɪˈsiːst/ adj. 剛去世的
the ~ n. (單複數同形)【律】(不久
前去世的)死者.

deceit /dɪˈsiːt/ n. ① 欺騙, 欺詐
② 謊言, 騙術 **~ful** adj. 欺騙的,
欺詐的, 不老實的.

deceive /dɪˈsiːv/ vt. 欺騙, 哄騙; 蒙
蔽 **~r** n. 騙子, 欺騙者.

decelerate /diːˈseləˌreɪt/ v. (使)減速
deceleration n.

December /dɪˈsembə/ n. 十二月.

decennial /dɪˈsenɪəl/ adj. 持續十年
之久的; 每十年一次的 n. [美]十
週年(紀念) **~ly** adv.

decent /ˈdiːsnt/ adj. ① (言行舉止)
正派的, 端莊的 ② (服裝等)相稱
的, 得體的, 合適的 ③ 體面的,
像樣的; 相當不錯的 ④ [口]寬宏
的; 和氣的 **~ly** adv. decency n.

decentralize, -se /diːˈsentrəˌlaɪz/ vt.
分散(權力); 分散管理; 疏散(人

口); 分散(工廠) decentralization n.

deception /dɪˈsɛpʃən/ n. ① 欺騙; 受騙 ② 騙局; 詭計.

deceptive /dɪˈsɛptɪv/ adj. 騙人的, 虛偽的; 靠不住的; ~ly adv. ~ness n.

deci- /dɛsɪ/ pref. [前綴] 表示"十分之一", 如: ~gram(me) n. 分克(1/10 克).

decibel /ˈdɛsɪˌbɛl/ n. 【物】分貝(音量單位).

decide /dɪˈsaɪd/ v. ① 決定, 決心 ② 解決; 判決 ③ (使)下決心.

decided /dɪˈsaɪdɪd/ adj. ① 堅決的; 果斷的 ② 明顯的; 明確的 ~ly adv.

deciduous /dɪˈsɪdjʊəs/ adj. 脱葉的, 落葉的.

decimal /ˈdɛsɪməl/ adj. 十進的; 小數的 n. 小數(亦作 ~ fraction) ~ly adv. // ~ point 小數點 ~ system n. 十進位制.

decimalize /ˈdɛsɪməˌlaɪz/ vt. 使改為十進制 decimalization n.

decimate /ˈdɛsɪˌmeɪt/ vt. 大批殺死(或毀掉) decimation n.

decipher /dɪˈsaɪfə/ vt. 破譯(密碼); 辨認(模糊的字); 解釋(難懂的意義) ~able adj. 可破譯的; 辨認得出的.

decision /dɪˈsɪʒən/ n. ① 決定, 決心; 決議(書) ② 果斷, 堅定 ~making n. 決策.

decisive /dɪˈsaɪsɪv/ or **decisory** /dɪˈsaɪsərɪ/ adj. ① 決定性的; 斷然的 ② = decided 果斷的; 明確的 ~ly adv. ~ness n.

deck[1] /dɛk/ n. ① 甲板; 艙面 ② 一副(紙牌) ③ 橋面; 層面 ~er n. (用以組成複合詞)有 … 層的(東西) ~chair n. 帆布摺疊椅 // clear the ~s 準備作戰, 準備行動 ~ hand 艙面水手.

deck[2] /dɛk/ vt. 裝飾, 修飾 // ~ out 打扮; 裝飾.

deckle edge /ˈdɛkl ɛdʒ/ n. (紙的)毛邊 // ~d 有毛邊的.

declaim /dɪˈkleɪm/ v. ① (聲情並茂地)高聲演說; 朗誦 ② 大聲抗辯 declamation n. declamatory adj.

declaration /ˌdɛkləˈreɪʃən/ n. ① 宣告, 宣佈; 聲明; 宣言(書) ② (海關對納稅品的)申報(單).

declare /dɪˈklɛə/ v. ① 宣告, 宣佈 ② 聲明, 表明 ③ (向海關)申報納稅品 declarable adj. 要申報納稅的 declarative, declaratory adj. 宣告的; 說明的; 陳述的 // declarative sentence【語】陳述句.

declension /dɪˈklɛnʃən/ n.【語】變格, 詞尾變化.

declination /ˌdɛklɪˈneɪʃən/ n. ①【天】赤緯 ②【物】磁偏角, 偏角 ③ 謝絕.

decline /dɪˈklaɪn/ v. ① 婉拒, 謝絕 ② 下降; (太陽)落山; 衰落 ③【語】使變格 n. 降低, 下落; 衰落; 衰弱 // on the ~ 每況愈下.

declivity /dɪˈklɪvɪtɪ/ n. 傾斜; 斜坡.

declutch /dɪˈklʌtʃ/ v. 分開離合器; 使離合器分開.

decoct /dɪˈkɒkt/ vt. 煎(藥), 熬(湯), 煮 ~ion n. ① 煎, 熬 ② 熬煮出來的東西.

decode /diːˈkəʊd/ v. 破譯(密碼); 解釋(電報) ~r n. 譯電員; 譯碼機.

decoke /diːˈkəʊk/ v. = decarbonize.

décolleté /deɪˈkɒlteɪ/ adj. & n. [法] (指女裝)袒胸露肩的 décolletage adj. & n. 袒胸露肩的女裝; (此類女裝的)低領.

decompose /ˌdiːkəmˈpəʊz/ v. ①【化】分解 ②(使)腐爛 decomposition n.

decompression /ˌdiːkəmˈpreʃən/ n. 減壓, 降壓 // ~ sickness【醫】減壓病, 潛水夫病.

decongestant /ˌdiːkənˈdʒestənt/ n. 【藥】減充血劑.

decontaminate /ˌdiːkənˈtæmɪˌneɪt/ vt. ① 淨化; 去污; 使清潔 ② 消除毒氣; 去除放射性污染 decontamination n.

décor, de- /ˈdeɪkɔː/ n. [法](房間、屋子、舞台等的)裝飾, 佈置, 裝修.

decorate /ˈdekəˌreɪt/ vt. ① 裝飾, 修飾 ② 油漆(或粉刷)房屋 ③ 授勳給 … decorator n. 室內設計師.

decoration /ˌdekəˈreɪʃən/ n. ① 裝飾, 裝潢 ② 裝飾品 ③ 勳章 勳帶 decorative adj. 裝飾的, 裝潢的.

decorous /ˈdekərəs/ adj. 有禮貌的; 正派的; 端莊的 ~ly adv. ~ness n.

decorum /dɪˈkɔːrəm/ n. ① 禮貌; 正派 ② (pl.)禮節, 禮儀.

decoy /ˈdiːkɔɪ, dɪˈkɔɪ/ n. 誘餌; 拐子; 圈套 vt. 引誘, 拐騙.

decrease /dɪˈkriːs, ˈdiːkriːs/ v. 減少

n. 減少(量).

decree /dɪˈkriː/ n. ① 命令; 法令 ②【律】判決 v. 發佈命令; 宣判 // ~ absolute【律】離婚終審判決書 ~ nisi【律】離婚判決書(六週後如無異議即生效).

decrepit /dɪˈkrepɪt/ adj. 衰老的, 老朽的; 破舊的 ~ude n.

decriminalize, -se /ˌdiːˈkrɪmənˌlaɪz/ vt. 使(非法行動)合法化 decriminalization n.

decry /dɪˈkraɪ/ vt. 詆毀; 責難; 大聲反對.

dedicate /ˈdedɪˌkeɪt/ vt. ① 獻(身); 致力 ② 題獻(一部著作獻給某人) ~d adj. 獻身的; 致力於.

dedication /ˌdedɪˈkeɪʃən/ n. ① 奉獻 ② 題獻; 題解.

deduce /dɪˈdjuːs/ vt. 演繹; 推演; 推斷 deducible adj. 可推斷的.

deduct /dɪˈdʌkt/ vt. 扣除, 減除.

deduction /dɪˈdʌkʃən/ n. ① 扣除(額) ② 推論; 演繹 deductive adj. 推斷的 deductively adv.

deed /diːd/ n. ① 行為; 實際行動; 功績 ②【律】證書; 契約, 契據 // ~ poll【律】單方執行的契約(尤指更改姓名或財產贈予).

deejay /ˈdiːdʒeɪ/ n. = DJ (disk jockey 之略)唱片騎師.

deem /diːm/ vt. 認為; 相信.

deep /diːp/ adj. ① 深的; 有深度的 ② (指顏色)深的; (指聲音)低沉的 ③ 深奧的, 難懂的 ④ (指人)攻於心計的; 詭計多端的 ⑤ 深刻的; 重大的 ⑥ (指感情)深厚的, 深切的 ⑦ 深入的; 全神貫注的 adv. 深深地 n. ① 深處 ② (the

~) [詩] 海洋. **~ly** adv. **~freeze** n. (= freezer) 急速冷凍冰箱 vt. (低溫快速) 冷藏, 冷凍. **~fry** v. 油炸. **~rooted** adj. 根深蒂固的. **~seated** adj. 由來已久的, 根深蒂固的.

deepen /ˈdiːpˀn/ v. ① 加深; ② 使深刻; 深化.

deer /dɪə/ n. (單複數同形) 鹿. **~stalker (hat)** n. 舊式獵鹿帽.

deface /dɪˈfeɪs/ vt. ① 損傷…的外觀 ② 磨掉(碑文等) **~ment** n.

de facto /deɪ ˈfæktəʊ/ adj. & adv. [拉] 事實上(的); 實際上(的).

defame /dɪˈfeɪm/ vt. 敗壞…名譽, 誹謗, 中傷, 詆毀 defamation n. defamatory adj.

default /dɪˈfɔːlt/ vt. & n. ① 不履行; 違約; 拖欠; 不參加 ②【律】缺席; 不到案 **~er** n. 缺席者; 違約者; 拖欠者 // **by ~** (由於) 別人(或對方)缺席 **in ~ of** … 在(某人)缺席時; 若缺少(某物)時.

defeat /dɪˈfiːt/ vt. ① 戰勝, 擊敗 ② 使受挫折; 使落空; 使破滅 n. ① 戰敗, 失敗 ② 打敗; 擊敗 **~ism** n. 失敗主義 **~ist** n. 失敗主義者.

def(a)ecate /ˈdefɪˌkeɪt/ vi. 通大便, 排糞 defecation n.

defect ¹ /dɪˈfekt, ˈdiːfekt/ n. 不足, 欠缺; 缺陷; 缺點.

defect ² /dɪˈfekt/ vi. 逃跑; 叛變, 變節 **~or** n. 逃兵; 叛變者.

defection /dɪˈfekʃən/ n. ① 背叛 ② 叛變, 變節.

defective /dɪˈfektɪv/ adj. 有缺陷的; 身心不健全的 **~ly** adv. **~ness** n.

defence, 美式 **-se** /dɪˈfens/ n. ① 防禦, 保衛 ② 防衛物, 防禦工事 ③【律】(被告的)答辯; 辯護 the **~, the** ~ n. 辯護律師; (球賽中的)防守隊員 **~less, ~less** adj. 無防備的, 不設防的 // **in ~ of, in ~ of** 保衛.

defend /dɪˈfend/ vt. ① 防禦, 保衛 ②【律】辯護; 答辯 **~er** n. ① 防禦者, 保護者 ② 辯護者.

defendant /dɪˈfendənt/ n. (刑事訴訟中的)被告.

defensible /dɪˈfensɪbˀl/ adj. ① 能防禦的 ② 能辯護的 defensibly adv. defensibility n.

defensive /dɪˈfensɪv/ adj. 防禦(性)的, 防衛的 n. 守勢, 防守 // **on the ~** 採取守勢; 處於防禦地位.

defer ¹ /dɪˈfɜː/ vt. 拖延, 推遲 **~ment**, **~ral** n.

defer ² /dɪˈfɜː/ vi. 服從; 遵從 **~ence** n. **~ential** adj. **~entially** adv.

deferred /dɪˈfɜːd/ adj. 推遲的; 遲延的 // **payment on ~ terms** 分期付款.

defiance /dɪˈfaɪəns/ n. 挑戰; 蔑視; 違抗 // **in ~ of** 無視, 不管.

defiant /dɪˈfaɪənt/ adj. 挑戰的; 違抗的 **~ly** adv.

deficiency /dɪˈfɪʃənsɪ/ n. ① 不足, 缺乏 ② 不足額; 虧空; 缺陷 // **~ disease**【醫】營養缺乏症.

deficient /dɪˈfɪʃənt/ adj. 缺乏的, 不足的 **~ly** adv.

deficit /ˈdefɪsɪt, dɪˈfɪsɪt/ n. 虧損(額); 虧空; 赤字.

defile ¹ /dɪˈfaɪl/ vt. 弄髒, 污損; 褻

潰 **~ment** n.

defile² /dɪˈfaɪl/ n. 隘路; 峽谷.

define /dɪˈfaɪn/ vt. ① 解釋; 給…下定義 ② 明確說明 ③ 限定; 規定.

definite /ˈdɛfɪnɪt/ adj. ① 明確的; 確定的 ② 一定的, 肯定的 ③ 限定的 **~ly** adv. // **the ~ article**【語】定冠詞.

definition /ˌdɛfɪˈnɪʃən/ n. ① 定義; 解說 ② 確定, 限定 ③【物】清晰度.

definitive /dɪˈfɪnɪtɪv/ adj. 決定性的; 最後的; 確定的 **~ly** adv.

deflate /dɪˈfleɪt/ vt. ① 給…放氣 ②【經】(通貨)緊縮 ③ 降低(…重要性); 使泄氣.

deflation /dɪˈfleɪʃən/ n. ① 放氣 ② 通貨緊縮 **~ary** adj. 收縮通貨的.

deflect /dɪˈflɛkt/ v. (使)偏斜; (使)偏轉; (使)轉向 **~ion** n. 偏斜; 轉向; 偏差; 偏向 **~or** n. 偏導裝置, 轉向裝置.

deflower /diːˈflaʊə/ v. ① 採花 ② 姦污(處女).

defoliate /diːˈfəʊlɪeɪt/ v. (使)落葉 **defoliant** n. 脫葉劑 **defoliation** n.

deforest /diːˈfɒrɪst/ vt. 砍伐森林, 去掉樹林 **~ation** n.

deform /dɪˈfɔːm/ v. (使)變形; 致殘; 毀容; 使變醜 **~ed** adj. 變了形的; 破相的, 醜的.

deformation /ˌdiːfɔːˈmeɪʃən/ n. ① 變形; 變醜 ② 畸形, 殘廢.

deformity /dɪˈfɔːmɪtɪ/ n. ① 畸形, 殘廢 ② (身體上的)畸形部份; 畸形的人(或物).

defraud /dɪˈfrɔːd/ vt. 詐取; 欺騙.

defray /dɪˈfreɪ/ vt. 支付, 付出.

defrock /diːˈfrɒk/ vt. = unfrock 剝奪…的牧師資格, 免去…聖職.

defrost /diːˈfrɒst/ v. = [美]demist ① (使)解凍; 溶解; 除去…冰霜.

deft /dɛft/ adj. (手腳和動作)靈巧的; 熟練的 **~ly** adv. **~ness** n.

defunct /dɪˈfʌŋkt/ adj. ① 已死的 ② 不再存在的; (公司、企業)倒閉了的.

defuse, 美式 -ze /diːˈfjuːz/ vt. ① 拆除(爆炸物)信管 ② 使(緊張形勢)緩和; 減少(危險性).

defy /dɪˈfaɪ/ vt. ① 向…挑戰 ② 違抗, 抗拒; 蔑視 ③ 使…不能, 使…難於.

deg. abbr. = degree.

degeneracy /dɪˈdʒɛnərəsɪ/ n. ① 退化; 墮落 ② 性變態.

degenerate /dɪˈdʒɛnəreɪt, dɪˈdʒɛnərɪt/ vi. 變壞; 退化; 墮落 adj. & n. 變壞的; 退化的(動物); 墮落的(人); 性慾變態的(人).

degeneration /dɪˌdʒɛnəˈreɪʃən/ n. 退化; 墮落; 蛻化; 變質 **degenerative** adj. (指疾病或情況)惡化的, 變壞的.

degrade /dɪˈɡreɪd/ vt. ① 降低; 惡化; 使墮落 ② 降級; 降職 ③【化】降解;【生】退化 **degradation** n. **degrading** adj. 品質惡劣的; 可恥的; 卑躬的.

degree /dɪˈɡriː/ n. ① 度(數) ② 程度; 等級 ③ 社會地位 ④ 學位 ⑤【語】(形容詞、副詞的)級 // **by ~s** 漸漸, 逐步.

dehumanize, -se /diːˈhjuːmənaɪz/

vt. 使失去人性; 使失去個性
dehumarization *n.*

dehydrate /diːˈhaɪdreɪt,
ˌdiːhaɪˈdreɪt/ *v.* (使)脫水
dehydration *n.*

de-ice /diːˈaɪs/ *vt.* 除…冰; 防止結
冰 ~r *n.* (機翼上的)除冰裝置.

deify /ˈdiːɪˌfaɪ, ˈdeɪ-/ *vt.* 崇拜…為
神; 神化 deification *n.*

deign /deɪn/ *v.* ① 俯就, 屈尊
② 俯准賜予.

deity /ˈdeɪtɪ, ˈdiːɪ-/ *n.* ① 神 ② 神性
③ **(the D-)**【宗】上帝, 造物主.

déjà vu /ˈdeɪʒæˈvuː, deʒa vy/ *n.*
[法]【心】記憶幻覺;【醫】似曾
相識症.

dejected /dɪˈdʒɛktɪd/ *adj.* 沮喪的,
情緒低落的 dejection *n.*

de jure /deɪ ˈdʒʊəreɪ/ *adj. & adv.*
[拉]根據法律; 法理上.

dekko /ˈdɛkəʊ/ *n.* [英俚]一瞥 //
have a ~ 瞧一瞧.

delay /dɪˈleɪ/ *n. & v.* (使)耽擱, 耽
誤; 推遲, 延緩.

delectable /dɪˈlɛktəbᵊl/ *adj.* 令人愉
快的; 美味的 delectably *adv.*

delectation /ˌdiːlɛkˈteɪʃən/ *n.* 娛樂;
享受.

delegate /ˈdɛlɪˌgeɪt, -gɪt/ *vt.* ① 委
派(代表) ② 授予(權力) *n.* 代表.

delegation /ˌdɛlɪˈgeɪʃən/ *n.* ① (代
表的)委派 ② 代表團.

delete /dɪˈliːt/ *vt.* 刪去; 勾銷;【計】
刪除; 刪除鍵(亦作 **~ key**)(略作
del.) deletion *n.* 刪除/擦/部分.

deleterious /ˌdɛlɪˈtɪərɪəs/ *adj.* [書]
(對身心)有害的, 有毒的 **~ly** *adv.*

delf(t) /dɛlf/ *n.* or delftware *n.* 荷

蘭藍白彩釉陶器.

deliberate /dɪˈlɪbəreɪt, dɪˈlɪbəˌreɪt/ *v.*
仔細考慮; 研討 *adj.* ① 故意的;
存心的 ② (指言行)審慎的, 慎重
的; 從容不迫的 **~ly** *adv.*

deliberation /dɪˌlɪbəˈreɪʃən/ *n.*
① 深思熟慮; 反覆商討 ② 慎重;
審慎.

deliberative /dɪˈlɪbərətɪv/ *adj.*
① 仔細考慮過的; 慎重的 ② 審
議的; 協商的 **~ly** *adv.*

delicacy /ˈdɛlɪkəsɪ/ *n.* ① 柔和; 精
緻; 優美 ② 嬌弱, 嬌嫩; 脆弱
③ 靈敏, 敏感 ④ 微妙; 精密
⑤ 精美的食物.

delicate /ˈdɛlɪkɪt/ *adj.* ① 柔和的;
精緻的; 優美的 ② 纖弱的; 嬌
弱的 ③ 微妙的; 需謹慎處理的
④ (指儀器)靈敏的; (指器官)敏
銳的 ⑤ 鮮美的, 美味的 **~ly** *adv.*

delicatessen /ˌdɛlɪkəˈtɛsᵊn/ *n.* 進口
的精美食品(店); 現成熟食(店).

delicious /dɪˈlɪʃəs/ *adj.* 美味的, 可
口的; 芬芳的; 令人愉快的 **~ly**
adv.

delight /dɪˈlaɪt/ *v.* ① 使喜歡, 使高
興 ② **(+ in)** 愛好, 喜歡 *n.* ① 欣
喜, 高興, 愉快 ② 樂事 **~ful** *adj.*
令人高興的; 可愛的 **~fully** *adv.* //
take ~ in 喜愛; 以…為樂.

delimit /diːˈlɪmɪt/ or delimite *vt.*
定界, 劃界 **~ation** *n.*

delineate /dɪˈlɪnɪˌeɪt/ *vt.* 刻劃, 描
繪, 描寫 delineation *n.*

delinquency /dɪˈlɪŋkwənsɪ/ *n.*
① 過失; 失職 ② 犯罪; 罪行;
【律】青少年犯罪(亦作 **juvenile
~**) ③ 拖欠的債務(或稅款).

delinquent /dɪˈlɪŋkwənt/ *adj.* ① 有過失的; 失職的; 犯法的 ② 拖欠債務(或稅款)的. *n.* ① 犯錯誤者; 犯法者(尤指少年犯); 失職者 ② 拖欠債務(或稅款)者.

delirium /dɪˈlɪrɪəm/ *n.* ① 胡言亂語, 精神錯亂 ② 極度興奮, 發狂 **delirious** *adj.* **deliriously** *adv.* // ~ **tremens** 【醫】震顫性譫妄(略作 the DTs).

deliver /dɪˈlɪvə/ *vt.* ① 投遞, 遞送(信件、包裹、貨物) ② 釋放; 援救 ③ 講述; 發表(演說等) ④ 給予(打擊); (向目標)拋, 投(球等) ⑤ 給…接生.

deliverance /dɪˈlɪvərəns/ *n.* 援救; 釋放.

delivery /dɪˈlɪvərɪ/ *n.* ① 遞交; 交貨 ② (僅用單)演講(或投球)方式(或姿勢) ③ 分娩 // **cash on ~** 【商】貨到付款(略作 C. O. D.).

dell /dɛl/ *n.* (樹林茂密的)小山谷.

delphinium /dɛlˈfɪnɪəm/ *n.* 【植】翠雀花; 飛燕草.

delta /ˈdɛltə/ *n.* ① 希臘字母中的第四個字母(Δ, δ) ② (河流的)三角洲; 三角形物.

delude /dɪˈluːd/ *vt.* 哄騙, 迷惑.

deluge /ˈdɛljuːdʒ/ *n.* ① 洪水; 暴雨 ② 泛濫; (大量的)湧進 *vt.* 泛濫; 大量湧進.

delusion /dɪˈluːʒən/ *n.* ① 欺騙; 迷惑 ② 【醫】妄想, 錯覺.

delusive /dɪˈluːsɪv/ *adj.* 欺騙的; 虛妄的; 不可靠的 **~ly** *adv.* **~ness** *n.*

de luxe, deluxe /dɪˈlʌks, ˈlʊks/ *adj.* 豪華的; 高級的; 華麗的.

delve /dɛlv/ *v.* 鑽研.

demagogue, 美式 **demagog** /ˈdɛmə.gɒg/ *n.* 蠱惑家; 惡意煽動者.

demagogy /ˈdɛmə.gɒgɪ/ *n.* 惡意的煽動, 蠱惑人心的言行 **demagogic** *adj.*

demand /dɪˈmɑːnd/ *vt.* 要求; 需要 *n.* ① 要求(的東西) ② 需要; 求(量); 銷路 // **be in great ~** 需求很大, 銷路很好.

demanding /dɪˈmɑːndɪŋ/ *adj.* ① 很費精力的, 很費事的 ② 苛刻的.

demarcate /ˈdiːmɑːˌkeɪt/ *vt.* ① 劃界, 定界線 ② 區分 **demarcation** *n.* ① 分界; 邊界 ② 區分, 劃分.

demean /dɪˈmiːn/ *vt.* 降低(身份、尊嚴); 損壞(品德) **~ing** *adj.*

demeano(u)r /dɪˈmiːnə/ *n.* 行為, 舉止.

demented /dɪˈmɛntɪd/ *adj.* 瘋狂的, 精神錯亂的 **~ly** *adv.*

dementia /dɪˈmɛnʃə, -ʃɪə/ *n.* 【醫】痴呆.

demerara sugar /ˌdɛməˈrɛərə ˈʃʊgə/ *n.* 德麥拉拉蔗糖(產於西印度羣島的褐色砂糖).

demerger /diːˈmɜːdʒə/ *n.* (已合併的公司企業)解體獨立, 分拆.

demerit /diːˈmɛrɪt, ˌdiːˈmɛrɪt/ *n.* 過失; 缺點.

demesne /dɪˈmeɪn, -ˈmiːn/ *n.* ① (莊園周圍的)土地 ② 【律】(土地的)佔有 ③ 地區; 領域.

demi- /ˈdɛmɪ-/ *pref.* 【前綴】表示 "半".

demigod /ˈdɛmɪˌgɒd/ *n.* 半神半人; 神一樣的人.

demijohn /ˈdɛmɪˌdʒɒn/ n. (有柳條筐罩的)細頸大瓶.

demilitarize, -se /diːˈmɪlɪtəˌraɪz/ vt. 解除武裝; 非軍事化 demilitarization n.

demise /dɪˈmaɪz/ n. [書] ① 死亡 ② 敗亡; 倒閉; 崩潰.

demist /diːˈmɪst/ vt. = [美]defrost 除去(玻璃上的)霧或水氣 ~er n. 除霧器.

demo /ˈdɛməʊ/ n. ~nstration (pl. -os) [口]示威(遊行).

demob /diːˈmɒb/[口] vt. = ~ilize ~ilization n. [口].

demobilize, -se /diːˈməʊbɪˌlaɪz/ vt. 復員, 遣散 demobilization n.

democracy /dɪˈmɒkrəsɪ/ n. ① 民主(政治); 民主政體; 民主精神 ② 民主國家.

democrat /ˈdɛməˌkræt/ or democratist /dɪˈmɒkrətɪst/ n. ① 民主主義者 ② (D-) [美]民主黨黨員.

democratic(al) /ˌdɛməˈkrætɪk/ adj. ① 民主政治的; 民主(主義)的 ② (D-) [美]民主黨的 democratically adv. // the D-Party (美國)民主黨.

demography /dɪˈmɒɡrəfɪ/ n. 人口(統計)學 demographic adj.

demolish /dɪˈmɒlɪʃ/ vt. ① 摧毀, 破壞; 拆除(建築物等) ② 推翻(計劃、論點等) ③ [俚]吃光 demolition n.

demon /ˈdiːmən/ n. ① 惡魔 ② [口]精力(或技巧)過人的人 ~iac(al) adj. ① 着魔的 ② 惡魔似的; 瘋狂的; 兇惡的 ~iacally adv. ~ic adj. ① 有魔力的, 超凡的 ② 惡魔(似)的; 兇惡的.

demonstrate /ˈdɛmənˌstreɪt/ v. ① 證明, 論證 ② 演示; 舉例說明 ③ 表示(感情、同情等); 示威.

demonstration /ˌdɛmənˈstreɪʃən/ n. ① 證明, 論證 ② 表明, 表示; 演示 ③ 示威, 遊行 demonstrator n. 演示者, 示範者; 示威者.

demonstrative /dɪˈmɒnstrətɪv/ adj. ① 論證的 ② 感情外露的 ③ 【語】指示的 ~ly adv. ~ness n. // ~ pronoun 【語】指示代詞.

demoralize, -se /dɪˈmɒrəˌlaɪz/ vt. ① 敗壞(道德) ② 挫傷(勇氣、信心、士氣等) demoralization n.

demote /dɪˈməʊt/ vt. 降職, 降級 demotion n.

demotic /dɪˈmɒtɪk/ adj. [書]民眾的, 通俗的 (D-)通俗文字的.

demur /dɪˈmɜː/ vi. ① 反對, 表示異議 ② 遲疑 n. 反對, 異議 // without ~ 無異議.

demure /dɪˈmjʊə/ adj. ① 拘謹的; 文靜的; 莊重的 ② 假正經的 ~ly adv. ~ness n.

demystify /diːˈmɪstɪˌfaɪ/ vt. 使(事物)非神秘化; 澄清, 消除(疑惑等) demystification n.

den /dɛn/ n. ① 獸穴 ② (不法之徒的)巢窟 ③ [口](學習或工作用的)小室.

denationalize, -se /diːˈnæʃənˌlaɪz/ vt. 使非國有化, 使成為私營 denationalization n.

denature /diːˈneɪtʃə/ or denaturize or denaturise /diːˈneɪtʃəˌraɪz/ vt.

① 使變性 ② 使不能飲用.

deniability /dɪˌnaɪəˈbɪlɪtɪ/ n. (政客)
否認政治醜聞的本領.

denial /dɪˈnaɪəl/ n. 否認; 拒絕.

denier /ˈdenɪˌeɪ, ˈdenjə/ n. 纖度(測
量絲、人造絲、化纖等纖度的
單位).

denigrate /ˈdenɪˌgreɪt/ vt. 誹謗, 抹
黑, 詆毀 denigration n. denigrator
n. 誹謗者.

denim /ˈdenɪm/ n. (做牛仔褲用的)
斜紋粗棉布, 牛仔布.

denizen /ˈdenɪzən/ n. 居民; 市民;
入籍者.

denominate /dɪˈnɒmɪˌneɪt/ vt. 命
名, 取名.

denomination /dɪˌnɒmɪˈneɪʃən/ n.
① 命名; 名稱 ② 宗派; 教派
③ (度量衡、貨幣等的)單位 **~al**
adj.

denominator /dɪˈnɒmɪˌneɪtə/ n.
【數】分母.

denotation /ˌdiːnəʊˈteɪʃən/ n.
① 指示; 表示 ② 符號; 名稱
③ 意義.

denote /dɪˈnəʊt/ vt. 指示, 表示; 意
味着.

denouement /deɪˈnuːmɒn/ or dé
nouement / denumã/ n. [法](小
說、劇本等)結尾, 收場; 結局.

denounce /dɪˈnaʊns/ vt. ① 痛斥,
譴責 ② 告發 ③ 通告廢除(條
約、協定等)denunciation n.

dense /dens/ adj. ① (液體、氣體)
濃厚的 ② 稠密的; 密集的 ③ 愚
鈍的 **~ly** adv.

density /ˈdensɪtɪ/ n. ① 密度; 濃度
② 濃厚; 稠密.

dent /dent/ n. 凹部, 凹痕; 缺口 v.
(使)凹進.

dental /ˈdentl/ adj. ① 牙齒的; 牙
科的 ② 齒音的 n. 齒音.

dentifrice /ˈdentɪfrɪs/ n. 牙粉; 牙
膏.

dentist /ˈdentɪst/ n. = dental
surgeon 牙醫 **~ry** n. 牙科(學).

dentures /ˈdentʃəz/ n. 假牙.

denude /dɪˈnjuːd/ vt. ① (+ of) 使
赤露; 剝蝕 ② 剝奪 denudation n.

deny /dɪˈnaɪ/ vt. ① 否認, 否
定 ② 拒絕(要求); 拒絕給予
deniable adj. 可否認(或否定、
拒絕)的.

deodorant /diːˈəʊdərənt/ n. 除臭
劑; 防臭劑.

deodorize, -se /diːˈəʊdəˌraɪz/ vt. 除
臭; 防臭 deodorization n.

dep. abbr. ① = department ② =
depart(ure).

depart /dɪˈpɑːt/ vi. ① (人)離開, 起
程 ② (火車)開出 ③ 背離, 違背
~ed adj. 過去的; 死亡的 the **~ed**
n. 死者.

department /dɪˈpɑːtmənt/ n. (政府
機關、商店、學校等的)部; 司;
局; 科; 系 **~al** adj. // **~ store** 百貨
商店 the State D- [美]國務院.

departmentalism
/ˌdiːpɑːtˈmentlˌlɪzəm/ n. 分散主義;
本位主義.

departure /dɪˈpɑːtʃə/ n. ① 離開;
出發; 啟程 ② 背離.

depend /dɪˈpend/ vt. ① 依靠, 依賴
② 信賴, 信任 ③ 依存於; 隨…
而定 **~able** adj. 可信任的, 可靠
的 **~ability** n. **~ably** adv. // **That**

~s. (= It all ~s.) 那要看情況.

dependant /dɪ'pɛndənt/ n. ① 受贍養者, 眷屬 ② 侍從, 僕人.

dependence, 美式 -ance /dɪ'pɛndəns/ n. ① 信賴, 信任 ② 依靠, 依賴; 從屬.

dependency, 美式 -ancy /dɪ'pɛndənsɪ/ n. ① 從屬 ② 屬地, 附屬國.

dependent, 美式 -ant /dɪ'pɛndənt/ adj. ① 依靠的 ② 從屬的 n. = dependant // ~ clause (= subordinate clause) 【語】從屬句.

depict /dɪ'pɪkt/ vt. 描繪; 描述; 描寫 ~ion n.

depilate /'dɛpɪˌleɪt/ vt. 使脫毛; 除毛; 去毛 depilation n.

depilatory /dɪ'pɪlətərɪ, -trɪ/ adj. 有脫毛力的 n. 脫毛劑.

deplete /dɪ'pliːt/ vt. ① 減少; 損耗 ② 耗盡; 弄空 depletion n.

deplore /dɪ'plɔː/ vt. 哀悼; 痛惜 deplorable adj. ① 可歎的; 可悲的 ② 糟透了的 deplorably adv.

deploy /dɪ'plɔɪ/ vt. 【軍】部署; 展開 ~ment n.

depopulate /dɪ'pɒpjʊˌleɪt/ v. (使)人口減少; 疏散 depopulation n.

deport /dɪ'pɔːt/ vt. ① 驅逐…出境 ② (+ oneself) 舉止 ~ation n. ~ee n. 被驅逐出境者.

deportment /dɪ'pɔːtmənt/ n. 舉止; 風度.

depose /dɪ'pəʊz/ vt. ① 罷免; (特指)廢黜(帝、王) ②【律】宣誓作證.

deposit /dɪ'pɒzɪt/ vt. ① 儲存; 存放(金錢、貴重物品等) ② 使沉澱; 沉積 ③ 交保證金, 付訂金 n. ① 存款; 寄存品; 訂金 ② 沉澱; 礦層 ~or n. 存款人, 存戶 ~ory n. 貯藏所; 倉庫 // ~ account (銀行的)存款賬戶.

deposition /ˌdɛpə'zɪʃən, ˌdiːpə-/ n. ① 罷免; (王位、帝位的)廢黜 ②【律】作證書; 證言 ③ 淤積; 沉澱.

depot /'dɛpəʊ, 'diːpəʊ/ n. ① 倉庫; 軍需庫 ②[英](巴士、機車)存車維修廠; [美]巴士站; 火車站.

deprave /dɪ'preɪv/ vt. 使墮落; 使敗壞 ~d adj. 墮落的, 道德敗壞的.

depravity /dɪ'prævɪtɪ/ n. 墮落; 腐敗; 邪惡行為.

deprecate /'dɛprɪˌkeɪt/ vt. 不贊成, 反對, 抗議 deprecation n. deprecatory adj.

depreciate /dɪ'priːʃɪˌeɪt/ v. ① (使)貶值; (使)降價 ② 輕視, 貶低 depreciation n. depreciatory adj.

depredation /ˌdɛprɪ'deɪʃən/ n. 劫掠; 蹂躪; 毀壞.

depress /dɪ'prɛs/ vt. ① 壓下, 壓低 ② 使降低; 使貶值 ③ 使抑鬱; 使沮喪 ④ 使蕭條 ~ing adj. 令人沮喪的; 沉悶的 ~ingly adv.

depressant /dɪ'prɛsənt/ n.【醫】鎮靜劑.

depression /dɪ'prɛʃən/ n. ① 抑鬱, 情緒低落 ② 窪地, 低凹地 ③ 蕭條; 不景氣 ④ 低氣壓 the D- n. 20 世紀 30 年代西方世界的經濟大蕭條.

depressive /dɪ'prɛsɪv/ adj. 令人壓抑的; 令人沮喪的.

deprive /dɪ'praɪv/ vt. 剝奪, 使喪失 deprivation adj. 被剝奪和喪失基本生活保障的.

dept. abbr. = department.

depth /depθ/ n. ① 深(度) ② (色澤的)濃度; (聲音的)低沉; (感情的)深厚, 深沉; (思想的)深奧, 深刻 // ~ charge, ~ bomb 深水炸彈 out of / beyond one's ~ ① 水深沒頂 ② 深奧得不可解; 為某人力所不及.

deputation /ˌdepjʊ'teɪʃən/ n. ① 委派代表 ② 代表團.

depute /dɪ'pju:t/ vt. 委托, 指派代理(或代表).

deputize, -se /'depjʊtaɪz/ vt. 委任⋯為代理(或代表); 做代理人.

deputy /'depjʊtɪ/ n. ① 代理(人) 代表 ② (作定語)副的; 代理的 // by ~ 由⋯代表; 由⋯代理.

derail /dɪ'reɪl/ v. (使)出軌 ~ment n.

derange /dɪ'reɪndʒ/ vt. ① 搞亂; 擾亂 ② 使(精神)錯亂 ~ment n.

derby /'dɜ:rbɪ/ n. ① (同一地區)體育運動比賽 ② [美]圓頂禮帽(亦作 bowler hat) the D- n. [英](一年一度的)德比大賽.

deregulate /di:'regjʊˌleɪt/ vt. 取消規定; 放鬆限制(或控制) deregulation n.

derelict /'derɪlɪkt/ adj. 被拋棄的, 遺棄的, 廢棄的 n. ① 遺棄物 ② 被社會拋棄的人; 流浪者.

dereliction /ˌderɪ'lɪkʃən/ n. ① 遺棄; 拋棄 ② 疏忽職守.

derestrict /ˌdi:rɪ'strɪkt/ vt. 取消(車速)限制.

deride /dɪ'raɪd/ vt. 嘲笑; 愚弄.

de rigueur /də rɪ'gɜ:, də rigoer/ adj. [法](時尚或習慣)必需的; (禮節上)合宜的.

derision /dɪ'rɪʒən/ n. 嘲笑; 笑柄.

derisive /dɪ'raɪsɪv, -zɪv/ adj. 嘲笑的 ~ly adv.

derisory /dɪ'raɪsərɪ, -zərɪ/ adj. 微不足道的; 少得可笑的.

derivation /ˌderɪ'veɪʃən/ n. ① 出處; 由來 ②【語】詞源, 語源.

derivative /dɪ'rɪvətɪv/ adj. & n. ① 派生的; 衍生的 ② 派生而來的事物;【語】派生詞;【經】(期貨、期貨指數等投機性的)衍生金融產品, 金融衍生工具 ~ly adv.

derive /dɪ'raɪv/ v. ① 得到, 導出 ② 源自; 派生出來.

dermatology /ˌdɜ:mə'tɒlədʒɪ/ n. 皮膚(病)學 dermatologist n. 皮膚(病)學家.

derogatory /dɪ'rɒgətərɪ, -trɪ/ adj. 毀損的, 貶低的; 貶義的.

derrick /'derɪk/ n. 轉臂起重機; 油井架, 鑽(井高)塔.

derring-do /ˌderɪŋ'du:/ n. [古][書]蠻勇, (有勇無謀的)大膽行動.

der(r)inger /'derɪndʒə/ n. 大口徑短筒手槍.

derv /dɜ:v/ n. 柴油.

dervish /'dɜ:vɪʃ/ n. 伊斯蘭教苦行僧; 托鉢僧.

descale /di:'skeɪl/ vt. 除去鍋垢(水鏽).

descant /'deskænt, 'dɪs-/ n.【音】高音部; 歌曲; 旋律.

descend /dɪ'send/ v. ① 下來, 下降 ② 傳下來 // ~ on / upon 突然

來到; 襲擊 ~ to (doing) 屈尊(去做); 淪落到(去做).

descendant /dɪˈsɛndənt/ *n.* 後裔; 子孫.

descent /dɪˈsɛnt/ *n.* ① 下降; 下坡 ② 家世, 血統; 出身 ③ 襲擊.

describe /dɪˈskraɪb/ *vt.* ① 描寫, 描述 ② 畫(圖形), 作圖.

description /dɪˈskrɪpʃən/ *n.* ① 描寫, 描述 ② 圖說; (物品的)說明書 ③ 種類 ④ 作圖, 繪製 **descriptive** *adj.* **descriptively** *adv.* // **descriptive geometry** 【數】畫法幾何.

descry /dɪˈskraɪ/ *vt.* (遠遠地)看出; 辨別.

desecrate /ˈdɛsɪˌkreɪt/ *vt.* 褻瀆 **desecration** *n.*

desegregate /diːˈsɛgrɪˌgeɪt/ *v.* (使)取消種族隔離 **desegregation** *n.*

deselect /ˌdiːsɪˈlɛkt/ *v.* (英國議會選舉)不選(現任議員)為下屆候選人 **~ion** *n.*

desensitize, -se /diːˈsɛnsɪˌtaɪz/ *vt.* 使不敏感, 使感覺遲鈍 ;【攝】使不感光; 減少感光度.

desert[1] /ˈdɛzət/ *n.* 沙漠, 不毛之地 *adj.* 荒蕪的, 無人居住的.

desert[2] /dɪˈzɜːt/ *v.* ① 丟棄, 捨棄; 拋棄, 遺棄 ②【軍】擅離(職守), 開小差; 逃跑 **~er** *n.* 逃兵, 背離者 **~ion** *n.*

desertification /dɪˌzɜːtɪfɪˈkeɪʃən/ *n.* 沙漠化.

deserts /dɪˈzɜːts/ *pl. n.* 應得之賞罰 // **get one's (just) ~** 罪有應得, 惡有惡報.

deserve /dɪˈzɜːv/ *v.* 應受; 值得

~dly *adv.* 理應, 當然 **deserving** *adj.* 該受的; 值得 ⋯ 的 // **~ well / ill of** 應得善報/惡報.

deshabille /ˌdeɪzæˈbiːl/ *n.* = **dishabille** [法].

desiccate /ˈdɛsɪˌkeɪt/ *v.* 烘乾, 曬乾; 變乾燥 **desiccation** *n.* // **~d biscuit** 脫水餅乾.

design /dɪˈzaɪn/ *n.* ① 設計; 圖案, 花樣 ② 佈局; (畫、建築物等)結構; (小說等)構思 *v.* ① 設計; 打圖樣 ② 計劃; 企圖; 預定 **~edly** *adv.* 故意, 存心.

designate /ˈdɛzɪɡˌneɪt/ *vt.* ① 指明, 標示 ② 稱呼 ③ 指定; 選派, 任命 *adj.* 新任命的.

designation /ˌdɛzɪɡˈneɪʃən/ *n.* ① 指明 ② 指定, 選派 ② 名稱.

designer /dɪˈzaɪnə/ *n.* 設計師; 製圖者 *adj.* 由名設計師專門設計的; 時髦的.

designer drug /dɪˈzaɪnə drʌɡ/ *n.* 【藥】化學致幻藥.

designing /dɪˈzaɪnɪŋ/ *adj.* 有計謀的; 狡詐的; 心術不正的.

desirable /dɪˈzaɪərəbl/ *adj.* (指事物)合乎需要的, 稱心如意的 **desirability** *n.*

desire /dɪˈzaɪə/ *n.* ① 意慾, 渴望, 願望 ② 要求, 請求 ③ 性要求, 性慾 ④ 想要的人(或事物) *v.* ① 願望, 想要; 期求 ② 要求, 請求.

desirous /dɪˈzaɪərəs/ *adj.* (+ of) 想望的, 渴望的.

desist /dɪˈzɪst/ *vi.* 停止; 斷念.

desk /dɛsk/ *n.* ① 書桌, 寫字枱, 辦公桌 ② 值勤枱 ③ (報館或電

台的)部, 室, 組 // **news ~ of the BBC** 英國廣播公司的新聞節目.

desktop /ˈdɛsk.tɒp/ *n.*【計】小型電腦的 // **~ computer** 小型(桌上)電腦.

desolate /ˈdɛsəlɪt/ *adj.* ① 荒蕪的, 荒涼的; 沒有人煙的 ② 孤獨的, 淒涼的 *vt.* 使荒蕪; 使淒涼; 使孤寂 desolation *n.*

despair /dɪˈspɛə/ *vi.* 絕望; 死心 *n.* 絕望; 令人失望的人(或事物) // **~ of** 放棄…的希望.

despatch /dɪˈspætʃ/ *n. & v.* = dispatch.

desperado /ˌdɛspəˈrɑːdəʊ/ *n. (pl. -do(e)s)* 暴徒, 亡命之徒.

desperate /ˈdɛspərɪt, -prɪt/ *adj.* ① 令人絕望的; 危急的 ② (因絕望而)拼命的, 鋌而走險的; 孤注一擲的 ③ 極度渴望的 ④ 嚴重的; 險惡的 **~ly** *adv.* **~ness** *n.*

desperation /ˌdɛspəˈreɪʃən/ *n.* ① 絕望 ② 拼命.

despicable /dɪˈspɪkəb'l, ˈdɛspɪk-/ *adj.* 可鄙的; 卑鄙的 despicably *adv.*

despise /dɪˈspaɪz/ *vt.* 輕視, 蔑視.

despite /dɪˈspaɪt/ *prep.* = in spite of 不管, 任憑.

despoil /dɪˈspɔɪl/ *vt.* 奪取; 掠奪 despoliation *n.*

despondent /dɪˈspɒndənt/ *adj.* 沮喪的; 失望的; 意志消沉的 **~ly** *adv.* despondency *n.*

despot /ˈdɛspɒt/ *n.* 暴君, 專制者 **~ic** *adj.* **~ically** *adv.* **~ism** *n.* ① 暴政; 專制統治 ② 專制國家.

dessert /dɪˈzɜːt/ *n.* (進餐時最後上的)甜食, 甜點 **~spoon** *n.* 點心匙.

destabilize, -se /diːˈsteɪbɪˌlaɪz/ *vt.* 使不穩定, 使動搖 destabilization *n.*

destination /ˌdɛstɪˈneɪʃən/ *n.* 目的地, 指定地點.

destined /ˈdɛstɪnd/ *adj.* ① 注定的, 命定的 ② 預定的; 指定的.

destiny /ˈdɛstɪnɪ/ *n.* ① 命運 ② 天命, 定數 ③ (D-)命運之神.

destitute /ˈdɛstɪˌtjuːt/ *adj.* ① 貧窮的, 無以為生的 ② (+ of) 缺乏…的.

destitution /ˌdɛstɪˈtjuːʃən/ *n.* 赤貧, 匱乏, 貧困.

destroy /dɪˈstrɔɪ/ *vt.* 破壞, 毀壞; 撲滅, 消滅.

destroyer /dɪˈstrɔɪə/ *n.* ① 破壞者 ② 驅逐艦.

destruction /dɪˈstrʌkʃən/ *n.* 破壞; 毀滅 destructive *adj.* 破壞(性)的; 喜歡破壞的.

desuetude /dɪˈsjuːɪˌtjuːd, ˈdɛswɪtjuːd/ *n.* 廢棄; 不用.

desultory /ˈdɛsəltərɪ, -trɪ/ *adj.* 散漫的; 離瑣的 desultorily *adv.*

detach /dɪˈtætʃ/ *vt.* ① 分開, 分離; 拆開 ② 分遣, 派遣 **~able** *adj.* 可拆開的.

detached /dɪˈtætʃt/ *adj.* ① 分離的; (指房屋)獨立的 ② 超然的, 公正的.

detachment /dɪˈtætʃmənt/ *n.* ① 分離 ② 分遣部隊; 別動隊 ③ 冷漠.

detail /ˈdiːteɪl/ *n.* ① 細節; 詳情 ②【軍】小分隊, 分遣隊 *vt.* ① 詳述, 詳談 ② 特派, 派遣 **~ed**

adj. 詳盡的, 明細的 // **go into** ~s 詳細敘述.

detain /dɪˈteɪn/ *vt.* ① 拘留, 扣押 ② 留住, 耽擱 ~**ee** *n.* (因政治原因) 被拘留者 ~**ment** *n.*

detect /dɪˈtekt/ *vt.* ① 查明, 發覺 ② 偵查; 探測 ~**ion** *n.*

detective /dɪˈtektɪv/ *n.* 偵探; 刑警.

detector /dɪˈtektə/ *n.* ① 偵查器; 探測器 ②【電】檢電器; 檢波器.

détente /deɪˈtɑːnt, detɑ̃t/ *n.* (國際政治局勢的) 緩和; 和解.

detention /dɪˈtenʃən/ *n.* ① 拘留, 扣押 ② 留住 ③ (罰學生放學後) 留校, 留堂.

deter /dɪˈtɜː/ *vt.* 嚇住; 阻擋.

detergent /dɪˈtɜːdʒənt/ *a.* 清潔的; 使乾淨的 *n.* 洗滌劑, 洗衣粉.

deteriorate /dɪˈtɪərɪəˌreɪt/ *v.* (使) 惡化, (使) 變壞.

deterioration /dɪˌtɪərɪəˈreɪʃən/ *n.* 變質; 惡化.

determinant /dɪˈtɜːmɪnənt/ *n.* 決定因素;【生】定子; 因子 *adj.* 決定性的, 確定性的.

determinate /dɪˈtɜːmɪnɪt/ *adj.* 限定的; 確定的.

determine /dɪˈtɜːmɪn/ *v.* ① 確定; (使) 決定; 下決心 ② 斷定; 測定 **determination** *n.* ① 確定; 決定 ② 決心 ~**d** *adj.* 堅決的, 有決心的 ~**r** *n.* 限定詞.

deterrent /dɪˈterənt/ *adj. & n.* 儆制的(物); 阻礙的(物); 威懾力量 **deterrence** *n.*

detest /dɪˈtest/ *vt.* 痛恨, 憎恨 ~**able** *adj.* 可惡的, 討厭的 ~**ably** *adv.* ~**ation** *n.*

dethrone /dɪˈθrəʊn/ *vt.* 廢(帝、王)位, 推翻(統治者).

detonate /ˈdetəˌneɪt/ *v.* (使)爆炸; 引爆 **detonation** *n.*

detonator /ˈdetəˌneɪtə/ *n.* 雷管, 起爆管; 炸藥.

detour /ˈdiːtʊə/ *n.* 【法】迂迴(路); 繞行的路 // **make a** ~ 繞道而行.

detoxify /diːˈtɒksɪˌfaɪ/ *vt.* 除毒, 使解毒 **detoxification** *n.*

detract /dɪˈtrækt/ *vt.* 減損, 毀損, 貶低 ~**ion** *n.* ~**or** *n.* 毀損者, 貶低者.

detriment /ˈdetrɪmənt/ *n.* 損害, 傷害 ~**al** *adj.* 有害的, 不利的 ~**ally** *adv.*

detritus /dɪˈtraɪtəs/ *n.* ①【地】岩屑; 碎石 ② (碎落或磨損下來的) 屑粒.

de trop /də trəʊ/ *adj.* 【法】多餘的, 不用的; 礙事的.

deuce /djuːs/ *n.* ① (骰子、紙牌) 兩點 ② (乒乓球、網球賽等的) 平局.

deuterium /djuːˈtɪərɪəm/ *n.* 【化】氘, 重氫.

Deutschmark /ˈdɔɪtʃˌmɑːk/ or **Deutsche Mark** /ˈdɔɪtʃə/ *n.* (舊時使用的德國貨幣)馬克.

devaluate /diːˈvæljuˌeɪt/ *v.* ① 使貨幣貶值 ② 降低…的價值 ③ (使)貶低 **devaluation** *n.* (貨幣)貶值.

devalue /diːˈvæljuː/ *v.* = devaluate.

devastate /ˈdevəˌsteɪt/ *vt.* 毀壞; 使荒廢 ~**ion** *n.*

develop /dɪˈveləp/ *v.* ① (使)發展; 展開; 發揚; 開發; 研製 ② (逐

步)顯現出, 產生 ③ 顯(影), 沖曬(相片) **~er** *n.* 開發者;【攝】顯影劑.

development /dɪˈvɛləpmənt/ *n.* ① 發展; 展開; 開發; 研製 ② 顯像, 顯影 **~al** *adj.* [書]發展的, 開發的; 發育中的.

deviant /ˈdiːvɪənt/ *adj. & n.* 不正常的(人或物) deviance, **-cy** *n.*

deviate /ˈdiːvɪˌeɪt/ *v.* (+ from) 歧離; 違背.

deviation /ˌdiːvɪˈeɪʃən/ *n.* 背離; 偏向, 偏差 **~ism** *adj.* 政黨的異端; (政治上的)離經叛道 **~ist** *n.* (政黨的)異端份子.

device /dɪˈvaɪs/ *n.* ① 設計; 方法; 詭計 ② 設備, 裝置; 器械, 儀器;【軍】炸彈 ③ 圖案, 圖樣.

devil /ˈdɛvˈl/ *n.* ① 魔鬼 ② (**the** **D-**)魔王 **~ish** *adj.* 魔鬼(似)的; 兇惡的(亦作 **~ish**) [口]極, 非常(亦作 **~ishly**) **~ment** *n.* 惡行; 惡作劇(亦作 **~ry**) **--may-care** *adj.* 隨遇而安的, 滿不在乎的 // **between the ~ and the deep blue sea** 進退維谷 **go to the ~** 滾開!

devious /ˈdiːvɪəs/ *adj.* ① 不誠實的, 不光明正大的 ② 迂迴的; 曲折的 **~ly** *adv.* **~ness** *n.*

devise /dɪˈvaɪz/ *vt.* ① 設計, 發明(機器等) ② 想出(辦法等); 作出(計劃等).

devoid /dɪˈvɔɪd/ *adj.* (+ of) 全無的; 缺乏的.

devolve /dɪˈvɒlv/ *v.* (被)移交; 轉移 **devolution** *n.* (責任、權利等的)轉移, 移交; (中央對地方的)權力下放.

devote /dɪˈvəʊt/ *vt.* 奉獻, 獻身於; 致力於.

devoted /dɪˈvəʊtɪd/ *adj.* 獻身的; 專心的; 摯愛的; 忠實的.

devotee /ˌdɛvəˈtiː/ *n.* ① (宗教)信徒 ② 熱愛者; 專心從事者.

devotion /dɪˈvəʊʃən/ *n.* ① 獻身; 忠誠 ② 熱心, 熱愛 ③ 篤信 ④ (pl.)祈禱 **~al** *adj.* **~ally** *adv.*

devour /dɪˈvaʊə/ *vt.* ① 吞吃, 狼吞虎嚥 ② (火災等)毀滅, 破壞 ③ 貪看; 傾聽; 貪讀 // **be ~ed by** 心中充滿(好奇、憂慮等) **~ing** *adj.* 貪婪的, 吞滅似的.

devout /dɪˈvaʊt/ *adj.* 虔誠的; 熱誠的 **~ly** *adv.*

dew /djuː/ *n.* 露水 **~y** *adj.* 帶露水的; 被露水弄濕的 **~y-eyed** *adj.* 純真率直的.

dewclaw /ˈdjuːˌklɔː/ *n.* (狗等動物腳上無機能的)殘留趾; 懸蹄.

dewlap /ˈdjuːˌlæp/ *n.* (牛等動物頸部的)垂皮; 垂肉.

dexterity /dɛkˈstɛrɪtɪ/ *n.* (手的)靈巧; 熟練; 敏捷 **dexterous** *adj.* **dexterously** *adv.*

dextrose /ˈdɛkstrəʊz, -trəʊs/ *n.* 【化】右旋糖, 葡萄糖.

dg. /diː dʒiː/ *abbr.* = decigram 分克 (1/10 克).

d(h)al, daal, dholl /dɑːl/ *n.* 【植】(印度的)木豆.

dhoti /ˈdəʊtɪ/ *or* **dhooti** *or* **dhootie** *or* **dhuti** /ˈduːtɪ/ *n.* (印度男子的)腰布.

dhow /daʊ/ *n.* (阿拉伯沿海航行的)單桅帆船.

diabetes /ˌdaɪəˈbiːtiːs, -tiːz/ *n.*【醫】

diabetic /ˌdaɪəˈbɛtɪk/ adj. & n. 糖尿病的(患者).

diabolic /ˌdaɪəˈbɒlɪk/ adj. 魔鬼似的; 兇暴的; 地獄似的 ~**al** adj. [口]糟透了; 真討厭了 ~**ally** adv.

diabolism /daɪˈæbəˌlɪzm/ n. ① 妖術, 妖法 ② 信魔; 崇拜魔鬼.

diacritic /ˌdaɪəˈkrɪtɪk/ n. (印在字母上方或下方的)變音符號(如重音符、下加符等).

diadem /ˈdaɪəˌdɛm/ n. 王冠; 王權.

diagnose /ˈdaɪəgˌnəʊz/ vt. 診斷.

diagnosis /ˌdaɪəgˈnəʊsɪs/ n. (pl. -ses)【醫】診斷.

diagnostic /ˌdaɪəgˈnɒstɪk/ adj. ① 診斷的 ② 有 … 癥狀的 ~**ally** adv.

diagonal /daɪˈægən°l/ adj. & n. 對角(線)的; 斜的 ~**ly** adv.

diagram /ˈdaɪəˌgræm/ n. 圖解; 圖表 ~**matic** adj. ~**matically** adv.

dial /ˈdaɪəl, daɪl/ n. ① (鐘錶的)面; (磅秤等的)刻度盤 ② (電話的)撥號盤 v. 打電話給 …, 撥電話號碼.

dialect /ˈdaɪəˌlɛkt/ n. 方言; 土話 ~**al** adj.

dialectic(s) /ˌdaɪəˈlɛktɪk/ n. 辯證法; 倫理 ~**al** adj. // **materialist** ~ 唯物辯證法.

dialogue, 美式 **dialog** /ˈdaɪəˌlɒg/ n. 對話; (兩國或兩個集團間的)對話; 商談.

dialysis /daɪˈælɪsɪs/ n. (pl. -ses)【化】滲析, 透析; 分解.

diamanté /ˌdaɪəˈmænti̩ˌdɪə-/ adj. & n. 飾以人造鑽石(或圓形小金屬片)的.

diameter /daɪˈæmɪtə/ n. 直徑 **diametrical** adj. 直徑的; 正好相反的 **diametrically** adv. 直徑方面; 正好相反地.

diamond /ˈdaɪəmənd/ n. ① 金鋼石, 金鋼鑽 ② 菱形 ③ (撲克牌)紅方塊 // ~ **jubilee** n. 60 週年紀念, 鑽禧 ~ **wedding** (anniversary) n. 結婚 60 週年紀念, 鑽石婚.

diaper /ˈdaɪəpə/ n. ① 菱形花紋織物 ② [美]尿布([英]亦作 nappy).

diaphanous /daɪˈæfənəs/ adj. ① (織物等)精緻的; 半透明的.

diaphragm /ˈdaɪəˌfræm/ n. ①【解】橫膈膜 ② (照相機鏡頭上的)光圈; (電話上的)震動膜 ③ (避孕用的)子宮帽.

diarrhoea, diarrhea /ˌdaɪəˈrɪə/ n. 腹瀉.

diary /ˈdaɪərɪ/ n. 日記(簿) **diarist** n. 日記記者.

diatribe /ˈdaɪəˌtraɪb/ n. 謾罵; 怒斥.

dibble /ˈdɪb°l/ n.【農】挖洞器.

dice /daɪs/ n. 骰子. 骰子(遊戲(或賭博) v. ① 擲骰子 ② 把 … 切成小方塊 // ~ **away** 擲骰子輸掉(財物) ~ **with death** [口]冒險, 玩命.

dichotomy /daɪˈkɒtəmɪ/ n. 兩分(法).

dick /dɪk/ n. = penis [粗][俚].

dicky [1] /ˈdɪkɪ/ n. ① [口]假襯衫, 襯胸 ② [兒]小鳥(亦作 dickybird).

dicky [2] /ˈdɪkɪ/ adj. [俚]站不穩的; 軟弱的.

Dictaphone /ˈdɪktəˌfəʊn/ n. (速記員用的)錄音機(商標名).

dictate /dɪkˈteɪt, ˈdɪkteɪt/ v. ① 口授; (使)聽寫 ② 指令, 命令 n. (常用複)指揮; 命令.

dictation /dɪkˈteɪʃən/ n. ① 聽寫 ② 口授; 命令.

dictator /dɪkˈteɪtə/ n. 獨裁者 ~**ial** adj. 獨裁的, 專政的; 專橫跋扈的 ~**ially** adv. ~**ship** n. 獨裁, 專政; 專政國家.

diction /ˈdɪkʃən/ n. 措詞, 用詞; 發音(法).

dictionary /ˈdɪkʃənərɪ, -ʃənrɪ/ n. 字典, 詞典; 專業詞典.

dictum /ˈdɪktəm/ n. (pl. **-tums**) ① 宣言, 聲明 ② 名言, 格言.

did /dɪd/ v. do 的過去式.

didactic(al) /dɪˈdæktɪk(ʔ)l/ adj. 教誨的; 教訓的; 教說教的 **didactically** adv.

diddle /ˈdɪdʔl/ v. [英俚]欺騙.

didn't /ˈdɪdənt/ abbr. = did not.

die [1] /daɪ/ v. (過去式和過去分詞 ~**d**) 死亡; 枯萎, 凋謝 // be dying [口]恨不得馬上, 渴望 ~ **away** (風、聲音等)漸弱, 漸漸消失 ~ **down** (爐火等)漸熄; (聲音等)消失.

die [2] /daɪ/ n. 鋼型, 硬模, 沖模; 螺絲模; 拉絲模 // The ~ is cast. [諺]木已成舟.

diehard /ˈdaɪhɑːd/ n. 頑固份子, 死硬份子 adj. 死硬派的, 頑固的.

dieresis /daɪˈɛrɪsɪs/ n. = diaeresis [語] 分音符.

diesel /ˈdiːzʔl/ n. 柴油(發動)機(亦作 ~ **engine**); 用柴油機驅動的車輛; [口]柴油(亦作 ~ **oil**).

diet /ˈdaɪət/ n. ① 飲食 ② (適合某種疾病的)特種飲食 v. 限制飲食; 忌食 // put sb on a ~ 讓某人吃某種飲食.

differ /ˈdɪfə/ vi. ① 不同, 相異 ② 不同意, 不贊成.

difference /ˈdɪfərəns, ˈdɪfrəns/ n. ① 不同, 差異 ② 分歧; 爭論 ③【數】差; 差分, 差額 // make a / no ~ 有/無差別; 關係重大/沒有關係.

different /ˈdɪfərənt, ˈdɪfrənt/ adj. 不同的, 差異的; 各別的 ~**ly** adv. // ~**ly abled** (= otherly abled, uniquely abled) 有殘疾的.

differential /ˌdɪfəˈrenʃəl/ adj. ① 有差別的 ②【數】微分的 ③ 差動的 n. ①【數】微分(學) ② 差異; 工資差別 ③【機】差動(器) // ~ **calculus**【數】微分(學) ~ **gear**【機】差動齒輪.

differentiate /ˌdɪfəˈrenʃɪˌeɪt/ v. ① 區分, 區別 ② 使分化, 使變異 ③【數】求微分 **differentiation** n.

difficult /ˈdɪfɪkʔlt/ adj. ① 困難的 ② (指人)難以相處的.

difficulty /ˈdɪfɪkʔltɪ/ n. ① 困難 ② 難事; (種種)困難 // make difficulties 留難; 表示異議.

diffident /ˈdɪfɪdənt/ adj. 缺乏自信的; 膽怯的 **diffidence** n. ~**ly** adv.

diffract /dɪˈfrækt/ vt.【物】使衍射, 使折射~ **ion** n.【物】衍射, 折射.

diffuse /dɪˈfjuːz/ v.① (光)漫射; (熱、氣體、溶液等)擴散 ② (使)傳播; 散佈 adj.① 瀰漫的; 擴散的 ② (文章等)冗長的, 囉嗦的 ③ 漫射的 ~**ly** adv.

diffusion /dɪ'fjuːʒən/ *n.* 散佈; 擴散; 漫射; 滲濾; 瀰漫.

dig /dɪg/ *v.* (過去式及過去分詞 dug) ① 掘, 挖; 採掘 ② [口]戳進 ③ 鑽研; 探索 *n.* ① (用尖物)一 截 ② (*pl.*) [口]宿舍, 住處 **~ger** *n.* 挖掘機; 挖掘者.

digest /dɪ'dʒest, daɪ-, 'daɪdʒest/ *v.* ① 消化 ② 領悟; 融合 ③ 整理 (材料等); 摘要 *n.* 摘要; 文摘.

digestible /dɪ'dʒestəb'l, daɪ-/ *adj.* 容易消化的; 可做摘要的 **digestibility** *n.*

digestion /dɪ'dʒestʃən, daɪ-/ *n.* 消化; 消化功能 **digestive** *adj.* 消化的; 有助消化的.

digit /'dɪdʒɪt/ *n.* ① (從零到九的) 一位數字 ② 手指; 腳趾.

digital /'dɪdʒɪt'l/ *adj.* 數字的; 數字顯示的; 數位的 **~ly** *adv.* // **~ computer** 數位電腦.

digitalis /dɪdʒɪ'teɪlɪs/ *n.* 【植】 洋地黃 ② 洋地黃製劑.

dignify /'dɪgnɪ.faɪ/ *vt.* 使高貴; 授以榮譽 **dignified** *adj.* 尊嚴的; 高貴的.

dignitary /'dɪgnɪtərɪ, -trɪ/ *n.* 權貴; (尤指教會中的)顯要人物.

dignity /'dɪgnətɪ/ *n.* ① 尊貴, 高貴 ② 威嚴, 尊嚴 ③ 高官, 顯貴.

digress /daɪ'grɛs/ *vi.* 離題; 扯開 **~ion** *n.* 離題; 枝節 **~ive** *adj.* **~ively** *adv.*

dike /daɪk/ *n.* = dyke.

dilapidated /dɪ'læpɪ.deɪtɪd/ *adj.* 失修的; 破舊的 **dilapidation** *n.* 殘破不堪.

dilate /daɪ'leɪt, dɪ-/ *v.* ① (使)膨脹;

(使)擴大 ② 詳述 **dilation** *n.*

dilatory /'dɪlətərɪ, -trɪ/ *adj.* 緩慢的; 拖延的.

dildo(e) /'dɪldəʊ/ *n.* 假陰莖, 人造男性生殖器.

dilemma /dɪ'lɛmə, daɪ-/ *n.* 兩難(的境地) // **to be in a ~** 進退兩難.

dilettante /.dɪlɪ'tɑːntɪ/ *n.* (尤指在藝術方面的)業餘愛好者; 票友 **dilettantism** *n.* 玩票; 業餘的藝術愛好, 業餘嗜好.

diligence /'dɪlɪdʒəns/ *n.* 勤勉; 努力.

diligent /'dɪlɪdʒənt/ *adj.* 勤勉的; 努力的 **~ly** *adv.*

dill /dɪl/ *n.* 【植】(調味用的)蒔蘿.

dilly-dally /'dɪlɪ'dælɪ/ *vi.* [口]吊兒郎當, 磨磨蹭蹭; 混日子.

dilute /daɪ'luːt/ *vt.* 沖淡; 稀釋; 削弱 *adj.* 沖淡了的; 稀釋了的.

dilution /daɪ'luːʃən/ *n.* 沖淡, 稀釋; 稀釋物.

diluvial, diluvian /daɪ'luːvɪəl, dɪ-/ *adj.* 大洪水的; 【地】洪積層的.

dim /dɪm/ *adj.* ① 暗淡的; 朦朧的 ② 模糊的, 看不清的 ③ 遲鈍的 *v.* (使)暗淡; (使)模糊 **~ly** *adv.* **~ness** *n.* **~mer** *n.* 減光器, 調光器 // **take a ~ view of** [口]不看好, 對…持悲觀懷疑的看法.

dime /daɪm/ *n.* (美國、加拿大的) 一角硬幣.

dimension /dɪ'mɛnʃən/ *n.* ① 量度; 尺寸(長、闊、厚、高等) ② (*pl.*)大小; 容積; 面積 ③ 【數】維, 度.

diminish /dɪ'mɪnɪʃ/ *v.* 減少, 縮小 // **~ed responsibility**【律】罪責

減少(指被告處於精神不正常狀態).

diminuendo /dɪˌmɪnjʊˈɛndəʊ/ adv. 【音】漸弱(的).

diminution /ˌdɪmɪˈnjuːʃn/ n. 減少(量), 縮小(量).

diminutive /dɪˈmɪnjʊtɪv/ adj. 小型的, 非常小的; 【語】(詞尾)指小的 n. 【語】指小詞 ~ness n.

dimple /ˈdɪmpᵊl/ n. ① 酒窩, 笑窩 ② 波紋, 漣漪 v. 使現酒窩; 使起波紋 ~d adj.

dimwit /ˈdɪmˌwɪt/ n. [口]笨蛋, 傻瓜 **dim-witted** adj.

din /dɪn/ n. 嘈雜, 喧囂, 喧鬧聲 v. ① 喧嚷, 喧鬧 ② 反覆地說; 嘮嘮叨叨叨.

dinar /ˈdiːnɑː/ n. (南斯拉夫、中東以及北非某些國家的貨幣單位)第納爾.

dine /daɪn/ vi. 吃飯, 進餐 ~r n. ① 進餐者 ② [美]小飯店 // ~ out 外出吃飯 **dining car** 餐車 **dining room** 餐室; 食堂.

ding-dong /ˈdɪŋˌdɒŋ/ n. ① (鐘、鈴的)叮噹聲 ② [口](你一言我一語的)唇槍舌劍; (你一拳我一腳的)對打 adj. & adv. ① 叮噹作響的(地) ② 不相上下的; 勢均力敵地.

dinghy /ˈdɪŋɪ/ n. 小帆船; 小划子; 小汽艇.

dingle /ˈdɪŋɡᵊl/ n. 樹木茂盛的小山谷; 幽谷.

dingo /ˈdɪŋɡəʊ/ n. (澳洲的)野狗.

dingy /ˈdɪndʒɪ/ adj. 暗黑的, 骯髒的 dinginess n.

dinkum /ˈdɪŋkəm/ adj. [澳洲][新西蘭][俚]真正的; 誠實的.

dinky /ˈdɪŋkɪ/ adj. [英俚]小巧的; 整潔的, 漂亮的.

dinner /ˈdɪnə/ n. ① 正餐(午餐或晚餐) ② 宴會 // ~ jacket [英](男裝無尾)晚禮服.

dinosaur /ˈdaɪnəˌsɔː/ n. 恐龍.

dint /dɪnt/ n. ① 打痕; 壓痕; 凹陷 ② 力量 // by ~ of 靠…的力量; 由於.

diocese /ˈdaɪəsɪs/ n. 主教管區 diocesan adj.

diode /ˈdaɪəʊd/ n. 【無】二極管.

dioptre, 美式 -er /daɪˈɒptə/ n. & adj. 【物】屈光度, 折光度.

dioxide /daɪˈɒksaɪd/ n. 【化】二氧化物.

dip /dɪp/ v. ① 蘸, 浸(一下) ② 舀出; 汲取 ③ 降至(某平面)以下; 下沉 ④ (使)下降又升起 n. ① 浸, 泡; 蘸汁 ② 下坡; 傾斜 // ~ into 瀏覽; 舀出, 掏出.

diphtheria /dɪpˈθɪərɪə, dɪf-/ n. 【醫】白喉.

diphthong /ˈdɪfθɒŋ, ˈdɪp-/ n. 【語】雙元音, 複合元音.

diploma /dɪˈpləʊmə/ n. 畢業證書, 文憑.

diplomacy /dɪˈpləʊməsɪ/ n. ① 外交; 外交事務; 交際手段 // shuttle ~ 穿梭外交.

diplomatic /ˌdɪpləˈmætɪk/ adj. ① 外交上的; 外交工作的 ② 有外交手腕的; 老練的 ~ally adv. // ~ channel 外交途徑 ~ immunity 外交豁免權.

diplomat /ˈdɪpləˌmæt/ n. or ~ist/ˈdɪpləˌmæt/ n. 外交家, 外交

官; 外交能手.

dipper ¹ /ˈdɪpə/ n. 長柄杓子, 鏟斗.

dipper ² /ˈdɪpə/ n. 【鳥】河鳥.

dipsomania /ˌdɪpsəʊˈmeɪnɪə/ n. 嗜酒狂, 間發性酒狂 **~c** n. & adj. 嗜酒狂患者; 患有間發性酒狂的.

dipstick /ˈdɪpˌstɪk/ n. 量桿, 量尺.

diptych /ˈdɪptɪk/ n. 對摺(宗教)畫.

dire /daɪə/ adj. ① 迫切的; 極端的 ② 可怕的; 悲慘的.

direct /dɪˈrɛkt, daɪ-/ adj. ① 徑直的, 直截的 ② 直接的 ③ 率直的 adv. 一直地, 直接地 v. ① 指示(方向) ② 書寫(在信封、包裹上的)地址 ③ 管理; 指導; 指揮; 導演 // ~ current 【電】直流電 ~ object 【語】直接賓語 ~ speech 【語】直接引語 ~ tax 直接稅.

direction /dɪˈrɛkʃən, daɪ-/ n. ① (運動的)方向; 方位; 方面 ② 指導; 指揮 ③ (常用複)指示; 用法; 說明(書) ④ (常用複)收件人地址 // in every ~ 四面八方.

directive /dɪˈrɛktɪv, daɪ-/ adj. 指令, 訓令.

directly /dɪˈrɛktlɪ, daɪ-/ adv. ① 直接地 ② 立刻, 馬上 conj. [口] 一…就.

directness /dɪˈrɛktnəs, daɪ-/ n. 直接; 坦率.

director /dɪˈrɛktə, daɪ-/ n. ① 指導者; (機關)首長; …長; 主任; (團體的)理事; (公司的)董事 ② 導演 ③ 指揮儀; 控制器; 引向器 **~ial** adj. 指導的, 指揮的, 管理的; 指揮者的; 管理者的 **~ship** n. 指導者(或主任、董事、導演)

的職位 **~-general** n. 總監, 總裁.

directorate /dɪˈrɛktərɪt, daɪ-/ n. ① 理事會; 董事會 ② = directorship.

directory /dɪˈrɛktərɪ, -trɪ, daɪ-/ n. 姓名地址錄; 工商人名錄; 電話簿.

dirge /dɜːdʒ/ n. 挽歌; 悲歌.

dirigible /ˈdɪrɪdʒɪbəl/ adj. 可操縱的, 可駕駛的 n. 飛船.

dirk /dɜːk/ n. 短劍, 匕首.

dirndl /ˈdɜːndəl/ n. 緊身闊擺連身裙.

dirt /dɜːt/ n. ① 污物; 灰塵 ② 泥土 ③ 骯髒思想, 下流話 ④ [口] (惡言中傷的)閒話, 風涼話 // fling / throw ~ at 臭罵, 譏罵.

dirty /ˈdɜːtɪ/ adj. ① 骯髒的, 骯髒的 ② 下流的, 黃色的 ③ (氣候) 惡劣的; 暴風雨的 ④ 卑鄙的 v. 弄髒; 變髒 dirtiness n. // ~ bomb (含有核廢料的)髒彈.

dis- /dɪs/ pref. [前綴] 表示 "離開; 分開; 否定; 除去".

disable /dɪsˈeɪbəl/ vt. 使無能力; 使殘廢 **~d** adj. 殘疾的disability n. ① 無能力; 喪失勞力 ② 殘疾.

disabl(e)ist /dɪsˈeɪblɪst/ adj. 歧視傷殘人的.

disabuse /ˌdɪsəˈbjuːz/ vt. 去除錯誤思想; 開導; 糾正.

disadvantage /ˌdɪsədˈvɑːntɪdʒ/ n. ① 不利(條件) ② 損害, 損失 **~ous** adj. 不利的, 有害的 **~ously** adv.

disadvantaged /ˌdɪsədˈvɑːntɪdʒd/ adj. 社會地位低下的; 生活條件差的.

disaffected /ˌdɪsə'fektɪd/ adj. (對政府等)不滿的; 不忠的 disaffection n.

disagree /ˌdɪsə'griː/ vi. 意見不同; 不一致, 不符 **~ment** n.

disagreeable /ˌdɪsə'griːəbl/ adj. ① 難相處的, 脾氣壞的 ② 不稱心的; 不愉快的, 討厭的 **~ness** n. disagreeably adv.

disallow /ˌdɪsə'laʊ/ vt. 拒絕承認; 不准; 否決.

disappear /ˌdɪsə'pɪə/ vi. ① 不見, 失蹤 ② 消失, 絕跡 **~ance** n.

disappoint /ˌdɪsə'pɔɪnt/ vt. 使失望; 使(希望)落空; 破壞(計劃) **~edly** adv. 失望地 **~ing** adj. 使人掃興的, 令人不痛快的 **~ingly** adv.

disappointment /ˌdɪsə'pɔɪntmənt/ n. ① 失望; 掃興 ② 令人掃興的事; 使人失望的人.

disapprobation /ˌdɪsæprə'beɪʃən/ n. 不贊成; 不許可.

disapprove /ˌdɪsə'pruːv/ v. 不答應; 不贊成 disapproval n.

disarm /dɪs'ɑːm/ v. ① 繳械, 解除武裝 ② (國家)裁減軍備 ③ 緩和(批評、攻擊); 消除(敵意、疑慮) **~ament** n. **~ing** adj. 使人消除敵意(或疑慮等) **~ingly** adv.

disarrange /ˌdɪsə'reɪndʒ/ vt. 使混亂, 搞亂 **~ment** n. 混亂, 紊亂.

disarray /ˌdɪsə'reɪ/ n. ① 混亂, 雜亂 ② 衣冠不整.

disassociate /ˌdɪsə'səʊʃɪeɪt/ v. = dissociate.

disaster /dɪ'zɑːstə/ n. 大災難; 災禍; 慘事.

disastrous /dɪ'zɑːstəs/ adj. 災難的; 損失重大的 **~ly** adv.

disavow /ˌdɪsə'vaʊ/ vt. 否認; 抵賴; 推卸(責任等) **~al** n.

disband /dɪs'bænd/ v. 解散, 遣散(軍隊等).

disbelieve /ˌdɪsbɪ'liːv/ v. 不信; 不信仰 disbelief n.

disburse /dɪs'bɜːs/ v. 支付, 付出 **~ment** n.

disc, 美式 **disk** /dɪsk/ n. ① 圓盤形的東西 ② 唱片 ③【解】盤狀軟骨 ④【計】磁盤 // **~ brake** 碟形制動器, 圓盤式剎車 **~ jockey** (電台或的士高舞廳中)流行音樂節目主持人; 唱片騎師.

discard /dɪs'kɑːd/ vt. 丟棄(無用或不需要之物), 拋棄.

discern /dɪ'sɜːn/ v. 看明; 認出 **~ing** adj. 有眼力的, 有洞察力的 **~ment** n. 辨別力, 洞察力.

discharge /dɪs'tʃɑːdʒ/ vt. ① 卸(貨) ② 開(炮); 放(槍); 射(箭) ③ 放出, 流出(液體、煤氣、電流等) ④ 讓(某人)離去; 釋放; 解僱; 遣散(軍隊) ⑤ 清償(債務); 履行(義務);【律】撤銷(命令) n. ① 卸貨 ② 發射, 射出 ③ 流出, 放出 ④ 流出物; 排泄物; 流量 ⑤ 釋放; 解僱; 遣散 ⑥ 清償; 履行;【律】撤銷令 // **~d bankrupt** 已清償債務的破產人.

disciple /dɪ'saɪpl/ n. ① 弟子, 門徒 ② 使徒(尤指耶穌的十二使徒).

discipline /'dɪsɪplɪn/ n. ① 訓練 ② 紀律 ③ 懲戒 ④ 訓練方法 vt. ① 訓練; 鍛鍊 ② 懲罰 disciplinarian n. 嚴格執行紀律者 disciplinary adj. 紀律的; 懲戒性

的; 訓練上的 **~d** *adj.* 遵守紀律
的; 受過訓練的.

disclaim /dɪsˈkleɪm/ *v.* 放棄; 不認
領; 否認 **~er** *n.* 放棄; 不承認.

disclose /dɪsˈkləʊz/ *vt.* 揭發; 泄露
(秘密等); 使顯露.

disclosure /dɪsˈkləʊʒə/ *n.* ① 揭發;
泄露 ② 被揭發(或泄露)的事物.

disco /ˈdɪskəʊ/ *n.* [口]的士高(舞
舞曲); 的士高舞會; 的士高舞廳.

discolour /dɪsˈkʌlə/ *v.* (使)變色,
(使)褪色 discoloration *n.*

discomfit /dɪsˈkʌmfɪt/ *vt.* ① 挫敗,
打亂(計劃) ② 使大為窘迫; 使
混亂 **~ure** *n.*

discomfort /dɪsˈkʌmfət/ *n.* ① 不
適; 不安 ② 不快的事; 困難.

discommode /ˌdɪskəˈməʊd/ *vt.* 使
不便; 為為難 discommodious
adj.

discompose /ˌdɪskəmˈpəʊz/ *vt.* 使
不安; 擾亂 discomposure *n.*

disconcert /ˌdɪskənˈsɜːt/ *vt.* ① 挫
敗; 擾亂(計劃等) ② 使狼狽, 使
倉惶失措 **~ed** *adj.* 失措的, 失態
的 **~ingly** *adv.* **~ment** *n.*

disconnect /ˌdɪskəˈnekt/ *vt.* ① 使分
離; 折開 ② 切斷(電、煤氣等供
應); 切斷(電話通訊) **~ed** *adj.* (講
話、文章等)不連貫的; 無條理
的 **~ion** *n.*

disconsolate /dɪsˈkɒnsəlɪt/ *adj.* 鬱
鬱不樂的; 憂傷的 **~ly** *adv.*

discontent /ˌdɪskənˈtent/ *n.* 不滿
(亦作 **~ment**) *adj.* (= **~ed**) 不滿
的.

discontented /ˌdɪskənˈtentɪd/ *adj.*
不滿的 **~ly** *adv.*

discontinue /ˌdɪskənˈtɪnjuː/ *v.* 使停
止; (使)中斷 discontinuance *n.*

discontinuous /ˌdɪskənˈtɪnjʊəs/
adj. 間斷的, 不連續的 **~ly** *adv.*
discontinuity *n.*

discord /ˈdɪskɔːd/ *n.* ① 不一致; 爭
吵 ②【音】不和諧(音) ③ 嘈雜
聲; 喧鬧聲 **~ance** *n.* **~ant** *adj.*

discotheque /ˈdɪskəˌtek/ *n.* disco 的
全稱.

discount /ˈdɪskaʊnt/ *n.* ① 打折
扣 ② 貼現, 貼息 *vt.* ① 打折扣
② 給(期票)貼現; 貼息 ③ 忽視;
低估 // **at a ~** ① 打折扣 ②(貨
物)沒銷路 ③ 不受歡迎; 不受重
視.

discountenance /dɪsˈkaʊntɪnəns/
vt. 使羞愧; 不支持; 使泄氣.

discourage /dɪsˈkʌrɪdʒ/ *vt.* ① 使
氣餒; 令人泄氣 ② 阻止, 勸阻
~ment *n.* 挫折; 氣餒; 阻礙; 令人
氣餒的事物 discouraging *adj.* 令
人泄氣的; 阻止的.

discourse /ˈdɪskɔːs/ *n.* 演講; 講話;
會話, 談話; 論文 *vi.* (+ **on**) 談論;
詳談; 論述.

discourteous /dɪsˈkɜːtɪəs/ *adj.* 不禮
貌的, 失禮的 **~ly** *adv.* discourtesy
n. 無禮, 失禮; 粗魯行為.

discover /dɪsˈkʌvə/ *vt.* 發現 **~er** *n.*
發現者, 知曉 **~y** *n.* 發現(的人、
物或地方).

discredit /dɪsˈkredɪt/ *n.* ① 喪失
信譽, 喪失信任 ② 不信, 懷疑
③ 恥辱 *vt.* ① 不信, 懷疑 ② 使
丟臉; 損害名譽 **~able** *adj.* 有損
名譽的; 恥辱的 **~ably** *adv.*

discreet /dɪsˈkriːt/ *adj.* 審慎的, 謹

慎的 ~ly *adv.*

discrepancy /dɪˈskrepənsɪ/ *n.* (指言論、記載或數字)不同; 不符; 脫節; 矛盾.

discrete /dɪsˈkriːt/ *adj.* 分離的; 個別的; 顯然有別的 ~ly *adv.*

discretion /dɪsˈkreʃən/ *n.* ① 審慎, 謹慎 ② 自行處理, 自決.

discriminate /dɪˈskrɪmɪˌneɪt/ *v.* ① 區別; 辨別 ② 有差別地對待; 歧視 discriminating *adj.* 有辨別的 discrimination *n.* discriminatory *adj.* 差別對待的, 歧視的.

discursive /dɪsˈkɜːsɪv/ *adj.* 東拉西扯的, 離題的; 散漫的.

discus /ˈdɪskəs/ *n.* 【體】鐵餅.

discuss /dɪˈskʌs/ *vt.* 討論; 議論; 商討 ~ion *n.*

disdain /dɪsˈdeɪn/ *vt. & n.* 蔑視, 輕視 ~ful *adj.* ~fully *adv.*

disease /dɪˈziːz/ *n.* 疾病 ~d *adj.* 有病的.

disembark /ˌdɪsɪmˈbɑːk/ *v.* (使)上岸; (下船、下飛機)登陸 ~ation *n.*

disembodied /ˌdɪsɪmˈbɒdɪd/ *adj.* 脫離肉體的; 無實體的; 脫離現實的.

disembowel /ˌdɪsɪmˈbaʊəl/ *vt.* 取出內臟.

disenchanted /ˌdɪsɪnˈtʃɑːntɪd/ *adj.* 醒悟的; 不存幻想的; 清醒的 disenchantment *n.*

disencumber /ˌdɪsɪnˈkʌmbə/ *vt.* 擺脫(煩惱、負擔); 消除(成見等).

disenfranchise /ˌdɪsɪnˈfræntʃaɪz/ or disfranchise *vt.* 剝奪…的選舉權

和其他公民權.

disengage /ˌdɪsɪnˈgeɪdʒ/ *vt.* 解除(約束等); 解脫; 使脫離(戰鬥) ~d *adj.* 脫離了的; 解約的; 閒着的 ~ment *n.*

disentangle /ˌdɪsɪnˈtæŋgl/ *v.* ① (使)解開 ② 整理; 解決(糾紛等) ~ment *n.*

disequilibrium /ˌdɪsiːkwɪˈlɪbrɪəm/ *n.* 失去平衡, 不平衡.

disfavour, 美式 disfavor /dɪsˈfeɪvə/ *n. & v.* ① 不贊成; 不喜歡 ② 冷遇, 失寵.

disfigure /dɪsˈfɪgə/ *vt.* 損毀(外貌或形象); 使醜陋 ~ment *n.*

disfranchise /dɪsˈfræntʃaɪz/ *vt.* = disenfranchise 剝奪公民權 ~ment *n.*

disgorge /dɪsˈgɔːdʒ/ *vt.* 嘔吐; 吐出(贓物).

disgrace /dɪsˈgreɪs/ *n.* ① 恥辱, 不光彩 ② 招致恥辱的人(或事物) *vt.* ① 使丟臉, 使受恥辱 ② 使失寵; 貶黜 ~ful *adj.* 可恥的, 不光彩的 ~fully *adv.*

disgruntled /dɪsˈgrʌntld/ *adj.* 不滿的, 不高興的; 生氣的 disgruntlement *n.*

disguise /dɪsˈgaɪz/ *vt.* ① 假裝, 假扮 ② 隱瞞; 隱藏(感情等) *n.* 偽裝; 假象 // in ~ 變了裝的, 偽裝的.

disgust /dɪsˈgʌst/ *n.* 作嘔, 厭惡 *vt.* 使作嘔; 令人厭惡 ~ed *adj.* 感到厭惡的 ~edly *adv.* 厭惡地 ~ing *adj.* 令人厭惡的.

dish /dɪʃ/ *n.* ① 盤子 ② (一道)菜 ③ [口]漂亮女子 *v.* [口]毀掉 //

~ aerial【無】 拋物面天線 ([美] 亦作 **~ antenna**) **~ cloth**, **~ rag** 洗碟布, 抹布, 破布 **~ out** [口]分發 **~ up** [口]上菜.

dishabille /ˌdɪsæˈbiːl/ n. ① 穿戴不全, 衣着隨便, 衣冠不整 ② 便服.

disharmony /dɪsˈhɑːmənɪ/ n. 不調和, 不協調 disharmonious adj.

dishearten /dɪsˈhɑːtʰn/ vt. 使沮喪, 使泄氣.

dishevelled, 美式 disheveled /dɪˈʃevəld/ adj. (指衣着、外觀) 凌亂的; 不整齊的; (指頭髮)亂 蓬蓬的.

dishonest /dɪsˈɒnɪst/ adj. 不誠實的 **~ly** adv. **~y** n.

dishonour, 美式 dishonor /dɪsˈɒnə/ n. ① 不光彩, 恥辱 ② 丟臉的人或事 ③【商】(票據 等的)拒付 vt. ① 使丟臉, 凌辱②【商】拒付(票據); 不兌 現 **~able** adj. 不光彩的; 丟臉的 **~ably** adv.

dishy /ˈdɪʃɪ/ adj. [口](指人)有吸 引力的; 漂亮的.

disillusion /ˌdɪsɪˈluːʒən/ vt. 使 … 幻 滅; 使覺悟 n. 幻滅(亦作 **~ment**).

disincentive /ˌdɪsɪnˈsentɪv/ n. (起抑 制作用的)障礙因素; 阻礙物.

disinclined /ˌdɪsɪnˈklaɪnd/ adj. 不 願意的 disinclination n.

disinfect /ˌdɪsɪnˈfekt/ vt. 給 … 消毒 **~ant** adj. & n. 消毒的; 消毒劑 **~ion** n.

disinformation /ˌdɪsɪnfəˈmeɪʃən/ n. 假情報; 反間情報.

disingenuous /ˌdɪsɪnˈdʒenjʊəs/ adj.

不真誠的; 不坦率的 **~ly** adv.

disinherit /ˌdɪsɪnˈherɪt/ vt. 剝奪繼 承權 **~ance** n.

disintegrate /dɪsˈɪntɪˌgreɪt/ v. (使) 瓦解; (使)分裂; 分化; (使)崩潰 disintegration n.

disinter /ˌdɪsɪnˈtɜː/ vt. ① 掘出, 發掘出 ② 揭露出; 使之顯露 **~ment** n.

disinterested /dɪsˈɪntrɪstɪd, -təris-/ adj. 無私的, 公正的, 無偏見的 **~ly** adv. **~ness** n.

disjointed /dɪsˈdʒɔɪntɪd/ adj. ① 脫 了臼的 ② 不連貫的; 沒有條理 的 **~ly** adv. **~ness** n.

disk /dɪsk/ n. ①【計】磁盤 ② (照 相排版機的)圓盤字模板 ③ 圓 盤; 圓板; 圓片.

dislike /dɪsˈlaɪk/ vt. & n. 不喜歡, 厭惡.

dislocate /ˈdɪsləˌkeɪt/ vt. ① 使脫臼, 使脫位 ② (使交通、機器、事 務、計劃等)混亂; 弄亂.

dislocation /ˌdɪsləˈkeɪʃən/ n. ① 脫 臼, 脫位 ② 秩序混亂.

dislodge /dɪsˈlɒdʒ/ vt. ① 挪動, 調 動 ② 驅逐; 取出.

disloyal /dɪsˈlɔɪəl/ adj. 不忠的; 不 義的; 不貞的 **~ty** n.

dismal /ˈdɪzməl/ adj. ① 灰暗的, 陰鬱的, 沉悶的 ② [口]蹩腳的 **~ly** adv.

dismantle /dɪsˈmæntʰl/ vt. 拆卸, 拆 除.

dismay /dɪsˈmeɪ/ n. & vt. (使)驚慌; (使)喪膽; (使)沮喪 **~ed** adj.

dismember /dɪsˈmembə/ vt. ① 割 下四肢, 肢解 ② 割裂; 撕碎

③ 瓜分(國家等) ~ment n.

dismiss /dɪsˈmɪs/ vt. ① 解散; 下課 ② 解僱; 開除 ③ 不再考慮, 漠然處之 ④【律】駁回; 不予受理 ~al n. // ~ive adj.

dismount /dɪsˈmaʊnt/ v. ① (使)下馬, (使)下車 ② 拆卸(機器), 卸(炮).

disobey /ˌdɪsəˈbeɪ/ v. 不服從, 不聽命令 disobedience n. disobedient adj. disobediently adv.

disobliging /ˌdɪsəˈblaɪdʒɪŋ/ adj. 不親切的, 不通融的 ~ly adv.

disorder /dɪsˈɔːdə/ n. ① 紊亂, 雜亂 ② (政治上的)騷動, 動亂 ③ 小毛病, 失調 ~ly adj. 混亂的; 無秩序的; 騷亂的;【律】妨害治安的 // ~ly house 賭場; 妓院.

disorganize, -se /dɪsˈɔːɡənaɪz/ vt. 使混亂, 瓦解 disorganization n.

disorient /dɪsˈɔːrɪent/ vt. 使喪失方向; 使暈頭轉向 ~ation n.

disown /dɪsˈəʊn/ vt. 否認(為自己所有); 否認跟…有關係; 跟…斷絕關係.

disparage /dɪˈspærɪdʒ/ vt. 貶抑, 輕視 disparaging adj. ~ment n.

disparate /ˈdɪspərɪt/ adj. 全然不同的, 截然相反的 disparity n.

dispassionate /dɪsˈpæʃənɪt/ adj. 不動感情的; 冷靜的; (對爭執等)不偏袒的 ~ly adv.

dispatch, des- /dɪˈspætʃ/ n. & v. ① 發送; 派遣 ② 趕快結束(事務、用餐) ③ [舊]處決, 殺死(犯人) n. ① 送發; 派遣 ② 急件; (新聞)專電; 快信 ③ (處理事務上的)急速和準確 // ~ rider (電單車)通訊員.

dispel /dɪˈspɛl/ vt. 驅逐, 驅散(烏雲); 消除(疑慮).

dispensary /dɪˈspɛnsərɪ, -srɪ/ n. 藥房, 配藥處.

dispense /dɪˈspɛns/ v. ① 分配; 施予 ② 執行 ③ 配(方), 配(藥) dispensable adj. 非必需的, 可有可無的 dispensation, -r n. 分配者; 配藥者; 自動售貨機 // ~ with ① 免除; 節省 ② 不需要; 沒有…也行.

disperse /dɪˈspɜːs/ v. ① 驅散; 解散; 分散 ② 傳播, 散佈 ③ 消散; 散去 ~d adj. dispersal, dispersion n.

dispirit /dɪˈspɪrɪt/ vt. 使氣餒, 使沮喪 ~ed adj. 沒精打采的; 垂頭喪氣的 ~edly adv.

displace /dɪsˈpleɪs/ vt. ① 移動, 移置 ② 取代, 頂替.

displacement /dɪsˈpleɪsmənt/ n. ① 移動; 代替; 變位 ② 排水量.

display /dɪˈspleɪ/ vt. ① 陳列, 展出 ② 表現; 顯示 n. ① 展覽(品); 陳列(物); 表現 ② 誇耀; 炫耀.

displease /dɪsˈpliːz/ vt. 使不高興; 使生氣 ~d adj. 不高興的; 生氣的 displeasing adj. 令人生氣的 displeasure n. 不快; 生氣.

disport /dɪˈspɔːt/ v. 歡娛, 玩耍.

disposal /dɪˈspəʊzl/ n. ① 處理, 處置; 佈置 ② 支配; 使用(權) // at sb's ~ 聽憑某人支配(或使用).

dispose /dɪˈspəʊz/ vt. 使傾向於; 使有意於 ② 處置, 處理 ③ 安排, 置備; 佈置 ~d adj. 願意的, 樂意的 // ~ of 處理, 處置; 賣掉;

除掉; 幹掉; 解決, 辦妥.

disposition /ˌdɪspə'zɪʃən/ n. ① 安排, 佈置 ② 性情 ③ 傾向, 意向 ④ 處置權.

dispossess /ˌdɪspə'zes/ vt. 奪取, 剝奪 ~ion n. 霸佔; 剝奪.

disproportion /ˌdɪsprə'pɔːʃən/ n. 不相稱, 不均衡 ~ate adj. ~ately adv.

disprove /dɪs'pruːv/ vt. 證明為誤 (或偽); 反駁.

dispute /dɪ'spjuːt/ v. ① 爭論, 辯論 ② 懷疑 ③ 抗拒; 阻止 ④ 爭奪 (土地、勝利等) n. 爭論, 辯論; 爭吵 disputation n. [書]爭辯, 爭論 // beyond ~ 無疑地, 毋庸爭辯地.

disqualify /dɪs'kwɒlɪˌfaɪ/ vt. 使不適合; 取消資格; 使不合格 disqualification n. 無資格, 不合格; 使不合格的事物(或原因).

disquiet /dɪs'kwaɪət/ vt. 使不安, 使憂慮 n. 不安; 焦慮; 擔心 ~ude n. [書][舊]不安; 焦慮; 擔心.

disregard /ˌdɪsrɪ'ɡɑːd/ vt. & n. 不顧, 不理會; 漠視.

disrepair /ˌdɪsrɪ'peə/ n. 失修; 破損.

disreputable /dɪs'repjʊtəbˈl/ adj. 聲名狼藉的, 名譽不好的; 不體面的 disreputably adv.

disrepute /ˌdɪsrɪ'pjuːt/ n. 壞名聲; 聲名狼藉.

disrespect /ˌdɪsrɪ'spekt/ n. 不敬; 無禮 ~ful adj.

disrobe /dɪs'rəʊb/ v. 脱掉衣服; 剝去外衣; 剝奪.

disrupt /dɪs'rʌpt/ vt. ① 使混亂, 破壞; 使分裂, 瓦解 ② 打斷, 使中斷 ~ion n. ~ive adj. 分裂(性)的; 破壞性的.

dissatisfied /dɪ'sætɪsˌfaɪd/ adj. 不滿意的, 不愉快的 dissatisfaction n. 不滿, 不平.

dissect /dɪ'sekt, daɪ-/ vt. ① 解剖 ② 詳細研究; 分析~ion n. ① 解剖(體) ② 詳細研究; 分析.

dissemble /dɪ'sembˈl/ v. 掩飾(感情、思想、打算等); 隱瞞, 不暴露.

disseminate /dɪ'semɪˌneɪt/ vt. 播(種); 傳播(學説、思想等) dissemination n.

dissension /dɪ'senʃən/ n. 意見不合; 不和, 糾紛.

dissent /dɪ'sent/ n. & vi. ① 不同意, (持)異議 ② [英]不信奉國教 ~er n. 反對者, 持異議者; (D-)不信奉國教者 ~ient adj. 不同意的.

dissertation /ˌdɪsə'teɪʃən/ n. (學位)論文; 學術演講; (專題)論述 ~al adj.

disservice /dɪs'sɜːvɪs/ n. 損害; 危害; 虐待.

dissident /'dɪsɪdənt/ n. 持異議者; 持不同政見者 dissidence n. 異議, 不同意.

dissimilar /dɪ'sɪmɪlə/ adj. 不同的, 不相似的 ~ity n.

dissimulate /dɪ'sɪmjʊˌleɪt/ v. ① 假裝不知 ② 隱瞞; 掩飾(感情、思想等) dissimulation n.

dissipate /'dɪsɪˌpeɪt/ v. ① 驅散(雲、霧); 消散; 消除(恐懼、疑慮) ② 消耗; 浪費(時間、金

錢、精力).

dissipated /ˈdɪsɪˌpeɪtɪd/ *adj.* 放蕩的; 揮霍的, 浪費的.

dissipation /ˌdɪsɪˈpeɪʃən/ *n.* ① 驅散; 消散 ② 浪費 ③ 放蕩; 花天酒地.

dissociate /dɪˈsəʊʃɪˌeɪt, -sɪ-/ *v.* ① (使)分離; (使)游離 ②【化】離解;【心】分裂 dissociation *n.* // ~ oneself from 割斷與 … 的關係.

dissolute /ˈdɪsəˌluːt/ *adj.* 放蕩的; 自甘墮落的 ~ly *adv.* ~ness *n.*

dissolution /ˌdɪsəˈluːʃən/ *n.* ① 溶解; 融化 ② 取消; 解除(婚約等); 解散(國會、公司等) ③ 結束; 結清.

dissolve /dɪˈzɒlv/ *vt.* ① 使溶解; 使融化 ② 解散.

dissonance /ˈdɪsənəns/ or **dissonancy** *n.* ①【音】不諧和音 ② 不和諧; 不協調, 不一致 dissonant *adj.* dissonantly *adv.*

dissuade /dɪˈsweɪd/ *vt.* 勸阻, 勸戒 dissuasion *n.*

distaff /ˈdɪstɑːf/ *n.* (手工紡織用的)繞桿, 捲線桿 // on the ~ side 娘家那一方; 母系的.

distance /ˈdɪstəns/ *n.* ① 距離 ② 遠方; 遠景 ③ (時間上的)間隔, 一段長時間 ④ 冷淡; 疏遠 *vt.* 隔開; 超過 // ~ oneself from 與 … 疏遠 keep sb at a ~ 與某人保持疏遠.

distant /ˈdɪstənt/ *adj.* ① 遠的; 遠距離的 ② (指人)非近親的 ③ 冷淡的, 疏遠的 ~ly *adv.*

distaste /dɪsˈteɪst/ *n.* 厭惡 ~ful *adj.*

討厭的, 乏味的; 不愉快的 ~fully *adv.*

distemper [1] /dɪsˈtɛmpə/ *n.* 犬熱病, 犬瘟熱.

distemper [2] /dɪsˈtɛmpə/ *n.* 膠畫顏料; 水漿塗料.

distend /dɪˈstɛnd/ *v.* (使)擴張, (使)膨脹 distension *n.*

distil, 美式 distill /dɪsˈtɪl/ *v.* ① 蒸餾; 蒸餾(威士忌酒、香精等) ② 提取 … 的精華 ③ (使)滴入 distillation *n.* 蒸餾(法); 蒸餾物.

distiller /dɪsˈtɪlə/ *n.* 製酒商; 釀酒者 ~y *n.* 釀酒場.

distinct /dɪˈstɪŋkt/ *adj.* ① 清楚的, 明晰的; 明顯的 ② 各別的; (性質)不同的 ~ly *adj.*

distinction /dɪˈstɪŋkʃən/ *n.* ① 差別, 區別 ② 特徵, 特性 ③ 卓越, 優秀 ④ 榮譽; 勳章 // make / draw a ~ between A and B 區別 A 與 B, 說出 AB 間有甚麼不同.

distinctive /dɪˈstɪŋktɪv/ *adj.* 有區別的; 有特色的 ~ly *adv.*

distinguish /dɪˈstɪŋgwɪʃ/ *v.* ① 區別, 辨別, 識別 ② (使)具有特色(或特徵) // ~ between A and B, ~ A from B 區別 A 與 B ~ oneself 使著名; 使傑出; 使受人注意.

distinguished /dɪˈstɪŋgwɪʃt/ *adj.* 卓越的; 著名的, 傑出的; 高貴的.

distort /dɪsˈtɔːt/ *vt.* ① 弄扭; 弄歪(嘴臉等) ② 歪曲(真理、事實等); 誤報 ③ (收音機、電視機、攝影機等)使失真, 使變形.

distortion /dɪsˈtɔːʃən/ *n.* ① 變形; 畸變 ② 歪曲, 曲解 ③ 失真.

distract /dɪ'strækt/ vt. ① 使分心; 轉移(注意力) ② 擾亂; 使迷惑 **~ed** adj. ① 心煩意亂; 迷惑的 ② 恍惚的; 狂亂的.

distraction /dɪ'strækʃən/ n. ① 分心; 精神渙散; 分心的事物 ② 娛樂, 消遣 ③ 精神錯亂, 發狂 // **drive sb to ~** 使人發狂.

distrait /dɪ'streɪ, dɪstre/ adj. [法]心不在焉的; 不注意的.

distraught /dɪ'strɔːt/ adj. 異常激動的; 憂心忡忡的.

distress /dɪ'stres/ n. ① 痛苦, 煩惱 ② 窮困 ③ 危難; 災害 vt. 使苦惱, 使痛苦; 使悲痛 **~ed** adj. 苦惱的, 痛苦的 **~ing** adj. 令人苦惱(或痛苦)的 **~ingly** adv. // **call / signal (= SOS)** 求救(或遇險)訊號 **~ merchandise** 虧本出售的商品.

distribute /dɪ'strɪbjuːt/ vt. ① 分配貨物, 分發 ② 分佈; 散播 ③ 把⋯分類; 分列.

distribution /ˌdɪstrɪ'bjuːʃən/ n. ① 分配; 配給(品) ② 分佈(狀態); 散佈.

distributor, -er /dɪ'strɪbjʊtə/ n. ① 分發者, 發行商; (尤指)批發商 ②【電】配電盤;【印】自動拆版機; 傳墨輥.

district /'dɪstrɪkt/ n. 區域; 地區; 管區.

distrust /dɪs'trʌst/ n. & vt. 不信任; 懷疑 **~ful** adj. 不信任的; 疑心重重的.

disturb /dɪ'stɜːb/ vt. 擾亂, 使不安; 打亂 **~ing** adj. **~ingly** adv. // **~ the peace**【律】擾亂治安.

disturbance /dɪ'stɜːbəns/ n. 擾亂; 騷動; 動亂.

disturbed /dɪ'stɜːbd/ adj.【心】心理失常的.

disunite /ˌdɪsju'naɪt/ v. ① (使)分離, (使)分裂 ② (使)不統一, (使)不團結, (使)不和.

disunity /dɪs'juːnɪtɪ/ n. 不統一; 不團結.

disuse /dɪs'juːs/ n. 不用, 廢棄 **~d** adj. 已不用的, 已廢棄的.

ditch /dɪtʃ/ n. 溝渠; 陰溝 vt. [俚] 拋棄, 放棄, 甩開, 避開.

dither /'dɪðə/ n. & v. [英口]猶豫不決, 三心兩意 n. 猶豫不決; 興奮; 慌亂 **~ly** adj.

ditto /'dɪtəʊ/ n. 同上, 同前 adv. 同樣地; 如上所述.

ditty /'dɪtɪ/ n. 小曲, 小調; 短詩.

diuretic /ˌdaɪjʊ'retɪk/ adj. 利尿的 n.【藥】利尿劑.

diurnal /daɪ'ɜːnl/ adj. 每日的; 白天的.

diva /'diːvə/ n. [意]著名女歌唱家; 著名女歌手.

divan /dɪ'væn/ n. (無靠背的)長沙發, 沙發床.

dive /daɪv/ vi. ① (頭朝下)跳水; 潛水 ② 潛入; 突入; 俯衝 n. ① 跳水 ② 潛入 ③【空】俯衝; (潛艇下潛 **~r** n. 潛水員 // **bomber** 俯衝轟炸機 **diving bell** 鐘形潛水箱, 潛水鐘 **diving suit** 潛水服.

diverge /daɪ'vɜːdʒ/ vi. ① (道路、路線等)分岔, 分開; (意見)分歧 ② (人、議論等)打岔, 逸出(正軌) vt. 使岔開; 使轉向.

divergence /daɪ'vɜːdʒəns/ n. =

divergency ① 分歧, 分岔, 分出; 離題; 偏差 ②【物】發散

divergent *adj.* 叉開的, 分歧的; 背道而馳的;【物】發散的 **divergently** *adv.*

divers /'daɪvəz/ *adj.* [舊]各種不同的; 若干的.

diverse /daɪ'vɜːs, 'daɪvɜːs/ *adj.* 各種各樣的, 形形色色的.

diversify /daɪ'vɜːsɪˌfaɪ/ *vt.* ① 使變化; 使不同; 使多樣化 ② 從事多種事務 **diversification** *n.*

diversion /daɪ'vɜːʃən/ *n.* ① 轉向, 轉移 ② [英](因修路等而導致車輛)改道, 繞行 ③ 分心之物; 消遣, 娛樂 **~ary** *adj.* 轉移注意力的; 離題的;【軍】牽制的.

diversity /daɪ'vɜːsɪtɪ/ *n.* 差異; 多樣性.

divert /daɪ'vɜːt/ *vt.* ① 使轉向; 使轉移注意力 ② 使消遣, 使娛樂.

divest /daɪ'vest/ *vt.* ① 脱去(衣服) ② 剝奪 // **~ oneself of** 放棄, 抛棄.

divide /dɪ'vaɪd/ *v.* ① 分, 劃分; 分開 ② 分配, 分派 ③ 分裂; 使不合 ④【數】除 *n.* ① 分裂 ② 分界; 分水嶺.

dividend /'dɪvɪˌdend/ *n.* ①【數】被除數 ② 股息, 紅利.

dividers /dɪ'vaɪdəz/ *pl. n.* 兩腳規, 分線規; 圓規.

divine /dɪ'vaɪn/ *adj.* ① 神的, 上帝的 ② 神聖的; 如神的 ③ 神妙的; [口]極好的 *v.* 占卜; 預言; (憑直覺)推測; 看透 **~ly** *adv.* **divination** *n.* 占卜; 預測; 先見 // **divining rod** (= dowsing rod) 探礦魔杖, 卜杖(古時占卜者用來探測礦脈、水源等的迷信工具).

divinity /dɪ'vɪnɪtɪ/ *n.* ① 神聖; 神力 ② 神, 上帝 ③ 神學.

divisible /dɪ'vɪzəb°l/ *adj.* ① 可分的 ②【數】可除盡的 **divisibility** *n.*

division /dɪ'vɪʒən/ *n.* ① 劃分, 區分 ② 分配, 分派 ③ 分裂; 不和 ④【數】除法 ⑤ 分界線 ⑥【軍】師 **~al** *adj.* 分開的; 分區的, 分部的;【數】除法的;【軍】師(部)的 **~ally** *adv.*

divisive /dɪ'vaɪsɪv/ *adj.* 造成不和的; 離間的, 引起分裂的 **~ly** *adv.*

divisor /dɪ'vaɪzə/ *n.*【數】除數; 約數.

divorce /dɪ'vɔːs/ *n.* ① 離婚 ② 分離; 分裂 *vt.* ① 與 … 離婚; 使離婚 ② 脱離; 使分離 **divorcé** *n.* [法]離了婚的男子 **divorcée** *n.* [法]離了婚的女子.

divot /'dɪvət/ *n.* ① (小塊)草皮 ②【高爾夫】(球棒擊球削起的)小塊草根土.

divulge /daɪ'vʌldʒ/ *vt.* 泄露(秘密); 揭發, 暴露 **~nce** *n.*

divvy /'dɪvɪ/ *v.* [俚]分享; (**+ up**) 分配, 分攤 *n.* [英俚]紅利, 股息.

dixie /'dɪksɪ/ *n.* [英俚]【軍】大鐵鍋.

Dixie /'dɪksɪ/ *n.* 美國南部各州的別名(亦作 **~ Land**).

DIY /diː aɪ waɪ/ *abbr.* = do-it-yourself 自己動手做.

dizzy /'dɪzɪ/ *adj.* ① 頭暈眼花的; 昏頭昏腦的 ② (指高度、速度等)令人頭暈目眩的 *vt.* 使頭暈

眼花; 使頭昏, 使變糊塗 dizzily
adv. dizziness n.

DJ /ˈdiː ˈdʒeɪ/ abbr. ① = disc jockey
② = dinner jacket.

djellaba(h) /ˈdʒɛləbə/ n. =
jellaba(h).

DJI /ˈdiː ˈdʒeɪ ˈaɪ/ abbr. = Dow-Jones
Index (美國紐約證券交易所的)
道瓊斯工業平均指數.

dl /diː ɛl/ abbr. = decilitre(s).

dm /diː ɛm/ abbr. = decimetre(s).

DM /diː ɛm/ abbr. = Deutschmark.

DNA /diː ɛn eɪ/ abbr. =
deoxyribonucleic acid【生化】脫
氧核糖核酸, 去氧核糖核酸 (細
胞中帶有遺傳訊息的高分子).

do [1] /duː, 弱 du, də/ v. (第三人稱
現在式 does, ~es 過去式 did 過去分
詞 ~ne) ① 做; 行動 ② 完成, 做
完 ③ 對 ⋯ 合用, 合適; 行; 足
夠 ④ 起居; 進展; (植物等) 生
長 ⑤ 做 ⋯ 整潔 ⑥ 做(功課);
解答; 攻讀; 翻譯 ⑦ 煮(透); 燒
(熟) ⑧ 扮演, 充當 ⋯ 的角色
⑨ 給予; 帶來; 產生 **~-gooder** n.
(不切實際的)社會改良家 **~it-
yourself** n. & adj. 自己動手的;
自製的(的) // **~ away with** 廢除; 撤
銷 **~ one's best** 盡力而為 **~ up**
① 使 ⋯ 整齊(潔); 修繕 ② 捆
(包)好; 扣繫上 **~ with** ① 處置
② 將就; 滿足於; 需要(和 can,
could 連用) **~ without** 沒 ⋯ 也
行; 不用.

do [2] /duː, 弱 du, də/ v. aux. ① (置
於主語前, 組成疑問句) // **~ you
agree?** 你同意嗎? ② (與 not 連
用, 組成否定句) **~ not leave me.**

別離開我 ③ (加強語氣) **~ come
earlier later!** 以後一定要早些
來! ④ (用於倒裝句) **Never did I
see such a thing!** 我從未見過這
樣一種東西!

do [3] /duː/ n. (pl. ~s) ① (俗)歡慶會,
宴會 ② (俚)騙局 ③ 要求做到的
事 // **~s and ~n'ts** 注意事項; 規
章制度 **fair ~s** 一視同仁, 公平
對待.

docile /ˈdəʊsaɪl/ adj. 馴良的; 溫順
的 **~ly** adv. docility n.

dock [1] /dɒk/ n. 船塢; 修船所
② 碼頭 v. ① (使)入塢 ②【空】
(使)(太空船、宇宙飛船)在外層
空間對接 **bocker** adj. 碼頭工人,
船塢工人 **bockyard** n. 造船廠, 修
船廠.

dock [2] /dɒk/ vt. ① 剪短(或割掉)
尾巴 ② 削減, 扣去(薪水、工資
等).

dock [3] /dɒk/ n. (刑事法庭的)被告
席.

dock [4] /dɒk/ n.【植】酸模.

docket /ˈdɒkɪt/ n. ① (貨物包裝上
的)標籤 ②【律】備審案
件目錄 vt. 給(貨物)貼上標籤; 把
(案件)記入備審目錄.

doctor /ˈdɒktə/ n. ① 博士 ② 醫
生 vt. ① (俗)醫治, 治療 ② (俗)
修理 ③ 竄改(文件、賬目等)
④ 在(酒、食物等)加入有毒(或
有害的)東西 ⑤ (口)閹割(貓狗
等家畜) **~al** adj. 博士的 **~ally**
adv.

doctorate /ˈdɒktərɪt, -trɪt/ n. 博士
學位; 博士銜頭.

doctrine /ˈdɒktrɪn/ n. 教義; 主義;

學說 doctrinal *adj.* doctrinally *adv.* doctrinaire *adj.* 教條主義的(人), 空談家.

docudrama /'dɒkjʊˌdrɑːmə/ *n.* 紀實劇.

document /'dɒkjəmənt, 'dɒkjʊˌment/ *n.* 文件; 公文; 證件;【計】文件 *vt.* ① 用文件(或證書等)證明; 為 … 提供文件(證書等) ② (以文件方式)詳細記載(匯報) ~ation *n.* 文件(或證書)的提供; 提供的文件(或證書);【計】文體編製.

documentary /ˌdɒkjʊ'mentəri, -tri/ *n.* 記錄影片; 實況電視錄像; 實況錄音 *adj.* 文件的, 證書的, 公文的.

dodder /'dɒdə/ *vi.* 蹣跚而行 ~er *n.* [俗]步履蹣跚者; [貶]老態龍鍾的人 ~ing, ~y *adj.* 蹣跚的; 哆嗦的.

doddle /'dɒdˑl/ *n.* [口]輕而易舉的事.

dodecagon /dəʊ'dekəˌgɒn/ *n.* 十二角形; 十二邊形.

dodge /dɒdʒ/ *v.* ① 躲閃, 躲避, 閃開 ② 推托, 搪塞 *n.* ① 躲閃, 躲避 ② 推托 ③ 詭計, 巧計 ~r *n.* 躲避者; 搪塞者; 蒙騙者.

dodgem /'dɒdʒəm/ *n.* (遊樂場中的)碰碰車(亦作 ~car).

dodgy /'dɒdʒɪ/ *adj.* [口] ① 艱難的 ② 危險的; 冒的; 不安全的 ③ 詭計多端的, 狡猾的.

dodo /'dəʊdəʊ/ *n.* (*pl.* ~(e)s)【鳥】(不會飛, 已絕種的)渡渡鳥.

doe /dəʊ/ *n.* 雌鹿; 雌兔; 母山羊 ~skin *n.* 母鹿皮; 母兔(或山羊)

皮; 軟羊皮革.

doer /'duːə/ *n.* ① 實幹家, 行動者 ② 做 … 事的人 evil~ / wrong~ *n.* 做壞事/錯事的人.

does /dʌz/ *v.* do 的第三人稱單數現在式.

doesn't /'dʌz²nt/ *v.* = does not.

doff /dɒf/ *vt.* ① 脫(帽)致敬 ② 脫下, 脫掉.

dog /dɒg/ *n.* ① 狗, 犬 ② 雄狗; 雄狼(或雄狐等) ③ [俗]傢伙 ④【機】搭鈎; 止擋; 卡箍 *vt.* 尾隨, 釘梢; (災難等)緊緊纏住 ~gy, ~gie *n.* [兒]狗狗; 汪汪 ~collar *n.* 狗頸圈 ② 牧師的硬領 ~eared *adj.* (指書頁)摺角的 ~fight *n.* 混戰; 空戰 ~house *n.* 狗窩 ~tired *adj.* [口]累極了的, 精疲力盡的 // ~ clutch 齒式/爪式離合器 ~ days 三伏天, 大熱天 go to the ~s[口]墮落; 毀滅; 沒落 in the ~ house [口]失寵, 受恥辱 let sleeping ~s lie 不要惹事生非; 別惹麻煩.

doge /dəʊdʒ/ *n.*【史】[舊]威尼斯和熱那亞的總督.

dogfish /'dɒgˌfiʃ/ *n.* 小鯊魚, 角鮫.

dogged /'dɒgɪd/ *adj.* 頑固的, 固執的 ~ly *adv.* ~ness *n.*

doggerel /'dɒgərəl/ or **dogrel** /'dɒgrəl/ *n.* 歪詩, 打油詩.

doggo /'dɒgəʊ/ *adv.* 隱蔽地 // lie ~ 隱伏不動, 一動不動地躲起來.

dogma /'dɒgmə/ *n.* 教義, 教條, 信條.

dogmatic /dɒg'mætɪk/ or **dogmatical** *adj.* ① 教條的 ② 教條主義的; 武斷的 ~ally *adv.*

dogmatism /ˈdɒɡmətɪz/ n. 教條主義; 武斷.

doily /ˈdɔɪlɪ/ n. (碗、碟等下的) 小紙墊, 花邊桌墊 (亦作 doyley, doyly).

doings /ˈduːŋz/ pl. n. ① 行為, 活動, 舉動, 所作所為 ② [英] 所需的東西.

dol. /dɒl/ abbr. = dollar(s).

doldrums /ˈdɒldrəmz/ pl. n. ① 憂鬱, 意氣消沉 ② 無生氣, 沉悶.

dole /dəʊl/ n. (+ out) [英] [俗] 失業救濟金 vt. (少量地) 分發 // on the ~ [英俚] 處於領取救濟金的境况.

doleful /ˈdəʊlfʊl/ adj. 悲哀的; 憂鬱的 ~ly adv. ~ness n.

doll /dɒl/ n. ① (玩具) 娃娃; 玩偶 ② 好看而沒頭腦的女子 ③ [俚] 心上人, 寶貝 v. (+ up) [俚] 着意打扮, 濃妝艷抹.

dollar /ˈdɒlə/ n. ① (美、加等國的貨幣單位) 元 ② 值一元的金 (或銀、紙) 幣.

dollop /ˈdɒləp/ n. [口] ① (黏土、奶油等半固體物質的) 一塊; 一團 ② (液體等的) 一些.

dolly /ˈdɒlɪ/ n. ① [兒] (玩具) 娃娃 ② (架設電影、電視攝影機的) 台車, 移動式攝影車.

dolmen /ˈdɒlmen/ n. [考古] 石桌狀墓標; 史前墓遺蹟.

dolomite /ˈdɒləmaɪt/ n. [礦] 白雲石, 白雲岩.

dolorous /ˈdɒlərəs/ or **dolorific** /ˌdɒləˈrɪfɪk/ or [廢] **doloriferous** /ˌdɒlərˈɪfərəs/ adj. (令人悲哀的; (令人) 憂傷的 ~ly adv.

dolphin /ˈdɒlfɪn/ n. 海豚 ~**arium** n. 海豚館 (尤指訓練海豚進行公開表演的場所).

dolt /dəʊlt/ n. 笨蛋, 呆子 ~**ish** adj.

-dom /-dəm/ suf. [後綴] 表示 "地位; 狀態; 領域", 如: free~ n. 自由 king~ n. 王國.

domain /dəˈmeɪn/ n. ① (領土) 版圖 ② 領域, 範圍 ③ 域名 (亦作 ~ name).

dome /dəʊm/ n. 圓屋頂; 圓頂狀之物 ~**d** adj. 圓 (屋) 頂的, 圓頂狀的.

domestic /dəˈmestɪk/ adj. ① 家 (庭) 的 ② 本國的, 國內的 ③ 馴化的 ④ 熱心家務的, 喜愛家庭生活的 n. 家僕, 傭人 ~**ally** adv. ~**ity** n. 家庭樂趣, 家庭生活; (pl.) 家務, 家事.

domesticate /dəˈmestɪˌkeɪt/, 美式 **domesticize** /dəˈmestɪˌsaɪz/ vt. ① 使喜愛家庭生活, 使喜愛家務 ② 馴化 (動物); 培育 (野生植物) domestication n.

domestic science /dəˈmestɪk ˈsaɪəns/ n. 家政 (學).

domicil(e) /ˈdɒmɪˌsaɪl/ n. ① 居所, 住處 ② [律] 戶籍 domiciliary adj.

dominant /ˈdɒmɪnənt/ adj. ① 支配的, 統治的; 佔優勢的 ② 居高臨下的; 高聳的 ③ [生] 顯性的 dominance n.

dominate /ˈdɒmɪˌneɪt/ v. ① 統治, 支配; 控制 ② (丘陵、高地等) 俯視, 高出於; 高聳 ③ 優於, 超出 domination n.

domineering /ˌdɒmɪˈnɪərɪŋ/ adj. 盛氣凌人的, 飛揚跋扈的.

Dominican /dəˈmɪnɪkən/ adj. & n. 【宗】道明會的(教士或修女).

dominion /dəˈmɪnjən/ n. ① 主權; 統治權 ② (pl.)領土, 領地 ③ (英聯邦的)自治領(如加拿大).

domino /ˈdɒmɪˌnəʊ/ n. (pl. -noes) ① 多米諾骨牌 ② (pl.)多米諾骨牌遊戲.

don [1] /dɒn/ n. ① (英國牛津、劍橋大學的)教師; (英國)大學教師 ② (D-)先生(西班牙人用於男子姓名前的尊稱); 學究式的 ~ish adj. 大學教師似的; 學究式的 ~ly adv.

don [2] /dɒn/ v. 披上, 穿上, 戴上.

donate /dəʊˈneɪt/ v. 捐贈(錢財物, 尤指給慈善機構); 獻(血) **donation** n. 捐贈; 捐款; 贈品 **donor** n. ① 贈送人, 捐款人 ② 【醫】輸血者, 供血者; 捐贈器官者.

done /dʌn/ v. do 的過去分詞 adj. ① 已做完的, 完成的 ② 煮熟了的 ③ 筋疲力盡的 // **be ~ for** (人、物)不中用了, 完蛋了 ~! 好!行! **Well ~!** 做得好!

Don Juan /dɒn ˈdʒuːən, don xwan/ n. 風流蕩子.

donkey /ˈdɒŋkɪ/ n. ① 驢 ② 笨蛋 ③ 固執者, 倔脾氣的人 **~work** n. 苦活; 單調的日常工作 // ~ **engine**(船上裝卸用的)絞車; 小型輔助發動機 ~ **jacket** (長及膝, 縫有防雨墊肩的)男裝厚外套 ~**'s years** [俗]很久, 多年.

don't /dəʊnt/ (詞性) = do not.

doodle /ˈduːdᵊl/ v. & n. 漫不經心地亂寫亂畫的(東西); 塗鴉.

doom /duːm/ n. 毀滅, 厄運; 死亡; 劫數 vt. 注定, 命定(要遭到毀滅、厄運或死亡).

doomsday, dome- /ˈduːmzˌdeɪ/ n. 【宗】最後審判日; 世界末日 // **till ~**直到世界末日; 永遠.

door /dɔː/ n. ① 門 ② (一)戶, (一)家 ③ 入口, 通道, 門路 **~keeper** n. 門衞; 門房 **~man** n. 門房, 看門人 **~-to~** adj. (指推銷商品)挨門挨戶的 **~step** vi. 【政】上門拉選票; (記者等)登門採訪.

dope /dəʊp/ n. ① [俚]毒品, 麻醉品 ② (尤指給參賽馬匹服用的)興奮劑 ③ [俗]呆子 ④ 內幕; 可靠的情報 v. 給人(或馬)服用毒品(或興奮劑); 服用麻醉品(或毒品).

dop(e)y /ˈdəʊpɪ/ adj. 昏昏沉沉的; [俚]笨, 傻.

dormant /ˈdɔːmənt/ or **dormient** /ˈdɔːmɪənt/ adj. 休眠的; 潛伏的; 暫停活動(或使用)的 **dormancy** n.

dormer (window) /ˈdɔːmə/ n. 【建】老虎窗, 屋頂窗.

dormitory /ˈdɔːmɪtərɪ, -trɪ/ n. (集體)宿舍.

dormouse /ˈdɔːˌmaʊs/ n. (pl. -mice) 【動】睡鼠.

dorsal /ˈdɔːsᵊl/ adj. (動物)背部的, 背脊的 **~ly** adv.

dory /ˈdɔːrɪ/ n. 【魚】海魴(亦作 John Dory); 黃麻鱸.

DOS /dɒs/ abbr. = disk operating sysetm 磁碟作業系統.

dose /dəʊs/ n. ① (尤指藥液的)一劑, 一服 ② [口]苦差使, 討厭的東西 ③ [俚]花柳病, 淋病 v.

(給⋯)服藥 **dosage** n. 一服(或一劑)的量.

dosh /dɒʃ/ n. [俚]錢, 現鈔.

doss /dɒs/ n. [英俚](小客棧的)簡陋床鋪 vi. (+ down)[英俚](在簡陋床鋪上)睡覺 ~**house** n. 小客棧.

dossier /ˈdɒsɪˌeɪ, -sɪə, dosje/ n. (有關一事或一人的)檔案材料, 卷宗.

dot /dɒt/ n. ① 小圓點 ② (摩斯電碼的)短音符號 v. 在⋯上加點; 點綴; 星羅棋佈於 // **on the** ~ [口]準時, 一秒不差.

dotage /ˈdəʊtɪdʒ/ n. 老年昏聵, 老年糊塗.

dotard /ˈdəʊtəd/ n. 年老昏聵者, 老糊塗.

dote /dəʊt/ v (+ **on** / **upon**) 溺愛, 過份愛慕 **doting** adj. 溺愛的, 偏愛的 **dotingly** adv.

dotty /ˈdɒtɪ/ adj. [俚]瘋瘋癲癲的 **dottiness** n.

double /ˈdʌb³l/ adj. ① 加倍的, 雙倍的 ② 成對的, 雙的; 雙人用的 ③ (花卉)重瓣的 ④ 兩重性的, 兩面性的 adv. 倍; 成雙地 n. ① 雙倍(量) ② 相似的人(或物) ③ 跑步 ④ (pl.)(網球或乒乓球)雙打 v. ① 加倍, 翻一番 ② 摺疊; 彎腰 ③ 急轉, 突然迂迴 ④ 兼演(兩個角色) **doubly** adv. ~-**barrelled** adj. (指望遠鏡、槍)雙筒的, (指姓氏)複姓的; [口](指言語)有雙重目的的, 模稜兩可的 ~-**breasted** adj. (指上衣)雙排扣的 ~-**check** vt. 複查(某事) ~-**cross** vt. & n. 欺騙; 出賣 ~-**dealing** n. & adj. 兩面派手法(的); 口是心非的 ~-**decker** n. 雙層巴士; [口]雙層夾心三文治 ~-**edged** adj. [指刀]雙刃的; [指言詞]雙關的, 雙重目的的 ~-**quick** adj. & adv. [俗]快步的(地) // **at the** ~ ① [軍] 跑步 ② 馬上 ~ **agent** (同時為兩敵對國效力的)雙重間諜 ~ **chin** 雙下巴 ~ **Dutch** [俗]莫名其妙的言語 ~ **standard** 雙重標準 ~ **talk** 模稜兩可的欺人之談 ~ **whammy** [美口](雪上加霜般的)災禍.

double entendre /ˈdʌb³l ɑːnˈtɑːndrə, -ˈtɑːnd, dubl ãtãdrə/ n. [法](暗含下流、猥褻意義的)雙關語.

doublet /ˈdʌblɪt/ n. [古](14 世紀至 16 世紀歐洲的)男緊身上衣; 甲.

doubloon /dʌˈbluːn/ or **doblón** /dəˈblʊən/ n. (舊時)西班牙金幣.

doubt /daʊt/ n. 疑心, 懷疑; 疑慮 v. 懷疑; 不相信; 拿不準 ~**er** n. 懷疑者.

doubtful /ˈdaʊtfʊl/ adj. ① 懷疑的, 可疑的 ② 不確定的; 不一定 ~**ly** adv. ~**ness** n.

doubtless /ˈdaʊtlɪs/ adv. ① 無疑地, 必定 ② [口]很可能; 多半 ~**ly** adv. ~**ness** n.

douche /duːʃ/ n. ①【醫】沖洗, 灌洗; 灌洗(療)法 ② 灌洗器 v. 沖洗, 灌洗(治療).

dough /dəʊ/ n. ① (揉好待用的)生麵糰 ② [俚]錢 ~**nut** n. 冬甩, 甜甜圈, 炸麵包圈.

doughty /ˈdaʊtɪ/ adj. [舊或謔]

剛強的, 勇猛的 **doughtily** adv.
doughtiness n.

doughy /ˈdəʊɪ/ adj. ① 麵糰似的
② 夾生的; 過份柔軟的 ③ 蒼白
的 **doughiness** n.

dour /dʊə, ˈdaʊə/ adj. (指人的態
度)陰鬱的; 冷冰冰的; 繃着臉
的; 嚴厲的 **~ness** n.

douse, dow- /daʊs/ v. ① 把 … 浸
入水(或液體)中; 用水(或液體)
灑(或潑) ②【口】熄滅(燈火).

dove /dʌv/ n. ① 鴿子 ②【政】鴿
派人物, 溫和派(人士) **~cot(e)** n.
鴿棚, 鴿舍.

dovetail /ˈdʌv.teɪl/ n.【建】鳩尾榫,
楔形榫; 鳩尾接合(法) v. (使)吻
合; 和 … 吻合.

dowager /ˈdaʊədʒə/ n. ① (繼承亡
夫遺產或稱號的)寡婦 ②【口】老
年貴婦人; 富婆.

dowdy /ˈdaʊdɪ/ adj. ① (指婦女)
衣着不整潔的, 邋遢的 ② (指
衣服)粗俗過時的 **dowdily** adv.
dowdiness n.

dowel /ˈdaʊəl/ n.【建】榫釘; 夾
縫釘; 暗銷 ②【建】合縫鋼條.

dower /ˈdaʊə/ n. (寡婦享受的)亡
夫遺產.

down [1] /daʊn/ n. ① 絨毛, 柔毛;
羽絨 ② 軟毛; 汗毛 **~y** adj. ① 絨
毛狀的; 長滿絨毛的; 汗毛遍身
的 ② 用羽絨製成的.

down [2] /daʊn/ adv. ① 向下; 由
上向下 ②(指物價、情緒、
健康狀況等方面)處於下降、
減退或低落狀態 ③ 出(城); 下
(鄉); (從首都)往內地; (從上游)
至下游; (由北)往南, (從內地)

到海邊 ④ 變小(或少、弱); 降
低 ⑤ (寫)下 ⑥ 徹底地, 完全
地 prep. ① 向下; 沿 ② 在 …
下方(或裏面); 往下方(或下端)
③ (時間上)自 … 以來 adj. ① 向
下的; (列車)下行的, 往南行駛
的 ② 沿海的 ③ 沮喪的, 消沉的
④【美俗】完成的 vt. ① 打倒, 打
落 ② 放下; 喝下 **~-and-out** adj.
& n. 窮困潦倒, 走投無路的(人)
~beat adj. [口]陰鬱的, 悲觀的;
放鬆的; 不露聲色的 **~-cast** adj.
沮喪的, 垂頭喪氣的; (眼睛)向
下看的 **~fall** n. 落下; 大陣雨(或
雪); 沒落, 垮台 **~grade** vt. 降級,
降格 **~-hearted** adj. 消沉的, 悶
悶不樂的 **~hill** adj. 傾斜的, 下
坡的 adv. 向下(坡)地; 趨向衰
退地 **~pour** vi. 傾盆大雨 **~right**
adj. 直率的, 坦白的; 徹頭徹尾
的, adv. 徹底地, 完全地 **~stair(s)**
adj. 樓下的 **~stairs** adv. 在樓下;
往樓下 **~stream** adj. & adv. (在)
下流的; 順流的(地) **~trodden**
adj. 被踩躪的; 被壓制的 // **have
a ~ on** [口]怨恨, 厭惡.

downer /ˈdaʊnə/ n. [俚] ① 抑制
劑, 鎮靜劑(尤指巴比妥酸鹽)
② 令人傷心的往事; 掃興的人
或事.

downs /daʊnz/ pl. n. 丘陵, 丘原.

Down's syndrome, 美式 **Down
syndrome** /ˈdaʊnz ˈsɪndrəʊm/
n.【醫】唐氏綜合症(亦作
mongolism)(一種先天性畸形病
症, 表現為智力不足、扁平臉、
斜眼).

downtown /ˈdaʊnˈtaʊn/ adj. &

adv. [美][加拿大][新西蘭] 商業
區的, 市區的, 鬧市區的; 在商業
(或鬧市)區, 向商業(或鬧市)區.

downward /ˈdaʊnwəd/ *adj.* 下降
的, 向下的 *adv.* = ~s.

downwards /ˈdaʊnwədz/ or
downward *adv.* 向下; 以下.

dowry /ˈdaʊəri/ *n.* 嫁妝; 陪嫁.

dowse /daʊs/ *v.* (用)卜杖探尋水脈
(或礦脈).

doxology /dɒkˈsɒlədʒi/ *n.* 【宗】(做
禮拜時唱的)讚美歌, 榮耀頌.

doyen /ˈdɔɪən, dwæ/ *n.* [法](一個
團體或機構中的)老前輩; 資深
長者; 地位資格最高或最老者
~ee *n.* 女性老前輩, 女性資長
者.

doze /dəʊz/ *vi.* & *n.* 瞌睡, 打盹
dozy *adj.* (令人)睏倦的; [口]
愚蠢的; 不開竅的 dozily *adv.*
doziness *n.* // ~ off 打瞌睡(亦作
nod off, drop off).

dozen /ˈdʌzən/ *n.* 一打(十二個)
~th [俚]第十二; 十二分之一(的)
(亦作 twelfth).

Dr. *abbr.* ① = doctor ② = drive
(用於路名).

drab /dræb/ *adj.* ① 土褐色的
② 單調的, 乏味的, 無生氣的
~ness *n.*

drachm /dræm/ *n.* ① = dram ②
~ *adj.*

drachma /ˈdrækmə/ *n.* (*pl.* -mas,
-mae) 德拉克馬(希臘貨幣單位).

draconian /drəˈkəʊnɪən/ or
draconic /drəˈkɒnɪk/ *adj.* 嚴厲的
殘酷的, 苛刻的.

draft /drɑːft/ *n.* ① 草稿, 草圖,

草案 ② 匯票 ③ 分遣隊(的選
拔); [美]徵兵 ④ = draught [美]
對流風 *vt.* ① 起草, 草擬; 畫(草
圖); 設計 ② 選派 ③ [美]徵(兵)
~ee *n.* [美]徵召入伍者 ~sman
n. 起草人; 繪圖員[英]亦作
draughtsman.

drag /dræg/ *v.* ① 拖, (用力)拉
② 硬拉(某人)去(做某事或到某
地) ③ (使)緩慢費力地行動; 拖
查, 拖沓 ④ (用拖網、撈錨等)探
撈(河底) ⑤ [計](用鼠標)拖 *n.*
① 拉, 拖 ② 拖拉的東西 ③ 拖
累, 累贅; [口]無聊的事; 討厭的
人 ④ [俚](男穿的)女裝 ⑤ (抽煙
動作)一抽, 一吸 ~gy *adj.* (俗)沉
悶的, 無聊的 // ~ race (特製汽
車或電車用)的短程加速賽.

dragnet /ˈdræɡˌnet/ *n.* ① 拖網, 捕
撈網 ② 法網.

dragon /ˈdrægən/ *n.* ① 龍 ② 兇暴
的女人; 母夜叉.

dragonfly /ˈdrægənˌflaɪ/ *n.* 蜻蜓.

dragoon /drəˈguːn/ *n.* 龍騎兵; 重
騎兵 *vt.* 脅迫; 暴力鎮壓.

drain /dreɪn/ *n.* 排水管, 下水
道, 陰溝; (*pl.*)排水設備排水系
統; (財富、資源等的)不斷外
流, 枯竭; (精力的)逐漸消耗 *v.*
① 排水, (使)…乾; (使)滴(漏)乾
② (水)細流, 流去 ③ 喝乾, 倒空
④ 用完, 花光 ⑤ (資源)逐漸枯
竭 ~ed *adj.* 筋疲力盡的 ~board
n. (= ~ing board)(洗滌槽邊上斜
置的)碗盤滴水板 ~pipe *n.* 排水
管; (*pl.*)(男裝)緊身瘦腿褲(亦作
~ pipe trousers).

drainage /ˈdreɪnɪdʒ/ *n.* ① 排水

(法); 排水系統 ② (排出的)污水 ③ 排水區域; (河流的)流域 // ~ **basin** 流域盆地.

drake /dreɪk/ *n.* 公鴨.

dram /dræm/ *n.* ① 少量的酒(尤指威士忌) ② 打蘭(常衡 = 1/16 安士; 藥衡或液量 = 1/8 安士).

drama /ˈdrɑːmə/ *n.* ① 劇本; 戲劇, 戲曲 ② 戲劇性事件; 戲劇性場面 **~tist** *n.* 劇作家; 劇作者.

dramatic /drəˈmætɪk/ or [廢] **dramatical** /drəˈmætɪkəl/ *adj.* ① 戲劇的, 演劇的 ② 戲劇性的; 惹人注目的; 扣人心弦的 **~ally** *adv.* // **~ irony** *n.* (觀眾從台詞中意外領會到的)戲劇諷刺.

dramatics /drəˈmætɪks/ *pl. n.* ① 戲劇學, 演技研究; 戲劇活動 ② [貶]戲劇性的行徑; 裝腔作勢的舉動, 做作的行為.

dramatis personae /ˈdrɑːmətɪs pəˈsəʊnaɪ/ *pl. n.* [拉]【劇】劇中人, 登場人物; 人物表.

dramatize, -se /ˈdræmətaɪz/ *v.* ① 把…改編成劇本 ② 像演戲般表現, 把…戲劇化(加鹽加醋地)渲染 **dramatization** *n.*

drank /dræŋk/ *v.* drink 的過去式.

drape /dreɪp/ *vt.* ① (用布等)蓋上, 披上; (隨便地)披上(衣服) ② (成褶地)懸掛, 裝飾 ~ *n.* ① (帷簾、衣服等的)皺褶, 褶 (= curtain) [美]窗簾, 布簾.

draper /ˈdreɪpə/ *n.* [英](經銷布匹、衣料、織物的)布商; 綢布店 **~y** *n.* [英] ① 綢布業; (= dry goods) 布匹, 衣料, 織物 ② (衣料、布簾上的)皺褶, 褶;

(*pl.*)帷幕, 帳簾.

drastic /ˈdræstɪk/ *adj.* 激烈的; 猛烈的; 極端的, 十分嚴厲的 **~ally** *adv.*

draught, 美式 **draft** /drɑːft/ *n.* ① 通風; 氣流; 過堂風 ② 拖, 拉, 牽引 ③ (一)網(魚) ④ (船的)吃水 ⑤ 吸出; (藥水等的)一服 ⑥ [英]跳棋的棋子; (*pl.*)西洋跳棋(戲) **draughtboard** *n.* (= [美] checkerboard) [英]跳棋棋盤 // **draught beer** 生啤酒.

draughtsman, 美式 **draftsman** /ˈdrɑːftsmən/ *n.* 起草人; 製圖員 **draughtsmanship** *n.* 製圖術.

draughty, 美式 **drafty** /ˈdrɑːftɪ/ *adj.* 通風的 **draughtily** *adv.* **draughtiness** *n.*

draw /drɔː/ *v.* (過去式 drew 過去分詞 ~n) ① 拉, 拖 ② 拔出, 抽出 ③ 汲取, 提取 ④ 吸進, 通氣, 通氣 ⑤ 吸引; 招致 ⑥ 抽(籤), 拈(鬮) ⑦ 劃, 畫; 描寫 ⑧ 開立(票據等); 草擬; 制訂 ⑨ (使)打成平局 ⑩ (船)吃水 ⑪ 移動; 靠近 ⑫ 牽, 引 ⑬ 抽(籤); 拔出 ⑭ 吸引者, 引誘物 ⑮ (比賽)不分勝負, 和局 **~back** *n.* 弊端; 缺陷; 障礙 **~bridge** *n.* 吊橋 **~string** *n.* (衣、口袋等的)拉索 // **~ back** 收回; 退回 **~in** (白晝)漸短; (天)黑了 **~ out** (白晝)漸長; 拉長, 拖長 **~ up** 草擬, 制訂; (車、馬)停下; 【軍】整隊(隊), 列陣.

drawer /ˈdrɔːə/ *n.* 抽屜; (*pl.*) [舊]內褲, 襯褲 // **chest of ~s** 五斗櫥.

drawing /ˈdrɔːɪŋ/ *n.* 畫圖, 製圖; 圖

畫, 圖樣 // **~ board** 製圖板 **~ pin** 圖釘.

drawing room /ˈdrɔːɪŋ ruːm/ n. [舊] 客廳.

drawl /drɔːl/ v. & n. 慢聲慢氣地說話(的方式).

drawn /drɔːn/ adj. & v. draw 的過去分詞 adj. 憔悴的, 倦容滿面的.

dray /dreɪ/ n. (四輪)大車; (載重)馬車.

dread /dred/ v. & n. 非常害怕; 恐怖, 畏懼.

dreadful /ˈdredfəl/ adj. ① 可怕的; 討厭的 ② 厲害的; 非常的 **~ly** adv. [口]特別, 非常, 極.

dream /driːm/ n. ① 夢 ② 夢想, 幻想, 空想 v. (過去式和過去分詞 **~ed** 或 **~t**) ① 做夢, 夢想, 夢見 ② 嚮往, 渴望 **~er** n. 做夢的人; 夢想者, 空想家 **~less** adj. (指睡眠)無夢的, 安祥的 **~like** adj. 夢一般的, 夢幻的 **~land** n. 夢境; 夢鄉; 幻想世界 // **~ reader** 詳夢者, 圓夢者 **~ up** [口]憑空想出; 憑空捏造出.

dreamy /ˈdriːmɪ/ adj. ① 愛幻想的 ② 夢幻般的, 朦朧的; 不切實際的 ③ [俗]棒; 頂呱呱的 **dreamily** adv.

dreary /ˈdrɪərɪ/ adj. 沉悶的, 枯燥乏味的 **drearily** adv. **dreariness** n.

dredge [1] /dredʒ/ n. = dredger.

dredge [2] /dredʒ/ v. 疏浚(河道); 清淤; 挖掘(泥土等) **~r** n. 挖泥船; 疏浚機 // **~ up** [口]憶起(或提起)遺忘(或不愉快)的往事.

dredge [3] /dredʒ/ v. 撒(麵粉等)在

食物上.

dregs /dregz/ pl. n. ① 殘滓 ② 糟粕, 渣滓; 廢物.

drench /drentʃ/ vt. 使濕透, 使浸透 **~ing** n. 濕透.

dress /dres/ n. ① 連身裙 ② (一定場合穿的)衣服; 禮服 v. ① (給…)穿衣; 供衣着裝 ② 穿禮服, 着盛裝 ③ 處置妥當; 預備(菜餚); 調製(飲食) ④ 敷裹(傷口) ⑤ 梳理(頭髮); 整刷(毛) ⑥ 裝飾, 修飾 **~maker** n. 女裝裁縫 // **~ a chicken** 把雞開膛洗淨 **~ rehearsal** 彩排 **~ up** [把…]打扮得漂漂亮亮; 裝扮; (給…)喬裝打扮.

dressage /ˈdresɑːʒ/ n. [法] 馴馬表演; 馴馬技術, 對馬的調教.

dresser [1] /ˈdresə/ n. 碗櫃, 食具櫃.

dresser [2] /ˈdresə/ n. (劇團的)服裝員, 服裝師.

dressing /ˈdresɪŋ/ n. ① (拌沙律的)調味汁; 佐料 ② (傷口的)敷裹; 敷料 **~-down** n. [口]訓斥 // **~ gown** 晨衣 **~ room** 化妝室 **~ table** 梳妝台.

drew /druː/ v. draw 的過去式.

drey, dray /dreɪ/ n. 松鼠窩.

dribble /ˈdrɪbl/ v. ① (使)滴下; (使)淌口水, 流涎 ② 盤球, 傳球, 運球(前進) n. ① 點滴; 細流; 少量 ② 運球, 帶球 **~r** n. 流口水者; 帶球前進者.

drib(b)let /ˈdrɪblɪt/ n. 點滴, 一滴; 少量; 小額; 零星.

dribs and drabs /drɪbz ænd dræbz/ pl. n. [口]點點滴滴; 少量; 零零星星.

dried /draɪd/ v. dry 的過去式及
過去分詞 adj. 乾燥的, 乾縮的 //
~ **milk** (= milk powder) 奶粉.

drier /ˈdraɪə/ n. = dryer adj. dry 的
比較級.

driest /ˈdraɪɪst/ adj. dry 的最高級.

drift /drɪft/ v. ① (使)漂流; 漂移
② (使)吹積; (使)漂積 ③ 漂蕩,
漂泊 n. ① 漂流 ② 漂流物; 吹
積物 ③ 傾向, 趨勢, 要義, 大意
~**er** n. 漂泊者, 流浪者; 漂網漁船
~**net** n. 漂網 ~**wood** n. 流送材,
漂流木; 浮木.

drill [1] /drɪl/ n. 鑽孔機; 鑽子; 鑽床
v. 在 (… 上)鑽孔, 打眼.

drill [2] /drɪl/ n. & v. (軍事)訓練; 操
練; (反覆)練習.

drill [3] /drɪl/ v. 條播(種子) n. 條播
機.

drill [4] /drɪl/ n. 斜紋布.

drily /ˈdraɪlɪ/ adv. = dryly.

drink /drɪŋk/ v. (過去式 drank 過
去分詞 drunk) ① 喝, 飲 ② 飲酒
(為 …)乾杯 ③ 吸收 n. ① 飲料;
酒 ② 一杯(飲料); 一飲 ③ 喝酒;
酗酒 ~**able** adj. 可飲用的 ~**er** n.
酒徒 ~**-driving** n. 酒後駕駛 //
~ **in** ① 吸收 ② 如饑如渴地傾
聽; 陶醉於 ~ **up / off / down** (一
口氣)喝乾.

drip /drɪp/ v. (使)滴下, 滴瀝
n. ① 水滴; 點滴 ② 漸瀝聲
③【醫】滴注器, 輸液器 ④ [口]
令人厭煩的人, 無趣的傢伙
~**-dry** adj. (指衣服洗後快乾免
熨的) ~**-feed** vt. 用滴注法給(病
人)輸液.

dripping /ˈdrɪpɪŋ/ n. (烤、煎肉時

流出的)油滴; 油汁.

drive /draɪv/ v. (過去式 drove 過去
分詞 ~n) ① 驅, 趕 ② 駕駛, 駕
馭; (給…)開車 ③ 發動; 推動
④ 迫使, 強迫 ⑤ 抽(球), 擊(球)
⑥ 飛跑, 猛進; 猛衝 ⑦ 鑿(釘
等); 掘, 開鑿(隧道等) n. ① 開
車; 乘車兜風 ② (私宅的)馳車
道; (D-)(用於路名)大道 ③ 抽
球; 擊球 ④ 推進力; 魄力 ⑤ [美]
(政治)運動; 競賽 ⑥【心】衝
動, 本能要求 ⑦【計】驅動器 ~**r**
n. ① 駕駛員, 司機; 趕牲口者
②【機】起子; 主動輪; 傳動器
③【計】驅動器, 驅動程式 ~**-in**
adj. (指餐館、電影院、銀行等)
顧客留在車上就能享受服務的
~**way** n. 車道 // ~ **at** (僅用於進
行式)意指, 用意.

drivel /ˈdrɪvəl/ v. & n. (說)蠢話; 胡
言亂語, 胡扯.

driven /ˈdrɪvən/ v. drive 的過去分
詞.

driving /ˈdraɪvɪŋ/ adj. ① 推動的;
【機】傳動的, 主動的 ② 猛衝的;
猛烈的 ③ 精力充沛的, 有幹勁
的 ④ 駕駛的 ~ **licence** 駕駛執
照 ~ **test** 駕駛執照考試 ~ **wheel**
【機】主動輪.

drizzle /ˈdrɪzəl/ vi. & n. (下)毛毛
雨 **drizzly** adj. 下着毛毛雨的, 毛
毛細雨似的.

droll /drəʊl/ adj. 古怪滑稽的, 使
人發笑的 ~**ery** n. 滑稽好笑(的
舉動); 滑稽話(或事).

dromedary /ˈdrʌmədərɪ, -drɪ,
ˈdrɒm-/ n.【動】單峯駱駝.

drone [1] /drəʊn/ n. ① 雄蜂 ② 懶

人; 混日子的人 ③ 無人駕駛飛機.

drone² /drəʊn/ *n. & v.* ① (蜂等)嗡嗡地響(的聲音) ② 低沉單調的說話(聲); 哼出; 低聲唱歌(聲) // ~ **on** / **away** 單調低沉地說個沒完.

drool /druːl/ *v.* ① (+ **over**) 過份熱衷於, 睹起勁 ② 流口水.

droop /druːp/ *v.* ① 低垂 (使)下垂 ② (草木)枯萎; (人)萎靡不振 ~**y** *adj.*

drop /drɒp/ *n.* ① 點滴, 滴 ② 下降, 降落; 下降的距離 ③ 微量 ④ 滴狀物(如水果糖球、巧克力軟等); (*pl.*)【藥】滴劑 *v.* ① (使)滴下; (使)落下; 丟下, 投下 ② 跌落; 落臨; (人)下車 ③ 輸掉 ④ (使)變弱; (使)降低, (使)停止 ⑤ 偶然說出; 偶然寄出 ~-**kick** *v.* (美式足球) 踢落地球 ~-**let** *n.* 小滴 ~-**out** *n.* 退學者; 揚棄傳統習俗與正常社會隔絕者 // **a ~ in the ocean** 滄海一粟 ~ **behind** 落伍; 掉隊 ~ **in** / **by** 順便走訪 ~-**kick** 抛踢球 ~-**off** 逐漸減少(縮小); 睡着 ~ **out of** 停止參加, 退出.

droppings /ˈdrɒpɪŋz/ *pl. n.* 鳥糞; 動物的糞便.

dropsy /ˈdrɒpsɪ/ *n.*【醫】水腫(病), 浮腫(病) **dropsical** *adj.*

dross /drɒs/ *n.* ①【冶】浮渣 ② 廢物, 渣滓; 雜質.

drought /draʊt/ *n.* 乾旱, 旱災.

drove¹ /drəʊv/ *v.* drive 的過去式.

drove² /drəʊv/ *n.* (被驅趕着或行動着的)畜羣; (活動或走動着的)

人羣 ~**r** *n.* 趕牲口上市場的人.

drown /draʊn/ *v.* ① (使)人溺死, 淹死 ② 淹沒; 浸濕; (大聲)蓋沒(小聲) ③ 使沉溺於 // **be ~ed out** 被(洪水等)趕出 ~ **one's sorrows** 借酒消愁 **like a ~ed rat** (濕得)像落湯雞.

drowse /draʊz/ *v.* ① (使)昏昏沉沉; 使昏昏欲睡; 打瞌睡 ② (使)發呆 n. 瞌睡 **drowsy** *adj.* 想睡的, 睏倦的; 催眠的, 使人懶洋洋的 **drowsily** *adv.* **drowsiness** *n.*

drub /drʌb/ *vt.* (俗) ① (用棍棒)痛打 ② 把…打得大敗 ~**bing** *n.* 大敗.

drudge /drʌdʒ/ *vi. & n.* 做苦工(的人); 做單調乏味工作的人) ~**ry** *n.* 苦役, 單調乏味的工作.

drug /drʌg/ *n.* ① 藥品, 藥材 ② 麻醉藥; 毒品 ③ 滯銷品 *v.* 下麻醉藥於; (使)吸毒 ~**gist** *n.* (= pharmacist) [美]藥商, 藥劑師 ~-**store** *n.* [美]藥房(兼售化妝品、食品以及日常用品) // ~ **abuse** 吸毒上癮, 嗜用麻醉品.

drum /drʌm/ *n.* ① 鼓; 鼓聲 ② 鼓狀物(容器); 圓桶 *v.* 打鼓; (使)咚咚響 ~**mer** *n.* 鼓手; [美]旅行推銷員, 行商 ~-**stick** *n.* 鼓槌; [口]雞(或其他禽鳥)小腿 // **beat the ~** [俗]鼓吹 ~ **into** [俗]反覆地, 灌輸(思想等) ~ **major**, (*fem.*) ~ **majorette** (尤指在美國)軍樂隊(女)指揮 ~ **up** 招徠走, 開除 ~ **up** [俗]招攬(顧客等), 招募(新兵等); 鼓勵, 激起.

drunk /drʌŋk/ *v.* drink 的過去分詞 *adj.* (常作表語) ① 喝醉

的 ② 陶醉的; 興奮的 n. 醉漢
~ard n. [貶]醉鬼, 酒徒 // ~ and
disorderly【律】酒後滋事的.

drunken /ˈdrʌŋkən/ adj. (常作定
語) ①(常)醉的 ② 酗酒引起的
③ 喝醉似的; 搖搖晃晃的 ~ly
adv. ~ness n.

dry /draɪ/ adj. ① 乾的, 乾燥
的; 乾涸的 ② 枯燥的, 乏味
的 ③ [口]渴的 ④ (指酒)不甜
的; (指麵包)不塗牛油的 ⑤ 簡
慢的, 冷淡的 ⑥ 不加渲染的
⑦ 禁酒的 ⑧ (指幽默)假似嚴
肅認真的, 俏皮諷刺的 v. (使)變
乾, (使)食品脱水 ~ly, drily adv.
~ness n. ~er n. 烘乾機【化】乾
燥劑, 催乾劑 ~~clean v. 乾洗(衣
服) ~~stone adj.【建】(指牆壁)乾
砌的 // ~ call 乾電池 ~ dock 乾
船塢 ~ goods [英]雜糧; (布匹、
針線等)製衣用品(亦作 drapery)
~ ice 乾冰 ~ nurse 保姆 ~ out 變
乾; 戒酒 ~ rot (樹木的)乾朽, 乾
枯; 乾腐病 ~ run[口]演習; 排演
~ up ① 拭乾(盤、杯等); (使)乾
涸 ② [俚]停止講話, 住口 run
~ (乳牛)不產奶; (河流)乾涸.

dryad /ˈdraɪəd, -æd/ n. [希神] 林
中仙女, 樹精.

DSc, D. Sc. /ˌdiː es ˈsiː/ n. = Doctor
of Science 理學博士.

DTP /ˌdiː tiː ˈpiː/ abbr. = desk-top
publishing 桌面排版, 小型電腦
化出版.

DT's /ˌdiː ˈtiːz/ abbr. = delirium
tremens [俗]震顫性譫妄.

dual /ˈdjuːəl/ adj. 雙(重)的, 二元
的; 二體的 ~ity n. 兩重性; 二

元性;【物】二象性 ~ly adv. //
~ carriageway (= [美]divided
highway)(來往車輛分隔行駛的)
雙行道.

dub¹ /dʌb/ vt. ① 給(人、地方)起
名字(或綽號); 授予稱號 ② 用
劍拍肩(授予爵位).

dub² /dʌb/ vt. (中世紀通用於
歐洲各國的)達克特金(或銀)幣.

dubbin /ˈdʌbɪn/ or dubbing n. [英]
(皮革用的)防火軟化油脂(亦作
~g).

dubious /ˈdjuːbɪəs/ adj. ① 懷疑的;
可疑的 ② 含糊的 ③ 未定的; 無
把握的 ~ly adv. dubiety n.

ducal /ˈdjuːkˀl/ adj. 公爵(似)的.

ducat /ˈdʌkət/ n. 公國; 公爵領地
夫人.

duchess /ˈdʌtʃɪs/ n. 女公爵; 公爵
夫人.

duchy /ˈdʌtʃɪ/ n. 公國; 公爵領地.

duck¹ /dʌk/ n. ① 鴨(肉) ② 雌鴨
③ (板球)鴨蛋, 零分 ④ [英俚]親
愛的; 心肝, 寶貝 ~ling n. 小鴨.

duck² /dʌk/ v. ① 急忙蹲下; 閃避
② (使)突然潛入水中 ③ 躲避,
迴避, 逃避(困難、責任等).

duck³ /dʌk/ n. ① 帆布; 粗布
② (pl.)帆布褲子.

duct /dʌkt/ n. ① 管, 管道, 輸送
管; 槽, 溝 ② (動植物的)導管.

ductile /ˈdʌktaɪl/ adj. ① (金屬等)
易拉長的; 可延展的 ② 易變形
的; 可塑的 ③ (指人及其行為)易
教的, 馴良的 ductility n.

dud /dʌd/ [俚] n. 不中用的傢伙,
廢物 adj. 不中用的, 沒有價值
的.

dude /duːd, djuːd/ n. [美俚] ① 男人, 傢伙 ② 紈綺子弟, 花花公子 ③ 城裏人.

dudgeon /ˈdʌdʒən/ n. 憤怒, 憤恨 // in high ~ 非常憤怒.

due /djuː/ adj. ① 應支付的; (票據等)到期的 ② 適當的; 正當的; 應得的 ③ (按時間)應到達的; 預期的, 約定的 adv. (指東南西北等方位)正向地 n. ① (僅用單) 應得物或權益 ② (pl.)應繳納的費用(稅款、會費、租金等) // ~ to 應歸於; 由於 give sb their ~ 公平地對待某人, 承認某人的長處.

duel /ˈdjuːəl/ n. & vi. 決鬥 ~(l)ist n. 決鬥者.

duenna /djuːˈɛnə/ n. (尤指在西班牙或葡萄牙)在家中或社交場合照顧少女的年長婦女.

duet /djuːˈɛt/ n. [樂] 二重奏; 二部合唱.

duff /dʌf/ adj. [英俚]蹩腳的, 低劣的; 不中用的 vt. (+ up) [英俚]痛打(某人).

duffel, -fle /ˈdʌfl/ n. ① 粗絨布, 起絨毛料 ② ~ coat, ~ coat 牛角扣大衣, 漁夫褸(通常以套環鈕扣扣並帶有一兜帽) // ~ bag, ~ bag 粗帆布旅行袋.

duffer /ˈdʌfə/ n. [俗]頭腦遲鈍者; 不中用的人.

dug [1] /dʌg/ v. dig 的過去式及過去分詞.

dug [2] /dʌg/ n. (哺乳動物的)乳房; 乳頭.

dugong /ˈduːgɒn/ n. [動] 儒艮; 人魚(海生哺乳動物)

dugout /ˈdʌgˌaʊt/ n. ① 獨木舟 ② [軍] 地下掩蔽部; 防空壕 ③ (運動場上的)運動員休息室.

duke /djuːk/ n. 公爵; (公國的)君主 ~dom n. 公國; 公爵領地; 公爵爵位.

dulcet /ˈdʌlsɪt/ adj. 悦耳的, 優美動聽的.

dulcimer /ˈdʌlsɪmə/ n. 揚琴; 洋琴.

dull /dʌl/ adj. ① 鈍的 ② 暗淡的, 無光彩的; 隱隱約約的 ③ 遲鈍的, 愚笨的 ④ 枯燥乏味的 ⑤ (貨物)滯銷的; (生意)蕭條的 ⑥ 沒精打采的 ⑦ (天氣等)陰沉的 ⑧ (聲音)低沉的 v. ① (使)變鈍; 減輕(痛苦等) ② (使)變遲鈍 ③ 使陰暗 ~ness n. ~y adv. ~ard n. 蠢人 ~-witted adj. 遲鈍的.

duly /ˈdjuːlɪ/ adv. ① 正好; 及時地 ② 適當地, 正當地; 充份地.

dumb /dʌm/ adj. ① 啞的 ② 沉默寡言的 ③ [俗]愚笨的 ~ly adv. ~ness n. ~bell n. 啞鈴; 啞蛋 // ~ show 啞劇, 默片; 打手勢 ~ waiter 迴轉式食品架; (餐館內的)送菜升降機.

dum(b)found /dʌmˈfaʊnd/ vt. 使驚訝得目瞪口呆.

dumbstruck /ˈdʌmˌstrʌk/ or **dumbstricken** adj. 被嚇得發愣的.

dumdum /ˈdʌmˌdʌm/ n. 達姆彈(殺傷力很大的軟頭子彈)(亦作 ~ bullet).

dummy /ˈdʌmɪ/ n. ① (成衣店或櫥窗中陳列衣服的)人體模型 ② 虛設物; 模仿物; 傀儡; 名義

代表 ③(橋牌)攤牌於桌上的玩家 ④ (= [美]pacifier) [英]橡皮奶嘴 ⑤[俚]笨蛋 ⑥ (足球賽)假傳球動作 adj. ① 擺樣子的、虛設的、假的 ② 掛名的、傀儡的 // ~ run 演習, 排演.

dump /dʌmp/ vt. ① 傾倒(垃圾等); 傾卸; 拋棄(廢物等) ②【商】傾銷 n. ① 垃圾場, 垃圾堆 ②[俚]骯髒的場所 ③【軍】軍需品堆棧 // (down) in the ~s 心情沮喪的, 鬱鬱寡歡的.

dumper /dʌmpə/ n. [美]垃圾傾倒車; 自動傾卸車(亦作 dump truck).

dumpling /dʌmplɪŋ/ n. ① 湯圓, 湯糰; (有肉餡的)糰子, 餃子 ② 水果布丁.

dumpy /dʌmpɪ/ adj. 矮胖的 dumpiness n.

dun[1] /dʌn/ adj. 暗褐色的.

dun[2] /dʌn/ n. & v. (向…)催討(債款).

dunce /dʌns/ n. 笨伯; 笨學生 // ~('s) cap 舊時學校給差等生戴的高帽.

dunderhead /dʌndəˌhɛd/ n. 笨蛋, 蠢貨.

dune /djuːn/ n. 沙丘.

dung /dʌŋ/ n. (牲畜的)糞便; 糞肥 // ~ beetle 蜣螂.

dungarees /ˌdʌŋɡəˈriːz/ pl. n. 粗藍布工作服; 粗藍布背帶褲.

dungeon /dʌndʒən/ n. 地牢.

dunghill /dʌŋˌhɪl/ n. 糞堆 ② 骯髒的事物; 卑賤的狀態(或地位).

dunk /dʌŋk/ vt. ① (吃前)把(餅乾等)在飲料(或湯等)內浸一下 ② 浸泡.

dunlin /dʌnlɪn/ n. 【鳥】濱鷸.

duo /djuːəʊ/ n. ① 二重唱演唱者, 二皇奏演奏者; (演員的)一對 ②[口]一對搭擋.

duodecimal /ˌdjuːəʊˈdɛsɪməl/ adj. 【數】十二的; 十二分之幾的; 十二進位制的.

duodenum /ˌdjuːəʊˈdiːnəm/ n. (pl. -na, -nums)【解】十二指腸 duodenal adj.

dupe /djuːp/ vt. 哄騙, 欺瞞 n. (容易)上當者, 受騙者.

duple /djuːpˈl/ adj.【音】二拍子的.

duplex /djuːplɛks/ n. [美](複式)套樓公寓, 躍層公寓(亦作 ~ apartment) adj. 兩重的; 雙的; 複式的.

duplicate /djuːplɪkɪt, ˈdjuːplɪˌkeɪt/ vt. ① 複製; 複寫 ② 使重複, 使加倍; 使成雙 adj. ① 完全相同的; 副的 ② 雙聯的; 加倍的; 雙重的 n. ① 複本; 副本; 複製品 ② 完全相似的東西 duplication n. duplicator n. 複印機, 影印機 // in ~ 一式兩份.

duplicity /djuːˈplɪsɪtɪ/ n. 欺騙; 不誠實; 口是心非 duplicitous adj.

durable /djʊərəbˈl/ adj. 持久的, 耐用的 durability n. 持久性, 耐用性 durably adv. ~s pl. n. (= ~ goods) 耐用品, 耐用貨物.

duration /djʊˈreɪʃən/ n. 持久; 持續(時間), (持續)期間.

duress /djʊˈrɛs, djʊs/ n. 強迫, 脅迫.

during /djʊərɪŋ/ *prep.* 在 … 期間, 當 … 的時候.

dusk /dʌsk/ *n.* 薄暮, 黃昏 **~y** *adj.* 暗淡的; 暗黑色的; 陰暗的; 模糊的; 朦朧的 **~iness** *n.*

dust /dʌst/ *n.* ① 灰塵, 塵埃 ② [書] 遺骸, 屍體, *v.* ① 撣除灰塵, 掃掉 ② 撒粉狀物於 **~er** *n.* 抹布, (雞毛) 撣子; 黑板擦 **~y** *adj.* 滿是灰塵的; 粉末狀的 **~bin** *n.* (= [美] garbage can) [英] 垃圾箱 **~bowl** *n.* 多塵暴的乾旱區 **~cart** *n.* (= [美] garbage truck) [英] 垃圾車 **~man** *n.* (= [美] garbage collector) [英] 清潔工, 清道夫 **~pan** *n.* 畚箕, 畚斗, 簸箕, 垃圾鏟 **~sheet** *n.* 防塵罩 **~cover** *n.* 防塵罩 **~storm** *n.* 沙塵暴 **~-up** *n.* [俚] 吵架, 打架; 爭論 **~ jacket** (書籍的) 護封.

Dutch /dʌtʃ/ *adj.* 荷蘭(人、語)的 **//~ auction** 喊價逐漸下降的拍賣(方式) **~ courage**[口] 酒後之勇, 虛勇 **~ uncle**[口] 板着面孔訓斥人者 **go ~**[口] (聚餐時)各自付款.

duty /djuːtɪ/ *n.* ① 責任; 義務; 職責, 職務 ② 稅 **dutiable** *adj.* (貨物)應繳稅的 **dutiful** *adj.* 忠於職守的, 守本份的; 恭敬的; 孝順的 **dutifully** *adv.* **dutifulness** *n.* **~-bound** *adj.* 義不容辭的, 責無旁貸的 **~-free** *adj. & adv.* 免稅的(地) **~-paid** *adj.* 已繳稅的 **//~ manager** 值班經理 **on / off ~** 上/不上班; 值不值班.

duvet /duːveɪ/ *n.* 羽絨被褥.

dwarf /dwɔːf/ *n.* ① 矮子, 侏儒 ② (童話中的)小矮人 *adj.* (動植物等)矮小品種的 *v.* (使)變矮小, 阻礙 … 的正常發育; 使相形見絀.

dwell /dwɛl/ *vi.* (過去式及過去分詞 **dwelt**) [書] 居住 **~er** *n.* 居民, 居住者 **//~ on / upon** 細想, 詳述, 長談.

dwelling /dwɛlɪŋ/ *n.* 住處, 寓所 **//~ house** 住宅.

dwindle /dwɪndˀl/ *vi.* 縮小, 變小; 減少.

dye /daɪ/ *v.* 染; (給 …)着色; 上色 *n.* 染料; 染色 **~r** *n.* 染工, 染色師傅 **~d-in-the-wool** *adj.* [常貶](指人的思想、觀念、態度、立場等)定型了的, 改不了的; 徹頭徹尾的; 十足的.

dying /daɪɪŋ/ *v.* **die** 的現在分詞 *adj.* ① 垂死的, 快死的; 臨終的 ② 熄滅的; 行將完結的 ③ [口] 渴望的.

dyke, di- /daɪk/ *n.* ① 堤(防), 壩 ② 溝, 渠, 排水溝 ③ [俚] 女同性戀者(亦作 **lesbian**).

dynamic /daɪˈnæmɪk/ *adj.* ① 動力的; 動力學的; 動態的 ② 有力的; 精力充沛的; 有生氣的 **~ally** *adv.*

dynamics /daɪˈnæmɪks/ *pl. n.* ① 力學; 動力學 ② 動力論 ③ [音] 力度強弱法.

dynamism /daɪnəmɪzəm/ *n.* ① (指人的)精力, 魄力, 活力, 幹勁 ② [哲] 物力論; 力本學.

dynamite /daɪnəmaɪt/ *n.* ① (烈性的)甘油炸藥 ② [口] 具有爆炸性的事物; 有潛在危險的人 *vt.* (用

烈性炸藥)炸毀, 爆破.

dynamo /ˈdaɪnəˌməʊ/ n. (pl. **-mos**) 發電機.

dynasty /ˈdɪnəstɪ/ n. 王朝, 朝代 **dynastic** adj. **dynastically** adv.

dysentery /ˈdɪsˈntrɪ/ n. 痢疾, 赤痢 **dysenteric** adj.

dysfunction /dɪsˈfʌŋkʃən/ n. 【醫】 機能障礙, 機能失調 **~al** adj. ① 機能失調的 ② (家庭)不和的; 不正常的.

dyslexia /dɪsˈlɛksɪə/ n. 【醫】誦讀

困難; 讀寫障礙; 字盲([俗]亦作 word blindness) **dyslexic** adj.

dysmenorrhoea, 美式 **dysmenorrhea** /ˌdɪsmɛnəˈrɪə/ n. & adj. 【醫】經痛 **dysmenorrh(o)eal** adj.

dyspepsia /dɪsˈpɛpsɪə/ or **dyspepsy** /dɪsˈpɛpsɪ/ n. 消化不良 **dyspeptic** adj. & n. 患消化不良的(人).

dystrophy /ˈdɪstrəfɪ/ or **dystrophia** /dɪˈstrəʊfɪə/ n. 失養症; 營養不良.

dz. abbr. = dozen(s).

E

E, e /iː/ abbr. ① =east(ern) ② = ecstasy [俚]烈性迷幻藥 ③ (E) 學習或考試成績)劣, 不及格 ④ =earth (尤指插頭)接地.

each /iːtʃ/ adj. & adv. & pron. 各, 各自(地), 每一(個) // **~ other** 互相.

eager /ˈiːgə/ adj. 渴望的; 熱切的 **~ly** adv. **~ness** n.

eagle /ˈiːɡl/ n. ① 鷹 ② [高爾夫] 比標準低兩桿入洞得分 **~t** n. 小鷹 **~-eyed** adj. 眼力敏銳的, 目光炯炯的.

ear¹ /ɪə/ n. ① 耳朵 ② 聽覺; 聽力; 傾聽; 注意 **~ache** n. 耳朵痛 **~drum** n. 【解】耳鼓 **~mark** vt. 把… 留作… 之用; 指定(錢等)的用途 ② 標記, 特徵 **~phone** n. 耳機 **~-piercing** adj. (聲音等)刺耳的 **~plug** n. 耳塞 **~ring** n. 耳環 **~shot** adj. 聽力所

及的範圍 // **be all ~s** [口]專心傾聽 **by ~** (指演奏時)憑記憶而不用看譜 **play it by ~** 視情況而定.

ear² /ɪə/ n. (糧食作物的)穗.

earful /ˈɪəfʊl/ n. ① [口]臭罵; 斥責 ② 聽厭了的事物.

earl /ɜːl/ n. [英]伯爵 **~dom** n. 伯爵爵位(或領地).

early /ˈɜːlɪ/ adj. ① 早, 早熟的 ② 早年的; 及早的 ③ 早期的; 古代的 adv. 提早地; 在初期 **earliness** n.

earn /ɜːn/ vt. ① 賺, 掙得 ② 博得; 贏得; 使得到 **~er** n. 賺錢者; 賺錢的事 **~ings** pl. n. 收入, 工資, 報酬, 利潤.

earnest¹ /ˈɜːnɪst/ adj. 認真的; 誠摯的; 重要的 **~ly** adv. **~ness** n. // **in ~** 認真地; 鄭重地.

earnest² /ˈɜːnɪst/ n. 定金, 保證金 (亦作 earnest money).

earth /ɜːθ/ n. ① 地球 ② 土地, 陸地; 地面 ③ 泥土, 土壤 ④ (狐狸等動物的)洞穴 ⑤【電】地線 vt. 使(電器)接地 ~**quake** n. 地震 ~**work** n. 泥土構築的工事 ~**worm** n. 蚯蚓 // **on** ~ 究竟, 到底; 世界上.

earthen /ˈɜːθən/ adj. 泥土做的; 陶製的 ~**ware** n. 陶器.

earthly /ˈɜːθlɪ/ adj. ① 塵世的, 世俗的 ② [口](用於否定句或疑問句)可能的; 可想像的 // **not have an ~ chance** [英口]一點希望也沒有.

earthy /ˈɜːθɪ/ adj. ① 泥土(似)的 ② 粗俗的; 粗俗的.

earwig /ˈɪəˌwɪɡ/ n.【昆】蠼螋, 地蜈蚣.

ease /iːz/ n. ① 安逸, 舒服; 悠閒, 自在, 使(電器)接地 ~ 不費力, 省事 v. ① 減輕(痛苦、憂慮等) 使舒服; 使安心 ② (使)困難減少; (使)減弱; (使)變鬆 ③ 小心翼翼地搬動(或移動) // **at** ~ 自由自在的;【軍】稍息 ~ **off** (痛苦等)減輕 ~ **up** 緩和; 減輕; 放鬆 **ill at** ~ 侷促不安的; 心神不寧的.

easel /ˈiːzəl/ n. 畫架.

east /iːst/ adj. & adv. 東(方)的; 東部的; 東邊的; 來自東方的; 在東方; 向東方 n. 東(方) ~**ly** adj. & adv. 東(方)的; 東部的; 向東的; (風)刮東方來的; 從東方 ~**bound** adj. 向東行的 ~**ward** adj. & adv. 向東的 ~**wards** adv. 向東(的) **the** ~ / **E**- n. 亞洲 // **the Middle E**- 中東(指埃及、以色列、約旦等國家和地區) **the Far**

E- 遠東(指印度、巴基斯坦、中國、日本等國家或地區).

Easter /ˈiːstə/ n.【宗】復活節 ~ **egg** (復活節的應節食品, 用巧克力、糖等製造的)復活節彩蛋.

eastern /ˈiːstən/ adj. 東(方)的; 東部的; 從東方來的 ~**er** n. (常用 ~**er**)[美]東部各州(來的)人 // **the** ~ **hemisphere** 東半球.

easy /ˈiːzɪ/ adj. ① 容易的, 省事的 ② 舒服的, 安樂的; 寬裕的 ③ 從容的, 鬆弛的; 懶散的 **easily** adv. **easiness** n. **easier said than done** 說來容易做來難 ~ **chair** 安樂椅 ~ **come**, ~ **go** 來得容易去得快 **take it** / **things** ~ 從容不迫, 無需着急.

easy-going /ˌiːzɪˈɡəʊɪŋ/ adj. 逍遙自在的, 從容不迫的, 悠閒的 **easygoingness** n.

eat /iːt/ v. (過去 ate 過去分詞 ~en) ① 吃(東西), 吃飯 ② 蛀; 腐蝕, 侵蝕 ~**able** adj. 可吃的 ~**ables** pl. n. 食物 // ~ **away** 侵蝕, 腐蝕 ~ **one's words** 收回前言, 承認說錯了話 ~ **out** 出去吃飯; 吃光; 侵蝕 ~ **up** 吃完; 消耗.

eau de Cologne /əʊ də kəˈləʊn/ n. = **cologne** 科隆香水.

eaves /iːvz/ pl. n. (屋)檐.

eavesdrop /ˈiːvzˌdrɒp/ v. 偷聽 ~**per** n. 偷聽者 ~**ping** n. 偷聽.

ebb /eb/ vi. & n. 落潮, 退潮 // **at a low** ~ 衰敗, 不振.

ebony /ˈebənɪ/ n. 烏木, 黑檀木 adj. 烏黑的, 漆黑的.

ebullient /ɪˈbʌljənt, ɪˈbʌl-/ adj. 熱情奔放的; 興高采烈的

ebullience *n.*

EC /iː siː/ *abbr.* = European Community 歐洲共同體.

eccentric /ɪkˈsɛntrɪk/ *adj.* ① (指人) 古怪的, 怪異的; 反常的 ② (指幾個圓) 不同圓心的. *n.* 行為古怪的人 **~ally** *adv.* **~ity** *n.*

ecclesiastic /ɪˌkliːziˈæstɪk/ *adj.* 基督教會的; 牧師的. *n.* 教士; 牧師(亦作 ~al).

ECG /iː siː dʒiː/ *abbr.* ① = electrocardiogram 心電圖 ② = electrocardiograph 心電點儀.

echelon /ˈɛʃəˌlɒn/ *n.* ①【軍】梯隊, 梯陣, 梯列 ② (組織、機構中的) 等級; 階層.

echo /ˈɛkəʊ/ *n.* ① 迴聲, 反響 ② 附和, 重複; 摹仿(者); 應聲蟲 *v.* ① 發出迴聲; (使)起反響; (使)起共鳴 ② 重複, 摹仿; 附和 // **~ sounder** 迴聲測探儀(亦作 sonar 聲納) **~ sounding** 聲納導航.

éclair /eɪˈklɛə, ɪˈklɛə/ *n.* [法](巧克力脆皮奶油餡)長條形小糕點(亦作 chocolate ~).

éclat /eɪˈklɑː, ekla/ *n.* [法] ① 輝煌成就 ② 光彩; 聲譽, 盛名 ③ 讚揚; 喝采.

eclectic /ɪˈklɛktɪk, ɛˈklɛk-/ *adj.* 折衷(主義)的. *n.* 折衷主義者 **~ally** *adv.* **~ism** 折衷主義.

eclipse /ɪˈklɪps/ *n.* ① (日、月)蝕 ② (名聲等的)喪失; 黯然無光; 失勢 *vt.* 使…黯然失色; 超越, 蓋過.

ecliptic /ɪˈklɪptɪk/ *n.*【天】黃道.

eclogue /ˈɛklɒg/ *n.* 田園詩; 牧歌.

eco- /ˈiːkəʊ/ *pref.* [前級] 表示"生態(學)"的.

eco-friendly /ˈiːkəʊˌfrɛndlɪ/ *adj.* 對生態環境無害的.

ecology /ɪˈkɒlədʒɪ/ *n.* 生態學 ecological *adj.* 生態(學)的; 主張保護生態的 ecologist *n.* 生態學家.

economic /ˌiːkəˈnɒmɪk, ˌɛkə-/ *adj.* 經濟上的; 經濟學的 // **~ migrant** 經濟移民.

economical /ˌiːkəˈnɒmɪkˈl, ˌɛkə-/ *adj.* 節儉的, 節約的; 經濟的; 精打細算的 **~ly** *adv.*

economics /ˌiːkəˈnɒmɪks, ˌɛkə-/ *pl. n.* (用作單)經濟學 (用作複)(國家的)經濟(狀況).

economize, -se /ɪˈkɒnəˌmaɪz/ *v.* 節約, 節省 economization *n.*

economy /ɪˈkɒnəmɪ/ *n.* ① 經濟(體系) ② 節約(措施) economist *n.* 經濟學家 // economies of scale 規劃經濟.

ecosystem /ˈiːkəʊˌsɪstəm, ˈɛkəʊ-/ *n.* 生態系統.

ecru /ˈɛkruː, ˈeɪkruː/ *adj.* 淡褐色的; 亞麻色的.

ecstasy /ˈɛkstəsɪ/ *n.* ① 狂喜, 心醉神怡 ②【藥】[俚] "靈魂出竅" 迷幻藥(亦作 Adam "亞當" 迷幻藥) ecstatic *adj.* ecstatically *adv.*

ECT /iː siː tiː/ *abbr.* = electroconvulsive therapy 電痙攣療法.

ectoplasm /ˈɛktəˌplæzəm/ *n.* (據說用招魂術能招回的)亡靈.

ECU /ˈeɪkjuː/ *abbr.* = European Currency Unit 歐洲貨幣單位.

ecumenical /ˌiːkjuˈmɛnɪkˀl, ˌɛk-/ adj. 全球基督教會的; 促進基督教會大團結的.

eczema /ˈɛksɪmə, ɪgˈziːmə/ n. 【醫】濕疹.

Edam /ˈiːdæm, ˈeːdam/ n. (荷蘭)艾登士士, 埃德姆起司.

eddy /ˈɛdɪ/ n. (風、水、塵、煙等)的漩渦; 渦流 v. (使)起漩渦, (使)旋轉.

edelweiss /ˈeɪdˀlˌvaɪs/ n. 【植】火絨草(產於阿爾卑斯山).

Eden /ˈiːdˀn/ n. ① 【聖】伊甸園 ② 人間樂園.

edge /ɛdʒ/ n. ① 刀刃, 刀口; 鋒; 銳利 ② 邊緣, 邊界, 界限 ③ (語氣等的)尖銳; (慾望等的)強烈 v. ① 開刃, 使(刀劍等)鋒利 ② 鑲邊, 滾邊 ③ (使)側着身挪動, 斜着身子慢慢擠進 ~ways adv. 刀刃(邊緣)朝外(或朝前); 從旁邊, 沿邊(亦作 ~wise) edging n. 邊緣; 邊飾 // ~ out 排擠(某人); 把(某人)逼走 have an / the ~ on [俗] 勝過 on ~ [俗]直立着(放); 緊張不安, 着急; 不耐煩.

edgy /ˈɛdʒɪ/ adj. 緊張不安的, 急躁的.

edible /ˈɛdɪbˀl/ adj. 可以吃的, (適合)食用的 edibility n.

edict /ˈiːdɪkt/ n. 法令, 敕令; 詔書; 佈告.

edifice /ˈɛdɪfɪs/ n. [書]大廈.

edify /ˈɛdɪˌfaɪ/ vt. 教誨, 開導, 啟發 edification n. edifier n. 教導者, 啟發者.

edit /ˈɛdɪt/ vt. ① 編輯, 編排 ② 剪輯(影片、錄音、電台或電視節目等) // ~ out (在編輯或剪輯過程中)刪除.

edition /ɪˈdɪʃən/ n. ① 版(本); 版次 ② 一版的印數 // ~ de luxe 精裝版, 豪華版 hard-back ~ 精裝本 paper-back ~ 平裝本.

editor /ˈɛdɪtə/ n. ① 編輯, 編者 ② = [美]~ial writer 社論撰寫人 ~ship n. 編輯的職務 // ~ in chief 總編輯, 主編.

editorial /ˌɛdɪˈtɔːrɪəl/ adj. 編輯(上)的; 編者的 n. 社論.

educate /ˈɛdjʊˌkeɪt/ vt. ① 教育; 培育; 訓練 ② 使受學校教育 ~d adj. 受過教育的 self-~d adj. 自學成材的.

education /ˌɛdjʊˈkeɪʃən/ n. ① 教育, 培育, 訓練 ② 教育學, 教授法 ~al adj. ~ally adv. ~alist n. 教育學家, 教育法專家 educative adj. 有教育意義的; 起教育作用的 // ~al leave 有薪教育假.

Edwardian /ɛdˈwɔːdɪən/ adj. 英王愛德華七世時代 (1901 至 1910 年)的; (尤指當時的風度、氣派、文學藝術等).

EEC /iː iː siː/ abbr. = European Economic Community 歐洲經濟共同體.

EEG /iː iː ˈdʒiː/ abbr. ① = electroencephalogram 腦電圖 ② = electroencephalograph 腦電圖描記儀.

eel /iːl/ n. 【魚】鰻; 鱔魚.

eerie, eery /ˈɪərɪ/ adj. 怪異可怕的 eerily adv.

efface /ɪˈfeɪs/ vt. 擦掉, 抹去; 除掉 ~ment n. // ~ oneself 不拋頭露

面; 埋沒自己; 不出風頭.

effect /ɪˈfekt/ *n.* ① 影響; 效果; 結果; 效力; 功效 ② 感觸, 印象; 外觀 ③ 要旨, 意義 ④ (*pl.*)財物, 動產; (影視、電台節目中的)音像效果 *vt.* ① 產生, 招致 ② 完成, 實現 // **give ~ to** 實現, 完成 **in ~** 正實行中, 有效; 實際上 **into ~** 生效 **of no ~** 無效; 不中用 **take ~** 奏效 **to the ~ that** … 大意是 … , 內容是 … **to this / that / the same ~** 按這種/那種/同樣意思.

effective /ɪˈfektɪv/ *adj.* ① 有效的; 生效的 ② 有力的, 給人深刻印象的 ③ 實質上的 ④【軍】有戰鬥力的 **~ly** *adv.* **~ness** *n.*

effectual /ɪˈfektjʊəl/ *adj.* [書]奏效的; 靈驗的; 有效的 **~ly** *adv.* **~ness** *n.*

effeminate /ɪˈfemɪnɪt/ *adj.* (指男子)女子氣的, 柔弱的, 嬌氣的 **effeminancy** *n.*

effervescent /ˌefəˈvesənt/ *adj.* ① 冒氣泡的, 起泡沫的 ② 生氣勃勃的; 興高采烈的; 熱情洋溢的 **effervescence** *n.*

effete /ɪˈfiːt/ *adj.* 精力枯竭的, 衰弱的; 無能的.

efficacious /ˌefɪˈkeɪʃəs/ *adj.* 有效的; (藥物等)靈驗的 **efficacy** *n.*

efficiency /ɪˈfɪʃənsɪ/ *n.* ① 效率 ② 功效; 效能; 性能.

efficient /ɪˈfɪʃənt/ *adj.* 效率高的; 有效的; 有能力的, 能勝任的 **~ly** *adv.*

effigy /ˈefɪdʒɪ/ *n.* 肖像, 雕像, 模擬像 // **burn sb in ~** 焚燒某人的模

擬像(以泄憤恨).

efflorescence /ˌefləˈresⁿns/ *n.* ① 開花(期) ② (事業等)全盛(期) ③【化】風化; 粉化; 鹽霜 **efflorescent** *adj.*

effluence /ˈeflʊəns/ or **efflux** /ˈeflʌks/ *n.* 流出(物).

effluent /ˈeflʊənt/ *n.* ① (從河、湖等流出的)水流, 支流 ② (陰溝、工廠排出的)污水, 廢水.

effluvium /eˈfluːvɪəm/ *n.* (*pl.* **-viums, -via**) (腐爛物或廢氣等發出的)惡臭, 臭氣 **effluvial** *adj.*

effort /ˈefət/ *n.* ① 努力, 盡力; 嘗試 ② 成就, 努力的成果 **~less** *adj.* 不(用)費力的; 容易的; 不作努力的 **~lessly** *adv.*

effrontery /ɪˈfrʌntərɪ/ *n.* 厚顏無恥, 臉皮厚.

effusion /ɪˈfjuːʒən/ *n.* ① (尤指液體的)流出; 瀉出; 噴出 ② [常貶] (思想感情等的)過份流露或抒發 **effusive** *adj.* 吐露心情的; 感情奔放的 **effusively** *adv.* **effusiveness** *n.*

EFTA /ˈeftə/ *abbr.* = European Free Trade Association 歐洲自由貿易聯盟.

EFTPOS, Eftpos /ˈeftpɒs/ *abbr.* = electronic funds transfer at point of sale 銷售點資金電子過戶.

e. g. /iː ˈdʒiː/ *abbr.* = exempli gratia [拉]例如([英]亦作 for example).

egalitarian /ɪˌɡælɪˈteərɪən/ *adj.* & *n.* 平等主義的(者), 平均主義的(者) **~ism** *n.* 平均主義, 平等主義.

egg¹ /eg/ *n.* ① (禽類及某些動物

的)蛋, 卵 ② 卵細胞(亦作~**cell**)
③ (作為食物的家禽)蛋, (尤指)
雞 蛋 ~**cup** *n.* (吃半熟雞蛋用的)
蛋杯 ~**head** *adj.* [口][貶]書呆
子, 知識份子 ~**plant** *n.* (= [英]
aubergine) [美]茄子 ~**shell** *n.* 蛋
殼 // **a bad** ~ [口]壞傢伙, 壞蛋
~ **timer** 煮蛋計時器.

egg ² /eg/ *vt.* (+ **on**) 慫恿, 煽動.

eglantine /ˈeɡlənˌtaɪn/ *n.*【植】多
花薔薇, 野玫瑰.

ego /ˈiːɡəʊ, ˈeɡəʊ/ *n.* 自我; 自負,
自私, 自尊 ~**centric** *adj.* [貶]自
我中心的; 自私的 ~**centricity** *n.*

egoism /ˈiːɡəʊˌɪzəm, ˈeɡ-/ *n.* ① 自
我主義, 利己主義 ② 自我中
心; 自吹自擂 egoist, egotist *n.* 自我主義者; 利己主義
者; 自高自大者 egoistic, egotistic
adj.

egregious /ɪˈɡriːdʒəs, -dʒɪəs/ *adj.*
[貶](常指缺點、過失等壞事)異
乎尋常的, 驚人的; 極端惡劣的
~**ly** *adv.* ~**ness** *n.*

egress /ˈiːɡres/ *n.* ① 外出, 出去
② 出路; 出路 ③ 外出權.

egret /ˈiːɡrɪt/ *n.*【鳥】白鷺.

Egyptian /ɪˈdʒɪpʃən/ *adj. & n.* 埃
及(人)的; 埃及人; 古埃及語.

Egyptology /ˌiːdʒɪpˈtɒlədʒɪ/ *n.* 埃
及學(指對埃及古代文化的研
究).

eider /ˈaɪdə/ *n.*【鳥】絨鴨 ~**down**
n. 鴨絨; 鴨絨被褥.

eight /eɪt/ *num. & n.* ① 八, 八個
② 八槳划艇, 八人划艇隊 ~**h**
num. & n. ① 第八(個) ② 八分之
一(的) ③ (每月的)第八日.

eighteen /eɪˈtiːn/ *num. & n.* 十八,
十八個 ~**th** *num. & n.* ① 第十八
(個); 十八分之一(的) ② (每月
的)十八日.

eighty /ˈeɪtɪ/ *num. & n.* 八十, 八十
個 eightieth *num. & n.* 第八十
(個); 八十分之一(的) // **the
eighties** 20 世紀 80 年代.

eisteddfod /aɪˈstedfəd, aɪˈsteðvəd/
n. (常用 **E**-)(威爾斯的)文藝、詩
歌、音樂演唱比賽大會.

either /ˈaɪðə, ˈiːðə/ *pron. & adj.* (兩
者中)任何一個的; (兩者中)每
一方的 *adv.* (否定時用)也(不);
而且還 *conj.* (用於 ~ … **or** …)
或 … 或 …, 不是 … 就是 … ~**-or**
adj. [俗]兩者擇一的.

ejaculate /ɪˈdʒækjʊˌleɪt/ *v.*
① 射出(精液等) ② 突然叫喊
ejaculation *n.* (精液的)射出; 突
然的喊叫.

eject /ɪˈdʒekt/ *v.* ① 投出, 噴出, 射
出 ② 逐出; 排斥 ~**ion** *n.* ~**or** *n.*
噴射器, 彈射器 // ~**or seat**【空】
彈射座椅.

eke /iːk/ *vt.* (+ **out**) ① (節省地消
費)使(供應)維持長久 ② 節衣縮
食地生活; 勉強糊口.

elaborate /ɪˈlæbərɪt, ɪˈlæbəˌreɪt/ *adj.*
① 精緻的; 精心的, 認真的; 詳
盡的 ② 複雜的 *v.* ① 精心製作
② 詳盡闡述 ~**ly** *adv.* elaboration
n.

élan /eɪˈlɑːn, eɪˈlæn, French elɑ̃/ *n.*
[法]幹勁, 活力; 熱情奔放.

eland /ˈiːlənd/ *n.*【動】(南非)大羚
羊.

elapse /ɪˈlæps/ *vi. & n.* (時間)過去,

(光陰)消逝.

elastic /ɪˈlæstɪk/ *adj.* ① 有彈性的 ② 有伸縮性的; 靈活的 *n.* 橡皮筋, 鬆緊帶 **~ity** *n.*

elate /ɪˈleɪt/ *vt.* 使得意, 使興高采烈 **~d** *adj.* 得意洋洋的, 興高采烈的 **elation** *n.*

elbow /ˈelbəʊ/ *n.* ① 肘; (上衣之)肘部 ② 彎頭, 彎管 *v.* (用肘)推; 擠進 // **~ grease** [俗]重活, 累人的工作 **~ room** [口]活動餘地, 自由行動的空間.

elder [1] /ˈeldə/ *adj.* 年長的; 資格老的 *n.* ① 長輩, 老一輩; 年長者 ② (教會的)長老 **~ly** *adj.* 上了年紀的, 快要年老的 **eldest** *adj.* 最年長的.

elder [2] /ˈeldə/ *n.* [植]接骨木.

El Dorado /el dɔˈrɑːdəʊ, el dɔˈrɑðo/ *n.* (傳說中的)黃金國; 理想的福地.

elect /ɪˈlekt/ *v.* ① 選舉; 推選 ② (作出)選擇, 決定 *adj.* (置於名詞後)候任的; 選中的, 選定的 **~ion** *n.* 選舉(權); 當選 **~ioneer** *vi.* 競選, 拉選票.

elective /ɪˈlektɪv/ *adj.* ① 選舉的, 由選舉產生的; 有選舉權的 ② [美](大學課程)選修的 *n.* [美]選修課.

elector /ɪˈlektə/ *n.* (合格的)選舉人 **~al** *adj.* 選舉(人)的 **~ate** *n.* (全體)選民; 選舉區; 選舉團.

electric /ɪˈlektrɪk/ *adj.* ① 電的; 導電的; 發電的, 電動的 ② 令人驚心動魄的 **~s** *pl. n.* 電氣設備 // **~ chair** [美](死刑用的)電椅 **~ shock** 電擊, 觸電.

electrical /ɪˈlektrɪkʲl/ *adj.* 電的; 與電有關的 **~ly** *adv.*

electrician /ɪlekˈtrɪʃən, iːlek-/ *n.* 電工; 電氣技師.

electricity /ɪˈtrɪsɪti, iːlek-/ *n.* ① 電, 電力; 電流, 電荷 ② 電學 ③ 強烈的緊張情緒; 熱情.

electrify /ɪˈlektrɪfaɪ/ *vt.* ① 使充電, 使通電, 使觸電; 使電氣化 ② 使震驚, 使激動 **electrification** *n.*

electro- /ɪˈlektrəʊ/ *pref.* [前綴] 表示 "電; 電的; 用電的".

electrocardiogram /ɪˌlektrəʊˈkɑːdɪəʊˌgræm/ *n.* 【醫】心電圖.

electrocardiograph /ɪˌlektrəʊˈkɑːdɪəʊˌgrɑːf, -ˌgræf/ *n.* 【醫】心電圖儀.

electroconvulsive therapy /ɪˌlektrəʊkənˈvʌlsɪv ˈθerəpɪ/ *n.* 【醫】電痙攣療法(略作 ECT).

electrocute /ɪˈlektrəˌkjuːt/ *vt.* 用電刑處死; 使觸電而死(或受傷) **electrocution** *n.*

electrode /ɪˈlektrəʊd/ *n.* 電極.

electrodynamics /ɪˌlektrəʊdaɪˈnæmɪks/ *pl. n.* 電動力學.

electroencephalogram /ɪˌlektrəʊenˈsefələˌgræm/ *n.* 【醫】腦電圖.

electroencephalograph /ɪˌlektrəʊenˈsefələˌgrɑːf, -ˌgræf/ *n.* 【醫】腦電圖儀.

electrolysis /ɪˈlektrɒlɪsɪs/ *n.* ① 電解(作用) ② 用電針除掉毛髮(痣)等.

electrolyte /ɪˈlektrəʊˌlaɪt/ *n.* 電

解質, 電離質; 電解(溶)液 electrolytic *adj.*

electromagnet /ɪˌlɛktrəʊˈmægnɪt/ *n.*【物】電磁體; 電磁鐵 **-ic** *adj.* 電磁的 **~ism** *n.* 電磁(學)

electromagnetics /ɪˌlɛktrəʊmægˈnɛtɪks/ *pl. n.* (用作單)電磁學.

electron /ɪˈlɛktrɒn/ *n.* 電子 **~ic** *adj.* // **~ microscope** 電子顯微鏡 **~ic mail** 電子郵件 **~ic publishing** 電子出版.

electronics /ɪlɛkˈtrɒnɪks, ˌiːlɛk-/ *pl. n.* (用作單)電子學.

electroplate /ɪˈlɛktrəʊˌpleɪt/ *vt.* 電鍍 electroplating *n.*

elegant /ˈɛlɪɡənt/ *adj.* 優雅的, 雅緻的, 優美的, 高尚的, 精緻的 **-ly** *adv.* elegance *n.*

elegy /ˈɛlɪdʒɪ/ *n.* 哀歌, 挽歌 elegiac *adj.* 悲哀的, 哀怨的.

element /ˈɛlɪmənt/ *n.* ① 成分, 要素 ②【化】元素 ③ (火、土、水、氣)四行(或四元素)之一 ④ (電器中的)發熱元件 ⑤ 少量, 微量 ⑥ *(pl.)*(風、雨、寒冷等)惡劣天氣情況 ⑦ *(pl.)*原理, 基礎 **-al** *adj.* 基本的; 自力力的, 強大的, 難以控制的, 可怕的 // **in one's ~** 適得其所 **out of one's ~** 格格不入.

elementary /ˌɛlɪˈmɛntərɪ, -trɪ/ *adj.* ① 初步的; 基礎的, 基本的 ② 簡單的, 淺顯易懂的 elementarily *adv.* elementariness *n.* // **~ school** 小學.

elephant /ˈɛlɪfənt/ *n.* 象 **~ine** *adj.* 笨拙的, 笨重的; 累贅的; 巨大

的; 如象的.

elephantiasis /ˌɛlɪfənˈtaɪəsɪs/ *n.*【醫】象皮病.

elevate /ˈɛlɪˌveɪt/ *vt.* ① 舉起, 抬高(聲音、炮口等)② 提升, 提拔 ③ 鼓舞, 振奮; 使(思想等)高尚; 使(意氣)發奮向上 **-d** *adj.* 崇高的, 高尚的; 振奮的, 歡欣的.

elevation /ˌɛlɪˈveɪʃən/ *n.* ① [書]提升, 擢升 ② 崇高, 高尚 ③ 高舉, 高升 ④ 高處, 高地; 高度; 海拔 ⑤ (槍炮等)的仰角 ⑥【建】正視圖.

elevator /ˈɛlɪˌveɪtə/ *n.* [美]電梯 ([英]亦作 lift).

eleven /ɪˈlɛvˀn/ *num. & n.* ① 十一, 十一個 ②【體】十一個人組的球隊 **~th** *num. & n.* ① 第十一(個); 十一分之一(的) ② (每月的)第十一日 **~-plus** *n.* (英國為 11 歲學童舉行的)初中升學考試(以作為升入何種中學之依據) **~ses** *n.* (上午 11 時前後吃的)午前茶點 // **~ the hour** 最後時刻, 危急時候.

elf /ɛlf/ *n.* *(pl.* elves)(神話傳說中)淘氣的小精靈, 頑皮的小孩 **~in** *adj.* 小精靈似的; 小巧精緻的.

elicit /ɪˈlɪsɪt/ *vt.* 引出, 探出(消息、事實等); 獲悉~ation *n.*

elide /ɪˈlaɪd/ *vt.*【語】省略(元音、音節等)elision *n.*

eligible /ˈɛlɪdʒəbˀl/ *adj.* ① 有資格的, 合格的 ② 可選作配偶(尤指丈夫)的 eligibility *n.* eligibly *adv.*

eliminate /ɪˈlɪmɪˌneɪt/ *vt.* 排除, 消除, 消除, 淘汰; [口]消滅, 幹掉 elimination *n.*

elite, é- /eɪˈliːt, ɪ-/ n. ① 社會精英, 傑出人物, (權傾朝野、富可敵國的)人士 ② 精銳部隊 **elitism** n. 精英統治論, 精英意識, 高人一等的優越感 **elitist** adj. & n. 精英統治論的(者); 有精英主義的(者).

elixir /ɪˈlɪksə/ n. ①【藥】配劑; 甘香糖漿液 ②【靈丹妙藥; 仙丹.

Elizabethan /ɪˌlɪzəˈbiːθən/ adj. & n. (英國女王)伊利沙伯一世時代的(人)(公元 1558 至 1603 年).

elk /ɛlk/ n.【動】麋鹿 **~hound** n. 挪威獵麋犬.

ellipse /ɪˈlɪps/ n. 橢圓(形).

ellipsis /ɪˈlɪpsɪs/ n. (pl. **-ses**)【語】省略.

elliptic(al) /ɪˈlɪptɪk/ adj. ① 橢圓(形)的 ② 省略的 ③ (指語言、文字)模棱兩可的, 模糊難懂的.

elm /ɛlm/ n.【植】榆木(木).

elocution /ˌɛləˈkjuːʃən/ n. 演說術, 雄辯術, 朗誦法.

elongate /ˈiːlɒŋɡeɪt/ v. 拉長, (使)伸長 **elongation** n.

elope /ɪˈləʊp/ vi. 私奔 **~ment** n.

eloquence /ˈɛləkwəns/ n. 雄辯; 口才; 修辭 **eloquent** adj. 雄辯的; 有說服力的; 強烈地顯示出的 **eloquently** adv.

else /ɛls/ adv. & adj. 另外(的), 其他(的); 別的 // **or ~** 否則, 要不然; [口](用於語末表示威脅或警告)… 要不然的話, 哼!(否則, 給你點厲害瞧瞧!).

elsewhere /ˈɛlsˈwɛə/ adv. 在別處, 向別處.

elucidate /ɪˈluːsɪˌdeɪt/ v. 闡明, 說明

elucidation n.

elude /ɪˈluːd/ vt. ① 難倒, 使困惑不解 ② 逃避, 規避 **elusive** n. 難懂的; 無從捉摸的; 易忘記的(亦作 **elusory**) **elusively** adv. **elusiveness** n.

elver /ˈɛlvə/ n.【魚】幼鰻.

elves /ɛlvz/ n. elf 的複數.

em /ɛm/ n.【印】(空鉛)全身.

emaciated /ɪˈmeɪsɪˌeɪtɪd/ adj. 消瘦的; 憔悴的 **emaciation** n.

email, e-mail /ˈiːmeɪl/ n. & v. = electronic mail 電子郵件(用電腦發出及接收的文件).

emanate /ˈɛməˌneɪt/ vi ① 發出, 射出 ② 發源, 起源, 來自 **emanation** n.

emancipate /ɪˈmænsɪˌpeɪt/ vt. 解放; 解除(政治、社會、法律上所受的)束縛 **~d** adj. 解放了的; 不為習俗所拘束的; 不落俗套的 **emancipation** n.

emasculate /ɪˈmæskjʊˌleɪt/ vt.【醫】閹割, 去勢; 使柔弱 **emasculation** n.

embalm /ɪmˈbɑːm/ vt. ① 用香料(或防腐劑等)保存(屍體) ② 使不朽; 使不被遺忘 **~ment** n.

embankment /ɪmˈbæŋkmənt/ n. 堤防, 堤岸, (鐵路的)路基.

embargo /ɛmˈbɑːɡəʊ/ n. (pl. **-goes**) 封港令; 禁運 vt. 封(港); 禁運, 停止(通商).

embark /ɛmˈbɑːk/ v. ① (使)上船, (使)上機機 ② (+ **on** / **upon**) (使)從事, 開始; (使)着手 **~ation** n.

embarrass /ɪmˈbærəs/ vt. 使窘困, 使難堪, 使尷尬 **~ment** n.

embarrassing /ɪmˈbærəsɪŋ/ *adj.* 令人難堪的 **~ly** *adv.*

embassy /ˈembəsɪ/ *n.* ① 大使館 ② 大使及全體使館工作人員.

embattled /ɪmˈbætld/ *adj.* ① 嚴陣以待的；被圍困的 ② 困難重重的.

embed /ɪmˈbed/ *vt.* ① 埋置；牢牢嵌入於 ② 銘記；牢記.

embellish /ɪmˈbelɪʃ/ *vt.* 裝飾, 佈置, 給…潤色, 為…添加(細節) **~ment** *n.*

ember /ˈembə/ *n.* (常用複)餘燼, 餘火.

embezzle /ɪmˈbezl/ *vt.* 貪污；侵吞, 盜用(公款；財物) **~ment** *n.* **~r** *n.* 貪污者, 侵吞公款者.

embitter /ɪmˈbɪtə/ *vt.* 激怒, 使怨恨 **~ed** *adj.* 憤憤不平的 **~ment** *n.*

emblazon /ɪmˈbleɪz'n/ *vt.* ① 用鮮艷顏色裝飾 ② 宣佈, 公佈；廣為宣傳.

emblem /ˈembləm/ *n.* 象徵, 標誌；紋章, 徽章 **~atic** *adj.*

embody /ɪmˈbɒdɪ/ *vt.* ① 體現, 表現；使具體化 ② 包含；包括 **embodiment** *n.* 化身；體現.

embolden /ɪmˈbəʊld'n/ *vt.* 給…壯膽；鼓勵.

embolism /ˈembəˌlɪzəm/ *n.* 【醫】(因血塊或氣泡而形成的)血管栓塞 **~ic** *adj.*

emboss /ɪmˈbɒs/ *vt.* 刻, 壓, 浮雕, 花紋於(金屬、紙)上 ② 使凸起；(用模子)壓花, 壓紋 **~ed** *adj.* 凹凸的, 壓花的.

embrace /ɪmˈbreɪs/ *v.* ① 擁抱, 摟抱 ② 包圍, 環繞；包括, 包含 ③ 採用, 接受；信奉 *n.* 懷抱, 擁抱；領會；包圍.

embrasure /ɪmˈbreɪʒə/ *n.* ①【建】(門窗等漏斗形)斜面牆 ②【軍】炮眼, 槍眼, 射擊孔.

embrocation /ˌembrəʊˈkeɪʃn/ *n.* 【醫】(消除腫痛用的)塗擦劑.

embroider /ɪmˈbrɔɪdə/ *vt.* ① 刺繡(於)；繡花(於) ② 潤色；渲染；修飾 **~y** *n.* 刺繡法, 刺繡品；潤色, 修飾.

embroil /ɪmˈbrɔɪl/ *vt.* 使牽連, 使拖累, 使捲入(糾紛、爭吵) **~ment** *n.*

embryo /ˈembrɪˌəʊ/ *n.* ① 胚胎 ② 萌芽時期(的事物) **~nic** *adj.* 胚胎的；萌芽期的；初期的 // **in ~** 初期的；計劃中的, 醞釀中的.

embryology /ˌembrɪˈɒlədʒɪ/ *n.* 胚胎學 **embryologist** *n.* 胚胎學家.

emend /ɪˈmend/ *vt.* 校勘, 校訂 **~ation** *n.*

emerald /ˈemərəld, ˈemrəld/ *n.* ①【礦】祖母綠 ② 綠寶石, 翡翠 *adj.* 翠綠色的.

emerge /ɪˈmɜːdʒ/ *vi.* ① 出現；顯露 ② 擺脫 ③ 發生, 暴露 **~nce** *n.* **~nt** *adj.* 剛出現的, 新興的.

emergency /ɪˈmɜːdʒənsɪ/ *n.* 緊急情況；突發事件；非常時期 // **~ door / exit** 太平門 **~ treatment** 急診.

emeritus /ɪˈmerɪtəs/ *adj.* 退休而保留頭銜的；名譽的 // **~ professor** 名譽教授.

emery /ˈemərɪ/ *n.* 金鋼砂 // **~ board** 指甲砂銼 **~ wheel** 砂輪.

emetic /ɪˈmetɪk/ *n.* 【藥】催吐劑

adj. 催吐的 **~ally** *adv.*

emigrate /ˈemɪˌgreɪt/ *v.* (使)遷移定固(外國) **emigrant** *n.* 移居外國的人 **emigration** *n.* emigratory *adj.*

émigré /ˈemɪˌgreɪ, emigreɪ/ *n.* [法] (因政治原因而到外國的)流亡者.

eminence /ˈemɪnəns/ *n.* ① 高超; 卓越; 傑出; 著名; 顯赫 ② (E-) 【宗】閣下(對紅衣主教的尊稱).

eminent /ˈemɪnənt/ *adj.* 著名的; 顯赫的; 傑出的, 卓越的 **~ly** *adv.*

emir /ˈmɪr/ *n.* 埃米爾(穆斯林酋長、王公或長官的稱號) **~ate** *n.* 埃米爾的統治; 酋長國.

emissary /ˈemɪsəri, -ɪsrɪ/ *n.* ① 使者, 密使 ② 特務; 間諜.

emit /ˈmɪt/ *vt.* 散發, 放射, 發出(光、熱、聲、氣味等) **emission** *n.* ① (光、熱、聲等)散發, 發出, 放射 ② 放射物, 發射物, 流出物; (尤指)【醫】泄精, 夢遺.

emollient /ˈmɒlɪənt/ *adj. & n.* 使(皮膚等)柔軟的;【藥】潤膚劑, 柔和劑.

emolument /ˈmɒljəmənt/ *n.* 薪水, 酬金; 津貼.

emotion /ˈməʊʃən/ *n.* ① 激情, 情感, 情緒 ② 激動 **~less** *adj.* 沒有感情的; 冷淡的 **~lessly** *adv.*

emotional /ˈməʊʃənl/ *adj.* ① 感情(上)的 ② (易)激動的, 易動感情的 ③ 激動人心的 **~ly** *adv.* // **~ intelligence** 情商(亦稱 **~ quotient**)(略作 EQ).

emotive /ˈməʊtɪv/ *adj.* (指言詞等)易引起(人們)感情的, 動人的 **~ly** *adj.* **emotivity** *n.* 感觸性.

empathy /ˈempəθɪ/ *n.* 移情作用; 心心相印的狀態)【心】神入 **empathize** *vi.* 經歷移情作用; 感到(與人)心心相印.

emperor /ˈempərə/ *n.* 皇帝.

emphasis /ˈemfəsɪs/ *n.* (*pl.* **-ses**) ① 強調, 重點, 着重; 重要性 ② 顯著, 鮮明 ③【語】強調語勢, 強語氣,【語】強音 **emphasize** *vt.*

emphatic /ɪmˈfætɪk/ *adj.* ① 強調的, 着重的, 加強語氣的 ② 有力的, 斷然的; 顯著的 **~ally** *adv.*

emphysema /ˌemfɪˈsiːmə/ *n.*【醫】(肺)氣腫 **~tous** *adj.*

empire /ˈempaɪə/ *n.* 帝國; 帝國版圖; (集團或個人控制的)大企業, 大公司.

empirical /emˈpɪrɪkˈl/ or **empiric** /emˈpɪrɪk/ or **empiricutic** /ˌempɪˈkjuːtɪk/ *adj.* 經驗主義的, 以經驗為根據的; 實證的 **~ly** *adv.* **empiricism** *n.* 經驗主義,【哲】經驗論 **empiricist** *n.* 經驗主義者; 經驗論者.

emplacement /ɪmˈpleɪsmənt/ *n.* ①【軍】炮位, 炮台 ② 安放, 放置.

employ /ɪmˈplɔɪ/ *vt.* ① 僱用, 任用 ② 使用 ③ 使忙於, 使從事於 *n.* 僱用; 使用; 職業 **~able** *adj.* 具備受僱條件的 **~ee** *n.* 僱工, 僱員, 職員 **~er** *n.* 僱主, 老闆.

employment /ɪmˈplɔɪmənt/ *n.* ① 僱用; 使用 ② 職業, 工作 // **~ agency** 職業介紹所 **~ exchange** [英](勞工部下屬的)勞工就業介紹處(亦作 labour exchange).

emporium /ɛmˈpɔːrɪəm/ n. (pl. **-riums, -ria**) [謔][書]商業中心; 大商場; 大百貨商店.

empower /ɪmˈpaʊə/ vt. 授權, 准許.

empress /ˈɛmprɪs/ n. 女皇; 皇后 // ~ **dowager** 皇太后.

empties /ˈɛmptɪz/ pl. n. 空桶; 空瓶; 空箱; 空車.

empty /ˈɛmptɪ/ adj. ① 空的; (房屋等)沒有人佔用的 ② 空虛的, 空洞的 ③ 無聊的, 愚蠢的 ④ 空開的; 無效的, 徒勞的 ⑤ 空寂的, 無人煙的 ⑥ [口]餓著肚子的, 空腹的; (母畜)未懷孕的 v. ① 弄空; 用空; 變空 ② (使)流入 emptiness n. 空手的; 一無所獲的 **~-handed** adj. 空手的; 一無所獲的 **~-headed** adj. [口]愚蠢的, 沒有頭腦的.

EMS /iː ɛm ɛs/ abbr. ① = European Monetary System 歐洲貨幣體系 ② = Express Mail 郵政特快.

emu /ˈiːmjuː/ n. [鳥] 鴯鶓(產於澳洲不會飛翔的長腿大鳥).

EMU /iː ɛm juː/ abbr. = Euro Monetary Union 歐洲貨幣單位.

emulate /ˈɛmjʊˌleɪt/ vt. ① 與…競爭(或競賽) ② 努力趕上(或超過) ③ 竭力仿效 emulation n.

emulsify /ɪˈmʌlsɪˌfaɪ/ vt. 【化】使乳化 emulsifier n. 乳化劑; 乳化器.

emulsion /ɪˈmʌlʃən/ n. ①【藥】乳劑 ②【攝】感光乳液(亦作 **sensitive** ~) ③ = ~ **paint** [口]乳狀漆.

en /ɛn/ n. [印]對開, 半方 (em 的

一半).

enable /ɪnˈeɪbˀl/ vt. ① 使能夠, 使得, 使成為可能 ② 賦予能力; 授予權力.

enact /ɪnˈækt/ vt. ① 制定(法律); 頒佈; 規定 ② 扮演, 演出 **~ment** n. ① (法律的)制定、頒佈 ② 法令, 法規 ③ (戲劇的)上演.

enamel /ɪˈnæməl/ n. ① 搪瓷, 琺琅, 瓷釉 ② (牙齒表面的)琺琅質 vt. 塗上搪瓷(或琺琅、瓷釉) **~ware** n. 搪瓷器皿.

enamoured, 美式 enamored /ɪˈnæməd/ adj. (+ of / with) 迷戀的, 傾心於(…的), 醉心於(…的).

en bloc /ã blɔk/ adv. [法]總; 全體; 一起.

encamp /ɪnˈkæmp/ v. (使)紮營, (使)宿營 **~ment** n.

encapsulate, in- /ɪnˈkæpsjʊˌleɪt/ or **encapsule** /ɪnˈkæpsjuːl/ vt. ① 把…包於膠囊中 ② (指資料、訊息等)壓縮, 節縮 encapsulation n.

encase /ɪnˈkeɪs/ vt. ① 裝於箱內, 放入套(或盒、殼)內 ② 包裝, 圍 **~d** adj. **~ment** n.

encephalitis /ˌɛnsɛfəˈlaɪtɪs, ˌɛnkɛf-/ n. 【醫】腦炎.

encephalogram /ɛnˈsɛfələˌɡræm/ n. (**electro** ~ 之略)【醫】腦電圖.

enchant /ɪnˈtʃɑːnt/ vt. ① 使迷醉, 使魂銷 ② 施魔法於 **~er**, (fem.) **~ress** n. (女)妖人, (女)巫士, (女)法師 **~ment** n.

enchanting /ɪnˈtʃɑːntɪŋ/ adj. 迷人的, 令人心曠神怡的 **~ly** adv.

enchilada /ˌɛntʃɪˈlɑːdə/ n. (墨西哥

辣醬粟米肉餡捲餅.

encircle /ɪnˈsɜːkˀl/ *vt.* 環繞, 包圍; 繞…行一周 **—ment** *n.*

enclave /ˈɛnkleɪv/ *n.* (包圍在別國領土上的) 飛地.

enclose, in- /ɪnˈkləʊz/ *vt.* ① 圍住; 圈起 ② 附寄, (隨函)封入 **enclosure** *n.* ① 包圍, 圍繞; 封入 ② 附件; 包入物, 封入物 ③ 圈圍牆, 圍欄.

encomium /ɛnˈkəʊmɪəm/ *n.* (*pl.* **-miums, -mia**) [書]讚揚; 頌詞.

encompass /ɪnˈkʌmpəs/ *vt.* ① 圍繞, 包圍 ② 包含, 包括 ③ 完成, 達到(常指造成不良後果者) **—ment** *n.*

encore /ˈɒŋkɔː/ *int.* 再來一個! *n.* 要求再演; 重演(的節目); 再唱(的歌).

encounter /ɪnˈkaʊntə/ *v. & n.* ① (偶然)遭遇; 遇到(危險、困難) ② 邂逅, 碰見 ③ 遭遇, 衝突 **~group** *n.* 病友談心治療小組(一種精神療法).

encourage /ɪnˈkʌrɪdʒ/ *vt.* 鼓勵; 贊助; 促進; 慫恿 **—ment** *n.* **encouraging** *adj.* **encouragingly** *adv.*

encroach /ɪnˈkrəʊtʃ/ *vi.* (+ **on** / **upon**) 侵佔, 侵犯; 侵蝕, 蠶食 **~ment** *n.*

encrust, in- /ɪnˈkrʌst/ *vt.* 把…包上外殼; (用寶石、金、銀等)鑲飾(表面) **encrusted** *adj.*

encumber, in- /ɪnˈkʌmbə/ *vt.* ① 妨害, 阻礙, 拖累 ② 阻塞; 堆滿.

encumbrance, in- /ɪnˈkʌmbrəns/ *n.* 妨害者; 阻礙物; 累贅 // **without**

~s 沒有家室之負擔.

encyclic(al) /ɛnˈsɪklɪkəl/ *n.* (教皇對教會的)通諭.

encyclop(a)edia /ɛnˌsaɪkləʊˈpiːdɪə/ *n.* 百科全書 **encyclop(a)edic** *adj.* 百科全書的; 包羅萬象的; 廣博的, 淵博的.

end /ɛnd/ *n.* ① 末端; 盡頭; 終點; 極限 ② 結尾, 結局, 結束 ③ 目的, 目標 ④ [婉]死亡; 毀滅; 下場 ⑤ [球賽時]一方所佔的場地 ⑥ (常用複)殘片, 殘餘部份 *v.* 結束; (使)完結; 終止; 消滅; 了結 **~ing** *n.* 結局, 結尾; 收場; 死亡 **~less** *adj.* 無窮的, 無盡的; 不斷的 **~ways, ~wise** *adv.* 豎着; 末端朝上(或前) // **~ product** 最後產物, 最終結果; (工廠的)成品 **make ~s meet** 量入為出, 使收支相抵 **no ~**[口]無限; 非常 **no ~ of**[口]無數的; 很多 **on ~** 豎着; 筆直地; 連續不停地.

endanger /ɪnˈdeɪndʒə/ *vt.* 危及, 危害, 使遭到危險 // **~ed species** 瀕危物種.

endear /ɪnˈdɪə/ *vt.* 使受喜愛 **~ing** *adj.* 可愛的, 惹人喜愛的 **~ment** *n.* 親愛的言詞(或行為); 愛撫.

endeavour, 美式 endeavor /ɪnˈdɛvə/ *v.* 努力; 盡力 *vi.* 竭力, 力圖.

endemic /ɛnˈdɛmɪk/ *adj.* ① (尤指疾病)地方性的; (動植物等)某地特產的 ② (風土、人情等)某地(或某民族)特有的.

endive /ˈɛndaɪv/ *n.* 【植】苦白菜, 菊萵苣([美]亦作 **chicory**).

endocrine /ˈɛndəʊˌkraɪn, -krɪn/

adj.【醫】內分泌的 // ~ **gland** (= ductless gland) 內分泌腺.

endogenous /ɛnˈdɒdʒɪnəs/ *adj.* 【生】內長的, 內生的, 內源的 // ~ **metabolism** 內源代謝.

endorse, in- /ɪnˈdɔːs/ *vt.* ① 贊同, 認可; 擔保【商】在(支票等)背面簽名, 背書, 背署 ③ [英](在駕駛執照上)註明交通違章記錄 endorsement *n.*

endow /ɪnˈdaʊ/ *vt.* ① 捐贈基金給(學校、醫院等) ② (+ with) 授予, 賦予.

endowment /ɪnˈdaʊmənt/ *n.* ① 捐贈, 捐款; 基金 ② 養老金 ② 天賦, 天資 // ~ **policy** 養老保險單.

endurance /ɪnˈdjʊərəns/ *n.* ① 忍耐(力) ② 耐久(性), 持久(力); 持久性 // **beyond / past ~** 忍無可忍 ~ **test** 耐力試驗.

endure /ɪnˈdjʊə/ *v.* ① 忍耐, 忍受; 容忍 ② 持久, 持續 endurability *n.* endurable *adj.* endurably *adv.*

enduring /ɪnˈdjʊərɪŋ/ *adj.* 持久的, 永久的 ~**ly** *adv.* ~**ness** *n.*

enema /ˈɛnɪmə/ *n.*【醫】灌腸(藥); 灌腸器.

enemy /ˈɛnəmɪ/ *n.* ① 敵人, 仇敵; 敵國; 敵軍 ② 危害物; 大害.

energy /ˈɛnədʒɪ/ *n.* ① 幹勁; 精力; 能力 ② (由油、煤、電等產生的)能 ③【物】能量 energetic *adj.* 精力充沛的; 生氣勃勃的 energetically *adv.* energize *v.* ① 給予能量; 加強; 使精力充沛 ② (使)通電.

enervate /ˈɛnəˌveɪt, ɪˈnɜːveɪt/ *vt.* 使衰弱, 削弱 ~**d** *adj.* 無力的, 衰弱

的 enervation *n.*

enfant terrible /ɑ̃fɑ̃ tɛriblə/ *n.* (*pl.* enfants terribles)(單複發音相同) [法] ① (思想、言行)離經叛道、鋒芒畢露和肆無忌憚的人 ② (說話發問令大人窘困的)早熟兒童.

enfeeble /ɪnˈfiːbl/ *vt.* 削弱, 使衰弱 ~**d** *adj.* ~**ment** *n.*

enfold, in- /ɪnˈfəʊld/ *vt.* ① 包, 包裹 ② 擁抱.

enforce /ɪnˈfɔːs/ *vt.* ① 實施, 執行(法律等) ② 強迫, 強制 ③ 加強, 充實(論點, 信仰等) ~**able** *adj.* 可實施的; 可強行的 ~**ment** *n.*

enfranchise /ɪnˈfræntʃaɪz/ *vt.* 給予選舉權(或公民權) ~**ment** *n.*

engage /ɪnˈɡeɪdʒ/ *v.* ① (使)從事於, 使忙於; (使)參加 ② 僱用, 聘用; 預訂, 訂房, 訂座 ③ (使)交戰 ④ (使)允諾, (使)保證 ⑤ 吸引(注意力等); 佔去(時間等) ⑥【機】(使)嚙合, 銜接.

engaged /ɪnˈɡeɪdʒd/ *adj.* ① (指人)忙碌的, 有事的 ② [英](電話)佔線的 (美亦作 busy) ③ ~ **to be** 已(與人)訂婚的 ④ (指廁所有人在用的); (指座位、餐桌)已訂的 // **be otherwise ~** 沒空; 正忙着別的事.

engagement /ɪnˈɡeɪdʒmənt/ *n.* ① 訂婚 ② 約會 ③ 契約, 約束; 預約 ④ 交戰 ⑤ 僱用 // ~ **ring** 訂婚戒指 **enter into / make an ~(with)** 與人訂婚.

engaging /ɪnˈɡeɪdʒɪŋ/ *adj.* 吸引人的, 美麗可愛的 ~**ly** *adv.*

engender /ɪnˈdʒɛndə/ *v.* (使)發生,

(使)產生; 惹起; 釀成.

engine /ˈendʒɪn/ n. ① 引擎, 蒸氣機, 發動機 ② 機車, 火車頭.

engineer /ˌendʒɪˈnɪə/ n. 工程師; (輪船上的)輪機手; [美]火車司機([英]亦作 engine driver) vt. ① 設計, 監督, 建造(工程等) ② 策劃, 策動, 圖謀 ~ing n. 工程(技術); 工程學.

English /ˈɪŋglɪʃ/ n. 英語; (the ~) 英格蘭人, (有時亦能泛指包括蘇格蘭、威爾斯及北愛爾蘭的)英國人 adj. 英格蘭(人)的, 英國(人)的, 英語的 ~man, (fem.) ~woman n. 英格蘭(女)人, 英國(女)人 // ~ breakfast (包括麥片、熏鹹肉、雞蛋、烤麵包、柑橘醬、茶或咖啡的)英式早餐 the (~) Channel 英倫海峽.

engorge /ɪnˈgɔːdʒ/ v. 【病】(使)充血 ~ment n.

engraft, in- /ɪnˈgrɑːft/ vt. ① 嫁接(樹木等) ② = implant 灌輸(思想、信仰等).

engrave /ɪnˈgreɪv/ vt. ① 雕, 刻 ② 銘記、牢記(心上) ~r n. 雕刻工, 鏤版工 engraving n. 雕刻(術); 雕版印刷品; 版畫.

engross /ɪnˈgrəʊs/ vt. (常用被動語態)使全神貫注於, 使專注於 ~ing adj. 引人入勝的; 使全神貫注的; 非常有趣的 ~ment n.

engulf, in- /ɪnˈgʌlf/ vt. 吞沒, 吞噬; 席捲.

enhance /ɪnˈhɑːns/ vt. 提高, 增加(價值、吸引力、價格、質量等); 增強, 美化 ~ment n.

enigma /ɪˈnɪgmə/ n. ① 不可思議

的人(或事物) ② 謎; 費解的話(或文章) ~tic(al) adj. ~tically adv.

enjoin /ɪnˈdʒɔɪn/ vt. ① [書]命令; 吩咐; 告誡, 責成 ② [美]【律】禁止.

enjoy /ɪnˈdʒɔɪ/ vt. ① 享受…的樂趣, 欣賞, 喜愛 ② 享受, 享有(於己有益或有利之事物, 如權利、聲譽、健康等) ~able adj. 令人愉快的 // ~ oneself 玩得痛快, 過得快活.

enjoyment /ɪnˈdʒɔɪmənt/ n. ① 享受; 享有 ② 享樂, 欣賞; 樂趣, 樂事.

enlarge /ɪnˈlɑːdʒ/ v. ① 擴大, 擴展 ② (+ on / upon) 詳述 ~ment n.

enlighten /ɪnˈlaɪtⁿ/ vt. ① 啟發, 開導, 教導 ② [口]使明白, 使領悟 ~ed adj. 開明的, 開通的, 進步的, 有見識的.

enlightenment /ɪnˈlaɪtⁿnmənt/ n. 開導, 啟發, 啟蒙 the E- n. (18世紀歐洲的)啟蒙運動.

enlist /ɪnˈlɪst/ v. ① (使)入伍, (使)參軍; 徵募 ② (謀取)支持, (爭取)贊助 ~ment n. 徵募; 應徵入伍; 服役期.

enliven /ɪnˈlaɪvⁿ/ vt. 使有生氣, 使活躍; 使快活.

en masse /ɑ̃ mɑs/ adv. [法]一齊, 集體地.

enmesh, in- /ɪnˈmeʃ/ vt. (常用被動語態)把…纏在網上; 使絆住; 使陷入 ~ed adj.

enmity /ˈenmɪtɪ/ n. 敵意; 仇恨; 不和 // be at ~ with (sb) 與(某人)不和.

ennoble /ɪˈnəʊbl/ vt. 使高貴; 抬高; 使成貴族; 使受尊敬 ~ment n.

ennui /ɒnwiː, ãnɥi/ n. [法]厭倦; 倦怠; 無聊.

enormity /ɪˈnɔːmɪtɪ/ n. ① (常用複)暴行, 大罪行 ② 極惡, 兇殘 ③ [口]巨大, 龐大.

enormous /ɪˈnɔːməs/ adj. 極大的, 巨大的 ~ly adv.

enough /ɪˈnʌf/ adv. 足夠(的), 充足(的) adv. ① 足夠地, 充份地 ② 十分; 尚, 相當地 // E- is ~. [諺]適可而止 have had ~ of (對⋯)感到厭煩; 受夠了.

en passant /ɒn pæˈsɑːnt, ã pasã/ adv. [法]順便提一下; 在進行中.

enquire /ɪnˈkwaɪə/ v. = inquire.

enquiry /ɪnˈkwaɪərɪ/ n. = inquiry.

enrage /ɪnˈreɪdʒ/ vt. 激怒, 使勃然大怒 ~d adj. ~ing adj.

enrapture /ɪnˈræptʃə/ vt. 使狂喜 ~d adj. 欣喜若狂的 ~ly adv.

enrich /ɪnˈrɪtʃ/ vt. ① 使(更)富裕; 使(更)豐富 ② 充實, 改進, 增進; 濃縮 ~ed adj. ~ment n.

enrol, 美式 **enroll** /ɪnˈrəʊl/ vt. ① 登記, 編入 ② 使入學, 使入伍, 使入會 ~ment n. 登記(人數), 註冊(人數); 入伍; 入會.

enrollee /ɪnrəʊˈliː/ n. 錄用的人; 入會者; 入伍者; 入學者.

en route /ɒn ˈruːt, ã rut/ adv. [法]在途中.

ensconce /ɪnˈskɒns/ vt. ① 使安坐, 安置 ② 隱藏.

ensemble /ɒnˈsɒmbl, ã sãblə/ n. [法] ① 全體, 整體; 總(體)效果 ②【音】合唱, 大合奏 ③ 合唱團, 演奏隊; 歌舞團 ④ (尤指女裝)整套(服裝).

enshrine, in- /ɪnˈʃraɪn/ vt. ① 把⋯置於神龕內; 祀奉; 把⋯奉為神聖 ② 珍藏.

enshroud /ɪnˈʃraʊd/ vt. [書]掩蓋, 遮蔽, 隱蔽.

ensign /ˈensaɪn/ n. ① 艦旗; 旗幟 ② [美]海軍少尉.

ensilage /ˈensɪlɪdʒ/ n. 飼料的青貯; 青貯飼料.

enslave, in- /ɪnˈsleɪv/ vt. 使做奴隸, 奴役 ~ment n.

ensnare, in- /ɪnˈsnɛə/ vt. 誘⋯入圈套; 誘捕; 陷害.

ensue /ɪnˈsjuː/ vi 跟着發生, 接踵而至; 結果是 ensuing adj.

en suite /ã sɥiːt/ adj. & adv. (指房間等)成套的(地), 配套的(地), 自成一套的(地).

ensure /ɛnˈʃʊə, -ˈʃɔ/, 美式 insure vt. ① 保證, 確保; 保險 ② 保護, 使安全.

ENT /iː ɛn tiː/ abbr. = ear, nose and throat [醫] 耳鼻喉科.

entail /ɪnˈteɪl/ vt. ① 需要, 必需; 使蒙受, 帶來, 引起 ②【律】(尤指土地)限定繼承權 n.【律】土地的限定繼承.

entangle /ɪnˈtæŋgl/ vt. ① 使糾纏, 纏住; 使混亂 ② 使捲入, 使陷入; 連累 ~ment n.

entanglements /ɪnˈtæŋglmənt/ pl. n.【軍】帶刺鐵絲網(亦作 barbed wire ~).

entente /ãtãt/ n. [法] ① (國家間的)友好關係, 和解 ② 友好國家

// the E- (countries)(第一次世界大戰)協約國 the (Triple) E-(1907年的)英、法、俄三國協約.

enter /ˈɛntə/ v. ① 入，進;【劇】上場，登場 ② 參加加入;(使)入會;(使)入學 ③ 登記;編入 ④ 開始 ⑤ [書]提出(抗議、抗辯等) // ~ key【計】輸入鍵，確認鍵 ~ for (替 …)報名(或登記)參加(比賽、考試等) ~ into 開始從事，着手 ~ on / upon [書]開始，動手;【律】得到，開始享有.

enteric /ɪnˈtaɪrɪk/ or sideral /ˈɛntərəl/ adj. 腸的 enteritis n.【醫】腸炎 // ~ (typhoid) fever【醫】腸熱病，傷寒.

enterprise /ˈɛntəpraɪz/ n. ① 企業單位，公司 ② (跟巨大或帶有風險的)事業;計劃 ③ 事業心，進取心;膽識 // ~ zone 企業振興區(政府以優惠條件鼓勵企業積極的城市落後區).

enterprising /ˈɛntəpraɪzɪŋ/ adj. 有事業心的，有創業進取精神的;有魄力的 ~ly adv.

entertain /ˌɛntəˈteɪn/ v. ① 使快樂，使娛樂 ② 招待，款待 ③ 懷抱(希望等);持有(信心、想法等);願意考慮(建議等) ~er n. 演藝人員，文娛節目職業演員.

entertaining /ˌɛntəˈteɪnɪŋ/ adj. 有趣的;令人愉快的 ~ly adv.

entertainment /ˌɛntəˈteɪnmənt/ n. ① (受)招待，(受)款待;(公共)娛樂 ② 文娛(節目);遊藝(會);招待會.

enthral, 美式 **enthrall** /ɪnˈθrɔːl/ v.

迷住，吸引住 ~ing adj. ~ment n.

enthrone /ɛnˈθrəʊn/ vt. ① 使 … 登基;立 … 為王(或女王) ②【宗】使就任主教 ~d adj. ~ment n.

enthuse /ɪnˈθjuːz/ v. (使)表示熱心，(使)變得熱心.

enthusiasm /ɪnˈθjuːzɪˌæzəm/ n. 熱情，熱心，熱誠 enthusiast n. 熱心家，熱衷者，熱衷者 enthusiastic adj. enthusiastically adv.

entice /ɪnˈtaɪs/ vt. 引誘;慫恿 ~ment n. enticing adj. 誘人的，迷人的 enticingly adv.

entire /ɪnˈtaɪə/ adj. ① 完全的，整個的，全部的，完整的 ② 純粹的 ~ly adv. ~ness n.

entirety /ɪnˈtaɪərɪtɪ/ n. 完全;全部，全體，整體 // in its ~ 整體;全盤;全面 possession by ~【律】共同佔有;(不可分的)所有權.

entitle /ɪnˈtaɪtl/ vt. ① 使有資格(做某事);給予權利(或資格) ② 給(書等)定名，把 … 稱作 ~ment n.

entity /ˈɛntɪtɪ/ n. 實體;統一體.

entomology /ˌɛntəˈmɒlədʒɪ/ n. 昆蟲學 entomological adj. entomologist n. 昆蟲學家.

entourage /ˈɒntʊˌrɑːʒ, ɑ̃turaʒ/ n. [法](全體)隨行人員;隨從.

entrails /ˈɛntreɪlz/ pl. n. ① 內臟;腸 ② (物體的)內部.

entrance¹ /ˈɛntrəns/ n. ① 進入;入場(權)，加入;入學;入會 ② 入口，大門(口).

entrance² /ɪnˈtrɑːns/ vt. 使狂喜;使出神，使神魂顛倒 entrancing adj. entrancingly adv.

entrant /ˈentrənt/ n. ① 進入者 ② 新加入者; 新就業者 ③ 參加競賽者之人(或動物)

entrap /ɪnˈtræp/ vt. ① 誘捕; 使陷入羅網(或圈套、困難) ② 用計誘使; 使中計 **~ment** n.

entreat, in- /ɪnˈtriːt/ v. 懇求, 請求 **~ingly** adv.

entreaty /ɪnˈtriːti/ n. 懇求; 請求; 哀求.

entrecote /ˈɑːtrəkot/ n. [法](肋骨間的)牛扒(肉).

entrée /ˈɒntreɪ/ n. [書] ① [英](兩道正菜間上的)小菜 [美]主菜 ② 進入權, 入場權.

entrench, in- /ɪnˈtrentʃ/ v. ① 用壕溝防禦 ② 牢固樹立; 固守; (使)盤據 **~ed** adj. (態度、習慣等)根深蒂固的 **~ment** n. 壕溝, 防禦工事; 挖壕溝(設防).

entrepreneur /ˌɒntrəprəˈnɜː, ˌɑːtrəprəˈnœr/ n. [法](敢冒風險且有膽識的)企業家; 創業人; 主辦人 **~ial** adj.

entresol /ˌɒntrəˈsɒl, ˌɑːtrəsɔl/ n. [法]【建】夾層; 閣樓; 假樓.

entropy /ˈentrəpi/ n. ① [物]熵 ② [無]平均資訊量 ③ [書]無組織狀態, 混亂 ④ 一致性; 統一性.

entrust, in- /ɪnˈtrʌst/ vt. 委托; 信托, 付托.

entry /ˈentri/ n. ① 進入(權); 入場(權); 入會(權) ② 入口; 門口; 通道 ③ 登記; 記載; 項目, 條目; 詞條; 賬目 ④ 參賽的人(或作品); 參賽人(或作品)的名單 **~-level** adj. 入門的, 初級的 Entryphone

n. (尤指公寓大樓入口處與住戶聯繫的)來客通報電話 // **~ visa** 入境簽證.

entwine, in- /ɪnˈtwaɪn/ vt. 纏住, 盤繞; 糾纏.

E number /iː ˈnʌmbə/ n. (容器上標明食品所含特定化學添加劑)E 數.

enumerate /ɪˈnjuːməˌreɪt/ vt. ① 數; 點 ② 列舉; 枚舉 enumeration n. enumerative adj.

enunciate /ɪˈnʌnsɪˌeɪt/ v. vi. (清晰)發音; 宣佈, 發表; 闡明 enunciation n.

envelop /ɪnˈveləp/ vt. 包裹; 掩蓋; 圍繞; 包圍 **~ment** n.

envelope /ˈenvəˌləʊp, ˈɒn-/ n. ① 信封; 封皮, 封套 ②【天】包層;【生】包膜; 包被.

envenom /ɪnˈvenəm/ vt. ① 置毒於, 在…下毒 ② 使惡化; 使狠毒; 毒害.

enviable /ˈenvɪəbˈl/ adj. 值得羨慕的; 引起妒忌的 **~ness** n. **~y** adv.

envied /ˈenvɪd/ adj. 被妒忌的; 受人羨慕的.

envious /ˈenvɪəs/ adj. 妒忌的; 羨慕的 **~ly** adv.

environment /ɪnˈvaɪrənmənt/ n. ① 環境, 周圍狀況 ② (the ~) 自然環境.

environmental /ɪnˌvaɪrˈnmentˈl/ adj. 有關環境(保護)的; 環境產生的 **~ism** n. 環境保護主義 **~ist** n. 環境保護(主義)者.

environs /ɪnˈvaɪrənz/ pl. n. 郊區, 近郊.

envisage /ɪnˈvɪzɪdʒ/ vt. 設想; 想像,

展望; 正視.

envoy /ˈɛnvɔɪ/ *n.* 使節; (全權)公使 (外交級別僅次於大使者).

envy /ˈɛnvɪ/ *n. & vt.* 妒忌; 羨慕.

enzyme /ˈɛnzaɪm/ *n.* 【生化】酶 // **digestive ~** 消化酶.

eolith /ˈiːəʊˌlɪθ/ *n.* 【考古】原始石器 **~ic** *adj.* 原始石器時代的 // **~ic age** 原始石器時代.

EP /iː piː/ *abbr.* = extended-play (record) 密紋(唱片).

epaulette, 美式 **epaulet** /ˈɛpəˌlɛt, -lɪt/ *n.* (海陸軍軍官制服上的)肩章.

épée /ˈɛpeɪ, epe/ *n.* (擊劍用)尖劍; 重劍術.

ephemeral /ɪˈfɛmərəl/ *adj.* 短命的; 短暫的 **~ly** *adv.*

epic /ˈɛpɪk/ *n.* 史詩, 敘事詩; (描繪英勇事蹟的)史詩般文藝作品(或影片) *adj.* 史詩般的; 英雄的, 狀麗的, 宏大的.

epicentre, 美式 **epicenter** /ˈɛpɪˌsɛntə/ *n.* 【地】震中, 震源.

epicure /ˈɛpɪˌkjʊə/ *n.* 講究飲食者, 美食家.

epicurean /ˌɛpɪkjʊˈriːən/ *adj.* 享樂的; 講究飲食的 *n.* (= epicure) 享樂主義者; 美食家.

epicureanism, **epicurism** /ˌɛpɪˈkjʊərɪənˌɪzəm, ˌɛpɪkjʊərˌɪzəm/ *n.* 享樂主義; 美食主義.

epidemic /ˌɛpɪˈdɛmɪk/ *n.* ① 流行病, 傳染病, 時疫 ② (風尚、疾病的)流行, 蔓延 *adj.* 傳染的, 流行性的.

epidermis /ˌɛpɪˈdɜːmɪs/ *n.* 【解】表皮, 外皮; 【生】表皮層; (貝類的)

殼.

epidural /ˌɛpɪˈdjʊərəl/ *n. & adj.* 【醫】(分娩時使用的)脊柱神經注射麻醉劑(的).

epiglottis /ˌɛpɪˈglɒtɪs/ *n.* 【解】會厭(軟骨).

epigram /ˈɛpɪˌgræm/ *n.* 警句; 諷刺短詩 **~matic** *adj.* **~matically** *adv.*

epigraph /ˈɛpɪˌgrɑːf, -ˌgræf/ *n.* ① (卷首或章節前的)引語 ② (墓碑、硬幣等的)題字; 碑文, 銘文.

epilepsy /ˈɛpɪˌlɛpsɪ/ *n.* 【醫】癲癇症, 羊癇風 **epileptic** *adj. & n.* 患癲癇症的(病人).

epilogue, 美式 **epilog** /ˈɛpɪˌlɒg/ *n.* (戲劇的)收場白, 閉幕詞; (文藝作品的)跋; 後記; 尾聲.

Epiphany /ɪˈpɪfənɪ/ *n.* 【宗】(每年 1 月 6 日紀念耶穌顯靈的)主顯節 (亦作 Twelfth Day).

episcopal /ɪˈpɪskəpʲl/ *adj.* 主教(管轄)的; (E-)主教派的 // **the E- Church** (英國)聖公會 **the Protestant E- Church** (美國)聖公會.

episcopalian /ɪˌpɪskəˈpeɪlɪən/ *n.* 主教派教友; 聖公會教徒 *adj.* 主教派的; 聖公會的.

episode /ˈɛpɪˌsəʊd/ *n.* ① (一系列事件中的)一個事件 ② (小說中的)一般情節; (個人經歷中的)一段插曲 ③ (電視連續劇或廣播劇中的)一集 **episodic** *adj.* 插曲的; 偶發的; (小說、戲劇)由一連串獨立情節組成的, 插曲式的.

epistemology /ɪˌpɪstɪˈmɒlədʒɪ/ *n.* 【哲】認識論 **epistemological** *adj.*

epistemologist n. 認識論者.

epistle /ɪ'pɪsl/ n. 書信; 正式信函; 書信體詩文 the E- n. 【宗】使徒書 epistolary adj. 書信的, 書信體的.

epitaph /'epɪ,tɑːf, -,tæf/ n. 墓誌銘; (紀念亡者的)悼詞.

epithet /'epɪ,θet/ n. ① 表示性質、屬性的形容詞; 描述性的詞語 ② 稱號, 綽號.

epitome /ɪ'pɪtəmɪ/ n. 縮影; 典型; 集中的體現 epitomize vt. 使成為 … 之縮影; 集中體現; 是 … 的典型.

epoch /'iːpɒk/ n. ① (新)紀元, (新)時代 ② 劃時代的大事件 ③【地】世, 紀, 期 ~-making adj. 劃時代的, 破天荒的, 開創新紀元的.

eponymous /ɪ'pɒnɪməs/ adj. (指其中作品中的人物姓名)被用做(小說、戲劇等)作品名稱的; (與作品)同名的 ~ly adv. ~ hero 與作品同名的男主角.

EPOS /'iːpɒs/ abbr. = electronic point of sale 電子銷售點.

equable /'ekwəb'l/ adj. (指溫度、個性)穩定的; 平靜的; (指氣候、脾氣)溫和的, 隨和的 equability n. 平穩; 平靜; 溫和 equably adv.

equal /'iːkwəl/ adj. ① 相等的, 均等的, 同等的 ② 平等的, 同樣的 ③ (作表語)(後接介詞 to) 勝任的; 經得起的 n. 地位相等的人; 同輩; 對等的事物 vt. 抵得上; 比得上; 等於 ~ly adv. ~itarian n. & adj. = egalitarian

// ~ opportunity (在就業上不分膚色、性別的)機會均等(亦作 ~ity of opportunity) ~ to the occasion 能應急; 能應付局勢 on an ~ footing 以平等地位對待; 在同一立場上 on ~ terms (with) (與 …)平等相處 without (an) ~ 無敵, 無比.

equality /ɪ'kwɒlɪtɪ/ n. 同等; 平等; 均等.

equalize, -se /'iːkwə,laɪz/ v. ① (使)相等; (使)平等; (使)平衡 ② [英] (與對方)打成平手, 拉平比分 equalization n.

equanimity /,iːkwə'nɪmɪtɪ, ,ekwə-/ n. 平靜, 沉着, 鎮定.

equate /ɪ'kweɪt/ v. (使)相等, (使)等同; 同等看待.

equation /ɪ'kweɪʒən, -ʃən/ n. ①【數】方程式 ② 相等; 平衡; 平均.

equator /ɪ'kweɪtə/ n. (常用 E-) 赤道 ~ial adj. ~ially adv.

equerry /'ekwərɪ, ɪ'kwerɪ/ n. (英國) 王室侍從.

equestrian /ɪ'kwestrɪən/ adj. 馬的, 騎馬的; 騎術的; 騎士(團)的 n. 騎手, (尤指)精於騎術者.

equidistant /,iːkwɪ'dɪstənt/ adj. 等距離的.

equilateral /,iːkwɪ'lætərəl/ adj. 【數】等邊的, 等面的.

equilibrium /,iːkwɪ'lɪbrɪəm/ n. (pl. -ria, -riums) ① 平衡, 均衡 ② (心情的)平靜; (判斷)不偏不倚.

equine /'ekwaɪn/ adj. 【動】馬的; 似馬的; 馬科的.

equinox /ˈiːkwɪˌnɒks, ˈekwɪˌnɒks/ *n.* 【天】晝夜平分時; 春分; 秋分 equinoctial *adj.* // **the vernal / spring ~** 春分 **the autumnal ~** 秋分.

equip /ɪˈkwɪp/ *vt.* ① 裝備, 配備 ② 使作好(才智等方面的)準備, 使充實(能力) **~ped** *adj.* 裝備齊全的, 安置妥的.

equipage /ˈekwɪpɪdʒ/ *n.* (舊時有錢人家的)馬車、車伕及僕役.

equipment /ɪˈkwɪpmənt/ *n.* ① 設備, 器材, 裝置 ② 裝備, 配備.

equipoise /ˈekwɪˌpɔɪz/ *n.* ① 相稱, 平衡; (尤指心情上的)平靜 ② 平衡物, 使(心情)保持平衡的事物.

equity /ˈekwɪtɪ/ *n.* ① 公平, 公正 ②【律】衡平法(指可用以補充和糾正普通法不足或不當的公平原則) ③ (*pl.*) [英](無固定紅利的)股票; 證券 **equitable** *adj.* 公平的, 公正的;【律】衡平法上(有效的) **equitably** *adv.*

equivalence /ɪˈkwɪvələns/ or **equivalency** *n.* ① 相等, 均等, 相當; 等值, 等量 ②【化】等價; 當量.

equivalent /ɪˈkwɪvələnt/ *adj.* ① 相等的, 相同的, 同等的; 等量的, 等值的 ②【化】等價的, 當量的 *n.* ① 相等物; 等價(物); 等值(物); 等量的 ②【化】克當量, 當量.

equivocal /ɪˈkwɪvəkˀl/ *adj.* ① 語義雙關的; 意義含糊的; 模棱兩可的 ② (指行為、情況等)曖昧的, 可疑的; 不明確的 **~ity** *n.* **~ly** *adv.*

equivocate /ɪˈkwɪvəˌkeɪt/ *vi* 支吾, 含糊其詞, 躲閃; 推諉 equivocation *n.*

era /ˈɪərə/ *n.* ① 紀元; 年代, 時代 ②【地】代.

eradicate /ɪˈrædɪˌkeɪt/ *vt.* 根除, 撲滅, 消滅 eradication *n.*

eradicator /ɪˈrædɪˌkeɪtə/ *n.* 根除者; 除草器; (尤指)去墨水液, 去污劑.

erase /ɪˈreɪz/ *vt.* ① 擦掉, 抹去; 刪去, 除去 ② 抹掉(錄音設備上的)錄音; [喻]忘掉 **// erasing head** (= **~r head**) 錄音或錄影設備上的消磁器.

eraser /ɪˈreɪzə/ *n.* 橡皮擦[英]亦作 rubber); 黑板擦 **// ~ head** [無] (錄音機的)抹音磁頭; (錄影機的)抹像磁頭.

erasure /ɪˈreɪʒə/ *n.* ① 擦掉, 抹去; 刪去; 除去 ② 刪去部份(字句); 塗擦痕跡.

ere /ɛə/ *prep. & conj.* [詩]在 … 以前 **// ~ long** 不久.

erect /ɪˈrekt/ *adj.* ① 直立的; 豎起的 ②【醫】(陰莖等)勃起的 *v.* (使)直立, 樹立 ② 建立, 設立, 創立, 安裝 ③【醫】(使)勃起 **~ile** *adj.* 【醫】(陰莖等)能勃起的 **// ~ile tissue** 勃起組織.

erection /ɪˈrekʃən/ *n.* ① 直立, 豎立 ② 建立, 建設, 設立 ③ 建築物 ④【醫】勃起.

erg /ɜːɡ/ *n.* 【物】爾格(功的單位).

ergo /ˈɜːɡəʊ/ *adv.* [拉]因此; 所以.

ergonomics /ˌɜːɡəˈnɒmɪks/ *pl. n.* (用作單)人類工程學; 生物工藝學[美]亦作 biotechnology) ergonomic *adj.*

ergot /'ɜːɡɒt, -ɡət/ *n.* ① 【農】(植物的)麥角病 ② 麥角菌; 麥角; 麥角鹼.

ermine /'ɜːmɪn/ *n.* ① 【動】貂; 雪貂 ② 貂皮.

erode /ɪ'rəʊd/ *v.* (受)腐蝕; (受)侵蝕 erosion *n.* erosive *adj.*

erogenous /ɪ'rɒdʒɪnəs/ or erogenic /ˌerə'dʒenɪk/ *adj.* (身體上)性敏感區的.

erotic /ɪ'rɒtɪk/ *adj.* 性愛的; 色情的; 性慾的.

erotica /ɪ'rɒtɪkə/ *n.* [貶]色情書畫, 黃色書刊.

eroticism /ɪ'rɒtɪˌsɪzəm/ or erotism /'erəˌtɪzəm/ *n.* 性慾; 色情; 好色; 【醫】性慾亢進.

err /ɜː/ *vi* [書]犯錯誤; 做壞事 // To ~ is human. [諺]人孰無過.

errand /'erənd/ *n.* 差使; 差事 // an ~ of merey 雪中送炭 run / go on ~s for sb 為某人跑腿.

errant /'erənt/ *adj.* ① (指行為)錯誤的, 入歧途的 ② 周遊的; 漂泊的.

erratic /ɪ'rætɪk/ *adj.* ① 飄忽不定的; 無規律的 ② (行為、心意、動作等)古怪的; 反常的; 反覆無常的 ~ally *adv.*

erratum /ɪ'rɑːtəm/ *n.* (*pl.* -ta) [拉] (書寫或印刷中的)錯誤; (*pl.*)勘誤表.

erroneous /ɪ'rəʊnɪəs/ *adj* 錯誤的, 不正確的 ~ly *adv.*

error /'erə/ *n.* ① 錯誤, 謬誤 ② 謬見, 誤想; 誤信; 誤失 ③【計】錯誤, 出錯.

ersatz /'eəzæts, 'ɜː-/ *adj.* [德]代用的; 人造的; 仿造的.

erstwhile /'ɜːstˌwaɪl/ *adj.* 從前的; 過去的.

erudite /'erʊˌdaɪt/ *adj.* 博學的, 有學問的 ~ly *adv.* erudition *n.*

erupt /ɪ'rʌpt/ *v.* ① (火山等)噴發, 爆發 ② (牙齒)冒出; (皮膚)發疹子 ③ 噴出.

eruption /ɪ'rʌpʃn/ *n.* ① 火山爆發; [喻](戰爭、傳染病等的)突然發生, 爆發 ② 出疹子.

erysipelas /ˌerɪ'sɪpɪləs/ *n.* 【醫】丹毒.

erythrocyte /ɪ'rɪθrəʊˌsaɪt/ *n.* 【醫】紅(血)細胞, 紅血球.

escalate /'eskəˌleɪt/ *v.* (使)逐步上升(或增加、擴大); (戰爭)逐步升級 escalation *n.*

escalator /'eskəˌleɪtə/ *n.* 【建】自動樓梯([英]亦作 moving staircase).

escalope /'eskəˌlɒp/ *n.* (豬、牛肉的)去骨肉扒(常裹以雞蛋、麵包屑油炸).

escapade /'eskəˌpeɪd, ˌeskə'peɪd/ *n.* 越軌行為; 惡作劇.

escape /ɪ'skeɪp/ *v.* ① 逃走, 逃脫; 避免, 避開 ② 漏出, 逸出 ③ 被 … 忘掉(或疏忽) ④ 脫口無意説出; 從 … 發生 *n.* ① 逃跑, 逃脫 ② 漏出, 逸出 ③ 逃路; 出口; 逃跑手段(或工具) ④ 消遣, 解悶 ~ *n.* 逃避者; (尤指)越獄逃犯 // ~ clause (契約、合同等的)例外條款 ~ hatch (船、飛機遇危急時的)安全出口; 出路; 辦法 ~ velocity 【物】(物體克服地心引力的)逃逸速度; 第二宇宙速度

narrow ~ 千鈞一髮, 九死一生.

escapement /ɪˈskeɪpmənt/ n. 擒縱機; (鐘錶內的)司行輪, 擺輪.

escapism /ɪˈskeɪpɪzəm/ n. (貶)逃避現實; 空想, 幻想.

escapology /ˌeskəˈpɒlədʒɪ/ n. (魔術表演的)脫逃術, 脫身術 **escapologist** n. 表演脫身術的藝人.

escarpment /ɪˈskɑːpmənt/ n. 急斜面; 懸崖; 峭壁.

eschew /ɪsˈtʃuː, esˈtʃuː/ vt. (書)避開, 戒絕.

escort /ˈeskɔːt, ɪsˈkɔːt/ n. (由人、車、艦船、飛機組成的)護衛隊、護航隊、儀仗隊; (陪伴異性出入社交場所的)護送者(尤指男性) vt. 護衛, 護送, 護航.

escutcheon /ɪˈskʌtʃən/ n. 飾有紋章的盾 // **a blot on one's ~** 名譽上的污點.

Eskimo /ˈeskɪˌməʊ/ n. (居住於加拿大北部、格陵蘭、阿拉斯加和西伯利亞的土著)愛斯基摩人(語).

ESN /iː es en/ abbr. = educational subnormal (由於智力缺陷而)成績落後.

esoteric /ˌesəʊˈterɪk/ adj. ① 秘傳的; 限於小圈子的; 機密的 ② 深奧的; 難解的.

ESP /iː es piː/ abbr. = extrasensory perception 超感官知覺, 超感覺力.

esp. abbr. = especially.

espadrille /ˈespəˌdrɪl/ n. (麻繩底)帆布平底鞋.

espalier /ɪˈspæljə/ n. 花木(攀)架;

樹棚, 樹架; 棚式果樹, 棚式樹木.

esparto /eˈspɑːtəʊ/ n. 【植】(編繩、織蓆用的)茅草.

especial /ɪˈspeʃəl/ adj. = special [書]特別的, 特殊的.

especially /ɪˈspeʃəlɪ/ adv. 特別, 尤其, 格外([口]亦作 specially).

Esperanto /ˌespəˈræntəʊ/ n. 世界語.

espionage /ˈespɪəˌnɑːʒ, ˌespɪəˈnɑːʒ, ˌesˈpiːənɪdʒ/ n. [法]間諜活動; 諜報.

esplanade /ˌespləˈneɪd, -ˈnɑːd/ n. (供散步、乘車兜風或騎馬的)平地, 廣場; (尤指海濱供遊人散步的)大道.

espouse /ɪˈspaʊz/ vt. 信仰; 擁護; 支持; 採納 **espousal** n.

espresso /eˈspresəʊ/ n. [意](用蒸氣加壓咖啡粉煮出的)蒸餾咖啡.

esprit /eˈspriː/ n. [法]精神; 勃勃生氣; 才智 // **~ de corps** [法]團結精神, 集體精神.

espy /ɪˈspaɪ/ vt. (書)(偶然)看見, 窺見.

Esq. abbr. = esquire [英].

esquire /ɪˈskwaɪə/ n. [英]先生(略作 Esq.)(書信或正式文件中用於姓名後之尊稱).

essay [1] /ˈeseɪ/ n. (文藝上的)小品文, 隨筆, 漫筆 **essayist** n. 小品文(隨筆)作者.

essay [2] /ˈeseɪ, eˈseɪ/ n. 企圖, 嘗試 vt. 試做, 試圖.

essence /ˈesns/ n. ① 本質, 精髓, 精華, 要素 ② (從物質中濃縮提煉而成的)精; 粹; 汁(如香精、香料、肉汁等) // **in ~** 本質上 **of the ~** 最重要的, 必不可少的.

essential /ɪˈsenʃəl/ adj. ① 本質的, 實質的 ② 根本的; 必需的, 不可少的 ③ (常用複)本質; 要點, 要素; 必需品.

establish /ɪˈstæblɪʃ/ vt. ① 建立, 成立, 創立, 設立 ② 制定, 規定 ③ 安頓, 安置; 使開業; 使定居 ④ 確定, 證實; 使承認, 使認定 (信仰、習俗、事實等) ⑤ 使(教會)成為國教.

established /ɪˈstæblɪʃt/ adj. (作定語) ① 被設立的; 確定的; 被認定了的; 既定的 ② (指教會或宗教)已定為國教的.

establishment /ɪˈstæblɪʃmənt/ n. ① 建立, 設立; 確定; 創立; 開設 ② 商店; 企業; 大機構; 大戶人家; 大住宅 **the E-** n. 權力機構(體制); 當局; (某種社團、組織或行業的)當權派.

estate /ɪˈsteɪt/ n. ① 房地產, 莊園; 遺產; 財產 ② [主英](為特定目的開發的)大片地區(如住宅區、工業區、商業區等) ③ [舊]政治等級, 社會階層 ④ 【律】遺產 // **~ agent** (= [美]**real ~ agent** 或 realtor) 房地產經紀人, 地產掮客 **~ car** (= [舊]**shooting brake**) (= [美]**station wagon**) [英]客貨兩用汽車.

esteem /ɪˈstiːm/ vt. ① 尊重, 尊敬 ② 認為 n. 尊重, 尊敬 // **hold sb in ~** 尊重, 尊敬(某人).

ester /ˈestə/ n. 【化】酯 // **~ value** 酯化值.

estimate /ˈestɪˌmeɪt, ˈestɪmɪt/ v. ① 估計, 估算; 估價; 估量 ② 評

價, 判斷 n. ① 估計; 預測 ② (常用複)估價單, 預算額 ③ 評價, 判斷 estimable adj. 值得尊重的.

estimation /ˌestɪˈmeɪʃən/ n. 估計, 評價; 意見, 判斷.

estrange /ɪˈstreɪndʒ/ vt. 使疏遠; 離間; 使(夫妻)分居 **~d** adj. (夫妻)分居的; 眾叛親離的 **~ment** n.

estuary /ˈestjʊərɪ/ n. 河口; 港灣; 三角灣.

ETA /iː tiː eɪ/ abbr. = estimated time of arrival 估計到達時間.

et al. abbr. ① = et alii [拉]以及其他等等 ② = and others [英].

etc. abbr. = et cetera [拉].

et cetera, etcetera /ɪt ˈsetərə/ [拉]等等, 以及其他(常略作 etc.).

etceteras /ɪtˈsetərəz/ pl. n. 其他種種東西, 等等東西.

etch /etʃ/ v. ① (在金屬、玻璃等上)蝕刻, 浸蝕 ② 銘刻, 銘記; 刻劃, 描述 **-ing** n. 蝕刻(法); 蝕縷術; 蝕刻畫, 蝕刻版印刷品.

ETD /iː tiː diː/ abbr. = estimated time of departure 估計離開時間.

eternal /ɪˈtɜːnl/ adj. ① 永遠的, 永恆的; 不變的, 不朽的 ② [口]不停的, 沒完沒了的 **-ly** adv. **the E-** n. 上帝 // **the E- City** 不朽城(羅馬的別稱) **the ~ triangle** 三角戀愛.

eternity /ɪˈtɜːnɪtɪ/ n. ① 永恆, 無窮 ② 不朽, 永生; 來世 // **~ ring** (四周鑲飾寶石)象徵愛心永恆的戒指.

ether /ˈiːθə/ n. ① 【化】醚 ② = **a~**【物】以太, 能媒; [詩]太空, 蒼天.

ethereal, (a)etherial /ɪˈθɪərɪəl/ *adj.* ① 輕飄的, 虛無飄渺的; 超凡脫俗的; 雅緻的 ② [詩]太空的, 蒼天的.

ethic /ˈεθɪk/ *n.* ① 倫理, 道德 ② (*pl.*)倫理學; 道德規範, 行為準則 **~al** *adj.* 倫理的, 道德的; 合乎道德規範的 **~ally** *adv.*

ethnic(al) /ˈεθnɪk/ *adj.* (有同一文化、語言和宗教信仰之)民族的, 種族的, 部族的; 少數民族的 **ethnically** *adv.* **ethnicity** *n.* // **ethnic clearsing** 種族清洗.

ethnology /εθˈnɒlədʒɪ/ *n.* 人種學 **ethnological** *adj.* **ethnologist** *n.* 人種學家.

ethos /ˈiːθɒs/ *n.* 民族精神; 時代思潮; 文化氣質; 道德觀念.

ethyl /ˈiːθaɪl, ˈεθɪl/ *n.* 【化】乙基; 乙烷基 // **~ alcohol**【化】乙醇, 普通酒精.

ethylene /ˈεθɪliːn/ *n.* 【化】乙烯; 乙撐, 次乙基.

etiolate /ˈiːtɪəʊˌleɪt/ *v.* ① (使)變蒼白; 使衰弱 ② [植]使(葉子受不到日光而)變白 **etiolation** *n.*

etiology /ˌiːtɪˈɒlədʒɪ/ *n.* = **a~**【醫】病源學; 病因論.

etiquette /ˈεtɪˌkεt, ˌεtɪˈkεt/ *n.* 禮節, 禮儀; 格式, 成規.

et seq *abbr.* (*pl.* **~q**) = **~uens** / **sequential** [拉]以及下面一頁(或一項).

étude /ˈeɪtjuːd, etyd/ *n.* [法]【音】(為某種樂器創作的)獨奏練習曲.

etymology /ˌεtɪˈmɒlədʒɪ/ *n.* 詞源(學), 語源(學) **etymological** *adj.*

etymologist *n.* 詞源(或語源)學家.

EU /iː juː/ *abbr.* = European Union 歐洲聯盟.

eucalypt(us) /ˌjuːkəˈlɪptəs/ *n.* (*pl.* **-lypts(es)**, **-lypti**) 桉樹 // **~ oil** 桉樹油.

Eucharist /ˈjuːkərɪst/ *n.*【宗】聖餐; 聖餐中食用的麵包和葡萄酒 **~ic** *adj.*

eugenics /juːˈdʒεnɪks/ *pl. n.* (用作單)優生學 **eugenic** *adj.* **eugenically** *adv.*

eulogize, -se /ˈjuːləˌdʒaɪz/ *vt.* [書]頌揚, 讚頌 **eulogist** *n.* 歌功頌德者, 頌詞作者 **eulogistic** *adj.* **eulogistically** *adv.*

eulogy /ˈjuːlədʒɪ/ or **eulogium** /juːˈləʊdʒɪəm/ *n.* 頌詞; 頌文.

eunuch /ˈjuːnək/ *n.* 太監, 宦官; 閹人.

euphemism /ˈjuːfɪˌmɪzəm/ *n.*【語】委婉說法; 委婉語 **euphemistic** *adj.* **euphemistically** *adv.*

euphonium /juːˈfəʊnɪəm/ *n.*【音】次中音號.

euphony /ˈjuːfənɪ/ *n.* (聲音, 尤指語音的)悅耳, 和諧; 悅耳的語音, 和諧的聲音 **euphonious** *adj.* **euphoniously** *adv.*

euphoria /juːˈfɔːrɪə/ *n.*【心】幸福感; 異常的欣快 **euphoric** *adj.*

Eurasian /jɔəˈreɪʃən, -ʒən/ *adj.* & *n.* 歐亞(大陸)的; 歐亞混血的(人).

eureka /jʊˈriːkə/ *int.* [希]我找到了!有了!(不經意有所發現時的歡呼語)

euro /ˈjʊərəʊ/ n. 歐元(歐洲統一貨幣單位).

eurodollar /ˈjʊərəˌdɒlə/ n. 歐洲美元(存於歐洲銀行作為國際貨幣的美元).

European /ˌjʊərəˈpɪən/ adj. & n. 歐洲的(人) // ~ Economic Community 歐洲經濟共同體(略作 EEC).

Eustachian tube /juːˈsteɪʃən tjuːb/ n.【解】歐氏管; 耳咽管.

euthanasia /ˌjuːθəˈneɪzɪə/ or **euthanasy** /juːˈθænəsɪ/ n. (為結束絕症患者痛苦而施行的)無痛苦致死術; 安樂死.

evacuate /ɪˈvækjʊˌeɪt/ v. ① 撤退, 撤離, 疏散 ② 抽空, 除清; 排泄 ③ 搬空, 騰出(房屋等) evacuation n.

evacuee /ɪˌvækjʊˈiː/ n. 撤退者; 被疏散者.

evade /ɪˈveɪd/ v. 逃避; 躲避; 迴避, 規避; 逃漏(債、稅等).

evaluate /ɪˈvæljʊˌeɪt/ vt. 評價, 估價;【數】求值 evaluation n.

evanescent /ˌevəˈnesnt/ adj.【書】迅速消失的; 短暫的, 瞬息的 evanescence n.

evangelical /ˌiːvænˈdʒelɪkˈl/ adj.【宗】福音(傳道)的 n.(常用 E-)福音派新教會的 n. 福音派新教會的信徒 ~ism n. 福音派教義的信仰, 福音主義.

evangelist /ɪˈvændʒɪlɪst/ n. ① 福音傳教士 ② (E-)【宗】四福音書的四位作者之一 ~ism n. 福音傳道, 傳播福音.

evangelize, -se /ɪˈvændʒɪˌlaɪz/ v. (對…)宣講福音; 傳教 evangelization n.

evaporate /ɪˈvæpəˌreɪt/ v. ① (使)蒸發; 揮發 ② (使)消失; 滅亡; 死亡 ~d adj. 濃縮的; 脫水的; 蒸發乾燥的 evaporation n. // ~d milk 淡奶, 淡煉乳.

evasion /ɪˈveɪʒən/ n. ① 逃避; 規避; 迴避; (債、稅等的)逃漏 ② 遁辭, 藉口; 推諉.

evasive /ɪˈveɪsɪv/ adj. ① 逃避的; 規避的; 逃漏(債、稅)的 ② 託辭的; 推諉的; 躲躲閃閃的 ③ 不可捉摸的 ~ly adv. ~ness n.

eve /iːv/ n. ① (節日的)前夕; 前日 ② (重大事件的)前夕; 前一刻 // New Year's Eve 除夕.

even [1] /ˈiːvˈn/ adj. ① 平坦的; 平滑的 ② 一樣的, 一致的; 均勻的; 高低相同的 ③ 不曲折的; 無凹陷的; 連貫的 ④ 單調的; 平凡的 ⑤ 平靜的; 平穩的 ⑥ 公平的; 對等的 ⑦【數】偶數的, 雙數的 v. (使)變平坦; (使)變相等 ~ly adv. ~ness n. ~-handed adj. 不偏不倚的, 公正的 ~-tempered adj. 性情平和的 // be / get~ with (sb) 和(某人)扯平; 向(某人)報復 break~ [口]不賠不賺, 不輸不贏.

even [2] /ˈiːvˈn/ adv. ① (用於加強語氣)甚至, 即使…也, 連…都 ② (用於比較級前)更加, 愈加 // ~ as 正在…也 ~ now / then (用作連詞)即使這樣; 然而.

evening /ˈiːvnɪŋ/ n. ① 傍晚; 黃昏; 晚上 ② 末期; 晚年; 衰退期

③(應酬、交際、聯歡的)晚會
// ~ **class**(為成人業餘學習開設
的)夜校；業餘學習班~ **dress**
禮服.

evensong /'iːvˌnsɒŋ/ n. (英國國教
的)晚禱(亦作 evening prayer).

event /ɪ'vent/ n. ① 事件；事情；大
事 ②【體】比賽項目 ③【律】訴
訟(判決)的結果 // **at all ~s, in
any ~** 無論如何，不管怎樣 **in no
~** 決不.

eventful /ɪ'ventfʊl/ adj. 多重大事
故的 **~ly** adv.

eventing /ɪ'ventɪŋ/ n. [主英](尤指
為期三天，包括越野、障礙和花
式騎術的)騎馬比賽.

eventual /ɪ'ventʃʊəl/ adj. 最後的；
結局的 **~ly** adv. 最後，終於.

eventuality /ɪˌventʃʊ'ælɪtɪ/ n. 不測
事件；可能出現的結果.

ever /'evə/ adv. ① 永遠；老是；不
斷(用於疑問句、否定句、
表示條件和比較的附屬子句)在
任何時候；從來 ③(表示條件)
假如，要是 ④(用於特殊疑問句
中 how, what, when, why, where
和 who 後以加強語氣)究竟，到
底 **~-victorious** adj. 常勝的，戰
無不勝的 // **~ since** 從…以來
~ so[口]非常 **for ~** (and ~) 永
遠.

evergreen /'evəˌɡriːn/ adj. 常綠的；
長青的 n.【喻】永葆青春的 n. 常綠
植物(或樹木).

everlasting /ˌevə'lɑːstɪŋ/ adj. ① 永
久的，耐久的，不朽的 ② 無休止
的；冗長的；使人厭倦的 **~ly** adv.
the E- n.【宗】上帝，神.

evermore /ˌevə'mɔː/ adv. [書]永遠；

始終；將來，今後 // **for ~** 永遠.

every /'evrɪ/ adj. ① 每一的，每個
的；一切的，全部的 ② 充份的，
一切可能的 **~body, ~one** pro.
每人，人人 // **~ bit as**(後接形
容詞或副詞)跟…一樣 **~ bit of**
(=[美]~ last bit of)全部 **~ now
and then, ~ now and again, ~ so
often** 時時，偶爾，間或 **~ other**
每隔；所有其他 **in ~ way** 從各方
面看.

everyday /'evrɪˌdeɪ/ adj. 每日的；
日常的，普通的.

everything /'evrɪθɪŋ/ pron. ① 每
事，萬事；萬物 ②(有關的)一切；
最重要的東西 // **and ~** [俗]等等
like ~ 猛烈地；拼命地.

everywhere /'evrɪˌwεə/ adv. 處處；
無論甚麼地方.

evict /ɪ'vɪkt/ vt. (依法)驅逐；趕出
(房客、佃戶) **~ion** n.

evidence /'evɪdəns/ n. ① 根據，證
據 ② 形跡，跡象 ③【律】證據；
證詞 vt. 證明；顯示 // **in ~** 明顯
的.

evident /'evɪdənt/ adj. 易於明白
的，明顯的 **~ly** adv.

evidential /ˌevɪ'denʃəl/ adj. 證據
的，證明的；作為(或憑)證據的
~ly adv.

evil /'iːvl/ adj. ① 邪惡的；有害的
② 不幸的；不祥的 ③ 討厭的；
不愉快的 n. ① 邪惡；不幸，災
難 ② 罪惡；惡行；壞事 **~ly** adv.
~doer n. [書]壞人，歹徒 **~doing**
n. 壞事，惡行 **~-minded** adj. 狠
毒的，惡毒的 **~-tempered** adj. 脾
氣暴躁的.

evince /ɪ'vɪns/ vt. 表明; 顯示.

eviscerate /ɪ'vɪsə,reɪt/ vt. 取出… 的內臟 evisceration n.

evoke /ɪ'vəʊk/ vt. ① 引起, 喚起(回憶、感情等) ② [書]產生, 引起, 招致(反響、反應等) evocation n. evocative adj.

evolution /,i:və'lu:ʃən/ n. ① 演變, 進展, 漸進, 發展 ②【生】進化, 進化(論) ③【生】種族發生, 系統發育; 個體發生(或發育) ~ary adj.

evolve /ɪ'vɒlv/ v. (使)發展; (使)進化; (使)逐漸形成.

ewe /ju:/ n. 母羊.

ewer /'ju:ə/ n. (盛洗臉水用的)大口水壺.

ex /eks/ n. [口]離了婚的配偶; 前夫; 前妻.

ex- /eks-/ pref. [前綴] 表示 ① "出(自); 向外; 在外" 等 ② (附在名詞前的) "前…; 前任的", 如: ~odus n. (大批)出走 ~wife n. 前妻.

exacerbate /ɪg'zæsə,beɪt, ɪk'sæs-/ vt. ① 加深(痛苦等); ② 使(病等)加重(或惡化) ③ 觸惱, 激怒 exacerbation n.

exact /ɪg'zækt/ adj. ① 正確的, 準確的, 精確的 ② 嚴格的, 嚴正的, 嚴密的 vt. ① 苛求, 強求 ② 急需, 需要 ~ing adj. 苛求的; 吃力的, 嚴格的.

exaction /ɪg'zækʃən/ n. 強求; 勒索; 苛捐雜稅.

exactitude /ɪg'zæktɪ,tju:d/ n. ① 正確, 精確 ② 精密, 嚴正, 嚴格.

exactly /ɪg'zæktlɪ/ adv. ① 確切地,

精確地; 恰好 ② (作為回答或認可)確實如此, 一點不錯 // not ~ 並非全是; 未必是.

exaggerate /ɪg'zædʒə,reɪt/ v. ① 誇張, 誇大, (把…)言過其實 ② 使過大; 使增大.

exaggerated /ɪg'zædʒə,reɪtɪd/ adj. ① 誇大的, 言過其實的 ② 過火的; 逾常的 ~ly adv.

exaggeration /ɪg,zædʒə'reɪʃən/ n. 浮誇, 誇張; (藝術等的)誇張手法.

exalt /ɪg'zɔ:lt/ v. ① 讚揚, 歌頌 ② 擢升, 提拔.

exaltation /,ɛgzɔ:l'teɪʃən/ n. ① (因擢升或成功而感到)得意洋洋, 興奮 ② 升高, 提拔, 擢升.

exalted /ɪg'zɔ:ltɪd/ adj. ① 高貴的; 崇高的 ② 興奮的; 得意洋洋的.

exam /ɪg'zæm/ n. = ~ination [口]考試 // ~ paper (= ~ination paper)試卷.

examination /ɪg,zæmɪ'neɪʃən/ n. ① 考試 ② 檢查; 檢討; 審查; 調查 ③ 審問 ④ 檢察; 診察 // ~ paper (= [書]~ination paper)試卷 **under** ~ 在調查(或檢查、審查等)中, 有待解決的.

examine /ɪg'zæmɪn/ v. ① 調查; 檢查; 審查 ② 檢驗; 考試 ~e n. 受審查者; 參加考試的人 ~r n. 檢查員; 審查人; 主考人; 檢察官 // **need (one's) head** ~d [口]腦袋有毛病; 發瘋; 發傻.

example /ɪg'zɑ:mp'l/ n. ① 例子, 實例 ② 範例, 樣本; 模範, 榜樣 ③ 先例; 做戒 // **for** ~ 例如 **give / set a good ~ to** 以身作則 **make**

an ~ of sb 懲一儆百.

exasperate /ɪgˈzɑːˌspəˌreɪt/ *vt.* 激怒, 使惱怒 **exasperation** *n.* **~d** *adj.* 惱怒的.

exasperating /ɪgˈzɑːspəˌreɪtɪŋ/ *adj.* 使人惱怒的, 激怒人的 **~ly** *adv.*

excavate /ˈekskəˌveɪt/ *v.* ① 挖掘, 開鑿 ② 發掘(古物等)挖出.

excavation /ˌekskəˈveɪʃn/ *n.* ① 挖掘; 發掘 ② 洞穴; 坑道 ③ 發掘物, 出土文物.

excavator /ˈekskəˌveɪtə/ *n.* 發掘者; 挖土機([美]常作 steam shovel).

exceed /ɪkˈsiːd/ *v.* 超越, 超越; 領先, 勝過.

exceedingly /ɪkˈsiːdɪŋlɪ/ *adv.* 極為; 非常.

excel /ɪkˈsel/ *v.* ① 優於, 超過 ② 擅長, 突出.

excellence /ˈeksələns/ *n.* ① 優越, 優秀, 傑出 ② [書](常用複)長處, 優點.

Excellency /ˈeksələnsɪ/ or **Excellence** *n.* 閣下(對大使、總督、主教等的尊稱).

excellent /ˈeksələnt/ *adj.* 優秀的, 傑出的, 精良的, 極好的 **~ly** *adv.*

except [1] /ɪkˈsept/ *conj. & prep.* 除…之外(亦作 **~ing**) // **~ for** 除…之外, 只有 **~ that** 除了, 只是.

except [2] /ɪkˈsept/ *vt.* 把…除外, 免除.

exception /ɪkˈsepʃn/ *n.* ① 例外, 除外 ② 【律】抗告; 異議; 反對 // **make an ~ of** 把…視為例外 **take ~ to / against** 對…提出異議 **with the ~ of** 除…外.

exceptionable /ɪkˈsepʃnəbl/ *adj.* 可反對的, 會引起反對的.

exceptional /ɪkˈsepʃnəl/ *adj.* 特殊的, 例外的; 異常的, 突出的 **~ly** *adv.*

excerpt /ˈeksɜːpt/ *n.* 摘錄, 摘要; 節錄.

excess /ɪkˈses, ˈekses/ *n.* ① 過量; 過剩 ② 超越, 超過 ③ 過度, (飲食等的)無節制 ④ (*pl.*) [貶]過份的行為; 暴行 *adj.* 過量的; 超過限額的 // **in ~ of** 超過 **to ~** 過份, 過度.

excessive /ɪkˈsesɪv/ *adj.* 過多的; 過度的; 極度的; 額外的; 份外的 **~ly** *adv.* **~ness** *n.*

exchange /ɪksˈtʃeɪndʒ/ *v.* ① 交換, 調換 ② 互換; 交流; 交易 ③ 兌換 *n.* ① 交換; 互換; 交流, 交易 ② (外幣)兌換; 匯兌; 貼水 ③ 電話交換台, 電話局 (= **telephone ~**) ④ (**E-**)交易所 **~able** *adj.* 可交換的; 可兌換的 // **~ rate** 匯兌率 (= **rate of ~**) **~ words / blows** 口角/打架 **~ A for B** 用A交換B.

exchequer /ɪksˈtʃekə/ *n.* 國庫; 資金; 財源; (個人的)財力 **the E-** *n.* [英]財政部.

excise [1] /ˈeksaɪz, ekˈsaɪz/ *n.* (國內產品銷售或使用時徵收的)貨物稅, 消費稅.

excise [2] /ˈeksaɪz, ekˈsaɪz/ *vt.* 割去, 切除; 刪去 **excision** *n.* 切除, 割去; 刪去; 切除的東西, 刪去的部份.

excitable /ɪkˈsaɪtəbl/ *adj.* 易激動的; 敏感的 **excitability** *n.*

excite /ɪkˈsaɪt/ *v.* ① 刺激; (使)興

奮; (使)激動 ② 激發, 激勵; 喚起; 引起; 激起(性慾).

excited /ɪkˈsaɪtɪd/ adj. 興奮的, 激動的 **~ly** adv.

excitement /ɪkˈsaɪtmənt/ n. 刺激, 興奮, 激動; 刺激的事物.

exciting /ɪkˈsaɪtɪŋ/ adj. 令人興奮的, 使人激動的 **~ly** adj.

exclaim /ɪkˈskleɪm/ v. (因痛苦、憤怒而)呼喊; 驚叫; 大聲說 // **~ against** 指責 **~ at** 表示驚訝.

exclamation /ˌɛkskləˈmeɪʃən/ n. 驚叫; 呼喊; 感歎; 【語】感歎詞 **exclamatory** adj. // **~ mark** 【語】感歎號(!).

exclude /ɪkˈskluːd/ vt. ① 拒絕接納(或考慮); 排除, 排斥 ② 把…除外, 排斥.

excluding /ɪkˈskluːdɪŋ/ prep. 除外; 不包括.

exclusion /ɪkˈskluːʒən/ n. ① 排斥; 拒絕; 除去 ② 被排除在外的事物 ③ (學校對違規學生的)開除 // **to the ~ of** …除外; 排斥.

exclusive /ɪkˈskluːsɪv/ adj. ① (社團、俱樂部等)排外的, 不公開的; 勢利的; 非大眾化的 ② (指人孤傲的) ③ 獨佔的, 專有的, 唯一的 ④ (指商店、商品等)高級的; 獨家經銷的 n. ① 獨家新聞(亦作 **~ story**) ② 獨家銷售的商品 **~ly** adv. **~ness**, **exclusivity** n. // **~ of** 不算, 不包括.

excommunicate /ˌɛkskəˈmjuːnɪˌkeɪt/ vt. 【宗】把…革出教門; 剝奪(教友享受的種種)權利 **excommunication** n.

excoriate /ɪkˈskɔːrɪˌeɪt/ vt. ① 嚴厲指責 ② 剝皮; 磨掉; 擦掉(皮膚等) **excoriation** n.

excrement /ˈɛkskrɪmənt/ n. [書]糞便, 排泄物.

excrescence /ɪkˈskrɛsᵊns/ n. [書]瘤, 贅疣, 贅生物 **excrescent** adj.

excreta /ɪkˈskriːtə/ pl. n. 【生理】(汗、尿、屎等)排泄物.

excrete /ɪkˈskriːt/ vt. 【生理】排泄; 分泌 **excretion** n. 排泄(物); 分泌(物) **excretory** adj. // **excretory organ** 排泄器官.

excruciating /ɪkˈskruːʃɪˌeɪtɪŋ/ adj. ① 非常痛苦的; 難以忍受的; ② 劇烈的; 極度的 **~ly** adv.

exculpate /ˈɛkskʌlˌpeɪt, ɪkˈskʌlpeɪt/ vt. 開脫, 辯白; 申明…無罪 **exculpation** n. **exculpatory** adj.

excursion /ɪkˈskɜːʃən, -ʒən/ n. 遠足; 短途(集體)旅遊 **~ist** n. 遠足者, (短途)旅遊者.

excuse /ɪkˈskjuːz, ɪkˈskjuːs/ vt. ① 原諒, 寬恕 ② 免除, 寬免 ③ 為…辯解, 表白; 成為…的理由 n. ① 原諒, 饒恕 ② 辯解; 解釋; 理由; 藉由, 託辭 ③ (pl.)道歉, 歉意 **excusable** adj. 可原諒的, 可饒恕的, 可申辯的, 不無理由的 // **~ me** 對不起[響話、不同意或舉止失禮時的道歉話] **~ oneself** ① 請求原諒 ② 請求讓自己離席 **May I be ~d?** [英婉](尤指小學生用語)我可以上廁所嗎?

ex-directory /ˌɛksdəˈrɛktəri/ adj. [英口](應用戶要求碼)未列入電話簿中的([美]亦作 unlisted) //

go ~ 要求從電話簿中取消電話號碼.

execrable /ˈɛksɪkrəbᵊl/ *adj.* 惡劣的, 極壞的 execrably *adv.*

execrate /ˈɛksɪˌkreɪt/ *v.* [書]憎惡; 咒罵.

execute /ˈɛksɪˌkjuːt/ *vt.* ① 處死, 處決 ② 實行, 執行; 履行; 貫徹 ③ 作成, 製成(藝術品等); 演奏(樂曲) ④ 使生效, 經過簽名等手續使法律文件生效.

execution /ˌɛksɪˈkjuːʃən/ *n.* ① 實行, 執行; 履行; 貫徹 ② 執行死刑 ③ 演奏; 技巧; 手法 ④ (簽署後)法律文件的生效 **~er** *n.* 死刑執行者, 劊子手.

executive /ɪgˈzɛkjʊtɪv/ *adj.* ① 執行的, 實行的, 有執行權力的; 行政(上)的 ② 行政官的; 總經理的 *n.* 行政部門; 行政官; 總經理.

executor, (*fem.*) **executrix** /ɪgˈzɛkjʊtə/ *n.* 指定的遺囑執行人; 實行者.

exegesis /ˌɛksɪˈdʒiːsɪs/ *n.* (*pl.* **-ses**) (尤指對聖經的)註釋, 註解.

exemplar /ɪgˈzɛmplə, -plɑː/ *n.* 模範; 典型; 樣本; 標本.

exemplary /ɪgˈzɛmplərɪ/ *adj.* ① 值得模仿的; 典型的, 示範的 ② 懲戒性的 exemplarily *adv.*

exemplify /ɪgˈzɛmplɪˌfaɪ/ *vt.* 舉例說明; 作為 … 的範例 exemplification *n.*

exempt /ɪgˈzɛmpt/ *adj.* 被免除的, 被豁免的 *vt.* 免除, 豁免 **~ion** *n.*

exequies /ˈɛksɪkwɪz/ *pl. n.* 葬禮; 殯儀; 出殯行列.

exercise /ˈɛksəˌsaɪz/ *n.* ① 演習, 操練; 訓練; (常用複)運動, 體操 ② 習題, 練習, 課程 ③ (腦力、體力等的)運用, 使用; 實行; 執行 ④ (*pl.*) [美]典禮, 儀式 *vt.* ① 實行, 行使(職權等); 運用; 施加(影響等) ② 練習, 訓練, 操練 ③ 使煩惱, 使操心, 使擔憂 *vi.* 練習; 運動.

exert /ɪgˈzɜːt/ *vt.* ① 用(力), 行使(職權等) ② 發揮(威力), 施加(壓力), 產生(影響) **~ion** *n.* 努力, 盡力; 行使, 運用 // **~ oneself** 努力, 盡力而為.

exeunt /ˈɛksɪˌʌnt/ *vt.* [拉]【劇】(某些角色)退場.

ex gratia /ɛks ˈgreɪʃə/ *adj.* & *adv.* [拉]作為優惠的(地);【商】通融的(地).

exhale /ɛksˈheɪl, ɪgˈzeɪl/ *v.* 呼氣; 散發(氣體); 放出(蒸氣) exhalation *n.*

exhaust /ɪgˈzɔːst/ *vt.* ① 使筋疲力盡, 使疲憊不堪 ② 用盡, 耗盡 ③ 徹底研究; 詳盡地論述 *n.* (排出的)廢氣; 排氣管(亦作 **~ pipe**) **~ed** *adj.* 筋疲力盡的.

exhaustible /ɪgˈzɔːstəbᵊl/ *adj.* 可耗盡的; 會枯竭的 exhaustibility *n.*

exhaustion /ɪgˈzɔːstʃən/ *n.* ① 筋疲力盡, 疲憊 ② 用光, 枯竭.

exhaustive /ɪgˈzɔːstɪv/ *adj.* (指論述等)詳盡無遺的, **~ly** *adv.*

exhibit /ɪgˈzɪbɪt/ *vt.* ① 表明, 顯示, 顯出 ② 陳列, 展覽, 展出 ③【律】提出(證據等) *n.* ① 陳列品, 展覽品 ②【律】證件, 證物 **~or** *n.* 參展者, 展出廠商.

exhibition /ˌɛksɪˈbɪʃən/ *n.* ① 展覽

會; 展覽品 ② 陳列, 展覽; 表明, 顯示 ③ [英]獎學金 ~er n. [英] 得到獎學金的學生 // make an ~ of oneself 當眾出醜 on ~ 展覽, 陳列.

exhibitionism /ˌeksɪˈbɪʃəˌnɪzəm/ n. ① [常貶]表現癖, 出風頭 ② 【醫】性器官裸露癖 **exhibitionist** n. 愛出風頭的人; 性器官裸露癖患者.

exhilarate /ɪgˈzɪləˌreɪt/ vt. 使高興, 使興奮 **exhilaration** n.

exhilarating /ɪgˈzɪləˌreɪtɪŋ/ adj. 使人高興的(或興奮的) ~ly adv.

exhort /ɪgˈzɔːt/ v. 力勸; 告誡; 勉勵; 提倡 ~ation n.

exhume /eksˈhjuːm/ vt. [書]掘出(屍體等) **exhumation** n.

exigency /ˈeksɪdʒənsɪ, ɪgˈzɪdʒənsɪ/ n. ① 緊急(關頭) ② (常用複)迫切的需要; 苛求 **exigent** adj.

exiguous /egˈzɪgjʊəs, ɪkˈsɪg-/ adj. 細小的, 微薄的; 不足的 ~ly adv. ~ness n.

exile /ˈegzaɪl, ˈeksaɪl/ n. ① 流放, 放逐; 流亡 ② 流亡者; 流放犯, 充軍者 vt. 放逐, 流放, 充軍.

exist /ɪgˈzɪst/ vi. ① 存在 ② 生存; (尤指艱辛地)生活下去 // ~ on 靠…生活(或生存).

existence /ɪgˈzɪstəns/ n. ① 存在; 實在; 繼續存在 ② 生存; 生活(方式) **existent** adj.

existential /ˌegzɪˈstenʃəl/ adj. ① 關於存在的; 依據存在的經驗的 ② 【哲】存在主義的 ~ism n. 【哲】存在主義 ~ist n. 【哲】存在主義者.

existing /ɪgˈzɪstɪŋ/ adj. 存在的, 現存的; 現行的; 目前的.

exit /ˈegzɪt, ˈeksɪt/ n. ① 出口, 太平門 ② 外出; 離去;【劇】(演員的)退場 vi. 退出, 離去;【劇】劇場 // ~ visa 離境簽證.

Exocet /ˈeksəʊˌset/ n. (法國製) "飛魚" 導彈.

exocrine /ˈeksəʊˌkraɪn, -krɪn/ adj. 【醫】外分泌的; 外分泌腺的.

exodus /ˈeksədəs/ n. ① (成羣的)出走, 離去; (大批)移居, 出國 ② (E-)(基督教《聖經·舊約》中的)《出埃及記》**the E-** n. 古以色列人出埃及.

ex officio /ˌeks əˈfɪʃɪəʊ, əˈfɪsɪəʊ/ adv. [拉]依據職權地 adj. 職權上的.

exonerate /ɪgˈzɒnəˌreɪt/ vt. ① 使免受責, 開釋; 證明…無罪 ② 免除(義務、責任等) **exoneration** n.

exorbitant /ɪgˈzɔːbɪtənt/ adj. (要求、索價、花費)過度的, 過高的, 過份的 **exorbitance** n. ~ly adv.

exorcise, -ze /ˈeksɔːsaɪz/ vt. 驅除(妖魔等); 從…驅魔 **exorcism** n. 驅邪, 驅魔 **exorcist** n. 驅魔人, 法師.

exotic /ɪgˈzɒtɪk/ adj. ① 異國情調的; [口]奇異的; 吸引人的 ② 外來的, 外國產的 n. 外來植物; 舶來品 ~ally adv.

exotica /ɪgˈzɒtɪkə/ pl. n. (總稱)舶來品; 異國情調的物品; 奇珍異品; 奇風異俗.

expand /ɪkˈspænd/ v. ① 擴大; 擴張; (使)膨脹; 擴充 ② (使)伸展,

張開, 延伸 ③ 變得和藹可親和
善談 **~ed** *adj.* // **~ on / upon** 詳述,
引伸.

expanse /ɪkˈspæns/ *n.* 遼闊, 廣袤
(的區域); 太空; 浩瀚.

expansion /ɪkˈspænʃən/ *n.* ① 擴
張(物); 膨脹(物) ② 擴大, 擴充
③ (講題等的)詳述, 闡述 **~ism** *n.*
擴張主義(政策)(尤指在領土或
經濟上的擴張) **~ist** *n.* 擴張主義
者, 擴張政策的鼓吹者.

expansive /ɪkˈspænsɪv/ *adj.* ① 友
善和健談的 ② 遼闊的, 浩瀚的
~ly *adv.* **~ness** *n.*

expatiate /ɪkˈspeɪʃɪˌeɪt/ *vi.* (+ on /
upon) 細說, 詳述 expatiation *n.*

expatriate /eksˈpætrɪt, -ˌeɪt/ *adj.*
& *n.* 被逐出國外的(人), 移居國
外的(人) *v.* 驅逐出國; 移居國外
expatriation *n.*

expect /ɪkˈspekt/ *vt.* ① 期待, 預期,
預料 ② 指望, 期望, 要求 ③ [口]
(料)想, 以為 // **be ~ing** (a baby)
[口][婉]懷孕 (only) **to be ~ ed** 意
料之中的; 通常的 **~ed return** 預
期回報.

expectancy /ɪkˈspektənsɪ/ or
expectance *n.* 預期, 期待, 期望的
事物 // **life ~** (估計的)平均壽命.

expectant /ɪkˈspektənt/ *adj.* ① 期
望的, 預期的, 期待的 ② 懷孕的
~ly *adv.* // **~ mother** 孕婦.

expectation /ˌekspekˈteɪʃən/ *n.*
① 期待, 期望(的東西) ② (pl.)前
程, (發跡或繼承遺產的)希望 //
against / contrary to ~ 出乎意料
beyond ~ 料想不到地 **life of ~** (=
life expectancy) 預期壽命.

expectorant /ɪkˈspektərənt,
medicine/. *n.* 【醫】化痰劑.

expectorate /ɪkˈspektəˌreɪt/ *v.* [婉]
吐(痰、唾液等) expectoration *n.*

expediency, -ence /ɪkˈspiːdɪənsɪ/ *n.*
① 便利, 方便, 合算; 上策
② [貶]權術, 權宜之計.

expedient /ɪkˈspiːdɪənt/ *adj.* ① 方
便的; 便利的; 有利的; 得當的
② 權宜的; 臨時的 *n.* 應急辦法,
權宜手段 **~ly** *adv.*

expedite /ˈekspɪˌdaɪt/ *vt.* 加速(進
程、計劃、工作等), 促進; 迅速
做好.

expedition /ˌekspɪˈdɪʃən/ *n.* ① 遠
征(隊); 探險(隊); 征伐 ② [書]迅
速; 敏捷.

expeditious /ˌekspɪˈdɪʃəs/ *adj.* 迅速
的, 敏捷的; 效率高的 **~ly** *adv.*

expel /ɪkˈspel/ *vt.* ① 驅逐, 趕出;
開除 ② 排出(氣體等); 射出(子
彈等).

expend /ɪkˈspend/ *vt.* 使用, 花費
(金錢、勞力、時間等); 用光
~able *adj.* [書]可消費的; 可消耗
的; 可犧牲的.

expenditure /ɪkˈspendɪtʃə/ *n.* [書]
① (時間、金錢等的)支出, 花費
② 消費(額); 支出(額); 經費; 費
用.

expense /ɪkˈspens/ *n.* ① (時間、精
力、金錢等的)消耗; 花費; 花銷
② (常用複)費用; (額外)開支 //
at great / little / no ~ 費用很大
/很小/全免 **at sb's ~** 由某人付錢
(或負擔); 嘲弄某人 **at the ~ of**
以…為代價; 犧牲 **spare no ~** 不
惜花費.

expensive /ɪkˈspɛnsɪv/ *adj.* 費錢的; 昂貴的, 高價的; 奢華的 **~ly** *adv.*

experience /ɪkˈspɪərɪəns/ *n.* ① 經驗, 體驗 ② 見識, 經歷, 閱歷 *vt.* 經驗, 體驗; 感受, 經歷 **~d** *adj.* 有經驗的, 經驗豐富的; 老練的, 熟練的.

experiment /ɪkˈspɛrɪmənt/ *n.* 實驗, 試驗; (對新事物的)嘗試 *vi.* 做實驗進行試驗; 嘗試 (**+ on / with / in**) **~ation** *n.* (做實驗或進行試驗的)活動(或過程).

experimental /ɪkˌspɛrɪˈmɛntl/ *adj.* 實驗(上)的; 試驗性的; 經驗上的 **~ism** *n.* 實驗(或經驗)主義 **~ist** *n.* 實驗(或經驗)主義者 **~ly** *adv.*

expert /ˈɛkspɜːt/ *n.* 專家, 老手, 內行 *adj.* 熟練的, 老練的 **~ly** *adv.* **~ness** *n.* // **~ system** 【計】專家系統(解決特定領域中問題的電腦系統) **~ witness**【律】專家證人.

expertise /ˌɛkspɜːˈtiːz/ *n.* ① 專業知識; 專門技術 ② [主英]專家鑒定(或評價報告).

expiate /ˈɛkspɪˌeɪt/ *v.* 抵償, 補償; 贖(罪) **expiation** *n.*

expire /ɪkˈspaɪə/ *vi.* ① 滿期, 屆滿 ② 呼氣 ③ [書]去世, 死亡 **expiration** *n.*

expiry /ɪkˈspaɪərɪ/ *n.* (合同、協議的)滿期; 終止 // **~ date** 有效期, 截止日期.

explain /ɪkˈspleɪn/ *v.* 說明, 闡明; 解釋; 說明…的理由; (替…)辯解 // **~ away** 巧辯過去, 把…解釋過去 **~ oneself** 說明自己的意思(或動機、立場等); 為自己的行為作解釋.

explanation /ˌɛkspləˈneɪʃən/ *n.* ① 說明, 闡明, 解釋; 註釋 ② 辯解, 剖白.

explanatory /ɪkˈsplænətərɪ, -trɪ/ or **explanative** *adj.* 解釋的, 說明的; 辯明的 **explanatorily** *adv.* // **~ title**【影】字幕.

expletive /ɪkˈspliːtɪv/ *n.* 咒罵語.

explicable /ˈɛksplɪkəbˈl, ɪkˈsplɪk-/ *adj.* 可解釋的, 可說明的, 可辯明的.

explicate /ˈɛksplɪˌkeɪt/ *vt.* [書](詳盡地)解釋, 說明, 闡述 **explication** *n.*

explicit /ɪkˈsplɪsɪt/ *adj.* ① 明白的, 明確的; 詳述的 ② 直爽的; 不隱諱的 ③ 顯然可見的; 不加隱瞞的 **~ly** *adv.*

explode /ɪkˈspləʊd/ *v.* ① (使)爆炸; (使)爆發; 爆破; (感情、強烈情緒等的)突發 ② 破除, 打破; 推翻, 駁倒(理論等) ③ (人口等)激增 // **~d diagram, ~d view** (機器、模型等的)部件分解圖.

exploit [1] /ˈɛksplɔɪt/ *n.* 功績, 功勞; 英勇的行為.

exploit [2] /ɪkˈsplɔɪt/ *v.* ① 利用; 利用…以謀利; 剝削 ② 開發, 開拓 **~ation** *n.* **~er** *n.* 剝削者; 開發者.

explore /ɪkˈsplɔː/ *v.* ① 勘探, 探測; 考察; (在…)探險, 調查 ②【醫】探查(傷處等); 探索, 研究 **exploration** *n.* **exploratory** *adj.*

explorer /ɪkˈsplɔːrə/ *n.* ① 探測員, 探險者 ② 勘探器, 探測器;【醫】

探針.

explosion /ɪkˈsplɔʊʒən/ n. ① 爆炸(聲); 炸裂 ② 擴張; 激增; (感情、強烈情緒等的)爆發.

explosive /ɪkˈsplɔʊsɪv/ adj. ① 爆炸(性)的, 爆發(性)的; 易引起爭論的 ② 暴躁的 n. 易爆炸物, 炸藥 ~ly adv. // high ~s pl. n. 烈性炸藥.

expo /ˈɛkspɔʊ/ n. (~siotion 之略) [口]博覽會, 展覽會.

exponent /ɪkˈspɔʊnənt/ n. ① (學說、理論、信念等的)闡述者; 倡導者; 擁護者 ② (音樂)演奏家; (某些活動、表演等的)能手, 行家 ③【數】指數, 冪.

exponential /ˌɛkspɔʊˈnɛnʃəl/ adj. ① 指數的 ② 越來越快的, 急速的 ~ly adv.

export /ˈɛkspɔːt, ɪkˈspɔːt/ n. 出口(貨), 輸出(物) v. 輸出, 出口 ~ation n. (貨物的)出口, 輸出 ~er n. 出口商; 輸出國.

expose /ɪkˈspɔʊz/ vt. ① 使暴露, 使曝露(於日光、風雨等中); 使面臨, 招致 ② 揭露, 揭發 ③【攝】使曝光 // ~ oneself 裸露性器官.

exposé /ɛksˈpɔʊzeɪ/ n. [法](秘事、醜聞、罪惡等的)暴露, 曝光.

exposition /ˌɛkspɔʊˈzɪʃən/ n. ① 闡述, 說明, 解釋 ② 博覽會, 展覽會.

ex post facto /ɛks pɔʊst ˈfæktɔʊ/ adj. & adv. [拉](尤指法律)事後的(地), 有追溯效力的(地).

expostulate /ɪkˈspɔstjʊˌleɪt/ vi. (+ with) 勸導, 忠告 expostulation n.

exposure /ɪkˈspɔʊʒə/ n. ① 曝露, 揭露 ②【攝】膠卷底片(或軟片); 曝光(時間) ③ (在報紙、電視等傳媒上)公開露面, 宣揚 // ~ meter (= light meter) 曝光表.

expound /ɪkˈspaʊnd/ v. 詳述(理論、觀點等).

express /ɪkˈsprɛs/ vt. ① 表示, 表達 ② 表示 ③ 榨出, 壓出 ④ 用快遞寄送 adj. ① 明白表示的, 明確的 ② 特殊的 ③ 一模一樣的 ④ 快速的; 快遞的; [主美英](指運輸公司及其車輛)速遞包裹的 n. ① 快車(亦作 ~ train) ② [英](郵局或鐵路等的)快遞(或快運)服務 adv. 乘快車; 用快遞方式 ~ly adv. 明顯地, 明確地; 特地 ~way(亦作 throughway) n. [美]高速公路[英]亦作 motorway // ~ delivery [英]快件[美]亦作 special delivery).

expression /ɪkˈsprɛʃən/ n. ① 表現, 表示, 表達 ② 詞句; 語句; 措辭, 說法 ③ 表情, 臉色, 態度; 腔調, 聲調; (演奏或講話時表現出的)真摯感情 ④【數】式, 符號 ~less adj. 缺乏表情的, 呆板的 // beyond / past ~ 形容不出, 無法表達 find ~ in 在 … 表現(或發泄)出來.

expressionism /ɪkˈsprɛʃəˌnɪzm/ n. (繪畫、音樂、小說、戲劇、影視作品等的)表現主義 expressionist adj. & n. 表現主義的(藝術家、作家等).

expressive /ɪkˈsprɛsɪv/ adj. 表現 … 的, 表示 … 的; 富於表情的; 意

味深長的(作表語或後置定語時與介詞 of 連用) ~ly adv. ~ness n.

expresso /ɪkˈsprɛsəʊ/ n. = espresso.

expropriate /eksˈprəʊprɪˌeɪt/ vt. 沒收, 充公, 徵用(財產、土地等); 剝奪…的所有權 expropriation n.

expulsion /ɪkˈspʌlʃən/ n. 驅逐; 開除 expulsive adj.

expunge /ɪkˈspʌndʒ/ or **expunct** /ɪkˈspʌŋkt/ vt. 塗掉; 刪去; 抹掉; 除去; 勾銷.

expurgate /ˈɛkspəˌɡeɪt/ vt. 刪去(書籍中不妥或淫猥處) expurgation n.

exquisite /ɪkˈskwɪzɪt, ˈɛkskwɪzɪt/ adj. ① 精緻的, 精巧的; 優美的, 優雅的 ②(指感覺)敏銳的; 細膩的; 微妙的 ③(痛苦、快樂等)劇烈的; 極大的 ~ly adv. ~ness n.

ex-service /eks ˈsɜːvɪs/ adj. 退役的, 退伍的 ~man, (fem.) ~woman n. 退伍軍人, 復員軍人[美]亦作 veteran).

ext. abbr. = extension (電話)分機; 分機號碼.

extant /ekˈstænt, ˈɛkstənt/ adj. 現存的, 尚存的; (指書、畫等藝術品)未失傳的.

extemporaneous /ɪkˌstɛmpəˈreɪnɪəs/ or **extemporary** /ɪkˈstɛmpərərɪ, -prərɪ/ adj. = extempore 即興的, 即席的, 無準備的 ~ly adv. ~ness n.

extempore /ɪkˈstɛmpərɪ/ adj. & adv. 臨時作成的(地), 即席的(地), 當場的(地).

extemporize, -se /ɪkˈstɛmpəˌraɪz/ v.

臨時(當場)做成; 即席發(言); 即興演奏; 即興創作 extemporization n.

extend /ɪkˈstɛnd/ vt. ① 伸出(手等); 伸展 ② 延(期), 延長(道路) ③ 擴充, 擴展 ④ 致(祝辭); 給予, 表示(同情); 提供(幫助) ⑤ 拉長, 拉開(繩索等) ⑥ 使(賽者)竭盡全力; 全力以赴 vi. 展, 擴充; 延長; 延伸; 延續; (影響、趨勢等)波及, 牽涉 ~ed adj. 伸出的, 伸展的; 延長的, 持續的; 擴大的, 擴張的; (意思)引伸的 // ~ed family (包括叔、嬸、堂兄妹等近親的)大家庭 ~ed play 慢速(或密紋)唱片.

extension /ɪkˈstɛnʃən/ n. ① 伸長, 伸展, 延伸, 擴大 ② 延長; 延期 ③ [美](房屋的)增建部份; (鐵路等的)延長線路 ④ (電話的)分機(號碼); 增設部份; 附加物 ⑤【醫】牽伸(術) // file ~【計】文件擴展名 ~ ladder (消防等用的)伸縮梯.

extensive /ɪkˈstɛnsɪv/ adj. ① 廣闊的, 廣大的, 廣博的 ② 大量的, 大規模的; 範圍廣泛的 ~ly adv. ~ness n.

extensor /ɪkˈstɛnsə, -sɔː/ n.【解】伸(張)肌.

extent /ɪkˈstɛnt/ n. ① 廣度, 寬度, 長度; 一大片(土地) ② 範圍; 程度; 限度 // to a certain / some / such an / what ~ 到一定/某種/這樣的/何種程度.

extenuate /ɪkˈstɛnjʊˌeɪt/ vt. 掩飾(壞事); (用藉口來)減輕(過錯、罪行)extenuating adj. 使減輕的;

情有可原的 extenuatingly adv.
extenuation n.

exterior /ɪkˈstɪərɪə/ n. & adj. 外面
(的), 外部(的); 外表(上的); 表面
(的).

exterminate /ɪkˈstɜːmɪˌneɪt/ or
extermine /ɪkˈstɜːmɪn/ vt. 消滅,
滅絕, 根除 extermination n.
exterminator n. 消滅者, 根絕者
(尤指消滅害蟲者); 根絕物(尤指
殺蟲劑等).

external /ɪkˈstɜːnəl/ adj. ① 外部的,
外面的 ② 外界的; 客觀的, 實際
的 ③ 表面的; 淺薄的 ~s pl. n. 外
形, 外觀, 外表, 外貌 ~ly adv. //
~ evidence 外證 ~ examination
由校外人士主持的考試.

externalize, -se /ɪkˈstɜːnəˌlaɪz/ vt.
使形象化; 使具體化; 賦予…形
體 externalization n.

extinct /ɪkˈstɪŋkt/ adj. ① 絕種的,
滅絕的 ② (指火、希望等)熄滅
了的 ~ion n. // ~ volcano 死火山.

extinguish /ɪkˈstɪŋgwɪʃ/ vt. 熄滅
(燈、火等); 消滅, 滅絕 ~er n. (=
fire ~er) 滅火器.

extirpate /ˈɛkstəˌpeɪt/ vt. [書]消滅,
根除; 杜絕 extirpation n.

extol, 美式 extoll /ɪkˈstəʊl/ vt. 讚
美, 頌揚; 吹捧.

extort /ɪkˈstɔːt/ vt. 敲詐, 勒索; 強
奪; [喻]曲解 ~ion n. ~ioner n.
~ionist n. 強索者; 敲詐勒索者.

extortionate /ɪkˈstɔːʃənɪt/ adj. [貶]
(指索求、價格等)過份的; 昂貴
的 ~ly adv.

extra /ˈɛkstrə/ adj. ① 額外的, 附
加的, 補充的; 特別的 ② 另外收

費的 adv. 特別地, 格外地; 額外
地; 另外地 n. ① 外加物; 附加
物, 額外人手(津貼); (報紙)號外;
外加費用 ②【影】(羣眾場面上
的)臨時演員 ③【板】額外得分
// ~ time【體】加賽時間.

extra- /ˈɛkstrə/ pref. [前綴] 表示
"外; 額外; 格外; 臨時; 超出".

extract /ɪkˈstrækt, ˈɛkstrækt/ vt.
① (用力)拔出, 抽出 ② 摘出(要
點); 引用 ③ 推斷出 ④ 分離出,
提取, 蒸餾出, 榨出 n. ① 摘錄,
摘記 ② 抽出物; 提出物; 蒸餾
品; 精華, 汁;【化】提取物; 萃取
物;【藥】浸膏 ~able, ~ible adj.

extraction /ɪkˈstrækʃən/ n. ① 抽
出, 拔出 ②【化】提取(法); 回收
物, 提取物; 提煉 ③ 精選, 摘要
④ 血統, 家世, 出身.

extractor /ɪkˈstræktə/ n. ① 提取
者; 精選者 ②【醫】拔出器; 提
出器 // ~ fan 抽氣扇, 排風扇.

extracurricular /ˌɛkstrəkəˈrɪkjʊlə/
adj. 課外的; (娛樂等)業餘的;
(活動等)本分以外的.

extradite /ˈɛkstrəˌdaɪt/ vt. 引渡
(逃犯回國受審); 送還(逃犯)
extradition n.

extramarital /ˌɛkstrəˈmærɪtˀl/ adj.
婚姻外的; 私通的.

extramural /ˌɛkstrəˈmjʊərəl/ adj.
(指大學課程)為校外人員開設的;
(指工作)業餘的; [美](指運
動比賽)校際的.

extraneous /ɪkˈstreɪnɪəs/ adj. ① 無
關的, 局外的; 枝節的 ② 外部
的, 外來的 ~ly adv. ~ness n.

extraordinary /ɪkˈstrɔːdˀnrɪ,

-dʼnərɪ/ adj. ① 非常的, 異常的,
非凡的, 卓絕的 ② 意外的, 離奇
的, 可驚的; 特別的 ③ 特命的,
特派的; 臨時的 extraordinarily
adv.

extrapolate /ɪkˈstræpəˌleɪt/ v.
① 推斷; 推測【數】外推
extrapolation n.

extrasensory /ˌekstrəˈsɛnsərɪ/ adj.
【心】超感覺的 // ~ perception
【心】超感官知覺, 超感覺力(略
作 ESP).

extraterrestrial /ˌekstrətɪˈrestrɪəl/
adj. 地球外的; 來自外星的 //
~ life / beings 地球外的生命/外
星人.

extraterritorial /ˌekstrəˌterɪˈtɔːrɪəl/
or exterritorial adj. 治外法權的.

extravagance /ɪkˈstrævəgəns/ n. or
extravagancy n. ① 奢侈, 鋪張;
浪費, 揮霍 ② 過份(的事情); 放
縱(的言行).

extravagant /ɪkˈstrævəgənt/ adj.
① 過度的, 過份的 ② 放肆的
③ 奢侈的, 浪費的 ~ly adv.

extravaganza /ɪkˌstrævəˈgænzə/ n.
① (電影、體育比賽等)鋪張華
麗的盛大表演 ② 狂文; 狂詩; 狂
曲; 狂劇; 狂妄的言行.

extreme /ɪkˈstriːm/ adj. ① 極端的;
過激的 ② 極限的, 非常的 ③ 盡
頭的, 末端的 n. 極端; 末端 // go
/ be driven to ~s 走極端/被迫採
取極端手段 in the ~ 極端; 非常.

extremely /ɪkˈstriːmlɪ/ adv. 極端地;
非常地.

extremism /ɪkˈstriːmɪzəm/ n. 極端
主義 extremist n. 極端主義者, 過

extremity /ɪkˈstremɪtɪ/ n. ① 末端,
盡頭; 極端, 極度 ② (常用複)困
迫, 絕境 ③ (常用複)殘暴, 激烈
的極端手段(或行為) ④ (pl.)四
肢 // lower / upper extremities
腿/手臂.

extricate /ˈekstrɪˌkeɪt/ vt. 解救, 使
解脫 extrication n.

extrinsic /ekˈstrɪnsɪk/ adj. ① 外在
的, 非本質的 ② 外來的, 外部
的, 外表的; 體外的 ~ally adv.

extrovert, extra- /ˈekstrəˌvɜːt/ adj.
& n.【心】性格外向的(人); [口]
(好交際、活潑好動的)樂天派
extroversion n.【心】外向性.

extrude /ɪkˈstruːd/ vt. 擠出; (將
塑膠或金屬用模具)擠壓成形
extrusion n.

exuberance /ɪgˈzjuːbərəns/ n. ① 繁
茂, 豐富 ② 充沛, 充溢.

exuberant /ɪgˈzjuːbərənt/ adj.
① 繁茂的; 茂盛的, 豐富的
② (感情等)充溢的; (活力)充沛
的, (精神)旺盛的 ③ (詞藻)過分
華麗的, 極度的 ~ly adv.

exude /ɪgˈzjuːd/ v. (使)滲出; (使)滲
出; (使)發散; 洋溢 exudation n.
滲出(液); 流出(物).

exult /ɪgˈzʌlt/ vi. 狂喜; 歡躍; 興高
采烈 ~ation n.

exultant /ɪgˈzʌltənt/ adj. 歡欣鼓舞
的; 興高采烈的 ~ly adv.

eye¹ /aɪ/ n. (pl. ~s) ① 眼睛, 目
② 視力, 視覺; 觀察力; 鑒別力
③ 見解, 觀點; 判斷 ④ 注意, 注
視 ⑤ 眼狀物(如針眼等); 孔; 洞;
環; 圈 ⑥【氣】風眼;【植】(馬鈴

薯等的)芽眼 ⑦ [美俚]私人偵探，眼線 ~less *adj.* 無眼的；瞎的 ~ball *n.* 眼球 ~bath *n.* 洗眼杯 ~brow *n.* 眉毛 ~~catching *adj.* 引人注目的 ~glass *n.* (單片) 眼鏡 *(pl.)* 眼鏡 ~lash *n.* 睫毛 (亦作 lash) ~let, ~lethole *n.* 孔眼；小孔；窺視孔，槍眼，炮眼 ~level *adj.* (常用於定語)齊眼高的 ~lid *n.* 眼瞼，眼皮 ~liner *n.* 眼線筆 ~opener *n.* (令人大開眼界的)新奇事物 ~piece *n.* (顯微鏡或望遠鏡的)目鏡 ~shade *n.* 眼罩 ~shadow *n.* 眼影(膏) ~sight *n.* 視力，視野 ~sore *n.* 刺眼(或難看)之物 ~strain *n.* 眼疲勞 ~tooth *n.* 上顎犬齒 ~wash *n.* 洗眼藥水；[俚]吹牛，胡說 ~witness *n.* 目擊者，見證人 / (an) ~ for (an) ~ 以眼還眼 be all ~s 非常留意；注視 catch sb's ~s 引起某人注意 ~ socket 眼窩；眼眶 ~ball to ~ball 面對面 give sb a black ~ (= black sb's ~) 把人打得兩眼烏青 have an ~ for 能判斷，對 … 有鑒別力 have / with an ~ to / on 着眼於；看上，

看中 keep an ~ on / upon [口]照看；密切注意 look sb in the ~ 無畏懼(或無愧)地正視某人 make (sheep's) ~s at sb 向某人送秋波，拋媚眼 mind your ~ [英口]注意，當心 raise one's ~brows 揚起眉毛(懷疑、吃驚的表情) see ~ to ~ with sb 跟某人意見一致 see with half an ~ 一看就知道，一目了然 with one's ~ open 明明知道 with open ~s 明知故犯.

eye² /aɪ/ *v.* 看，注視 // ~ sb up (and down) 色迷迷地看着某人；對某人上下打量.

-eyed /-aɪd/ *suf.* [後綴](組成複合形容詞)長着 … 眼的 // a blue~ foreigner 藍眼睛的外國人.

eyeful /ˈaɪfʊl/ *n.* ① 滿眼 ② [俚]值得一看的人(或物) // get / have an ~ [口]好好看一下，看個夠.

eyot /aɪt/ *n.* [英](河、湖中的)小島(亦作 ait).

eyrie /ˈɪərɪ, ˈeɪrɪ, ˈaɪərɪ/ or **aerie** *n.* (築於懸崖上的)鷹巢；[喻]高山上的住所.

F

F *abbr.* ① 華氏溫度(度數) ②【電】(電容單位)法拉 ③【化】元素氟 (fluorine) 的符號.

F /ɛf/ *abbr.* 【音】~ 音；~調.

FA /ˌɛf ˈeɪ/ *abbr.* = Football Association 足球協會.

fable /ˈfeɪbˀl/ *n.* ① 寓言；童話

② 傳說 ③ 無稽之談 ~d *adj.* 在寓言中有名的；傳說的.

fabric /ˈfæbrɪk/ *n.* ① 織物；織品 ② 構架(建築物的牆、地板和屋頂) ③ 結構.

fabricate /ˈfæbrɪˌkeɪt/ *vt.* ① 製作；用預製構件組成 ② 捏造；編造；

偽造 fabrication *vt.* ① 捏造; 謊言; 誣告; 捏造(或偽造)的東西.

fabulous /ˈfæbjʊləs/ *adj.* ① 難以置信的; 令人驚奇的 ② 傳說的; 寓言中的 ③ 巨大的 **~ly** *adv.* 令人難以置信地.

façade, facade /fəˈsɑːd/ *n.* (建築物的)正面; 外表; 外觀; (偽裝的)門面.

face /feɪs/ *n.* ① 臉; 面貌 ② 表情; 表面 ③ 正面; 主面 ④ 錶面; 錶盤 ⑤ 工作面; 採掘面; 切削面 *vt.* ① 面向; 面對 ② 對抗; 毅然應付 ③ 正視; 面臨 **~less** *adj.* 姓名不詳的; 身份不明的 **Facebook** *n.* 臉書(全球社交網站) **~card** *n.* (撲克牌中的)人頭牌(指 K、Q、J 三種) **~cloth** *n.* 面巾 **~lift** *n.* (除去面部皺紋的)整容術; 整容 **~saving** *adj. & n.* 保全面子的 **// ~towel** 面布 **~value** 票面價值; 表面價值.

facet /ˈfæsɪt/ *n.* ① (鑽石或珠寶的)小平面; 刻面 ② (情況或問題的)一個方面.

facetious /fəˈsiːʃəs/ *adj.* 滑稽的; 詼諧的; 愛亂開玩笑的 **~ly** *adv.* 滑稽地; 愛開玩笑地 **~ness** *n.* 滑稽.

fa(s)cia /ˈfeɪʃə/ *n.* ① [英](汽車的)儀表板 ② 字號的牌匾, 店舖的招牌.

facial /ˈfeɪʃəl/ *adj.* 臉的; 面部的 *n.* 美容; 面部按摩.

facile /ˈfæsaɪl/ *adj.* ① 易得到的; 容易的 ② 膚淺的 ③ 機敏的; 熟練的; 流暢的.

facilitate /fəˈsɪlɪteɪt/ *vt.* ① 使容易; 使便利 ② 推進; 促進 facilitation *n.* ① 容易化; 簡化 ② 促進; 推進 facilitator *n.* 引導者; 主持人; 協調者; 促進者.

facility /fəˈsɪlɪtɪ/ *n.* ① 靈巧; 熟練 ② 容易 ③ (*pl.*)設備; 工具; 機關; 設施 ④ 便利 ⑤ 能力, 才能.

facing /ˈfeɪsɪŋ/ *n.* ① (衣服等的)貼邊, 鑲邊; 貼邊的材料 ② (保護或裝飾建築物的)面層, 覆蓋層; 飾面.

facsimile /fækˈsɪmɪlɪ/ *n.* ① (寫作、印刷、圖畫等的)精確複製本; 摹本 ② 傳真 **// ~edition** 複製版 **~transmission** 傳真發送.

fact /fækt/ *n.* ① 事實; 實情; 真相 ② 論據; 證據 **~ual** *adj.* 真實的; 事實的 **// a ~of life** 生活的現實; 無可爭辯的事實 **as a matter of ~** 事實上; 其實.

faction /ˈfækʃən/ *n.* ① 派別; 小組織 ② (團體內部的)紛爭 ③ 紀實小說 factious *adj.* 鬧派別的; 由派別引起的.

factitious /fækˈtɪʃəs/ *adj.* 人為的; 不自然的; 虛假的; 做作的.

factoid /ˈfæktɔɪd/ *n.* (沒有證據, 只因在出版物上出現而被信以為真的)仿真陳述 **~al** *adj.*

factor /ˈfæktə/ *n.* ① 要素;【數】因子; 因素 ② 代理人, 代理機構 ③ 地產管理人; 管家 **~ial** *n.* 【數】階乘; 階乘積 *adj.* 【數】因子的; 階乘的 **~ize** *vt.* 將…分解成因子 **// ~VIII**【數】凝血因子 VIII, 抗血友病因子(亦作 **~eight**).

factory /ˈfæktərɪ/ *n.* 工廠; 製造廠 **// ~farm** 工廠化農場.

factotum /fæk'təʊtəm/ n. 家務總管; 雜役.

faculty /'fækˈlti/ n. ① 能力; 才能 ② (大學的)系; 學院; 全體教員.

fad /fæd/ n. 時尚; 愛好; 狂熱 ~dy adj. 愛新奇的; 一時流行的.

fade /feɪd/ vi. ① 凋謝; 枯萎 ② 褪色; 衰弱下去; 消失 ~ away n. 逐漸消失 ~in n. (電視、電影中畫面)淡入; 漸顯 ~out n. (電視、電影中畫面淡出; 漸隱; 漸弱.

faeces, 美式 **feces** /'fiːsiːz/ n. 糞便.

fag /fæg/ n. ① 苦差使; 累人的工作 ② [俚]香煙 vi. 做苦工; 替高年級學生跑腿 vt. 使疲勞; 使做苦工 // ~ end 香煙頭, 煙蒂; 殘渣; 廢料; 零頭.

faggot, 美式 **fagot** /'fæɡət/ n. ① 柴捆 ② (烤或煎的)肉丸.

Fahrenheit /'færənˌhaɪt/ n. & adj. 華氏寒暑表(的).

faience /faɪ'ɑːns/ n. 彩釉陶器; 彩釉瓷器.

fail /feɪl/ vi. ① 失敗; 不及格; 缺少; 衰退 ② (後接不定式)不能; 忘記 ③ 失靈; 停止 vt. 使失望; 捨棄 ~safe adj. 機器發生故障時自動停下來的; 自動防止故障危害的.

failing /'feɪlɪŋ/ n. 缺點; 弱點; 失敗 prep. 如果沒有…; 若無…時.

failure /'feɪljə/ n. ① 失敗; 不及格 ② 缺乏; 疏忽; 未做到 ③ 失敗的人; 失敗的事.

faint /feɪnt/ adj. ① 微弱的; 不清楚的; 模糊的 ② 虛弱的; 昏厥的; 暈倒的 vi. ① 昏厥; 暈倒 ② 變得沒力氣; 變得微弱; 變得不鮮明 ~ly adv. 模糊地; 微弱地 ~heart n. 懦夫 ~hearted adj. 懦弱的.

fair /feə/ adj. ① 公正的; 正直的 ② 相當好的; 尚可的 ③ 美好的; 晴朗的 ④ 白皙的; 金黃色的 ⑤ 淡色的; 乾淨的; 清楚的 ⑥ 美麗的; 女性的 adv. ① 公平地; 公正地 ② 順利地 ③ 正面地; 直接地 n. 市集; 博覽會; 交易會 ~ground n. 遊樂場 ~haired adj. 金髮的 ~minded adj. 沒有偏心地 ~spoken adj. (談吐等)有禮貌的; 溫和的; 懇切的 ~way n. 航道 // ~ and square 光明正大地 ~ test 公平測試 ~ trade 公平貿易; 【俗】走私 ~ traders 走私者.

fairly /'feəlɪ/ adv. ① 公正; 誠實 ② 完全; 相當; 還好.

fairy /'feərɪ/ n. ① 妖精; 仙女 ② [美俚]漂亮的女子; 搞同性戀的男子 ~land n. 仙境; 奇境 ~tale n. 童話; 神話 // ~ godmother (危難時提供及時幫助的)仙女, 救星, 恩人 ~ lights 彩色小燈 ~ story 童話; 神話.

fait accompli /fɛt akɔ̃pli/ n. [法]不可改變的既成事實.

faith /feɪθ/ n. ① 信任 ② (宗教)信仰; 信心 ③ 誠意; 忠誠 // ~ community 宗教團體社區 ~ school 宗教學校.

faithful /'feɪθfʊl/ adj. ① 忠誠的; 守信的; 信仰堅定的 ② 真實的; 可靠的 ~ly adv. 忠實地; 誠心誠意地; 切實遵守地.

faithless /'feɪθlɪs/ adj. 背信棄義的;

不忠實的; 不可靠的.

fake /feɪk/ v. 偽造; 捏造; 偽裝 n. ① 假貨; 贋品 ② 詭計; 騙局 ③ 冒充者; 騙子 ~r 偽造者; 騙子; 偽裝者.

fakir, -qir /'fɑːkɪə, 'feɪkə/ n. 托鉢者; 苦行僧.

falcon /'fɔːlkən, 'fɔːkən/ n.【動】隼; 獵鷹 ~er n. 養獵鷹者; 獵鷹訓練員; 放鷹獵者.

fall /fɔːl/ vi. (過去式 fell 過去分詞 ~en) ① 落下; 摔(倒) ② 倒塌; 下垂 ③ 失勢; 垮台; 陷落 ④ 陣亡; 戰死 ⑤ 變成; 成為 n. ① 落下; 跌落 ② (pl.) 瀑布 ③【美】秋天 ④ 落差; 降低 ⑤ 陷落 ~trap n. 陷阱 // ~ away ① 背離; 離開 ② 消失 ③ 落弱; 消瘦 ~ behind 落在後面 ~ for ① [俚]受 … 的騙; 上 … 的當; 對 … 信以為真 ② 愛上 ~ out ① 脫落 ② 吵架; 失和 ③ 原地解散.

fallacious /fə'leɪʃəs/ adj. ① 錯誤的; 謬誤的 ② 騙人的; 靠不住的.

fallacy /'fæləsɪ/ n. 錯誤; 謬論.

fallen /'fɔːlən/ v. fall 的過去分詞 adj. ① 落下的; 倒下的; 伐倒的 ② 被摧毀的; 陷落的 ③ 墮落的.

fallible /'fælɪb'l/ adj. 容易弄錯的; 難免有錯誤的 fallibility n. 容易弄錯; 可誤性.

falling /'fɔːlɪŋ/ adj. 落下的; 下降的; 變衰弱的.

Fallopian tube /fə'ləʊpɪən tjuːb/ n.【解】法婁皮歐氏管; 輸卵管.

fallow /'fæləʊ/ adj. ① (指田地)休耕中的, 休閒的 ② 潛伏的; 不活躍的 ③ 淡棕色的 n. 休閒; 休耕地.

false /fɔːls/ adj. & n. ① 假的; 虛偽的; 錯誤的 ② 不忠實的; 無信義的 ③ 騙人的; 騙人的 ~ly adv. 錯誤地; 虛偽地; 不真實地 ~hood n. 虛偽; 謊言; 說謊 // ~alarm 一場虛驚 ~imprisonment 非法監禁; 非法拘留 ~positive 假陽性反應結果; 錯誤的測試結果.

falsetto /fɔːl'setəʊ/ n.【音】(尤指男高音的)假聲.

falsification /ˌfɔːlsɪfɪ'keɪʃ'n/ n. 弄假作假; 篡改; 偽造; 歪曲; 贋造.

falsify /'fɔːlsɪˌfaɪ/ vt. ① 篡改(文件); 偽造; 歪曲 ② 證明 … 虛假; 假欺騙 ③ 誤用; 搞錯 vi. 說謊.

faltboat /'fæltˌbəʊt/ n. 摺疊式小艇; 橡皮帆布艇.

falter /'fɔːltə/ vi. ① 支吾; 結巴 ② 站不穩; 搖晃; 動搖 ③ 猶豫; 畏縮 n. 動搖; 猶豫; 畏縮; 支吾.

fame /feɪm/ n. 名聲; 聲譽 vt. 使有名望; 盛傳; 稱道 ~d adj. 有名的; 著名的.

familiar /fə'mɪlɪə/ adj. ① 親密的 ② 熟悉的 ③ 普通的; 隨便的; 友好的 n. 知交; 伴侶; 常客 ~ly adv. 親密地; 熟練地; 普通地; 友好地.

familiarity /fəˌmɪlɪ'ærɪtɪ/ n. ① 熟悉; 精通 ② 親密; 隨便.

familiarize, -se /fə'mɪljəˌraɪz/ vt. 使熟悉; 使通曉; 使親密.

family /'fæmɪlɪ, 'fæmlɪ/ n. ① 家庭; 家 ② 家屬; 親屬; 子女 ③ 氏族; 族 ④【動】【植】系, 科 // ~ circle 家庭圈子 ~ farm 個體

農場 ~ **man** 有妻子、子女的人; 愛好家庭生活的人 ~ **name** 姓氏 ~ **planning** 計劃生育 ~ **room** (旅館中)供一家人落腳的房間 ~ **tree** 系譜; 家譜.

famine /'fæmɪn/ n. 饑荒; 嚴重地缺乏.

famish /'fæmɪʃ/ v. 挨餓; 饑餓 ~**ed** adj. 食物嚴重短缺.

famous /'feɪməs/ adj. 著名的極好的 ~**ly** adv. 極好; 非常令人滿意.

fan /fæn/ n. ① 扇子; 風扇; 扇狀物 ②(對球、電影、戲等)入迷的人 v. ① 搧; 煽動; 成扇狀展開; 激起 ② 吹拂; 驅走 ③ 飄動; 散開.

fanatic /fə'nætɪk/ adj. 狂熱的; 盲信的 n. 狂熱者; 盲信者; 入迷者 ~**al** adj. (= ~) ~**ally** adv. 狂熱地; 盲目地.

fanciful /'fænsɪfʊl/ adj. ① 愛空想的; 富於幻想的 ② 設計或裝飾奇異的; 花俏的.

fancy /'fænsɪ/ n. ① 想像力; 幻想力 ② 設想; 空想; 幻想 ③ 愛好 adj. 空想的; 奇特的; 異樣的 vt. ① 想像; 設想; 喜愛 ② 相信; 認為 ~**work** n. 刺繡品; 鈎編織品 // ~ **ball** 化裝舞會 ~ **house** [美俗]妓院.

fandango /fæn'dæŋgəʊ/ n. ① (pl. -gos) 一種西班牙舞(曲) ② 胡言亂語; 愚蠢的行動.

fanfare /'fænfeə/ n. ① 嘹亮的喇叭聲 ② 鼓吹; 誇耀.

fang /fæŋ/ n. 尖牙; 犬牙; 毒牙.

fantastic /fæn'tæstɪk/ adj. ① 空想的 ② 奇異的 ③ 極妙的; 出色

的.

fantasy, phantasy /'fæntəsɪ/ n. ① 幻想;【音】幻想曲 ② 幻想力的產物 ③ 離奇的圖案.

far /fɑː/ adv. (比較級 ~**ther**, **further** 最高級 ~**thest**, **furthest**) ① 遠; 遙遠地; 久遠地 ② 大大⋯, ⋯得多 adj. ① 遙遠的; 久遠的 ② 較遠的; 較遠的 n. 遠處; 遠方 ~**away** adj. 遙遠的; 久遠的 ~**famed** adj. 著名的 ~**fetched** adj. ① 牽強附會的; 不自然的 ② 遠而來的 ~**flung** adj. 廣泛的; 分佈廣的 ~**reaching** adj. 效果大的; 深遠的; 廣泛的 ~**seeing** adj. 看得遠的; 目光遠的 ~**sighted** adj. 遠視的; 有遠見的 // ~ **gone** 病得厲害的.

farad /'færəd, -æd/ n. 【電】法拉 (電容單位).

farce /fɑːs/ n. ① 笑劇; 滑稽戲 ② 滑稽; 可笑的事物 **farcical** adj. 滑稽的; 荒唐的; 可笑的.

fare /feə/ n. ① 車費; 船費 ② 乘客 ③ 飲食 vi. 過日子; 遭遇; 進展 // ~ **code** (機票的)等級標記.

farewell /feə'wel/ int. 再見; 再會 n. 告別; 告別辭; 送別會.

farina /fə'riːnə/ n. 穀粉; 澱粉; 花粉 ~**ceous** adj. 穀粉製的; 含澱粉的; 粉狀的.

farm /fɑːm/ n. ① 農場; 農莊; 農田 ② 飼養場; 畜牧場 v. ① 種田; 務農; 經營農田 ② 從事牧業; 耕種; 飼養 ③ 出租(土地); 承包(工作、稅收) ~**hand** n. 農場工人 ~**house** n. 農場住宅 ~**yard** n. 農家場院.

farmer /ˈfɑːmə/ n. ① 農民; 農場主 ② 畜牧者; 牧場主 ③ 承包者.

farming /ˈfɑːmɪŋ/ n. 農業; 耕作; 畜牧 adj. 農業的; 農場的.

farrier /ˈfærɪə/ n. ① 釘馬蹄鐵的鐵匠 ② 馬醫; 獸醫.

farrow /ˈfærəʊ/ n. ① 一胎小豬 ② 產小豬 vi. 產小豬.

fart /fɑːt/ n. [俚] 屁 vi. 放屁.

farther /ˈfɑːðə/ adj. & adv. (far 的比較級) 更遠的 ~most adj. 最遠的.

farthest /ˈfɑːðɪst/ adj. & adv. (far 的最高級) 最遠的; 最久的.

farthing /ˈfɑːðɪŋ/ n. ① [英] 四分之一舊便士 ② 極少量; 一點.

fascinate /ˈfæsɪneɪt/ vt. 迷住; 使魂魄顛倒; 使嚇呆 vi. 迷人; 極度吸引人 fascinating adj. 迷人的; 消魂奪魄的 fascination n. 魅力; 迷戀.

fascism /ˈfæʃɪzəm/ n. 法西斯主義.

fascist /ˈfæʃɪst/ n. 法西斯主義者 adj. 法西斯的.

fashion /ˈfæʃən/ n. ① 樣子; 方式 ② 時興; 流行款式, 時裝 ③ 時髦人物 vt. 形成; 做成 … 形狀 ~able adj. 時髦的; 流行的 ~ably adv. 合時的 ~-conscious adj. 追求時尚的 // ~ show 時裝表演 ~ statement 新奇時尚的物件.

fast /fɑːst/ adj. ① 快的; 迅速的 ② 緊的; 牢的 ③ 忠實的; 可靠的 adv. 緊牢; 快速 vi. 禁食; 節制飲食; 齋戒 n. 禁食; 齋戒; 節制飲食; 節食期 // ~ food 快餐

~ track 快速通道; 迅速晉升之道.

fasten /ˈfɑːsn/ vt. 繫牢; 扣住; 閂住; 釘牢; 抓住 ~er n. 扣件; 鈕扣; 撳鈕; 扣閂 ~ing n. 扣緊; 繫牢; 扣拴之物(如鎖、門、扣、釘等).

fastidious /fæˈstɪdɪəs/ adj. ① 愛挑剔的; 過份講究的 ② 容易讓人討厭的 ③ 謹小慎微的.

fastness /ˈfɑːstnɪs/ n. ① 要塞; 堡壘 ② 安全區 ③【紡】堅牢度.

fast-track /fɑːst træk/ adj. 快速提升的.

fat /fæt/ adj. ① 肥的; 肥胖的 ② 油脂的 ③ 大的; 厚的 ④ 肥沃的; 富的 n. 脂肪; 肥胖 vt. 養肥 ~head n. [口] 傻瓜 ~headed adj. [口] 笨的.

fatal /ˈfeɪtl/ adj. ① 命運的; 命中注定的 ② 致命的; 不幸的 ~ly adv. 致命地; 悲慘地; 命中注定地.

fatalism /ˈfeɪtəlɪzəm/ n.【哲】宿命論.

fatality /fəˈtælɪtɪ/ n. ① (災禍事故中的) 死亡者; 死亡事故 ② 致命性 ③ 命運; 宿命.

fate /feɪt/ n. ① 命運; 天數 ② 毀滅; 災難 ③ 死亡 ④ 結局 vt. (常用被動語態) 命定; 注定 // as sure as ~ 的確; 千真萬確 meet one's ~ 死; 送命 tempt ~ 蔑視命運; 冒險.

fated /ˈfeɪtɪd/ adj. 命運決定的; 注定要毀滅的.

fateful /ˈfeɪtfʊl/ adj. ① 命中注定的; 與命運有關的 ② 重大的; 致

命的.

father /ˈfɑːðə/ n. ① 父親; 岳父; 公公 ② 祖先, 長輩; 創始人 ③ 神父 **~hood** n. 父親的身份 **~ly** adj. 父親般的, 慈祥的 **~in-law** n. 岳父; 公公 **~land** n. 祖國 // Like ~, like son. [諺]有其父必有其子 **F-Christmas** 聖誕老人.

fathom /ˈfæðəm/ n. 噚 (= 6 呎或 1.829 米, 主要用於測量水深); 理解力 vt. 測⋯的深度; 理解; 弄清⋯的動機 **~less** adj. 深不可測的.

fatigue /fəˈtiːg/ n. 疲勞; 勞累 vt. 使疲勞 vi. 疲勞 **~less** adj. 深不可測的 // ~ **dress** 【軍】工裝; 勞動服 ~ **duty** 【軍】雜役; 勞動.

fatling /ˈfætlɪŋ/ n. 養肥備享的幼畜.

fatten /ˈfæt⋅n/ vt. ① 養肥; 使肥沃 ② 裝滿; 充實.

fatty /ˈfæti/ adj. 脂肪多的; 油腻的; 油腻的 n. 胖子 // ~ **acid** 脂肪酸.

fatuous /ˈfætjʊəs/ adj. 愚昧的; 昏庸的, 愚蠢的 **~ly** adv. 愚昧地; 昏庸地, 蠢笨地 **~ness** n. 愚昧; 昏庸; 愚蠢的話或行為.

faucet /ˈfɔːsɪt/ n. ① 水龍頭 ② 旋塞; 插口.

faugh /fɔː/ int. 哼; 呸.

fault /fɔːlt/ n. ① 缺點; 毛病 ② 錯誤 ③ 責任; 過失 ④ 故障; 誤差 ⑤ 【地】斷層 vi. ① 產生斷層 ② 犯錯誤; 出差錯 **~less** adj. 無過失的 **~finder** n. 吹毛求疵者 **~finding** n. 找岔子; 挑剔 adj. 吹毛求疵的 **~line** n. 【地】斷層線.

faulty /ˈfɔːlti/ adj. 有錯誤的; 缺點多的; 不完善的.

faun /fɔːn/ n. (古羅馬傳說中半人半羊的) 農牧之神.

fauna /ˈfɔːnə/ n. (pl. **-nas, -nae**) 動物羣; 動物區系; 動物標誌.

faux pas /ˌfəʊ ˈpɑː, fɔ pɑ/ n. (pl. **~**) [法]有失檢點的話 (或行動); 失禮; 失言.

favour, 美式 **favor** /ˈfeɪvə/ n. ① 恩惠; 善意的行為 ② 好事; 好感 ③ 喜愛; 得寵 ④ 支持; 偏愛 ⑤ 紀念品; 禮物 vt. ① 喜愛; 寵愛 ② 支持; 贊成 ③ 賜予; 有利於; 偏袒 **~able** adj. 贊成的; 有利的; 討人喜歡的 **~ably** adv. 贊成地; 好意地; 順利地.

favoured, 美式 **favored** /ˈfeɪvəd/ adj. ① 受到優待的; 受到寵愛的 ② 有天賦的 ③ 優惠的; 受優惠的.

favourite, 美式 **favorite** /ˈfeɪvərɪt, ˈfeɪvrɪt/ n. ① 特別喜愛的人 (或物); 受寵的人 ② 親信 ③ 最有希望獲勝者 adj. 特別喜愛的.

favo(u)ritism, 美式 **favoritism** /ˈfeɪvərɪˌtɪzəm, ˈfeɪvrɪ-/ n. ① 偏寵; 偏袒 ② 得寵.

fawn /fɔːn/ vi. ① (狗等) 搖尾乞憐; 奉承討好 n. ① 幼鹿 ② 小山羊; 小動物 ③ 鹿毛色; 淺黃褐色 adj. 淺黃褐色的.

fax /fæks/ n. ① 傳真通訊 ② 傳真機 vt. 傳真傳輸.

FBI /ˌef biː aɪ/ abbr. ① = Federal Bureau of Investigation (美國) 聯邦調查局 ② = Federation of British Industries 英國工業聯合

會.

FC /ˌɛf ˈsiː/ *abbr.* = Football Club 足球俱樂部.

Fe *abbr.* 【化】元素鐵 (iron) 的符號.

fealty /ˈfiːəltɪ/ *n.* 忠誠; 效忠(宣誓).

fear /fɪə/ *n. & v.* 害怕; 畏懼; 憂慮; 恐怕 **~ful** *adj.* 可怕的; 嚇人的; 害怕的; 擔心的; [口]非常的; 極壞的 **~fully** *adv.* 可怕地; 嚇人地; 害怕地 **~less** *adj.* 不怕的; 大膽的 **~lessness** *n.* **~some** *adj.* 可怕的; 嚇人的.

feasible /ˈfiːzəb°l/ *adj.* ① 可行的; 可能的 ② 合理的 ③ 可用的; 適宜的 **feasibility** *n.* 可行性; 可能性 **feasibly** *adv.* 可行地; 可能地 // ~ **region** 【數】可解域; 可行解區域.

feast /fiːst/ *n.* ① 盛宴; 筵席 ② 節日 ③ 享受; 享樂 *vt.* 盛宴款待; 使得到享受 *vi.* 參加宴會; 享受.

feat /fiːt/ *n.* ① 功績; 成就 ② 武藝; 技藝.

feather /ˈfeðə/ *n.* ① 羽毛; 羽飾 ② 禽類 *vt.* 用羽毛裝飾 **~brain**, **~head**, **~pate** *n.* 愚蠢的人; 輕浮的人 **~weight** *n.* 無足輕重的人(或物) // ~ **bed** 鴨絨床墊; 安適的處境.

feathering /ˈfeðərɪŋ/ *n.* (總稱)羽毛; 羽狀物.

feathery /ˈfeð°rɪ/ *adj.* 羽毛般的; 輕的.

feature /ˈfiːtʃə/ *n.* ① 面貌的一部份(眼、口、鼻等); 特徵; (*pl.*) 面貌; 相貌 ② 特寫; 特輯 ③ 電影片片 *vt.* 成為 … 的特徵; 特寫

~less *adj.* 無特色的; 平凡的.

Feb *abbr.* = ~**ruary**.

febrifuge /ˈfebrɪˌfjuːdʒ/ *n.* 退燒藥; 退熱藥; 解熱劑.

febrile /ˈfiːbraɪl/ *adj.* 發熱的; 發燒引起的.

February /ˈfebrʊərɪ/ *n.* 二月(略作 Feb).

feckless /ˈfeklɪs/ *adj.* ① 無力氣的; 無精神的 ② 無用的 ③ 無責任心的.

fecund /ˈfiːkənd, ˈfek-/ *adj.* 肥沃的; 多產的 **~ate** *vt.* 使多產; 使肥沃.

fecundation /ˌfiːkənˈdeɪʃən/ *n.* 受胎; 受精.

fecundity /fɪˈkʌndɪtɪ/ *n.* ① 多產; 富饒; 肥沃 ② 生殖力; 發芽力.

fed /fed/ *v.* feed 的過去式及過去分詞. **n.** [美俚]聯邦調查局調查員; 聯邦政府工作人員.

federal /ˈfedərəl/ *adj.* 聯盟的; 聯合的; 聯邦制的 **~ism** *n.* 聯邦制; 聯邦主義 **~ist** *n.* 聯邦制擁護者.

federate /ˈfedəˌreɪt/ *vi.* 結成同盟(或聯邦).

federation /ˌfedəˈreɪʃən/ *n.* 同盟; 聯盟; 聯邦政府.

fee /fiː/ *n.* ① 費(會費; 學費; 入場費等) ② 酬金 ③ 賞金; 小費 *vt.* ① 付費, 給 … 酬金; 聘用.

feeble /ˈfiːb°l/ *adj.* 虛弱的; 軟弱的.

feed /fiːd/ *v.* (過去式及過去分詞 fed) ① 餵(養); 飼(養) ② 為 … 提供食物 ③ 吃; 食 *n.* 餵; 加料; 一餐 **~er** *n.* ① 飼養者 ② 奶瓶; 進料器; 加油器 ③ 支流, 支線 **~ing** *n.* 飼養; 進料 *adj.* 給食的; 進料的 **~back** *n.* 【無】【生】

反饋,(訊息等的)返回,回授;反應.

feel /fiːl/ v. (過去式及過去分詞 **felt**) ① 摸;觸;感到;覺得 ② 以為;認為 ③ 同情 n. 觸;摸;感覺;感受.

feeler /ˈfiːlə/ n. ① 觸角;觸鬚 ② 試探者;試探器;探針 ③【無】靈敏元件.

feeling /ˈfiːlɪŋ/ n. ① 感覺;感情;情緒 ② 同情 ③ 不滿;反感 adj. 同情的;富於感情的.

feet /fiːt/ n. foot 的複數.

feign /feɪn/ vt. 假裝;裝作;捏造.

feint /feɪnt/ n. ① 假裝;偽裝 ② 佯攻;虛擊 vi. 佯攻;虛擊.

feldspar /ˈfeldˌspɑː, ˈfelˌspɑː/ n. 【礦】長石 (亦作 felspar).

felicitate /fɪˈlɪsɪˌteɪt/ vt. 祝賀;慶幸 felicitation n. 祝賀;祝詞.

felicitous /fɪˈlɪsɪtəs/ adj. ① 恰當的;巧妙的 ② 善於措詞的 ③ 愉快的;可愛的.

felicity /fɪˈlɪsɪtɪ/ n. ① 幸福;幸運 ② (言辭)巧妙;恰當.

feline /ˈfiːlaɪn/ adj. ① 貓的;像貓一樣的 ② 狡猾的;偷偷摸摸的 n. 貓科動物.

fell /fel/ v. fall 的過去式 vt. ① 擊倒;打倒 ② 砍倒;砍伐 n. ① 獸皮;生皮 ②[英]…山;…崗;…沼澤地.

felloe /ˈfeləʊ/ n. or **felly** n. 輪圈;輪緣.

fellow /ˈfeləʊ/ n. ① 夥伴;同事;同輩 ② 同夥 ③ 對手 ④ 傢伙 adj. 同伴的;同事的;同類的 // ~ **countryman** 同胞 ~ **soldier** 戰友 ~ **feeling** 同情 ~ **traveller** 旅伴;同路人.

fellowship /ˈfeləʊˌʃɪp/ n. ① 夥伴關係;交情 ② 共同參與 ③ 團體;聯誼會 ④ 會員資格 ⑤ 獎學金.

felon /ˈfelən/ n. ① 重罪犯 ②【醫】瘭疽;甲溝炎 v n.【律】重刑罪.

felspar /ˈfelˌspɑː/ n.【礦】長石.

felt /felt/ v. feel 的過去式及過去分詞 n. 氈;氈製品,氈狀材料.

fem. abbr. ① = female ② = feminine.

female /ˈfiːmeɪl/ adj. ① 女(性)的;雌(性)的 ② 溫柔的;柔和的 n. ① 女子 ② 雌性動物;雌性植物.

feminine /ˈfemɪnɪn/ adj. ① 女性的 ② 嬌柔的;【語】陰性的.

femininity /ˌfemɪˈnɪnɪtɪ/ n. ① 女性 ② 溫柔 ③ 嬌氣.

feminism /ˈfemɪˌnɪzəm/ n. 女權主義;男女平等主義 **feminist** n. 女權主義者.

femme fatale /ˌfem fəˈtæl, -ˈtɑːl, fam faˈtal/ n. [法]妖冶迷人的女子,紅顏禍水 (為男子的禍患).

femur /ˈfiːmə/ n. (pl. ~s, femora) 股骨;(昆蟲的)腿節;股節.

fen[1] /fen/ n. 沼地;沼澤.

fen[2] /fen/ n. (單複數同形)分(中國輔幣名,100 分 = 1 元).

fence /fens/ n. ① 柵欄;籬笆 ② 劍術 vt. ① 把…用柵(或籬)圍起來 ② (築牆)防護;保衛 ② (用柵欄)隔開 vi. 擊劍;搪塞 // ~ **hanger** 猶豫不定者 ~ **month**,~ **season**, ~ **time** 禁獵期;禁漁期.

fencing /ˈfensɪŋ/ n. ① 柵欄;圍牆

② 劍術; 擊劍.

fend /fend/ vt. ① 抵擋; 擊退 ② [古]保護; 防禦 ③ [英]供養 vi. ① 努力 ② 供養; 照料 ③ 加以抵禦.

fender /fendə/ n. ① 防禦物; 爐圍 ② 護舷材 ③ 擋泥板; 防衝料.

fennel /fenˀl/ n. 【植】茴香.

fenny /feni/ adj. 沼澤(多)的; 生長在沼澤地帶的.

fenugreek /fenjə,griːk/ n. 葫蘆巴 (在地中海沿岸種植, 其帶有刺激性的種子可供藥用).

feoff /fiːf/ n. [史] 采邑; 封地.

feral /fiərəl, ˈferə-/ adj. ① 野生的; 未馴服的 ② 兇殘的.

ferment /fɜː'ment, ˈfɜː-/ n. ① 酶; 酵素 ② 發酵 ③ 激動; 騷動 v. ① (使)發酵 ② (使)激動; (使)騷動 ~able adj. 可發酵的 ~ation n. 發酵; 激動 ~ative adj. 發酵(性)的.

fern /fɜːn/ n. 【植】蕨類植物; 羊齒植物.

ferocious /fəˈrəʊʃəs/ adj. 兇猛的; 殘忍的; 可怕的 ~ly adv. ferocity n. 兇猛; 殘忍.

ferret /ferɪt/ n. ①【動】雪貂 ② 搜索者; 偵查者 v. 用雪貂狩獵; 搜索; 偵察.

ferric /ferɪk/ adj. 鐵的; 含鐵的.

Ferris wheel /feris wiːl/ n. (遊樂場所的)摩天輪, 費里斯大轉輪(在垂直轉動的巨輪上掛有座位的遊樂設施).

ferroconcrete /ˌferəʊˈkɒŋkriːt/ n. 鋼(鐵)筋混凝土.

ferrous /ferəs/ adj. 鐵的; 含鐵的.

fer(r)ule /feruːl, -rəl/ n. & v. 加固手杖、傘等頂端的金屬包頭.

ferry /feri/ n. ① 擺渡 ② 渡口; 渡船(場) vt. 渡運; 運送 ~boat n. 渡船 ~man n. 擺渡者 // ~ bridge (火車擺渡用)大渡船; 浮橋, 輪渡引橋 ~ steamer 渡輪.

fertile /fɜːtaɪl/ adj. 肥沃的; 富饒的; 豐產的; 豐富的 fertility n. 肥沃; 富饒; 豐產.

fertilize, -se /fɜːtɪˌlaɪz/ vt. 使肥沃; 施肥於; 使豐富; 使多產 fertilization n. ① 受精 ② 施肥. fertilizer, -ser /fɜːtɪˌlaɪzə/ n. 肥料; 【植】傳播花粉的媒介.

ferula /ferʊlə, ˈferjə-/ n.【植】大茴香.

fervency /fɜːvənsɪ/ n. ① 熾熱 ② 熱情; 熱烈.

fervent /fɜːvənt/ or **fervid** /fɜːvɪd/ adj. 熾熱的; 熱情的; 熱烈的.

fervour, 美式 fervor /fɜːvə/ n. ① 熾熱 ② 熱情; 熱烈.

fescue /feskjuː/ or **fescue grass** n. ① 指示棒; 教鞭 ②【植】羊茅; 酥油草.

festal /festˀl/ adj. 節日的; 喜慶的; 歡樂的.

fester /festə/ n. 膿瘡 v. (使)潰爛; (使)惡化.

festival /festɪvˀl/ n. 節日; 喜慶日 adj. 歡樂的; 歡宴的 festive adj.

festivity /fesˈtɪvɪtɪ/ n. ① 節日; 喜慶日 ② 歡樂; (pl.)慶典; 歡慶.

festoon /feˈstuːn/ n. 花彩; (建築物、傢具等上的)垂花雕飾(或裝飾物).

feta /fetə/ n. 菲達芝士(希臘的帶

有鹹味的白芝士).

fetch /fɛtʃ/ vt. ① (去)拿來; (來) 拿去 ② 請來; 接去 ③ 推導出; 演繹出 vi. ① 取物; (獵狗)衛回 獵物 ② (船)前進; 航行; 轉航 n. ① 拿; 取 ② 計謀; 詭計 // ~ed **test data【計】**獲取的測試數據.

fetching /ˈfɛtʃɪŋ/ adj. [口]動人的; 吸引人的; 迷人的.

fete, fê- /feɪt/ n. ① 節日; 喜慶日 ② 慶祝典禮; 盛宴 ③ 遊樂會; 義賣會 vt. 祝賀; 款待; 紀念.

f(o)etid /ˈfiːtɪd/ adj. 惡臭的.

fetish, -tich /ˈfɛtɪʃ, ˈfiː-/ n. ① 原始人認為附有神力而加以崇拜的物品; 物神; 偶像 ② 迷戀(物); 迷信(物) **fetishism** n. 拜物教; 物神崇拜 **fetishist** n. 拜物教徒; 盲目祟拜者.

fetlock /ˈfɛtlɒk/ or **fetterlock** n. 球節(馬、驢等蹄上生距毛的突起部份).

fetter /ˈfɛtə/ n. 腳鐐; 束縛; 羈絆 vt. 為⋯上腳鐐; 束縛; 羈絆.

fettle /ˈfɛtl/ n. (身體)狀況, 情緒; 精神 vt. ① 修理; 整理; 擦亮 ② 毆打.

f(o)etus /ˈfiːtəs/ n. 胎; 胎兒.

feud /fjuːd/ n. ① 長期不和; 世仇 ② 封地; 領地 vi. 長期爭鬥; 世代結仇.

feudal /ˈfjuːdl/ adj. ① 封建的; 封建制度的 ② 封地的; 采邑的 **~ism** n. 封建主義 **~ist** n. 封建主義者.

fever /ˈfiːvə/ n. 發熱; 發燒; 狂熱; 興奮 **~ed** adj. 發燒的; 高度興奮的 **~ish** adj. 發熱的.

few /fjuː/ adj. 少數的; 不多的 n. 少數; 幾乎沒有.

fey /feɪ/ adj. 有奇異魔力的; 有死亡(或災難)預兆的; 怪誕的.

fez /fɛz/ n. 圓筒形無邊氈帽; 土耳其帽.

ff /ɛf ɛf/ abbr. = fortissimo.

fiancé /fɪˈɒnseɪ/ n. [法]未婚夫.

fiancée /fɪˈɒnseɪ/ n. [法]未婚妻.

fiasco /fɪˈæskəʊ/ n. 大失敗; 可恥的下場.

fiat /ˈfaɪət, -æt/ n. ① 命令; 法令 ② 批准; 許可; 認可.

fib /fɪb/ n. 小謊 vt. (用拳)擊; 打 vi. 撒謊.

fibre, 美式 -er /ˈfaɪbə/ n. ① 纖維; 絲 ② 鬚根; 細枝 ③ 質地; 結構 **fiber, fibreglass** n. 玻璃纖維 **fiber, fibreoptics** 纖維光學; 光導纖維.

fibroid /ˈfaɪbrɔɪd/ adj. 纖維狀的; 纖維性的.

fibrous /ˈfaɪbrəs/ adj. 纖維的.

fibula /ˈfɪbjʊlə/ n. (pl. **-las, -lae**) 【解】腓骨.

fiche /fiːʃ/ n. ① = micro~ ② 縮微膠片.

fickle /ˈfɪkl/ adj. 浮躁的; 易變的 **~ness** n.

fiction /ˈfɪkʃən/ n. ① 小說; 虛構 ② 捏造; 虛構之事 **~al** adj. 小說的; 虛構的 **~alize** vt. 把⋯編成小說.

fictitious /fɪkˈtɪʃəs/ adj. 虛構的; 想像的; 假設的; 假裝的.

fid /fɪd/ n. 支撐材; 楔形鐵栓.

fiddle /ˈfɪdl/ n. [俗]小提琴; 提琴類樂器 vt. ① 拉小提琴 ② 浪費時光 vi. 用手撥弄; 拉提琴

~back n. 小提琴狀的東西
~sticks int. 胡說, 廢話.

fiddler /ˈfɪdlə/ n. ① 提琴手; 小提琴② 胡亂撥弄者③ 遊蕩者.

fidelity /fɪˈdelɪti/ n. ① 忠實② 逼真; 精確③ 保真度.

fidget /ˈfɪdʒɪt/ v. ① (使)坐立不安② 玩弄③ (使)煩躁 n. 坐立不安; 煩躁不安的人.

fiduciary /fɪˈdjuːʃəri/ adj. 【律】信用的; (受)信托的 n. 受信托人.

fie /faɪ/ int. 呸.

fief /fiːf/ n. = feoff 封地; 采邑.

field /fiːld/ n. ① 田野; 曠野② 場地③ 戰場④ 運動場⑤ 領域 // **~ army** 野戰軍 **~ artillery** 野戰炮; 野戰炮兵連 **~ court** 軍法會議 **~ event** 【體】田賽 **~ glasses** 雙筒望遠鏡 **~ gun**、**~piece** 野戰炮 **~ hospital** 戰地醫院 **~ marshal** 陸軍元帥 **~ officer** (陸軍)校官 **~ mouse** 田鼠 **~ sports** ① 野外運動(尤指打獵、打靶等)② 田徑運動 **~ trip** 校外考察旅行; 實地調查 **~ work** 野外工作(如測量、考察、調查等).

fiend /fiːnd/ n. ① 惡魔② [口](嗜好成癖者)…迷, …狂③ 極討厭的人; 淘氣鬼.

fiendish /ˈfiːndɪʃ/ adj. 惡魔似的; 殘忍的; 極壞的.

fierce /fɪəs/ adj. 兇惡的; 猛烈的; 可怕的 **~y** adv.

fiery /ˈfaɪəri/ adj. ① 火的; 燃燒的; 火熱的② 激烈的; 暴躁的③ 易燃的.

fiesta /fiˈestə, ˈfjestə/ n. ① (西班牙語國家的)以遊行和舞蹈來慶祝的宗教儀式② 節日; 假日.

fife /faɪf/ n. 橫笛; 笛子 vi. 吹笛子 vt. 用笛子吹奏 **~r** n. 吹笛人.

fifteenth /ˌfɪfˈtiːnθ/ num. & n. ① 第十五個② 十五分之一③ (每月的)第十五日.

fifth /fɪfθ/ num. & n. ① 第五(個)② 五分之一③ (每月的)第五日.

fifty /ˈfɪfti/ num. & n. ① 五十; 五十個 **~~~** adj. & adv. 各半(的); 對半(的) **fiftieth** num. & n. ① 第五十個② 五十分之一.

fig /fɪg/ n. ① 無花果(樹)② 少許; 一點③ 無價值的東西④ 服裝; 盛裝 vt. ① 給…穿上盛裝; 打扮② 刷新; 修整.

fight /faɪt/ v. (過去式及過去分詞 fought) ① 打仗; 戰鬥; 打架② 奮鬥; 爭取 n. 戰爭; 爭鬥; 打架 **~er** n. 戰士, 鬥士, 【空】戰鬥機.

fighting /ˈfaɪtɪŋ/ adj. 戰爭的; 好戰的 n. 戰鬥; 搏鬥.

figment /ˈfɪgmənt/ n. 虛構的事; 無稽之談.

figuration /ˌfɪgjʊˈreɪʃən/ n. ① 成形; 定形② 外形; 輪廓③ 圖案裝飾法.

figurative /ˈfɪgərətɪv/ n. 比喻的; 象徵的; 用圖形表現的.

figure /ˈfɪgə/ n. ① 外形; 輪廓; 體形② 圖形; 形象③ 人物④ 數字 vt. ① 描繪; 塑造② 用圖案裝飾③ 用數字表示④ 計算⑤ 相信 vi. ① 出現② 計算③ 考慮; 估計, 估計 **~d** adj. 有形狀的; 有圖案的 figuring n.【音】指法 **~head** n. ① 船頭雕飾② 掛名首腦; 傀儡 // ~ of speech【語】修辭法; 比喻 ~ skating 花樣滑冰.

figwort /ˈfɪɡ,wɜːt/ n.【植】玄參.

filament /ˈfɪləmənt/ n. ① 燈絲②【紡織】長絲; 花絲 ③ 細絲; 細線.

filature /ˈfɪlətʃə/ n. ① 紡絲 ② 紡絲車 ③ 紡絲廠.

filbert /ˈfɪlbət/ n.【植】榛子; 榛.

filch /fɪltʃ/ vt. 偷 ~er n. 小偷.

file /faɪl/ n. ① 文件夾; 檔案 ② 縱列 ③ 銼(刀) ④ 狡猾的人 vt. ① 把 … 歸檔 ② 提出 ③ 命令 … 排成縱隊行進 ④ 銼; 把 … 銼平 // ~ extension【計】檔案擴展名 ~ format【計】檔案格式 ~ locking【計】檔案鎖定 ~ manager【計】檔案管理員 ~ protection【計】檔案保護 ~ server【計】檔案伺服器 ~ transfer utility【計】檔案傳輸效用.

filial /ˈfɪljəl/ adj. ① 子女的 ② 孝順的 ③【生】後代的.

filiation /ˌfɪlɪˈeɪʃən/ n. ① 父子關係 ② 分支; 起源.

filibuster /ˈfɪlɪˌbʌstə/ n. ① 阻撓議事的議員; 阻撓議事的手段(或行動) ② 煽動(或支持)叛亂的人.

filigree /ˈfɪlɪˌɡriː/ or **filagree** or **fillagree** or **filigrain** /ˈfɪlɪˌɡreɪn/ n. 金銀絲細工飾品; 精緻華麗而不堅固的物品.

Filipino /ˌfɪlɪˈpiːnəʊ/ n. 菲律賓人(語) adj. 菲律賓(人)的.

fill /fɪl/ vt. ① 裝滿; 盛滿; 注滿 ② 佔滿; 堵塞; 填補 vi. 充滿 n.

① 飽; 滿足; 充份 ② 裝填物 ~er n. 裝填物; 裝填者; 補白 ~ing n. 裝填; 填料 // ~ing station【美】汽車加油站 eat one's ~ 吃個飽 drink one's ~ 喝個夠 ~ away 轉帆向風; 乘風前進.

fillet /ˈfɪlɪt/ n. ① 束髮帶; 帶子 ②(無骨的)肉片; 魚片.

fillip /ˈfɪlɪp/ n. ① 彈指; 輕擊 ② 刺激(因素); 刺激品.

filly /ˈfɪlɪ/ n. ① 小雌馬; [俗]頑皮女子.

film /fɪlm/ n. ① 薄膜; 軟片; 膠卷 ② 影片; 電影 ③ 薄霧 v. ① 在 … 上覆以薄膜 ② 把 … 攝成電影; 拍攝 ~dom n. 電影界 ~ing n. 拍攝 // ~ fan 電影迷 ~ star 電影明星 ~ studio 電影製片廠.

filter /ˈfɪltə/ n. 濾器; 濾光器; 濾色鏡;【計】過濾程式 v. ① 過濾; 透濾 ② 滲入; 走漏 // ~ bed 濾水池 ~ paper 濾紙.

filth /fɪlθ/ n. 污穢; 醜行; 淫猥 ~y adj.

filtrate /ˈfɪltreɪt/ v. 過濾 n. 濾出液 filtration n.

fin /fɪn/ n. 鰭; 魚翅.

final /ˈfaɪnᵊl/ adj. 最後的; 最終的; 決定性的 n. 期終考試; 決賽 ~ist n. 決賽選手 ~ly adv. 最後; 終於.

finale /fɪˈnɑːlɪ/ n. 結局; 終曲; 最後一場.

finality /faɪˈnælɪtɪ/ n. ① 結尾; 定局 ② 決定性; 最後的事物 ③ 決定性的言行.

finance /fɪˈnæns, ˈfaɪnæns/ n. ① 財政; 金融 ② 財政學 ③ 財源; 資

金 vt. 供資金給…; 為…籌措資金 financial adj. 財政的; 金融的 financier n. 財政家; 金融家.

finch /fintʃ/ n. 【動】雀科的鳴鳥 (如燕雀、金翅雀等); 小雀.

find /faind/ v. (過去式及過去分詞 found) ① 發現, 找到 ② 感到 ③ 查明 vi. 裁決, 判決. 偶然發現的好東西.

finder /ˈfaində/ n. 發現者; 探測器.

finding /ˈfaindiŋ/ n. 發現; 判決; (~s) 調查結果.

美好的; 優秀的 ② 精製的 ③ 纖細的 ④ 晴朗的 ~ v. ~ ① (使) 精美 ② 澄清 ③ 變好 ④ 罰款 ~ n. ~ ① 好天氣 ② 罰款 ~ adv. ~ 很好; 細緻地; 精巧地 ~ **fine-arts** 美術.

finesse /fiˈnes/ n. 手腕; 技巧; 手段.

finger /ˈfiŋɡə/ n. 手指; 指狀物; 一指之闊 v. 用指觸碰; 撥弄; 用指彈奏 ~**board** n. (小提琴等的) 指板; 鍵盤 ~**print** n. 指紋, 手印 // ~ **language** 手語.

finicky /ˈfiniki/ or finicking adj. 過份講究的.

finis /ˈfinis/ n. [拉] (書、電影等的) 結尾; 完結; (生命等的) 終止.

finish /ˈfiniʃ/ vt. ① 結束; 完成 ② 吃完; 用完 ③ 給…抛光; 使完美 ④ [俗] 消滅, 殺死 ⑤ 使…完成學業 vi. 結束; 終止 n. ① 結局; 最後階段 ② 完美 ③ 抛光 (劑) ~**ed** adj. ① 完成的; 完美的 ② 完蛋了的 ~**er** n. 完成者; 精製者 ~**ing** n. 最後的 n. 結尾; 完成.

finite /ˈfainait/ adj. ① 有限的: 【數】有限的 ② 【語】限定的.

finn /fin/ n. 芬蘭人 Finnish adj. 芬蘭 (人、語) 的.

finny /ˈfini/ adj. 有鰭的; 鰭狀的.

fiord, fj- /fjɔːd/ n. (尤指挪威海岸邊的) 峽灣.

fir /fɜː/ n. 【植】樅; 冷杉; 樅木; 冷杉木.

fire /faiə/ n. ① 火; 爐火 ② 火災 ③ 炮火 ④ 熱情, 激情 v. ① 燒; 點燃 ② 燒製 ③ 熔 ④ 給…加燃料 ⑤ 開 (槍); 放 (炮); 射 (子彈) ⑥ [俗] 解僱 vi. ① 着火 ② 燒製 (陶器、鍋爐等) ③ 激動; 突然發怒 ④ 開火; 射擊 ~**arm** n. 手槍; 火器 ~**ball** n. 火球; 火流星 ~**brand** n. 煽動動亂的人 ~**fight** n. 炮戰 ~**fighter** n. 消防員 ~**fly** n. 螢火蟲 ~**guard** n. 火爐欄; 防火地帶; (森林) 防火員 ~**man** n. (pl. -men) 消防員 ~**place** n. 壁爐 ~**power** n. 火力 ~**proof** adj. 防火的; 耐火的 ~**wood** n. 木柴; 柴火 ~**work** n. (常用複) 煙火; 焰火 ~ **alarm** 火警鐘; 警鐘 ~ **brigade** 消防隊 ~ **cracker** 爆竹 ~ **damp** 沼氣 ~ **engine** 消防車 ~ **escape** 太平梯 ~ **hose** 消防水龍帶 ~ **house** 消防站 ~ **insurance** 火災保險 ~ **irons** 火爐用具 (如火鉗、通條、火鏟).

firing /ˈfaiəriŋ/ n. 開槍射擊; 燒窯; 烘烤.

firm /fɜːm/ adj. ① 結實的; 牢固的 ② 堅決的 n. 嚴格的 n. 商號; 商行 // ~ **party** (= fire squad) 行刑隊.

firmament /ˈfɜːməmənt/ n. 天空; 蒼天.

first /fɜːst/ *num. & n.* 第一(的); 最早的; 最好的); 最初; (每月)第一日 *adv.* 第一; 最初; 首先; 寧願 *~ly adv.* 首先; 第一 ~**aid** *adj.* 急救的; ~**-class** *adj.* 第一等的; 最好的 ~**hand** *adj.* 第一手的; 原始的; 直接的 ~**-rate** *adj.* 最上等的 // ~ **degree** 學士學位 ~ **fruits** (穀物、瓜果等)一個季節中最早的收穫; 最初的結果 ~ **lady** 第一夫人; 總統夫人 ~ **offender** 【律】初犯.

firstling /fɜːstlɪŋ/ *n.* 第一個; 最初的產品(或成果); 長子, 長女; 初產的幼畜.

firth /fɜːθ/ or **frith** *n.* (尤指蘇格蘭的)河口灣, 港灣.

fiscal /fɪsk²l/ *adj.* 國庫收入的; 財政的.

fish /fɪʃ/ *n.* (*pl.* ~, ~**es**) ① 魚; 魚肉 ② 水生動物 *v.* ① 捕(魚); 釣(魚) ② 採集; 撈取; 搜尋 ~**ing** *n.* 釣魚業; 捕魚 ~**y** *n.* ① 多魚的 ② 像魚的 ③ 可疑的 ~**monger** *n.* 魚販 ~**works** *n.* 魚類製品廠; 水產製品廠 // ~ **ball** 炸魚丸; 魚餅 ~ **fork** 魚肉叉 ~ **farm** 養魚場 ~ **farming** 養魚 ~ **hook** 釣魚鈎 ~ **pond** 養魚塘.

fisherman /fɪʃəmæn/ *n.* (*pl.* **-men**) 漁民, 漁夫.

fishery /fɪʃərɪ/ *n.* ① 漁業; 水產業 ② 養魚場 ③ 捕魚權; 養(捕)魚場.

fissile /fɪsaɪl/ *adj.* 易分裂的; 可裂變的 **fissility** *n.* 可裂變性.

fission /fɪʃən/ *n.* 分裂; (生物)分裂生殖; (原子)裂變 *v.* (使)裂變.

fissure /fɪʃə/ *n.* ① (土地或岩石的)深長裂縫 ② (思想、觀點的)分歧.

fist /fɪst/ *n.* ① 拳(頭) ② 抓住; 掌握 ③ 手 ④ 筆跡 ~**y** *adj.* 拳擊的; 拳術的.

fisticuffs /fɪstɪkʌfs/(*pl.*) *n.* 拳鬥; 互毆.

fit /fɪt/ *v.* ① (使)適合; (使)配合 ② (使)合身 ③ (使)適應 ④ (使)合格 ⑤ [美]準備(投考) *adj.* ① 適當的; 正當的 ② 健康的 ③ 勝任的; 有準備的 *n.* ① 適當; 合身? 配合 ② (病)發作; 痙攣 ~**ly** *adv.* 適當地 ~**ness** *n.* ~**ted** *adj.* (指傢具)按擺放空間大小設計的; (指房間)配妥傢俱的 ~**ter** *n.* 適合者; 裝配工; 鉗工 ~**ting** *n.* 裝配; 裝修; (*pl.*)裝置; 設備; 器材; 傢俱 *adj.* 適合的; 恰當的.

fitful /fɪtfʊl/ *adj.* 間歇的; 一陣陣的; 不規則的.

five /faɪv/ *num. & n.* ① 五; 五個 ~**r** *n.* 五鎊鈔票; [美俚]五元鈔票 ~**-star** *adj.* (旅館)五星級的.

fivefold /faɪvˌfəʊld/ *adj.* 五倍的; 有五部份的 *adv.* 五倍地; 五重地.

fix /fɪks/ *v.* ① (使)固定; 安裝 ② (使)集中 ③ 盯住; 裝視 ④ 牢記 ⑤ 確定 *n.* ① 困境 ② 方位, 定位 ③ 維修 ~**ation** *n.* 固定; 安裝 ~**ed** *adj.* 固定的 ~**er** *n.* 定影劑 ~**ing** *n.* 固定; 安裝; (*pl.*)設備; 裝飾; 配料.

fixture /fɪkstʃə/ *n.* ① 固定裝置 ② 附着物 ③ 設備.

fizz /fɪz/ *v.* ① 嘶嘶聲 ② 活躍

③ 充氣飲料 vi. ① 發嘶嘶聲
② 冒氣泡 ③ 表示高興 ~y adj.
嘶嘶作響的; 冒氣泡的.

fizzle /ˈfizəl/ vi. ① 嘶嘶地響 ② 終
於失敗; 結果不妙 n. ① 嘶嘶聲
② 失敗; 夭折.

fjord /fjɔːd/ n. = fiord.

flab /flæb/ n. 人體鬆弛的肌肉.

flabbergast /ˈflæbəˌɡɑːst/ vt. [口]使
大吃一驚; 使目瞪口呆.

flabby /ˈflæbɪ/ adj. ① (肌肉等)不
結實的; 鬆弛的 ② 軟弱的; 無力
的 ③ 優柔寡斷的.

flaccid /ˈflæksɪd, ˈflæs-/ adj. ① (肌
肉等)不結實的 ② 鬆弛的; 軟弱
的.

flag /flæg/ n. ① 旗 ②【植】菖
蒲 ③ 石板 v. 懸旗於; 打旗號表
示 ~boat n. (作水上比賽目標
用的)旗艇 ~-list n. 海軍將官名
冊 ~man (pl. -men) n.司旗手
~pole n. 旗桿 ~stone n. 石板 //
~ captain 旗艦艦長 ~ officer 海
軍官.

flagellate /ˈflædʒəleɪt/ vt. 鞭打; 鞭
笞.

flageolet /ˌflædʒəˈlet/ n. 六孔豎笛.

flagon /ˈflæɡən/ n. 酒壺; 大肚酒
瓶.

flagrant /ˈfleɪɡrənt/ adj. 罪惡昭彰
的; 臭名遠揚的; 公然的 ~ly adv.
flagrancy n. 罪惡昭彰; 臭名遠
揚; 明目張膽.

flail /fleɪl/ n. ① 連枷 ② 掃雪裝置
v. 用連枷打(穀等); 鞭打; 抽打.

flair /fleə/ n. ① 鑒別力; 眼光
② 本事; 天賦.

fla(c)k /flæk/ n. (單複數同形)高射

炮; 高射炮火.

flake /fleɪk/ n. ① 薄片 ② 火星; 火
花 ③ 曬魚架 vt. 使成薄片; 像雪
花般覆蓋 vi. 剝落; 像雪花般降
落 flaky adj. 易成碎片的.

flam /flæm/ n. [方] 詭計; 欺騙; 謊
話 v. 欺詐; 哄騙.

flambé(e) /ˈflɑːmbeɪ, ˈflæm-, flɑːmˈbeɪ/
adj. & v. [法]在食物上澆上白蘭
地等酒類, 點燃後再供食用的(的).

flamboyant /flæmˈbɔɪənt/ adj.
① 火焰式的; 火紅色的; 豔
麗的 ② 燦爛的 ③ 浮誇的
flamboyance, flamboyancy n.
① 火紅; 豔麗 ② 浮誇.

flame /fleɪm/ n. ① 火燄; 燃燒
② 光輝 ③ 熱情 ④ [俗]愛人; 情
人 flaming adj. 燃燒的; 火紅的;
熱情的; 誇張的.

flamenco /fləˈmeŋkəʊ/ n. 佛蘭明
高舞(或歌).

flamingo /fləˈmɪŋɡəʊ/ n. (pl.
-go(e)s)【動】紅鶴, 火烈鳥.

flammable /ˈflæməbəl/ adj. 易燃
的; 可燃的 n. 易燃品.

flan /flæn/ n. [主英]果餡餅, 焦糖
布丁.

flange /flændʒ/ n. 【機】凸緣; 輪
緣.

flank /flæŋk/ n. ① 肋; 肋腹 ② 側
面; 【軍】側翼 vt. 位於…的側
面; 掩護(攻擊)…的側翼 vi. 側
攻.

flannel /ˈflænl/ n. 法蘭絨; (pl.)法
蘭絨衣服 adj. 法蘭絨的.

flap /flæp/ v. ① 拍打; 飄動 ② 振
(翅); 拍翅 ③ 飛行 ④ 扔; 擲 n.
拍打; 振翅; 激動 ~per n. 拍擊

者; 蒼蠅拍; 年輕時髦的女子
~door *n.* 吊門; 活板門 **~-eared**
adj. 耳朵下垂的.

flapjack /ˈflæp.dʒæk/ *n.* [英]燕麥
餅; [美]煎餅.

flare /fleə/ *v.* ① 閃閃發光; 旺燒
② 突然發怒 ③ (使衣裙等)張
開. n. 閃爍的火光; 照明彈 flaring
adj. 閃爍的; 張開的 **~-up** *n.* 突
發; 大吵大鬧.

flash /flæʃ/ *n.* ① 閃光; 突然燃
燒; 閃現; 掠過 ② 轉瞬間 ③ 電
訊 *v.* ① 發閃光 ② 掠過; 閃現
③ 迅速發出 **~er** *n.* 閃光物; 暴
露私處者 **~ing** *n.* 閃光; 炫耀
~back *n.* (小說等的)倒敍; (記
憶中的往事)重現 **~bulb** *n.* 閃
光燈 // **~ card** (教學用)抽認卡
~ lamp 閃光燈 **~ light** 手電筒
~ drive【計】快閃驅動器, 隨身
碟 **~ memory**【計】快閃記憶體.

flask /flɑːsk/ *n.* 瓶; 長頸瓶; 保温
瓶; 扁酒瓶.

flasket /ˈflɑːskɪt/ *n.* 小的細頸瓶.

flat /flæt/ *adj.* ① 平的; 平坦的; 平
展的 ② 單調的; 乾脆的 ③ 蕭條
的; 不景氣的 *n.* ① 平面(部份);
平地; 扁平物 ② 一層公寓套房
adv. ① 平直地 ② 恰好地 ③ 直
截了當地 // **~ race** 平地賽馬; 平
地賽跑 **~ rate**【商】統一價格;
定額收費.

flatten /ˈflætʰn/ *v.* ① 把 … 弄平
② 擊倒 ③ 使失去光澤 *vi.* 變平.

flatter /ˈflætə/ *vt.* ① 諂媚; 奉承
② 使高興; 使滿意 **~y** *n.* 奉承;
諂媚; 巴結.

flatulent /ˈflætjələnt/ *adj.* ① 胃腸

氣脹的 ② (言語、行為、文體
等)浮誇的; 做作的; 空虛的.

flaunt /flɔːnt/ *n.* ① (旗等)飄揚
② 誇耀 *v.* ① 飄揚; 揮動 ② 誇
耀.

flautist /ˈflɔːtɪst/ *or* **flutist** /ˈfluːtɪst/ *n.*
吹長笛者(尤指職業長笛手).

flavour, 美式 **flavor** /ˈfleɪvə/ *n.*
① 味; 風味 ② 風韻 ③ [古]氣
味; 香味 *vt.* 給 … 調味; 給 … 增
添風趣 flavo(u)ring *n.* 調味品;
香料 flavo(u)rless *adj.* 無味的;
無風味的.

flaw /flɔː/ *n.* ① 裂縫 ② 缺點; 瑕
疵; 缺陷 **~ed** *adj.* 有缺陷的 **~less**
adj. 無缺陷的.

flax /flæks/ *n.* ① 亞麻 ② 亞麻纖維; 亞
麻布 **~en** *adj.* 亞麻的; 亞麻色的;
淡黃色的.

flay /fleɪ/ *vt.* ① 剝 … 的皮 ② 掠
奪 … 的東西 ③ 嚴厲批評.

flea /fliː/ *n.* 跳蚤.

fleck /flek/ *n.* 雀斑; 小斑點; 小顆
粒.

fled /fled/ *v.* flee 的過去式及過去
分詞.

fledged /fledʒd/ *adj.* 生有羽毛的;
羽毛已長成的.

flee /fliː/ *v.* (過去式及過去分詞
fled) *vi.* 逃; 消滅; 消散 *vt.* 逃離;
逃避.

fleece /fliːs/ *n.* 羊毛, 羊毛狀物(如
白雲、白雪、頭髮等) *vt.* 剪
下 … 的毛; 詐取.

fleet /fliːt/ *n.* ① 艦隊; 船隊 ② 機
羣 ③ 小河; 小海灣 *vi.* 飛逝; 掠
過 *adj.* 迅速的; 輕快的; 敏捷的.

flesh /fleʃ/ *n.* ① 肉(肌肉組織)

② (食用的)肉; 果肉(指水果、蔬菜) ③ 肉體 ④ 脂肪 **~less** *adj.* 瘦弱的; **~y** *adj.* 多肉的; 肥胖的 **~pots** *pl. n.* 奢侈的生活 // **~ wound** (指僅涉及皮肉的)輕傷 **in the ~** 當面的; 親自 one's (own) ~ **and blood** 親生骨肉; 親屬.

flew /flu:/ *v.* fly 的過去式.

flex /flɛks/ *v.* 彎曲(關節); 摺曲(地層) *n.* 彎曲; 摺曲;【電】皮線.

flexible /ˈflɛksɪbᵊl/ *adj.* ① 柔韌的 ② 柔順的 ③ 易變的 ④ 靈活的 flexibility *n.* 彈性; 靈活性 flexibly *adv.* // **~ working** 彈性工作制.

flexion /ˈflɛkʃən/ *n.* 彎曲, 彎曲部份.

flexitime /ˈflɛksɪˌtaɪm/ or **flextime** /ˈflɛksˌtaɪm/ *n.* 彈性工作制, 靈活工作制.

flick /flɪk/ *n.* ① 輕打(聲); 輕彈聲 ② 污點; 斑點 *v.* 輕打; 輕彈.

flicker /ˈflɪkə/ *v.* ① (使)閃爍; (使)搖曳; (使)忽隱忽現 *n.* ① 撲動; 閃爍 ② 搖曳; 忽隱忽現 ③ (*pl.*)動畫; [美俗]電影.

flier /ˈflaɪə/ *n.* = flyer.

flight /flaɪt/ *n.* ① 飛; 飛行 ② 飛行的一隊; 飛翔的一羣 ③ 飛行的距離 ④ 定期班機; 航班 ⑤ 樓梯 ⑥ 逃跑; 潰退 **~less** *adj* (鳥)不能飛的.

flighty /ˈflaɪtɪ/ *adj.* ① 輕浮的 ② 不負責任的 ③ 忽發奇想的 ④ 反覆無常的 flightily *adv.* flightiness *n.*

flimflam /ˈflɪmˌflæm/ [俚] *n.* ① 胡言亂語 ② 欺騙; 欺詐行為 *adj.* 胡言亂語的; 欺騙的 *vt.* 欺騙; 欺詐 **~er** *n.* 騙子.

flimsy /ˈflɪmzɪ/ *adj.* ① 輕薄的 ② 脆弱的 ③ 沒價值的 ④ 浮誇的 *n.* 薄紙; 複寫紙; 電報.

flinch /flɪntʃ/ *vi.* 退縮; 畏縮 *n.* 退縮; 畏縮.

fling /flɪŋ/ *v.* (過去式及過去分詞 flung) ① 扔; 拋; 擲; 丟 ② 使突然陷入; 迫使(突然投入); 使跳入 *vi.* 猛衝; 直衝; 急行 *n.* ① 扔; 拋; 擲 ② 諷刺; 嘲駡; 取笑.

flint /flɪnt/ *n.* 燧石打; 打火石; 堅硬物 **~y** *adj.* 燧石的; 堅硬的 **~lock** *n.* 燧發槍 **~stone** *n.* 燧石; 打火石 **~ware** *n.* [美]石器 // **~ glass** 鉛玻璃.

flip /flɪp/ *v.* ① 輕打; 輕彈 ② 轉動; 使翻動 *n.* 輕打; 輕彈; (跳水或體操的)空翻.

flippancy /ˈflɪpᵊnsɪ/ *n.* 無禮; 輕率 ② 無禮輕率的行動 flippant *adj.* flippantly *adv.*

flipper /ˈflɪpə/ *n.*【動】闊鰭; 鰭狀肢.

flirt /flɜːt/ *v.* ① 倏地扔掉; 用指擲掉 ② (輕快地)擺動; 揮動 ③ 調情; 賣俏 *n.* ① 急去式; 急擲 ② 擺動 ③ 調情者; 賣俏者 **~ation** *n.* 調情 **~atious** *adj.* 輕佻的; 愛調情的.

flit /flɪt/ *vi.* ① 掠過; 迅速飛過 ② 遷移; 離開 ③ 飛來飛去 *n.* 掠過; 飛來飛去; 遷移.

flitch /flɪtʃ/ *n.* 醃燻豬肋肉.

flitter /ˈflɪtə/ *vi.* 飛來飛去; 匆忙來往 *n.* 一掠而過的人(或物).

flivver /flɪvə/ *n.* 廉價小汽車; 小飛機; 海軍小艇.

flix /flɪks/ *n.* 毛皮; 海狸絨; 絨毛.

float /fləʊt/ *v.* ① 漂浮; 浮游(使流動) ② 容納; 承受; 載 ③ (使票據等)在流通中(使謠言等)在傳播中 *n.* ① 漂浮(物); 浮標 ② 救生圈 ③ (遊行用)彩車 ④ (泥工用)鏝刀 **~ing** *adj.* 浮動的; 流動性的 **~plane** *n.* 水上飛機 // **~ bridge** 浮橋 **~ grass** 水草.

floatage /fləʊtɪdʒ/ *n.* 浮動; 浮力; 漂浮的船.

floatation /fləʊ'teɪʃən/ *n.* ① 漂浮 ② (船的)下水 ③ 籌資開辦, 創立 ④ (債券、股票等的)發行; 發售.

flocculent /flɒkjələnt/ *adj.* 羊毛狀的.

flock /flɒk/ *n.* ① 羣; 羊羣 ② 一羣人 ③ 一家的子女 ④ 一叢[毛5毛束]; 棉束 *vi.* 聚集; 成羣行動.

floe /fləʊ/ *n.* 浮冰塊; 大塊浮冰.

flog /flɒg/ *vt.* ① 鞭打; 抽打 ② 嚴厲批評 ③ 驅使; 迫使 **~ging** *n.* 鞭打.

flood /flʌd/ *n.* ① 洪水; 漲潮; 大水 ② 海洋; 湖泊 ③ 一大片; 一大批 *v.* ① (使)泛濫; 淹沒 ② 湧到; 湧進; 漲潮 **~ing** *n.* 泛濫; 灌溉;【醫】血崩 **~gate** *n.* 水閘; 防洪閘門 **~light** *n.* 泛光燈; 強力照明燈 **~lit** *adj.* 用泛光燈照明的 // **~ plain** 洪泛區.

floor /flɔː/ *n.* ① 地板; 底部 ② 樓層 ③ 議員席; 經紀人席 ④ 發言權 *v.* 鋪地板; 把…打倒在地; 擊敗; 使震驚得不知所措 **~ing** *n.*

室內地面; 鋪室內地面的材料 **~less** *n.* 無地板的 // **~ plan** 樓層平面圖.

floozy, floozie, floosie /fluːzɪ/ *n.* 蕩婦, 娼妓; 聲名狼藉的女子.

flop /flɒp/ *vi.* ① 撲通倒下; 跳動 ② 腳步沉重地走 ③ 猛然躺下(或坐下、掉下) ④ (作品、戲劇)失敗 *vt.* 撲通一聲放下; 啪啪地翻動 *n.* ① 拍擊 ② 重墜(聲) ③ (書、戲劇等的)大失敗 **~py** *adj.* 鬆軟的 *n.* (= ~py disk) 磁碟.

flora /flɔːrə/ *n.* (*pl.* **-ras, -rae**) 植物羣; 植物區系; 植物誌 **~l** *adj.* 植物羣的; 花的; 花神的.

florescence /flɔːˈresəns/ *n.* 開花; 花期; 盛開時期.

floret /ˈflɔːrɪt/ *n.* 小花; (蔬菜的)花部.

floriculture /ˈflɔːrɪˌkʌltʃə/ *n.* 花卉栽培; 種花(法) **floriculturist** *n.* 花匠.

florid /ˈflɒrɪd/ *adj.* ① 華麗的; 絢麗的 ② 紅潤的; 血色好的.

Florida /ˈflɒrɪdə/ *n.* 佛羅里達(美國州名) **~n**, **Floridian** *adj.* 佛羅里達州的; 佛羅里達人的 *n.* 佛羅里達人.

florilegium /ˌflɒrɪˈliːdʒɪəm/ *n.* (*pl.* **-gia**) ① 選集; 詩選; 作品集 ② 花譜; 羣芳譜.

florin /ˈflɒrɪn/ *n.* ① 弗羅林幣(金幣名, 最初在佛羅倫斯鑄造, 後來歐洲若干國家也相繼鑄造) ② 英國舊貨幣制中的硬幣(等於二先令或十分之一鎊).

florist /ˈflɒrɪst/ *n.* 花商; 種花者; 花卉研究者.

floss /flɒs/ n. 繡花絲線; 緒絲; 蘭花; 絮狀纖維.

flotation /fləʊ'teɪʃən/ n. = floatation.

flotilla /flə'tɪlə/ n. 小艦隊; 船隊.

flotsam /flɒtsəm/ n. (遇難船隻的)飄浮的殘骸(或其貨物); 流離失所者; 流浪者 // ~ and jetsam 殘剩的東西; 零碎的東西; 流離失所者.

flounce /flaʊns/ n. ① 裙褶邊; (衣裙上的)荷葉邊 ② 跳動; 掙扎 vt. 鑲荷葉邊在 … 上 vi. 急動; 暴跳; 掙扎 flouncing n. 荷葉邊料子; 荷葉邊.

flounder /flaʊndə/ vi. ① 掙扎; 肢體亂動 ② 錯亂地做事 n. ① 跳動; 驟動 ② 踉蹌前進; 掙扎.

flour /flaʊə/ n. 麵粉; 粉 vt. 撒粉於 …; 把 … 做成粉.

flourish /flʌrɪʃ/ n. ① 茂盛; 繁榮; 興旺 ② 華麗的詞藻 ③ 揮舞 vt. 揮舞; 盛飾; 炫耀 vi. 茂盛; 繁榮; 興旺 ~ing adj. 茂盛的; 欣欣向榮的.

flout /flaʊt/ v. ① 藐視; 蔑視; 輕視 ② 嘲笑; 愚弄; 侮辱 n. 表示輕蔑的言行; 嘲笑; 侮辱.

flow /fləʊ/ vi. ① 流動; 流出; 湧出 ② 流暢; 流利 ③ 來源; 溢過; 淹沒; 使流動 ① 流動物 ② 流量; 流速 ③ 漲潮 // ~er chart, ~er diagram 流程圖.

flower /flaʊə/ n. ① 花; 花卉; 精華 ② 開花 ③ 成熟; 繁榮 vi. 開花; 發育; 成熟 ~ed adj. 開花的; 有花的; 用花裝飾的 ~y adj. 用花裝飾的; 詞藻華麗的 ~bed n.

花壇 ~pot n. 花盆 // ~ show 花展.

flown /fləʊn/ v. fly 的過去分詞.

fl. oz. abbr. = fluid ounce 液體安士, 液量安士(液體容量單位: 美制 = 1/16 品脫; 英制 = 1/20 品脫).

flu /fluː/ n. 流行性感冒(亦作 in~enza).

fluctuate /flʌktjʊˌeɪt/ v. (使)波動; (使)起伏; 漲落 fluctuation n. 波動; 動搖.

flue /fluː/ n. ① 煙道; 暖氣管 ② (管樂器的)唇管; 風管(口) ③ 漁網.

fluency /fluːənsɪ/ n. 流利; 流暢 fluent adj.

fluff /flʌf/ n. ① 絨毛; 蓬鬆物 ② 無價值的東西 v. ① 起毛 ② 變鬆 ③ 把 … 搞糟 v adj. 絨毛的; 蓬鬆的.

fluid /fluːɪd/ adj. 流動的, 流體的; 不固定的; 流暢的 n. 流質; 液體 ~ic adj. 流質的 ~ity n. 流動性.

fluke /fluːk/ n. ① 錨爪 ② 僥倖的擊中、成功 ③ 意外挫折 ④ 比目魚 ⑤ 肝蛭; 吸血蟲 v. ① 僥倖做成 ② 意外受挫 fluk(e)y adj. 憑運氣的; 變化無常的.

flume /fluːm/ n. ① 流水槽; 渡槽 ② 有溪流的峽谷.

flummery /flʌmərɪ/ n. ① 小麥粥 ② 果子凍; 蛋奶甜點心 ③ 空洞的恭維話; 廢話.

flummox /flʌməks/ vt. 使惶惑; 使慌亂; 打亂 n. 失敗.

flung /flʌŋ/ v. fling 的過去式及過去分詞.

flunk(e)y /flʌŋkɪ/ n. ① (穿號衣

的)僕從; 奴才 ② 奉承者; 勢利小人.

fluorescence /ˌfluəˈrɛsəns/ n. 螢光.
fluorescent adj. 發螢光的.

fluoride /ˈfluəˌraɪd/ n.【化】氟化物.

fluorine /ˈfluəriːn/ or **fluorin** /ˈfluərɪn/ n.【化】氟.

flurry /ˈflʌrɪ/ n. ① 陣風; 疾風 ② 小雪; 小雨 ③ 慌張; 倉惶 ④ (股票市場)波動 v. (使)激動; (使)慌張.

flush /flʌʃ/ vi. ① 湧流 ② (臉)漲紅; 突然發紅, 發亮 ③ 綻出新芽 ④ 被沖洗 vt. ① 沖洗 ② 使注滿, 淹沒 ③ 使(臉等)發紅; 使興奮 ④ 使飛起 n. ① 湧流 ② 沖洗 ③ 萌發 ④ 興奮; 得意; 紅光 ⑤ 一下起飛的鳥羣 adj. ① 注滿的; 泛濫的 ② 大量的; 豐富的 ③ 揮霍的 ④ 齊平的 ⑤ 生氣勃勃的; 血色紅潤的 adv. 齊平地; 直接地 // ~ **toilet** 有抽水設備的廁所; 抽水馬桶.

fluster /ˈflʌstə/ n. & v. ① (使)醉醺醺 ② (使)慌張 ③ (使)激動.

flute /fluːt/ n. ① 長笛; 笛形物 ②【機】槽; 溝槽 v. 吹長笛; 用長笛奏樂; 弄出槽形飾紋 **flutist** n. 吹長笛者.

flutter /ˈflʌtə/ v. ① 振(翼); 拍(翅) ② (旗幟等)飄動 ③ 使焦急(不安) n. ① 振翼 ② 飄動 ③ 不安; 焦急 ④ (心臟)震跳.

fluvial /ˈfluːvɪəl/ or **fluviatile** /ˈfluːvɪəˌtaɪl, -tɪl/ adj. ① 河的; 河流的 ② 在河中生長的 ③ 河流作用的.

flux /flʌks/ n. ① 流出; 流量 ② 流動 ③ 漲潮 ④ 變遷 ⑤ 溶解; 助溶劑 v. (使)熔化; 大量地流出 **~ion** n. 流動; 不斷地變化;【數】流數.

fly /flaɪ/ vi. (過去式 flew 過去分詞 flown) ① 飛行; 駕駛飛機 ② 飄揚; 飛舞; 飛跑; 飛散 ③ 逃跑; 消失 ④ 很快地流逝 vt. ① 飛駛; 空運; 飛越 ② 執行(飛行任務) ③ 使飄揚 n. ① 飛行 ② 騰空球; 高飛球 ③ 蒼蠅 adj. [俚] 機敏的; 狡猾的 **~able** adj. 宜於飛行的 **~er** n. 飛鳥; 飛行物; 航空器; 飛行員; 快車 **~away** adj. (人)輕浮的; 輕率的; (衣服)過於寬大的; (頭髮)飄拂的, 凌亂的 **~leaf** n. (書籍前後的)空白頁; 扉頁 **~sheet** n. 傳單 **~weight** n. 最輕量級拳擊選手(112 磅以下).

flying /ˈflaɪɪŋ/ adj. & n. 飛的; 會飛的; 飄動的 n. 飛行; 乘飛機; 飛機駕駛 // ~ **start** 良好的開端 ~ **visit** 短暫的訪問.

flyover /ˈflaɪˌəʊvə/ n. 天橋.

flywheel /ˈflaɪˌwiːl/ n.【機】飛輪.

FM /ɛf ɛm/ abbr. ① = frequency modulation 調頻 ② = Field Marshal 陸軍元帥 ③ = foreign mission 外國使團.

foal /fəʊl/ n. 小馬; 駒子.

foam /fəʊm/ n. ① 氣泡; 泡沫 ② 泡沫材料; 泡沫塑料 vi. ① 起泡; 發泡 ② 冒汗水; 吐白沫 vt. 使起泡沫; 使成泡沫狀 **~y** adj. 起泡沫的.

fob /fɒb/ n. ① (褲子上的)錶袋 ② 錶鏈; 錶帶 vt. 欺騙.

focal /ˈfəʊkəl/ adj. 焦點的；焦點上的 // ~ **length** 焦距 ~ **point** 焦點；中心.

focalize, -se /ˈfəʊkəˌlaɪz/ vt. ① (使)聚焦，調節焦距 ② (使)限制於小區域 focalization n.

focus /ˈfəʊkəs/ n. (pl. **-es, -ci**) ① 焦點；焦距；聚光點 ② 活動、興趣的中心 v. ① (使)聚焦 ② (使)注意；集中 ③ 調…的焦距 ~**ed** adj. ① 集中的；全力以赴 ② 十分清晰.

fodder /ˈfɒdə/ n. 乾飼料(如乾草)；秣.

foe /fəʊ/ n. 仇敵；反對者.

foetus /ˈfiːtəs/ n. = fetus.

fog /fɒɡ/ n. ① 霧；煙(塵)霧 ② 迷惑；困惑 ③ 模糊 ④ 過冬草；再生草；苔蘚 v. 以霧籠罩；使困惑；(使)變得模糊 ~**less** adj. 無霧的 ~**gy** adj. ① 有霧的 ② 朦朧的；模糊的.

fog(e)y /ˈfəʊɡɪ/ n. 守舊者；老保守；老頑固.

foible /ˈfɔɪb°l/ n. ① 弱點；缺點 ② 怪癖.

foil /fɔɪl/ n. ① 箔；錫箔 ② 陪襯(物)；陪襯角色 ③ 鈍頭劍，花劍 vt. ① 襯托 ② 阻止，阻撓；挫敗；使成泡影.

foist /fɔɪst/ vt. ① 把…強加於；把…塞給 ② 騙售(假貨) ③ 私自添加；塞進.

fold /fəʊld/ v. ① 摺疊；合攏 ② 擁抱 ③ 包起來 ④ 結束活動；停止，關掉(企業等) ⑤ 把…關進羊欄 n. ① 摺疊；摺痕 ② 羊欄 ③ 山坳；山窩 ~**er** n. 文件夾.

folding /ˈfəʊldɪŋ/ adj. 可摺疊的 // ~ **bed** 摺疊床 ~ **bridge** 開合橋 ~ **chair** 摺疊椅 ~ **door** 雙扇門，疊門 ~ **screen** 摺疊式屏風.

foliage /ˈfəʊlɪɪdʒ/ n. 樹葉(總稱)；簇葉，【建】葉飾.

folio /ˈfəʊlɪəʊ/ n. ① (紙的)對開本，(書的)摺本，對開本 ② 頁碼.

folk /fəʊk/ n. ① 人們 ② 家屬，親屬 ③ 民間音樂 ~**lore** n. 民俗(學)，民間傳說 ~**tale** n. 民間故事 ~ **dance** 土風舞(曲) ~ **music** 民間音樂 ~ **song** 民歌.

follicle /ˈfɒlɪk°l/ n.【解】小囊；濾泡；毛囊.

follow /ˈfɒləʊ/ vt. ① 跟隨 ② 沿…前進；按照，沿… ③ 從事 ④ 領會 vi. 跟隨；接着；產成；結果 ~**er** n. 追隨者；信徒 ~**ing** adj. 後面的；以下的 n. 一批追隨者.

folly /ˈfɒlɪ/ n. 愚蠢；荒唐；愚蠢荒唐的行為.

foment /fəˈmɛnt/ vt. ① 引起或增加(麻煩、不安) ② 熱敷 ③ 煽起，煽動 ~**ation** n. ~**er** n. 激起者，煽動者.

fond /fɒnd/ adj. ① 喜愛的；溺愛的 ② 多情的 ③ 盲目的；珍惜的 ~**ly** adv. ① 親愛地 ② 天真地，盲目輕信地 ~**ness** n. // ~ **of sb** 喜愛 ~ ~ **of doing sth** 喜歡做某事.

fondant /ˈfɒndənt/ n. 糖果軟餡；半軟糖.

fondle /ˈfɒnd°l/ vt. 愛撫；溺愛.

fondue /ˈfɒndjuː/ n. ① (蘸烤麵包片用的)融化的芝士(混合酒和

調料) ② (蘸肉、海鮮等用的)熱油, 醬.

font /fɒnt/ n. 【宗】洗禮盆; 聖水器.

food /fuːd/ n. 食品; 糧食 ~less adj. 缺乏食品的 ~stuff n. 食料; 糧食 // ~ additive 食品添加劑 ~ chain 食物鏈 ~ processor 多功能食品加工機 ~ web【生】食物網.

fool /fuːl/ n. ① 呆子, 傻瓜 ② 小丑; 弄臣 v. ① 愚弄; 欺騙 ② 幹蠢事 ③ 成為傻瓜 ~proof adj. 連傻子都懂得的; 不會出錯的.

foolhardy /ˈfuːlˌhɑːdɪ/ adj. 有勇無謀的; 膽大妄為的.

foolish /ˈfuːlɪʃ/ adj. ① 愚蠢的 ② 可笑的; 荒謬的.

foot /fʊt/ n. (pl. feet) ① 腳, 足 ② 底部; 末尾 ③ 英尺 ④ (總稱)步兵 v. ① 走在…上 ② 付賬 ~ing n. 立足點; 地位; 立場 ~fall n.【商】某段時間的顧客數量 ~gear n. 【俗】鞋襪 ~hold n. 立足點; 穩固地位 ~man n. (pl. ~men) 男僕 ~mark, ~print n. 腳印; 足跡 ~note n. 腳註; 附註 ~sore adj. 腳痛的 ~step n. 腳步聲; 足跡 ~wear n. 鞋類 // ~ the bill (for sth) (為…)付賬 ~ it 【俗】步行 on ~ 步行, 徒步.

football /ˈfʊtˌbɔːl/ n. 足球; 足球運動(比賽); (美式)欖球; 欖球運動(比賽) ~er n. 足球(或欖球)隊員.

footle /ˈfuːtˀl/ vi. 【口】白費時間 ① 說傻話; 做傻事 footling adj. 無能的; 無價值的.

footsie /ˈfʊtsɪ/ n. ① 【兒語】腳 ② 【口】(尤指私下)以腳碰腳, 勾

搭調情.

fop /fɒp/ n. ① 過份注意衣着和外表的人 ② 紈絝子弟, 花花公子 ~pery n. 紈絝習氣 ~pish adj. 浮華的.

for /fɔː, 弱 fə/ prep. ① 因為; 為了 ② 當作; 作為 ③ 去往; 去向 ④ 為; 對於 ⑤ 代 ⑥ 由於; 雖然; 儘管 conj. 因為; 由於.

for- pref. 【前綴】表示"分, 離; 禁止; 排斥; 克制"之意.

forage /ˈfɒrɪdʒ/ n. ① 草料; 飼料 ② 搜尋 vt. ① 向… 徵集糧秣 ② 搜尋(給養)作(馬)吃草料 vi. 掠奪; 侵襲 n. 突襲; 侵襲.

forbade /fəˈbæd, -ˈbeɪd/ or forbad /fəˈbæd/ v. forbid 的過去式.

forbear /fɔːˈbɛə/ v. 過去式 forbore 過去分詞 forborne 克制; 自制; 容忍; 忍耐 n. (常用複)祖先 ~ance n. 克制; 寬容; 自制.

forbid /fəˈbɪd/ vt. (過去式 forbade 過去分詞 forbidden) 禁止; 不許; 阻止; 妨礙 ~ding adj. ① 嚴峻的 ② 可怕的 ③ 形勢險惡的.

forbore /fɔːˈbɔː/ v. forbear 的過去式.

forborne /fɔːˈbɔːn/ v. forbear 的過去分詞.

force /fɔːs/ n. ① 力; 力量; 力氣 ② 精力; 魄力 ③ 勢力; 威力 ④ (pl.)軍隊; 兵力; 武力 ⑤ 壓力 vt. ① 強迫; 強行 ② (用強力)奪取; 攻擊 ③ 推動 ~ed adj. 強迫的; 被迫的; 用力的; 勉強的 ~ful adj. 強而有力的; 有說服力的 forcible adj. 強行的; 有說服力的 // ~ majeure 【律】不可抗力.

forcemeat /ˈfɔːsˌmiːt/ n. 五香碎肉 (或碎魚).

forceps /ˈfɔːsɪps/ (單複數同形) n. (單複數同形)鑷子; 鉗子.

ford /fɔːd/ v. 涉; 徒涉. n. 淺水; 淺灘; 津渡 ~able adj. 可涉水而過的 ~less n. 不能涉渡的.

fore /fɔː/ adj. 在前面. 在船頭 adj. 前面的; 先前的 n. 前部; 船頭 // at the ~ 居首; 在前面 to the ~ ① 在近處; 在場 ② 尚活着 ③ 在手頭的; 準備好的 ④ 在顯著的地位.

forearm /ˈfɔːrˌɑːm/ n. 前臂 vt. ① 警備 ② 預先武裝; 使預作準備.

forebode /fɔːˈbəʊd/ vt. 顯示; 預感 v. 預言; 有預感 foreboding n. 預知; 先兆.

forecast /ˈfɔːˌkɑːst/ n. (過去式及過去分詞 -cast 或 -casted) n. 先兆; 預測; 預報 v. 預測; 預報; 預言.

forecastle /ˈfəʊksˈl/ n. 前甲板; 船首樓.

foreclose /fɔːˈkləʊz/ v. ① 取消(抵押人的)抵押品贖回權 ② 排除; 阻止.

forecourt /ˈfɔːˌkɔːt/ n. 建築物前面的大片空地; 前庭; 前院.

forefather /ˈfɔːˌfɑːðə/ n. 祖先; 祖宗; 前人.

forefinger /ˈfɔːˌfɪŋɡə/ n. 食指(亦作 index finger).

forefoot /ˈfɔːˌfʊt/ n. (pl. -feet)(四足動物的)前腳.

forefront /ˈfɔːˌfrʌnt/ n. ① 最前線; 最前方 ② 最重要的地方.

foregather /fɔːˈɡæðə/ v. = forgather.

forego /fɔːˈɡəʊ/ vt. = forgo.

foregoing /fɔːˈɡəʊɪŋ/ adj. 前面的; 前述的.

foregone /fɔːˈɡɒn, ˈfɔːˌɡɒn/ adj. ① 以前的; 過去的 ② 預先決定的; 預知的 ③ 無可避免的 // ~ conclusion 預料之中的結局.

foreground /ˈfɔːˌɡraʊnd/ n. ① 前景 ② 最重要的(或顯著的)位置.

forehand /ˈfɔːˌhænd/ n. (網球等中的)正手擊球 adj. 正手的; 正擊的.

forehead /ˈfɒrɪd, ˈfɔːˌhɛd/ n. 額; 前額; 前部.

foreign /ˈfɒrɪn/ adj. ① 外國的; 外來的 ② 對外的 ③ 無關的; 不相干的 ~er n. ① 外國人; 外人 ② 外來的東西; 進口貨(或動物) ~ism n. 外國風俗習慣; 外語中的語言現象 ~ize v. (使)外國化 ~born adj. 在外國出生的 // ~ body 異物 ~ exchange 外匯; 外幣 Foreign Secretary 外交大臣 Foreign Minister 外交部長.

foreknowledge /fɔːˈnɒlɪdʒ/ n. 預知; 先見.

foreland /ˈfɔːlənd/ n. ① 海角; 岬 ② 前沿地; 海岸地.

foreleg /ˈfɔːˌlɛɡ/ n. (四足動物的)前腿.

forelock /ˈfɔːˌlɒk/ n. 額髮; 前髮.

foreman /ˈfɔːmən/ n. (pl. -men) ① 工頭; 領班 ② 陪審團團長.

foremast /ˈfɔːˌmɑːst/ n. (船)前桅 ~man n. 普通水手.

foremost /ˈfɔːˌməʊst/ adj. ① 最重要的; 主要的 ② 最好的; 最前面的; 第一流的 adv. 在最前; 最重

要地.

forename /'fɔːˌneɪm/ n. 名(在姓之前) ~d adj. 上述的.

forenoon /'fɔːˌnuːn/ n. 上午; 午前.

forensic /fə'rensɪk/ adj. ① 法庭的 ② 辯論的.

foreordain /ˌfɔːrɔː'deɪn/ vt. 預先注定; 預先決定.

foreplay /'fɔːˌpleɪ/ n. 性交前雙方的相互挑逗.

forerun /fɔː'rʌn/ vt. (過去式 foreran 過去分詞 ~) ① 走在 … 前; 為 … 的先驅 ② 預報; 預示 ~ner n. 先驅(者).

foresee /fɔː'siː/ vt. (過去式 foresaw 過去分詞 ~n)預見; 預知 ~able adj. 可預見的 ~ingly adv. 有預見地 ~r n. 預見者.

foreshadow /fɔː'ʃædəʊ/ vt. 預示; 預兆.

foreshore /'fɔːˌʃɔː/ n. 前灘(高潮線和低潮線之間的地帶).

foreshorten /fɔː'ʃɔːtⁿn/ vt. (繪畫中)按透視法縮短.

foresight /'fɔːˌsaɪt/ n. 先見; 預見(能力); 深謀遠慮 ~ed adj. 深謀遠慮的; 有先見之明的.

foreskin /'fɔːˌskɪn/ n. 【解】包皮.

forest /'fɒrɪst/ n. 森林(地帶) ~ed adj. 被森林覆蓋的 ~er n. 林務管理員; 住在森林的人或動物 ~ry n. 森林學; 造林術; 林業.

forestall /fɔː'stɔːl/ vt. ① 搶在 … 之前行動 ② 排斥; 阻礙; 防止 ③ 壟斷.

foretaste /'fɔːˌteɪst/ n. ① 先嚐; 預嚐到的滋味 ② 預示; 跡象 v. 先嚐.

foretell /fɔː'tel/ vt. (過去式及過去分詞 foretold) 預言; 預示.

forethought /'fɔːˌθɔːt/ n. 事先的考慮; 預謀; 深謀遠慮 ~ful adj. 深謀遠慮的.

forever /fə'revə, fɔ-/ adv. 永遠; 常常 // ~ **and a day** 極長久地; 永遠 ~ **and ever** 永遠; 永久.

forewarn /fɔː'wɔːn/ vt. 預先警告; 預先告誡.

foreword /'fɔːˌwɜːd/ n. 前言; 序言.

forfeit /'fɔːfɪt/ vt. 喪失; 放棄 n. ① 喪失; 喪失的東西 ② 沒收物; 罰金 ~**able** adj. 可沒收的 ~er n. 喪失者 ~**ure** n. 沒收; 喪失.

forgather /fɔː'gæðə/ vi. ① 聚會; 相遇 ② 交往.

forgave /fə'geɪv/ v. forgive 的過去式.

forge /fɔːdʒ/ v. ① 錘煉; 鍛造; 打(鐵等) ② 偽造; 締造 ③ 製作; 使形成 n. 鍛工車間; 鐵匠店; 鍛爐; 冶煉廠 ~r n. 偽造者; 偽造物 ~ry n. 偽造(品); 偽造罪.

forget /fə'get/ v. (過去式 forgot 過去分詞 forgotten) ① 忘記; 遺忘 ② 忽視; 忽略 ~ter n. 健忘者 ~ful adj. 健忘的; 記性差的.

forget-me-not /fə'getmɪˌnɒt/ n. 【植】勿忘草.

forgive /fə'gɪv/ vt. (過去式 forgave 過去分詞 ~n) ① 原諒; 寬恕 ② 寬免; 豁免 forgivable adj. 可寬恕的; 可原諒的 ~ness n. 饒恕; 寬恕 forgiving adj. 寬大的; 仁慈的.

forgo, forego /fɔː'gəʊ/ vt. (過去式 forwent 過去分詞 forgone) 擯絕;

放棄.

forgot /fə'ɡɒt/ v. forget 的過去式.

forgotten /fə'ɡɒt'n/ v. forget 的過去分詞.

fork /fɔːk/ n. ① 叉; 耙 ② 餐叉 ③ 分岔; 岔路 vt. 用叉子叉起 (或挖、搬運) vi. ① (路等)分岔 ② 在岔口拐彎 // ~lift truck 鏟車; 叉車.

forlorn /fə'lɔːn/ adj. ① 孤零零的; 被遺棄的 ② 無人照顧的; 絕望的.

form /fɔːm/ n. ① 形狀; 體型 ② 形式; 方式 ③ 結構 ④ 表格 vt. ① 形成; 製作 ② 排成; 編成; 組織 vi. 成形; 產生; 排隊 ~**less** adj. 無形狀的.

formal /'fɔːməl/ adj. 正式的; 合乎禮儀的; 正規的; 整齊的 ~**ize** vt. 使定型; 使形式化; 使成為正式.

formaldehyde /fɔː'mældɪˌhaɪd/ n. 【化】甲醛.

formalin(e) /'fɔːməlɪn/ or formol /'fɔːmɑl/ n. 【化】甲醛液, 福爾馬林(用於消毒和除臭).

formalism /'fɔːməlɪzəm/ n. 形式主義.

formality /fɔː'mælɪtɪ/ n. ① 形式 ② 手續 ③ 禮節; 俗套.

format /'fɔːmæt/ n. ① (出版物的)版式; 開本; 裝訂方式 ② (某事物的)計劃; 總體安排; 設計等.

formation /fɔː'meɪʃən/ n. 形式; 構造; 編制.

formative /'fɔːmətɪv/ adj. 形成的; 對性格形成有影響的.

former /'fɔːmə/ adj. ① 以前的; 早先的 ② 前者的 ~**ly** adv. 以前, 從前 // the ~ 前者.

Formica /fɔː'maɪkə/ n. 福米加塑膠貼面(商標名).

formic acid /'fɔːmɪk 'æsɪd/ n. 【化】甲酸; 蟻酸.

formidable /'fɔːmɪdəb'l/ adj. ① 可怕的 ② 難對付的 ③ 令人驚歎的.

formula /'fɔːmjələ/ n. (pl. -las, -lae) ① 公式; 方程式 ② 配方 ③ 方案 ④ 方法; 準則 ⑤ (社交等的)慣用語.

formulate /'fɔːmjʊˌleɪt/ vt. ① 明確地表達; 用公式表示 ② 按配方製造 formulation n. 用公式表示; 明確的表達 formulism n. 公式主義.

fornicate /'fɔːnɪˌkeɪt/ v. (指無婚姻關係的人之間的)性交; (與⋯)通姦.

forsake /fə'seɪk/ vt. (過去式 forsook 過去分詞 ~n) 放棄; 拋棄.

forsooth /fə'suːθ/ adv. 真的; 當然的(古語, 現多用作反語或諷刺語中的插入語).

forswear /fɔː'sweə/ v. (過去式 forswore 過去分詞 forsworn) vt. 發誓放棄; 斷然放棄 vi. 發偽誓; 作偽證.

forsythia /fɔː'saɪθɪə/ n.【植】連翹.

fort /fɔːt/ n. 堡壘; 要塞.

forte /fɔːt, fɔːteɪ, 'fɔːtɪ/ n. 長處; 特長 adj. [意]【音】響的 adv. 用強音; 響亮地.

forth /fɔːθ/ adv. 向前方; 向外; 離家在外 ~**coming** adj. 即將到來的; 現有的.

forthright /ˈfɔːθˌraɪt/ *adj.* 坦率的; 明確的; 直截了當的.

forthwith /ˌfɔːθˈwɪθ, -ˈwɪð/ *adv.* 立刻; 馬上.

fortieth /ˈfɔːtɪɪθ/ *num. & n.* 第四十(個); 四十分之一.

fortify /ˈfɔːtɪˌfaɪ/ *v.* ① 設防② 加強工事; 增強 fortification *n.* 築城; (常用複數)防禦工事.

fortissimo /fɔːˈtɪsɪˌməʊ/ *adj.* 【音】極強的; 極響的.

fortitude /ˈfɔːtɪˌtjuːd/ *n.* 堅韌不拔; 剛毅.

fortnight /ˈfɔːtˌnaɪt/ *n.* 兩星期 **~ly** *adj. & adv.* 每隔兩週的(地) *n.* 雙週刊.

fortress /ˈfɔːtrɪs/ *n.* 要塞; 堡壘.

fortuitous /fɔːˈtjuːɪtəs/ *adj.* ① 偶然發生的② 幸運的; 吉祥的.

fortuity /fɔːˈtjuːɪtɪ/ *n.* 偶然事件; 偶然性 fortuitous *adj.* 偶然的; 意外的.

fortunate /ˈfɔːtʃənɪt/ *adj.* 幸運的; 僥倖的; 帶來好運的 **~ly** *adv.*

fortune /ˈfɔːtʃən/ *n.* 命運; 運氣; 幸運; (大量)財產 **~-teller** *n.* 算命的人 **~-telling** *n.* 算命.

forty /ˈfɔːtɪ/ *num. & n.* 四十; 四十個.

forum /ˈfɔːrəm/ *n.* (*pl.* -rums, -ra) 講壇; 討論會場; 法庭.

forward /ˈfɔːwəd/ *adv.* 向前; 前進; 到將來 *adj.* ① 向前的; 前進的; 位於前面的② 早(熟)的③ 未來的 *vt.* ① 促進; 促使…生長② 發送; 傳遞 *n.* (足球、籃球等)前鋒 **~ly** *adv.* 在前面; 向前地; 熱心地; 魯莽地 **~ness** *n.* ① 急切;

熱心② 唐突; 魯莽 **~s** *adv.* = ~ // **~ing address** 轉遞地址.

fossil /ˈfɒsˈl/ *n.* ① 化石; 地下採掘出的石塊② 守舊者; 落伍者 *adj.* 化石的; 陳舊的 **~ate** *vt.* (= **~ize**) 使成化石; 使陳舊 *vi.* 變成化石 **~ization** *n.* 化石作用 // **~ fuel** 礦物燃料.

foster /ˈfɒstə/ *vt.* ① 培養② 鼓勵; 促進③ 養育; 收養 **~er** *n.* ① 養育者② 鼓勵者 // **~ child** 養子; 養女 **~ daughter** 養女 **~ father** 養父 **~ home** 收養孩子的家庭 **~ mother** 養母.

fosterling /ˈfɒstəlɪŋ/ *n.* 養子; 養女.

fought /fɔːt/ *v.* fight 的過去式及過去分詞.

foul /faʊl/ *adj.* ① 污穢的; 難聞的; 腐爛發臭的② 罪惡的; 惡劣的 *n.* ① 犯規; 罰球② 纏繞; 碰撞③ 厄運 *v.* ① 弄髒; 玷污② 纏住; 碰撞③ (對…)犯規④ 腐爛 *adv.* 違反規則地; 不正當地 **~ing** *n.* 污垢 **~ly** *adv.* 下流地; 卑鄙地 **~ness** *n.* 污穢 // **~ play** 暴行(尤指謀殺)【體】犯規的動作.

found /faʊnd/ *v.* find 的過去式及過去分詞 *vt.* ① 為…打基礎② 建立; 創辦② 鑄造 **~ation** *n.* ① 建設② 地基; 基礎③ 根據④ 基金.

founder /ˈfaʊndə/ *n.* 奠基者; 創立者② 鑄造者; 翻砂工 *v.* ① (使)摔倒; (使)塌倒② (使)變跛③ (使)失敗④ (使)下沉.

foundling /ˈfaʊndlɪŋ/ *n.* 棄兒.

foundry /ˈfaʊndrɪ/ *n.* ① 鑄造; 翻砂② 翻砂車間③ 玻璃廠.

fount /faʊnt/ n. ① [詩]泉; 源頭 ② (燈的)儲油器 ③ 墨水缸 ④ 鉛字盤.

fountain /faʊntɪn/ n. ① 泉水; 噴泉 ② 液體儲藏器 **~head** n. 水源; 根源 // **~ pen** 鋼筆.

four /fɔː/ num. & n. 四; 四個 **~fold** adj. adv. 四倍的(地) **~footed** adj. 四足的 **~square** adj. 四角的 **~way** adj. 四面皆通的 // **on all ~s** 匍匐, (四肢着地)趴着.

foursome /fɔːsəm/ n. 四人一組(進行比賽或一起行動).

fourteen /fɔːtiːn/ num. & n. 十四; 十四個 **~th** ① 第十四個(個) ② 十四分之一 ③ (每月的)第十四日.

fourth /fɔːθ/ num. & n. ① 第四(個) ② 四分之一 ③ (每月的)第四日 **~ly** adv. 第四(列舉條目等時用).

fowl /faʊl/ n. 禽; 家禽; 禽肉 **~er** n. 捕野禽者 **~ing** n. 獵取野禽 // **~ run** [英]養雞場 **~ing piece** 鳥槍.

fox /fɒks/ n. ① 狐; 狐皮 ② 狡猾的人 **~y** adj. ① 似狐的; 狡猾的 ② 狐色的; 赤褐色的 **~trot** n. 狐步舞(曲).

foyer /fɔɪeɪ, ˈfɔɪə/ n. [法](劇場、旅館等的)門廳; 休息室.

fracas /ˈfrækɑː/ n. 喧鬧的打架; 大聲爭吵.

fraction /ˈfrækʃən/ n. ① 片斷; 碎片; 一點 ② 【數】分數 **~al, ~ary** adj.

fractious /ˈfrækʃəs/ adj. 脾氣不好的.

fracture /ˈfræktʃə/ n. ① 破裂; 斷裂 ② 裂縫; 裂痕 ③ 【礦】斷口; 斷面 v. (使)破裂; (使)斷裂; (使)折斷.

fragile /ˈfrædʒaɪl/ adj. ① 脆的; 易碎的 ② 脆弱的; 虛弱的 **fragility** n. 脆弱; 虛弱.

fragment /ˈfrægmənt/ n. ① 碎片 ② (文藝作品)未完成部分 **~ary** adj. 斷片的; 零碎的.

fragrance /ˈfreɪɡrəns/ or **fragrancy** n. 芬芳; 香氣 **fragrant** adj. **fragrantly** adv.

frail /freɪl/ adj. ① 脆弱的; 易損的 ② 意志薄弱的 n. [美俚]少女; 少婦 **~ly** adv. **~ness. ~ty** n.

frame /freɪm/ n. 構架; 結構, 框架; 骨胳; 身軀 vt. ① 建構; 塑造 ② 制訂; 擬出; 設計 ③ 陷害; 誣告 ④ 給…裝框; 襯托 **~up** n. [美俚]誣告; 陰謀 **~work** n. ① 構造; 框架; 機構; 組織 ② (個人判斷、決定的)原則.

franc /fræŋk, frɑ̃/ n. 法郎(法國、比利時、瑞士等國的貨幣單位).

France /frɑːns/ n. 法國.

franchise /ˈfræntʃaɪz/ n. 公民權(尤指選舉權); 特權; 特許.

Franco /ˈfræŋkəʊ/ n. [構詞成份] 表示"法國", 如: **~German** adj. 法德的.

frank /fræŋk/ adj ① 直率的; 真誠的 ② 公開明白的; 症狀明顯的 **~ly** adv. 坦白地; 直率地; 真誠地 **~ness** n.

frankfurter /ˈfræŋkˌfɜːtə/ n. 法蘭克福香腸.

frankincense /ˈfræŋkɪnˌsens/ n. 乳

香(乳香植物滲出的樹脂在燃燒時散發的香味).

frantic /'fræntɪk/ *adj.* 激動得發狂似的; 瘋狂的 **~ally** *adv.*

fraternal /frə'tɜ:n'l/ *adj.* ① 兄弟(般)的; 友好的 ② 兄弟會的; 互助會的 **~ly** *adv.* **fraternity** *n.* ① 兄弟關係; 友愛 ② [美]大學生聯誼會; 互助會 ③ 團體 // **~ twin** 【生】異卵雙生.

fraternize, -se /'frætə,naɪz/ *vi.* 親如兄弟; 相處融洽.

fratricide /'frætrɪ,saɪd, 'freɪ-/ *n.* ① 殺兄弟(或姊妹)的行為; ② 殺兄弟(姊妹)的人.

Frau /fraʊ/ *n.* (*pl.* **~s, ~en**) [德]夫人(相當於英國的 Mrs.).

fraud /frɔːd/ *n.* ① 欺騙; 欺詐行為; 詭計 ② 騙子 ③ 假貨 **~ulence** *n.* 欺詐 **~ulent** *adj.* **~ulently** *adv.*

fraught /frɔːt/ *adj.* ① (只作表語) 充…的; 裝着…的 ② (令人)憂慮的.

fray /freɪ/ *vt.* ① 磨擦; 磨損 ② 使…(關係)緊張 *vi.* 被磨損; 被擦碎; 變緊張 *n.* 吵架; 打架; 爭論 **~ed** *adj.* ① (織物等的邊緣)磨損的; 磨破的 ② (人的神經、脾氣)受刺激的.

frazzle /'fræz'l/ *n.* ① 疲憊 ② 破爛 **~d** *adj.* [口]疲憊的.

freak /friːk/ *n.* ① 怪誕的行為; 怪念頭; 異想天開 ② 畸形的人(動物、植物) ③ …迷 *vi.* 胡鬧; 行為怪異 **~ish** *adj.* 異想天開的; 捉摸不定的; 古怪的; 不正常的.

freckle /'frek'l/ *n.* 雀斑; 斑點.

free /friː/ *adj.* ① 自由的; 空閒的 ② 無償的; 免費; 免稅的 *vt.* 使自由; 解放; 免除; 釋放自由 *adv.* 免費地 **~ly** *adv.* **~booter** *n.* 海盜; 強盜 **~-for-all** *adj.* 對大眾開放的 *n.* 任何人可以參加的競賽(或賽跑); 可以自由發表意見的爭論; 大爭吵 **~-hand** *n.* & *adj.* 徒手畫的 **~-handed** *adj.* 慷慨的; (用錢)大方的 **~-hearted** *adj.* 坦白的; 慷慨的 **~-lance, ~-lancer** *n.* 自由撰稿人(藝術家、作家等) **~-living** *adj.* 【生】獨立生存的 ② 沉溺於吃喝玩樂的 **~-minded** *adj.* 無精神負擔的 **~-way** *n.* (= [美] motorway) 高速公路 **~ enterprise** (不受政府控制的)自由企業制 **~ kick** 【足】任意球 **~ market** 自由市場 **~ port** 自由港 **~ radical** 【化】自由基; 游離基 **~ speech** 言論自由 **~ trade** 自由貿易 **~ verse** 自由詩 **~ will** 自願; 自由意志 **~ zone** (海港的)免稅區.

-free *suf.* [後綴] 表示"無…的; 免除…的".

freedom /'friːdəm/ *n.* ① 自由; 自主 ② 坦率 ③ 免除; 解脫.

freesia /'friːzɪə, 'friːʒə/ *n.* 【植】小蒼蘭.

freeze /friːz/ *v.* (過去式 froze *v.* 過去分詞 frozen) ① (使)凍結; (使)結冰 ② (使)變得極冷; (使)凍僵; (使)凍傷(死); (使)凍住; (使)凍牢 *n.* ① 凍結; 結冰; 凝固 ② 嚴寒期 **~r** *n.* 冷卻器; 冷藏庫 **freezing** *adj.* 極冷的; 冰凍的; 冷淡的.

freight /freɪt/ *n.* ① 貨物運輸; 貨

運 ② 運費 *vt.* 裝貨於; 運輸(貨物); **~er** *n.* 貨船; 運輸機.

French /frentʃ/ *n.* ① 法國人 ② 法語 *adj.* 法國(人、語)的 **~man** *n.* 法國人 // **~ window** 落地長窗.

frenetic /frɪ'nɛtɪk/ or **frenetical** /frɪ'nɛtɪkəl/ *adj.* 極度激動的; 狂亂的.

frenzied /'frɛnzɪd/ *adj.* 瘋狂的; 狂暴的 **~ly** *adv.* frenzy *n.* 狂亂; 瘋狂似的激動.

frequence /'fri:kwəns/ *n.* ① 屢次; 頻繁 ②【物】頻率; 電壓.

frequent /'fri:kwənt/ *adj.* 頻繁的; 常有的 *vt.* 常到; 常去 **~er** *n.* 常客 **~ly** *adv.*

fresco /'frɛskəʊ/ *n.* (*pl.* **-co(e)s**) 壁畫.

fresh /frɛʃ/ *adj.* ① 新的; 新到的; 新鮮的 ② 淡的; 清新的 ③ 純淨的 *adv.* 剛才 **~er** *n.* [英俚]大學一年級生 **~ly** *adv.* **~ness** *n.* **~man** *n.* [美]大學或中學一年級生 **~water** *adj.* 淡水的; 生於淡水的.

freshen /'frɛʃən/ *v.* ① (使)顯得新鮮; (使)顯得鮮艷 ② (指風)變大(或涼爽) ③ 添(飲料).

fret ¹ /frɛt/ *v.* ① (使)煩惱; (使)發愁 ② 侵蝕, (使)磨損 *n.* ① 煩惱 ② 侵蝕 **~ful** *adj.* 煩惱的; 發愁的.

fret ² /frɛt/ *v.* (尤用於被動語態)雕以卍字浮雕; 飾以回紋 **~saw** *n.* 線鋸; 鋼絲鋸 **~work** *n.* 回紋飾; 浮凸雕工.

Freudian /'frɔɪdɪən/ *adj.* 弗洛伊德學說的; 精神分析的; 弗洛伊德的.

Fri. *abbr.* = Friday.

friable /'fraɪəb'l/ *adj.* 易碎的; 脆的.

friar /'fraɪə/ *n.* 托缽僧 **~y** *n.* 修道院; 僧院.

fricassee /'frɪkə'si:, 'frɪkəsɪ, 'frɪkə,seɪ/ *n.* 白汁肉塊; 油燜原汁肉塊.

fricative /'frɪkətɪv/ *adj.*【語】摩擦的; 由摩擦產生的 *n.*【語】摩擦音.

friction /'frɪkʃən/ *n.* ① 摩擦(力) ② 衝突; 不和.

Friday /'fraɪdɪ, -deɪ/ *n.* 星期五(可縮寫為 Fri.).

fried /fraɪd/ *adj.* ① 油煎的 ② [俚]喝醉酒的.

friend /frɛnd/ *n.* ① 朋友 ② 幫助者; 支持者; 助手; 盟友 **~less** *adj.* 沒有朋友的 **~ly** *adv.* 友好的, 友善的 *n.* 友誼賽 **~ship** *n.* 友誼.

frieze /fri:z/ *n.*【建】(牆上的)雕飾帶; 裝飾物.

frigate /'frɪgɪt/ *n.* 小型快速海軍護衛艦艇.

fright /fraɪt/ *n.* ① 驚嚇; 恐怖 ② 奇形怪狀的人(或物) **~ful** *adj.* 可怕的.

frighten /'fraɪtən/ *v.* 恐嚇; 使害怕 **~ed** *adj.* 受驚的, 害怕的 **~ing** *adj.* 令人驚恐的; 駭人的.

frigid /'frɪdʒɪd/ *adj.* ① 寒冷的 ② 冷淡的; 索然無味的 ③ 性冷淡的 **~ity** *n.* 寒冷; 冷淡 **~ly** *adv.*

frill /frɪl/ *n.* (服裝的)褶邊; 飾邊; 虛飾(物).

fringe /frɪndʒ/ n. 額前垂髮; 瀏海 vt. 鑲邊.

frippery /ˈfrɪpərɪ/ n. (衣服上)不必要的俗艷裝飾品; 廉價無用的裝飾品.

frisk /frɪsk/ vt. ① 輕快地搖動; 搖躍 ② 搜身檢查 vi. 歡躍; 跳跳蹦蹦 ~y adj. 歡躍的.

frisson /ˈfriːsɔ̃/ n. [法]震顫, 戰慄.

fritter /ˈfrɪtə/ vt. ① 消耗; 消費 ② 弄碎; 切細 n. ① 碎片; 小片 ② (果餡或肉餡)油煎餅.

frivolity /frɪˈvɒlətɪ/ n. ① 輕薄; 輕淨 ② 無聊的舉動; 輕薄話 **frivolous** adj. **frivolously** adv.

frizz /frɪz/ v. (使)捲曲; (使)捲緊 n. 卷曲(物); 捲緊; 鬈曲的頭髮 ~y adj.

frizzle[1] /ˈfrɪzl/ v. 使(頭髮)等鬈曲 n. 鬈曲; 鬈髮.

frizzle[2] /ˈfrɪzl/ v. (烹煮食品時)煎得吱吱響; 炸得脆口.

fro /frəʊ/ adv. 往; 向後 (只用於慣用語 **to and** ~ 來來回回).

frock /frɒk/ n. (女人或女孩的)服裝; 工裝; (男子的)禮服大衣; 僧袍 // ~ **coat** 長禮服.

frog /frɒg/ n. 蛙 ~**man** n. (pl. -men) 潛水工作者; 蛙人 ~**spawn** n. 蛙卵; 【植】綠藻.

frolic /ˈfrɒlɪk/ adj. & vi. & n. (過去式及過去分詞 ~**ked** 現在分詞 ~**king**) v. 嬉戲; 歡樂; 嬉鬧 n. 鬧著玩 ~**some** adj. 嬉戲的; 頑皮的.

from /frɒm, 弱 frəm/ prep. 來自; 從 … 起; 據; 由於; 出於.

frond /frɒnd/ n. (蕨類的)葉 ② (蕨類的)藻體; (苔蘚的)植物體.

front /frʌnt/ n. ① 前面; 前部 ② 前線; 陣線 ③ 前額 adj. & adv. 前面的; 朝前; (在)前面的 (?) vt. ① 面對; 位於 … 的前面 ② 對付; 反對 ③ [俗]充當 … 的首領 (代表); 主持(節目) ~**page** adj. (新聞等)頭版的; 重要的 // ~ **desk** (賓館等處的)前台; 總服務台 ~ **elevation** 【數】【物】正視圖 ~ **line** 前線; 火線 ~ **view**【數】【物】正面圖; 前視圖.

frontage /ˈfrʌntɪdʒ/ n. ① (建築物的)正面; 前方 ② 屋前空地.

frontal /ˈfrʌntl/ adj. ① 前面的; 正面的 ② 前額的.

frontier /ˈfrʌntɪə, frʌnˈtɪə/ n. ① 國境; 邊境; 邊疆 ② 邊遠地區 ③ (科學、文化等領域的)尖端; 新領域.

frontispiece /ˈfrʌntɪsˌpiːs/ n. (書籍的)卷首插畫.

frost /frɒst/ n. ① 冰凍; 嚴寒 ② 霜 ③ 冷淡 ④ 失敗; 掃興 v. 結霜; 下霜 ~**ing** n. ① 結霜; 凍壞 ② (糖果、糕點上的)糖霜混合物 ③ (玻璃、金屬等的)無光澤霜狀表面 ~**y** adj. ① 下霜的 ② 冷淡的 ③ 嚴寒的 ~**bite** n. 凍瘡 ~**bitten** adj. 凍傷的.

froth /frɒθ/ n. ① 泡沫 v. (使)起泡沫 ~**y** adj. 起泡沫的; 開扯的.

frown /fraʊn/ vi. 皺眉; 表示不滿 n. 皺眉.

frowsty /ˈfraʊstɪ/ adj. (室內)悶熱的; 霉臭的.

frowsy /ˈfraʊzɪ/ adj. ① 骯髒的; 不清潔的 ② 霉臭的; 難聞的.

frowzy /ˈfraʊzɪ/ *adj.* = frowsy.

froze /frəʊz/ *v.* freeze 的過去式.

frozen /ˈfrəʊzᵊn/ *v.* freeze 的過去分詞 *adj.* 凍結的; 結冰的; 冷凍的.

fructify /ˈfrʌktɪˌfaɪ, ˈfrɒk-/ *v.* (使)結果; (使)多產.

fructose /ˈfrʌktəʊs, -təʊz, ˈfrɒk-/ *n.* 【化】果糖.

frugal /ˈfruːgᵊl/ *adj.* 節約的; 儉樸的 ~**ly** *adv.* ~**ity** *n.* 節儉.

fruit /fruːt/ *n.* ① 水果 ② (常用複)(蔬菜、穀、麻等的)產物 ③ (植物的)果實 ④ 成果; 結果; 產物 *vi.* 結果實 // ~ **fly** 果蠅 ~ **machine** 吃角子機, 老虎機(一種賭具).

fruiterer /ˈfruːtərə/ *n.* [主英]水果商.

fruitful /ˈfruːtfʊl/ *adj.* ① 果實結得多的; 多產的 ② 富有成效的 ③ 肥沃的; 豐饒的.

fruition /fruːˈɪʃ ən/ *n.* ① 結果實; 取得成果 ② 實現; 完成.

fruitless /ˈfruːtlɪs/ *adj.* ① 不結果實的 ② 無效的; 無益的 ~**ly** *adv.* ~**ness** *n.*

fruity /ˈfruːtɪ/ *adj.* 果味的; (酒)有葡萄味的; (聲)有葡萄味的.

frump /frʌmp/ *n.* ① 衣着邋遢的女人 ② 守舊者; 老頑固 ~**ish**, ~**y** *adj.* ① 守舊的 ② (女人)穿邋遢衣服的.

frustrate /frʌˈstreɪt/ *vt.* 挫敗; 阻撓; 使無效; 使沮喪 ~**d** *adj.* 受挫的; 失望的 frustrating *adj.* 令人沮喪的, 令人煩惱的.

frustration /frʌˈstreɪʃən/ *n.* ① 挫折; 阻撓 ② 沮喪; 失望.

fry /fraɪ/ *v.* ① 油煎; 油炒; 油炸 ② [美俚]處⋯以電刑 *n.* ① 油煎食品 ② 魚秧, 魚苗 ③ 成羣的小魚 ~**er** *n.* ① 可供油炸的雛雞 ② 大煎鍋 ~**ing pan** 油炸鍋.

ft. *abbr.* = foot, feet.

fuchsia /ˈfjuːʃə/ *n.* ① 【植】倒掛金鐘 ② 紫紅色.

fuck /fʌk/ *v.* [禁忌語] ① (與⋯)性交 ② 滾你媽的, 見鬼.

fuddle /ˈfʌdᵊl/ *vt.* 使喝醉; 使迷糊.

fuddy-duddy /ˈfʌdɪˌdʌdɪ/ *n.* [俗]老派守舊的人 *adj.* 保守的; 過時的.

fudge /fʌdʒ/ *v.* ① 捏造; 篡改 ② 粗製濫造 ③ 推諉; 敷衍 *n.* ① 謊話; 欺騙; 胡說 ② 牛奶軟糖.

fuel /ˈfjʊəl/ *n.* ① 燃料 ② 刺激感情的事物 *vt.* 供給燃料; 給⋯加油(或其他燃料); 支持 *vi.* 得到的燃料; 加油(或煤) ~(**l)ing** *n.* 加燃料; 加油 // ~ **cell** 【機】燃料電池 ~ **element** 【物】燃料元件, 釋熱元件 ~ **oil** 【化】燃油 ~ **pump** 油泵.

fug /fʌg/ *n.* ① 室內的悶熱氣味 ② 感情的溫暖.

fugitive /ˈfjuːdʒɪtɪv/ *n.* ① 逃亡者; 亡命者; 流浪者 ② 難以捉摸的東西 *adj.* ① 逃亡的, 流浪的 ② 短暫的.

fugue /fjuːg/ *n.* [法]【音】逃亡曲, 遁走曲, 賦格曲.

fulcrum /ˈfʊlkrəm, ˈfʌl-/ *n.* (*pl.* **-crums, -cra**)支點; 支軸.

fulfil, 美式 **fulfill** /fʊlˈfɪl/ *vt.* ① 履

行; 完成; 達到 ② 使完備; 結束
~ment n. 履行; 實現; 完成; 結束
~ed adj. 感到滿足的; 有成就感
的 ~ing adj. 讓人感到滿足的; 使
人有成就感的.

full /fʊl/ adj. ① 充滿的; 充足的
② 完全的; 徹底的 ③ 最大(量)
的 n. ① 充份; 完全; 全部 ② 極
盛時; 頂點 adv. 十分; 極其; 完全
地; 充份地; 直接地 ~back n. (足
球)後衛 ~-blooded adj. 血氣旺
盛的; 精力充沛的 ~-blown adj.
(花)盛開的; (帆)張開的 ~-grown
adj. 長足的; 成熟的 ~-length
adj. 全長的; 全身的 ~-page adj.
全頁的 ~-time adj. & adv. 全日
制的; 全職的 ~-timer n. 全日制
小學生 // ~ employment 充份就
業.

fully /ˈfʊlɪ/ adv. 完全; 十分; 至少.

fulminate /ˈfʌlmɪˌneɪt, ˈfʊl-/ vi. 激
烈反對; 怒斥 fulmination n.

fulsome /ˈfʊlsəm/ adj. ① 可厭惡
的 ② 過份的; 虛偽的 ~ly adv.
~ness n.

fumble /ˈfʌmbʰl/ v. ① 摸索; 亂摸
② 笨拙地做 n. (球賽中的)漏接;
失球 n. ① 摸索; 亂摸 ② 笨拙地
處理 ③ 漏接; 失球.

fume /fjuːm/ n. ① 煙; 氣體 ② 激
動; 發怒 vt. 冒(煙或氣); 熏黑(木
材) vi. 冒煙; 發怒 fumy adj. 冒
煙的.

fumigate /ˈfjuːmɪˌɡeɪt/ v. 熏蒸; 消
毒 fumigation n. 熏蒸(法); 煙熏
(法).

fun /fʌn/ n. 嬉戲; 玩笑; 有趣的人
(或事物) adj. 有趣的; 令人愉快

的 // make ~ of 開…的玩笑; 嘲
笑.

function /ˈfʌŋkʃən/ n. ① 功能; 作
用 ② 職務; 職責 ③ 函數 vi. 盡
職責; 起作用; (機器等)運行 ~al
adj. ~ally adv. ~alism n. 機能主
義 ~ary n. (機關等)的工作人
員; 官員 // ~key【計】功能鍵
~ word【語】功能詞(如表示語
法關係的介詞、助動詞、連詞
等).

fund /fʌnd/ n. ① 資金; 基金
② (pl.)存款; 現款 ~raiser n. 募
捐會; 募捐者.

fundamental /ˌfʌndəˈmɛntʰl/ adj.
基礎的; 基本的; 主要的 n. (常
用複)基本原則(或原理); 基本法
則; 綱要 ~ist n. 原教旨(或基要)
主義者 ~ly adv.

funeral /ˈfjuːnərəl/ n. ① 喪葬; 葬
禮 ② 出殯的行列 // ~ director
喪葬承辦者 ~ home, ~ parlour
殯儀館.

funereal /fjuːˈnɪərɪəl/ adj. ① 陰森
的; 淒愴的 ② 喪葬似的.

fungicide /ˈfʌndʒɪˌsaɪd/ n. 殺菌劑.

fungous /ˈfʌŋɡəs/ adj. 真菌的; 菌
狀的.

fungus /ˈfʌŋɡəs/ n. (pl. fungi, ~es)
真菌; 木耳.

funicular /fjuːˈnɪkjʊlə/ n. (上下對
開的)纜車鐵道.

funk /fʌŋk/ n. (俗) ① 恐怖; 驚惶
② 懦夫 ③ 刺鼻的臭味; 霉味 vt.
① 害怕 ② 發出刺鼻的臭味 vt.
① 害怕 ② 逃避.

funnel /ˈfʌnʰl/ n. 漏斗(形物); 煙
囪.

funny /ˈfʌnɪ/ *adj.* ① 有趣的; 滑稽的 ② 奇怪的 ③ 有點不舒服的 funnily *adv.* funniness *n.*

fur /fɜ:/ *n.* ① 軟毛; 毛皮 ② (*pl.*) 皮衣; 裘 *v.* ① 用毛皮覆蓋; 穿毛皮 ② (使)起苔(或水垢).

furbelow /ˈfɜ:bɪˌləʊ/ *n.* 裙褶; 邊飾; 俗麗裝飾.

furbish /ˈfɜ:bɪʃ/ *v.* ① 磨光; 擦亮; 刷新 ③ 恢復.

furious /ˈfjʊərɪəs/ *adj.* ① 暴怒的; 狂暴的 ② 猛烈的; 強烈的 **~ly** *adv.* **~ness** *n.*

furl /fɜ:l/ *v.* 捲起; 捲緊; 收攏.

furlong /ˈfɜ:lɒŋ/ *n.* 弗隆; 浪(英國長度單位: = 1/8 英里或 201.167 米).

furlough /ˈfɜ:ləʊ/ *n.* ① 休假 ② 准許休假的證件.

furnace /ˈfɜ:nɪs/ *n.* ① 爐子; 熔爐 ② 極熱的地方 ③ 嚴峻的考驗; 磨練.

furnish /ˈfɜ:nɪʃ/ *vt.* ① 供應; 裝備 ② 用傢具佈置.

furniture /ˈfɜ:nɪtʃə/ *n.* ① 傢具 ② 裝置; 設備.

furore /fjʊˈrɔ:rɪ/, 美式 furor /ˈfjʊərɔ:/ *n.* 轟動; 狂熱; 公眾騷動.

furrier /ˈfʌrɪə/ *n.* 皮貨商; 毛皮加工者.

furrow /ˈfʌrəʊ/ *n.* ① 溝; 壟溝; 犁溝 ② 皮膚上的皺紋 *v.* 犁(田); (使)起皺紋.

furry /ˈfɜ:rɪ/ *adj.* 毛皮的; 像毛皮的; 襯(或鑲)有毛皮的; 有毛皮覆蓋的.

further /ˈfɜ:ðə/ (far 的比較級) *adj.* 更遠的; 更多的; 進一步的 *adv.* 更遠地; 進一步地; 而且 *vt.* 促進; 推動 **~ance** *n.* 促進; 推動 **~more** *adv.* 而且 **~most** *adj.* 最遠的 // **~ education** 持續教育; 進修.

furthest /ˈfɜ:ðɪst/ *adj.* & *adv.* (far 的最高級)最遠的(地).

furtive /ˈfɜ:tɪv/ *adj.* ① 偷偷摸摸的; 鬼鬼祟祟的 ② 狡猾的; 秘密的 **~ly** *adv.* **~ness** *n.*

fury /ˈfjʊərɪ/ *n.* ① 憤怒 ② 猛烈; 劇烈.

furze /fɜ:z/ *n.* 【植】金雀花; 荊豆.

fuse, 美式 **-ze** /fju:z/ *v.* 熔; 融合; 使熔解 *n.* ① 保險絲 ② 導火線; 定時引信 fusible *adj.* 易熔的; 可熔的.

fuselage /ˈfju:zɪˌlɑ:ʒ/ *n.* (飛機)機身; 殼體.

fusilier /ˌfju:zɪˈlɪə/ *n.* ① (舊時的)燧發槍手 ② [英]燧發槍團士兵.

fusillade /ˌfju:zɪˈleɪd, -ˈlɑ:d/ *n.* ① (槍、炮的)連發; 齊射 ② [喻] (問題等的)一連串.

fusion /ˈfju:ʒən/ *n.* ① 熔化(狀態); 熔解(狀態); 熔合; 聯合 ② 核聚變, 核合成.

fuss /fʌs/ *n.* ① 大驚小怪 ② 小題大造; 自尋煩惱 ③ 憤怒的場面 ④ 抱怨 *v.* ① 小題大造 ② 煩擾, 干擾 ③ 過份關心 **~y** *adj.* ① 人驚小怪的 ② 挑剔的 ③ (服裝等)裝飾過多的 **~pot** *n.* 小題大造的人.

fustian /ˈfʌstɪən/ *n.* ① 粗斜紋布; 【紡】緯起絨織物 ② 誇張話; 浮誇的文章.

fusty /ˈfʌsti/ *adj.* ① 發霉的 ② 陳腐的; 守舊的; 過時的 fustily *adv.* fustiness *n.*

futile /ˈfjuːtaɪl/ *adj.* ① 無用的; 無效的 ② 沒出息的 futility *n.* 無用.

futon /ˈfuːˌtɒn/ *n.* 日本床墊.

future /ˈfjuːtʃə/ *n.* ① 將來; 前途; 將來時 ② 期貨交易 *adj.* 未來的

~less *adj.* 無前途的; 無希望的.

futurity /fjuːˈtjʊərɪti/ or futurition /ˌfjuːtjʊˈrɪʃən/ *n.* ① 將來; 來世 ② (*pl.*)未來事件; 遠景.

fuze /fjuːz/ *n.* = fuse.

fuzz /fʌz/ *n.* ① 絨毛; 茸毛 ② 模糊 ③ [俚]警察 ④ 毛茸茸的短髮, 鬈髮.

G

gab /ɡæb/ *n.* ① [口]空談; 廢話; 嘮叨 ② [俗]嘴巴 *vi.* 空談, 閒聊.

gabardine /ˈɡæbəˌdiːn, ˌɡæbəˈdiːn/ *n.* = gaberdine.

gabble /ˈɡæbḷ/ *v.* 含混不清地説(話); 急促地説; 説廢話 *n.* 急促不清的話; 廢話.

gaberdine /ˈɡæbəˌdiːn, ˌɡæbəˈdiːn/ *n.* ① 工作服; 寬大的長衣 ②[紡] 華達呢(斜紋防水布料).

gable /ˈɡeɪbḷ/ *n.* ① 山牆; 三角牆 ② 三角形建築部份 **~d** *adj.* 有山牆的.

gad /ɡæd/ *vi.* ① 遊蕩; 閒逛 ② 追求刺激 ③ 蔓延 *n.* 遊蕩; 閒逛 **~about** *n.* 遊手好閒者 *adj.* 遊蕩的; 遊手好閒的.

gadfly /ˈɡædˌflaɪ/ *n.* ① 虻; 牛虻 ② 惹人討厭的人.

gadget /ˈɡædʒɪt/ *n.* 小裝置; 小器具; 小玩意; 新發明 **~ry** *n.* (總稱)小機件.

Gael /ɡeɪl/ *n.* 蓋爾人(蘇格蘭、愛爾蘭等地的凱爾特人).

gaff /ɡæf/ *n.* ① 魚叉; 魚鈎; 掛鈎 ② [英俚]住房; 住所 ③ 欺騙 *vt.* ① 用魚叉叉(魚); 用手鈎拉(魚) ② 欺騙; 詐騙.

gaffe /ɡæf/ *n.* 失禮; 失言; 出醜.

gaffer /ˈɡæfə/ *n.* ① 用魚叉叉魚者 ② 老頭 ③ 工頭; 僱主.

gag /ɡæɡ/ *n.* ① 塞口物; 口銜; 【醫】張口器 ② 言論自由的壓制 ③ 笑話, 玩笑 *vt.* ① 塞住…的口; 使窒息 ② 壓制(某人)言論自由 *vi.* 窒息; 作嘔.

gage /ɡeɪdʒ/ *n.* ① 抵押品; 擔保品 ② 挑戰 *vt.* ① 以…為擔保 ②(= [美]gauge) 測量.

gaggle /ˈɡæɡḷ/ *n.* ① 鵝(羣); [口]一羣喧囂多話的人.

gaiety /ˈɡeɪəti/ *n.* ① 愉快 ② (*pl.*)狂歡; 喜慶; 娛樂.

gaily /ˈɡeɪli/ *adv.* = ~ 快活.

gain /ɡeɪn/ *vt.* ① 獲得; 贏得; 掙得 ② 達到 ③ 增加; 推進 *vi.* ① 得益; 增加 ②(鐘、錶)走快

n. ① 獲得; 增加; 取得的進展 ② (*pl.*)收益; 利潤 ~able *adj.* 可獲得的; 能贏得的 ~ful *adj.* 有利益的; 有收益的 ~fully *adv.* ~ings *pl. n.* 收益; 收入.

gainsay /geɪnˈseɪ/ *vt.* (過去式及過去分詞 gainsaid) ① 否認; 否定 ② 反駁; 反對.

gait /geɪt/ *n.* ① 步態; 步法 ② 速度; 步速.

gaiter /ˈgeɪtə/ *n.* 綁腿.

gala /ˈɡɑːlə, ˈgeɪlə/ *n.* 節日; 慶祝; 盛會.

galanty show /ɡəˈlænti ʃəʊ/ *n.* 影子戲(以剪紙的圖像映演).

galaxy /ˈgæləksɪ/ *n.* 星系; 銀河系; 銀河.

gale /geɪl/ *n.* 大風; 暴風; (突發的)一陣(如大聲笑).

gall /gɔːl/ *n.* ① 膽(汁); 膽囊; 苦味之物; 怨恨 ② 痛苦 ③ 厚顏無恥 ④ 腫痛; 擦傷 ⑤ 煩擾 *v.* ① (被)擦傷; (被)磨損 ② (被)激怒; (被)煩擾 ~ing *adj.* 使人惱怒的; 傷人感情的 // ~ bladder 膽囊.

gallant /ˈgælənt/ *adj.* ① 華麗的 ② 雄偉的 ③ 勇敢的; 豪俠的 ④ 風流倜儻的 *n.* ① 豪俠 ② 時髦人物 ③ 好色者 ~ry *n.* ① 勇敢; 豪俠; 勇敢的言行 ② 殷勤 ③ 風流韻事.

galleon /ˈgælɪən/ *n.* 西班牙大帆船.

gallery /ˈgælərɪ/ *n.* ① 走廊; 長廊 ② 眺台; 陽台 ③ 畫廊; 美術陳列室; 美術館 ④ (美術館等展出或收藏的全部)美術品 ⑤ 狹長的房間; 攝影室.

galley /ˈgælɪ/ *n.* ① 大木船 ② 長方形活字盤 ③ (飛機、船上的)廚房.

Gallic /ˈgælɪk/ *adj.* ① 高盧(人)的 ② 【謔】法國的.

gallium /ˈgælɪəm/ *n.*【化】鎵.

gal(l)ivant, galavant /ˈgælɪˌvænt/ *vi.* 閒逛; 與異性遊蕩; 尋歡作樂.

gallon /ˈgælən/ *n.* ① 加侖 ② 一加侖的容量.

gallop /ˈgæləp/ *n.* ① (馬等的)飛跑; 騎馬奔馳 ② 敏捷的動作; 迅速 *vi.* ① 飛跑; 疾馳 ② 匆匆地讀; 急速進行; 迅速發展.

gallows /ˈgæləʊz/ *pl. n.* ① 絞台 ② 絞刑 ③ 該受絞刑的人.

Gallup Poll /ˈgæləp pəʊl/ *n.* [美]蓋洛普民意調查.

galore /ɡəˈlɔː/ *adv.* (用在名詞後面)許多; 豐富; 豐盛 // ~ animals 大量動物.

galosh /ɡəˈlɒʃ/ *n.* (常用複)橡皮套鞋.

galumph /ɡəˈlʌmpf, -ˈlʌmf/ *vi.* 喧鬧地走(或跑).

galvanic /gælˈvænɪk/ or **galvanical** *adj.* 刺激的; 驚人的; 觸電似的 *vt.* 通電流於; 給(鐵或鋼)鍍鋅.

gambit /ˈgæmbɪt/ *n.* ① 開局讓棋法 ② 策略 ③ 開場白.

gamble /ˈgæmbʰl/ *n. & vi.* ① 賭博; 打賭 ② 投機; 冒險 *vt.* 賭掉; 以…打賭; 冒…的險 ~r *n.* 賭徒.

gambol /ˈgæmbʰl/ *n.* 跳躍; 嬉戲 *vi.* 蹦跳; 嬉戲.

game /geɪm/ *n.* ① 遊戲; 比賽 ② 一局(或盤、場) ③ 比分 ④ 得勝 ⑤ 獵物 *vi.* 打賭; 玩電腦(或電子)遊戲 *adj.* ① 勇猛的

② 殘廢的; 跛的 gaming n. 賭博 // ~ **controller** 電腦遊戲控制器 ~ **point** (乒乓球、網球等比賽中的)局點; 關鍵時刻 ~ **show** 電視有獎競猜節目 gaming house 賭場.

gamete /ˈɡæmiːt, ɡəˈmiːt/ n. 【生】配子; 接合體.

gamine /ˈɡæmiːn, ɡæˈmiːn/ n. 頑皮的、有男孩子氣的女子.

gamma /ˈɡæmə/ n. 希臘語的第三個字母 (Γ, γ) // ~ **globulin** 【生化】丙種球蛋白 ~ **radiation** 【核】伽馬(γ)輻射 ~ **ray** γ 射線.

gammon /ˈɡæmən/ n. ① 醃豬後腿; 臘腿 ② (下棋)全勝 ③ 欺騙 vt. ① 醃、熏(肉等) ② 胡說; 欺騙.

gammy /ˈɡæmɪ/ adj. [英][口](因病等原因)四肢或關節僵直, 不能自由行動的; 瘸的; 跛的.

gamut /ˈɡæmət/ n. ① 音階; 全音域 ② 全範圍; 全部.

gander /ˈɡændə/ n. ① 雄鵝 ② 糊塗蟲; 傻瓜 ③ [俚]一瞥.

gang /ɡæŋ/ n. ① 一羣; 一夥 ② (工具)一套 ③ 黑幫 vi. 成羣結隊 vt. 使分成一組; 使結成一羣 ~**er** n. 工長; 領班; 監工 ~**master** n. 工頭; 工長.

gangling /ˈɡæŋɡlɪŋ/ or **gangly** /ˈɡæŋɡlɪ/ adj. (指人)瘦長而難看的.

ganglion /ˈɡæŋɡlɪən/ n. (pl. **-glia, -glions**)【解】神經節; [喻]力量(或活動、興趣)的中心.

gangplank /ˈɡæŋˌplæŋk/ or gangway or gangboard /ˈɡæŋˌbɔːd/ n. (船)步橋; 上下船用的跳板.

gangrene /ˈɡæŋɡriːn/ n. 【醫】壞疽 ② [喻]道德敗壞.

gangster /ˈɡæŋstə/ n. 歹徒; 暴徒 ~**ism** n. 強盜行為.

gangway /ˈɡæŋˌweɪ/ n. 通路; 出口; 舷門(或梯); [英](劇場)座間通道.

gannet /ˈɡænɪt/ n. 【動】塘鵝.

gantry /ˈɡæntrɪ/ or **gauntry** n. ① 桶架 ② (起重機的)構台; 龍門起重架.

gaol, 美式 **jail** /dʒeɪl/ n. 監獄; 監禁 vt. 監禁; 把… 關入牢獄 **gaoler** n. 監獄看守.

gap /ɡæp/ n. ① 裂縫; 缺口 ② 山峽; 隘口 ③ 分歧; 差距.

gape /ɡeɪp/ vi. ① 張口; 打呵欠 ② 目瞪口呆地凝視 ③ 張開; 裂開 n. ① 張口; 呵欠 ② 目瞪口呆 ③ 豁口 **gaping** adj. 大開的, 敞開的.

garage /ˈɡærɑːʒ, -rɪdʒ/ n. 汽車房; 修車場 ~**man** n. 汽車庫工人; 汽車修理廠工人 // ~ **sale** 宅前舊貨出售.

garb /ɡɑːb/ n. 服裝; 裝束; 外表; 外衣 vt. 穿; 裝扮.

garbage /ˈɡɑːbɪdʒ/ n. ① 廢料; 垃圾 ② 食物殘渣 ③ 下流(或無聊)的讀物(或說話).

garble /ˈɡɑːbᵊl/ n. & vt. 斷章取義; 篡改; 混淆; 歪曲 ~**d** adj. (報道等)雜亂無章的; 混淆視聽的; 歪曲的.

garden /ˈɡɑːdᵊn/ n. 花園; 菜園;

果園; 庭園; 動(植)物園; (常用複)公園 vi. 在花園裏工作 ~er n. 園林工人 ~ing 園藝(學) // ~ party 園遊會.

gardenia /gɑ:ˈdi:nɪə/ n.【植】① 梔子 ② 梔子花.

gargantuan /gɑ:ˈgæntjʊən/ adj. 龐大的; 巨大的.

gargle /ˈgɑ:gʹl/ v. ① 漱口, 漱喉; 含漱 ②【美俚】酗酒; 喝酒 n. 含漱劑; 漱口水.

gargoyle /ˈgɑ:gɔɪl/ n.【建】滴水嘴 (尤指建在教堂中刻在怪異人形或獸形臉上的).

garish /ˈgeənʃ/ adj. ① 花俏的; 鮮艷奪目的; 打扮得俗不可耐的 ② 閃耀的.

garland /ˈgɑ:lənd/ n. 花環; 花冠, 勝利和榮譽的象徵 vt. 用花環裝飾.

garlic /ˈgɑ:lɪk/ n. 大蒜.

garment /ˈgɑ:mənt/ n. ① 外衣; 外套 ② (pl.)服裝 ③ 外表.

garner /ˈgɑ:nə/ n. 穀倉; 儲備物; 積藏物 vt. ① 把 ... 儲入穀倉; 儲藏 ② 收集; 累積.

garnet /ˈgɑ:nɪt/ n.【礦】石榴石 ② 深紅色.

garnish /ˈgɑ:nɪʃ/ vt. ① 裝飾; 修飾 ② (烹飪)加配菜於 n. 裝飾品; 修飾 ~ment n.

garret /ˈgærɪt/ n. 屋頂層; 頂樓; 閣樓.

garrison /ˈgærɪs'n/ n. 駐軍; 衛戍部隊; 警衛部隊 vt. 守衛; 駐防 (某地).

garrotte /gəˈrɒt/ n. ① 西班牙絞刑 ② 絞刑刑具 vt. 用絞刑處死; 勒死.

garrulity /gəˈru:lɪtɪ/ n. 饒舌; 喋喋不休.

garrulous /ˈgærʊləs/ adj. ① 饒舌的; 喋喋不休的 ② 講話冗長而囉嗦的 ~ly adv.

garter /ˈgɑ:tə/ n. ① 襪帶 ② [英]嘉德勳位(英國的最高勳位); 嘉德勳章.

gas /gæs/ n. ① 氣; 煤; 毒氣; [美俗]汽油 ② 廢話; 吹牛 vt. 施放毒氣; 使吸入毒氣 vi. 空談; 吹牛 **~less** adj. 無氣體的; 不用氣體的 **~man** n. (pl. -men) 煤氣抄錶員 **~works** n. (單複數同形)煤氣廠 // **~ helmnt, ~ mask** 防毒面具 **~ jar** (實驗室用來)盛氣體的氣瓶 **~ station** [美]加油站.

gaseous /ˈgæsɪəs, -ʃəs, -ʃɪəs, ˈgeɪ-/ adj. 氣體的.

gash /gæʃ/ n. (深長的)切口(或傷口); (地面等的)裂縫.

gasify /ˈgæsɪfaɪ/ v. (使)成為氣體; (使)氣化.

gasket /ˈgæskɪt/ n. ① 束帆索 ② 墊圈 ③ 填料.

gasoline, -lene /ˈgæsəli:n/ n. [美]汽油.

gasometer /gæsˈɒmɪtə/ n. 煤氣儲放罐.

gasp /gɑ:sp/ vi. ① 氣喘; 透不過氣 ② 熱望; 渴望 vt. 喘着氣說 n. 氣喘; 透不過氣 **~ing** adj. 氣喘的; 痙攣的; 陣發性的.

gassy /ˈgæsɪ/ adj. ① 充滿氣體的; 氣狀的 ② 吹牛的.

gastric /ˈgæstrɪk/ adj. 胃的 // **~ juices** 胃液 **~ ulcer** 胃潰瘍.

gastritis /gæsˈtraɪtɪs/ n. 胃炎.

gastroenteritis
/ˌgæstrəʊˌentəˈraɪtɪs/ n. 腸胃炎.

gastronomic(al) /ˌgæstrəˈnɒmɪk/
adj. 美食學的; 烹調法的
gastronomy n. 美食學; 烹調法.

gate /geɪt/ n. ① 門; 出入口 ② 狹
長通道; 峽谷 ③ 閥門 ④ 觀眾人
數 ⑤ 門票收入 ~**house** n. 門房
~**keeper** n. 看門人 ~**way** n. 門口;
入口; 途徑.

gateau, gâteau /ˈgætəʊ/ n. 奶油大
蛋糕(通常有水果、堅果、巧克
力等).

gather /ˈgæðə/ v. 集合; (使)聚集;
搜集; 積累 ~**ing** n. 集會; 聚集.

GATT /gæt/ abbr. = General
Agreement on Tariffs and Trade
關稅及貿易總協定(已被WTO替
代).

gauche /gəʊʃ/ adj. [法]不善交際
的.

gaucho /ˈgaʊtʃəʊ/ n. ① (美國的)
牧童; 牛仔 ② (美國、加拿大的)
騎馬牧童 ③ 加烏喬牧人(多為
居住於南美大草原的西班牙人
與印第安人的混血血統).

gaud /gɔːd/ n. 華麗而俗氣的裝飾
品 ~y adj. 華麗而俗氣的; 炫耀
的.

gauge /geɪdʒ/ n. ① 標準尺寸; 規
格 ② 量規; 量器 vt. 估計; 測度
~**able** adj. 可測量的; 可計量的.

gaunt /gɔːnt/ adj. ① 瘦削的; 憔悴
的 ② 貧瘠的; 荒涼的.

ga(u)ntlet [1] /ˈgɔːntlɪt/ n. 用於慣用
語 run the gauntlet 受夾道鞭打;

受嚴厲批評.

ga(u)ntlet [2] /ˈgɔːntlɪt/ n. 防護手套;
長手套 // throw down the gauntlet
挑戰.

gauze /gɔːz/ n. ① 薄紗; 紗羅; 網
紗; 紗布 ② 薄霧.

gave /geɪv/ v. give 的過去式.

gavel /ˈgævˈl/ n. (拍賣商或會議主
席用的)小木槌.

gavot(te) /gəˈvɒt/ n. 加伏特舞(舊
時法國農民的舞蹈); 加伏特舞
曲.

gawk /gɔːk/ vi. & n. 無禮地(或呆
呆地)盯着看 n. 笨手笨腳的人;
呆頭呆腦的人.

gawky /ˈgɔːkɪ/ or gawkish adj. 笨
拙的; 粗笨的 n. 笨人.

gawp, gaup /gɔːp/ v. 呆呆地看着
n. [方]呆子.

gay /geɪ/ adj. ① 快活的 ② 華麗
的 ③ 放蕩的; 同性戀的 n. 同性
戀者 ~**ly** adv. ~**ness** n. 同性戀.

gaze /geɪz/ n. & vi. 凝視; 注視.

gazebo /gəˈziːbəʊ/ n. (pl. -bo(e)s)
眺台; 陽台; 涼亭.

gazelle /gəˈzel/ n. (pl. -zelle(s)) 小
羚羊.

gazette /gəˈzet/ n. 報紙; 公報.

gazetteer /ˌgæzɪˈtɪə/ n. 地名詞典;
地名索引.

gazump /gəˈzʌmp/ v. 抬價欺詐(尤
指房價議定後再抬價敲詐) n. 敲
詐; 欺詐.

G.B., GB /ˌdʒiː biː/ abbr. = Great
Britain 大不列顛.

GBH /ˌdʒiː biː ˈeɪtʃ/ abbr. =
grievous bodily harm【律】重傷.

GCE /ˌdʒiː siː ˈiː/ abbr. = General

Certificate of Education [英]普通教育證書.

GCSE /ˌdʒiː siː es ˈiː/ *abbr.* = General Certificate of Secondary Education [英]普通中等教育證書.

gear /gɪə/ *n.* ① 齒輪; 傳動裝置 ② 工具; 設備 *vt.* ① 將齒輪裝上; 用齒輪連接 ② 使適應 *vi.* ① 嚙合 ② 開始工作 ③ 適應 // ~ **lever**, ~ **shift**, ~ **stick** 變速桿; 換檔裝置.

gecko /ˈgekəʊ/ *n.* (*pl.* -o(e)s) 壁虎.

gee /dʒiː/ *n.* ① [口][兒語]馬 ② [美俚]傢伙; 人 *int.* 駕(馭牛、馬的吆喝聲), 哎呀(表示驚訝、興奮).

geese /giːs/ *n.* goose 的複數.

geezer /ˈgiːzə/ *n.* 古怪老頭; 老傢伙.

geisha /ˈgeɪʃə/ *n.* (*pl.* -sha(s)) [日]藝妓.

gel /dʒel/ *n.* 【化】凝膠(體); 凍膠 *vi.* 形成膠體; 膠化.

gelatine /ˈdʒelɪtiːn/ *n.* or gelatin *n.* 明膠; 動物膠 gelatinous *adj.*

geld /geld/ *vt.* ① 閹割; 剝奪 ② 減弱⋯的力量.

gelid /ˈdʒelɪd/ *adj.* 極冷的; 冷冰冰的.

gelignite /ˈdʒelɪgˌnaɪt/ *n.* 葛里炸藥; 硝酸爆膠(一種由硝酸和甘油等製成的炸藥).

gem /dʒem/ *n.* ① 寶石; 珍寶 ② 被人喜歡(或尊敬)的人 *vt.* 用寶石裝飾 **~stone** *n.* 寶石.

gemma /ˈdʒemə/ *n.* (*pl.* -mae) 【生】芽; 胞芽; 芽孢.

gen /dʒen/ *n.* [英俗]情報.

gendarme /ˈʒɒndɑːm, ʒɑ̃darm/ *n.* [法]憲兵; [美]警察.

gender /ˈdʒendə/ *n.* 【語】性 **~ed** *adj.* 有性別取向(或偏見)的 // ~ **bias** 性別偏見 ~ **violence** (針對女子的)家庭暴力.

gene /dʒiːn/ *n.* 【生】基因 // ~ **therapy** 基因治療.

genealogy /ˌdʒiːnɪˈælədʒɪ/ *n.* ① 家譜; 家系 ② 系譜圖; 系譜學 ③ 血統; 系統 genealogical *adj.* genealogist *n.* 家系學者.

genera /ˈdʒenərə/ *n.* genus 的複數.

general /ˈdʒenərəl, ˈdʒenrəl/ *adj.* ① 一般的; 普通的 ② 全體的 ③ 大概的 *n.* 將軍; [美]上將 **~ity** *n.* 普遍性; 概論; 大部分 **~ly** *adv.* 大概; 普通; 廣泛 **~ization** *n.* 一般化; 概括; 綜合 **~ize** *vt.* 使一般化; 概括出 // ~ **election** 大選; 普選 ~ **knowledge** 常識 ~ **public** 普通百姓 ~ **strike** 總罷工.

generalissimo /ˌdʒenərəˈlɪsɪˌməʊ, ˌdʒenrə-/ *n.* 大元帥; 總司令; 最高統帥.

generate /ˈdʒenəˌreɪt/ *vt.* ① 產生; 引起; 導致; 形成 ② 生育; 生殖 generation *n.* ① 產生 ② 生殖; 生育 ③ 一代(人); 世代 generative *adj.* 生殖的; 有生產力的 generator *n.* ① 生產者; 生殖者 ② 創始者 ③ 發電機; 發生器.

generic /dʒɪˈnerɪk/ or generical *adj.* ① 一般的; 普通的 ②【生】屬的; 類的 ③ (商品名)不註冊的 ④【語】全稱的; 總稱的 **~ally** *adv.*

generosity /ˌdʒɛnəˈrɒsɪtɪ/ n. 寬大; 慷慨.

generous /ˈdʒɛnərəs, ˈdʒɛnrəs/ adj. ① 慷慨的; 大方的 ② 有雅量的 ③ 豐富的 ④ 濃烈的.

genesis /ˈdʒɛnɪsɪs/ n. 起源; 發生; 創始.

genetic /dʒɪˈnɛtɪk/ or genetical adj. 遺傳因子的; 遺傳學的 // ~ 遺傳學 // ~ engineering 遺傳工程 ~ modification 基因改良; 基因轉變 ~ profiling (為破案採取的) DNA檢查識別.

genial /ˈdʒiːnjəl, -nɪəl/ adj. ① 親切的; 友好的 ② 溫和的; 怡人的; 溫暖的 ~ity n. ~ly adv.

genie /ˈdʒiːnɪ/ n. 妖怪.

genital /ˈdʒɛnɪtl/ adj. 生殖的; 生殖器的 n. (pl.)生殖器 // ~ herps 生殖器疱疹.

genitive /ˈdʒɛnɪtɪv/ adj.【語】生格的, 所有格的.

genius /ˈdʒiːnɪəs, -njəs/ n. (pl. -uses) ① 天才; 天賦; 創造能力 ② 天才人物; 才子 ③ 特徵 ④ 精神; 思潮; 風氣.

genocide /ˈdʒɛnəˌsaɪd/ n. 種族滅望; 滅絕種族的屠殺.

genre /ˈʒɒːnrə, ˈʒɒnrə/ n.【法】① (文藝作品的)類型; 流派; 風格 ② (總稱)風俗畫(亦作 ~ painting).

gent /dʒɛnt/ n. ① [俗][謔]紳士; 假紳士; 人; 傢伙 ② (pl.)男公共廁所.

genteel /dʒɛnˈtiːl/ adj. ① 上流社會的 ② 有教養的; 彬彬有禮的 ③ 時髦的 ~ly adv.

gentian /ˈdʒɛnʃən/ n.【植】龍膽 // ~ violet 龍膽紫.

gentile /ˈdʒɛntaɪl/ n. & adj. (常用 G-)非猶太人(的); 異教徒(的).

gentility /dʒɛnˈtɪlɪtɪ/ n. 出身高貴; 文雅; 有教養.

gentle /ˈdʒɛntl/ adj. ① 出身高貴的 ② 文雅的; 有禮貌的 ③ 慷慨的; 善良的 ~ness n. 溫順; 優雅 gently adv. ~folk(s) pl. n. 出身高貴的人.

gentleman /ˈdʒɛntlmən/ n. (pl. -men) ① 有身份的人; 紳士; 君子; 有教養的人 ③ (pl.)各位先生; 閣下.

gentlewoman /ˈdʒɛntlˌwʊmən/ n. (pl. -women) 貴婦人; 女士.

gentry /ˈdʒɛntrɪ/ n. ① 紳士們 ② (地位、出身次於貴族的)中上階級 ③ [蔑]人們; 傢伙.

genuflect /ˈdʒɛnjəˌflɛkt/ vi. 屈膝; 屈服; 屈從 ~ion, genuflexion n. 屈膝者; 屈服者.

genuine /ˈdʒɛnjʊɪn/ adj. ① 真正的; 真誠的 ② 純血統的; 純種的 ~ly adv. ~ness n.

genus /ˈdʒiːnəs/ n. (pl. genera, ~es) 類; 種類.

geocentric(al) /ˌdʒiːəʊˈsɛntrɪk/ adj. 以地球為中心的; 地心的.

geode /ˈdʒiːəʊd/ n.【地】晶洞; 晶球; 空心石核.

geodesy /dʒɪˈɒdɪsɪ/ or geodetics /ˌdʒiːəʊˈdɛtɪks/ n. 大地測量學.

geography /dʒɪˈɒɡrəfɪ/ n. 地理學; 地理 geographer n. 地理學家 geographic(al) adj. 地理(學)的 geographically adv.

geology /dʒɪ'ɒlədʒɪ/ n. 地質學; 地質 geologist n. 地質學家.

geometry /dʒɪ'ɒmɪtrɪ/ n. 幾何學 geometer n. 幾何學家 geometric(al) adj. 幾何學上的.

geophysics /ˌdʒiːəʊ'fɪzɪks/ n. 地球物理學 geophysical adj. geophysically adv. geophysicist n. 地球物理學家.

geopolitics /ˌdʒiːəʊ'pɒlɪtɪks/(pl) n. (用作單)地緣政治學; 地理政治學.

georgette /dʒɔː'dʒɛt/ n. 喬其紗; 喬治紗.

Georgian /dʒɔː'dʒjən/ adj. ① (英國)喬治王朝的 ② 佐治亞洲的; 佐治亞州人的; 喬治亞的(人、語)的 n. 佐治亞州人; 格魯吉亞人(語).

geostationary /ˌdʒiːəʊ'steɪʃənərɪ/ adj. (人造地球衛星)與地球旋轉同步的 // ~ orbit 同步軌道.

geothermal /ˌdʒiːəʊ'θɜːməl/ or **geothermic** adj. 地溫的; 地熱的.

geranium /dʒɪ'reɪmɪəm/ n. 【植】天竺葵.

gerbil(le) /dʒɜːbɪl/ n. 【動】生活在亞洲、非洲沙漠地區洞穴內的沙鼠.

geriatrics /ˌdʒɛrɪ'ætrɪks/ n. 老年病學.

germ /dʒɜːm/ n. ① 微生物; 細菌; 病菌 ②【生】幼芽; 胚芽; 萌芽; 起源 // ~ carrier 帶菌者 ~ cell 生殖細胞 ~ warfare 細菌戰爭.

German /dʒɜːmən/ adj. 德國(人、語)的 n. 德國人(語) ~ism n. 德意志精神; 德意志氣質

(或風格) ~y n. 德意志, 德國 // ~ measles 【醫】德國麻疹, 風疹.

germane /dʒɜː'meɪn/ adj. ① 關係密切的; 有關的 ② 貼切的; 恰當的.

germanium /dʒɜː'meɪnɪəm/ n. 【化】鍺.

germicide /dʒɜːmɪˌsaɪd/ n. 殺菌劑 adj. 殺菌的. germicidal adj. 殺菌劑的; 有殺菌力的.

germinal /dʒɜːmɪnˈl/ adj. ① 幼芽的; 胚種的 ② 原始的; 初萌的 ~ly adv.

germinate /dʒɜːmɪˌneɪt/ vt. ① 使發芽; 使發生 ② 形成; 產生 v. 發芽; 開始生長 germination n. germinative adj. 發芽的; 有發芽力的.

gerrymander /ˈdʒɛrɪˌmændə/ vt. ① 非法改劃(選區) ② 弄虛作假 n. 非法改劃的選區.

gerund /dʒɛrənd/ n.【語】動名詞 ~ial adj. 動名詞的.

Gestapo /gɛ'stɑːpəʊ, gɛ'ʃtɑːpo/ n. [德]蓋世太保(第二次世界大戰時德國的秘密警察).

gestation /dʒɛ'steɪʃən/ n. ① 妊娠(期); 懷孕(期) ② (想法、計劃等的)醞釀.

gesticulate /dʒɛ'stɪkjʊˌleɪt/ v. 做手勢; 用手勢表達; 用姿勢示意; 用姿勢表達 gesticulation n. 做姿勢.

gesture /dʒɛstʃə/ n. 姿勢; 手勢; 姿態.

get /gɛt/ v. (過去式及過去分詞 got) ① 獲得; 掙得 ② (購)買 ③ 預計 ④ 收到; 受到 ⑤ 拿來;

搞到 ⑥ 理解; ⑦ 抓住 ⑧ 擊中 ⑨ 感染上 ⑩ 漸漸變為 ⑪ 到達 ⑫ 難倒, 難住 vi. ① 到達 ② 變得 ③ 獲得財富; 賺錢 // ~ about 走動; 旅行; 傳開 ~ above oneself 變得自高自大 ~ ahead 進步; 勝過 ~ along, ~ on 生活; 相處 融洽 ~ away 逃離 ~ behind 落 後 ~ done with (sth) 結束(某 事) ~ down on 對…產生惡 感 ~ over 爬過; 克服 ~ round / around 規避(法律等); 說服; 爭取 ~ somewhere 有所進展 ~ through 到達 ~ together 聚集.

gewgaw /ˈgjuːɡɔː, ˈɡuː-/ n. & adj. 華而不實的(東西); 小玩意.

geyser /ˈɡiːzə, ˈɡaɪzə/ n. ① 間歇 (噴)泉 ② [英] n. 水的(蒸氣)加 熱器; 熱水鍋爐.

ghastly /ˈɡɑːstlɪ/ adj. ① 可怕的; 恐怖的; 鬼一樣的 ② 蒼白的 ③ 極壞的; 糟透的 ghastliness n.

ghee /ɡiː/ n. [印度]酥油.

gherkin /ˈɡɜːkɪn/ n. 西印度黃瓜; 小黃瓜.

ghetto /ˈɡetəʊ/ n. (pl. -to(e)s) ① 猶太人區 ② 貧民區.

ghost /ɡəʊst/ n. ① 鬼; 幻影; 靈魂 ② 代筆人 vt. ① 像鬼般出沒於 (某處) ② 受僱而代(某人)作文 (作畫) vi. 像鬼般遊蕩 ~ly adj. 鬼的; 可怕的 ~writer n. 捉刀人, 代筆者.

ghoul /ɡuːl/ n. 食屍鬼; 盜屍人 ~ish adj. 食屍鬼一樣的; 殘忍的.

GHQ /ˌdʒiː eɪtʃ ˈkjuː/ abbr. = General Headquarters 總司令部.

GI /ˈdʒiː aɪ/ abbr. [俗]美國兵.

giant /ˈdʒaɪənt/ n. ① (童話中的) 巨人 ② 巨物; 巨大的動(植)物 adj. 巨大的 // ~ panda 大熊貓.

gibber /ˈdʒɪbə/ vi. 嘰哩咕嚕地說 話; 發無意義的聲音 n. (= ~ish) 急促而不清楚的話; 莫名其妙的 話.

gibbet /ˈdʒɪbɪt/ n. ① 絞刑架; 示眾 架 ② 絞刑.

gibbon /ˈɡɪbʲn/ n. 長臂猿.

gibe, ji- /dʒaɪb/ vi & n. 嘲笑; 嘲弄 giber n. 嘲笑者; 嘲弄者 gibingly adv. 嘲弄地.

giblets /ˈdʒɪblɪts/ pl. n. 雞雜; 鴨雜 禽類的內臟; 雜碎.

giddy /ˈɡɪdɪ/ adj. ① 頭暈的; 眼 花繚亂的 ② 輕率的; 輕浮的 giddily adv. giddiness n.

gift /ɡɪft/ n. ① 禮物 ② 天賦; 才 能 vt. 賦予 ~ed adj. 有天賦的 // a Greek ~ 圖財害命的禮物 by free ~ 作為免費贈品 ~ shop 禮 品商店.

gig /ɡɪɡ/ n. ① 輕便雙輪馬車 ② 爵 士樂等的預定演出.

gigantic /dʒaɪˈɡæntɪk/ adj. ① 巨大 的 ② 巨人般的 ~ally adv.

giggle /ˈɡɪɡˈl/ v. 咯咯地笑(着說) n. 咯咯地笑; 傻笑.

gigolo /ˈʒɪɡələʊ/ n. 舞男; 靠妓女 生活的男人; 面首; 小白臉.

gild /ɡɪld/ n. & v. ① 把…鍍金; 給…塗上金色 ② 使有光彩; 裝 飾 ~ed adj. 鍍金的. 闊氣的; 上層社會的.

gill /ɡɪl/ n. (魚)鰓; (水生動物的) 呼吸器.

gillie /ˈɡɪlɪ/ n. [蘇格蘭]獵人(或 漁人)的隨從 ② 侍從、男僕.

gillyflower, gilli- /'dʒılı,flauə/ n. 紫羅蘭花; 桂竹青; 麝香石竹.

gilt /gılt/ adj. 鍍金的; 金色的 n. 鍍金材料; 金色塗層; 炫目的外表.

gimcrack /'dʒım,kræk/ adj. 華而不實的 n. 華而不實的東西; 小玩意.

gimlet /'gımlıt/ n. 手鑽; 螺絲錐 adj. 有鑽孔能力的; 銳利的 **~-eyed** adj. 目光銳利的.

gimmick /'gımık/ n. ① (為吸引別人注意而搞的)小玩意 ② 花招; 詭計.

gin /dʒın/ n. ① 陷阱 ② 軋棉機 ③ 杜松子酒; 荷蘭酒 vt. 軋; 用陷阱捕捉 // **~ palace** 豪華的小酒店.

ginger /'dʒındʒə/ n. ① 薑 ② 精力; 活力 ③ 薑黃色 vt. 使有薑味; 使有生氣 **~ly** adv. & adj. 小心謹慎地(的) // **~ group** (政黨或組織中的)強硬派 **~ nut**, [美] **~ snap** 薑汁餅乾.

gingham /'gıŋəm/ n. 格仔棉布; 條紋布 adj. 格仔棉布做的.

gingivitis /,dʒındʒı'vaıtıs/ n.【醫】齦炎.

gingko /'gıŋkəʊ/ n. or **ginkgo** n. 【植】銀杏; 白果樹.

ginseng /'dʒınseŋ/ n. 人參.

Gipsy, Gy- /'dʒıpsı/ n. ① 吉卜賽人 ② [謔]頑皮女子.

giraffe /dʒı'rɑ:f, -'ræf/ n. (pl. -raffe(s)) 長頸鹿.

gird /gɜːd/ (過去式及過去分詞 **~ed** 或 **girt**) vt. ① 束(緊); 縛; 纏上 ② 佩帶; 給 ... 佩帶 vi. 準備.

girder /'gɜːdə/ n. ① 大樑; 桁 ② 嘲罵者.

girdle /'gɜːd'l/ n. ① (婦女的)緊身褡; 腰帶 ② 環形物 vt. 用帶束; 環繞.

girl /gɜːl/ n. ① 女孩; 女子 ② 女兒 ③ 女僕; 褓姆 ④ 女店員 **~friend** n. 女性朋友; 女性伴侶; 情婦 **~hood** n. 少女時期 // **~ Friday** [美俚]能幹的女助手.

giro /'dʒaırəʊ/ n. = autogyro (銀行或郵局的)自動轉賬(過戶)系統.

girt /gɜːt/ v. gird 的過去式及過去分詞.

girth /gɜːθ/ n. ① (馬鞍等的)肚帶 ② 周長; 周圍; 大小; 尺寸.

gist /dʒıst/ n. 要點; 要旨.

give /gıv/ (過去式 gave 過去分詞 **~n**) vt. ① 給予 贈給; 授予; 捐贈 ② 供給 ③ 付出 ⑤ 出售 ⑥ 致力; 獻身 ⑦ 托付 ⑧ 產生; 引起 ⑨ 舉行; 演出 ⑩ 讓出 vi. ① 贈送; 捐助 ② 讓步 ③ 陷下; 塌下 ④ 轉暖; 融化 n. ① 彈性; 可變性 ② 給予 **~r** n. 給予者 // **~ away** 送掉; 放棄; 出賣; 泄露 **~ in** 屈服; 讓步 **~ off** 發出(光、氣等) **~ out** 分發; 發出(熱等) **~ up** 放棄.

given /'gıv'n/ v. give 的過去分詞 adj. ① 給予的; 贈送的 ② 特定的; 一定的 ③ 假設的;【數】已知的 ④ 喜愛的; 習慣的 prep. 鑒於; 如果; 考慮到 // **~ name** [美] (不括姓的)名字; 教名.

gizzard /'gızəd/ n. ① (鳥等的)砂囊; 胗 ② [口]胃; 內臟.

glacé /'glæseı/ adj. ① 冰凍的

② 裏糖衣的 ③ 蜜餞的 ④ (絲綢等)毫面的, 有光的.

glacial /ˈɡleɪsɪəl, -ʃəl/ *adj.* ① 冰的; 冰河的 ② 冰河時期的.

glacier /ˈɡlæsɪə, ˈɡleɪs-/ *n.* 冰川; 冰河.

glad /ɡlæd/ *adj.* 高興的; 快樂的; 令人高興的; 使人愉快的 **~ly** *adv.* **~ness** *n.*

gladden /ˈɡlædˀn/ *v.* 使高興; 使快樂.

glade /ɡleɪd/ *n.* 林間空地; 沼澤地.

gladiator /ˈɡlædɪeɪtə/ *n.* (古羅馬的)鬥劍士(訓練後於圓形劇場鬥劍, 以供消遣).

gladiolus /ˌɡlædɪˈəʊləs/ *n.* 唐菖蒲屬植物(於庭院種植, 葉長而尖, 為劍狀).

glair /ɡleə/ *n.* 蛋白; 蛋白狀黏液.

glamour, 美式 **glamor** /ˈɡlæmə/ *n.* 魔力; 魅力 v. 迷惑; 迷住 **glamo(u)rous** *adj.* 富有魅力的.

glance /ɡlɑːns/ *vi & n.* 晃眼一看; 瞥見; 一閃.

gland /ɡlænd/ *n.* 【解】腺; 【機】密封壓蓋; 密封套.

glanders /ˈɡlændəz/ *pl. n.* (用作單)鼻疽病; 馬鼻疽.

glare /ɡleə/ *vi.* ① 眩目地照射; 閃耀; 炫耀 ② 瞪眼 *vt.* 瞪着眼表示 *n.* ① 眩目的光; 強烈的陽光 ② 炫耀的陳設 ③ 顯眼 ④ 憤怒的目光 **glaring** *adj.* 顯眼的; 耀眼的.

glass /ɡlɑːs/ *n.* ① 玻璃 ② 玻璃杯(或製品) ③ (*pl.*)眼鏡 ④ 鏡子; 望遠鏡 ⑤ 寒暑表 *vt.* ① 給…裝上玻璃 ② 反映 **~ware** *n.* 玻璃製品 // **~ fibre** 玻璃纖維.

glassy /ˈɡlɑːsɪ/ *adj.* ① 玻璃質的 ② (眼睛等)沒有神采的 ③ 明淨的 **glassily** *adv.* **glassiness** *n.* **~-eyed** *adj.* 眼睛無神的; 目光呆滯的.

glaucoma /ɡlɔːˈkəʊmə/ *n.* 青光眼; 白內障 **~tous** *adj.*

glaze /ɡleɪz/ *vt.* ① 配玻璃於 ② 上釉於; 上光於; 打光 ③ 擦亮 *vi.* ① 變光滑; 變得明亮 ② (眼睛)變呆滯; 變模糊 *n.* 釉料; 光滑面 **glazier** *n.* 鑲玻璃工人; 上釉工人.

gleam /ɡliːm/ *n.* 一線光明; 微光; 曙光 *v.* (使)發微光; (使)閃爍.

glean /ɡliːn/ *vt.* ① 拾(落穗) ② 搜集 ③ 發現; 探明 *vi.* 拾落穗; 搜集新聞.

glebe /ɡliːb/ *n.* 教區牧師在任職期間所享用的土地.

glee /ɡliː/ *n.* ① 高興 ② 三部重唱歌曲 **~ful** *adj.* 極高興的; 令人興奮的.

glen /ɡlen/ *n.* 峽谷; 幽谷.

glengarry /ɡlenˈɡærɪ/ *n.* (蘇格蘭高地人戴的)便帽.

glib /ɡlɪb/ *adj.* ① 口齒伶俐的; 能言善辯的 ② 油腔滑調的; 圓滑的.

glide /ɡlaɪd/ *v. & n.* ① 滑翔; (使)滑動; (使)滑行 ② 悄悄地走; 消逝 **~r** *n.* 滑翔機; 滑行者.

glimmer /ˈɡlɪmə/ *n.* ① 微光 ② 模糊的感覺 ③ 微量 【礦】雲母 *vi.* 發微光; 朦朧出現.

glimpse /ɡlɪmps/ *n.* 一瞥; 一看; 隱約的閃現 *v.* ① 瞥見; 看一看

② 隱約出現.

glint /glɪnt/ vi. 閃閃發光 n. 微光;
閃光;目光.

glissade /glɪˈsɑːd, -ˈseɪd/ n. ①（登
山時）在覆蓋着冰雪的斜坡上滑
降 ②（芭蕾舞）橫滑步 vi. 滑降;
跳橫滑步舞.

glisten /ˈglɪsn/ vi. 閃光;反光 n. 光
輝;閃光;反光.

glister /ˈglɪstə/ n. & vi. = glisten.

glitch /glɪtʃ/ n. [美俚]（機器等的）
小故障 vi. 突然出現故障.

glitter /ˈglɪtə/ vi. 閃閃發光;閃爍;
華麗奪目 n. 閃光;光輝 **~ing** adj.

glitterati /ˌglɪtəˈrɑːtiː/(pl.) n. (總稱)
社交界知名人士.

gloaming /ˈgləʊmɪŋ/ or gloam
/gləʊm/ n. 黃昏;薄暮.

gloat /gləʊt/ vi. 心滿意足地（或幸
災樂禍地）看（或想、沉思、考
慮）n. 洋洋得意;幸災樂禍.

global /ˈgləʊbl/ adj. ① 球形的
② 全球的;世界的 ③ 總括的;
綜合的 ④ 普遍的 **~ism** n. 全球
性 **~ly** adv.

globe /gləʊb/ n. ① 球;地球;世界
② 天體;行星;太陽 ③ 地球儀
④ 球狀玻璃器皿 ⑤【解】眼球.

globule /ˈglɒbjuːl/ n. (尤指液體的)
小滴,小球;液滴.

glockenspiel /ˈglɒkənˌspiːl,
-ˌʃpiːl/ n. 鐘琴(用小槌敲擊,使發
出聲音).

gloom /gluːm/ n. ① 黑暗,幽暗
② 憂鬱;意志消沉 vi. ① 變黑
暗;變朦朧 ② 變憂鬱 vt. ①（使）
黑暗;使朦朧 ② 使憂鬱 **~y** adj.

glorify /ˈglɔːrɪˌfaɪ/ vt. ① 頌揚;

給…以榮耀;讚美 ② 使輝煌;
使光彩奪目 glorification n. 頌揚;
讚美;慶祝 ③ 美化 glorified adj.

glory /ˈglɔːri/ n. ① 光榮;榮譽;
榮耀的事;可讚頌的事 ② 壯
麗;壯觀 ③ 繁榮 vi. 自豪;得意
glorious adj. gloriously adv.

gloss /glɒs/ n. ① 光澤;光彩 ② 虛
飾;假象 ③ 註釋;④ 詞彙表 vt.
① 使具有光澤 ② 掩飾 ③ 註釋
④ 曲解 vi. 發光;作註釋 **~y** adj.

glossary /ˈglɒsəri/ n. 詞彙表;術
語;彙編.

glottal /ˈglɒtl/ adj.【解】聲門的.

glottis /ˈglɒtɪs/ n.【解】聲門.

glove /glʌv/ n. 手套;拳擊手套
~fight n. 拳擊.

glow /gləʊ/ vi. ① 發(白熱)光;灼
熱;發熱;發紅 ② (指感情)漾溢;
(指怒火等)燃燒 ③ 鮮艷奪目;
呈現…色彩 n. ① 白熱光 ② 激
情;熱情 ③ 色彩鮮艷 **~ing** adj.
發白熱光的;熾熱的;容光煥發
的;(顏色)鮮艷的 **~worm** n. 螢火
蟲.

glower /ˈglaʊə/ vi. 怒視;凝視.

glucose /ˈgluːkəʊz, -kəʊs/ n.【化】
葡萄糖;右旋糖.

glue /gluː/ n. 膠;各種膠黏物 vt.
黏合;黏貼;黏牢 **~y** adj. 膠(質)
的 **~sniffing** n. 吸膠氣;吸毒膠.

glum /glʌm/ adj. 憂鬱的;愁悶
的 ② 死氣沉沉的,令人沮喪的
~ly adv.

glut /glʌt/ n. ① 充溢 ② 吃飽
③ 充斥;供過於求 vt. ① 使吃
得過飽 ② 使充滿;充斥(市場)

③ 阻塞; 堵塞 *vi.* 吃得過多; 貪
婪地吃; 暴食.
gluten /ˈgluːtˤn/ *n.* ① 麵筋 ② 穀
蛋白黏膠質.
glutinous /ˈgluːtɪnəs/ *adj.* ① 膠
(質)的; 黏的 ② [美]感傷的; 纏
綿的 // ~ **rice** 糯米.
glutton /ˈglʌtˤn/ *n.* ① 貪食者
② 酷愛…的人; 對…入迷的人
~**ous** *adj.* 貪吃的 ~**y** *n.* 暴飲; 暴
食.
glycerine /ˈglɪsərɪn/ *or* glycerin *n.*
【化】甘油.
glycosuria /ˌglaɪkəʊˈsjʊərɪə/ *or*
glucosuria *n.* 糖尿病.
gm. *abbr.* = gram.
G-man /ˈdʒiːˌmæn/ *n.* (*pl.* **G-men**)
[美口](美國)聯邦調查局(或司法
部)調查員 (government man 之
縮寫).
GMT /ˌdʒiː ɛm ˈtiː/ *abbr.* =
Greenwich mean time 格林威治
標準時間.
gnarl /nɑːl/ *n.* 木節; 木瘤 *vt.* 把…
扭曲; 把…拗彎; 使有節; 使戀
形 ~**ed** *adj.* ① 多節的; 多瘤的
② 扭曲的 ③ (性情)怪癖的.
gnash /næʃ/ *n.* & *v.* 咬(牙); 磨(牙);
(上下齒)互相磨擊 ~ 咬牙; 磨牙.
gnat /næt/ *v.* ① 小昆蟲; 蚊子
② 小煩惱.
gnaw /nɔː/ *v.* (過去式 ~**ed** 過去分
詞 ~**ed, ~n**) ① 咬齧; 嚙; 咬啃;
咬掉; 咬成 ② 磨損; 消耗; 腐蝕
③ 折磨; 煩惱.
gneiss /naɪs/ *n.*【地】片麻岩 ~**ic,**
~**y** *adj.*
gnome /nəʊm/ *n.* ① (傳說中生活

在地下守護財寶的)守護神; 土
地神 ② (花園中用作裝飾的)守
護神塑像 ③ 國際大金融家.
gnomic /ˈnəʊmɪk, ˈnɒm-/ *or*
gnomical *adj.* 格言的; 精闢的.
GNP /ˌdʒiː ɛn piː/ *abbr.* = gross
national product 國民生產總值.
gnu /nuː/ *n.* (*pl.* ~**(s)**)【動】牛羚;
角馬(產於非洲).
go /gəʊ/ (過去式 went 過去分詞
~**ne**) *vi.* ① 去; 走 ② 駛 ③ 達
到 ④ 運轉; 進 ⑤ 訴
諸 ⑥ 求助(於) ⑦ 查閱 ⑧ 消失;
衰退 ⑨ 變為; 成為 *vt.* ① 以…
打賭 ② 承擔…的責任; 忍受
③ 享受 ④ 生產 *n.* ① 去 ② 進
行 ③ 精力 ④ [口]事情 ⑤ 一下
子; 一口氣 ⑥ 成功 ~**er** *n.* (常
用來組成複合詞)常去…的人
// **as far as** ~ **es** 就現狀來説
~ **about** 從事; 着手 ~ **after**
追求, 追逐 ~ **against** 反對; 違
反 ~ **ahead** 前進 ~ **aloft** 去世
~ **along** 進行 ~ **by** 走過 ~ **down**
下去; 落下 ~ **downhill / uphill**
走下/上坡路 ~ **easy** 輕鬆一點做
~ **far** 大有前途; 成功 ~ **flop** 失敗
~ **for** ① 為 … 去 ② 對 … 適用
③ 被認為 ④ 主張; 歡喜 ~ **forth**
向前去; 被發表(或發佈)
~ **forward** 前進; 發生 ~ **home**
① 回家 ② 擊中 ~ **ill** (事態)惡化
~ **ill with** 對 … 不利 ~ **round** 四
處走動; (消息等)流傳 ~ **through**
① 經歷; 通過 ② 仔細檢查; 全
面考慮 ③ 做完 ~ **wrong** ① 走
錯路; 行為變壞 ② 出毛病; 失敗
~ **under** ① 沉沒 ② 死 ③ 失敗.

goal /gəʊl/ n. ① 終點 ② 球門 ③ 目標 ④ (球賽)得分 **~less** adj. (足球等比賽)未進球的 **~keeper** n. (足球等比賽)守門員 **~post** n. 【足】球門柱 // **~ line** 【足】球門線.

goat /gəʊt/ n. ① 山羊 ② 色鬼 ③ 替罪羊 **gobherd** n. 牧羊人,羊倌.

gob /gɒb/ n. ① (黏性物質的)一塊 ② [俚]嘴.

gobbet /ˈgɒbɪt/ n. (生肉或食物的)一塊;一片;一團;一滴.

gobble /ˈgɒbl/ vt. 狼吞虎嚥;急急抓住 vi. ① 貪食;吞併 ② 發出火雞般的咯咯聲 n. 火雞的咯咯聲 **~r** n. 公火雞.

gobbledygook /ˈgɒbldɪˌguːk/ n. 冗長浮誇又難以理解的語言、文字.

go-between /ˈgəʊbɪˌtwiːn/ n. 掮客;中間人.

goblet /ˈgɒblɪt/ n. 酒杯;高腳杯.

goblin /ˈgɒblɪn/ n. 妖怪.

god /gɒd/ n. ① (G-) 上帝 ② 神 **~less** adj. 無神的;不敬神的 **~child** n. 教子(或女) **~daughter** n. 教女 **~father** n. 教父 **~fearing** adj. 畏神的;虔敬的 **~mother** n. 教母 **~send** n. 天賜之物.

goddess /ˈgɒdɪs/ n. ① 女神 ② 絕世美人.

godown /ˈgəʊˌdaʊn/ n. 倉庫;貨棧.

godparent /ˈgɒdˌpeərənt/ n. 教父(母).

goggle /ˈgɒgl/ v. (因驚奇、恐怖等)瞪大眼睛看.

going /ˈgəʊɪŋ/ n. ① 離去;離開 ② 路面條件及情況 ③ 進展情況 adj. 現行的;現有的;運轉中的;離去的.

goitre, 美式 **-er** /ˈgɔɪtə/ n. 【醫】甲狀腺腫.

go-kart, -cart /ˈgəʊkɑːt/ n. 小型競賽汽車.

gold /gəʊld/ n. ① 黃金;金幣 ② 錢財;財寶 ③ 金色 adj. 金(製)的;含金的;金本位的;金色的 **~brick** vt. [美俚]欺詐;偷懶 **~mine** n. 金礦;大財源;寶庫 **~smith** n. 金飾匠 // **~ disc** (獎給唱片暢銷者的)金唱片 **~ medal** 金質獎章;金牌 **~ standand** 金本位.

golden /ˈgəʊldən/ adj. 金色的;貴重的 // **~ age** [喻]黃金時代 **~ rule** 準則;原則 **~ wedding** 金婚紀念.

golf /gɒlf/ n. 高爾夫球 vi. 打高爾夫球 **~er** n. 打高爾夫球的人 // **~ club** 高爾夫球棍;高爾夫俱樂部 **~ course** 高爾夫球場 **~ links** 高爾夫球場.

golliwog(g) /ˈgɒlɪwɒg/ n. 頭髮又硬又濃的黑臉玩偶.

golosh /gəˈlɒʃ/ adv. & n. = galosh (高筒橡皮)套鞋,橡膠靴.

gonad /ˈgəʊnæd/ n. 生殖腺;性腺(如睪丸、卵巢).

gondola /ˈgɒndələ/ n. ① (意大行威尼斯的)鳳尾船;大型平底船 ② (鐵路上)敞篷貨車.

gone /gɒn/ v. go 的過去分詞 adj. ① 已去的;過去的 ② 遺失了的;無可挽回的.

gong /gɒŋ/ n. 鑼;銅鑼.

good /gʊd/ *adj.* (比較級 **better** 最高級 **best**) *adj.* ① 好的 ② 愉快的 ③ 健全的 ④ 新鮮的 ⑤ 有益的 ⑥ 適合的 ⑦ 可靠的; 真的 ⑧ 充份的 ⑨ 好(事); 利益; 用處 ② (*pl.*)貨物, 商品 ③ 財產 **~-for-nothing, ~-for-naught** *adj.* 沒有用處的; 無價值的 *n.* 無用的人; 飯桶 **~-humo(u)red** *adj.* 愉快的; 脾氣好的 **~-looking** *adj.* 好看的; 漂亮的 **~-natured** *adj.* 脾氣好的; 和藹的 **~-will** *n.* 善意; 友好; 親善【商】信譽.

good-bye /ˌgʊdˈbaɪ/ *int.* 再見! *n.* 再會; 再見.

goodness /ˈgʊdnɪs/ *n.* ① 美德; 善良 ② 養份; 精華 ③ (表感歎句)天啊; 老天爺 // **My ~!** 天啊! **Thank ~!** 謝天謝地!.

goody /ˈgʊdɪ/ *n.* ① 糖果 ② 吸引人的東西 ③ 偽善者 ④ (電影、書中的)正面人物 *adj. & adv.* 偽善的(地).

gooey /ˈguːɪ/ *adj.* ① 濕黏的(物質) ② 多愁善感的.

goof /guːf/ *n.* [口] ① 可笑的蠢人; 呆子 ② 大錯; 疏忽 *vi.* 出大錯 *vt.* 把(事情)弄糟 **~er** *n.* 呆子 **~y** *adj.* 發瘋的; 愚蠢的.

googly /ˈguːglɪ/ *n.*【板】(以內曲線球投法投出的)外曲線球.

goon /guːn/ *n.* ① 傻瓜; 怪誕的人 ② 暴徒; 打手.

goose /guːs/ *n.* (*pl.* **geese**) ① 鵝; 鵝肉 ② 傻瓜 ③ (*pl.* ~**s**) 熨斗 **~flesh** *n.* 雞皮疙瘩(亦作 ~ **pimples**) ~**gog** *n.* [俗]【植】醋栗 // ~ **step**【軍】正步.

gooseberry /ˈgʊzbərɪ, -brɪ/ *n.*【植】醋栗; 鵝莓.

gopher /ˈgəʊfə/ *n.*【動】產於北美洲的囊地鼠, 沙龜.

Gordian knot /ˈɡɔːdɪən nɒt/ *n.* ① 難解的結; 難辦的事 ② 關鍵; 焦點.

gore /gɔː/ *n.* ① (流出的)血; 血塊 ② 三角形布; 三角地帶 *vt.* ① 使成三角形 ② (牛、羊等以角)牴破; 牴傷.

gorge /gɔːdʒ/ *vt.* 塞飽; 貪吃 *vi.* 狼吞虎嚥 *n.* ① 咽喉 ② 胃 ③ 暴食; 飽食 ④ 山峽; 峽谷.

gorgeous /ˈgɔːdʒəs/ *adj.* 豪華的; 漂亮的; 極好的 **~ly** *adv.* **~ness** *n.*

Gorgon /ˈgɔːgən/ *n.*【希神】蛇髮女怪(見到其貌的人會立即變為石頭); (**g-**)醜陋可怕的女人.

gorilla /gəˈrɪlə/ *n.* ① 大猩猩; 貌似大猩猩的人 ② 暴徒; 打手.

gormandize, -se /ˈgɔːmənˌdaɪz, ˈgɔːmənˌdiːz/ *vi.* 講究飲食; 大吃大喝 *v.* 大吃; 狼吞虎嚥 **gormandizer** *n.* 講究飲食的人; 狼吞虎嚥的人.

gormless /ˈgɔːmlɪs/ *adj.* 愚蠢的; 笨拙的.

gorse /gɔːs/ *n.*【植】檜; 荊豆.

gory /ˈgɔːrɪ/ *adj.* ① 沾滿鮮血的; 血淋淋的; 血跡斑斑的 ② 流血的 ② 殘忍的 ③ 駭人聽聞的.

gosh /gɒʃ/ *int.* 天啊; 啊呀; 糟了.

goshawk /ˈgɒsˌhɔːk/ *n.* 蒼鷹; 類似鷹的鳥.

gosling /ˈgɒzlɪŋ/ *n.* ① 小鵝 ② 奶娃娃 ③ 沒經驗的人.

gospel /ˈgɒsp²l/ *n.* 福音; 信條.

gossamer /'gɒsəmə/ *n.* ① 蛛絲; 遊絲 ② 薄紗 *adj.* 輕而薄的東西; 薄弱的.

gossip /'gɒsɪp/ *n. & vi.* 閒聊; 流言蜚語.

got /gɒt/ *v.* get 的過去式及過去分詞.

Goth /gɒθ/ *n.* ① 哥德人(族)(古代日耳曼族的一支) ② 野蠻人 ~ic *adj.* 哥德族的; 【建】哥德式的; 哥德風格的.

gotten /'gɒtⁿn/ *v.* get 的過去分詞.

gouache /gʊ'ɑ:ʃ/ *n.* 水粉畫; 水粉畫法.

Gouda /'gaʊdə, 'xoʊdə/ *n.* 高達芝士(一種原產於荷蘭, 味淡的扁圓形乾酪).

gouge /gaʊdʒ/ *n.* ① 半圓鑿; 鑿槽; 鑿孔 ② 欺騙; 騙子 *vt.* 鑿(孔); 挖出.

goulash /'gu:læʃ/ *n.* 菜燉牛肉.

gourd /gʊəd/ *n.* 葫蘆 **~ful** *n.* 一葫蘆的量.

gourmand /'gʊəmənd, gurmã/ or **gormand** *n.* 貪吃的人; 美食家 **~ism** *n.* 美食主義.

gourmet /'gʊəmeɪ, gurmε/ *n.* 食物品嘗家; 講究吃的人.

gout /gaʊt/ *n.* 【醫】痛風 **~y** *adj.* 痛風病的.

govern /'gʌvⁿn/ *v.* ① 統治; 管理 ② 決定; 影響 ③ 控制 **~ance** *n.* 統治; 管理; 統治方式.

governess /'gʌvənɪs/ *n.* ① 家庭女教師 ② 保育員 ③ 女統治者; 女管理者.

government /'gʌvənmənt, 'gʌvəmənt/ *n.* ① 政府; 政體

② 內閣; 治理權力 ③ 行政管理; 管理機構 **~al** *adj.*

gown /gaʊn/ *n.* ① 長袍; 長外衣 ② 睡衣 ③ 女裙服; 禮服 ④ 大學全體師生 *v.* (使)穿長外衣.

goy /gɔɪ/ *n.* 非猶太人; 異教徒.

GP /dʒiː piː/ *abbr.* = general practitioner 全科醫生, 普通科醫生.

grab /græb/ *vt.* ① 攫取; 強奪; 霸佔 ② 抓住; 抓牢 *vi.* 攫取; 抓取; 強奪; 掠奪; 攫取; 抓住 **~ber** *n.* 攫取者; 貪財者 **~all** *n.* 貪心人; [口] 雜物袋.

grace /greɪs/ *n.* ① 優美; 雅緻 ② (*pl.*) 風度; 魅力 ③ 恩惠; 寬厚 *vt.* 使優美; 使增光 **~ful** *adj.* **~fully** *adv.* **~-and-favour** *adj.* (房屋、養老金等) 欽賜的; 享受欽賜養老金(或房屋)的 // **~ note** 【音】裝飾音(尤指倚音).

graceless /'greɪsləs/ *adj.* 粗俗的; 不優美的; 不雅緻的; 不知情理的 **~ly** *adv.* **~ness** *n.*

gracious /'greɪʃəs/ *adj.* 有禮貌的; 通情達理的; 寬厚的; 優美的 **~ly** *adv.* **~ness** *n.*

gradation /grə'deɪʃ*ə*n/ *n.* 定次序; 分級; (*pl.*) 等級; 階級; 漸變 **~al** *adj.*

grade /greɪd/ *n.* ① 等級; 級別; 階段; 程度; 年級 ② 某一年級全體學生 ③ 坡度; 斜坡 *vt.* ① 給⋯分等級; 給⋯分類 ② 給⋯評分 ③ 把(地、路面)築平; 減少⋯的坡度 **~ly** *adj.* [英方] 極好的; 十足的; 好看的; 恰當的 // **~ point average** [美] (學生各科

成績的)平均積點.

gradient /ˈgreidiənt/ n. ① 坡度; 斜度 ② 坡道; 斜坡.

gradual /ˈgrædjʊəl/ adj. 逐漸的; 逐步的; 逐漸上升(或下降)的; 漸進的 **~ly** adv.

graduate /ˈgrædjʊət/ n. ① 大學畢業生, [美]畢業生 ②【化】量筒; 量杯 vt. ① 准予…畢業; 授予…學位 ② 給…標上刻度 vi. ① 大學畢業; 獲得學位; [美]畢業 ② 取得資格 ③ 漸漸變為 adj. ① 畢業了的 ② 研究生的 ③ 分等級的 **~d** adj. ① 畢了業的 ② 刻度的 ③ 分度的; 分等級的 // **~ school** [美]研究生院.

graduation /ˌgrædjʊˈeiʃən/ n. ① 接受學位; 獲得學位 ② 畢業(典禮) ③ 刻度.

graffiti /grəˈfiːtiː/ pl. n. 塗鴉; 在公共場所亂寫亂畫的東西.

graft /grɑːft/ v. ① 嫁接(植物) ② 貪污, 受賄 n. ① 嫁接(植物); 移植物 ② 貪污; 不義之財 **~er** n. 嫁接者; 貪污者 **~ing** n. 嫁接法; 移植物.

Grail /greil/ n. (耶穌在最後的晚餐時所用的)聖杯; 聖盤.

grain /grein/ n. ① 穀物; 糧食 ② 粒子; 細粒 ③ 微量 vt. 使粒化 vi. 形成粒狀.

gram /græm/ n. = **~me**.

grammar /ˈgræmə/ n. 語法; 文法; 語法規則; 語法現象 **~ian** n. 語法學家 **grammatical** adj. 語法的; 附合語法規則的 // **~ checker**【語】語法錯誤檢查軟件 **~ school** [英]文法學校; [美]

小學, 初中.

gramme /græm/ n. 克(重量單位).

gramophone /ˈgræməˌfəʊn/ n. 留聲機.

grampus /ˈgræmpəs/ n. ① (海洋裏的)哺乳動物逆戟鯨; 灰海豚; 虎鯨 ② 呼吸聲粗重的人.

gran /græn/ n. 祖母; 外祖母.

granary /ˈgrænəri, ˈgreinəri/ n. ① 穀倉; 糧倉; 產糧區 ② [英](指麵包)全麥的.

grand /grænd/ adj. ① 重大的; 主要的 ② 宏偉的; 豪華的 ③ 自負的; 傲慢的 ④ 極好的 ⑤ 全部的 ⑥ 崇高的 ⑦ (親屬關係中)(外)祖…; (外)孫… n. ① 大鋼琴(亦作 **piano**) ② (單複數同形)[英俚]一千英鎊; [美俚]一千美元; 一千 **~ly** adv. **~ness** n. **~aunt** n. 叔(伯)祖母; 姑婆; 舅婆; 姨婆 **~baby** n. 小孫兒(或女) **~child** n. 孫; 外孫 **~daughter** n. (外)孫女 **~father** n. (外)祖父 **~ma**, **~ma(m)ma** n. (外)祖母 **~pa**, **~papa** n. 爺爺; 外公 **~parent** n. 祖父(母); 外祖父(母) **~son** n. (外)孫 **~stand** n. 特座(運動場正面看台等); 大看台 // **~father clock** 落地式大擺鐘 **~jury** 大陪審團; [美俚]一千美元 **~slam** (體育、橋牌等)大滿貫 **~unified theory**【物】大統一場論.

grandee /grænˈdiː/ n. 大公(西班牙及葡萄牙的最高貴族); 顯貴; 要人.

grandeur /ˈgrændʒə/ n. ① 宏偉; 壯觀; 富麗堂皇 ② 偉大, 崇高; 莊嚴.

grandiloquence /grænˈdɪləkwəns/ *n.* 誇張; 大話 **grandiloquent** *adj.*

grandiose /ˈgrændɪəʊs/ *adj.* 崇高的; 誇張的.

Grand Prix /ˌgrɑ̃ priː/ *n.* 世界汽車錦標賽; 大獎, 頭獎.

grange /greɪndʒ/ *n.* 農莊; 農場 **~r** *n.* 田莊裏的人; 農民.

granite /ˈgrænɪt/ *n.* ① 花崗岩(石) ② 堅如磐石; 堅忍不拔.

granivorous /græˈnɪvərəs/ *adj.* 食穀的.

granny, grannie /ˈgrænɪ/ *n.* 奶奶; 外婆; 老奶奶.

grant /grɑːnt/ *vt.* ① 同意, 許可; 授予 ② 轉讓 ③ 假定 *n.* ① 同意; 許可 ② 轉讓; 授予, 授予物; 轉讓物 ③ 轉讓證書 **~able** *adj.* 可同意的; 可授予的; 可轉讓的 **~-aided** *adj.* 受補助的 **~-in-aid** *n.* ① (中央給地方的)撥款 ② 補助金; 助學金 // **take sth for ~ed** 視某事為理所當然.

grantee /grɑːnˈtiː/ *n.* 受讓人; 被授予者.

grantor /grɑːnˈtɔː, ˈgrɑːntə/ *n.* 授予者; 轉讓者.

granular /ˈgrænjʊlə/ *adj.* 顆粒狀的; 粒面的; 有細粒的 **~ity** *n.* 顆粒狀 **~ly** *adv.*

granulate /ˈgrænjʊleɪt/ *vt.* ① 使成顆粒; 使成粒狀; 使(皮革等)表面成顆粒 ② 使表面粗糙 *vi.* 形成顆粒; 表面變粗糙 // **~d sugar** 砂糖.

granule /ˈgrænjuːl/ *n.* 顆粒; 細粒; 粒狀斑點 **granulous** *adj.*

grape /greɪp/ *n.* ① 葡萄 ② 深紫色 ③ (the ~) 葡萄酒 **~fruit** *n.* 葡萄柚(熱帶產物) **~stone** *n.* 葡萄核 **~vine** *n.* ① 葡萄藤 ② 謠言; 傳聞; 小道新聞.

grapery /ˈgreɪpərɪ/ *n.* 葡萄園; 栽培葡萄的溫室.

graph /grɑːf, græf/ *n.* ①【數】曲線圖; 標繪圖; 圖表(或形、解) ② (統計上的)曲線 *vt.* 用圖表表示; 把 … 輸入圖表 **~ic(al)** *adj.* ① 圖的; 圖示的; 圖解的 ② 書寫的; 書法的; 繪畫的 ③ 印刷的 **~ically** *adv.* **~ics** *pl. n.* 製圖法; 圖解計算法 // **~ic design** 平面造型設計 **~ical user interface**【計】圖像用戶界面 **~ics card**【計】圖形卡 **~ics tablet**【計】圖形輸入板.

graphite /ˈgræfaɪt/ *n.*【化】石墨; 黑鉛.

graphology /græˈfɒlədʒɪ/ *n.* 筆體學; 筆跡學(指用以判斷書寫者性格的一種方法).

grapple /ˈgræpˀl/ *vt.* ① 抓住; 握緊 ② 與 … 扭打(或格鬥) *vi.* ① 用鐵錨將船隻固定; 抓住 ② 扭打; 格鬥 *n.* 抓住; 扭打; 格鬥.

grasp /grɑːsp/ *vt.* ① 抓住; 抱住 ② 掌握; 領會 *vi.* 抓 *n.* ① 抓; 緊握; 控制 ② 掌握; 了解 ③ 柄; (船的)錨鈎 **~ing** *adj.* 貪婪的.

grass /grɑːs/ *n.* ① 草; 禾本科植物 ② 草地; 牧場 *vi.* ① 以草覆蓋 ② 出賣, 告密 **~y** *adj.* 長滿草的 **~hopper** *n.* 蚱蜢 **~land** *n.* 牧場 **~roots** *pl. n.* 羣眾; [喻]草根.

grate /greɪt/ *n.* ① 爐格; 爐柵

② 火爐; 壁爐 ③ 格柵 ④ 選礦篩 vt. ① 裝爐格於; 裝格柵於 ② 摩擦; 磨碎; 軋 ③ 使焦急; 激怒 vi. ① 磨擦; 擦響 ② 使人煩惱; 刺激 **~d** adj. 有格柵的; 有爐格的.

grateful /'greɪtfəl/ adj. ① 感激的 ② 愉快的; 使人舒適的.

gratify /'grætɪ,faɪ/ vt. 使滿足; 使高興.

grating /'greɪtɪŋ/ n. (門、窗等的) 格柵 adj. 刺耳的; 討厭的.

gratis /'greɪtɪs, 'grætɪs, 'grɑːtɪs/ adv. & adj. 免費地(的); 無償地(的).

gratitude /'grætɪ,tjuːd/ n. 感激; 感謝; 感恩.

gratuitous /grə'tjuːɪtɪ/ adj. ① 免費的 ② 無故的; 沒有理由的 **~ly** adv. **~ness** n.

gratuity /grə'tjuːɪtɪ/ n. ① 賞錢 ② 退職金; 養老金【軍】退伍金.

grave [1] /greɪv/ n. ① 墳墓; 墓碑 ② 死; 陰間 ③ 地窖 **~stone** n. 墓碑 **~yard** n. 墓地.

grave [2] /greɪv/ adj. ① 嚴重的; 重大的 ② 嚴肅的; 莊重的 **~ly** adv. **~ness** n.

grave [3] /grɑːv/ n. = **~ accent**【語】抑音符號.

gravel /'græv'l/ n. ① 砂礫 ② 腎砂; 尿砂 vt. ① 以礫石鋪(路) ② 使(船)擱淺在沙灘上 ③ 使困惑.

graven /'greɪv'n/ adj. ① 雕刻的 ② 銘記在心裏的.

graving dock /'greɪvɪŋ dɒk/ n. & v. 乾船塢.

gravitate /'grævɪ,teɪt/ vi. ① 受重力作用; 受引力作用 ② 受吸引; 傾向 ③ 沉下; 下降 vt. 使受重力作用而移動; 吸引 **gravitation** n. 引力; 傾向;【物】萬有引力; 地心吸力.

gravity /'grævɪtɪ/ n. ① 嚴肅; 認真 ② 嚴重性; 危險性 ③【物】重力; 引力; 地球引力.

gravy /'greɪvɪ/ n. ① 肉汁 ② [美俚] 輕鬆的工作; 易得利潤; 非法所得.

gray /greɪ/ adj. & n. = **grey** [美].

graze /greɪz/ vi. ① 餵草; 放牧; 吃草 ② 擦傷 ③ 吃零食 vt. ① 吃 (田野裏的) 草; 用牧草餵; 放牧 ② 擦過; 掠過 ③ 擦傷; 抓破 n. ① 吃草; 放牧 ② 擦傷; 抓破 **grazing** n. 草場; 牧場.

grazier /'greɪzɪə/ n. 畜牧業者; 牧場主 **~y** n. 畜牧業.

grease /griːs/ n. ① 油脂; 潤滑油 ② 牛油 vt. ① 塗油脂於; 用油脂潤滑 ② [美俚] 賄賂 **greasy** adj. 油脂的; 油污的.

great /greɪt/ adj. 巨大的; 非常的; 偉大的; 重大的 **~ly** adv. **~ness** n. 巨大; 偉大.

grebe /griːb/ n.【鳥】鸊鷉.

greed /griːd/ n. 貪心; 貪婪 **~y** adj. **~ily** adv. **~iness** n.

Greek /griːk/ adj. 希臘(人、語)的 n. 希臘(人、語).

green /griːn/ adj. ① 綠色的; 未成熟的; 生的 ② 新鮮的 ③ 青春的; 精力旺盛的 n. ① 綠色; 青色; 綠色顏料 ② (pl.) 青枝; 綠葉; 蔬菜 ③ 青春; 生氣 **~er** n. 生

手 ~ly adv. ~ness n. ~back n. 美鈔~book (英國、意大利等政府的)綠皮書 ~-eyed adj. 綠眼睛的; 嫉妒的 ~grocer n. 蔬菜水果商 [主英]蔬菜水果商店; (總稱)蔬菜水果類商品 ~hand n. 生手 ~house n. 玻璃暖房; 溫室 ~room n. 演員休息室 // ~ audit (針對企業的)綠色審計; 環保檢查 ~ card [美]綠卡 ~ channel (機場、海關)綠色通道 ~ light 綠(色交通)燈; 放行; 准許 ~ power [美]金錢的力量 ~house effect【氣】溫室效應.

greenery /ˈgriːnərɪ/ n. ① 綠葉; 草木 ② 暖房.

greening /ˈgriːnɪŋ/ n. 綠皮蘋果.

greenish /ˈgriːnɪʃ/ adj. 略呈綠色的.

Greenpeace /ˈgriːnˌpiːs/ n. 綠色和平(非政府環保組織).

greet /griːt/ vt. 迎接; 歡迎; 向…致意 ~ing n. 問候; 敬禮; 歡迎辭.

gregarious /grɪˈgeərɪəs/ adj. 羣居的; 愛羣居的.

gremlin /ˈgremlɪn/ n. 小妖精; 小精靈 (據認為喜歡搗亂, 可使機器等失靈).

grenade /grɪˈneɪd/ n. 手榴彈; 槍榴彈 grenadier n.【軍】擲彈兵.

grenadine /ˌgrenəˈdiːn/ n. 石榴汁糖漿 (用作雞尾酒調味或上色).

grew /gruː/ v. grow 的過去式.

grey, 美式 gray /greɪ/ adj. ① 灰色的; 灰白的, 灰暗的 ② 灰白頭髮的; 老的 n. 灰色; 灰白; 暗淡 v. (使)變成灰色 ~ly adv. ~ness n. ~hound n.【動】靈 (一種擅長跑動的狗) // ~ area 灰色地帶(法規無明確規定的區域) ~ scale【計】灰階; 灰度; 灰級.

grid /grɪd/ n. ① 格子; 柵 ② (充電電池的)鉛板 ③【無】柵極 ④ 地圖的坐標方格 ~lock n. 交通大堵塞; [喻]癱瘓.

griddle /ˈgrɪdᵊl/ n. 烤盤; 燒網 (烤的烤鍋).

gridiron /ˈgrɪdˌaɪən/ n. ① (烤食物用的)烤架 ② [美]欖球場.

grief /griːf/ n. ① 悲痛; 悲傷 ② 災難; 傷心事.

grievance /ˈgriːvᵊns/ n. 牢騷; 訴苦; 冤情; 苦情.

grieve /griːv/ vt. 使悲痛; 使痛心 vi. 悲痛; 傷心; 哀悼 grievous adj. ① 令人悲傷的 ② 嚴重的 // grievous bodily harm (GBH)【律】重傷.

griffin /ˈgrɪfɪn/ or griffon or gryphon n. 【希神】(頭如鷹, 身如獅)的怪獸.

griffon /ˈgrɪfᵊn/ n. = griffin.

grill /grɪl/ n. ① 鐵絲格子; 烤架 ② 炙烤的肉類食物 vt. ① 燒, 烤; 炙 ② 拷問; 盤問.

grill(e) /grɪl/ n. (用金屬條或金屬絲做的)保護格柵; 保護屏; 保護罩.

grim /grɪm/ adj. (比較級 ~mer 最高級 ~mest) adj. ① 嚴厲的; 殘酷無情的 ② 堅強的; 不屈的 ③ 可憎的; 可怕的; 邪惡的 ~ly adv. ~ness n.

grimace /ˈgrɪməs, grɪˈmeɪs/ n. 愁眉苦臉; 苦相; 鬼臉 vi. 作怪相; 扮鬼臉.

grimalkin /grɪ'mælkɪn, -'mɔːl-/ *n.*
① 貓(尤指老雌貓) ② 刻毒的老
太婆.

grime /graɪm/ *n.* 塵垢; 灰塵 **grimy**
adj. 污穢的.

grin /grɪn/ *n.* 咧嘴; 露齒的笑 *vi.*
露齒而笑; 咧嘴.

grind /graɪnd/ *v.* (過去式及過去
分詞 **ground**) ① 磨(碎); 碾(碎)
② 磨快; 磨光; 磨利; 磨薄 ③ 擠
壓 ④ [俗]刻苦用功; 苦學; 苦
幹 *n.* ① 磨; 碾 ② 磨擦聲 ③ 苦
差使 ④ 專心的學習 **~er** *n.* 磨
工; 碾磨機 **~ery** *n.* 磨坊; 研磨場
~ing *adj.*

grindstone /'graɪndˌstəʊn/ *n.* 磨石.

grip /grɪp/ *vt.* ① 握緊; 抓牢 ② 吸
引 ③ 夾牢; 掌握 ④ 與 … 握
手 *vi.* 握(或咬、夾)緊; 握手 *n.*
① 緊握; 緊咬; 緊夾 ② 握力; 夾
具 **~per** *n.* 握者; 夾子 **~ping** *adj.*
抓的; 夾的; 扣人心弦的.

gripe /graɪp/ *v.* ① 握緊; 抓住
② 使苦惱; 折磨; 惹煩; 激怒
③ (使)腸痛 ④ 訴苦; 抱怨 *n.*
① 抱怨 ② 牢騷 ③ 腸(或胃)絞
痛.

grisly /'grɪzlɪ/ *adj.* 可怕的; 嚇人
的; 恐怖的.

grist /grɪst/ *n.* ① 製粉用的穀物;
穀粉 ② [美口]大量; 許多 ③ 定
額; 產量.

gristle /'grɪs°l/ *n.* (牛肉等的)軟骨.

grit /grɪt/ *n.* ① 粗砂; 砂礫(粒)
② 磨料 ③ 堅忍; 剛毅 *vt.* 在 …
鋪砂礫; 用磨料磨; 磨擦 *vi.* 磨擦
作聲 **~ty** *adj.* 有砂的; 砂礫般的;
勇敢的.

grizzle /'grɪz°l/ *vi.* (小孩)啼哭; 抱
怨.

grizzled /'grɪz°ld/ *adj.* 灰色的; 灰
白的; 灰白頭髮的.

grizzly /'grɪzlɪ/ *n.* (產於北美的)大
灰熊.

groan /grəʊn/ *vi.* ① 哼; 呻吟
② 渴望 ③ 受壓迫 ④ 抱怨 *n.*
① 呻吟(聲); 哼聲 ② 吱嘎聲
③ 抱怨 **~ingly** *adv.*

groats /grəʊts/ *pl. n.* 麥片; 去殼穀
粒.

grocer /'grəʊsə/ *n.* 食品商; 雜貨商
~y *n.* 雜貨店; (常用複)雜貨.

grog /grɒg/ *n.* ① 攙水烈酒
② [冶]耐火材料; 陶渣 **~gery** *n.*
小酒館; 酒店 **~gy** *adj.* 喝醉酒的;
腳步搖晃的, 頭暈眼花的.

grogram /'grɒgrəm/ *n.* ① 絲織的
粗鬆織物 ② 絲織馬海毛衣服.

groin /grɔɪn/ *n.* ① [解]腹; 股
溝 ② [建]交叉拱; 穹棱 ③ =
groyne 丁壩突堤.

grommet /'grɒmɪt/ or **grummet** *n.*
① [海]索環; 索眼 ② 金屬孔眼
③ 墊圈.

groom /gruːm, grʊm/ *n.* ① 新郎
② 馬伕 ③ 王室侍從官 *vt.* ① 飼
養; 豢養 ② 使整潔; 修飾 **~sman**
n. (*pl.* **-men**) 伴郎, 男儐相.

groove /gruːv/ *n.* ① 槽; 溝; 轍
② 紋 ③ 常規; 習慣.

grope /grəʊp/ *v.* 摸索; 探索 *n.* 摸
索 **gropingly** *adv.* 摸索着.

grosgrain /'grəʊˌgreɪn/ *n.* [紡]羅
緞.

gross /grəʊs/ *adj.* ① 總的; 毛
的 ② 惡劣的; 嚴重的 ③ 顯著

的 ④ 粗的 ⑤ 油膩的; 不潔的
n. ① 總額; 大體 ② 籮(12 打)
~ly adj. // ~ domestic product
(GDP) 國內生產總值 ~ national
product (GNP) 國民生產總值
~ profit【商】毛利.

grotesque /grəʊˈtesk/ adj. 奇形怪
狀的; 荒唐的; 風格奇異的 n. 奇
形怪狀的人(或物、圖形等); 奇
異風格 ~ly adv. ~ness n.

grotto /ˈgrɒtəʊ/ n. 洞穴; 岩穴.

grouch /graʊtʃ/ n. [口] 牢騷;
怨言② 常發牢騷的人; 脾氣壞
的人 vi. 發牢騷; 發脾氣.

ground /graʊnd/ n. ① 地面; 土
地 ② 場所; 庭園 ③ 範圍; 領域
④ 基礎 ⑤ 海底 adj. 地面的; 生
活於地面的 vt. ① 把 ⋯ 放在地
上 ② 把 ⋯ 建在牢固的基礎上
③ 使落地 ④【海】使擱淺; 使停
飛 vi. ① 具有基礎; 依靠 ② 落
地; 着陸 ③ (船)擱淺 ~age n. 船
舶進港費; 停泊費 ~ing n. 基礎
訓練; 打底 ~less adj. 無根據的;
無理由的 ~breaking adj. 奠基
的; 創新的 ~work n. 基礎; 底子
// ~ rules 基本原則 ~ staff (機場)
地勤人員 G- Zero (911事件後)
紐約世貿中心廢墟.

group /gruːp/ n. ① 組; 羣 ② 集
體; 羣體 ③【化】基團; 組; 屬;
族 ④ [英]/[美]空軍大隊 vi. 聚集;
類集 ~ing n. 成組的人; 成套的
東西 ~ware n.【計】羣組軟件;
組件 ~work n. 分工合作 // (學生)
分組活動.

grouse /graʊs/ n. ① (單複數同形)
松雞 ② 牢騷 vi. 訴委屈.

grout /graʊt/ n.【建】薄漿; 薄
膠泥 ② 粗液; 粗麥片粥 vt. 給 ⋯
塗薄漿; 給 ⋯ 塗薄膠泥.

grove /grəʊv/ n. 樹叢; 小樹林; 果
樹林; 果園 ~less adj. 無樹林的.

grovel /ˈgrɒvəl/ vi. ① 趴, 匍匐(前
進); 爬行 ② 奴顏婢膝; 卑躬屈
節 ~(l)er n. 趴着的人; 卑躬屈膝之
者.

grow /grəʊ/ v. (過去式 grew 過
去分詞 ~n) ① 生長; 增大; 變成
② 種植; 飼養 ③ 發生; 產生.

growl /graʊl/ n. & v. 咆哮(聲); 轟
鳴聲; 咆哮(聲) vt. 咆哮着說.

grown /grəʊn/ v. grow 的過去分
詞 adj. 長成的; 成熟的 ~-up n.
成年人.

growth /grəʊθ/ n. ① 生長; 增大
② 栽培 ③ 產物.

groyne, 美式 groin /grɔɪn/ n.【建】
防波堤; 折流壩.

grub /grʌb/ v. ① 掘出; 掘除; 掘根
② 辛苦工作 ③ 搜尋 n. ①【動】
蛴螬 ② 做苦工的人 ③ [俚]食
物.

grubby /ˈgrʌbɪ/ adj. 生蛆的; 污穢
的.

grudge /grʌdʒ/ vt. ① 嫉妒 ② 吝
嗇; 不願(給) n. 妒忌; 怨恨; 惡
意 grudging adj. 不願的; 吝嗇的
grudgingly adv.

gruel /ˈgruːəl/ n. 稀粥; 薄粥; 麥片
粥 vt. 累倒; 累垮; 懲罰 ~(l)ing
adj. ① 嚴厲的 ② 使人精疲力盡
的.

gruesome /ˈgruːsəm/ adj. 可怕的;
令人厭惡的.

gruff /grʌf/ adj. ① 粗暴的; 脾氣

壞的 ② 粗啞的.

grumble /ˈgrʌmbˀl/ vi. ① 抱怨; 發牢騷 ② 挑剔 ③ 咕嚕 ④ 發轟隆聲 vt. ① 埋怨; 使沮怨 ② 使喪轟隆聲 n. ① 抱怨; 牢騷 ② 咕嚕 ③ 轟隆聲 ~r n. 愛發牢騷的人.

grumpy /ˈgrʌmpɪ/ adj. & n. 脾氣壞的; 受挑剔的; 粗暴的.

grunge /grʌndʒ/ n. 污垢; 垃圾; 搖滾樂; 故意不修邊幅; 邋遢時尚.

grunt /grʌnt/ n. (豬等)呼嚕聲; 咕嚕聲 v. (表示煩惱、反對、疲勞、輕蔑等)發哼聲; 咕嚕着說 ~er n. 作呼嚕聲的動物(如豬等); 哼(或咕嚕)的人.

Gruyére /ˈgruːjeə, grɪjeɪ/ n. 格魯耶爾芝士(一種多孔且黃色的瑞士硬芝士).

gryphon /ˈgrɪfˀn/ n. = griffin.

G-string /ˈdʒiː strɪŋ/ n. (當三角褲用的) G 帶, 遮羞布.

guano /ˈgwɑːnəʊ/ n. 鳥糞.

guarantee /ˌgærənˈtiː/ n. ① 保證; 保證人(或書) ② 擔保物; 抵押品 vt. 擔保; 保證 **guarantor** n. 【律】保證人.

guaranty /ˈgærəntɪ/ n. ①【律】保證; 保證書 ② 擔保物; 抵押品.

guard /gɑːd/ n. ① 守衛; 警戒 ② 看守; 衛兵; 哨兵 ③ 警衛員 ③ 護衛隊 vt. 保衛; 看守; 監視 vi. 防止; 警惕; 防範 ~ed adj. 被保衛着的; 被看守着的; 謹慎小心的 ~less adj. 無警戒的; 無保護的 // ~ rail 護欄桿.

guardian /ˈgɑːdɪən/ n. ① 保衛者, 維護者 ②【律】監護人 ~ship n. 監護的職責 // ~ angel 守護天使.

guardsman /ˈgɑːdzmən/ n. (pl. -men) 衛兵

guava /ˈgwɑːvə/ n. 【植】番石榴.

gudgeon /ˈgʌdʒən/ n. ①【動】鮈魚 ② 易受騙的人 ③【機】耳軸; 舵樞.

Guernsey /ˈgɜːnzɪ/ n. ① 格恩西乳牛 ② 格恩西衫(針織緊身羊毛衣, 水手常穿).

gue(r)rilla /gəˈrɪlə/ n. ① 游擊隊員 ② 游擊戰 ~ism n. 游擊主義.

guess /ges/ v. ① 猜測; 推測; 猜中 ② 想 n. 猜測.

guest /gest/ n. ① 客人; 旅客 ② 特邀演員; 客席指揮 ③ 寄居昆蟲 vt. 款待 vi. 當特邀演員.

guff /gʌf/ n. [俚]胡說; 鬼話; 蠢話.

guffaw /gʌˈfɔː/ n. & vi. 哄笑; 狂笑 vt. 大笑着說.

guide /gaɪd/ n. ① 嚮導; 導遊 ② 指南; 指導 ③ 入門書 ④ 手冊 ⑤【機】導引物 vt. ① 為 … 領路; 帶領 ② 引導; 指導 ③ 管理; 操縱 **guidance** n. 指引; 引導; 領導 ~book n. 手冊; 指南 ~line pl. n. 指導方針, 準則 // ~ dog 導盲犬.

g(u)ild /gɪld/ n. ① 協會; 行會.

g(u)ilder /ˈgɪldə/ n. = gulden n. 盾(荷蘭貨幣).

guildhall /ˈgɪldˌhɔːl/ n. ① 同業公會會所; 會館 ② 市政廳.

guile /gaɪl/ n. 狡詐; 狡猾; 詭計 ~less adj. 不狡猾的; 坦率的.

guileful /ˈgaɪlfəl/ adj. 狡詐的; 詭計多端的 ~ly adv. ~ness n.

guillemot /ˈgɪlɪˌmɒt/ n. 【鳥】(能潛水的)海鳥; 海鳩.

guillotine /ˈgɪləˌtiːn/ n. ① 斷頭台 ② 剪斷機; (切紙的)鍘刀 vt. 處斬刑; 剪斷.

guilt /gɪlt/ n. ① 有罪 ② 內疚; 愧疚 **~less** adj. 無罪的 **~y** adj. ① 犯罪的; 有罪的 ② 內疚的 **~ily** adv. **~iness** n.

guinea /ˈgɪnɪ/ n. 畿尼(舊英國金幣, 價值1.05英鎊) // **~ pig** 豚鼠, 天竺鼠; 供作實驗用的人.

Guinea /ˈgɪnɪ/ n. [非洲]畿內亞.

guise /gaɪz/ n. ① 外觀 ② 姿態; 裝束 ③ 偽裝; 藉口 v. 偽裝.

guitar /gɪˈtɑː/ n. 六弦琴; 結他 vi. 彈結他 **~ist** n. 彈結他者.

gulch /gʌltʃ/ n. 峽谷.

gulf /gʌlf/ n. ① 海灣 ② 深淵; 深坑; 鴻溝 ③ 漩渦; 吞沒一切的東西 vt. 吞沒; 使深深捲入 **~y** adj. 多深坑的; 多漩渦的.

gull /gʌl/ n. ① 海鷗 ② 易受騙的人; 笨人 vt. 欺騙; 使上當 **~ible** adj. 易受騙的; 輕信的.

gullet /ˈgʌlɪt/ n. ① 食道; 咽喉 ② 水道; 峽谷 ③ 水落管.

gull(e)y /ˈgʌlɪ/ n. ① 溝渠; 峽谷.

gulp /gʌlp/ vt. ① 吞下; 狼吞虎嚥地吃 ② 忍住; 抑制 vi. 吞嚥; 喘不過氣來 n. 吞嚥; 一大口 **~ingly** adv.

gum /gʌm/ n. ① 樹膠(製品); 橡膠 ② 口香糖(亦作 **chewing ~**); 軟糖(亦作 **~drop**) ③ 齒齦; 牙床 vt. 黏合; 黏牢; 用牙床咀嚼 v. 分泌樹膠; 結膠; 發黏 **~my** adj. ① 黏性的; 分泌樹膠的 ② 沒有牙齒的.

gumption /ˈgʌmpʃən/ n. ① 才能;

創造力; 精力 ② 事業心; 進取心 ③ 機智; 精明.

gun /gʌn/ n. ① 槍; 炮; [美]手槍 ② (訊號槍、禮炮的)鳴放 vi. 用槍射擊; 用槍打獵 vt. 向…開槍 **~ner** n. 炮手 **~nery** n. 炮術 **~boat** n. 炮艦; 炮艇 **~fight** n. 炮戰, 炮戰 **~fire** n. 炮火; 槍炮射擊 **~man** n. (pl. -men) 帶槍的歹徒 **~powder** n. 火藥 **~shot** n. 槍炮射出的子彈或炮彈 // **~ carriage** 炮架.

gunge /gʌndʒ/ n. [口] 黏乎乎且令人噁心的東西; 黏性物質.

gunny /ˈgʌnɪ/ n. 粗麻布; 粗麻織物.

gunwale, gunnel /ˈgʌnʳl/ n. 舷緣; 甲板邊緣.

guppy /ˈgʌpɪ/ n. 【魚】虹 (一種養在水族館內, 色彩美麗的小熱帶魚).

gurgle /ˈgɜːgl/ vi. (流水)作汩汩聲; 汩汩流出 n. 汩汩聲; 咯咯聲.

guru /ˈgʊruː, ˈguːruː/ n. ① 古魯(印度教、錫克教的宗教教師、領袖或顧問) ② 精神領袖; 指導者.

gush /gʌʃ/ v. ① (使)噴出; (使)湧出 ② 滔滔不絕地說(話); 裝腔作勢(地說); 動情(地說) n. ① 噴出(之物); 湧出 ② 滔滔不絕的話 ③ 過份的熱情.

gusset /ˈgʌsɪt/ n. (用於加固、填補或加大衣服的)襯料 【機】角撐板.

gust /gʌst/ n. 陣風; 陣雨; 爆發 **~y** adj.

gusto /ˈgʌstəʊ/ n. ① 愛好; 嗜好; 趣味 ② 興致勃勃; 熱情; 熱忱.

gut /gʌt/ n. ① (常用複)內臟; 腸; [俗語]香腸; 羊腸線 ② 內容; 實質 ③ 勇氣; 毅力 ④ 海峽; 海岬 vt. ① 取出(魚等)的內臟 ② 損毀 (房屋等)的內部裝置; 抽去(書籍等)的主要內容 **~wrenching** adj. 令人非常不安的; 使人十分不愉快的 // **~ reaction** 心心念念的東西.

gutter /ˈgʌtə/ n. ① 小溝; 路旁溝渠; 水槽 ② 貧民區 vi. 蠟燭燭火搖曳 // **~ bird** 麻雀 **~ child**, **~ snipe** 流浪孩子.

guttural /ˈgʌtərəl/ adj. 喉的; 喉間發出的.

guy /gaɪ/ n. ① 古怪的人; 怪醜的人 ② 傢伙; 人; 青年 ③ [俚]逃亡; 出奔 ④ 【海】牽索; 穩索; 拉索 vt. 取笑; 嘲笑 vi. [俚]逃亡, 逃走.

guzzle /ˈgʌzəl/ v. 濫吃; 狂飲; 大吃大喝地亂花 **~r** n. 酒鬼; 大吃大喝者.

gym /dʒɪm/ n. [口]體育館; 體操(課).

gymkhana /dʒɪmˈkɑːnə/ n. 運動會.

gymnasium /dʒɪmˈneɪzɪəm/ n. (pl. **-siums**, **-sia**) 體育館; 健身房 **gymnast** n. 體育家, 體操選手 **gymnastic** adj. 體育的; 體操的 **gymnastics** n. 體育; 體操.

gynaecology, 美式 **gynecology** /ˌgaɪnɪˈkɒlədʒɪ/ n. 【醫】婦科學 **gyn(a)ecologist** n. 婦科醫生.

gypsum /ˈdʒɪpsəm/ n. 石膏; 石膏肥料 vt. 施石膏肥料於…; 用石膏處理.

Gypsy /ˈdʒɪpsɪ/ n. = Gipsy.

gyrate /dʒɪˈreɪt, dʒaɪ-/ vi. 旋轉; 迴旋; 螺旋形地運轉 **gyration** n. 迴旋 **gyratory** adj.

gyroscope /ˈdʒaɪrəˌskəʊp/ or **gyrostat** /ˈdʒaɪrəˌstæt/ n. 旋轉儀; 陀螺儀 **gyroscopic** adj.

gyve /dʒaɪv/ n. [古] (常用複)手銬; 腳鐐 v. 使上手銬(或腳鐐).

H

ha(h) /hɑː/ int. 哈(表示驚奇、愉快、懷疑、勝利等).

habeas corpus /ˈheɪbɪəs ˈkɔːpəs/ n. [拉]【律】人身保護令; 人身保護法; 人身保護權.

haberdasher /ˈhæbəˌdæʃə/ n. 男子服飾用品商; 縫紉用品商 **~y** n. 男子服飾用品店; 縫紉用品雜貨店.

habiliment /həˈbɪlɪmənt/ n. ① (pl.) 裝飾; 裝備 ② 制服; 禮服; 衣服.

habit /ˈhæbɪt/ n. ① 習慣; 習性 ② 氣質; 氣性 ③ (尤指修道士所穿的)衣服 ④ 舉止; 行為.

habitable /ˈhæbɪtəbəl/ adj. 適於居住的; 可居住的 **habitability** n. 可居住性; 適於居住 **habitably** adv.

habitat /ˈhæbɪˌtæt/ n. ① (植物的)產地; (動物的)棲息地 ② 住處; 聚集處.

habitual /hə'bɪtʃʊəl/ *adj.* 習慣的; 已成規則的; 習以為常的 ~ly *adv.* ~ness *n.*

habituate /hə'bɪtʃʊˌeɪt/ *vt.* ① 使習慣於 ② 常去(某地) ~d *adj.* (+ to) 習慣於…的 habituation *n.* 成為習慣; 適應.

habitué /hə'bɪtʃʊˌeɪ/ *n.* [法]常去某地的人, 常客.

hacienda /ˌhæsɪ'ɛndə/ *n.* ① [西](西班牙及中南美洲的)種植園; 莊園 ② 農場; 牧場 ③ 工廠; 礦山.

hack [1] /hæk/ *vt.* ① 劈; 砍 ② 開闢; 掃清 ③ 耙(或平、翻)地 ④ 大砍大削 *vi.* ① (亂)劈; (亂)砍 ② 乾咳. *n.* ① 劈(或砍)的工具 ② 砍痕; 傷痕 ③ 乾咳 ④ [美方]窘迫; 困窘 ⑤ 出租的馬; 騎(或役)用的馬; 出租馬車(或汽車) ⑥ 曬架.

hack [2] /hæk/ *v.* [計]竊用儲存系統的內容; 竊用數據.

hacker /'hækə/ *n.* 電腦黑客.

hackle [1] /'hækᵊl/ *n.* [紡]櫛梳機的針排 *vt.* ① 梳理 ② 亂砍; 亂劈; 砍光; 砍掉 hackly *adj.* 粗糙的; 參差不齊的.

hackle [2] /'hækᵊl/ *n.* ① (雄雞、雄孔雀等雄禽的)細長頸羽 ② (狗等發怒時會豎起的)頸背部毛.

hackney /'hæknɪ/ *n.* 普通乘馬; 出租馬車(或汽車) *adj.* ① 出租的 ② 陳腐的; 平凡的 *vt.* 出租; 役使 ~ed *adj.* 陳腐的; 平常的 // ~ carriage, ~ coach 出租馬車.

hacksaw /'hækˌsɔː/ *n.* [機]弓鋸; 鋼鋸.

had /hæd/ *v.* have 的過去式及過去分詞.

haddock /'hædək/ *n.* [魚]黑線鱈; 黑斑鱈.

Hades /'heɪdiːz/ *n.* [希神]冥府; 陰間.

hadj /hædʒ/ *n.* ① (伊斯蘭教徒去麥加的)朝覲 ② (中東地區基督教徒去耶路撒冷聖墓的)朝聖.

hadn't /'hædᵊnt/ = had not.

haemoglobin, 美式 hemoglobin /ˌhiːməʊ'gləʊbɪn, ˌhɛm-/ *n.* [生化]血紅蛋白.

haemophilia, 美式 hemophilia /ˌhiːməʊ'fɪlɪə, ˌhɛm-/ *n.* [醫]血友病.

haemorrhage, 美式 hemorrhage /'hɛmərɪdʒ/ *n.* & *v.* [醫]出血.

haemorrhoid, 美式 hemorrhoid /'hɛmərɔɪd/ *n.* (常用複)[醫]痔瘡.

haft /hɑːft/ *n.* (斧、刀等的)柄; 把 *vt.* 給…裝柄.

hag /hæg/ *n.* 母夜叉; 女巫; 醜老太婆.

haggard /'hægəd/ *adj.* ① 憔悴的 ② 發狂似的, 不馴服的 ~ly *adv.* ~ness *n.*

haggis /'hægɪs/ *n.* 加麥片的羊雜燴; 羊(或牛)肉雜碎布丁(蘇格蘭常見的食物).

haggle /'hægᵊl/ *vi.* & *n.* (在價格、條件等方面)爭論不休; 討價還價 *vt.* 亂砍; 亂劈.

hail [1] /heɪl/ *n.* ① 冰雹; (雹子般的)一陣 ② 歡呼; 招呼 *vi.* 向(為)…歡呼; 招呼 *vt.* ① 招呼; 歡呼 ② 下雹 ~stone *n.* 雹暴.

hair /hɛə/ *n.* ① 頭髮; 毛髮; 毛狀

物 ② 一髮之差; 一點 ~ed adj.
有毛髮的 ~less adj. 無毛的; 禿
頭的 ~dryer, ~drier n. (吹乾頭
髮用的)吹風機 ~pin n. 髮卡; 髮
夾 ~raising adj. 使人毛骨悚然
的 ~breadth n. 一髮之差 ~cut n.
理髮, 髮式 ~do n. [口](尤指女性
的)髮型, 髮式 ~dresser n. 理髮
師 // ~ style 髮式; 髮型 ~ care 頭
髮護理.

hajj, haj /hædʒ/ n. = hadj.

hake /heɪk/ n. 【魚】狗鱈.

halal /hɑːlɑːl/ vt. (按伊斯蘭教教
法)宰牲 adj. & n. (伊斯蘭教)合
法的(食物).

halberd /hælbəd/ or halbert
/hælbət/ n. 戟.

halcyon /hælsɪən/ n. 【動】太平鳥;
翠鳥 adj. 平靜的.

hale /heɪl/ adj. (老人)健壯的; 矍
鑠的.

half /hɑːf/ n. ① 半, 一半 ② 半場;
半價票 ③ 半學年(期) ④ (足球)
前衛 adj. 一半的; 部份的 adv. 一
半地; 相當地 ~back n. (足球)前
衛 ~blooded adj. 混血的; 半血
親的 ~bred adj. 雜種的 ~breed
n. & adj. 雜種(的) ~brother n.
異父(母)兄弟 ~done adj. 半熟
的 ~hearted adj. 不熱情的, 興
趣不大的 ~sister n. 異父(母)姊
妹 ~timer n. 半日工作者 ~way
adj. & adv. 中途(的) // ~ life (核
放射性的)半衰期 ~measures 不
徹底的折衷辦法(或政策).

halibut /hælɪbət/ or holibut
/hɒlɪbət/ n. 大比目魚.

halitosis /hælɪˈtəʊsɪs/ n. 【醫】口臭.

hall /hɔːl/ n. ① 門廳 ② 禮堂
③ 餐廳 ④ 音樂廳.

hallelujah, -luiah /hælɪˈluːjə/ int.
哈利路亞(表示讚美或感謝等).

hallmark /hɔːlmɑːk/ n. (證明金銀
純度的)檢驗印記; 品質證明; 標
誌; 特點 vt. 在 … 上蓋檢驗印記.

hallo(a) /həˈləʊ/ int. 喂 n. "喂"
的一聲 v. (向 …)"喂"地叫一聲.

halloo /həˈluː/ or hallo or halloa
/həˈləʊ/ int. 嗨!嗨!(嗾狗聲) v. 嗾
(狗); 呼喊(人); 喊叫.

hallow /hæləʊ/ vt. 視為神聖; 尊
敬 n. 聖徒.

Halloween, Hallowe'en
/hæləʊˈiːn/ n. 萬聖節前夕(10月
31 日).

hallucinate /həˈluːsɪneɪt/ v. (使)生
幻覺 hallucination n. 幻覺; 幻象
hallucinatory adj. 幻覺的; 引起
幻覺的.

hallway /hɔːlweɪ/ n. [美]門廳; 迴
廊.

halo /heɪləʊ/ (pl. -lo(e)s) n. ① 暈
(輪) ② 光環; 光輝; 光榮.

halogen /hæləˌdʒen/ n. 【化】鹵素.

halt /hɔːlt/ n. ① 止步; 停止
② [英]無站房的小火車站 v. (使)
暫停.

halter /hɔːltə/ n. ① 繮繩, 馬繮
② 絞索; 絞刑 ③ (女裝)
馬籠頭 ② 給 … 套上籠頭
三角背心 vt. ① 給 … 套上籠頭
② 束縛.

halve /hɑːv/ vt. 等分; 減半.

halves /hɑːvz/ n. half 的複數.

ham /hæm/ n. ① 火腿 ② (獸的)
大腿 ③ [俚]拙劣的表演者 adj.
過火的; 做作的; [俚]蹩腳的.

hamburger /ˈhæm,bɜːgə/ or hamburg *n.* 漢堡牛扒; 漢堡包; 牛肉餅.

hamlet /ˈhæmlɪt/ *n.* 村莊(尤指沒有教堂的小村子).

hammer /ˈhæmə/ *n.* 錘子; 敲打; 攻擊 ② 苦心想出.

hammock /ˈhæmək/ *n.* ① 吊床 ② 小丘; 冰丘.

hamper /ˈhæmpə/ *vt.* 牽制; 妨礙阻礙 *n.* ① 阻礙物 ② (裝食品的)有蓋大籃.

hamster /ˈhæmstə/ *n.* 【動】倉鼠; 金色倉鼠.

hamstring /ˈhæm,strɪŋ/ *n.* 腿筋.

hand /hænd/ *n.* ① 手; 獸的前腳 ② (鐘錶的)指針 ③ 人手; 僱員 ④ 字跡; 手跡 ⑤ 簽字 ⑥ 支配; 掌管 ⑦ 方面 *vt.* 交出; 傳遞; 給 ~ed *adj.* 有手的; 用手的 ~ful *n.* 一把; 少量 ~less *adj.* 無手的; 手笨拙的 ~bag *n.* (女用)手袋 ~ball *n.* (足球的)手球(犯規) ~book *n.* 手冊 ~brake *n.* 手閘; 手制車 ~shake *n.* 握手 ~cuff *n.* 手銬 ~to~ *adj.* 肉搏的 ~writing *n.* 筆跡 ~written *adj.* 手寫的.

handicap /ˈhændɪ,kæp/ *n.* 讓步賽跑; 障礙; 不利條件 *vt.* 妨礙; 使不利.

handicraft /ˈhændɪ,krɑːft/ *n.* 手藝; 手工業; 手工藝品 ~sman *n.* 手藝工人.

handiwork /ˈhændɪ,wɜːk/ *n.* ① 手工; 手工製品 ② (某人)親手做的東西或事情.

handkerchief /ˈhæŋkətʃɪf, -tʃiːf/ *n.* ① 手帕 ② 圍巾, 頭巾.

handle /ˈhændl/ *n.* ① 柄; 把手; 把柄 ② 頭銜 *vt.* ① 觸; 摸 ② 運用; 操縱; 駕駛 ③ 處理; 管理 *vi.* 用手搬運; 易於操縱 ~r *n.* 處理者; 管理者 handling *n.* 處理; 管理.

handsome /ˈhændsəm/ *adj.* ① 漂亮的; (指男子)英俊的 ② (指女子)端莊秀麗的; 健美的 ③ 慷慨的; 大方的 ④ 相當的; 可觀的 ~ly *adv.* ~ness *n.*

handy /ˈhændɪ/ *adj.* ① 手邊的; 近便的; 方便的 ② 手靈巧的 handily *adv.* handman *n.* (*pl.* -men) 手巧的人.

hang /hæŋ/ (過去式及過去分詞 hung 或 ~ed) *vt.* ① 懸; 掛; 垂; 吊 ② 固定(或黏、貼)在牆上 ③ (過去式和過去分詞 ~ed)絞死; 吊死 *vi.* ① 懸掛; 吊着; 垂下 ② 被絞死; 被吊死 ③ 懸而不決 *n.* ① 懸掛方法 ② [口]做法; 用法 ③ [口]大意 ~ing *n.* ① (*pl.*)懸掛物 ② 絞死 ~man *n.* (*pl.* -men) (絞刑)劊子手 ~over *n.* 酒後的宿醉 // ~ time 滯空時間.

hangar /ˈhæŋə/ *n.* 飛機棚; 飛機庫 *vt.* 把(飛機)放入機庫中.

hanger /ˈhæŋə/ *n.* ① 掛東西的人 ② 糊牆的人 ③ 掛物的東西; 掛鈎 ④ 吊架; 衣架.

hanger-on /ˌhæŋəˈrɒn/ *n.* (*pl.* hangers-on) 食客; 隨從; 奉承者.

hank /hæŋk/ *n.* 一卷; 一束; 線束的長度(棉線 840 碼, 毛線 560 碼).

hanker /ˈhæŋkə/ *vi.* 渴望; 追求 ~ing *n.*

hanky, hankie /'hæŋkɪ/ *n.* [口]手帕.

hansom /'hænsəm/ *n.* 雙輪小馬車.

haphazard /ˌhæp'hæzəd/ *adj.* 無計劃的; 任意的; 偶然的 *n.* 偶然性; 任意性 *adv.* 雜亂無章地; 任意地 ~ly *adv.* ~ness *n.*

hapless /'hæplɪs/ *adj.* 不幸的; 倒霉的 ~ly *adv.* ~ness *n.*

happen /'hæp°n/ *vi.* (偶然)發生; 碰巧; 偶然發現 ~ing *n.* (常用複)事件; 偶然發生的事.

happy /'hæpɪ/ *adj.* 幸福的; 幸運的; 快樂的; 巧妙的 happily *adv.* happiness *n.* // ~ medium 折衷辦法.

hara-kiri /ˌhærə'kɪrɪ/ or hari-kari /ˌhærɪ'kɑːrɪ/ *n.* [日本]切腹自殺.

harangue /hə'ræŋ/ *n. & v.* 激動地演說; (向…)激動地演講.

harass /'hærəs, hə'ræs/ *vt.* ① 煩擾; 折磨 ② 反覆攻擊; 侵擾 ~ed *adj.* 疲乏的; 煩惱的 ~ment *n.* 騷擾; 煩擾.

harbinger /'hɑːbɪndʒə/ *n.* 先驅; 先兆.

harbour, 美式 harbor /'hɑːbə/ *n.* ① 港(口) ② 避難所 *vt.* ① 庇護; 窩藏 ② 懷(惡意) ③ 停泊 *vi.* 入港停泊; 躲藏; 聚集.

hard /hɑːd/ *adj.* ① 堅硬的; 結實的 ② 辛苦的; 費力的 ③ 猛烈的; 難忍的 *adv.* ① 硬 ② 努力地; 緊緊地 ③ 困難地 ④ 牢固地 ~ly *adv.* ① 幾乎不 ② 嚴厲地 ③ 費力地 ~ness *n.* 堅硬; 硬度 ~ship *n.* 受苦; 吃苦; 苦難 ~y *adj.* 強壯的; 耐勞的; 大膽的; 果

斷地 ~back *n.* 精裝書 *adj.* (書)精裝的 ~board *n.* 硬質纖維板 ~boiled *adj.* 全熟的(蛋); (人)無情的 ~hearted *adj.* 硬心腸的 ~hitting *adj.* 直言不諱的 ~line *adj.* 強硬的 ~nosed *adj.* [俗]固執的 ~ware *n.* 金屬器具; (電腦)硬件; 重型機械; 重武器 ~wearing *adj.* 耐磨損的 ~working *adj.* 努力的, 用功的 // ~ cash 現金 ~ copy【計】硬拷貝; 複印文本 ~ currency 硬通貨 ~ hat 防護帽; 安全帽 ~ rock 重搖滾(樂) ~ sell 硬行推銷 ~ shoulder (高速公路路側供緊急停車用的)路肩 ~ water 硬水.

harden /'hɑːd°n/ *v.* ① (使)變硬; (使)堅強 ② (使)變得冷酷; 麻木 ~ability *n.* 可硬化性; 可硬化度 ~er *n.* 硬化劑 ~ing *n.* 硬化; 淬火; 硬化劑.

hardihood /'hɑːdɪˌhʊd/ *n.* ① 大膽; 剛毅 ② 魯莽 ③ 強壯.

hare /heə/ *n.* (野)兔子 *vi.* 飛跑 ~brained *adj.* 愚蠢的 ~lip *n.* 兔唇, 豁唇.

harem /'heərəm, hɑː'riːm/ or hareem *n.* (伊斯蘭國家中的)閨閣; 後宮; 妻妾; 女眷們.

haricot /'hærɪkəʊ/ *n.*【植】扁豆.

hark /hɑːk/ *vi.* (主要用於祈使句)聽.

harlequin /'hɑːlɪkwɪn/ *n.* ① (童話、喜劇、啞劇中剃光頭, 穿雜色衣, 持木劍的)滑稽角色 ② 丑角; 滑稽角色.

harlot /'hɑːlət/ *n.* 妓女 ~ry *n.* 賣淫.

harm /hɑːm/ *n. & vt.* 損害; 傷害 **~ful** *adj.* 有害的.

harmless /'hɑːmlɪs/ *adj.* 無害的; 無惡意的 **~ly** *adv.* **~ness** *n.*

harmonic /hɑː'mɒnɪk/ *adj.* ①【音】泛音的; 和聲的 ②【物】諧波的; 諧(和)的 **~ally** *adv.* **~s** *n.* 和聲學.

harmonica /hɑː'mɒnɪkə/ *n.* 口琴.

harmonious /hɑː'məʊnɪəs/ *adj.* ① 和諧的; 和睦的; 協調的 ② 悦耳的; 曲調優美的 **~ly** *adv.* **~ness** *n.*

harmonium /hɑː'məʊnɪəm/ *n.* 簧風琴.

harmonize, -se /'hɑːmə,naɪz/ *v.* ① (使)協調; (使)一致 ② 以和聲唱; 使曲調和諧 harmonization *n.* 調和; 一致.

harmony /'hɑːmənɪ/ *n.* ① 調和; 協調; 融洽 ② 一致 ③ 和聲(學).

harness /'hɑːnɪs/ *n.* ① 馬具; 挽具 ② 降落傘背帶 *vt.* ① 給 … 上挽具 ② 使 … 發電 ③ 治理; 利用.

harp /hɑːp/ *n.* 豎琴 **~er, ~ist** *n.* 豎琴師.

harpoon /hɑː'puːn/ *n.* 魚叉; 標槍 *vt.* 用魚叉叉.

harpy /'hɑːpɪ/ *n.* 冷酷貪心的女人.

harridan /'hærɪdⁿ/ *n.* 兇惡的老婦; 醜婆.

harrier /'hærɪə/ *n.* ① 獵兔狗 ② 越野賽跑者 ③ 搶劫者 ④ 蹂躪者.

harrow /'hærəʊ/ *n.* 耙 *vt.* 耙(地); 弄傷; 使痛苦; 折磨 **~ing** *adj.* 折磨人的; 慘痛的.

harry /'hærɪ/ or herry /'herɪ/ *vt.*

① 掠奪; 蹂躪 ② 折磨; 騷擾 ③ 驅走.

harsh /hɑːʃ/ *adj.* ① 粗糙的 ② 刺耳(或眼)的 ③ 苛刻的; 殘酷的; 嚴厲的 **~ly** *adv.* **~ness** *n.*

hart /hɑːt/ *n.* 公鹿.

hartshorn /'hɑːts,hɔːn/ *n.* 鹿茸; 鹿角.

harum-scarum /'heərəm'skeərəm/ *adj. & adv.* 輕率的(地); 冒失的(地) *n.* 冒失鬼; 輕舉妄動.

harvest /'hɑːvɪst/ *n.* ① 收穫(期); 收割(期) ② 收成; 產量 ③ 結果; 後果; 成果 *vt.* 收割; 收穫; 獲得 *vi.* 收割 **~er** *n.* 收割莊稼的人, 收穫者; 收割機 **// ~fly** 秋蟬 **~moon** 中秋的圓月.

has /hæz/ *v.* have 的第三人稱單數現在式.

hash /hæʃ/ *vt.* ① 切細 ② 把 … 搞糟; 把 … 弄亂 ③ 反覆推敲; 仔細考慮 *n.* ① 肉丁烤菜; 雜燴 ② 複述; 重申 **// ~ house** [美俚] 經濟餐館 make a ~ of 把 … 弄糟 settle sb's ~ 把某人抬某人, 征服某人.

hashish /'hæʃiːʃ, -ɪʃ/ or hasheesh *n.* 哈希什(從印度大麻中提煉出來的一種可供吸食的毒品).

hasn't /'hæzⁿt/ *v.* = has not.

hasp /hɑːsp/ *n.* 搭扣; 鐵扣.

hassle /'hæsⁿl/ *n.* [口] 激戰; 激烈的爭論; 困難, 掙扎 *v.* (與 …)爭論; 打擾; 辯論.

hassock /'hæsək/ *n.* (尤指教堂中厚實的)跪墊.

haste /heɪst/ *n.* 急速; 緊迫; 倉促; 草率 *vi.* 趕緊; 匆忙.

hasten /ˈheɪsⁿ/ *vt.* ① 催促; 促進; 加速 *vi.* 趕緊; 趕快.

hasty /ˈheɪstɪ/ *adj.* ① 急速的; 倉促的 ② 草率的 ③ 性急的; 急躁的 *hastily adv.* **hastiness** *n.*

hat /hæt/ *n.* (有邊的)帽子.

hatch /hætʃ/ *vt.* ① 孵(出) ② 內心懷着 ③ 圖謀; 策劃 *vi.* 孵化; 出殼 *n.* ① 孵化; 一窩 ② 一窩 ③ 結果 (飛機、門、天花板等上面的)小門, 短門, 開口; 艙口; 閘門 ④ 魚欄 **~back** *n.* (門在尾部、上下開關)尾門汽車, 掀背形汽車.

hatchet /ˈhætʃɪt/ *n.* 小斧; 戰斧.

hate /heɪt/ *n.* & *vt.* ① (憎)恨; 嫌惡 ② 不願; 不喜歡 *vi.* 仇恨 *n.* 怨恨; 嫉恨.

hateful /ˈheɪtfʊl/ *adj.* 可恨的; 討厭的 **~ly** *adv.* **~ness** *n.*

hatred /ˈheɪtrɪd/ *n.* 憎恨; 憎惡; 敵意.

hatter /ˈhætə/ *n.* 製帽人; 帽商.

haughty /ˈhɔːtɪ/ *adj.* 傲慢的; 輕蔑的 **haughtily** *adv.* **haughtiness** *n.*

haul /hɔːl/ *vt.* ① 拖; 拉; 牽; 拽 ② 運輸 ③ 使⋯改變航向 *vi.* ① 拖; 拉 ② 改變航向; 改變主意 *n.* ① 拖; 拉 ② 捕獲物 ③ 一網捕來的魚 ④ 運輸量 **~er** (= **~ier**) ① 拖曳者 ② 運輸工; 承運人 ③ 公路承運公司.

haulage /ˈhɔːlɪdʒ/ *n.*, 美式 **hauler** ① 拖(運) ② 拖力 ③ 運費.

haulier /ˈhɔːljə/ *n.*, 美式 **hauler** /ˈhɔːlə/ *n.* 貨運公司; 貨物承運人.

ha(u)lm /mɔːm/ *n.* [英]麥秸; 稻草.

haunch /hɔːntʃ/ *n.* 腰腿部; 臀部.

haunt /hɔːnt/ *vt.* ① 常去; 常到(某地) ② 纏住(某人)(鬼魂等)常出沒於; 縈繞 *vi.* 經常出沒; 逗留; 作祟 *n.* 常到的地方; (動物)生息地 **~ed** *adj.* ① 常出現鬼的; 鬧鬼的 ② 困惑的 **~ing** *adj.* 縈繞於心頭的; 難以忘懷的.

haute couture /ot kutyr/ *n.* [法]高級時裝公司; (女裝)高級時裝式樣.

hauteur /əʊˈtɜː/ *n.* 傲慢; 擺架子.

have /hæv/ (過去式及過去分詞 had 第三人稱單數 has) *v. aux.* ① (用於組成完成時態)已經; 曾經 ② (用於組成虛擬語氣)假如⋯; ⋯的話 *vt.* ① 有; 持有 ② 拿到 ③ 吃; 喝 ④ 進行; 從事 ⑤ 享有; 經歷 ⑥ 允許; 使; 讓 ⑦ 生(子) ⑧ 要 ⑨ 明白; 懂. *n.* ① [俚語]欺詐 ② (pl.)富人; 富國.

haven /ˈheɪvⁿ/ *n.* ① 港口 ② 避難所.

have-not /ˈhævnɒt/ *n.* [口]窮人; 窮國.

haver /ˈheɪvə/ *vi.* & *n.* & *v.* ① 猶豫; 躊躇 ② 胡說.

haversack /ˈhævəsæk/ *n.* 帆布背包; 乾糧袋.

havoc /ˈhævək/ *n.* ① 大破壞; 浩劫 ② 大混亂; 大雜亂.

haw /hɔː/ *n.* 山楂樹; 山楂果.

Hawaii /həˈwaɪ/ *n.* 夏威夷(美國州名).

Hawaiian /həˈwaɪən/ *adj.* 夏威夷(人、語)的 *n.* 夏威夷人(語).

hawk /hɔːk/ *n.* ① 鷹; 隼; 鷹派人物 ② 掠奪者 ③ 帶柄方形灰

槳板 **vt.** ① 捕捉 ② 叫賣; 兜售 ③ 散播. **vi.** ① 帶鷹出獵, 猛撲; 翱翔 ② 清嗓; 咳嗽 **-er** n. 沿街兜售的小販 **~eyed** adj. 目光銳利的.

hawser /ˈhɔːzə/ or halser /ˈhɔːlsə/ n. 【船】(繫船或拖船用的)纜索; 鋼絲繩.

hawthorn /ˈhɔːθɔːn/ n. 山楂樹(叢).

hay /heɪ/ n. 乾草; 秣 **~cock** n. 圓錐形乾草堆 **~fork** n. 草叉 **~loft** n. 乾草棚 **~rick**、**~stack** n. 大乾草堆 // **~ fever**【醫】乾草熱; 花粉熱.

hazard /ˈhæzəd/ n. 危險; 危害物 **vt.** ① 冒險; 嘗試 ② 使冒危險; 冒…的危險 ③ 使承擔風險.

hazardous /ˈhæzədəs/ adj. 碰運氣的; 危險的; 冒險的.

haze /heɪz/ n. ① 霧 ② 頭腦糊塗; 迷惑.

hazel /ˈheɪzl/ n. ①【植】榛; 榛子(或木) ② 淡褐色 adj. ① 榛樹的; 榛木的 ② 淡褐色的 **~nut** n. 榛子.

hazy /ˈheɪzɪ/ adj. 煙霧迷漫的; 朦朧的; 模糊的; 不明的 hazily adv. haziness n.

H-bomb /ˈeɪtʃ bɒm/ n. 氫彈.

he /hiː, 弱 iː/ pro. 他 **~-man** n. [美] 健美男子.

head /hed/ n. ① 頭(像); 頭狀物體 ② 首腦; 首長 ③ 頭腦; 才智; 腦袋 ④ 生命; 人; 個人 ⑤ (牛羊等的)頭數 ⑥ 上端; 頂端 ⑦ (桌位的)首席; 船頭; (河流的)源頭 ⑧ 標題; 項目 adj. ① 頭部

的; 在前頭的; 在頂部的 ② 首要的; 領頭的 **vi.** 向特定方向前進 **vt.** ① 行進在(或位於)…的前頭(或頂部); 為…之頭; 屬…之首 ② 先於; 超越; 勝過 ③ 主管; 率領; 領導 **~ed** adj. 有頭的; 列有標題的 **~ing** n. 標題 **~less** adj. 無頭的; 無人領導的; 沒頭腦的 **~most** adj. 最前面的 **~ship** n. 領導者的地位(或身份) **~y** adj. 頑固的; 魯莽的 **~ache** n. 頭痛; 令人頭痛的事 **~count** n. 點人數; 總人數 **~dress** n. 頭飾 **~gear** n. 帽子; 頭飾 **~light** n. (汽車等的)前燈 **~line** n. (報紙上的)大號標題 **~long** adj. & adv. 頭朝前的(地); 迅猛的(地) **~man** n. 頭人, 村長, 族長 **~master** n. 男校長 **~mistress** n. 女校長 **~phones** n. 耳機 **~quarters** n. 司令部; 總部 **~set** n. (戴在頭上, 連送話器的)耳機 **~stand** n. (身體)倒立 **~stone** n. 墓碑 **~strong** adj. 剛愎自用的 **~wind** n. 頂頭風 **~word** n. (詞典的)詞目 // **~ office** 總部, 總公司; (銀行的)總行.

headhunt /ˈhedhʌnt/ vt. 物色人材 **~er** n. 獵頭公司.

heal /hiːl/ **vt.** ① 治癒; 使恢復健康 ② 使和解; 調停 **vi.** 癒合; 痊癒 **~er** n. 醫治者 **~ing** n. 治癒; 恢復健康.

health /helθ/ n. ① 健康(狀況); 衛生 ② 祝健康的乾杯 **~ful** adj. 有益健康的 **~fully** adv. **~-giving** adj. 有益健康的 // **~ center** 醫療保健中心 **~ club** 健身樂部 **~ food** 天然健康食品.

healthy /ˈhɛlθɪ/ *adj.* ① 健康的; 衛生的 ② 旺盛的 **healthily** *adv.* **healthiness** *n.*

heap /hiːp/ *n.* (一)堆(積); 許多; 大量 ① 堆積; 累積 ② 裝滿; 使充溢 ② 大量地給 *vi.* 積成堆.

hear /hɪə/ *v.* (過去式及過去分詞 ~d) *vt.* 聽(見); 聽説 ② 聽取; 審理 *vi.* 聽(見); 聽到 ~**able** *adj.* 聽得見的 ~**er** *n.* 聆聽者 ~**ing** *n.* ① 聽覺 ② 審問 // ~**ing aid** 助聽器.

heard /hɜːd/ *v.* hear 的過去式及過去分詞.

hearken, 美式 **harken** /ˈhɑːkən/ *vi.* 傾聽.

hearsay /ˈhɪəˌseɪ/ *n. & adj.* 風聞(的); 傳聞(的).

hearse /hɜːs/ *n.* 柩車; 靈車.

heart /hɑːt/ *n.* ① 心臟; 胸 ② 內心; 心腸 感情; 愛情 ~**y** *adj.* 忠心的; 親切的; 精神飽滿的 ~**ache**, ~**break** *n.* 傷心; 悲痛 ~**burn** *n.* ① 胃氣痛 ② 嫉妒 ~**burning** *n.* 嫉妒; 不滿 ~**felt** *adj.* 真心實意的 ~**to**~ *adj.* 坦白的; 親切的 ~~**whole** *adj.* 真誠的; 勇敢的; 全心全意的; 不在戀愛的 // ~ **attack** 心臟病發作.

hearten /ˈhɑːtʰn/ *vt.* 振作; 鼓勵 ② 振作起來.

hearth /hɑːθ/ *n.* ① 壁爐地面; 爐邊 ② [喻]家.

heartily /ˈhɑːtɪlɪ/ *adv.* ① 誠心誠意地; 懇切地 ② 精神飽滿地 ③ 非常; 完全.

heartless /ˈhɑːtlɪs/ *adj.* 無情的; 殘忍的 ~**ly** *adv.*

heat /hiːt/ *n.* ① 熱; 熱烈; 激烈 ② 初賽 ③ 體溫; 發燒 *vt.* 把…加熱; 使激動; 刺激 *vi.* 發熱; 激動; 發怒 ~**ing** *adj.* 供熱的; 刺激的 *n.* 暖氣設備 ~**stroke** *n.* 中暑.

heated /ˈhiːtɪd/ *adj.* 熱烈的; 發怒的.

heater /ˈhiːtə/ *n.* 爐; 發熱器.

heath /hiːθ/ *n.* 石南屬灌木; 石南叢生的荒地 ~**er** *n.* 石南屬植物.

heathen /ˈhiːðən/ *adj. & n.* 異教徒(的); 野蠻人(的) ~**ish** *adj.* 異教徒的; 野蠻的.

heather /ˈhɛðə/ *n.* 【植】(常見於歐洲荒野的常綠小喬木)歐石南; 杜鵑花科植物.

heave /hiːv/ *v.* (過去式及過去分詞 ~**d** 或 hove) *vt.* ① 舉起; 抛出; 發出 ② 使起伏; 使鼓起 ③ 拖; 拉; 堆; 放 *vi.* ① 拉; 堆; 拖 ② 脹起; 鼓起 ③ 喘息 ④ 嘔吐 *n.* ① 舉起 ② 起伏 ③ 嘔吐.

heaven /ˈhɛvʰn/ *n.* ① (常用複)天, 天空 ②(常用 **H**-)上帝 ③(常用 **H**-)天國 ~**ly** *adj. & adv.*

heavily /ˈhɛvɪlɪ/ *adv.* ① 重; 沉重 ② 大量地 ③ 嚴重地; 劇烈地.

heaviness /ˈhɛvɪnɪs/ *n.* ① 重; 沉重; 累贅 ② 悲哀; 憂愁.

heavy /ˈhɛvɪ/ *adj.* ① 重的 ② 繁重的; 沉重的 ③ 有力的 ④ 大量的 ⑤ 猛烈的 ⑥ 令人憂鬱的 *adv.* 沉重地; 大量地 *n.* ① 重物 ② 莊重角色 ~~**browed** *adj.* 眉頭緊鎖的 ~~**buying** *adj.* 大量購入的 ~~**duty** *adj.* 耐用的; 耐磨的 ~~**handed** *adj.* 拙劣的; 暴虐的 ~~**headed** *adj.* 遲鈍的 ~~**hearted**

adj. 抑鬱的; 悲傷的 **~-laden** *adj.* 負重的; 沉重的.

Hebrew /ˈhiːbruː/ *n.* 希伯來人(語) *adj.* 希伯來人(語)的.

heckle /ˈhekˈl/ *vt.* ① 責問; 詰問 ② 【紡】櫛梳.

hectare /ˈhektɑː/ *n.* 公頃(等於一萬平方公尺).

hectic /ˈhektɪk/ *adj.* ① 忙亂的, 亂哄哄的 ② (因患病)發熱的 ③ 興奮的; 激動的.

hector /ˈhektə/ *n.* 威嚇者; 虛張聲勢的人 *vt.* 威脅; 欺凌 *vi.* 虛張聲勢; 持強凌弱.

he'd /hiːd, hɪd, 弱 iːd, ɪd/ = he had; he would.

hedge /hedʒ/ *n.* ① 樹籬; 障礙 ② 套頭交易 ③ 兩面下注; 模稜兩可的話 *vt.* 用樹籬圍住; 妨礙; 包圍 *vi.* 築樹籬; 躲避 **~school** *n.* 露天學校 // **~ fund** 對沖基金.

hedgehog /ˈhedʒˌhɒg/ *n.* 【動】刺蝟.

hedonism /ˈhiːdˌnɪzˌm, ˈhed-/ *n.* 享樂主義; 歡樂主義.

heed /hiːd/ *n.* & *v.* 注意; 留意 **~ful** *adj.* 注意的; 留心的 **~less** *adj.* 不注意的; 掉以輕心的.

heel /hiːl/ *n.* ① 腳後跟; 踵; 蹄的後部 ② (*pl.*)後腿 ③ 船的後部 *vt.* ① 裝鞋後跟 ② 緊跟; 追趕 ③ 使傾斜 *vi.* ① 在後緊隨 ② 快跑 ③ 用腳後跟跳舞 ④ (船)傾側.

hefty /ˈheftɪ/ *adj.* ① 笨重的 ② 有力的; 健壯的 ③ 異常大的; 相當多的.

hegemony /hɪˈgemənɪ,

hɪˈdʒemənɪ/ *n.* 霸權; 領導權; 盟主權.

Hegira, -jira /ˈhedʒɪrə/ *n.* ① 公元622年穆罕默德從麥加到麥地那的逃亡 ② 從公元622年開始的伊斯蘭教紀元.

heifer /ˈhefə/ *n.* 小母牛.

heigh-ho /ˈheɪˈhəʊ/ *int.* 嗨呵(疲勞、驚訝、高興等的呼聲).

height /haɪt/ *n.* ① 高度; 頂點 ② 海拔 ③ (*pl.*)高處; 高地.

heighten /ˈhaɪtˈn/ *vt.* ① 加高; 提高 ② 增加; 增大; 增強; 使顯著 *vi.* 變大; 變深; 變顯著.

heinous /ˈheɪnəs, ˈhiː-/ *adj.* 極可怕的; 極兇惡的 **~ly** *adv.* **~ness** *n.*

heir /eə/ *n.* 繼承人 **~ess** *n.* 女繼承人; 嗣女 **~less** 無後嗣的, 無繼承人的 **~ship** *n.* 繼承權.

heirloom /ˈeəˌluːm/ *n.* ① 祖傳物; 傳家之寶 ② 相傳的動產.

held /held/ *v.* hold 的過去式及過去分詞.

helicopter /ˈhelɪˌkɒptə/ *n.* 直升機.

heliosis /ˌhiːlɪˈəʊsɪs/ *n.* 日射病; 中暑.

heliotherapy /ˌhiːlɪəʊˈθerəpɪ/ *n.* 日光療法.

heliotrope /ˈhiːlɪəˌtrəʊp, ˈheljə-/ *n.* ① 天芥菜屬植物 ② 向陽開花的植物 ③ 【礦】雞血石.

heliport /ˈhelɪˌpɔːt/ *n.* 直升機場.

helium /ˈhiːlɪəm/ *n.* 【化】氦.

helix /ˈhiːlɪks/ *n.* 螺旋形; 螺線.

hell /hel/ *n.* ① 地獄 ② 極大的痛苦; 苦境 ③ 大混亂 ④ 訓斥; 大罵.

he'll /hiːl, 弱 iːl, hɪl, ɪl/ = he will.

Hellas /ˈhɛləs/ *n.* 希臘(古名).

Hellene /ˈhɛliːn/ or **Hellenian** /heˈliːniən/ *n.* (古)希臘人 **Hellenic** *adj.* (古)希臘(人、語)的.

hellish /ˈhɛliʃ/ *adj.* ① 地獄(似)的 ② 兇惡的; 惡魔似的 **~ly** *adv.* **~ness** *n.*

hello, ha-, hu- /hɛˈləʊ, -ə-, ˈhɛləʊ/ *int.* 喂.

helm /hɛlm/ *n.* ① 舵柄; 舵輪 ② 掌管; 領導 *v.* 給…掌舵; 指揮 // **at the ~** 領導, 掌管.

helmet /ˈhɛlmɪt/ *n.* ① 安全帽; 鋼盔 *vt.* 給…帶上(或配上)頭盔 **~ed** *adj.* 戴頭盔的; 頭盔狀的.

helmsman /ˈhɛlmzmən/ *n.* (*pl.* **-men**) 舵手.

Helot /ˈhɛlət, ˈhiː-/ *n.* 奴隸; 農奴.

help /hɛlp/ *vt.* ① 幫助; 援助; 促進 ② 治療 ③ 使進食; 款待 ④ 避免; 抑制 *vi.* 有幫助; 有用; 招待 *n.* ① 幫助; 幫手; 助手 ② 治療 **~ful** *adj.* 有幫助的; 有益的 **~less** *n.* 無助的; 沒用的, 無效的 **~er** *n.* 幫手; 助手 **~ing** *n.* (食物的)一份, 一客 *adj.* 給予幫助的 // **~ screen** 【計】用法說明書頁面.

helpmate /ˈhɛlpˌmeɪt/ *n.* or **helpmeet** ① 良伴; 配偶 ② 助手; 夥伴.

helter-skelter /ˈhɛltəˈskɛltə/ *adv.* 手忙腳亂地; 慌張地 *n.* (遊樂園裏的)高塔旋轉滑梯.

helve /hɛlv/ *v.* (工具的)柄; 斧柄.

hem /hɛm/ *n.* ① (衣服等的)摺邊, 邊緣 ② 哼聲; 清嗓聲; 咳嗽聲 *vt.* ① 給…縫邊; 給…鑲邊 ② 包圍, 禁閉 *vi.* ① 做摺邊

② 發哼聲; 哼一聲 *int.* 哼!

hemisphere /ˈhɛmɪˌsfɪə/ *n.* 半球; 半球地圖(模型).

hemlock /ˈhɛmˌlɒk/ *n.* 【植】毒人參.

hemp /hɛmp/ *n.* ① 【植】大麻; 大麻纖維 ② 大麻毒品 ③ 纖維植物 ④ 【謔】絞索 **~en** *adj.*

hemstitch /ˈhɛmˌstɪtʃ/ *n.* 花邊; 結穗緣飾.

hen /hɛn/ *n.* 母雞; 雌禽 **~-hearted** *adj.* 膽小的 **~house** *n.* 家禽的籠舍 **~-pecked** *adj.* 妻管嚴的; 怕老婆的 // **~ party** 【俗】婦女聚會.

hence /hɛns/ *adv.* 從此; 今後; 因此.

henceforth /ˈhɛnsˈfɔːθ/ or **henceforwards** or **henceforward** *adv.* 今後; 自此之後.

henchman /ˈhɛntʃmən/ *n.* ① 親信; 心腹; 侍從 ② 傀儡③ 黨羽; 黨徒.

henna /ˈhɛnə/ *n.* (用於頭髮或皮膚的)棕紅色染料; 棕紅色 *adj.* 棕紅色的.

heptagon /ˈhɛptəgən/ *n.* 【數】七邊形, 七角形.

her /hɜː, 弱 hə, ə/ *pro.* 她; 她的.

herald /ˈhɛrəld/ *n.* ① (舊時)傳令官 ② 先驅; 前兆 ③ 預言者; 通報者 *vt.* 預報; 宣佈; 通報 ② 預示…的來臨.

heraldic /heˈrældɪk/ *adj.* ① 傳令的 ② 紋章官的; 紋章(學)的 **~ally** *adv.* **heraldry** *n.* 紋章學.

herb /hɜːb, ɜːb/ *n.* 草本植物 // **~ tea, ~ water** 湯藥 **~al medicine** 草藥; 中藥.

herbage /ˈhɜːbɪdʒ/ n. (總稱)草; 草本植物.

Hercules /ˈhɜːkjʊˌliːz/ or **Heracles** or **Herakles** n. ①【希神】【羅神】海格力斯(主神宙斯之子, 力大無窮, 曾完成十二項英雄事蹟); 大力神 ② (h-) 大力士; 巨人 **herculean, Herculean** adj. 海格力斯的; 大力神的; (在力量方面)其大無比的; 費力的; 艱巨的.

herd /hɜːd/ n. 獸羣; 牧羣 vt. 使集中在一起; 把 ⋯ 趕在一起 **~er** n. ① 牧人 ②【美俚】監獄看守.

herdsman /ˈhɜːdzmən/ n. (pl. -men) 牧人; 牧主.

here /hɪə/ adv. ① (在)這裏; 向這裏; 到這裏來 ② 在這點上; 這時 **~about(s)** adv. 在這附近 **~after** adv. 今後; 此後 **~by** adv. 在這附近; 特此 **~in** adv. 在這當中 **~tofore** adv. 至此; 此前 **~upon** adv. 於是 **~with** adv. 同此, 並此.

hereditary /hɪˈredɪtərɪ, -trɪ/ adj. 遺傳的; 世襲的 **hereditarily** adv. **heredity** n. 遺傳.

heresy /ˈherəsɪ/ n. ① 異教; 信奉異教 ② 異端邪說.

heritable /ˈherɪtəbᵊl/ adj. 可繼承的; 有權繼承的; 會遺傳的 **heritability** n. 遺傳率; 遺傳力 **heritably** adv.

heritage /ˈherɪtɪdʒ/ n. 遺產; 遺留物.

hermaphrodite /hɜːˈmæfrəˌdaɪt/ n. 兩性人; 雌雄同體(或同株).

hermetic(al) /hɜːˈmetɪk/ adj. 密封的; 不透氣的; 隱居的 **hermetically** adv.

hermit /ˈhɜːmɪt/ n. 隱士 **~age** n. 修道院; 隱居處 **~crab** n. 寄居蟹.

hernia /ˈhɜːnɪə/ n.【醫】疝; 突出.

hero /ˈhɪərəʊ/ n. (pl. -roes) 英雄; 勇士; (戲劇、小說中的)男主角; 中心人物 **~ism** n. 英雄主義; 英雄行為; 英雄品質.

heroic(al) /hɪˈrəʊɪk/ adj. ① 英雄的; 英勇的 ② 歌頌英雄的; 史詩的 **heroically** adv. **heroics** pl. n. 極其戲劇性的言行.

heroin /ˈherəʊɪn/ n. 海洛英.

heroine /ˈherəʊɪn/ n. 女英雄; 女主人公.

heron /ˈherən/ n.【鳥】蒼鷺.

herpes /ˈhɜːpiːz/ n.【醫】疱疹.

Herr /heə/ n. [德]先生; 閣下.

herring /ˈherɪŋ/ n. 青魚; 鯡魚.

hers /hɜːz/ pro. 她的.

herself /hɜːˈself/ pro. 她自己.

hertz /hɜːts/ n. (單複數同形)【電】赫茲.

he's /hiːz, hɪz/ = he is; he has.

hesitate /ˈhezɪˌteɪt/ vi. ① 躊躇; 猶豫 ② 含糊; 支吾 **hesitant** adj. **hesitatingly** adv. **hesitation** n. 躊躇; 猶豫; 含糊.

Hesperus /ˈhespərəs/ n.【天】長庚星; 金星.

hessian /ˈhesɪən/ n. 麻袋布.

heterodox /ˈhetərəʊˌdɒks/ adj. 異教的; 異端的; 離經叛道的 **~y** n. 非正統; 異端.

heterogeneous /ˌhetərəʊˈdʒiːnɪəs/ adj. ① 異種的; 異族的 ② 由不同成份組成的; 不純的.

heteromorphy /ˌhetərəʊˈmɔːfɪk/ n. 變形; 異型; 異態現象.

heterosexual /ˌhɛtərəʊˈseksjʊəl/ *adj.* ① 異性的; 不同性別的 ② 異性戀的 *n.* 異性戀者 **~ly** *adv.*

heterosis /ˌhɛtəˈrəʊsɪs/ *n.* 【生】雜種優勢(亦作 hybrid vigour).

heuristic /hjʊəˈrɪstɪk/ *adj.* 啟發(式)的 *n.* 啟發式的研究(或應用) **~s** *n.* 啟發法.

hew /hjuː/ (過去式 **~ed** 過去分詞 **~n**, **~ed**) *vt.* ① 砍; 劈; 砍倒; 砍成 ② 劈出; 開闢 *vi.* 砍; 劈 **~er** *n.* 砍伐者, 採煤工人.

hew /hjuː/ *v.* ~ 的過去分詞 *adj.* 被砍(劈)的.

hexagon /ˈhɛksəgən/ *n.* 【數】六角形, 六邊形 **~al** *adj.*

hey /heɪ/ *int.* 嗐; 嘿!

heyday /ˈheɪˌdeɪ/ *n.* (僅用單) ① 全盛時期 ② 壯年.

Hg *abbr.* 【化】元素汞(Mercury)的符號.

hi /haɪ/ *int.* ① = hallo [主美]嗨! ② = hey [英]喂!嘿!

hiatus /haɪˈeɪtəs/ *n.* ① (稿件等的)脫字; 漏句 ② 中斷; 間歇.

hibernate /ˈhaɪbəˌneɪt/ *vi.* ① (指動物)冬眠 ② 過冬; 避寒 ③ 【計】(電腦的)自動關機 hibernation *n.*

hibiscus /haɪˈbɪskəs/ *n.* 木槿屬植物.

hiccup, hiccough /ˈhɪkʌp/ *vi.* 打嗝 *n.* ① 打嗝 ② 暫時困難; 暫時阻礙 ③ (股票)暫時跌落.

hick /hɪk/ *n.* [美口]鄉下佬 *adj.* 鄉下佬似的; 落後的.

hickory /ˈhɪkərɪ/ *n.* 北美胡桃; 山核桃; 山核桃木.

hid /hɪd/ *v.* ~**e** 的過去式.

hidden /ˈhɪdn/ *v.* hide 的過去分詞 *adj.* 隱藏的; 秘密的 // ~ **agenda** 秘密議程; 不可告人的目的 ~ **tax** 隱秘稅; 變相稅.

hide [1] /haɪd/ (過去式 hid 過去分詞 hidden) *vt.* ① 把 … 藏起來; 隱藏; 隱瞞 ② 遮掩; 遮蔽 *vi.* 躲藏; 隱藏; 躲(避) *n.* ① 隱匿處, 躲藏處 ② 痛打; 鞭打 ③ 大敗 ~**-and-seek** *n.* 捉迷藏 ~**out** *n.* (= [美]~**away**) 隱藏的地方 // hiding place 躲藏的地方.

hide [2] /haɪd/ *n.* ① 獸皮; 皮革 ② [俚]皮膚.

hidebound /ˈhaɪdˌbaʊnd/ *adj.* ① 氣量狹窄的 ② 十分保守的; 古板的; 墨守成規的.

hideous /ˈhɪdɪəs/ *adj.* ① 駭人聽聞的; 可怕的 ② 醜陋的 **~ly** *adv.*

hierarchy /ˈhaɪəˌrɑːkɪ/ *n.* ① 等級制度 ② (僧侶)統治集團 ③ 等級體系; 分級體系.

hieroglyph /ˈhaɪərəˌɡlɪf/ *n.* 象形文字 **~ic** *adj.* **~ics** *n.* 難以辨認的文字.

hi-fi /ˈhaɪˈfaɪ/ *adj.* 高傳真的 *n.* 高傳真設備.

higgledy-piggledy /ˈhɪɡldɪˈpɪɡˈldɪ/ *adj.* & *adv.* [口]雜亂無章的(地); 亂七八糟的(地).

high /haɪ/ *adj.* ① 高的; 高原的 ② 高度的; 高效的 ③ 強烈的; 很大的 ④ 高級的; 高尚的 ⑤ 高音調的 ⑥ 高價的; 奢侈的 ⑦ 被毒品麻醉的; 喝醉了的 *adv.* ① 高 ② 高價地 ③ 奢

佮地 n. ① 高地; 高處 ② 天上; 天空 ③ 高水準 **~ly** adv. **~ness** n. 高度; 高尚; 殿下 **~ball** n. [美]加冰以及蘇打水等的烈酒 **~brow** n. 所謂有文化修養的人 **~class** adj. 高級的; 上等的; 一流的 **~-definition** adj. 高清晰度的 **~-end** adj. (產品等)同類中最貴的; 最高檔的 **~-grade** adj. 高級的; 優質的 **~-handed** adj. 高壓的; 專橫的 **~-level** adj. 由高層人士進行的(或組成); 高級人士的 **~-lands** n. 高原地區 **~-light** n. 最精彩的部份; (照片等)光亮部份 **~-way** n. 公路; 捷徑 // **~est common factor**【數】最大公約數 **~ ground** adj; 有利地位.

hijack /ˈhaɪdʒæk/ vt. 劫持(飛機等); 從車輛上偷(貨) n. 劫持事件.

hike /haɪk/ vi. 步行, 徒步遠足 vt. 提高…的價錢 n. 遠足; (物價等)提高.

hilarious /hɪˈlɛərɪəs/ adj. ① 愉快的 ② 熱鬧的 ③ 引人發笑的 **~ly** adv. **~ness** n.

hilarity /hɪˈlærɪtɪ/ n. 歡鬧; 歡喜.

hill /hɪl/ n. 小山; 小土堆; 斜坡 **~y** adj. 多小山的; 多丘陵的; 多坡的.

hillock /ˈhɪlək/ n. 小丘.

hillside /ˈhɪlˌsaɪd/ n. 山腹; 山坡.

hilt /hɪlt/ n. (刀)柄 // (up) **to the ~** 完全地; 徹底地.

him /hɪm, 弱 ɪm/ pro. 他.

himself /hɪmˈsɛlf, ɪmˈsɛlf/ pro. 他自己; 他本人.

hind /haɪnd/ (比較級 **~er** 最高級

~most, ~ermost) adj. 後面的; 後部的 n. (三歲以上的)紅色雌鹿; [英]農場熟練僱工; 農場管家 **~sight** n. 事後的認識; 事後聰明.

hinder /ˈhɪndə/ vt. 阻礙; 阻止 vi. 起阻礙作用; 成為障礙.

hindrance /ˈhɪndrəns/ or **hinderance** /ˈhɪndərəns/ n. 障礙; 妨礙的人(或物).

Hinduism, Hindooism /ˈhɪnduːˌɪzəm/ n. 印度教.

Hindi /ˈhɪndɪ/ n. 印度語; 印度語的 Hindu n. 印度教徒.

hinge /hɪndʒ/ n. ① 鉸鏈; 樞紐 ② 要點; 關鍵; 轉折點 vt. 給…裝上鉸鏈; 用鉸鏈接合 vi. 靠鉸鏈轉動; 隨…而定 **~d** adj. 有鉸鏈的 **~less** adj. 無鉸鏈的.

hinny /ˈhɪnɪ/ n. ① 小騾子 ② = honey [英]寶貝.

hint /hɪnt/ n. ① 暗示; 提示 ② 點滴; 微量 v. 暗示.

hinterland /ˈhɪntəˌlænd/ n. ① 腹地; 內地 ② 窮鄉僻壤; 未開拓的領域.

hip /hɪp/ n. ① 臀部; 髖關節 ②【建】屋脊【植】薔薇果 adj. ① 時髦的, 最新的 ② 嬉皮士的 **~ped** adj. [美]沮喪的 ② (組成複合形容詞)具有…的臀部的, 如: large-**~ped** adj. 臀部大的 **~-hop** n. (以說唱、街舞、牆壁塗鴉為主要特徵的)嘻哈音樂.

hippie, hippy /ˈhɪpɪ/ n. 嬉皮士.

hippo /ˈhɪpəʊ/ n. [口]河馬.

hippopotamus /ˌhɪpəˈpɒtəməs/ n. (pl. **-muses, -mi**) 河馬.

hippy /ˈhɪpɪ/ n. = hippie.

hire /haɪə/ n. ① 租用; 僱用; 受僱 ② 租金; 工錢 vt. 租用; 暫時租借; 僱用; 租出 // ~ **purchase** 分期付款.

hireling /ˈhaɪəlɪŋ/ n. 傭工 adj. 被僱用的; 為金錢而工作的.

hirsute /ˈhɜːsjuːt/ adj. 多毛的; 毛質的 ~**ness** n.

his /hɪz, 弱 ɪz/ pro. 他的.

Hispanic /hɪˈspænɪk/ adj. 西班牙的; 西班牙和葡萄牙的; 拉丁美洲的.

hiss /hɪs/ vi. 嘶嘶作響; 用噓聲表示反對 n. 嘶嘶聲.

histology /hɪˈstɒlədʒɪ/ or **histiology** /ˌhɪstɪˈɒlədʒɪ/ n. 【生】組織學; 組織結構.

history /ˈhɪstərɪ, ˈhɪstrɪ/ n. ① 歷史(學); 過去事的記載 ② 沿革 ③ 史實; 歷史事件 **historian** n. 歷史學家 **historic** adj. 歷史上有名的 **historical** adj. 歷史(上)的.

histrionic /ˌhɪstrɪˈɒnɪk/ or **histrionical** adj. 演員的; 舞台的; 演戲似的.

hit /hɪt/ v. (過去式及過去分詞 ~) vt. ① 打擊; 擊中; 命中 ② (使)碰撞; 襲擊 ③ 使遭受 ④ 傷…的感情 ⑤ 達到; 到達 ⑥ 碰上; 發現; 找到 ⑦ 投合; 迎合 vi. ① 打擊; 擊中 ② 碰撞; 偶然遇上 ③ 找到 n. ① 擊中; 碰撞 ② 諷刺; 抨擊 ③ 成功且風行一時(或轟動一時)的事或人 ④【計】【網】站的)點擊數.

hitch /hɪtʃ/ vt. ① 鉤住; 拴住; 套住 ② 急拉; 急推; 猛地移動 ③ 搭便車, 搭順風車 vi. ① 被鉤住; 被拉住, 被套住 ② 急推; 猛地移動 ③ 跛行; 蹣跚 ④ 搭便車, 搭順風車 n. ① 鉤; 拴; 繫; 套 ② 急推; 急動 ③ 跛行 ④ 故障; 臨時困難 ~**hike** vi. 搭便車, 搭順風車 ~**hiker** n.

hi-tech /ˈhaɪˈtek/ adj. 高科技的.

hither /ˈhɪðə/ adv. 這裏; 向這裏; 到這裏 adj. 這邊的; 附近的 // ~ **and** t~ 到處; 向各處; 忽彼忽此.

hithermost /ˈhɪðəˌməʊst/ adj. 最靠近的.

hitherto /ˌhɪðəˈtuː/ adv. 迄今; 到目前為止.

Hitler /ˈhɪtlə/ n. 希特拉(納粹黨黨魁).

HIV /ˌeɪtʃ aɪ ˈviː/ abbr. = human immunodeficiency virus 愛滋病病毒 ~-**positive** adj. ~檢測呈陽性的.

hive /haɪv/ n. ① 蜂箱; 蜂羣 ② 熙攘的人羣; 喧鬧而繁忙的場所 vi. (蜜蜂)進入蜂箱; 聚居 vt. ① 使(蜜蜂)入箱 ② 轉移(工作)到另外的部門 // ~ **off** 轉移; 獨立; 分離.

hives /haɪvz/ n. (用作單或複數)【醫】蕁麻疹.

HM /ˈeɪtʃ ˈem/ abbr. = His (or Her) Majesty 國王(或女王)陛下.

HMS /ˈeɪtʃ ˈem ˈes/ abbr. ① = His (or Her) Majesty's Service 國王(或女王)陛下政府 ② = His (or Her) Majesty's Ship 英國皇家海軍艦艇.

ho /həʊ/ int. (吆喝牲口)嗬!.

hoar /hɔː/ adj. 灰白的; 頭髮灰白的.

hoard /hɔːd/ n. 窖藏(的錢財); 秘藏的東西 vt. 儲藏; 積聚; 把…珍藏在心中 vi. 囤藏 ~er n. 儲藏者; 囤積者.

hoarding /ˈhɔːdɪŋ/ n. ① [英]大型廣告牌, 招貼板 ② (修建房屋用的)臨時圍板; 圍籬.

hoarfrost /ˈhɔːˌfrɒst/ n. 白霜.

hoarse /hɔːs/ adj. 聲音(或嗓門)嘶啞的 ~ly adv. ~ness n.

hoary /ˈhɔːrɪ/ adj. ① 灰白的, 頭髮灰白的 ② 古老的; 古代的.

hoax /həʊks/ n. & vt. 欺騙; 戲弄.

hob /hɒb/ n. 爐子頂部的擱板(或擱架)(用來放壺、鍋等).

hobble /ˈhɒbl/ vi. 跛行; 蹣跚 vt. 把(馬的)腳拴住(以防其跑掉) n. 跛行; 蹣跚 hobblingly adv. 蹣跚地.

hobby /ˈhɒbɪ/ n. ① 癖好; 業餘愛好; 消遣 ② 木馬; 小馬 ~horse n. 木馬; 喜歡的話題.

hobgoblin /hɒbˈɡɒblɪn/ n. ① 妖怪; 怪物 ② 淘氣的小鬼.

hobnail /ˈhɒbˌneɪl/ n. (釘在靴底上的)平頭釘 ② 鄉下人 vt. 釘平頭釘於.

hobnob /ˈhɒbˌnɒb/ vi. ① 過從甚密; 親近 ② 親切交談 n. 親密關係.

hobo /ˈhəʊbəʊ/ n. 流動(或失業)工人; 流浪漢 vi. 過流浪生活.

Hobson's choice /ˈhɒbsənz tʃɔɪs/ n. 無選擇餘地; 唯一的選擇.

hock [1] /hɒk/ n. 【動】趾關節 ② 典當; 抵押 ③ 監牢 vt. ① 割斷蹄筋使殘廢 ② 典當; 抵押 ~er n. 典當者 ~shop n. [美俚]當鋪.

hock [2] /hɒk/ n. [主英][德國產]白葡萄酒; 霍克酒.

hockey /ˈhɒkɪ/ n. 曲棍球; 冰球.

hocus /ˈhəʊkəs/ vt. 戲弄; 愚弄; 麻醉.

hocus-pocus /ˈhəʊkəsˈpəʊkəs/ n. 耍花招, 欺騙.

hod /hɒd/ n. ① 灰漿桶 ② 磚斗, 煤斗.

hodgepodge /ˈhɒdʒˌpɒdʒ/ n. = hotchpotch ① 雜燴; 雜錦菜 ② 混合物.

hoe /həʊ/ n. 鋤頭 vt. 鋤(土、草); 為…鋤草.

hog /hɒɡ/ n. ① 豬 ② [俗]貪心漢 ~gish adj. 貪婪自私的 ~wash n. ① 豬食 ② 胡說, 廢話.

Hogmanay /ˌhɒɡməˈneɪ/ n. (常用 H-) [蘇格蘭] ① 大年夜, 除夕 ② 除夕歡慶 ③ 過節的禮物.

hogshead /ˈhɒɡzˌhed/ n. ① 液量單位 (英制 = 52.5 加侖; 美制 = 63 加侖) ② 大啤酒桶.

hoick /hɔɪk/ vt. [俗]猛然擡起.

hoi polloi /ˌhɔɪ pəˈlɔɪ/ pl. n. ① [貶]老百姓; 民眾 ② [美俚]社會名流.

hoist /hɔɪst/ vt. (用繩或工具)升起; 吊起; 絞起 n. ① 拉起; 舉起; 升起 ② 起重機; 吊車 ③ 升降機.

hoity-toity /ˌhɔɪtɪˈtɔɪtɪ/ adj. ① [俗]傲慢的 ② 輕率的; 輕浮的.

hokum /ˈhəʊkəm/ n. [俗][主美] ① 粗製濫造的劇本 ② 胡說.

hold /həʊld/ v. (過去式及過去分詞 held) vt. ① 拿着; 握住; 抓住; 夾住 ② 托住; 支持 ③ 掌握; 擔

任 ④ 佔據; 守住 ⑤ 容納 ⑥ 制止 ⑦ 舉行 ⑧ 擁有 ⑨ 認為 vi. ① 保持穩固; 保持位置不變; 持續 ② (+ back) 踟躇; 猶豫 n. ① 抓, 抓住; 緊握 ② 影響 ③ 權力; 控制 ④ 踏腳之處 **~er** n. 所有人; 持有者; 支持物; 容器 **~ing** n. 租的土地; 所有物 **~all** n. 大旅行袋 **~up** n. ① (交通事件) 塞; 停頓 ② (持械)搶劫 // **~ing company** 控股公司; 持股公司.

holdfast /ˈhəʊldˌfɑːst/ n. 緊緊扣住的東西 (如鉤子、釘子、夾子、吸盤).

holdup /ˈhəʊldʌp/ n. ① 停頓; 阻礙 ② 攔劫; 搶劫 ③ 交通阻塞.

hole /həʊl/ n. ① 洞; 穴; 孔; 窩巢 ② [俚]困境.

holiday /ˈhɒlɪdeɪ, -dɪ/ n. 節日; 假日; 假期 vi. 出外度假 **~-maker** n. 度假者 // **~ camp / centre** 度假營地 **~ resort** 度假勝地 **~ season** 宜於度假的季節; [美] 假日季節(從感恩節到元旦) **~ village** 旅遊度假村.

holler /ˈhɒlə/ v. & n. [口]喊叫, 呼喊.

hollow /ˈhɒləʊ/ adj. ① (中)空的; 凹(陷)的 ② 空虛的; 虛偽的 ③ 空腹的; 餓的 ④ 空洞的 n. 窪地; 小山谷; 穴; 坑 vt. 挖空 **~ly** adv. **~ness** n.

holly /ˈhɒlɪ/ n. 冬青屬植物, 冬青樹.

hollyhock /ˈhɒlɪˌhɒk/ n. [植]蜀葵.

Hollywood /ˈhɒlɪˌwʊd/ n. 荷里活, 好萊塢(美國電影業中心地); 美

國電影工業; 美國電影界 adj. 荷里活(式)的, 好萊塢(式)的.

holocaust /ˈhɒləˌkɔːst/ n. 大屠殺; 浩劫; 大破壞.

hologram /ˈhɒləˌɡræm/ n. 綜合攝射圖; 全息照相.

holograph /ˈhɒləˌɡrɑːf, -ˌɡrɑːf/ adj. 親筆寫的 n. 親筆寫件; 手書.

holster /ˈhəʊlstə/ n. 手槍皮套.

holy /ˈhəʊlɪ/ adj. ① 神聖的; 上帝的 ② 獻身於宗教的; 聖潔的 // **H- Communion** 聖餐 **H- Ghost, H- Spirit** 聖靈 **H- Writ** 至高無上的權威著作; 箴言.

homage /ˈhɒmɪdʒ/ n. ① 尊敬; 敬意 ② 效忠 // **pay (or do) ~ to** 表示敬意.

homburg /ˈhɒmbɜːɡ/ n. 窄邊凹頂男氈帽.

home /həʊm/ n. ① 家; 家庭; 住宅 ② 家鄉; 祖國 ③ 療養院; 養育院; 收容所 adj. ① 家庭的; 家鄉的 ② 本國的; 本地的; 國內的 adv. 在家(鄉); 回(到)家; 在本國; 回國 **~less** adj. 無家的 **~ly** adj. 家常的; 簡樸的, 不拘束的 **~-born** adj. 本國生的 **~-bound** adj. 回國的 **~-felt** adj. 痛切地感到的 **~-land** n. 故鄉; 祖國 **~-like** adj. 像家一樣舒適的; 親切的 **~-made** adj. 家裏做的; 國產的 **~-sick** adj. 思鄉的; 思家的 **~-spun** adj. ① 家紡的 ② 樸素的, 簡單的 **~-work** n. 功課; 課外作業 // **H- Office** [英]內政部 **~ page** 【計】主頁 **~ run** 【棒】本壘打.

homeopathy /ˌhəʊmɪˈɒpəθɪ/ n. = **homoeopathy** [主美]【醫】順勢

療法.

homicide /'hɒmɪˌsaɪd/ n. 殺人; 殺人犯 homicidal adj. 殺人的, 嗜殺成性的.

homily /'hɒmɪlɪ/ n. 說教; 訓誡.

homing /'həʊmɪŋ/ adj. ① 回家的; 歸來的 ② 歸航的; 導航的 n. 歸來; 歸航; 導航 // ~ pigeon 通信鴿.

homogeneous /ˌhəʊməˈdʒiːnɪəs, ˌhɒm-/ adj. ① 同類的; 同族的; 相似的 ② 均勻的; 均質的.

homograph /'hɒməˌɡræf, -ˌɡrɑːf/ n. 同形異義詞.

homologous /həˈʊˈmɒləɡəs, hɒ-/ or **homological** /ˌhəʊməˈlɒdʒɪkəl, hɒm-/ or **homologic** adj. 相應的; 類似的; 【化】同系的.

homonym /'hɒmənɪm/ n. 同音(或同形)異義詞; 同名的人(或物) ~ous adj.

homophobia /ˌhəʊməˈfəʊbɪə/ n. 對同性戀的憎惡(或恐懼).

homophone /'hɒməˌfəʊn/ n. 同音字母; 同音異義詞.

Homo sapiens /'həʊməʊ ˈsæpɪenz/ n. 智人(現代人的學名).

homosexual /ˌhəʊməʊˈseksjʊəl, ˌhɒm-/ adj. 同性戀的 n. 同性戀者.

hone /həʊn/ n. 磨刀石; 磨孔器 vt. 把 … 磨尖; 磨煉.

honest /'ɒnɪst/ adj. ① 誠實的; 坦白的; 直率的 ② 可敬的; 有聲譽的 ③ 真正的; 用正當手段獲得的 ~ly adv. ~y n. 誠實; 公正; 正直.

honey /'hʌnɪ/ n. ① 蜂蜜; 蜜; 甜蜜 ② 親愛的; 寶貝(常用作稱呼) ~ed adj. 甜言蜜語的 ~bee n. 蜜蜂 ~comb n. 蜂巢 ~moon n. 蜜月 ~suckle n. 【植】忍冬.

honk /hɒŋk/ n. ① 雁的叫聲 ② 汽車喇叭聲 vi. (雁)叫; 汽車喇叭叫.

honky-tonk /'hɒŋkɪˌtɒŋk/ n. [美俚]下等低級酒吧; 下等夜總會; (小城鎮的)整腳戲院.

honorary /'ɒnərərɪ, 'ɒnrərɪ/ adj. ① 名譽上的(指僅作為一種榮譽所授予的); 無報酬的 ② 光榮的, 榮譽的.

honour, 美式 **honor** /'ɒnə/ n. ① 榮譽; 光榮 ② 尊敬; 敬意 ③ 名譽; 面子; (學生的)優秀成績 ④ 自尊心 ⑤ 榮幸; 光榮的人或事 ⑥ 徽章; 勳章 vt. 尊敬; 向 … 表示敬意; 禮待; 使增光; 給 … 以榮譽 【國】承兑 ~able adj. ~ably adv. ~ed adj. 榮幸的; 尊貴的.

hoo(t)ch /huːtʃ/ n. [美俚]烈酒.

hood /hʊd/ n. ① 兜帽; 頭巾; 帽蓋 ② 車篷; 用頭巾包; 給 … 戴頭罩 ~ed adj. 戴兜帽的.

hoodlum /'huːdləm/ n. 惡棍; 歹徒; 小流氓.

hoodoo /'huːduː/ n. ① [口]帶來厄運的人; 不祥之物 ② [口]厄運; 晦氣.

hoodwink /'hʊdˌwɪŋk/ vt. 蒙住 … 的眼睛; 欺騙; 蒙蔽.

hoof /huːf/ n. 蹄; 足; [俚]人足 v. 踢(球) // ~ it [俚]步行.

hoo-ha /'huːˌhɑː/ n. (尤指為小事而)大吵大鬧; 小題大造; 激動.

hook /hʊk/ n. ① 鈎; 鈎狀物 ② 鐮

刀; 彎刀 v. 用鈎鈎住; 使成鈎形
~er n. [美俚]妓女 -nose n. 鷹鈎
鼻 ~worm n. 【動】鈎蟲.

hooka(h) /'hʊkə/ n. 水煙筒.

hooligan /'huːlɪɡən/ n. 小流氓; 惡
棍 ~ism n. 流氓行為.

hoop /huːp/ n. 箍; 鐵環.

hoopla /'huːplɑː/ n. (常在市集設
攤的)投環套物遊戲; 熱鬧; 喧鬧.

hoopoe /'huːpuː/ n. 【動】歐洲產
的戴勝科鳥.

hooray /hʊ'reɪ/ int. = hurrah (表示
興奮、滿意、贊同、鼓勵等的
呼喊聲)好; 好哇.

hoot /huːt/ vi. ① 貓頭鷹叫 ② 汽
笛叫 ③ 發出蔑視、不滿的叫聲
vt. 呵斥聲逐的 n. ① 貓
頭鷹叫聲 ② 汽笛響聲; 汽車喇
叭聲 ③ 表示蔑視、不滿的聲音
~er n. 汽笛.

Hoover /'huːvə/ n. 胡佛牌真空吸
塵器; (h-)真空吸塵器.

hooves /huːvz/ n. hoof 的複數.

hop /hɒp/ vi. ① 獨腳跳; 跛行
② 作短期旅行 vt. 跳過; 飛越;
跳上(火車等) n. 單足跳; 彈跳.

hope /həʊp/ n. ① 希望; 信心
② 被寄托希望的人(或物) v. 希
望; 盼望; 期待 ~ful adj. (懷有
希望的) n. 有希望成功的人; 有
希望被選上的人 ~fully adv.
~fulness n. -less adj. 無希望的
~lessly adv. 無希望地.

hopper /'hɒpə/ n. ① 跳躍者 ② 跳
蟲 ③ 漏斗; 送料斗.

hopscotch /'hɒp.skɒtʃ/ n. "跳房
子" 遊戲; "跳飛機" 遊戲(一種
兒童遊戲).

horde /hɔːd/ n. ① 遊牧部落, 遊牧
民族 ② 一大羣; (人)羣; 一幫.

horizon /hə'raɪz°n/ n. ① 地平;
地平線(圈) ② 水平 ③ 眼界
④【地】層位 -tal adj.

hormone /'hɔːməʊn/ n.【生化】荷
爾蒙; 激素 hormonal adj.

horn /hɔːn/ n. ①【動物】的角; 茸
角; 觸角(或鬚) ② 角質; 角製品
③ 角狀物; 號角; 喇叭 ④ 海角;
半島, 岬 vt. 用角抵觸 vi. (+ in)
干涉, 闖入 ~ed adj. 有角的; 角
狀的 ~less adj. 無角的.

hornet /'hɔːnɪt/ n. 大黃蜂; 大胡蜂.

horny /'hɔːnɪ/ adj. ① 角(狀)的
② 似角一樣堅硬的(或半透明
的) ③ 好色的; 下流的 hornily
adv. horniness n.

horology /hɒ'rɒlədʒɪ/ n. 鐘錶製造
術.

horoscope /'hɒrəˌskəʊp/ n. 星象;
根據星象算命; (算命用)天宮圖.

horrendous /hɒ'rendəs/ adj. 可怕
的; 恐怖的 ~ly adv.

horrible /'hɒrəbl/ adj. 可怕的; 極
討厭的; 糟透的 ~ness n. horribly
adv.

horrid /'hɒrɪd/ adj. 令人驚恐的;
可怕的; 討厭的; 極糟的 ~ly adv.
~ness n.

horrify /'hɒrɪˌfaɪ/ vt. 使恐怖; 使震
驚; 使產生反感 horrification n.
~ing adj.

horror /'hɒrə/ n. ① 恐怖; 戰慄
② 極端厭惡; 令人厭惡的事物
~-stricken, ~-struck adj. 嚇得發
抖的.

hors d'oeuvre / ɔː ˈdɜːvr, ɔr dœvrə/

n. [法](餐前或餐間的)開胃小吃.

horse /hɔːs/ n. 馬; 騎兵; 跳馬;
鞍馬; (棋中的)馬 **~man** n.
(pl. **-men**) 騎兵; 騎手; 養馬人
~power n. 【機】馬力 **~shoe** n.
馬蹄鐵; 馬掌 **~woman** n. (pl.
-women) 女騎手; 女養馬人 //
~ chestnut 七葉樹; 七葉樹堅果.

horticulture /ˈhɔːtɪˌkʌltʃə/ n.
園藝(學) horticultural adj.
horticulturist n. 園藝家.

hosanna(h) /həʊˈzænə/ n. 和散那
(讚美上帝之語); 讚美的聲音.

hose /həʊz/ n. ① 軟管; 水龍(蛇)
管 ② 長筒襪; 短筒襪 ③ 男子緊
身褲 vt. 用水龍管澆(或洗、噴).

hosier /ˈhəʊzɪə/ n. 織商; 內衣類經
售商 **~y** n. (總稱)襪類.

hospice /ˈhɒspɪs/ n. 臨終病人醫
院.

hospitable /ˈhɒspɪtəb°l, hɒˈspɪt-/
adj. ① 善於招待的; 好客的
② 怡人的; 易接受的 **~ness** n.
hospitably adv.

hospital /ˈhɒspɪt°l/ n. 醫院; 慈善機
構; (鋼筆等小東西的)修理商店.

hospitality /ˌhɒspɪˈtælɪtɪ/ n. ① 款
待; 好客 ② 怡人; 適宜.

host /həʊst/ n. ① 主人 ② 旅店老
闆 ③ 節目主持人 ④ 【生】宿主
⑤ 一大羣 vt. 作主人招待 **~ess**
n. 女主人; 女老闆; 女服務員 //
~ computer 【計】主機.

hostage /ˈhɒstɪdʒ/ n. 人質; 抵押
品.

hostel /ˈhɒst°l/ n. 招待所; 寄宿舍;
(校外)學生宿舍 **~er** n. 投宿招待
所的旅客 **~ry** n. (總稱)小旅店;

小旅館.

hostile /ˈhɒstaɪl/ adj. 敵方的; 敵意
的.

hostility /hɒˈstɪlɪtɪ/ n. 敵意; 敵視;
敵對(行動).

hot /hɒt/ adj. ① 熱的; 燙的 ② 熱
情的; 熱衷的 ③ 激動的; 憤怒的
④ 猛烈的; 強烈的; 辛辣的 vi.
(+ up) [俗]變得更興奮(或更挑
剔) 增強 **~ly** adv. 興奮地; 憤怒
地; 緊張地 **~ness** n. **~bed** n. 溫床
~-blooded adj. 熱情的; 易衝動的
~dog n. 熱狗 **~head** n. 性急的
人 **~plate** n. 扁平烤盤 // **~ button**
對決策起關鍵作用的因素; 敏感
問題 **~ key** 【計】快捷鍵 **~ line**
(電話)熱線 **~ link** 【計】超連結
~ spot 可能發生戰爭的地區;
(車站、機場、旅館等地)可用
熱點上網的地方 **~ spring** 溫泉
~ working 【冶】熱加工.

hotchpotch /ˈhɒtʃˌpɒtʃ/ n. 美式
hodgepodge 雜燴; 亂七八糟的
混雜物.

hotel /həʊˈtɛl/ n. 旅店; 酒店 **~ier**
n. 旅館老闆.

hound /haʊnd/ n. ① 獵犬 ② 卑
鄙的人 ③ 着迷之人 vt. 追獵; 追
逐.

hour /aʊə/ n. ① 小時; 時間 ② 目
前; 現在 **~ly** adj. 每小時(一次)
的; 以每小時計算的; 時時刻刻
的 adv. 每小時一次; 時時刻刻.

houri /ˈhʊərɪ/ n. ① 天堂女神
② 妖艷的美人.

house /haʊs, haʊz/ n. ① 房屋; 家
庭 ② 家務 ③ 機構; 所; 社; 商
號 ④ 議院; 會議廳 ⑤ 戲院 vt.

給…房子住(或用); 收藏 v. 住; 留宿; 躲藏 **~ful** n. 滿屋 **~less** adj. 無家的, 無房的 **~bound** adj. (因病等)出不了門的; 閉門不出的 **~breaker** n. 侵入他人住宅者 **~breaking** n. 侵入家宅罪 **~keeper** n. (尤指女)管家 **~keeping** n. 家政; 家務開銷 **~maid** n. 女傭人 **~-to~** adj. 挨家挨戶的 **~wife** n. 家庭主婦 **~work** n. 家務 // **H- of Commons** [英]下議院 **H- of Lords** [英]上議院 **H- of Parliament** [英]議院, 上下兩院 **~ swap** 異地互換住房的旅遊安排.

household /ˈhaʊsˌhəʊld/ n. 家屬; 家務; 家庭; 戶 adj. 家內的; 家庭的; 家常的 **~er** n. 戶主.

house music /haʊs mjuːzɪk/ n. ① 室內音樂(其建立在鄉土音樂基礎上的一種的士高音樂) ② 流行音樂的一種類型.

housing /ˈhaʊzɪŋ/ n. ① 住房供給; 住房建築; 房屋; 住房 ② 遮蔽(或遮蓋)物 ③【機】套; 殼 // **~ development, ~ estate** 住宅區, 小區.

hove /həʊv/ v. heave 的過去式及過去分詞.

hovel /ˈhʌvəl, ˈhɒv-/ n. ① 茅屋 ② 骯髒的小屋.

hover /ˈhɒvə/ vi. & n. ① 翱翔 ② 徘徊; 猶豫 **~craft** n. 氣墊船.

how /haʊ/ adv. 怎樣; 多少; 怎麼; 為甚麼.

howdah, hou- /ˈhaʊdə/ n. 象轎, 駝轎(架於象和駱駝背上帶有篷蓋的座椅).

however /haʊˈevə/ adv. ① 無論如何; 不管怎樣 ② 然而; 不過 conj. 不管用甚麼方法; 但是; 然而.

howitzer /ˈhaʊɪtsə/ n. 榴彈炮.

howl /haʊl/ vi & n. ① 淒厲地長嚎 ② 狂吠; 吼叫; 咆哮 ③ 高叫; 大笑 **~er** n. ① 大聲叫喊者; 嚎叫的動物 ② 可笑的錯誤; 愚蠢的大錯.

hoy /hɔɪ/ int. 嗬, 喂!

hoyden, hoi- /ˈhɔɪdʰn/ n. 頑皮女子; 帶男孩氣的女孩; 野丫頭 **hoydenish** adj.

HP /ˌeɪtʃ ˈpiː/ abbr. ① = hire purchase 分期付款 ② = horsepower【機】馬力 horizontal plane【數】【物】水平面.

HQ /ˌeɪtʃ ˈkjuː/ abbr. = headquarters 司令部, 總部.

HRH /ˌeɪtʃ ɑːr ˈeɪtʃ/ abbr. = His (or Her) Royal Highness 殿下(間接提及時用).

hub /hʌb/ n. ① (輪)轂 ② (興趣、活動等的)中心 ③ (電器面板上的)電線插孔 ④【計】線集器.

hubbub /ˈhʌbʌb/ n. 吵鬧聲, 騷動; 喧嘩.

hubby /ˈhʌbɪ/ n. [口]丈夫; 老公.

hubris /ˈhjuːbrɪs/ or **hybris** n. 傲慢; 自大; 自負.

huckle /ˈhʌkʰl/ n. ① 臀部; 髖部 ② 腰部 **~backed** adj. 駝背的 **~berry** n.【植】美洲越橘.

huckster /ˈhʌkstə/ n. ① 小販; 販子; 唯利是圖者 ② 廣告員 ③ 受僱傭者 vt. 叫賣; 零賣; 討價還價 vi. ① 叫賣 ② 做小商販 ③ 討價

還價.

huddle /ˈhʌdl/ vi. ① 擠作一團; 聚集 ② 蜷縮; 縮成一團 vt. ① 亂堆; 亂擠 ② 把 … 捲成一團 ③ 草率地做 n. 一團; 一堆; 一羣; 混亂.

hue /hjuː/ n. ① 顏色; 色彩 ② 形式; 樣子 ③ 呼喊; 吶喊 ~d adj. 有 … 顏色的(用以組成複合詞).

hue and cry /hjuː ænd kraɪ/ n. 大聲呼喊捉賊聲; 大聲抗議聲.

huff /hʌf/ n. 氣惱; 發怒 vt. ① 觸怒; 冒犯 ② 蔑視; 恫嚇 ① 使膨脹 vi. ① 噴氣 ② 深呼吸 ③ 恫嚇 ④ 發怒.

huffish /ˈhʌfɪʃ/ adj. or huffy 發怒的; 易怒的; 傲慢的 huffily adv.

hug /hʌg/ vt. ① 擁抱; 緊抱; 懷抱 ② 持有; 堅持 ③ 緊靠; 緊挨 n. 緊緊摟抱; 抱住.

huge /hjuːdʒ/ adj. 巨大的; 龐大的 ~ly adv. ~ness n.

hula /ˈhuːlə/ or hula-hula n. = ~~~ 呼啦圈舞(曲); 草裙舞(曲).

Hula Hoop /ˈhuːlə huːp/ n. 呼拉圈(用作鍛鍊身體的器具及兒童玩具商標名).

hulk /hʌlk/ n. ① 廢船船體; 監獄船; 囚船 ② 倉庫船; 龐大笨重的船 ③ 巨大笨重的人(或物) ~ing adj. 龐大的; 笨重的.

hull /hʌl/ n. ① (果實等的)外殼; 豆莢 ② 船體; 船殼 ③ 機身 vt. 去 … 的殼; 去皮.

hullabal(l)oo /ˌhʌləbəˈluː/ n. 吵鬧聲; 喧囂; 騷亂.

hullo /hʌˈləʊ/ int. = hello, hallo 喂, 唷!.

hum /hʌm/ vi. ① 發嗡嗡(或哼哼) 聲; 哼曲子 ② 忙碌; 活躍 ③ 發臭 n. ① 連續低沉的嗡聲; 嘈雜聲 ② 惡臭 int. 哼(表示不滿、懷疑、驚奇、高興等).

human /ˈhjuːmən/ adj. ① 人(類) 的; 顯示人的特點的 ② 有人性的; 通人情的 ~ly adv. 從人的角度; 在人力所及的範圍; 充滿人性地 // ~ being 人, 人類 ~ nature 人性 ~ rights 人權 ~ trafficking 販賣人口(偷渡或騙人去別國打黑工).

humane /hjuːˈmeɪn/ adj. ① 有人情的; 高尚的 ② 人道的; 仁慈的.

humanism /ˈhjuːmənɪzəm/ n. ① 人道主義; 人本主義; 人文主義; 人文學研究 ② 人性; 人道 humanist n. 人道主義者; 人本主義者; 人文主義者; 人文學者 humanistic adj.

humanitarian /hjuːˌmænɪˈteərɪən/ n. 博愛主義者; 慈善家; 人道主義者 adj. 博愛的; 慈善的; 人道主義的.

humanity /hjuːˈmænɪtɪ/ n. ① 人性 ② 人類 ③ 博愛; 仁慈 ④ (pl.) 人文學科.

humanize, -se /ˈhjuːmənaɪz/ vt. 使成為人; 使具有人的風格; 使變得仁慈博愛 vi. 變得仁慈博愛; 具有博愛思想 humanization n. 人性化; 博愛化.

humankind /ˌhjuːmənˈkaɪnd/ n. = mankind 人類.

humble /ˈhʌmbl/ adj. ① 地位(或身份)低下的; 卑賤的 ② 謙遜的;

謙虛的; 恭順的 vt. ① 降低(地位、身份等) ② 使 … 的威信(或權力)喪失殆盡 ③ 使謙遜(或謙虛); 使卑下 ~ness n. humbly adv.

humbug /hʌmˌbʌg/ n. ① 欺騙 ② 騙子; 吹牛者 ③ 空話; 騙人的鬼話 ④ 詭計; 騙局 ⑤ [英]硬薄荷糖 vt. 欺騙; 哄騙 vi. 行騙.

humdinger /hʌmˌdɪŋə/ n. [俚]極出色的人(或事物).

humdrum /hʌmˌdrʌm/ adj. 單調的; 平凡的; 無聊的.

humeral /hjuːmərəl/ adj. 【解】① 肱骨的 ② 肩的; 近肩的 **humerus** n. (pl. -meri) 【解】肱骨.

humid /hjuːmɪd/ adj. 潮濕的; 濕潤的 ~ly adv. ~ness n. ~ifier n. 加濕器.

humidity /hjuːˈmɪdɪtɪ/ n. 濕氣; 濕度.

humiliate /hjuːˈmɪlɪˌeɪt/ vt. 使蒙羞; 羞辱; 使丟臉 **humiliating** adj. **humiliation** n.

humility /hjuːˈmɪlɪtɪ/ n. 謙卑; 謙讓; (pl.)謙卑的行為.

humming /hʌmɪŋ/ adj. ① 發嗡嗡聲的; 哼唱的 ② 活躍的; 精力旺盛的 **~bird** n. 蜂鳥科的鳥; 蜂鳥.

hummock /hʌmək/ n. ① 小圓丘; 波狀地 ② 冰丘 ③ 沼澤中的高地.

humorous /hjuːmərəs/ adj. 幽默的; 詼諧的; 可笑的 ~ly adv.

humour, 美式 **humor** /hjuːmə/ n. ① 幽默(感); 滑稽 ② 脾氣; 心情 ③ 氣質 vt. ① 遷就; 迎合; 縱容 ② 使自己適應於 … **~less** adj. 缺乏幽默感的; 一本正經的.

humorist /hjuːmərɪst/ n. 幽默的人; 幽默作家.

hump /hʌmp/ n. ① 駝峯; 駝背 ② 瘤 ③ 圓丘; 小丘 ④ 危機; 困難階段.

humph /hʌmf/ int. 哼(表示疑惑、不滿之聲).

humus /hjuːməs/ n. 腐殖質, 腐殖土壤.

Hun /hʌn/ n. ① 匈奴人 ② (h-)任意毀壞東西(尤指文物)的人; 野蠻人 ③ (h-) [貶]德國兵.

hunch /hʌntʃ/ n. ① 肉峯; 隆肉; 瘤; 塊 ② [美俗]預感 vt. ① 使弓起; 使隆起 ② 預感到 ③ 推進; 向前移動 vi. 彎成弓狀; 隆起; 推進 **~back** n. 駝背 **~backed** adj.

hundred /hʌndrəd/ num. & n. 一百; 一百個 **~fold** adv. & n. 百倍 **~th** num. & n. 第一百(個); 百分之一.

hung /hʌŋ/ v. hang 的過去式及過去分詞.

Hungarian /hʌŋˈgɛərɪən/ n. & adj. 匈牙利的; 匈牙利人(的); 匈牙利語的.

hunger /hʌŋgə/ n. ① 饑餓; 饑荒 ② 渴望 vi. 挨餓; 渴望 // ~ cure 絕食療法 ~ strike 絕食抗議.

hungry /hʌŋgrɪ/ adj. ① 饑餓的 ② 渴望的 **hungrily** adv.

hunk /hʌŋk/ n. ① 大塊; 大片; 厚塊 ② [俚]彪形大漢; 有魅力的健美男子.

hunt /hʌnt/ vt. ① 追獵; 獵取; 在 … 狩獵 ② 追趕; 搜索 vi. 打獵; 獵食; 搜索 n. ① 打獵 ② 獵

隊; 獵區 ③ 搜索; 搜尋 **~er** *n.* 獵人; 獵狗 **~ing** *n.* 打獵; 追求; 尋覓.

huntsman /ˈhʌntsmən/ *n.* ① 管獵狗的人 ② 獵人.

hurdle /ˈhɜːdl/ *n.* ①【體】欄 ② 跳欄; (~s) 跨欄賽跑; 障礙賽跑 ③ 障礙; 難關 ④ 臨時圍欄 *vt.* ① 跨越; 跳越 ② 克服; 渡過 *vi.* 跨過欄架; 越過障礙 **~r** *n.* 跨欄運動員.

hurdy-gurdy /ˈhɜːdɪˌɡɜːdɪ/ *n.*【音】手搖風琴; 搖弦琴.

hurl /hɜːl/ *vt.* ① 猛擲; 猛投 ② 激烈說; 呼喊; 嚷叫 *vi.* 猛投; 猛擲; 猛衝; 猛撞 *n.* 猛投; 猛擲.

hurling /ˈhɜːlɪŋ/ *n.* 愛爾蘭式曲棍球.

hurly-burly /ˈhɜːlɪˈbɜːlɪ/ *n.* 騷擾; 喧鬧.

hurrah /həˈrɑː/ or **hooray** /huːˈreɪ/ or **hurray** /həˈreɪ/ or **hooroo** /huːˈruː/ *int.* & *n.* [澳洲][新西蘭] 萬歲.

hurricane /ˈhʌrɪkən, -keɪn/ *n.* 颶風.

hurry /ˈhʌrɪ/ *n.* ① 匆忙; 倉促; 急切 ② 混亂; 騷動 *vt.* ① 使趕緊; 催促 ② 急派; 急運 *vi.* 趕緊; 匆忙 **hurried** *adj.* 匆忙的; 慌忙的; 急速的 **hurriedly** *adv.*

hurt /hɜːt/ (過去式及過去分詞 ~) *vt.* ① 刺痛; 使受傷痛 ② 危害; 損害 ③ 傷…的感情; 使…痛心 *vi.* 刺痛; 疼痛; 危害; 損害 *n.* 傷痛; 傷害.

hurtful /ˈhɜːtfəl/ *adj.* 有害的; 造成傷痛的 **~ly** *adv.* **~ness** *n.*

hurtle /ˈhɜːtl/ *vi.* ① 猛烈地碰撞; 發出碰撞聲 ② 猛衝; 急飛 *vt.* 猛投; 猛擲 *n.* 碰撞.

husband /ˈhʌzbənd/ *n.* ① 丈夫 ② 管家; 節儉的管理人 *vt.* 節儉地使用.

husbandry /ˈhʌzbəndrɪ/ *n.* ① 耕作 ② 資源管理 ③ 節儉.

hush /hʌʃ/ *int.* 噓; 別作聲 *n.* 靜寂; 沉默; 秘而不宣 *vt.* 使不作聲; 使靜下來; 遮掩 *vi.* 靜下來; 沉默下來 **~ed** *adj.* 寂靜的; 悄悄的 **~-money** *n.* 封嘴錢; 賄賂錢.

husk /hʌsk/ *n.* ① 外殼; 外; 無用的外表部份 ② 牛瘟.

husky /ˈhʌskɪ/ *adj.* ① 殼的; 多殼的 ② 結實的; 強健的 ③ 大個子的; 強大的 *n.* 喉嚨發乾的 **huskily** *adv.* **huskiness** *n.*

hussar /həˈzɑː/ *n.* [歐洲]輕騎兵.

hussy /ˈhʌsɪ, -zɪ/ *n.* 輕佻的女子; 蕩婦; 魯莽的少女.

hustings /ˈhʌstɪŋz/ *n.* ① (用作單數或複數)(議員)競選運動 ② 發表競選演說的地方 ③ 選舉程序 ④ 地方法院.

hustle /ˈhʌsl/ *vt.* ① 硬擠; 亂推; 亂敲 ② 硬趕; 逼使 ③ 強賣; 強奪 *vi.* ① 硬擠過去 ② [美俚]賣淫 *n.* ① 擠; 推 ② 硬擠攘攘 **~r** *n.* 強賣者; 強奪者; [美俚]妓女.

hut /hʌt/ *n.* 茅舍; 棚屋.

hutch /hʌtʃ/ *n.* 兔籠.

hyacinth /ˈhaɪəsɪnθ/ *n.*【植】風信子.

hyaena /haɪˈiːnə/ *n.* = hyena.

hybrid /ˈhaɪbrɪd/ *n.* ① 雜種動植物; 混血兒 ② 混合(物); 混合詞 *adj.* 混合的; 雜種的 **~ism** *n.* 雜

交; 混血; 雜種性; 混合性.

hybridize, -se /ˈhaɪbrɪˌdaɪz/ v. (使)雜交; (使)雜混 **hybridizable** adj. 能產生雜種的; 能雜混的 **hybridization** n.

hydra /ˈhaɪdrə/ n. ①【希神】怪蛇; 九頭蛇 ② 水螅 ③ 難以擺脫的事, 難以一舉根絕的禍害 **~-headed** adj. 多頭的; 多中心的; 多分支的.

hydrangea /haɪˈdreɪndʒə/ n.【植】紫陽花; 八仙花屬.

hydrant /ˈhaɪdrənt/ n. ① 消防龍頭; 配水龍頭 ② 給水栓; 取水管.

hydrate /ˈhaɪdreɪt/ n.【化】化合物; 氫氧化物 v. 與水化合; 使吸水; 使水合 **hydration** n.

hydraulic /haɪˈdrɒlɪk/ adj. ① 水力的; 液力的; 水力學的 ② 水壓的; 液壓的 **~ally** adv. **~s** n. 水力學.

hydro- /ˈhaɪdrəʊ, -drə/ pref. [前綴] "水; 氫化的; 氫的", 如: hydrocarbon n. 碳氫化合物 hydroelectric adj. 水電的 hydroplane n. 水上滑機.

hydrochloric acid /ˌhaɪdrəʊˈklɒrɪk ˈæsɪd/ n.【化】鹽酸.

hydrodynamic /ˌhaɪdrəʊdaɪˈnæmɪk, -dɪ-/ or **hydrodynamical** adj. 水力的; 水壓的; 流體動力學的 **~s** n. 流體動力學.

hydrofoil /ˈhaɪdrəˌfɔɪl/ n.【船】水翼; 水翼船; 水翼艇.

hydrogen /ˈhaɪdrɪdʒən/ n.【化】氫 // **~ bomb** 氫彈(常略作 H-bomb)

~ peroxide【化】過氧化氫; 雙氧水.

hydrometer /haɪˈdrɒmɪtə/ n. (液體)比重計; 流速表.

hydropathy /haɪˈdrɒpəθɪ/ n. 水療法.

hydrophobia /ˌhaɪdrəˈfəʊbɪə/ n. 恐水病; 畏水; 狂犬病.

hydroplane /ˈhaɪdrəʊˌpleɪn/ n.【船】水上滑行艇; 水上飛機.

hydroponics /ˌhaɪdrəʊˈpɒnɪks/ n. (用作單)(植物的)溶液培養(學); 水栽法.

hydrous /ˈhaɪdrəs/ adj. 含水的; 水狀的.

hydroxide /haɪˈdrɒksaɪd/ n. 氫氧化物.

hyena /haɪˈiːnə/ n. ①【動】鬣狗 ②【動】袋狼.

hyetometer /ˌhaɪˈtɒmɪtə/ n. 雨量表; 雨量計.

hygiene /ˈhaɪdʒiːn/ n. 衛生學; 衛生術; 保健法.

hygienic /haɪˈdʒiːnɪk/ adj. 衛生學的; 衛生的.

hygrometer /haɪˈɡrɒmɪtə/ n. 濕度表.

Hymen /ˈhaɪmɛn/ n. ①【希臘】婚姻之神 ②(h-)【解】處女膜.

hymn /hɪm/ n. 讚美詩; 聖歌; 讚歌 v. 為…唱讚美詩 **~al** n. 讚美詩集 adj. 讚美詩的 **~ist** n. 讚美詩作者.

hype /haɪp/ vt. [俚] 炒作; 大肆宣傳, 促銷; 為… 做廣告; 使增加 n. 言過其實的廣告宣傳; (為招徠顧客的)花招; 騙局.

hyper- /ˈhaɪpə-/ pref. [前綴] 表示

"超出; 過於; 極度; (化工用語為); 過", 如: ~acid adj. 酸過多的; 胃酸過多的.

hyperbola /haɪˈpɜːbələ/ n. 【數】雙曲線

hyperbole /haɪˈpɜːbəlɪ/ n. 【語】誇張法 hyperbolical adj. 誇大的.

hypercritical /ˌhaɪpəˈkrɪtɪkˈl/ adj. 吹毛求疵的; 過於苛評的 ~ly adv.

hypermarket /ˈhaɪpəˌmɑːkɪt/ n. [英]大型特級市場.

hypersensitive /ˌhaɪpəˈsensɪtɪv/ adj. 過敏的 ~ness n.

hypersonic /ˌhaɪpəˈsɒnɪk/ adj. 【物】特超音速的(指超過音速五倍以上).

hypertension /ˌhaɪpəˈtenʃən/ n. ① 血壓過高; 高血壓 ② 過度緊張.

hyphen /ˈhaɪfˈn/ n. 連字符號 ~ate vt. 用連字符號連接.

hypnosis /hɪpˈnəʊsɪs/ n. (pl. -ses) 催眠(狀態); 催眠術(研究) hypnotic adj. 催眠的 n. 安眠藥. hypnotism n. 催眠術; 催眠狀態 hypnotist n. 施催眠術的人 hypnotize vt. 施催眠術.

hypo- /ˈhaɪpəʊ/ pref. [前綴] 表示"在…下; 次於; 從屬於".

hypochondria /ˌhaɪpəˈkɒndrɪə/ n. ①【醫】疑病(症) ② (無緣無故的)意氣消沉 ~c n. 疑病患者.

hypocrisy /hɪˈpɒkrəsɪ/ n. 偽善; 虛偽.

hypocrite /ˈhɪpəkrɪt/ n. 偽君子; 虛偽的人 hypocritical adj.

hypodermic /ˌhaɪpəˈdɜːmɪk/ adj. 皮下的; 皮下組織的; 皮下注射用的 n. 皮下注射; 皮下注射器.

hypotension /ˌhaɪpəʊˈtenʃən/ n. 血壓過低; 低血壓.

hypotenuse /haɪˈpɒtɪˌnjuːz/ n. 【數】弦; 斜邊.

hypothecate /haɪˈpɒθɪˌkeɪt/ vt. 抵押(財產).

hypothermia /ˌhaɪpəʊˈθɜːmɪə/ n. 體溫過低.

hypothesis /haɪˈpɒθɪsɪs/ n. (pl. -ses) n. 假設; 假定 hypothesize v.

hyson /ˈhaɪsˈn/ n. 熙春茶(一種中國綠茶).

hysterectomy /ˌhɪstəˈrektəmɪ/ n. 【醫】子宮切除(術).

hysteria /hɪˈstɪərɪə/ n. 【醫】癔病; [俗]歇斯底里 hysterical adj. hysterically adv. hysterics pl. n. ① 歇斯底里症發作 ② 狂笑不止.

Hz /hɜːts/ abbr. = hertz.

I

I /aɪ/ pro. (pl. we)(用作動詞的主語)我 n. 代表羅馬數字 1.

I., i. /aɪ/ abbr. ① = island(s) ② = isle(s).

-ial suf. [後綴](與名詞組成形容詞)表示"具有…性質的; 屬

於 … 的", 如: dictorial *adj.* 獨裁
的.

iambus /ai'æmbəs/ *n.* (*pl.* **-buses**,
-bi) [韻](英詩中的)短長格, 抑揚
格 **iambic** *adj.* iambics *n.* 短長(或
抑揚)格的詩.

IBA /ˌaɪ biː eɪ/ *abbr.* = Independent
Broadcasting Authority [英]獨立
廣播管理局.

Iberian /aɪ'bɪərɪən/ *adj.* (西班牙、
葡萄牙兩國所在的)伊比利亞半
島的.

ibex /'aɪbeks/ *n.* (*pl.* ~(es), ibices)
【動】(有長而大彎角的)野山羊.

ibid. *abbr.* = ibidem [拉].

ibidem /'ɪbəˌdɛm/ *adv.* (略作 ib,
ibid) [拉]出處同上, 出處同前.

ibis /'aɪbɪs/ *n.* (*pl.* ~(es)) 【鳥】朱
鷺.

IBM /ˌaɪ biː 'em/ *abbr.* =
International Business Machines
(Corporation) [美]國際商用機器
公司(美國一間跨國科技企業).

ICBM /ˌaɪ siː biː 'em/ *abbr.* =
Intercontinental ballistic missile
洲際彈道導彈.

ice /aɪs/ *n.* ① 冰, 冰塊 ② (果汁)
冰糕(亦作 water ~); 雪糕; 冰
淇淋(亦作 ~ cream) ③ 冰狀物,
糖衣 ④ [俚]【毒】"冰"(晶狀毒
品) ⑤ (態度)冷淡 *v.* ① 冰凍;
(使)結冰; 用冰覆蓋 ② (在糕、
餅上)加糖霜 ~**d** *adj.* (指食品
等)冰凍的, (指糕餅)帶有糖霜,
酥皮的 ~**berg** *n.* 冰山 ~**bound**
adj. 冰封的 ~**box** *n.* [美]電冰箱
~**breaker** *n.* 破冰船 ~**free** *adj.*
不凍的 ~**skate** *n.* 冰鞋 *vi.* 溜冰

~**skating** *n.* ~**skater** *n.* 溜冰者
// **break the** ~ (指雙方首次會晤)
打破沉默, 使氣氛輕鬆活躍起來
cut no / **little** ~ 不起作用, 難以
令人信服 ~ **age** 【地】冰河時代
~ **cream** 冰淇淋 ~ **hockey** 冰球,
冰上曲棍球 ~ **lolly** [英]冰棍, 棒
冰([美]亦作 popsicle).

Icelandic /aɪs'lændɪk/ *adj.* 冰島
(人、語)的.

ichthyology /ˌɪkθɪ'ɒlədʒɪ/ *n.* 魚類
學 ichthyologist *n.* 魚類學家.

ICI /ˌaɪ siː 'aɪ/ *abbr.* = Imperial
Chemical Industries [英]帝國化
學工業公司(舊稱"卜內門化工
公司").

icicle /'aɪsɪk'l/ *n.* 冰柱.

icing /'aɪsɪŋ/ *n.* (糕餅等上之)糖
霜; 酥皮([美]亦作 frosting) //
~ **sugar** (製糖霜用的)綿白糖.

icon [1] /'aɪkɒn/ *n.* (電腦)圖符, 圖示
影像(指電腦屏幕上的影像, 以
圖示方式表示電腦程式的功能
選擇).

icon [2] /'aɪkɒn/ *n.* (東正教崇拜的)
聖像, 偶像 iconic *adj.* 偶像的;
非常著名的.

iconoclasm /aɪ'kɒnəˌklæzəm/ *n.*
① 偶像破壞, 聖像破壞 ② 對傳
統觀念的攻擊.

iconoclast /aɪ'kɒnəˌklæst/ *n.* 反對
崇拜聖像(或偶像)的人; 攻擊傳
統觀念的人; 破除迷信的人 ~**ic**
adj.

icy /'aɪsɪ/ *adj.* ① 冰封着的; 冰似
的; 冰冷的 ② (指態度)冷冰冰的
icily *adv.* iciness *n.*

id /ɪd/ *n.* 【心】本能衝動.

ID /aɪ diː/ *abbr.* = identification, identity // ~ **card** 身份證.

idea /aɪ'dɪə/ *n.* ① 主意；念頭；思想；計劃；打算；意見；概念 ② 想像；模糊想法 // **have no** ~ 不明白；無能為力.

ideal /aɪ'dɪəl/ *adj.* ① 理想的；完美的；稱心如意的 ② 想像的，空想的，不切實際的 *n.* 理想；完美的典範 **-ly** *adv.*

idealism /aɪ'dɪəˌlɪzəm/ *n.* ① 理想主義 ②【哲】唯心主義，唯心論；觀念論.

idealist /aɪ'dɪəlɪst/ *n.* ① 唯心主義者，唯心論者 ② 理想主義者；空想家 **-ic** *adj.* **-ically** *adv.*

idealize, -se /aɪ'dɪəˌlaɪz/ *v.* 使理想化；(使)合乎理想 idealization, **-sation** *n.*

idem /ˈaɪdɛm, ˈɪdɛm/ *n. & pro. & adj.* [拉]同者者(的)；同上的(的)；同前的(的)(略作 id.).

identical /aɪ'dɛntɪkᵊl/ *adj.* 同一的；同樣的；完全相同的 **-ly** *adv.* // ~ **twins**【生】(性別相同，面貌酷似的)同卵雙胞胎.

identification /aɪˌdɛntɪfɪ'keɪʃən/ *n.* ① 認出，識別；鑒定；驗明 ② 身份證明文件 // ~ **card / paper** 身份證 ~ **disk / tag**（士兵等的）身份證章 ~ **parade**（證人辨認罪犯時，混雜有嫌疑犯在其中的）列隊認人程序.

identify /aɪ'dɛntɪˌfaɪ/ *vt.* ① 使等同於；認為一致 ② 辨認；認出；識別 identifiable *adj.* 可看作相同的；可證明為同一的；可辨認的 identifiably *adv.*

Identikit /aɪ'dɛntɪˌkɪt/ *n.* (辨認通緝犯用的)一組可拼湊成該犯面貌的圖片.

identity /aɪ'dɛntɪtɪ/ *n.* ① 同一(性)；一致 ② 身份；本體；個性 // ~ **card** (= ID card, ~ **certificate**) 身份證.

ideogram /ˈaɪdɪəˌɡræm/ *n.* or **ideograph** *n.* 表意(或會意)文字；表意符號 ideographic *adj.* Chinese ~, ideograph 漢字.

ideology /ˌaɪdɪ'ɒlədʒɪ/ *n.* 思想(體系)；意識形態，觀念形態，意識形態；思想方式 ideological *adj.* ideologically *adv.* ideologist *n.* 思想家；理論家.

ides /aɪdz/ *n.* 古羅馬曆中三、五、七、十諸月的第十五日；其他月份的第十三日.

id est /ɪd ˈɛst/ [拉]那就是，即(亦作 that is to say)(略作 i. e.).

idiocy /ˈɪdɪəsɪ/ *n.* 白痴；極端愚蠢(的言行).

idiom /ˈɪdɪəm/ *n.* ① 慣用語，成語 ② 語言的習慣用法；(某一)語言的特性 ③ 方言，土話 ④ (某一作家的)獨特的表現方式；(藝術、音樂等的)風格 **-atic** *adj.* **-atically** *adv.*

idiosyncrasy /ˌɪdɪəʊ'sɪŋkrəsɪ/ *n.* (人的)特質，個性，癖好 idiosyncratic *adj.*

idiot /ˈɪdɪət/ *n.* 白痴，傻子 **-ic** *adj.* **-ically** *adv.*

idle /ˈaɪdᵊl/ *adj.* ① 空閒的，閑着的；【機】空轉的 ② 懶惰的，吊兒郎當的 ③ 沒用的，無益的，無效的；無根據的 *v.* 虛度，空費；

【機】(使)空轉; 開遊; 無所事事
~ness n. ~r n. 懶人, 遊手好閒
者;【機】惰輪, 空轉輪 idly adv.
// ~ funds / money【經】游資; 閒
置資金 ~ wheel【機】惰輪, 空轉
輪.

idol /ˈaɪdl̩/ n. ① 神像, 偶像 ② 被
崇拜(或愛慕)的人(或物).

idolater, ~**r** n. 偶像崇拜者
idolatress n. 偶像崇拜的(女)崇拜者;
(女)盲目崇拜者.

idolatry /aɪˈdɒlətrɪ/ n. 偶像崇
拜, 盲目崇拜 **idolatrous** adj.
idolatrously adv.

idolize, -se /ˈaɪdəlaɪz/ v. 把 … 當
偶像崇拜; 盲目崇拜; 過度愛慕
idolization, -sation n.

idyll 美式 **idyl** /ˈɪdɪl/ n. ① 田園
詩, 田園散文 ② 田園生活; 田園
風景; 純樸快樂的生活 ~**ic** adj.
~**ically** adv.

i. e. /aɪ ˈest/ abbr. = id est [拉]那就
是; 即[英]亦作 that is to say).

if /ɪf/ conj. ① (表示條件)如果,
倘若 ② (表示假設)要是, 假使
③ (表示讓步)雖然, 固然 ④ =
whether [口]是否, 是不是 (不
能用於句首) ⑤ 當 … 的時候
總是 … ⑥ (表示與事實相反的
願望、感歎等)要是 … 多好 n.
[口](表示懷疑及不肯定)條件,
假設 // ~ **any** 即使有也(很少)
~ **anything** 説起來的話, 或許甚
至 ~ **necessary** 如有必要 ~ **not**
要是不, 否則 ~ **only** 只要; 要
是 … 就好 ~ **possible** 如果可能
~ **so** 如果這樣 ~**s and buts** (表示
對某事有保留或持有異議)假如

啦; 但是啦等等理由.

iffy /ˈɪfɪ/ adj. [口]可懷疑的; 不確
定的; 偶然性的.

igloo /ˈɪgluː/ n. (pl. -**loos, -lus**) (愛
斯基摩人用冰雪砌成的)圓頂小
屋.

igneous /ˈɪgnɪəs/ adj.【地】(指岩
石)火成的.

ignite /ɪgˈnaɪt/ v. (使)着火; (使)燃
燒; 點火.

ignition /ɪgˈnɪʃən/ n. ① 點火, 着
火, 燃燒 ②【機】發火裝置.

ignoble /ɪgˈnəʊbl̩/ adj. 可恥的; 卑
鄙的; 不體面的 **ignobly** adv.

ignominy /ˈɪgnəmɪnɪ/ n. ① (公
開遭到的)恥辱; 污辱; 不名譽
② 醜行; 可恥的行為 **ignominous**
adj. **ignominiously** adv.

ignoramus /ˌɪgnəˈreɪməs/ n. (pl.
-**es**) 無知識的人; 愚人.

ignorance /ˈɪgnərəns/ or
ignorantness /ˈɪgnərəntnəs/ n.
① 無知; 愚昧; 不知道.

ignorant /ˈɪgnərənt/ adj. ① 無知
的; 愚昧的 ② 由無知引起的
③ 不知道的; (因無知而導致)粗
魯無禮的 ~**ly** adv.

ignore /ɪgˈnɔː/ vt. ① 忽視, 不理,
不顧; 抹殺(建議等) ②【律】駁
回.

iguana /ɪˈgwɑːnə/ n.【昆】鬣蜥(美
洲熱帶地區的一種大蜥蜴).

iguanodon /ɪˈgwɑːnədɒn/ n.【古
生】禽龍(古代的一種非食肉恐
龍).

ileum /ˈɪlɪəm/ n.【解】迴腸 **ileac**
adj.

ilium /ˈɪlɪəm/ n. (pl. -**ia**)【解】腸

骨, 骼骨 iliac adj.

ilk /ɪlk/ n. 同類, 同種; 家族 // of that / the same / his / her ~ 那/同一/他那/她那類(或種、族)的.

ill /ɪl/ adj. ① (用作表語)有病的, 健康不佳的[美]一般用 sick) ② (用作定語)壞的; 不祥的; 邪惡的; 不幸的, 惡劣的; 有害的 adv. ① 壞, 惡劣; 不利地, 不友好地 ② 不完全, 不充份, 幾乎不 n. [書] ① 壞; 惡; 罪惡 ② (常用複)不幸; 災難; 病痛 ~-advised adj. 沒腦筋的; 魯莽的 ~-advisedly adv. ~-assorted adj. 不相配的; 雜湊的 ~-bred adj. 無教養的; 粗魯的; (指動物)劣種的 ~-conditioned adj. 情況糟的, 心地壞的; 脾氣壞的 ~-disposed adj. (後習接介詞 towards) [書]不友好的; 不贊成… 的; 懷敵意的 ~-fated adj. 注定倒霉的, 命運不佳的 ~-favo(u)red adj. [書]其貌不揚的, 醜陋的; 使人不快的 ~-gotten adj. 非法得到的 ~-judged adj. 不合時宜的; 不明智的, 決斷失當的 ~-mannered adj. 沒有禮貌的, 粗魯的 ~-natured adj. 不懷好意的; 性情急躁的 ~-omened, ~-starred adj. [書]不幸的, 命運不佳的 ~-treat, ~-use vt. 虐待 ~-treatment, ~-usage n. 虐待, 濫用, 糟踏 // ~ at ease 不安, 不自在 ~ off 困苦 ~ w~ 憎惡, 敵意.

illegal /ɪˈliːɡəl/ adj. 不合法的, 非法的 ~-ity n. 違法(行為) ~ly adv.

illegible /ɪˈledʒɪb'l/ adj. 難以辨認的, 字跡模糊的(亦作 unreadable) illegibility n.

illegitimate /ˌɪlɪˈdʒɪtɪmɪt/ adj. ① 非法的, 違法的 ② 私生的 ③ (指論斷等)不合邏輯的 illegitimacy n.

illiberal /ɪˈlɪbərəl/ adj. ① 思想偏狹的; 氣量小的, 不開明的 ② 吝嗇的; 沒有雅量的 ③ 缺乏教養的 ~-ity n. ~-ly adv.

illicit /ɪˈlɪsɪt/ adj. 違法的, 違禁的; 不正當的 ~ly adv.

illiterate /ɪˈlɪtrɪt/ adj. 不識字的, 未受教育的, 文盲的 n. 失學者, 文盲 illiteracy n. ~ly adv.

illness /ˈɪlnɪs/ n. 病; 不健康.

illogical /ɪˈlɒdʒɪk'l/ adj. 不合邏輯的; 缺乏邏輯的; 不合常理的; 無條理的 ~-ity n. ~ly adv.

illuminate /ɪˈluːmɪneɪt, ɪˈljuːl/ v. ① 照亮, 照明; 使光輝燦爛 ② 用明亮的燈光裝飾(街道、建築物等) ③ (舊時)以金、銀等鮮艷色彩裝飾(書、稿等) ④ [書]説明, 闡明; 啟發, 教導 illuminating adj. 啟示的, 啟發的 // illuminating flare / projectile 【軍】照明彈.

illumination /ɪˌluːmɪˈneɪʃən/ n. ① 照明, 光照; 照(明)度 ② (常用複)視覺的燈飾 ③ (pl.)(手寫本的)彩燈.

illusion /ɪˈluːʒən/ n. 幻影; 幻覺; 妄想, 幻想; 錯覺 // be under an / the ~ (that) 產生錯覺, 錯誤地認為(或相信) have no ~s about 對…不存幻想.

illusionist /ɪˈluːʒənɪst/ n. 魔術師.

illusive /ɪˈluːsɪv/ adj. ① 虛幻的; 迷

惑人的 ② 幻覺的; 幻影的 ~ly,
illusorily adv.

illustrate /ˈɪləˌstreɪt/ v. ① (用例
子、圖解)說明, 舉例(證明)
② (為書、報等)加插圖(或圖解)
illustrator n. 插畫家.

illustration /ˌɪləˈstreɪʃən/ n. 說明;
例證; 實例; 圖解, 插圖 // in ~ of
作為… 的例證.

illustrative /ˈɪləstrətɪv/ adj. 說明
性的; 解釋性的; 作為 … 例證的
~ly adv.

illustrious /ɪˈlʌstrɪəs/ adj. 卓越的;
傑出的; 著名的; 顯赫的; 輝煌的
~ly adv. ~ness n.

image /ˈɪmɪdʒ/ n. ① 像, 肖像, 畫
像; 偶像 ② 影像, 圖像 ③ 相像
的人(或物); 翻版 ④ 形象; 印
象; 形象化的描繪 ⑤【語】形象
化的比喻, 隱喻, 直喻, 明喻 vt.
畫…的像; 使…成像; 象徵.

imagery /ˈɪmɪdʒri, -dʒəri/ n.
①【修】(尤指文學作品中使用
的)比喻; 形象化的描述 ② (總
稱)像, 肖像, 畫像, 雕像.

imaginable /ɪˈmædʒənəb‿l/ adj. 可
想像的, 想像得到的 imaginably
adv.

imaginary /ɪˈmædʒɪnəri, -dʒɪnri/
adj. 想像中的; 假想的; 虛構的
imaginarily adv.

imagination /ɪˌmædʒɪˈneɪʃən/ n.
① 想像(力); 創造力 ② 空想; 妄
想 ③ 想像出來的事物.

imaginative /ɪˈmædʒɪnətɪv/ adj. 富
於想像力的; 想像的; 虛構的 ~ly
adv.

imagine /ɪˈmædʒɪn/ v. 想像, 設想;

猜想, 推測.

imago /ɪˈmeɪɡəʊ/ n. (pl. ~es,
imagines)【昆】成蟲.

imam /ɪˈmɑːm/ or **imaum** /ɪˈmɑːm,
ɪˈmɔːm/ n. ①【宗】阿訇; 祭司;
② (常用 I-)伊瑪目(伊斯蘭教國
家元首的稱號或指伊斯蘭教領
袖).

imbalance /ɪmˈbæləns/ n. 不平衡;
失調.

imbecile /ˈɪmbɪˌsiːl, -ˌsaɪl/ adj. & n.
低能的(人); 愚笨的(人) ~ly adv.
imbecility n. 愚蠢(的言行).

imbecilic /ˌɪmbɪˈsɪlɪk/ adj. =
imbecile.

imbibe /ɪmˈbaɪb/ v. ① 喝, 飲 ② 吸
收(養份等), 吸進(空氣等).

imbroglio /ɪmˈbrəʊlɪˌəʊ/ n. (pl.
-glios)【意】① (政局的)紛亂, (戲
劇中的)錯綜複雜的情節 ② (思
想上的)混亂, (感情上的)糾葛.

imbue /ɪmˈbjuː/ vt. 使感染; 灌輸
(強烈的感情、思想等); 鼓舞.

IMF /aɪ ɛm ɛf/ abbr. =
International Monetary Fund (聯
合國)國際貨幣基金組織.

imitate /ˈɪmɪˌteɪt/ vt. ① 模仿, 仿
效, 摹擬, 學樣 ② 仿製, 偽造; 冒
充 imitator n. 模仿者; 仿造者.

imitation /ˌɪmɪˈteɪʃən/ n. ① 仿製
品; 偽造物, 贗品 ② 模仿, 仿效;
仿造.

imitative /ˈɪmɪtətɪv/ adj. ① (愛)模
仿的; 仿效的 ② 仿製的, 偽造的
~ly adv.

immaculate /ɪˈmækjʊlɪt/ adj. 潔淨
的, 純潔的; 無瑕疵的, 無缺點的
~ly adv. // I- Conception【宗】(關

於聖母瑪利亞的)聖靈懷胎(說);
純潔無原罪(說).

immanent /ˈɪmənənt/ *adj.* ① (指
性質)天生的,固有的;內在
的② 【宗】(指上帝)無所不在
的,存在於宇宙萬物之中的
immanence, -cy *n.*

immaterial /ˌɪməˈtɪərɪəl/ *adj.* ① 非
物質的;無形的② 無足輕重的;
不相干的 **-ity** *n.*

immature /ˌɪməˈtʃʊə/ *adj.*
① 發育未全的;未成熟的② (指
行為或感情上)不夠成熟的;不
夠明智的 immaturity *n.*

immeasurable /ɪˈmeʒərəbl/
adj. 無法計量的;無邊無際的
immeasurability *n.* immeasurably
adv.

immediate /ɪˈmiːdɪət/ *adj.* ① 直接
的;最接近的② 即時的;立即的
immediacy, **~ness** *n.*

immediately /ɪˈmiːdɪətlɪ/ *adv.* ① 馬
上,立即② 直接地;緊密地 *conj.*
[主英] — … (就).

immemorial /ˌɪmɪˈmɔːrɪəl/ *adj.* (因
年代久遠而)無法追憶的;太古
的;極為古老的 **-ly** *adv.*

immense /ɪˈmens/ *adj.* 巨大的,廣
大的 **~ly** *adv.* 無限地,大大地;非
常,極 immensity *n.*

immerse /ɪˈmɜːs/ *vt.* ① 浸入(液體
中)② 使沉浸於;使陷入 // **be
~d / ~ oneself in** (sth) 使埋頭於,
使一心一意地,沉湎於.

immersion /ɪˈmɜːʃən/ *n.* ① 沉浸,
浸沒② 【宗】浸禮③ 專心 //
~ heater 浸入式電熱水器(亦作
immerser).

immigrant /ˈɪmɪɡrənt/ *n.* (來自外
國的)移民 *adj.* (從國外)移來的;
移民的.

immigrate /ˈɪmɪˌɡreɪt/ *v.* (使)移居
入境;移(民)(從國外)移居入境.

immigration /ˌɪmɪˈɡreɪʃən/ *n.*
① 移居;入境的移民② (設在入
境處的)移民管理檢查站(亦作
~ control).

imminent /ˈɪmɪnənt/ *adj.* (尤指令
人不快之事)迫近的;危急的,迫
切的 imminence *n.* **~ly** *adv.*

immobile /ɪˈməʊbaɪl/ *adj.* ① 不動
的,不能移動的;固定的② 不變
的,靜止的 immobility *n.*

immobilize, -se /ɪˈməʊbɪlaɪz/ *vt.*
① 使不動,使固定;使不能正常
運作② 使(病人、斷肢)保持靜
止(以利康復) immobilization,
immobilisation *n.*

immoderate /ɪˈmɒdərɪt, ɪˈmɒdrɪt/
adj. 不適中的;無節制的;過度
的,過份的;不合理的 **-ly** *adv.*

immodest /ɪˈmɒdɪst/ *adj.* [貶]
① 不謙虛的,自負的;(常指女
人)不莊重的,不正派的② 冒失
的,魯莽的 **~ly** *adv.* **~y** *n.*

immolate /ˈɪməʊˌleɪt/ *vt.* ① 宰
殺 … 作祭品,殺戮,毀滅② 犧
牲 immolation *n.*

immoral /ɪˈmɒrəl/ *adj.* ① 不道德
的,道德敗壞的;邪惡的② 淫蕩
的;荒淫的;猥褻的 **~ity** *n.* 不道
德的(行為);傷風敗俗的行為.

immortal /ɪˈmɔːtl/ *adj. & n.* ① 不
朽的(人),流芳百世的(人)② 永
存的,不死的③ (常用 I-)(古代
希臘、羅馬神話中的)諸神 **-ity**

n. // **the I- Bard** 不朽的詩人(指莎士比亞).

immortalize, -se /ɪˈmɔːtəˌlaɪz/ *vt.* 使不朽, 使不滅; 使(聲名)永存 immortalization, -sation *n.*

immov(e)able /ɪˈmuːvəb³l/ *adj.* ① 不能移動的; 固定的; 穩定的 ② (目的、意圖、決心等)不可動搖的; 堅定的; 冷靜的; 不激動的 ③【律】(財產)不動的 immov(e)ability *n.* immov(e)ably *adv.*

immune /ɪˈmjuːn/ *adj.* (常作表語) ① (+ to / against)【醫】免疫性的; 有免疫力的; 可避免的 ② (+ to) 不受影響的, 無響應的 ③ (+ from) 免除(稅、攻擊等) immunity *n.* (稅等的)免除; 豁免; 免疫力, 免疫性 // ~ system 免疫系統.

immunize, -se /ˈɪmjənaɪz/ *vt.* 使免除, 使免疫 immunization *n.*

immunocompetence /ˌɪmjʊnəʊˈkɒmpɪtəns/ *n.*【醫】免疫活性.

immunodeficiency /ˌɪmjʊnəʊdɪˈfɪʃənsɪ/ *n.*【醫】免疫缺損.

immunology /ˌɪmjʊˈnɒlədʒɪ/ *n.*【醫】免疫學 immunological *adj.* immunologist *n.* 免疫學家.

immunosuppression /ˌɪmjʊnəʊsəˈpreʃən/ *n.*【醫】免疫力的抑制(亦作 immunodepression).

immure /ɪˈmjʊə/ *vt.* [書]監禁, 禁閉.

immutable /ɪˈmjuːtəbəl/ *adj.* [書]不可改變的, 永遠不變的 immutability *n.* immutably *adv.*

imp /ɪmp/ *n.* ① 小妖精, 小鬼 ② 頑童, 小淘氣.

impact /ˈɪmpækt/ *n.* 碰撞; 衝擊(力); 影響; 效力;【軍】彈着;【空】(火箭的)着陸 *vt.* ① 裝填, 填入; 壓緊; 塞滿 (+ on) [主美]對…產生影響(或效力) ~ed *adj.* (指牙齒)阻生的, 嵌塞的 ~ion *n.* // an ~ed tooth 阻生的牙 on ~ 衝擊(或碰撞)時 ~ **crater**【地】隕石坑.

impair /ɪmˈpeə/ *vt.* 削弱, 減少; 損害, 損傷 ~ment *n.*

impala /ɪmˈpɑːlə/ *n.*【動】(南非的)黑斑羚.

impale, em- /ɪmˈpeɪl/ *vt.* 刺穿; 釘住; 刺殺 impalement *n.*

impalpable /ɪmˈpælpəb³l/ *adj.* [書] ① 感觸不到的, 摸不着的 ② 難以理解的, 難以捉摸的.

impart /ɪmˈpɑːt/ *vt.* [書]給予, 賦予, 傳授; 告知.

impartial /ɪmˈpɑːʃəl/ *adj.* 公平的, 不偏袒的; 無偏見的 ~ity *n.* ~ly *adv.*

impassable /ɪmˈpɑːsəb³l/ *adj.* 不能通行的; 不可逾越的; 不可流通的 impassability *n.* impassably *adv.*

impasse /æmˈpɑːs, ˈæmpɑːs, ɪmˈpɑːs, ˈɪmpɑːs/ *n.* 絕境; 僵局; 死路.

impassible /ɪmˈpæsəb³l/ *adj.* 麻木的; 無感覺的; 無動於衷的 impassibility *n.* impassibly *adv.*

impassioned /ɪmˈpæʃənd/ *adj.* (常

指講話、演說等)充滿熱情的; 熱烈的, 激動的.

impassive /ɪmˈpæsɪv/ *adj.* 無動於衷的, 冷淡的; 無感情的; 冷靜的 **impassivity** *n.*

impatient /ɪmˈpeɪʃənt/ *adj.* ① 不耐煩的, 急躁的 ② (後接不定式) 急切的, 渴望的 **impatience** *n.* **~ly** *adv.*

impeach /ɪmˈpiːtʃ/ *vt.* 控告; 檢舉, 彈劾; 指責 **~ment** *n.*

impeccable /ɪmˈpekəbᵊl/ *adj.* 沒有缺點的, 無瑕疵的; 極好的 **impeccably** *adv.*

impecunious /ˌɪmpɪˈkjuːnɪəs/ *adj.* 沒有錢的; 貧窮的, 赤貧的 **~ly** *adv.* **~ness** *n.*

impedance /ɪmˈpiːdᵊns/ *n.* 【物】阻抗.

impede /ɪmˈpiːd/ *vt.* 妨礙, 阻礙; 阻止.

impediment /ɪmˈpedɪmənt/ *n.* ① 障礙(物) ② 生理缺陷, (尤指)口吃.

impedimenta /ɪmˌpedɪˈmentə/ *pl. n.* [書] ① 行李; 【軍】輜重 ② 妨礙行進的負重, 包袱; [謔]累贅.

impel /ɪmˈpel/ *vt.* ① 推動; 推進; 激勵 ② 驅使, 迫使.

impending /ɪmˈpendɪŋ/ or **impendent** /ɪmˈpendənt/ *adj.* (主要作定語)即將來到的; 迫在眉睫的, 緊急的.

impenetrable /ɪmˈpenɪtrəbᵊl/ *adj.* ① 穿不透的, 進不去的 ② 看不透的, 費解的 **impenetrability** *n.* **impenetrably** *adv.*

impenitent /ɪmˈpenɪtənt/ *adj.* [書] 不悔悟的, 執迷不悟的.

imperative /ɪmˈperətɪv/ *adj.* ① 絕對必要的; 迫切的, 緊急的 ② 命令的, 強制的; 專橫的 ③【語】祈使的 *n.*【語】祈使語氣(的動詞) **~ly** *adv.*

imperceptible /ˌɪmpəˈseptɪbᵊl/ *adj.* (因細微或進程緩慢而)察覺不到的, 感覺不到的 **imperceptibly** *adv.*

imperfect /ɪmˈpɜːfɪkt/ *adj.* ① 不完美的, 有缺點的 ② 不完整的; 未完成的 ③【語】未完成過去式的; 過去進行式的 *n.*【語】未完成過去式; 過去進行式 **-ion** *n.* **~ly** *adv.*

imperial /ɪmˈpɪərɪəl/ *adj.* ① 帝國的, 皇帝的 ② 帝皇一般的; 威嚴的 ③ (在採用十進制前)英制(度量衡法定標準)的 **~ly** *adv.*

imperialism /ɪmˈpɪərɪəˌlɪzəm/ *n.* [常貶]帝國主義.

imperialist /ɪmˈpɪərɪəlɪst/ *n. & adj.* [常貶]帝國主義者(的) **~ic** *adj.* 帝國主義的; 贊成帝國主義的.

imperil /ɪmˈperɪl/ *vt.* 危害; 使陷於危險.

imperious /ɪmˈpɪərɪəs/ *adj.* [書] ① 專橫的, 傲慢的 ② 迫切的, 緊急的 **~ly** *adv.* **~ness** *n.*

imperishable /ɪmˈperɪʃəbᵊl/ *adj.* 不朽的, 不滅的 **imperishability** *n.* **imperishably** *adv.*

impermanent /ɪmˈpɜːmənənt/ *adj.* 非永久的; 暫時的; 無常的 **impermanence** *n.*

impermeable /ɪmˈpɜːmɪəbᵊl/ *adj.* 不可滲透的, 不透氣的; 不透水

的 impermeability *n*.

impermissible /ˌɪmpəˈmɪsɪbˈl/ *adj*. 不允許的, 不許可的 impermissibility *n*.

impersonal /ɪmˈpɜːsənˈl/ *adj*. ① 不受個人情感影響的, 沒有人情味的; 冷漠的 ② 非個人的; 和個人無關的; 客觀的 ③【語】非個人的; 和個人無關的; 客觀的 ③【語】非人稱的 ~ity *n*. ~ly *adv*.

impersonate /ɪmˈpɜːsəˌneɪt/ *vt*. 扮演; 模仿; 假冒 impersonation *n*. impersonator *n*. 模仿者; 扮演者.

impertinent /ɪmˈpɜːtɪnənt/ *adj*. 無禮的, 傲慢的, 魯莽的 impertinence *n*. ~ly *adv*.

imperturbable /ˌɪmpəˈtɜːbəbˈl/ *adj*. 沉着的; 冷靜的 imperturbability *n*. imperturbably *adv*.

impervious /ɪmˈpɜːvɪəs/ or imperviable /ɪmˈpɜːvɪəbˈl/ *adj*. ① 不可滲透的, 透不過的 ② 不受影響的, 不受干擾的; 不為(批評、誘惑等)所動的.

impetigo /ˌɪmpɪˈtaɪɡəʊ/ *n*.【醫】膿疱病; 小膿疱疹.

impetuous /ɪmˈpɛtjʊəs/ *adj*. 衝動的; 魯莽的, 急躁的; 輕舉妄動的 impetuosity *n*. ~ly *adv*.

impetus /ˈɪmpɪtəs/ *n*. ① 動力, 動量 ② 推動, 促進.

impiety /ɪmˈpaɪɪtɪ/ *n*. ① 不虔誠; 不敬神 ② 不敬(的言行); 不孝(的言行).

impinge /ɪmˈpɪndʒ/ *vi*. (+ on / upon) ① 侵害; 侵犯 ② 產生影響(或效力等).

impious /ˈɪmpɪəs/ *adj*. ① 不虔誠的; 不敬神的 ② 不敬的; 不孝的 ~ly *adv*. ~ness *n*.

impish /ˈɪmpɪʃ/ *adj*. (像)頑童的; 頑皮的 ~ly *adv*. ~ness *n*.

implacable /ɪmˈplækəbˈl/ *adj*. 難以平息的; 難以改變的; 難以滿足的; 不能緩和的 implacability *n*. implacably *adv*.

implant /ɪmˈplɑːnt, ˌɪmˈplɑːnt/ *vt*. ① 灌輸, 注入, 牢固樹立 ② 植, 栽進;【醫】移植 *n*.【醫】移植物, 移植片 ~ation *n*.

implement /ˈɪmplɪmənt, ˈɪmplɪˌment/ *n*. 工具; 器具 *vt*. 貫徹; 完成; 履行; 實施 ~ation *n*.

implicate /ˈɪmplɪˌkeɪt/ *vt*. 使牽連, 使捲入(罪行等).

implication /ˌɪmplɪˈkeɪʃən/ *n*. ① 含蓄, 含意, 言外之意 ② 牽連, 捲入 ③ (~s) 後果.

implicit /ɪmˈplɪsɪt/ *adj*. ① 含蓄的; 暗示的 ② 絕對的; 無保留的; 無疑的 ~ly *adv*.

implode /ɪmˈpləʊd/ *v*. (使)向內爆炸, (使)壓破 implosion *n*.

implore /ɪmˈplɔː/ *vt*. 懇求, 乞求, 哀求 imploration *n*. imploring *adj*. imploringly *adv*.

imply /ɪmˈplaɪ/ *vt*. ① 含蓄; 含有…的意思; 必然包含有 ② 暗示, 暗指 implied *adj*. 含蓄的, 暗指的; 不言而喻的.

impolite /ˌɪmpəˈlaɪt/ *adj*. 不禮貌的; 失禮的, 粗魯的 ~ly *adv*. ~ness *n*.

impolitic /ɪmˈpɒlɪtɪk/ or impolitical

/ˌɪmpəˈlɪtɪkᵊl/ *adj.* 失策的; 不明智的; 不得當的 **-ly** *adv.*

imponderable /ɪmˈpɒndərəbᵊl, -drəb-/ *adj.* (重要性、影響等)無法衡量的 *n.* (常用複)(重要性、影響或作用)無法衡量的事物 imponderability *n.* imponderably *adv.*

import[1] /ˈɪmpɔːt, ˌɪmpɔːt/ *v.* 進口, 輸入;【計】導入 *n.* ① 進口, 輸入 ② (常用複)輸入品, 進口貨物 **~ation** *n.* 輸入(品), 進口(貨) **-er** *n.* 進口商, 進口公司.

import[2] /ˈɪmpɔːt, ˌɪmpɔːt/ *v.* 意味着, 表明, 說明 *n.* 意義, 含意; 重要(性).

importance /ɪmˈpɔːtᵊns/ *n.* ① 重要(性); 重大 ② 顯赫, 權勢 // **full of one's own ~** (貶)自命不凡的, 自高自大的.

important /ɪmˈpɔːtᵊnt/ *adj.* ① 重要的, 重大的 ② 顯赫的; 有權勢的 ③ 自高自大的 **~ly** *adv.*

importunate /ɪmˈpɔːtjʊnɪt/ *adj.* 強求的; 纏擾不休的; 堅持的; 迫切的 **~ly** *adv.*

importune /ˌɪmpɔːˈtjuːn/ *vt.* (向⋯)強求; (向⋯)糾纏不休; (妓女)拉(客) importunity *n.*

impose /ɪmˈpəʊz/ *vt.* 課(稅); 把⋯強加給 *vi.* **(+ on / upon)** ① 佔便宜; 利用 ② 欺騙 imposition *n.*

imposing /ɪmˈpəʊzɪŋ/ *adj.* ① 給人深刻印象的 ② 壯麗的; 堂皇的; 雄偉的 **~ly** *adv.*

impossible /ɪmˈpɒsəbᵊl/ *adj.* ① 做不到的, 不可能的; 不會有的, 不可能發生的 ② 不能忍受

的; 不合情理的 impossibility *n.* impossibly *adv.*

impostor, -er /ɪmˈpɒstə/ *n.* 冒名詐騙者; 騙子.

imposture /ɪmˈpɒstʃə/ *n.* 冒名詐騙; 欺詐.

impotent /ˈɪmpətənt/ *adj.* ① 無力的; 軟弱無能的 ②【醫】陽痿的 impotence *n.* **-ly** *adv.*

impound /ɪmˈpaʊnd/ *vt.* [書]【律】沒收, 充公, 扣押(人或財物等).

impoverish /ɪmˈpɒvərɪʃ/ *vt.* 使貧困; 使每況愈下; 使虛弱 **~ed** *adj.* **~ment** *n.*

impracticable /ɪmˈpræktɪkəbᵊl/ *adj.* ① 不能實行的, 做不到的 ② (指道路)不通行的 impracticability *n.* impracticably *adv.*

impractical /ɪmˈpræktɪkᵊl/ *adj.* ① 不切實際的; 不現實的; 不實用的 ② (指人)不善於做實際工作的 **-ity** *n.* **~ly** *adv.*

imprecation /ˌɪmprɪˈkeɪʃən/ *n.* [書]詛咒; 咒語; 祈求.

impregnable /ɪmˈprɛɡnəbᵊl/ *adj.* 攻不破的; 堅固的; 堅定的 impregnability *n.* impregnably *adv.*

impregnate /ˈɪmprɛɡˌneɪt/ *vt.* ① 使充滿; 使飽和; 滲透, 灌注 ② 使受精, 使懷孕 impregnation *n.*

impresario /ˌɪmprɪˈsɑːrɪˌəʊ/ *n.* (*pl.* **-sarios, -sari**) [意] (劇院、音樂會、樂團的)經理; 導演; 演出主辦人; (藝人的)經理人.

impress /ɪmˈprɛs, ˈɪmprɛs/ *vt.* ① 使銘記; 使留下深刻印象; 使極為

崇敬欽佩 ② 蓋印; 在 ··· 上打記號 vi. 引人注意, 嘩眾取寵 n. 印象, 痕跡, 印記; 銘刻.

impression /ɪmˈpreʃən/ n. ① 印象, 感覺; 感想, 模糊的觀念, 意見, 想法 ② 蓋印, 印記; 壓痕 ③【印】印刷(品); 印數; 印次; 第 ··· 版次; 影響 ④ (戲劇演員或藝人為取悅觀眾而對名人的)摹仿 // be under the ~ that (通常指錯誤地)以為; 覺得.

impressionable /ɪmˈpreʃənəbl/ -ˈpreʃnə-/ adj. 易感的; 敏感的; 易受影響的 impressionability n. impressionably adv.

impressionism /ɪmˈpreʃəˌnɪzm/ n. (繪畫、文藝等方面的)印象主義, 印象派.

impressionist /ɪmˈpreʃənɪst/ n. 印象主義者或畫家; 印象派藝術家; (專門摹仿名人以取悅觀眾的演員或藝人) adj. 印象主義的, 印象派的 ~ic adj. 印象的; 印象主義的, 印象派的.

impressive /ɪmˈpresɪv/ adj. 給留下深刻印象的; 令人難忘的; 令人大為敬佩的 ~ly adv.

imprimatur /ˌɪmprɪˈmeɪtə, -ˈmɑː-/ n. 【拉】(尤指羅馬天主教教會的)出版許可; [謔]許可, 批准.

imprint /ˈɪmprɪnt, ɪmˈprɪnt/ vt. ① 蓋印 ② 刻上(記號), 標出(特徵); 刻銘, 使銘記 n. 蓋印, 刻印; 痕跡; 特徵; 印象; (書籍書名頁上關於出版時間、地點和出版社的)版本說明(亦作 the printer's ~ 或 the publisher's ~).

imprison /ɪmˈprɪzən/ vt. 關押, 監禁; [喻]束縛, 限制 ~ment n.

improbable /ɪmˈprɒbəbl/ adj. 未必有的; 不大可能(發生)的; 未必確實的 improbability n. 不大可能(發生的事) improbably adv.

improbity /ɪmˈprəʊbɪtɪ/ n. 邪惡; 不誠實; 不正直.

impromptu /ɪmˈprɒmptjuː/ adj. & adv. 即席的(地), 臨時的(地), 無準備的(地)的【音】即興曲.

improper /ɪmˈprɒpə/ adj. ① 不適當的, 不合適的; 不正確的, 錯誤的 ② 不道德的; 下流的; 不合禮儀的; 不正派的 ~ly adv. ~ness n. // ~ fraction【數】假分數, 可約分數.

impropriety /ˌɪmprəˈpraɪətɪ/ n. 不適當之; 不正當(行為); 不得體的舉止; 錯誤的言語.

improve /ɪmˈpruːv/ v. ① (使)變得更好; 改善, 改良; 增進 ② 增高(土地等的)價值, 升值 // ~ on / upon 作出比(原有)更好的東西; 改進.

improvement /ɪmˈpruːvmənt/ n. 改良; 改進(措施); 改善(的地方); 增進.

improvident /ɪmˈprɒvɪdənt/ adj. 目光短淺的; 不顧將來的; 揮霍的; 不注意節約的 improvidence n. ~ly adv.

improvise /ˈɪmprəˌvaɪz/ vt. 即席創作(或演奏、演唱); 臨時準備; 臨時湊成 improvisation n.

imprudent /ɪmˈpruːdənt/ adj. 輕率的; 魯莽的 imprudence n. ~ly

adv.

impudence /ˈɪmpjʊdəns/ or **impudency** *n.* 厚顏無恥(的舉止); 冒失(的行為); 失禮的言行).

impudent /ˈɪmpjʊdənt/ *adj.* 厚顏無恥的; 冒失的; 失禮的 **~ly** *adv.*

impugn /ɪmˈpjuːn/ *vt.* [書]指責, 責難; 對 ⋯ 表示懷疑.

impulse /ˈɪmpʌls/ *n.* ① 衝動 ②【物】衝量; 脈衝 ③ 鼓舞; 刺激; 一時高興, 突然的心血來潮 // ~ **buying** (一時心血來潮的)即興購物 **on ~** 一時衝動地; 突然心血來潮地.

impulsion /ɪmˈpʌlʃən/ *n.* [書]衝動; (想做某事的)強烈慾望; 推動力.

impulsive /ɪmˈpʌlsɪv/ *adj.* (易)衝動的; 感情用事的; 任性的 **~ly** *adv.*

impunity /ɪmˈpjuːnɪtɪ/ *n.* 不受懲罰; 無罪; 不受損失 // **with ~** 不受懲罰地; 泰然地.

impure /ɪmˈpjʊə/ *adj.* ① 不純的, 攙假的; 混雜的 ② 不純潔的; 不道德的; 下流的; (指語言)不規範的 **~ly** *adv.*

impurity /ɪmˈpjʊərɪtɪ/ *n.* ① 不純; 不潔; 不道德, 不貞節; 下流 ② (常用複)雜質.

impute /ɪmˈpjuːt/ *vt.* (賓語後接介詞 to)把 ⋯ 歸咎(或歸因)於; 把 ⋯ 推給; 把 ⋯ 轉嫁於 **imputable** *adj.* (後接 to)可歸咎(或歸因)於 ⋯ 的 **imputably** *adv.* **imputation** *n.*

in /ɪn/ *prep.* ① (表示位置、地點、方向)在 ⋯ 中, 在 ⋯ 上; 向, 朝 ② (表示時間、過程)在 ⋯ 期間; 在 ⋯ 後 ③ (表示狀態、情況)處於 ⋯ 之中, 在 ⋯ 狀態之中 ④ (表示範圍、領域、方面、性質、能力)在 ⋯ 之內; 在 ⋯ 方面 ⑤ (表示服飾、打扮)穿着; 戴着 ⑥ (表示職業、活動)從事於, 參加 ⑦ (表示地位、方式、形式、媒介、手段、材料)按照, 符合於, 用, 以 ⑧ (表示目的、動機、原因)由於, 為了; 作為 ⋯ 的表示 ⑨ (表示動作) = **to** *adv.* ① 朝裏, 向內, 在內 ② 在家, 在工作地點, 在獄中 ③ 到家; 到, 得到 ④ 當政, 當選 ⑤ (指農作物等)收穫 ⑥ (指服裝)流行; 時髦; (指果菜魚肉等食品)正上市; 可買到 ⑦ (指燈、火等)點着, 亮着, 燃燒着 ⑧ 時髦的; (在少數人中)流行的 // **be ~ for** [口]勢必遭受 **be (well) ~ with sb** [口]與人友好, 與人親近 **go / be ~ for** 參加(競賽) **all** 總計, 一共 **~ that** [口]因為 **the ~s and outs (of sth)** (事情的)內情, 詳情.

in. *abbr.* = **inch(es)**.

in- /ɪn/ *pref.* [前綴](在 i 前作 il-; 在 b, m, p 前作 im-; 在 r 前作 ir-) ① 表示"在內; 進; 入; 向; 朝" ② (構成形容詞、副詞和名詞)表示"非; 不; 無".

inability /ˌɪnəˈbɪlɪtɪ/ *n.* 無能力; 無才能.

inaccessible /ˌɪnækˈsesəbl/ *adj.* 達不到的, 進不去的; 難接近的; 難得到的 **inaccessibility** *n.* **inaccessibly** *adv.*

inaccurate /ɪnˈækjʊrɪt/ *adj.* 不準確的; 不精密的; 錯誤的 **inaccuracy** *n.* **~ly** *adv.*

inaction /ɪnˈækʃən/ *n.* 不活動; 不活躍; 懶散; 遲鈍.

inactive /ɪnˈæktɪv/ *adj.* ① 不活動的; 不活躍的; 遲鈍的; 懶散的 ② 沒事做的; 暫停不用的; 【軍】非現役的 ~ly *adv.* inactivity *n.* // ~ volcano 休眠火山.

inadequate /ɪnˈædɪkwɪt/ *adj.* ① 不充足的; 不適當的 ② 不能勝任的; 不善於照料自己的 inadequacy *n.* ~ly *adv.*

inadmissible /ˌɪnədˈmɪsəbˀl/ *adj.* 不能接納的; 不能允許的; 不能承認的 inadmissibility *n.*

inadvertent /ˌɪnədˈvɜːtənt/ *adj.* ① 疏忽的; 漫不經心的 ② 出於無心的, 非故意的 inadvertency *n.* ~ly *adv.*

inadvisable /ˌɪnədˈvaɪzəbˀl/ *adj.* 不可取的; 不妥當的; 不明智的 inadvisability *n.*

inalienable /ɪnˈeɪljənəbˀl/ *adj.* 不可剝奪的; 不可分割的 inalienability *n.* inalienably *adv.*

inane /ɪˈneɪn/ *adj.* 無意義的; 空洞的; 愚蠢的 inanity *n.* ① 空洞; 無知; 愚蠢 ② (常用複)無聊愚蠢的言行.

inanimate /ɪnˈænɪmɪt/ *adj.* 無生命的; 無生氣的; 沒精打采的; 枯燥乏味的 inanimation *n.*

inanition /ˌɪnəˈnɪʃən/ *n.* ①【醫】營養不足; 虛弱 ② 空虛; 無內容.

inapplicable /ɪnˈæplɪkəbˀl, ˌɪnəˈplɪk-/ *adj.* 不能應用的; 不適用的; 不適宜的 inapplicability *n.* inapplicably *adv.*

inappropriate /ˌɪnəˈprəʊprɪɪt/ *adj.* 不適當的; 不相宜的 ~ly *adv.* ~ness *n.*

inapt /ɪnˈæpt/ *adj.* 不合適的; 不熟練的, 笨手笨腳的 ~itude *n.* ~ly *adv.*

inarticulate /ˌɪnɑːˈtɪkjʊlɪt/ *adj.* (指人)不善於言辭的; 口齒不清的; (指言辭)辭不達意的 ~ly *adv.* ~ness *n.*

inasmuch as /ˌɪnəzˈmʌtʃ əz/ *conj.* [書]由於; 因為.

inattention /ˌɪnəˈtenʃən/ *n.* 不注意; 漫不經心; 疏忽.

inattentive /ˌɪnəˈtentɪv/ *adj.* 不注意的; 漫不經心的; 疏忽的 ~ly *adv.* ~ness *n.*

inaudible /ɪnˈɔːdəbˀl/ *adj.* 聽不見的 inaudibly *adv.*

inaugural /ɪnˈɔːgjʊrəl/ *adj.* 就職(儀式)的; 開幕的; 開始的.

inaugurate /ɪnˈɔːgjʊˌreɪt/ *vt.* ① 開始; 開創; 開幕; 舉行(開業、落成、成立等)儀式 ② 為…舉行就職典禮 inauguration *n.* inaugurator *n.* 開創者, 創始人; 主持就職典禮的人.

inauspicious /ˌɪnɔːˈspɪʃəs/ *adj.* 不祥的, 不吉利的 ~ly *adv.*

inboard /ˈɪnˌbɔːd/ *adv. & adj.* (指發動機)在船(或飛機)內(的); (指船)發動機裝在船體內的.

inborn /ɪnˈbɔːn/ *adj.* 天生的, 天賦的.

inbound /ˈɪnˌbaʊnd/ *adj.* [美]返航的; 開回本國(或原地)的.

inbred /ɪnˈbred/ *adj.* ① 近親繁殖的 ② 天生的; 先天的.

inbreeding /ˈɪnbriːdɪŋ/ n. 近親繁殖.

in-built /ˈɪnbɪlt/ adj. = built-in 內在的, 固有的.

Inc. /ɪŋk/ abbr. = incorporated [美] (有限)公司的(亦作 inc.).

incalculable /ɪnˈkælkjʊləbʲl/ adj. ① 數不清的, 不可勝數的; 極大的 ② 難預測的, 不可靠的, 無定的 incalculably adv.

incandescent /ˌɪnkænˈdesʲnt/ adj. 白熱的, 白熾的; 熾熱的; 極亮的 incandescence n. ~ly adv. // ~ lamp 白熾燈.

incantation /ˌɪnkænˈteɪʃən/ n. 咒語; 符咒; 念咒 incantatory adj.

incapable /ɪnˈkeɪpəbʲl/ adj. ① (作表語時其後接 of)不會…的; 無能力的 ② 無能的, 沒有用的 incapability n. incapably adv.

incapacitate /ˌɪnkəˈpæsɪteɪt/ vt. ① 使無能力, 使殘廢 ②【律】使無資格; 剝奪…的法定權力.

incapacity /ˌɪnkəˈpæsɪtɪ/ n. 無能力; 【醫】官能不全;【律】無資格.

incarcerate /ɪnˈkɑːsəreɪt/ vt. 監禁, 禁閉 incarceration n.

incarnate /ɪnˈkɑːnɪt, -neɪt, ɪnˈkɑːneɪt/ adj. (用於名詞後)化身的, 人體化的; 實體化的 vt. 賦予形體, 使成化身; 使具體化; 體現 incarnation n. 化身, 體現 the I- n.【宗】上帝化身為耶穌降臨人世.

incautious /ɪnˈkɔːʃəs/ adj. 不慎重的, 不小心的; 魯莽的, 輕率的 ~ly adv. ~ness n.

incendiary /ɪnˈsendɪərɪ/ adj. ① 放火的, 縱火的; 燃燒的 ② 煽動性的 n. 燃燒彈(亦作 ~ bomb); 縱火者.

incense [1] /ˈɪnsens/ n. (燃燒時發出香氣的)香; 香發出的煙.

incense [2] /ˈɪnsens/ vt. 使發怒, 激怒 incensed adj.

incentive /ɪnˈsentɪv/ n. 刺激; 鼓勵; 動機; 誘因.

inception /ɪnˈsepʃən/ n. [書]開始, 發端.

incessant /ɪnˈsesʲnt/ adj. 不停的, 連續不斷的 ~ly adv.

incest /ˈɪnsest/ n. 亂倫(罪).

incestuous /ɪnˈsestjʊəs/ adj. (犯)亂倫(罪)的; [貶](指一夥人之間)關係不正常地親密和曖昧的 ~ly adv.

inch /ɪntʃ/ n. ① 英寸, 吋 ② (數量、距離等的)少許, 少量, 少額 v. (使)慢慢地移動; (使)漸進 // by ~es 幾乎; 僅僅; 一點一點地, 漸漸 every ~ 完全地, 徹底地 not give / budge an ~ 寸步不讓; 紋絲不動.

inchoate /ɪnˈkəʊeɪt, -ˈkəʊɪt/ adj. [書] ① 才開始的; 初步的 ② 未完成的; 不發達的 ~ly adv.

incidence /ˈɪnsɪdəns/ n.【醫】發生率; (事件的)影響範圍.

incident /ˈɪnsɪdənt/ n. ① 小事件, 偶發事件 ② (國家、對立集團之間敵對的)事件; 事變 ③ (帶有社會騷亂等的)暴力事件 adj. (常作表語)(+ to / upon) 易發生的, 附隨而來, 有關聯的.

incidental /ˌɪnsɪˈdentʲl/ adj. ① (作表語)(+ to) 易發生的 ② 附帶的, 伴隨的; 非主要的 ③ 偶然

的 // **expenses** 額外開支; 雜費
~ **music**【音】(影、劇、誦詩等
的)配樂.

incidentally /ˌɪnsɪˈdɛntəlɪ/ *adv.* 順
便説一下; 附帶地; 偶然地.

incinerate /ɪnˈsɪnəˌreɪt/ *v.* (把…)
燒成灰, 燒掉, 焚化 incineration
n. incinerator *n.* 焚化爐.

incipient /ɪnˈsɪpɪənt/ *adj.* 開始的,
剛出現的, 初期的 ~ly *adv.*

incise /ɪnˈsaɪz/ *vt.* 切入, 切開; 雕
刻 incision *n.*【醫】切口, 切開.

incisive /ɪnˈsaɪsɪv/ *adj.* 尖鋭的, 深
刻的, 透徹的 ~ly *adv.*

incisor /ɪnˈsaɪzə/ *n.*【解】切牙, 門
牙(亦作 ~ tooth).

incite /ɪnˈsaɪt/ *vt.* ① 激勵; 刺激
② 煽動, 唆使 ~ment *n.*

incivility /ˌɪnsɪˈvɪlɪtɪ/ *n.* 無禮貌; 粗
野; 不禮貌的言行.

inclement /ɪnˈklɛmənt/ *adj.* (指天
氣)險惡的; 寒冷的; 狂風暴雨的
inclemency *n.*

inclination /ˌɪnklɪˈneɪʃən/ *n.* ① 傾
向; 嗜好; 意向 ② 點頭; 彎腰
③ 傾斜; 斜坡; 傾度;【數】傾角,
斜角.

incline /ɪnˈklaɪn/ *v.* ① (使)屈身;
點頭 ② 傾斜; (使)傾向於; (使)
想要; 易於 *n.* 斜面; 坡度; 坡 ~d *adj.*
(作表語)傾向於…的, 想要…
的; (在某方面)有天賦的 // ~d
plane【數】斜面.

include /ɪnˈkluːd/ *vt.* 包含, 包括;
算入 ~d *adj.* 包含的; 包括…在
內的 inclusion *n.* 包含(物); 含有.

including /ɪnˈkluːdɪŋ/ *prep.* 包含,
包括.

inclusive /ɪnˈkluːsɪv/ *adj.* 包含
的; 包括在內的;
(用於日期、數字等的名詞後)
包括所述範圍內的 ~ly *adv.* //
~ **language** (不帶任何性別歧視
意味的)中性措詞.

incognito /ˌɪnkɒɡˈniːtəʊ,
ɪnˈkɒɡnɪtəʊ/ *adj.* & *adv.* 隱姓埋
名的; 化名的; 化裝的 *n.* 隱姓埋
名(者); 化名(者), 微行(者)(略作
incog).

incoherent /ˌɪnkəʊˈhɪərənt/ *adj.*
(指思想、語言、文字)不連
貫的; 無條理的; 語無倫次的
incoherence *n.* ~ly *adv.*

incombustible /ˌɪnkəmˈbʌstəbl/
adj.【書】不燃的; 不能燃燒的.

income /ˈɪnkʌm, ˈɪŋkəm/ *n.* 收入,
所得, 收益 // ~ **tax** 所得税.

incoming /ˈɪnˌkʌmɪŋ/ *adj.* 進來的;
新來的; 繼任的; 新任的.

incommensurable
/ˌɪnkəˈmɛnʃərəbl/ *adj.* 不能比較
的; 無共同尺的; 懸殊的.

incommensurate /ˌɪnkəˈmɛnʃərɪt/
adj. ① 不相稱的; 不適當的, 不
相對應的 ② = incommensurable.

incommode /ˌɪnkəˈməʊd/ *vt.* [書]
使感不便; 妨礙; 打擾.

incommodious /ˌɪnkəˈməʊdɪəs/
adj. 不方便的; (因過於狹小而使
人感到)不舒服的 ~ly *adv.*

incommunicable
/ˌɪnkəˈmjuːnɪkəbl/ *adj.* 不能傳達
的; 無法表達的.

incom(m)unicado
/ˌɪnkəˈmjuːnɪˈkɑːdəʊ/ *adj.* 被禁止
和外界接觸的(地); (尤指犯人)

被單獨監禁的(地).

incomparable /ɪnˈkɒmpərəbˈl, -prəb-/ adj. 不能比較的; 無可比擬的; 無雙的 incomparability n. incomparably adv.

incompatible /ˌɪnkəmˈpætəbˈl/ adj. 不相容的; 不一致的; 不能和諧共存的;【醫】配伍禁忌的 incompatibility n.

incompetent /ɪnˈkɒmpɪtənt/ adj. ① 不勝任的; 不夠資格的 ② 無能的; 不熟練的; 不稱職的 ③【律】無資格的 n. 無能者; 不勝任者;【律】無資格者 ~ly adv. incompetence, -cy n.

inconceivable /ˌɪnkənˈsiːvəbˈl/ adj. ① 不可思議的; 難以想像的 ② 無法相信的, 不可理解的 inconceivably adv.

inconclusive /ˌɪnkənˈkluːsɪv/ adj. 不確定的; 無確定結果的; 無定論的; 不能令人信服的 ~ly adv. ~ness n.

incongruity /ˌɪnkɒŋˈɡruːɪtɪ/ n. 不調和; 不一致; 不相稱; 不協調的事物.

incongruous /ɪnˈkɒŋɡrʊəs/ or incongruent adj. 不調和的; 不相稱的; 不一致的, 不適宜的, 不恰當的 ~ly adv. ~ness, incongruity n.

inconsequent /ɪnˈkɒnsɪkwənt/ adj. ① 不合邏輯的; 前後矛盾的; 不切題的 ② = ~ial inconsequence n. ~ly adv.

inconsequential /ˌɪnkɒnsɪˈkwenʃəl, ɪnˌkɒn-/ or inconsequent /ɪnˈkɒnsɪkwənt/ adj. 無關緊要的,

微不足道的, 不相干的 ~ly adv.

inconsiderable /ˌɪnkənˈsɪdərəbˈl/ adj. 不值得考慮的; 無足輕重的; 微小的.

inconsiderate /ˌɪnkənˈsɪdərɪt/ adj. ① 不體諒別人的 ② 欠考慮的; 粗心的; 輕率的 ~ly adv. ~ness n.

inconsistent /ˌɪnkənˈsɪstənt/ adj. ① 不一致的, 不協調的; 不合邏輯的, 前後矛盾的 ② 反覆無常的 inconsistency n.

inconsolable /ˌɪnkənˈsəʊləbˈl/ adj. 無法安慰的; 極度悲傷的 inconsolably adv.

inconspicuous /ˌɪnkənˈspɪkjʊəs/ adj. 不顯眼的, 不引人注目的 ~ly adv. ~ness n.

inconstant /ɪnˈkɒnstənt/ adj. ① (指人)反覆無常的; 無信義的, 感情不專的 ② (指事物)易變的; 無規則的 inconstancy n. ~ly adv.

incontestable /ˌɪnkənˈtestəbˈl/ adj. 不能爭辯的; 無可否認的; 不容置疑的 incontestably adv.

incontinent /ɪnˈkɒntɪnənt/ adj.【醫】大小便失禁的; 無節制的; (尤指)縱慾的; 無抑制的 incontinence n.

incontrovertible /ˌɪnkɒntrəˈvɜːtəbˈl, ɪnˌkɒn-/ adj. 無可辯駁的; 顛撲不破的; 不容置疑的 incontrovertibility n. incontrovertibly adv.

inconvenience /ˌɪnkənˈviːnjəns, -ˈviːnɪəns/ n. 不方便; 麻煩; 為難之處; 麻煩的事 vt. 使感不便; 使為難; 打擾 inconvenient adj.

inconveniently adv.

incorporate /ɪnˈkɔːpəˌreɪt, mˈkɔːpərɪt, -prɪt/ vt. ① 結合, 合併; 收編; (使)混合 ② [美](使)組成公司; (使)結成社團 adj. 組成公司的; 合併的 ~d adj. [美]成為法人組織的; 組成(有限)公司的(用在公司名稱後)(略作 Inc.).

incorporation /ɪnˌkɔːpəˈreɪʃ ʃən/ n. ① 結合; 合併; 編入 ② 社團; 公司; 法人.

incorporeal /ˌɪnkɔːˈpɔːrɪəl/ adj. [書]非物質的; 無實體的, 無形(體)的.

incorrect /ˌɪnkəˈrekt/ adj. 錯誤的; 不正確的; 不妥當的 ~ly adv. ~ness n.

incorrigible /ɪnˈkɒrɪdʒəbˡl/ adj. 不可救藥的; 積習難改的; 難以糾正的 incorrigibility n. incorrigibly adv.

incorruptible /ˌɪnkəˈrʌptəbˡl/ adj. ① 不貪污受賄的, 廉潔的 ② 不受腐蝕的; 不易敗壞的 incorruptibility n. incorruptibly adv.

increase /ɪnˈkriːs, ˈɪnkriːs/ v. ① 增加, 增大; 增進, 增強 ② 繁殖 n. 增加(量); 增大(額); 繁殖 ~d adj. increasing adj. 越來越多的; 日漸增多的 increasingly adv. 不斷增加地, 日益, 越來越 // on the ~ 在增加, 不斷增加.

incredible /ɪnˈkredəbˡl/ adj. ① 難以置信的 ② [口]驚人的; 極好的 incredibility n. incredibly adv. 非常; 出奇地; 難以置信地, 驚人地.

incredulous /ɪnˈkredjʊləs/ adj. 不相信的; 不輕信的 incredulity n. ~ly adv.

increment /ˈɪnkrɪmənt/ n. 增額, 增值; (尤指工資的)增長 ~al adj. ~ally adv.

incriminate /ɪnˈkrɪmɪˌneɪt/ vt. ① 控告, 使負罪 ② 連累, 牽連 incriminating, incriminatory adj. incrimination n.

incrust /ɪnˈkrʌst/ v. = encrust.

incrustation /ˌɪnkrʌˈsteɪʃ ʃən/ n. ① 用外殼(或外皮)包covered; 結硬殼 ② 硬殼, 外皮 ③ 水鏽, 污垢, 渣殼 ④ 鑲嵌(物).

incubate /ˈɪnkjʊˌbeɪt/ v. ① 孵卵, 孵化; 培養(細菌) ②【醫】(病毒、細菌等在身體內)潛伏 ③ 醞釀; 籌劃 incubation n. ① 孵卵(期); 籌劃(期) ②【醫】潛伏期(亦作 incubation period) incubator n. (人工)孵卵器; 早產嬰兒保育箱.

incubus /ˈɪnkjʊbəs/ n. (pl. -buses, -bi)傳說中與睡夢中女人性交的夢魔; 惡夢, (像惡夢似的)精神負擔.

inculcate /ˈɪnkʌlˌkeɪt, ɪnˈkʌlkeɪt/ vt. 反覆灌輸; 諄諄教導 inculcation n.

inculpate /ˈɪnkʌlˌpeɪt, ɪnˈkʌlpeɪt/ vt. 控告; 歸罪於; 連累(某人)受罪 inculpation n.

incumbent /ɪnˈkʌmbənt/ adj. ① (+ on / upon) 有義務的, 成為責任的, 義不容辭的 ② 在職的, 在任的 n. [美]任職者(尤指在政府中) incumbency n. 職責; 義務; 職位.

incur /ɪnˈkɜː/ *vt.* 招致, 蒙受; 惹起.

incurable /ɪnˈkjʊərəbəl/ *adj.* 醫治不好的, 不能矯正的 incurability *n.* incurably *adv.*

incurious /ɪnˈkjʊərɪəs/ *adj.* 不感興趣的; 無好奇心的; 不愛尋根究底的; 不關心的 ~ity *n.*

incursion /ɪnˈkɜːʃən/ *n.* 侵犯; 侵入; 襲擊.

incurved /ɪnˈkɜːv/ *adj.* 彎曲的, 向內彎曲的.

Ind /ɪnd/ *abbr.* = ~ependent (candidate)【政】無黨派(候選人).

indaba /ɪnˈdɑːbə/ *n.* [南非]會議; 討論; 疑難問題.

indebted /ɪnˈdɛtɪd/ *adj.* (作表語)(+ to) 負債的; 受惠的; 蒙恩的; 感激的 ~ness *n.*

indecent /ɪnˈdiːsənt/ *adj.* ① 粗鄙的; 猥褻的, 下流的 ② 不適宜的, 不恰當的 indecency *n.* ~ly *adv.* // ~ **assault**【律】猥褻罪; 性騷擾 ~ **exposure** (尤指男性)有傷風化的生殖器官暴露罪 ~ **haste** 急匆匆地有欠妥當(或不很禮貌).

indecipherable /ˌɪndɪˈsaɪfərəbᵊl, -frəbᵊl/ *adj.* (密碼)難以破譯的; (字跡等)無法辨認的.

indecision /ˌɪndɪˈsɪʒᵊn/ *n.* 無決斷力; 優柔寡斷; 猶豫不決.

indecisive /ˌɪndɪˈsaɪsɪv/ *adj.* ① 非決定性的, 不明確的 ② 猶豫不決的; 優柔寡斷的 ~ly *adv.*

indecorous /ɪnˈdɛkərəs/ *adj.* [書] 不合禮節的; 不體面的; 不雅的 indecorum *n.* [書] ① 不體面; 不雅; 不合禮節 ② 失禮的言行.

indeed /ɪnˈdiːd/ *adv.* 事實上, 確實; 真地; 實在, 其實 *int.* (表示疑問、驚訝、諷刺、輕蔑)當真? 真的!果真!.

indefatigable /ˌɪndɪˈfætɪɡəbᵊl/ *adj.* 不疲倦的; 不懈的; 不屈不撓的 indefatigability *n.* indefatigably *adv.*

indefensible /ˌɪndɪˈfɛnsəbᵊl/ *adj.* ① 難防禦的 ② 難辯解的; 難辯護的; 難寬恕的 indefensibility *n.* indefensibly *adv.*

indefinable /ˌɪndɪˈfaɪnəbᵊl/ *adj.* 難下定義的; 難以描述的 indefinably *adv.*

indefinite /ɪnˈdɛfɪnɪt/ *adj.* ① 模糊的, 不明確的 ② 無定限期的, 無限期的 ~ly *adv.* // ~**article**【語】不定冠詞.

indelible /ɪnˈdɛlɪbᵊl/ *adj.* 擦不掉的, 不能消除的 indelibly *adv.*

indelicate /ɪnˈdɛlɪkɪt/ *n.* (指人或其言行)粗俗的; 粗魯的; 不文雅的 indelicacy *n.* ~ly *adv.*

indemnify /ɪnˈdɛmnɪˌfaɪ/ *vt.* ① 保障, 保護 ② 賠償, 補償 indemnification *n.*

indemnity /ɪnˈdɛmnɪtɪ/ *n.* ① 保障, 保護 ② 損失賠償(金); 補償.

indent /ɪnˈdɛnt, ˈɪndɛnt/ *v.* ① (把…)刻成鋸齒狀, 使成犬牙形 ② (印刷、書寫中)縮進排(或書寫) ③【英】訂購(用(雙聯單)訂貨 *n.* [英]【商】雙聯訂單.

indentation /ˌɪndɛnˈteɪʃən/ *n.* ① 呈鋸齒狀 ② 凹入處; 缺口 ③ (印刷或書寫中每段首行開端

的)空格.

indenture /ɪnˈdɛntʃə/ n. 合同, 契約; (常用複)(昔日師徒訂立的)學徒合約 vt. 訂立僱用合同; 訂立師徒合約(使成為學徒) **-d** adj.

independence /ˌɪndɪˈpɛndəns/ n. 獨立; 自主; 自立 // **I- Day** 美國獨立紀念日(7 月 4 日).

independent /ˌɪndɪˈpɛndənt/ adj. ① 獨立的; 自主的; 自治的 ② 自食其力的; (經濟上)自主的 ③ 單獨的, 獨自的 n. 獨立人士; 無黨派者 **~ly** adv. // **~ means** (不必依賴外援)充足的個人經濟收入.

in-depth /ɪnˈdɛpθ/ adj. 認真考究的; 詳細的; 徹底的.

indescribable /ˌɪndɪˈskraɪbəbəl/ adj. 難以描述的; 形容不出的 indescribably adv.

indestructible /ˌɪndɪˈstrʌktəbəl/ adj. 不能破壞的; 毀滅不了的 indestructibility n. indestructibly adv.

indeterminable /ˌɪndɪˈtɜːmɪnəbəl/ adj. 不能決定的; 不能解決的; 無法確定的 indeterminably adv.

indeterminate /ˌɪndɪˈtɜːmɪnɪt/ adj. 不確定的; 不明確的; 模糊的;【數】不確定的; 未定元的 indeterminacy n.

index /ˈɪndɛks/ n. (pl. **-dexes**, **-dices**) ① 索引 ② 指標; 標誌; 指數 v. (為 …)加索引; 把 … 編入索引; 指明, 指出 **~-linked** adj. (指工資、退休金等)與生活費用指數掛勾的 // **~ card** 索引卡

~ finger 食指 **~ page**【計】索引頁面.

Indian /ˈɪndɪən/ adj. ① 印度(人)的 ② 印第安人的 n. ① 印度人 ②(= **American**)美洲印第安人 // **~ corn** (= maize) 粟米, 玉米, 包米 **~ file** (= single file) 一路縱隊 **~ ink** 墨汁 **~ summer** 晚秋的暖晴天氣, 十月小陽春; [喻]愉快、如意、老當益壯的晚年.

India rubber /ˌɪndɪəˈrʌbə/ n. 橡皮擦(亦作 eraser).

indicate /ˈɪndɪkeɪt/ vt. ① 指示, 表示; 指出 ② 表明(症狀、原因等); 象徵; 預示; 表示有必要, 表明 … 是可取的 ③ 簡單陳述.

indication /ˌɪndɪˈkeɪʃən/ n. ① 指示, 指出; 表示 ② 象徵, 徵兆, 跡象.

indicative /ɪnˈdɪkətɪv/ adj. 指示的, 表示的; 象徵的 // **~ mood**【語】陳述語氣.

indicator /ˈɪndɪkeɪtə/ n. ① 指示者, 指示物; 標識 ② 指示器; (車輛的)方向燈;【化】指示劑.

indices /ˈɪndɪsiːz/ n. index 的複數.

indict /ɪnˈdaɪt/ vt.【律】控告, 對 … 起訴 **~able** adj. 可起訴的, 可告發的 **~ment** n.

indie /ˈɪndɪ/ adj. & n. 獨立經營的(電影院、電台、電視台等); 與大唱片公司不掛勾的(自營片商).

indifference /ɪnˈdɪfrəns, -fərəns/ n. 不關心, 不計較; 冷淡; 不在乎.

indifferent /ɪnˈdɪfrənt, -fərənt/ adj. ① 不關心的; 不感興趣的; 冷淡的 ② 平庸的, 平凡的; 差勁的

~ly adv.

indigenous /ɪnˈdɪdʒɪnəs/ adj. 本地的, 土生土長的 ~ly adv.

indigent /ˈɪndɪdʒənt/ adj. 貧困的 indigence n. ~ly adv.

indigestible /ˌɪndɪˈdʒestəbᵊl/ adj. 難消化的; [喻]難以理解的 indigestibility n. indigestibly adv.

indigestion /ˌɪndɪˈdʒestʃən/ n. 消化不良(症) indigestive adj.

indignant /ɪnˈdɪɡnənt/ adj. 憤慨的, 義憤的 ~ly adv.

indignation /ˌɪndɪɡˈneɪʃən/ or **indignance** /ɪnˈdɪɡnəns/ n. 憤慨, 憤怒, 義憤.

indignity /ɪnˈdɪɡnɪti/ n. 輕蔑; 屈辱, 侮辱(性的言行).

indigo /ˈɪndɪˌɡəʊ/ n. 靛藍; 靛藍染料; 深藍色.

indirect /ˌɪndɪˈrekt/ adj. ① 間接的; 迂迴的, 曲折的 ② 不直截了當的; 不坦率的 ~ly adv. ~ness n. // object 【語】間接賓語 ~ speech (= reported speech)【語】間接引語 ~ tax 間接稅.

indiscernible /ˌɪndɪˈsɜːnəbᵊl/ adj. 察覺不出的, 難辨別的.

indiscipline /ɪnˈdɪsɪplɪn/ n. 無紀律; 缺乏訓練.

indiscreet /ˌɪndɪˈskriːt/ adj. (言行) 不檢點的, 欠慎重的, 輕率的 ~ly adv. indiscretion n.

indiscriminate /ˌɪndɪˈskrɪmɪnɪt/ adj. 不加區別的, 不分青紅皂白的; 任意的, 胡亂的 ~ly adv.

indispensable /ˌɪndɪˈspensəbᵊl/ adj. 不可缺少的, 必需的 indispensability n. indispensably

adv.

indisposed /ˌɪndɪˈspəʊzd/ adj. ① 身體不適的, 有點小病的 ② 不願意的; 厭惡的 indisposition n. 不舒服, 小病; 不願; 厭惡.

indisputable /ˌɪndɪˈspjuːtəbᵊl/ adj. 無可爭辯的; 不容置疑的 indisputably adv.

indissoluble /ˌɪndɪˈsɒljəbᵊl/ adj. ① 不能溶解的; 難分解的; 不可分離的 ② 穩定的; 堅固持久的 indissolubly adv.

indistinct /ˌɪndɪˈstɪŋkt/ adj. 不清楚的, 模糊的; 朦朧的 ~ly adv.

indistinguishable /ˌɪndɪˈstɪŋɡwɪʃəbᵊl/ adj. 難區別的, 不能辨別的 indistinguishably adv.

indium /ˈɪndɪəm/ n. 【化】(銀白色金屬元素)銦(符號為 In).

individual /ˌɪndɪˈvɪdjʊəl/ adj. ① (常用於 each 後)單獨的, 個別的, 單一的 ② 個人的, 個體的 ③ 特殊的, 特有的, 獨特的 n. 個人, 個體; [口]人, (尤指)古怪的人 ~ly adv. 以個人資格; 個性上; 各個地, 獨特地.

individualism /ˌɪndɪˈvɪdjʊəˌlɪzəm/ n. ① 個人主義, 利己主義 ② 個性, 獨特性; [口]我行我素 individualist n. 個人主義者; 利己主義者 individualistic adj. 個人主義(者)的.

individuality /ˌɪndɪˌvɪdjʊˈælɪti/ n. ① 個體, 個人; 獨立存在 ② 個性, 個人的特徵; (pl.)個人嗜好.

individualize, -se /ˌɪndɪˈvɪdjʊəˌlaɪz/

vt. ① 使個體化, 使有個人特色, 使個性化 ② ——列舉, 分別詳述 individualization *n.*

indivisible /,ɪndɪ'vɪzəb^əl/ *adj.* 不可分割的;【數】除不盡的 indivisibility *n.* indivisibly *adv.*

Indo- /'ɪndəʊ-/ *pref.* [前綴] 表示 "印度; 印度種", 如: ~**European** *adj.* 印歐語系的; 說印歐語系語言民族的.

Indo-China Peninsula /'ɪndəʊ,t∫aɪnə pɪ'nɪnsjələ/ *n.* 中南半島.

indocile /ɪn'dəʊsaɪl/ *adj.* 難馴服的; 倔強的 indocility *n.*

indoctrinate /ɪn'dɒktrɪ,neɪt/ *vt.* 灌輸; 教訓 indoctrination *n.*

indolent /'ɪndələnt/ *al* ① 懶惰的, 不積極的 ②【醫】不痛的 indolence *n.* **-ly** *adv.*

indomitable /ɪn'dɒmɪtəb^əl/ *adj.* 不屈不撓的; 不氣餒的; 大無畏的 indomitably *adv.*

indoor /'ɪn,dɔː/ *adj.* 屋內的, 室內的 **~s** *adv.*

indorse /ɪn'dɔːs/ *vt.* = endorse.

indrawn /,ɪn'drɔːn/ *adj.* 吸入體內的 (尤指氣體).

indubitable /ɪn'djuːbɪtəb^əl/ *adj.* [書] 不容置疑的; 明確的 indubitably *adv.*

induce /ɪn'djuːs/ *vt.* ① 引誘, 勸使 ② 引起, 導致 ③【醫】(用藥物) 催生, 助產 **~ment** *n.* 誘因; 動機; [婉] 賄賂.

induct /ɪn'dʌkt/ *vt.* 使正式就職; 使入會; 徵召入伍 **~ee** *n.* (招納) 入會者, 入伍者.

induction /ɪn'dʌkʃən/ *n.* ①【邏】歸納法, 歸納推理 ②【電】感應(現象) ③ 就職(典禮); 入會; 入伍 // ~ **coil**【電】感應線圈 ~ **course** 就業培訓教程 ~ **motor**【電】感應電動機, 異步電動機.

inductive /ɪn'dʌktɪv/ *adj.* ①【邏】歸納(法)的 ②【電】感應的 **~ly** *adv.*

indulge /ɪn'dʌldʒ/ *v.* ① 縱情(享受), (尤指)大飽口福, 沉迷, 沉溺 ② 使滿足; 縱容; 遷就 **~nt** *adj.* 縱容的, 溺愛的; 寬容的 **~ntly** *adv.*

indulgence /ɪn'dʌldʒəns/ *n.* ① 縱情, 沉迷, 沉溺 ② 放任, 縱容, 嬌養 ③ 嗜好; 着迷的事物 ④ 恩惠; (天主教的)免罪; 豁免; [商] 付款延期.

industrial /ɪn'dʌstrɪəl/ *adj.* ① 工業的, 產業的, 實業的 ② 工業上用的 ③ 工業高度發達的 **~ism** *n.* 工業(或產業)主義 **~ist** *n.* 工業家, 實業家 **~ly** *adv.* // ~ **action** 罷工, 怠工 ~ **dispute** 勞資糾紛 ~ **estate** [英](建在近郊區的)工業區(亦作 trading estate) ~ **park** 工業區([美]亦作 ~ **estate**) ~ **relations** 勞資關係 I-Revolution (18 世紀 60 年代在英國開始的)工業革命, 產業革命.

industrialize, -se /ɪn'dʌstrɪə,laɪz/ *v.* (使)工業化 industrilization, -sation *n.* industrialized, -sed *adj.*

industrious /ɪn'dʌstrɪəs/ *adj.* 勤奮的; 刻苦的 **~ly** *adv.* **~ness** *n.*

industry /'ɪndəstrɪ/ *n.* ① 勤奮; 刻苦 ② 工業, 產業, 實業(尤指)服

務性行業.

inebriate /ɪnˈiːbrɪˌeɪt, ɪnˈiːbrɪt/ adj.
經常醉醺醺的 n. 醉漢, 酒徒 vt.
使醉, 灌醉 ~d adj. [書](常作表
語)喝醉的; [喻]興奮的; 如痴如
醉的 inebriation n.

inedible /ɪnˈɛdɪbᵊl/ adj. 不宜食用
的, 不能吃的 inedibly adv.

ineducable /ɪnˈɛdjʊkəbᵊl/ adj.
無法教育的; 不堪造就的
ineducability n. ineducably adv.

ineffable /ɪnˈɛfəbᵊl/ adj. ① 不可言
喻的, 不可名狀的 ② 應避諱的,
說不得的 ineffably adv.

ineffective /ˌɪnɪˈfɛktɪv/ adj. 無效的,
不起作用的; 效率低的, 無能的
~ly adv. ~ness n.

ineffectual /ˌɪnɪˈfɛktʃʊəl/ adj. 無效
的; 不靈驗的; 不稱職的; 無能的
~ly adv.

inefficient /ˌɪnɪˈfɪʃənt/ adj. (指機
器、程序、方法等)效率低的;
無效的; (指人)效率低的, 效率差
的 inefficiency n. ~ly adv.

inelastic /ˌɪnɪˈlæstɪk/ adj. ① 無彈
力的; 無伸縮性的 ② 無適應
性的; 不能變通的 // ~ collision
【物】非彈性碰撞.

inelegant /ɪnˈɛlɪɡənt/ adj. 不雅(觀)
的, 不精緻的; 粗俗的 inelegance
n. ~ly adv.

ineligible /ɪnˈɛlɪdʒəbᵊl/ adj. 不
合格的; 無資格的; 不可取的
ineligibility n.

ineluctable /ˌɪnɪˈlʌktəbᵊl/ adj. 不可
避免的; 必然發生的 ineluctably
adv.

inept /ɪnˈɛpt/ adj. ① 笨拙的; 愚蠢

的; 無能的, 不稱職的 ② 不合時
宜的; 不適當的 ~itude, ~ness n.
~ly adv.

inequality /ˌɪnɪˈkwɒlɪtɪ/ n. ① 不平
等; 不平均; 不等量 ② 高低起
伏; (平面)不平坦 ③【數】不等
式.

inequitable /ɪnˈɛkwɪtəbᵊl/ adj. 不
公正的, 不公平的 inequitably
adv.

inequity /ɪnˈɛkwɪtɪ/ n. 不公平, 不
公正.

ineradicable /ˌɪnɪˈrædɪkəbᵊl/
adj. 不能根除的; 根深蒂固的
ineradicably adv.

inert /ɪnˈɜːt/ adj. ① 無活動力
的 ②【化】惰性的; 非活性的
③ (指人)不活潑的, 無生氣的,
遲鈍的 ~ly adv.

inertia /ɪnˈɜːʃə, -ʃɪə/ n. ① 無活
動力; 不活潑 ②【物】慣性;
慣量 ~l adj. // ~l guidance,
~ navigation【軍】慣性制導
~ reel seatbelt (車輛剎車時會自
動收緊的)慣性安全帶 ~ selling
(把貨寄給並未訂購的潛在顧客,
如未遭退還卽向其收款的)慣性
推銷.

inescapable /ˌɪnɪˈskeɪpəbᵊl/ adj.
無法逃避的; 必然發生的
inescapably adv.

inessential /ˌɪnɪˈsɛnʃəl/ adj. & n.
無關緊要的(事物); 可有可無的
(東西).

inestimable /ɪnˈɛstɪməbᵊl/ adj. 無
法估計的; 極貴重的; 無價的
inestimably adv.

inevitable /ɪnˈɛvɪtəbᵊl/ adj. 不可

避免的; 必然(發生)的; [俗][謔]
照例的, 照常的 inevitability n.
inevitably adv. the ~ n. 注定要發
生的事.

inexact /ˌɪnɪgˈzækt/ adj. ① 不精確
的, 不準確的 ② 不嚴格的; 不仔
細的 ~itude, ~ness n.

inexcusable /ˌɪnɪkˈskjuːzəbˈl/
adj. 不可原諒的; 無法辯解的
inexcusably adv.

inexhaustible /ˌɪnɪgˈzɔːstəbˈl/
adj. 用不完的; 無窮無盡的
inexhaustibly adv.

inexorable /ɪnˈɛksərəbˈl/ adj. 不屈
不撓的, 不可動搖的; 堅持不懈
的; 無情的 inexorably adv.

inexpedient /ˌɪnɪkˈspiːdɪənt/ adj.
不適當的, 不明智的, 失策的
inexpediency n.

inexpensive /ˌɪnɪkˈspɛnsɪv/ adj. (指
價格)不貴的, 便宜的 ~ly adv.

inexperience /ˌɪnɪkˈspɪərɪəns/ n. 無
經驗的, 不熟練 ~d adj.

inexpert /ɪnˈɛkspɜːt/ adj. 不熟練
的, 不老練的; 外行的 ~ly adv.

inexpiable /ɪnˈɛkspɪəbˈl/ adj. (罪
錯等)不能抵償的, 無法贖回的
inexpiably adv.

inexplicable /ˌɪnɪkˈsplɪkəbˈl,
ɪnˈɛksplɪkəbˈl/ or inexplainable
adj. 無法說明的; 莫名其妙的
inexplicably adv.

inexpressible /ˌɪnɪkˈsprɛsəbˈl/
adj. 表達不出的; 難以形容的
inexpressibly adv.

inextinguishable /ˌɪnɪkˈstɪŋgwɪʃəbˈl/
adj. 不能撲滅的; 壓制不住的
inextinguishably adv.

in extremis /ɪn ɪkˈstriːmɪs/ adv. [拉]
在危急情況下; 臨終時.

inextricable /ˌɪnɛksˈtrɪkəbˈl/ adj.
① 解不開的; 糾纏不清的;
不能解決的 ② 無法擺脫的
inextricably adv.

INF /aɪ ɛn ɛf/ abbr. = intermediate-
range nuclear forces【軍】中程核
武器.

infallible /ɪnˈfæləbˈl/ adj. ① 一貫
正確的, 不會犯錯的 ② 絕對有
效的, 確實可靠的 infallibility n.
infallibly adv.

infamous /ˈɪnfəməs/ adj. ① 聲名
狼藉的, 臭名昭著的 ② 無恥的;
邪惡的 ~ly adv. infamy n. ① 臭
名 ② 醜行; 劣跡.

infant /ˈɪnfənt/ n. 嬰孩, 幼兒; [英]
【律】(18歲以下的)未成年者
infancy n. 嬰兒期, 幼年期; 初期;
萌芽期; [英]【律】(18 歲以下的)
未成年期 // ~ prodigy 神童.

infanticide /ɪnˈfæntɪsaɪd/ n. 殺嬰
罪; 殺嬰犯.

infantile /ˈɪnfəntaɪl/ adj. ① 嬰
兒(期)的 ② 幼稚的, 孩子氣的
infantilism n. 幼稚病; 幼稚行為.

infantry /ˈɪnfəntrɪ/ n. 步兵(部隊).

infatuate /ɪnˈfætjʊeɪt, ɪnˈfætjʊɪt/ vt.
① 使沖昏頭腦; 使糊塗 ② 使着
迷.

infatuated /ɪnˈfætjʊeɪtɪd/ adj. 痴
情地迷戀着的 infatuation n.

infect /ɪnˈfɛkt/ vt. ① 傳染(疾病、
病菌等); 污染; 侵染 ② 感染; 使
受影響 ③【計】使(電腦)中毒
~ed adj. (傷口等)受感染的.

infection /ɪnˈfɛkʃən/ n. 傳染(病);

感染; 侵染.

infectious /ɪnˈfɛkʃəs/ adj. ① 傳染 (性)的 ② 感染性的; 易傳播的 ~ly adv. ~ness n.

infer /ɪnˈfɜː/ v. 推理, 推斷, 推論; 作出推論.

inference /ˈɪnfərəns, -frəns/ n. 推理, 推斷, 推論 inferential adj.

inferior /ɪnˈfɪərɪə/ adj. ① (地位、職務等)下等的, 下級的 ② (質量等)低劣的, 次要的 n. 下級; 部下; 晚輩.

inferiority /ɪnˌfɪərɪˈɒrətɪ/ n. 下級; 下等, 次級, 低級 // ~ complex 【心】自卑情結, 自卑感.

infernal /ɪnˈfɜːnˈl/ adj. ① 地獄的; 陰間的 ② 惡魔似的, 窮兇極惡的 ③ [口]壞透的; 可惡的; 該死的 ~ly adv.

inferno /ɪnˈfɜːnəʊ/ n. (pl. -nos) ① 地獄, 陰森可怕的地方 ② 火海; 熊熊烈火.

infertile /ɪnˈfɜːtaɪl/ adj. 不結果實的; 不能生育的; 貧瘠的 infertility n.

infest /ɪnˈfɛst/ vt. (指害蟲、老鼠、盜賊等)成羣出沒; 猖獗; 侵擾 ~ation n.

infidel /ˈɪnfɪdˈl/ n. 不信教者; 異教徒.

infidelity /ˌɪnfɪˈdɛlətɪ/ n. (夫婦間的)不忠; 不貞; (尤指)通姦.

infield /ˈɪnˌfiːld/ n. 【體】(板球或棒球的)內場; 內野; 全體內野手.

infighting /ˈɪnˌfaɪtɪŋ/ n. ① (拳擊中的)貼近對打 ② (集團內的)派系傾軋; 暗鬥.

infiltrate /ˈɪnfɪlˌtreɪt/ v. (使)滲入;

滲透; (悄悄地)混進 infiltration n. infiltrator n. 滲入者, 潛入者.

infinite /ˈɪnfɪnɪt/ adj. 無限的, 無窮的, 廣大無邊的 ~ly adv. the I- n. 【宗】(具有無限恩典且法力無邊的)造物主, 上帝.

infinitesimal /ˌɪnfɪnɪˈtɛsɪml/ adj. 無限小的; 極微小的 ~ly adv.

infinitive /ɪnˈfɪnɪtɪv/ n. & adj. 【語】(動詞)不定式(的).

infinitude /ɪnˈfɪnɪˌtjuːd/ n. 無限, 無窮; 無限量; 無窮數.

infinity /ɪnˈfɪnɪtɪ/ n. ① (時間、空間、數目的)無限, 無窮 ② 大量; 無數 // to ~ 直到無限.

infirm /ɪnˈfɜːm/ adj. ① (身心)虛弱的, 衰弱的 ② 不牢固的 ~ity n. 虛弱, 懦弱 the ~ n. 體弱者.

infirmary /ɪnˈfɜːmərɪ/ n. 醫院; 診所; 醫務室.

inflame /ɪnˈfleɪm/ v. 激怒; 煽動; (使)激動 ~d adj. ①【醫】發炎的, 紅腫的 ② 被激怒的.

inflammable /ɪnˈflæməbˈl/ adj. ① 易燃的 ② 易激動的, 易激怒的 ③ inflammability n. inflammably adv.

inflammation /ˌɪnfləˈmeɪʃən/ n. 【醫】炎症; 紅腫.

inflammatory /ɪnˈflæmətərɪ, -trɪ/ adj. 刺激性的; 煽動性的; 激怒人的.

inflate /ɪnˈfleɪt/ v. ① (使)膨脹 ② 【經】使(通貨)膨脹 ③ 使得意; 使驕傲 inflatable adj. 可膨脹的 n. 可充氣物品.

inflated /ɪnˈfleɪtɪd/ adj. ① 充了氣的 ② 洋洋得意的 ③ (語言)誇張

的, 言過其實的 ④【經】惡性通貨膨脹的; (價格)飛漲的.

inflation /ɪnˈfleɪʃən/ n. ① 膨脹 ②【經】通貨膨脹, 物價暴漲 ③ 自負; 浮誇 ~ary adj. 通脹(引起的) // ~ary spiral【經】惡性通脹.

inflect /ɪnˈflekt/ vt.【語】使(詞)發生屈折變化;【語】使變音; 使轉調 ~ed adj. (指語言)有大量詞形變化的.

inflection /ɪnˈflekʃən/ n. 變音, 轉調;【語】屈折變化, 詞形變化 ((英)亦作 inflexion).

inflexible /ɪnˈfleksəbl/ adj. ① 不可彎曲的, 不變的, 固定的 ② 不屈服的; 堅定的 inflexibility n. inflexibly adv.

inflict /ɪnˈflɪkt/ vt. 予以打擊; 使承受(損失、痛苦、處罰等) ~ion n.

in-flight /ˈɪnˈflaɪt/ adj. 飛行中的.

inflorescence /ˌɪnfləˈresəns/ n.【植】花序; 花簇.

inflow /ˈɪnfləʊ/ n. 流入(物).

influence /ˈɪnfluəns/ n. ① 影響; 感化 ② 勢力, 權勢 ③ 有影響的人物(或事物); 有權勢的人 vt. 影響, 感化; 左右, 支配 // under the ~ (of alcohol) [書][謔] 喝醉的, 受酒精的影響下.

influential /ˌɪnfluˈenʃəl/ adj. 有影響的; 有權勢的 ~ly adv.

influenza /ˌɪnfluˈenzə/ n.【醫】流行性感冒(略作 flu).

influx /ˈɪnflʌks/ n. 流入; (大批人員或大量物資的)匯集.

info /ˈɪnfəʊ/ abbr. = ~rmation [口].

inform /ɪnˈfɔːm/ vt. 告訴; 報告; 通知 vi. (+ on / against) 告發, 告密 ~ant n. 通知者; 報告者 ~ed adj. 有學識的, 見多識廣的 ~er n. 告發者.

informal /ɪnˈfɔːməl/ adj. ① 非正式的; 簡略的 ② 不拘禮節(形式)的 ③ 口語的; 通俗的 ~ity n. ~ly adv.

information /ˌɪnfəˈmeɪʃən/ n. ① 通知; 報告 ② 情報; 消息; 資料.

infra- /ˈɪnfrə/ pref. [前綴] 表示 "在下; 在下部".

infraction /ɪnˈfrækʃən/ n. 違法, 犯規.

infra dig /ˈɪnfrə ˈdɪg/ adj. (infradignitaten 之略) [拉] 有失尊嚴的; 有失身份的.

infrared /ˌɪnfrəˈred/ adj.【物】紅外線的; 產生紅外線輻射的.

infrastructure /ˈɪnfrəˌstrʌktʃə/ n. (社會、國家的)基礎結構; 基本設施.

infrequent /ɪnˈfriːkwənt/ adj. 稀罕的, 少見的 infrequency n. ~ly adv.

infringe /ɪnˈfrɪndʒ/ v. 破壞, 違背; 侵犯, 侵害 ~ment n.

infuriate /ɪnˈfjʊərieɪt/ vt. 激怒, 使極為憤怒 infuriating adj. 令人極為憤怒的 infuriatingly adv.

infuse /ɪnˈfjuːz/ vt. ① 注入; 灌輸 ② 泡製(茶葉、草藥等); 浸漬 infusion n. ① 灌輸, 注入 ② 浸漬, 泡製 ③ 浸液.

ingenious /ɪnˈdʒiːnjəs, -nɪəs/ adj. ① 機靈的; 足智多謀的; 有獨創

性的 ② 精巧製成的, 結構巧妙的 ~ly adv. ingenuity n.

ingénue /'ænʒenju:, ˈɛʒeny/ n. [法] (尤指由演員扮演戲劇中的)天真女子.

ingenuous /ɪn'dʒɛnjʊəs/ adj. 質樸的, 單純的; 直率的, 老實的 ~ly adv.

ingest /ɪn'dʒɛst/ vt. 攝取(食物); 嚥下; 吸收 ~ion n.

inglenook /'ɪŋɡl'nʊk/ n. 壁爐邊; 爐邊旁的角落.

inglorious /ɪn'ɡlɔ:rɪəs/ adj. 可恥的, 不光彩的 ~ly adv.

ingoing /ɪn'ɡəʊɪŋ/ adj. 進來的, 進入的.

ingot /'ɪŋɡət/ n. 【冶】(尤指金、銀的)鑄塊, 錠.

ingrained /ɪn'ɡreɪnd/ adj. ① (指習慣、癖好等)根深蒂固的, 難改的 ② (指污跡等)滲入了的, 除不掉的.

ingratiate /ɪn'ɡreɪʃɪeɪt/ vt. 迎合, 討好 ingratiating adj. 逢迎的, 討好的, 巴結的 ingratiatingly adv.

ingratitude /ɪn'ɡrætɪtju:d/ n. 忘恩負義.

ingredient /ɪn'ɡri:dɪənt/ n. 成份; 要素.

ingress /'ɪŋɡrɛs/ n. 進入; 入境權.

in-group /ɪn ɡru:p/ n. 內部集團; 派系, 幫派.

ingrowing /ɪn'ɡrəʊɪŋ/ adj. 向內生長的, (指甲)長進肌肉內的.

inhabit /ɪn'hæbɪt/ vt. 居住, 棲息 ~able adj. 適於居住(或棲息)的 ~ation n. 居住, 棲息, 住處.

inhabitant /ɪn'hæbɪtənt/ n. 居民, 住戶.

inhale /ɪn'heɪl/ vt. 吸入, 把(煙)吸入肺內 imhalant n. 被吸入的藥物 ~r n. 【醫】(能使藥物成氣霧狀供患者吸入的)氣霧(吸入)器.

inherent /ɪn'hɪərənt, -'hɛr-/ adj. 固有的, 生來的 ~ly adv.

inherit /ɪn'hɛrɪt/ vt. 繼承(遺產、頭銜、封號、權利等); (經遺傳而)得到(性格、特徵等); (從前任)繼承; 接受 ~or, (fem.) ~ress n. (女)繼承人.

inheritance /ɪn'hɛrɪtəns/ n. 繼承; 承受; 遺傳(性); 遺產; 繼承物 // ~ tax 遺產稅.

inhibit /ɪn'hɪbɪt/ vt. 制止, 禁止; 抑制, 約束 ~ed adj. (指人及個性)拘謹的, 拘束的 ~edly adv.

inhibition /ˌɪnɪ'bɪʃən, ˌɪnhɪ-/ n. 禁止; 約束; 抑制.

inhospitable /ˌɪn'hɒspɪtəb'l, ˌɪnhɒ'spɪt-/ adj. 不好客的; 冷淡的, 不適於居住的; 荒涼的 inhospitability n.

inhuman /ɪn'hju:mən/ adj. 非人的, 無人性的; 冷酷無情的, 殘忍的 ~ity n. 冷酷無情, 殘忍; 野蠻(行為).

inhumane /ˌɪnhjʊ'meɪn/ adj. 不近人情的, 不人道的; 殘忍的 ~ly adv.

inimical /ɪ'nɪmɪk'l/ adj. 有敵意的; 不利的; 有害的 ~ly adv.

inimitable /ɪ'nɪmɪtəb'l/ adj. 不可仿效的; 無比的, 無雙的.

iniquity /ɪ'nɪkwɪtɪ/ n. 極度的不公正; 不義; 邪惡; 罪過 iniquitous adj. iniquitously adv.

initial /ɪˈnɪʃəl/ *adj.* 最初的, 開始的 *n.* (尤指姓名的)首字母 **~ly** *adv.* 起初, 開始.

initiate /ɪˈnɪʃɪeɪt/ *vt.* ① 開始, 發起; 着手 ② 引進; 加入; 正式介紹 ③ 傳授(知識、秘密等); 啟發; 使人們 *n.* 被傳授初步知識者; 掌握機密者; 新入會者.

initiation /ɪˌnɪʃɪˈeɪʃən/ *n.* 開始, 創始; 加入; 入會.

initiative /ɪˈnɪʃɪətɪv, -ʃɪɪn/ *n.* ① 創始; 率先行動 ② 積極性, 主動性 ③ 倡議; 動議權 **// on one's own ~** 主動地 **take the ~** 帶頭, 採取主動.

initiator /ɪˈnɪʃɪeɪtə/ *n.* 創始者, 倡議者; 傳授者 **~y** *adj.* 起初的; 啟蒙的; 入會的.

inject /ɪnˈdʒekt/ *vt.* ① 注射, 打(針) ② 注入, 引入(新思想、感情等).

injection /ɪnˈdʒekʃən/ *n.* ① 注射, 打針; [喻]注入, 引入 ② 注射劑(液), 針藥.

injudicious /ˌɪndʒuːˈdɪʃəs/ *adj.* 不明智的; 判斷不當的, 不慎重的.

injunction /ɪnˈdʒʌŋkʃən/ *n.* [律] 禁令, 指令; [書]命令.

injure /ˈɪndʒə/ *vt.* 損害, 毀壞, 傷害(身體或思想感情) **~d** *adj.* (在身心方面)受傷害的, 受損害的 **the ~d** *n.* 受傷者, 傷員.

injurious /ɪnˈdʒʊərɪəs/ *adj.* 有害的, 侮辱的; 中傷的.

injury /ˈɪndʒəri/ *n.* 損害, 傷害; [廢]侮辱 **// add insult to ~** 在傷口上撒鹽; 落井下石 **~ time** [體](為彌補)因運動員受傷而耽誤

比賽所進行的加時賽; (體育比賽的)傷停補時.

injustice /ɪnˈdʒʌstɪs/ *n.* 不公正, 不公平; 不公正的行為, 不義之舉.

ink /ɪŋk/ *n.* 墨水, 油墨; (墨魚、魷魚等的)墨汁 *vt.* 塗油墨; 用墨水描黑(鉛筆底稿等) **~y** *adj.* 塗有墨水的; 烏黑的, 漆黑的 **~pad** *n.* 印台.

inkling /ˈɪŋklɪŋ/ *n.* 暗示; 略知; 跡象.

inlaid /ˈɪnˌleɪd, ɪnˈleɪd/ *adj.* 鑲嵌的, 嵌有花樣的.

inland /ˈɪnlənd/ *adj.* 內地的; 國內的 *adv.* 在內地, 向內地 **// the I- Revenue** [英](專司國內稅收的)稅務局.

in-laws /ˈɪnˌlɔːz/ *pl. n.* 姻親, 外戚.

inlay /ˈɪnˌleɪ/ *n.* ① 鑲嵌物, 鑲嵌圖案 ②[牙科](填補牙洞用的金屬或塑膠等)鑲嵌材料; 鑲嵌法.

inlet /ˈɪnlet/ *n.* ① 水灣, 小港 ② 入水口, 進氣口.

in loco parentis /ɪn ˈləʊkəʊ pəˈrɛntɪs/ *adv.* [拉]代行父母的職務, 負起父母的責任.

inmate /ˈɪnmeɪt/ *n.* 同室或同屋居住者(尤指醫院、監獄等非自願居住者).

in memoriam /ɪn mɪˈmɔːrɪæm/ *prep.* [拉](用於墓碑、墓誌銘上)為紀念….

inmost /ˈɪnməʊst/ = **innermost** *adj.* 最內部的; 最深處的; [喻]秘藏心中的, 內心深處的.

inn /ɪn/ *n.* (尤指鄉村中的)小旅館, 客棧; 小酒館 **// Inns of Court** 倫敦法學協會(具有授予高級律師

資格的四個法學團體).

innards /ˈmədz/ *pl. n.* [口] ① 內臟; (常指)胃腸 ② 內部結構, 內部機構.

innate /ˈiˈneɪt, ˈiˈmeɪt/ *adj.* 天生的; 固有的 ~ly *adv.*

inner /ˈmə/ *adj.* ① 內部的 ② (指思想、感情)內心的; 秘密的 ~ circle 核心集團 ~ city 內城區 ~ man / woman ①【修】靈魂, 精神 ②【謔】肚子, 胃口.

inning /ˈmɪŋ/ *n.* (棒球或板球賽的)一局; 盤.

innings /ˈmɪŋz/ *n.* (單複數同形) ① (板球賽中輪到)運動員該擊球的時候 ② [英]在職務上大顯身手的時期 // have had a good ~ [英諺]一直走運; 幸福長壽.

innocent /ˈmɔsənt/ *adj.* ① 無罪的, 無辜的; 清白的 ② 天真無邪的, 單純的 ③ 無知的, 頭腦簡單的 ④ 無害的 *n.* 天真無邪的人(尤指孩子); 無辜的人 innocence *n.* ~ly *adv.* // ~ of [口]缺少, 無…的.

innocuous /ˈinokjuəs/ *adj.* 無害的; 無侵犯意圖的 ~ly *adv.*

innovate /ˈmə.veɪt/ *v.* 改革, 革新; 創新 innovation *n.* innovator *n.* 革新者, 改革者.

innovative, innovatory /ˈmə.veɪtɪv, -tɔːrɪ/ *adj.* 革新的, 創新的; 富有革新精神的.

innuendo /ˌɪnjuˈendəʊ/ *n.* [貶]影射; 中傷; 暗諷.

innumerable /ˈiˈnjuːmərəbˈl, ɪˈnjuːmrəbl/ *adj.* 無數的, 數不清的 ~ly *adv.*

innumerate /ˈiˈnjuːmərɪt/ *adj.* 沒有

基本數學知識的, 不會數數(或算術)的 innumeracy *n.*

inoculate /ɪˈnɒkjəˌleɪt/ *vt.*【醫】接種疫苗; 打預防針 inoculation *n.*

inoffensive /ˌɪnəˈfensɪv/ *adj.* 無害的; 不討厭的 ~ly *adv.*

inoperable /ɪnˈɒpərəbˈl, -ˈɒprə-/ *adj.* ①【醫】不宜動手術的, 無法開刀治療的 ② 不能實行的, 行不通的 ~ly *adv.*

inoperative /ɪnˈɒpərətɪv, -ˈɒprə-/ *adj.* (法律、規章等)不生效的; 不起作用的 ~ly *adv.*

inopportune /ɪnˈɒpətjuːn/ *adj.* 不合時宜的; 不適當的 ~ly *adv.*

inordinate /ɪnˈɔːdɪnɪt/ *adj.* 過度的, 過份的 ~ly *adv.*

inorganic /ˌɪnɔːˈɡænɪk/ *adj.* ①【化】無機(物)的 ② 無生物的 ③ 無組織體系的; 人造的 ~ally *adv.*

inpatient /ˈɪnˌpeɪʃənt/ *n.* 住院病人.

input /ˈɪnˌpʊt/ *vt. & n.* ① 輸入(資料);【計】輸入(數據);【電】輸入(電流) ② 輸入(物); 輸入量.

inquest /ˈɪnˌkwest/ *n.* 審訊, 審問; 查詢, 調查; (尤指對突然死亡原因的)偵查.

inquietude /ɪnˈkwaɪɪˌtjuːd/ *n.* 不安; 焦慮.

inquire, en- /ɪnˈkwaɪə/ *v.* ① 打聽; 詢問 ② 調查; 查問 ~r *n.* 查詢者 inquiring *adj.* 好問的, 愛打聽的 inquiringly *adv.* // ~ after 問候 ~ for 求見 ~ within (告示用語)查詢內詢.

inquiry, en- /ɪnˈkwaɪərɪ/ *n.* ① 詢

問; 追究 ② 調查, 審查.

inquisition /ˌɪnkwɪˈzɪʃən/ n. 嚴查, 盤問 **the I-** n. (中世紀羅馬天主教審訊, 迫害異教徒的)宗教法庭.

inquisitive /ɪnˈkwɪzɪtɪv/ adj. 好奇的; 愛尋根問底的 **~ly** adv.

inquisitor /ɪnˈkwɪzɪtə/ n. 審問者; 檢查官; **(I-)**(中世紀天主教)宗教法庭的法官 **~ial** adj. **~ially** adv.

inquorate /ɪnˈkwɔːreɪt/ adj. (指會議出席者)不夠法定人數的.

inroads /ˈɪnrəʊdz/ pl. n. 侵犯; 侵害; 損害 // **make ~ into / on** 侵佔; 消耗; 減少.

inrush /ˈɪnrʌʃ/ n. 突然湧入; 闖入; 流入.

insalubrious /ˌɪnsəˈluːbrɪəs/ adj. [書](指氣候、環境等)不利於健康的, 對身體有害的.

insane /ɪnˈseɪn/ adj. 精神錯亂的, 瘋狂的; 愚蠢的 **insanity** n. **~ly** adv.

insanitary /ɪnˈsænɪtərɪ, -trɪ/ adj. 不衛生的, 有害健康的.

insatiable /ɪnˈseɪʃəbl, -ʃɪə-/ adj. 不知足的, 貪得無厭的 **insatiably** adv.

insatiate /ɪnˈseɪʃɪɪt/ adj. [書]永不知足的, 無法滿足的.

inscribe /ɪnˈskraɪb/ vt. ① 寫; 記; 刻, 銘記 ② 題贈, 題贈 **inscription** n. ① 碑文; 銘刻 ②(贈書上的)題詞; 署名.

inscrutable /ɪnˈskruːtəbl/ adj. 莫測高深的; 不可思議的.

insect /ˈɪnsekt/ n. ①(昆)蟲; (俗常指)小爬蟲 ② [貶]卑賤的小人 **~icide** n. 殺蟲劑 **~icidal** adj.

insectivore /ɪnˈsektɪˌvɔː/ n. 食蟲動物(或植物) **insectivorous** adj. 食蟲的.

insecure /ˌɪnsɪˈkjʊə/ adj. ① 不安全的, 不牢靠的 ② 惴惴不安的; 信心不足的 **insecurity** n. **~ly** adv.

inseminate /ɪnˈsemɪˌneɪt/ vt. 使受孕, 授精 **insemination** n.

insensate /ɪnˈsenseɪt, -sɪt/ adj. ① 沒有感覺的, 無知覺的 ② 無情的, 殘忍的; 無理性的.

insensible /ɪnˈsensəbl/ adj. ① 失去知覺的; 麻木不仁的; 昏迷不省的 ② 不知道的, 沒察覺的 ③ 難以察覺的 **insensibility** n. **insensibly** adv.

insensitive /ɪnˈsensɪtɪv/ adj. 感覺遲鈍的, 無感覺的, 不敏感的 **~ly** adv. **insensitivity** n.

inseparable /ɪnˈsepərəbl, -ˈseprə-/ adj. 分不開的, 不可分離的 **inseparably** adv.

insert /ɪnˈsɜːt, ˈɪnsɜːt/ vt. 插進, 夾入 n. 插入物 **~ion** n. 插入; (尤指報刊上)插登的廣告(或啟事).

in-service /ˌɪnˈsɜːvɪs/ adj. 在職(時進行)的 // **~ training** 在職培訓(或進修).

inset /ɪnˈset, ˈɪnset/ vt. 嵌入, 插入(插圖等) n. 插入物; 插頁; 插圖(尤指附在大幅地圖角落上的小地圖).

inshore /ˈɪnˈʃɔː/ adj. 近海岸的; 靠近陸地的 adv. 向海岸, 向陸地.

inside /ˌɪnˈsaɪd, ˈɪnˈsaɪd/ n. ① 內部, 裏面; 內側; 內容; 內情 ② [俗]腸胃, 內臟 adj. 內部的, 裏面的; 局內的 adv. 在內(部), 在裏

面; [俚]在獄中 *prep.* 在 … 之內, 在 … 裏面 **~r** *n.* 局內人, 知內情者 // **~ left / right**【體】(足球運動的)左/右 **in**【口】在 … 之內; (時間上)少於 **~ out** 裏面朝外地; 徹底地 **~r dealing / trading** 內幕交易.

insidious /ɪnˈsɪdɪəs/ *adj.* 陰險的; 隱伏的; 暗中為害的 **~ly** *adv.*

insight /ˈɪnˌsaɪt/ *n.* 洞察力, 悟力; 見識 **~ful** *adj.* 有見識的.

insignia /ɪnˈsɪgnɪə/ *pl. n.* 勳章; 權位之標幟(如王冠、徽章、肩章、領章等).

insignificant /ˌɪnsɪgˈnɪfɪkənt/ *adj.* 無意義的; 不重要的; 沒價值的; 沒用的; 微不足道的 insignificance *n.*

insincere /ˌɪnsɪnˈsɪə/ *adj.* 不誠實的; 虛假的; 無誠意的 **~ly** *adv.* insincerity *n.*

insinuate /ɪnˈsɪnjʊˌeɪt/ *v.* ① 暗示, 暗諷 ② 巧妙地潛入; 使悄悄地進入 insinuation *n.* 暗示, 暗諷.

insipid /ɪnˈsɪpɪd/ *adj.* 乏味的; 枯燥的; 無風趣的; 沒活力的 **~ity** *n.*

insist /ɪnˈsɪst/ *v.* ① 硬要, 堅持 ② 堅決主張, 定要.

insistent /ɪnˈsɪstənt/ *adj.* 堅持的; 堅決的; 強求的; 迫切的 insistence *n.* **~ly** *adv.*

in situ /ɪn ˈsɪtjuː/ *adv. & adj.* [拉]在原處(的), 在恰當位置上(的).

insofar as /ˌɪnsəˈfɑːr əz/ *conj.* = in so far as 在 … 的範圍內; 到 … 的程度; 只要.

insole /ˈɪnˌsəʊl/ *n.* 鞋內底, 鞋墊.

insolent /ˈɪnsələnt/ *adj.* 傲慢的, 蠻橫無禮的 insolence *adj.* **~ly** *adv.*

insoluble /ɪnˈsɒljʊbˀl/ *adj.* ① 不溶解的 ② 不能解決的, 難以解釋的.

insolvent /ɪnˈsɒlvənt/ *adj. & n.* 無力償付債務的(人), 破產的(人) insolvency *n.*

insomnia /ɪnˈsɒmnɪə/ *n.*【醫】失眠(症) **~c** *n.* 失眠症患者.

insomuch /ˌɪnsəʊˈmʌtʃ/ *adv.* 到如此之程度 // **~ as** (用作 *conj.*) 由於, 因為.

insouciant /ɪnˈsuːsɪənt/ *adj.* [法]漫不經心的; 滿不在乎的; 無憂無慮的 insouciance *n.*

inspect /ɪnˈspɛkt/ *vt.* ① 檢查; 檢驗, 審查 ② 檢閱; 視察 **~ion** *n.*

inspector /ɪnˈspɛktə/ *n.* ① 檢查員, 視察員, 稽查員 ② [英](警察)巡官 **~ate** *n.* (總稱)視察(或檢查)人員, 視察(或檢查)團.

inspiration /ˌɪnspɪˈreɪʃən/ *adj.* ① (文學、藝術、音樂等創作上的)靈感 ② 鼓舞; 激勵 ③ [口]靈機, 妙想 **~al** *adj.*

inspire /ɪnˈspaɪə/ *vt.* ① 鼓舞, 激勵 ② 使生靈感; 使感悟 **~d** *adj.* 有靈感的; 靈機一動的.

inspiring /ɪnˈspaɪərɪŋ/ *adj.* 激勵的; [口]扣人心弦的.

Inst. *abbr.* ① = Institute ② = Institution.

inst. *abbr.* = **~ant** (this month) 本月(常用於商業信函中).

instability /ˌɪnstəˈbɪlɪtɪ/ *n.* 不穩定; 動搖性; 不堅決; 反覆無常.

install /ɪnˈstɔːl/ *vt.* ① 任命, 使就職 ② 安裝(設備、機器), 設置

installation *n.* 就職(典禮); 安裝, 設置; 設備, 裝置.

instal(l)ment /ɪnˈstɔːlmənt/ *n.* ① (分期付款的)每期應付額 ② (報刊中分ը連續作品或電視連續劇的)一期; 一部; 一隻 // ~ **plan** (= [英]hire purchase) [美] 分期付款購貨法.

instance /ˈɪnstəns/ *n.* ① 事例, 實例, 例證, 情況 ② 要求, 建議 *vt.* 舉例(證明) // **at the ~ of** 應… 的請求, 在…建議下 **for ~** 例如 **in the first ~** 最初, 首先 **in this ~** [書] 在此種情況下.

instant /ˈɪnstənt/ *n.* 瞬間; 時刻 *adj.* ① 即刻的; 迫切的 ② (指食品、飲料等)(配製)方便的, 即食的, 即溶的 ③ 本月的(用於商業信函中)(常略作 inst) **~ly** *adv.* 馬上, 立即 *conj.* 一…就 // **for an ~** 一瞬間 **in an ~** 一馬上.

instantaneous /ˌɪnstənˈteɪnɪəs/ *adj.* 瞬間的, 即刻的 **~ly** *adv.*

instead /ɪnˈsted/ *adv.* 代替, 更替 // ~ **of** 代替, 而不是.

instep /ˈɪnˌstep/ *n.* 腳背; (腳背部份之)鞋面; 襪面.

instigate /ˈɪnstɪˌɡeɪt/ *vt.* 煽動, 唆使; 挑起, 策劃 **instigation** *n.* **instigator** *n.* 唆使者, 煽動者.

instil(l) /ɪnˈstɪl/ *vt.* 逐漸灌輸(思想、感情等) **instillation** *n.*

instinct /ˈɪnstɪŋkt/ *n.* 本能, 天性; 直覺 **~ive** *adj.* **~ively** *adv.*

institute /ˈɪnstɪˌtjuːt/ *n.* 協會, 學會; 學院 *vt.* ① 設立, 創立; 制定; 開始 ② 任命;【宗】授…以聖職.

institution /ˌɪnstɪˈtjuːʃən/ *n.* ① 設立, 制定; 任命 ② 慣例; 制度; 規定 ③ (大學、銀行、教會、醫院、福利院等)大的社會團體(或機構) ④ [口][謔]名人, 明星 **~al** *adj.* 慣例的, 制度上的; 社會福利事業性質的.

instruct /ɪnˈstrʌkt/ *vt.* ① 命令, 指示 ② 教授, 教導 ③ 通知; 向(律師等)提供事實情況 **~or** *n.* 教師, 教練; [美](大學)講師 **~ress** *n.* [美]女講師.

instruction /ɪnˈstrʌkʃən/ *n.* ① 教導, 教授 ② (*pl.*)指令, 指示; (使用)說明 **~al** 教學(性)的 // **~al television** 教學電視.

instructive /ɪnˈstrʌktɪv/ *adj.* 有教育意義的, 啟發的, 有益的 **~ly** *adv.*

instrument /ˈɪnstrəmənt/ *n.* ① 儀表, 儀器 ② 樂器(亦作 **musical** ~) ③ [口]傀儡, 受人利用的工具 **~ation** *n.* ① (總稱)(車輛等中的)儀表 ② 樂器演奏法.

instrumental /ˌɪnstrəˈmentl/ *adj.* ① 有幫助的; 起作用的 ② 為樂器譜曲的 **~ist** *n.* 器樂演奏者.

insubordinate /ˌɪnsəˈbɔːdɪnɪt/ *adj.* 不服從的, 反抗的 **insubordination** *n.*

insubstantial /ˌɪnsəbˈstænʃəl/ *adj.* ① 無實體的, 不實在的; 幻想的 ② 不堅固的, 脆弱的; [喻]無真憑實據的.

insufferable /ɪnˈsʌfərəbl/ *adj.* 難忍受的, 受不了的 **insufferably** *adv.*

insufficient /ˌɪnsəˈfɪʃənt/ *adj.* 不足的, 不夠的; 不充份的

insufficiency n. **-ly** adv.

insular /ˈɪnsjələ/ adj. ① 海島(似)的 ② [貶](心胸)偏狹的; 孤立的.

insulate /ˈɪnsjʊˌleɪt/ vt. ① 隔離, 使孤立 ②【物】使絕緣, 使隔熱, 使隔音 **~d** adj. 絕緣的, 隔熱的, 隔音的 insulation n. ① 絕緣(材料); 隔熱(材料); 隔音(材料) ② 孤立, 隔離 insulator n. ① 絕緣器; 絕緣物(尤指絕緣瓷瓶).

insulin /ˈɪnsjʊlɪn/ n.【生化】胰島素.

insult /ɪnˈsʌlt, ˈɪnsʌlt/ n. 侮辱(性的言行) vt. 侮辱 **~ing** adj. 侮辱性的, 無禮的.

insuperable /ɪnˈsuːpərəbˈl, -prəbˈl, -ˈsjuː-/ adj. 不能克服的, 難以超越的 insuperability n. insuperably adv.

insupportable /ˌɪnsəˈpɔːtəbˈl/ adj. 難堪的, 不能忍受的; 無根據的 insupportably adv.

insurance /ɪnˈʃʊərəns, -ˈʃɔː-/ n. ① 保險(業); 保險費, 保險金額(亦作 **~ premium**) ② 安全保障 // **~ broker** 保險經紀人 **~ policy** 保險單.

insure /ɪnˈʃʊə, -ˈʃɔː/ vt. ① 保險, 投保 ② = ensure [美]確保, 保證.

insurgent /ɪnˈsɜːdʒənt/ adj. 造反的, 叛亂的; 暴動的 n. 造反者, 叛亂份子 insurgence n.

insurmountable /ˌɪnsəˈmaʊntəbˈl/ adj. 不可克服的, 難以逾越的.

insurrection /ˌɪnsəˈrekʃən/ n. 叛亂, 造反; 暴動.

intact /ɪnˈtækt/ adj. (作表語)原封不動的, 完整無損的.

intaglio /ɪnˈtɑːlɪˌəʊ/ n. 凹雕(藝術), 凹雕玉石.

intake /ˈɪnˌteɪk/ n. ① 吸入(量), 進入(量) ② 進水口, 通氣孔.

intangible /ɪnˈtændʒɪbˈl/ adj. ① 捉摸不到的; 不可捉摸的; 難以理解的 ②【商】(資產等)無形的.

integer /ˈɪntɪdʒə/ n.【數】整數.

integral /ˈɪntɪɡrəl, ɪnˈtɛɡrəl/ adj. ① 構成整體所必需的, 缺一不可的 ② 完整的;【數】整數的; 積分的 n. 全體整體;【數】積分 **-ly** adv. // **~ calculus**【數】積分學.

integrate /ˈɪntɪˌɡreɪt/ vt. 使成整體; 使併入; 使融合為一體; 使結合起來 **~d** adj. 完整協調的 integration n. // **~d circuit**【無】集成電路.

integrity /ɪnˈtɛɡrɪtɪ/ n. ① 誠實, 正直 ② 完整, 完全.

integument /ɪnˈtɛɡjʊmənt/ n. (動植物的)皮膚, 外皮, 外殼.

intellect /ˈɪntɪˌlɛkt/ n. 智力, 才智.

intellectual /ˌɪntɪˈlɛktʃʊəl/ adj. (有)智力的, 理智的, 聰明的 n. 知識份子 **-ly** adv.

intelligence /ɪnˈtɛlɪdʒəns/ n. ① 聰明才智 ② 消息; 情報; 情報人員(或機構) ~ quotient 智商(略作 IQ) ~ test 智力測驗.

intelligent /ɪnˈtɛlɪdʒənt/ adj. 有才智的, 聰明的 **-ly** adv.

intelligentsia, -tzia /ɪnˌtɛlɪˈdʒɛntsɪə/ n. 知識份子 the **~** n. (總稱)知識份子; 知識界.

intelligible /ɪnˈtɛlɪdʒəbˈl/ adj. 可以理解的, 易領悟的, 明白易懂的

intelligibility n.

Intelsat /'ɪntel,sæt/ n. 國際電訊衛星組織, 國際通訊衛星.

intemperate /ɪn'tɛmpərɪt, -prɪt/ adj. 無節制的, 放縱的, 過度的, (尤指)飲酒過度的, 酗酒的 **intemperance** n.

intend /ɪn'tɛnd/ vt. ① 想, 打算; 企圖 ② 意指, 打算使… 成為 **~ed** adj. 預期的; 打算中的; 故意的 n. [口]意中人, 未婚妻(或夫).

intense /ɪn'tɛns/ adj. ① 極端的; 激烈的, 強烈的 ② 熱烈的, 熱情的 **~ly** adv. **intensity** n.

intensify /ɪn'tɛnsɪ,faɪ/ v. 使強烈, 加強, 加劇; 強化, 變猛烈 **intensification** n.

intensive /ɪn'tɛnsɪv/ adj. 加強的; 集中的; 精深的; 徹底的; 【語】加強詞義的 n.【語】強義詞 **~ly** adv. // **~ care** (對重症病人的)特別監護 **~ care unit** 重症病房, 監護病房.

intent /ɪn'tɛnt/ n. 意圖, 目的 adj. 專心的, 專注的 **~ly** adv. // **to all ~s (and purposes)** 無論從那一方面來看; 實際上.

intention /ɪn'tɛnʃən/ n. ① 意圖, 目的; 打算 ② 意義; 意旨 **~al** adj. 故意的, 有意的 **~ally** adv.

inter /ɪn'tɜː/ vt. 葬, 埋葬.

inter- pref. [前綴] 表示"在 … 中; 在 … 間; 相互".

interact /,ɪntər'ækt/ vt. 相互作用(或影響) **~ion** n. **~ive** adj.

interbreed /,ɪntə'briːd/ v. (使)雜交繁殖; (使)生育雜種.

intercede /,ɪntə'siːd/ vi. 調停, 說

和; 代為求情 **intercession** n.
intercessor n. 調解者; 說情者.

intercept /,ɪntə'sɛpt/ vt. 攔截; 截擊; 截斷; 遮斷, 阻斷 **~ion** n. **~er**, **~or** n. 攔截者; 攔截飛機.

interchange /,ɪntə'tʃeɪndʒ, 'ɪntə,tʃeɪndʒ/ v. ① 交換; 交替(位置等) ② (使)更迭發生 n. 交換; 交替;【建】立體交叉道, 交匯處 **~able** adj. 可交換的, 可更替的 **~ability** n. **~ably** adv.

intercity /,ɪntə'sɪtɪ/ adj. 城市間的, (尤指高速交通工具)(在)城際(運行)的.

intercollegiate /,ɪntəkə'liːdʒɪɪt/ adj. 大學(或學院)間的.

intercom /'ɪntə,kɒm/ n. 對講電話裝置; 內部通話系統.

intercommunicate /,ɪntəkə'mjuːnɪ,keɪt/ vi. 互通; 互相聯繫, 互相通訊 **intercommunication** n.

intercommunion /,ɪntəkə'mjuːnjən/ n. ①【宗】基督教各派共同舉行的聖餐 ② 各教派之間的交流.

interconnect /,ɪntəkə'nɛkt/ v. (使)互相聯繫 **~ion** n.

intercontinental /,ɪntə,kɒntɪ'nɛntl/ adj. 洲際的 // **~ ballistic missile** 洲際彈道導彈(略作 IBM).

intercourse /'ɪntə,kɔːs/ n. **social ~** 交際, 交往 **sexual ~** 性交.

interdenominational /,ɪntə,dɪnɒmɪ'neɪʃənl/ adj.【宗】各教派之間的; 涉及不同教派的; 各教派所共有的.

interdependent /,ɪntədɪ'pɛndənt/

adj. 互相依賴的 interdependence *n.* ~ly *adv.*

interdict /ˌɪntəˈdɪkt, -ˈdaɪt, ˌɪntəˈdɪkt, -ˈdaɪt/ *n.* ① 禁止; 禁令 ②【宗】停止教權令 *vt.* ① 禁止, 制止; 頒禁令;【宗】停止教權 ②【軍】閉鎖, 阻斷(敵人通過) ~ion *n.* ① 禁止, 制止 ②【軍】閉鎖, 阻斷.

interdisciplinary /ˌɪntəˈdɪsɪˌplɪnərɪ/ *adj.* 涉及兩門學科以上的; 跨學科的.

interest /ˈɪntrɪst, -tərɪst/ *n.* ① 關心, 趣味; 興趣, 感興趣的事; 愛好 ② 利害關係; (常用複)利益 ③ 利息; 股份; 權益 ④ (pl.)同業 *vt.* 使產生興趣; 使關心.

interested /ˈɪntrɪstɪd, -tərɪs-/ *adj.* ① 感興趣的, 關心的 ② 有利害關係的; 偏私的.

interesting /ˈɪntrɪstɪŋ, -tərɪs-/ *adj.* 引起興趣的, 有趣的 ~ly *adv.*

interface /ˈɪntəˌfeɪs/ *n.* 分界面; 兩門獨立學科相交並互相影響之處.

interfere /ˌɪntəˈfɪə/ *vi.* ① 干涉; 調解 ② 抵觸, 衝突; 妨礙, 干擾; [婉]性騷擾.

interference /ˌɪntəˈfɪərəns/ *n.* ① 干涉;【無】干擾 ② 抵觸; 妨礙 ③【體】犯規撞人.

interferon /ˌɪntəˈfɪərɒn/ *n.*【生代】干擾素.

interim /ˈɪntərɪm/ *n. & adj.* 暫時(的), 臨時(的); 期中的 // in the ~ 在過渡時期.

interior /ɪnˈtɪərɪə/ *adj.* ① 內部的, 室內的, 內地的 ② 內心的,

秘密的 *n.* ① 內部; 內地; (常用 I-)內政 ② 內心 ~ly *adv.* // ~ decorator 室內設計師; 室內裝潢師.

interject /ˌɪntəˈdʒɛkt/ *vt.* 插嘴說, 插話.

interjection /ˌɪntəˈdʒɛkʃən/ *n.* 感歎聲;【語】感歎詞.

interlace /ˌɪntəˈleɪs/ *vt.* 編織, 使交織; 使交錯.

interlay /ˌɪntəˈleɪ, ˈɪntəˌleɪ/ *vt.* 置於其中 ~er *n.*【建】夾層, 間層.

interleave /ˌɪntəˈliːv/ *v.* 在(書頁中)夾入空白紙(亦作 interleaf).

interline /ˌɪntəˈlaɪn/ or interlineate /ˌɪntəˈlɪnɪˌeɪt/ *vt.* ① 寫(或印)在…行間; 隔行書寫(或印刷) ② 在面和裏子之間加襯 ~ar *adj.* 寫(或印)在行間的.

interlink /ˌɪntəˈlɪŋk/ *vt.* 互相連結, 使結合.

interlock /ˌɪntəˈlɒk/ *v.* (使)連結, (使)連鎖 *n.* 連結; 連鎖(裝置); 精紡針織品.

interlocutor /ˌɪntəˈlɒkjʊtə/ *n.* 對話者, 交談者.

interloper /ˈɪntəˌləʊpə/ *n.* 闖入者; 干涉他人事務者.

interlude /ˈɪntəˌluːd/ *n.* ① 間歇, 間隔 ② 幕間(插入的演出); 插曲, 穿插(事件).

intermarry /ˌɪntəˈmærɪ/ *vt.* (不同家族、種族、宗教信仰之間)通婚 intermarriage *n.*

intermediary /ˌɪntəˈmiːdɪərɪ/ *adj.* 中間人的, 居間的, 媒介的 *n.* 中間人, 調解者, 媒介; 送信人.

intermediate /ˌɪntəˈmiːdɪət/ *adj.* 中

間的，居中的；中級的 ~ly adv.

intermezzo /ˌɪntəˈmetsəʊ/ n.【音】幕間插曲；間奏曲；(只有一個樂章的)器樂曲.

interminable /ɪnˈtɜːmɪnəbl/ adj. [貶]冗長的；沒完沒了的 interminably adv.

intermingle /ˌɪntəˈmɪŋgl/ v. (使)混合，(使)攙雜.

intermission /ˌɪntəˈmɪʃən/ n. ① 中止，中斷 ② [美]幕間休息，課間休息[英]亦作 interval).

intermittent /ˌɪntəˈmɪtnt/ adj. 間斷的，間歇的 ~ly adv.

intern ¹ /ɪnˈtɜːn/ v. (尤指戰時)扣留，拘禁 ~ee n. 被扣留(或抱禁)者 ~ment n.

intern(e) ² /ˈɪntɜːn/ n. [美]實習醫生[英]亦作 houseman).

internal /ɪnˈtɜːnl/ adj. ① 內部的；國內的；內政的 ② 內在的，本身的，固有的 ③ 體內的，心內的，精神的 ~ly adv. // ~ **combustion engine** 內燃機 **I- Revenue Service** [美]國內稅務局([英]亦作 Inland Revenue).

international /ˌɪntəˈnæʃənl/ adj. 國際(上)的，世界的 n.【體】國際體育比賽；國際比賽參賽者，國手 ~ly adv. **the I-** n. (分別於1864、1889、1919年創建的)國際工人協會、社會主義國際組織、共產主義國際組織.

Internationale /ˌɪntənæʃəˈnɑːl/ n. (the ~) [法]國際歌.

internecine /ˌɪntəˈniːsaɪn/ or internecive /ˌɪntəˈniːsɪv/ adj. 自相殘殺的，兩敗俱傷的；內訌的.

internet /ˈɪntəˌnet/ n. 國際資訊網絡，互聯網.

interpellate /ɪnˈtɜːpeˌleɪt/ vt. (在議會中就政府政策向有關人員)提出質詢 interpellation n.

interpenetrate /ˌɪntəˈpenɪˌtreɪt/ v. (互相)貫通，互相滲透 interpenetration n.

interpersonal /ˌɪntəˈpɜːsənl/ adj. 人與人之間(關係)的.

interplanetary /ˌɪntəˈplænɪtərɪ, -trɪ/ adj. (行)星際(間)的.

interplay /ˈɪntəˌpleɪ/ v. 相互作用(或影響).

Interpol /ˈɪntəˌpɒl/ n. (International Criminal Police Organizaion 之略)國際刑警組織.

interpolate /ɪnˈtɜːpəˌleɪt/ vt. (在講話或文章中)插入，增添(評論或一段文章) interpolation n.

interpose /ˌɪntəˈpəʊz/ v. ① 放入，插入(兩者之中) ② 插嘴 interposition n.

interpret /ɪnˈtɜːprɪt/ v. ① 說明，解釋 ② 翻譯，(通常指)口譯 ③ 詮釋，闡釋(詩、文等)；演奏，表演 ~ation n.

interpreter /ɪnˈtɜːprɪtə/ n. 口譯者，傳譯員.

interregnum /ˌɪntəˈregnəm/ n. (pl. -nums, -na)(新王尚未即位的)無王期，(繼任者尚未執政的)空位期.

interrelate /ˌɪntərɪˈleɪt/ v. (使)相互關聯 interrelation n.

interrogate /ɪnˈterəˌgeɪt/ v. 質問，審問，訊問 interrogation n. interrogator n. 訊問者；質問者.

interrogative /ˌɪntəˈrɒɡətɪv/ *adj.* 疑問的; 質問的 *n.* 疑問詞 **~ly** *adv.*

interrupt /ˌɪntəˈrʌpt/ *vt.* ① 阻止, 中斷, 遮斷 ② 插嘴, 打斷(說話) **~ion** *n.*

intersect /ˌɪntəˈsekt/ *v.* 橫斷, 橫截; (道路等)相交; 交叉 **~ion** *n.* ① 相交; 橫斷 ② 交叉點; 十字路口.

interspersed /ˌɪntəˈspɜːst/ *adj.* 點綴的; 散佈的.

interstate /ˈɪntəˌsteɪt/ *adj.* [美]各州間的, 州際的.

interstellar /ˌɪntəˈstelə/ or **interstellary** /ˌɪntəˈsteləri/ *adj.* 【天】星際的.

interstice /ɪnˈtɜːstɪs/ *n.* (常用複)間隙, 裂縫.

intertwine /ˌɪntəˈtwaɪn/ *v.* (使)纏結, (使)糾纏.

interval /ˈɪntəvəl/ *n.* ① (指時間或空間方面的)間歇, 間隔 ② [英]工間休息, 幕間休息 ([美]亦作 intermission) // **at ~s** 時時, 處處 **at ~s of** 每隔…時間(或距離).

intervene /ˌɪntəˈviːn/ *vi.* ① (在時間、空間方面)插入, 介入 ② 干預, 干涉, 調停.

intervention /ˌɪntəˈvenʃən/ *n.* 干涉, 調停 **~ist** *n.* (主張)干涉別國內政者.

interview /ˈɪntəˌvjuː/ *vt. & n.* ① 面試, 口試 ② 會見, 會談 ③ 採訪 **~ee** *n.* 被會見者, 接受採訪者 **~er** *n.* 會見者, 採訪者.

interwar /ˌɪntəˈwɔː/ *adj.* 兩次戰爭(尤指 1919 至 1939 年兩次世界大戰)之間的.

interweave /ˌɪntəˈwiːv/ *v.* (使)交織, (使)交錯編織.

intestate /ɪnˈtesteɪt, -tɪt/ *adj.* 【律】(作表語)未留遺囑的 intestacy *n.* // **die** – 沒留遺囑就死了.

intestine /ɪnˈtestɪn/ *n.* (常用複)【解】腸 intestinal *adj.*

intimate [1] /ˈɪntɪmɪt/ *adj.* ① 親密的, 親近的; (指氣氛)親切的 ② 私人的; [婉](男女間)私通的 ③ (指知識等)詳盡的; 精湛的 intimacy *n.* ① 親密, 友好 ② [婉]私通; (pl.)親暱行為 intimately *adv.*

intimate [2] /ˈɪntɪˌmeɪt/ *v.* ① 暗示, 提示 ② 宣佈, 通知 intimation *n.*

intimidate /ɪnˈtɪmɪˌdeɪt/ *vt.* 恫嚇; 威逼 intimidation *n.* intimidating, intimidatory *adj.*

into /ˈɪntuː, 弱 ˈɪntə/ *prep.* ① (表示動作變化的方向或結果)進入, 向內, 朝…方向; 變成, 轉入 ② (表示時間)直到 ③【數】除 // **be ~ sth** [口]熱衷於.

intolerable /ɪnˈtɒlərəbl/ *adj.* 不堪的, 難忍的, 受不了的 intolerably *adv.*

intolerant /ɪnˈtɒlərənt/ *adj.* 偏狹的, 固執的, 氣量狹窄的, 不能容忍異己的 intolerance *n.* **~ly** *adv.*

intonation /ˌɪntəˈneɪʃən/ *n.* 語調, 聲調; [口]稍微帶有(某種)口音.

intone /ɪnˈtəʊn/ *v.* 吟誦(詩歌、禱告文等), (平鋪直敍地、單調地)背誦或說話.

in toto /ɪn ˈtəʊtəʊ/ *adv.* [拉]完全地, 全部地, 總共地.

intoxicate /ɪnˈtɒksɪˌkeɪt/ *vt.* ① 使

醉, 使麻醉, 使中毒 ② 使陶醉, 使大家興奮 **intoxicant** n. 麻醉品, (尤指)酒精度高的酒類 adj. 使醉的, 麻醉的, 沉醉的 **intoxicaion** n.

intra- /ɪntrə/ pref. 〔前綴〕表示 "內; 在內; 內部".

intractable /ɪnˈtræktəbˈl/ adj. ① 倔強的, 難對付的 ② 難解決的; 難處理的; 難治療的 **intractability** n. **intractably** adv.

intramural /ˌɪntrəˈmjʊərəl/ adj. ① (建築物、組織、團體、學校等)內部的 ② [美](體育比賽)校內各班級之間的, 隊際的.

intransigent /ɪnˈtrænsɪdʒənt/ adj. 不妥協的, 不讓步的, 堅持己見的 **intransigence** n. **intransigently** adv.

intransitive /ɪnˈtrænsɪtɪv/ adj. 【語】 (指動詞)不及物的 n. 不及物動詞 **~ly** adv.

intrapreneur /ˌɪntrəprəˈnɜː/ n. 公司內的企業家(大企業中具有企業家魄力和精神的人才).

intrastate /ˌɪntrəˈsteɪt/ adj. (尤指美國)州內的.

intrauterine /ˌɪntrəˈjuːtəraɪn/ adj. 子宮內的 // **~ device** (置於子宮內的)避孕環.

intravenous /ˌɪntrəˈviːnəs/ adj. 【醫】靜脈內(注射)的 **~ly** adv.

intrepid /ɪnˈtrepɪd/ adj. 勇猛的, 無畏的 **~ity** n.

intricate /ˈɪntrɪkɪt/ adj. ① 錯綜複雜的 ② 精緻的 **intricacy** n. 錯綜複雜; (pl.)錯綜複雜的事物 **~ly** adv.

intrigue /ɪnˈtriːg/ v. ① 使感興趣;

使好奇 ② 策劃陰謀, 密謀 n. ① 陰謀, 詭計 ② 私通, 姦情 **~r** n. 陰謀家; 姦夫(或婦) **intriguing** adj. 引起興趣的, 有魅力的 **intriguingly** adv.

intrinsic /ɪnˈtrɪnsɪk/ or **intrinsical** adj. (指價值、性質)內在的; 本身的; 真正的; 實在的 **~ally** adv.

intro /ˈɪntrəʊ/ abbr. (pl. **-tros**) = **~duction** [口]介紹, 引見;【音】序曲.

introduce /ˌɪntrəˈdjuːs/ vt. ① 引導; 介紹, 引見 ② 引進, 推廣, 採用 ③ 提出(議案等); 播出(電台或電視節目) ④ 插入.

introduction /ˌɪntrəˈdʌkʃən/ n. ① 引導; 介紹, 引見 ② 推廣; 採用; 引進 ③ 序, 導言;【音】前奏, 序曲 ④ 初步, 入門 **introductory** adj.

introspection /ˌɪntrəˈspekʃən/ n. 反省, 內省 **introspective** adj.

introvert /ˈɪntrəˌvɜːt/ n.【心】內向型性格者 **~ed** adj. (性格)內向的 **introversion** n.

intrude /ɪnˈtruːd/ v. 闖進, 侵入; 把…強加於人 **~r** n. 闖入者, 侵入者 **intrusion** n. 闖入, 侵擾 **intrusive** adj.

intuition /ˌɪntjʊˈɪʃən/ n. 直覺(力); 直覺知識; 直感事物 **intuitive** adj. **intuitively** adv.

In(n)uit /ˈɪnjuɪt, ˈnuɪt/ n. ① 因紐特人(住在北美洲的愛斯基摩人) ② 因紐特語.

inundate /ˈɪnʌnˌdeɪt/ vt. 淹沒, 泛濫; 使充滿 **inundation** n. 洪水, 泛濫.

inure, en- /ɪˈnjʊə/ vt. 使習慣(或適應)於(艱苦、危險等不快之事); 鍛鍊.

invade /ɪnˈveɪd/ v. ① 侵入, 侵犯, 侵佔 ② 蜂擁而入 ③ 打擾; (疾病)侵襲 ~r n. 入侵者, 侵犯者.

invalid[1] /ˈɪnvəlɪd/ n. 病人, 病弱者 v. (因傷病而)退伍; 把 … 作傷病員處理.

invalid[2] /ɪnˈvælɪd/ adj. 無用的; 【律】無效的, 作廢的; (論點等)站不住腳的 invalidly adv.

invalidate /ɪnˈvælɪˌdeɪt/ vt. 使失效, 使無效 invalidation n.

invalidity /ˌɪnvəˈlɪdɪtɪ/ n. 無效力; (因傷病而)喪失工作能力.

invaluable /ɪnˈvæljʊəbˀl/ adj. 無價的, 非常貴重的.

invasion /ɪnˈveɪʒən/ n. 入侵; 侵犯, 侵害 invasive adj.

invective /ɪnˈvektɪv/ n. 謾罵, 猛烈抨擊.

inveigh /ɪnˈveɪ/ vi. 痛罵, 猛烈攻擊.

inveigle /ɪnˈviːgˀl, -ˈveɪ-/ vt. 誘騙, 誘惑 ~ment n.

invent /ɪnˈvent/ vt. 發明, 創造; 捏造, 虛構 ~er, ~or n. 發明(或創造)者.

invention /ɪnˈvenʃən/ n. ① 新發明, 發明的東西 ② 發明才能, 創造能力 inventive adj. 發明創造的, 有發明才能的 inventively adv. inventiveness n.

inventory /ˈɪnvəntərɪ, -trɪ/ n. ① (貨物、傢具等的)清單, 詳細目錄 ② 存貨; 盤存.

inverse /ɪnˈvɜːs, ˈɪnvɜːs/ adj. 相反的, 翻轉的, 倒轉的 n. 反面;【數】倒數 ~ly adv. // in ~ proportion / relation 成反比.

inversion /ɪnˈvɜːʃən/ n. 倒轉, 反轉, 顛倒.

invert /ɪnˈvɜːt/ vt. 翻過來; (上下、前後)倒置, (裏外)反轉 ~ed adj. // ~ed commas 引號(亦作 quotation mark).

invertebrate /ɪnˈvɜːtɪbrɪt, -ˌbreɪt/ n. 無脊椎動物 adj. 無脊椎的.

invest /ɪnˈvest/ v. 投資, 投入(金錢、時間等) ~ment n. 投資(額); 投資對象 ~or n. 投資者 // ~ in [口]購買 ~ with 授予, 賦予(權力、權利).

investigate /ɪnˈvestɪˌgeɪt/ vt. 研究; 調查; 審查 investigation n. investigator n. 調查者; 研究者 investigative adj. // investigative reporting / journalism 揭露貪污等違法事件的深入調查報導.

investiture /ɪnˈvestɪtʃə/ n. [書]授權(儀式), 授職(典禮).

inveterate /ɪnˈvetərɪt/ adj. (指習慣、成見等)根深蒂固的, 積重難返的 inveteracy n. ~ly adv.

invidious /ɪnˈvɪdɪəs/ adj. 惹人反感的, 令人厭惡的; 招嫉忌的 ~ly adv.

invigilate /ɪnˈvɪdʒɪˌleɪt/ vi. [英]監考 invigilator n. 監考人.

invigorate /ɪnˈvɪgəˌreɪt/ vt. 提神; 使強壯; 鼓舞, 激勵 invigorating adj. 提神的, 強身的; 鼓舞人心的.

invincible /ɪnˈvɪnsəbˀl/ adj. 無敵的 invincibility n. invincibly adv.

inviolable /ɪnˈvaɪələbˤl/ *adj.* 神聖不可侵犯的; 不可違背的, 不容褻瀆的 inviolability *n.* inviolably *adv.*

inviolate /ɪnˈvaɪəlɪt, -ˌleɪt/ *adj.* 未受侵犯的; 不受侵犯的; 未受褻瀆的.

invisible /ɪnˈvɪzəbˤl/ *adj.* 無形的, 看不見的; 隱蔽的 invisibility *n.* invisibly *adv.*

invite /ɪnˈvaɪt, ˈɪnvaɪt/ *vt.* ① 招待, 邀請 ② 請求 ③ 招致, 引起; 吸引 *n.* [口]招待, 邀請 invitation *n.* 招待, 邀請; 請帖, 招待券; 引誘, 鼓勵 inviting *adj.* 引人注目的, 吸引人的 invitingly *adv.*

in vitro /ɪn ˈviːtrəʊ/ *adj.* [拉]【生】體外受精的; 在試管內.

invoice /ˈɪnvɔɪs/ *v. & n.* (開)發票.

invoke /ɪnˈvəʊk/ *vt.* ① 祈求(神靈)保祐; 用魔法(或符咒)召喚(鬼魂、妖精等) ② 籲請, 乞求 ③ 實施(法律等) invocation *n.*

involuntary /ɪnˈvɒləntərɪ, -trɪ/ *adj.* ① 無意識的, 不自覺的 ② 非故意的 involuntarily *adv.*

involute /ˈɪnvəluːt, ˌɪnvəˈluːt/ *adj.* ① 複雜的, 錯綜的, 紛亂的 ② 內旋的,【植】內彎的 involution *n.*

involve /ɪnˈvɒlv/ *vt.* ① 必然需要 ② 包括, 涉及; 牽涉, 連累, 使陷入 ~ment *n.*

involved /ɪnˈvɒlvd/ *adj.* ① 複雜的 ② 有關的, 有牽連的 ③ (與他人)有密切關係的.

invulnerable /ɪnˈvʌlnərəbˤl, -ˈvʌlnrəbˤl/ *adj.* 不會受傷害的; [喻]安全的, 保險的 invulnerability *n.*

inward /ˈɪnwəd/ *adj.* ① (向)內的, 裏面的 ② 內心的; 心靈上的 *adv.* 向內, 向中心 ~ly *adv.* 在內(部), 向內; 向中心; 在心靈上 ~ness *n.* 本性, 本質;【宗】靈性, 心性.

iodine /ˈaɪədiːn/ *n.*【化】碘 iodize *vt.* 用碘(或碘化物)處理, 使含碘.

ion /ˈaɪən, -ɒn/ *n.*【物】離子 ~ize, ~ise *v.* (使)電離, (使)成離子 ~iza-, ~isat~ *n.*

ionosphere /aɪˈɒnəˌsfɪə/ *n.*【物】電離層 ionospheric *adj.*

iota /aɪˈəʊtə/ *n.* ① 希臘語中的第九個字母(I, ι) ② 極小量, 些微.

IOU /ˈaɪ əʊ ˈjuː/ *abbr.* [口]I owe you (我欠你)讀音之略; 欠條, 借據.

IPA /ˌaɪ piː ˈeɪ/ *abbr.* ① = International Phonetic Alphabet 國際音標 ② = International Phonetic Association 國際語音學會.

IPR /ˌaɪ piː ɑː/ *abbr.* = intellectual property rights 知識產權.

ipso facto /ˈɪpsəʊ ˈfæktəʊ/ *adv.* [拉]根據事實本身.

IQ, I. Q. /ˌaɪ kjuː/ *n.* = intelligence quotient 智商.

IRA, I. R. A. /ˌaɪ ɑː eɪ/ *abbr.* = Irish Republic Army 愛爾蘭共和軍.

Iranian /ɪˈreɪnɪən/ *adj.* 伊朗(人、語)的 *n.* 伊朗人; 伊朗語.

Iraqi /ɪˈrɑːkɪ/ *n.* (*pl.* ~s) 伊拉克人 *adj.* 伊拉克(人)的.

irascible /ɪˈræsɪbl/ adj. 易被激怒的, 性情暴躁的 irascibility n. irascibly adv.

irate /aɪˈreɪt/ adj. 極為憤怒的; 生氣的 ~ly adv.

ire /aɪə/ n. [詩]忿火.

iridescent /ˌɪrɪˈdesˀnt/ adj. ① 彩虹(色)的 ② 色彩斑斕的(色彩能像彩虹發生變化的), 閃光的 iridescence n.

iridium /aɪˈrɪdɪəm, ɪˈrɪd-/ n. 【化】銥.

iris /ˈaɪrɪs/ n. ①【解】(眼球的)虹膜 ②【植】鳶尾屬植物; 鳶尾花.

Irish /ˈaɪrɪʃ/ adj. 愛爾蘭(人、語)的 // ~ coffee (加威士忌和大量奶油的)愛爾蘭(熱)咖啡 ~man, (fem.) ~woman n. 愛爾蘭(女)人.

irk /ɜːk/ vt. [書]使苦惱, 使厭倦 ~some adj. 討厭的, 令人厭倦的 ~somely adv.

iron /ˈaɪən/ n. ① 鐵; 鐵器 ② 熨斗, 烙鐵 ③ (高爾夫球)鐵頭棒 ④ (pl.)腳鐐; 手銬 ⑤ (堅忍不拔的)意志, 毅力 adj. ① 鐵(製)的 ② 堅強的, 堅決的 ③ 嚴格的; 冷酷無情的 v. 熨燙(衣服) ~-handed adj. 鐵腕的; 嚴厲的 // I- Age【考古】鐵器時代 ~ out 燙平; [喻](通過協商)解決(問題); 消除(誤解).

ironic(al) /aɪˈrɒnɪk/ adj. 反語的, 諷刺的, 冷嘲的 ironically adv.

ironing /ˈaɪənɪŋ/ n. ① 熨燙 ② [集合名詞]燙過(或待燙)的衣物 // ~ board / table 熨衣台, 燙衣板.

ironmonger /ˈaɪənˌmʌŋɡə/ n. [英]鐵器商(店); 五金商(店)[美]

亦作 hardware dealer) ~y n. [英]五金製品; 鐵器 ([美]亦作 hardware).

ironstone /ˈaɪənˌstəʊn/ n. ① 含鐵礦石, 菱鐵礦 ② 結實的白色瓷器.

irony /ˈaɪrənɪ/ n. ① 反話, 諷刺, 冷嘲 ② (事與願違的)諷刺性事件或尷尬局面.

irradiate /ɪˈreɪdɪˌeɪt/ v. ① 照耀, 發光; (使)變得光輝燦爛 ② 用放射線(日光、紫外線等)照射 irradiation n.

irrational /ɪˈræʃənˀl/ adj. ① 沒有推理能力的, 不理性的 ② 不合理的, 荒謬的;【數】無理的 ~ity n.

irreconcilable /ɪˈrɛkˀnˌsaɪləbˀl, ɪˌrɛkˀnˈsaɪ-/ adj. 不能和解的, 不能調和的.

irrecoverable /ˌɪrɪˈkʌvərəbˀl, -ˈkʌvrə-/ adj. 不能恢復的; 不能挽回的, 不能補救的; 醫治不好的 irrecoverably adv.

irredeemable /ˌɪrɪˈdiːməbˀl/ adj. ① 不能贖回的 ② (尤指公債、紙幣等)不能兌現的, 不能兌換黃金的 ③ 難矯正(或醫治、補救)的 irredeemably adv.

irreducible /ˌɪrɪˈdjuːsɪbˀl/ adj. 不能削減(或簡化)的.

irrefutable /ɪˈrɛfjʊtəbˀl, ˌɪrɪˈfjuːtəbˀl/ adj. 無可辯駁的; 無法推翻的.

irregular /ɪˈrɛɡjʊlə/ adj. ① 不規則的; 無規律的; 不合常規的 ② 不正規的, 非正式的 ③【語】不規則變化的 n. (常用複)非正規軍人; 違反規定的事物 ~ity n.

~ly adv.

irrelevant /ɪˈreləvənt/ adj. 不恰當
的; 不相干的; 離題的 **irrelevancy**
n. **~ly** adv.

irreligious /ˌɪrɪˈlɪdʒəs/ adj. 反宗教
的; 無宗教信仰的; 不虔誠的 **~ly**
adv.

irremediable /ˌɪrɪˈmiːdɪəbᵊl/ adj.
① 醫治不好的 ② 不可挽回的,
不能彌補的 **irremediably** adv.

irremovable /ˌɪrɪˈmuːvəbᵊl/ adj. 不
能移動的; 不能罷免的, 不能撤
職的.

irrepairable /ɪˈrepərəbᵊl, ɪˌrepᵊrᵊbᵊl/
adj. 不能修補的; 不能彌補的.

irreplaceable /ˌɪrɪˈpleɪsəbᵊl/ adj. 無
可替代的.

irrepressible /ˌɪrɪˈpresəbᵊl/ adj.
壓抑不住的, 約束不了的
irrepressibly adv.

irreproachable /ˌɪrɪˈprəʊtʃəbᵊl/
adj. 無可非議的, 無缺點的, 無
過失的 **irreproachably** adv.

irresist(i)ble /ˌɪrɪˈzɪstəbᵊl/ adj. 不可
抗拒的; 非常堅強的; 有極大魅
力的 **irresistibly** adv.

irresolute /ɪˈrezəluːt/ adj. 無決斷
能力的; 猶豫不決的 **~ly** adv.

irrespective /ˌɪrɪˈspektɪv/ adj. (+ of)
不顧, 不考慮.

irresponsible /ˌɪrɪˈspɒnsəbᵊl/ adj.
① 無責任感的; 不負責任的
② 不承擔責任的 **irresponsibly**
adv.

irretrievable /ˌɪrɪˈtriːvəbᵊl/ adj.
不能彌補的; 不能挽救的
irretrievably adv.

irreverence /ɪˈrevərəns,

ɪˈrevrəns/ n. ① 不敬; 不尊敬;
無禮 ② 不敬的(或無禮)的言行
irreverent adj.

irreversible /ˌɪrɪˈvɜːsəbᵊl/ adj.
① 不可逆轉的, 不可翻轉(或倒
置)的 ② 不能改變(或取消)的
irreversibly adv.

irrevocable /ɪˈrevəkəbᵊl/ adj. 不
能改變(或取消)的; 最後的
irrevocably adv.

irrigate /ˈɪrɪɡeɪt/ vt. ① 灌溉(田
地、作物) ②【醫】沖洗(傷口)
irrigable adj. 可灌溉的 **irrigation**
n.

irritable /ˈɪrɪtəbᵊl/ adj. 易怒的; 急
躁的 **irritability** n. **irritably** adv.

irritant /ˈɪrɪtᵊnt/ adj. 刺激的, 有刺
激性的 n. 刺激品; [喻]令人煩惱
的事物.

irritate /ˈɪrɪteɪt/ vt. ① 激怒; 使煩
惱; 使急躁 ② 使發癢, 使發炎,
使成疼痛; 刺激.

irritation /ˌɪrɪˈteɪʃən/ n. 激怒; 憤
怒; 焦躁; 發炎, 疼痛.

irrupt /ɪˈrʌpt/ vi. 突然闖入, 突然
侵入; [喻]猛然發作 **~ion** n.

is /ɪz/ v. be 的第三人稱單數現在
式.

ISBN /ˌaɪ es es biː en/ abbr. =
International Standard Book
Number 國際標準圖書編號.

isinglass /ˈaɪzɪŋɡlɑːs/ n. ① (淡
水魚中提取的)魚膠 ② = mica
【礦】雲母(片).

Islam /ˈɪzlɑːm/ n. ① 伊斯蘭教, 回
教 ② 穆斯林(伊斯蘭教信徒) **~ic**
adj.

island /ˈaɪlənd/ n. ① 島; 島狀物

② 〔喻〕孤單的事物; 離羣的人
③ = traffic ~(道路中的)交通安全島

isle /aɪl/ n. (主要用於詩歌及專有名稱)島 **~t** n. 小島.

ism /ˈɪzəm/ n. 主義; 學說; 制度; 理論.

-ism suf. [後綴](組成抽象名詞)表示① "主義; 學說; 信仰; 制度" ② "行為; 行動" ③ "特徵; 特性" ④ "狀態; 病態" ⑤ "偏見; 歧視".

isn't /ˈɪznt/ v. = is not [口].

isobar /ˈaɪsəʊˌbɑː/ n.【氣】(地圖上尤指氣象圖上的)等壓線 **~ic** adj.

isolate /ˈaɪsəˌleɪt/ vt. ① 隔離; 孤立; 使脫離 ②【化】使離析 **~d** adj. 孤立的, 單獨的.

isolation /ˌaɪsəˈleɪʃən/ n. 隔離; 孤立, 單獨 **// ~ hospital / ward** (為傳染病患者設的)隔離醫院/病房.

isolationism /ˌaɪsəˈleɪʃəˌnɪzəm/ n. [常貶]孤立主義 **isolationist** n. & adj. 孤立主義者; 孤立主義的.

isomer /ˈaɪsəmə/ n.【化】同分異構體;【物】同質異能素 **~ic(al)** adj. **~ism** n. 同分異構性; 同質異能性.

isometric /ˌaɪsəʊˈmetrɪk/ adj. ① 等體積(或容積)的, 大小相等的 ② (指肌肉本身的伸縮動作)靜力肌肉鍛鍊的 ③ (指繪圖)等比例的; 等距離的; 等角的 **~s** pl. n. 靜力肌肉鍛鍊法 **// ~ exercises** 靜力肌肉鍛鍊.

isosceles /aɪˈsɒsɪˌliːz/ adj.【數】等腰的 **// ~ triangle** 等腰三角形.

isotherm /ˈaɪsəʊˌθɜːm/ n.【氣】(地圖上的)等溫線, 恆溫線.

isotope /ˈaɪsəˌtəʊp/ n.【化】【物】同位素.

Israeli /ɪzˈreɪlɪ/ n. 以色列人 adj. 以色列(人)的.

issue /ˈɪʃuː, ˈɪsjuː/ n. ① (問題的)關鍵, 要點, 論點; 爭端 ② 流出, 發出 ③ 發行額; 發行數; (報刊等出版物的)一期 ④ 結局, 結果 ⑤【律】子女, 子嗣 v. ① (使)流出, 發出 ② 發行, 出版; 公佈 ③ 分發; 發給, 配給 ④ 由…產生且由…; 是…的後代 **take ~ with** 反對, 不同意; 與…爭論.

-ist suf. [後綴] ① (組成名詞)表示 "動作的實踐者; 專業人員", 如: **tour~** n. 旅遊者 ② (組成可兼作形容詞的名詞)表示 "(思想、主義、學說的)信奉者", 如: **social~** n. 社會主義者.

isthmus /ˈɪsθməs, ˈɪstməs, ˈɪsməs/ n. 地峽 **the I-** n. 巴拿馬(或蘇伊士)地峽.

it /ɪt/ pro. ① (指已提及過的事物、動植物或幼兒)它, 牠, 這 ② (指不為人所知的人)他, 她, 這 ③ (用作無人稱動詞的主語表示天氣、時間、距離等) ④ (用於強調句中任何一部份 n. [口]重要人物; 要點, 關鍵 **~s** adj. (~ 的所有格)它的 **// That's ~.** ① 完了, 沒有了 ② 對了; 要的就是這個 ③ 原因就在於此.

IT /aɪ tiː/ abbr. = information technology【計】資訊科技.

ITA /aɪ tiː aɪ/ abbr. = Independent Television Authority [英]獨立電

視field.

Italian /ɪˈtæljən/ adj. 意大利(人、語)的 n. 意大利人(語).

italic /ɪˈtælɪk/ adj. 【印】斜體的 ~**ize, ~ise** vt. 用斜體字印刷 ~**s** pl. n. 斜體字.

itch /ɪtʃ/ n. ① 癢 ② 渴望, 熱望 vi. ① 發癢 ② 渴望, 極想 ~**y** adj. // **have an ~ing palm** [口]貪財 **get / have an ~y feet** [口]渴望去旅行(或做別的事情).

it'd /ˈɪtˈd/ abbr. ① = it had ② = it would.

item /ˈaɪtəm/ n. ① 條款, 項目 ② (新聞的)一條, 一則(亦作 **news ~**) adv. (列舉項目時用)又, 另外 ~**ize, ~ise** vt. 詳細列舉, 逐項開列.

iterate /ˈɪtəˌreɪt/ vt. 重複, 反覆, 再三地做(或說) **iteration** n.

itinerant /ɪˈtɪnərənt, aɪ-/ adj. 巡迴的; 流動的.

itinerary /aɪˈtɪnərərɪ, ɪ-/ n. 旅行日程; 行程表; 旅行路線.

itself /ɪtˈsɛlf/ pro. ① (作為 it 的反身代詞)它自己, 它本身 ② (用於強調)自身, 本身 // **by** ~ 獨立地, 單獨地 **in** ~ 實質上; 本身.

ITV /aɪ tiː ˈviː/ abbr. = Independent Television [英]獨立電視公司.

IUD /aɪ juː ˈdiː/ abbr. = intrauterine device 置於子宮內的避孕環.

IVF /aɪ viː ˈɛf/ abbr. = in vitro fertilization 體外受精.

ivory /ˈaɪvərɪ, -vrɪ/ n. ① 象牙; 象牙色 ② (pl.)象牙製品 adj. 象牙色的, 乳白色的 // ~ **tower** [喻] (為逃避現實世界所構築的)象牙塔.

J

jab /dʒæb/ v. ① 戳, 刺, 捅 ② (近距離用拳)快擊, 猛擊 n. 戳, 猛刺, 捅 [口]注射.

jabber /ˈdʒæbə/ vi. & n. 急促而含糊地說(的話).

jabot /ˈʒæbəʊ/ n. (男女襯衣)胸前的皺褶花邊.

jacaranda /ˌdʒækəˈrændə/ n. (熱帶和亞熱帶的)藍花楹屬植物.

jacinth /ˈdʒæsɪnθ/ n. 【礦】橘紅色寶石.

jack /dʒæk/ n. ①【機】千斤頂, 起重機 ② (紙牌中的)傑克(亦作

knave) ③ (滾球中作靶子的)小白球 ④【電】插座 ⑤ (標誌國籍的)船首旗 vt. (~ **sth in**) 放棄, 停止(計劃、工作); (~ **up**) 用起重機(或千斤頂)舉起, 頂起 ~**-in-the-box** n. (打開蓋即有玩偶跳起的)玩偶盒 // **J- Frost** [霜的人化說法]霜精; 嚴寒 **J- of all trades** 萬能博士, (雜而不精的)三腳貓.

jackal /ˈdʒækɔːl/ n.【動】豺, 胡狼; [喻]爪牙, 走狗.

jackanapes /ˈdʒækəˌneɪps/ n. 傲慢

無禮的人; 厚顏無恥之輩.

jackass /'dʒækˌæs/ n. ① 公驢 ② [口]笨蛋 // laughing ~ (= kookaburra)【鳥】笑鵑.

jackboot /'dʒækˌbuːt/ n. ① (尤index軍用)長筒靴; [喻]軍人統治; 暴政.

jackdaw /'dʒækˌdɔː/ n. 【鳥】穴鳥, 寒鴉.

jacket /'dʒækɪt/ n. ① 短上衣, 外套 ② (精裝書的)護封(亦作 **dust ~**) ③ (尤指連皮烤的馬鈴薯的) 皮.

jackknife /'dʒækˌnaɪf/ n. ① 大摺刀 ② (彎身跳下入水前才直身的)摺刀式跳水法(亦作 **~ dive**) v. (帶拖車的車輛)兩頭翹起成 V 字形(常因交通事故所造成).

jackpot /'dʒækˌpɒt/ n.【牌】(參賽各方追加後的)大筆賭注 // **hit the ~**【牌】贏得大筆賭注 ② 獲得極大成功.

jack rabbit, jackrabbit /'dʒækˌræbɪt/ n.【動】(北美的)長耳大野兔.

Jacobean /ˌdʒækə'bɪən/ adj. & n. (英國)詹姆士一世(時代)的(人).

Jacobite /'dʒækəˌbaɪt/ n. (退位後)英王詹姆士二世的擁戴者; 擁戴其後裔繼承王位者.

Jacquard /'dʒækɑːd, dʒə'kɑːd, ʒəkaːr/ n. 花布織物(亦作 **~ weave**).

Jacuzzi /dʒə'kuːzɪ/ n. (浴水來回旋轉)按摩浴缸.

jade ¹ /dʒeɪd/ n. ① 碧玉, 翡翠(飾物) adj. 翡翠色的, 碧綠色的.

jade ² /dʒeɪd/ n. ① 老馬, 駑馬, 疲憊不堪的馬 ② [貶或謔]女人.

jaded adj. 疲憊不堪的; 膩煩的.

Jaffa /'dʒæfə, 'dʒɑː-/ n. (以色列)雅法橙(亦作 **~ orange**).

jag ¹ /dʒæg/ n. ① (岩石等)鋸齒狀突出物 ② [口]注射 **jaged** adj. 鋸齒狀的; (邊緣)粗糙不齊的.

jag ² /dʒæg/ n. [口]狂飲; 縱酒狂歡.

jaguar /'dʒæɡjʊə/ n.【動】美洲虎.

jail, gaol /dʒeɪl/ n. 監獄 vt. 監禁; 把 … 關進監獄 **jailer, jailor** n. 獄卒, 監獄看守[英]亦作 **gaoler**) **jailbird** n. [口]慣犯; (長期坐牢的)囚犯[英]亦作 **gaolbird**).

jalop(p)y /dʒə'lɒpɪ/ n. [俗](破舊的)老爺汽車.

jam ¹ /dʒæm/ n. 果醬 **~my** adj. ① 沾滿果醬的 ② [英俚]輕而舉的; 幸運的.

jam ² /dʒæm/ v. ① 塞入; 擠進 ② 使塞滿; (使)阻塞; (使)卡住; 擁擠 ③【無】干擾 n. ① 擁擠; 阻塞; 卡住 ②【無】干擾; 失真 **~ming** n. **~packed** adj. [俗]塞得滿滿的; 擠得水泄不通的 // **be in / get into a ~** 陷入困境 **~ session** 爵士即興演奏會.

jamb(e) /dʒæm/ n.【建】(門窗、壁爐的)側柱.

jamboree /ˌdʒæmbə'riː/ n. ① 童子軍大會 ② 歡樂的聚會; 慶祝會.

Jan abbr. = **~uary**.

jangle /'dʒæŋɡl/ v. ① (使)發出金屬撞擊般的刺耳聲 ② 刺激(神經等); 使不安 ③ 吵嚷; 口角.

janitor /'dʒænɪtə/ n. ① [美]房屋管理員(亦作 **caretaker**) ② 看門人, 門衛.

January /ˈdʒænjʊərɪ/ n. 一月, 正月.

japan /dʒəˈpæn/ n. 日本漆; 亮漆 vt. 給…塗(日本)漆; 使表面黑亮.

Japan /dʒəˈpæn/ n. 日本.

Japanese /ˌdʒæpəˈniːz/ adj. 日本(人)的; 日語的 n. (單複數同形)日本人; 日語.

jape /dʒeɪp/ n. [舊]笑話; 嘲弄.

japonica /dʒəˈpɒnɪkə/ n.【植】日本楹梓, 日本山茶.

jar ¹ /dʒɑːr/ n. (大口圓柱形的)罐, 罎; 廣口瓶.

jar ² /dʒɑːr/ v. ① (使)發出刺耳聲 ② 使產生不愉快的感覺; 刺激 ③ (使)震動 ④ 衝突; 不和諧 n. ① 刺耳聲 ② 震動; 顛簸 ③ 刺激, 震驚 ④ 衝突; 不和諧 ~ring adj. 刺耳的; 不和諧的 ~ringly adv.

jargon /ˈdʒɑːgən/ n. [常貶](某一行業、團體或階層的)專門術語; 行話; 隱語.

jasmine /ˈdʒæsmɪn, ˈdʒæz-/ n.【植】茉莉, 素馨 // ~ tea (中國的一種)花茶.

jasper /ˈdʒæspə/ n. (紅、黃或墨綠色不透明的)半寶石; 碧玉.

jaundice /ˈdʒɔːndɪs/ n. ①【醫】黃疸病 ② 嫉妒; 猜忌; 偏見 ~d adj. ① 患黃疸病的 ② 有偏見的; 猜忌心重的.

jaunt /dʒɔːnt/ n. & vi. (作)短途遊覽.

jaunty /ˈdʒɔːntɪ/ adj. ① 快活的; 輕快的; 洋洋得意的; 信心十足的 ② 時髦的 **jauntily** adv.

javelin /ˈdʒævlɪn/ n. 矛; 標槍 the ~ n.【體】擲標槍比賽.

jaw /dʒɔː/ n. ① 頜, 顎 ②【機】顎夾, 虎鉗牙 ③ (pl.)上下顎; 口部 ④ (pl.)(山谷、通道等的)谷口, 狹口 ⑤ (pl.)危險的境遇 ⑥ [口]饒舌; 講道; 訓人 ⑦ 開談 v. [俚]喋喋不休; (對…)嘮叨 ~bone n. 顎骨牙床骨 ~breaker n. [口]極難發音的字 ~breaking adj.

jay /dʒeɪ/ n. ①【鳥】樫鳥 ② 聒絮的人, 嘮嘮叨叨叨者.

jaywalk /ˈdʒeɪˌwɔːk/ vi. (不守交通規則, 不顧安全地)穿越馬路 ~er n. 不守交通規則者 ~ing n.

jazz /dʒæz/ n. ① 爵士音樂; 爵士舞曲 ② [俚][貶]無稽之談; 浮誇的言論 v. 把…奏成爵士樂; 奏爵士樂; 跳爵士舞 // and all that ~ [俚]諸如此類的東西 ~ up 使活潑; 使有生氣; 使有刺激性.

jazzy /ˈdʒæzɪ/ adj. [俗] ① 像爵士樂似的 ② 俗麗的; 花俏的 **jazzily** adv.

jealous /ˈdʒeləs/ adj. ① 妒忌的; 吃醋的 ② 嫉妒的; 妒義的; 羨慕的 ③ 猜疑的; 留心提防的; 戒備的 ~ly adv. ~y n. ① 妒忌; 嫉妒 ② 妒義 ③ 猜疑.

jeans /dʒiːnz/ pl. n. (非正式場合穿的)藍斜紋布長褲; (尤指)工裝褲; 牛仔褲(亦作 blue ~).

Jeep /dʒiːp/ n. 吉普車; 小型越野汽車.

jeer /dʒɪə/ v. & n. 嘲笑; 戲弄.

Jehovah /dʒɪˈhəʊvə/ n.【宗】(舊約聖經中對上帝的稱呼)耶和華 // ~'s Witness 耶和華見證會(基督

教一教派，相信末日即將來臨，除該教派教徒外，其他人皆墮入地獄.).

jejune /dʒɪˈdʒuːn/ *adj.* [書] ① (尤指寫作)內容空洞的；枯燥乏味的，不成熟的，幼稚的. ② (食物)無滋養的.

jell, gel /dʒel/ *v.* ① (使)成膠狀；(使)凍結 ② [口](使)定形；使明確化；變明確，(使)具體化.

jellaba(h), djellaba(h) /dʒeˈlɑːbə/ *n.* (阿拉伯國家男子穿的)帶兜帽長袍.

jelly /ˈdʒelɪ/ *n.* ① 果凍；肉凍 ② 膠狀物 jellied *adj.* 變成膠狀的；成果子凍的. **~-like** *adj.* 膠狀的.

jellyfish /ˈdʒelɪˌfɪʃ/ *n.* ① [動] 水母，海蜇 ② 優柔寡斷的人.

jemmy /ˈdʒemɪ/, 美式 **jimmy** *n.* (盜賊用的)撬門鐵撬 *vt.* 撬開(門窗).

je ne sais quoi /ˌʒənsekwɑː/ *n.* [法] ① 難以描述(或表達)的事物 ② = I don't know what 我不知道是甚麼.

jenny /ˈdʒenɪ/ *n.* ① 母驢 ② [鳥] 雌鷦鷯.

jeopardize, -se /ˈdʒepəˌdaɪz/ *vt.* 使受危險；危害.

jeopardy /ˈdʒepədɪ/ *n.* 危險；危難.

jerboa /dʒɜːˈbəʊə/ *n.* [動] 阿拉伯和北非沙漠的跳鼠.

jeremiad /ˌdʒerɪˈmaɪəd/ *n.* 哀訴；悲哀的故事；哀史.

jerk ¹ /dʒɜːk/ *n.* ① 猛地一拉(或一推，一扭，一扔，一動等) ② 痙攣 *n.* 急拉；急推，急扭；急扔；急動 ② [醫] (因反射而起的)肌肉攣縮；(pl.)(因激動引起的)肌肉抽搐 // ~ (oneself) off [粗](指男子)手淫 ~ (sth) out 突然急促地說出.

jerk ² /dʒɜːk/ *v.* [美俚][貶] 傻瓜，笨蛋；微不足道的小人物.

jerkin /ˈdʒɜːkɪn/ *n.* (男裝或女裝)背心外套；坎肩.

jerkwater /ˈdʒɜːkˌwɔːtə/ *adj.* [口] ① 微不足道的 ② 偏遠的.

jerky /ˈdʒɜːkɪ/ *adj.* ① 急動的；急拉的 ② (車輛等)不平穩的，顛簸的 ③ (文體等)佶屈聱牙的；(說話)結結巴巴的 ④ 痙攣的 ⑤ 愚蠢的 jerkily *adv.* jerkiness *n.*

Jerry /ˈdʒerɪ/ *n.* [英俚]德國人；德國兵.

jerry /ˈdʒerɪ/ *n.* 草率的；偷工減料的 **~-build** *vt.* 偷工減料地建造 **~-builder** *n.* 偷工減料的建築商.

jerry can /ˈdʒerɪˌkæn/ *n.* 五加侖的汽油(或水)罐(亦作 blitz can).

jersey /ˈdʒɜːzɪ/ *n.* ① 針織緊身上衣(尤指毛衣) ② 毛料織物(亦作 **~wool**) ③ (J-)澤西種乳牛.

Jerusalem artichoke /dʒəˈruːsələm ˈɑːtɪˌtʃəʊk/ *n.* ① [植] 菊芋(產於北美洲) ② 菊芋的塊根(可食用).

jest /dʒest/ *n.* [書]玩笑；笑話；俏皮話 *v.* (對…)開玩笑；嘲笑 **~er** *n.* 愛開玩笑者；小丑；(中世紀宮廷中的)弄臣 **~ing** *adj.* [書]滑稽的；逗笑的；愛開玩笑的 **~ingly** *adv.*

Jesuit /ˈdʒezjʊɪt/ *n.* ① (羅馬天主教)耶穌會教士 ② [貶](常用 j-)危險的人；狡猾虛偽的(男)人

~ic(al) *adj.* ~ically *adv.*

Jesuitism /ˈdʒɛzjʊɪˌtɪzm/ or
Jesuitry *n.* ① 耶穌會教義 ② (j-)
狡猾; 危險.

Jesus /ˈdʒiːzəs/ *n.* (基督教創始
者)耶穌(亦作 ~ Christ, ~ of
Nazareth) *int.* (用來表示強烈的
懷疑、失望、痛苦、驚恐等情
緒)天啊; 豈有此理.

jet [1] /dʒɛt/ *n.* ① (氣體、液體或火
焰的)噴射, 噴出, 迸出 ② 噴出
物 ③ 噴口; 噴嘴; 噴射器 ④ 噴
氣發動機(亦作 ~ engine); 噴氣
式飛機(亦作 ~ plane) *v.* ① 噴
出; 射出 ② 乘噴氣機飛行; 用噴
氣機運載 ~liner *n.* 噴氣式客機
~-propelled *adj.* 噴氣發動機推
動的 // ~ lag (乘噴氣機引起的)
生理節奏失調, 噴氣機時差症;
時差 ~ set (經常乘噴氣機環遊
世界的)富裕階層.

jet [2] /dʒɛt/ *n.* 煤玉; 黑玉 ~-black
adj. 黑玉的; 烏黑發亮的.

jetsam, -som /ˈdʒɛtsəm/ *n.* (船舶
遇險時)投棄的貨物; (沖上岸的)
投棄貨物或裝備.

jettison /ˈdʒɛtɪs‿n, -z‿n/ *n.* & *vt*
①【海】【空】拋棄, 丟棄(貨物
等) ② 扔棄(累贅或無用之物)
③【牌】[俚]擲掉不要的牌.

jetty /ˈdʒɛtɪ/ *n.* 防波堤; 棧橋; 突
碼頭.

Jew /dʒuː/ *n.* ① 猶太人 ② 猶太教
徒 ~ess *n.* [藐]猶太婦女 ~ish *adj.*
~ry *n.* (總稱)猶太人; 猶太民族
// ~'s harp 單簧口琴, 手撥口琴.

jewel /ˈdʒuːəl/ *n.* 寶石; 寶石飾品
~(l)er *n.* 珠寶商; 寶石匠 ~(l)ery

n. (總稱)珠寶; 珠寶飾物.

Jezebel /ˈdʒɛzəˌbɛl, -b‿l/ *n.* (常用
j-) [貶]詭詐的女人; 蕩婦.

jib [1] /dʒɪb/ *n.* ① (起重機的)伸
臂; 吊車臂 ② 【海】船首三角帆
~boom *n.* 【海】第三斜桅.

jib [2] /dʒɪb/ *v.* ① (指馬等)退縮; 橫
跑; 後退 ② (指人)躊躇不前 //
~ at 對…表示不願意; 厭惡.

jibe [1] /dʒaɪb/ *v.* & *n.* = gibe *v.* =
gybe.

jibe [2] /dʒaɪb/ *vi.* (+ with) [美口]一
致; 符合.

jiff /dʒɪf/ *n.* or ~y *n.* [口]一會兒,
片刻 // in a ~, in a ~y 馬上, 立刻.

jig /dʒɪɡ/ *n.* ① (舞步輕快的)吉
格舞; 吉格舞曲 ② 【機】夾具,
鑽模; 裝配架 *v.* ① 跳吉格舞
② (使)(上下前後)急速跳動.

jigger [1] /ˈdʒɪɡə/ *n.* ① (容量為 1 或
1/2 安士的)配酒用的量杯 ② [美
俚]小玩意; 小巧複雜的東西.

jigger [2] /ˈdʒɪɡə/ *n.* 【昆】沙蚤; 恙
蟎([美]亦作 chigger).

jiggered /ˈdʒɪɡəd/ *adj.* [英口]
① [舊](用於表示驚訝或憤怒)真
的嗎! 豈有此理! ② 筋疲力盡的;
累壞了的.

jiggery-pokery /ˌdʒɪɡərɪˈpəʊkərɪ/
n. [英口]陰謀, 詭計; 詐騙.

jiggle /ˈdʒɪɡ‿l/ *v.* (使)輕輕搖晃(或
跳動) *n.* 輕輕的搖晃(或跳動)
jiggly *adj.* 搖晃的; 不穩定的.

jigsaw /ˈdʒɪɡˌsɔː/ *n.* ① 【機】鋸曲
線機; 豎鋸; 線鋸 ② = ~ puzzle
拼圖遊戲.

jihad, je- /dʒɪˈhæd/ *n.* 【宗】(伊
斯蘭教徒為護救進行的)聖戰

②(為維護或反對某種主義、信仰、政策進行的)鬥爭;運動.

jilt /dʒɪlt/ *vt.* 遺棄, 拋棄(情人);拒絕履行婚約.

jim crow /dʒɪm'krəʊ/ *n.* (常大寫)[美][蔑]① 黑人之[口]對黑人的歧視;種族隔離 *adj.* ① [蔑]黑人的 ② 歧視黑人的;黑人專用的.

jimjams /dʒɪm,dʒæmz/ *pl. adj.* [俚]極度的緊張不安.

jimmy /dʒɪmɪ/ *n.* = jemmy [美].

jingle /dʒɪŋgl/ *v.* ① (使)發出叮噹聲 ②(使詩或歌謠)鏗鏘悅耳;合乎韻律(或節奏) *n.* ①(鈴鐺,硬幣等小件金屬物體撞擊的)叮噹聲 ②(電視廣告中)簡單、重複而且琅琅上口的詩句或歌謠.

jingo /dʒɪŋgəʊ/ *int.* (+ by) (表示驚訝、快樂或用來加強語氣)啊呀!天啊!.

jingoism /dʒɪŋgəʊ,ɪzəm/ *n.* 侵略主義, 大國沙文主義 **jingoist** *n.* 侵略主義者;大國沙文主義者 **jingoistic** *adj.* **jingoistically** *adv.*

jink /dʒɪŋk/ *vi.* 閃躲;急轉 *n.* ① 閃躲;急轉 ② (*pl.*)嬉鬧 // **high ~s** 喧嚷嬉鬧.

jinn(ee), jinni /dʒɪn/ *n.* (伊斯蘭教傳說中的)精靈, 神怪.

jinrik(i)sha, jinricksha(w) /dʒɪn'rɪkʃə, -ʃɔː/ *n.* 人力車, 黃包車.

jinx /dʒɪŋks/ *n.* [俗]不吉祥的人(或事物) *vt.* 使…倒霉.

jitter /dʒɪtə/ *vi.* [口]緊張不安;戰戰兢兢 **~y** *adj.*

jitterbug /dʒɪtə,bʌg/ *n.* 吉特巴舞

(隨爵士樂節拍跳的一種快速舞);跳吉特巴舞者.

jitters /dʒɪtəz/ *pl. n.* 極度的緊張不安.

j(i)ujutsu *n.* = jujitsu [日].

jive /dʒaɪv/ *n.* (節奏輕快的)爵士樂;搖擺樂;搖擺舞 *vi.* 跳搖擺舞;奏搖擺樂.

Jnr *abbr.* = Junior(亦作 Jr., Jun).

job /dʒɒb/ *n.* ① 工作 ② 職業 ③ 職責;任務 ④ [口]犯罪的行為(尤指盜竊) ⑤ [俗]成果, 成品 // **~ centre** 職業介紹所 **~ lot** 經過搭配批發出售的貨物(尤指劣質貨物) **~'s comforter** 想安慰別人卻適得其反使人更為難過者 **~ sharing** 共職;一工分做制一份工作分班輪流做的勞動制度.

jobber /dʒɒbə/ *n.* ① [英]證券經紀人 ② [貶]假公濟私者 **~y** *n.* 營私舞弊, 假公濟私.

jobbing /dʒɒbɪŋ/ *adj.* 打零工的, 做散活的.

jobless /dʒɒblɪs/ *adj.* 無職業的, 失業的 **~ness** *n.* // **the ~** (總稱)失業者.

jockey /dʒɒkɪ/ *n.* (賽馬的)騎師;駕駛員 *v.* 誘使;運用手段謀取 // **~ for sth** 運用手段謀取(好處、利益等) **~ sb into / out of sth** 誘使某人做/放棄某事.

jockstrap /dʒɒk,stræp/ *n.* (男運動員穿的)下體護身.

jocose /dʒə'kəʊs/ *adj.* 開玩笑的;詼諧的;滑稽的 **~ly** *adv.* **jocosity** *n.*

jocular /dʒɒkjʊlə/ *adj.* ① 詼諧的;愛開玩笑的 ② 打趣的;逗樂的

~ity n. ~ly adv.

jocund /ˈdʒɒkənd/ adj. [書]歡樂的, 快活的. ~ly adv.

jodhpurs /ˈdʒɒdpəz/ pl. n. 騎馬褲 (亦作 Jodhpur breeches).

jog /dʒɒg/ v. ① 輕推; 輕搖 ② 慢走; 緩步跑 n. ① 輕推; 輕搖 ② 慢步; 緩行 ③ 提醒 ~ger n. 慢跑鍛鍊者 ~ging n. 慢跑運動 // ~ sb's memory 喚起某人的記憶 ~ trot ① 慢步; 緩行 ② 單調的進程; 常規.

joggle /ˈdʒɒgˈl/ v. & n. 輕輕顛搖.

john /dʒɒn/ n. ① [美俚]盥洗室, 廁所, 洗手間 ② 嫖客.

John Bull /ˌdʒɒn ˈbʊl/ n. ① 約翰牛(英國或英國人的綽號) ② 典型的英國人.

johnny /ˈdʒɒni/ n. ① [舊][口]傢伙, 漢子 ② [俚]避孕套, 陰莖套.

joie de vivre /ˌʒwɑ də ˈviːvrə/ n. [法]生活的歡樂; 盡情享受生活的樂趣.

join /dʒɔɪn/ v. ① 連接; 接合; (使)結合 ② 參加; 加入; 作 … 的成員 ③ 和 … 在一起; 和 … 作伴 ④ 鄰接, 毗連 n. 連接處; 接合點; 接縫 // ~ in 參加 ~ up 參軍.

joiner /ˈdʒɔɪnə/ n. ① [主英]木工, 細木工人 ② [俗]愛參加各種社團、組織的人 ③ 聯合者; 接合者, 接合物 ~y n. ① 細木工業 ② 細木工製品.

joint ¹ /dʒɔɪnt/ n. ① 接頭, 榫; 接縫; 接合處 ② [解]關節 ③ [用來燒烤的]大塊肉, 帶骨的腿肉 ④ [俚][貶](夜總會、賭窟、小酒館等)低級下流的娛樂場所 ⑤ [俚]大麻香煙 v. ① 連接, 結合 ② (從關節處切斷; 把(肉)切成帶骨的大塊 ~ed adj.

joint ² /dʒɔɪnt/ adj. ① 共同的; 共有的; 聯合的 ② 連帶的 ③ 連接的; 結合的 ~ly adv. // ~-stock company, ~-stock corporation 股份公司 ~ venture 合資企業.

jointure /ˈdʒɔɪntʃə/ n. [律](丈夫指定死後由)妻子繼承的遺產; 寡婦所得產.

joist /dʒɔɪst/ n. [建]擱柵; 小樑 (地板等的)托架.

joke /dʒəʊk/ n. ① 笑話; 玩笑 ② 笑柄; 笑料 ③ 易如反掌的事; 無實在內容的東西; 空話 v. (和 …)開玩笑; 説笑話; 戲弄 ~y, joking adj. 開玩笑的 jokingly adv. // joking apart / aside 且別開玩笑; 言歸正傳 practical ~ 惡作劇.

joker /ˈdʒəʊkə/ n. ① 愛開玩笑的人; 喜歡講笑話的人 ② [俚]傢伙 ③ 【牌】(撲克牌中可作任何牌或王牌用的)百搭, 飛牌.

jollify /ˈdʒɒlɪfaɪ/ vt. 使高興; 使歡樂 vi. 尋歡; 飲酒作樂 jollification n.

jollity /ˈdʒɒlɪti/ n. 歡樂; 高興; 歡宴.

jolly /ˈdʒɒli/ adj. ① 快活的, 歡樂的 ② 令人愉快的; 喜愛的 ③ 微醉的 adv. [英俗]很, 非常 v. 使高興; (+ along) 奉承 ② (向 …)開玩笑; 戲弄 // ~ boat (船上附帶的)小船 J- Roger 海盜旗 (飾有白色骷髏的黑旗) ~ well 確實, 肯定.

jolt /dʒəʊlt/ n. & v. ① 震搖; (使)顛簸 ② 猛擊 ③ (使)震驚; 使慌亂.

Jonah /dʒəʊnə/ n. or Jonas 帶來不祥的人; 白禍星.

jonquil /dʒɒŋkwɪl/ n.【植】黃水仙; (水仙屬)長壽花.

josh /dʒɒʃ/ v.【美俚】(無惡意地)戲弄; 揶揄; (和…)開玩笑 n.【美俚】戲謔; 戲言; 嘲笑.

joss /dʒɒs/ n. ① (中國的)神像, 佛像 ② [口]幸運; 機會 // ~ stick (祭神用的)香.

jostle /dʒɒsl/ v. 推; 擠; 碰撞.

jot /dʒɒt/ n. 少量, 一點 vt. (+ down) 匆匆記下; 略記 ~ter n. 小筆記本 ~tings pl. n. 簡短筆記; 略記.

joule /dʒuːl/ n.【物】(功及能量的單位)焦耳.

jounce /dʒaʊns/ v. (使)震動; (使)顛簸 n. 震動; 顛簸 jouncy adj.

journal /dʒɜːnˈl/ n. ① 日報; 雜誌, 定期刊物 ② 日記, 日誌.

journalese /ˌdʒɜːnˈliːz/ n. [貶](語言淺薄、好用陳腔濫調的)新聞文體.

journalism /dʒɜːnˈlɪzəm/ n. ① 新聞業; 新聞工作 ② 新聞寫作; 新聞文稿 ③ (總稱)報刊雜誌 ④ 報刊通俗文章.

journalist /dʒɜːnˈlɪst/ n. 新聞工作者; 新聞記者; 報刊雜誌撰稿人 ~ic adj.

journey /dʒɜːnɪ/ n. (通常指陸上)旅行; 旅程; [喻]歷程 v. 旅行; 遊歷.

journeyman /dʒɜːnɪmən/ n. ① 熟練技工 ② (有工作經驗且能勝任某一行業的)老手.

joust /dʒaʊst/ n. ① (古時騎士的)馬上長槍比武 ② (pl.)馬上比武大會 vi. ① 進行馬上長槍比武 ② 參加比賽; 競技.

jovial /dʒəʊvɪəl/ adj. 快活的; 愉快的 ~ly adv. ~ity n.

jowl /dʒaʊl/ n. ① 顎; 下顎 ② (pl.)頰; (胖子的)雙下巴.

joy /dʒɔɪ/ n. ① 歡樂, 喜悅 ② 樂事; 樂趣 vi. (+ in) 歡欣; 高興.

joyful /dʒɔɪfʊl/ adj. ① 歡樂的, 喜氣洋洋的 ② 令人高興的 ~ly adv. ~ness n.

joyless /dʒɔɪlɪs/ adj. 不快樂的, 不高興的 ~ly adv. ~ness n.

joyous /dʒɔɪəs/ adj. = joyful ~ly adv. ~ness n.

joyride /dʒɔɪraɪd/ n. & vi. [口]駕車兜風(尤指偷車高速亂開)~r n. 偷車高速亂開者.

joystick /dʒɔɪstɪk/ n. [俚]飛機的操縱桿; (電腦字的)操縱裝置.

JP /dʒeɪ piː/ abbr. = Justice of the Peace.

Jr abbr. = Junior.

jubilant /dʒuːbɪlənt/ adj. 歡呼的; 興高采烈的, 喜氣洋洋的 ~ly adv.

jubilation /ˌdʒuːbɪˈleɪʃən/ n. ① 歡欣; 歡騰 ② 慶祝.

jubilee /dʒuːbɪˌliː, ˌdʒuːbɪˈliː/ n. ① 週年紀念; (尤指)25、50、60 或75 週年紀念 ② 歡樂的佳節; 喜慶 // diamond ~ 60 週年紀念, 鑽石紀念 golden ~ 50 週年紀念, 金婚紀念 silver ~ 25 週年紀

念, 銀婚紀念.

Judaism /ˈdʒuːdeɪˌɪzəm/ *n.* ① 猶太教 ② 猶太民族的文化、社會和宗教信仰 Judaic *adj.* Judaist *n.* 猶太教教徒.

Judas /ˈdʒuːdəs/ *n.* [貶]出賣朋友的人; 叛徒.

judder /ˈdʒʌdə/ *vi. & n.* [英口]劇烈顫抖; 震動.

judge /dʒʌdʒ/ *n.* ① 法官, 審判員 ② (比賽等的)裁判; 仲裁人 ③ 鑒賞家; 鑒定人 *v.* ① 審判; 判決 ② 裁決; 裁判; 評定 ③ 鑒定; 識別 ④ 斷定; 定 // judging by / from 由 … 看來; 從 … 判斷.

judg(e)ment /ˈdʒʌdʒmənt/ *n.* ① 審判; 判決; 裁判 ② 鑒定; 判斷; 評價 ③ 判斷力; 識別力 ④ 意見, 看法 ⑤ (常用單)報應; 天罰 **~al** *adj.* // Judgment Day, Day of Judgment【宗】上帝的最後審判日; 世界末日.

judicature /ˈdʒuːdɪkətʃə/ *n.* ① 司法(權) ② (總稱)審判員, 法官; 法院.

judicial /dʒuːˈdɪʃəl/ *adj.* ① 司法的; 法院的; 法官的 ② 法院判決的 ③ 公正的; 明斷的 **~ly** *adv.*

judiciary /dʒuːˈdɪʃɪərɪ, -ˈdɪʃərɪ/ *n.* ① (總稱)法官 ② 司法部門; 法院系統(或制度).

judicious /dʒuːˈdɪʃəs/ *adj.* 有見識的; 明智的; 賢明的 **~ly** *adv.* **~ness** *n.*

judo /ˈdʒuːdəʊ/ *n.* 日本柔道(由柔術演變而成的一種摔跤運動).

jug /dʒʌɡ/ *n.* ① 帶柄小口水罐(或水壺) ② 壺, 壺中物, 罐中物 ③ [俚]監牢 *vt.* ① 用罐燉或燉(野兔等) ② [俚]監禁, 關押 **~ful** *n.* 滿壺, 滿罐.

juggernaut /ˈdʒʌɡəˌnɔːt/ *n.* ① [英俗]巨型載重卡車 ② 摧毀一切(或不可抗拒)的力量(如戰爭).

juggle /ˈdʒʌɡl/ *v.* ① (將數件物件來回拋上接住)玩雜耍; 變戲法 ② 玩把戲; 耍花招 ③ 歪曲; 竄改; 顛倒(事實等) **~r** *n.* ① 玩雜耍者; 魔術師 ② 騙子.

jugular /ˈdʒʌɡjʊlə/ *adj.*【解】頸的; 喉的; 頸靜脈的 *n.* 頸靜脈(亦作 **~ vein**) // go for the **~** [俗]猛烈抨擊對方論據中之致命弱點.

juice /dʒuːs/ *n.* ① (果菜等之)汁, 液 ② (*pl.*)體液 ③ 精力; 活力 ④ [口]電流; 汽油; 液體燃料(等能源) ⑤ [美俚]酒, (尤指)威士忌 *vt.* 榨汁; [美俚]擠奶 // **~ up** 使有精力; 使活潑; 使更有趣 stew in one's own **~** 自作自受.

juicy /ˈdʒuːsɪ/ *adj.* ① 多汁的 ② 獲利豐厚的, 油水多的 ③ 有趣的; 津津有味的.

jujitsu /dʒuːˈdʒɪtsuː/ *n.* [日]柔術, 柔道.

juju /ˈdʒuːdʒuː/ *n.* (西非某些黑人部落用的)護身符; 符咒.

jujube /ˈdʒuːdʒuːb/ *n.* ① 果味軟糖 ② 棗樹; 棗子.

jukebox /ˈdʒuːkˌbɒks/ *n.* (投幣)自動點唱機.

julep /ˈdʒuːlɪp/ *n.* [美]威士忌(或白蘭地)加薄荷和糖的冷飲.

Julian calendar /ˈdʒuːljən, -lɪən ˈkælɪndə/ *n.* 羅馬儒略曆(儒略 ·

凱撒於公元前 46 年訂定的曆法乃當今通用陽曆之前身).

julienne /ˌdʒuːliˈɛn/ n. [法]肉汁菜絲湯.

July /dʒuːˈlaɪ, dʒə-, dʒʊ-/ n. 七月.

jumble /ˈdʒʌmbl/ v. 使混亂; 搞亂; 混雜 n. ① 混亂, 雜亂; 雜亂的一堆 ② [英]舊雜貨義賣品 // ~ sale [英]舊雜貨義賣 ~ sth up (混亂地)堆和在一起.

jumbo /ˈdʒʌmbəʊ/ adj. [口]特大的, 巨大的 n. 巨型噴氣客機, 珍寶型客機, 巨無霸噴射客機(亦作 ~ jet).

jump /dʒʌmp/ v. 跳, 跳躍; 跳過 ② (因興奮、震驚等)跳起; 使驚起 ③ (價格等)猛漲; 猛增 ④ 突然改變; 匆匆作出 ⑤ (+ at) 欣然接受, 積極參與; (+ in / into) 急切投入 ⑥ 略去 ⑦ (+ on / upon) 突然襲擊; 抨擊; 叱責 ⑧[橋牌] 跳叫加牌 ⑨ 闖(紅燈) n. ① 跳, 躍; 跳躍運動 ② (需跳越的)障礙物 ③ 驚跳; (pl.)震顫, 心神不定 ④ 暴跌; 猛增 ~ed-up adj. [貶]自命不凡的; 暴發的; 小人得志的 // ~ jet 能垂直起降的噴氣機 ~ leads / wire [電] 跨接線 ~ suit 連衣褲工作服; (婦女的)連衣褲便服 ~ the gun (賽跑時)搶跑; 倉促行動 ~ the queue 不按次序排隊, 插隊.

jumper¹ /ˈdʒʌmpə/ n. [英]套領毛衣; 緊身毛衣.

jumper² /ˈdʒʌmpə/ n. ① 跳躍者 ② 跳蟲(如蚤等); 經訓練能跳過障礙的馬.

jumpy /ˈdʒʌmpɪ/ adj. 心驚膽跳的;

神經質的 **jumpily** adv.

junction /ˈdʒʌŋkʃn/ n. ① 連接; 接合 ② 接合點; 交叉點; 鐵路的聯軌點; 河流的匯合處 ③ 高速公路的出入口.

juncture /ˈdʒʌŋktʃə/ n. 時機; 關頭 // at this ~ 在此(關鍵)時刻.

June /dʒuːn/ n. 六月.

jungle /ˈdʒʌŋgl/ n. ① 叢林; 密林 ② 凌亂的一堆東西; 錯綜複雜的事 ③ (為生存而)激烈鬥爭的地方 // the law of ~ 叢林法則; 弱肉強食.

junior /ˈdʒuːnjə/ adj. ① 年少的; 較年幼的(略作 Jun 或 Jr.)(加在兒子或年幼者姓名之後, 以區別父子或學校中兩個同名的男生) ② (級別、職位)較低的; 資歷較淺的 ③ [美](大學或中學)三年級生的 n. ① 年少者 ② (職位、級別)較低者; 晚輩 ③ [美](大學或中學)的三年級生 ④ [口][對兒子的稱呼]小子, 孩子 ~ity n. ① 年少 ② 晚輩(下級)的身份(或處境) // ~ high school [美]初中 ~ school [英]小學.

juniper /ˈdʒuːnɪpə/ n. 【植】檜樹; 杜松.

junk¹ /dʒʌŋk/ n. ① [口]廢棄物品; 舊貨 ② [口]便宜貨; 假貨; 廢話 ③ [俚]麻醉毒品, (尤指)海洛英 // ~ bond (利息高、風險大的)低檔債券 ~ food (薯片等)高熱量、營養價值低的垃圾食品 ~ mail 垃圾郵件; (大量郵寄的)廣告宣傳品.

junk² /dʒʌŋk/ n. 平式中國帆船; 舢板.

junket /ˈdʒʌŋkɪt/ n. ① 凝乳食品, 乳酪甜食 ② 野餐; 宴會 ③ [美口][貶](借口視察的)公費旅遊 v. ① 宴請; 舉行宴會 ② 作公費旅遊 ~**ting** n. 歡宴; [美貶]公款宴請客人.

junkie, junky /ˈdʒʌŋkɪ/ n. [俚]吸毒犯; 毒販.

junta /ˈdʒʌntə, ˈdʒʌn-/ n. 美式 /ˈhʊntə/ n. [常貶](發動政變奪取政權的)軍政府.

Jupiter /ˈdʒuːpɪtə/ n. ①【羅神】(主神)朱庇特 ② 木星.

juridical /dʒʊˈrɪdɪkˈl/ or **juridic** adj. ① 審判(上)的; 司法(上)的 ② 法律(上)的 ~**ly** adv. // ~ **person** 法人.

jurisdiction /ˌdʒʊərɪsˈdɪkʃən/ n. ① 司法權; 裁判權 ② 管轄權; 管轄範圍; 權限 ~**al** adj.

jurisprudence /ˌdʒʊərɪsˈpruːdˈns/ n. 法學; 法理學.

jurisprudent /ˌdʒʊərɪsˈpruːdˈnt/ adj. 精通法律的 n. 法理學家 ~**ial** adj. ~**ially** adv.

jurist /ˈdʒʊərɪst/ n. 法學家; 法律專家; 法官.

juror /ˈdʒʊərə/ n. ① 陪審員 ②(競賽時的)評審委員.

jury /ˈdʒʊərɪ/ n. 陪審團; (競賽時的)評審委員會 ~**man**, (fem.) ~**woman** n. (女)陪審員.

just [1] /dʒʌst/ adj. ① 公正的; 公平的; 正直的 ② 應得的; 正當的; 適當的; 合理的 ③ 精確的 ~**ly** adv. ~**ness** n.

just [2] /dʒʌst/ adv. ① 正好, 恰好 ② 僅僅 ③ 剛才 ④ 剛好; 幾乎 ⑤ 剛要, 正要 ⑥ [口]非常; 真正 // ~ **about** 大約; 幾乎 ~ **as** ① 正當⋯的時候 ② 正像 ~ **so** 正是如此, 一點不錯.

justice /ˈdʒʌstɪs/ n. ① 正義; 正當; 公正; 公平 ② 正確; 妥當; 合理 ③ 司法; 審判 ④ 審判員, 法官 // **bring sb to** ~ 把某人緝拿歸案, 將某人繩之以法 **do ~ to sb / sth** 公平對待某人(或某事); 公正評判某人(或某事) **do oneself** ~ 充份發揮自己的力量 **Justice of the Peace** 太平紳士.

justifiable /ˈdʒʌstɪˌfaɪəbˈl/ adj. ① 可證明為正當的; 有正當理由的; 無可非議的 ② 可辯解的; 情有可原的 **justifiability** n. **justifiably** adv.

justification /ˌdʒʌstɪfɪˈkeɪʃən/ n. ① 證明正當; 正當的理由; 辯護 ②【印】(活字的)整理; (使活字每行都排齊的)裝版; 整版.

justify /ˈdʒʌstɪˌfaɪ/ vt. ① 證明為正當; 認為有理; 為⋯辯護 ②【印】整(版), 裝(版), 調整(活字)的間隔使每行都排齊 **justified** adj. 有理由的; 正當的.

jut /dʒʌt/ v. (使)突出; 伸出 n. 伸出部份.

jute /dʒuːt/ n. 【植】黃麻; 黃麻纖維.

juvenile /ˈdʒuːvɪˌnaɪl/ n. ① 青少年 ② 扮演少年角色的演員 ③ 幼獸 adj. ① 青少年的; 適合青少年的; 青少年特有的 ② [貶]幼稚的 // ~ **delinquency** 少年犯罪 ~ **delinquent** 少年犯.

juvenilia /ˌdʒuːvɪˈnɪlɪə/ pl. n. ① (某

作家或畫家等)少年時代的作品
② 少年文藝讀物.

juxtapose /ˌdʒʌkstə'pəʊz/ vt. 使並
列; 使並置 **juxtaposition** n. 並列;
並置.

K

K, k /keɪ/ abbr. ① 【化】元素鉀
(potassium) 的符號 ② 【口】代表
數字"千".

K, k /keɪ/ abbr. ① = kelvin 【物】
開氏溫度 ② = kilo = kilobyte
【計】千位元組 ③ 一千英鎊(或
美元等).

kaf(f)ir /'kæfə/ n. [蔑] 非洲黑人(南
非的一種黑人).

kaftan, ca- /'kæftæn, -ˌtɑːn/ n.
① (中東地區男子的)寬鬆長
袍 ② 長而寬鬆的女裝(亦作
caftan).

kail /keɪl/ n. = kale.

Kaiser /'kaɪzə/ n. (1918 年前德國
或奧匈帝國的)皇帝.

Kalashnikov /kəˈlæʃnɪˌkɒf/ n. 卡
拉什尼柯夫槍(卡拉什尼柯夫是
20 世紀蘇聯設計師); 俄國製自
動步槍.

kale, kail /keɪl/ n. ① 【植】羽衣甘
藍 ② (蘇格蘭的)甘藍菜湯.

kaleidoscope /kəˈlaɪdəˌskəʊp/ n.
① 萬花筒 ② 千變萬化的景
象(或色彩) **kaleidoscopic** adj.
kaleidoscopically adv.

kamikaze /ˌkæmɪˈkɑːzɪ/ n. [日] (第
二次世界大戰末期駕機撞擊敵
艦的)日本空軍敢死隊員, 神風
突擊隊員; 神風隊的飛機 adj.

(指動作等)敢死的, 自殺式的.

kangaroo /ˌkæŋgəˈruː/ n. 【動】大
袋鼠 // ~ court [口] (少數人非法
私設的模擬法庭.

kaolin(e) /'keɪəlɪn/ n. 高嶺土; 瓷
土(亦作 china clay).

kapok /'keɪpɒk/ n. 木棉.

kaput /kəˈpʊt/ adj. [俚] 壞了的; 完
蛋的; 徹底失敗的.

karaoke /ˌkɑːrəˈəʊkɪ/ n. 卡拉OK;
伴唱機.

karat /'kærət/ n. = carat.

karate /kəˈrɑːtɪ/ n. [日] 空手道(一
種徒手自衛武術).

karma /'kɑːmə/ n. (印度教、佛教)
羯磨(梵文的音譯); 決定來世命
運的所作所為; 因果報應.

Karoo /kəˈruː/ n. [南非] 乾燥台地.

kauri /'kaʊrɪ/ n. 【植】(產於新西蘭
的)南方貝殼杉(其木及樹脂頗
具商業價值).

kayak, kai- /'kaɪæk/ n. 愛斯基摩
獨木舟; (用帆布或塑膠製的)小
划子.

kazoo /kəˈzuː/ n. 玩具小笛.

kbyte /'kɪləˌbaɪt/ abbr. = kilobyte
【計】千位元組.

kebab /kəˈbæb/ n. (亦作 kebob) (常
用複)烤肉串.

kedge /kedʒ/ n. 小錨(亦作

~ anchor) v. 抛小錨以移船.

kedgeree /ˈkedʒəˈriː/ n. (加有葱花雞蛋的)魚拌飯.

keel /kiːl/ n. ① (船等的)龍骨 ② (動物的)龍骨脊, 脊棱 v. (+ over) ① (指船)傾覆 ② 翻身, 顛倒; [口]突然昏倒 // on an even ~ 平穩的(地); 穩定的(地); 神志清醒的.

keen¹ /kiːn/ adj. ① 熱心的; 渴望的 ② 激烈的, 強烈的 ③ 敏銳的; 敏捷的 ④ 鋒利的, (言詞等)尖銳的; (指風)凜冽的, 刺骨的 ⑤ [英](指價格)競爭力強的 ~ly adv. ~ness n.

keen² /kiːn/ v. & n. (為死者)哀號, 慟哭.

keep /kiːp/ v. (過去式及過去分詞 kept) ① 保持, 保留, 保存; (食物等)保持不壞; 保守(秘密) ② (使…)保持着(某種狀態) ③ 履行; 遵守 ④ 遵循(節), 過(年) ⑤ 整理, 料理 ⑥ 保護; 看守 ⑦ 扶養; 飼養 ⑧ 拘留; 挽留, 留住; 阻止 ⑨ 經營; 備有; 開設 ⑩ 保衛; 守衛 ⑪ 繼續不斷; 維持 n. ① 生活資料, 生計 ② 【史】(城堡的)塔樓 ③ 牢監, 監獄 ~er n. ① 看守人; 看護者; (動物園的)飼養員 ② 保管員, 管理人; (商店、客棧等的)經營者 ③ [口][球] 守門員(goal ~er 之略) // ~ fit 健身運動, 保健操 ~ from ① 使免於 ② 抑制, 克制 ~ (sb) in (作為懲罰)將(學生)留校, 把(學生)關夜學 ~ off ① 讓開; 不接近 ② 不讓接近; 把…驅開 ~ on (doing sth) 繼續

(進行); 繼續下去 ~ to (sth) 堅持; 固守 ~ under 壓制, 控制 ~ 維持; 保持; 繼續 ~ up with 跟上, 不落後於 ~ up with the Joneses [口]和鄰居親友在生活上比較.

keeping /ˈkiːpɪŋ/ n. ① 保管, 保存 ② 供養; 飼養 ③ 一致; 協調 // in / out of ~ with 和…一致/不一致 in safe ~ 妥為保管.

keepsake /ˈkiːpˌseɪk/ n. 紀念品; 贈品.

keg /keg/ n. 桶; 小桶.

kelp /kelp/ n. 海草; 巨藻; 大型褐藻.

kelvin /ˈkelvɪn/ n. 開氏溫度(開氏溫標的計量單位)(略作 K) // ~ scale 開氏溫標(以絕對零度 -273.15°C 為零度的一種國際溫標).

ken /ken/ n. 知識範圍; 見地 v. [蘇格蘭]知道 // in one's ~ 在某人的知識範圍之內 out of / beyond one's ~ 在某人的知識範圍之外.

kennel /ˈkenᵊl/ n. 狗窩; (pl.)養狗場 v. (使)進狗窩; (使)呆在狗窩.

kepi /ˈkeɪpiː/ n. (有平圓頂及水平帽沿的)法國軍帽.

kept /kept/ v. keep 的過去式及過去分詞 adj. 受人資助和控制的 // ~ woman (受人贍養的)姘婦, 情婦.

keratin /ˈkerətɪn/ or ceratin n. 【生化】角朊.

kerb, 美式 **curb** /kɜːb/ n. 人行道上的鑲邊石 ~stone n. (用作鑲邊石的)石塊 // ~ crawling (指為召妓或物色嫖娼對象)沿人行道慢速駕駛.

kerchief /ˈkɜːtʃɪf/ n. ① (女裝)方頭巾, 方圍巾 ② [舊][詩]手帕, 手巾.

kerfuffle, car-, kur- /kəˈfʌfl/ n. [口]騷動; 混亂 // fuss and ~ [口] 無謂的騷亂, 大驚小怪.

kermes /ˈkɜːmɪz/ n. [化]蟲胭脂, 胭脂蟲粉(一種紅色染料).

kernel /ˈkɜːnəl/ n. ① (硬殼果或果核內的)仁 ② 核心, 中心.

kerosene, -sine /ˈkerəsiːn/ n. [美]媒油, 火油[英]亦作 paraffin).

kestrel /ˈkestrl/ n. [鳥]紅隼.

ketch /ketʃ/ n. 雙桅小帆船.

ketchup /ˈketʃəp/ or catchup or catsup n. 番茄醬.

kettle /ˈketl/ n. (燒水用的)水壺 // a pretty / fine ~ of fish 困境, 窘境, 尷尬的局面.

kettledrum /ˈketldrʌm/ n. 銅鼓, 定音鼓.

key /kiː/ n. ① (開鎖、上鬧錶發條等的)鑰匙 ② (鋼琴、打字機、電腦等的)鍵(盤) ③ 關鍵; 要害; 線索; 秘訣; 解答 ④ [音]調; (文章、表現等)基調 v. (+ to)[音]調音, 調弦; 使適合於 adj. 主要的, 關鍵的; ~note n. ①[音]基調, 主調 ② 主旨, 要旨 ~pad n. 小型鍵盤(電腦等的附屬裝置, 可放在手掌上操作) ~ring n. 鑰匙環, 鑰匙圈 ~stone n. [建]冠石, 塞縫石, 拱頂石 ② 要旨, 根本原理 // ~ in [計]操作鍵盤輸入(數據等) ~ed up 極為激動, 非常緊張.

keyboard /ˈkiːbɔːd/ n. 鍵盤 v. 操作(電腦等的)鍵盤; 操作鍵盤輸入(數據、資料等).

keyhole /ˈkiːhəʊl/ n. 鎖眼, 鑰匙孔.

kg /keɪ dʒiː/ abbr. = kilogram(s).

KGB /ˌkeɪ dʒiː ˈbiː/ abbr. [俄]克格勃(全稱蘇聯國家安全委員會, 為蘇聯的國家情報機構).

khaki /ˈkɑːkɪ/ n. & adj. 卡其布(的); 土黃色(的) ~s pl. n. 卡其布軍裝, 卡其布褲子.

khan /kɑːn/ n. (常用 K-)可汗, 汗(印度、阿富汗等國家的統治者或官吏之尊稱).

kHz /ˈkɪləˌhɜːts/ abbr. = kilohertz.

kibbutz, ky- /kɪˈbʊts/ n. (pl. kibbutzim) 以色列的居民點或農場 kibbutznik n. 此類居民點的居民.

kibosh /ˈkaɪbɒʃ/ n. ① [俚]胡説 ② 阻止; 制服 // put the ~ on [俚]結束; 使完蛋; 毀滅.

kick /kɪk/ v. ① 踢 ② [足球、橄欖球]踢球得分 ③ (槍、炮)(向…)後座, (朝…)反衝; (球)突然反彈 ④ [口]反對; 抱怨 ⑤ [口]戒除(毒癮) n. ① 踢 ② 反彈(力), 反衝(力); 後座(力) ③ (極度的)刺激; 興奮 ~back n. [俚]回扣, 佣金 ~off n. (足球的)開球; [口]開始 ~start n. (電單車的)腳踏式起動板, 反衝式起動器(亦作 ~starter) v. 用腳踏起動板起動(電單車) // ~ off (足球)開球; [口]開始 ~ oneself 自責; 懊悔; 悔恨 ~ out 驅逐, 開除, 解僱 ~ up [口]引起(騷動).

kid¹ /kɪd/ n. ① 小山羊, 小羚羊 ② 小山羊皮 ③ [口]小孩; 少年.

kid² /kɪd/ v. [口]嘲弄; 取笑; 欺瞞.

kidnap /ˈkɪdnæp/ vt. 誘拐; 綁架
~per n. 拐子; 綁架者.

kidney /ˈkɪdnɪ/ n. ①【解】腎
②(動物的)腰子 // ~ bean 菜豆,
腎豆.

kidult /ˈkɪdʌlt/ adj. & n. [美俚](電
視節目等)老少咸宜的.

kidvid /ˈkɪdˌvɪd/ n. [美俚]兒童電
視節目.

kill /kɪl/ v. ① 殺死; 弄死; 屠宰
② 毀掉; 扼殺; 使終止 ③ 中和;
抵消 ④ 消磨(時光) ⑤ [口]使 …
痛苦(或難受) n. ① 殺死 ② 獵殺
的鳥獸 ~er n. 殺人者; 兇手; 吃
人的野獸; 致死的東西 ~joy n.
掃興的人(或事物) // ~ off / out
殺光, 消滅 ~ or cure 孤注一擲
~ two birds with one stone [諺]
一箭雙雕, 一舉兩得 to ~ [俚]過
份地.

killing /ˈkɪlɪŋ/ adj. ① 致死的
② [口]非常累人的 ③ [口]很好
笑的 n. 謀殺 // make a ~ 大發利
市; 賺大錢.

kiln /kɪln/ n. 窰.

kilo /ˈkiːləʊ/ abbr. = ~gram.

kilo- /ˈkiːləʊ/ pref. [前綴] 表示
"千", 如: ~litre n. 千升.

kilobyte /ˈkɪləˌbaɪt/ n.【計】千位元
組.

kilocalorie /ˌkɪləʊˈkælərɪ/ n. 千卡.

kilogram(me) /ˈkɪləɡræm/ n. 千克,
公斤(略作 kg).

kilohertz /ˈkɪləˌhɜːts/ n.【電】千
赫(略作 kHz).

kilometre, 美式 **-er** /ˈkɪˈlɒmɪtə,
ˈkɪləˌmiːtə/ n. 公里, 千米(略作
km).

kilowatt /ˈkɪləˌwɒt/ n.【電】千瓦
(略作 kw) **~-hour** n. 千瓦小時.

kilt /kɪlt/ n. ① (蘇格蘭高地男子
穿的)短褶裙 ② 蘇格蘭式短裙
~ed adj. 穿褶裙的.

kimono /kɪˈməʊnəʊ/ n. [日] ① 和
服 ② 和式晨衣; 和式浴衣.

kin /kɪn/ n. (總稱)親屬, 親戚.

kind[1] /kaɪnd/ adj. 仁慈的; 厚
道的; 和藹的, 親切的; 友愛的
~-hearted adj. 仁慈的, 好心腸
的.

kind[2] /kaɪnd/ n. ① 種; 類; [貶]
幫, 夥 ② 性質, 本質 // a ~ of 幾
分, 稍稍 in ~ 以貨代款; 以實物;
[喻]以同樣方式(回敬) ~ of [口]
有一點, 有幾分(作狀語用).

kindergarten /ˈkɪndəˌɡɑːtʲn/ n. 幼
兒園, 幼稚園.

kindle /ˈkɪndʲl/ v. ① 點燃; 着火
② 使明亮; 發亮 ③ 煽動; 鼓舞,
激發.

kindling /ˈkɪndlɪŋ/ n. 引火柴, 引火
物 // ~ point 着火點, 燃點.

kindly /ˈkaɪndlɪ/ adj. ① 和藹的,
親切的; 友好的 ② (氣候等)溫和
怡人的 adv. ① 和藹地, 親切地;
友好地, 體貼地 ② 誠懇地, 衷心
地 ③ 請(客套用語, 有時用於帶
諷刺意味的命令上) **kindlily** adv.
kindliness n.

kindness /ˈkaɪndnɪs/ n. ① 仁慈; 和
氣; 好意 ② 友好的行為; 好事 //
~ of … (信封上用語)煩 … 轉交.

kindred /ˈkɪndrɪd/ n. ① 宗族; 親
屬; 血緣關係 ② (總稱)親屬, 親
戚 adj. ① 親屬的, 親戚的; 宗族
的 ② 類似的; 同種的, 同源的 //

~ **spirit** 志同道合的人, 趣味相同者.

kinetic /kɪˈnɛtɪk, kaɪ-/ adj. ① 運動的; 動力(學)的 ② 活動的; 有力的 **-ally** adv. ~s n. [動詞用單數] 動力學 // ~ **art** 動態藝術(尤指雕塑).

king /kɪŋ/ n. ① 王, 國王, 君主; (部落的)首領 ② (某界)巨子, … 大王; (同類中)最有勢力者 ③ (紙牌中的)K; (國際象棋中的)王; (西洋跳棋中的)王棋 ④ (水果、植物中的)最佳品 **-ly** adj. 國王(似)的, 君主政體的 **~ship** n. 王位; 王權; 君主統治 **~-size(d)** adj. [口](尤作定語)特大(號)的 // ~'s **ransom** 大量的錢財.

kingcup /ˈkɪŋkʌp/ n. [植] 鱗莖毛茛, 驢蹄草.

kingdom /ˈkɪŋdəm/ n. ① 王國 [喻]領域 ② 界(大自然三界之一) // **till / until ~ come** [口]永遠 **to ~ come** 歸天上, 上西天.

kingfisher /ˈkɪŋˌfɪʃə/ n. [鳥] 翠鳥, 魚狗.

kingpin /ˈkɪŋˌpɪn/ n. ① [口]首要人物, 領袖 ② (保齡球的)中央瓶 ③ [機] 中心立軸.

kink /kɪŋk/ n. ① (線、繩、頭髮等的)紐結, 絞纏 ② [口]怪癖, 偏執, 古怪 **-y** adj. ① 絞纏的; 彎曲的 ② [俚][貶]怪癖的; (尤指性行為)不正當的, 反常的.

kinsfolk /ˈkɪnzˌfəʊk/ pl. n. = kin.

kinsman, (fem.) **kinswoman** /ˈkɪnzmən/ n. 男親屬, 女親屬.

kiosk /ˈkiːɒsk/ n. ① (車站、廣場等處的)書報攤, 飲食亭 ② [舊英]公用電話間 ③ 廣告亭.

kip /kɪp/ n. & vi. ① [口]睡覺 ② 床.

kipper /ˈkɪpə/ n. 醃(或熏)鮭魚.

kirk /kɜːk, kɪrk/ n. [蘇格蘭]教會.

kirsch /kɪəʃ/ or **kirschwasser** /ˈkɪəʃˌvɑːsə/ n. [德](無色)櫻桃酒.

kismet /ˈkɪzmɛt, ˈkɪs-/ n. [書]命運, 天命.

kiss /kɪs/ v. ① 接吻 ② (微風等)輕觸, 輕拂 n. 吻 **-able** adj. [褒]惹人親吻的 **-er** n. [俚]嘴; 面孔 // ~ **away** 吻掉(眼淚等) ~ **goodby(e) to sth, ~ sth goodby(e)** [俚]無可奈何地失去某物 ~ **of life** (口對口)人工呼吸; 起死回生的舉措.

kit /kɪt/ n. ① 成套工具(或用具、物件等); (可自行組裝的)整套配件 ② (士兵或旅客的)個人行裝 vt. 裝備 **-bag** n. 長形帆布行裝(或用具)袋 // ~ **out** 裝備妥當.

kitchen /ˈkɪtʃɪn/ n. 廚房, 灶間 **-ette** n. 小廚房 // ~ **garden** (自用)菜圃, 菜園 **~-sink drama** (本世紀 50、60 年代創作的表現英國平民家庭生活的現實主義戲劇.

kite /kaɪt/ n. ① 風箏, 紙鳶 ② [鳥] 鳶 // ~ **flying** ① 放風箏 ② [俚](為窺測他人立場、觀點等而做出的)試探性的言行.

kith /kɪθ/ n. 相識; 親朋; 親屬及 **kin** 親友們. // ~ **and**

kitsch /kɪtʃ/ n. [貶]迎合低級趣味的拙劣文藝作品.

kitten /ˈkɪtⁿ/ n. 小貓 **-ish** adj. 小

貓(似)的; 嬌奢的; 活蹦亂跳的 // **have ~s** [英口] 煩躁不安, 緊張擔憂.

kittiwake /ˈkɪtɪˌweɪk/ n. (產於北大西洋和北冰洋的)三趾鷗; 海鷗.

kitty[1] /ˈkɪtɪ/ n. [兒] 小貓, 貓咪.

kitty[2] /ˈkɪtɪ/ n. ① (某些牌戲中各家下的)全部賭注 ② [口] (團體或家庭成員)湊集的資金.

kiwi /ˈkiːwiː/ n. ① 【動】(新西蘭產的, 不會飛的)鷸鴕 ② [俚] (常用 K-)新西蘭人 // **~ fruit** 獼猴桃.

klaxon, cl- /ˈklæksn/ n. 電警笛(聲); 電喇叭.

kleptomania /ˌkleptəˈmeɪnɪə/ n. 偷盜癖 **~c** n. 有偷盜癖的人.

km /keɪ em/ abbr. = kilometer(s).

knack /næk/ n. ① 訣竅, 竅門; 技巧 ② (言行等)習慣, 癖.

knacker /ˈnækə/ n. 收買、屠宰或出售病弱老馬者 v. [俚] 使筋疲力盡 **~ed** adj. [英俚] 筋疲力盡的.

knapsack /ˈnæpˌsæk/ n. = rucksack [舊] (軍用或旅行)背包.

knave /neɪv/ n. ① (紙牌中的)傑克(亦作 Jack) ② [舊] 無賴, 流氓 **~ry** n. [舊] 無賴行徑, 流氓行為 knavish adj. [舊] 無賴的, 奸詐的.

knead /niːd/ v. ① 揉, 捏(麵、麵包等); 捏合(麵糰) ② 揉, 按摩(肌肉).

knee /niː/ n. ① 膝; 膝蓋; 膝關節 ② (長褲、長襪的)膝部 vt. 用膝蓋碰 **~cap** n. 【解】 膝蓋骨 vt. 槍擊(某人的)膝蓋骨 **~-deep** adj. 深及膝部的, 沒膝的 **~-high** adj. 高到膝部的 **~ jerk, ~ reflex** n. 【醫】膝反射 adj. [貶] (尤指答覆或反應等)無意識的, 不自覺的 **~-up** n. [口] 歡樂的聚會.

kneel /niːl/ vi. (過去式及過去分詞 knelt, **~ed**) 跪下; 跪查(亦作 **~ down**).

knell /nel/ n. ① (喪)鐘聲 ② 凶兆.

knew /njuː/ v. know 的過去式.

knickerbockers /ˈnɪkəˌbɒkəz/ pl. n. (膝下紮起的)燈籠褲.

knickers /ˈnɪkəz/ pl. n. ① [英口] 女裝短襯褲 ② = knickerbockers [美] // **get one's ~ in a twist** [英口] 惱怒; 慌亂.

(k)nick-(k)nack /ˈnɪkˌnæk/ n. 小傢具; 小玩意; 小擺設; 小裝飾品.

knife /naɪf/ n. (pl. knives) (作工具或武器的)有柄小刀 v. (用刀)切, 砍, 戳, 刺; (如利刀般)劈開, 迅速穿過 // **~ edge** ① 刀口, 刀刃 ② 關鍵時刻; 結果(或前途)未卜之際 **under the ~** [口] 在動手術中.

knight /naɪt/ n. ① [英] 爵士 ② (歐洲中世紀的)騎士, 武士 ③ (國際象棋中的)馬 vt. 封…為爵士(或騎士) **~hood** n. ① 騎士(或爵士)資格(或地位、身份) ② 騎士精神, 俠義 ③ (總稱)騎士; 爵士 **~ly** adj. ① 騎士(般)的, 俠義的 ② 由騎士(或爵士)組成的 // **~ errant** (中世紀的)遊俠騎士; 俠客.

knit /nɪt/ v. (過去式及過去分詞 **~, ~ted**) ① 編織, 編結; 針織 ② (使)皺起(眉頭) ③ 接合(折骨等); (使)緊密結合 **~ter** n. 編織(或編結)者; 編織機 **~wear** n. 針織品.

knitting /ˈnɪtɪŋ/ *n.* 編織(物); 針織(品) // ~ **needle** 織針, 毛衣針.

knives /naɪvz/ *n.* knife 的複數.

knob /nɒb/ *n.* ① [門、抽屜的]圓形把手; (收音機、電視機等)旋鈕, 按鈕 ② (樹幹上的)節 ③ (牛油、糖、煤等)小團塊 // **with ~s on** [俚]尤其, 更加; 突出地.

knobbly /ˈnɒblɪ/ *adj.* 有節的; 疙瘩多的.

knock /nɒk/ *v.* ① 敲, 擊, 打 ② 敲掉; 去掉 ③ (使)碰撞 ④ [口]找 — 岔子, (對 …)吹毛求疵 ⑤ (發動機出故障時發出的)砰砰爆響聲 *n.* 敲, 打; 敲打聲 ② (發動機出故障時的)爆擊聲 ③ [口](板球賽的)盤, 局 **~about** *adj.* (指喜劇)庸俗喧鬧的 *n.* 喧鬧的爭論 **~back** *n.* 拒絕 **~down** *adj.* (指價格)非常低廉的 **~knees** *pl. n.* 外翻膝, 八字腳 **~-kneed** *adj.* 膝外翻的 **~-out** *n.* ① (拳擊)打倒(對手)的一擊 ② 淘汰賽 ③ [口]轟動一時的事件; 引人注目的人物 **~-up** *n.* (網球、羽毛球)賽前的熱身活動 // **~ about / around** ① [口]漂泊流浪, 到處漫遊 ② 毆打, 虐待 **~ back** [口]① 大口喝下 ② 花費 ③ 拒絕(接受) **~ down** ① 撞倒, 擊倒; 拆毀 ② [口]壓價 **~ off** ① (從費用、價格中)扣除 ② [口]匆匆做成, 即席創作 ③ [口]中止(工作) ④ [俚]偷竊 **~-on effect** 間接影響, 附帶後果 **~ out** ① 打昏, 使失去知覺 ② 使傾倒, 使震驚 ③ 擊敗而使淘汰 **~ up** ① 趕做, 趕製 ② [口]敲門

喚醒.

knocker /ˈnɒkə/ *n.* ① 門環 ② [口]吹毛求疵的人, 說別人壞話者 ③ (*pl.*) [英俚]婦女乳房 ④ 來訪者.

knoll /nəʊl/ *n.* 圓丘, 土墩.

knot /nɒt/ *n.* ① (線、繩、索等的)結; (裝飾用的)花結, 蝴蝶結 ② (樹木、木材上的)節疤; (動物或人身上的)硬塊; [喻]麻煩事; 難題 ③ 【海】節 (1 節 = 1 浬/小時), 海里 ④ 一小羣, 一小簇 *v.* ① 打結; 成結 ② 打結繫住(或捆綁) **~ty** *adj.* ① 多結的; (樹木、木材)多節的 ② 棘手的; 令人困惑的 **~hole** *n.* 木材上的節孔.

know /nəʊ/ *v.* (過去式 knew 過去分詞 ~n) ① 知道; 懂得 ② 相識, 認識; 認出, 識別 ③ 精通, 熟悉 ④ 體驗; 經歷 **~able** *adj.* 可知的; 可認識的 **~-all, ~-it-all** *n.* [常貶]萬事通; 自以為無所不知者 **~-how** *n.* [口]專門技能; 知識 // **~ one's business** 精明能幹.

knowing /ˈnəʊɪŋ/ *adj.* ① 有見識的; 會意的; 心照不宣的 ② 機敏的, 聰明的; 精明的; 老練的 *n.* 知識; 認識 **~ly** *adv.* 故意地; 心照不宣地 // **There's no ~** … 無法知道….

knowledge /ˈnɒlɪdʒ/ *n.* ① 知識; 學問 ② 知道; 理解 ③ 認識 **~able** *adj.* 有知識的; 淵博的; 有見識的 **~ably** *adv.* // **perceptual / rational ~** 感性/理性認識 **to (the best of) one's ~** 據某人所知.

known /nəʊn/ *v.* know 的過去分

詞 *adj.* 知名的; 已知的.

knuckle /ˈnʌkl/ n. 指關節; (小牛、豬等)膝關節、腳圈; 肘 v. 用指關節敲打 **~-duster** n. (= [美] **brass ~s**) 銅指關節環(套在指關節上以增加打人的力度) **~head** n. [口][貶]笨蛋 // **~ down** 着手認真地幹, 開始努力工作 **~ under** [俗]認輸; 屈服 **near the ~** [口]接近誨淫的, 有點下流的.

KO, k. o. /ˈkeɪ ˈəʊ/ abbr. = knock out [口].

koala /kəʊˈɑːlə/ n. [動](澳洲的無尾)樹熊, 考拉熊.

kohl /kəʊl/ n. 東方婦女用來把眼圈塗黑的一種化妝品.

kohlrabi /ˈkəʊlˈrɑːbɪ/ n. 【植】球莖甘藍.

kook /kuːk/ n. [美]怪人; 狂人; 傻瓜 **~y** adj.

kookaburra /ˈkʊkəˌbʌrə/ n. [鳥](澳洲的)笑鴗(啄魚為食)(亦作 laughing Jackass).

kope(c)k /ˈkəʊpɛk/ n. 戈比(俄羅斯等某些國家的輔幣, 為 1/100 之盧布).

kopje, koppie /ˈkɒpɪ/ n. (南非的)小山丘.

Koran /kɔːˈrɑːn/ n. (the ~)(伊斯蘭教)古蘭經, 可蘭經.

Korean /kɔːˈriːən/ n. 朝鮮語; 朝鮮(族)人 adj. 朝鮮(人、語)的.

kosher /ˈkəʊʃə/ n. ① (指食物符合猶太教教規)清潔可食的; (指飲食店)供應清潔可食食物的 ② [口]真正的; 正當的; 合法的 n. (符合猶太教教規的)清潔食物.

kowtow /ˌkaʊˈtaʊ/ vi. ① 磕頭, 叩首 ② 卑躬屈膝(亦作 kotow).

kph /ˈkeɪ piː ˈeɪtʃ/ abbr. = kilometers per hour.

kraal /krɑːl/ n. ① (南非有柵欄防護的)村莊 ② (南非)牛欄; 羊圈.

kraken /ˈkrɑːkən/ n. (傳說在挪威海出現的)海妖.

K ration /ˈkeɪ ˈræʃən/ n. (美軍的)K 種口糧袋, 應急口糧.

Kremlin /ˈkrɛmlɪn/ n. (莫斯科的)克里姆林宮; 俄國政府; 前蘇聯政府.

krill /krɪl/ n. (pl. ~) 燐蝦.

kris /krɪs/ n. (馬來西亞或印度尼西亞人的)波紋刀刃短劍.

krona /ˈkrəʊnə/ n. (pl. -nor)(瑞典的貨幣單位)克朗.

krone /ˈkrəʊnə/ n. (pl. -ner)(丹麥、挪威的貨幣單位)克朗.

krypton /ˈkrɪptɒn/ n. 【化】氪(化學符號為 Kr).

kudos /ˈkjuːdɒs/ n. [口]榮譽, 名譽; 名聲.

Ku Klux Klan /ˈkuː ˈklʌks ˈklæn/ n. 三 K 黨(因歧視和迫害黑人而臭名昭著的美國秘密白人組織).

kumis(s), koumis(s), koumyss /ˈkuːmɪs/ n. (中亞地區人用馬奶釀成的)乳酒.

kümmel /ˈkymǝl, ˈkʊmǝl/ n. [德](用茴芹籽和蒔蘿調製的)芹香白酒.

kumquat, cum- /ˈkʌmkwɒt/ n. 【植】金橘, 金柑.

kung fu /ˈkʌŋ ˈfuː/ n. [漢]功夫(中國傳統武術).

kw /ˈkeɪ ˈdʌbˌljuː/ abbr. = kilowatt

千瓦.

kwh //keɪ 'dʌbˀl, ju: eɪtʃ/ *abbr.* =

L

L, l /el/ *abbr.* ① large 大號 ②
Latin 拉丁文 ③ lake 湖泊 ④
learner driver 實習駕駛員 ⑤ litre
升 ⑥ left 左 ⑦ line 線 ⑧ L 形之
物.

la(a)ger /ˈlɑːɡə/ *n.* 車陣; 戰車圍成
的防禦陣地.

lab /læb/ *abbr.* = ① ~o(u)r 勞動
② = ~oratory 實驗室.

label /ˈleɪbˀl/ *n.* 標籤; 標記 *v.* ① 貼
上標籤, 打上標記 ② 歸類為, 劃
為.

labia /ˈleɪbɪə/ *n.* 唇, 陰唇 ~l *adj.* 唇
的 *n.* 唇音.

laboratory /ləˈbɒrətərɪ, -trɪ, 美式
ˈlæbrəˌtɔːrɪ/ *n.* (*pl.* **-ries**) 實驗室;
藥廠.

laborious /ləˈbɔːrɪəs/ *adj.* ① 費力
的, 困難的 ② 勤勉的.

labour, 美式 **labor** /ˈleɪbə/ *n.* ① 勞
動; 勞力; 工人 ② 難事; (分娩)
陣痛 *v.* 勞動, 工作 **~ed** *adj.* 費力
的; 吃力的 **~er** *n.* 工人, 勞動者
// **L- Party** [英] 工黨.

Labrador /ˈlæbrəˌdɔː/ *n.* =
~ **retriever** 拉布拉多犬(一種經
過訓練, 能衛回獵物的黃色或黑
色的拾獵).

laburnum /ləˈbɜːnəm/ *n.* 【植】 金
鏈花; 水黃皮; 高山金鏈花.

labyrinth /ˈlæbərɪnθ/ *n.* ① 迷
宮, 曲徑 ② 難辦的事 **~ine** *adj.*
① 迷宮般的; 錯綜複雜的 ② 費
解的.

lace /leɪs/ *n.* ① 花邊 ② 繫帶; 繫
鞋帶; 編織帶 *v.* ① 用帶繫, 穿帶
子 ② 編織 ③ (在食品、飲料中)
加入一些烈酒或藥物 **lacy** *adj.*
花邊(狀)的 **~-ups** *n.* 繫帶鞋.

lacerate /ˈlæsəˌreɪt/ *v.* 劃破; 傷害;
折磨; 使痛苦 **laceration** *n.* 傷口.

lachrymal /ˈlækrɪməl/ *adj.* 淚的,
淚腺的 **lachrymatory** *adj.* 催淚的
lachrymose *adj.* 悲哀的, 愛流淚的.

lack /læk/ *adj.* 不足的, 缺乏的 *v.*
① 缺少, 短缺 ② 需要 **~ing** *n.*

lackadaisical /ˌlækəˈdeɪzɪkˀl/ *adj.*
懶洋洋的; 無精打采的.

lacker /ˈlækə/ *n.* = lacquer.

lackey /ˈlækɪ/ *n.* 僕從; 走狗 *v.* 侍
候, 奉承.

lacklustre, 美式 **-er** /ˈlækˌlʌstə/ *adj.*
① 無光澤的, 沒光彩的 ② 晦澀
的.

laconic /ləˈkɒnɪk/ *or* laconical *adj.*
(語言)簡練的 **~ally** *adv.* **~ism** *n.*

lacquer /ˈlækə/ *n.* ① 真漆, 噴漆
② 漆器 *v.* 噴漆, 塗漆 **~er** *n.* 漆
匠.

lacrosse /ləˈkrɒs/ *n.* 【體】 長柄曲
棍球.

lactate /lækˈteɪt/ v. & n. 泌乳, 哺乳.
lacteal adj. 乳的, 乳汁的, 乳狀的.

lactic /ˈlæktɪk/ adj. 【化】乳的, 乳汁的 // ~ gland 乳腺 • acid 乳酸.

lactose /ˈlæktəʊs, -təʊz/ n. = milk sugar【化】乳糖 lactobacillus n. 乳酸桿菌.

lacuna /ləˈkjuːnə/ n. (pl. -nae, -nas) ① 空隙; 空白 ② 脱漏.

lad /læd/ n. 少年, 年輕人, 小伙子.

ladder /ˈlædə/ n. 梯子, 階梯 v. ① (襪子)抽絲 ② 成名.

laden /ˈleɪdn/ adj. ① 裝着貨的 ② 結碩果的 ③ 負重擔的 // ~ with 充滿.

lading /ˈleɪdɪŋ/ n. 裝貨, 裝載 // bill of ~ 提單, 提貨單.

ladle /ˈleɪdl/ n. 長柄勺 v. ① (用勺)舀, 盛 ② 提供.

lady /ˈleɪdɪ/ n. (pl. -dies) 女士, 夫人; 小姐; 貴婦; 淑女 ~bird, ~bug 瓢蟲 ~-killer n. 勾引女子的老手 ~like adj. 貴婦樣的; 女人腔的 -ship n. 夫人, 貴婦人身份 ~-in-waiting (英)宮廷待女.

lag /læg/ v. (過去式及過去分詞 ~ged 現在分詞 ~ging) 走得慢; 落伍; 延遲; 變弱; 落後於 n. [俚]因犯.

lager /ˈlɑːgə/ n. 貯藏啤酒(存放數月之淡啤酒).

laggard /ˈlægəd/ adj. 落後的, 遲緩的 n. 落後者, 遲鈍的人.

lagoon /ləˈguːn/ n. 鹹水湖; 瀉湖; 廢水池.

laid /leɪd/ v. lay 之過去分詞 ~-back adj. 放鬆的, 鬆懈的 ~-off

adj. 被解僱的.

lain /leɪn/ v. lie 之過去分詞.

lair /leə/ n. 獸穴棲息處 v. 進窟.

laird /leəd, lerd/ n. [蘇格蘭](尤指較富裕的)地主.

laissez faire /ˌleseɪ ˈfeə, lese fer/ n. 自由主義, 放任主義 adj. 政府放任, 不管的.

laity /ˈleɪtɪ/ n. 俗人(區別於僧侶); 門外漢.

lake /leɪk/ n. ① 湖 ② 深紅色染料 ~let n. 小湖 ~side n. 湖邊.

lam /læm/ vt. 敲打, 鞭打 vi. 犯罪後突然潛逃.

lama /ˈlɑːmə/ n. 喇嘛(蒙古、中國西藏藏傳佛教僧侶).

lamasery /ˈlɑːməsərɪ/ n. 喇嘛寺.

lamb /læm/ n. ① 羔羊; 羊肉 ② 溫和的人 ③ 聽話的乖孩子 v. 產羊羔 ~ing n. 母羊產羔 ~skin n. 小羊皮 // ~'s wool 羊仔毛.

lambast /læmˈbæst/ v. or ~e n. [俚] ① 猛烈抨擊 ② 嚴厲責罵.

lambency /ˈlæmbənsɪ/ n. 閃爍; 柔光; 巧妙 lambent adj. (光、火焰)輕輕搖曳, 閃爍的, 發亮的; 輕巧的.

lame /leɪm/ adj. 跛的, 殘廢的, 癱拐的; 整腳的 v. 使跛足 n. 金銀線織物.

lamé /ˈlɑːmeɪ/ n. (絲、毛、棉和金線、銀線的)交織錦緞.

lament /ləˈment/ v. 悲歎, 哀悼; 傷心 n. 哀悼; 慟哭; 悼詞 ~able adj. 可悲的 ~ation n.

lamina /ˈlæmɪnə/ n. (pl. -nae, -nas) 薄片; 迭層; 薄板 ~te vt. 壓切成薄板(或片), 用薄板覆蓋 ~ted adj. 由薄板迭成 // **~ted wood** 膠合板.

Lammas /ˈlæməs/ n. ① (天主教 8 月 1 日)聖彼得脫難紀念日 ② 收穫節.

lamp /læmp/ n. 燈, 燈泡; 光 **~black** n. 油煙 **~less** adj. 無燈的 **~post** n. 燈柱, 燈桿 **~shade** n. 燈罩 **~wick** n. 燈芯 // **~ stand** 燈台, 燈座.

lampoon /læmˈpuːn/ n. 諷刺文(或詩) v. 寫諷刺文; 諷刺 **~er, ~ist** n. 諷刺作家.

lamster /ˈlæmstə/ n. [美俚]逃亡者, 潛逃者, 逃犯, 逃兵.

lance /lɑːns/ n. 標槍, 長矛, 捕鯨槍, 柳葉刀 vt. 用矛刺穿, 用刀割開, 投擲 vi. 急速前進 **~r** n. ① 持槍者 ② 槍騎兵 // **~ corporal** (英陸軍代理)下士; 一等兵.

lancet /ˈlɑːnsɪt/ n. [醫] ① 刺血針, 柳葉刀, 口針 ② [建] 矛尖狀裝飾, 尖拱(窗).

land /lænd/ n. ① 陸地, 地面 ② 土地, 農田 ③ 國土, 國家 ④ 地方, 地帶, 境界 vi. 登陸; 着陸; 降落 **~ed** adj. 有土地的; 地產的; 上了岸的 **~er** n. 司磅工人; 把鈎工人, (太空)着陸器; (輸送金屬)斜槽 **~holder** n. 土地佔有人; 地主 **~lady** n. 女房東 **~law** n. 土地法 **~less** adj. 無土地的 **~lord** n. 地主, 房東, 店主 **~lubber** n. 下不了海的人 **~mark** n. 地標 **~slide**, **~slip** n. ① 山崩, 塌方; 泥石流 ② 大勝利 **~tax** n. 土地税 **~wash** n. 海浪沖岸 **~way** n. 陸路(交通

~wards adj. & adv. 朝向陸地的(的) // **~ agency** 地產代理 **~ bank** 地產銀行 **~ carriage** 陸運 **~ forces** 陸軍 **~mine** 地雷 **~ reform** 土地改革 **~ waiter** 海關人員.

landau /ˈlændɔ:/ n. 舊式摺疊式敞篷汽車; 四輪敞篷馬車.

landfall /ˈlændˌfɔ:l/ n. 航程中最初的登陸(或着陸).

landing /ˈlændɪŋ/ n. 登陸, 降落, 着陸; 下車; 樓梯平台 // **~ card** 着陸入境卡 **~ craft** 登陸艇 **~ field** 着陸地, 機場 **~ force** 陸戰隊 **~ ship tank** 坦克登陸艇 **~ stage** 躉船, 棧橋, 浮碼頭 **~ strip** 飛機起落跑道.

landlocked /ˈlændˌlɒkt/ n. [地] 陸圍的.

landlord /ˈlændˌlɔ:d/ n. ① 地主 ② 房東.

landlubber /ˈlændˌlʌbə/ n. (水手用語)旱鴨子(指不善於航海的人).

landmark /ˈlændˌmɑːk/ n. (明顯的)陸標; 地標.

landscape /ˈlændˌskeɪp/ n. 風景, 景緻, 景觀 // **~ gardening** 園藝 **~ painting** 風景畫.

landslide /ˈlændˌslaɪd/ n. 山崩, 塌方.

lane /leɪn/ n. 小巷, 窄道, 航道, 通道, 車道, 跑道; 泳池中分道.

language /ˈlæŋgwɪdʒ/ n. 語言, 語調, 措辭; 言語 // **~ engineering** 電腦語言.

languet /ˈlæŋgwɛt/ n. 舌狀物.

languid /ˈlæŋgwɪd/ adj. 怠倦的; 陰沉的, 無精打采的; 不興旺, 不活潑的, 緩慢的 languish vi. 衰弱,

疲倦; 凋萎; 煩惱, 焦慮; 渴望; 憔悴, 潦倒; 含情脈脈.

languor /ˈlæŋgə/ n. 衰弱無力, 消沉; 柔情; 倦怠, 沉悶.

lank /læŋk/ adj. 瘦的, 細長的; (頭髮)平直稀疏的 ~y adj. 瘦長的, 細長的.

lanolin /ˈlænəlɪn/ n. or ~e n. 羊毛脂.

lantern /ˈlæntən/ n. 燈籠, 提燈; 街燈 // ~ fly 白蠟蟲 ~ slide 幻燈.

lanthanum /ˈlænθənəm/ n.【化】鑭(銀白色).

lanyard, -iard /ˈlænjəd/ n. 拉火繩, 短繩; 勳章.

Laos /laʊz, laʊs/ n. 老撾 Laotian n. 老撾人, 寮人; 老撾語.

lap /læp/ n. (人坐着時的)腰以下到膝的部份, 大腿前部; 衣服下襬, 裙兜; (跑道之)一圈, 重疊部份, 搭接 vt. 摺疊; 舐; 拍打; 被包住, 圍起 ~ful adj. 滿兜 ~top n. 手提電腦 // ~ belt, ~ strap 安全帶 ~ dog 寵物狗, 叭兒狗 ~ joint 搭接縫 ~ up 舐光, 喝光; 欣然接受.

lapel /ləˈpel/ n. (常用複)翻領.

lapidary /ˈlæpɪdərɪ/ n. 玉石; 寶石工藝; 寶石商 adj. 玉石雕刻的; 簡潔優雅的.

lapis lazuli /ˈlæpɪs ˈlæzjʊˌlaɪ/ n. 天青石; 青金石.

Lapp /læp/ n. (分佈在斯堪的納維亞北部的)拉普人(語).

lapse /læps/ n. (時間的)消逝, 推移; 緩流; 過失, 小錯誤; 行為失檢;【律】消失, 喪失; 偏離(正道). 墮落.

lapwing /ˈlæpˌwɪŋ/ n.【動】田鳧, 鳳頭麥雞.

larboard /ˈlɑːbəd/ n. 左舷(現在一般用port) adj. 左舷的.

larceny /ˈlɑːsɪnɪ/ n.【律】盜竊罪; 非法侵佔財產.

larch /lɑːtʃ/ n. 落葉松; 落葉松木材.

lard /lɑːd/ n. 豬油 vt. 塗上豬油; 潤色, 點綴 ~er n. 肉櫃, 肉庫 ~y adj. 含豬油的, 塗豬油的; 裝模作樣的.

large /lɑːdʒ/ adj. ① 大的, 巨大的 ② 廣博的 ③ 自由奔放的; 奔放的 ~ness n. ~-handed adj. 大手大腳的, 慷慨大方的 ~-minded adj. 大度的, 寬容的 ~-scale adj. 大規模的 // ~ tonnage product 大量產品 at ~ 自由, 在逃, 逍遙法外; 自在地; 籠統地, 無的放矢; 無任所的 ~-intestine 大腸.

largely /ˈlɑːdʒlɪ/ adv. 大量地; 主要地; 慷慨地.

largess(e) /lɑːˈdʒes/ n. 賞賜, 慷慨贈予 // ~ cry 討賞錢.

largo /ˈlɑːgəʊ/ adj. & adv.【音】緩慢的(地), 莊嚴的(地) n.【音】廣板; 緩慢曲.

lariat /ˈlærɪət/ n. ① (拴住吃草馬匹等用的)繫繩 ② 套馬用的套索.

lark /lɑːk/ n. 雲雀, 百靈鳥; [俗] 嬉戲 v. ① 嬉耍, 鬧着玩, 取笑 ② (騎馬)跳越; 玩樂.

larva /ˈlɑːvə/ pl. (pl. -vae) 幼蟲, 幼體, 蛹 ~l adj. 幼蟲的 larvicide n. 殺幼蟲劑.

larynx /ˈlærɪŋks/ n. (pl. larynges)

喉嚨, 氣管口.

lasagne, -gna /lə'zænjə, -'sæn-/ n. 意大利千層麵.

lascar /'læskə/ n. 東印度水手; 東印軍勤務員; 東印度炮兵.

lascivious /lə'sɪvɪəs/ adj. 好色的; 浪蕩的; 色情的 **-ly** adv.

laser /'leɪzə/ n. 激光, 鐳射(器) (light amplification by stimulated emission of radiation 之略) // **~ printer** 鐳射打印機.

lash /læʃ/ n. ① 鞭上之皮條 ② 責罵 ③ 眼睫毛 ④ 申訴 ⑤ 譏河嘲, 蓄水池 v. 鞭笞; 痛斥; 用繩捆綁 **-ings** n. 許多, 大量 **-er** n. 鞭打者; 責罵者.

lass /læs/ n. or **-ie** n. 少女, 小女孩; 情侶.

lassitude /'læsɪtjuːd/ n. 疲倦, 無精打采.

lasso /læ'suː, 'læsəʊ/ n. 套索 v. 以套索捕捉.

last /lɑːst/ adj. 最後的, 臨終的; 最近的 adv. 最後, 上一次 vi. 延續, 維持 **-ly** adv. // **L- Supper** 最後的晚餐(達文西名畫) **~ of all** 最後 **the L- Day** 世界末日; 最後審判日.

lasting /'lɑːstɪŋ/ adj. 耐久的; 永遠的; 持久的.

lat. /læt/ **lætɪtjuːd/** abbr. = ① Latin ② latitude.

latch /lætʃ/ n. 門插銷, 閂, 彈簧鎖 v. 閂上, 插上插銷(或用碰鎖鎖上); [喻]抓住; 理解.

late /leɪt/ adj. (比較級 **-r** 最高級 **-st**) 遲的, 晚的; 晚期的; 新近的, 已故的; 前任的 adv. 晚, 遲

近來 **-ly** adv. 近來, 最近 **-r** adj. 較遲的 **latish** adj. 稍遲的, 稍晚的 // **~ adopter** 對新產品、新技術、新思想接受得較晚的 **~ availability** 飛機起飛前買到便宜機票的機會.

latency n. 潛伏, 潛在 **latent** adj.

lateral /'lætərəl/ adj. 側面的, 橫向的 **-ly** adv.

latex /'leɪteks/ n. 乳液, 膠乳.

lath /lɑːθ/ n. 板條, 板樁 **-er** n. 釘板條工人 // **~ house** 遮光育苗室.

lathe /leɪð/ n. 車床, 旋床.

lather /'lɑːðə, 'læ-/ n. ① 肥皂泡沫 ② (馬的)汗沫, [喻]激動, 焦躁 v. 塗以皂沫.

Latin /'lætɪn/ n. 拉丁語; 拉丁人 adj. 拉丁語的, 拉丁的 // **~ America** 拉丁美洲 **~ American** 拉丁美洲人, 拉丁美洲的.

latitude /'lætɪtjuːd/ n. 緯度; 地域.

latitudinarian /ˌlætɪˌtjuːdɪ'neərɪən/ n. 尤指在宗教方面寬宏大量的人.

latrine /lə'triːn/ n. (軍營中溝形)廁所, 公共廁所, 茅坑.

latter /'lætə/ n. (兩者中)後者 **--day** adj. 近來的, 現代的.

lattice /'lætɪs/ n. 格子; 網格 // **~ window** 格子窗.

laud /lɔːd/ v. & n. (文學)讚美, 讚揚 **-able** adj. 值得稱讚的, 可稱讚的 **-ably** adv. **-ation** n. 稱讚.

laudanum /'lɔːdənəm/ n. 鴉片酊.

laugh /lɑːf/ n. 笑; 笑聲 v. 笑, 嘲笑; 發笑 **-able** adj. 可笑的 **-ter** n. 笑; 笑聲 // **~ away** 付之一笑,

笑而不理 ~ **in one's sleeve** 暗自發笑 ~ **off** 嗤之以鼻; 一笑置之 ~ **out** 哄笑.

laughing /ˈlɑːfɪŋ/ *adj.* 笑的, 可笑的 ~**stock** *n.* 笑柄 // ~ **gas** 笑氣.

launch /lɔːntʃ/ *v.* ① 發射, 投擲 ② 使(船)下水 ③ 發動(戰爭) ④ 開展(運動或比賽) ⑤ 發起, 創辦 *n.* 下水典禮; 汽艇 // ~**ing pad** (火箭)發射台 ~ **window** 發射時限.

launder /ˈlɔːndə/ *v.* 洗燙(衣服) ~**er** *n.* 洗衣工 **laundry** *n.* 洗衣店, 洗衣業 ~**man** *n.* 洗衣男工 ~**woman** *n.* 洗衣女工.

laureate /ˈlɔːrɪət/ *adj.* 桂冠, 戴桂冠的; 卓越的 // **the Poet L-** 桂冠詩人.

laurel /ˈlɒrəl/ *n.* 月桂樹, 桂冠; 光榮, 榮譽.

lav /læv/ *abbr.* = ~**atory**.

lava /ˈlɑːvə/ *n.* 熔岩, 岩漿.

lavatory /ˈlævətərɪ, -trɪ/ *n.* 衛生間; 廁所; 洗手間.

lave /leɪv/ *v.* [詩]洗, (波浪)沖刷 ~**ment** *n.* 【醫】灌洗.

lavender /ˈlævəndə/ *n.* ①【植】薰衣草 ② 淡紫色.

lavish /ˈlævɪʃ/ *vt.* 浪費; 慷慨給予 *adj.* 浪費; 過份慷慨大方, 過多的 ~**ly** *adv.*

law /lɔː/ *n.* 【律】法律, 法令, 定律; 法則, 規律, 法治; 司法界, 法學 ~**abiding** *adj.* 守法的 ~**breaker** *n.* 犯法者 ~**ful** *adj.* 合法的, 法定的 ~**maker** *n.* 立法者 ~**suit** *n.* 訴訟案 // ~ **court** 法院, 法庭 ~ **office** 律師事務所.

lawn /lɔːn/ *n.* ① 草坪, 草地 ② 上等細麻布 // ~ **mower** 割草機.

lawyer /ˈlɔːjə; ˈleɪ, ʌ/ *n.* 律師; 法律專家.

lax /læks/ *adj.* 鬆懈的, 鬆弛的; 通便的, 腹瀉的; 馬虎的, 不嚴格的 ~**ation** *n.* 鬆弛, 放鬆 ~**ative** *adj.* 通便的, 輕度瀉的; 放肆的 *n.* 輕瀉劑 *n.* 輕瀉; 鬆弛, 疏忽.

lay /leɪ/ *vt.* (過去式及過去分詞 laid) ① 放, 擱 ② 把…壓平 ③ 擺, 排, 鋪設, 敷設 ④ 砌(磚等) ⑤ 塗 ⑥ 佈置, 安排; 擬定(計劃) ⑦ 提出(問題、主張、要求) ⑧ 平息, 消除(顧慮), 驅除(鬼魔、怪) ⑨ 下(蛋); (飛機)投彈帶 ⑩ 放(煙霧彈) ⑪ 歸罪於… ⑫ 打賭 ⑬ 埋葬 *n.* 位置; 方向, 地理形勢; 下蛋 *adj.* 外行的 ~**about** *n.* 流浪漢 ~**by** *n.* 停車場, 貯藏 ~**figure** *n.* 人體活動模型 ~**man** *n.* 凡夫俗子, 外行, 門外漢 ~**off** *n.* [美]解僱; 停工期間 ~**out** *n.* 設計, 安排, 佈局; 情況 ~ **aside** 擱置一邊 ~ **down** 放下, 使躺下, 獻出(生命) ~ **in** 累積, 儲存 ~ **off** 下崗 ~ **out** 攤擺, 展示 ~ **the table** 擺桌設宴 ~ **up** (球)上籃; 切入籃 ~ **waste** 破壞; 使荒廢.

layer /ˈleɪə/ *n.* 層; 階層; 地層; 鋪設者 **brick**~ *n.* 砌磚工, 泥瓦匠; 【建】壓枝; 壓條 *v.* 分層, 壓枝培植.

layette /leɪˈet/ *n.* [法]嬰兒(全套)用品.

laze /leɪz/ *n. & v.* 懶散; 混日子 **laxiness** *n.* 懶惰; 怠惰 **lazily** *adv.*

懶洋洋地; 偷懶地.

lazy /ˈleɪzɪ/ adj. 懶惰的, 懶散的, 不愛工作的; 慢吞吞的; 無精打采的 ~**bones** n. 懶骨頭 // L- Susan 餐桌上的旋轉盤 ~ **tongs** 用以鉗東西之伸縮鉗; 惰鉗.

lb. abbr. = pound(s) 磅.

lea /liː/ n. [詩]草地, 草原; [紡]縷, 小紋.

leach /liːtʃ/ vt. (液體)瀝濾, 用水漂濾 n. 濾灰, 濾汁.

lead[1] /lɛd/ n. ① 鉛 ② 測錘 ③ 鉛綫 ④ 鉛筆芯 ⑤ 子彈 ~**en** adj. 沉重的; 沉悶的.

lead[2] /liːd/ v. (過去式及過去分詞 led) 領導, 率領, 指揮, 領先; 主持; 引導; 帶領; 過(生活) n. 領導, 帶頭, 領先; 主角, 首位; 管道; 導綫; 牽狗繩 ~**er** n. 領導人, 領袖, 指揮 ~**ership** n. 領導, 領導能力 ~**ing** n. 領導, 指揮; 引導 adj. 主要的, 主導的.

leaf /liːf/ n. (pl. leaves) 葉子, (書)頁; 門(窗), 薄金屬片 ~**less** adj. 無葉的 ~**let** n. 小葉, 葉片; 傳單, 散葉印刷品 ~**y** adj. 多葉的, 枝葉茂盛的 // ~ **bud** 葉芽 ~ **fat** 板油 ~ **mould** 腐殖土 ~ **spring** 彈簧板(或片) ~ **stalk** 葉柄 ~ **through** 粗看, 略看, 翻書一遍但並不注意看.

league /liːg/ n. ① 聯盟; 同盟 ② 里格(舊時長度單位, 約 3 英里或 4.8 公里).

leak /liːk/ n. 漏洞, 漏水(或電) vi. 漏, 泄漏 ~**age** n. 漏, 漏出; 泄漏, 漏出量 ~**y** adj. 漏的, 有漏洞的;

易泄露秘密的, 小便失禁的.

lean /liːn/ v. (過去式及過去分詞 ~ed, ~t) 傾斜; 傾向; 傾的; 屈身 adj. 瘦的; 貧困的 ~**ing** adj. 傾斜的 // Leaning Tower of Pisa 比薩斜塔.

leap /liːp/ v. (過去式及過去分詞 ~t, ~ed) n. & v. 跳躍, 飛躍, 迅速行動, 躍進 // ~ **year** 閏年.

learn /lɜːn/ vt. (過去式及過去分詞 ~ed, ~t) 學; 學到, 學會, 習學, 知道, 得知, 聽說 ~**ed** adj. 有學問的 ~**er** n. 學者; 初學者, 練習者 ~**ing** n. 學, 學問, 學識, 知識.

lease /liːs/ vt. 出租; 租得, 租借 n. 租約, 租契, 租借期限.

leash /liːʃ/ n. (繫狗的)皮帶, 皮條; 吊索; 束縛; 控制.

least /liːst/ adj. (little的最高級) 最小的, 最少, 最不重要的 // at ~ 至少, 起碼 **not in the** ~ 一點也不.

leather /ˈlɛðə/ n. 皮革, 皮革製品 ~**n** adj. 皮革的, 皮革製的 ~**head** n. 笨蛋 ~**jacket** n. 大蚊幼蟲 ~**y** adj. 似皮革, 堅韌的 // American ~ 油布.

leave /liːv/ v. (過去式及過去分詞 left) ① 離開, 脫離 ② 忘… 留下, 剩下 French ~ 不告而別 ~ **about** 亂放 ~ **alone** 不管, 不理會 ~ **behind** 留下; 忘帶 ~ **out** 省去 **on** ~ 休假.

leaven /ˈlɛvᵊn/ n. 酵母 v. 發酵; 醞釀.

lecher /ˈlɛtʃə/ n. 淫棍, 好色之徒 ~**ous** adj. 淫蕩的, 好色的 ~**y** n. 色慾, 好色, 淫蕩.

lectern /ˈlɛktən/ *n.* 讀經台, 小講台.

lecture /ˈlɛktʃə/ *n.* 演講; 講義; 講話; 上課; 教訓 ~**r** *n.* 講師, 老師, 演講者.

led /lɛd/ *v.* lead 之過去式及過去分詞 *adj.* 受指導的, 被牽着走的 // ~ **captain** 善於拍馬屁的人.

ledge /lɛdʒ/ *n.* 壁架, 岩架, 暗礁.

ledger /ˈlɛdʒə/ *n.* 總賬; 分類賬; 底賬; (腳手架)橫木 // ~ **bait** 底餌 ~ **board** 【建】托架橫木, 板條; 扶手.

lee /liː/ *n.* 下風, 背風的, 庇護所, 避風處 ~**ward** *adj. & n.* 下風(的), 背風(的) ~**way** *n.* 餘地.

leech /liːtʃ/ *n.* 【動】水蛭; 吸血鬼 *v.* 榨取乾淨, 吸盡血汗.

leek /liːk/ *n.* 韮菜, 青蒜.

leer /lɪə/ *n.* 斜眼一瞥; 秋波, 斜睨 *v.* 瞟, 斜眼睨; 送秋波; 【化】退火爐.

leery, lea- /ˈlɪərɪ/ *adj.* 機警的; 狡猾的; 留神的; 猜疑的.

lees /liːz/ *n.* 渣糟, 糟粕; 沉積物; 酒糟.

left /lɛft/ *adj.* 左邊, 左的 *v.* leave 之過去式和過去分詞 ~**click** *v.* 【計】按滑鼠左鍵 ~**handed** *adj.* 左撇的, 慣用左手的 ~**ist** *n.* 左派 ~**over** *n.* 剩菜剩飯 ~**wing** *n.* 左翼.

leg /lɛg/ *n.* 腿; 支撑柱; 褲腳管; 襪筒 ~**gy** *adj.* 細長腿的(亦作long-~**ged**) ~**less** *adj.* 無腿的 ~**man** *n.* 採訪記者 ~**-pull** *n.* 欺騙 ~**show** *n.* 露大腿節目 ~**work** *n.* 跑腿的差使.

legacy /ˈlɛgəsɪ/ *n.* 遺產, 遺物 // ~ **hunter** 為得遺產而奉承者.

legal /ˈliːgl/ *adj.* 法律的; 合法的 ~**ism** *n.* 文牘主義; 墨守成規 ~**istic** *vt.* 法律認可, 使合法, 合法化 // ~ **aid** 法律援助.

legate /ˈlɛgɪt/ *vt.* 作為遺產而讓與 *n.* 羅馬教皇使節; 使節 ~**e** *n.* 遺產繼承人 legation *n.* 公使館.

legato /lɪˈgɑːtəʊ/ *adv.* 【音】連唱地; 連奏地.

legend /ˈlɛdʒənd/ *n.* 傳說, 神話, 題跋; 地圖圖例 ~**ary** *adj.* 傳說的, 傳奇式的 ~**ry** *n.* 傳說集.

legerdemain /ˌlɛdʒədəˈmeɪn/ *n.* 戲法; 騙術, 花招; 手法.

leger line /ˈlɛdʒə/ *n.* = ledger line 【音】加線 (五線譜上加線).

legging /ˈlɛgɪŋ/ *n.* 綁腿(布); 細腿毛線褲.

legible /ˈlɛdʒəbl/ *adj.* 字跡清楚的; 易讀的 legibility *n.*

legion /ˈliːdʒən/ *n.* 軍團, 大批軍隊; 眾多; 大批; 無數.

legislate /ˈlɛdʒɪsleɪt/ *v.* 立法, 制定法律 legislation *n.* 立法, 法規 legislative *adj.* 立法的; 有立法權的 legislator 立法者 *n.* legislature *n.* 立法機關.

legitimate /ləˈdʒɪtəmət/ *adj.* 合法的; 守法的; 正常的; 正統的; 嫡出的.

Leghorn /ˈlɛgˌhɔːn/ *n.* 來亨(意大利地名) *n.* 力康雞, 來亨雞.

Lego /ˈlɛgəʊ/ *n.* 塑膠積木.

leguaan /ˈlɛgjʊən, lɛgəˈɑːn/ *n.* = leguan 【動】南非鬣鱗蜥.

legume /ˈlɛgjuːm, lɪˈgjuːm/ *n.* (pl.

legumina) 豆莢; 豆科植物.

lei /leɪ/ n. 夏威夷人戴在頸上之花環.

Leipzig /ˈlaɪpsɪg, ˈlaɪptsɪç/ n. (德國) 萊比錫.

leisure /ˈlɛʒə, ˈliːʒər/ n. [美]空閒, 悠閒, 安逸 ~**ly** adj. 悠閒的, 從容不迫的 adv. 悠閒地, 從容不迫地 // ~ **centre** 消遣娛樂中心.

leitmotif, -tiv /ˈlaɪtməʊˌtiːf/ n. [德] ①【音】主導主題 ② 主旨.

lemming /ˈlɛmɪŋ/ n. 【動】旅鼠.

lemon /ˈlɛmən/ n. 檸檬, 檸檬色 ~**ade** n. 檸檬汽水 (亦作 ~ **squash**) // ~ **curd** 檸檬酪 ~ **drop** 檸檬糖.

lend /lɛnd/ v. (過去式及過去分詞 lent) vt. 借, 貸(款), 出租 ~**er** n. 出借人 ~**ing** n. 出租, 出借 // ~ **a hand** 幫個忙 ~**ing library** 借書處, 收費圖書館.

length /lɛŋkθ, lɛŋθ/ n. 長度, 長, 一根, 一股(線) ~**en** vt. 延長, 伸長, 拉長 ~**y** adj. 冗長的, 漫長的, 囉嗦的 // **at** ~ 詳盡地, 最終, 終於.

lenient /ˈliːnɪənt/ adj. 寬大的, 仁慈的 **lenience, leniency** n. 寬大, 憐憫 **lenity** n. (pl. **-ties**) 寬大, 慈悲; 寬大處理.

lens /lɛnz/ n. (pl. **-es**) n. 透鏡; 凸凹透鏡; (相機)鏡頭 ~**man** n. (pl. **-men**) 攝影師 // ~ **louse** [俚]搶鏡頭的人.

Lent /lɛnt/ n. 【宗】大齋節(指復活節前為期 40 天的齋戒及懺悔, 以紀念耶穌在荒野禁食).

lentil /ˈlɛntɪl/ n. 小扁豆.

lento /ˈlɛntəʊ/ adj. & adv. [意] ①【音】緩慢的(地) ②【語】(發音時)慢速的(地).

Leonardo da Vinci /ˌliːəˈnɑːdəʊ dəˈvɪntʃi/ n. 達文西(意大利美術家及科學家).

leonine /ˈliːəˌnaɪn/ adj. 獅子般的.

leopard /ˈlɛpəd/ n. 豹 **American** ~ n. 美洲豹 (亦作 jaguar) ~ **spot** n. 豹斑區域(停火時交戰雙方各自佔領的交互區域) ~**ess** n. 母豹.

leotard /ˈliːəˌtɑːd/ n. (雜技、舞蹈等演員穿的)緊身連衣褲.

leper /ˈlɛpə/ n. 痲瘋病人 **leprosy** n. 痲瘋症 **leprous** adj.

leprechaun /ˈlɛprəˌkɔːn/ n. (愛爾蘭民間傳說中狀如矮小老人的調皮)小精靈.

lesbian /ˈlɛzbɪən/ n. & adj. (女)同性戀愛者, 女同性戀的 // ~ **love** 女同性戀.

lese-majesty /ˈliːzˈmædʒɪstɪ/ n.【律】叛逆罪, 欺君罪, 大逆不道.

lesion /ˈliːʒən/ n. 損傷, 損害 vt. 對⋯造成損害.

less /lɛs/ adv. & prep. (little 之比較級) adj. 較小, 較少, 更少(或小) ~**en** v. 使小, 變小, 減少 ~**er** n. 更小, 更次 // **more or** ~ 或多或少.

lessee /lɛˈsiː/ n.【律】承租人, 租戶 **lessor** n. 出租人.

lesson /ˈlɛsn/ n. 功課, 一節課, 一課; 教訓, 懲戒.

lest /lɛst/ conj. 唯恐; 免得.

let /lɛt/ vt. 讓, 容許, 使; 出租, 放 n. ① 網球觸網重發 ② 房可租出 // ~ **alone** 不管, 更不用說 ~ **down** 放下; 使人失望; 辜負

~ **go** 放開, 釋放 ~ **loose** 放掉, 放任 ~'s = ~ us.

lethal /'li:θəl/ adj. 致命的; 殺傷性的; (= ~ gene) 致死基因 ~ity n. 致命性; 殺傷力; 致命率 ~ly adv.

lethargic /lɪˈθɑːdʒɪk/ adj. 昏睡的, 嗜睡的, 無氣力的 lethargy n. 嗜睡症, 無生氣.

letter /'letə/ n. 字母, 文字; 書信 ~s pl. n. 文學; 學問.

lettuce /'letɪs/ n. 【植】生菜; [美俚] 鈔票.

leucocyte, 美式 -kocyte /'lu:kə,saɪt/ n. 白血球, 白細胞 leuk(a)emia n. 白血病.

levee /'levɪ/ n. 早朝; 接見; 總統招待會; 沖積堤 vt. 築堤.

level /'lev°l/ n. 水平(線); 水平儀; 水準; 水位, 等級, 階層 adj. 水平的; 平穩的; 平坦的 vt. 弄平坦, 平整, 使成水平; 拉平; 瞄準; 夷平.

lever /'li:və/ n. 桿; 槓桿 v. 用槓桿撬動; 移動; 槓桿操縱 ~age n. 槓桿作用; 槓桿率; 力量; 影響.

leveret /'levərɛt, -vrɪt/ n. 未滿歲的小兔.

leviathan /lɪˈvaɪəθən/ n. 海中怪獸; 巨型遠洋輪; 大海獸; 龐然大物; 集權國家, 極權主義國家; 有財有勢的人.

Levi's /'li:vaɪz/ n. 牛仔褲之商標名.

levitation /,levɪ'teɪʃ°n/ n. 懸浮, 升飄空中, 飄浮 levitate n. (行為舉止)輕浮, 輕飄.

levy /'levɪ/ v. & n. 徵收, 徵集; 強索, 扣押徵用, 徵稅; 派款.

lewd /lu:d/ adj. 淫穢的, 好色的, 淫蕩的 ~ly adv. ~ness n.

lexicon /'leksɪkən/ n. 詞典, 字典; 特殊詞彙, 專門詞彙 lexicology n. 詞彙學 lexicographer n. 詞典編纂者 lexicography n. 詞典學, 詞典編纂法.

ley /leɪ, li:/ n. 牧草地; 暫作牧場的可耕地.

LGV abbr. 大型貨車(Large Goods Vehicle 之略).

liable /'laɪəb°l/ adj. 應負(法律)責任的, 有義務的; 傾向性的; 應受, 應付的 liability n.

liaise /lɪ'eɪz/ v. 建立聯絡關係; 聯絡 liaison n. 聯絡; 連續.

liana /lɪ'ɑ:nə/or liane /lɪ'ɑ:n/ n. 藤本植物.

liar /laɪə/ n. 說謊的人.

lib /lɪb/ abbr. = ~eration.

libation /laɪ'beɪʃən/ n. 奠酒, 祭奠用的酒; 飲酒.

libel /'laɪb°l/ n. 誹謗文; 誹謗罪; 侮辱 v. 誹謗.

liberal /'lɪbərəl, 'lɪbrəl/ adj. 自由的, 不受束縛的; 慷慨大方的; 豐盛的; 開明的; 自由隨便的 ~ity n. 寬大; 公正; 豪爽, 大方, 氣量大; 磊落; 思想開明 ~ism 自由主義.

liberate /'lɪbə,reɪt/ v. 解放 liberation n. ~d adj.

libertarian /,lɪbə'teərɪən/ n. 自由意志論者, 自由鼓吹者.

libertine /'lɪbə,ti:n, -,tam/ n. 浪子, 放蕩人; 自由思想家.

liberty /'lɪbətɪ/ n. 自由(權); 解放; 釋放; (pl.)特權.

libido /lɪˈbiːdəʊ/ n. 情慾; 感情衝動; (尤指)性慾.

Libra /ˈlaɪbrə/ n. (所有格 -bra) 天秤座 libra n. ① 磅(略作 lb.)(亦作 pound) ② 鎊(略作 £).

library /ˈlaɪbrərɪ/ n. (pl. -braries) n. 圖書館; 文庫 librarian n. 圖書館管理員; 圖書館館長.

libretto /lɪˈbrɛtəʊ/ n. (pl. -tos, -ti) 歌劇劇本; 歌詞 librettist n. 歌劇劇本作者.

Librium /ˈlɪbrɪəm/ n. 【藥】利眠寧 (亦作 chlordiazepoxide).

lice /laɪs/ n. louse 的複數.

licence, 美式 -se /ˈlaɪsəns/ n. 許可證, 執照 licensee n. 領有執照者 licentiate n. 領了開業許可(或執照)者 licentious adj. 放肆的; 無法無天的 // ~ agreement 使用執照協議 ~ plate, ~ tag 牌照.

lichee /ˈlaɪˈtʃiː/ n. = litchi 【植】荔枝.

lichen /ˈlaɪkən, ˈlɪtʃən/ n. 【植】地衣, 苔蘚.

lichgate, ly- /ˈlɪtʃɡeɪt/ n. 停柩門.

licit /ˈlɪsɪt/ adj. 合法的, 正當的 ~ly adv.

lick /lɪk/ v. 舔, [俚]擊敗; 捧打, 戰勝 ~spit n. 馬屁精.

lickspit(tle) /ˈlɪkˌspɪt/ n. 馬屁精, 奉承者.

licorice /ˈlɪkərɪs/ n. = liquorice 甘草.

lid /lɪd/ n. 蓋; 眼皮, 瞼, [美俚]帽子.

lido /ˈliːdəʊ/ n. 露天游泳池; 海濱浴場.

lie [1] /laɪ/ (過去式 lay 過去分詞 lain 現在分詞 lying) v. 躺, 臥; 在於, 位於.

lie [2] /laɪ/ (過去式及過去分詞 ~d 現在分詞 lying) n. 說謊, 謊話, 假話 // white ~ 無惡意之謊話.

lief /liːf/ adv. 欣然, 樂意地.

liege /liːdʒ/ n. 君主, 王侯 adj. 君主的; 至上的; 臣民的 ~man n. 忠實部下.

lien /ˈliːən, lɪn/ n. 扣押權, 留置權.

lieutenant /lɛfˈtɛnənt, luːˈtɛnənt/ n. 副官; 陸軍中尉; 海軍上尉; 空軍中尉 // ~ colonel 陸軍中校 ~ commander 海軍少校 ~ general 陸軍中將 ~ governer [英]代理總督, 副總督[美]副州長.

life /laɪf/ n. (pl. lives) 生命; 性命; 生活; 生物; 壽命 ~guard n. 救生員 ~less adj. 無生命; 無生氣的; 無活力的 ~r n. 終身監禁者, 無期徒刑犯 ~long adj. 終身, 一生 ~style n. 生活方式 ~time n. 一生, 終生 // ~ annuity 終身年金 ~ assurance 人壽保險 (= [美] insurance) ~ belt, ~ jacket 救生衣 ~ boat 救生艇 ~ buoy 救生圈 ~ coach 生活輔導員 ~ cycle 生命週期 ~ expectancy 平均壽命 ~ force 生命力 ~ line 生命線 ~ sentence 無期徒刑 ~ zone 生物帶.

lift /lɪft/ v. 舉起, 提起, 抬, 吊; 提高; 提升; 空運; [美]償清, 贖取, 解除, 撤消(命令), [俚]偷竊, (雲霧)消散 n. 提, 升, 吊, 舉, 一次起吊; 電梯[美]亦作 elevator); 吊車, 起重機, 免費搭便車 ~er n.

起重機, 升降機; 小偷.

ligament /'lɪgəmənt/ n. 繫帶; 韌帶.

ligature /'lɪgətʃə, -, tʃʊə/ n. 綁紮, 結紮, 帶子, 縛帶; 縛法.

light ¹ /laɪt/ n. ① 光線, 光, 光亮 ② 燈 ③ 天窗 ④ 視力 ⑤ 見解, 觀點 v. (過去式及過去分詞 ~ed, lit) 點燃 ~ing n. 照明, 點火 ~proof adj. 不透光的 ~ship n. 燈塔船 // ~ pen 光筆 ~ wave 【物】光波 ~ up 點火, 照亮 ~ year 光年.

light ² /laɪt/ adj. 發光的, 明亮的; 淡的, 淺的, 輕的, 輕便的 ~-armed adj. 輕武器裝備的 ~-breeze n. 微風 ~-duty adj. 輕型的 ~-face n. & adj. 白體活字 ~-fingered adj. 手指靈巧的; 有盜竊的 ~-headed adj. 頭暈目眩的 ~-hearted adj. 無憂無慮的; 輕鬆愉快的 ~-minded adj. 輕浮的, 不嚴肅的 ~weight n. 輕量級; 考慮欠周 // ~ artillery 輕炮兵 ~ heavyweight 輕重量級 ~ water 普通水.

lighten /'laɪtᵊn/ v. ① 照亮, 點火 ② 啟發 ③ 減輕 ④ 變輕鬆.

lighter /'laɪtə/ n. ① 點火器 ② 打火機 ③ 駁船.

lightning /'laɪtnɪŋ/ n. 閃電, 電光 // ~ arrester (= ~ conductor, ~ rod) 避雷針 ~ beetle (= ~ bug) 螢火蟲 ~ strike 閃電式罷工.

lights /laɪts/ n. (供食用)動物肺臟.

lightsome /'laɪtsəm/ adj. ① 輕快的, 敏捷的, 輕盈的 ② 輕鬆愉快的, 無憂無慮的 ③ 發光的, 不暗的.

ligneous /'lɪgnɪəs/ n. 木質的; 木頭似的.

lignite /'lɪgnaɪt/ adj. 褐煤(亦作 brown coal).

like /laɪk/ vt. 喜歡; 愛好; 想; 希望 adj. 像的, 相似的, 類似的 conj. 如同, 好像 n. 愛好, 嗜好 ~lihood n. 可能(性) ~ly adj. 很可能的, 很像真的; 適當的, 恰好的; 漂亮的 liking n. 愛好, 喜歡 ~-minded adj. 志同道合的, 有同樣思想的.

lik(e)able /'laɪkəbᵊl/ n. 可愛的, 討人喜歡的.

lilac /'laɪlək/ n. 【植】丁香, 紫丁香 adj. 淡紫色的.

Lilliputian /ˌlɪlɪ'pjuːʃɪən/ adj. 極小的, 微型的.

Lilo /'laɪləʊ/ n. 橡皮充氣墊(商標名).

lilt /lɪlt/ v. 歡唱, 快活地唱; 輕快地跳 n. 韻律.

lily /'lɪlɪ/ n. 【植】百合, 百合花; 純潔的人和物 ~-livered adj. 膽小的 ~-white adj. 純白的 // ~ pad 浮在水面上的睡蓮葉子.

limb /lɪm/ n. 肢; 翼; 大枝; 頑童; 爪牙.

limber /'lɪmbə/ adj. 柔軟的, 可塑的; 輕快, 敏捷的 n. 炮兵牽引車.

limbo /'lɪmbəʊ/ n. 地獄之邊緣; 垃圾堆; 監牢; 拘禁.

lime /laɪm/ n. 石灰; 黏(鳥)膠; 酸橙 v. 用石灰處理 ~light n. 舞台聚光燈 ~stone n. 石灰石 ~water n. 石灰水 // ~ kiln 石灰窯.

limerick /'lɪmərɪk/ n. (幽默、無聊、通俗的)五行詩; 打油詩.

limit /ˈlɪmɪt/ *n.* 界限; 限制; 極限; 限額 *v.* 限制, 限定 **~ation** *n.* 限制, 限度 **~ing** *adj.* 有限制的 **~less** *adj.* 無限的 // **~ed company** 股份有限公司(略作 Ltd).

limonite /ˈlaɪməˌnaɪt/ *n.* 【礦】褐鐵礦.

limousine /ˈlɪməˌziːn, ˌlɪməˈziːn/ *n.* 大型高級轎車; 接送旅客之交通車.

limp /lɪmp/ *vi. & n.* 一瘸一拐地走, 跛足行 *adj.* 不硬朗的, 無生氣的.

limpet /ˈlɪmpɪt/ *n.* 【動】帽貝; 死不肯辭職的人; 水下爆破雷彈.

limpid /ˈlɪmpɪd/ *adj.* 透明清澈的; 平靜的; 無憂無慮的.

linchpin, lyn- /ˈlɪntʃˌpɪn/ *n.* 掣輪楔; 關鍵人物.

Lincoln, Abraham /ˈlɪŋkən/ *n.* 林肯(美國第十六任總統).

linctus /ˈlɪŋktəs/ *n.* 止咳糖漿.

linden /ˈlɪndən/ *n.* 椴木; 美洲椴; 菩提樹.

line /laɪn/ *n.* ① 線, 索, 繩 ② 釣絲 ③ 測量繩 ④ 路線, 管線, 線條 ⑤ 作業線; 界線 ⑥ 方針 ⑦ 行業 ⑧ 排, 行列, 一行(文字、詩); 隊列 **~shooter** *n.* 吹牛的人 **~sman** *n.* 線務員, 護路工 **~unit** *n.* 接線盒 **~up** *n.* 一排人 // **in a ~** 成一行, 排成隊 **in ~ with** 和⋯一致; 符合 **out of ~** 不一致 **~ drawing** 線描; 線條畫 **~ haul** 長途運輸 **~ man** 養路工, 護路工 **~ management** 只對一個下屬工作進行管理的制度 **~ manager** 一對一管理的經理 **~ production**

流水作業 **~ tape** 卷尺 **~ up** 排成行; 列隊.

lineage /ˈlɪnɪdʒ/ *n.* 血統; 世系; 門第 **lineal** *adj.* 直系的; 正統的.

lineament /ˈlɪnɪəmənt/ *adj.* (面部的)輪廓; 特徵.

linear /ˈlɪnɪə/ *adj.* 線的; 線狀的; 直線的.

linen /ˈlɪnɪn/ *n.* 亞麻布, 亞麻製品.

liner /ˈlaɪnə/ *n.* 定期航班, 班機; 襯裏, 襯墊.

linesman /ˈlaɪnzmən/ *n.* ① (球類運動的)巡邊員, 司線員, 邊線裁判員 ② 鐵路巡線工人; 養路工人.

ling /lɪŋ/ *n.* 鱈魚; 【植】石南.

linger /ˈlɪŋɡə/ *vi.* 徘徊; 逗留; 拖延 **~ing** *adj.*

lingerie /ˈlænʒəri/ *n.* 【法】亞麻製品(尤指小孩、婦女之內衣).

lingo /ˈlɪŋɡəʊ/ *n.* 莫名其妙的話語; 隱語.

lingua /ˈlɪŋɡwə/ *n.* (*pl.* -guae) 舌頭; 語音; 混合語 **~l** *adj.* 語言的 **linguist** *n.* 語言學家 **linguistic** *adj.* 語言的, 語言學的 **linguistics** *n.* 語言學.

lingua franca /ˈlɪŋɡwə ˈfræŋkə/ *n.* (不同母語的人交流用的)混合語.

liniment /ˈlɪnɪmənt/ *n.* 【藥】搽劑, 塗敷藥.

lining /ˈlaɪnɪŋ/ *n.* 內襯, 襯裏; 襯墊, 襯套.

link /lɪŋk/ *n.* 環, 節; 鏈環, 連結物; 聯繫 **~age** *n.* 聯繫聯動裝置.

links /lɪŋks/ *n.* 海邊草地; 高爾夫球場.

linnet /ˈlɪnɪt/ n. 【鳥】紅雀, 朱頂雀.

lino /ˈlaɪnəʊ/ abbr. = ~leum.

linocut /ˈlaɪnəʊˌkʌt/ n. 油氈浮雕圖案; 油氈浮雕圖案印刷品.

linoleum /lɪˈnəʊlɪəm/ n. 油地毯, 合成地毯; 漆布.

Linotype /ˈlaɪnəʊˌtaɪp/ n. 長條排版機.

linseed /ˈlɪnˌsiːd/ n. 亞麻子(仁) // ~ oil 亞麻子油.

lint /lɪnt/ n. 皮棉, 繃帶用麻布; 棉絨.

lintel /ˈlɪntl/ n. 【建】過樑, 楣石.

lion /ˈlaɪən/ n. ① 獅子 ② 勇士, 剽悍之人 **~ess** n. 母獅 **~et** n. 幼獅.

lip /lɪp/ n. 唇, 緣 **~deep** adj. 口頭上的, 無誠意的 **~read** v. 讀唇, 觀唇辨音 **~reading** n. 讀唇術 // ~ **service** 口惠, 空口答應 ~ **stick** 口紅, 唇膏.

liquefy /ˈlɪkwɪˌfaɪ/ v. ① 液化 ② 溶解.

liquefaction /ˌlɪkwɪˈfækʃ°n/ n. 液化.

liquefied petroleum gas /ˈlɪkwɪfaɪd pətrəʊlɪəm gæs/ n. 液化石油氣.

liqueur /lɪˈkjʊə, French likœr/ n. 甜露酒 // ~ **glass** 小酒杯.

liquid /ˈlɪkwɪd/ n. 液體 adj. 液體的, 液態的; 流動的 // ~ **assets** 流動資金.

liquidate /ˈlɪkwɪˌdeɪt/ v. 清算, 清理, 了結, 償清; 消除.

liquor /ˈlɪkə/ n. 酒; 液; 煮汁 **~head** n. 醉漢 // **malt** ~ 啤酒(亦作 beer).

liquorice, 美式 **licorice** /ˈlɪkərɪs,**

**-ərɪʃ/ n. 甘草 // ~ stick [美俚]單簧管.

lira /ˈlɪərə, ˈliːrə/ (pl. lire, ~s) n. 里拉(意大利貨幣單位).

lisle /laɪl/ n. 萊爾棉線, 萊爾線織物.

lisp /lɪsp/ v. 咬着舌頭發音 n. 大舌頭, 口齒不清.

lissom(e) /ˈlɪsəm/ adj. 柔軟的; 輕快的, ~ly adv. ~e, ~ness n.

list /lɪst/ n. 清單, 目錄, 名單; 布條; 狹條 v. 列出 ~**ing** n. 列表; 娛樂資訊表.

listen /ˈlɪs°n/ vi. 聽, 聽從; 傾聽, 聆聽 ~**er** n. 聽眾, 收聽者 ~**ing** n. 傾聽, 收聽 // ~ **in** 監聽, 偷聽.

listeriosis /lɪˌstɪərɪˈəʊsɪs/ n. 李斯特菌病.

listless /ˈlɪstlɪs/ adj. 懶洋洋的, 無精打采的, 倦怠的 ~**ly** adv. ~**ness** n.

lit /lɪt/ v. light 的過去式及過去分詞.

litany /ˈlɪtənɪ/ n. (pl. -nies) 啟應禱文; 長篇大論的說明.

literacy /ˈlɪtərəsɪ/ n. 識字, 能讀會寫; 有學問.

literal /ˈlɪtərəl/ adj. 文字的, 文字上的, 字面上的, 逐字逐句的 ~**ly** adv.

literary /ˈlɪtərərɪ, ˈlɪtrərɪ/ adj. 文學的; 文學上的; 書面上的 // ~ **agent** 文藝作品代理商.

literate /ˈlɪtərɪt/ adj. 有學問的, 有文化的, 能寫會讀的.

literati /ˌlɪtəˈrɑːtiː/ n. 文人學士; 知識學.

literature /ˈlɪtrɪtʃə, ˈlɪtrɪ-/ n. 文學;

文學作品; 文獻; 印刷品.

lithe /laɪð/ *adj.* 柔軟的; 輕快, 敏捷的 ~**ly** *adv.* ~**ness** *n.*

lithium /ˈlɪθɪəm/ *n.* 【化】鋰.

litho /ˈlaɪθəʊ/ *n.* & *n.* (*pl.* ~**thos**) ~**graph** 和 ~**graphic** 之縮寫.

lithography /lɪˈθɒɡrəfɪ/ *n.* 石印術, 平版印刷品 **lithograph** *n.* 石印 **lithographer** *n.* 平版印刷工 **lithographic** *adj.* 石印的.

litigant /ˈlɪtɪɡənt/ *adj.* 在訴訟中的, 有訴訟的 *n.* 訴訟當事人.

litigate /ˈlɪtɪɡeɪt/ *vi* 訴諸法律, 打官司; 爭論 **litigation** *n.*

litigious /lɪˈtɪdʒəs/ *adj.* 好訴訟, 愛打官司的; 愛爭論的.

litmus /ˈlɪtməs/ *n.* 石蕊 ~ **paper** 石蕊試紙 ~ **test** 用石蕊試紙測試.

litotes /ˈlaɪtəʊˌtiːz/ *n.* (單複數同形) 曲言法; 反語法.

litre, 美式 -**er** /ˈliːtə/ *n.* (容量單位) 升.

litter /ˈlɪtə/ *n.* 垃圾; 擔架, 轎輿; 褥草; 落葉層; 同胎生下之一窩小崽; 亂七八糟的東西 *v.* 亂丟廢物, 弄亂; (家畜)產仔 // ~ **bin** 垃圾桶.

little /ˈlɪt(ə)l/ *adj.* (比較級 less, lesser 最高級 least) *adj.* 小的; 小得可愛的; 少的, 不多的 *adv.* 一點, 少量, 沒有多少 // ~ **by** ~ 慢慢地, 一點一點地.

littoral /ˈlɪtərəl/ *adj.* 海濱的, 沿海的; 沿岸地區的.

liturgy /ˈlɪtədʒɪ/ *n.* 禮拜儀式, 聖餐儀式 **liturgical** *adj.*

live [1] /lɪv/ *v.* 活着, 生活, 生存; 過

(活), 過日子; 居住享受; (在自己生活中)實踐 ~**able** *adj.* (= livable) 適宜於居住的, 易相處的 ~**lihood** *n.* 生活, 生計 // ~ **by** 靠⋯ 為生 ~ **down** 靠以後行為洗清污名, 直到人們忘卻 ~ **in** (異性)同居, 住進 ~ **out** 外宿 ~ **rough** 過着艱苦日子 ~ **through** 度過 ~ **together** (未婚)同居 ~ **up to** 生活得無愧於, 配得上; 達到預期目標 ~ **with** 共處; 忍受.

live [2] /laɪv/ *adj.* 活的, 有生命的; 活潑的, 生氣勃勃的, 生動的; 生生的; 燃燒着的; 實況的 ~**lily** *adv.* 活潑地, 生動地, 熱鬧地, 鮮明地 ~**ly** *adj.* & *adv.* 活潑的, 精神旺盛的, 充滿生氣的; 輕快的 ~**liness** *n.* ~**n** (up) *vi.* 使更活躍 // **a** ~ **account** 流水賬 ~ **bait** 活餌 ~ **graphite** 含鈾石墨 ~ **load** 活荷載; 工作負載 ~ **parking** 留在車內等着的停車 ~ **pick up** 實況錄像 ~ **stock** 家畜 ~ **wire** 帶電線路.

livelong /ˈlɪvlɒŋ/ *adj.* 漫長的; 整個的, 完全的.

liver /ˈlɪvə/ *n.* 肝, 豬肝色, 肝臟; 生活者 ~**ish** *adj.* 肝色的; 肝火旺; 脾氣壞的, 易發怒的 // ~ **complaint** 肝病.

liverwort /ˈlɪvəˌwɜːt/ *n.* 【植】歐龍牙草.

liverwurst /ˈlɪvəˌwɜːst/ *n.* (肝泥灌制的)臘腸.

livery /ˈlɪvərɪ/ *n.* (侍從穿的)制服, 號衣; 口糧 // ~ **coach** 出租馬車 ~ **company** 倫敦同業公會 ~ **stable** 馬車行.

livid /ˈlɪvɪd/ *adj.* 青灰色的, 鉛色的; 怒氣衝衝的.

living /ˈlɪvɪŋ/ *adj.* 活着的, 有生命的; 生動逼真的 *n.* 生活, 生計, 生存 // L- Buddha 活佛 ~ death 活受罪 ~ room 起居室 ~ space 生存空間; 居住面積 ~ standard 生活水準, 生活標準 make a ~ 謀生.

lizard /ˈlɪzəd/ *n.* 【動】蜥蜴; (L-) [美]亞拉巴馬州之別名.

llama /ˈlɑːmə/ *n.* 美洲駝, 無峯駝.

LLB /ˌel el biː/ *abbr.* = Bachelor of Laws 法學士.

loach /ləʊtʃ/ *n.* 【動】泥鰍.

load /ləʊd/ *n.* 擔子, 重載, 負擔, 重任, 負載, 工作量 ~-bearing *adj.* (建築物)經得住荷載的 *vt.* 裝船 (或車) // ~ displacement (船的) 滿載排水量 ~ draught, ~ draft (船的)滿載吃水 ~ line (船的)滿載吃水線 ~-sensing valve 由荷載重量控制的閥門 ~ shedding 分區停電.

loadstar, lode- /ˈləʊdˌstɑː/ *n.* 北極星; 目標; 指導原則.

loadstone, lode- /ˈləʊdˌstəʊn/ *n.* 天然磁石; 吸引人的東西.

loaf /ləʊf/ *n.* (*pl.* loaves) 一個(大)麵包 *v.* 混日子 ~er *n.* 二流子, 流浪漢.

loam /ləʊm/ *n.* 沃土; 壤土, 黏砂土 *v.* 用土填(蓋住).

loan /ləʊn/ *n.* 出借; 借貸, 貸款 ~ee *n.* 債務人 ~er *n.* 出借者 ~word *n.* 外來詞.

lo(a)th /ləʊθ/ *adj.* 不願意的 loathe *v.* 討厭, 厭惡, 不喜歡; 噁心.

loaves /ləʊvz/ *n.* loaf 之複數.

lob /lɒb/ *v.*【體】慢慢地走(或跑、動); (網球)吊高球 *n.* 笨重的人, 傻大個.

lobby /ˈlɒbɪ/ *n.* 門廳; 門廊, 議會休息室, 會客室 *v.* 疏通遊説活動.

lobe /ləʊb/ *n.* 耳垂;【解】(肺、腦、肝等的)葉;【植】瓣片.

lobelia /ləʊˈbiːliə/ *n.*【植】半邊蓮.

lobectomy /ləʊˈbɛktəmɪ/ *n.*【醫】(肝、腦、肺等的)葉切除術.

lobotomy /ləʊˈbɒtəmɪ/ *n.*【醫】腦白質切斷術.

lobster /ˈlɒbstə/ *n.* 龍蝦; 英國士兵; 笨人, 傻瓜.

local /ˈləʊk'l/ *adj.* 當地的, 地方的, 本地的; 局部的 ~ism *n.* 地方主義, 鄉土觀念; 土話; 本地風俗; 心胸狹窄 ~ity *n.* 地點, 位置, 場所, 環境 ~ly *adv.* 局部的, 地方上的.

locate /ləʊˈkeɪt/ *v.* 安置, 定位, 座落於; 探出, 找出, 位於.

location /ləʊˈkeɪʃən/ *n.* 定位, 定線; 設計; 位置, 場所, 地點.

loch /lɒx, lɒk/ *n.* [蘇格蘭]濱海湖, 海灣.

loci /ˈləʊsaɪ/ *n.* locus 之複數.

lock /lɒk/ *n.* 鎖, 拘留所; 氣塞, 氣閘, 水閘; 一綹頭髮 *v.* 鎖住, 固定卡住 ~age *n.* 船閘通行, 船閘系統 ~smith *n.* 鎖匠, 銅匠 ~-up *n.* 囚徒, 監獄.

locker /ˈlɒkə/ *n.* 上鎖的人; 裝鎖的櫥櫃.

locket /ˈlɒkɪt/ *n.* 盒式吊墜.

lockjaw /ˈlɒkˌdʒɔː/ *n.*【醫】強直性

痙攣; 破傷風; 牙關緊咬.

locomobile /ˈləʊkəˈməʊbaɪl/ n. 自動機車 adj. 自動推進的.

locomotive /ˌləʊkəˈməʊtɪv/ n. 火車頭, 機車 adj. 運動的, 運轉的.

locum tenens /ˈləʊkəm ˈtiːnenz/ n. [拉]代理牧師; 臨時代理醫師.

locus /ˈləʊkəs/ n. (pl. loci) 場所, 地點, 所在地; 軌跡.

locust /ˈləʊkəst/ n. 【動】蝗蟲; 【植】刺槐; [俚]警棍.

locution /ləˈkjuːʃən/ n. 特別説話方式; 語風; 慣用語, 成語.

lode /ləʊd/ n. 礦脈, 豐富礦藏; [英]水路; 排水溝.

lodge /lɒdʒ/ n. (工廠、學校的)門房, 傳達室; 小屋, 小旅館, (劇場中)前座, 包廂; 巢穴, 協會分支, 支部 vi. 寄宿; 豎立, 停宿 ~r n. 寄宿者房客 ~ment n. 寄宿處, 住處, 立足點; 佔領, 據點; 提出, 沉積 lodging n. 住宿, 住處, 公寓; 存放處, 倒伏, 借宿 // lodging house (包住不包吃的)公寓.

loft /lɒft/ n. 屋頂閣樓, 樓梯; 頂層, 鴿房 vt. 把…儲存在閣樓, (高爾夫球)高打出去, 向空射; 跳過(障礙) ~ty n. 崇高的, 高尚的.

log /lɒg/ n. 原木, 圓木, 測程儀, 計程儀, 傳海日誌, 航行日誌; 記錄表 ~ging n. ① 飛機、輪船的航行日誌 ② 伐木毀林 // ~ chip 測程板 ~ reel 測程儀線路車.

loganberry /ˈləʊgənberi, -bri/ n. 【植】羅甘莓, 大楊莓(木莓和黑莓雜交品).

logarithm /ˈlɒgərɪðəm/ n. 【數】對數.

loggerhead /ˈlɒgəˌhɛd/ n. 笨蛋, 傻子; 鐵球棒.

loggia /ˈlɒdʒə, ˈlɒdʒɪə/ n. (pl. -gias, -gie) 【建】涼廊, 廊檐.

logic /ˈlɒdʒɪk/ n. 邏輯, 論理學 ~al adj. 合邏輯的 ~ian n. 邏輯學家, 論理學家 logistics n. 符號; (數理)邏輯; 計算術; 後勤學.

logo /ˈləʊgəʊ, ˈlɒg-/ n. = ~type 標識語, 連合活字.

loin /lɔɪn/ n. (pl.) 【解】腰; 恥骨區; 生殖器官; 腰肉.

loiter /ˈlɔɪtə/ v. 遊手好閒, 閒逛; 混日子 ~er n. 混日子的人, 遊手好閒者.

loll /lɒl/ v. 懶洋洋地躺; 閒蕩, (頭)下垂, (舌)伸出.

lollipop /ˈlɒlɪˌpɒp/ n. 錢; 棒棒糖; 糖果; [英]攔車棒(或棍).

lollop /ˈlɒləp/ vi. 蹦蹦跳跳地走(亦作 loll, lounge).

lolly /ˈlɒli/ n. (pl. -lies) 錢; 硬糖(塊).

London /ˈlʌndən/ n. 倫敦(英國首都).

lone /ləʊn/ adj. 寂寞的, 孤獨的, 無伴的 ~ly adj. 寂寞的, 孤獨的, 獨身的, 無伴的 ~liness n. ~r n. 性格孤僻的人, 獨來獨往的人(亦作 ~ wolf) ~some adj. 幽靜的, 寂寞的; 淒涼的 n. 自己(一人), 獨自.

long /lɒŋ/ vi. 渴望 adj. 長的, 長久的, 長期的; 冗長的 ~boat n. (放在大船上的)大艇 ~bow n. 大弓 ~clothes n. 襁褓 ~-distance adj. 長途 ~-drawn(-out) adj. 拉長的 ~hand n. 普通寫法 ~ingly adv.

渴望地 ~-**life** *adj.* 耐久的; 長命的 ~-**lived** *adj.* 長壽的 ~-**range** *adj.* 遠程的; 長期的 ~-**run** *adj.* 長遠的 ~-**sighted** *adj.* 眼力好的; 有見光的; 遠視的 ~-**standing** *adj.* 長期的 ~-**suffering** *adj.* 堅忍的 ~-**term** *adj.* 長期的 ~-**ways**, ~-**wise** *adv.* 縱長地 (亦作 lengthwise) // **as ~ as** = **so ~ as**) 長達…之久; 只要 ~ **face** 不愉快的臉色 ~ **johns** [口] 長衣內衣褲 ~ **jump** 跳遠 ~ **play** 密紋唱片 ~ **ton** 長噸 ~ **wave** 長波.

longevity /lɒn'dʒɛvɪtɪ/ *n.* 長壽, 長命 // ~ **pay** 年資附加工資.

longitude /'lɒndʒɪˌtjuːd, 'lɒŋ-/ *n.* 經度, 經線 **longitudinal** *adj.*

longshore /'lɒŋˌʃɔː/ *adj.* 沿岸工作的 ~-**man** 碼頭工人 // ~ **drift** 海灘漂移的沙、石、土.

loo /luː/ *n.* [美口] 便所, 廁所.

loofah /'luːfə/ *n.* or **luffa** /ˈ/ *n.* 絲瓜筋 (洗澡用)

look /lʊk/ *v.* 看, 瞧, 顯得; 注意, 留心; 朝向; 打量 ~-**alike** *n.* [美俚] 面貌相似者 ~-**in** *n.* 一瞥, 走馬看花 ~-**out** *n.* 注意; 警惕; 看守 ~-**over** *n.* 粗略的一看 // ~ **after** 照料, 照顧 ~ **ahead** 考慮未來 ~ **away** 轉過臉去 ~ **back** 回顧; 追懷 ~ **down** (upon) 蔑視, 看不起 ~ **forward to** 盼望, 期待 ~ **like** 好像 ~ **in** 順訪 ~ **into** 窺視, 調查; 過問 ~ **on** 觀望 ~ **up** 往上看; (物價) 上漲, (詞典中) 查找 ~ **up to** 敬仰.

looker /'lʊkə/ *n.* ① 觀看者; 檢查員 ② 外貌好的人 ~-**on** *n.* 旁觀者.

looking glass /'lʊkɪŋɡlɑːs/ *adj.* 鏡子.

loom /luːm/ *n.* 織布機; 槳柄, 櫓柄 *vi.* 朦朧出現, 陰森地迫近; 隱隱約約出現 *n.* 朦朧出現的形象; 巨大幻影.

loon /luːn/ *n.* ①【鳥】潛鳥, 魚鷹; 鄉下佬 ② [俚] 獃傻人, 神經病患者.

loop /luːp/ *n.* 圈, 環, 匝; 線圈; 環狀物; 避孕環; 環道; 回路, 翻筋斗; 翻筋斗飛行 *v.* 打成圈, 箍住, 翻筋斗, 兜圈子 ~-**hole** *n.* 槍眼; 窺孔; 遁辭, 藉口; (契約中) 漏洞, 圈套 // ~ **line** (電訊的) 環形線路; (鐵路的) 會車線.

loose /luːs/ *adj.* 鬆的, 散的, 模糊的; 放蕩的 ~-**ly** *adv.* ~-**en** *v.* 放鬆, 解開.

loot /luːt/ *n.* 掠奪物, 贓物; 戰利品 *v.* 劫掠, 掠奪.

lop /lɒp/ *v.* 截短, 砍, 伐, 修剪, 斬斷; 刪除 *n.* 除枝, 修剪.

lope /ləʊp/ *v.* & *n.* 慢跑, 飛奔.

lop-eared /ˈlɒpˈɪəd/ *adj.* 有垂耳的.

lopsided /ˌlɒpˈsaɪdɪd/ *adj.* 傾向一方的, 不勻稱的.

loquacious /lɒˈkweɪʃəs/ *adj.* 多嘴的, 多話的 **loquacity** *n.*

loquat /ˈləʊkwɒt, -kwɑːt/ *n.*【植】枇杷樹, 枇杷.

lord /lɔːd/ *n.* 君主, 貴族, 老爺; 上帝, 大王, (在姓氏前) 勳爵 ~-**ly** *adj.* 貴族似的; 有氣派的, 傲慢的 ~-**ship** *n.* 貴族之身份.

lore /lɔː/ *n.* (特殊的) 學問, 專門知識, 博學.

lorgnette /lɔːˈnjet/ *n.* [法]長柄眼鏡.

lorry /ˈlɒrɪ/ *n.* [英]卡車, 運貨汽車 [[美]亦作 truck] **~hop** *vi.* 免費搭卡車.

lose /luːz/ *v.* (過去式及過去分詞 lost) 丟失, 失去; 迷失; 錯過; 輸掉; 失敗 **~r** *n.* 失敗者, 輸家 losing *adj.* 虧本的, 失敗的 // lost property *n.* 失物; 失物認領處.

loss /lɒs/ *n.* 遺失, 損失; 失敗; 死亡 **~maker** *n.* 虧本買賣者 // **~ ratio** 虧損率, 損害率 **at a ~** 沒辦法; 為難; 不知所措; 虧本地 **~ leader** *n.* 為招徠顧客, 先以很低價賣貨物.

lot /lɒt/ *n.* 運氣, 命運; (抽)籤; (貨物之)一批, [口]大量, 許多, 全部, 一切 // **a ~ of** (= **~s of**) 許多.

loth /ləʊθ/ *adj.* = loath.

lotion /ˈləʊʃən/ *n.* 洗液, 洗滌劑.

lottery /ˈlɒtərɪ/ *n.* 抽彩票發獎; 碰運氣的事.

lotto /ˈlɒtəʊ/ *n.* 洛托數卡牌賭博遊戲.

lotus /ˈləʊtəs/ *n.* 荷花, 蓮花, 忘憂樹 // **~ land** 安樂鄉, 安逸.

loud /laʊd/ *adj.* 大聲的, 響亮的, 吵鬧的 **~ly** *adv.* **~ness** *n.* **~speaker** *n.* 大喇叭.

lough /lɒx, lɒk/ *n.* [愛爾蘭]湖泊, 海灣.

lounge /laʊndʒ/ *n.* 閒逛, 漫步; 休息室, 娛樂室.

lour /laʊə/ *vi.* 皺眉頭; 怒目而視; 天轉陰霾; 愁眉苦臉.

louse /laʊs/ *n.* (*pl.* lice)【動】虱子, 小蟲, 寄生蟲; 卑鄙的人 lousy

adj. 令人生厭的, 討厭的.

lout /laʊt/ *n.* 大老粗, 蠢人 *vt.* 愚弄, 嘲弄 *vi.* 鞠躬.

Louvre /ˈluːvrə/ *n.* (法國巴黎)羅浮宮 louvred *adj.* ① 彩色玻璃的; 百葉窗(或門)的 ② 散熱孔.

lovage /ˈlʌvɪdʒ/ *n.*【植】拉維紀草 (調味用).

love /lʌv/ *n.* 愛, 愛情, 戀愛, 愛人; 愛戴, 熱愛; 愛好 *v.* 愛, 熱愛; 愛戴; 戀慕, 愛好, 喜歡 **~able** *adj.* = **lovable** *adj.* 相思鳥 **~less** *adj.* 沒有愛情的, 不表愛情的 **~lorn** *adj.* 失戀的, 害相思病的 **~ly** *adj.* & *adv.* 可愛的(地); 愉快(地); 高尚純潔的(地) **~r** *n.* 愛人; **~rlike** *adj.* 情人般的 // **~ affair** 風流韻事 **~ all** (比賽)比零 **~ child** 私生子 **~ life** 一生之戀愛經歷 **~ making** 談情說愛; 調情; 性交 **~ nest** 愛情窩巢; 新婚家庭 **~ song** 情歌 **~ token** 定情物, 愛情紀念品 **~ struck** 愛得神魂顛倒的 **~ at first sight** 一見鍾情.

low /ləʊ/ *adj.* ① 低的; 矮的; 淺的 ② 卑下的, 下流的 ③ 低廉的 ④ 無教養的 ⑤ 消沉的 ⑥ 低速的 **~born** *adj.* 出身低微的, 沒有教養的, 粗魯的 **~bred** *adj.* 沒有教養的, 粗魯的 **~brow** *n.* & *adj.* 文化程度低的(人) **~browed** *adj.* 前額低的的 **L- Church** *adj.* 低教派教會的 **~down** *adj.* 非常低的, 下賤的, 卑鄙的 *n.* [喻]內幕, 真相 **~key** *adj.* 低強度的; 低調的, 有節制的 **~land** *n.* 低地國家; (*pl.*)蘇格蘭 **~life** *n.* 下等社會的人

~-necked *adj.* 露胸的, 開領低的.
~-profile *adj.* 不起眼的, 隱而不露的 **~-spirited** *adj.* 無精神的 // **~ cost** 低價出售的 **L- Countries** 低地國(荷蘭、比利時和盧森堡) **~ tide** 低潮 **~ water** 低水位, 低潮.

lower /ˈləʊə/ *adj.* 較低的, 低級的, 下級的. *v.* 降低, 貶低.

loyal /ˈlɔɪəl/ *adj.* 忠誠的; 忠實的 **~ly** *adv.* **~ty** *n.* **~ist** *n.*

lozenge /ˈlɒzɪndʒ/ *n.* 菱形; 【藥】錠劑; 糖錠; 菱片; 菱形花紋, 菱形面, 菱形破璃.

LP /el piː/ *abbr.* ① = low pressure 低壓 ② = long primer 十點鉛字 ③ = long-playing 密紋(唱片) ④ = Labour Party 工黨 ⑤ = large paper 大開本.

L-plate /ˈel pleɪt/ *n.* 教練車前後掛的牌(示意為學員實習駕駛車).

LSD /el es diː/ *abbr.* = lysergic acid diethylamide 麥角酸二乙基酰胺 (麻醉藥); 令人產生幻覺的毒品.

Lt *abbr.* = lieutenant.

Ltd *abbr.* = limited (liability)(常用在股份有限公司名稱之後).

lubber /ˈlʌbə/ *n.* 傻大哥, 笨大漢; 無經驗的水手.

lubricate /ˈluːbrɪˌkeɪt/ *v.* 塗油, 上油, 使潤滑 **lubricant** *adj.* 潤滑的 *n.* 潤滑劑, 潤滑油; 能減少摩擦的東西 **lubrication** *n.* 潤滑, 油潤, 上油.

lubricious /luːˈbrɪʃəs/ or **lubricous** /ˈluːbrɪkəs/ *adj.* 滑潤的, 光滑的, 難捉摸的; 不穩定的; 淫蕩的.

lucarne /luːˈkɑːn/ *n.* 【建】老虎天窗, 屋頂窗.

lucent /ˈluːsˀnt/ *adj.* 發亮的; 透明的.

lucerne /luːˈsɜːn/ *n.* 【植】[英]苜蓿 ([美]亦作 alfalfa).

lucid /ˈluːsɪd/ *adj.* 清澈的, 透明的; 清楚明白的; 神志清醒的.

Lucifer /ˈluːsɪfə/ *n.* 【天】金星, 曉星; 惡魔; 安全火柴.

luck /lʌk/ *n.* 運氣, 幸運, 造化, 僥倖 **~ily** *adv.* 所幸的是, 僥倖地 **~y** *adj.* 運氣好的, 僥倖的 // **rough ~** 倒霉 **~y money / penny** [英]吉利錢.

lucrative /ˈluːkrətɪv/ *adj.* 有利的, 合算的; 賺錢的.

lucre /ˈluːkə/ *n.* 利益, 賺頭; 金錢 **filthy ~** 骯髒錢, 不義之財.

Luddite /ˈlʌdaɪt/ *n.* 盧德份子(該派反對機械化、自動化).

ludicrous /ˈluːdɪkrəs/ *adj.* 滑稽的; 荒唐的, 可笑的.

ludo /ˈluːdəʊ/ *n.* 擲骰子數點作輸贏的遊戲.

lues /ˈluːiːz/ *n.* 病疫, 傳染病; 梅毒(亦作 ~ venerea) **luetic** *adj.* 梅毒的, 傳染病的 **~ally** *adv.*

luff /lʌf/ *n.* 搶風行駛, 迎風行駛 // **~ up** 船側受風而行.

lug /lʌg/ *n.* 用力拖拉; 硬拉; 懶人 *vi.* 擺架子, 裝腔作勢; [美俚]勒索, 敲詐錢財; [俚]耳朵; 突緣; 笨傢伙.

luggage /ˈlʌgɪdʒ/ *n.* = [美]baggage 行李(統稱), 箱包 // **~ allowance** 行李補貼 **~ carrier** 自行車後衣架 **~ rack** *n.* 火車行李架 **~ van** (= [美]baggage van) 行李車.

lugger /ˈlʌgə/ n. 斜桁橫帆小船.

lugubrious /luːˈguːbrɪəs/ adj. (顯得做作的)憂傷的, 悲痛的, 如喪考妣的; 陰鬱的 ~ly adv.

lugworm /ˈlʌg.wɜːm/ n. 【動】沙蠶(釣餌用).

lukewarm /ˌluːkˈwɔːm/ adj. 微溫的; 不熱心的.

lull /lʌl/ vt. 使安靜, 鎮靜; 緩和; 哄騙 n. 間歇; 催眠曲, 搖籃曲 ~aby n. 催眠曲, 搖籃曲.

lullaby /ˈlʌləˌbaɪ/ n. 搖籃曲; 催眠曲.

lulu /ˈluːluː/ n. 出眾的人; 突出的事; 特種津貼.

lumbago /lʌmˈbeɪgəʊ/ n. 腰痛, 腰肌痛, 腰部風濕痛.

lumber /ˈlʌmbə/ n. [美]木材, 木料, 方木; [英]碎屑; 廢料 vt. 採伐(木材); 阻塞; 拖運木材 vi. 笨重地移動; 隆隆地行進. 隆隆聲 ~ing n. 笨重的, 動作緩慢的, 步子沉重的 ~jack n. 伐木工.

luminary /ˈluːmɪnərɪ/ n. 天體; 發光體; 燈光, 照明; 傑出名人.

luminous /ˈluːmɪnəs/ adj. 發光的, 明亮的; 照耀着的; 明白易懂的, 啟發性的; 明快的, 明朗的, 光明燦爛的 // ~ energy 光能.

lump /lʌmp/ n. 團, 塊, 麵糰; 腫栅; 腫瘤, 瘤子; 責打, 指責, 懲罰 ~y adj. 多團塊的, 滿是疙瘩的; 愚鈍的, 笨拙的; [俚]醉醺醺的 // ~ sugar 方糖 ~ sum 總額 ~ work 包工, 包幹.

lunar /ˈluːnə/ adj. 月亮的, 太陰的; 冷清清的, 銀的 ~naut n. 登月宇航員, 登月太空人 // ~ caustic 硝酸銀 ~ calendar 陰曆, 農曆 ~ orbit 繞月軌道.

lunatic /ˈluːnətɪk/ adj. 瘋癲的, 精神錯亂的, 瘋狂的 n. 精神病患者, 瘋子; 狂人; 大傻瓜 // ~ asylum 瘋人院(亦作 mental home 或 mental insitution) ~ fringe 極端份子.

lunch /lʌntʃ/ n. 午餐; 便餐 ~room n. 便餐館 ~time n. 午餐時間.

luncheon /ˈlʌntʃən/ n. 正式午餐; 午宴; 午餐會 ~ette n. 小餐館 // ~ meat 午餐肉 ~ voucher 午餐證(或券).

lung /lʌŋ/ n. 肺臟, 肺; 呼吸器官 // ~ capacity 肺活量.

lunge /lʌndʒ/ n. 刀劍之刺, 戳; 突進, 猛衝 vt. (用劍)刺, 戳, 推, 衝.

lupin /ˈluːpɪn/ n. 【植】白羽扁豆.

lupine /ˈluːpaɪn/ adj. 狼的; 兇猛的; 貪婪的.

lurch /lɜːtʃ/ v. (偷偷)徘徊; 躲藏; 埋伏; 潛行 n. 東倒西歪地蹣跚; (船突然)傾側; (玩牌)大敗; 慘敗; 處於狼狽境地 ~er n. 小偷; 奸細, 間諜; 雜種獵狗.

lure /lʊə/ n. 誘餌; 誘惑, 魅力 vt. 誘回, 引誘, 誘惑.

lurid /ˈlʊərɪd, ˈljʊərɪd/ adj. 蒼白的, 陰慘可怕的; (夕陽)血紅的, 刺目的.

lurk /lɜːk/ vi. 潛伏; 埋伏; 鬼鬼祟祟地活動, 偷偷摸摸地行動 n. 潛伏, 潛行; [俚]欺騙, 欺詐 ~er n. 潛伏者, 偵察者.

luscious /ˈlʌʃəs/ adj. 芬芳的, 過份香而令人膩的; 肉慾的; 色情的.

lush /lʌʃ/ adj. 多汁的; 美味的; 芬

芳的; 草木茂盛的; 豪華的, 繁榮的; [口](過份)花俏的; [俚]酒; 醉漢 v. 喝醉 ~ed adj. 喝醉了的 // ~ worker [美俚]專門以醉漢為對象之扒手(亦作 ~roller).

lust /lʌst/ n. 慾望, 食慾; 渴望, 熱烈追求; 肉慾; 色情 vi. 渴望; 貪求; 好色 ~er n. 好色鬼, 荒淫的人.

lustre, 美式 -er /lʌstə/ n. 光澤; 光彩; 光輝; 光榮, 榮譽; 光面毛絨(或綢緞); 釉; 瓷器 ~less adj. 無光澤的 ~ware n. 光瓷器皿.

lustrous adj. 有光澤的, 光輝燦爛的.

lute /luːt/ n. 琵琶; 封泥 **lutanist** n. 琵琶演奏者.

Lutheran /luːθərən/ adj. 馬丁·路德的; 路德教(派)的.

luxuriant /lʌɡˈzjʊərɪənt/ adj. 華美的, 繁茂的, 豐茂的; 豪華的, 奢華的 ~ly adv. luxuriance n. **luxuriate** vi. 生活奢侈, 繁茂, 沉迷於; 盡情享受 **luxurious** adj. 豪華的, 奢侈的; 非常舒適的; 詞藻華麗的.

luxury /lʌkʃərɪ/ n. 奢侈, 豪華; 奢侈品; 美食; 樂趣; 享受.

LV /el viː/ abbr. ① = luncheon voucher 午餐證, 就餐券 ② = launch vehicle 運載火箭 ③ =

legal volt 【電】法定伏特 ④ = low voltage 低壓 ⑤ = landing vehicle 登陸車輛.

lychee /ˈlaɪˈtʃiː/ n. = litchi 【植】荔枝.

lychgate /ˈlɪtʃɡeɪt/ n. = lichgate 停柩門.

Lycra /ˈlaɪkrə/ n. 緊身彈力泳裝(商標名).

lye /laɪ/ n. 灰汁; 鹼液.

lying /ˈlaɪɪŋ/ v. lie 的現在分詞.

Lyme disease /laɪm/ n. 萊姆病.

lymph /lɪmf/ n. 清泉; 【解】淋巴(液) // ~ node 【解】淋巴結.

lymphocyte /ˈlɪmfəˌsaɪt/ n. 【醫】淋巴細胞; 淋巴球.

lynch /lɪntʃ/ n. 私刑 vt. 私刑處死 // ~ law 私刑; 非法殺害.

lynx /lɪŋks/ n. (pl. ~es) 【動】猞猁, 山貓; 猞猁猻皮.

lyre /laɪə/ n. 古希臘七弦豎琴; 抒情詩; 樂譜架 ~bird n. 【鳥】琴鳥.

Lyra /ˈlaɪərə/ n. 【天】天琴座.

lyric /ˈlɪrɪk/ n. 抒情詩; 抒情作品; 抒情詩人 ~al adj. 抒情的.

lysol /ˈlaɪsɒl/ n. (消毒防腐劑)來沙爾; 煤酚皂溶液.

lysosome /ˈlaɪsəˌsəʊm/ n. & adj. 溶(酶)體.

M

M, m /em/ abbr. ① = majesty 陛下 ② = male 男 ③ = married

已婚 ④ = masculine 男性; 陽性 ⑤ = meridian 子午線 ⑥ =

meter(s) 米 ⑦ = mile 哩 ⑧ = middle 中(號) ⑨ = minute(s) 分鐘 ⑩ = month 月 ⑪ = medium 中碼(衣服).

M /ɛm/ *abbr.* ① = monsieur (*pl.* messieurs) [法]先生 ② = motorway 機動車道.

ma /mɑ/ *abbr.* [兒語]媽 (~m~ 之略).

MA /ɛm eɪ/ *abbr.* = Master of Arts 文學碩士.

ma'am /mæm, mɑːm, 弱 məm/ *n.* = madam 女士, 夫人, [口]太太, 小姐(對女主人的稱呼, 現僅用於句中或句末).

mac /mæk/ *n.* = ~(h)intosh [口]雨衣.

macabre /məˈkɑːbə, -brə/ *adj.* 以死亡為主題的; 可怕的, 陰慘的.

macadam /məˈkædəm/ *n.* 碎石; 碎石路 ~ize *v.* 用碎石鋪路.

Macao, Macau /məˈkaʊ/ *n.* 澳門.

macaque /məˈkɑːk/ *n.* 獼猴, (亞洲)短尾猴.

mac(c)aroni /ˌmækəˈrəʊnɪ/ *n.* 通心粉.

macaroon /ˌmækəˈruːn/ *n.* 蛋白杏仁餅乾, 馬卡龍.

macaw /məˈkɔː/ *n.* 金剛鸚鵡; 美國棕櫚.

mace /meɪs/ *n.* ① 釘頭錘 ② 權杖 ③ 豆蔻香料 ~bearer *n.* 執權杖者.

macerate /ˈmæsəˌreɪt/ *v.* 浸軟; 消瘦 maceration *n.* 絕食.

Mach /mæk/ *n.* = ~ number【物】馬赫數(超高速單位) ~wave *n.* (原子彈爆炸時的)衝擊波.

machete /məˈʃɛtɪ, -ˈtʃeɪ-/ or matchet *n.* [南美]大砍刀.

Machiavel(l)ian /ˌmækɪəˈvɛlɪən/ *adj.* 陰謀的, 不擇手段的 *n.* 不擇手段的陰謀家.

machination /ˌmækɪˈneɪʃən, ˌmæʃ-/ *n.* 策劃; 陰謀; 詭計.

machine /məˈʃiːn/ *n.* 機器, 機械; 機關, 機構 ~ry *n.* 機件 machinist *n.* 機工, 機械師 ~gun *n.* 機槍 *v.* 用機槍掃射 ~hour *n.* 機器運轉時間 ~made *adj.* 機製的 ~sewed *adj.* 機縫的 ~building 機器製造(業) ~carbine 衝鋒槍, 卡賓槍 ~code 機用編號 ~language 機器語言 ~pistol 手提機關槍 ~readable 可直接為機器使用的 ~rifle 自動步槍 ~shop 金工車間 ~tool 機床, 工具機 ~translation 機器翻譯.

machismo /mæˈkɪzməʊ, -ˈtʃɪz-/ *n.* [西]男子氣概.

macho /ˈmætʃəʊ/ *n.* (*pl.* ~s) [西]健壯男子 *adj.* 雄性的, 有膽量的.

mackerel /ˈmækrəl/ *n.* (*pl.* -rel(s)) 鯖魚, 馬鮫魚.

mac(k)intosh /ˈmækɪnˌtɒʃ/ *n.* 防水膠布; 膠布雨衣; (泛指)雨衣.

macramé /məˈkrɑːmɪ/ *n.* (傢具裝飾用)花邊; 流蘇.

macrobiosis *n.* 長命, 長壽.

macrobiotics /ˌmækrəʊbaɪˈɒtɪks/ *n.* 吃不含化學品之穀物、蔬菜之長壽健康飲食法.

macrocosm /ˈmækrəˌkɒzəm/ *n.* = ~os 宇宙; 宏觀世界; 整體.

macromolecule

/ˈmækrəʊˌmɒlɪˌkjuːl/ or macromole /ˈmækrəʊˌməʊl/ n. = macromole 【化】大分子, 高分子.

macron /ˈmækrɒn/ n. 【語】長音符 (一).

macula /ˈmækjʊlə/ or macule /ˈmækjuːl/ n. (pl. -ulae, -ules) n. 黃斑; (皮膚之)痣.

mad /mæd/ adj. (比較級 -der 最高級 -dest) 瘋狂的; 兇猛的, 狂暴的; 魯莽的; 狂熱的; 入迷的; [口]生氣的, 憤怒的, (+ at / about) 極高興, 快活的 ~house n. 瘋人院; 吵鬧的場所; [俚]駕駛室 ~man n. 瘋子 ~money n. [美]女人身上帶的錢, 私房錢 ~woman n. 女狂人 ~ness n. 癲狂, 瘋狂, 狂熱 ~ly adv. 發狂, 使發狂, 使發怒 ~dening adj. 使人發狂的, 使人氣極的 // drive sb ~ 迫瘋 go ~ 瘋了 ~ cow disease【醫】瘋牛病.

madam /ˈmædəm/ n. 夫人, 太太 (對婦女之尊稱).

madame /ˈmædəm/ n. (pl. mesdames) [法]太太, 夫人.

madder /ˈmædə/ n.【植】茜草染料; 鮮紅色.

made /meɪd/ v. make 的過去式 // have it ~ 做成功.

Madeira /məˈdɪərə, məˈðɪərə/ n. (馬德拉島產)白葡萄酒 // ~ cake 馬德拉蛋糕.

mademoiselle /ˌmædmwəˈzɛl, madmwazɛl/ n. [法]小姐.

Madonna /məˈdɒnə/ n. 聖母瑪利亞; 聖母像.

madrigal /ˈmædrɪɡəl/ n. 情歌; 小曲; 牧歌.

maelstrom /ˈmeɪlstrəʊm/ n. 大漩渦; 大災害; 禍亂.

maestro /ˈmaɪstrəʊ/ n. 藝術大師 (如作曲家、名指揮); [美俚]樂隊指揮; (班隊)領隊.

mae west /meɪ/ n. [軍俚]海上救生衣.

Maf(f)ia /ˈmæfɪə/ n. 黑手黨, 黑社會(組織) mafioso n. 黑手黨成員.

magazine /ˌmæɡəˈziːn/ n. ① 雜誌, 期刊 ② 子彈匣; 彈藥庫 ③ 膠卷盒.

magenta /məˈdʒɛntə/ n. 品紅, 洋紅.

maggot /ˈmæɡət/ n. 蛆; 空想, 狂想 ~y adj. 多蛆的, 胡思亂想的.

magi /ˈmeɪdʒaɪ/ n. (sing. magus) 東方賢人.

magic /ˈmædʒɪk/ adj. 魔術的; 不可思議的 n. 魔術, 魔力 ~al adj. 魔術般的 ~ian n. 魔術師.

magistrate /ˈmædʒɪˌstreɪt, -strɪt/ n. 地方長官; 法官 magisterial adj. 長官的, 師長作風的; 有權威的, 傲慢的; 公平的.

magma /ˈmæɡmə/ n. 岩漿; 稠液; 乳漿劑.

magnanimous /mæɡˈnænɪməs/ adj. 氣量大的, 高尚的, 豪爽的 ~ly adv. magnanimity n. 寬仁, 雅量, 高尚行為.

magnate /ˈmæɡneɪt, -nɪt/ n. 富豪, 權貴巨頭; 大資本家.

magnesium /mæɡˈniːzɪəm/ n. 鎂 magnesia n. 氧化鎂.

magnet /ˈmæɡnɪt/ n. 磁石 ~ism 磁力, 吸引力 ~ize v. 磁化.

magnetic /mæg'netik/ adj. 磁性的; 具吸引力的 ~ally adv. // ~ field 磁場 ~ north (羅盤磁針所指方向)北 ~ pole 磁極 ~ tape (錄音、錄像)磁帶.

magneto /mæg'ni:təʊ/ n. (pl. -tos) 磁力發電機.

magnificence /mæg'nɪfɪsəns/ n. 宏偉, 莊嚴, 壯麗, 堂皇.

magnificent /mæg'nɪfɪs'nt/ n. 壯麗的, 富麗堂皇的 ~ly adv.

magnify /'mægnɪˌfaɪ/ v. (用放大鏡把物體)放大; 誇大; 誇張 // ~ing glass 放大鏡.

magnitude /'mægnɪˌtjuːd/ n. 廣大; 巨大; 重大; 光度; 等級; 重要.

magnolia /mæg'nəʊliə/ n. 【植】木蘭 // M- State (美國)密西西比州之別名.

magnum /'mægnəm/ n. (1.5 升)大酒瓶 ~opus n. [拉]個人之重大事業, 大作, 巨著; 傑作.

magpie /'mæg,paɪ/ n. 喜鵲; 黑白花紋.

maguey /'mægweɪ/ n. 【植】龍舌蘭, [美]牧用套索 // ~ hemp 劍麻.

Magyar /'mægjɑː/ n. 馬札爾人; 匈牙利語 adj. 馬札爾人(語)的.

maharaja(h) /ˌmɑːhə'rɑːdʒə/ n. 舊時印度土邦主、王公的頭銜.

maharishi /ˌmɑːhɑː'riːʃɪ, mə'hɑːriːʃɪ/ n. 大聖(印度教教師和精神領袖的稱號).

mahatma /məˈhɑːtmə, -ˈhæt-/ n. (印度)大善知識; 聖雄, 聖賢; 偉人.

mahjong, mah-jongg /mɑː'dʒɒŋ/ n. 麻將牌.

mahogany /məˈhɒɡənɪ/ n. 桃花心木, 紅木.

mahout /məˈhaʊt/ n. 馭象人; 看管象的人.

maid /meɪd/ n. 處女; 未婚女子, 閨女, 女僕.

maiden /ˈmeɪdʔn/ n. [古]處女, 閨女, 少女 adj. 未婚的, 處女的, 初次的 ~ly adv. ~head n. 處女膜 ~hood n. 處女時代 // ~hair tree 銀杏樹 ~ voyage 處女航, 初次航行 ~ name 婦女娘家姓 ~ over 【板】未得分之投球.

mail /meɪl/ n. 郵政, 郵件; 鎧甲 ~bag n. 郵袋 ~boat n. 郵船 ~box n. 郵箱 ~coach n. 郵件馬車 ~er n. ① 郵寄者 ② 郵件打戳、分類、稱重機 ~ing n. 郵寄, 郵寄品 ~man n. 郵差, 郵差 ~shot n. 廣告郵政快件 // ~ car (鐵路)郵車 ~ clerk 郵局辦事員 ~ form 【商】郵件表(單) ~ matter 郵件 ~ merge 郵件合併 ~ order 郵購, 函購 ~ server 【計】電子郵件服務器 ~ing list 【計】發送文件清單; 通訊(或發送)名單.

maim /meɪm/ vt. 殘害; 使殘廢; 使負重傷 ~ed adj. 殘廢的, 負重傷的.

main /meɪn/ n. 體力, 主要部份, 要點, [詩]大海洋, (水、電、煤氣)總管幹線 adj. 主要的; 總的; 全 ~frame n. 電腦主機 ~land n. 大陸 ~ly adv. 主要, 大概, 大抵 ~mast n. 主桅桿 ~road n. 幹道 ~sail n. 主帆, 大帆 ~spring n. 主發條; 主要動機 ~stay n. 中堅,

台柱, 主要生活來源 // ~ **plane** 主翼, 機翼 ~ **stem**, ~ **stream** 主流.

maintain /mein'tein/ *vt.* 維持; 保持; 繼續; 堅持, 維護; 保養
maintenance *n.* 維持, 維護, 維修, 保養 // maintenance routine 日常保養維修.

maisonette /ˌmeizə'net/ *n.* 小住宅, 複式公寓套房.

maître d'hôtel /ˌmetrə dotel, ˌmetrə dəʊ'tel/ *n.* [法]管家, (旅館、飯店)總管.

maize /meiz/ *n.* [英]粟米, 玉米 ~ **na** *n.* 玉米粉.

majesty /'mædʒisti/ *n.* 雄偉; 壯觀; 崇高.

major /'meidʒə/ *adj.* 主要的; 較大的; 年長的 *n.* 專業; 陸軍少校; 成年人 *vi.* 主修, 專攻(課程) ~**ette** *n.* 軍樂隊女領隊 ~**domo** *n.* 大管家; 監管人 // ~ **premise** 大前提 ~ **scale** 大音階 ~ **seminary** 祭司神學院 ~ **general** 陸軍(或海軍陸戰隊)少將.

majority /mə'dʒɒrɪti/ *n.* 大多數; 成年; 法定年齡 // ~ **leader** 多數黨的領袖 ~ **rule** 多數裁定原則.

make /meik/ *vt.* (過去式及過去分詞made)做, 作, 製造, 造成, 創作, 準備, 掙, 賺; 使⋯成為 *n.* 式樣, 構造, 製造, 組織 ~**er** *n.* 製造者, 出票人 ~**believe** *n.* 假裝 ~**fast** *n.* 繫船浮子(柱) ~**peace** *n.* = peace~**r** ~**shift** *n.* 將就, 湊合; 權宜之計 ~**up** *n.* 化妝 ~**weight** *n.* 填料, 補足重量的東西 //

~ **back** 回來 ~ **bold** 冒昧; 請允許 ~ **dead**【電】切斷; do with 設法應付 ~ **down** 清章; 改小; 準備 ~ **harbour** 入港 ~ **for** 有利於; 傾向於 ~ **off with** 拐走; 偷去 ~ **one's living** 謀生 ~ **or break** 要麼成功, 要麼毀滅; 成功或失敗(之關鍵) ~ **out** 認出; 理解, 領悟 ~ **up** 彌補, 補充.

making /'meikiŋ/ *n.* 製造, 製作(物), 生產; 成因要素; 製造過程 // ~ **up price**【股】核定價格.

mal /mæl-/ *n.* ① = sickness [法] ② [前綴] = bad, badly, 如: ~**development** *n.* 發育不良 ~**feasance** *n.* 瀆職, 違法行為, 壞事 ~**nourished** *adj.* 營養不良的 ~**ware** *n.*【計】惡意軟件 // ~ **de mer** *n.* 暈船 ~ **du pays** *n.* 思鄉病.

maladjusted /ˌmælə'dʒʌstɪd/ *adj.* 精神失調的, 調節不善的; 不適應的 maladjustment *n.*

maladministration /ˌmæləd.mɪnɪ'streɪʃən/ *n.* 管理不善, 處理不當; 胡搞, 瞎指揮.

maladroit /ˌmælə'drɔit/ *adj.* 笨拙, 愚鈍的 ~**ly** *adv.* ~**ness** *n.*

malady /'mælədɪ/ *n.* 毛病, 疾病; (社會)弊端; 歪風邪氣.

malaise /mæ'leɪz/ *n.* [法]小病, 不舒服, 精神欠爽.

malapropism /'mæləprɒpˌɪzəm/ *n.* 可笑的誤用; 不當之言行.

malaria /mə'lɛərɪə/ *n.* 瘧疾, 瘴氣 ~**l** *adj.*

Malay /mə'leɪ/ *n.* 馬來人(語) *adj.* 馬來人(語)的 ~**sia** *n.* 馬來西亞 ~**sian** *adj.*

malcontent /ˈmælkənˌtɛnt/ adj. 抱怨的, 不滿的 n. 不滿份子.

male /meil/ adj. 男的, 公的, 雄性的 n. 男, 男子, 男性, 雄性動物 ~**chauvinism** n. 大男子主義 ~**chauvinist** n. 大男子主義者.

malediction /ˌmælɪˈdɪkʃən/ n. 詛咒; 誹謗; 誹謗(benediction 之反義).

malefactor /ˈmælɪˌfæktə/ n. 罪人; 犯人; 作惡者, 壞蛋.

malevolent /məˈlevələnt/ adj. 壞心腸的, 惡毒的, 幸災樂禍的 ~**ly** adv. malevolence n.

malformed /mælˈfɔːmd/ adj. 畸形的; 殘缺的 malformation n.

malfunction /mælˈfʌŋkʃən/ n. 失靈; 機能失常; 故障.

malice /ˈmælɪs/ n. 惡意; 惡感; 怨恨; 敵意 malicious adj.

malign /məˈlaɪn/ adj. 有害的, 邪惡的, 惡性的 vt. 誣衊, 誹謗, 中傷 ~**er** n. 誣衊者 ~**ly** adj. ~**ity** n. 惡意, 敵意, 怨恨, 惡性(病).

malignant /məˈlɪɡnənt/ adj. 惡意的, 惡毒的, 惡性的(腫瘤) n. 懷惡意的人 ~**ly** adv. malignance n.

malinger /məˈlɪŋɡə/ v. 裝病, 泡病號 ~**er** n. 裝病者 ~**y** n.

mall /mæl, mɔːl/ n. (汽車不得進入之)林蔭道; 林蔭散步場; 步行購物中心.

mallard /ˈmælɑːd/ n. 【動】鳧, 綠頭鴨, 野鴨.

malleable /ˈmælɪəbl/ adj. 有延展性的, 韌性的, 柔順的 malleability n. // ~ **iron** 韌鐵 ~ **cast iron** 可鍛鑄鐵.

mallet /ˈmælɪt/ n. 木槌; 馬球棍.

mallow /ˈmæləʊ/ n. 錦葵屬植物.

malmsey /ˈmɑːmzɪ/ n. (希臘)醇香白葡萄酒.

malnutrition /ˌmælnjuːˈtrɪʃən/ n. 營養不良.

malodour, 美式 **malodor** /mælˈəʊdə/ n. 惡臭味, 臭氣 malodorous adj.

malpractice /mælˈpræktɪs/ n. 【醫】療法失當; 玩忽職守; 瀆職【律】違法行為; 歪風邪氣.

malt /mɔːlt/ n. 麥芽, 啤酒, 麥乳精 ~**horse** n. 磨麥芽的馬 ~**house** n. 麥芽作坊 ~**man** n. 麥芽製造人 ~**ose** n. 【生】麥芽糖 // ~ **dust** 麥芽糖; 麥麯糟 ~ **extract** 麥精 ~ **liquor** 啤酒 ~**ed milk** 麥乳精 ~ **whisky** 麥精威士忌酒.

maltreat /mælˈtriːt/ vt. 虐待 ~**ment** n.

mam /mæm/ n. = ~**ma** [兒語]媽媽; 乳房.

mammal /ˈmæməl/ n. 哺乳動物 ~**ian** adj.

mammary /ˈmæmərɪ/ adj. 乳房的, 胸脯的 // ~ **cancer** 乳癌 ~ **gland** 乳腺.

mammon /ˈmæmən/ n. 錢財, 財富; (M-)財神爺.

mammoth /ˈmæməθ/ n. 猛獁象(古生代巨象); 龐然大物 adj. 巨大的.

man /mæn/ n. (pl. men) n. 人, 人類; 男人, 大丈夫; 成年男子, 男僕; 棋子 v. (過去式及過去分詞 ~**ned**)配置人員(或兵員、船員); 拿出大丈夫氣概; 使鼓足勇氣

~-eater n. 食人者 ~hole n. 人孔井；檢修孔 ~hood n. 成人；丈夫氣；人格 ~-hour n. 工時，一人一小時工作量 ~kind n. 人類 ~ly adj. ~liness n. 人類；雄偉；大膽 ~nish adj. 男子氣的 ~handle v. 粗暴對待 ~handler n. [美體] 摔跤選手 ~hour n. 工時 ~hunt n. 警方搜捕 ~-made adj. 人工的，人造的 ~power n. 人力，勞動力 ~servant n. 男僕 ~slaughter n. 殺人；【律】過失殺人(罪).

manacle /'mænək'l/ n. 手銬；束縛，拘束 vt. 上手銬，束縛.

manage /'mænɪdʒ/ v. 辦理，處置，管理，支配，經營；操縱；應付；對付 ~able adj. ~ment n. 【人】經理，處理者；經營者 ~rial adj. 經理的，管理上的.

manatee /'mænə,tiː, ,mænə'tiː/ n. 【動】海牛.

mandarin /'mændərɪn/ n. 中國滿清官吏；中國官話，普通話；柑橘；橙黃色 // ~ dialect 漢語 ~ duck 鴛鴦 ~ fish 桂花魚.

mandate /'mændeɪt, -dɪt/ n. 命令，訓令，指令 v. 【律】委託管理.

mandator /US 'mæn'deɪtər/ n. 下令者，委託者 ~y adj. 命令的，訓令的.

mandible /'mændɪb'l/ n. 下顎骨.

mandolin(e) /,mændə'lɪn/ n. 【音】瓢琴，八弦琴.

mandrake /'mændreɪk/ or mandragora /mæn'drægərə/ n. = May apple 曼德拉草 (麻醉劑料).

mandrel, -dril /'mændrəl, 'mændrəl/ n. (車床的)軸胎，心軸.

mandrill /'mændrɪl/ n. [西非]藍面狒狒.

mane /meɪn/ n. (馬、獅頸上的)鬃毛 ~y adj.

manful /'mænfʊl/ adj. 雄偉的，果斷勇敢的 ~ly adv.

manganese /'mæŋgə,niːz/ n. 錳.

manganin /'mæŋgənɪn/ n. 【化】錳鎳銅合金.

mange /meɪndʒ/ n. (畜類)疥癬 mangy adj. 生疥癬的，難看的.

mangel(wurzel) /'mæŋg'l/ n. 飼料(甜菜).

manger /'meɪndʒə/ n. 馬槽；牛槽.

mangetout /mɑ̃ʒ'tuː/ n. 一種扁平豌豆(其豆莢和籽一樣可以食用).

mangle /'mæŋg'l/ vt. 亂砍，亂捅，毀壞；用軋布砑光 n. 砑光機，絞肉機.

mango /'mæŋgəʊ/ n. (pl. -go(e)s) 芒果.

mangrove /'mæŋgrəʊv, 'mæn-/ n. 紅樹屬植物 // ~ swamp 紅樹林沼澤.

mania /'meɪnɪə/ n. 癲狂，狂愛，狂熱 ~c n. 瘋子，狂人.

manic /'mænɪk/ adj. 躁狂的 ~-depressive adj. 躁狂抑鬱症的.

manicure /'mænɪ,kjʊə/ n. 修指甲(術) vt. 修…的指甲；修平；修剪 manicurist n. 指甲美容師 // ~ parlour 指甲美容室.

manifest /'mænɪfest/ adj. 明白的，明顯的 vt. 指明，表明，證明；使了解；出現 n. 【商】船貨清單 ~ly adv. ~ation n. 表示；發表政見的示威活動.

manifesto /ˌmænɪˈfestəʊ/ n. (pl. -to(e)s) 宣言, 聲明, 告示, 佈告.

manifold /ˈmænɪˌfəʊld/ adj. 許多的, 種種的; 多方面的 n. 複寫本 vi. 複印, 複寫 // ~ paper 打字紙 ~ writer 複寫器.

manikin, mannequin /ˈmænɪkɪn/ n. 矮人, 侏儒, 木製模特兒, 人體模型 // manikin girl 服裝模特兒.

manil(l)a /məˈnɪlə/ n. 馬尼拉紙, (信封)牛皮紙.

manipulate /məˈnɪpjʊˌleɪt/ vt. 使用, 處理; 操作; 竄改 manipulation n. manipulative adj. manipulator n. 操作者, 操縱者, 竄改者.

manna /ˈmænə/ n. 神糧; 美味; 【醫】甘露, 木蜜.

mannequin /ˈmænɪkɪn/ n. ① 女時裝模特兒 ② (與人體般大小的)人體模型.

manner /ˈmænə/ n. 方法, 做法; 態度, 行為舉止; (pl.)禮貌; 規矩; 風俗, 習慣; 風格, 手法 -ed adj. 矯揉造作的 -ism n. 守舊; 矯揉造作之風格; 怪癖; 獨特風格 -ly adj. & adv. 有禮貌的(地), 謙恭的(地), 殷勤的(地).

mannikin /ˈmænɪkɪn/ n. = manikin

manoeuvre, 美式 -er /məˈnuːvə/ n. 調動, 部署; (pl.)軍事演習; 調兵遣將, 策略, 謀略 vi. 演習, 調動, 部署; 用計; 要花招 manoeuvrable adj.

manor /ˈmænə/ n. [英]領地; 莊園, [美]永久性租借地 -ial adj.

manqué /mɑːŋˈk/ adj. [法]沒有成功的; 失意的.

mansard roof /ˈmænsɑːd ruːf/ n. 【建】複摺式屋頂.

manse /mæns/ n. 牧師住宅.

mansion /ˈmænʃən/ n. 公館; 公寓; 宅第; 大樓 // ~ house 宅邸, 官邸.

mantel /ˈmæntˀl/ n. 壁爐架, 壁爐台(亦作 ~ piece 及 ~ shelf).

mantilla /mænˈtɪlə/ n. (女裝)小披風, 大面紗.

mantis /ˈmæntɪs/ n. (pl. -tises, -tes) 螳螂.

mantle /ˈmæntˀl/ n. 披風, 罩衣; 蓋罩; 外表; 紗罩.

mantra /ˈmæntrə, ˈmʌn-/ n. (印度教和大乘佛教中的)曼特羅, 禱文, 符咒.

manual /ˈmænjʊəl/ adj. 手工的 n. 手冊, 指南; 【音】琴鍵盤 -ly adv. // ~ gearbox 【機】手動式輪箱.

manufactory /ˌmænjʊˈfæktərɪ, -trɪ/ n. 工廠, 製造廠商.

manufacture /ˌmænjʊˈfæktʃə/ vt. 大量生產, 製造 n. 工業; 工廠; 產品.

manufacture /ˌmænjʊˈfæktʃə/ v. 大量製造; 加工 -r n. 製造者, 製造商.

manure /məˈnjʊə/ n. 肥料, 糞 v. 施肥.

manuscript /ˈmænjʊˌskrɪpt/ adj. 手寫的, 手抄的 n. 手抄本, 原稿.

Manx /mæŋks/ adj. 英國曼島的, 曼島(人)的 // ~ cat 曼島貓.

many /ˈmenɪ/ adj. (比較級 more 最高級 most) 許多, 很多的 pro. 許多, 很多 ~fold adv. 很多倍地 --minded adj. 三心兩意的 --sided adj. 多邊的, 多方面的 多才多藝的 // a good ~ 非常多

的 ~ **a time, ~ times** 多次.

Maoism /ˈmaʊɪzəm/ *n.* 毛(澤東)主義.

Maori /ˈmaʊrɪ/ *n. & adj.* [新西蘭] 毛利族人; 毛利語.

map /mæp/ *n.* 地圖, 天體圖 *vt.* (現在分詞 ~**ping** 過去式及過去分詞 ~**ped**) 測繪, 畫地圖制訂 ~**per** *n.* 繪圖人 ~**work** *n.* 【地】查地圖 // ~ **mounter** 裱地圖者 ~ **out** 安排, 規劃 ~ **projection**【地】地圖投影 ~ **scale** 地圖比例尺.

maple /ˈmeɪpˈl/ *n.* 楓樹, 槭; 淡棕色.

Mar *abbr.* = ~**ch**.

mar /maː/ *vt.* 損壞, 毀壞.

marabou /ˈmærəˌbuː/ *n.*【鳥】禿鸛.

maraca /məˈrækə/ *n.*【音】沙球 (打擊樂器).

maraschino /ˌmærəˈskiːnəʊ, -ˈʃiːnəʊ/ *n.* 黑櫻桃酒.

marathon /ˈmærəθən/ *n.* 馬拉松賽跑, 持久比賽.

maraud /məˈrɔːd/ *v.* 掠奪, 搶劫 ~**er** *n.* ~**ing** *adj.*

marble /ˈmɑːbˈl/ *n.* 大理石; 彈子, 玻璃球; (*pl.*) 大理石雕刻品; 理智 ~**hearted** *adj.* 鐵石心腸的, 無情冷酷的.

March /maːtʃ/ *n.* 三月 // ~ **brown** 魚餌蜉蝣 ~ **hare** 交尾期野兔.

march /maːtʃ/ *n. & v.* 行進, 進軍, 行軍, 挺進;【音】進行曲; (*pl.*) 邊境, 界限.

marchioness /ˌmɑːʃəˈnɪs, ˈmɑːʃənes/ *n.* = marquise *n.* 侯爵夫人, 侯爵未亡人; 女侯爵.

Mardi Gras /ˈmaːdɪ ˈgraː/ *n.* [法] 懺悔星期二(狂歡節).

mare /meə/ *n.* 母驢, 母馬 // **a ~'s nest** 一場空歡喜.

margarin(e) /ˌmaːgərɪn/ *n.* 人造奶油, 人造牛油([英口]亦作 marge).

margin /ˈmaːdʒɪn/ *n.* or archaic **margent** /ˈmaːdʒənt/ *n.* 邊緣, 邊界, 欄外空白; 餘地;【商】差價, 賺頭, 餘額 ~**al** *adj.* 邊緣的, 記欄外的; 邊際的, 不太重要的 ~**ally** *adv.*

marginalize /ˈmaːdʒɪnəˌlaɪz/ *v.* 邊緣化.

marguerite /ˌmaːgəˈriːt/ *n.* 雛菊, 延命菊.

marigold /ˈmærɪˌgəʊld/ *n.* 金盞花, 萬壽菊 // ~ **window** 菊花窗.

marijuana, marihuana /ˌmærɪˈwaːnə, -ˈhwaːnə/ *n.* 大麻 (一種麻醉品).

marimba /məˈrɪmbə/ *n.* [拉美] 木琴.

marina /məˈriːnə/ *n.* 小遊艇船塢.

marinade /ˌmærɪˈneɪd, ˈmærɪˌneɪd/ *n.* = marinate 浸泡魚、肉之鹵汁 *vt.* 在魚、肉上澆鹵汁.

marine /məˈriːn/ *adj.* 海的; 海事的; 海運的; 海軍的 ~**r** *n.* 海員, 水手 // **the M- Corps** [美]海軍陸戰隊; 海軍陸戰隊官兵; 地勤海軍, 海運業.

marionette /ˌmærɪəˈnet/ *n.* 牽線木偶; 傀儡.

marital /ˈmærɪtˈl/ *adj.* 丈夫的; 婚姻的 ~**y** *adv.* 作為丈夫的 // ~ **status** 婚姻狀態.

maritime /ˈmærɪˌtaɪm/ *adj.* 海的, 海上的, 海事的; 航海的; 海邊的 // ~ **polar** 【地】海洋氣團 ~ **tropica**【地】熱帶海洋氣團.

mark /mɑːk/ *n.* ① 印, 記號, 標記, 標誌 ② 目標 ③ 痕跡 ④ 分數 ⑤ 標準 ⑥ (德幣)馬克 *v.* 作記號, 標上號; 記分數; 指示; 標價; 注意 ~**down** *n.* 標低售價 ~**ed** *adj.* 有記號的, 加明記的; 顯著的 ~**er** *n.* 打記號的人, 打分數的人, 記分器, 記分員; 遺傳標記 ~**up** *n.* 漲價; 標高金額; 【計】加載文件指令 ~**time** 原地踏步, 躊躇 ~**up language** 描述語.

market /ˈmɑːkɪt/ *n.* ① 市場, 菜市場 ② 銷路, 市價 ③ 行情; 市面 *v.* 在市場上買賣 ~**able** *adj.* 適銷的, 有銷路的 ~**ing** *n.* 商品銷售業務 // ~ **day** 集市(日) ~ **garden** 商品菜園 ~ **research** 市場調查.

marksman, (*fem.*) **markswoman** /ˈmɑːksmən/ *n.* 射手, 狙擊手, 神槍手.

marl /mɑːl/ *n.* 泥灰肥料.

marmalade /ˈmɑːməˌleɪd/ *n.* 橘子醬.

marmite /ˈmɑːmaɪt/ *n.* 砂鍋.

marmoreal /mɑːˈmɔːrɪəl/ or less commonly **marmorean** *adj.* = **marmorean** /mɑːˈmɔːrɪən/ [詩](似)大理石的.

marmoset /ˈmɑːməˌzɛt/ *n.* [南美]狨猴.

marmot /ˈmɑːmət/ *n.*【動】土撥鼠; 旱獺.

maroon /məˈruːn/ *vt.* 放逐孤島; 使孤立; 帶着帳篷旅行 *n. & adj.*

紫褐色(的), 褐紅色(的) ~**er** *n.* 海盜, 流落孤島者; 露營旅行者 ~**ed** *adj.* 流落荒島的, 陷於孤立無援的困境.

marquee /mɑːˈkiː/ *n.* 大帳篷, 大帳幕.

marquess /ˈmɑːkwɪs/ *n.* = **marquis** *n.* 侯爵; 公爵之長子, 尊稱.

marquetry /ˈmɑːkɪtrɪ/ *n.* 鑲嵌工藝.

marquis /ˈmɑːkwɪs, mɑːˈkiː, French markɪ/ *n.* 某些國家中比伯爵高一級的貴族稱號; 侯爵.

marriage /ˈmærɪdʒ/ *n.* 婚姻; 結婚; 婚禮 ~**able** *adj.* 可結婚的, 已到結婚年齡的 ~**ability** *n.*

marrow /ˈmærəʊ/ *n.* 髓, 骨髓; 精髓; 精華; 滋養品 // ~ **squash** 西葫蘆.

marry /ˈmærɪ/ *v.* (過去式及過去分詞 **married** 現在分詞 ~**ing**) 結婚, 娶, 嫁; 使結合 **married** *adj.* 已婚約 // ~ **a fortune** 和有錢人結婚 ~ **off** 嫁出.

Mars /mɑːz/ *n.* 火星; 戰神 **Martian** *adj.* 火星的, 火星人.

marsh /mɑːʃ/ *n.* 沼澤地 ~**land** 沼澤地帶 ~**y** *adj.* // ~ **gas** 沼氣, 甲烷.

marshal /ˈmɑːʃəl/ *n.* 元帥; 典禮官; 司法秘書官; 市執法官 *vt.* (過去式及過去分詞 ~**led** 現在分詞 ~**ling**) 安排就緒; 集合; 排列; 引導 // ~**ling yard** 貨車編組場, 調車場.

marshmallow /ˌmɑːʃˈmæləʊ/ *n.* 棉花糖.

marsupial /mɑːˈsjuːpɪəl, -ˈsuː-/ *adj.*

的，男性的，雄的；子氣概的；
勇敢的 n. 陽性，男子 // ~ly adv.
masculinity n. 丈夫氣，剛毅.

mart /mɑːt/ n. 市場；[廢]交易會；
拍賣場.

mash /mæʃ/ n. 麥芽漿(啤酒原
料)、麵粉、麩子混搗成漿的餵
牛、馬飼料，薯蓉；亂糟糟的一
團 vt. 搗碎，搗爛.

Martello tower /mɑːˈtɛləʊ/ n. 沿海
築的圓形小炮塔.

marten /ˈmɑːtɪn/ n. 貂皮；貂.

mask /mɑːsk/ n. 面罩；假面具，掩
蔽物；偽裝 vt. 戴面具，化裝；蒙
蔽；掩蓋；掩護 // ~ing tape 黏膠
帶.

martial /ˈmɑːʃəl/ adj. 戰爭的；戰
時的；軍事的；尚武的 // ~ly adv.
好戰地，勇敢地 // ~ art 武術(如
功夫、柔道等) ~ law 戒嚴令，軍
管，軍法.

masochism /ˈmæsəˌkɪzəm/ n.【心】
受虐狂，自我虐待 masochist n.
masochistic adj. masochistically
adv.

martin /ˈmɑːtɪn/ n. 紫崖燕；燕科
小鳥.

mason /ˈmeɪsʰn/ n. 石匠，泥水匠，
瓦工；共濟會成員 ~ry n. 石土技
術，石建築；共濟會制度.

martinet /ˌmɑːtɪˈnɛt/ n. 紀律嚴明
的(人)，嚴格要求的 ~ism n. 嚴格
的訓練.

masque /mɑːsk/ n. (中世紀)假面
戲劇；化裝舞會 ~rade n. 蒙面舞
會；偽裝；假托；掩飾 vi. 參加化
裝舞會，冒充，假裝 ~rader n. 化
裝跳舞者，冒充者，戴面具者.

martini /mɑːˈtiːni/ n. (艾酒和杜松
子酒混合成)馬丁尼雞尾酒.

martyr /ˈmɑːtə/ n. 殉道者，殉難
者；烈士；(受(病魔)折磨者 v. 殺
害，迫害，折磨 ~dom n. 殉道；殉
難；赴義.

mass /mæs/ n. 塊，堆，團；羣
眾；【宗】彌撒 ~acre n. 大屠
殺；成批屠宰 ~cult adj. [美口]
大眾文化 ~ive adj. 大的，重
的，魁偉的；大規模的；大塊的
~ively adv. ~-market adj. 搶手
的，暢銷的 ~-produce v. 大批量生產 M-
book n.【宗】彌撒經 // the ~es
民眾，大宗，眾多，總體 ~ energy
【化】【物】質能 ~ media 宣傳
工具，媒體 ~ movement 羣
眾運動 ~ meeting 羣眾大會
~ number【化】【物】(原子)質量
數 ~ production n. 大規模生產
~ society 羣體.

marvel /ˈmɑːvʲl/ n. 驚奇的東西；
非凡的人物，奇才 ~lous adj. 奇
異的，不可思議的；了不起的；妙
極的 ~lously adv.

Marxism /ˈmɑːksɪzəm/ n. 馬克思
主義 Marxist n. & adj. 馬克思主
義者(的).

marzipan /ˈmɑːzɪˌpæn/ n. 杏仁蛋
白糊；杏仁蛋白軟糖.

masc. abbr. = masculine.

mascara /mæˈskɑːrə/ n. (染)睫毛
液.

mascot(te) /ˈmæskət/ n. 福神，吉
人，吉祥物.

masculine /ˈmæskjʊlɪn/ adj. 陽性

massacre /ˈmæsəkə/ *n.* 大屠殺; 殘殺.

massage /ˈmæsɑːʒ, -sɑːdʒ/ *n.* & *v.* 按摩; 推拿; (電腦)處理, 分理 **~r**, massagist *n.* 按摩師 masseur *n.* 男按摩師 masseuse *n.* 女按摩師.

massif /ˈmæsiːf, masif/ *n.* [法]【地】叢山; 山岳; 地塊.

mast /mɑːst/ *n.* 桅, 桿, 橡果 **~head** *n.* [美]報頭; 版權頁 // **~ house** 桅桿製造廠.

mastectomy /mæˈstɛktəmɪ/ *n.* 乳腺切除術.

master /ˈmɑːstə/ *n.* 主人; 僱主; 船長; 校長; 老師; 先生; 師傅; 能手, 大師; **(M-)**碩士, 錄音原版 *vt.* 掌握, 控制; 熟練, 精通 **~ful** *adj.* 主人派頭的, 專橫的, 傲慢的; 熟練的 **~hood** *n.* = **~ship ~ly** *adj.* 巧妙的, 熟練的 **~mind** *v.* 策劃, 暗中指揮 **~piece**, **~work** *n.* 傑作, 名著 **~ship** *n.* 碩士學位, 校長職位; 精通 **~singer** *n.* (= Meistersinger) 職工歌手 **~y** *n.* 控制, 精通 // **~ bedroom** 主臥房 **~ cylinder**【機】主油缸, 主氣缸 **~ key** 萬能鑰匙 **~ plan** 總計劃 **~ of ceremonies** 司儀 **~ stroke** 豐功偉績; 妙舉.

mastic /ˈmæstɪk/ *n.* 乳香脂; 塗料; 膠黏劑.

masticate /ˈmæstɪˌkeɪt/ *v.* 嚼咀; 煉(橡膠)成漿 mastication *n.*

mastiff /ˈmæstɪf/ *n.* 獒犬(一種體大腰短的看家狗).

mastitis /mæˈstaɪtɪs/ *n.*【醫】乳腺炎.

mastodon /ˈmæstəˌdɒn/ or mastodont /ˈmæstəˌdɒnt/ *n.*【古生】柱牙象; 龐然大物; [美拳]重量級拳擊手.

mastoid /ˈmæstɔɪd/ *adj.* 乳頭狀的, 乳房狀的 **~itis** *n.* 乳突(骨)炎.

mat /mæt/ *n.* 蓆子; 墊子; 叢; 簇 *vt.* 鋪蓆子; 纏結; 使褪光 **~ting** *n.* (鋪地)墊子, 蘆蓆 // **on the ~** 被處罰, 受責備.

matador(e) /ˈmætədɔː/ *n.* 鬥牛士.

match /mætʃ/ *n.* ① 火柴 ② 導火索 ③ 比賽, 競賽 ④ 對手, 敵手 ⑤ 夥伴; 配偶 *vt.* 配合, 匹敵, 匹配; 配對 **~ able** *adj.* 能匹敵的 **~board** *n.*【建】企口板, 假型板 **~less** *adj.* 無敵的, 無比的 **~box** *n.* 火柴盒 **~maker** *n.* 媒人 **~stick** *n.* 火柴棒 *adj.* 瘦長高 **~wood** *n.* 做火柴棒的木料 // **~ point**【體】決勝的最後一分 **~stick man** 火柴人.

mate /meɪt/ *n.* ① 夥伴; 同事 ② 配偶 ③ 大副, 駕駛員 *v.* 成配偶; 交配 *vt.* & *n.*【棋】將軍, 將死 **~ly** *adj.* 友好的.

material /məˈtɪərɪəl/ *n.* 材料, 原料; 物資; 織物, 料子; 資料; (*pl.*)必需品; 要素; 人才 *adj.* 物質的; 主要的; 實質性的; 必需的 **~ly** *adv.* **~ism** *n.* 唯物主義 **~list** *adj.* & *n.* 唯物主義的; 唯物主義者 **~istic** *v.* 使具體化; 使物質化; 實現, 成為事實.

maternal /məˈtɜːnˀl/ *adj.* 母親的; 母系的, 母方的 **~ism** *n.* 縱容, 溺愛 **~ly** *adv.* maternity *n.* 母性; 懷孕 // **~ hospital** 產科醫院 **~ leave** 產假 **~ nurse** 助產士.

mathematics /ˌmæθəˈmætɪks/ or **maths** n. 數學 **mathematical** adj. 數學(上)的, 數理的; 精確的 **mathematician** n. 數學家.

maths /mæθs/ abbr. = mathematics.

matinée /ˈmætɪˌneɪ/ n. [法](戲劇、音樂會等的)日場.

mat(t)ins /ˈmætənz/ pl. n.【宗】早課, 晨禱.

matriarch /ˈmeɪtrɪˌɑːk/ n. 女家長, 女族長 **~al** adj. 母權的, 母系的 **~y** n. 女家長(或族長)制, 母權制.

matricide /ˈmætrɪˌsaɪd, ˈmeɪ-/ n. 殺母(罪); 弒母者.

matriculate /məˈtrɪkjʊˌleɪt, məˈtrɪkjəlɪt/ vt. (大學)錄取新生; 註冊入學 **matriculation** n. 錄取入學; (大學)入學考試.

matrimony /ˈmætrɪmənɪ/ n. 結婚; 婚姻生活; 夫妻關係 **matrimonial** adj.

matrix /ˈmeɪtrɪks, ˈmæ-/ n. (pl. matrices, ~es)【解】子宮; 母體; 發源地; 模型;【印】紙型;【數】(矩)陣, 方陣.

matron /ˈmeɪtrən/ n. (年齡較大、有聲望的)婦女; 女會監; 主婦; 女主任; 女總幹事; 護士長; 女會長; 女主席.

matt(e) /mæt/ adj. 無光澤的; 表面粗糙的(亦作 mat).

matter /ˈmætə/ n. 重要事情; 物質, 物品; 情況, 事, 要緊, 有重大關係 **~-of-factly** adv. 如實地; 平淡地 // **What's the ~?** (= What's wrong?) 怎麼一回事? **as a ~ of fact** adj. 事實上的, 實際

上的, 實事求是的.

mattock /ˈmætək/ n. 鶴嘴鋤.

mattress /ˈmætrɪs/ n. (床上用)墊子, 席子, 彈簧床墊.

mature /məˈtjʊə, -ˈtʃʊə/ adj. 熟的, 成熟的; 成人的; 到期的(票據) **maturity** n. **maturation** n. 成熟, 老成;【醫】化膿.

maudlin /ˈmɔːdlɪn/ adj. 易哭的, 易傷感的, 喝醉後就哭的 n. 脆弱的感情.

maul /mɔːl/ n. 大木槌 v. 虐待, 打傷, 嚴厲批評; 撕裂 **~er** n. 使用木槌的人, 拳擊家.

maunder /ˈmɔːndə/ vi. 嘮嘮叨叨地講, [英方]咕咕噥噥; 無目的或無聊地說或做.

maundy /ˈmɔːndɪ/ n.【宗】濯足禮, [英]濯足節時分發給貧民的救濟金 // **M- Thursday** (基督教)濯足節(復活節前的星期四).

mausoleum /ˌmɔːsəˈlɪəm/ n. 陵廟, 陵墓, 陵 **mausolean** adj.

mauve /məʊv/ n. 苯胺紫(染料); 紅紫色 adj. 淡紫的.

maverick /ˈmævərɪk/ n. 特立獨行的人; 無黨派政治家.

maw /mɔː/ n. 動物的嘴、喉或胃; 食管 **~-bound** adj. (牲畜)便秘的 **~-worm** n. 線蟲, 偽君子.

mawkish /ˈmɔːkɪʃ/ adj. 令人作嘔的; 討厭的; 無味的; 太易傷感的 **~ly** adv. **~ness** n.

max. /mæks/ abbr. = maximum.

maxim /ˈmæksɪm/ n. 真理; 基本原理; 格言; 座右銘.

maximum /ˈmæksɪməm/ n. (pl. -mums, -ma) 極點, 最大限度

最高額 *adj.* 最大的; 最高的 maximal *adj.* 極為可能的; 最大的; 最高的 maximize *vt.* 使增(或擴)到最大限度 maximization *n.*

May /meɪ/ *n.* 五月 **~fly** *n.* 蜉蝣 **~day** *n.* 無線電話中呼救訊號 **~pole** *n.* 五月柱 **~tide, ~time** *n.* 五月的季節 // **M- Day** 勞動節(5月 1 日).

may /meɪ/ *v. aux.* (過去式 might) 或許, 也許, 可能; 願.

maybe /ˈmeɪˌbiː/ *adv.* 大概; 或許; 可能.

mayhem, mai- /ˈmeɪhem/ *n.* [律] 傷害人肢體罪(指暴力行為); (美國)[拳] 打倒在地.

mayonnaise /ˌmeɪəˈneɪz/ *n.* [法]蛋黃醬, 蛋黃汁.

mayor /meə/ *n.* 市長 **~al** *adj.* **~alty, ~ship** *n.* 市長之職位 **~ess** *n.* 市長夫人; 女市長.

maze /meɪz/ *n.* 迷津, 迷宮, 迷魂陣; 困惑; 為難 *vt.* 使困惑, 使為難.

maz(o)urka /məˈzɜːkə/ *n.* 瑪祖卡舞(曲).

MB /em ˈbiː/ *abbr.* ① = megabyte 【計】百萬位元組 ② = Bachelor of Medicine 醫學士 ③ = Bachelor of Music 音樂學士.

MBE /em biː iː/ *abbr.* = Member (of the order) of the British Empire [英]帝國勳章獲得者.

mbira /əmˈbiːrə/ *n.* [音](非洲)安比拉琴.

mbps *abbr.* = megabits per second 【計】每秒兆比(modem速度).

MC /em ˈsiː/ *abbr.* ① = master of ceremonies 司儀 ② = marginal credit 邊際信用 ③ = Member of Congress 國會議員.

MCC /em siː siː/ *abbr.* = Marylebone Cricket Club [英]瑪麗勒本板球俱樂部.

MD /em diː/ *abbr.* = Doctor of Medicine 醫學博士.

ME /em iː/ *abbr.* ① = Mechanic Engineer 機械工程師 ② = Military Engineer 工程兵 ③ = Middle English 中古英語.

me /miː, mi/ *pron.* 弱 mi/ *pro.* (賓語)我.

mead /miːd/ *n.* 蜂蜜酒; [詩]草原 (亦作 ~ow).

meadow /ˈmedəʊ/ *n.* 草原, 草地 **~sweet** *n.* 珍珠花; 麻葉繡線菊.

meagre, 美式 **-er** /ˈmiːɡə/ *adj.* ① [英](食物)質量差的, 粗劣的 ② = meager [美]貧瘠的, 瘦的; 不毛的; 貧乏的 meagrely *adv.* meagreness *n.*

meal /miːl/ *n.* 餐, 飯; 粗粒; 麥片; 玉米碴 **~ly** *adj.* (粗)粉狀的, 粉質的 **~ly-mouthed** *adj.* 拐彎抹角說的; 油嘴滑舌的, 會說話的 **~time** *n.* 用餐時間.

mealie, mie- /ˈmiːli/ *n.* (南非)玉米, 玉蜀黍.

mean /miːn/ *v.* (過去式及過去分詞 ~t) 意思, 意味着; 計劃, 打算 *adj.* 中間的; 平庸的; 平均的; 卑鄙的; 吝嗇的 **~ing** *n.* 意思, 意義 **~ingful** *adj.* 有意思的, 意味深長的 **~ingless** *adj.* 無意思的 **~ly** *adv.* 下賤地 **~s** *n.* 方法, 手段 **~time** *adv. & n.* (= **~while**) 同時; 期間 // **by all ~s** 務必, 必定 **by no ~s** 決不, 絲毫

不,一點都不.

meander /mɪˈændə/ *n.* 彎曲, 曲折 *v.* 迂廻曲折地前進; 盤旋, 無目的地走.

measles /ˈmiːzəlz/ *n.* 麻疹, 疹子病 **measly** *adj.* 麻疹(似)的; [俚]無用, 無價值的, 微不足道的.

measure /ˈmeʒə/ *n.* 尺寸, 尺度, 分量, 份量; 措施, 手段, 方法, 辦法 *v.* 測量, 量度, 計量 **measurable** *adj.* 可量的, 相當的, 適當的 **~d** *adj.* 量過的, 適度的, 慎重的 **~ment** *n.* 計量, 測量, 量度; 尺寸, 大小 // **~ cylinder** 量筒 **~ tape** 捲尺, 皮尺 **~ up to** [美]符合; 達到(期望、要求).

meat /miːt/ *n.* (食用)肉; 內容; 實質 **~y** *adj.* 多肉的; 內容豐富的; 有血有肉的.

Mecca, -kka /ˈmekə/ *n.* 麥加(位於沙特阿拉伯, 斯蘭教聖地之一, 是全世界穆斯林的朝拜中心).

mechanic /mɪˈkænɪk/ *n.* 機械工, 技工 **~s** *n.* 機械學; 力學 **~al** *adj.* **~ally** *adv.*

mechanism /ˈmekənɪzəm/ *n.* 結構, 機械裝置; 手法; 技巧; 機制; 機能 **mechanistic** *adj.* 機械論的, 機械學的 **mechanize** *v.* 機械化, 機能化的.

mechanization /ˌmekənaɪˈzeɪʃən/ *n.* 機械化.

med. /med/ *abbr.* ① = medical *adj.* 醫學的 ② = medicine *n.* 醫藥 ③ = medieval *adj.* 中古, 中世紀 ④ = medium *n.* 中介, 媒介, 傳導體.

medal /ˈmedəl/ *n.* 獎章; 勳章; 證章

~lic *adj.* **~lion** *n.* 大獎章; 大徽章; 出租汽車牌照 **~list** *n.* 獎章得主.

meddle /ˈmedəl/ *vi* 擅自, 摸弄; 參與; 干涉; 插手 **~r** *n.* 多事者, 好管閒事者 **~some** *adj.* 愛管閒事的.

media /ˈmiːdɪə/ *n.* ① (用作單)媒體; 傳播媒介 ② medium 之複數 **~l** *adj.* 中間的; 平均的; 中央的 **~lly** *adv.* **~n** *adj.* & *n.* 中央(的), 中間(的), 中值(的), 中位(的) // **~ event** 重大新聞事件.

mediate /ˈmiːdɪeɪt, ˈmiːdɪɪt/ *v.* 幹旋; 調解; 做中間人 **mediation** *n.* 調解 **mediative** *adj.* 調解的 **meditatively** *adv.* **mediator** *n.* 調解人; 中間人; 幹旋者.

medic /ˈmedɪk/ *n.* [美俚]醫生; 【軍】軍醫助手; 醫科學生.

medical /ˈmedɪkəl/ *adj.* 醫學的; 醫療的; 醫術的 **~ly** *adv.* **medicament** *n.* 醫藥物, 藥劑 **medicate** *vt.* 用藥物治療 **medication** *n.* 藥物治療, 藥物處理.

medicine /ˈmedɪsɪn, ˈmedsɪn/ *n.* 醫藥, 內服藥; 醫學, 醫術 **medicinal** *adj.* 醫藥的; 藥用的 **medicinally** *adv.* **~man** *n.* 巫醫, [俚]醫生.

medi(a)eval /ˌmedɪˈiːvəl/ *adj.* 中古的, 中世紀的.

mediocre /ˈmiːdɪəʊkə, ˌmiːdɪˈəʊkə/ *adj.* 普普通通的; 中等的; 平庸的, 無價值的 **mediocrity** *n.*

meditate /ˈmedɪteɪt/ *v.* 深思, 沉思, 默想, 冥想; 反省; 考慮; 企圖; 策劃 **meditation** *n.* 深思熟慮 **meditative** *adj.* 默想的, 冥想的 **meditator** *n.* 默想者.

Mediterranean /ˌmɛditəˈreiniən/ *n.* 地中海.

medium /ˈmiːdiəm/ *n.* (*pl.* media) 媒介, 傳導體; 中間物; 培養基; 宣傳工具; 環境; 適中. 中級的. 中等的. ~**sized** *adj.* 中等大小的 // ~ **term** 中期 ~ **wave** 中波.

medlar /ˈmɛdlə/ *n.* 【植】歐楂.

medley /ˈmɛdli/ *n.* 混合, 混雜; 烏合之眾.

medulla /miˈdʌlə/ *n.* (*pl.* -las, -lae) 【解】骨髓 medulitis *n.* 【醫】骨髓炎 ~**ry** *adj.*

meek /miːk/ *adj.* 溫順的; 柔和的; 虛心的; 卑躬屈膝的. ~**ly** *adv.* ~**ness** *n.*

meerkat /ˈmiəˌkæt/ *n.* (南非)海島貓鼬; (四趾)沼狸.

meet /miːt/ (過去式及過去分詞 met) *vt.* 遇見, 碰上, 相遇, 會面; 初次見面; 接見; 認識; 答覆; 滿足; 迎合 *adj.* 適合的. ~**ing** *n.* 聚會; 集會; 會議.

mega /ˈmɛgə/ *adj.* 極好的; 非常成功的; 兆, 百萬 ~**bit** *n.* 【計】兆位 ~**buck** *n.* [俚]一百萬美元 ~**cycle** *n.* 【物】兆周 ~**star** *n.* 巨星 ~**hertz** *n.* 【物】兆赫 ~**phone** *n.* 麥克風, 擴音器 ~**ton** *n.* 百萬噸 ~**volt** *n.* 【物】兆伏(特) ~**watt** *n.* 【物】兆瓦(特).

megabyte /ˈmɛgəˌbait/ *n.* 【計】百萬位元組(記憶體容量單位).

megacity /ˈmɛgəˌsiti/ *n.* 大城市(百萬人口以上).

megafog /ˈmɛgəˌfɒg/ *n.* 霧訊號器.

megagame /ˌmɛgəˈgeim/ *n.* 大賽.

megalith /ˈmɛgəliθ/ *n.* 巨石, 巨碑 ~**ic** *adj.* 巨石的.

megalomania /ˌmɛgələʊˈmeiniə/ *n.* 【醫】誇大狂.

megapixel /ˈmɛgəˌpiksᵊl/ *n.* 【計】百萬像素.

meiosis /maiˈəʊsis/ *n.* (*pl.* -ses) 【生】減數分裂, 成熟分裂;【語】間接肯定法(亦作 litotes).

melamine /ˈmɛləˌmiːn/ *n.* 【化】三聚氰胺, 蜜胺 // ~ **resin** 蜜胺樹脂.

melancholy /ˈmɛlənkəli/ *n.* 憂鬱, 憂鬱症; 愁思; 沉思 melancholia *n.* 【醫】憂鬱病 melancholiac *adj. & n.* 患憂鬱病的(人).

mélange /meiˈlɑːnʒ/ *n.* [法]混合物; 雜錦; 雜燴; 雜記.

melanin /ˈmɛlənin/ *n.* 【醫】黑(色)素 melanism *n.* 黑色素過多,【生化】黑化, 暗化.

mêlée /ˈmɛleɪ/ *n.* [法]混戰; 毆鬥; 激烈論戰.

melliferous /miˈlifərəs/ or mellific /miˈlifik/ *adj.* 產蜜的; 甜的.

mellifluous /miˈlifluəs/ *adj.* = mellifluent *adj.* 甜蜜的, 甘美的.

mellotron /ˈmɛləˌtrɒn/ *n.* (一種電腦編程式的)電子琴.

mellow /ˈmɛləʊ/ *adj.* (瓜果等)成熟的, 甘美多汁的; (酒)芳醇的; 肥沃的; 老練的; 圓潤的, 豐滿的; 愉快的, 溫和的, 柔和的 *v.* 使柔和, 使芳醇; 使成熟.

melodrama /ˈmɛləˌdrɑːmə/ *n.* 情節劇, 傳奇劇; 戲劇性的事件 ~**tic** *adj.* 情節劇的, 誇張的.

melody /ˈmɛlədi/ *n.* 甜蜜的音樂,

好聽的曲調 melodic adj. 有旋律的, 調子美妙的 melodious adj. 旋律優美的.

melon /ˈmelən/ n. 甜瓜; [美俚]額外紅利; 橫財 water~ n. 西瓜 // ~ cutting 瓜分, 分肥; [俚]分紅.

melt /melt/ vi. (過去式 ~ed 過去分詞 ~ed, ~en) 融化; 熔化; 逐漸消失, 變軟, 軟化; 使消散; 融ната ~age n. 熔化; 熔化物 ~ing adj. 熔化的, 熔解 ~water n. 【地】融化水 // ~ing point 熔點 ~ing pot 坩堝; 大熔爐; 各種族融合之國 ~ up (= [美] down) 熔化物.

member /ˈmembə/ n. 成員; 會員; 社員; 議員; 委員; 肢體; 部份 ~ship n. 會員身份(或地位、資格); 會籍 // M- of Parliament (議會)議員.

membrane /ˈmembrein/ n. 膜; 隔膜; 膜狀物 membranophone n. 膜鳴樂器.

memento /mɪˈmentəʊ/ n. (pl. ~to(e)s) 紀念品, 令人回憶的東西; 令人警惕的東西.

memo /ˈmeməʊ, ˈmiːməʊ/ n. = ~randum [口]記錄; 備忘錄.

memoir /ˈmemwɑː/ n. 傳記; 實錄; (pl.)回憶錄; 學會紀要.

memorable /ˈmemərəbˈl, ˈmemrə-/ adj. 可記憶的; 不可忘記的; 難忘的 memorably adv. memorabilia n. 大事記; 偉人言行錄.

memory /ˈmeməri/ n. (pl. ~ries) 記憶(力), 回憶, 紀念; 【計】儲存器 memorial adj. 紀念的; 記憶的; 追悼的 n. 紀念物, 紀念品; (pl.) 記錄, 備忘錄, 史冊 memorize v.

記憶; 記錄; 儲存 // drum - 【計】儲存磁鼓 - bank 【計】儲存體 ~ stick【計】記憶棒.

memsahib /ˈmemsɑːɪb, -hɪb/ n. [印度]夫人; 太太; 女士; 小姐(原指歐洲女子).

men /men/ n. man 之複數 ~folk(s) n. 男人們.

menace /ˈmenɪs/ vt. 嚇, 恐嚇, 脅迫; 使有危險 menacing adj. 威脅的; 險惡的 menacingly adv.

ménage /meɪˈnɑːʒ/ n. [法]家庭; 家務(管理); 家政.

menagerie /mɪˈnædʒəri/ n. [法]動物園; 供展覽的一批動物.

mend /mend/ vt. 修補; 修理; 織補; 改正; 改善; 加快 ~er n. 修理者, 修正者 // on the - 恢復健康, 痊癒.

mendacious /menˈdeɪʃəs/ adj. 虛假的 ~ly adv.

mendacity /menˈdæsɪti/ n. 虛假; 謊言; 説謊癖; 説謊成性.

mendicant /ˈmendɪkənt/ adj. 行乞的; 乞食的 n. 乞丐; 托鉢僧.

menhir /ˈmenhɪə/ n. 【考古】巨石, 糙石巨柱.

menial /ˈmiːniəl/ adj. 奴性的; 卑下的; 僕人的 n. 奴僕 ~ly adv.

meningitis /ˌmenɪnˈdʒaɪtɪs/ n. 【醫】腦膜炎 meningitic adj.

meniscus /mɪˈnɪskəs/ n. (pl. -niscuses, -nisci) 新月形; 【物】凹凸透鏡; 【醫】半月板.

menopause /ˈmenəʊpɔːz/ n. 【醫】停經, 絕經(期) menopausal adj.

menstruation /ˌmenstrʊˈeɪʃən/ n. 月經; 月經期間 menstrual adj.

menstruate *vi.* 來月經; 行經.

mensuration /ˌmɛnsəˈreɪʃən/ *n.* 測定; 測量; 求積法 mensurable *adj.* 可量度的, 可測量的.

mental /ˈmɛntl/ *adj.* 內心的; 精神的; 心理的; 智力的;【解】頦的 *n.* 精神的東西; 意志薄弱的人; 傻子, 糊塗蟲 ~ly *adv.* ~ity *n.* 腦力; 智力; 精神; 心理; 意識 // ~ dependence【醫】精神依賴 ~ illness【醫】精神病.

menthol /ˈmɛnθɒl/ *n.*【化】薄荷醇 // ~ pencil 薄荷錠.

mention /ˈmɛnʃən/ *n. & vt.* 說起, 提到, 談到, 提及; 敘述; 提名表揚.

mentor /ˈmɛntɔː/ *n.* 指導人, 輔導教師, 教練.

menu /ˈmɛnjuː/ *n.* (*pl.* -s)【法】菜單; 餐, 飯菜 // ~ bar【計】菜單(欄).

MEP /ˈem iː ˈpiː/ *abbr.* = Member of the European Parliament 歐洲議會議員.

mercantile /ˈmɜːkənˌtaɪl/ *adj.* 商業的; 商人的, 貿易的 mercantilism *n.* 重商主義.

Mercator projection /mɜːˈkeɪtə/ *n.* 墨卡托投影法.

mercenary /ˈmɜːsɪnərɪ, -sɪnrɪ/ *adj.* 為金錢工作的; 僱傭的 *n.* (*pl.* -naries) 僱傭軍; 僱用的人.

mercer /ˈmɜːsə/ *n.* 綢緞商人 ~y *n.* 綢布店, 絲織織物 ~ize *vt.* 作絲光處理.

merchandise /ˈmɜːtʃənˌdaɪs, -ˌdaɪz/ *n.* 商品, 貨物 ~r *n.* 商人.

merchant /ˈmɜːtʃənt/ *n.* 商人, 批發商, 貿易商;【美】零售商 ~able

adj. 可買賣的, 有銷路的 ~like *adj.* 商人似的 ~man *n.* 商船, 貨船 // ~ bank 商業投資銀行; 招商銀行 ~ navy (一個國家的)商業船隊 ~ seaman 商船船員.

mercury /ˈmɜːkjʊrɪ/ *n.* ① 水銀, 汞 ② 精神, 元氣; (M-)【天】水星 mercurial *adj.* 水星的.

mercy /ˈmɜːsɪ/ *n.* 仁慈; 憐憫; 寬恕; 恩惠; 僥倖, 幸運 merciful *adj.* mercifully *adv.* merciless *adj.* 冷酷無情的, 殘忍的 mercilessly *adv.* mercilessness *n.*

mere /mɪə/ *adj.* 單單, 只; 不過 *n.* 池沼, 小湖 ~ly *adv.* 單, 只; 純粹, 全然.

meretricious /ˌmɛrɪˈtrɪʃəs/ *adj.* ① 華而不實的; 耀眼的, 俗不可耐的 ② [古] 娼妓似的.

merganser /mɜːˈɡænsə/ *n.*【鳥】秋沙鴨.

merge /mɜːdʒ/ *vt.* 吞沒, 吸收, 使消失;【律】合併, 使結合, 融合 ~e *n.* 合併的一方 ~nce *n.* ~r *n.* (企業等的)合併, 併吞, 合併者;【律】托拉斯(亦作 trust).

meridian /məˈrɪdɪən/ *n. & adj.*【天】子午線(的); 經線(的); [方] 正午(或幸福、成功等的)頂點, 全盛期(的) // ~ altitude【天】子午線高度, 中天高度 ~ passage 中天.

meringue /məˈræŋ/ *n.* 蛋白糖霜; 蛋白甜餅.

merino /məˈriːnəʊ/ *n.* (*pl.* -nos) (美利奴)綿羊; [美利奴]羊毛.

merit /ˈmɛrɪt/ *n.* 優點, 長處; 功績, 功勞; 成就; 優良品質;【律】

事實真相, 是非曲直 ~ocrocracy n. 精英領導階層, 學術名流 // ~ system 量才錄用之人才制度.

meritorious /ˌmɛrɪˈtɔːrɪəs/ adj. 有功動的, 有功勞的 ~ly adv.

Merlin, Merlyn /ˈmɜːlɪn/ n. 傳說中的預言家, 魔術師; (m-)【鳥】灰背隼.

mermaid /ˈmɜːmeɪd/ n. 美人魚; [美]女游泳健將.

merry /ˈmɛrɪ/ adj. 愉快的, 快活的有趣的; 生動的 merrily adv. ~-andrew n. 丑角, 笨人 ~-go-down n. [口]強烈烈酒 ~-go-round n. 旋轉木馬, 走馬燈 ~-making n. 歡樂, 喝酒作樂 ~-thought n. (= wishbone)【鳥】叉骨.

mescal /ˈmɛskæl/ n. 龍舌蘭(酒).

mescalin(e) /ˈmɛskəˌliːn/ n.【化】墨斯卡靈(幻覺劑).

mesdames /meɪˈdæm, French medam/ n. [法]madame 之複數.

mesh /mɛʃ/ n. 網眼, 篩孔; 網, 網絡; (齒輪之)嚙合 v. 用網捕捉; 使纏住; 使咬合 ~work n. 網狀物.

mesmerize, -se /ˈmɛzməˌraɪz/ vt. 給…施行催眠; 迷惑 ~r n. 催眠者 mesmerization n. 施催眠術, 催眠狀態.

meson /ˈmiːzɒn/ n. = mesotron【物】介子, 重電子 ~ic adj.

mess /mɛs/ n. ① 混亂, 弄糟, 大雜燴 ② 集體用膳人員, 食品, 食堂, 伙食 v. ① 供膳 ② 搞亂; 弄亂(髒) // ~ about 磨洋工, 閒蕩 ~ around [美俚]浪費時間, 混

日子 ~ gear (~ kit) [美俚]餐具 ~ up [美俚]陷入困境, 弄糟.

message /ˈmɛsɪdʒ/ n. 通訊, 口信; 問候; 消息, 訊息.

messenger /ˈmɛsɪndʒə/ n. 使者; 送信人, 信使; 傳令兵 // ~ call 傳呼(電話).

Messiah /mɪˈsaɪə/ n. 彌賽亞, (猶太人盼望的)救世主, 救星; (基督教徒心目中的)救世主, 基督 Messianic adj.

messieurs /ˈmɛsəz, mesjø/ n. [法] monsieur 之複數.

Messrs /ˈmɛsəz/ n. Mr. 之複數 (messieurs 之略).

messy /ˈmɛsɪ/ adj. (比較級 messier 最高級 messiest) 凌亂的, 混亂的; 污穢的; 骯髒的, 難辦的 messily adv.

met /mɛt/ v. meet 之過去式.

metabolism /mɪˈtæbəˌlɪzəm/ n.【生】新陳代謝 metabolic v. (使發生)代謝變化 // metabolic rate【醫】代謝率.

metal /ˈmɛtl/ n. ① 金屬, 金屬製品;【化】金屬元素; 金屬性 ② (鋪路)碎石; [英]鐵軌 ③ 本質; 成色 ~lic adj. ~ophone n.【音】金屬木琴, 金屬擊嗚樂器 ~lurgy n. 冶金(術) ~lurgic adj. 冶金的 ~lurgist n. 鑄工, 冶金學家 ~work n. 金屬製品.

metamorphosis /ˌmɛtəˈmɔːfəsɪs/ n. (pl. -ses) 變形; 變質, 變態.

metaphor /ˈmɛtəfə, -fɔː/ n. 【語】隱喻, 暗喻 ~ical adj. ~ically adv. 用比喻, 用隱喻.

metaphysics /ˌmɛtəˈfɪzɪks/ n. 形而

上學, 玄學, 空談 metaphysical *adj.*

mete /miːt/ *v.* ① 分配; 給予 ② 測量, 評定 *n.* 界石, 邊界.

meteor /ˈmiːtɪə/ *n.* 【天】流星, 曳光 **~ic** *adj.* 大氣的, 氣象的; 流星(似)的, 曇花一現的 **~ite** *n.* 隕星, 隕石.

meteorology /ˌmiːtɪəˈrɒlədʒɪ/ *n.* 氣象學; 氣象 **meteorological** *adj.* **meteorologist** *n.* 氣象學家.

meter /ˈmiːtə/ *n.* 測量儀表; 計量器; 韻律; 米, 公尺(亦作 **~**) *vt.* 用儀表計算(或測量, 記錄).

methane /ˈmiːθeɪn/ *n.* 【化】甲烷, 沼氣.

methanol /ˈmɛθənɒl/ *n.* 【化】甲醇, 木醇(亦作 methyl alcohol).

methinks /mɪˈθɪŋks/ or **methinketh** /mɪˈθɪŋkɪθ/ *v.* (過去式 methought) [古]我想; 據我看來(亦作 it seems to me).

method /ˈmɛθəd/ *n.* 方法; 方式; 順序, 規律; 修理 **~ical** *adj.* **~ically** *adv.* 有方法的 **~ology** *n.* 方法學, 方法論 // **~ acting**【藝】體驗派表演方法.

Methodist /ˈmɛθədɪst/ *n.* 方法論者;【生】分類學家;【宗】衛理公會教徒 **Methodism** *n.* 墨守成規; 衛理公會派.

meths /mɛθs/ *n.* [英口]甲基化酒精.

methyl /ˈmiːθaɪl, ˈmɛθɪl/ *n.* 【化】甲基 **~ene** *n.* 【化】甲烯, 亞甲荃 // **~ alcochol**【化】甲醇, 木醇 **~ated spirits** 變性酒精.

meticulous /mɪˈtɪkjʊləs/ *adj.* 小心

翼翼的; 膽小的; 細緻的; 過份注意瑣事的 **~ly** *adv.*

métier /ˈmɛtɪeɪ/ *n.* [法]職業; 行業; 工作; 專長.

metonymy /mɪˈtɒnɪmɪ/ *n.* 【語】換喻, 轉喻.

metre, 美式 **-er** /ˈmiːtə/ *n.* ① [韻]韻律, 格律 ② [英]米, 公尺 ③ 測量儀器, 表, 計.

metric /ˈmɛtrɪk/ *adj.* & *n.* 米制的; (採用)公制的; 米的 **~al** *adj.* 韻律的, 詩的; 測量用的 **~ally** *adv.* **~ation** *n.* 公制, 米制, 公制化 // **~ system** 米制 **~ton** 公噸 **~ screw thread** 公制螺紋.

metro /ˈmɛtrəʊ/ or **métro** /French metro/ *n.* (*pl.* -ros) 地鐵, 地下鐵道.

metronome /ˈmɛtrənəʊm/ *n.* 【音】節拍器 **metronomic** *adj.* 節拍器的, 有節奏的.

metropolis /mɪˈtrɒpəlɪs/ *n.* 首都; 大都會 **metropolitan** *adj.*

mettle /ˈmɛtəl/ *n.* 氣質, 脾性, 性格; 勇氣, 精神, 氣概.

mew /mjuː/ *n.* & *v.* 咪咪(貓叫); (*pl.*)(設有馬車房的)馬店.

Mexican /ˈmɛksɪkən/ *n.* 墨西哥人 *adj.* 墨西哥(人)的.

mezzanine /ˈmɛzəniːn, ˈmɛtsəniːn/ *n.* 底層與二層間之夾層樓面; 樓廳包廂.

mezzo-soprano *n.* 【音】女中音; 女中音歌手.

mezzotint /ˈmɛtsəʊtɪnt/ or [廢] **mezzotinto** /ˈmɛtsəʊˈtɪntəʊ/ *n.* & *vt.* 鏤刻凹版.

Mg *abbr.* 【化】元素鎂

(magnesium) 的符號.

mg /ˈmɪlɪˌɡræm/ *abbr.* = milligram(s) 毫克.

mgr *abbr.* = manager 經理 ② = Monseigneur(e) [法].

MHz /ˈmeɡəˌhɜːts/ *abbr.* = megahertz 兆赫.

miaow /miˈaʊ/ *n. & v.* = meow 咪咪(貓叫聲).

miasma /miˈæzmə/ *n. (pl. -mas, -mata)* ① 腐敗有機物散發之毒氣, 瘴氣 ② 不良氣氛.

mica /ˈmaɪkə/ *n.* 【礦】雲母 **~ceous** *adj.* 含雲母的, 雲母的.

mice /maɪs/ *n.* mouse 之複數.

MICE /em aɪ siː iː/ *abbr.* = Member of the Institute of Civil Engineers [英]土木工程師學會會員.

Michaelmas /ˈmɪkᵊlməs/ *n.* 米迦勒節 (9 月 29 日); 英國四大結賬日之一 // **~ daisy** 【植】紫苑.

mick(e)y /ˈmɪki/ *n.* [英俚]精神, 傲慢, 自誇 // **M- Mouse** 米奇老鼠 take the mickey 取笑, 嘲弄.

micro /ˈmaɪkrəʊ/ *n. (pl. -cros)* 微, 小; [美]特短短裙; 微型電腦 (microcomputer 之略); 微處理器 (**~processor** 之略) **~ampere** *n.* 安培 **~analysis** *n.* 【化】微量分析 **~bar** *n.* 微巴(壓力單位) **~barograph** *n.* 【氣】微(氣)壓計 **~bus** *n.* 微型巴士 **~copy** *n.* 縮微副本 **~electronics** *n.* 微電子學 **~element** *n.* 微量元素 **~farad** *n.* 【電】微法(拉)(電容單位) **~form** *n.* 縮微印刷品, 縮微過程 **~gram** *n.* 微克(重量單位) **~graph** *n.*

顯微(製)圖 **~litre** *n.* 微升(千分之一毫升) **~mini** *n.* 超短裙 **~miniature** *adj.* 超小型的, 微型的 **~motor** *n.* 微電機 **~reader** *n.* 顯微閱讀器 **~second** *n.* 微秒 **~some** *n.* 【生】微粒體; 微體.

microbe /ˈmaɪkrəʊb/ *n.* 微生物, 細菌, 病菌 **microbial** *adj.*

microbiology /ˌmaɪkrəʊbaɪˈɒlədʒɪ/ *n.* 微生物學 **microbiologist** *n.* 微生物學家.

microchip /ˈmaɪkrəʊˌtʃɪp/ *n.* [美口]微型集成電路片; 微晶片.

microcomputer /ˈmaɪkrəʊkəmˌpjuːtə/ *n.* 微型電腦, 微機.

microcosm /ˈmaɪkrəʊˌkɒzəm/ or **microcosmos** /ˌmaɪkrəʊˈkɒzmɒs/ *n.* ① 微觀世界; 人類社會 ② 縮影, 縮圖.

microdot /ˈmaɪkrəʊˌdɒt/ *n.* 【攝】微點拷貝; 微點照片.

microfiche /ˈmaɪkrəʊˌfiːʃ/ *n.* 縮微膠片.

microfilm /ˈmaɪkrəʊˌfɪlm/ *n.* 縮微膠卷, 縮微照片 **~er** *n.* 縮微攝影機.

microlight /ˈmaɪkrəʊˌlaɪt/ *n.* 長翼輕型小飛機.

micrometer /maɪˈkrɒmɪtə/ *n.* 【機】測微計, 千分尺; 【天】測距器.

micron /ˈmaɪkrɒn/ *n. (pl. -crons, -cra)* 微米 (= 1/100 萬米, 符號為 µ).

microorganism /ˌmaɪkrəʊˈɔːɡəˌnɪzəm/ *n.* 微生物 (亦作 **micro-organism**).

microphone /ˈmaɪkrəˌfəʊn/ *n.* 話

筒, 傳聲筒, 麥克風(或擴音器、揚聲器).

microprocessor /ˌmaɪkrəʊˈprəʊsesə/ n. 微信息處理器, 微處理器, 微處理機.

microscope /ˈmaɪkrəˌskəʊp/ n. 顯微鏡 microscopic adj. microscopical adj. microscopically adv. microscopist n. 顯微鏡操作者 microscopy n. 顯微鏡學.

microsurgery /ˌmaɪkrəʊˈsɜːdʒərɪ/ n. 顯微外科手術(亦作 micromanipulation).

microwave /ˈmaɪkrəʊˌweɪv/ n. 微波 // ~ oven 微波爐.

micturate /ˈmɪktjʊˌreɪt/ v. (使)排尿 (亦作 urinate) micturition n.

midden /ˈmɪdˀn/ n. [俚]糞堆; 垃圾堆; 垃圾箱.

middle /ˈmɪdˀl/ n. 中央, 中間, 正中, 中部 adj. 中間的, 中等的 ~-aged adj. 中年的 ~-class adj. 中產階級的 ~man n. 中間人, 經紀人 ~most adj. 正中的 ~-of-the-road adj. 中間路線 ~-sized adj. 中號的 ~-weight n. (拳擊、舉重)中量級 // M- Ages 中世紀 ~ age 中年 ~ class 中產階級 ~ ear 中耳 M- English 中世紀英語 M- East 中東 ~ height 中等身材; 半山腰 M- West [美] 中西部(各州).

middling /ˈmɪdlɪŋ/ adj. 中等的; 普通的; 二流的; 不好不壞的 n. (pl.)中級品; 標準(棉花).

midge /mɪdʒ/ n. (蚊、蚋等)昆蟲; 小個, 侏儒.

midget /ˈmɪdʒɪt/ n. 小個子, 侏儒; 小照片; 袖珍潛艇.

MIDI /ˈmɪdɪ/ abbr. 電子琴外控系統; [法]米迪(法國南部地區); (m-) [美]半長裙.

midriff /ˈmɪdrɪf/ n.【解】橫隔膜; [美俚]肚子, 露腰上衣.

midst /mɪdst/ n. 當中, 中央, 中間 // in the ~ of 在 … 當中, 在 … 中間.

midwife /ˈmɪdˌwaɪf/ n. (pl. -wives) 助產士, 接生婆 ~ry n. 助產術, 助產學.

mien /miːn/ n. 風度, 態度, 樣子, 外表.

miffed /mɪft/ adj. [美口]生氣的, 發怒的, 惱火的.

might /maɪt/ v. may 之過去式 n. 力, 力氣, 勢力, 兵力 ~y adj. 強大的, 有力的; 偉大的, 非凡的 ~ily adv. 強烈地, 猛烈地, 有力地, 非常 // with ~ and main (= with all one's ~) 盡全力, 拼命.

mignonette /ˌmɪnjəˈnet/ n.【植】木犀草; 灰綠色.

migraine /ˈmiːgreɪn, ˈmaɪ-/ n. [法]【醫】週期性偏頭痛.

migrate /maɪˈgreɪt/ vi. 遷移, 移居(海外), 定期移遷 migration n. migrant adj. = migratory n. 候鳥, 移居者.

mike /maɪk/ n. 話筒, 送話器 // ~ fright 話筒前之膽怯.

milch /mɪltʃ/ adj. (家畜)有奶的, 產乳的, 為擠奶飼養的.

mild /maɪld/ adj. 溫和的; 溫厚的; 柔和的; 輕微的, 適度的 ~ly adv. ~en v. (使)溫和變暖和 ~ness n.

~-mannered *adj.* 舉止文雅的, 溫和的 // **~ steel** 軟鋼.

mildew /'mɪl.dju:/ *n.* 霉; 霉菌 *v.* (使)發霉 **~ed** *adj.*

mile /maɪl/ *n.* 英里, 哩 (= 1609 米) **mil(e)age** *n.* 英里數, 里程; 按英里支付的運費; 汽車耗油一加侖油所行的平均里程; 好處, 利潤 **~meter** *n.* (計)里程表 **~post** *n.* (= **~stone**) 里程碑, 劃時代重大事件.

milieu /'mi:ljɜ:, miljø/ *n.* (*pl.* -**lieus**, -**lieux**) [法]周圍, 環境, 背景.

militant /'mɪlɪtənt/ *adj.* 戰鬥中的, 交戰中的; 鬥志高的; 好戰的 **~ly** *adv.* **militancy** *n.* 交戰狀態; 戰鬥精神.

military /'mɪlɪtəri, -tri/ *adj.* 軍人的, 軍事的, 軍用的, 好戰的, 戰鬥性的 *adv.* **militarily** *adv.* **militarism** *n.* 軍國主義, 黷武主義, 尚武精神 **militarist** *n.* 軍國主義者, 軍閥, 軍事專家 **militaristic** *adj.* // **~ police** 武警, 憲兵 **~ service** 兵役.

militate /'mɪlɪteɪt/ *v.* 發生影響, 起作用.

militia /mɪˈlɪʃə/ *n.* 民兵; [英]國民軍 **~man** *n.* (男)民兵.

milk /mɪlk/ *n.* 奶, 牛奶; 乳狀液, 乳劑 *v.* 擠(牛)奶, 榨取, 剝削 **~er** *n.* ① 擠奶器; 擠奶人 ② 乳牛 **~ing** *n.* **~maid** *n.* 擠牛奶女工 **~man** *n.* 送奶(或賣)牛奶的人 **~shake** *n.* 奶昔(牛奶冰淇淋混合飲料) **~sop** *n.* 懦夫, 沒骨氣的人 **~y** *adj.* 含牛奶的; 乳白色的 // **~ float** [英]小型電動送牛奶車 **~ glass** 乳白色玻璃 **~ round** ① 送牛奶的路線 ② 企業人事部職員一路去好幾個學院招募人員的任務 (*pl.* **~ teeth**) 乳齒 the Milky way 銀河.

mill /mɪl/ *n.* 磨粉機; 磨坊; 工廠, 工場;【冶】軋鋼機, 研磨機 *v.* 磨碎, 碾碎, 鋸斷, 軋(花邊), 銑, 攪拌 **~er** *n.* 磨坊主, 銑工 **~wheel** *n.* 水車(輪子) **~stone** *n.* 磨盤石 // **~ round one's neck** 肩負重擔如磨石壓肩.

millennium /mɪˈlɛniəm/ *n.* (*pl.* -**niums**, -**nia**) 一千年; 千年之福; 太平盛世; 黃金時代.

millepede /'mɪlɪˌpiːd/ *n.*【動】馬陸, 千足蟲(亦作 millipede).

millet /'mɪlɪt/ *n.*【植】黍, 小米; 粟.

milli- /mɪlɪ-/ *pref.* [前綴] 表示"毫, 千分之一", 如: **~second** *n.* 毫秒 **~ard** *n.* 十億 **~bar** *n.* 毫巴(氣壓單位, = 1/1000 巴) **~gram(me)** *n.* 毫克 (= 1/1000 克) **~henry** *n.*【電】毫亨(利) **~litre** *n.* 毫升 (1/1000 公升) **~metre** *n.* 毫米 (1/1000 米).

milliner /'mɪlɪnə/ *n.* 女帽頭飾商 **~y** *n.* 女帽商.

million /'mɪljən/ *adj.* & *n.* ① 百萬 ② 百萬元 **~aire** *n.* 百萬富翁, 富豪 **~ette** *n.* 小富豪 **~fold** *adj.* & *adv.* 百萬倍 **~th** *num.* & *n.* 第一百萬(個).

millipede /'mɪlɪˌpiːd/ *n.* = millepede.

milometer /maɪˈlɒmɪtə/ *n.* (汽車的)計程器.

milt /mɪlt/ *n.* 脾臟; 魚精液 *vt.* 使

(魚卵)受精.

mime /maɪm/ n. 啞劇; 摹擬表演; 小丑, 丑角 vi. 作摹擬表演; 演滑稽角色 ~sis n. 模仿, 摹擬, 擬態 ~tic adj.

mimic /ˈmɪmɪk/ v. (過去式及過去分詞 ~ked)學樣, 仿效, 模擬 巧於模仿之人(或動物); 丑角 ~ry n. 學樣, 模仿, 徒手表演.

mimosa /mɪˈməʊsə, -zə/ n. 【植】含羞草.

min. abbr. ① = minimum 最低限度 ② = minute(s) 分鐘 ③ = minister 部長 ④ = ministry 部.

mina /ˈmaɪnə/ n. (pl. -nae, -nas) = myna 【鳥】鷯哥, 八哥.

minaret /ˌmɪnəˈret, ˈmɪnəˌret/ n. (伊斯蘭教的)宣禮塔.

minatory /ˈmɪnətərɪ, -trɪ/ or **minatorial** adj. = minacious adj. 威脅性的, 威嚇的.

mince /mɪns/ vt. 切碎, 剁碎, 絞碎; 半吞半吐地說; 婉轉地說 ~ n. 絞肉機 **mincing** adj. 裝腔作勢的, 裝模作樣的 ~meat n. 百果餡 // ~ pie 百果餡餅.

mind /maɪnd/ n. 精神; 心力; 目的; 意向; 記憶 ~ed adj. 有意志力的 ~blower n. 迷幻劑 ~-blowing adj. 令人產生幻覺的; 動人心弦的 ~er n. (機器、家畜、幼兒等的)看管人 ~ful adj. 注意的, 留心的; 不忘的 ~less adj. 不注意的, 無心的; 粗心大意的; 愚鈍的 // change one's ~ 改變主意, 變卦 make up one's ~ 下定決心, 拿定主意 in one's ~'s eye 在心目中; 在想像中

~ blow 使產生幻覺 ~ map 心智圖.

mine /maɪn/ pro. (I 的絕對所有格, 物主代詞) n. 礦, 礦山, 資源, 寶庫;【軍】地雷, 水雷 v. 開礦, 採礦, 採掘, 破壞; 佈雷 ~r n. 礦工 ~field n. 礦區; 佈雷區 ~shaft n. 礦井, 豎井 ~sweeper n. 掃雷器; 掃雷艦 **mining** n. ① 採礦 ② 佈雷 adj. 開礦的.

mineral /ˈmɪnərəl, ˈmɪnrəl/ n. 礦物;【化】無機物 adj. 礦物的; 含礦物的; 無機的 ~ogy n. 礦物學 ~ogist n. 礦物學家 // ~ salt 無機鹽, 礦物鹽 ~ water 礦泉水.

minestrone /ˌmɪnɪˈstrəʊnɪ/ n. [意]大利蔬菜濃湯.

mingle /ˈmɪŋɡl/ v. 混合, 相混; 參加, 加入; 交際.

mingy /ˈmɪndʒɪ/ adj. (比較級 **-gier** 最高級 **-giest**) [英口]卑鄙的, 吝嗇小氣的.

mini- /ˈmɪnɪ-/ pref. [前綴] 表示 "微型的; 小的", 如: ~bar n. 小酒吧 ~break n. 小長假(兩、三天之假期) ~bus n. 小巴 ~car n. 小型汽車; 小麵包車 ~cab n. 微型小出租車 ~cam n. 微型照相機.

miniature /ˈmɪnɪtʃə/ n. 微小畫像, 縮影 adj. 小型的; 小規模的; 縮小的 **miniaturize** vt. 使微型化 **miniaturization** n. 微型化.

minicomputer /ˌmɪnɪkəmˈpjuːtə/ n. 微型電腦; 微機.

minicrisis n. 短暫危機.

minim /ˈmɪnɪm/ n. 微小物; 一滴; 一點; 極矮小的人.

minima /ˈmɪnɪmə/ n. minimum 之

複數異體字 ~lism *n.* 極簡派藝術; 最低綱領派 // ~l market 微型市場 ~l pair 【語】最小音差, 最小對立體.

minimum /ˈmɪnɪməm/ *n.* 最小; 最低; 最少限度 minimal *adj.* minimally *adv.* minimize *v.* 使減到最少, 按最小限估計; 輕視 minimizaion *n.* // ~ landing rate 飛機的最慢降落速度 ~ range 最小射程 ~ thermometer 最低溫度計 ~ wage 最低工資.

minion /ˈmɪnjən/ *n.* 寵兒, 寵臣, 寵物; 走狗, 奴才.

miniseries /ˈmɪnɪˌsɪəriːz/ *n.* 電視系列節目; 連續劇.

miniskirt /ˈmɪnɪskɜːt/ *n.* 超短裙.

minister /ˈmɪnɪstə/ *n.* 政府部長; 閣員; 大臣; 公使, 外交使節; 牧師 ~ial *adj.* ministration *n.* 宗教儀式; 救濟; 救助 ministry *n.* 服務, 侍奉; 牧師職務, 牧師; 內閣, (政府)部.

mink /mɪŋk/ *n.* 【動】貂, 水貂; 貂皮.

minnow /ˈmɪnəʊ/ *n.* 鮭魚, 小魚, 雜魚.

minor /ˈmaɪnə/ *adj.* 較小的, 少數的; 不重要的, 較次的; 選修科; 【音】小調 ~ity *n.* 少數, 少數黨, 較少票數, 少數派 // ~ axis 短軸.

minster /ˈmɪnstə/ *n.* 修道院附屬禮拜堂, 大教堂.

minstrel /ˈmɪnstrəl/ *n.* 中世紀吟遊詩人, 詩人, 歌手; 音樂家; 旅行樂師.

mint /mɪnt/ *n.* 薄荷; 造幣廠; 巨額 *v.* 創造, 鑄造.

minuet /ˌmɪnjʊˈet/ *n.* 小步舞(曲).

minus /ˈmaɪnəs/ *prep.* ① 負 ② 減的 ③ 零下的 *n.* 負數; 負號, 減號; 欠缺, 損失 // ~ charge 【電】負電荷 ~ sign 【數】減號(-).

minuscule /ˈmɪnəˌskjuːl/ or **miniscule** /ˈmɪnɪˌskjuːl/ *n.* minisule 小書寫體; 小寫字母 *adj.* 極小的, 微小的.

minute /ˈmɪnɪt/ *n.* 分(1/60 小時), 一瞬間; 備忘錄, 紀要 *adj.* 微小的, 細小的, 詳細的; 精密的 ~ly *adv.* 每分鐘(地), 詳細地 ~ness *n.* minutiae *n.* 瑣事; 細節, 小節 ~s *n.* (會議)紀錄.

minx /mɪŋks/ *n.* 頑皮女子.

MIP /ɛm aɪ piː/ *abbr.* ① = marine insurance policy 海運保險單 ② = mean indicated pressure 平均指示壓力.

mips /mɪps/ *abbr.* = million instructions per second 【計】機速(每秒百萬個指令).

miracle /ˈmɪrəkˈl/ *n.* 奇蹟, 奇事 miraculous *adj.* miraculously *adv.* // ~ play (中世紀基督教的)奇蹟劇.

mirage /ˈmɪrɑːʒ/ *n.* 海市蜃樓; 幻想.

mire /maɪə/ *n.* 泥沼, 淤泥; 礦泥 *v.* 濺滿泥漿, 陷入泥坑; 進退兩難; 一籌莫展.

mirror /ˈmɪrə/ *n.* 鏡子; 反射鏡 *n. & v.* 反映, 借鑒 // ~ image 【物】鏡像, 鏡中人(或物) ~ writing 倒寫.

mirth /mɜːθ/ *n.* 歡笑, 歡樂, 高興 ~ful *adj.* 高高興興的 ~less *adj.* 悲傷的, 鬱悶的, 憂鬱的 ~fulness

n. ~lessness n.

mis- /mɪs/ *pref.* [前綴] 表示 "壞; 不當; 錯誤; 不適宜".

misadventure /ˌmɪsəd'ventʃə/ *n.* 意外事故; 不幸; 災難, 橫禍.

misadvice /ˌmɪsəd'vaɪs/ *n.* 餿主意, 錯誤的勸告.

misanthrope /'mɪzən͵θrəʊp/ or **misanthropist** /mɪ'zænθrəpɪst/ *n.* 厭世者, 遁世者 misanthropic *adj.* misanthropy *n.* 厭世.

misapprehend /ˌmɪsæprɪ'hend/ *vt.* 誤解, 誤會 misapprehension *n.*

misappropriate /ˌmɪsə'prəʊprɪ͵eɪt/ *vt.* 亂用; 挪用; 私吞;【律】侵佔, 霸佔 misappropriation *n.*

misbehave /ˌmɪsbɪ'heɪv/ *v.* 行為不當, 不規矩, 作弊, 行為失常 misbehaviour *n.*

miscalculate /ˌmɪs'kælkjə͵leɪt/ *v.* 錯算, 估錯, 誤認 miscalculation *n.*

miscarriage /ˌmɪs'kærɪdʒ/ *n.* 早產, 流產; 失敗, 失策; 誤投(信件) miscarry *v.*

miscast /ˌmɪs'kɑːst/ *vt.* ① 加錯(賬目等) ② 扮演不相稱的角色.

miscegenation /ˌmɪsɪdʒɪ'neɪʃən/ *n.* 人種混雜; 混血.

miscellaneous /ˌmɪsə'leɪnɪəs/ *adj.* 各種各樣的, 五花八門的, 混雜的, 多方面的 miscellany *n.* 雜集; 雜記.

mischance /ˌmɪs'tʃɑːns/ *n.* 不幸, 災難, 橫禍; 故障.

mischief /'mɪstʃɪf/ *n.* 頑皮, 淘氣; 損害; 災害; 毛病, 故障; 禍根; 惡作劇 mischievous *adj.* mischievously *adv.*

miscible /'mɪsɪb²l/ *adj.* 易混合的, 可溶的 miscibility *n.* 可溶性.

misconception /ˌmɪskən'sepʃən/ *n.* 誤解; 錯覺; 看法錯誤 misconceived *adj.*

misconduct /ˌmɪs'kɒndʌkt/ *n.* 行為不正, 不規矩; 瀆職, 處理不當; 胡作非為; 通姦.

misconstrue /ˌmɪskən'struː/ *vt.* 誤解, 誤會; 曲解 misconstruction *n.*

miscreant /'mɪskrɪənt/ *adj.* 邪惡的, 惡劣的 *n.* 惡棍, 歹徒.

misdeed /ˌmɪs'diːd/ *n.* 惡劣行為; 罪過; 壞事.

misdemeanour, 美式 **misdemeanor** /ˌmɪsdɪ'miːnə/ *n.* 不正當行為, 行為不端; 輕罪 // **high misdemeanour** 重罪.

misdirect /ˌmɪsdɪ'rekt/ *vt.* 指導錯誤, 指錯(方向) ~tion *n.*

mise en place /miːz ɑ̃ plɑs/ *n.* 烹飪前期安排, 餐廳營業前廚房的準備工作.

miser /'maɪzə/ *n.* 吝嗇鬼, 小氣鬼, 守財奴; 鑽孔機, 鑿井機 ~able *adj.* 可憐的, 痛苦的, 不幸的, 悲慘的 ~ably *adv.* ~y *n.* 苦難; 不幸; 痛苦; 悲慘; 貧窮.

misfire /ˌmɪs'faɪə/ *v.* (槍炮、機器等)不發火, 不着火; 開動不起來; 不中要害; 不奏效.

misfit /ˈmɪs͵fɪt/ *n.* 不合適; 不合身的衣着; 不適應環境的人.

misfortune /ˌmɪs'fɔːtʃən/ *n.* 背運, 倒霉, 不幸, 災禍, 災難; 私生子.

misgiving /ˌmɪs'gɪvɪŋ/ *n.* 疑惑; 憂慮, 擔心; 不安.

misguided /ˌmɪs'gaɪdɪd/ *adj.* 搞錯

的, 被指導錯的 **~ly** adv. **~ness** n.

mishap /ˈmɪshæp/ n. (不太大的)事故; 災禍 // **without ~** 平安無事.

mishear /ˌmɪsˈhɪə/ v. (過去式及過去分詞 **~d**) 聽錯.

mishmash /ˈmɪʃmæʃ/ n. 混雜物, 大雜燴.

misinform /ˌmɪsɪnˈfɔːm/ vt. 誤傳, 傳錯 **~ation** n. 誤傳, 錯誤的消息.

misinterpret /ˌmɪsɪnˈtɜːprɪt/ vt. 曲解, 誤釋; 誤譯 **~ation** n. **~er** n. 誤譯者, 誤解者.

misjudge /ˌmɪsˈdʒʌdʒ/ vt. 判斷錯, 看錯; 低估; 輕視 **~ment** n.

mislay /ˌmɪsˈleɪ/ v. (過去式及過去分詞 **mislaid**) 把(東西)放錯地方; 丟失.

mislead /ˌmɪsˈliːd/ vt. (過去式及過去分詞 **-led**) 帶錯路; 引入歧途; 使迷惑, 哄騙 **~ing** adj. **~ingly** adv.

mismanage /ˌmɪsˈmænɪdʒ/ vt. 辦錯, 管理不當; 處理失當 **~ment** n.

misnomer /ˌmɪsˈnəʊmə/ n. 誤稱, 使用不當名稱; 用詞不當.

misogyny /mɪˈsɒdʒɪnɪ, maɪ-/ n. 厭惡女人(症) **misogynist** n. 厭惡女人的人.

misplace /ˌmɪsˈpleɪs/ vt. 放錯地方, 忘記把 … 放在何處; 錯愛.

misprint /ˈmɪsprɪnt/ n. & v. 印錯, 誤印.

mispronounce /ˌmɪsprəˈnaʊns/ v. 讀錯, 發錯音 **mispronunciation** n.

misquote /ˌmɪsˈkwəʊt/ vt. 引用錯, 誤引 **misquotation** n.

misrepresent /ˌmɪsreprɪˈzent/ vt. 傳錯, 誤傳; 曲解; 誣告, 顛倒黑白 **~ation** n.

misrule /ˌmɪsˈruːl/ n. 不正確的管理; 苛政; 紊亂 vt. 管理不善; 作風惡劣之管理.

miss /mɪs/ v. 丟失, 沒有命中(目標); 沒有趕上; 想念; 發覺沒有; 漏掉, 缺席 **~ing** adj. 失去的, 失蹤的 // **~ out** 省去, 刪掉; (常跟 on 連用)錯過機會; 忽略 **give sb a ~** 避開某人 **give it a ~** 跳過去; 省去.

Miss /mɪs/ n. 小姐 ① (pl. **-es**) 對未婚女子之稱呼 ② **~issippi** 密西西比河之略.

missa /ˈmɪsə/ n. & v. = Mass【宗】彌撒.

missal /ˈmɪsˀl/ n.【宗】彌撒書, 禱告書.

misshapen /ˌmɪsˈʃeɪpˀn/ adj. 殘廢的; 畸形的; 醜陋的.

missile /ˈmɪsaɪl/ n. [美]導彈; 飛彈; 投射器.

mission /ˈmɪʃən/ n. 任務, 使命, 派遣; 使團 **~ary** n. 傳教士 // **~ creep** 任務蠕變 **~ statement** 目標宗旨聲明.

Mississippi /ˌmɪsɪˈsɪpɪ/ n. [美國]密西西比州; 密西西比河.

missive /ˈmɪsɪv/ adj. 指令的 n. 公文, 書信.

Missouri /mɪˈzʊərɪ/ n. [美國]密蘇里州, 密蘇里河.

misspell /ˌmɪsˈspel/ v. (過去式及過去分詞 **-spelled, -spelt**) vt. 拼錯 **~ing** n. 拼寫錯誤.

misspent /ˌmɪsˈspent/ adj. 浪費; 虛

度(年華).

missus, -sis /ˈmɪsɪz, -ɪs/ *n.* [口][方] 太太, 夫人.

mist /mɪst/ *n.* 薄霧; 曚矓; (眼)迷糊 ~iness *n.* ~y *adj.* 有霧的, 曚矓的, 模糊的, 蒙昧的 // ~ over (= ~ up)(玻璃)因受潮氣而模糊; (眼睛)眼淚汪汪.

mistake /mɪˈsteɪk/ *vt. & vi.* (過去式 mistook 過去分詞 ~n) 弄錯; 誤會, 誤解; 錯誤, 過失, 事故, 誤會, 誤解, 看錯 ~n *adj.* 錯誤的, 弄錯的, 誤會了的, 弄錯的 ~nly *adv.* 錯誤地 // ~n identity 認錯人.

mister /ˈmɪstə/ *n.* 先生(常作 Mr.).

mistime /ˌmɪsˈtaɪm/ *vt.* 不合時宜地做.

mistletoe /ˈmɪsl̩ˌtəʊ/ *n.* 【植】槲寄生 // giant ~【植】桑寄生.

mistral /ˈmɪstrəl, mɪˈstrɑːl/ *n.* (法國地中海沿岸一帶之)乾寒北風.

mistreat /ˌmɪsˈtriːt/ *v.* 虐待, 酷待 ~ment *n.*

mistress /ˈmɪstrɪs/ *n.* 情婦; 女主人; 老闆娘, 女教師.

mistrial /ˌmɪsˈtraɪəl/ *n.* 無效審判; 未決審判.

mistrust /ˌmɪsˈtrʌst/ *n. & v.* 不相信, 疑惑 ~ful *adj.*

misunderstand /ˌmɪsʌndəˈstænd/ *v.* (過去式及過去分詞 misunderstood) 誤會, 誤解; 曲解 ~ing *n.* 誤會, 誤解; 不和.

misuse /ˌmɪsˈjuːs, ˌmɪsˈjuːz/ *vt.* 錯用, 濫用; 虐待 misusage *n.*

mite /maɪt/ *n.* 極小的東西; 小錢; (可憐的)孩子, 稍許.

mitigate /ˈmɪtɪˌɡeɪt/ *v.* 鎮靜; 緩和; 減輕 mitigation *n.* mitigating *adj.*

mitre, 美式 **-er** /ˈmaɪtə/ *n.* 尖頂主教冠, 僧帽; 斜接縫, 接榫 *v.* 給予主教冠; 使斜接.

mitt /mɪt/ *n.* = ~en *n.* 連指手套; [俚]手掌; 拳頭.

mix /mɪks/ *vt.* 混合, 攪和; 使結合; 使(動植物)雜交; 結交, (親密)交往; 攪拌 ~er *n.* 混合(或攪拌)器; 混合者; 調酒; [美口]交際家; 交誼會; [無]錄音師 ~ing *n.* 混合, 錄音 ~ture *n.* 混合(狀態), 混雜, 混合體 ~up *n.* [口]混亂, 混戰; 混合物, 迷惑; [俚]打架.

mixed /mɪkst/ *adj.* 混成的, 混合的; 混雜的; 各式各樣的 ~ness *n.* 混合, 混成; 混雜 ~up *adj.* 混亂; 迷惑的 // ~ blessing 好壞, 禍福混雜的事情 ~ double (球賽)混合雙打 ~ feelings 悲喜交集 ~ grill 雜燴(菜餚).

miz(z)en /ˈmɪzn/ *adj. & n.* 後桅 (亦作 mizzen-mast).

mizzle /ˈmɪzl/ *vi.* (下)毛毛雨; [英俚]逃走, 撤走; [方]使糊塗 *n.* 濛濛雨.

mks units *abbr.* = **metre-kilogram(me)-second** 米-千克-秒單位制.

mkt *abbr.* = market 市場.

ml *abbr.* = milliliter(s) 毫升 (1/1000 升)之縮略詞.

Mlle *n.* (*pl.* -s) = Mademoiselle [法]小姐.

mm *abbr.* = millimetre(s) 毫米之縮略詞.

MM *abbr.* ① = Military Medal

[英]軍功章 ② = Ministry of Munitions 軍需部 ③ = Machinist's Mate [美]【軍】機械軍士 ④ = mercantile marine 商船(總稱), 商船船員.

Mme *n.* (*pl.* -s) =Madame [法]太太, 夫人; [美俚]老鴇.

Mn *abbr.* = manganese【化】錳 // **black ~** 氧化錳.

mnemonic(al) /nɪ'mɒnɪk/ *adj.* 記憶的; 增進記憶的; 記憶術的.

mo *abbr.* ① = ~**ment** [俚]片刻 ② = Monday 星期一 ③ = Missouri 密蘇里(州) ④ = ~**ney order** 匯票; 匯款 ⑤ = mail order 郵購 ⑥ = medical officer 軍醫; 軍醫主任 ⑦ = mass observation 民意調查.

moan /məʊn/ *n. & v.* 呻吟, 哼; 悲歎; 嗚咽 **~er** *n.* 發出哼聲者, 呻吟人; 悲觀者.

moat /məʊt/ *n.* 護城河, 壕溝.

mob /mɒb/ *n.* 暴民, 暴徒; 羣眾, 烏合之眾 *vt.* (過去式及過去分詞 ~bed) 圍在分詞 ~bing) 成羣暴動, 聚眾鬧事; 成羣歡呼 // ~ **psychology** 羣眾心理 ~ **scene** (電影中的)羣眾場面.

mobile /'məʊbaɪl/ *adj.* 活動的; 運動的; 易動的; 易感動的; 反覆無常的; 活動裝置的; 流動的 mobility *n.* // ~ **home** 活動住房 ~ **phone** 移動電話, 手機.

mobilize, -se /'məʊbɪˌlaɪz/ *vt.* 發動; 調動; 使流動; 使(不動產)變成動產 *vi.* 動員(起來) mobilization *n.*

mobster /'mɒbstə/ *n.* [俚]暴徒, 匪

徒, 歹徒.

moccasin /'mɒkəsɪn/ *n.* ① 硬底鹿靴 ② 有毒水蛇.

mocha, mok- /'mɒkə/ *n.* (阿拉伯產)摩加咖啡; (咖啡和巧克力混成)深褐色調料.

mock /mɒk/ *vt.* 嘲笑, 挖苦; 模仿學樣; 模擬考試 *vi.* 嘲笑者; 學人樣嘲弄人的人 **~er** *n.* 嘲笑, 挖苦; 笑柄; 冒牌; 拙劣的模仿; 惡劣的事例; 徒勞 **~ingly** *adv.* **~ingstock** *n.* 笑柄 // ~ **auction** (= Dutch auction) 騙人拍賣 ~ **battle** 演習, 模擬戰 ~ **majesty** 虛張聲勢, 空架子 ~ **modesty** 假謙虛 ~ **trial** 模擬裁判 ~ **up** 實物大模型.

mockingbird /'mɒkɪŋˌbɜːd/ *n.* 【鳥】嘲鶇, 模仿鳥.

mod [1] /mɒd/ *n.* 現代時髦派份子, 極時髦的人(指英國 60 年代穿着整齊的青年幫派).

mod [2] /mɒd/ *abbr.* ① = moderate 適度 ② = modern 現代 ③ = modulus【數】模數; 系數 ④ 蓋爾高原一年一度的文化藝術大賽.

MOD /em əʊ diː/ *abbr.* = Ministry of Defence [英]國防部.

mod cons *abbr.* = modern conveniences (生活上的)現代便利設備.

mode /məʊd/ *n.* 法, 樣, 方式, 方法; 模, 型, 體裁, 款式; 習慣, 風尚 modish *adj.* 時髦的 modishly *adv.*

model /'mɒdl/ *n.* 模型, 雛型; 原型; 模特兒, 樣板; 典型, 模範 *v.* (過去式及過去分詞 ~led) 製

作…的模型; 仿造.

modem /ˈməʊdəm/ n. 【計】調製
解調器.

moderate /ˈmɒdərɪt, ˈmɒdrɪt,
ˈmɒdəˌreɪt/ adj. 有節制的; 溫和
的; 穩健的; 中庸的, 適度的; 普
通的; [美俚]慢吞吞的; 遲鈍的 n.
溫和主義者; 穩健的人 vi. 變緩
和; 做會場司儀, 主持(會議) ~ly
adv. 適度, 適中, 普通 moderation
n. moderator n. 仲裁者, 調解者;
[美國]議長; 長老教會牧師.

modern /ˈmɒdən/ adj. 現代的, 近
代的, 時新的, 時髦的; 摩登的
~ism n. 現代式, 現代主義, 現代
派, 現代思想 ~ist n. 現代主義者
~ity n. 現代性; 新式; 現代派 ~-
~-day adj. 現代的 // ~ language
現代語.

modernize, -se /ˈmɒdənˌaɪz/ v.
使現代化; 近代化; 維新
modernization n. 現代化; 維新.

modest /ˈmɒdɪst/ adj. 謙遜謹慎的;
(女子)端莊優雅的; 害羞的 ~ly
adv. ~y n. 虛心, 謙虛, 謹慎; 節
制; 中肯; 羞怯.

modicum /ˈmɒdɪkəm/ n. 少量, 少
許, 一點點.

modify /ˈmɒdɪˌfaɪ/ vt. (過去式及過
去分詞 -fied)修改, 變更; 調節;
修飾 modifier n. 修改者; 【語】修
飾詞 modification n.

modulate /ˈmɒdjʊˌleɪt/ vt. 調節;
調整, 緩和, 減輕; 【無】調制 ~d
adj. 已調的; 被調的 modulation
n. modulator n. 調制者, 調器器
modulus n. 【數】模數.

module /ˈmɒdjuːl/ n. 模, 系數; 模

數; 塊塊; (航天器之)艙.

modus operandi /ˈməʊdəs
ˌɒpəˈrændiː, -ˈrændaɪ/ n. (pl. modi
operandi) 做法, 方式, 方法, 操縱
法 // modus vivendi 生活方式, 生
活態度; 權宜之計; 暫時協定; 妥
協.

mogilalia /ˌmɒdʒəˈleɪliə/ n. 【醫】
口吃, 發音困難症.

mogul /ˈməʊɡəl, məʊˈɡʌl/ n. 權貴,
富豪, 大人物; 火車頭.

MOH /ˌem əʊ ˈeɪtʃ/ abbr. ① =
Medical Officer of Health 軍醫官
② = Ministry of Health 衛生部.

mohair /ˈməʊˌheə/ n. 安哥拉山羊
毛或其織品.

Moham, Mohammedan
/məʊˈhæmɪd'n/ adj. & n. 穆罕默
德(伊斯蘭教祖).

mohican /ˈməʊɪkən, məʊˈhiːkən/ n.
剃邊留中的髮型(美國亞利桑那
科羅拉多河區印第安人常留之
髮型).

moiety /ˈmɔɪɪtɪ/ n. (pl. -ties) 一半;
一部份.

moiré /ˈmwɑː, ˈmwɑːreɪ/ adj. & n.
有波紋的; 雲紋綢的 n. 波紋; 雲
紋.

moist /mɔɪst/ adj. 濕潤的, 潮濕的;
眼淚汪汪的 ~en v. 弄濕; 變濕
~ure n. 濕氣, 水份, 濕度; [喻]淚
~urizer n. 保濕霜, 滋潤霜.

moke /məʊk/ n. [英俚]驢子; 笨人,
傻子; [美俚]黑人; [澳俚]劣馬,
駑馬.

molar /ˈməʊlə/ adj. 磨的, 臼齒的
n. 白齒; [美俚]牙齒.

molasses /məˈlæsɪz/ n. 糖漿; 糖蜜.

mole /məʊl/ n. ① 黑痣 ②【化】克分子(量) ③ 防坡堤; 人工港 ④【動】鼴鼠, 田鼠 ⑤ 在暗處工作的人; 長期潛伏的間諜; 地下工作者 ~hill n. 鼴鼠丘 // make a mountain out of a ~hill 小題大做.

molecule /ˈmɒliˌkjuːl/ n.【物】【化】分子; 克分子; [口]微小夥粒 molecular adj. 分子的, 由分子組成的;【物】摩爾的.

molest /məˈlest/ v. 使煩惱; 折磨, 妨礙, 調戲, 性騷擾 ~er n. ~tation n.

moll /mɒl/ n. [俚]妓女, 婊子; [美俚]盜賊之姘婦, 女流氓.

mollify /ˈmɒliˌfaɪ/ v. 緩化;使軟化; 平息; 撫慰, 鎮靜 mollification n. 平息; 緩和; 安慰 mollifier n. 安慰者;【醫】緩和劑, 鎮靜藥.

mollusc, 美式 mollusk /ˈmɒləsk/ n.【動】軟體動物.

mollycoddle /ˈmɒliˌkɒdl/ v. 溺愛, 嬌生慣養 n. 女人氣的男人.

Molotov cocktail /ˈmɒlətɒf ˈkɒkteɪl/ n. 莫洛托夫燃燒彈;[俚]燃燒瓶; 汽油彈.

molten /ˈməʊltən/ adj. melt 之過去分詞 adj. 熔化了的, 澆鑄的.

molybdenum /mɒˈlɪbdɪnəm/ n.【化】鉬.

moment /ˈməʊmənt/ n. 片刻, 瞬息, 剎那, 機會, 時機, 當前;【物】力矩 ~al adj.【物】慣量的, 力矩的 ~ary adj. 頃刻的, 暫時的, 時時刻刻的 ~arily adv.

momentous /məʊˈmentəs/ adj. 重大的; 重要的, 聲勢浩大的 ~ly adv. ~ness n.

momentum /məʊˈmentəm/ n. (pl. -tums, -ta)【物】動量; [口]惰性; 勢頭, 要素; 契機.

Mon. abbr. = Monday.

monachal /ˈmɒnəkʲl/ adj. & n. 修道士, 僧侶的.

monarch /ˈmɒnək/ n. 帝王, 君主, 元首 ~al adj. ~ist adj. 君主主義者 ~y n. 君主政治; 君主政體; 大權.

monastery /ˈmɒnəstəri, -strɪ/ n. (pl. -teries) 修道院, 寺院, 廟宇 monastic adj. 僧侶的, 修女的; 出家的, 禁慾的 monasticism n. 寺院制度; 禁慾主義.

Monday /ˈmʌndɪ, -deɪ/ n. 星期一.

monetary /ˈmʌnɪtərɪ, -trɪ/ adj. 貨幣的; 金錢的, 財政(上)的 monetarily adv. monetarism n. 貨幣增多導致通貨膨脹的理論 monetarist adj. & n.

money /ˈmʌnɪ/ n. 貨幣, 錢, 金錢; 財富; 通貨 ~changer n. (= dealer) 貨幣兌換商 ~grubbing n. 貪財謀利 ~lender n. 放債者 ~maker n. 會賺錢的人 ~man n. 金融家 ~spinner n. 能賺大錢的人(或事) monetarism n. 貨幣主義 // ~ market 金融市場, 金融界 ~ matter 借貸事宜, 財政問題 ~ supply 貨幣供應.

Mongolia /mɒŋˈɡəʊliə/ n. 蒙古 ~n n. 蒙古人(語) adj. 蒙古人(語)的, 黃種人的.

mongolism /ˈmɒŋɡəˌlɪzəm/ n.【醫】唐氏綜合症.

mongoose /ˈmɒŋˌguːs/ *n.* 【動】獴; 貓鼬, 狐猿.

mongrel /ˈmʌŋgrəl/ *n.* (動植物)雜種, [蔑]混血兒, 雜種.

monitor /ˈmɒnɪtə/ *n.* 告誡物; 勸告者; 班(或級)長; 監控器; 巨蜥 *v.* 監督, 監視, 監控; 檢查 **~ial** *adj.*

monk /mʌŋk/ *n.* 僧侶, 隱士, 和尚 **~shood** *n.* 附子屬植物.

monkey /ˈmʌŋkɪ/ *n.* 猴子, 猿; [喻]頑童, 淘氣鬼 *vt.* 學樣嘲弄 *vi.* 惡作劇, 打趣, 瞎弄 // **~ business**[美俚]狡猾的惡作劇, 頑皮行為, 胡鬧, 耍弄 **~ drill** [俚]柔軟操 **~ engine** 打樁機 **~ money** [美俚]公司的臨時股票; 期票 **~ nut** 花生 **~ puzzle**【植】(連猴子也難爬上去的)智利松; 智利南美杉 **~ wrench**【機】活動扳手.

mono- /ˈmɒnəʊ/ *pref.* [前綴] 表示 "單; 獨; 一", 如: **~lingual** *adj.* 只懂一種語言的; (元音前用 mon) monaural *adj.* 單聲道的.

monochrome /ˈmɒnəˌkrəʊm/ *n.* 單色畫 *adj.* 單色的, 黑白的.

monocle /ˈmɒnək'l/ *n.* 單片眼鏡 monocular *adj.*

monogamy /məˈnɒgəmɪ/ *n.* 一夫一妻制; 單配偶 monogamous *adj.*

monogram /ˈmɒnəˌgræm/ *n.* (通常為姓名首字母之)組合文字, 花押字.

monograph /ˈmɒnəˌgrɑːf, -ˌgræf/ *n.* 專題著作(或論文).

monolith /ˈmɒnəlɪθ/ *n.* 磐石, 獨石柱(或碑、像) **~ic** *adj.*

monologue /ˈmɒnəˌlɒg/ *n.* 獨白, 獨腳戲劇本.

monomania /ˌmɒnəʊˈmeɪnɪə/ *n.* 偏僻, 偏執狂 **~c** *n.* 偏執狂者 **~cal** *adj.*

monophobia /ˌmɒnəʊˈfəʊbɪə/ *n.* 【心】【醫】獨居恐怖, 單身恐怖症.

monoplane /ˈmɒnəʊˌpleɪn/ *n.* 單翼飛機.

monopoly /məˈnɒpəlɪ/ *n.* 壟斷; 獨佔; 專利(權); 專賣 monopolist *n.* 獨佔者, 壟斷者; 專利者 monopolistic *adj.* monopolize *vt.*

monorail /ˈmɒnəʊˌreɪl/ *n.* 單軌; 單軌鐵路.

monoscope /ˈmɒnəˌskəʊp/ *n.*【電】單像管; 存儲管式示波器.

monosodium glutamate /ˌmɒnəʊˈsəʊdɪəm/ *n.*【生化】穀氨酸鈉(味精、味素的化學成份).

monosyllable /ˈmɒnəˌsɪləb'l/ *n.* 單音節詞 monosyllabic *adj.* 單音節的, 由單音節構成的.

monotheism /ˈmɒnəʊθɪˌɪzəm/ *n.* 一神教(論)monotheist *n.* 一神教徒; 一神論者 monotheistic *adj.*

monotone /ˈmɒnəˌtəʊn/ *n. & adj.* 單音調(的) *v.* 單調地讀(或說)monotonous *adj.* 單調的, 無聊的, 乏味的, 千篇一律的 monotonously *adv.* monotony *n.* 單音, 單調.

monoxide /mɒˈnɒksaɪd/ *n.*【化】一氧化物.

Monseigneur /ˌmɒseˈnjɜː/ *n.* (*pl.* Messeigneurs) [法]閣下, 大人, 老爺(對王族、大主教、貴族等的尊稱).

monsieur /məˈsjɜː, məsjø/ n. (pl. messieurs) [法]相當於英語中的 Mr. 先生及招呼的 sir.

Monsignor /mɒnˈsiːnjə, monsiˈnˈjɔr/ n. = monseigneur [意]閣下.

monsoon /mɒnˈsuːn/ n. (亞洲印度洋)季風, 夏季季風期, 雨季.

monster /ˈmɒnstə/ n. 怪物, 怪胎; 殘忍的人, 窮兇極惡者 monstrosity n. 畸形, 怪物.

monstrance /ˈmɒnstrəns/ n. [宗] 聖體匣.

monstrous /ˈmɒnstrəs/ adj. 畸形的; 巨大的; 可怕的; 窮兇極惡的; [口]笑死人的 adv. [美口]非常, 極 ~ly adv. ~ness n.

montage /mɒnˈtɑːʒ, mɔ̃taʒ/ n. [法] 輯繪;【影】蒙太奇, 剪輯畫面; 裝配.

Monte Carlo /ˈmɒntɪ ˈkɑːləʊ, mɔ̃te karlo/ n. 蒙地卡洛(摩納哥城市),【統】隨機抽樣(檢驗)法.

month /mʌnθ/ n. (歲月的)月; 一個月時間 ~ly adj. 每月的, 每月一次的, 按月的 n. 月刊 adv. 每月一次 // lunar ~ 太陰月 solar ~ 太陽月 this day ~ 下/上個月的今天.

monument /ˈmɒnjʊmənt/ n. 紀念碑, 墓碑, 紀念像; 遺蹟 ~al adj. 紀念碑的, 紀念的; 巨大的, 雄偉的; 不朽的; [口]極端, 非常的 ~ally adv.

moo /muː/ n. 哞(牛叫聲) vi. 哞哞地叫.

MOO /ɛm əʊ əʊ/ abbr. = Money order office 郵匯處, 郵匯部.

mooch /muːtʃ/ vi. 徘徊; [俚]鬼鬼祟祟地走 vt. [美俚]揩油, 招搖撞騙; 偷偷拿走; 索取 ~er n. [俚]靠揩油混日子的人, 招搖撞騙者; 寄生蟲, 食客.

mood /muːd/ n. (一時的)心情, 情緒;【語】語氣;【音】調式(亦作 mode) ~y adj. 易怒的; 喜怒無常的; 不高興的 ~ily adv. ~iness n. // ~ swing 情緒波動.

mook /muːk/ n. 雜誌式書籍(由雜誌 (magazine) 和書 (book) 拼綴而成).

moon /muːn/ n. 月, 月球, 月亮; 繞任何行星轉的衛星 vi. [口]懶洋洋地閒蕩; 出神呆看; 無精打采地東張西望 vt. 虛度年華; 稀里糊塗混日子 ~ish adj. 月亮似的, 三心兩意的 ~less adj. 無月光的 ~let n. 小月亮; 人造衛星 ~y adj. 月狀的, 有暈的, 新月形的; 月光下的, 恍惚的, 有醉意的 ~beam n. 一縷的月線 ~light n. 月光 adj. 月光下的 ~lighter n. 日夜兼兩職的人 ~lit adj. 月亮照著的, 月明的 ~shine n. 月光; 荒唐的空想; 夢話; [美口]走私酒, 非法釀酒 ~shiner n. [美口]非法釀酒商, 酒類走私者 ~stone n. 【礦】月長石 ~struck adj. 發狂的, 神經錯亂的 ~walk n. 月球漫步.

moor /mʊə, mɔː/ n. 荒野沼地; 獵場; 停泊; 拋錨, 繫留 v. 繫泊 ~ing n. 繫泊地; 繫泊用具 ~hen n. 母赤松雞; 水雞 ~land n. 荒野, 高沼地.

Moor /mʊə, mɔː/ n. 摩爾人(非洲西北部伊斯蘭教民族) ~ish adj.

moose /muːs/ n. (單複數同形)【動】北角麋, 駝鹿.

moot /muːt/ adj. 有討論餘地的; 未決的 vt. 討論; 提出問題; 實習辯論 ~ed adj. [美]未決定的, 有疑問的 // ~ **court** 模擬法庭 ~ **hall** 集會所.

mop /mɒp/ n. 墩布, 拖把; 亂蓬蓬的頭髮 v. (過去式及過去分詞 ~ped) 用墩布拖, 擦 ~**py** adj. 拖把似的; 亂蓬蓬的.

mope /məʊp/ v. 鬱鬱不樂, (使) 掃興, 悶蕩.

moped /məʊpɛd/ n. 摩托自行車; 機動腳踏兩用車.

moppet /mɒpɪt/ n. (布) 玩偶; 小孩; 巴兒狗.

moraine /məˈreɪn/ n.【地】冰磧, 冰川堆石.

moral /mɒrəl/ adj. 道德上的, 道義上的; 品行端正的; 精神上的 n. 寓意, 教誨; (pl.) 品行 ~**ly** adv. 道德上, 德義上, 規矩地; 正直地; 的的確確 ~**ist** n. 道德家, 倫理學家 ~**ism** n. 道德主義; 道義; 格言 ~**istic** adj. 道德的, 教訓的 ~**ize** vt. 訓導, 啟發 … 的德性; 教化; 賦予 … 德性; 講道; 說教; 給予道德上的感化 // ~ **support** 道德上的支持, 精神支持.

morale /məˈrɑːl/ n. (軍隊之) 士氣, 風紀; 精神; 信念; 道義, 道德.

morality /məˈrælɪtɪ/ n. 道德, 道義; 倫理學, 德行, 德性; 品行; 是非善惡; 寓意, 教訓; 寓言劇 (亦作 ~ **play**) // **commercial** ~ 商業道德.

morass /məˈræs/ n. 沼澤, 泥淖; 艱難, 困境; 墮落.

moratorium /ˌmɒrəˈtɔːrɪəm/ n. (pl. -ria, -riums)【律】延期償付權; 延緩償付期; (活動的) 暫停; 中止.

moray /mɒˈreɪ/ n.【動】海鰻, 海鱔.

morbid /mɔːbɪd/ adj. 不健全的; 病態的; 致病的; 病理學的; 惡性的; 可怕的 ~**ly** adv. ~**ness** n. 病態.

mordant /mɔːdənt/ adj. 諷刺的, 尖酸的; 腐蝕性的 n. 染媒劑; 金屬腐蝕劑 ~**ly** adv.

mordent /mɔːdənt/ n.【音】波音.

more /mɔː/ adj. (many, much 的比較級) (數量、程度上) 更多的, 較多的, 更大的, 更好的; 另外, 此外 adv. 更多, 更大, 格外 // **all the** ~ 格外, 越發 ~ **and** ~ 越來越 ~ **or less** 有一點, 或多或少; 約, 左右 ~ **than all** 尤其 ~ **than enough** 足夠; 太多 **not** ~ **than** … 不超過, 至多 **once** ~ 再來一次, 再來一個 **what is** ~ 加上, 而且 (用作插入語).

moreover /mɔːˈrəʊvə/ adv. 況且, 並且, 加上; 此外.

mores /mɔːreɪz/ n. [拉] (社會) 風俗, 習俗, 慣例; 道德觀念.

morganatic /ˌmɔːɡəˈnætɪk/ adj. (婚姻) 貴賤的 (指王室、貴族與庶民通婚) // ~ **marriage** 社會上身份高的男子和身份低的女子結婚的婚姻.

morgue /mɔːɡ/ n. = mortuary 停屍間; [美] (報館) 資料室.

moribund /mɒrɪˌbʌnd/ adj. 垂死

的, 奄奄一息的; 死氣沉沉的.

Mormon /ˈmɔːmən/ n. (基督復興教)摩門教徒 ~**ism** n. 摩門教.

morn /mɔːn/ n. [詩]黎明, 早晨 // at ~ (= in the ~ing) 早上 the ~'s ~ 明早.

mornay /ˈmɔːneɪ/ n. 莫爾內醬(芝士白汁).

morning /ˈmɔːnɪŋ/ n. 早晨, 上午, [詩]黎明 // ~ **after** [口]宿醉 ~-**after pill** 避孕丸 ~ **call** 叫醒人的電話, 敲門 ~ **coat** 燕尾服; 晨禮服 ~ **draft** (早餐前喝的)晨酒 ~ **dress** 晨禮服 ~ **glory**【植】牽牛花 ~ **paper** 晨報 ~ **sickness**【醫】孕婦晨吐.

Moroccan /məˈrɒkən/ adj. 摩洛哥的 n. 摩洛哥人 **morocco** n. 摩洛哥(山羊)皮.

moron /ˈmɔːrɒn/ n. 白痴; [口]低能兒 ~**ic** adj.

morose /məˈrəʊs/ adj. 愁眉苦臉的; 鬱悶的, 不高興的; 脾氣壞的; 乖僻的 ~**ly** adv. ~**ness** n.

morphia /ˈmɔːfiə/ n. or **morphine** n. 【化】嗎啡.

morphology /mɔːˈfɒlədʒɪ/ n. 【生、地】形態學; 【語】詞態學; 詞法 **morphological** adj.

morris dance /ˈmɒrɪs/ n. (打扮傳奇人物跳的)莫利斯舞.

morrow /ˈmɒrəʊ/ n. [詩]翌日, 次日, 第二天.

Morse /mɔːs/ n. 【訊】摩斯密碼, 莫爾斯電碼(亦作 ~ **alphabet**, ~ **code**).

morsel /ˈmɔːsl/ n. (食物之)一口, 一小片; 少量, 一點.

mortal /ˈmɔːtl/ adj. 死的; 不能不死的; 凡人的, 人類的; 性命攸關的; 致命的, 臨終的 ~**ly** adv. ~**ity** n. 必死之命運; 死亡率, 失敗率, 大量死亡 // ~ **combat** 你死我活的戰鬥 ~ **disease** 絕症 ~ **enemy** 不共戴天之仇人 ~ **wound** 致命傷 ~ **sin(s)** 不可饒恕的大罪.

mortar /ˈmɔːtə/ n. 臼, 搗鉢, 研鉢; 【軍】迫擊炮; 【建】灰漿 ~**board** n. ① (瓦匠用)灰漿板 ② [口]學士帽.

mortgage /ˈmɔːɡɪdʒ/ n. 【律】抵押; 抵押權, 抵押契據 v. 抵押; 把…許給 ~**e** n. 接受抵押者; 受抵押人; 抵押權人 ~**r** n. = **mortgagor** n. 抵押人 // ~ **bond** 抵押債券.

mortify /ˈmɔːtɪfaɪ/ v. (過去式及過去分詞 **mortified**)使感恥辱; 抑制(感情); 【醫】壞疽 **mortification** n. 【醫】脫疽, 壞疽; 【宗】禁慾修行, 苦行; 恥辱; 遺恨 **morified** adj. 非常尷尬, 非常難堪.

mortise, -tice /ˈmɔːtɪs/ n. 榫眼, 固定, 安定 // ~ **lock** (嵌入門裏的)插鎖.

mortuary /ˈmɔːtʃʊərɪ/ n. 停屍間 (亦稱 **morgue**).

mosaic /məˈzeɪk/ n. 馬賽克; 鑲嵌細工; 拼花工藝; 【建】鑲嵌磁磚 ~**ist** n. 鑲嵌細工師.

Moselle /məʊˈzel/ n. 德國摩澤爾產白葡萄酒.

Moslem /ˈmɒzləm/ n. = **Moselim** 穆斯林(的), 伊斯蘭教徒.

mosque /mɒsk/ n. 清真寺, 回教寺

院, 伊斯蘭教寺院.

mosquito /mə`skiːtəʊ/ n. (pl. -toes, -tos) 蚊子 ~cide n. 滅蚊藥 // ~ craft 快艇 ~ curtain, ~ net 蚊帳.

moss /mɒs/ n. 【植】苔蘚 ~y adj. 生了苔的, 苔狀的.

most /məʊst/ adj. (many, much 之最高級) (數量、程度的最高級的, 最多的, 最高的) (無冠詞者作) 大概, 多數 adv. (much 之最高級) 最, 最多 ~ly adv. 大部份, 多半, 主要地; 基本上 // ~ favoured nation 最惠國.

MOT /ɛm əʊ tiː/ ~Test n. 汽車使用期間一年一度的檢驗.

motel /məʊ`tɛl/ n. [美]汽車旅館.

motet /məʊ`tɛt/ n. 【音】讚美詩, 聖歌; 讚歌.

moth /mɒθ/ n. 【昆】蛾 ~ball(s) n. 樟腦丸, 衛生球 v. 使防蛀; 推遲 (工程等) ~eaten adj. 蟲蛀的, 陳舊的 ~y adj. 多蛾的, 蟲蛀的.

mother /`mʌðə/ n. 母親, 媽媽; 本源; 老大娘, 老太太; 修女, 院長 adj. 母國的, 本國的 vt. 像母親一樣照顧 ~board n. 母板, 主線路板 ~hood n. 母性; 母道, 母親的義務 ~ly adj. 母親般的, 慈愛的 ~less adj. 沒有母親的 ~land n. (= ~ country) 母國; 祖國 ~-in-law n. 岳母; 婆婆(丈夫之母) ~-of-pearl n. 珍珠母, 青貝 ~wort n.【植】益母草 ~ship 航空母艦 ~ tongue 母語, 本國語, 本族語 ~ wit 天生智慧, 常識 ~ superior 女修道院院長.

motif /məʊ`tiːf/ n. [法]主題, 要點;

基本花紋.

motion /`məʊʃən/ n. 運動, 移動, 運行; 動議; 提議; 大便排泄 v. 用手勢示意 ~less adj. 靜止不動的 ~ picture 電影.

motive /`məʊtɪv/ adj. 發動的, 引起運動的; 動機的 n. 動機, 動因 **motivate** vt. 給予動力, 促動; 激發, 誘導 **motivated** adj. 使有動力; 刺激.

motivation /ˌməʊtɪ`veɪʃən/ n. 動機, 動機因素; 動力 ~al adj.

motley /`mɒtlɪ/ adj. 繁雜的; 雜色的 n. 穿雜色服之小丑.

motocross /`məʊtəˌkrɒs/ n. 電單車越野(比)賽.

motor /`məʊtə/ n. 原動力; 馬達, 發動機; 電動機; 汽車 vt. 開汽車; 坐汽車旅行; 用汽車搬運 ~bicycle n. 電單車 ~boat n. 汽艇 ~bus n. 出租汽車 ~cade n. [美]汽車隊 ~car n. 汽車 ~cycle n. 電單車, 機器腳踏車 ~cyclist n. 騎電單車的人 ~man n. 司機, 電機操作者 ~way n. 機動車道 ~ial adj. = ~y n. 原動的, 運動的; 引起運動的;【解】運動神經的 ~ist n. 開汽車的人; 乘汽車旅行者 ~ize vt. 摩托化, 使車)輛動化 // ~ neuron 運動神經細胞 ~ neuron disease 運動神經細胞疾病 ~ racing 賽車 ~ scooter 低座(無櫈)小電單車 ~ squadron 汽車隊 ~ vehicle 機動車, 汽車.

mottled /`mɒtəld/ adj. 雜色的; 斑駁的.

motto /`mɒtəʊ/ n. (pl. -to(e)s) 座

右銘, 訓言, 箴言; 題詞;【音】主題句.

mould, 美式 mold /məʊld/ *n.* 模子, 模型; 字模; 氣質; 脾性; 性格; 肥土; 壤土; 霉, 霉菌; 霉病 *v.* 翻砂, 造型, 澆鑄, 陶冶; 用土蓋; 發霉 **~y** *adj.* 發霉的, 陳腐的; [俚]十分無聊的 **~board** *n.* 模板, 型板, 犁壁 // **leaf** ~ 腐殖質土.

moulder, 美式 **molder** /ˈməʊldə/ *v.* 朽, 朽壞; 墮落, 消衰, 退化; 吊兒郎當地混日子 *n.* 模塑者, 造型者;【印】電鑄板.

moult, 美式 **molt** /məʊlt/ *v. & n.* (羽毛等)脫落, 脫換; 脫皮.

mound /maʊnd/ *n.* ① 堤, (城堡)護堤; 土墩, 小丘 ② (象徵王權的)寶球 *v.* 築堤; 造土墩子, 築壘防禦.

mount /maʊnt/ *v.* 登, 爬上; 騎, 乘上, 跨上; 安裝, 裝配; 裱(畫、地圖); 鑲上(寶石等); 封固; 增長, 上升; 組織準備 *n.* 坐騎(馬、自行車等); 騎馬, 登, 爬上; 襯托紙, 裱畫紙, 鑲寶石之托, 支架; (顯微鏡之)載(玻)片; 踏腳台; (電子管)管腳; 山丘.

mountain /ˈmaʊntɪn/ *n.* 山, 山岳, (*pl.*)山脈; 山一樣的東西; 大量 **~ed** *adj.* 山一樣的; 多山的 **~boarding** *n.* 山坡滑板運動 **~eer** *n.* 山地人; 登山運動員 **~eering** *n.* 登山運動 **~ous** *adj.* 多山的; 山的似的 **~~high** *adj.* 如山高的 **~~side** *n.* 山腰 **~~top** *n.* 山頂 // ~ **artillery** 山炮; 山地炮兵 ~ **battery** 山炮隊 ~ **bike** (直把粗輪的)山地車 ~ **lion**【動】美

洲獅(亦作 puma 和 cougar) ~ **railway** 山區鐵道 ~ **range** 山脈 ~ **stronghold** 山寨 ~ **system** 山系 ~ **wood** 石棉, 石灰木.

mountebank /ˈmaʊntɪˌbæŋk/ *n.* 江湖醫生, 騙子 **~ery** *n.* 詐騙行為; 大話.

Mountie, Mounty /ˈmaʊntɪ/ *n.* [俚]加拿大皇家騎警.

mourn /mɔːn/ *v.* 悲, 悲傷, 悲歎; 哀傷, 戴孝 **~er** *n.* 悲傷的人, 悲歎的人, 哀傷的人; 守喪的人, 哀悼者; 送喪的人, [美]懺悔者 **~ful** *adj.* 悲哀的, 哀痛的, 使人傷心的 **~fully** *adv.* **~ing** *n.* 悲傷; 哀悼, 喪服, 居喪, 半旗; 戴孝.

mouse /maʊs, maʊz/ *n.* (*pl.* mice) 鼠, 老鼠; [喻]膽小的人; [俚]眼睛被打得(打得)青腫;【計】滑鼠游標鈕 *v.* 捕鼠, 來回窺探; 搜捕, 欺負, 虐待; 撕裂 **~er** *n.* 捉老鼠的貓; 偵探 **~bird** *n.* (= coly) 鼠鳥 **~trap** *n.* 捕鼠器; 小機微 **~mat** *n.* 滑鼠墊 **mousy** *adj.* 多鼠的; 老鼠似的; 膽小的 // ~ **button** 滑鼠按鈕.

mous(s)aka /muˈsɑːkə/ *n.* 碎肉茄子蛋, 茄盒(希臘菜餚).

mousse /muːs/ *n.* [法]奶油凍; 慕絲 **~line** *n.* [法]細棉布; 木斯林高級玻璃.

moustache, 美式 **mustache** /məˈstɑːʃ/ *n.* 髭, 小鬍, (貓等之)鬚(亦作 mustache).

mouth /maʊθ, maʊð/ *n.* 口, 嘴, 口腔; 口狀物, 孔, 穴; 吹口; 入口; 江河入海口 *v.* 大聲講; 叫罵; 嚼, 吃, 用口銜 **~er** *n.* 吹牛的人, 說

大話的人 ~**ful** n. 滿口, 一口, 少量(食物) ~**ing** n. 怪臉, 苦相, 誇口 ~**parts** n. 昆蟲的口器 ~**piece** n. 煙嘴口, 樂器吹口; 口罩; 小話筒; 代言人 ~**-to--** adj. 口對口的(人工呼吸) ~**wash** n. 嗽口水 ~**y** adj. 說大話的, 誇口的; 嘴碎的 // ~ **organ** 口琴.

move /muːv/ v. 動, 移動, 搬動; 使運行, 搖動; 感動, 鼓動; 激動, 打動, 發動; 活動, 行動; 遷移 ~**able**, **movable** adj. ~**ment** n. 運動; 活動; 進退; 行動, 動靜; 動作; 動能; 舉動, 移動;【音】樂章; 速度,【語】節奏, 韻律; 運轉 **moving** adj. 令人感動的, 動人的 **movingly** adv. // **movable pulley** 動滑輪 ~**ment energy** 動能.

movie /muːvi/ n. 電影(院); 影片.

mow /məʊ/ vt. (過去式 ~**ed** 過去分詞 ~**ed** 或 ~**n**)刈, 割(草、麥等); 收割 ~**er** n. 割草人; 割草機 // ~ **down** 大屠殺, 殘殺.

mozzarella /ˌmɒtsəˈrelə/ n. 水牛芝士(意大利淡芝士).

M. P. /ˌem piː/ abbr. ① = Member of Parliament [英]下議院議員 ② = military police 憲兵隊 ③ = metropolition police 首都警察隊 ④ = motion picture 電影 ⑤ = Master of Painting 繪畫碩士 ⑥ = melting point 熔點.

M. Pd. abbr. = Master of Pedagogy 教育學碩士.

M. P. E. abbr. = Master of Physical Education 體育碩士.

mpg /ˌem piː ˈdʒiː/ abbr. = miles per gallon 英里/加侖.

MPh /ˌem piː ˈeɪtʃ/ abbr. = Master of Philosophy 哲學碩士.

mph /ˌem piː ˈeɪtʃ/ abbr. = miles per hour 英里/小時.

M. R. abbr. = machince rifle 自動步槍.

Mr. /ˈmɪstə/ n. = mister 先生, (稱呼語, 置名字前).

Mrs /ˈmɪsɪz/ n. = mistress 夫人, 太太.

Ms /məz, mɪz/ n. 女士(可替代 Miss 和 Mrs).

MSc. abbr. = Master of Science 理科碩士.

MSS abbr. = manuscripts adj. 手寫的, 手抄的 n. 手稿, 抄本.

Mt. abbr. = mount, mountain 山.

much /mʌtʃ/ adj. (比較級 more 最高級 most)(用於修飾不可數名詞)許多的, 很多的, 大量的 n. 許多, 大量, 很大程度 adv. (比較級 more 最高級 most) 幾乎, 很大程度上.

muchness /ˈmʌtʃnɪs/ n. 大量 // **much of a** ~ 大同小異, 半斤八兩.

mucilage /ˈmjuːsɪlɪdʒ/ n. 黏液, 膠水[英]亦作 gum).

muck /mʌk/ n. 糞土; 髒土; 黃肥; 腐殖土, 垃圾 ~**raking** v. 搜集, 揭發名人的醜事 ~**raker** n. 專門報導醜聞的人 ~**-up** n. 一團糟 ~**y** adj. 廄肥(似)的, 濕糞的, 污穢的, 討厭的; 可恥的 // ~ **about** 混的; 開蕩; 做慢事 ~ **in** [俚]與別人分擔某一任務 ~ **out** 清掃, 清理(畜舍).

mucous /ˈmjuːkəs/ or **mucose**

/mjuːkəʊs, -kəʊz/ *adj.* 【動】【植】黏液的, 分泌黏液的 mucus *n.* // ~ **membrane** 【解】黏膜.

mucus /ˈmjuːkəs/ *n.* 黏液; 類似黏液的物質.

mud /mʌd/ *n.* 泥, 泥漿; 污物 ~**dy** *adj.* 泥濘的; 模糊的; 混濁的; 髒的 ~**flow** *n.* 泥石流, 塌方 ~**guard** *n.* (車輛的)擋泥板 ~**hole** *n.* (道路的)泥坑, 坑窪 ~**pack** *n.* 美容泥漿面膜 ~**slide** *n.* 泥塌, 山崩, 泥石流 ~**slinger** *n.* [美俚]中傷者, 毀謗者 ~**slinging** *n.* (政界)毀謗, 誣衊.

muddle /ˈmʌdʳl/ *v.* 使混亂, 使慌張, 使糊塗, 混淆 *n.* 混亂, 糊塗, 雜亂 ~**-headed** *adj.* 昏頭昏腦.

muesli /ˈmjuːzlɪ/ *n.* 雜錦穀物片(由穀物、乾果、堅果等加入牛奶製成的瑞士食品).

muezzin /muːˈɛzɪn/ *n.* (伊斯蘭教清真寺)祈禱報時人.

muff /mʌf/ *n.* ① 防寒皮手籠; 【機】保溫套, 襯套 ② 笨蛋 ③ 失誤; [美俚]失敗 ④ [俚](下流)女人, 女子.

muffin /ˈmʌfɪn/ *n.* ① 小鬆餅, 鬆糕 ② 陶瓷小盤.

muffle /ˈmʌfʳl/ *v.* 覆蓋, 裹住, 用圍巾圍住; 蒙住聲音 ② 消音 *n.* 圍巾, 拳擊手套; 消音器 ~**r** *n.* ① 長圍脖, 大圍巾 ② 無指厚手套 ③ 消音器.

mufti /ˈmʌftɪ/ *n.* (常穿制服者所穿的)便衣, 便服.

mug /mʌg/ *n.* ① (有柄)大杯 ② 笨蛋; 生手 ③ 暴徒; 流氓; 阿飛 ④ 自充有學問的人 ⑤ 臉; 親吻 ⑥ (警方存查之)照片 *vt.* 裝鬼臉; 給 … 拍照, 對 … 行兇搶劫; 親嘴 ~**ger** *n.* (= ~**gar**) 裝怪臉者; 行兇搶劫者; 人像攝影師 ~**ging** *n.* [美劇]啞劇 ~**gins** *n.* 蠢人; 笨蛋 ~**gy** *adj.* 悶熱的, 潮濕的; [美]喝醉了的.

mulatto /mjuːˈlætəʊ/ *n.* (*pl.* **-to(e)s**) 黑白混血兒.

mulberry /ˈmʌlbərɪ, -brɪ/ *n.* ① [植]桑, 桑椹 ② 深紫紅色.

mulch /mʌltʃ/ *n.* 地面覆蓋料 ~**-cover** *n.* 落葉層.

mulct /mʌlkt/ *n.* 罰金; 懲罰 *vt.* 處以罰金.

mule /mjuːl/ *n.* ① 騾子 ② 頑固份子 ③ 雜種 mulish *adj.*

mull /mʌl/ *n.* ① 人造絲薄綢 ② 鼻煙壺 ③ 混亂 *v.* ① 深思熟慮 ② (加香料、糖漿酒)燙熱 ③ 弄糟.

mulla(h) /ˈmʊlə, ˈmʌlə/ *or* mollah *n.* 先生; 師; 穆斯林神學家.

mullet /ˈmʌlɪt/ *n.* 鯔, 鯡鯉科魚.

mulligan /ˈmʌlɪgən/ *n.* [美俚]蔬菜燴肉.

mulligatawny /ˌmʌlɪgəˈtɔːnɪ/ *n.* (印度)咖哩肉湯.

mullion /ˈmʌlɪən/ *n.* 【建】(門窗的)直櫺豎柱.

multi-, mult- /ˈmʌltɪ-/ *pref.* [前綴]表示 "多; 多倍", 如: ~**storey** *adj.* & *n.* 多層(樓) ~**purpose** *adj.* 多種用途.

multicellular /ˌmʌltɪˈseljʊlə/ *or* multicell /ˈmʌltɪˌsɛl/ *or* multicelled /ˈmʌltɪˌsɛld/ *adj.* 【生】多細胞的, 多細胞的.

multicoloured, 美式 multicolored

/ˈmʌltɪˌkʌləd/ adj. 多色的.

multifarious /ˌmʌltɪˈfeərɪəs/ adj. 形形色色的; 千差萬別的.

multiflora rose /ˌmʌltɪˈflɔːrə/ n. 薔薇.

multilateral /ˌmʌltɪˈlætərəl, -ˈlætrəl/ adj. 多邊的 **~ism** n. **~ly** adv.

multilingual /ˌmʌltɪˈlɪŋgwəl/ adj. 多種語言(文字)的. 懂多種語言(文字)的人.

multimedia /ˌmʌltɪˈmiːdɪə/ n. & adj. 多媒體的(多指電腦).

multimillionaire /ˌmʌltɪˌmɪljəˈneə/ n. 億萬富翁, 大富豪.

multinational /ˌmʌltɪˈnæʃənəl/ adj. 多民族(國家)的; 跨國公司的; 多國公司的 **multination** adj. 【商】牽涉多國的.

multiped /ˈmʌltɪˌped/ adj. 多足的; 多足蟲.

multiple /ˈmʌltɪpəl/ adj. ① 多樣的; 複合的; 複式多樣的 ② 倍數的, 倍③多路的; 並聯的 n. ~-**choice** adj. 多項選擇(填空)題的 // ~ **sclerosis** n. 【醫】發性硬化.

multiplex /ˈmʌltɪˌpleks/ adj. 複合的, 多重的 n. 包括若干個飯店、酒吧、電影院的綜合娛樂總匯.

multiplicity /ˌmʌltɪˈplɪsɪtɪ/ n. (pl. -ties)多, 多樣, 重複; 多樣性, 多重性; 複雜.

multiply /ˈmʌltɪˌplaɪ/ v. 增殖, 繁殖; (成倍)增加, 【數】乘 **multiplication** n. **multiplicand** n. 被乘數 **multiplier** n. 【數】乘數.

multipurpose /ˌmʌltɪˈpɜːpəs/ adj. 多功能的; 多效用的; 多用途的.

multiracial /ˌmʌltɪˈreɪʃəl/ adj. 多種族的, 多民族(和睦相處)的.

multitude /ˈmʌltɪˌtjuːd/ n. ① 許多, 大量; ② 大羣人, 羣眾 **multitudinous** adj.

mum /mʌm/ adj. 無言的, 沉默的 n. ① 沉默 ② (= madam) [口] ③ [英][兒語]媽媽.

mumble /ˈmʌmbəl/ v. 咕嚕地説 n. 含糊的話, 咕嚕.

mumbo jumbo /ˈmʌmbəʊ ˈdʒʌmbəʊ/ n. ① 莫名其妙的話語 ② 故意複雜化的語言 ③ 令人迷惑的做法.

mummer /ˈmʌmə/ n. (滑稽)啞劇演員.

mummy /ˈmʌmɪ/ n. ① 木乃伊; 乾屍; 乾癟的人 ② [英兒]媽媽 **mummify** v. 製成木乃伊; 弄乾保存.

mumps /mʌmps/ n. ① 【醫】流行性腮腺炎 ② 慍怒.

munch /mʌntʃ/ v. 用力(大聲)地咀嚼.

mung bean /mʌŋ biːn/ n. 綠豆.

mundane /ˈmʌndeɪn, mʌnˈdeɪn/ adj. ① 世俗的, 塵世間的; 庸俗的 ② 宇宙的 **~ly** adv.

municipal /mjuːˈnɪsɪpəl/ adj. 城市的, 都市的 **~ly** n. 自治市; 市政當局.

munificent /mjuːˈnɪfɪsənt/ adj. 慷慨給予的; 毫不吝惜的; 寬厚的 **~ly** adv. **munificence** n.

muniments /ˈmjuːnɪmənts/ n. 【律】契據, 證券; 文件.

munition /mjuːˈnɪʃən/ n. (常用複)

軍火, 軍需品, 軍用品, 軍火庫.

mural /mjʊərəl/ adj. 牆壁(上)的; 牆壁似的 n. 壁畫; [美]壁飾 ~ist n. 壁畫家.

murder /mɜːdə/ n. 兇殺, 謀殺, 殺害 v. ① 殺害, 謀殺, 兇殺 ② 扼殺; 糟蹋; 毀壞 ~er n. 兇手, 殺人犯 ~ous adj. 殺人的; 殘忍的.

murk, mi- /mɜːk/ n. & adj. 黑暗(的), 陰暗的(~) ~y adj. 陰暗的; 含糊的; 曖昧的.

murmur /mɜːmə/ n. 私語, 咕噥; 低聲説話; 抱怨; 嘀咕.

murrain /mʌrɪn/ n. ① 鵝口瘡 ② 牛瘟.

muscat /mʌskət, -kæt/ n. = ~el n. ① 麝香葡萄 ② 麝香葡萄酒.

muscle /mʌs²l/ n. 【解】肌(肉); 臂力, 力氣 muscular adj. 肌(肉)的, 肌肉發達, 壯健的 // muscular dystrophy【醫】肌肉萎縮症 ~ cell, ~ fibre 肌細胞, 肌纖維 ~ in 擠進去.

muse /mjuːz/ v. & n. ① 沉思, 冥想 ② 呆看.

Muse /mjuːz/ n. 主管文藝、美術、音樂等的女神; 繆斯.

museum /mjuːˈzɪəm/ n. 博物館; 美術館 // ~ piece 珍品, 重要美術品; [貶]老古董.

mush /mʌʃ/ n. ① 軟塊 ② 多愁善感; 痴情; 廢話 ~y adj. 柔軟的; 軟弱的; 傷感的.

mushroom /mʌʃruːm, -rəm/ n. ① 蘑菇, 蕈 ② 暴發戶 ③ 蘑菇狀物 // ~ cloud 蘑菇雲(原子彈爆炸時升起所形成) ~ head 蘑菇頭, 菌頭鉚釘.

music /mjuːzɪk/ n. ① 音樂 ② 樂曲, 樂譜 ~al adj. ~ally adv. ~ian n. 音樂家; 樂師; 作曲家 ~ianship n. 音樂家技巧(或才能) ~ology n. 音樂學; 音樂研究 ~ologist n. 音樂專家 // ~ centre 組合音響 ~ hall 音樂廳 ~al instrument 樂器.

musk /mʌsk/ n. 麝香;【動】麝;【植】香溝水漿 ~y adj. ~rat n. 麝鼠; 麝鼠皮毛.

musket /mʌskɪt/ n. 滑膛槍, 火槍 ~eer n. (有滑膛槍裝備的)火槍手 ~ry n. 步槍隊; 步槍射擊訓練.

Muslim, Muslem /mɒzlɪm, 'mʌz-/ n. 伊斯蘭教徒, 穆斯林.

muslin /mʌzlɪn/ n. 平紋細布.

musquash /mʌskwɒʃ/ n.【動】麝香鼠; 麝鼠皮.

mussel /mʌs²l/ n. 青口; 蛤貝; 淡菜.

must[1] /mʌst, 弱 məst, məs/ v. aux. (助動詞無變化形式)必須, 必要 n. 必須做的事; 必需的東西.

must[2] /mʌst/ n. ① 葡萄汁; 新葡萄酒 ② 霉臭 ③ 麝香.

mustang /mʌstæŋ/ n. (美西南部)野馬.

mustard /mʌstəd/ n. 芥; 芥子; 芥末; 深黃色 // ~ gas【化】芥子氣 ~ oil【化】芥末油.

muster /mʌstə/ n. & v. 召集, 集合, 檢閲; 拼湊 // ~ master 檢閲官 pass ~ 通過檢查; 及格, 符合要求.

musty /mʌsti/ adj. (比較級 -tier 最高級 -tiest) 發霉的, 陳腐的, 落伍的 mustily adv. mustiness n.

mutable /ˈmjuːtəbl/ *adj.* 易變的; 可變的; 不定的, 無常的; 三心兩意的 **mutability** *n.* 可變性.

mutation /mjuːˈteɪʃən/ *n.* 變化, 變異; 更換 **mutate** *v.* (使)變異, 【生】使突變 **mutant** *adj.* 變異的 *n.* 變種動(植)物.

mute /mjuːt/ *adj.* ① 啞的 ② 緘默無言的 *n.* ① 啞巴 ②【音】弱音器 ~**d** *adj.* (音)減弱了的, (色)變柔和的; (反應)減弱了的 ~**ly** *adv.*

muticate /ˈmjuːtɪˌkeɪt/ *adj.* 無芒刺的;【動】無爪、齒等防衛結構的.

mutilate /ˈmjuːtɪˌleɪt/ *v.* 切斷(手、足等); 使斷肢, 殘害, 毀傷; 使殘缺不全 **mutilation** *n.*

mutiny /ˈmjuːtɪnɪ/ *n.* & *v.* 暴動; 兵變, 叛變; 造反 **mutinous** *adj.* 暴動的, 難制服的.

mutt /mʌt/ *n.* [美俚]傻子; 無足輕重的人; 雜種狗.

mutter /ˈmʌtə/ *n.* & *v.* 咕噥, 小聲低語; 抱怨; 嘀咕 // ~ **and numble** 吞吞吐吐.

mutton /ˈmʌtʔn/ *n.* 羊肉 ~**head** (= ~**top**) 笨人, 傻瓜 ~**y** *adj.* 有羊肉味的 // ~ **chop** 羊扒; 羊肉片.

mutual /ˈmjuːtʃʊəl/ *adj.* ① 相互的, ② 共同的 ~**ly** *adv.*

Muzak /ˈmjuːzæk/ *n.* 米尤扎克音樂(飯店、商店、工廠連續播放的背景音樂).

muzzle /ˈmʌzl/ *n.* ① (動物的)口鼻; 口套 ② 槍口; 炮口; 噴嘴 *v.* 上口套; 封住⋯嘴; 壓制言論.

muzzy /ˈmʌzɪ/ *adj.* (比較級 -**zier** 最高級 -**ziest**) [口]頭腦混亂的;

遲鈍的; (醉得)發呆的 **muzzily** *adv.* **muzziness** *n.*

mW *abbr.* = milliwatt(s)【電】毫瓦[特].

MW *abbr.* ① = megawatt(s) ② = military works 軍事工程, 築壘 ③ = medium wave 中波.

my /maɪ/ *adj.* ① (所有格)我的 (用於稱呼)我的 ~ **Lord** *n.* 大人, 老爺(對貴族、主教、法官等尊稱) ~**self** *pro.* 我自己的.

mycology /maɪˈkɒlədʒɪ/ or **mycetology** /ˌmaɪsiːˈtɒlədʒɪ/ *n.* 真菌學.

myelin sheath /ˈmaɪəlɪn ʃiːθ/ *n.* 【解】髓鞘.

mym /mɪm/ *n.* = myriameter 萬米 (長度單位).

myna, mynah, mina /ˈmaɪnə/ *n.* 【鳥】鷯哥, 印度燕八哥, 八哥(亦作 mynah bird).

myopia /maɪˈəʊpɪə/ *n.* = myopy 【醫】近視 **myopic** *adj.* 近視眼的; 缺乏遠見的 **myopically** *adv.*

myriad /ˈmɪrɪəd/ *n.* 一萬; 無數; 極大數量 *adj.* 無數的.

myrrh /mɜː/ *n.* 沒藥(作香料、藥材); 沒藥樹.

myrtle /ˈmɜːtl/ *n.*【植】番櫻桃; 長春花; 加州桂.

myself /maɪˈsɛlf/ *pro.* (*pl.* ourselves) (我)自己, 我(親自).

mystery /ˈmɪstərɪ, -trɪ/ *n.* ① 神秘的事物, 不可思議的事物 ② 神秘, 秘密; 訣竅; 秘訣 ③ 疑案小說(或故事、電影) **mysterious** *adj.* 神秘的; 曖昧的; 故弄玄虛的 **mysteriously** *adv.*

mystic /ˈmɪstɪk/ *n.* 神秘主義者 *adj.* (= ~al) 神秘的, 不可思議的, 奧妙的, 神秘主義的 ~ism *n.* 神秘, 神秘主義, 玄妙.

mystify /ˈmɪstɪfaɪ/ *vt.* 使神秘化; 迷惑, 蒙蔽 mistification *n.*

mystique /mɪˈstiːk/ *n.* 神秘性; 神秘氣氛; 秘訣.

myth /mɪθ/ *n.* ① 神話故事 ② 奇人奇事 ③ 虛構故事 ~ical *adj.* 神話般的 ~ology *n.* 神話學; 神話; 神話誌.

myxoma /mɪkˈsəʊmə/ *n.* (*pl.* -mas, -mata) 【醫】黏液瘤 // ~ tosis *n.* ① 黏液瘤(菌)存在 ② 多發性黏液瘤 ③ 兔瘟病.

N

N, n /ɛn/【數】任意數; 不定數; 不定量.

N., n. /ɛn/ *abbr.* ① = name 名字 ② = navy 海軍 ③ = neuter 中性; 中立者 ④ = new 新 ⑤ = nitrogen【化】氮, 氮氣 ⑥ = North 北, 北方 ⑦ = number 數, 號碼 ⑧ = noun 名詞.

Na *abbr.*【化】元素鈉 (sodium) 的符號.

NA *abbr.* = National Archives [美] 國家檔案館.

N. A. *abbr.* ① = national academician 國家科學院院士 ② = national academy 國家科學院 ③ = national army 國民軍.

NAA *abbr.* = National Aeronautic Association [美]全國航空協會.

NAACP /ɛn eɪ eɪ si: pi:/ *abbr.* = National Association for the Advancement of Colored People [美]全國有色人種協進會.

NAAFI, Naafi /ˈnæfi/ *abbr.* = Navy Army and Air Force Institutes [英] 海陸空三軍合作社.

naan /nɑːn/ *n.* = nan bread 印度式麵包, 扁平圓盤狀烤餅.

nab /næb/ *vt.* (過去式及過去分詞 ~bed) [口]逮捕, 拘捕; 猛然抓住.

nabe /ˈnɑːbe/ *n.* [美]鄰里電影院.

NACA *abbr.* = National Advisory Committee for Aeronautics [美] 國家航空諮詢委員會.

nacelle /nəˈsɛl/ *n.*【空】機艙; 客艙; (輕氣球的)吊籃.

N. A. D. *abbr.* = National Academy of Design [美] 國家設計院.

nadir /ˈneɪdɪə, ˈnæ-/ *n.* ① 天底(天體觀察者腳底下正中點) ② 最下點, 最低點 ③ 最低溫度 ④ 最糟狀態.

naevus, 美式 **nevus** /ˈniːvəs/ *n.* (*pl.* -vi)【醫】痣, 胎記.

NAFTA /ˈnæftə/ *abbr.* = North American Free Trade Agreement 北美自由貿易協定.

naff /næf/ *adj.* [俚]蹩腳的; 無用的.

nag /næg/ *n.* ① 駑馬, 老馬 ② 舊汽車 ③ 愛嘮叨的人(尤指婦女)

v. (過去式及過去分詞 ~ged) 嘮
叨; 不斷挑剔; 責罵; 發牢騷; 困
擾 ~ging adj. & n.

naiad /naɪæd/ n. (pl. -ad(e)s) 希臘
神話中的水仙女; [喻]女游泳者.

nail /neɪl/ n. 指甲, 爪 ② 釘子
v. 用釘子釘住; 釘到一起 ~brush
n. 指甲刷 ~er n. ① 製釘者 ② 敲
釘人, 自動敲釘機 ③ 熱心做事
的人 ~file n. 指甲銼 ~sick adj.
(板材)因屢釘而變得不結實的;
釘服漏水的 // hit the ~ on the
head 一針見血, 正中要害; 話說
得中肯; 說得對 ~ a rumour 戳
穿(謊言) ~ clipper 指甲鉗, 指甲
刀 ~ polish, ~ varnish 指甲油.

naive, naïve /naɪˈiːv/ adj. 天真的,
樸素的 ~ly adv. ~ness n. ~ty, ~té
n. 質樸, 樸素, 天真的話語.

naked /ˈneɪkɪd/ adj. 裸體的, 裸
露的; 荒瘠的, 露骨的
~ness n. // a ~ heart 赤裸裸的心
~ feet 赤腳 ~ fields 荒地 ~ truth
明明白白的事實 ~ debenture
[英]無擔保證券 the ~ eye 肉眼.

namby-pamby /ˈnæmbɪˈpæmbɪ/
adj. & n. ① 多愁善感的(人); 沒
有決斷的(人) ② 柔弱的(文風).

name /neɪm/ n. ① 名, 名字, 姓
名; 名稱 ② 名聲, 名譽; 空名;
名義, 名目 ③ (pl.)惡言 v. 命名,
給 … 取名, 提名, 指定; 指出名
字 ~less adj. 沒有名字的 ~ly adv.
即, 換句話說 ~dropper n. 言談
中常隨意提到顯要人物以抬高
自己身價的人 ~sake n. 同姓名
的人(特指沿用某人姓名的人)
// ~ plate 姓名牌, 名稱牌 ~ tape

標名布條 ~ calling 謾罵.

nan bread /nɑːn/ n. [印度]半發麵
餅(亦作 naan).

nanny /ˈnænɪ/ n. (pl. -nies) [英]保
姆 // ~ goat 雌山羊.

nap /næp/ n. ① 小睡, 打盹
② 拿破崙牌戲, 婦普牌戲(亦作
~oleon) ③ 孤注一擲 v. (過去式
及過去分詞 ~ped) 小睡, 打盹 //
~ or nothing 成敗在此一舉 take
a ~ 睡午覺.

napalm /ˈneɪpɑːm, ˈnæ-/ n. ① 凝固
汽油 ② 凝固汽油彈.

nape /neɪp/ n. 頸背, 後頸, 項部.

naphtha /ˈnæfθə, ˈnæp-/ n. 【化】粗
揮發油 ② 石腦油 ~lene n. 【化】萘
// ~ ball 衛生球, 樟腦丸.

napkin /ˈnæpkɪn/ n. 餐巾, 擦嘴布;
[英](嬰兒)尿布.

Napoleon /nəˈpəʊlɪən/ n. 拿破崙.

nappy /ˈnæpɪ/ n. (pl. -pies) (嬰兒
的)尿布 // ~ rash 濕疹.

narcissism /ˈnɑːsɪˌsɪzəm/ or
narcism /ˈnɑːsɪzəm/ n. 自我陶醉;
自戀 narcissistic adj.

narcissus /nɑːˈsɪsəs/ n. (pl.
-cissuses, -cissi) 水仙花.

narcotic /nɑːˈkɒtɪk/ adj. 麻醉的;
安眠用的; 吸毒成癮的 n. ① 麻
醉劑, 安眠藥 ② 吸毒成癮的人
narcosis (= narcotism) n. 麻醉作
用, 麻醉狀態; 昏睡; 不省人事.

nark /nɑːk/ n. [英俚]警方密探; 令
人不愉快的人; 惹人生氣; 當密
探, 監視 ~y adj. 脾氣壞的, 易發
怒的 // ~ it 住口, 停住.

narrate /nəˈreɪt/ v. 講述(故事)情
節, 講解 narration n. narrator n.

講解員; 講述者 narrative *n.* 故事; 敘述; 敘事體.

narrow /ˈnærəʊ/ *adj.* 狹隘的, 窄的 *v.* 變窄; 縮小 ~**ly** *adv.* ~**ness** *n.* ~**-cast** *v.* 電纜電視(有線電視)播送 ~**-minded** *adj.* 心胸狹窄的; 才疏學淺的 ~**-mindedness** *n.* 氣量小; 心胸狹隘 ~ **escape** 九死一生 ~ **gage** 窄(鐵)軌 the ~ **s** 狹窄的海峽; 連接兩水域之狹道.

narwhal /ˈnɑːwəl, ˈnɑːˌweɪl/ *adj.* & *n.* 一角鯨(產於北極)(亦作 narwhale).

NASA /ˈnæsə/ *abbr.* = National Aeronautics and Space Administration [美]全國航天航空管理局, 國家航空和宇航局, 太空總署.

nasal /ˈneɪzᵊl/ *adj.* ① 鼻的 ② 鼻音的 ~**ly** *adv.* 鼻音化地 ~**ize** *v.* 鼻音化.

nascent /ˈnæsᵊnt, ˈneɪ-/ *adj.* 初生的; 初期的 // ~ **state** 初生態.

nasturtium /nəˈstɜːʃəm/ *n.* 旱金蓮(花).

nasty /ˈnɑːstɪ/ *adj.* (比較級 **-tier** 最高級 **-tiest**) 令人作嘔的; 俗氣下流的; 難以理解和處理的 *n.* 討厭的傢伙 **nastily** *adv.* **nastiness** *n.*

natal /ˈneɪtᵊl/ *adj.* 誕生的; 初生的; 生來的.

nation /ˈneɪʃən/ *n.* 國家; 民族; 種族 ~**wide** *adj.* 全國性的, 全國範圍內的 // (the) most favoured ~**s** 最惠國 (the) United Nations 聯合國.

national /ˈnæʃᵊnᵊl/ *adj.* 民族的;

國家的; 國民的 ~**ly** *adv.* 全國性地 ~**ism** *n.* 愛國心; 國風, 民族主義, 愛國主義 ~**ist** *adj.* & *n.* 民族主義者(的) ~**ize** *v.* 使國家化, 國有化 // ~ **accounts** 國家收支項目 ~ **anthem** 國歌 **N- Day** 國慶節 ~ **economy** 國民經濟 ~ **grid** 國家電網 ~ **income** 國民收入 **N- Insurance** 國民保險(英國對疾病、失業等的強制保險) ~ **mounument** (美聯邦政府管轄的)名勝古蹟 ~ **revenue** 國家歲入 **N- Service** [英]國民兵役 **N- Weather Service** 國家氣象服務站.

nationality /ˌnæʃəˈnælɪtɪ/ *n.* 國民性, 民族性; 國籍; 船籍, 國民 // the minority nationalities 少數民族 the dual ~ 雙重國籍.

native /ˈneɪtɪv/ *adj.* ① 出生地, 本地的 ② 土著的, 本地的 ③ 天生地, 本地人; 土著, 土人 ~**ly** *adv.* ~**ness** *n.*

Nativity /nəˈtɪvɪtɪ/ *n.* ① 誕生 ② (**N-**)耶穌誕生, 聖母瑪利亞誕生生節.

NATO, Nato /ˈneɪtəʊ/ *abbr.* = North Atlantic Treaty Organization 北大西洋公約組織.

natter /ˈnætə/ [英] *vi.* ① 閒談, 瞎扯 ② 發牢騷 *n.* 談話, 聊天.

natty /ˈnætɪ/ *adj.* (比較級 **-tier** 最高級 **-tiest**) ① (外貌、衣着)整潔的, 乾淨的, 清爽的 ② 靈巧的, 敏捷的 **nattiness** *n.*

natural /ˈnætʃrəl, -tʃərəl/ *adj.* ① 自然的 ② 天然的 ③ 固有的;

天生的; 常態的 ④ 逼真的 ⑤ 庶
出的, 私生的 **~ly** adv. **~-born** adj.
天生的; 本國出生的 **~ism** n. 自
然(主義); 本能行動 **~ist** n. 博物
學家; 自然主義者 **~istic** adj. 自
然主義的; 寫實的; 博物學的 **~ize**
v. ① 使歸化, 使入國籍 ② 馴
化, 風土化 **~ization** n. 馴化, 歸
化, 入國籍 **~ disaster** 自然災
害 **~ foundation** 天然基礎 **~ gas**
天然氣 **~ history** 博物學 **~ law**
自然規律 **~ resources**【地】自然
資源 **~ satellites**【天】天然衛星
~ science 自然科學 **~ selection**
【生】自然選擇 **~ wastage**
損耗; 因退休辭職而留失.

nature /ˈneɪtʃə/ n. ① 大自然, 自
然界 ② 原始狀態 ③ 天性, 本
性; 脾性; 性質; 品種; 類別 **~d**
adj. 有 … 脾氣的 **good-~d** adj.
脾氣好的 **ill-~d** adj. 脾氣壞的
naturism n. 自然主義【婉】裸體
主義 **naturist** n. 裸體主義者 //
~ reserve 自然保護區 **~ trail** 觀
景小徑.

naught /nɔːt/ n. ① 無; 無價值
②【數】零 (= nought).

naughty /ˈnɔːtɪ/ adj. (比較級 **-tier**
最高級 **-tiest**) 淘氣的, 頑皮的;
撒野的; 不懂話的 **naughtily** adv.
naughtiness n.

nausea /ˈnɔːzɪə, -sɪə/ n. ① 噁心;
嘔吐; 暈船 ② 極度厭惡 **~nt** n.
嘔吐劑 **~te** v. 使嘔吐; 使厭惡
nauseous adj. 令人作嘔的; 討厭
的.

naut /nɔːt/ adj. = **~ical** 海上的; 船
舶的; 水手的 // **~ical mile** (= sea

mile) 海里(相當於1852 米) **~ical
terms** 航海用語.

nautical /ˈnɔːtɪkˈl/ adj. 航海的; 海
上的; 海員的 // **~ mile** (= sea
mile) 海里, 浬(相當於 1852 米)
~ terms 航海用語.

nautilus /ˈnɔːtɪləs/ n. (pl. **-luses, -li**)
鸚鵡螺.

nav abbr. ① = **~al** ② = **~igable**
③ = **~igation**.

navaid /ˈnævˌeɪd/ n. 助航裝置系
統.

naval /ˈneɪvˈl/ adj. 海軍的; 軍艦的
~y adv. // **~ port** 軍港.

nave /neɪv/ n.【建】教堂中殿; 聽
眾席.

navel /ˈneɪvˈl/ n. 肚臍; 中心; 中
央 // **~ orange** 甜臍橙 **~ string /
cord** 臍帶.

navigate /ˈnævɪˌɡeɪt/ vt. ① 駕駛
(輪船、飛機) ② 導航, 領航
③ 航行; 橫渡 **navigable** adj. 可
航行的, 適航的 **navigation** n. 航
行, 導航, 領航, 航海術 **navigator**
n. 航行者, 領航員.

navvy /ˈnævɪ/ n. (築鐵路、挖運河
的)勞工; 掘土機, 挖泥機.

navy /ˈneɪvɪ/ n. 海軍; 海軍官兵;
[英]海軍部 // **~ blue** 藏青色
~ yard [美]海軍造船廠.

nay /neɪ/ adj. [古]不, 否, 非也(亦
作 no) // **yea and ney** 支支吾吾;
模棱兩可.

Nazi /ˈnɑːtsɪ/ n. 納粹(德國國家社
會黨成員, 法西斯份子) **~sm** n.
納粹主義.

N.B., NB, nb /ˌɛn ˈbiː/ abbr. = **nota
bene** [拉]注意, 留心(亦作 note

well).

NBC /ɛn biː ˈsiː/ *abbr.* = National Broadcasting Company [美]全國廣播公司.

NbE, N by E *abbr.* = north by east 北偏東.

NbW, N by W *abbr.* = north by west 北偏西.

NCO /ɛn siː ˈəʊ/ *abbr.* = noncommissioned officer 軍士.

Nd *abbr.* = 【化】元素釹 (neodymium) 的符號.

Ne *abbr.* = 【化】元素氖 (neon) 的符號.

NE, NE, ne *abbr.* ① = northeast; northeastern 東北 ② = New England 新英格蘭 ③ = no effects 無存款.

Neanderthal /nɪˈændətɑːl/ *adj.* ① (公元前 12000 年居住在歐洲的原始人)尼安德特人的; (類似)尼安德特人的 ② 原始人似的; 兇暴粗魯的.

neap-tide /ˈniːp ˌtaɪd/ *n.* 最低, 最小的潮水, 小潮.

near /nɪə/ *adj.* ① 近, 接近, 鄰近 ② 差不多; 相近; 將近 ③ 節省地 ~by *adj.* 附近的 ~by *adv.* 不遠地 ~ly *adv.* 幾乎 ~ness *n.* 接近; 附近 ~sighted *adj.* 近視的 ~term *adj.* 近期的 // draw ~ 接近, 靠近, 來臨 far and ~ 遠近, 到處 ~ at band 即將到來, 在手頭 ~ and dear 極親密 ~ by 在附近.

neat /niːt/ *adj.* ① 乾淨的, 整潔的; 勻稱的; 端正的; 簡潔的, 適當的; 靈巧的 ~ly *adv.* ~ness *n.* ~en *v.*

使乾淨.

nebula /ˈnɛbjʊlə/ *n.* (*pl.* **-lae, -las**) ①【天】星雲, 雲狀, 霧影 ②【醫】角膜翳 ③ 噴霧劑 **nebulous** *adj.* 星雲的; 雲霧狀的; 朦朧的; 模糊的.

necessary /ˈnɛsɪsərɪ/ *adj.* 必要的; 不可缺的; 必然的 **necessarily** *adv.* 必定, 必然, 當然 **necessitate** *vt.* ① 使成為必需, 使需要 ② 強迫, 迫使 **necessitous** *adj.* 窮困的; 必需的; 緊迫的 **necessity** *n.* ① 需要; 必要性 ② 必需品 ③ 必然性.

neck /nɛk/ *n.* ① 頸, 脖子, (衣)領 ② 海峽; 狹路 *vi.* 摟住脖子親嘴; 擁抱 ~erchief *n.* 圍巾, 圍脖兒 ~lace *n.* 項鏈, 項圈 ~let *n.* 小項圈 ~line *n.* 領口 ~piece *n.* 裝飾性圍巾 ~tie *n.* 領帶; [美俚]絞索.

necromancy /ˈnɛkrəʊˌmænsɪ/ *n.* ① 向亡靈問卜的巫術 ② 妖術; 巫術.

necropolis /nɛˈkrɒpəlɪs/ *n.* 大墓地.

nectar /ˈnɛktə/ *n.* ① 甘露; 蜜酒 ②【植】花蜜 ③ 一種汽水.

nectarine /ˈnɛktərɪn/ *n.* 【植】油桃 *adj.* 甘美的.

née, nee /neɪ/ *adj.* [法](已婚女子的)娘家姓, 如: Mrs. Smith, née Jones 娘家姓瓊斯氏的史密斯夫人.

need /niːd/ *n.* ① 必要, 需要 ② 缺乏, 不足 ③ 需求 ④ 貧窮 ⑤ 危急的時候 *v.* 要, 必須; 不得不 ~ful *adj.* 必要的, 不可缺少的 ~less *adj.* 不必要的 ~y *adj.* 貧窮的 // the poor and ~y 窮苦人.

needle /ˈniːdʳl/ *n.* ① 針，縫針，編織針 ② 磁針，羅盤針；【植】針葉 *v.* 拿針縫；扎針治療；刺激 ~**point** *n.* 針尖，刺繡，針繡花邊 ~**work** *n.* 刺繡活，縫紉，刺繡 // ~ **bearing** 用滾端代替滾珠來減少摩擦力 ~ **beer** [美俚]加了酒精的啤酒 ~ **valve** 精確控制水流或氣流的針頭閥門.

ne'er /nɛə/ *adv.* = never ~-**do-well** [詩]廢物蛋，沒用的人，飯桶.

nefarious /nɪˈfɛərɪəs/ *adj.* 惡毒的，窮兇極惡的 ~**ly** *adv.*

negate /nɪˈgeɪt/ *v.* 否定，否認；取消，使無效 **negation** *n.* 拒絕，反對；無，不存在；【邏】否定之斷定 **negativity** *n.* 否定性，消極性.

negative /ˈnegətɪv/ *adj.* 否定的；拒絕的；反對的；消極的；【電】陰(性)的，負(極)的 *n.* ① 否定詞語 ② 消極性 ③【攝】照相底片 ~**ly** *adv.* 消極地 ~**ness** *n.* 否定(或消極)性 **negativism** *n.* 否定論；消極主義；懷疑主義 // ~ **chamber**【機】負傾向 ~ **earth**【電】負極搭鐵.

neglect /nɪˈglekt/ *vt.* 輕視；忽視，無視；忽略；漏做 *n.* 疏忽；忽略 ~**ful** *adj.* 疏忽的；不留心的；冷淡的.

negligee, -gée, négligé /ˈneglɪˌʒeɪ/ *n.* [法]女便服；長睡衣 *adj.* 隨便的.

negligence /ˈneglɪdʒəns/ *n.* ① 疏忽失職；【律】疏忽，過失；粗心大意；不介意；冷淡 ② 懶散；不整齊 **negligent** *adj.* // **an accident of ~** 責任事故.

negligible /ˈneglɪdʒəbʳl/ *adj.* 無足輕重的，微不足道的；可忽略的；很小的 **negligibility** *n.* **negligibly** *adv.*

negotiable /nɪˈgəʊʃəbʳl/ *adj.* ① 可協商的，可談判的 ② 可轉讓的 ③ 可通行的，可流通的 **negotiability** *n.*

negotiate /nɪˈgəʊʃɪˌeɪt/ *vt.* 議定，商定，談判；【貿】轉讓，議付；[口]通過，跳過 *vi.* 交涉，談判 **negotiation** *n.* ① 協商；談判；交涉；協定 ② 讓與；議付；交易 **negotiator** *n.* 協商者，談判者，讓與人.

Negro /ˈniːgrəʊ/ *n.* (*pl.* -**groes**) [貶]黑人，黑種人(現多用 black) *adj.* 黑人的，黑種的 **the Negress** *n.* [貶]女黑人 ~**id** *adj.* 黑人(似)的 ~**phobe** *n.* 畏懼黑人的人.

neigh /neɪ/ *n.* 嘶鳴聲 *vi.* (馬)嘶.

neighbour, neighbor /ˈneɪbə/ *n.* 街坊，鄰居，鄰近的人 ~**hood** *n.* 四鄰，街坊，鄰里 ~**ing** *adj.* 鄰近的，毗鄰的，接壤的 ~**ly** *adj.* 像鄰人的；親切的；和睦的 // ~**hood watch** 鄰里互相照料.

neither /ˈnaɪðə, ˈniːðə/ *adv.* 兩者都不，也不 // **N-** he nor I knew. 他不知道，我也不知道 ~ **flesh nor fish** 非驢非馬 **N-** accusation is true. 兩項指控都不對.

Nelson, Horatio /ˈnelsən/ *n.* 納爾遜(1758 至 1805 年，英海軍大將).

nemesis /ˈnemɪsɪs/ *n.* (*pl.* -**ses**) ① 復仇者；給以報應者 ② 天罰，報應.

neo- /ˈniːəʊ-/ *pref.* [前綴] 表示為

"新; 新近; 近代的".

neo-con /ˈniːɒˈkɒn/ *n.* 【政】新保守主義者 *adj.* 新保守主義的.

neoconservatism /ˌniːəʊkənˈsɜːvətɪzəm/ *n.* 【政】新保守主義.

neoconservative /ˌniːəʊkənˈsɜːvətɪv/ *n.* 新保守主義者 *adj.* 新保守主義的.

neolithic /ˌniːəʊˈlɪθɪk/ *adj.* 新石器時代的.

neologism /nɪˈɒlədʒɪzəm/ *n.* or **neology** *n.* ① 新詞; 舊詞新義 ② 新詞的使用 ③【宗】新教義的遵守(或採用) **neologize** *v.* 創造新詞(或新義), 使用新詞(或新義)【宗】採用新說.

neon /ˈniːɒn/ *n.* 【化】氖 // **~ light** 氖光燈, 霓虹燈.

neonate /ˈniːəʊˌneɪt/ *n.* 出生不滿一月的嬰兒, 新生兒 **neonatal** *adj.*

neophyte /ˈniːəʊˌfaɪt/ *n.* ①【宗】新入教者, 新祭司 ② 新來者; 初學者, 生手; [美]大學一年級生 ③ 新引進的物種.

nephew /ˈnevjuː, ˈnef-/ *n.* 侄子; 外甥.

nephritis /nɪˈfraɪtɪs/ *n.* 【醫】腎炎 **nephritic** *adj.* 腎的; 腎病的.

nepotism /ˈnepəˌtɪzəm/ *n.* 祖護(或重用)親戚, 任人唯親; 裙帶關係 **nepotic** *adj.*

Neptune /ˈneptjuːn/ *n.* ①【羅神】海神, 尼普頓 ②【天】海王星 ③ 海, 海洋 // **~'s revel** 赤道節 **son of ~** 水手, 船夫.

neptunium /nepˈtjuːnɪəm/ *n.* 【化】

錼(原譯鎿).

nerve /nɜːv/ *n.* ① 神經 ② 膽力; 勇氣; 果斷; 膽略; [口]冒昧; 大膽 ③ 中樞, 核心 ④ (*pl.*)膽怯; 憂愁; 神經過敏 *vt.* 鼓勵, 激勵 **~less** *adj.* ① 無力的; 無生氣的 ② 沉着的; 鎮靜的 ③ 無知覺的 **nervy** *adj.* [美]大膽的, 有勇氣的; [英口]神經質的, 神經緊張的; [俚]冷靜的; 厚臉的 **~-racking** *adj.* 使人心煩的; 傷腦筋的 // **~ cell** 神經細胞 **~ centre** 中樞神經 **~ cord** 神經索 **~ fibre** 神經纖維 **~ gas** 神經錯亂性毒氣 **~ strain** 神經過勞.

nervous /ˈnɜːvəs/ *adj.* ① 神經(方面)的 ② 神經過敏的; 易怒的 ③ 有勇氣的 ④ 緊張不安的; 膽小的 **~ly** *adv.* // **~ disease** 神經病 **~ Nellie** [俚]膽小鬼, 無用的人 **~ breakdown** 神經衰弱 **~ system** 神經系統 **feel ~ about** 以 … 為苦, 害怕 …, 擔心 ….

nest /nest/ *n.* ① 巢, 窩, 窟 ② 安息處; 住處; 休息處; 避難所, 隱蔽處 ③ 一窩雛, (鳥蟲等的)羣, 一套 *v.* 築巢, 使進窩, 使伏窩 // **~ egg** 留窩蛋; [喻]儲備金(物).

nestle /ˈnesl/ *v.* ① [罕]營巢, 造窩 ② 安頓, 安居 ③ 偎依, 緊貼一起, 懷抱 **nestling** *n.* 剛孵出的雛(鳥).

net /net/ *n.* ① 網, 網眼織物; 網狀物 ② 羅網; 陷阱 *v.* (過去式及過去分詞 **~ted**) ① 用網捉, 撒網, 用網覆蓋 ② 誤入網套 *adj.* 純的; 淨的; 無虛價的; 基本的; 最後的.

nether /ˈnɛðə/ *adj.* [古] 下面的 // ~ **lip** 下唇 ~ **garments** [謔] 褲子 ~ **regions** 冥府, 地獄 ~ **world** 陰間; 來世.

nettle /ˈnɛtl/ *n.* 蕁麻, [喻] 使人煩惱的事, 苦惱 *v.* 激怒, 惹惱 ~**some** *adj.* 惱火的 // ~ **rash** 蕁麻疹.

network /ˈnɛtˌwɜːk/ *n.* 網眼織物, 網狀系統, 聯絡網; 電路, 網絡 *v.* 建立關係 // ~ **topology** 【計】網絡拓撲.

neural /ˈnjʊərəl/ *n.* 【解】神經(系統)的 ~**ly** *adv.*

neuralgia /njʊˈrældʒɪə/ *n.* 【醫】神經痛.

neuritis /njʊˈraɪtɪs/ *n.* 【醫】神經炎.

neurology /njʊˈrɒlədʒɪ/ *n.* 神經病學 neurologica *adj.* neurologist *n.* 神經病學家; 神經病專科醫生.

neurosis /njʊˈrəʊsɪs/ *n.* (*pl.* -ses) 精神神經病; 神經官能症 neurotic *adj.* 神經的; 神經(機能)病的 (人).

neurosurgery /ˌnjʊərəʊˈsɜːdʒərɪ/ *n.* 神經外科.

neuter /ˈnjuːtə/ *n. & adj.* 中性(的); 無性(的); 中立(的).

neutral /ˈnjuːtrəl/ *adj.* ① 中立的 ② 不偏向的; 中庸的; 不鮮艷的; 非彩色的 ③【化】【電】中性的, 中和的 ④ 無性的 *n.* 中立者; 中立國 ②【機】空檔 ~**ity** *n.* ① 中立; 中立地位; 不偏不倚 ② 中性, 中和 ~**ize** *vt.* ① 使中立化 ②【電】【化】使中和【物】使平衡 ③ 抵銷; 使失效 //

~ **flame** (焊接)乙炔和氧產生的火焰 ~ **gear** 空檔 ~ **PH** 酸鹼中和 ~ **wire** 不帶電電線.

neutrino /njuːˈtriːnəʊ/ *n.* (*pl.* -nos) 【物】中微子.

neutron /ˈnjuːtrɒn/ *n.* 【物】中子 ~ **bomb** 中子彈 ~ **star** 中子星.

never /ˈnɛvə/ *adv.* (ever 的否定形式)決不, 永不; 從來沒有 ~**theless** 仍然, 不過, 可是; 儘管如此.

never-never /ˈnɛvəˈnɛvə/ *n.* ① 邊遠地區, 不毛之地 ② 理想的地方 ③ [英俚]分期付款制 *adj.* 想像中的; 非真實的 // the ~ **land** 夢想中的地方.

new /njuː/ *adj.* ① 新的; 新開發的 ② 初次的; 新奇的 ③ 新鮮的, 新到的 ④ 生的, 不熟悉的 ⑤ 另加的 *adv.* 最近 ~**-born** 新生的 ~**-coined** *adj.* 新造的 ~**comer** *n.* 新來的(人); 陌生人 N- **England** *n.* [美]新英格蘭 ~**fangled** *adj.* 新花樣的; 過分摩登的 ~**-fashioned** *adj.* 新式的, 新流行的 ~**ish** *adj.* 有些新的, 相當新的 ~**ly** *adv.* ① 最近, 新近 ② 重新, 又, 再度 // ~ **moon** 新月 N- **Testament** (基督教的)《聖經 · 新約》N- **World** 新世界(指西半球).

newel(l) /ˈnjuːəl/ *n.* 【建】(螺旋梯的)中心柱, (樓梯兩端支持扶手的)望柱, 蹬柱.

news /njuːz/ *n.* ① 新聞, 消息; 新聞報道 ② 新鮮事, 奇聞 ③ 音信 ~**agent** *n.* 報刊經銷人 ~**caster** *n.* 新聞廣播員 ~**flash** *n.* 簡明

新聞 **~hen** n. [美俚]女新聞記者 **~letter** n. 時事通訊, 新聞信札 **~monger** n. 愛傳新聞的人 **~paper** n. 新聞紙, 報紙 **~print** n. (印報用)白報紙 **~reader** n. 新聞報導員, 讀報員 **~reel** n. 新聞片 **~room** n. [英]閱報室, [美](報館, 電台)編輯部 **~stand** n. 報亭, 報攤 **~worthy** adj. 有新聞價值的 **~y** adj. 新聞多的.

newt /njuːt/ n. [動]蠑螈.

newton /'njuːt²n/ n. [物]牛頓(米-千克-秒制, 力的單位);[化]牛頓(黏度單位).

next /nɛkst/ adj. ① 其次的, 下次的, 接着來的 ② 隔壁的, 挨着的 // **~ door** 隔壁 **~ of kin** 最近親 **~ to impossible** 幾乎不可能 **~ to nothing** 幾乎甚麼也沒有.

nexus /'nɛksəs/ n. 連繫, 聯絡; 網絡; 關係.

NHS /ɛn eɪt ʃ ɛs/ abbr. = National Health Service [英]國家保健局.

Ni abbr.【化】元素鎳(nickel) 的符號.

NI /ɛn 'aɪ/ abbr. ① = National Insurance 國民保險 ② = Northern Ireland 北愛爾蘭 ③ = national income 國民收入 ④ = net income 淨收入.

nib /nɪb/ n. 鋼筆尖; [俚]要員, 重要人物.

nibble /'nɪb²l/ vt. ① 一點一點地咬 ② 挑剔 n. 咬一小口; 吃少量飯.

nibs /nɪbz/ n. = **his / her** [美口]自以為了不起的要人 // **his ~** 那位大人(或先生).

Nicaragua /ˌnɪkə'ræɡjʊə, -ɡwə, nɪkɑ'raɡwaɪ/ n. 尼加拉瓜(位於中美洲).

nice /naɪs/ adj. 好的, 不錯的; 漂亮的; 親切的; 懇切的; 吸引人的; 微妙的; [反]討厭的 **~ly** adv. ① 好好地; 漂亮地, 機敏地; 愉快地, 規規矩矩地 ② 非常講究地 ③ 恰好 **~ty** n. 細微的區別; 微妙之處; 精密; 考究.

niche /nɪtʃ, niːʃ/ n. 壁龕; 適當的地位.

nick /nɪk/ v. ① 刻痕跡, 弄缺口 ② 説中 ③ [俚]偷竊 ④ [英俚]建捕 n. 刻口, 刻痕, 縫隙; [俚]監獄, 警局, [美俚]五分鎳幣 **~name** n. 綽號, 諢名, 外號; 教名 // **in good ~** 狀況良好 **in the ~ of time** 在緊要關頭; 恰好.

nickel /'nɪk²l/ n.【化】鎳; [加][美]五分鎳幣.

nickelodeon /ˌnɪkə'ləʊdɪən/ n. [美] ① (門票一律為五分的)五分電影院 ② 投幣式自動點唱機(亦作 jukebox).

nicotin(e) /ˌnɪkə'tiːn/ n.【化】尼古丁, 煙鹼, 煙草素.

niece /niːs/ n. 侄女; 甥女.

nifty /'nɪftɪ/ adj. (比較級 **-tier** 最高級 **-tiest**) [美俚]俏皮的, 漂亮的.

niggard /'nɪɡəd/ n. 小氣鬼 **~ly** adj. & adv. 小氣的(地).

nigger /'nɪɡə/ n. [口][蔑]黑人.

niggle /'nɪɡ²l/ v. 為小事操心; 不斷挑剔n. 麻煩事 niggling n.

nigh /naɪ/ adv. (比較級 **-er** 最高級 **-est**) [詩]靠近, 附近.

night /naɪt/ n. 夜, 夜晚, 晚間; 黑夜 ~**ly** adv. & adj. 每夜(的) ~**cap** n. 睡帽; [俚]睡前酒 ~**club** n. 夜總會 ~**dress** n. 女睡衣 ~**fall** n. 黃昏 ~**gown** n. 睡衣, 睡袍 ~**ingale** n. 【鳥】夜鶯 ~**jar** n. 【鳥】歐夜鶯; [喻]夜間做壞事的人; 夜遊人 ~**man** n. 掏糞工, 守夜人 ~**mare** n. 夢魔, 惡夢; 恐怖感 ~**y** ~**shade** n.【植】茄屬(有毒植物) ~**shirt** n. (男裝)睡衣 ~**time** n. 夜間 ~**viewer** n. 夜間(紅外線)觀察器 ~**work** n. 夜間工作 // ~**shift** 夜班 ~ **soil** 大糞, 糞便 ~ **watchman** 守夜人.

nihilism /ˈnaɪɪˌlɪzɔm/ n. 【哲】① 虛無主義; 懷疑論; 無政府主義 ② 恐怖手段 **nihilist** n. **nihilistic** adj.

nil /nɪl/ n. 無; 零(亦作 zero).

nimble /ˈnɪmb°l/ adj. 敏捷的, 靈活的; 機警的 **nimbly** adv. ~**ness** n.

nimbus /ˈnɪmbɔs/ n. (pl. -buses, -bi)【氣】雨雲.

nincompoop /ˈnɪnkɔmˌpuːp, ˈnɪŋ-/ n. 傻瓜, 笨蛋.

nine /naɪn/ num. & n. 九, 九個 **ninth** num. 第九(的) ~**teen** num. & n. 十九 ~**teenth** num. 第十九 ~**ty** num. & n. 九十 ~**tieth** num. & n. 第九十 ~**fold** adj. 九倍的 ~**pin** n. 九柱戲 // ~**teenth hole** 高爾夫球場裏的酒吧間.

nip /nɪp/ v. (過去式及過去分詞 -ped) 夾, 掐, 捏; 輕咬; [俚]跑, 趕; 搶去; 偷走; 逮捕 ~**per** n. [英口](無賴)少年; 吝嗇鬼 ~**py** adj. 寒冷的, 刺骨的; 敏捷的; 伶俐 的.

nipple /ˈnɪp°l/ n. ① 奶頭 ② 奶頭狀突起.

nirvana /nɪəˈvɑːnə, nɜː-/ n. ①【佛】涅槃; 極樂世界 ② 解脫.

nisi /ˈnaɪsaɪ/ adj.【律】否則; 非絕對的 // **decree** ~ 在一定年限內不提出異議即作確定的判決.

nit /nɪt/ n. 虱卵 ②[美]糊塗的人, 飯桶(亦作 ~wit) ~**picking** adj. & n. 吹毛求疵, 挑剔.

nitty-gritty /ˈnɪtɪˈɡrɪtɪ/ n. [俚]基本事實; 本質; 事實.

no /nɔʊ/ adj. 沒有; 不; 不可 adv. 根本不; 否 // ~**-claim bonus** (保險費)無賠款折扣 ~ **go area** 禁區 ~**man's land** 無主土地; 真空地帶 ~ **man** ① = ~**body** ② 不肯妥協的人.

no. abbr. = **number** 之縮略 // ~ **1** 第一, 一流; 自己.

nob /nɒb/ n. ① [俚]頭; 頭上的一擊 ② 球形門把 ③ 富豪; 上流人物.

nobble /ˈnɒb°l/ vt. [俚]勾引人說話; 收買加威脅.

Nobel Prize /ˌnɔʊbel ˈpraɪz/ n. 諾貝爾獎.

noble /ˈnɔʊb°l/ adj. ① 崇高的, 高尚的 ② 貴族的, 高貴的 ③ 壯麗宏偉的 n. 貴族 **nobility** n. 貴族身份, 高尚 **nobly** adv. ~**man** n. 貴族 ~**woman** n. 貴婦 // ~ **gas** 惰性氣體.

noblesse /nɔʊˈbles/ n. [法]貴族; 貴族的地位(或階級) // ~ **oblige** 位高則任重(常帶譏諷).

nobody /ˈnɔʊbɔdɪ/ pro. 無人; 誰也

不 n. 無名小卒.

nocturnal /nɒk'tɜːnʲl/ adj. 夜的; 夜間的, 夜出的 **~y** adv. // ~ **emission** 遺精(夜夢中).

nocturne /'nɒktɜːn/ n. [音]夜曲, 夢幻曲.

nod /nɒd/ n. & vt. 點(頭); 點頭(表示同意、打招呼), 低頭 // ~ **off** 打瞌睡.

noddle /'nɒdʲl/ n. [口]頭, 腦袋瓜.

node /nəʊd/ n. 節, 結; 瘤; [植]莖節; [天]交點.

nodule /'nɒdjuːl/ n. 小結, 小瘤; 【醫】結核 // ~ **bacteria** 根瘤菌.

Noel, Nowel /nəʊ'el/ n. 聖誕節 noel, nowel 聖誕頌歌.

noggin /'nɒgɪn/ n. ① 一小杯(酒), [俚]鉛桶 ② [美俚]頭, 腦筋.

noise /nɔɪz/ n. ① 聲音 ② 叫喊, 嘈雜聲; 噪音; 喧鬧; 吵鬧 **~ful** adj. 吵鬧的 **~less** adj. 沒有聲音的, 非常安靜的 **~maker** n. 發出嘈雜聲的人羣 ~ **pollution** 噪音污染 **~-proof** adj. 防噪音的, 隔音的 **noisily** adv. 大聲地, 吵鬧地 **noisy** adj. 嘈雜的, 喧鬧的 // **be ~d abroad** 謠傳.

noisome /'nɔɪsəm/ adj. 有害的; 有毒的; 惡臭的 **~ly** adv.

nomad /'nəʊmæd/ n. 遊牧民族一員, 流浪者 **~ic** adj.

nom de plume /'nɒm də 'pluːm/ n. [法]筆名.

nomenclature /nəʊ'menklətʃə, 美式 'nəʊmənˌkleɪtʃər/ n. (科學、文藝等的)命名法, 專門用語, 名稱, 術語.

nominal /'nɒmɪnʲl/ adj. ① 名義

上的, 空有其名的 ② 微不足道的 ③ 名稱上的, 票面上的 n. 名詞性的詞 **~ly** adv. **~ize** v. 改形容詞、動詞為名詞.

nominate /'nɒmɪˌneɪt, 'nɒmɪnɪt/ vt. ① 提名, 任命, 指定, 推薦 ② 命名 **nomination** n. **nominative** adj. 【語】主語的; 被提名的 **nominator** n. 提名(或任命、推薦)者 **nominee** n. 被提名(或指定、任命、推薦)者.

non- /nɒn/ pref. [前綴]表示"非; 不是".

nonagenarian /ˌnɒnədʒɪ'neərɪən/ adj. & n. 九十至九十九歲的(人).

nonaggression /ˌnɒnə'greʃən/ n. 不侵略, 不侵犯.

nonagon /'nɒnəˌgɒn/ n. 【數】九邊形 **~al** adj.

nonalcoholic /ˌnɒnælkə'hɒlɪk/ adj. 不含酒精的.

nonaligned /ˌnɒnə'laɪnd/ adj. 不結盟的 **nonalignment** n.

nonce /nɒns/ n. 現時, 目前 // **for the** ~ 目前, 暫且 ~ **word** (為某一場合或特殊需要而)臨時造的詞.

nonchalant /'nɒnʃələnt/ adj. 不關心的, 漫不經心的; 冷淡的 **~ly** adv. **nonchalance** n. 無動於衷.

non-combatant /ˌnɒn'kɒmbətʃnt/ adj. & n. 非戰鬥人員.

non-commissioned adj. 無委任狀的; 無軍銜的 // ~ **officer** 軍士.

non-committal /ˌnɒnkə'mɪtʲl/ adj. (態度)不明朗的; 不承擔義務的.

non compos mentis /ˌnɒn 'kɒmpɒs 'mɛntɪs/ adj. [拉]【律】精神失常的.

non-conductor /ˌnɒnkənˈdʌktə/ n. 【物】非導體, 絕緣體.

nonconformist /ˌnɒnkənˈfɔːmɪst/ n. ① 非國教教徒 ② 不符合傳統規範的 adj. 不信奉國教的, 不墨守成規的 nonconformity n.

non-contributory /ˌnɒnkənˈtrɪbjʊtərɪ, -trɪ/ adj. 非捐助的.

nondescript /ˈnɒndɪˌskrɪpt/ adj. 形容不出的, 莫名其妙的, 不三不四的.

none /nʌn/ pro. 沒有任何事物; 沒有任何人, 沒人 (亦作 no one).

nonentity /nɒnˈentɪtɪ/ n. 無足輕重的人(或東西).

nonessential /ˌnɒnɪˈsenʃəl/ adj. & n. 非本質的(東西); 不重要的(人).

non-event /ˌnɒnɪˈvent/ n. 大肆宣揚但並未發生的事.

non-existent /ˌnɒnɪɡˈzɪstənt/ adj. 不存在的 nonexistence n.

nonflammable /ˌnɒnˈflæməb˞l/ adj. 不易燃的.

non-intervention /ˌnɒnɪntəˈvenʃən/ n. 不干涉主義.

non-nuclear /ˌnɒnˈnjuːklɪə/ adj. 非核的 // ~ warfare 常規戰爭.

nonpareil /ˌnɒnpəˈreɪl/ adj. 無與倫比的, 無雙的.

nonpartisan, -zan /ˌnɒnpɑːtɪzən, ˌnɒnpɑːtɪˈzæn/ adj. 超黨派的, 不受任何黨派控制的.

non-payment /ˌnɒnˈpeɪmənt/ n. 未支付, 無支付能力.

nonplussed /ˌnɒnˈplʌst/ n. 左右為難的, 狼狽不堪的.

nonsectarian /ˌnɒnsekˈtɛərɪən/ adj. 非宗派的.

nonsense /ˈnɒnsəns/ n. ① 無意義的話 ② 胡說, 廢話; 胡扯; 荒唐; 胡鬧 nonsensical adj.

non sequitur /nɒn ˈsekwɪtə/ n. [拉] 【邏】不根據前提之推理.

non-smoker /ˌnɒnˈsməʊkə/ n. 不吸煙的人; 禁煙場所.

nonstandard /ˌnɒnˈstændəd/ adj. 不規範的, 不標準的.

non-starter /ˌnɒnˈstɑːtə/ n. 無多大希望成功的人(或事).

non-stick /ˌnɒnˈstɪk/ adj. 不黏(包裝)的.

non-stop /ˌnɒnˈstɒp/ adj. 不停的, (飛機、列車等)直達的.

nontoxic /nɒnˈtɒksɪk/ adj. 無毒的.

nonuniform /ˌnɒnˈjuːnɪˌfɔːm/ adj. 不一致的, 不統一; 不均勻的.

non-violence /nɒnˈvaɪələns/ n. 非暴力主義 **non-violent** adj. 非暴力的.

noodle /ˈnuːd˞l/ n. 麵條, 粉條 ~head n. 笨蛋, 傻瓜.

nook /nʊk/ n. 凹角, 角落; 隱匿處, 躲避處.

noon /nuːn/ n. 正午, 中午 ~day n. [詩]正午, 全盛(亦作 ~tide, ~time).

noose /nuːs/ n. 套索, 絞索; [喻]束縛; 圈套, 羈絆.

nor /nɔː/ conj. (既不) … 也不 … (同neither 連用).

Nordic /ˈnɔːdɪk/ adj. ① 北歐人的 ② [俚]亞利安人的.

norm /nɔːm/ n. ① 規範, 模範; 準則; 標準 ② 定額.

normal /ˈnɔːml/ adj. ① 正常的; 平常的; 普通的 ② 正規的; 標準的; 額定的 ③ 智力正常的 **~ly** adv. 正常地 **~ity** n. 正常; 【化】規度 **~ize** v. 標準化; 正常化.

Norse /nɔːs/ n. & adj. 斯堪的納維亞(人); 挪威人(語).

north /nɔːθ/ n. ① 北 ② 北方 ③ 北部 adj. 北的, 北方的 adv. 在北方, 向北 **~ly** adj. **~ern** adj. 北的, 北方的 **~erner** n. 北方人 **~bound** adj. 向北方的, 北行的 **~wards** adv. 向北 // **N- pole** 北極 **N- Sea** 北海(英國西歐之間) **N-star** 北極星.

nos /nʌmbəz/ abbr. = numbers.

nose /nəʊz/ n. ① 鼻; 吻; 嗅覺 ② 汽車(或飛機等)的前頭突出部份 【動】長鼻猿 **~bag** n. 馬糧袋, 防毒面具 **~bleed** v. 鼻出血 **~-dive** n.【空】俯衝, 急降 **~gay** n. (芳香)花束 **~y, nosy** adj. 大鼻子的; 好管閒事的 **nosiness** n.

nosh /nɒʃ/ n. [俚] (吃)快餐, 小吃 v. 吃.

nostalgia /nɒˈstældʒə, -dʒɪə/ n. 鄉愁; 懷舊 **nostalgic** adj.

nostril /ˈnɒstrɪl/ n. 鼻孔.

nostrum /ˈnɒstrəm/ n. 秘方; 假藥, 萬應靈藥.

not /nɒt/ adv. 不(否定語).

notable /ˈnəʊtəbl/ adj. 值得注意的; 著名的 n. 要人, 著名人士 **notably** adv. **notability** n. 知名人士.

notary /ˈnəʊtərɪ/ n. 公證人(亦作

~ public).

notation /nəʊˈteɪʃən/ n. 記號, 符號, 標誌.

notch /nɒtʃ/ n. ① V 字形槽口, 凹口 ②【美】山谷 ③ [口]等, 級.

note /nəʊt/ n. ① 筆記, 記錄 ② 註釋 ③ 便條; (外交)照會 ④ 鈔票 ⑤【音】音色, 調子 v. 注意, 注目; 加註釋 **~book** n. ① 筆記本 ②【計】手提電腦 **~d** adj. 著名的, 知名的 **~let** n. 短簡, 短信 **~paper** n. 信紙, 便箋紙 **~pad** n. 拍紙簿, 記事本 **~worthy** adj. 值得注意的, 顯著的.

nothing /ˈnʌθɪŋ/ n. ① 沒有, 沒有甚麼東西, 沒有甚麼事 ② 無價值的(人或事物); 瑣事 adv. 毫不, 決不 **~ness** n.

notice /ˈnəʊtɪs/ n. ① 注意 ② 通知, 通告, 佈告 ③ 離職通知 v. 注意到; 看到; 留心; 提及; 評介 **~able** adj. 引人注意的, 顯著的 **~ably** adv. // **~ board** 佈告牌.

notify /ˈnəʊtɪˌfaɪ/ vt. ① 通告, 宣告; 佈告, 通知 ② 報告 **notifiable** adj. 應通報的, 應具報的 **notification** n.

notion /ˈnəʊʃən/ n. ① 見解, 想法, 看法, 觀念(或事物) ② 空泛的理解 ③ 空想, 奇想; (pl.)【美】雜貨 **~al** adj. 想像中的, 非現實的; [美]空想的; 名義上的.

notorious /nəʊˈtɔːrɪəs/ adj. 臭名遠揚的, 聲名狼藉的 **~ly** adv. **notoriety** n. 臭名昭著.

notwithstanding /ˌnɒtwɪθˈstændɪŋ, -wɪð-/ prep. 儘管, 雖然 … 仍 …, [古]儘管如此, 還是.

nougat /'nu:gɑ:, 'nʌgət/ n. 花生鳥結糖.

nought /'nɔ:t/ n. = naught ① 零, 0 ② 無 ③ 沒有價值的人(或東西).

noun /naʊn/ n.【語】名詞 // ~ **phrase** 名詞短語.

nourish /'nʌrɪʃ/ v. ① 滋養, 施肥於 ② 培養; 撫養; 助長, 教養 ~**ment** n. 營養, 滋養; 食物 ~**ing** adj.

nouveau riche /,nu:vəʊ 'ri:ʃ, nuvo riʃ/ n. (pl. nouveaux riches)【法】暴發戶.

nouvelle cuisine /nu:vɛl kwi'zi:n/ n. 清淡調味烹飪法.

Nov abbr. = =ember.

nova /'nəʊvə/ n. (pl. -vas, -vae)【天】新星.

novel [1] /'nɒvºl/ n. (長篇)小說 novelist n. 小說家 novelette n. 中篇小說.

novel [2] /'nɒvºl/ adj. 新的, 新穎的, 新奇的 novelty n. 珍奇.

November /nəʊ'vembə/ n. 十一月 (縮寫成 Nov).

novena /nəʊ'vi:nə/ n. (pl. -nas, -nae)【宗】(天主教)連續九天的禱告 novenial adj. 每九年的.

novice /'nɒvɪs/ n. 初學者, 新手, 生手,【宗】新教徒.

now /naʊ/ adv. ① 現在, 此刻, 目前 ② 剛才, 方才 conj. 那末, 當時; 接着, 於是 ~**adays** adv. 現今, 現時, 現在 // N- Generation"新一代"人 **just** ~ 剛才; 現在, 眼下 ~ **and then** / **again** 時而, 時常, 不時.

Nowel(l) /'nəʊ'ɛl/ n. 聖誕節(亦作 Noel).

nowhere /'nəʊ,wɛə/ adv. 甚麼地方都沒有 n. 無人知道的地方.

noxious /'nɒkʃəs/ adj. 有害的, 不衛生的, 有毒的; 引起反感的, 對精神有壞影響的.

nozzle /'nɒzºl/ n. 管嘴; 噴嘴; [俚]鼻子.

NSPCC /,en es ,pi: si: 'si:/ abbr. = National Society for the Prevention of Cruelty to Children 全國防止虐待兒童學會.

NT abbr. ① = National Trust 國家托拉斯; [英]國民信託 ② = New Testament 基督教)《聖經》之《新約全書》.

nuance /'nju:ɑ:ns, 'nju:ɑ:ns/ n. (色彩、音調、意義等的)細微差別.

nub /nʌb/ n. (故事)要點; (問題的)核心.

nubile /'nju:baɪl/ adj. (女子)已到結婚年齡的.

nuclear /'nju:klɪə/ adj. ① 核的 ② 原子核的, 原子能的 ③ 核心的, 中心的 // ~ **bomb** 核彈 ~ **energy** 核能 ~ **family** 核心家庭(由父母子女組成) ~ **fission**【物】核分裂, 核裂變 ~**free zone** 無核區 ~ **fusion** 核聚變; 核合成 ~ **power** 核大國 ~ **powered** 核動力的 ~ **reactor** 核反應堆 ~ **winter** 核戰爭後(理論上的)黑暗、低溫時期.

nucleic acid /nju:'kli:ɪk 'æsɪd/ n. 核酸.

nucleonics /,nju:klɪ'ɒnɪks/ n. 原子核物理學, 核子學.

nucleus /'nju:klɪəs/ n. (pl. **-cle, -cleuses**) 核, 核心; 【生】細胞核; 【物】原子核.

nude /nju:d/ adj. ① 裸的, 裸體的 ② 無裝飾的, 光禿的 n. [美]裸體畫(或雕像, 照片) nudie n. 廉價的黃色影片, 賣弄色相的女演員(或舞女) nudism n. 裸體主義 nudist n. & adj. 裸體主義者的 nudity n. 裸體狀態.

nudge /nʌdʒ/ vt. & n. (用臂、肘)輕推(促其注意); 接近.

nugatory /'nju:gətərɪ, -trɪ/ adj. 瑣碎的; 無價值的; 不起作用的.

nugget /'nʌgɪt/ n. (天然)塊金; 礦塊; 貴重的東西.

nuisance /'nju:səns/ n. 使人為難的行為; 討厭的東西.

nuke /nju:k/ n. [美俚] ① 核武器 ② 核電站 vt. 核進攻, 使用核武器進攻.

null /nʌl/ adj. ① 無效力的, 無束縛力的 ② 無用的; 無益的; 無價值的 ③ 沒有特徵的, 沒有個性的 ④ 沒有的; 零的 ~ity v. 使無效; 廢棄; 取消; 抹殺.

numb /nʌm/ adj. 麻木的, 凍僵了的; 沒有知覺的, 鈍的 ~ly adv. ~ness n. ~skull n. (= numskull)笨蛋.

number /'nʌmbə/ n. ① 數; 數字 ② 號碼, 第⋯號 ③ 夥伴 ④ 號子 ⑤ 許多; 若干 ⑥ 數目 ~less adj. 無數的, 數不清的 // ~ crunching 電腦大型數據加工 ~ one 頭號, 頭兒, 我 ~ plate (汽車)號碼牌.

numeral /'nju:mərəl/ adj. 數的;

表示數的 n. 數字; 【語】數詞 // **Roman** ~s 羅馬數字.

numerate /'nju:məˌreɪt/ vt. 數點; 計算, 算數 numeracy n.

numeration /ˌnju:məˈreɪʃən/ n. 計算; 讀數; 【數】命數法; 讀數法.

numerator /'nju:məˌreɪtə/ n. ① 【數】(分數的)分子 ② 計算者 ③ 計數器; 回轉號碼機.

numerical /nju:ˈmerɪk'l/ or numeric adj. 數字的; 用數字表示的 ~ly adv. // ~ control 數控 ~ notation 【音】簡譜.

numerous /'nju:mərəs/ adj. 人數多的; 大批的, 許多的.

numismatist /nju:ˈmɪzmətɪst/ or numismatologist /nju:ˌmɪzmətəˈlɒdʒɪst/ n. (古)錢幣收藏家.

numskull /'nʌmˌskʌl/ n. 傻瓜, 笨蛋.

nun /nʌn/ n. 修女; 尼姑 ~nery n. 尼姑庵; 女修道院 ~hood n. 修女之身份.

nuncio /'nʌnʃɪˌəʊ, -sɪ-/ n. (pl. **-cios**) ① 羅馬教皇的大使 ② 使者.

nuptial /'nʌpʃəl, -tʃəl/ adj. 結婚的, 婚姻的 n. (pl.)婚禮.

N. U. R. abbr. = National Union of Railwaymen [英]全國鐵路工人聯合會.

nurse /nɜ:s/ n. ① 護士, 看護 ② 保姆? 保育員 v. ① 看護, 照料(病人) ② 小心管理 ③ 餵養; 餵奶 ④ 抱(希望等).

nursery /'nɜ:srɪ/ n. 托兒所, 育兒室; 苗圃 ~man n. 園丁, 花匠 //

~ **rhyme** 童謠, 兒歌 ~ **school** 幼兒園 ~ **slope** 適合初學者滑雪之平坦山坡.

nursing /ˈnɜːsɪŋ/ *adj.* 領養(孩子)的 n. 保育, 護理 // ~ **home** 私人療養所; 小型私人醫院 ~ **officer** 護理主任.

nurture /ˈnɜːtʃə/ *n.* ① 養育; 培育; 教養 ②營養物 *v.* 培養; 鼓勵; 給…營養.

nut /nʌt/ *n.* ① 堅果; 堅果仁 ②難事; 難題 ③ [美俚]腦袋; 笨蛋; 怪人; 覺得有趣的東西 ④【機】螺帽, 螺母 ~**ty** *adj.* 有許多堅果的; 美味的; 愉快的; 內容充實的 ~**ter** *n.* [俚]古怪人 ~**cracker** *n.* ① 核桃夾子; 夾碎堅果的鉗子 ② 星鴉 ~**gall** *n.* 五倍子 ~**meg** *n.* 【植】肉豆蔻 ~**shell** *n.* 堅果硬殼, 簡明大要 // **in a** ~**shell** 概括地說 ~**hatch**【鳥】, 五十雀.

nutria /ˈnjuːtrɪə/ *n.* 海狸鼠皮毛.

nutrient /ˈnjuːtrɪənt/ *adj.* 營養的, 滋補的 *n.* 營養物養料 // ~ **cycling** 營養循環.

nutriment /ˈnjuːtrɪmənt/ *n.* 營養物; 食物.

nutrition /njuːˈtrɪʃ(ə)n/ *n.* ① 營養(作用) ② 食物; 【農】追肥 ~**al** *adj.* nutritious *adj.* 有營養的; 滋養的 nutritive *adj.* 富於營養的.

nuzzle /ˈnʌz'l/ *vt.* 用鼻子擦(或掘).

NW *abbr.* = northwest (ern) 西北(向).

n. wt. *abbr.* = net weight 淨重.

nylon /ˈnaɪlɒn/ *n.* 尼龍 // ~ **hose** 尼龍長筒絲襪.

nymph /nɪmf/ *n.*【希神】寧芙(半神半人的少女).

nymphet /ˈnɪmfɪt/ *n.* 進入青春期的女子 ~**ic** *adj.*

nymphomaniac /ˌnɪmfəˈmeɪniæk/ *adj. & n.*【醫】花痴(的); 慕男狂患者的(的).

NZ *abbr.* = New Zealand 新西蘭.

O

O, o /əʊ/ 可表示: ① old 老的; 舊的 ② Observer 觀察家 ③ ocean 海洋 ④ October 十月 ⑤ order 訂單 ⑥ offer 報價, 報盤.

OA *abbr.* = Omni-Antenna 全向天線.

o. a. d. /əʊ eɪ diː/ *abbr.* = overall dimension 全尺寸, 外廓尺寸.

oaf /əʊf/ *n.* 畸形兒; 痴兒; 呆子, 傻人, ~**ish** *adj.*

oak /əʊk/ *n.* ① 櫟樹, 橡木 ② 櫟木傢具(或木器) ~**en** *adj.* 櫟(木製)的 ~**apple** *n.* 櫟癭 // ~ **gall** 櫟五倍子.

oakum /ˈəʊkəm/ *n.* 麻絮; 填絮.

OAO /əʊ eɪ əʊ/ *abbr.* = orbiting astronomical observatory 天體觀察衛星.

OAP /əʊ eɪ piː/ *abbr.* = old-age pensioner 領養老金的老年人.

OAPEC /ɔːˈeɪpɛk/ *abbr.* =
Organization of the Arab
Petroleum Exporting Countries
阿拉伯石油出口國組織.

oar /ɔː/ *n.* 槳, 櫓 ~**sman** *n.* 划
手 ~**smanship** *n.* 划船本領
~**swoman** *n.* 女划手 ~**y** *adj.* 槳狀
的.

oasis /əʊˈeɪsɪs/ *n.* (*pl.* **-ses**) ① (沙
漠)綠洲; 沃洲 ② 慰藉物.

oast /əʊst/ *n.* 烘爐; 烤房, 乾燥室
(亦作 ~ **house**).

oaten /ˈəʊtⁿ/ *adj.* 燕麥的.

oath /əʊθ/ *n.* (*pl.* **-s**) ① 誓言;【律】
誓約 ② 詛咒, 咒罵語.

oats /əʊts/ *n.*【植】燕麥(糧食作
物, 多用於飼料) **oatmeal** *n.* (人
吃的)燕麥粉; 燕麥片; 燕麥粥.

ob(b)ligato /ˌɒblɪˈɡɑːtəʊ/ *adj. & n.*
【音】(必不可少的)伴奏; 不可少的.

obdurate /ˈɒbdjʊrɪt/ *adj.* ① 頑固
的; 固執的 ② 冷酷的 ~**ly** *adv.*
obduracy *n.*

OBE /ˌəʊ biː iː/ *abbr.* = Officer (of
the Order) of the English Empire
(獲得大英帝國勳章的)英國軍
官.

obedient /əˈbiːdɪənt/ *adj. & adv.* 服
從的; 馴良的 ~**ly** *adv.* obidence *n.*
服從, 忠順.

obeisance /əʊˈbeɪsns, əʊˈbiː-/ *n.*
① 尊敬; 敬重; 敬意 ② 鞠躬; 敬
禮.

obelisk /ˈɒbɪlɪsk/ *n.* 埃及方尖塔,
金字塔頂.

obese /əʊˈbiːs/ *adj.* 肥胖的, 肥大的
obesity *n.* 肥胖, 肥大;【醫】肥胖

症.

obey /əˈbeɪ/ *v.* ① 服從, 遵守, 聽話
② 順從; 任其擺佈.

obfuscate /ˈɒbfʌsˌkeɪt/ *vt.*
① 使暗淡; 使模糊 ② 使糊塗
obfuscation *n.*

obituary /əˈbɪtjʊərɪ/ *n.* (*pl.* **-aries**)
報紙上的訃告 obituarist *n.* 訃告
執筆人.

object /ˈɒbdʒɪkt/ *n.* ① 物, 物體
② 目標; 目的, 宗旨 ③【語】賓
語 ④ 客觀; 對象 *v.* ① 反對, 持
異議 ② 抱反感, 有意見 ~**ion** *n.*
反對; 異議; 不承認 ~**ionable** *adj.*
令人討厭的 ~**or** *n.* 反對者 // **be
no** ~ 不成問題; 怎麼都行.

objective /əbˈdʒɛktɪv/ *adj.* 客觀的;
不偏見的 *n.* 目標, 目的, 標的
~**ly** *adv.* ~**ity** *n.* 客觀性, 客觀現
實.

objet d'art /ˌɒbʒeɪ dɑr/ *n.* [法]古玩;
小型工藝美術品.

oblate /ˈɒbleɪt/ *adj.* 扁圓形的; 扁
球形的.

oblation /ɒˈbleɪʃən/ *n.* 祭品; 供奉;
(對教會的)捐獻.

obligatory /ɒˈblɪɡətⁿrɪ, -trɪ/ *adj.*
義務的; 強制的 obligation *n.*
① 義務; 責任 ② 債務, 證券
③ 恩惠, 恩義 ④ 欠下的人情 //
~ **parasitism** 專性活物寄生菌.

oblige /əˈblaɪdʒ/ *vt.* ① 迫使; 責成
② 施惠於, 施恩於 ~**e** *n.*【律】債
權人; 受惠者 obligor *n.*【律】債
務人 obliging *adj.* 懇切的; 樂
於助人的; 有禮貌的 obligingly
adv. obligingness *n.*

oblique /əˈbliːk/ *adj.* ① 斜的; 傾斜

的 ② 不正當的 ③ 間接的 n. 斜線(/) ~**ly** adv. ~**ness** n. // ~ **angle** 【數】斜角.

obliterate /ə'blɪtə,reɪt/ vt. 塗去, 擦掉, 刪去; 消滅…的痕跡 obliteration n. obliterative adj.

oblivious /ə'blɪvɪəs/ adj. ① 健忘的, 易忘的 ② (+ **of**) 忘卻, 忘記 ③ (+ **to**) 不在意的 oblivion n. 被忘卻,【律】大赦.

oblong /'ɒblɒŋ/ n. & adj. 長方形(的); 橢圓形(的).

obloquy /'ɒbləkwɪ/ n. ① 大罵譴責 ② 臭名; 恥辱.

obnoxious /əb'nɒkʃəs/ adj. 討厭的, 可憎的,【律】有責任的 ~**ly** adv. ~**ness** n.

oboe /'əʊbəʊ/ n.【音】雙簧管 oboist n. 吹雙簧管者.

obscene /əb'siːn/ adj. ① 猥褻的, 淫穢的 ② 醜惡的, 討厭的 ~**ly** adv. obscenity n.

obscure /əb'skjʊə/ adj. ① 黑暗的, 朦朧的 ② 不明瞭的, 曖昧的, 晦澀的 ③ 偏僻的; 不出名的 v. 使暗; 遮蔽, 隱蔽; 使難理解 ~**ly** adv. ~**ness** n. = obscurity.

obsequies /'ɒbsɪkwɪz/ n. 葬禮, 喪禮 obsequial adj.

obsequious /əb'siːkwɪəs/ adj. 奉承拍馬的, 巴結的 ~**ness** n. ~**ly** adv.

observable /əb'zɜːvəb'l/ adj. ① 看得見的, 觀察得出的 ② 值得注意的 ③ 值得慶祝的 ④ 可遵守的 observably adv.

observance /əb'zɜːvəns/ n. ① 遵守 ② 儀式; 典禮, 紀念 ③ 習慣, 慣例 observant adj. ① 注意

的, 留心的, 盯着的 ② 觀察力敏銳的; 機警的 ③ 嚴格遵守的 observatory n. 天文台; 氣象台.

observe /əb'zɜːv/ vt. ① 遵守; 舉行; 紀念, 慶祝 ② 觀察, 監視 ③ 注意到, 看到 observation n. ① 觀察, 瞭望 ② (觀察得的)知識, 經驗 ③ 評述, 短評, 按語 ~**r** n. 觀察者; 評論家 // observation car 觀光車廂.

obsess /əb'ses/ vt. 纏住, 迷住; 使着迷 ~**ive** adj. 成見的, 引起成見的 ~**ion** n. ~**ional** adj. 擺脫不了的.

obsidian /ɒb'sɪdɪən/ n.【礦】墨曜岩.

obsolete /'ɒbsə,liːt, ,ɒbsə'liːt/ adj. ① 已廢棄的 ② 陳舊的, 過時的 obsolescent adj. 逐漸被廢棄的; 快要廢棄的; 萎縮的 obsolescence n.

obstacle /'ɒbstək'l/ n. 障礙(物), 阻礙, 妨礙, 干擾 // ~ **course** 障礙賽訓練場 ~ **race** 障礙賽跑.

obstetrics /ɒb'stetrɪks/ n. 產科學, 助產術 obstetric adj. obstetrician n. 產科醫生.

obstinate /'ɒbstɪnɪt/ adj. 頑固的; 頑強的; 難治的 ~**ly** adv. obstinacy n.

obstreperous /əb'strepərəs/ adj. 吵鬧的, 喧囂的; 任性的.

obstruct /əb'strʌkt/ vt. 堵塞; 阻撓; 設置障礙 ~**ion** n. ~**ionist** n. 妨礙議事者 ~**ive** adj.

obtain /əb'teɪn/ vt. 得到, 獲得, 達到(目的) ~**able** adj. 能得到的, 能達到的.

obtrude /əbˈtruːd/ vt. ① 強迫人接受, 強行 ② 擠出, 衝出 obtrusion n. obtrusive adj. obtrusively adv. obtrusiveness n. 愛多嘴, 愛多管閒事.

obtuse /əbˈtjuːs/ adj. ① 鈍的 ② 遲鈍的 ③【數】鈍角的 ~ly adv. ~ness n. 不尖; 不銳利; 鈍; 不鮮明 // ~ angle 鈍角.

obverse /ˈɒbvɜːs/ n. (錢幣的)表面; 相互對應面 adj. 表面的.

obviate /ˈɒbvɪˌeɪt/ vt. 除去, 廢除.

obvious /ˈɒbvɪəs/ adj. ① 明顯的 ② 顯而易見的, 著者的 ~ly adv. ~ness n.

ocarina /ˌɒkəˈriːnə/ n.【音】陶笛; 洋壎(陶製的蛋形笛).

occasion /əˈkeɪʒən/ n. ① 場合, 時節, 時刻 ② 機會, 時機 ③ 原因, 理由 vt. 惹, 引起 ~al adj. 非經常的, 偶爾的; 必要時的, 臨時的 ~ally adv.

occident /ˈɒksɪdənt/ n. [詩]西洋, 西方 ~al adj.

occiput /ˈɒksɪˌpʌt, -pət/ n.【解】枕骨部.

occlude /əˈkluːd/ vt. 使閉塞; 使堵塞; 封鎖 occlusion n. occlusive adj. ~d front【氣】鋼固鋒.

occult /ˈɒkʌlt, ˌɒkʌlt/ adj. ① 神秘的; 玄妙的; 超自然的 ② 秘密的; 不公開的; 隱伏的 // the ~ 秘學.

occupant /ˈɒkjʊpənt/ n. 佔有者; 居住者;【律】佔據者 occupancy n. 佔據期間.

occupation /ˌɒkjʊˈpeɪʃən/ n. ① 佔領 ② 職業; 工作; 業務; 消遣 ~al adj. // ~al therapy 工作療法, 職業療法.

occupy /ˈɒkjʊˌpaɪ/ vt. 佔有, 佔領, 佔用; 使用; 充滿; 使從事 occupier n. 佔領者 // be occupied 忙於.

occur /əˈkɜː/ vi. ① 發生 ② 出現; 存在 ③ 想起 ~rence n. ① (事件)發生, 出現 ② 遭遇, 事故, 事件, 事變.

ocean /ˈəʊʃən/ n. ① 洋, 大海 ② (+ of) [喻]一望無垠; 無量 ~ia n. 大洋洲 ~ic adj. // ~ current 洋流.

oceanography /ˌəʊʃəˈnɒɡrəfɪ, ˌəʊʃɪ-/ n. 海洋地理學 oceangoing adj. 行駛外洋的, 遠洋的 // ocean liner 遠洋定期客輪 ocean tramp 無一定航線的遠洋貨輪.

ocelot /ˈɒsɪˌlɒt, ˈəʊ-/ n. [拉美]豹貓.

oche /ˈɒkɪ/ n. 起跑線.

ochre, 美式 -er /ˈəʊkə/ n. ① 赭石 ② 黃褐色 ③ [俚]金錢.

o'clock /əˈklɒk/ abbr. = of the clock ⋯ 點鐘.

Oct abbr. = ~ober 十月.

octagon /ˈɒktəɡən/ or less commonly octangle n. 八邊形, 八角形 ~al adj.

octahedron, octo- /ˌɒktəˈhiːdrən/ n. (pl. -drons, -dra) 八面體.

octane /ˈɒkteɪn/ n.【化】辛烷 // ~ rating 辛烷值.

octave /ˈɒktɪv/ n.【音】八度音.

octet(te) /ɒkˈtet/ n.【音】八重唱, 八重奏.

October /ɒkˈtəʊbə/ n. 十月.

octogenarian /ˌɒktəʊdʒɪˈneəriən/ or less commonly **octogenary** /ɒkˈtɒdʒɪnəri/ *adj. & n.* 八十至九十歲的(人).

octopus /ˈɒktəpəs/ *n.* (*pl.* **-puses**) 【動】章魚.

ocular /ˈɒkjʊlə/ *adj.* 眼睛的; 視覺上的 *n.* 目鏡.

oculist /ˈɒkjʊlɪst/ *n.* 眼科醫生(或專家).

OD /ˌəʊ ˈdiː/ *abbr.* = **overdose**【醫】超大劑量 *v.* ① (過去式及過去分詞 **~'d**) 超劑量用藥 ② = **overdraft, overdrawn** 透支.

odd /ɒd/ *adj.* ① 奇怪的; 奇妙的; 古怪的 ② 臨時的; 零星的 ③ 奇數的 ④ 不配對的; 單隻的 **~ball** *adj. & n.* 古怪人 **~ity** *n.* 怪人, 怪事 **~ments** *n.* 零頭; 殘餘 **~ness** *n.* **~s** *n.* 差額; 勝算; 可能性 **// at ~s** 不和, 和⋯不一致; 鬧彆扭 **~s and ends** 零碎物件; 殘餘, 零星雜品 **~-job man** 打零工者.

ode /əʊd/ *n.* 頌歌, 頌詩.

odium /ˈəʊdɪəm/ *n.* 憎恨, 厭惡; 公憤 **odious** *adj.*

odo(u)r, 美式 **odor** /ˈəʊdə/ *n.* ① 氣味; 香氣; 臭氣 ② 味道 **odo(u)rous** *adj.* **odo(u)rless** *adj.* 沒有氣味的 **odoriferous** *adj.* 有香氣的 **odorize** *v.* 使充滿香味; 給⋯加臭味.

odyssey /ˈɒdɪsɪ/ *n.* 長途漂泊; 冒險旅行.

OECD /ˌəʊ iː siː ˈdiː/ *abbr.* = **Organization for Economic Cooperation and Development** 經濟合作與發展組織.

(o)edema /ɪˈdiːmə/ *n. & adj.*【醫】浮腫, 水腫.

o'er /ɔː, əʊə/ *adv.* = **over** [詩]

oesophagus, 美式 **esophagus** /iːˈsɒfəgəs/ *n.* (*pl.* **-gi**)【解】食道.

oestrogen, 美式 **estrogen** /ˈiːstrədʒən, ˈestrə-/ *n.*【生化】雌激素.

oestrus /ˈiːstrəs, ˈestrəs/ *n.* (動物)發情期.

of /ɒv, 弱 əv/ *prep.* ① (表示所屬關係之)的, 屬於⋯的; ⋯的中; ③ (表示範圍、方面)關於⋯的 **// ~ course** 當然囉.

off /ɒf/ *adv.* ① 離開; 隔開 ② 脫開 ③ 斷絕; 脫落; 消失 ④ 在那邊, 遠處 ⑤ 中止, 中斷 *adj.* 右邊的; 那一邊的; (食物)不新鮮的; (身體)不舒服的; 沒事的; 休息的; [美俚]有點失常的 *prep.* 離開; 離岸; 從; 由 **~-balance** *adj.* 失去平衡的 **~-camera** *adj.* 電影(或電視)鏡頭外的; 私生活中的 **~-cast** *adj.* 被遺棄的, 放蕩的, 無用的(人) **~-centre** *adj.* 不在中心的 **~-chance** *n.* 可能性不大; 機會極少 **~-colour** *adj.* 氣色不好的; 不對頭的; 低級趣味的 **~-duty** *adj.* 業餘的; 下班後的 **~-gauge** *adj.* 非標準的 **~-guard** *adj.* 失去警惕的 **~-key** *adj.* 走音的; 不協調的 **~-mike** *adv.* 不用擴音話筒或離話筒較遠處 **~-put** *n.* 延復, 拖延, 浪費時間 **~-take** *n.* 出口; 泄水處; 排水渠 **~-the-bench** *adj.* 法庭以外的 **~-the-peg**, **~-the-rack** *adj.* (衣服)現成的, 均碼的 **~-the-shelf** *adj.* 買

來就可用的 // ~! (= Be ~!) 滾開.
~ and on 斷斷續續.

offal /ˈɒf'l/ n. 食品殘渣; 內臟; 糠; 麩; 廢料.

offcut /ˈɒf.kʌt/ n. 剩料, 廢料.

offend /əˈfend/ v. 冒犯, 得罪, 激怒, 違犯, 違背 **~er** n. 罪犯, 得罪人的人; 冒犯者 **offence** n.

offensive adj. 討厭的, 令人不快的; 無禮的; 唐突的; 進攻的.

offer /ˈɒfə/ vt. ① 提供; 提議 ②【商】出價, 開價, 報價 ③ 供奉, 貢獻 ④ 表示願意 **~ing** n. 貢獻; 祭品; 禮物 **~tory** n.【宗】奉獻儀式; 捐款.

offhand /ˌɒfˈhænd/ adj. 隨便的; 即席的; 無準備的 **~ed** adj. & adv. 毫無準備的(地).

office /ˈɒfis/ n. ① 職務 ② 辦公室, 辦事處 ③ 政府機關 ④ 營業處, 公司 ⑤ 公職, 官職 **~r** n. ① 官員, 辦事員; (高級)職員 ② 軍官; 武官; 船長; 高級船員 ③ 幹事; 理事 // **~ block** 辦公大樓 **~ chair** 辦公座椅.

official /əˈfiʃəl/ adj. ① 職務上的, 公務上的 ② 官方的, 正式的 ③ 官氣十足的 n. 官員; 行政人員 **~ly** adv. **~dom** n. 官場; 官僚作風 // **O- Receiver** (處理破產公司事務的)官方接管員, 破產管理員.

officiate /əˈfiʃieit/ v. ① 執行(職務); 主持(會議) ②【宗】充當司祭 ③ 充當裁判.

officious /əˈfiʃəs/ adj. ① 愛管閒事的 ② 非官方的; 非正式的 ③ 好意的; 殷勤的 **~ly** adv. **~ness** n.

offing /ˈɒfiŋ/ n. (岸上能見之)海面; [喻]不遠的將來 // **in the ~** 在海面上; 在附近; 好像即將來臨.

off-licence /ˈɒfˈlaɪsəns/ n. [英](不許堂飲的)賣酒執照.

offset /ˈɒfˌset/ v. & n. ① 抵銷; 彌補; 補償 ② 分支; 支脈.

offshoot /ˈɒfˌʃuːt/ n. ① 分枝, 側枝 ② 支流, 支脈 ③ 衍生物.

offside /ˌɒfˈsaid/ adj. ① 在對方界內 ② 越位(犯規) ③ (車、馬)右邊.

offspring /ˈɒfˌspriŋ/ n. 子女; 子孫; 後代; 產物.

often /ˈɒf'n, ˈɒf't'n/ adv. 常常, 往往, 再三(詩中常用) **oft** adv.

ogee arch /ˈəʊdʒiː ɑːtʃ/ n. 蔥形拱.

ogle /ˈəʊg'l/ n. 秋波, 媚眼 v. 送秋波, 施媚眼.

ogre /ˈəʊgə/ n. 吃人魔鬼 **~ish** adj.

oh /əʊ/ int. 啊! 哦! 呀!(表示痛苦、驚訝等的)歎語.

ohm /əʊm/ n. 歐姆(電阻單位).

OHMS /əʊ eitʃ em es/ abbr. = On His / Her Majesty's Service 為英王/女王陛下效勞.

oil /ɔil/ n. ① 油; 油類 ② 石油 ③ (pl.)油畫顏料 v. ④ 用油潤滑 **~ly** adj. 油質的, 油膩的, 油垢的; 油滑的 **~cloth** n. 油布, 漆布 **~field** n. 油田 **~skin** n. 防水布, 油布 // **~ rig** 鑽井架 **~ tanker** 油船, 油輪 **~ tight** 防油的, 不滲油的 **~ well** 油井.

ointment /ˈɔintmənt/ n. 油膏, 藥膏, 軟膏.

okapi /əʊˈkɑːpɪ/ n. 俄卡皮鹿(類似長頸鹿, 但頸不長).

O.K., okay /ˌəʊˈkeɪ/ *adj.* [口]好; 對, 不錯; 可以; 行 n. 同意; 認可; 許可; 查訖 v. 同意, 批准; 核准, 可以通過.

okra /ˈɔkrə/ *n.* (非洲產)秋葵.

old /əʊld/ *adj.* ① 老的; 上了年紀的; 衰老的 ② …歲的; …久的 ③ 古時的, 陳年的; 舊的 **~en** *adj.* [古]古昔的 n. [口]老販子; 老片子; 老話; 傳說 // **~-age pensioner** 拿養老金的退休人員 **~ boy**, **~ girl** 老校友 **~-fashioned** 老式的; 過時的 **~ guard** 老保守派 **~ hand** 老手; 慣犯 **~ hat** [俚] 舊式的; 過時的; 陳腐的 **~ maid** ① 老處女 ② 懦弱而斤斤計較的男人 **~ master** 大畫家 **~ Nick** 魔鬼, 惡鬼 **~ Testment** (基督教)《聖經》之《舊約全書》 **~ World** 舊世界(歐亞非洲), 東半球.

oleaginous /ˌəʊlɪˈædʒɪnəs/ *adj.* 含油的, 油質的.

oleander /ˌəʊlɪˈændə/ *n.* 地中海地區開花的常綠灌木.

olfactory /ɒlˈfæktərɪ, -trɪ/ *n.* (常用複)嗅覺; 鼻 *adj.* 嗅覺器官的.

oligarchy /ˈɒlɪˌɡɑːkɪ/ *n.* 寡頭政治 **oligarch** *n.* 寡頭政治執行者 **oligarchic, oligarchical** *adj.*

olive /ˈɒlɪv/ *n.* 橄欖樹, 橄欖枝; 橄欖色 // **~ branch** 橄欖枝(和平、和解之象徵) **~ oil** 橄欖油.

Olympiad /əˈlɪmpɪˌæd/ *n.* 奧林匹克運動會.

Olympian /əˈlɪmpɪən/ *adj.* ① 奧林匹斯山的; 奧林匹斯諸神的 ② 神仙般的; 威儀堂堂的.

Olympics /əˈlɪmpɪks/ *n.* = Olympic

Games (四年一度的)國際奧林匹克運動會 **Olympic** *adj.* // **Olympus Mons** *n.* 奧林匹斯山 (太陽系最高的火山, 位於火星).

ombudsman /ˈɒmbʌdzmən/ *n.* (pl. -men) 巡視官(專門負責調查市民對政府的投訴之官員).

omega /ˈəʊmɪɡə/ *n.* 希臘文第二十四個字母(Ω, ω) // **alpha and ~** 始末; 全部; 首尾.

omelette /ˈɒmlɪt/ *n.* 煎蛋餅, 蛋列.

omen /ˈəʊmen/ *n.* 前兆, 預兆, 兆頭 v. 預示, 預告 **ominous** *adj.* ① 預兆的 ② 不吉的, 不祥的.

omit /əʊˈmɪt/ v. (過去式及過去分詞 **~ted**) ① 省略; 刪節; 遺漏 ② 疏忽 **omission** *n.* **omissive** *adj.*

omnibus /ˈɒmnɪˌbʌs, -bəs/ *n.* ① (舊式)巴士 ② 若干本書; 幾個電視或廣播節目之選集 // **~ film** 多段式電影, 選集電影.

omnipotent /ɒmˈnɪpətənt/ *adj.* 全能的; 有無限權力的; [謔]萬能的 **~ly** *adv.* **omnipotence** *n.* 全能, 萬能; (**O-**)(全能的)上帝.

omniscient /ɒmˈnɪsɪənt/ *adj.* 無所不知的; 博學的 **omniscience** *n.*

omnivorous /ɒmˈnɪvərəs/ *adj.* 雜食性的; 不揀食的 **omnivore** *adj.* 雜食動物.

on /ɒn/ *prep. & adv.* ① 在…上; 蓋着; 屬於 ② 依據; 因…; 從…得來的 ③ 朝…, 向… ④ 接近…, 沿…; 關於…, 論述… ⑥ 累加 ⑦ 冒…之險 ⑧ 繼續 **~board** *adj. & adv.* 裝在船上, 在飛機上的 // **a bust** 酩酊大醉 **~ and after** 以後 **~ the air** 正廣

播 ~ the blink 破了, 壞了, 情況不好 ~ the books ① 在(公司、機構等的)名冊上; 受僱 ②【律】正式記錄 ~ the boost 冒充顧客行竊 ~ the cuff [美俚]賒欠 ~ the floor [美議會]在發言中 ~ the fly 逃亡中 ~ the spot 當場, 現場, 即席 ~ top of the heap [美]大大成功, 一切順利 ~ and ~ 繼續, 不停地.

onanism /ˈəʊnəˌnɪzəm/ n. ①【醫】交媾中斷 ② (男性)手淫.

ONC /ˈiːxdənərɪ ˈnæʃənəl səˈtɪfɪkət/ abbr. = Ordinary National Certificate 普通國家合格證書.

once /wʌns/ n. & adv. ① 一次; 一回; 一遍; 一度 adv. ① 從前, 曾經 conj. 一旦... 就 ~over n. [美俚]隨隨便便看一眼, 草草率率地檢查 // at ~ 立即; 馬上.

oncogene /ˈɒŋkəʊˌdʒiːn/ n. 致癌基因.

oncoming /ˈɒnˌkʌmɪŋ/ n. & adj. 迎面而來的(的); 接近的(的).

OND /əʊ ɛn diː/ abbr. = Ordinary National Diploma 普通國家執照(或文憑).

one /wʌn/ adj. ① 獨一的; 單一的 ② 某一個 ③ 一體的; 一致的 n. 一個人, 一歲; 單位; 一(號)新年人, 世人; 我們; 任何人 ~ness n. 獨一無二; 統一; 一體 ~self pro. 本身, 自己 ~liner n. 簡短、機警的詼諧語 ~off adj. 只供使用一次的, 一次性的 ~sided adj. 單方面的, 片面的 ~way adj. 單向的, 單行的, 片面的 // at ~ 一致, 協力 ~by ~ 一個一個地, 挨

次 ~armed bandit 吃角子老虎機(亦作 slot machine) ~ night stand 一夜的停留演出; [喻]一夜夫妻 ~to ~ 一對一的.

onerous /ˈɒnərəs, ˈɒn-/ adj. 繁重的; 麻煩的;【律】有法律義務的.

ongoing /ˈɒnˌgəʊɪŋ/ adj. 前進的, 行進的; 進行中的.

onion /ˈʌnjən/ n. 洋蔥, 蔥頭.

online, on-line /ˈɒnˌlaɪn/ adj.【自】在線的(指儀器設備直接受電腦的操縱).

onlooker /ˈɒnˌlʊkə/ n. 目擊者, 旁觀者; 觀看者.

only /ˈəʊnlɪ/ adj. ① 唯一的 ② 獨一無二的 adv. ① 僅僅, 只, 單, 才, 不過 ② 不料, 結果卻 conj. 但是, 可是 // ~child 獨生子(女).

onomatopoeia /ˌɒnəˌmætəˈpiːə/ n. 擬聲詞, 象聲詞 onomatopoeic adj.

onset /ˈɒnˌset/ n. 開始, 動手, 攻擊;【醫】發作.

onslaught /ˈɒnˌslɔːt/ n. 猛烈攻擊, 猛然襲擊.

onto /ˈɒntʊ, ˈɒntə/ prep. 到... 上; 在... 之上.

ontology /ɒnˈtɒlədʒɪ/ n.【哲】本體論, 實體論 ontologic adj.

onus /ˈəʊnəs/ n. (pl. -es) [拉]義務; 責任; 重擔.

onward /ˈɒnwəd/ adj. 前進的; 向前的; 向上的 adv. = ~s.

onyx /ˈɒnɪks/ n. 石蠟, 縞瑪瑙 // ~marble 條紋大理石.

oodles /ˈuːdəlz/ n. [美口]大量; 巨額.

oomph /ˈʊmf/ n. [美俚]魅力; 性感;

ooze /uːz/ vi. ① 滲出, 漸漸流出 ② 泄漏(秘密) n. 淤泥; 滲漏, 分泌 oozy adj. oozily adv.

OP /əʊ piː/ abbr. ① = operation, operator ② = observation post 觀察哨所.

opacity /əʊˈpæsɪtɪ/ n. 不透明(體), 不透明度; 曖昧; 愚鈍.

opal /ˈəʊpʰl/ n. (半透明)蛋白石 ~escent adj. 乳白色的.

opaque /əʊˈpeɪk/ adj. 不透明的; 無光澤的; 含糊的; 遲鈍的.

op art /ɒp ɑːt/ adj. & n. = optical art 光效應畫派(藝術).

op. cit. /ɒp sɪt/ abbr. = opere citato [拉]見前引書.

OPEC /ˈəʊˌpek/ abbr. = Organization of Petroleum Exporting Countries 石油輸出國組織.

open /ˈəʊpʰn/ adj. ① 開放的 ② 無蓋的; 敞口的; 開闊的 ③ 公開的; 無限制的 ④ 寬大的, 豁達的 ⑤ 未決定的 ⑥ 坦白的, 直率的 v. ① 打開, 開 ② 公開, 開放, 張開, 開始, 開設 ~er n. 開罐頭刀 ~ly adv. 公開地 ~ing n. 開口; 開幕; 空地; 開始; 機遇; 空缺 ~-air adj. 戶外的; 露天的 ~-and-shut adj. 很簡單的 ~-end adj. 開發的(指發行不限量且隨時可兌現的股票等); 不受限制的 ~-ended adj. ① 無限度的, 無約束的 ② 可變更的 ~-handed adj. 慷慨的, 豪爽的 ~-hearted adj. 胸懷坦白的, 坦率大方的 ~-hearth adj. ① 平爐的 ② 使用平爐的 ~-minded adj. 虛心的; 開通的, 無偏見的 ~ness n. 開放; 公開; 坦白; 無私; 寬大 ~-plan adj. (房屋或辦公室的)沒有內牆隔開的 ~-work n. 網眼織物 // ~ ballot 無記名投票 ~ day 沒有應酬的日子 ~ door 【外交】門戶開放 ~ house (客人可隨意來去的)家庭招待會 ~ letter 公開信 ~ market 自由市場 ~ prison 沒有多少保安措施的監獄 ~ question 未決問題 ~ secret 公開的秘密 ~ verdict 存疑裁決 ~ warfare 野戰 ~cast mining 露天開礦 ~-circuit voltage 開路電壓 ~-heart surgery 體外循環心臟手術 in the ~ (air) 露天, 戶外.

opera /ˈɒprə, ˈɒprə/ n. (opus之複數) ① 歌劇, 作品; 樂曲 ② [美口]廣播劇; 電視劇 // ~ house 劇場, 歌劇院.

operate /ˈɒpəˌreɪt/ v. 工作, 操作; 動作, 運轉; 見效; 【醫】動手術; 服用瀉藥; 作戰; 操作市場; 經營管理 operator n. 操作者; 接線生, 電話員; 報務員 operation n. 動作, 行動, 業務, 操作, 運轉; 手術 operational adj. 操作的 operative adj. & n. 職工, 私人偵探 // operating costs 營運成本 operating system n. 【科】工業系統.

ophidian /əʊˈfɪdɪən/ adj. & n. 蛇(似的).

ophthalmic /ɒfˈθælmɪk/ adj. 眼的; 眼科的 ophthalmology n. 眼科學 ophthalmologist n. 眼科醫師 ophthalmoscope n. 【醫】眼膜曲率鏡, 眼底鏡 // ~ optician 視光

師, 配鏡師.

opiate /ˈəʊpɪət/ *n.* 鴉片劑, 麻醉劑.

opinion /əˈpɪnjən/ *n.* ① 意見, 看法; 見解 ② 主張; 評價 **~ated** *adj.* 堅持己見的, 極自負的 **opine** *v.* [謔]想認為, 以為; 發表意見 // **~ poll** 民意測驗.

opium /ˈəʊpɪəm/ *n.* 鴉片 **~ poppy** 罌粟.

opossum /əˈpɒsəm/ *n.* 負鼠 **~ shrimp**【動】糠蝦 **play / act** 裝死, 裝死狀.

opponent /əˈpəʊnənt/ *adj.* 對立的, 對抗的 *n.* 反對者, 敵手.

opportunity /ˌɒpəˈtjuːnɪtɪ/ *n.* 機會, 好機會 **opportune** *adj.* 湊巧的; 恰好的; 合時宜的 **opportunism** *n.* 機會主義 **opportunist** *n.* 機會主義者.

oppose /əˈpəʊz/ *v.* ① 反對, 反抗, 對抗 ② 使對立, 相對 **opposing** *adj.* 面對, 對抗, 互相對抗 **opposition** *n.* // **be ~d to** 反對, 不同意.

opposite /ˈɒpəzɪt, -sɪt/ *adj.* ① 相對的, 對面的, 對立的 ② 面對面, 背對背的, 敵對的 *n.* 相反的事物(或人); 對立面 *adv.* 在對面, 在相反的位置.

oppress /əˈpres/ *v.* ① 壓迫, 壓制; 虐製 ② 使感壓抑; 使意氣消沉 **~ion** *n.* **~or** *n.* 壓迫者, 暴君 **~ive** *adj.* ① 暴虐的; 壓制的 ② 沉重的; 悶熱的; 憂鬱的 **~ively** *adv.*

opprobrium /əˈprəʊbrɪəm/ *n.* ① 臭名; 恥辱 ② 責罵.

oppugn /əˈpjuːn/ *vt.* 質問; 抗辯;

反駁; 抗擊.

opt /ɒpt/ *vi.* 選擇 // **~ for** 選取, 贊成 **~ out** 撤退.

optic /ˈɒptɪk/ *adj.*【解】眼的; 視力的; 製光的 *n.* 鏡片 **~s** *n.* 光學 // **~al character reader** 電腦光符讀數器 **~al fibre** 光導纖維.

optimism /ˈɒptɪˌmɪzəm/ *n.* 樂觀主義 **optimist** *n.* 樂觀主義者 **optimistic** *adj.* 樂天主義的; 樂觀的 **optimistically** *adv.*

optimum /ˈɒptɪməm/ *n.* (*pl.* **-mums, -ma**) 最適度 *adj.* 最適度的 **optimal** *adj.* 最適宜的; 最理想的 **optimize** *vt.* 使最佳化; 優化.

option /ˈɒpʃən/ *n.* 選擇, 取捨; 可選擇之東西 **~al** *adj.* 可隨意選擇的; 非強制的 *n.* 選修科.

optometrist /ɒpˈtɒmɪtrɪst/ *n.* 驗光配鏡師 **optometry** *n.* ① 視力測定(法) ② 驗光配鏡業(術).

opulent /ˈɒpjʊlənt/ *adj.* 富裕的; 豐富的; 華麗的 **opulence** *n.*

opus /ˈəʊpəs, ˈɒp-/ *n.* (文學藝術方面的)巨著; 創作(尤指音樂作品).

opuscule /ɒˈpʌskjuːl/ *n.* [法]小作品; 小曲.

or /ɔː, 弱 ə/ *conj.* 或, 或者; 還是; 抑或是.

oracle /ˈɒrək(ə)l/ *n.* ① 天啟, 神諭 ② 神使, 先知, 預言者 **oracular** *adj.*

oral /ˈɔːrəl, ˈɒrəl/ *adj.* [美]口頭的; 口述的;【解】口的; 口部的 *n.* 口試; 口服避孕藥 **~ly** *adv.* // **~ contraceptive** 口服避孕藥

~ **history** 口述歷史.

orange /ˈɒrɪndʒ/ n. 橘; 橙; 柑 adj. 橙黃色的 ~ade n. 橘子水; 橘子汽水 ~ry n. 橙園; 養橙溫室.

Orangeman /ˈɒrɪndʒmən/ n. (北愛爾蘭支持新教的秘密團體成員) 奧林奇派份子.

orangutan, orangoutang /ɒræŋuːtæn/ n. 【動】猩猩.

orator /ˈɒrətə/ n. 演說者, 演講者; 雄辯家; 辯護人 **oration** n. 演講 ~**ical** adj. 演說(家)的; 雄辯家似的 ~**y** n. ① 雄辯術; 演講術; 修辭; 誇張文體 ② 祈禱室; 小禮拜堂.

oratorio /ˌɒrəˈtɔːrɪəʊ/ n. (pl. -rios) 【音】聖樂(歌曲).

orb /ɔːb/ n. ① 天體; 球 ② (象徵王權的)寶球.

orbit /ˈɔːbɪt/ n. ①【天】軌道【解】眼匡 ② 人生旅程; 勢力範圍 v. 使進入軌道(運行), 沿軌道運行.

orchard /ˈɔːtʃəd/ n. 果園 ~**ist** n. 果樹栽培家.

orchestra /ˈɔːkɪstrə/ n. 管弦樂; 管弦樂隊 ~**l** adj. ~**te** v. 為管弦樂隊譜寫音樂; [喻]使和諧結合 ~**tion** n. 和諧的安排 // ~ **pit** 舞台前樂池.

orchid /ˈɔːkɪd/ n. 【植】蘭, 蘭花.

ordain /ɔːˈdeɪn/ v. ① (命運)注定; 規定 ② 任命(牧師、聖職).

ordeal /ɔːˈdiːl/ n. 嚴峻考驗; 苦難的經驗; 折磨.

order /ˈɔːdə/ n. ① 次序; 秩序 ② 命令, 訓令 ③ 規則 ④【商】訂貨, 訂單; 匯票; 匯單 ⑤ 教團, 修道會; 公會 ~**ly** adj. ① 整潔

② 有秩序的; 整齊的 ③ 有規則, 有紀律的 n. 傳令兵; 勤務兵; 通訊員; 衛生員; 護理員 ~**liness** n. 整潔; 整齊; 秩序井然 // ~ **book** ① 訂貨簿 ② 命令簿.

ordinal number /ˈɔːdɪˌnəl ˈnʌmbə/ n. 序數.

ordinance /ˈɔːdɪnəns/ n. ① 法令; 訓令 ② 佈告.

ordinary /ˈɔːdnrɪ/ adj. 普通的, 平常的, 正常的 **ordinarily** adv. // ~ **seaman** (相當於陸軍列兵的) 見習水兵.

ordination /ˌɔːdɪˈneɪʃən/ n. ① 整理; 排列; 分類 ② 委任.

ordnance /ˈɔːdnəns/ n. ① 大炮; 軍械; 武器 ② 軍需品 // ~ **survey** [英]陸地測量部.

ordure /ˈɔːdjʊə/ n. ① 糞便; 肥料; 排泄物 ② 粗話, 下流話.

ore /ɔː/ n. 礦石, 礦砂; 礦.

oregano /ˌɒrɪˈgɑːnəʊ/ n. 【植】(作調料用的)牛至.

organ /ˈɔːgən/ n. ① 風琴 ② 器官 ③ 機關; 機構 ④ 嗓音, 喉舌 ⑤ 編制 ~**ist** n. 風琴手 // ~ **grinder** (街頭)手搖風琴師.

organdie, 美式 organdy /ˈɔːgəndɪ/ n. 薄棉布; 蟬翼紗.

organic /ɔːˈgænɪk/ adj. ① 器官的; 器質性的; 有機體 ② 有組織的 ③ 有機的 ④ 結構的 ~**ally** adv. // ~ **chemistry** 有機化學 ~ **fertilizer** 有機肥料 ~ **food** 【生】(不含化學物)天然食品.

organism /ˈɔːgəˌnɪzm/ n. 有機體; 生物體; 有機組織.

organize, -se /ˈɔːgəˌnaɪz/ v. 組織安

排; 創辦; 編組; 使組成工會; 使
(思路)有條理 organization n. 組
織, 機構; 結構; 體制 organizer n.
組織者.

orgasm /ˈɔːɡæzəm/ n. ① (感情的)
極端興奮 ②【醫】性慾亢進.

orgy /ˈɔːdʒɪ/ n. (pl. -gies) ① 喧鬧
的宴會 ② 狂歡亂舞; 無節制; 放
蕩 orgiastic adj. 狂飲的; 狂歡的.

oriel /ˈɔːrɪəl/ n. 凸肚窗.

Orient /ˈɔːrɪənt, ˌtnerˌrɪxˈ/ n. 東方;
亞洲; 東亞 oriental adj. 東的; 東
方的; 遠東的; 東方式的 ~alist n.
東方人; 東方通; 東方文化研究
者 v. (= orientate) 定方位; 擺正
方向; [喻]辨明真相, 正確判斷
orientation n. ① 向東 ② 方向;
定位 ③ 方針 oriented adj. 定向
的 orienteering n. 越野識途比賽.

orifice /ˈɒrɪfɪs/ n. (管的)口, 孔, 銳
孔.

origami /ˌɒrɪˈɡɑːmɪ/ n. ① (日本傳
統藝術)摺紙手工 ② 摺紙手工
品.

origin /ˈɒrɪdʒɪn/ n. 開始; 起源; 由
來 ~al adj. ① 原始的; 初期的
② 原本的, 原物的; 創造性的;
別出心裁的 n. 原型, 雛型, 原作
~ally adv. ~ity n. 獨創性, 創造
力, 創見; 創舉 ~ate vt. ① 發生;
引起 ② 創辦, 創始, 發明 ~ation
n. 開始; 創作; 起因 ~ator n. 發
起人, 創作者.

oriole /ˈɔːrɪəʊl, ˌlueˈrɪxˈ/ n.【鳥】黃鸝, 金
鶯.

ormolu /ˈɔːməluː/ n. (鍍金用)金
箔; 鍍金物.

ornament /ˈɔːnəmənt, ˌtnemˈenˌrɔˈ/ n.

n. ① 裝飾 ② 增添光彩的人(或
物、行為); 擺設 v. 美化, 裝飾
~al adj. ~alist n. 裝飾家; 設計師
~ation n.

ornate /ɔːˈneɪt/ adj. 裝飾的; 華麗
的; 考究的.

ornithology /ˌɔːnɪˈθɒlədʒɪ/ n. 鳥
類學; 禽學 ornithological adj.
ornithologist n. 鳥類學家.

orotund /ˈɒrəʊtʌnd/ adj. ① 響亮
的(聲音) ② 浮誇的, 做作的.

orphan /ˈɔːfən/ n. & adj. 孤兒(的)
~age n. 孤兒院, 孤兒身份(或狀
態).

orrery /ˈɒrərɪ/ n. 太陽系儀.

orris, orrice /ˈɒrɪs/ n.【植】① 香
鳶尾, 菖蒲 ② (= orrisroot) 菖蒲
根.

orthodontics /ˌɔːθəˈdɒntɪks/ or
orthodontia /ˌɔːθəˈdɒntɪə/ n.【醫】
正牙學 orthodontist n. 正牙醫師.

orthodox /ˈɔːθədɒks/ adj. ① 東
正教的; 正統派的 ② 正統的
orthodoxy n. 正教; 正統性 // O-
Church 東正教會.

orthography /ɔːˈθɒɡrəfɪ/ n. 正字
法; 綴字法; 表音法 orthographic
adj.

orthopaedics, 美式 orthopedics
/ˌɔːθəˈpiːdɪks/ n. 矯形學
orthopaedic adj. orthopaedy
n.【醫】矯正術; 矯形學
orthopaedist n. 矯形醫師.

ortolan /ˈɔːtələn/ n.【鳥】萵雀; 圃
鵐.

oryx /ˈɒrɪks/ n. (pl. -yx(es))【動】
非洲大羚羊.

OS /ˌəʊ ˈɛs/ abbr. ① = old school

守舊派 ② = Ordnance Survey 陸地測量部 ③ = outsize(d) adj. 超標準尺寸的 n. 特大型 ④ = operating system【計】操作系统.

Oscar /ˈɒskə/ n. [美]【影】奥斯卡金像獎.

oscillate /ˈɒsɪˌleɪt/ vi. ① 擺動; 震動; 震蕩 ② 動搖; 猶豫 ③ 躊躇 oscillation n. oscillator n. [電]震蕩器; 搖擺者 osillatory adj.

oscilloscope /ɒˈsɪləˌskəʊp/ n.【物】示波器 oscilloscopic adj.

osculate /ˈɒskjʊˌleɪt/ v. 接吻; 有共通性 osculation n.

osier /ˈəʊzɪə/ n.【植】杞柳; 柳條 adj. 柳條編的.

osmium /ˈɒzmɪəm/ n.【化】鋨(最重之金屬元素).

osmosis /ɒzˈməʊsɪs, ɒs-/ n.【生理】滲透(作用); 滲透性 osmotic adj. 滲透的 // osmotic pressure 滲透壓; 濃差壓.

osprey /ˈɒsprɪ, -preɪ/ n. (= ospray) n. [鳥] 鶚, 魚鷹.

osseous /ˈɒsɪəs/ adj. 骨的; 骨質的 ~ly adv.

ossify /ˈɒsɪˌfaɪ/ vt. ① 骨化; 使硬化 ② 使僵化; 使頑固 ossification n.

ostensible /ɒˈstensɪb'l/ adj. ① 外表的, 表面上的 ② 假裝的 ③ 可公開的; 顯然的 ostensibly adv.

ostentation /ˌɒstenˈteɪʃən/ n. 賣弄; 風頭主義; 講排場; 虛飾 ostentatious adj. 自負的; 誇示的; 浮華的; 炫耀的.

osteopathy /ˌɒstɪˈɒpəθɪ/ n. 整骨術; 骨病 osteopath n. 整骨科大夫; 按摩醫生.

ostler /ˈɒslə/ n. (旅館的)馬伕.

ostracize, -se /ˈɒstrəsaɪz/ vt. 放逐; 排斥 ostracism n.

ostrich /ˈɒstrɪtʃ/ n. 鴕鳥 // ~ policy 鴕鳥政策.

OT /əʊ tiː/ abbr. = Old Testament (基督教的)《聖經》的《舊約全書》.

OTC /əʊ tiː siː/ abbr. = Officers' Training Corps [英]軍官訓練團.

other /ˈʌðə/ adj. 別的, 另外的, 其他的; 其餘的; 另一個人(或物) ~wise adv. 另外, 別的樣子; 用別的方法 conj. 否則, 不然 ~worldly adj. 來世的, 超俗的; 空想中的; 精神上的 // ~ly abled [人]有殘疾的.

otiose /ˈəʊtɪˌəʊs, -ˌəʊz/ adj. 不必要的; 沒有用的; 多餘的; 無效的.

otter /ˈɒtə/ n. 水獺; 水獺皮.

ottoman /ˈɒtəmən/ n. (pl. -mans) ① 土耳其 ② 椅子(無靠背的)矮腳條椅 // O- Empire【史】鄂圖曼帝國.

oubliette /ˌuːblɪˈet/ n. (僅可從頂孔進出的)土牢.

ouch /aʊtʃ/ int. [美]哎喲!痛死我了!.

ought /ɔːt/ v. aux. 應該, 應當; 本應 ~n't = ~ not.

ouija /ˈwiːdʒə/ n. 靈應板(用於招魂術或心靈感應).

ounce /aʊns/ n. ① 安士, 盎司(= 1/16 磅: = 28.4 克; 金衡(= 1/12 磅: = 31.104 克) ② 流兩(= 1/12 品脫) ③ 少量.

our /aʊə/ pro. 我們的 ~s pro. 我們的東西 ~selves pro. 我們自己.

ousel, -zel /ˈuːzˀl/ n.【鳥】黑鵝(潛水鳥).

oust /aʊst/ vt. ① 逐出, 攆走, 驅逐 ②【律】剝奪 ③ 取代.

out /aʊt/ adv. ① 向外; 在外; 出去, 離開 ② 完, 盡 adj. 在野的, 下台的; 外面的, 外頭的; 過了時的; 不省人事的 ~ing n. 郊遊, 遠足; 外出 ~ward adj. 外面的; 向外的, 向外去的 ~wards adv. ~wardly adv. ~-of-the-way adj. 遙遠的 // ~er space 外層空間.

out- /aʊt/ pref.【前綴】(加在動詞、分詞或動名詞前)表示"出; 向外; 在外; 超過; 勝過".

outact /ˌaʊtˈækt/ vt. 行動上勝過.

outback /ˈaʊtˌbæk/ adj. 內地的 adv. 向內地 n. 內地.

outbid /ˌaʊtˈbɪd/ v. 出價高於…; 搶先.

outboard motor /ˈaʊtˌbɔːd ˈməʊtə/ n. 艇外推進機.

outbreak /ˈaʊtˌbreɪk/ n. ① (戰爭、怒氣的)爆發 ② 暴動; 反抗.

outbuilding /ˈaʊtˌbɪldɪŋ/ n. 外屋; 副屋(亦作 outhouse).

outburst /ˈaʊtˌbɜːst/ n. (火山、情感等的)爆發; 迸發.

outcast /ˈaʊtˌkɑːst/ adj. 被逐出的, 被排斥的 n. 無家可歸的人; 被逐出的人; 流浪者.

outclass /ˌaʊtˈklɑːs/ vi. 大大超過; 比…高一等.

outcome /ˈaʊtˌkʌm/ n. 結果; 成果; 後果.

outcrop /ˈaʊtˌkrɒp/ n. 露出, 露出地面.

outcry /ˈaʊtkraɪ/ n. ① 叫喊, 怒號, 喧嚷 ② 叫賣; 拍賣.

outdated /ˌaʊtˈdeɪtɪd/ adj. 過時的; 陳舊的.

outdo /ˌaʊtˈduː/ v. 勝過; 優於; 凌駕; 打敗; 制服.

outdoors /ˌaʊtˈdɔːz/ adv. 在屋外, 戶外, 露天, 野外.

outface /ˌaʊtˈfeɪs/ v. 迫視…使其目光移開; 恐嚇.

outfall /ˈaʊtˌfɔːl/ n. ① (湖泊、河流等的)出水口 ② 排水口.

outfield /ˈaʊtˌfiːld/ n. (遠離宅地之)土地, 邊地, 郊外;【體】棒球外場; 外野手.

outfit /ˈaʊtˌfɪt/ n. 旅費, 旅行用品, 全套衣服; 裝備; 商業用具, 生財, 設備; 精神準備 ~ter n. 旅遊用品商店.

outflank /ˌaʊtˈflæŋk/ vt.【軍】包抄, 迂迴敵側; 突然勝過.

outgoing /ˈaʊtˌgəʊɪŋ/ adj. ① 出發的 ② 對人友好的; 愛交際的 ~s n. 支出; 開銷; 出發; 外出.

outgrow /ˌaʊtˈgrəʊ/ v. 長得比…快(或大) ~th n. 結果.

outhouse /ˈaʊtˌhaʊs/ n. 主屋外面的附屬建築物.

outlandish /aʊtˈlændɪʃ/ adj. 外國氣派的, 異國風味的; 奇異的; 粗魯笨拙的.

outlast /ˌaʊtˈlɑːst/ vt. 較…經久; 比…持久; 比…命長.

outlaw /ˈaʊtˌlɔː/ n. 被剝奪法律保護權的罪犯; 歹徒; 亡命之徒; 逃犯; 土匪 v. 使失去法律效力; 使非法.

outlay /ˈaʊtˌleɪ/ n. 費用, 花費; 支出.

outlet /ˈaʊtlet, -lɪt/ n. ① 出口, 出路; 排水口; 通風口 ② 銷路; 批發商店 ③ 發泄.

outline /ˈaʊtlaɪn/ n. ① 外形, 輪廓 ② 略圖, 梗概, 提綱 v. ① 畫輪廓, 打草圖 ② 概括論述.

outlive /ˌaʊtˈlɪv/ v. 比 … 長壽; 比 … 經久.

outlook /ˈaʊtlʊk/ n. ① 景色, 風光景緻 ② 前景; 展望; 前途 ③ 見地, 見解 ④ 觀點.

outlying /ˈaʊtlaɪɪŋ/ adj. 在邊境外的; 邊遠的.

outmanoeuvre, 美式 **-er** /ˌaʊtməˈnuːvə/ v. 用謀略制勝, 計謀勝過; 挫敗(敵人之)陰謀.

outmatch /ˌaʊtˈmætʃ/ vt. 勝過, 優於; 超過.

outmoded /ˌaʊtˈməʊdɪd/ adj. 過時的; 不流行的.

outnumber /ˌaʊtˈnʌmbə/ v. 比 … 多; 數量上勝過.

outpatient /ˈaʊtˌpeɪʃənt/ n. 門診病人.

outplacement /ˈaʊtˌpleɪsmənt/ adj. 【經】(解僱後的)新職介紹.

outpost /ˈaʊtpəʊst/ n. 前哨; 前哨陣地; 警戒部隊.

outpouring /ˈaʊtˌpɔːrɪŋ/ n. ① (傾吐)激動的言語 ② 流出物.

output /ˈaʊtpʊt/ n. ① 產量; 生產, 出產 ② 電腦輸出訊號 v. 電腦產生數據輸出 // ~ device【計】產出裝置.

outrage /ˈaʊtreɪdʒ/ n. ① 暴行; 凌辱 ② 義憤; 痛恨 v. 施加暴行; 侮辱; 違反(法律) ~ous adj. ① 無法無天的 ② 蠻橫的 ③ 不能容忍

的 ~ously adv.

outré /ˈuːtreɪ/ adj. [法]奇怪荒誕的; 出乎常軌的; 失當的; 奇特的.

outrider /ˈaʊtˌraɪdə/ n. 騎馬侍從; (摩托開道)警衛.

outrigger /ˈaʊtˌrɪɡə/ n. (防翻船的)舷外斜木; 懸臂支架.

outright /ˈaʊtraɪt/ adv. & adj. ① 完全(的), 徹底(的), 直率(的), 公然(的).

outrun /ˌaʊtˈrʌn/ vt. (過去式 **-ran** 過去分詞 **-run**) 追過, 跑 … 比快; 超過.

outsell /ˌaʊtˈsel/ vt. (過去式及過去分詞 **-sold**) 賣得比 … 多(或快、貴).

outset /ˈaʊtset/ n. 開頭, 開端, 開始.

outshine /ˌaʊtˈʃaɪn/ vt. (過去式及過去分詞 **-shone**) 比 … 亮; 比 … 聰明(或優秀、漂亮); 勝過.

outside /ˈaʊtsaɪd, ˌaʊtˈsaɪd, ˈaʊtˌsaɪd/ n. 外頭, 外部, 外面; 外界; 外表 prep. 在(或向) … 外邊; 超過 … 的範圍 adv. 在外面, 在外頭, 在戶外, 在(或向)海上; 【體】出線, 出界 adj. (用作表語)外面的; 外部的; 膚淺的; 極端的; 局外的 ~r n. 局外人; 外來者; 門外漢; 外行.

outsize(d) /ˈaʊtsaɪz/ adj. 特大型的, 超標準尺寸的.

outskirts /ˈaʊtskɜːts/ n. 郊外; 外邊.

outsmart /ˌaʊtˈsmɑːt/ vt. = outwit [美]智力上勝過; 給 … 上當.

outspoken /ˌaʊtˈspəʊkən/ adj. 直

言不諱的; 坦率的; 毫無保留的.

outstanding /ˌaʊtˈstændɪŋ/ adj.
① 顯著的; 突出的, 傑出的 ② 未付的; 未清的; 未解決的.

outstay /ˌaʊtˈsteɪ/ v. 逗留得比 … 久(亦作 overstay).

outstretched /ˌaʊtˈstretʃt/ adj. 擴張的; 伸長的.

outstrip /ˌaʊtˈstrɪp/ vt. 超過; 追越; 優於; 勝過; 逃脫.

outtake /ˈaʊtˌteɪk/ n. ① 向外通風道 ② (錄音或影片中)剪棄的片段.

outtrade /ˌaʊtˈtreɪd/ v. 買賣中佔 … 上風; 佔 … 的便宜.

outvote /ˌaʊtˈvoʊt/ vt. 投票數勝過; 選票多於 …; 通過投票取勝.

outweigh /ˌaʊtˈweɪ/ vt. 比 … 重; 勝過; 強於.

outwit /ˌaʊtˈwɪt/ vt. 哄騙; 瞞住; 智勝.

outworks /ˈaʊtˌwɜːk, ˌaʊtˈwɜːk/ n. 【軍】外圍工事.

outworn /ˌaʊtˈwɔːn, ˈaʊtˌwɔːn/ adj. 過時的; 已廢的; 穿破的.

ouzel, -sel /ˈuːzl/ n. 黑鶇, 魚鷹.

ouzo /ˈuːzəʊ/ n. 希臘茴香烈酒.

ova /ˈəʊvə/ n. (ovum 之複數)【生】卵; 卵細胞.

oval /ˈəʊvl/ adj. 卵形的, 橢圓的.

ovary /ˈəʊvəri/ n.【解】卵巢.

ovation /əʊˈveɪʃən/ n. 熱烈鼓掌、歡呼.

oven /ˈʌvən/ n. 竈, 爐; 烘箱, 烤爐.

over /ˈəʊvə/ prep. ① 在 … 的上方; … 上的 ② 越過 …, 對 過的 ③ 全面, 到處 ④ 一面 … 一面 … ⑤ 關於 adv. 在上, 從上向下; 越

過, 在那邊; 倒回來 adj. 完了; 剩餘 n. 改變擦板球方向 **~ly** adv. 過度地 // **all ~** 完全完了 **~ again** 再來一次 **~ and ~** 轉來轉去, 反反覆覆 **~ and ~ again** 三番四次.

over- /ˈəʊvə/ pref. [前綴] ① 過度; 太 **~eat** v. 吃得過多 ② 在上; 在外; 越過 ③ 從上而下; 從一邊到另一邊 **~flow** v. & n. 泛濫.

overact /ˌəʊvərˈækt/ v. 過度 …, 過份 …, 做得過火.

overall /ˈəʊvərɔːl/ n. 套頭工作服; 罩衫; (pl.)連衣工作褲 adj. & adv. 全部(的), 總(的), 綜合(的); 所有(的).

overarm /ˌəʊvərˈɑːm/【體】adj. & adv. 舉手過肩(尤指投球).

overawe /ˌəʊvərˈɔː/ vt. 使畏縮, 嚇住; 威壓.

overbalance /ˌəʊvəˈbæləns/ vt. 重過, 重於; 失去平衡.

overbearing /ˌəʊvəˈbeərɪŋ/ adj. 架子十足的; 傲慢的; 專橫的.

overblown /ˌəʊvəˈbləʊn/ adj. ① 被吹散了的; 被蓋住了的 ② 誇張的; 過份膨脹的 ③ 腰圍過大的.

overboard /ˌəʊvəˈbɔːd/ adv. 向船外; 到水中 // **go ~** 過份愛好; 狂熱追求.

overcast /ˌəʊvəˈkɑːst/ v. ① 烏雲棄蓋, 使陰暗 ② 包邊縫攏 adj. 多雲的, 陰鬱的.

overcharge /ˌəʊvəˈtʃɑːdʒ/ v. 亂討價, 索價太高; 過度充電; 裝子彈過多的.

overcoat /ˈəʊvəˌkəʊt/ n. 大衣, 外衣(亦作 outerwear); [俚]降落傘.

overcome /ˌəʊvəˈkʌm/ v. (過去式

-came 過去分詞 **-come**) 克服, 戰勝; 壓倒, 制服.

overcrowd /ˌəʊvəˈkraʊd/ vt. 使(過份)擁擠 **~ed** adj. 過度擠迫 **-ing** n.

overdo /ˌəʊvəˈduː/ vt. 過於…, …過度; 誇張 // ~ **it** 做得過火; 過勞; 誇張.

overdose /ˈəʊvəˌdəʊs, ˌəʊvəˈdəʊs/ n. & v. 過量用藥.

overdraft /ˈəʊvəˌdrɑːft/ n. ①【商】透支 ② 透支額 ③ 通風過度.

overdraw /ˌəʊvəˈdrɔː/ v.【商】(存款)透支 **-n** adj.

overdress /ˌəʊvəˈdres, ˈəʊvəˈdres/ v. 穿着過份講究, 過度裝飾.

overdrive /ˌəʊvəˈdraɪv/ vt. (過去式 **-drove** 過去分詞 **-driven**) 超速開車; 汽車中高速齒輪箱.

overdue /ˌəʊvəˈdjuː/ adj. 過期的; 遲到的; 早該實現的.

overestimate /ˌəʊvəˈestɪˌmeɪt, ˌəʊvəˈestɪmɪt/ vt. 過高估計, 過份評價 n. 過高的估計, 過份的評價.

overflow /ˌəʊvəˈfləʊ/ vt. (過去式 **-flowed** 過去分詞 **-flew**) 使溢出, 使泛濫; 使漲滿; 淹沒 **-ing** adj. 溢出的; 過剩的.

overgrown /ˌəʊvəˈɡrəʊn/ adj. 長得太大的, 個子長得過高的.

overhang /ˌəʊvəˈhæŋ, ˈəʊvəˌhæŋ/ v. (過去式及過去分詞 **-hung**) 倒懸; 吊在…上面迫近; 威脅 n.【建】懸垂, 挑出屋頂.

overhaul /ˈəʊvəˌhɔːl, ˌəʊvəˈhɔːl/ vt. ① 翻查; 仔細檢查 ② 追上 n. 檢查; 大修.

overhead /ˈəʊvəˌhed, ˌbəˈhed/ adv. ① 在上, 在頭頂上 ② 在高空中 adj. ① 頭頂上的; 架空的 ② 所有的③ 平均的 n. 通常開支的 **~s** pl. n. ① 企業一般管理費用 ② 天花板.

overhear /ˌəʊvəˈhɪə/ v. 偷聽, 無意中聽到 **~er** n. 偷聽者.

overjoyed /ˌəʊvəˈdʒɔɪd/ adj. 喜出望外的; 狂喜的.

overkill /ˈəʊvəˌkɪl/ vt. ① 宰盡殺絕 ② 重複命中 ③ 用過多的核力量摧毀 n. 殺害過多; 矯枉過正.

overland /ˈəʊvəˌlænd/ adj. & adv. 陸上的, 陸路的.

overlap /ˌəʊvəˈlæp/ v. & n. 重複, 交搭, 搭接; 覆蓋.

overlay /ˌəʊvəˈleɪ, ˈəʊvəˌleɪ/ vt. (過去式及過去分詞 **-laid** vt.) 覆蓋, 鋪, 塗.

overleaf /ˌəʊvəˈliːf/ adv. (紙)反面; 在次頁.

overload /ˈəʊvəˌləʊd, ˌəʊvəˈləʊd/ vt. 超載; 裝填過度;【電】過度充電 n. 過重裝載, 過重負擔, 超負荷.

overlook /ˌəʊvəˈlʊk/ vt. ① 俯視; 眺望, 瞭望 ② 忽略, 漏看.

overmuch /ˌəʊvəˈmʌtʃ/ adj. & adv. 過多的(地) n. 過量, 剩餘.

overnight /ˌəʊvəˈnaɪt/ adv. ① 昨晚 ② 通宵, 一夜工夫 adj. ① 昨夜的 ② 通宵的 ③ 一夜之際; 忽然的 // ~ **millionaire** 暴發戶.

overpower /ˌəʊvəˈpaʊə/ vt. ① 制服, 壓倒 ② 深深感動 ③ 使難以承受, 超負荷.

overrate /ˌəʊvəˈreɪt/ v. 估計過高,

高估 ~d adj.

overreach /ˌəʊvəˈriːtʃ/ v. 不自量力, 好高騖遠; 非分妄為致使…失院 // ~ **oneself** 弄巧反拙.

override /ˌəʊvəˈraɪd/ vt. (過去式 **-rode** 過去分詞 **-ridden**) ① 蹂躪 ② 藐視(法規); 制服, 壓倒 ③ 踐踏 ④ 越權(處置).

overrule /ˌəʊvəˈruːl/ vt. ① 統治, 克服 ② 否決; 駁回 ③ 以權取消(決定、方針等); 宣佈無效.

overrun /ˌəʊvəˈrʌn/ v. (過去式 **-ran** 過去分詞 **-run**) ① 猖獗; 泛濫 ② 侵略; 蠶食 ③ 超出(範圍).

overseas /ˌəʊvəˈsiːz/ adj. & adv. ① 海外的, 來自海外的, 外國的 ② 往海外的.

oversee /ˌəʊvəˈsiː/ vt. (過去式 **-saw** 過去分詞 **-seen**) ① 俯瞰; 監督, 監視 ② 漏看; 錯過 ~**r** n. 監工, 工頭.

overshadow /ˌəʊvəˈʃædəʊ/ v. ① 奪去…的光輝 ② 掃…的面子 ③ 使…黯然失色.

overshoe /ˈəʊvəˌʃuː/ n. [美]套鞋.

overshoot /ˌəʊvəˈʃuːt/ v. ① 子彈打得太高而不中目標 ② 走過頭; 做過份.

oversight /ˈəʊvəˌsaɪt/ n. ① 出於疏忽之錯; 失察 ② 監督, 看管.

oversleep /ˌəʊvəˈsliːp/ v. (過去式及過去分詞 **-slept**) 睡過了頭, 睡得過久.

overspill /ˈəʊvəˌspɪl/ n. 溢出物; 過剩物資(或人口).

overstate /ˌəʊvəˈsteɪt/ vt. 誇大, 誇張 ~**ment** n. 言過其實; 大話.

overstay /ˌəʊvəˈsteɪ/ v. 逗留過久; 使坐得過久 // ~ **one's welcome** 逗留過久而使人生厭.

overstep /ˌəʊvəˈstep/ v. 走過頭; 越過界限 // ~ **one's authority** 越權.

overt /ˈəʊvɜːt, əˈvɜːt/ adj. 公開的, 公然的 ~**ly** adv.

overtake /ˌəʊvəˈteɪk/ vt. (過去式 **-took** 過去分詞 **-taken**) ① 追上, 趕上, 超越 ② 突然襲擊 ③ 打垮, 壓倒.

overtax /ˌəʊvəˈtæks/ vt. ① 抽稅過重, 過度徵稅 ② 使負擔太重.

overthrow /ˌəʊvəˈθrəʊ, ˈəʊvəˌθrəʊ/ vt. (過去式 **-threw** 過去分詞 **-thrown**) 推翻, 打倒 n. 傾覆, 滅亡, 垮台, 失敗, 瓦解 ~**al** n.

overtime /ˈəʊvəˌtaɪm, ˌəʊvəˈtaɪm/ n. ① 超時, 加班 ② 加班費 adv. 在額定時間之外.

overtone /ˈəʊvəˌtəʊn/ n. 【音】陪音, 泛音 ② 言外之意.

overture /ˈəʊvəˌtjʊə/ n. ① 序幕, 開端【音】序曲, 前奏曲.

overturn /ˌəʊvəˈtɜːn/ v. 顛倒, 顛覆; 推翻, 打倒.

overview /ˈəʊvəˌvjuː/ n. 一般觀察; 總的看法; 概論.

overweening /ˌəʊvəˈwiːnɪŋ/ adj. 自以為了不起的; 自負的; 誇大了的.

overweight /ˌəʊvəˈweɪt/ adj. 超重的, 偏重的, 優勢的; 超過規定重量的.

overwhelm /ˌəʊvəˈwelm/ vt. 壓倒; 傾覆, 制服 ~**ing** adj. 壓倒的, 勢不可擋的 ~**ingly** adv.

overwork /ˌəʊvəˈwɜːk, ˈəʊvəˌwɜːk/

vt. ① 工作過度, 使過度勞累 ② 繡滿 n. 過勞, 勞累過度, 加班.

overwrought /ˌəʊvəˈrɔːt/ adj. ① 緊張過度的, 興奮過度的 ② [寫作] 過份推敲的; 不自然的 ③ 過勞的, 筋疲力盡.

oviparous /əʊˈvɪpərəs/ adj. 【動】卵生的.

ovoid /ˈəʊvɔɪd/ adj. 卵圓形的 n. 卵形物.

ovulate /ˈɒvjʊˌleɪt/ vi. 排卵 ovulation n.

ovum /ˈəʊvəm/ n. (pl. ova) 卵; 卵細胞.

owe /əʊ/ vt. ① 對 … 負有(義務、債務); 欠 ② 歸功於 owing adj. ① 該付的, 未付的, 欠賬的 ② 有負於, 有恩於, 應歸功於 // owing to 由於.

owl /aʊl/ n. ① 貓頭鷹, 梟 ② 做夜工的人; 夜遊神; 夜生活者 ~et n. 小貓頭鷹 ~ish adj.

own /əʊn/ adj. 自己的(用於強調所有權) v. 擁有 ~ **er** n. 所有者, 物主 ~**ership** n. 物主身份, 所有權 // hold one's ~ 堅持自己立場 my ~ idea 我自己的想法 **on one's** ~ [俚]獨自地, 獨立地;

主動地 ~ **up** 爽快承認.

ox /ɒks/ n. (pl. ~**en**) 公牛, 閹公牛.

Oxbridge /ˈɒksˌbrɪdʒ/ n. & adj. 牛津及劍橋大學.

oxeye /ˈɒksˌaɪ/ n. ① (人的)大眼睛 ② 牛眼菊, 春白菊.

Oxfam /ˈɒksfæm/ n. 樂施會.

oxide /ˈɒksaɪd/ n. 【化】氧化物 oxidation n.【化】氧化(作用) oxidize vt. 使氧化, 使脫氫; 使增加原子價 vi. 氧化, 生鏽.

oxygen /ˈɒksɪdʒən/ n.【化】氧, 氧氣 ~**ate** vt.【化】用氧處理; 充氧於 … oxyacetylene adj.【化】氧乙炔的.

oxymoron /ˌɒksɪˈmɔːrɒn/ n.【語】矛盾修飾法, 如: a wise fool 聰明的傻瓜.

oyez, oyes /əʊˈjɛs, -ˈjɛz/ int. 聽! 靜聽! 肅靜!(一般喊三次).

oyster /ˈɔɪstə/ n. ① 蠔, 牡蠣 ② 極少開口的人 ~**bird**, ~**catcher** n. 蠣鷸.

oz abbr. = ounce(s) 安士, 盎司.

ozone /ˈəʊzəʊn/ n. ① 【化】臭氧 ② [喻]爽心怡神的力量; [口]新鮮空氣 ~**layer** n. 臭氧層 // ~ **depletion** 臭氧層消耗 ~ **hole** 臭氧層空洞.

P

P, p /piː/ 可表示: ① park 停車 ② page 頁 ③ past 過去的 ④ penny 便士(貨幣單位) ⑤【化】元素磷 (phosphorus) 的符號 ⑥ piano 鋼

琴.

PA /piː eɪ/ abbr. = ① personal assistant 私人助理 ② public address system 有線廣播系統

③ Petroleum Administration 石油管理局.

p.a. /pi: eɪ/ *abbr.* = per annum [拉] 每年.

PAA /pi: eɪ eɪ/ *abbr.* = Pan American World Airways [美]泛美航空公司.

pace /peɪs/ *n.* ① 步, 一步 ② 一步之長度 ③ (走或跑的)速度; 步態; 步調; 步幅 ⑥ 慢慢地走, 踱步; (馬)蹓蹄走; 步測; 定步速 **~maker** *n.* ① 定步速者 ② (= **artificial ~maker**) 電子心臟定調器 // **at a snail's ~** 爬行, 慢吞吞走 **hold / keep ~ with** 跟 … 齊步前進 **set the ~ (for)** 作步調示範帶頭 **~ off / out** 步測 **put sb through his / her ~s** 試試某人的本領.

pachyderm /'pækɪ,dɜ:m/ *n.* ① 厚皮動物(象、河馬等); [喻]厚臉皮的人; 精神麻木的人.

pacific /pə'sɪfɪk/ *adj.* ① 太平的; 和平的; 溫和的 ② 愛好和平的 ③ (**P-**)太平洋的 **pacifist** *n.* ① 和平主義者 ② 綏靖主義者 ② 持消極態度者 **pacifism** *n.* 和平主義 // **the P- Ocean** 太平洋 **the P- Rim** 環太平洋(地區).

pacify /'pæsɪ,faɪ/ *v.* ① 撫慰; 使鎮靜 ② 平定, 平息; 綏靖 **pacification** *n.*

pack /pæk/ *n.* ① 背包; 行李; 捆, 一堆; 大堆 ② 一夥; 一羣; 一副(牌) ③ [美]罐頭食品 ④ 【商】包裝 ⑤【電】單元; 部件 *vt.* ① 打點行裝 ② 裝罐頭; 裝填; 填塞 ③ 壓緊; 使成一羣 ④ (+

off) 把 … 打發走; 解僱 ⑤ 馱貨 ⑥ 變結實 ⑦ 做包裝(運輸)生意 **~ed** *adj.* 客滿, 擁擠 **~ing** *n.* 包裝; 行李; [美]食品加工業; 罐頭業; 襯墊; 填料 **~horse** *n.* 馱馬 // **~ animal** 馱獸 **~ ice** 浮冰, 積冰 **~ in** 停止 **~ off** 打發走 **~ up** ① 打包 ② 收拾行李 ③ 解僱; [俚]機器出故障.

package /'pækɪdʒ/ *n.* ① 包裝; 包裹; 捆, 束, 組 ② 包裝用品 ③ 部件, 組件; 綜合設備 ④ 包費 ⑤ 整套廣播(或電視)節目 *v.* 打包, 裝箱 **packaging** *n.* (高效美觀之)包裝法, 打包 // **~ deal** 一攬子交易 **~ holiday / tour** 由旅行社代作一切安排的旅行, 包辦度假旅行.

packet /'pækɪt/ *n.* ① 包裹, 小件行李 ② 一捆; 袋 ③ [俚]大筆錢 // **~ boat / ship** 郵船; 班輪 **a ~ of cigarettes** 一包香煙.

pact /pækt/ *n.* 合同, 條約, 契約, 協定.

pad /pæd/ *n.* ① 襯墊; 墊料, 填料, 緩衝物 ② 束; 捆 ③ 肉趾 ④ 拍紙簿, 拍紙本 ⑤ (火箭等的)發射台 ⑥ [美俚]床; 房間; 公寓 *v.* (過去式及過去分詞 **-ded**) ① 填, 填塞 ② 不出腳步聲地走 ③ 給(文章)補白; 拉長 ④ 虛報 **~ding** *n.* ① 填充, 裝填 ② 填料, 芯; ③ 補白 // **~ foundation**【建】墊式地基; 獨立基礎.

paddle¹ /'pædˀl/ *n.* 槳, 短槳 *v.* 用槳划船; 攪打 // **~ steamer** 明輪船 **~ wheel** 蹼輪, (輪船的)明輪.

paddle² /'pædˀl/ *v.* 涉水; 用腳玩

水.

paddock /ˈpædək/ n. (練馬用)圍場; 蛙; 蟾蜍.

paddy /ˈpædɪ/ n. ① [英口]大怒 ② 水稻; 穀; 水稻田 ~rice n. 稻穀, 水稻 // ~ field 水稻田 ~ whack [英]大怒; [美]揍, 痛打.

padlock /ˈpædˌlɒk/ n. 掛鎖, 扣鎖.

padre /ˈpɑːdrɪ/ n. 隨軍牧師, 神父.

paean, 美式 **pean** /ˈpiːən/ n. 讚歌; 凱歌; 歌頌.

paediatrics, 美式 **pediatrics** /ˌpiːdɪˈætrɪks/ n. 【醫】兒科學 **paediatrician** n. 兒科醫生(或專家).

paedophilia, 美式 **pedophilia** /ˌpiːdəʊˈfɪlɪə/ n. 戀童癖 **paedophile** n. 戀童癖患者.

paella /paɪˈɛlə, pɑˈeɪ/ n. 肉菜飯 (西班牙大鍋海鮮飯).

pagan /ˈpeɪɡən/ adj. & n. 異教徒的(人); 沒有宗教信仰的人 **~ism** n. 異教; 偶像崇拜.

page /peɪdʒ/ n. ① 頁, 一頁版面 ② 小侍從, 聽差 v. 標頁碼; (侍者)叫名找人; 當聽差 // ~ **break** 分頁符號.

pageant /ˈpædʒənt/ n. ① 露天表演 ② 盛大的着裝遊行 ③ 慶典 **~ry** n. 壯觀, 盛觀; 彩飾; 虛飾.

pager /ˈpeɪdʒə/ n. 傳呼機.

paginate /ˈpædʒɪˌneɪt/ vt. 標…的頁碼 **pagination** n.

pagoda /pəˈɡəʊdə/ or **pagod** /ˈpæɡɒd/ n. 寶塔; 廟宇.

paid /peɪd/ v. pay 之過去式 // **put ~ to** 結束, 了結, 付清.

pail /peɪl/ n. 桶, 提桶 **~ful** n. 一滿桶, 一桶量.

pain /peɪn/ n. 痛, 疼痛; (精神的)痛苦, 煩惱; (pl.)麻煩, 費心, 苦心 v. 讓人不安, 讓人害臊 **~ful** adj. **~fully** adv. **~less** adj. 無痛的 **~lessly** adv. **~killer** n. 止痛藥 **~staking** adj. (不辭)勞苦的, 煞費苦心的, 勤奮努力的 // **on ~ of death** 違者則處以死刑.

paint /peɪnt/ n. ① 顏料; 油漆; 塗料 ② 化妝品; 胭脂; 香粉 v. ① 用(顏料)繪畫; 搽粉(胭脂); 給…着色 ② 上油漆; 把…塗成(某種顏色) **~brush** n. 【藝】油畫筆, 漆刷 **~er** n. 畫家; 油漆匠; 繫船纜索; 【動】美洲獅(亦作 cougar) **~ing** n. 繪畫; 繪畫藝術; 上色, 着色; 塗料 **~work** n. 漆工, 油漆活 // ~ **program** 繪畫程式.

pair /peə/ n. 一對, 一雙; 一套; 一副; 一男一女 v. 使成對; 使成配偶; 使交配.

paisley /ˈpeɪzlɪ/ n. & adj. 佩斯里花紋, 腰果花紋, 渦流花紋 // ~ **pattern** 佩斯里花紋, 腰果花紋, 渦流型紋.

pajamas /pəˈdʒɑːməz/ n. = pyjamas 寬大的睡衣褲.

Pakistani /ˌpɑːkɪˈstɑːnɪ/ adj. & n. (pl. -nis) 巴基斯坦人(的).

PAL /piː eɪ ɛl/ abbr. = Philippine Airlines 菲律賓航空公司.

pal /pæl/ n. [口]夥伴, 好朋友; 同夥, 同儕, 同謀.

palace /ˈpælɪs/ n. ① 宮, 宮殿 ② 邸宅, 宏偉大廈 ③ 官邸.

palaeography /ˌpælɪˈɒɡrəfɪ/ n. 古文書學; 古字體.

Palaeolithic /ˌpæliəʊ'liθik/ adj. 舊石器時代的.

palaeontology /ˌpælɪɒn'tɒlədʒɪ/ n. 古生物學 palaeontological adj.

palatable /ˈpælətəb'l/ adj. ① 好吃的, 可口的 ② 愉快的, 惬意的.

palate /ˈpælɪt/ n. ①【解】顎 ② 味覺; 嗜好.

palatial /pə'leɪʃəl/ adj. 宮殿似的; 宏偉的 ~ly adv.

palaver /pə'lɑːvə/ n. 廢話, 空談; 哄騙.

pale /peɪl/ adj. 蒼白的; 灰白的; 暗淡的 n. 椿; 圍籬; 柵欄 v. 使之黯然失色; 使變蒼白 ~-hearted adj. 膽小的 ~ly adv. 柔弱無力地; 淡淡地 ~ness n. // beyond the ~ 越規的, 為社會所不容的.

palette /ˈpælɪt/ n. 調色板 // ~ knife 調色刀.

palindrome /ˈpælɪnˌdrəʊm/ n. 回文(正讀反讀皆可的語句).

paling /ˈpeɪlɪŋ/ n. ① 打椿做柵欄 ② 椿; 柱; 柵.

palisade /ˌpælɪ'seɪd/ n. ① 椿, 木柵, 柵欄 ② (pl.)斷崖.

pall /pɔːl/ n. ① 棺衣 ② 祭台罩布 ③ 陰霾; 悲哀 ④【喻】幕 ⑤ 濃煙 v. 失味, 走味; 掃興; 喪失吸引力; 令人生膩 ~bearer n. 抬棺材的人; [美俚]飯館裏撤盤子的人.

pallet /ˈpælɪt/ n. 草墊; (便於裝卸的)台板; 墊板; (瓦工)抹子.

palliasse, 美式 **paillasse** /ˈpælɪˌæs, ˌpælɪ'æs/ n. 草薦, 草墊.

palliate /ˈpælɪˌeɪt/ vt. ① (暫時)緩解(病痛), 減輕 ② 掩飾(罪過)

palliative adj. & n. 緩和的; 減輕的; 治標劑; 姑息劑.

pallid /ˈpælɪd/ adj. ① 蒼白的, 沒血色的 ② 病態的 pallor n.

pally /ˈpælɪ/ adj. (比較級 plllier 最高級 palliest) [俚]親密的, 要好的.

palm /pɑːm/ n. ① 手掌, 手心 ② 棕櫚(樹) ~top n. 掌上型電腦 // ~ butter 棕櫚油 ~ crab【動】椰子蟹, 桓螯, 尾蟹 ~ fat 椰子油 ~ off 擺脫 ~ oil 棕櫚油 P-Sunday【宗】復活節前的星期天 ~ tree 棕櫚樹.

palmistry /ˈpɑːmɪstrɪ/ n. 手相術 palmist n. 看手相者.

palomino /ˌpælə'miːnəʊ/ n. (pl. -nos) 淡黃色的馬; 淡黃褐色.

palpable /ˈpælpəb'l/ adj. 摸得出的; 明顯的 ~ly adv.

palpate /ˈpælpeɪt/ adj. 有觸鬚的 v.【醫】觸診, 捫診 palpation n. 觸診.

palpitate /ˈpælpɪˌteɪt/ v. (+ with)(心)跳動, 悸動; 發抖 palpitation n.

palsy /ˈpɔːlzɪ/ n.【醫】中風; 癱瘓; 麻痺; 痙攣 palsied adj.

paltry /ˈpɔːltrɪ/ adj. (比較級 paltrier 最高級 paltriest) 微不足道的, 渺小的.

pampas /ˈpæmpəz/ n. (單複數同形)南美大草原 // ~ grass 蒲葦.

pamper /ˈpæmpə/ vt. 懲愚; 縱壞, 溺愛.

pamphlet /ˈpæmflɪt/ n. 小冊子 ~eer n. 小冊子作者.

pan /pæn/ n. ① 盆子; 平底鍋

② 自然界之精靈 *vi.* 攝拍全景;
淘金 *vt.* 用平底鍋燒菜, [美俚]嚴
厲批評; 糟蹋(名譽) ~~ [前綴]表
示 "全, 萬; 泛", 如: ~**American**
adj. 泛美 ~**African** *adj.* 泛非 //
~ **down** 降下(鏡頭以拍攝全景)
~ **out** 選出; [俚]賺錢.

panacea /ˌpænəˈsɪə/ *n.* 萬靈藥; 仙
丹; 補救辦法.

panache /pəˈnæʃ, -ˈnɑːʃ/ *n.* [法]
[喻]誇耀, 炫耀; 擺架子; 耍派頭.

Panama (hat) /ˈpænəˌmɑː,
ˌpænəˈmɑː/ *n.* 巴拿馬(草帽).

panatella /ˌpænəˈtelə/ *n.* (細長的)
雪茄煙.

pancake /ˈpænˌkeɪk/ *n.* 鬆餅, 烙餅,
薄煎餅 // P- **Day** / **Tuesday** 薄餅
日, 鬆餅節(聖灰節前一天, 此日
習慣吃鬆餅) ~ **landing** (飛機)平
降着陸 ~ **turner** (電台或電視台
的)唱片放送員.

panchromatic /ˌpænkrəʊˈmætɪk/
adj. 【攝】全色 // ~ **film** 全色膠
卷(或軟片) ~ **plate** 全色乾片.

pancreas /ˈpæŋkrɪəs/ *n.* 【解】胰
(腺) pancreatic *adj.* // pancreatic
duct 胰管 pancreatic juice 胰液.

panda /ˈpændə/ *n.* 【動】熊貓 //
~ **car** 警察巡邏車.

pandemic /pænˈdemɪk/ *adj.* 流行
性的, 傳染的 *n.* 傳染病.

pandemonium /ˌpændɪˈməʊnɪəm/
n. 混亂; 大吵大鬧, 無法無天.

pander /ˈpændə/ *n.* 拉皮條者 *v.* (+
to) 拉皮條; 慫恿做壞事; 煽動;
迎合.

P & O /piː ən əʊ/ *abbr.* = Peninsula
and Oriental Steam Navigation

Company [英]半島東方輪船公
司.

P & P /piː ən piː/ *abbr.* = postage
and packing 郵資加包裝費.

pane /peɪn/ *n.* (窗格)玻璃; (門牆)
嵌板.

panegyric /ˌpænɪˈdʒɪrɪk/ *n.* & *adj.*
頌詞(的); 配ေ詞, 儀表盤.

panel /ˈpæn²l/ *n.* ① 面; 板; 門窗
板 ② 配電盤, 儀表盤 ③ 【律】
全體陪審員; 公開討論會小組;
專家(或專門)小組名單 *v.* 嵌板
子, 置襯墊(以裝飾) ~**ling** *n.* 鏡
板; 鑲木 ~**list** *n.* 專門小組成員
// ~ **beater** 專修汽車車身的人
員 ~**discussion** [美]小組討論會
~ **heating** 壁板供暖.

pang /pæŋ/ *n.* (肉體)痛苦; 劇痛,
折磨.

pangolin /pæŋˈɡəʊlɪn/ *n.* 【動】穿
山甲.

panic /ˈpænɪk/ *n.* 驚慌, 恐慌; 狂
熱 *v.* 受驚, 嚇慌, 驚呆 ~**ky** *adj.*
~**stricken**, ~**struck** *adj.* 恐慌的,
受驚的 // ~ **buying** 搶購.

panicle /ˈpænɪk²l/ *n.* 【植】散穗花
序.

panier /ˈpænɪə/ *n.* = pannier 馱籃,
背簍; 車兜.

panoply /ˈpænəplɪ/ *n.* ① 盛裝; 禮
服 ② 壯麗的陳列.

panorama /ˌpænəˈrɑːmə/ *n.*
① (展現)全景 ② 概觀, 概論
panoramic *adj.*

pansy /ˈpænzɪ/ *n.* ① 三色菫, 三色
紫羅蘭 ② 脂粉氣男人; 同性戀
的男子.

pant /pænt/ *v.* ① 氣喘吁吁 ② 心

跳 n. 褲子 **~dress** n. 工裝褲
~legs n. 褲管.

pantaloons /ˌpæntəˈluːnz/ n. 馬褲,
褲子.

pantechnicon /pænˈtɛknɪkən/ n.
① 傢具搬運車 ② 倉庫.

pantheism /ˈpænθiˌɪzəm/ n. 泛神
論;多神信仰 pantheist n. 泛神論
者 pantheistic adj.

pantheon /pænˈθiːən, ˈpænθiən/ n.
萬神殿;偉人(或先哲)祠;諸神.

panther /ˈpænθə/ n. 黑豹.

panties /ˈpæntɪz/ n. = panty 童褲,
女褲 // **panty girdle** 叉式腰帶
panty hose (女裝)連襪褲.

pantile /ˈpænˌtaɪl/ n.【建】波形瓦.

pantograph, panta-
/ˈpæntəɡrɑːf/ n. ① 伸縮, 畫圖儀
器 ② 縮放儀 ③ (電車頂上的)導
電弓架.

pantomime /ˈpæntəˌmaɪm/ n.
① 啞劇 [英]聖誕節上演之神
話劇 ③ 手勢, 姿勢, 示意動作.

pantry /ˈpæntrɪ/ n. (pl. **-tries**) 餐具
室;配膳室;碗櫥 **~man** n. 飯廳
管理員.

pants /pænts/ n. ① 褲子;緊身長
襯褲 ② 內褲.

pap /pæp/ n. ① (嬰兒或病人吃
的)軟食, 半流質食物 ② 援助;
津貼 ③ 幼稚的話 ④ 奶頭.

papacy /ˈpeɪpəsɪ/ n. 羅馬教皇之職
位;教皇制度 papal adj.

paparazzo /ˌpæpəˈrætsəʊ/ n. (pl.
-razzi) 追蹤名人、拍攝照片的
攝影師;無固定職業攝影師.

papain /pəˈpeɪn, -ˈpaɪn/ adj. & n.
【醫】木瓜蛋白酶.

papaya /pəˈpaɪə/ n. 番木瓜(亦作
papaw).

paper /ˈpeɪpə/ n. ① 紙; 糊牆
紙 ② 報;報紙 ③ 文章,論文
④ (pl.)文件 ⑤ 考題,試卷 v. 用
紙糊牆 **~back** n. 平裝書 adj. 紙
面裝的; 平裝的 **~boy** n. 報童
~clip n. 迴形針, 萬字夾 **~cut** n.
剪紙 **~hanger** n. 裱糊工人
② [美]用偽鈔者 **~hanging** n. 糊
牆紙 **~maker** n. 造紙工 **~thin**
adj. 薄如紙的 **~weight** n. 紙鎮 //
~ baron 掛名報業主 **~ currency** 紙
幣 **~ pulp** 紙漿 **~ work** 文書工
作, 寫作 **~ on** 理論上, 統計上.

papier-mâché /ˌpæpjeɪˈmæʃeɪ/ adj.
& n. [法] ① 紙型 ② 製型紙.

papist /ˈpeɪpɪst/ n. & adj. [蔑]羅馬
天主教徒(的).

pap(p)oose /pəˈpuːs/ n. ① 北美印
第安人的嬰兒 ② [俚]同工會會
員一起工作的非會員工人.

paprika /ˈpæprɪkə, pæˈpriː-/ n. (匈
牙利)紅辣椒, 辣椒粉.

pap test, pap smear /pæp/ n. 早期
子宮頸癌塗片檢驗, 子宮頸抹片
檢查.

papyrus /pəˈpaɪrəs/ n. (pl. **-ri**,
-ruses)【植】紙莎草, 莎草紙.

par /pɑː/ n. ① 同等;同位 ② 平
價 ③【商】牌價, 票面金額 ④ =
~agraph 【語】段落 // **above ~** 在
票面價值以上 **at ~** 照票面價值
~ value 票面價值 **on a ~ with**
和 … 相等(同價).

parable /ˈpærəbl/ n. 寓言; 比喻;
[美俚]大話.

parabola /pəˈræbələ/ n. 拋物線

parabolic *adj.*

paracetamol /ˌpærəˈsiːtəˌmɒl, -ˈsetə-/ *n.* 撲熱息痛, 退熱止痛藥.

parachute /ˈpærəˌʃuːt/ *n.* 降落傘 *v.* 用降落傘着陸 parachutist *n.* 傘兵; 跳傘者.

parade /pəˈreɪd/ *n.* ① 遊行, 示威遊行 ② 閱兵式檢閱 *v.* ① 列隊行進 ② 誇耀, 標榜 // ~ ground 練兵場, 校場 ~ rest 士兵在檢閱時的稍息姿勢.

paradigm /ˈpærəˌdaɪm/ *n.* 範例; 示範 // ~ shift (方法、思想之)根本改變.

paradise /ˈpærəˌdaɪs/ *n.* 天堂, 樂園, 樂土; 伊甸園.

paradox /ˈpærəˌdɒks/ *n.* ① 似是而可能的論點 ② 反論; 疑語 ③ 自相矛盾的話; 奇談 ~ical *adj.* ~ically *adv.*

paraffin(e) /ˈpærəfɪn/ *n.* ① [美]石蠟 ② [英]煤油.

paragliding /ˈpærəˌglaɪdɪŋ/ *n.* 降落傘高空滑翔.

paragon /ˈpærəgən/ *n.* 模範, 典範.

paragraph /ˈpærəˌɡrɑːf, -ˌɡræf/ *n.* ① (文章之)段, 節 ② 短文, 短評.

par(r)akeet /ˈpærəˌkiːt/ *n.* 【鳥】長尾小鸚鵡.

paralinguistic /ˌpærəlɪŋˈɡwɪstɪks/ *adj. & n.* 派生語言的, 輔助語言的.

parallax /ˈpærəˌlæks/ *n.* 【物】視差.

parallel /ˈpærəˌlel/ *adj.* ① 平行的 ② 相似的 ③ 同一方向的 *n.* ① 平行線 ② 相似物 ③ 對比 ④ 緯線 *v.* ① 使並行 ② 對比 ③ 與…匹配 ~ism *n.* 對句法 //

~ bars【體】雙槓 ~ beam 平行光束, 平行波束 ~ circuit 平行電路, 並聯電路 ~ port【物】並口埠.

parallelogram /ˌpærəˈlelәˌɡræm/ *n.* 【數】平行四邊形.

paralysis /pəˈrælɪsɪs/ *n. (pl. -ses)* 麻痹; 癱瘓; 中風 paralyse *vt.* ① 使麻痹 ② 使癱瘓 ③ 使無效; 使驚呆 paralytic *adj.*

paramedic /ˌpærəˈmedɪk/ or paramedical *n.* ① 傘兵軍醫, 傘降醫師 ② 醫務輔助人員 ~al *adj.*

parameter /pəˈræmɪtə/ *n.* 【數】參數, 變數.

paramilitary /ˌpærəˈmɪlɪtərɪ, -trɪ/ *adj.* 起軍事輔助作用的, 準軍事的.

paramount /ˈpærəˌmaʊnt/ *adj.* 最高的; 至上的; 首要的; 最重要的.

paramour /ˈpærəˌmʊə/ *n.* ① 姦夫; 情婦 ② 情人.

paranoia /ˌpærəˈnɔɪə/ *n.*【醫】偏執狂, 妄想狂 paranoid *adj.* 患妄想狂的 *n.* (= ~c) 患妄想狂者.

paranormal /ˌpærəˈnɔːməl/ *adj.* 超自然的; 無法用科學解釋的.

parapet /ˈpærəpɪt, -ˌpet/ *n.* 矮護牆; 女兒牆; (防禦的)胸牆.

paraphernalia /ˌpærəfəˈneɪlɪə/ *n.* ① 隨身行頭 ② 各種器具 ③ 行裝.

paraphrase /ˈpærəˌfreɪz/ *n.* 釋義; 意譯.

paraplegia /ˌpærəˈpliːdʒə/ *n.*【醫】截癱; 下身麻痹 paraplegic *adj.*

parapsychology /ˌpærəsaɪˈkɒlədʒɪ/ n.【醫】心靈學.

paraquat /ˈpærəˌkwɒt/ n. 百草枯, 除草劑(一種劇毒的含磷離子).

parasite /ˈpærəˌsaɪt/ n. ① 寄生物; 寄生蟲 ② 食客 parasitic adj. 寄生的 parasiticide adj. & n. 殺寄生蟲藥.

parasol /ˈpærəˌsɒl/ n. (女用)陽傘.

parastatal /ˌpærəˈsteɪt'l/ adj. & n. 半國營的.

paratroops /ˈpærəˌtruːps/ n. 傘兵部隊 paratrooper n. 傘兵.

parboil /ˈpɑːˌbɔɪl/ v. 煮成半生熟.

parcel /ˈpɑːs'l/ n. ① 包, 包裹 ②【商】(貨物的)一批 v. (過去式及過去分詞 -led 現在分詞 -ling) ① 分, 區分 ② 把…打成包袱捆紮一起 // ~ out 劃分開; 分配, 分派.

parch /pɑːtʃ/ vt. ① 烤, 烘 ② 使乾, 渴 ~ing adj. 似烤的, 乾燥的 ~ment n. 羊皮紙, 硫酸紙, 大學畢業文憑.

pardon /ˈpɑːd'n/ n. ① 原諒, 寬恕 ②【律】赦免 v. ~able adj. ~ably adv. ~er n. ① 寬恕者 ② 獲准出售天主教免罪符者.

pare /peə/ vt. 剝, 削(果皮等); 修(指甲等); 削去(邊、角等) parings n. ① 削皮 ② 削下的皮, 刨花.

parent /ˈpeərənt/ n. 父母親, 雙親 ~age n. ① 父母的身份 ② 出身; 血統; 門第 ~al adj. 父母親的; 父的; 母的; 父母親般的 ~hood n. 父母之身份 ~ing n. 撫養孩子 // ~ cell 親本細胞 ~ company 母公司 ~ metal 合金母材 ~al leave 育嬰假; 雙親假.

parenthesis /pəˈrenθɪsɪs/ n. (pl. -ses)【語】插入語 parenthetical adj.

par excellence /pɑːr ˈeksələns, par ɛksɛˈlɑ̃s/ adj. & adv.【法】最卓越的(地), 無與倫比的(地); 典型的(地).

parget(t)ing /ˈpɑːdʒɪt, ˈpɑːdʒɪtɪŋ/ n.【建】① 石膏, 灰泥 ② 粉刷裝飾.

pariah /pəˈraɪə, ˈpæriə/ n. 賤民; 社會渣滓.

parietal /pəˈraɪɪt'l/ adj.【解】腔壁的; 體壁的, 周壁的.

Paris /ˈpæris, pari/ n. 巴黎(法國首都).

parish /ˈpæriʃ/ n. ① 教區 ② 濟貧區 ~ioner n. 教區居民 // ~ pump 教區範圍的.

parity /ˈpærɪtɪ/ n. ① 同等, 平等 ② 同格, 同位.

park /pɑːk/ n. ① 公園 ② 停車場; 停炮場 v. 存車 // ~ing lot 停車場 ~ing meter 停車收費投幣機 ~ing ticket 違章停車罰款通知.

parka /ˈpɑːkə/ n. 帶兜帽風雪衣, 派克大衣.

parkinson's disease /ˈpɑːkɪnsənz dɪˈziːz/ n. 震顫性麻痺症, 帕金遜症(亦作 parkinsonism)

parky /ˈpɑːkɪ/ adj. [英俚]寒冷的.

parlance /ˈpɑːləns/ n. ① 腔調, 説法 ②[古]談判, 辯論.

parley /ˈpɑːlɪ/ n. & v. 會談, (尤指敵對雙方之)談判.

parliament /ˈpɑːləmənt/ n. 議會，國會；立法機構 **~al** adj. **~arian** n. 議院法規專家 **~ary** adj. 議會制度的。

parlour，美式 parlor /ˈpɑːlə/ n. ① 起居室 ② 客廳，會客室。

parlous /ˈpɑːləs/ adj. [古][謔]靠不住的；危險的；難對付的。

Parmesan /ˌpɑːmɪˈzæn, ˈpɑːmɪˌzæn/ n. (意大利)巴馬臣芝士。

parochial /pəˈrəʊkɪəl/ adj. ① 教區的 ② 鄉鎮的 ③ 偏狹的；地方性的 **~ism** n. 教區制度；地方觀念。

parody /ˈpærədɪ/ n. (pl. -dies) 誇張而拙劣的摹仿 v. (過去式及過去分詞 -died) 把(他人詩作)摹仿成滑稽體裁。

parole /pəˈrəʊl/ n. & v. 提前釋放，假釋許可 // on ~ (俘虜)獲得釋放宣誓；特別口令；准許假釋。

parotid (gland) /pəˈrɒtɪd/ n.【醫】腮腺 parotitis n. 腮腺炎。

paroxysm /ˈpærəkˌsɪzəm/ n. ① (疾病)突然發作，陣發 ② (突然而來的)發作或活動。

parquet /ˈpɑːkeɪ, -kɪ/ n. & v. 鑲木地板 **~ry** n.

parricide /ˈpærɪˌsaɪd/ n. ① 殺父母者；殺親犯 ② 叛逆，忤逆。

parrot /ˈpærət/ n. ①【動】鸚鵡 ② 應聲蟲 v. 鸚鵡學舌般說話；機械地模仿。

parry /ˈpærɪ/ v. (過去式及過去分詞 -ried 現在分詞 -rying) ① 擋開；避開，閃開 ② 迴避(質問)。

parse /pɑːz/ v.【語】從語法上分析，解析。

parsec /ˈpɑːˌsɛk/ n.【天】秒差距(天體距離單位，= 3.26 光年)。

parsimony /ˈpɑːsɪmənɪ/ n. 吝嗇，小氣 parsimonious adj. 質量差的。

parsley /ˈpɑːslɪ/ n.【植】歐芹，洋芫荽。

parsnip /ˈpɑːsnɪp/ n. 歐洲防風(調味、蔬食用)。

parson /ˈpɑːsn/ n. 教區牧師 **~age** n. 牧師住宅；牧師聖俸 // **~'s nose** 食用煮禽尾(或尾股)。

part /pɑːt/ n. ① 部分，局部 ② 配件，零件 ③ 部，篇 ④ 角色 ⑤ 一方，方面 v. 分開；分別 **~ing** adj. & n. 臨別；臨終；分別 **~ly** adv. **~time** n. 業餘時間；兼職 // **~ and parcel** 重要(或基本)部份 **~ drawing** 部件圖，零件圖 **~ exchange** 部份抵價交易；以舊換新交易 **~ of speech** 詞類，詞性 **~ section**【數】分區 **~ song** 合唱歌曲 **~ with** 放棄所有權 take sb's **~** 袒護；支持。

partake /pɑːˈteɪk/ v. (過去式及過去分詞 -took, -taken) ① 參與 ② 分享，分；共享；[口]吃光，喝光。

parterre /pɑːˈtɛə/ n. ① 花圃，花池子 ② [法]劇場正廳。

partial /ˈpɑːʃəl/ adj. ① 一部份，局部的，不完全的 ② 不公平的 ③ 偏愛的 **~ity** n. 偏心，不公平 **~ly** adv. // **be ~ to** 偏愛。

participate /pɑːˈtɪsɪˌpeɪt/ v. 參與，參加；分擔；共享 participant adj. 參加的；有關係的 n. 參加者 participation n. 關係；參加

participator *n.* (= participant) 參加者.

participle /pɑ:ˈtɪsɪpˀl, pɑ:ˈtɪsɪpˀl/ *n.* 【語】分詞.

parti-coloured, party- /pɑ:ˈtɪˌkʌləd/ *adj.* ① 雜色, 斑駁的 ② 多樣化的.

particular /pəˈtɪkjələ/ *adj.* ① 特殊的, 特別的, 特有的 ② 特定的, 獨特的, 獨自的 ③ 苛求的, 挑剔的; 講究的 *n.* 詳情, 細節; 細目; 特色 **~ly** *adv.* **~ize** *v.* ① 使特殊化 ② 詳述, 細論 **~ity** *n.* 特性, 特殊性.

partisan, -zan /ˌpɑ:tɪˈzæn/ *n.* 【軍】游擊隊; 黨羽; 堅定支持者 *adj.* ① 黨派的; 有偏袒的 ② 游擊隊的.

partition /pɑ:ˈtɪʃən/ *v.* 分割; 分開; 劃分; 隔開 *n.* 隔牆; 隔開部份, 隔開成小房間 【律】分財產.

partner /pɑ:tnə/ *n.* ① 合夥人; 夥伴, 搭檔 ② 配偶 【律】合股人 *v.* ① 與 … 合作(或合夥), 做 … 的夥伴 ② 做搭檔 **~ship** *n.* 合夥關係; 合股經營.

partridge /pɑ:trɪdʒ/ *n.* 【動】鷓鴣; [美]松雞.

parturition /ˌpɑ:tjʊˈrɪʃən/ *n.* 分娩; 生產.

party /pɑ:tɪ/ *n.* ① 黨, 黨派; 政黨 ② 聚會, 宴會 ③ 同行者, 隨行人員 ④【律】訴訟關係人, 一方, 當事人 // **~ line** 合用電話線路; 分界線; 政黨路線 **~ wall** 公共牆, 通牆.

parvenu /pɑ:vəˌnjuː/ *n.* [法]新貴, 暴發戶.

pascal /pæskˀl/ *n.* 帕斯卡(壓力單位, 可縮寫為 Pa).

paschal /pæskˀl/ *adj.* ① 逾越節的 ② 聖誕節的.

pass /pɑ:s/ *v.* (過去式及過去分詞 **~ed, past**) ① 經過, 通過; 穿過, 越過 ② 推移; 流逝 ③ 及格; 獲准, 被批准 ④ 轉讓 ⑤ 度過(時光) ⑥ 傳遞 ⑦ 實施 ⑧ 停止 ⑨ 不出牌, 放棄出牌 *n.* 及格通過; 傳球; 通行證; 隘口 **~able** *adj.* 通得過的 **~ing** *adj.* 短暫的, 剎那的, 倉促的; 隨便的 *v.* // **make a ~ at** [俚]勾引某人, 向 … 調情 **~ away** 過時; 去世 **~ out** 出去 [美俚]被打昏過去; 死 **~ over** 疏忽, 忽略 **~ up** [俚]拒絕; 放棄.

passage /pæsɪdʒ/ *n.* ① 通行 ② 旅行 ③ 航行 ④ 通行(權) ⑤ 通道 ⑥ (文章的)一段, 一節 **~way** *n.* 通道, 走廊.

passbook /pɑ:sˌbʊk/ *n.* [英]銀行存摺, 顧客賒欠賬本.

passé, (*fem.*) passée /pɑ:seɪ, ˈpɑ:seɪ, pɑ:seɪ/ *adj. & n.* [法] ① 過時的 ② 已過盛時的.

passenger /pæsɪndʒə/ *n.* ① 乘客; 旅客 ② 行人; 過路人 // **~ manifest** 機上旅客座位表 **~ train** 客車, 旅客列車.

passer-by /ˌpɑ:sə ˈbaɪ/ *n.* (*pl.* **passers-by**) 過路人; 過客.

passerine /pæsəˌraɪn, -ˌriːn/ *adj.* 【動】雀形目的(鳥).

passim /pæsɪm/ *adv.* [拉]到處, 處處, 各處.

passion /pæʃən/ *n.* ① 熱情, 激情 ② 激怒 ③ 熱戀 ④ 耶穌

受難 ⑤ 熱心; 愛好; 熱望 **~al**
/ˈpæʃ ən/ n. adj. **~ate** adj. ① 易動
感情的, 多情的 ② 易怒的 ③ 熱
烈的 **~ately** adv. **~flower** n. 【植】
西番蓮 **~ fruit** (可食用的)熱情
果, 西番蓮果 P- **play** 耶穌受難
劇 P- **tide** 復活節前兩週.

passive /ˈpæsɪv/ adj. ① 被動的
② 不抵抗的, 消極的 ③ 【語】被
動語態 **~ly** adv. **passivity** n. 被動
性, 消極情緒, 消極怠工 // **~ flux**
【技】被動流量 **~ resistance** 消
極抵抗 **~ smoking** 吸二手煙.

passkey /ˈpɑːsˌkiː/ n. ① 萬能鑰匙;
專用鑰匙 ② 盜賊用的鑰匙.

Passover /ˈpɑːsˌəʊvə/ n. (紀念猶太
人出埃及的)逾越節.

passport /ˈpɑːspɔːt/ n. 護照, 航航
護照, 通行證 // **~ control** 護照檢
查處 **~ photo** 護照照片.

password /ˈpɑːsˌwɜːd/ n. 【軍】(通
過守衛的)口令.

past /pɑːst/ adj. ① 過去的; 完了
的 ② 剛過去的; 以往的 ③ 上
(月、週)前(…年) n. ① 過去; 往
事, 過去的經歷; 過去時期 // **~ it**
老啦, 做不到 **~master** ① 曾當
過共濟會首領; 俱樂部的前主持
人 ② 某種技能或活動的能手;
老手 **~ participle** 【語】過去分詞
~ perfect 【語】過去完成時態.

pasta /ˈpæstə/ n. (做通心粉、麵條
的)麵糰; 意大利麵食.

paste /peɪst/ n. ① 漿, 糊 ② 糊狀
物 ③ 麵糊 ④ 製人造寶石的玻
璃質混合物 ⑤ 製陶黏土 ⑥ 軟
膏 v. 用漿糊黏貼; 使成糊狀
pasting n. 【俚】擊敗; 狠狠一擊,

狠狠地批評一通 **~board** n. 紙
板; 揉麵板; 【俚】名片.

pastel /ˈpæstˈl, pæˈstel/ n. ① 彩色
粉筆, 蠟筆, 粉畫(法) ② 小品文
③ 淡而柔和的色調 adj. 彩色粉
筆(或蠟筆)畫的.

pasteurize, -se /ˈpæstəˌraɪz,
-stjə-, ˈpɑː-/ v. 加熱消毒; 殺菌
pasterization n. 巴氏消毒法; 低
熱滅菌.

pastiche /pæˈstiːʃ/ or **pasticcio**
/pæˈstɪtʃəʊ/ n. 【法】東拼西湊的雜
燴; 模仿作品.

pastil(le) /ˈpæstɪl/ n. 果味錠劑; 藥
糖丸; 消毒丸.

pastime /ˈpɑːsˌtaɪm/ n. 消遣, 娛樂.

pastor /ˈpɑːstə/ n. 教區牧師.

pastoral /ˈpɑːstərəl/ n. ① 牧歌, 田
園詩 ② 牧師給教區居民的公開
信 ③ 田園景色 adj. 牧人的; 描
寫田園生活的, 主教的 **~ist** n. 田
園詩作者; 放牧者 // **~ farming**
農牧業.

pastrami /pəˈstrɑːmɪ/ n. 五香熏牛
肉.

pastry /ˈpeɪstrɪ/ n. ① 油酥麵; 油
酥餡餅 ② 精製糕點.

pasture /ˈpɑːstʃə/ n. ① 牧場 ② 牧
草 ③ 牲畜飼養, 放牧 **pasturage**
n. ① 畜牧業 ② 放牧權.

pasty [1] /ˈpæstɪ/ adj. ① 麵糊似的
② (臉色)蒼白的.

pasty [2] /ˈpeɪstɪ/ n. (pl. **pasties**) 餡
餅.

pat /pæt/ v. & n. 輕拍, 愛撫, 輕輕
adj. 適當的; 恰好的; 固定不變
的; 準備好的; 立即的; 流利的 //
off ~ 背熟, 牢記.

patch /pætʃ/ n. ① 補釘; 補片
② 臂章 ③ 小塊土地 ④ 斑點 v.
修補; 拼湊; 修理 ~work n. 補
綴品, 拼湊成的東西, 湊合物 ~y
adj. ① 盡是補釘的 ② 因湊成
而質量不穩定的 // ~ up ① 解決
平息 ② 匆忙處理 ③ 拼湊 ④ 修
理.

pate /peɪt/ n. [口]腦袋; 傢伙.

pâté /ˈpæteɪ/ n. [法]肉末餅; 肉(或
魚)醬.

patella /pəˈtelə/ n. (pl. -lae) 【解】
髕, 膝蓋骨.

paten /ˈpætn/ or patin or patine
/ˈpætɪn/ n.【宗】聖餐盤, 祭碟.

patent /ˈpætnt, ˈpeɪtnt/ n. 專利
(權); 專利品; 專利證書 adj. 專
利的, 公開的; 受專利權保護的
~ly adv. 顯然, 公然, 一清二楚地
// ~ leather 漆皮 ~ medicine 成
藥.

paternal /pəˈtɜːnl/ adj. ① 父親
的; 像父親的 ② 父方的, 世襲
的 ~ism n. 家長主義, 家長作風
~istic adj. 家長式的 paternity n.
父子關係.

paternoster /ˌpætəˈnɒstə/ n. (天主
教)主禱文; 咒符.

path /pɑːθ/ n. 路, 徑; 人行道,
小路 ② 途徑, 方式; 路線; 路程.

pathetic /pəˈθetɪk/ adj. ① 可憐的,
悲慘的 ② 傷感的 ~ally adv.

pathogenic /ˌpæθəˈdʒenɪk/ or
pathogenous /pəˈθɒdʒɪnəs/ adj. 病
原的; 致病的.

pathology /pəˈθɒlədʒɪ/ n. 病理學
pathological adj. 病理學上的, 病
態的; 由疾病引起的 pathologist

n.

pathos /ˈpeɪθɒs/ n. ① 引起憐憫的
因素, 感染力, 同情 ② 悲哀.

patient /ˈpeɪʃənt/ adj. 能忍耐的,
有耐心的 n. 病人, 患者 patience
n. ① 忍耐力; 耐心 ② [英]單人
牌戲.

patina /ˈpætɪnə/ n. (pl. -nas) ① 銅
鏽 ② 古色光澤.

patio /ˈpætɪˌəʊ/ n. (pl. -os) [西班
牙]天井, 院子.

patois /ˈpætwɑː, patwa/ n. (pl. ~)
[法]方言, 土語, 行話.

patriarch /ˈpeɪtrɪˌɑːk/ n. 家長; 族
長, 元老; 鼻祖; 東正教最高主教
~al adj. ~y n. 家長制, 族長制社
會; 父權制社會.

patrician /pəˈtrɪʃən/ n. 貴族; 有教
養的人 adj. 貴族的.

patricide /ˈpætrɪˌsaɪd/ n. 殺父(行
為); 殺父者.

patrimony /ˈpætrɪmənɪ/ n. ① 世襲
財產, 遺產 ② 家傳, 傳統, 繼承
物.

patriot /ˈpeɪtrɪət, ˈpæt-/ n. 愛國者;
愛國主義者 ~ic adj. ~ism n. 愛
國主義.

patrol /pəˈtrəʊl/ n. ① 巡邏; 偵察
巡視 ② 巡邏兵 ③ 偵察隊 v. (過
去式及過去分詞 -led) 巡邏, 巡
視; 偵察.

patron /ˈpeɪtrən/ n. ① 贊助人, 支
持者; 保護人 ② (商店、酒館
的)常客, 主顧 ~age n. 贊助人的
身份; (顧客之)惠顧, 光顧 ~ize
v. ① 支持; 保護; 贊助 ② 光顧,
惠顧 ③ 擺出屈尊俯就的樣子
~izing adj. 屈尊俯就 // ~ saint

守護神.

patronymic /ˌpætrəˈnɪmɪk/ *n.* ① 原於父名的姓 ② 姓.

patten /ˈpætˈn/ *n.* ① 木履, 木套鞋, 木底靴 ② 壁腳.

patter /ˈpætə/ *vi.* ① 啪嗒啪嗒響 ② 禱告, 念經 ③ 念順口溜, 喋喋不休 *n.* 順口溜; 行話, 切口.

pattern /ˈpætˈn/ *n.* ① 模範, 典範 ② 模型, 雛型 ③ 花樣, 式樣, 樣板, 圖案, 句型 *v.* 照圖樣做, 摹製, 製模 **~ed** *adj.* 有圖案的, 摹仿的 // **~ after** 摹仿.

patty /ˈpætɪ/ *n.* ① 小餡餅 (= pâté) ② 小糖片.

paucity /ˈpɔːsɪtɪ/ *n.* ① 少許, 少量 ② 缺乏, 貧乏.

paunch /pɔːntʃ/ *n.* 肚子, 腹, 大肚子 **~y** *adj.* 腹大便便的.

pauper /ˈpɔːpə/ *n.* 貧民, 窮人 **~ism** *n.* 貧窮; 貧民.

pause /pɔːz/ *n.* & *v.* ① 中止; 暫停, 停頓 ② 斷句 ③ 歇口氣.

pave /peɪv/ *v.* ① 鋪(路) ② 鋪設 **~ment** *n.* 人行道 [美]亦作 sidewalk // **~ment light** (地窖)頂窗.

pavilion /pəˈvɪljən/ *n.* (尖頂)大帳篷; 樓閣; 亭子; 展覽分館.

pavlova /pævˈləʊvə/ *n.* 巴甫洛娃蛋糕(以蛋白霜為基底, 表面蓋上奶油, 水果), 奶油蛋白甜餅.

paw /pɔː/ *n.* ① (貓、狗等的)腳爪; 爪子; [喻]手 *v.* 抓, 扒, 盤弄, 笨拙地使用; 我便[愛]撫.

pawl /pɔːl/ *n.* 卡子, 棘爪, 制轉桿.

pawn /pɔːn/ *n.* ① 典當; 抵押 ② 典當物, 抵押品 ③ [喻]爪牙, 走卒 *v.* 典當, 抵押 **~broker** *n.* 當鋪老闆.

pawpaw /ˈpɔːˌpɔː/ *n.* 【植】木瓜, [美]巴婆樹(果)(亦作 papaw).

pay /peɪ/ *v.* (過去式及過去分詞 paid) ① 付(款), 支付, 發薪水 ② 付清, 償清, 繳納 ③ 補償, 報答 ④ 報復 ⑤ 給予 *n.* 工資, 薪水, 津貼; 報酬 **~able** *adj.* 可付的, (到期)應付的 **~ee** *n.* 收款人 **~er** *n.* 付款人 **~ment** *n.* 支付, 報償, 報復 **~off** *n.* ① 償清(債務) ② 如願以償 *v.* 發薪 **~out** *n.* 支付, 還清; 【海】緩緩放繞繩 **~roll** 工資單 // **~ day** 發薪日 **~ phone** 公用自動收費電話亭 **~ scale** 工資級別, 工資標準 **~ ware** 付費下載軟件 **~ing guest** 在家中付費膳宿的人.

PAYE /piː eɪ waɪ iː/ *abbr.* = pay-as-you-earn 所得稅扣除法.

payload /ˈpeɪˌləʊd/ *n.* 酬載; 有效負載; 飛機上之乘客和貨物; 火箭的爆發能力.

payola /peɪˈəʊlə/ *n.* [美]暗中行賄(的錢).

Pb *abbr.* 【化】元素鉛 (plumbum) 的符號.

p. c. /piː siː/ *abbr.* ① = per cent 百分數 ② = postcard 明信片.

PC /piː siː/ *abbr.* ① = patrol craft 巡邏艇 ② = police constable [英] 普通警員 ③ = Privy Councillor 樞密院官員 ④ = Peace Corps [美]和平隊 ⑤ = personal computer 個人電腦.

P. D. /piː diː/ *abbr.* ① = perdiem [拉]每日, 按日 ② = Police

Department 警察局.

pd *abbr.* = paid 付訖.

PDT /ˌpiː diː ˈtiː/ *abbr.* = Pacific Daylight Time 太平洋夏季時間.

PE /ˌpiː iː/ *abbr.* = physical education 體育.

pea /piː/ *n.* (*pl.* ~**s**) 豌豆 // **Oregon** ~ 綠豆 ~ **green** 黃綠色 ~ **souper** [英口](尤指倫敦)黃色濃霧.

peace /piːs/ *n.* ① 和平; 太平; 平靜; 寂靜 ② 和好, 和睦; 媾和, 講和 ③ 安心, 安靜 ④ 和諧 ~**able** *adj.* 平和的, 溫和的 ~**ably** *adv.* ~**ful** *adj.* 太平的; 平時的, 寧靜的 ~**fully** *adv.* ~**maker** *n.* 調解人, 和事佬 // ~ **keeper** 維和士兵, 停火執行者 ~ **keeping** 維和行動, 維護和平 ~ **time** 和平時期.

peach /piːtʃ/ *n.* ① 桃 ② 桃紅色 ③ 漂亮的女子 ④ 惹人喜歡的人(或物) *adj.* 桃紅色的 *vt.* [俚]告發, 出賣(同夥).

peacock /ˈpiːkɒk/ *n.* 孔雀 *vt.* 炫耀.

peafowl /ˈpiːfaʊl/ *n.* 孔雀.

peahen /ˈpiːhen/ *n.* 雌孔雀.

peak /piːk/ *n.* ① 山峯, 山頂 ② 頂峯, 尖端 ③ (帽子)鴨舌 *vi.* ① 豎起 ② 達到最高峯 ~**ed** *adj.* 豎起的; 有尖的; 有峯的 ~**y** *adj.* [俚]消瘦了的, 憔悴的 // ~ **oil** 石油頂峯; 石油峯值 ~ **season** 高峯季節, 旺季([美]亦作 high season).

peal /piːl/ *n.* ① 隆隆響 ② 鐘聲, 鐘樂 *v.* 鳴響, 轟轟響.

peanut /ˈpiːnʌt/ *n.* ① 花生 ② [喻]小人物 ③ (長獅子鼻)的人 ④ (*pl.*)小數目(錢) // ~ **butter** 花生醬 ~ **gallery** [俚]劇院頂層座.

pear /peə/ *n.* 梨; 梨樹.

pearl /pɜːl/ *n.* 珍珠; 珍品 ~**ite** *n.* 珠光體, 珍珠岩 ~**y** *adj.* // ~ **barley** 大麥搓成的珠形顆粒.

peasant /ˈpezʔnt/ *n.* 農民 ~**ry** *n.* 農民, 農民身份.

pease pudding /piːz ˈpʊdɪŋ/ *n.* 豌豆布丁.

peat /piːt/ *n.* 泥炭, 草炭(作肥料或燃料用).

pebble /ˈpebʔl/ *n.* ① 卵石, 細礫石 ② 水晶 **pebbly** *adj.* ~**dash** *n.* 小卵石灰漿(在灰泥中混入小石子, 用於塗抹外牆).

pecan /prˈkæn, ˈpiːkən/ *n.* (美洲)薄殼山核桃(樹).

peccadillo /ˌpekəˈdɪləʊ/ *n.* (*pl.* **-lo(e)s**) 輕罪; 小過錯.

peccary /ˈpekəri/ *n.* (*pl.* **-ries, -ry**) 【動】西貒(美國野豬).

peck /pek/ *v.* ① 啄, 啄起 ② 鑿, 琢 ③ 急吻一下 *n.* ④ 啄, 啄的洞 ⑤ [俚]食物; 輕吻 ⑥ [喻]找岔子 ~**er** *n.* ① 會啄的鳥; 啄木鳥 ② 鶴嘴鋤, 鎬 ~**ish** *adj.* 饑餓的, 空肚子的; 生氣的, 找岔的 // ~ **at** 咬小口吃, 找岔.

pectin /ˈpektɪn/ *n.* 果膠.

pectoral /ˈpektərəl/ *adj.* 胸部的, 肺病的 *n.* 胸飾;【醫】止咳藥; 胸肌, 胸鰭 ~ **fin**【生】胸部, 胸鰭 ~ **girdle** 肩帶, 肩甲帶.

peculation /ˌpekjəˈleɪʃən/ *n.* 挪用, 盜用, 侵吞(公款等).

peculiar /prˈkjuːlɪə/ *adj.* ① 獨特的, 特有的; 特殊的 ② 特異的, 奇特的 ③ 個人的 ~**ity** *n.*

pecuniary /prˈkjuːnɪəri/ *adj.* ① 金

錢(上)的 ② 應罰款的 // ~ **aid** 資助.

pedagogue /ˈpedəˌgɒg/ n. = **pedagog** [英]中小學老師, 教員.

pedal /ˈpedəl/ adj. 足的; 腳踏板的 n.【數】垂足的; 踏板 v. 騎自行車; 踩踏板轉動.

pedant /ˈpedˈnt/ n. 賣弄學問的人, 學究, 書呆子 ~**ic** adj. ~**ry** n.

peddle /ˈpedˈl/ vt. 販賣, 沿街叫賣 ~**r** n. 販毒者.

pederast /ˈpedəˌræst/ n. 雞姦者, 男色者 ~**y** n. 雞姦.

pedestal /ˈpedɪstˈl/ n. ① 基座; 底座, 台座 ② 基礎.

pedestrian /pɪˈdestrɪən/ n. 徒步行人 adj. 徒步的, 粗俗的, (文章等)平淡的 // ~ **crossing** 人行橫道 ~ **precinct** 商業區步行街.

pedicel /ˈpedɪˌsel/ n. = **pedicle** 花梗, 肉莖.

pedicure /ˈpedɪˌkjʊə/ n. 修腳; 足醫.

pedigree /ˈpedɪˌgriː/ n. 血統; 譜系; 純種.

pediment /ˈpedɪmənt/ n.【建】山頭(牆), 人字牆, (門頂)三角飾.

pedlar /ˈpedlə/, 美式 **ped(d)ler** n. ① 小販, 商販 ② 傳播(謠言)者 **pedlary** n. 叫賣, 兜賣.

pedometer /pɪˈdɒmɪtə/ n.【測】計步器, 步程計.

peduncle /pɪˈdʌŋkˈl/ n. 花梗;【解】肉莖, 肉柄.

pee /piː/ n. & v. (過去式及過去分詞 ~**d**) [口]小便, 撒尿.

peek /piːk/ vi. & n. 瞇着眼看, 偷看; 一瞥.

peel /piːl/ n. 果皮; 嫩芽; 揭皮 v. 剝皮; 削皮; 去皮.

peep /piːp/ n. & v. ① (鳥、鼠等) 唧唧叫聲 ② 偷看, 窺視; 探頭 / Peeping Tom (下流)偷看者.

peer /pɪə/ n. 貴族; 同輩, 夥伴; 同等的人 vi. 盯着看; 凝視 vt. 可與…相比; 把…列為貴族 ~**ess** n. 貴族夫人, 貴婦 ~**less** adj. 無比的, 絕世無雙的 // ~ **group** 年齡、地位皆相仿的一羣人 ~ **to** ~【計】端對端.

peeved /piːvd/ adj. [美口]惱怒的, 生氣的.

peevish /ˈpiːvɪʃ/ adj. ① 發怒的 ② 脾氣暴躁的 ③ 倔強的 ~**ly** adv. ~**ness** n.

peewit /ˈpiːwɪt/ n. = **pewit**【鳥】田鳧, 鳳頭麥雞.

peg /peg/ n. ① 木釘; 竹釘, 釘 ② 衣夾; 掛鈎 ③ 樁; 柱 v. (過去式及過去分詞 ~**ged**)用木釘(或短樁)釘住; [喻]固定, 限定(薪金); 穩住(市價) // **off the** ~ [口]現成的(服裝).

pegamoid /ˈpegəmɔɪd/ n. 人造革; 防水布.

peignoir /ˈpeɪnwɑː/ n. [法](女裝)寬大輕便晨衣, 浴衣.

pejorative /prɪˈdʒɒrətɪv, ˈpiːdʒər-/ adj. 惡化的, 變壞的; 帶輕蔑貶義的.

Pekingese /ˌpiːkɪŋˈiːz/ n. or **Pekinese** n. ① 叭兒狗, 小獅子狗 ② 北京人 ③ 北京話.

pelargonium /ˌpelɑːˈgəʊnɪəm/ n.【植】天竺葵.

pelican /ˈpelɪkən/ n.【鳥】塘鵝, 鵜

鵑 // ~ **crossing** 紅綠燈由行人操縱之人行橫道.

pellagra /pə'leɪgrə, -'læ-/ n.【醫】(缺乏維生素 B 引起的)糙皮病.

pellet /'pelɪt/ n. 小球; 彈丸; 丸藥; 小子彈.

pell-mell /pel'mel/ adv. & adj. 亂七八糟的, 混亂的.

pellucid /pe'lu:sɪd/ adj. ① 透明的, 清澄的 ② 明瞭的, 明晰的 ~ity n. 透明度.

pelmet /'pelmɪt/ n. (門簾或)窗簾罩.

pelt /pelt/ n. ①(牛、羊等的)生皮, 毛皮; ② 皮衣, 皮裘 v. 投擲; 打擊; 連續抨擊; (雨水)猛降 // at full ~ 開足馬力.

pelvis /'pelvɪs/ n. (pl. -vises, -ves)【解】骨盆 pelvic adj.

pen 1 /pen/ n. ① 蘸水筆, 鋼筆, 筆② (家畜)圍欄, 圈欄 v. (過去式及過去分詞 ~ned) 寫, 寫作 ~friend n. 筆友 ~knife n. 削鉛筆刀 // ~ name 筆名 ~ computer 筆控型電腦.

pen 2 /pen/ n. ① 雌天鵝 ② 監獄.

PEN, P. E. N. /pen/ abbr. = International Association of Poets, Playwrights, Editors, Essayists and Novelists 國際筆會.

penal /'pi:nl/ adj. ① 刑事的; 刑法的 ② 受刑罰的, 當受刑的 ~ize vt.【律】處罰, 處以刑罰; 使處於不利地位 ~ty n. ① 刑罰, 懲罰 ② 罰款; 違約罰金 ③ 報應 // ~ code【律】刑法典.

penance /'penəns/ n. 懺悔, 悔過; (贖罪而)苦行.

pence /pens/ n. (penny 的複數)便士.

penchant /'pɒŋʃɒŋ/ n.【法】(強烈的)傾向; 嗜好, 愛好.

pencil /'pensl/ n. 鉛筆; 石筆 v. (過去式及過去分詞 ~led) 用鉛筆畫(或寫).

pendant /'pendənt/ n. ① 垂飾, 下垂物; 耳環 ② 鍊墜子.

pendent /'pendənt/ adj. = pendant adj. ① 吊着的, 下垂的 ② 懸而未決的.

pending /'pendɪŋ/ adj. ① 未定的, 未決的 ② 緊迫的 prep. 當…的時候, 在…中.

pendulous /'pendjʊləs/ adj. ① 吊着的, 懸垂的 ② 搖擺不定的, 未決的.

pendulum /'pendjʊləm/ n. ① 鐘擺 ② [喻]動搖的人.

penetrate /'penɪtreɪt/ vt. ① 滲透, 進入, 貫穿 ② 洞察, 透過, 看穿, 看透, 識破 penetrable adj. ① 可滲透的; 穿過過的 ② 可識破的 penetrating adj. ① 敏銳的 ② 刺耳的 penetration n. ① 滲透, 浸透② 侵入 ③ 貫穿力 ④ 洞察力.

penguin /'peŋgwɪn/ n.【動】企鵝.

penicillin /ˌpenɪ'sɪlɪn/ n.【藥】盤尼西林, 青霉素.

peninsula /pɪ'nɪnsjʊlə/ n. 半島 ~r adj. 半島(狀)的.

penis /'pi:nɪs/ n. (pl. -nises, -nes)【解】陰莖.

penitent /'penɪtənt/ adj. 後悔的, 悔悟的, 悔罪的 n. 悔過者 penitence n. ~iary n.【宗】聽悔

僧; 反省院, 感化院; 收容所, 監獄.

pennant /ˈpɛnənt/ n. ① 長條旗, 小燕尾旗 ② 錦標; 優勝錦旗.

pennon /ˈpɛnən/ n. 細長三角旗, 槍旗, 旗幟; 燕尾旗.

penny /ˈpɛnɪ/ n. (pl. pence, pennies) 便士(英國輔幣單位, = 1/100 英鎊, 1971 年前為 1/12 先令) penniless adj. 身無分文, 囊空如洗 ~-pinching adj. [俚]小氣的, 吝嗇的.

penology /piːˈnɒlədʒɪ/ n. 刑罰學; 監獄學.

pension /ˈpɛnʃən/ n. 退休金, 撫恤金, 養老金, 生活補助 ~able adj. ~er n. 領養老金的人, 退休人員 n. [法] ① 公寓, 寄宿學校 ② 膳宿費 // ~ off 發給養老金, 使退職(或退休).

pensive /ˈpɛnsɪv/ adj. ① 沉思的; 冥想的 ② 令人憂慮的.

pentacle /ˈpɛntəkl/ n. = pentagram n. 【化】五角星形.

pentagon /ˈpɛntəɡɒn/ n. ① 五角形, 五邊形 ② 五棱堡 the P- n. 五角大樓, 美國國防部 ~al adj.

pentameter /pɛnˈtæmɪtə/ n. [詩]五音步詩行.

Pentateuch /ˈpɛntətjuːk/ n. 【宗】聖經《舊約全書》頭五卷.

pentathlon /pɛnˈtæθlən/ n. 五項全能(田徑比賽).

Pentecost /ˈpɛntɪkɒst/ n. 聖靈降臨節; (猶太人的)五旬節.

penthouse /ˈpɛntˌhaʊs/ n. 樓頂房間; 小棚屋; 雨篷.

pent-up /ˌpɛntˈʌp/ adj. (感情)被壓抑的, 心中憤鬱的.

penultimate /pɪˈnʌltɪmɪt/ n. & adj. = penult 倒數第二的(的).

penumbra /pɪˈnʌmbrə/ n. (pl. -brae, -bras) 半影; 黑影; 周圍的半陰影; 畫面濃淡相交處, 陰影 ~l adj.

penury /ˈpɛnjʊrɪ/ n. ① 貧窮; 貧瘠; 缺乏 ② 吝嗇, 小氣 penurious adj.

peony /ˈpiːənɪ/ n. ① 牡丹; 芍藥.

people /ˈpiːpl/ n. ① 人民 ② 種族, 民族 ③ 居民; 人們 ④ 平民; 老百姓 ⑤ 人; 人家; 人類 // ~ skills 社交技能, 交往能力.

pep /pɛp/ n. [美俚]勁頭, 銳氣, 活動 vt. 給… 打氣, 刺激, 鼓勵 // ~ pill [美俚]興奮藥片 ~ talk 鼓舞士氣的講話 ~ up 刺激, 鼓勵.

pepper /ˈpɛpə/ n. ① 胡椒 ② 刺激性, 尖銳的批評 ③ 暴躁, 急性子 ④ [俚]活力, 精力; 勁頭; 勇氣 v. 加辣椒, 胡椒當佐料調味 ~y adj. 辣味的 ~corn 胡椒子, 乾胡椒 ~mill n. 胡椒子研磨器 ~mint n. 薄荷 // ~corn / rent 極低的租金.

peptic /ˈpɛptɪk/ adj. ① 胃的, (助)消化的 ② 胃酶的 ③ 消化液的 // ~ ulcer 胃潰瘍; 十二指腸潰瘍.

per /pɜː, 弱 pə/ prep. ① 以, 靠(方式) ② 每一, 如: ~ annum adv. 每年 ~ capita adv. 每人; 按人(平均).

perambulate /pəˈræmbjʊˌleɪt/ vt. ① 巡行, 巡視 ② 穿越, 走過, 徘徊於, 漫步 perambulation n.

perambulator n. 嬰兒車(亦作

pram).

percale /pəˈkeɪl, -ˈkɑːl/ n. 高級密織
薄紗, 高級密織棉布, 高支精梳
棉.

perceive /pəˈsiːv/ vi. ① 察覺, 發覺
② 看見, 聽見 ③ 領悟, 理會, 了
解.

percent /pərˈsent/ n. ① 每百; 百分
之 … ② [口]百分率 ~ile adj. 百
分比的 n. 百分數; 百分之一.

percentage /pərˈsentɪdʒ/ n. 百分法;
百分數; 百分比; 百分率.

perceptible /pərˈseptəbl/ adj. ① 可
以感覺到的 ② 可理解的, 認得
出來的 ③ 相當的 **perceptibly**
adv.

perception /pərˈsepʃən/ n. [哲]
① 感覺(作用); 感受; 知覺 ② 感
性認識; 觀念; 概念; 直覺 ③ 洞
察力 **perceptive** adj. **perceptivity**
n. 認識能力.

perch /pɜːtʃ/ n. ① (鳥的)棲木
② 高位休息處 ③ [魚] 淡水鱸
魚 vi. (鳥)落, 歇, 坐, 休息 vt. 使
(鳥)歇在棲木上; 把(人)置於高
處(或危險處).

perchance /pəˈtʃɑːns/ adv. [古]偶
然; 或許, 可能.

percipient /pərˈsɪpɪənt/ adj.
① 感覺的 ② 洞察的 n. 感覺者
percipience n.

percolate /ˈpɜːkəˌleɪt/ vt. ① 濾
② (用滲濾壺)煮(咖啡) ③ (使)刺
穿, 穿過 **percolation** n. **percolator**
n. 咖啡滲濾壺, 進行滲濾的人.

percussion /pəˈkʌʃən/ n. 敲打, 叩
擊, 撞擊, 打擊 // ~ **instrument**
【音】打擊樂器.

perdition /pəˈdɪʃən/ n. ① 滅亡,
毀滅 ② 沉淪, 墮落.

peregrination /ˌperɪɡrɪˈneɪʃən/ n.
遊歷; (徒步)旅行 **peregrin(e)** n.
【動】(打獵用的)鷹, 遊隼; 外僑,
居留的外國人; 遊歷者.

peremptory /pəˈremptərɪ/ adj.
① 斷然的, 毅然的, 命令式的
② 獨斷專橫的; 武斷的.

perennial /pəˈrenɪəl/ adj. ① 四季
不斷的, 終年的; (青春)永葆的
② 不斷生長的 ③ 多年生的 ~**ly**
adv.

perestroika /ˌperəˈstrɔɪkə/ n. [俄]
改革; 改革蘇聯經濟和政治體制
的計劃(20 世紀 80 年代末由前
蘇聯制訂).

perfect /ˈpɜːfɪkt, pəˈfekt/ adj. ① 完
全的, 完美的; 圓滿的 ② 熟練的
③ 分毫不差的 n.【語】完成時態
vt. 完成; 貫徹; 使完善; 使精通
~**ly** adv. ~**ion** n. ~**ionist** n. ① 至
善論者 ② 過份挑剔者 ~**ionism**
n. 完滿主義; 至善論; 過度追求
盡善盡美 ~**ive** adj. 使完美(或圓
滿)的 // ~ **market**【經】完成競
爭市場 ~ **pitch**【音】識譜; 音高
識別 ~ **storm** 猛烈暴風雨, 驚濤
駭浪 ~ **tense**【語】完成時態.

perfidy /ˈpɜːfɪdɪ/ n. (pl. -**dies**) 背信
棄義; 叛變 **perfidious** adj.

perforate /ˈpɜːfəˌreɪt, ˈpɜːfərɪt/
vt. ① 穿孔於 ② 打洞, 打眼
perforation n.

perforce /pəˈfɔːs/ adv. 必須; 只得.

perform /pəˈmɔːf/ vt. ① 履行; 實
行, 執行; 完成(事業) ② 演出;
表演 vi. 進行, 執行 ~**ance** n.

① 執行, 履行; 完成; 償還 ② 表演, 演奏節目 ③ 功績, 業績, 成績 ~er n. 執行者, 履行人; 完成者; 演奏者; 能手 ~ing adj. // ~ing arts 表演藝術.

perfume /ˈpɜːfjuːm, pəˈfjuːm/ n. ① 香, 芳香; 香味 ② 香水, 香料 vt. 使散發香味; 灑香水於…~ry n. 香水類; 香水; 香料.

perfunctory /pəˈfʌŋktərɪ/ adj. ① 敷衍塞責的, 馬虎的 ② 例行公事的 perfunctorily adv.

pergola /ˈpɜːɡələ/ n. (藤架作頂的) 涼亭, 蔭廊; 藤架.

perhaps /pəˈhæps, informal præps/ adv. 大概, 多半; 也許, 或許, 可能.

pericardium /ˌperɪˈkɑːdɪəm/ n. (pl. -dia) 【解】心包.

perihelion /ˌperɪˈhiːlɪən/ n. (pl. -lia) 近日點; 最高點, 極點.

peril /ˈperɪl/ n. 危險; 冒險 ~ous adj. ~ously adv.

perimeter /pəˈrɪmɪtə/ n. 【數】周長; 周邊; 周界線.

perinatal /ˌperɪˈneɪtᵊl/ adj. 出生前後的日子.

period /ˈpɪərɪəd/ n. ① 期, 時期, 期間; 階段 ② 句號 ③ 課時, 一節課 (pl.) 月經(期) ~ic adj. 週期的; 回歸的; 定期的 ~ical n. 期刊, 雜誌 ~icity n. 定期性; 【醫】定期發作 // ~ic function 週期涵數 ~ic table 【化】元素週期表.

peripatetic(al) /ˌperɪpəˈtetɪk/ adj. 到處走的, 漫遊的; (工作)流動的.

periphery /pəˈrɪfərɪ/ n. 周圍; 圓周; 外面; 邊緣 peripheral adj.

periphrasis /pəˈrɪfrəsɪs/ n. (pl. -ses) 說話委婉, 迂迴說法 periphrastic adj.

periscope /ˈperɪskəʊp/ n. 潛望鏡.

perish /ˈperɪʃ/ v. ① 滅亡; 消滅, 死去 ② 腐爛, 腐敗 ~able adj. 易腐敗的; 脆弱的 ~ing adj. (餓得或冷得)要命的 adv. 極, 非常, …得要命.

peritoneum /ˌperɪtəˈniːəm/ n. (pl. -nea, -neums) 【解】腹膜 peritonitis n. 【醫】腹膜炎.

periwig /ˈperɪwɪɡ/ n. 假髮.

periwinkle /ˈperɪwɪŋkᵊl/ n. 【動】荔枝螺; 海螺; 【植】長春花.

perjury /ˈpɜːdʒərɪ/ n. 【律】偽誓; 偽證 perjure v. // perjure oneself 犯偽證罪.

perk /pɜːk/ v. 抬頭, 昂首; 翹尾巴; 裝腔作勢; 洋洋自得; 打扮; (口)過濾; 滲透 n. 津貼; 賞錢; 獎賞 ~y adj. 興高采烈的 // ~ up 振作起來, 高高興興.

perm /pɜːm/ n. & v. [口]電燙髮.

permafrost /ˈpɜːməˌfrɒst/ n. 永久凍土, 永凍土層.

permanent /ˈpɜːmənənt/ adj. 永久的 ~ly adv. permanence n.

permanganate /pəˈmæŋɡəˌneɪt, -nɪt/ n. 【化】高錳酸鹽.

permeate /ˈpɜːmɪˌeɪt/ v. ① 滲入, 透過 ② 瀰漫, 充滿 permeable adj.

permit /pəˈmɪt, ˈpɜːmɪt/ v. (過去式及過去分詞 -mitted)許可, 允許; 准許 n. 許可證, 執照; 許可, 准許 permission n. permissible adj.

permissive *adj.* 放任的; 縱容的
~tivity *n.* 【物】電容率; 介電常
數.

permutation /ˌpɜːmjuˈteɪʃən/ *n.* 交
換, 互換, 取代.

pernicious /pəˈnɪʃəs/ *adj.* 有害的;
惡毒的; 致命的.

pernickety /pəˈnɪkɪtɪ/ or 美式
persnickety /pəˈsnɪkɪtɪ/ *adj.* ① 愛挑剔
的, 吹毛求疵的 ② 難對付的.

peroration /ˌperəˈreɪʃən/ *n.* 結尾
話, 結論.

peroxide /pəˈrɒksaɪd/ *n.* ① 【化】
過氧化物 ② 過氧化氫, 雙氧水.

perpendicular /ˌpɜːpənˈdɪkjələ/
adj. 垂直的, 正交的 *n.* 垂直線;
垂直面; 鉛規; 直立姿勢.

perpetrate /ˈpɜːpɪˌtreɪt/ *vt.* 做(壞
事), 犯(罪); 胡説 perpetration *n.*
為非作歹, 行兇, 犯罪 perpetrator
n. 犯人; 兇手; 作惡者.

perpetual /pəˈpetʃʊəl/ *adj.* 永久
的; 永恆的; 不斷的 perpetuation
n. perpetuate *vt.* 使永存, 使不朽
perpetuity *n.* ① 永存, 不滅, 不朽
② 終身養老金.

perplex /pəˈpleks/ *vt.* ① 使窘迫,
使為難, 使狼狽 ② 使複雜化; 使
混亂 ~ity *n.*

perquisite /ˈpɜːkwɪzɪt/ *n.* 津貼; 賞
錢; 小費.

perry /ˈperɪ/ *n.* (*pl.* -ries) [英]梨酒.

per se /pɜː ˈseɪ/ *adv.* [拉]就其本身
而言.

persecute /ˈpɜːsɪˌkjuːt/ *v.* 迫害, 摧
殘; 使為難, 困擾 persecution *n.*
persecutor *n.* 虐待者.

persevere /ˌpɜːsɪˈvɪə/ *vi.* 忍耐, 熬

住; 百折不回, 不屈不撓, 堅持
vt. 支持, 支撐 perseverance *n.*

Persian /ˈpɜːʃən/ *n.* & *adj.* 波斯
的; 波斯人(的), 波斯語的(的) //
~ carpet / rug 波斯地毯 ~ cat 波
斯貓.

persiflage /ˈpɜːsɪˌflɑːʒ/ *n.* 挖苦, 嘲
弄.

persimmon /pɜːˈsɪmən/ *n.* 柿子; 柿
樹.

persist /pəˈsɪst/ *vi.* ① 固執; 堅持
② 繼續存在或發生 ~ent *adj.*
~ently *adv.* ~ence *n.*

person /ˈpɜːsən/ *n.* 人; 個人
② 人身, 身體; 本人 ③ 人物 // in
~ ① 親自 ② 身體上; 外貌上.

persona /pɜːˈsəʊnə/ *n.* (*pl.* -nae)
[拉] ① 表面形象 ② 人格面貌 //
~ non grata *n.* (外交上)不受歡
迎的人.

personable /ˈpɜːsənəbl/ *adj.* 容貌
漂亮的, 風度好的.

personage /ˈpɜːsənɪdʒ/ *n.* ① 人, 個
人 ② 名士, 顯貴 ③ 人物, 角色
④ [謔]風度.

personal /ˈpɜːsənl/ *adj.* ① 個人
的, 私人的 ② 本人的 ③ 身體
的 ~ly *adv.* 親自地, 作為個人,
就本人而言 // ~ column (報紙)
人事廣告欄 ~ computer 個人電
腦 ~ digital assistant 個人數碼
助理, 掌上電腦 ~ organizer 多
功能備忘記事簿 ~ pronoun 人
稱代名詞 ~ stereo 帶耳機的小
型盒式收錄機(立體聲) ~ video
recorder 視頻錄像機.

personality /ˌpɜːsəˈnælɪtɪ/ *n.* (*pl.*
-ties) ① 人格; 個性, 人品 ② 名

人, 名流 ③ (pl.)針對個人的批評.

personify /pɜːˈsɒnɪˌfaɪ/ vt. ① 擬人, 人格化 ② 象徵 personification n.

personnel /ˌpɜːsəˈnel/ n. ① 全體人員, 班底 ② 人事(部門).

perspective /pəˈspektɪv/ adj. 透視的; 透視畫法的 n. ① 透視畫 ② 遠景, 景色 ③ 適當比例 ④ 洞察力 ⑤ 觀點, 看法 ⑥ 希望; 前途 ⑦ 透鏡; 望遠鏡.

Perspex /ˈpɜːspeks/ n. 透明塑膠.

perspicacious /ˌpɜːspɪˈkeɪʃəs/ adj. 穎悟的, 敏銳的, 聰明的; 眼光銳利的 perspicacity n.

perspire /pəˈspaɪə/ v. 出汗, 排汗 perspiration n.

persuade /pəˈsweɪd/ v. 說服, 勸說; 使相信 persuasion n. persuasive adj.

pert /pɜːt/ adj. [美口]活潑的; 敏捷的; 冒失的.

pertain /pəˈteɪn/ v. ① 附屬, 屬於 ② 關於, 有關 ③ 適合.

pertinacious /ˌpɜːtɪˈneɪʃəs/ adj. ① 堅持的, 頑強的, 孜孜不倦的 ② 頑固的 pertinacity n.

pertinent /ˈpɜːtɪnənt/ adj. ① 恰當的, 貼切的, 中肯的 ② 所指的, 和 … 有關的 pertinence n.

perturb /pəˈtɜːb/ v. 擾亂, 攪亂, 使混亂 ~ance n. = ~ation.

peruke /pəˈruːk/ n. 長假髮 vt. 裝(假髮).

peruse /pəˈruːz/ vt. 熟讀; 詳閱, 細讀; 研討 perusal n.

Peruvian /pəˈruːvɪən/ adj. 秘魯人的 n. 秘魯人.

pervade /pɜːˈveɪd/ v. ① 擴大, 蔓延 ② 普及; 瀰漫; 滲透 pervasive adj. 擴大的; 普及的; 遍佈的; 滲透的.

perverse /pəˈvɜːs/ adj. ① 脾氣彆扭的, 倔強的 ② 邪惡的, 墮落的 ③ 違背意願的 ~ly adv. 喪心病狂地 perversity n. 邪惡; 墮落; 乖僻; 剛愎, 反常.

pervert /pəˈvɜːt, ˈpɜːvɜːt/ v. ① 使反常, 顛倒 ② 誤用, 濫用; 曲解, 誤解 ③ 使墮落, 走邪路 n. 墮落者, 走入邪路者; (性)反常者 perversion n.

pervious /ˈpɜːvɪəs/ adj. ① 能通過的, 能透過的 ② 能了解的.

peseta /pəˈseɪtə, peˈseta/ n. 比塞塔(歐元流通前西班牙的貨幣單位).

peso /ˈpeɪsəʊ, ˈpeso/ n. (pl. -sos) 披索(菲律賓及拉美一些國家的貨幣單位).

pessary /ˈpesərɪ/ n. [醫] 子宮托, 子宮帽(避孕工具); 陰道藥栓.

pessimism /ˈpesɪˌmɪzəm/ n. 悲觀; 悲觀主義, 厭世主義 pessimist n. 悲觀主義者 pessimistic adj. pessimistically adv.

pest /pest/ n. ① 疫病 ② 害蟲 ③ 討厭的人; 害人蟲 ~icide n. 殺蟲劑; 農藥.

pester /ˈpestə/ vt. 使煩惱; 折磨; 糾纏.

pestilence /ˈpestɪləns/ n. ① 鼠疫, 時疫, 流行病 ② 禍害; 洪水猛獸 ③ 傷風敗俗之事 pestilential adj.

pestle /ˈpesl/ n. 乳缽槌, 杵.

pet /pet/ n. 供玩賞的動物, 愛畜;

寵物 *adj.* 心愛的; 親暱的; 得意的 *vt.* 愛, 寵愛, 愛撫.

petal /ˈpɛtl/ *n.* 花瓣 ~led *adj.*

petard /pɪˈtɑːd/ *n.* (古代攻城用)炸藥包 // be hoist with / by one's own ~ 自作自受, 害人反害己.

peter out /ˈpiːtə aʊt/ *v.* 逐漸枯竭; 漸漸消失.

petersham /ˈpiːtəʃəm/ *n.* ① 厚重大衣布料 ② 粗紋大衣 ③ 迴紋絲帶.

petite /pəˈtiːt/ *adj.* [法](女子)身材嬌小的; 小的; 次要的.

petit mal /ˌpɛtɪ ˈmæl, pəti mal/ *n.* 輕癲癇.

petition /pɪˈtɪʃn/ *n.* ① 請願; 請求 ② 請願書; 訴狀 *v.* 請願; 乞求 ~er *n.* 請願者.

petrel /ˈpɛtrəl/ *n.* 【動】海燕.

petrify /ˈpɛtrɪfaɪ/ *v.* ① 使(動植物)石化 ② 使變硬 ③ 使發呆 petrification *n.*

petrochemical /ˌpɛtrəˈkɛmɪkl/ *adj.* 石油化學的 *n.* 石化產品.

petrodollar /ˈpɛtrəˌdɒlə/ *n.* (靠出口石油賺的)美元, 石油美元.

petrol /ˈpɛtrəl/ *n.* [英]汽油 // ~ bomb 汽油燃燒彈 ~ pump 石油泵 ~ station 加油站.

petroleum /pəˈtrəʊlɪəm/ *n.* 石油.

petticoat /ˈpɛtɪkəʊt/ *n.* ① 裙子; 襯裙 ② [俚]女人; 少女 ③ 裙狀物.

pettifogging /ˈpɛtɪfɒɡɪŋ/ *adj.* 訟棍般的; 狡詐的; 詭辯的 *n.* 訟棍行為, 狡詐.

pettish /ˈpɛtɪʃ/ *adj.* ① 不高興的 ② 動不動鬧脾氣的 ③ 發脾氣

時說的.

petty /ˈpɛtɪ/ *adj.* (比較級 -tier 最高級 -tiest) ① 小的, 一點點 ② 瑣碎的; 渺小的; 微不足道的 ③ 心地狹小的 ~ness *n.* // ~ crime 輕違法行為, 輕罪 ~ cash 零花錢; 零星收支 ~ officer 小公務員; 下級軍官.

petulant /ˈpɛtjʊlənt/ *adj.* 急躁的, 愛鬧氣的 ~ly *adv.* petulance *n.*

petunia /pɪˈtjuːnɪə/ *n.*【植】牽牛花, 暗紫色.

pew /pjuː/ *n.* 教堂內長櫈, [口]椅子, 座位.

pewter /ˈpjuːtə/ *n.* 白鑞(錫鉛合金).

phagocyte /ˈfæɡəˌsaɪt/ *n.* 吞噬細胞, 白血球.

phagocytosis /ˌfæɡəsaɪˈtəʊsɪs/ *n.* & *adj.* 吞噬(作用).

phalanger /fəˈlændʒə/ *n.* (澳洲袋貂科動物)捲尾袋鼠.

phalanx /ˈfælæŋks/ *n.* (*pl.* -es, phalanges) 結集隊伍; 集團; 結社.【解】指骨, 趾骨.

phalarope /ˈfæləˌrəʊp/ *n.*【動】瓣蹼鷸.

phallus /ˈfæləs/ *n.* (*pl.* -luses, -li) 陰莖; 生殖器的象徵 phallic *adj.*

phantasm /ˈfæntæzəm/ *n.* ① 幽靈 ② 幻象, 幻影, 空想 ~al *adj.*

phantasmagoria /ˌfæntæzməˈɡɔːrɪə/ *n.* ① 幻覺效應 ② 變幻不定的情景.

phantasy /ˈfæntəsɪ/ *n.* = fantasy 空想, 幻想.

phantom /ˈfæntəm/ *n.* ① 鬼怪, 妖怪; 幽靈 ② 錯覺; 妄想 ③ 幻影

④ (人體)模型.

Pharaoh /ˈfeərəʊ/ n. 法老(古埃及國王稱號).

Pharisee /ˈfærɪˌsiː/ n. ① 法利賽教派的信徒 ②【宗】拘泥形式者 ③ 偽善者 pharisaic(al) adj.

pharmaceutical /ˌfɑːməˈsjuːtɪkˈl/ adj. & n. 製藥的, 藥劑師的 n. 藥物 ~ly adv.

pharmacology /ˌfɑːməˈkɒlədʒɪ/ n. 藥物學; 藥理學 pharmacological adj. pharmacologist n. 藥劑師, 藥學家.

pharmacopoeia /ˌfɑːməkəˈpiːə/ n. 藥典.

pharmacy /ˈfɑːməsɪ/ n. (pl. -cies) 配藥; 製藥業; 藥房 pharmacist n. 藥劑師.

pharynx /ˈfærɪŋks/ n. (pl. pharynges, -es)【解】咽 pharyngeal adj. pharyngitis n.【醫】咽炎.

phase /feɪz/ n. ① 形勢, 局面; 階段 ② 方面 ③ 相, 相態 v. 使調整相位; 使分階段 // ~ in 分階段引入 ~ out 使逐步結束; 逐步淘汰, 逐步停止.

phatic /ˈfætɪk/ adj. & adv. 落入俗套的, 交際應酬的, 無意義的.

Ph. D. /ˈpiː eɪtʃ ˈdiː/ abbr. = Philosophiae Doctor [拉]哲學博士(亦作 Doctor of Philosophy).

pheasant /ˈfezˈnt/ n. 雉, 野雞.

phenobarbitone /ˌfiːnəʊˈbɑːbɪtəʊn/ n.【藥】苯巴比妥(一種安眠藥和鎮靜劑)([英]亦作 phenobarbital).

phenol /ˈfiːnɒl/ n.【化】(苯)酚, 石炭酸.

phenomenon /fɪˈnɒmɪnən/ n. (pl. -ena, -enons)【哲】① 現象, 事件 ② 罕有現象, 奇蹟; 珍品; 非凡的人 phenomenal adj. 非凡的, 驚人的 phenomenally adv.

phew /fjuː/ int. (表示鬆一口氣、驚訝、疲倦)啊!唉!咳!.

phial /ˈfaɪəl/ n. 小玻璃瓶, 藥瓶.

philadelphus /ˌfɪləˈdelfəs/ n.【植】山梅花(亦作 mock orange).

philanderer /fɪˈlændərə/ n. 調戲婦女, 玩弄女性的人.

philanthropy /fɪˈlænθrəpɪ/ n. ① 博愛主義 ② 慈善 philanthropic adj. philanthropist n. 慈善家.

philately /fɪˈlætəlɪ/ n. 集郵 philatelic adj. philatelist n. 集郵家, 集郵者.

philharmonic /ˌfɪlhɑːˈmɒnɪk, ˌfɪlə-/ adj. 喜歡音樂的, 交響樂團的.

philippic /fɪˈlɪpɪk/ n. 猛烈的抨擊演說; 痛斥.

philistine /ˈfɪlɪˌstaɪn/ n. 市儈的; 庸俗的; 無文化教養的; 實利的 philistinism n. 庸人習氣, 市儈作風, 實利主義.

philology /fɪˈlɒlədʒɪ/ n. 語文學; 語文文獻學 philological adj. philologist n. 語文學家, 語言文獻學家.

philosophy /fɪˈlɒsəfɪ/ n. ① 哲學; 哲理 ② 世界觀, 人生觀 philosopher n. 哲學家; 賢人 philosophical adj. philosophize vi. 像哲學家般思考; 賣弄大道理.

philtre, 美式 **-er** /ˈfɪltə/ n. ① 媚藥, 春藥 ② 誘淫巫術.

phishing /ˈfɪʃɪŋ/ n. 網絡欺詐, 網絡釣魚.

phlebitis /flɪˈbaɪtɪs/ n.【醫】靜脈炎.

phlegm /flɛm/ n. ① 痰 ② 黏液 ③ 冷淡.

phlegmatic(al) /flɛɡˈmætɪk/ adj. 冷淡的, 不動感情的; 多痰的 phlegmatically adv.

phlox /flɒks/ n. (pl. ~(es))【植】福祿考.

phobia /ˈfəʊbɪə/ n. (病態)恐懼; 憎惡 phobic adj.

phoenix /ˈfiːnɪks/ n. 不死鳥, 長生鳥, 鳳凰.

phone /fəʊn/ n. & v. (打)電話; 給人打電話; 電話機 ~card n. 電話磁卡 ~-in n. 觀眾(或聽眾)來電直播節目.

phonetic /fəˈnɛtɪk/ or phonetical /fəˈnɛtɪkəl/ adj. 語音(上)的, 語音學的 ~ally adv. ~s n. 語音學.

phonic /ˈfɒnɪks/ adj. ① 聲音的 ② 有聲的 ~ally adv. ~s n. 聲學, 聲音基礎教學法.

phonograph /ˈfəʊnəˌɡrɑːf, -ˌɡræf/ n. 老式留聲機, [美]唱機.

phonology /fəˈnɒlədʒɪ/ n. ① 語音學 ② 音位學, 音韻學 phonological adj.

phoney, 美式 phony /ˈfəʊnɪ/ adj. = phoney [美俚]虛假(的); 騙子; 冒名頂替(的).

phosgene /ˈfɒzdʒiːn/ n.【化】光氣, 碳酰氣, 毒氣.

phosphorescence /ˌfɒsfəˈrɛsəns/ n. 磷光, 鬼火, 磷火 phosphorescent adj.

phosphorus /ˈfɒsfərəs/ n.【化】磷; 磷光體 phosphate n.【化】磷酸鹽.

photo /ˈfəʊtəʊ/ n. (pl. -tos) 照片, 照相(亦作~graph) ~cell n. 光電管, 光電池 ~-finish n. 終點攝相裁判; 不相上下的競爭 ~lysis n.【生】光解作用 ~n n.①【物】光子 ② 見光度 // ~ montage (集成照片)蒙太奇.

photocopy /ˈfəʊtəʊˌkɒpɪ/ n. 影印本, 複印件 v. 影印 photocopier n. 影印機.

photoelectric /ˌfəʊtəʊɪˈlɛktrɪk/ or photoelectrical adj.【物】光電的 // ~ cell 光電池, 光電管 ~ effect 光電效應.

photogenic /ˌfəʊtəˈdʒɛnɪk/ adj.【生】發光的; 由光導致的.

photograph /ˈfəʊtəˌɡrɑːf, -ˌɡræf/ n. 照片, 相片 v. 照相, 攝影 ~er n. 攝影師, 攝影家 ~ic adj. ~y n. 攝影術, 照相術.

photogravure /ˌfəʊtəʊɡrəˈvjʊə/ n. 凹板照相(或印刷).

photometer /fəʊˈtɒmɪtə/ n.【物】光度計, 曝光表 photometry n. 光度, 光度測定研究.

photostat /ˈfəʊtəʊˌstæt/ n. 直接影印.

photosynthesis /ˌfəʊtəʊˈsɪnθɪsɪs/ n.【植】光合作用.

phrase /freɪz/ n. ① 短語, 詞組 ② 修辭, 用語 phrasal adj. phrasing n. 措辭, 用語 // phrasal verb 短語動詞.

phraseology /ˌfreɪzɪˈɒlədʒɪ/ n. ① 用詞, 措詞 ② 術語 ③ 詞句.

phrenology /frɪ'nɒlədʒɪ/ n. 顱相學, 骨相學 phrenologist n. 顱相學家.

phut /fʌt/ int. [口]拍的一聲 // go ~ 泄氣, [喻]告吹.

phylactery /fɪ'læktərɪ/ n. (pl. -teries) 避邪符; 皮製經文匣.

phylum /'faɪləm/ n. (pl. -la) 分門, 別類, 語系.

physical /'fɪzɪk°l/ adj. ① 物質的, 有形的 ② 身體的, 肉體的 ③ 自然的 ④ 自然科學的 ~ly adv. // ~ geography 地文學, 自然地理學 // ~ chemistry 物理化學 ~ dependence 對藥物之依賴 ~ education 體育 ~ science 物理科學 ~ weathering【地】物理風化.

physician /fɪ'zɪʃən/ n. 醫生, 內科醫生.

physics /'fɪzɪks/ n. 物理學 physicist n. 物理學家.

physiognomy /ˌfɪzɪ'ɒnəmɪ/ n. ① 觀相術, 相法 ② 相貌, 面孔.

physiology /ˌfɪzɪ'ɒlədʒɪ/ n. ① 生理學 ② 生理(機能) physiologic adj. physiological adj. 生理的 physiologist n. 生理學家.

physiotherapy /ˌfɪzɪəʊ'θerəpɪ/ n.【醫】理療(法)(熱敷、按摩等), 物理治療 physiotherapist n.【醫】理療學家, 物理治療師.

physique /fɪ'ziːk/ n. [法] ① 體格; 體形 ② 地勢.

phytoplankton /ˌfaɪtəʊ'plæŋktən/ n. 浮游植物.

pi /paɪ/ n. (= 希臘字母 π)【數】圓周率.

piano /pɪ'ænəʊ/ n. (pl. -anos) 鋼琴 adv. & adj. 輕輕地(的) pianist n. 鋼琴家; 鋼琴師 ~la n. 自動鋼琴 // ~ accordion【音】鍵盤式手風琴 ~ player 彈鋼琴的人 ~ system 分期付款購貨法.

piazza /pɪ'ætsə, -'ædzə, Italian 'pjattsa/ n. ① (特指意大利城市的)露天廣場; 市場 ② [美]遊廊.

pibroch /'piːbrɒk, 'piːbrɒx/ n. (蘇格蘭)風笛曲.

pic /pɪk/ n. (pl. ~s, pix) (~ture 之略) 照片, 電影 // ~ parlor [美俚]電影院.

pica /'paɪkə/ n.【印】十二點活字, 十二磅因的活字; 十個字母佔一英寸的打字機.

picador /'pɪkəˌdɔː/ n. (pl. -dor(e)s) 騎馬鬥牛士.

picaresque /ˌpɪkə'resk/ adj. 以流浪漢和歹徒的冒險生涯為題材的 (傳奇小說).

piccalilli /ˌpɪkə'lɪlɪ/ n. (印度的)辣泡菜.

piccaninny, 美式 pickaninny /ˌpɪkə'nɪnɪ/ n. (pl. -nies) 黑種小孩; 澳洲土著小孩.

piccolo /'pɪkəˌləʊ/ n. (pl. -los)【音】短笛.

pick /pɪk/ v. ① 挑, 剔, 摘取 ② 挑選, 揀 ③ 挖, 掘 ④ (用手指)撥彈 ⑤ 吵架 n. ① 鎬, 鶴嘴鋤; 牙籤 ② (樂器)撥子 ~ed adj. 精選的; 摘下的 n. 採摘者; 清棉機 ~ing n. 撬開, 採集; 外快, 額外收入 ~-me-up n. [俚]興奮劑 ~off n.【無】傳感器, 揀拾器 ~pocket n. 扒手 ~-up n. 工具車 // ~ on 挑毛

病, 挑剔 ~ **out** 挑選; 啄出; 開出;
領會 ~ **up** 掘起; 拾起; 振奮; 自
然學會.

pickaback /ˈpikəˌbæk/ adv. =
piggyback 扛在肩上, 背着.

pickaxe, 美式 **pickax** /ˈpik-æks/ n.
大鶴嘴鋤, 大洋鎬.

picket /ˈpikit/ n. ① 樁, 尖柱 ② 步
哨, 哨兵, 警戒哨; 糾察 vi. 放哨,
擔任糾察員 // ~ **line** 警戒線; (罷
工時期)糾察線.

pickings /ˈpikiŋz/ n. 來得容易的
額外收入, 外快.

pickle /ˈpikl/ n. ①(醃魚、泡酸菜
的)鹵汁 ② 泡菜 ③ [口]尷尬, 處
境困難 vt. 把 …泡在鹽水或醋
裏 ~**d** adj. [美]酩酊大醉的.

picnic /ˈpiknik/ n. 野餐; 郊遊 v.
(過去式及過去分詞 **-nicked**) 去
郊遊; 去野餐 ~**er** n. 野餐者; 郊
遊者.

pictorial /pikˈtɔːriəl/ adj. 繪畫的;
有圖片的 n. 畫報 ~**ly** adv. ~**ize** v.
用圖畫表示的 // ~ **drawing** 插圖;
示意圖.

picture /ˈpiktʃə/ n. 圖; 畫片; 像
片; 寫照; 如畫的風景; 電視圖
像; 影片 v. 印象 ~**sque** adj. 畫似
的, 現象化的, 逼真的 //
~ **messaging** 【計】發圖像資訊息
~ **rail** 掛畫線 ~ **window** 獨塊玻
璃之大窗, 風景窗.

piddle /ˈpidl/ v. [口][兒]小便, 撒
尿; 閒逛.

piddling /ˈpidliŋ/ or Australian
piddly /ˈpidli/ adj. 細小的; 無價
值的; 微不足道的.

pidgin /ˈpidʒin/ n. 混雜語言; 洋涇

浜英語.

pie /pai/ n. 餡餅 // ~ **chart** 餅形統
計圖表, 圓形統計圖.

piebald /ˈpaiˌbɔːld/ adj. ① (馬等)
有黑白斑的; 雜色的 ② 雜種的.

piece /piːs/ n. ① 片; 斷片; 碎片;
一部份; 一件; 一塊; 一項; 一張
②(藝術)作品 // ~ **together** 拼湊
成.

pièce de résistance /pjes də
rezistɑ̃s/ n. [法](一餐中的)主菜;
主要事件; 主要作品.

piecemeal /ˈpiːsˌmiːl/ adv. 一件一
件, 逐漸地; 零碎地.

piecework /ˈpiːsˌwɜːk/ n. 計件工作.

pied /paid/ adj. 斑駁的, 雜色的,
五顏六色的.

pied-à-terre /ˌpjeitɑːˈteə/ n. (pl.
pieds-à-terre) 臨時休息所, 備用
寓所.

pie-eyed /pai-aid/ adj. [美俚]
① 喝醉了的 ② 不漂亮的.

pier /piə/ n. ① 碼頭; 防波堤
② 橋墩.

pierce /piəs/ vt. 穿(孔), 刺穿, 戳
穿, 穿入, 穿進 **piercing** adj. 刺穿
的, 尖銳的; 刺骨.

pierrot /ˈpiərəʊ, pjerəʊ/ n. [法](搽
白粉, 穿白衣的)丑角.

piety /ˈpaiəti/ n. (pl. **-ties**) 虔誠, 孝
順.

piezoelectric effect
/paiˌizəʊiˈlektrik iˈfekt/ =
piezoelectricity /paiˌizəʊiˈlekˈtrisiti/
n. 【物】壓電效應.

piffle /ˈpifl/ vi. [口]講廢話 n. 廢
話, 傻事, 無聊事.

pig /pig/ n. ① 豬 ②[口](豬一

般)的嘴饞、骯髒、貪心的人
③ [俚]警察 **~gish**, **~gy adj.** 貪
的; 饞的; 頑固的 **~gery n.** 豬
場, 豬圈; 豬的習性 **--let n.** 小豬
--headed adj. 頑固 **--sty n.** 豬
圈; 髒地方 **--tail n.** 辮子 // -- **iron**
生鐵 **~gy bank** 儲錢罐.

pigeon /ˈpɪdʒən/ **n.** ① 鴿子 ② [口]
易受騙的人 **vt.** 用鴿子聯絡
~-hearted adj. 膽小的; 害羞的
~hole n. 鴿窩 **~-toed adj.** 腳趾向
內的.

piggyback /ˈpɪɡɪˌbæk/ or **pickaback**
adv. & adj. = pickaback ① 肩扛,
背馱 ② 在鐵道平板車上.

pigment /ˈpɪɡmənt/ **n.** ① 顏料, 顏
色 ② 色素 **~al adj.** 色素的 **~ation n.** 色
素沉澱; 天然著色.

pigmy /ˈpɪɡmɪ/ **n. & adj.** = pygmy
侏儒, 矮人; 很小的.

pike /paɪk/ **n.** ① (古代)長矛, 鏢
槍 ② 矛頭, 箭頭 ③ [動] 梭魚,
狗魚 ④ 關卡, 收稅門 ⑤ 通行稅
⑥ 稅道.

pilaster /pɪˈlæstə/ **n.** [建] 壁柱, 半
露柱.

pilau /pɪˈlaʊ/ **n.** or **pilaw** or **pilaf(f)**
n. (東方的)燴肉飯.

pilchard /ˈpɪltʃəd/ **n.** [動] 沙丁魚,
沙腦魚.

pile /paɪl/ **n.** ① 堆積, 一疊 ② 椿
木; 楔形 ③ 絨毛, 毛茸 ④ 高大
建築物 **v.** ① 堆積, 積壘 ② 打椿
③ 使起絨 **--driver n.** 打椿機,
打椿者 **--up n.** 數輛汽車碰撞一
起.

piles /paɪlz/ **n.** 痔瘡, 痔.

pilfer /ˈpɪlfə/ **v.** 偷竊(不值錢的小

東西) **~age n.**

pilgrim /ˈpɪlɡrɪm/ **n.** ① 香客, 朝聖
者 ② 旅客, 流浪者 **~age n.** 朝山
進香; 朝聖; 人生旅程.

pill /pɪl/ **n.** ① 丸, 藥丸 ② 苦事
③ (the ~) 女用口服避孕藥 **~box**
n. ① 藥丸盒 ② [軍俚]獨立小地
堡.

pillage /ˈpɪlɪdʒ/ **v. & n.** 搶劫, 掠奪,
掠奪物 **~r n.** 掠奪者.

pillar /ˈpɪlə/ **n.** ① 柱, 紀念柱; 柱
墩 ② 台柱, 棟樑 **~box n.** [英]郵
筒 **~stone n.** 基石.

pillion /ˈpɪljən/ **n.** (電單車)後座.

pillory /ˈpɪlərɪ/ **n.** ① 頸手枷 ② 臭
名, 笑柄 **v.** (過去式及過去分詞
-ried) 使人嘲笑.

pillow /ˈpɪləʊ/ **n.** 枕頭 **v.** 墊在頭
下作枕頭 **~block n.** [機]軸台
~case n. 枕套(亦作 **~slip**).

pilot /ˈpaɪlət/ **n.** ① 領航員, 領港員;
[空] 駕駛員, 飛行員 **adj.** ① 引
導的, 導向的 ② 小規模試驗性
質的 **v.** 給(船隻)領航; 指導, 駕
駛(飛機等) **v.** 領航(費) **~**
-ing n. 領航, 引水 **~less adj.** 無
領航的 // -- **light** (熱水器)長命燈
~ officer 空軍少尉.

pimento /pɪˈmentəʊ/ **n.** (**pl. -tos**)
[植] ① 多香果 ② 甜辣椒.

pimp /pɪmp/ **n.** 妓院老闆, 老鴇 **v.**
拉皮條.

pimpernel /ˈpɪmpəˌnel, -nⁿl/ **n.**
[植] 海綠, 紫繁蔞.

pimple /ˈpɪmpⁿl/ **n.** [醫] 丘疹; 粉
刺; 膿疱 **pimly adj.**

pin /pɪn/ **n.** ① 別針, 飾針 ② 釘,
銷, 栓 **v.** (過去式及過去分

詞 ~ned)(用釘)釘住,(用針)別住,按住 ~ball *n.* 桌上彈球遊戲 ~cushion *n.* 針插 ~point *n.* 針尖 ~prick *n.* 針刺,刺耳的話 ~stripe *n.* 細條紋織物 ~-up *n.* 釘在牆上的大相片(尤指半裸女性) ~worm *n.*【生】線條蟲,蟯蟲,拍蟲 // ~ money (給妻,女之)零用錢 ~ mould【生】金針菇 ~ tuck (襯衣的)縫褶.

PIN /pɪn/ *abbr.* = personal identification number 個人身份證號碼.

pinafore /'pɪnəˌfɔː/ *n.* 圍裙; 涎布; 無袖女裝.

pince-nez /'pæns.neɪ/ *n.* (*pl.* ~)【法】夾鼻眼鏡.

pincers /'pɪnsəz/ *n.* ① 鉗子 ②【動】螯子.

pinch /pɪntʃ/ *v.* ① 捏,掐,挾 ② 折磨 ③ 壓縮,限制 ④【俚】偷 ⑤【俚】抓住 *n.* ① 捏,掐,挾 ② 困難 ③ 微量,一小撮 ④【俚】盜竊 ⑤ 逮捕 // at a ~ 在危急時刻 feel the ~ 需節衣縮食 ~ and scrape 束緊西湊.

pinchbeck /'pɪntʃˌbɛk/ *n.* ① 銅鋅合金,金色黃銅 ② 贗品,冒牌貨.

pine /paɪn/ *n.*【植】松樹; 松木 *v.* (渴望; 戀慕) ② 消瘦; 憔悴; 衰弱 // ~ cone 松果 ~ marten [英]黑褐貂 ~ needle 松葉 ~ tree 松樹.

pineal gland /'pɪnɪəl, paɪ'niːəl glænd/ *n.*【解】松果腺.

pineapple /'paɪnˌæpʰl/ *n.* ①【植】菠蘿 ②【俚】手榴彈.

ping /pɪŋ/ *n. & vi.* 砰(槍彈飛過的聲音) ~er *n.* 聲波發射器 // ~ jockey 聲納兵,雷達兵.

ping-pong /pɪŋ pɒŋ/ *n.* 乒乓球.

pinion /'pɪnjən/ *n.* ①【鳥】翅膀 ② 臂膀 ③ 小齒輪 *vt.* 捆住(兩手),束縛.

pink /pɪŋk/ *n.* ①【植】石竹花 ② 桃紅色,粉紅色 ③ 穿著入時的人 *adj.* 粉紅色的 *v.* ① 變粉紅色 ② 機器咯噔咯噔地響 ~ish *adj.* 帶粉紅色的 // in the ~ [口]極健壯.

pinking shears /'pɪŋkɪŋ ʃɪəz/ *n.* 帶鋸齒口的剪刀.

pinnacle /'pɪnəkʰl/ *n.*【建】小尖塔; 尖端; 針鋒; 頂點.

pint /paɪnt/ *n.* 品脫(英制 = 0.57 升; 美制液量 = 0.47 升; 美制乾量 = 0.55 升).

Pinyin /pɪn'jɪn/ *n.* 拼音(用字母表示漢語讀音的規則).pioneer /ˌpaɪə'nɪə/ *n.* ① 先.

pioneer /ˌpaɪə'nɪə/ *n.* ① 先鋒,先驅 ② 開拓者 *v.* 開拓,開闢,開(路); 提倡,當先鋒.

pious /'paɪəs/ *adj.* 虔誠的,篤信的.

pip /pɪp/ *n.* ① (蘋果、梨等的)果仁; 種子 ② (牌上的)點 ③【訊】尖端訊號,雷達反射點 ④ (軍裝肩章上的)徽章 *v.* [俚]反對; 打敗; 打破; 擊斃; (小雞)破殼而出 // give sb the ~ [俚]惹人生氣.

pipe /paɪp/ *n.* ① 管,管道,導管 ② 煙斗 ③ 管樂器,笛 ④ [俚]容易做的工作 ⑤ [美俚]交談; 短信 *v.* ① 吹(笛) ② 用管子輸送 ③ [美俚]談論,透露 ④ 瞧,看 ⑤ 吹笛 ~line *n.* 管路,輸油管,

補給線 **~r** n. 吹笛者 piping n. 吹笛; (糕點上的) 花邊; (衣服上的) 滾邊 pipy adj. 管狀的; 哭聲的 // **~ cleaner** 煙斗通條 **~ down** 停止説話 **~ dream** 黃粱一夢, 幻想 **~ layer** 鋪管工 **~ up** 開始吹奏; 加快速度; 裝上花邊 (或裝飾) **~d music** 連續播放的背景音樂 (亦作 Muzak) piping hot 滾燙的, 剛出鍋的 **in the ~line** 在準備過程中.

pipette /pɪˈpet/ or **pipete** 【化】移液管, 吸量管, 球管.

pipit /ˈpɪpɪt/ n. 【鳥】鷚.

pippin /ˈpɪpɪn/ n. 蘋果品種; 【植】種子; [美]美人, 漂亮的女子.

piquant /ˈpiːkənt, -kɑːnt/ adj. ① 辛辣的, 開胃的 ② 潑辣的; 痛快的; 有趣的 ③ 淘氣的 ④ 尖刻的, 惹人生氣的 **~ly** adv. piquancy n.

pique ¹ /piːk/ n. 生氣, 不高興 v. 使憤怒; 急躁; 誇耀; 損傷 (自尊心); 引起 (好奇心).

pique ² /piːk/ n. & v. 【牌】(兩人玩牌遊戲) 湊三十 (分).

piquet /pɪˈket, -ˈkeɪ/ n. 皮克牌遊戲 (雙人對玩).

piracy /ˈpaɪrəsɪ/ n. ① 海上掠奪, 海盜行為 ② 剽竊, 非法翻印, 侵害版權 ③ 侵犯專利權 pirate n. ① 海盜, 海盜船 ② 剽竊者 ③ 侵害版權 (或專利權) 者 piratical adj.

piranha /pɪˈrɑːnə/ or **piraña** /pɪˈrɑːnjə/ n. 【魚】鋸脂鯉; 水虎魚 (兇狠的南美淡水小魚).

pirouette /ˌpɪrʊˈet/ n. 【舞】豎趾旋

轉; (馬的) 急轉.

piscatorial /ˌpɪskəˈtɔːrɪəl/ or **piscatory** /ˈpɪskətərɪ, -trɪ/ adj. (愛) 釣魚的; 漁業的.

Pisces /ˈpaɪsiːz, ˈpɪ-/ n. 【天】雙魚座.

piss /pɪs/ v. [粗]小便, 撒尿 n. 尿 (血).

pistachio /pɪˈstɑːʃɪəʊ/ n. (pl. **-os**) 【植】開心果; 地中海區產的阿月渾子果實 (調味用).

piste /piːst/ n. 滑雪道.

pistil /ˈpɪstɪl/ n. 【植】雌蕊.

pistol /ˈpɪstl/ n. 手槍 **-ier** n. 手槍手 // **beat the ~** (賽跑時) 搶跑; 偷跑 **hotter than a ~** [美]巨大成功.

piston /ˈpɪstən/ n. 【機】活塞 // **~ ring** 活塞環.

pit /pɪt/ n. ① 坑; 凹地; 礦井 ② 地獄; 深淵 ③ 陷阱; [喻]圈套 ④ (劇場) 正廳後座 ⑤ 鬥雞場; 鬥狗場 ⑥ 加油站 v. (過去式及過去分詞 **~ted**) ① 挖坑, 打礦井, 使成麻臉 ② 放入窖 ③ 使相鬥 **~head** n. 礦井口 **~man** n. 礦工 // **~ boss** (礦井) 工頭; 賭場老闆 **~ bull terrier** 毛短、肌肉發達之獵犬 **~ lastrine** 茅坑, 蹲坑 (廁所) **~ stop** 賽車手途中稍事休息.

pitapat, pit-a-pat /ˌpɪtəˈpæt/ adv. 劈劈拍拍地 (跑等), (心) 卜卜 (跳).

pitch ¹ /pɪtʃ/ n. 瀝青; 松脂, 樹脂 **~ing** n. 鋪地石, 護堤石 **~y** adj. 瀝青多的, 瀝青般的, 黏的; 塗上瀝青的; 漆黑的 **~-black** adj. (= **~-dark**) 漆黑一團 // **~ stone** 松脂石 **~ed roof** 瀝青斜坡屋頂.

pitch ² /pɪtʃ/ *vt.* ① 扔, 投, 拋, 擲 ② 搭(帳篷), 紮(營盤); 鋪(路面); 安頓(住處) ③ 努力推銷(商品) *vi.* 扔, 擲; 投球; 頭朝下(或倒下), 搭帳篷露宿; 俯仰; 高度; 傾斜度 // ~ **in** 熱心參與 ~ **into** 攻擊 ~ **over**【空】轉彎 ~ **up**【空】上仰 **~ed battle** 惡戰.

pitchblende /ˈpɪtʃˌblɛnd/ *n.* 生產鐳的含瀝青鈾礦石.

pitcher /ˈpɪtʃə/ *n.* ① 帶柄的大水罐, 柄盂(亦作 jug) ② 棒球投手.

pitchfork /ˈpɪtʃˌfɔːk/ *n.* ① 乾草叉, 耙 ②【音】音叉 *v.* 突然推進.

pitfall /ˈpɪtˌfɔːl/ *n.* 陷坑; 陷阱; 誘惑; 圈套; 隱藏的危險.

pith /pɪθ/ *n.* ①【植】木髓, 樹心 ②【解】骨髓 ③ 精力, 精華 **~y** *adj.* 有力氣的; 簡潔的.

piton /ˈpiːtɒn, pitɔ̃/ *n.* (登山用的)鋼錐, 鐵栓.

pitta bread /ˈpɪtə/ *n.* (中東阿拉伯人吃的)口袋麵包, 皮塔餅.

pittance /ˈpɪtᵊns/ *n.* 微薄之收入; 少量金錢.

pitter-patter /ˈpɪtəˌpætə/ *adv.* & *v.* 啪嗒啪嗒地(響).

pituitary /pɪˈtjuːɪtərɪ, -trɪ/ *adj.* 大腦垂體的 // ~ **gland** 腦垂體腺.

pity /ˈpɪtɪ/ *n.* (*pl.* pities) ① 憐憫, 同情 ② 可惜的事, 憾事 *v.* (過去式及過去分詞 pitied) 覺得可憐, 可惜, 不幸 piteous *adj.* (= pitiable) 可憐的, 使人憐憫的 pitiful *adj.* 慈悲的, 可憐的 pitifully *adv.* pitiless *adj.* 無情的, 冷酷的.

pivot /ˈpɪvət/ *n.* ① 支軸, 磨軸;【物】支點, 扇軸 ② 中樞, 中心點 **~al** *adj.* 樞要的, 中樞的 // ~ **axis** 擺軸 ~ **joint**【解】車軸關節, 中心點.

pix /pɪks/ *n.* (pic 之複數) [美俚]照片, 影片.

pixel /ˈpɪksᵊl/ *n.*【計】像素(亦作 picture element)

pixie, pixy /ˈpɪksɪ/ *n.* 小鬼, 妖精 *adj.* 頑皮的.

pizza /ˈpiːtsə/ *n.* (意大利)烤餡餅, 薄餅, 比薩.

piz(z)azz /pəˈzæz/ *n.* 令人興奮或吸引人的派頭; 魔力; 魅力.

pizzicato /ˌpɪtsɪˈkɑːtəʊ/ *adj.* [意大利]【音】撥奏(曲)的.

pl. *abbr.* ① = plural 複數 ② = place 地方 ③ = plate 盤子; 板.

PLA /piː ɛl eɪ/ *abbr.* = People's Liberation Army 中國人民解放軍.

placard /ˈplækɑːd/ *n.* ① 標語牌, 招貼 ② 掛圖, 宣傳廣告畫 ③ 招牌.

placate /pləˈkeɪt/ *vt.* 安撫, 撫慰; 使和解; 得到諒解 placatory *adj.* placation *n.*

place /pleɪs/ *n.* ① 地方; 場所; 處; 所在; 位置 ② 市區; 市; 鎮, 村 ③ 立場; 處境; 資格 ④ 席位 *v.* ① 放; 安置; 排列 ② 使就職; 投資; 訂(貨); 任(職) **~able** *adj.* 可定位的 **~man** *n.* 官吏, 驕橫小官 **~ment** *n.* 放, 安置, 安排(工作) // ~ **card** (宴席)座位牌 ~ **hunter** 求職者 ~ **kick** 定位踢 ~ **setting** (飯桌上)擺好餐具 **be ~d** 比賽入前三名, 入選 **take** ~ 發生.

placebo /pləˈsiːbəʊ/ n. ① 安慰物, 安慰劑, 寬心話 ② 晚禱悼聲 // ~ effect 安慰劑效應.

placenta /pləˈsentə/ n. (pl. -tas, -tae) 【解】胎盤 ~l adj.

placid /ˈplæsɪd/ adj. 平靜的; 寧靜的; 溫和的 ~ly adv. ~ity n.

placket /ˈplækɪt/ n. ① (女裙腰上的) 開口 ② (裙上) 口袋.

plagiarize, -se /ˈpleɪdʒəˌraɪz/ v. 剽竊, 抄襲 plagiarism n. 剽竊物 plagiarist n. 剽竊者, 抄襲者.

plague /pleɪg/ n. 時疫, 瘟疫, 傳染病 v. (過去式及過去分詞 ~d) 使染瘟疫, 遭災禍, 折磨; [口] 麻煩.

plaice /pleɪs/ n. 【魚】鰈, 比目魚.

plaid /plæd/ n. 方格紋披肩 (蘇格蘭高地服飾); 彩格布.

plain /pleɪn/ adj. ① 平的, 平坦的 ② 平易的, 普通的 ③ 清楚的, 明白的 ④ 樸素無華的 ⑤ 粗陋的 ⑥ 直率的 n. 平原 ~ly adv. ~ness n. // ~ clothes 便衣 ~ sailing 一帆風順 ~ speaking 直言不諱 ~ weave 平紋織物.

plainsong /ˈpleɪnˌsɒŋ/ n. 無伴奏, 無旋律的聖歌.

plaintiff /ˈpleɪntɪf/ n. 【律】原告.

plaintive /ˈpleɪntɪv/ adj. 可憐的, 悲哀的; 憂鬱的 ~ly adv.

plait /plæt/ n. ① (衣服上的) 褶邊 ② 辮子, 辮狀物.

plan /plæn/ n. ① 計劃, 設計, 方案, 規劃; 方法; 進程表 ② 平面圖; 示意圖 v. (過去式及過去分詞 ~ned) ① 計劃, 設計 ② 製圖, 描繪 (設計圖) ~ning n. 計劃 // ~ned parenthood (= family ~) 計劃生育.

plane /pleɪn/ n. ① 飛機 ② 平刨, 鎊 ③ 面, 平面, 水平 v. ① 滑行, (賽船) 在水面飛一樣滑跑 ② [口] 坐飛機旅行 ③ 刨平 adj. 平的, 平面圖的, 在平面上的 // ~ geometry 【數】平面幾何.

planet /ˈplænɪt/ n. ①【天】行星 ② 星相 ~ary adj.

planetarium /ˌplænɪˈtɛərɪəm/ n. (pl. -iums, -ia) 天象儀.

plangent /ˈplændʒənt/ adj. 宏亮的, 反響的; 莊嚴的.

planish /ˈplænɪʃ/ v. & n. 【技】敲平, 刨平, 弄平滑.

plank /plæŋk/ n. 木板, 厚板 ~ing n. 鋪板.

plankton /ˈplæŋktən/ n.【生】浮游生物.

plant /plɑːnt/ n. ① 植物, 草; 草本 ② 莊稼, 作物 ③ 工廠; 車間; 設備 v. 栽種, 播種; 安放, 放置; 插埋; 安插間諜, 栽贓 ~er n. 種植的人, 栽培者; 種植園主; 大花盆.

plantain /ˈplæntɪn, -tɪn/ n.【植】車前草 (中藥用); 香蕉, 羊角蕉 (食用).

plantation /plænˈteɪʃən/ n. ① (熱帶、亞熱帶) 種植園, 農場, 橡膠園 ② 造林地; 人造林.

plaque /plæk, plɑːk/ n. ① (象牙、陶瓷等) 飾板; 匾牌 ② 徽章, 胸章;【醫】斑; 血小板; 牙漬斑.

plasma /ˈplæzmə/ or plasm n. 淋巴液; 血漿【生】原生質.

plaster /ˈplɑːstər/ n. ① 膠泥, 灰泥 ② 熟石膏 ③ 敷傷口, 橡皮膏

v. 貼上橡皮膏; 粉刷(牆壁) ~ed *adj.* [俚]喝醉了的 ~er *n.* 粉刷工, 泥水匠 ~board *n.*【建】石膏板, 灰膠紙拍板 // ~ cast【醫】石膏帶 ~ of Pairs 熟石膏.

plastic /ˈplæstɪk, ˈplɑːs-/ *n.* 塑料, 塑料製品; 塑膠; 電木 *adj.* 塑料的, 可塑的, 塑性的, 造型的 ~ity *n.* 可塑性 // ~ arts 造型藝術 ~ bullet 塑料子彈 ~ surgery 【醫】整形外科.

Plasticine /ˈplæstɪˌsiːn/ *n.* 塑料代用黏土; 橡皮泥.

plate /pleɪt/ *n.* ① 厚金屬板; 牌子 ② 招牌; 印版; 鉛版 ③【攝】底片, 感光板 ④ 盤子, 盆子, 鍍金器皿 ⑤ 一副假牙 *v.* 鍍; 在 ... 覆蓋金屬板 ~d *adj.* 裝金屬片的, 鍍(金屬)的 ~ful *n.* 一滿盤 ~let *n.* 小片, 血小板;【生】小片, 小型板狀物, (鱗射)激光品 // ~ boundary【地】板塊移動 ~ glass (上等)平板玻璃 ~ movement【地】板塊移動 ~ tectonics 構造地質學.

plateau /ˈplætəʊ/ *n.* (*pl.* -eaus, -eaux) ① 高原, 台地, 高地 ② 不進步也不退步的平穩階段 ③ 雕花托盤.

platen /ˈplætn/ *n.* 壓印盤; (打字機上)壓紙捲軸.

platform /ˈplætfɔːm/ *n.* ① 台, 壇, 講壇, 主席台 ② 步廊, (車站)月台, 站台, 平台 ③ 政綱 ④ (海洋鑽井的)棧橋.

platinum /ˈplætɪnəm/ *n.*【化】鉑, 白金 // ~ blonde 淡金髮女郎.

platitude /ˈplætɪˌtjuːd/ *n.* 單調, 平

凡, 陳腔濫調.

platonic /pləˈtɒnɪk/ *adj.* 純精神的; 純理論的 // ~ love 精神戀愛.

platoon /pləˈtuːn/ *n.* ①【軍】(步兵的)一排, 小隊 ② 小組.

platteland /ˈplætəˌlænt/ *n.* 非洲南部偏僻的鄉村地帶.

platter /ˈplætə/ *n.* ① [美][英古]長圓形大托盤; 大淺盤 ② 唱片.

platypus /ˈplætɪpəs/ *n.* (*pl.* -puses) 【動】鴨嘴獸.

plaudit /ˈplɔːdɪt/ *n.* 拍手, 喝采, 稱讚.

plausible /ˈplɔːzəbəl/ *adj.* ① 看上去很有道理的 ② 嘴巧的, 會說話的 plausibility *n.* plausibly *adv.*

play /pleɪ/ *v.* ① 玩, 玩耍, 遊戲 ② 進行(比賽), 打(球); 打賭 ③ 演戲, 擔任一角色 ④ (唱片, 錄音等)播放, 吹, 奏, 彈(樂器) ⑤ 開玩笑, 玩弄 *n.* 玩耍, 遊戲; 娛樂; 比賽; 玩笑; 玩弄; 劇本; 戲劇, 話劇; 戲 ~boy *n.* 闊少, 花花公子 ~er *n.* 球員; 選手; 演員; 演奏者; 唱機; 遊戲的人 ~ful *adj.* 愛玩遊戲的, 開玩笑的 ~ground *n.* 操場, 運動場, 遊戲場 ~group *n.* 遊戲課(或小組) ~house *n.* 劇場, 戲院 ~pen *n.* 嬰兒圈欄 ~school *n.* 幼兒園, 幼稚園 ~thing *n.* 小玩意, 玩具 ~time *n.* 遊戲時間, 娛樂活動時間 ~wright *n.* 劇作家 // ~ down 輕描淡寫 ~ off 使得分相同而進行補賽; 假裝, 挑撥離間, 從中漁利 ~ on 利用別人的弱點或同情心 ~ up ① 大肆渲染 ② 開始奏樂; 越發使勁彈奏; 奮戰 ③ [口]嘲弄

④ 引起麻煩 ~ing card 撲克牌,
紙牌 ~ing field 戶外露天遊戲場.

plaza /ˈplɑːzə, ˈplæθə/ n. (西班牙市
中心的)廣場; 集市.

PLC, plc /piː el siː/ abbr. ① =
public limited company 公共有
限公司 ② = programmable logic
computer 可編程邏輯控制器.

plea /pliː/ n. ① 懇求, 請求; 請
願; 禱告 ② 辯解, 託詞, 口
實 ③【律】抗辯, 答辯 //
~ bargaining【律】輕判申請.

plead /pliːd/ vt. ① 辯論, 辯護; 答
辯 ② 主張, 解釋 vi. 辯護, 抗辯;
懇求, 求情 ~**er** n.【律】辯護人,
律師.

pleasant /ˈplɛzənt/ adj. (比較級
-**er** 最高級 -**est**) ① 愉快的, 快
樂的, 舒適的 ② 活潑的, 可愛的
③ 有趣的 ~**ly** adv. ~**ness** n.

please /pliːz/ vt. ① 使高興, 使歡
喜, 使滿意 ② 請 vi. ① 歡喜, 滿
意 ② 討好, 討人歡喜 ~**d** adj. (+
with) 對 … 滿意 pleasing adj. 舒
適的, 愉快的, 滿意的, 惹人喜歡
的, 可愛的 // ~ oneself 使自己滿
意.

pleasure /ˈplɛʒə/ n. ① 愉快, 快
樂, 滿意 ② 娛樂, 享受, 歡樂
③ 慾求, 希望 pleasurable adj.
令人快樂的, 舒適的, 愉快的
pleasurably adv.

pleat /pliːt/ n. (衣服上的)褶 v. 打
褶, 編成辮.

plebeian /pləˈbiːən/ adj. 鄙俗的,
下賤的, 庶民的, 平民的 n. 平民,
庶民, 老百姓(亦作 pleb).

plebiscite /ˈplɛbɪ.saɪt, -sɪt/ n. 公民

投票, 全民表決.

plectrum /ˈplɛktrəm/ n. (pl.
-**trums, -tra**) 弦樂器的撥子(亦
作 pick).

pledge /plɛdʒ/ n. ① 誓約, 公約;
諾言 ② 抵押權 ③ 保證 v. ① 發
誓; 保證 ② 典當, 抵押 ~**e** n. 接
受低押的人 ~**or** n. 抵押者, 典當
人.

plenary /ˈpliːnəri, ˈplɛn-/ adj.
① 完全的; 十足的 ② 全體出
席的; 有全權的 ③ 正式的 //
~ indulgence【宗】大赦.

plenipotentiary /ˌplɛnɪpəˈtɛnʃəri/
n. 全權大使, 全權委員 adj. 有全
權的; (權力)絕對的.

plenitude /ˈplɛnɪ.tjuːd/ n. ① 充份,
完全 ② 充實, 充滿.

plenteous /ˈplɛntɪəs/ adj. =
plentiful.

plentiful /ˈplɛntɪfʊl/ adj. 豐富的
~**ly** adv. ~**ness** n.

plenty /ˈplɛnti/ n. 多; 豐富; 充份
adj. [口]充裕的; 足夠的.

pleonasm /ˈpliːəˌnæzəm/ n.【語】
冗言, 贅語 pleonastic adj.

plethora /ˈplɛθərə/ n. 過多, 過剩.

pleurisy /ˈplʊərɪsi/ n. 肋膜炎, 胸
膜炎.

pliable /ˈplaɪəbʰl/ adj. ① 柔韌的,
易彎的 ② 柔順的 pliability n.

pliant /ˈplaɪənt/ adj. = pliable 柔順
的; 易變通的; 易控制的 pliancy
n.

pliers /ˈplaɪəz/ n. 老虎鉗; 手鉗.

plight /plaɪt/ n. ① 困境; 苦境; 險
境 ② 保證; 誓約; 婚約 v. 保證,
發誓 // ~ one's troth / promise /

word 山盟海誓, 說定 ~ed lovers 山盟海誓的一對情人.

Plimsoll line /ˈplɪmsəl laɪn/ *n.*【海】輪船載重線標誌(亦作 Plimsoll mark).

plimsolls /ˈplɪmsəlz/ *n.* 橡皮底帆布鞋.

plinth /plɪnθ/ *n.*【建】柱腳, 底座.

PLO /ˈpiː ɛl ˈəʊ/ *abbr.* = Palestine Liberation Organization 巴勒斯坦解放組織.

plod /plɒd/ *vi.* (過去式及過去分詞 ~ded) ① 沉重地走 ② 埋頭苦幹.

plonk /plɒŋk/ *v.* = plunk 砰地投擲; 重重放下; 支持 *n.* 劣等酒.

plop /plɒp/ *v.* (過去式及過去分詞 ~ped) 撲通一聲掉下, 砰一聲爆開 *n.* 撲通一聲, 砰的一聲.

plosive /ˈpləʊsɪv/ *n.*【語】爆破音(的).

plot /plɒt/ *v.* (過去式及過去分詞 ~ted) ① 密謀, 圖謀, 策劃 ② 繪圖 ③ 標出(海圖、航空圖)線路 *n.* 陰謀, 策劃; 情節; 測算表; 一小塊土地, 地基.

plough /plaʊ/ *n.* = [美]plow ① 犁 ② 耕作 ③ (the P-)犁, 耕地, 【天】北斗星 *v.* 耕地; 開溝, 破浪前進; 刻苦前進 ~man *n.* 莊稼漢 ~share *n.* 犁頭, 鏵.

plover /ˈplʌvə/ *n.*【鳥】鴴.

ploy /plɔɪ/ *n.* (為謀利而使)花招; (挫敵)策略, 手法.

pluck /plʌk/ *v.* ① 拔, 扯(毛), 摘 ② 拉, 拖 ③ 鼓起(勇氣) ④ 撥響(琴弦) *n.* [口]膽量, 勇氣; [俚]不及格 ~less *adj.* 沒勇氣 ~y *adj.* 有

勇氣的 ~ily *adv.* // ~ up 振作, 鼓起勇氣, 根絕.

plug /plʌg/ *n.* ① 塞子; 填塞物 ②【電】插頭 ③ [俚]反覆廣告 (推銷商品) *v.* (過去式及過去分詞 ~ged) ④ 塞, 堵住 ⑤ 接通電源 ~-and-play *n. & adj.* 即插即用 // ~hole *n.* 插孔, 插孔 // ~ away 拼命地做着 ~ for 打氣, 支持 ~ in 將插銷插入插座通電 ~ gauge【技】圓柱塞規 ~ spanner【技】塞栓板鉗.

plum /plʌm/ *n.*【植】李子, 梅 *adj.* 紫醬色, 精華的).

plumage /ˈpluːmɪdʒ/ *n.* ①【動】羽毛 ② 漂亮的衣服.

plumb /plʌm/ *n.* 鉛錘, 測錘, 線砣 *v.* ① 用鉛錘檢查, 測量 ② 查明, 看出 ③ 鋪水管(或煤氣管) ④ 當管工 *adv.* 垂直地; 恰恰正好; 完全 ~er *n.* ① 管子工 ② 堵防泄密人員 ~ing *n.* 製鉛工業; 鉛管鋪設; 水暖工程 ~less *adj.* 深不可測的 // plumb bob【建】鉛錘, 線鎚 ~ line 鉛垂線 ~ the depths of 經歷最難受的感情痛苦 ~ in 接上口.

plume /pluːm/ *n.* (長而美的)羽毛, 羽衣 ② 羽毛飾 // ~ oneself on 借衣裝扮, 自誇其美.

plummet /ˈplʌmɪt/ *n.* 墜子, 線鎚 *v.* 驟然跌落.

plump¹ /plʌmp/ *adj.* 肥胖的, 豐滿的 *v.* 使肥胖, 使膨脹 ~ness *n.* ~ly *adv.* 鼓胀地, 脹滿地.

plump² /plʌmp/ *v.* ① 撲通地掉落 ② 突然跳進 *adj.* 直率的, 莽撞的; 唐突的(話) *adv.* 沉重地; 撲

通地; 突然地; 直截了當地; 坦白
地 // ~ for (把全部選票)投選一
人.

plumule /ˈpluːmjuːl/ n. 【生】胚芽,
【動】絨毛, 翻鱗.

plunder /ˈplʌndə/ v. & n. 掠奪, 搶
劫; 偷; 私吞; 掠奪物.

plunge /plʌndʒ/ vt. ① 投入; 插
進, 扔進 ② 使陷入, 使投身
vi. ① 跳進, 掉進, 鑽進, 猛衝
② [俚]盲目投資, 借債 n. ① 跳
進; 插進 ② 猛衝; 冒險; [俚]投
機; 賭博 ~er n. ① 跳進水中的
人 ② 柱塞, 活塞 ③ 盲目投機者

plunging adj. 跳進的, 向前猛衝
的; 俯衝的; 領口開低露胸的的 ~
into 潛心投入 ~ pool 大浴池
take the ~ 冒險投資.

plunk /plʌŋk/ vt. ① 砰地投擲
② 砰砰地彈(弦).

pluperfect /pluːˈpɜːfikt/ n. & adj.
【語】過去完成時的).

plural /ˈpluərəl/ adj. 複數的 n.
【語】複數, 複數詞 ~ism n. 複數;
多種; 兼職; 雙重投票 ~ist n. [英]
兼職者; 多妻主義者 ~ity n. 複
數; 多數; 兼職; 一夫多妻 ~ize v.
使成複數; 兼數職.

plus /plʌs/ prep. 加, 加上; 用+表
示 adj. 正, 加的; 【電】陽極; 陽
性的; [口]有增益的 n. 【數】加
號, 正數 // ~ fours 燈籠褲.

plush /plʌʃ/ n. 長毛絨 adj. (= ~y)
長毛絨的, 豪華舒服的.

Pluto /ˈpluːtəʊ/ n. 冥王; (the ~) 冥
王星.

plutocrat /ˈpluːtəˌkræt/ n. 財閥, 財
政寡頭 ~ic adj.

plutonium /pluːˈtəʊnɪəm/ n.【化】
鈈 // ~ bomb 鈈元素原子彈.

pluvial /ˈpluːvɪəl/ adj. ① 雨的; 多
雨的 ② 洪水的.

ply /plaɪ/ v. (過去式及過去分詞
plied) 努力從事, 勤苦經營; 勤
用(工具); (船隻)往返 … 之間 n.
(棉、毛紡織品的)股數; 厚度 //
~ with 死勸, 硬要.

plywood /ˈplaɪˌwʊd/ n. 膠合板, 層
板.

pm, PM /piː ɛm/ abbr. ① =
post meridien 下午, 午後 ② =
postmortem 死後, 事後.

PM /piː ɛm/ abbr. ① = prime
minister 首相 ② = past master
(行會)前任主持人.

PMS /piː ɛm ɛs/ abbr. =
premenstrual syndrome (月)經前
綜合症.

PMT /piː ɛm tiː/ abbr. =
premenstrual tension (月)經前緊
張.

pneumatic /njʊˈmætɪk/ adj. ① 空
氣的, 氣體的 ② 氣動的, 風動的
~ s n. 氣體力學 // ~ drill 風鑽.

pneumonia /njuːˈməʊnɪə/ n. 【醫】
肺炎.

PO /piː əʊ/ abbr. ① = post order
郵政匯票 ② = post office 郵局.

poach /pəʊtʃ/ v. ① 水煮 ② 偷
獵; 偷捕; 侵入; 搶打(球) ~er n.
① 偷獵者 ② 侵犯他人權限者.

pocket /ˈpɒkɪt/ n. ① 衣袋, 口
袋, 小袋 ② 金錢, 財力 ③ 球囊
④ 穴; 凹處; 峽谷 ⑤【軍】袋形
陣地 v.(過去式及過去分詞 ~ed)
① 放進口袋; 包藏 ② 盜用; 侵

吞 ③ 忍受(侮辱) ④ 阻撓, 擱置 ⑤ 抑制 // **in / out of ~** 已獲利潤或損失 ~ **money** 零花錢 **pick sb's ~** 竊, 偷東西.

pockmark /'pɒk,mɑːk/ n. 痘痕; 麻點 ~**ed** adj. 有麻點的.

pod /pɒd/ n. ①【植】豆莢 ② 蠶繭 v. 成莢, 結莢 ~**cast** n.【計】多媒體小收錄機.

podgy /'pɒdʒi/ adj. (比較級 podgier 最高級 podgiest) 矮胖的.

podium /'pəʊdiəm/ n. (pl. **-diums, -dia**)[美] ① 樂隊指揮台 ②【建】墩座牆 ③ 演講壇.

poem /'pəʊim/ n. 詩, 韻文.

poesy /'pəʊizi/ n. ① 作詩(法); 詩歌 ② 詩才.

poet /'pəʊit/ or (fem.) poetess n. 詩人 ~**aster** n. 自封的詩人; 蹩腳詩人 ~**ic** adj. 詩(內容)的 ~**ical** adj. 詩(形式)的 ~**ically** adv. 詩一般地 ~**ry** n. 詩; 詩歌; 韻文 // ~**ic justice** 勸善懲惡 ~**ic licence** 詩的破格.

po-faced /,pəʊ 'feist/ adj. 鐵板着臉的.

pogo stick /'pəʊgəʊ stik/ n. 彈簧單高蹺(遊戲).

pogrom /'pɒgrəm/ n. (尤指沙俄時代對猶太人)有組織的大屠殺, 集體迫害.

poignant /'pɔinjənt, -nənt/ adj. 尖銳的, 強烈的; 辛辣的, 刻薄的 poignancy n. ① 辛辣; 尖銳, 刻薄 ② 強烈.

poinsettia /pɔin'setiə/ n.【植】一品紅, 大戟.

point /pɔint/ n. ① 尖頭, 尖端; 地角 ② 小數點, 標點 ③ 地點, 位置 ④ 要點, 論點 ⑤ 目的, 目標 ⑥ 學分, 分 ⑦ 轉軌閘, 道岔板子 v. 指點(方向) ~**edly** adv. 直截了當地, 嚴厲地 ~**er** n. 指針 ~**ing** n.【建】磚、石之間灌入水泥或灰漿 ~**less** adj. 無力的, 無意義的, 不得要領的 ~**s** n. 鐵軌連接點 ~**-blank** adj. ① 近距離平射的 ② 乾脆的 // ~ **device**【計】移動游標裝置 ~**er** (警察)(偵勤, 站崗 ~ **of view** 觀點, 看法 ~ **to** ~ (賽馬)越過原野的; 逐點的 ~ **to** ~ **protocol**【計】對等協定 **on the ~ of** 正要去(做)時 ~ **to ~ race** 越野賽跑.

poise /pɔiz/ n. 鎮靜, 威嚴, 自信的姿態 ~**d** adj.

poison /'pɔiz'n/ n. ① 毒, 毒藥 ② 毒害 v. ① 放毒於…, 毒害, 使中毒 ② 玷污, 傷害, 敗壞 ~**er** n. 毒害者, 放毒者 ~**ing** n. 中毒, 佈毒, 毒害 ~**ous** adj. 有毒的; 有害的 // ~ **gas** 毒氣 ~**-pen letter** 惡意中傷的匿名信.

poke /pəʊk/ vt. ① (用指、棍) 戳, 刺, 捅; 撥, 淂(火等) ② 伸出(指、頭等) ③ 探聽, 打探 ④ 摸索 n. 戳, 刺, 捅, [美俚]懶人, 討厭的傢伙 ~**y** adj. (= poky) 窄小的; 骯髒的; 無聊的 // ~ **into** 干涉, 刺探, 挑剔 ~ **one's nose into** …管閒事; 插手.

poker /'pəʊkə/ n. ① 火鉗, 火筷子, 撥火棍 ② 撲克牌 ~**-faced** adj. 臉無表情的.

polar /ˈpəʊlə/ *adj.* ① (南、北)極的; 地極的 ② 磁極的; 有磁性的 // ~ **bear** 北極熊, 白熊 ~ **circle** 極圈.

polarize, -se /ˈpəʊləˌraɪz/ *v.* ① 使歸極 ② 極化, 兩極分化 ③ 使偏振 ④ 使(語言等)有特殊意義 polarization *n.*

Polaroid /ˈpəʊləˌrɔɪd/ *n.* 【物】① (人造)偏振片(防閃光用) ② (帶自動快速沖卷的)相機.

polder /ˈpəʊldə, ˈpɒl-/ *n.* 坑, 圍海(築堤)造地.

pole /pəʊl/ *n.* ① 棒, 桿, 竿, (撐篙用)篙 ② 極, 極地 // **North** ~ 北極 **South** ~ 南極 ~ **star** 北極星; 指導人, 目標 ~ **vault** 撐竿跳.

poleaxe, 美式 **poleax** /ˈpəʊlˌæks/ *n. & v.* 鉞, 戰斧 *v.* 砍倒.

polecat /ˈpəʊlˌkæt/ *n.* 【動】臭鼬, 雞貂.

polemic /pəˈlemɪk/ *n.* 論戰, 爭論; 攻擊; 駁斥 ~**al** *adj.* ~**ally** *adv.*

police /pəˈliːs/ *n.* 警察, 警務人員; 治安, 公安 *v.* 設置警察; 維持秩序; 統治; 管轄; 校正; 整頓 ~**man** *n.* 男警察 ~**woman** *n.* 女警察 ~**dog** *n.* 警犬 // ~ **constable** 普通警察 ~ **force** 警察部隊, 警察機關 ~ **officer** 警官, 警員 ~ **state** 警察國家 ~ **station** 警察局.

policy /ˈpɒlɪsɪ/ *n.* (*pl.* **-cies**) ① 政策, 方針 ② 保險單 ③【美】(抽籤)彩票 // ~ **maker** 政策制訂者 ~ **racket** 彩票 ~ **shop** 抽獎商店 ~ **holder** 保險客戶.

poling board /ˈpəʊlɪŋ bɔːd/ *n.* 擋

土板, 撐板.

polio /ˈpəʊlɪəʊ/ *n.* = ~**myelitis** 脊髓灰質炎.

Polish /ˈpɒlɪʃ/ *n. & adj.* 波蘭的; 波蘭人(的); 波蘭語(的).

polish /ˈpɒlɪʃ/ *v.* ① 磨光, 拋光 ② 潤飾; 推敲 *n.* 光澤; 上光劑; 亮油; 亮漆 ~**ed** *adj.* ① 磨光的; 圓滑的 ② 優美的; 精練的 // ~ **off** 很快做好, 很快幹掉.

Politburo /ˈpɒlɪtˌbjʊərəʊ/ *n.* ① 政治局 ② 決策控制機構.

polite /pəˈlaɪt/ *adj.* ① 有禮貌的; 懇切的; 斯文的 ② 精練的; 優美的 ~**ly** *adv.* ~**ness** *n.*

politic /ˈpɒlɪtɪk/ *adj.* ① 精明的; 機敏的; 狡猾的; 有手腕的 ② 適當的; 巧妙的.

politics /ˈpɒlɪtɪks/ *n.* ① 政治; 政治學 ② 政界; 行政事務; 政策; 政見 political *adj.* 政府上的, 政黨(上)的, 國家的, 政府的, 行政上的 politically *adv.* Politician *n.* 政治家; [蔑]政客; [美]政治販子 politicize *vt.* 使政治化; 使具政治性 // political prisoner 政治犯.

polka /ˈpɒlkə/ *n.* ① 波爾卡舞(19世紀盛行的活潑舞姿) ② 波爾卡舞之伴奏樂曲 // ~ **dots** (衣料上的)圓點花紋.

poll /pəʊl/ *n.* ① = **opinion** ~ 民意測驗 ② 投票 ③ 選民登記數 *v.* ① (候選人)得票 ② 使投票 ③ 作民意調查 ④ 剪短; 鋸下 ~**ster** *n.* [美]民意測驗所 // ~**ing station** 投票站 ~ **tax** 人頭稅.

pollarded /ˈpɒləd/ *adj.* (為使樹長得更茂盛而)截去梢的.

pollen /ˈpɒlən/ n.【植】花粉 ~**ate** vt. 傳花粉給…，給… 授粉 **pollinate** v.【生】傳花粉給 **pollination** n. 授粉(作用) **pollinator** n. 花粉傳播者 // ~ **count** 測空氣中花粉量的計數 ~ **grain**【生】花粉粒 ~ **sac** 花粉囊 ~ **tube** 花蕊管.

pollute /pəˈluːt/ vt. 污染; 弄髒 **pollutant** n. 污染物 **pollution** n. 污染(作用).

polo /ˈpəʊləʊ/ n. ① 馬球 ② 水球 // ~ **neck** (小翻領)馬球衫 ~ **shirt** 短袖三扣馬球襯衫.

polonaise /ˌpɒləˈneɪz/ n. 波羅奈(波蘭慢步舞曲).

poltergeist /ˈpɒltəˌɡaɪst/ n. [希臘] 搗亂; 搞鬼; 喧鬧鬼.

poltroon /pɒlˈtruːn/ or **poultroone** n. 膽小鬼, 懦夫.

poly /ˈpɒlɪ/ n. (pl. ~s) = ~**technic** 綜合性工藝學校 ~- [前綴]表示 "多; 複; 聚".

polyandry /ˈpɒlɪˌændrɪ/ n. 一妻多夫(制).

polyanthus /ˌpɒlɪˈænθəs/ n. ① 櫻草花 ② 多花水仙.

polychromatic /ˌpɒlɪkrəʊˈmætɪk/ or **polychromic** /ˌpɒlɪˈkrəʊmɪk/ or **polychromous** adj. 多色的; 色彩多變化的.

polyester /ˌpɒlɪˈestə/ n. 聚酯 // ~ **fibre** 聚酯纖維.

polygamy /pəˈlɪɡəmɪ/ n. ① 多婚(制), 一夫多妻或一妻多夫 ② 雌雄同株; 雜性式; 多配性 **polygamous** adj. **polygamist** n. 多配偶論者; 多配偶的人.

polyglot /ˈpɒlɪˌɡlɒt/ adj. & n. 懂數國語言的(人).

polygon /ˈpɒlɪˌɡɒn/ n.【數】多邊形; 多角形 ~**al** adj.

polygraph /ˈpɒlɪˌɡrɑːf, -ˌɡræf/ n. 脈衝測謊器.

polygyny /pəˈlɪdʒɪnɪ/ n. 一夫多妻制;【植】雜性式.

polyhedron /ˌpɒlɪˈhiːdrən/ n. (pl. -**dra**)多面體.

polymath /ˈpɒlɪˌmæθ/ n. 學識淵博的人.

polymer /ˈpɒlɪmə/ or **polymeride** /pəˈlɪməˌraɪd/ n.【化】聚合物, 聚合體 ~**ize** v.【化】(使)聚合 ~**ization** n.

polyp /ˈpɒlɪp/ n. ① 珊瑚蟲; 水生小動物 ② 黏膜息肉.

polyphonic /ˌpɒlɪˈfɒnɪk/ adj. 【語】多音的; 複音的, 複調的 **polyphony** n. 多音, 複調.

polystyrene /ˌpɒlɪˈstaɪriːn/ n.【化】聚苯乙烯.

polytechnic /ˌpɒlɪˈtɛknɪk/ adj. 多種工藝的; 多種科技的 n. 綜合性工藝學校(或學院).

polytheism /ˈpɒlɪˌθiːˌɪzəm, ˌpɒlɪˈθiːɪzəm/ n. 多神論; 多神主義 **polytheist** n. 多神論者 **polytheistic** adj.

polythene /ˈpɒlɪˌθiːn/ n. 聚乙烯(亦作 polyethylene).

polyunsaturated /ˌpɒlɪʌnˈsætʃəˌreɪtɪd/ adj.【化】多元不飽和的.

polyurethane /ˌpɒlɪˈjʊərəˌθeɪn/ or **polyurethan** /ˌpɒlɪˈjʊərəˌθæn/ n.【化】聚氨基甲酸.

polyvinyl /ˌpɒlɪˈvaɪnɪl, -ˈvaɪnˀl/ n. & adj. 聚乙烯化合物 // ~ **chloride** 聚氯乙烯(略作 PVC).

pomade /pəˈmɑːd, -ˈmeɪd/ or /pəˈmeɪtəm/ n. 潤髮香脂(或香油).

pomander /pəˈmændə/ n. 香丸; 香盒; 香袋.

pomegranate /ˈpɒmɪˌɡrænt, ˈpɒmˌɡrænɪt/ n. 【植】石榴(樹).

Pomeranian /ˌpɒməˈreɪnɪən/ adj. (尖嘴長毛形似狐狸的)小狗.

pommel /ˈpʌməl, ˈpɒm-/ n. ① 馬鞍前橋 ② 球形裝飾.

pommy, pommie /ˈpɒmɪ/ n. (pl. -mies) [澳][新俚]英國佬.

pompom /ˈpɒmpɒm/ or pompon /ˈpɒmpɒn/ n. ① [俚]機關炮 ② 布綢打結成的彩球(裝飾用), 絨球.

pompous /ˈpɒmpəs/ adj. ① 豪華的 ② 浮華的 ③ 自負的, 傲慢的, 擺架子的 // -**ly** adv. pomposity n.

ponce /pɒns/ n. ① 帶女人氣的男人 ② [英俚]男妓; 老鴇 // ~ **around** 無所事事, 消磨時光.

poncho /ˈpɒntʃəʊ/ n. (pl. -chos) (正中有領口的)大披風.

pond /pɒnd/ n. 池塘; 魚塘 ~**weed** n. 【植】角果藻.

ponder /ˈpɒndə/ v. 沉思; 仔細考慮; 衡量.

ponderous /ˈpɒndərəs/ adj. 冗長的; 沉悶的; 笨重的 ~**ly** adv. ~**ness** n.

pong /pɒŋ/ n. & v. [英俚]發惡臭; 名聲臭; 壞透.

pontiff /ˈpɒntɪf/ n. 【宗】教皇; 主教 pontifical adj. 教皇的, 主教的; 傲慢武斷的.

pontificate /pɒnˈtɪfɪkeɪt/ n. ① 發表武斷的意見 ② 教皇任期.

pontoon /pɒnˈtuːn/ n. ① 平底船 ② (架浮橋用的)浮舟 ③ 浮橋; 二十一(點)牌戲.

pony /ˈpəʊnɪ/ n. 矮小的馬 ~**tail** n. 馬尾髮型 // ~ **trekking** 騎小種馬在鄉間旅遊.

poodle /ˈpuːdˀl/ n. (毛修剪成球的)長鬈毛狗, 貴婦狗.

poof /puf, puːf/ or poove n. [蔑]同性戀男人.

poo(h) /puː/ v. [歎]呸, 啐(表示輕蔑、焦急) pooh-pooh vt.

pool /puːl/ n. ① 水坑 ② 游泳池 ③ 水池子; 沉澱池 ④ 合夥生產, 合資經營 ⑤ 共用物資, 共同資金 v. 合辦; 入股; 集中; 共用 ~**room** n. 桌球室 ~**car** n. 合夥用車, 幾家的車輪流接送兒童上學放學或在職人士上班下班(以省油和減輕交通流量).

poop /puːp/ n. [海] 船尾, 船尾樓 ② [俚]蠢貨, 傻子 vi. [俚]放屁; 【軍】開炮 vt. 使筋疲力盡, 便喘不過氣來.

poor /pɔː, pʊə/ adj. ① 貧窮的, 窮困的 ② 少; 差; 不夠 ③ 不健康的 ④ 貧瘠的 ⑤ 可憐的 ⑥ 不幸的 ~**ly** adv. ~**-mouth** v. 哭窮; 說得一錢不值 ~**ness** n.

pop¹ /pɒp/ v. (過去式及過去分詞 ~**ped**) ① 劈拍作響 ② 爆裂 ③ (眼珠)突出 ④ 開槍射擊 ⑤ 突然伸出(或推動、放下) ⑥ 炒爆

n. 嗶啪聲, 開槍聲; [口]汽水; 香
檳酒; [口]父親 **~corn** 爆谷, 爆
玉米花 **~-eyed** *adj.* 眼球突出的
~gun *n.* 木塞槍, 氣槍 **// ~ off** 大
聲講話 **~ up** 【計】屏幕上突然跳
出.

pop² /pɒp/ *adj.* [口]流行的, 普及
的 *n.* 流行音樂 **~ art** 大眾藝術.

pope /pəʊp/ *n.* 羅馬教皇 **popish**
adj. [蔑]天主教的.

popinjay /ˈpɒpɪnˌdʒeɪ/ *n.* ① 愛漂
亮的人 ② 自負而健談的人.

poplar /ˈpɒplə/ *n.* 【植】白楊; 楊
樹.

poplin /ˈpɒplɪn/ *n.* 府綢; 毛葛.

poppadom, -dum /ˈpɒpədəm/ *n.*
(印度)脆的圓麵包片.

poppet /ˈpɒpɪt/ *n.* 玩偶, 小寶寶(對
孩子、愛人的暱稱).

poppy /ˈpɒpɪ/ *n.* 【植】罌粟, 鴉片
~cock *n.* [俚]胡說.

populace /ˈpɒpjʊləs/ *n.* 人民; 老百
姓; 大眾 **populist** *adj.* 合民眾口
味的.

popular /ˈpɒpjʊlə/ *adj.* ① 人民的;
民眾的; 民間的 ② 通俗的, 普通
的, 平易的 ③ 得人心的, 受歡迎的,
流行的 **~ly** *adv.* **~ity** *n.* 名氣,
聲望; 流行 **~ize** *v.* 通俗化, 大眾
化, 普及, 推廣 **// ~ music** 流行音
樂.

populate /ˈpɒpjʊˌleɪt/ *vt.* 使人口
聚居於⋯; 移民於 *vi.* 繁殖(人
口); 增加 **population** *n.* ① 人
口, 人口總數 ② 全體居民 **populous**
adj. 人口稠密的 **// population
explosion** 人口爆炸, 人口驟增.

porbeagle /ˈpɔːˌbiːgl/ *n.* [魚]青

鮫, 鼠鯊.

porcelain /ˈpɔːslɪn, -leɪn, ˈpɔːsə-/ *n.*
瓷; 瓷器.

porch /pɔːtʃ/ *n.* ① 門廊, 門口
② 走廊.

porcine /ˈpɔːsaɪn/ *adj.* 豬的; 像豬
的.

porcupine /ˈpɔːkjʊˌpaɪn/ 【動】
豪豬, 箭豬.

pore /pɔː/ *n.* 毛孔; 細孔 *v.* ① 注
視, 細看 ② 用心閱讀; 悉心研究
③ 沉思, 默想.

pork /pɔːk/ *n.* 豬肉 **~er** *n.* 撲克牌
遊戲; 撥火棍.

porn /pɔːn/ *n.* **or ~o** **= ~ography**.

pornography /pɔːˈnɒɡrəfɪ/ *n.* 春
宮; 春畫; 色情文學(或電影)
pornographic *adj.* 色情的, 誨淫
的.

porous /ˈpɔːrəs/ *adj.* ① 多孔的; 有
氣孔的 ② 能滲透的 **porosity** *n.*
① 多孔性 ② 隙度, 滲透度.

porphyry /ˈpɔːfɪrɪ/ *n.* 【地】斑岩.

porpoise /ˈpɔːpəs/ *n.* 【動】海豚 **// a
school of ~** 一羣海豚.

porridge /ˈpɒrɪdʒ/ *n.* [英] ① 粥,
稀飯; 麥片粥 ② 服刑期.

porringer /ˈpɒrɪndʒə/ *n.* 粥碗; 湯
缽.

port /pɔːt/ *n.* ① 港, 港口, [喻]避
難所 ② 港市, 通商口岸 ③ 船或
飛機之右側 ④ 艙門 ⑤ 炮眼; 射
擊孔 ⑥ (葡萄牙)紅葡萄酒 **~side**
adj. 左邊的.

portable /ˈpɔːtəbl/ *adj.* 可搬運的;
手提式的; 輕便的 **portability** *n.*
輕便; 可攜帶性.

portage /ˈpɔːtɪdʒ, pɔːˈtɑːʒ/ *n.* ① 搬

運, 運輸 ② 貨物 ③ 水陸聯運,
聯運路線 ④ 運費.

portal /ˈpɔːtl/ *n.* 入口; 正門; 橋門.

portcullis /pɔːtˈkʌlɪs/ *n.* (城堡的)
吊閘, 吊門.

portend /pɔːˈtɛnd/ *vt.* 成 … 之前
兆, 預示.

portent /ˈpɔːtent/ *n.* ① 預兆; 凶兆;
不祥之兆 ② 怪事; 奇蹟 **~ous**
adj. 不吉的, 可怕的; [謔]自命不
凡的.

porter /ˈpɔːtə/ *n.* ① 門房 ② 搬運
工 ③ 服務員, 雜務工 **~age** *n.* 搬
運業; 搬運費.

portfolio /pɔːtˈfəʊliəʊ/ *n.* ① 文件
夾, 公文包 ② 部長(或大臣)的
職位 ③ [美]有價證券一覽表
④ (保險、投資公司的)業務量
// ~ **working**【商】兼職.

porthole /ˈpɔːthəʊl/ *n.* 輪船和飛
機兩側舷窗; 艙口.

portico /ˈpɔːtɪkəʊ/ *n.* (*pl.* **-co(e)s**)
【建】(有圓柱的)門廊.

portion /ˈpɔːʃən/ *n.* ① 一部分
② 一份, 一盤(菜), 一客 ③ 命運
// ~ **out** 分成幾份額.

portly /ˈpɔːtlɪ/ *adj.* ① 肥胖的; 粗
壯的; 魁梧的 ② 儀態堂堂的
portliness *n.* **portmanteau** *n.* (*pl.*
-teaus, **-teaux**) 大的旅行皮包(或
皮箱) *adj.* 多用途的; 多性質的.

portrait /ˈpɔːtrɪt, -treɪt/ *n.* ① 肖像
(畫), 相片 ② 半身像 ③ 生動的
描繪 **~ure** *n.* 肖像畫法, 生動描
繪, 人像攝影.

portray /pɔːˈtreɪ/ *v.* ① 畫(人物、
風景); 畫(肖像) ② 描繪, 描述
③ 扮演 **~al** *n.*

Portuguese /ˌpɔːtjʊˈɡiːz/ *adj. & n.*
葡萄牙語(的), 葡萄牙人的 // ~
man-of-war【動】僧帽水母.

pose /pəʊz/ *n.* ① (擺的)姿勢, 姿
態 ② 心理狀態 ③ 矯揉造作, 裝
腔作勢 *vi.* 採取某種姿態, 做作,
擺出樣子, 擺好姿態; 盤問, 提出
難題 **~r** *n.* 難題, 怪題 **~ur** *n.* [法]
裝腔作勢的人; 偽裝者 // ~ **as** 冒
充, 充當.

posh /pɒʃ/ *adj.* [英俚]漂亮的; 優
雅的; 時髦的; 一流的.

posit /ˈpɒzɪt/ *vt.* ① 安置, 佈置, 安
排 ② 假定, 論斷.

position /pəˈzɪʃən/ *n.* ① 位置, 方
位; 地點 ② 處境, 局面 ③ 地位,
職位 ④ 立場, 觀點, 態度 *v.* 放置
~al *adj.*

positive /ˈpɒzɪtɪv/ *adj.* ① 確切的,
明確的 ② 毫無疑問的 ③ 建
設性的; 積極的; 肯定的 ④ 有
自信的 ⑤【數】正的 ⑥【物】
陽性的 **~ly** *adv.* **positivism** *n.*
實證論 **positivist** *n.* 實證論
者 // ~ **camber**【樹】正曲率
~ **discrimination** 給受到不
公正對待的人一些優惠待遇
~ **feedback**【電】電子正反饋.

positron /ˈpɒzɪˌtrɒn/ *n.*【物】正電
子, 陽電子.

posse /ˈpɒsi/ *n.* ① (維持法律和秩
序而組織的)民團, 民兵 ② [俚]
烏合之眾, 暴徒.

possess /pəˈzes/ *vt.* ① 具有, 掌握,
據有, 佔有, 擁有 ② (鬼等)纏住,
迷住 ③ 抑制, 保持(鎮定) ④ 任
意擺佈物(或支配) **~ion** *n.* ① 有,
所有, 擁有 ② 佔有物, 所有物,

財產, 所有權 **~ive** *adj.* 所有的; 佔有慾的;【語】所有格 **~iveness** *n.* **~or** *n.* 持有人, 佔有人.

possible /ˈpɒsɪb'l/ *adj.* ① 可能會有(或發生)的 ② 做得到的; 想得到的 ③ 可以接受的 *n.* 可能性, 可能的人(或物) **possibility** *n.* **possibly** *adv.*

possum /ˈpɒsəm/ *n.* 負鼠(亦作 **o~**) // **play ~** 裝病; 裝睡著了; 裝傻來哄騙對方.

post /pəʊst/ *n.* ① 柱, 樁; 桿; 標竿 ② 崗位, 職位 ③ 哨所, collabor衛兵警戒區 ④ 郵政, 郵差, 驛站 ⑤ 郵報 *v.* ① 張貼(公告) ② 公開揭發 ③ 郵寄; 急送 ④ 登賬 ⑤ 使了解 **~age** *n.* 郵資, 郵費 **~al** *adj.* **~-apartheid** *adj.*【社】(南非)種族隔離解除後的 **~-bag** *n.* 郵袋 **~-box** *n.* 信箱, 郵筒 **~-card** *n.* 明信片 **~-code** *n.* 郵編碼 **~-colonical** *adj.*【社】殖民地獨立後的 **~-industrial** *adj.*【社】後工業化的 **~ing** *n.* 告示, 公佈 **~-man** *n.* 郵差 **~-mark** *n.* 郵戳 **~-master** *n.* 郵政局長 **~-mistress** *n.* 女郵政局長 **~-modernism** *n.*【藝】後現代主義 // **~ modifier**【語】後置修飾語 **~ office** 郵政局 **~ production** 攝製後的 **~al order** [英]郵政匯票 **keep sb ~ed** 定期通訊, 告知情況.

post- *pref.* [前綴] 表示"之後", 次", 如: **~taxial** *adj.* 完稅後 **~war** *adj.* 戰後.

postdate /pəʊstˈdeɪt/ *vt.* ① 將日期填遲(若干天) ② 在…之後到來 *n.* (證券的)事後日期.

poster /ˈpəʊstə/ *n.* ① 招貼畫, 海報, 標語 ② 驛馬; 送信者 // **~ paint** 廣告顏料.

poste restante /pəʊst rɪˈstænt, pɒst restɑ̃t/ *n.* [法](封注)留局待領郵件; 郵局中的郵件待領科.

posterior /pɒˈstɪərɪə/ *n.* 臀部; 後部 *adj.* 後面的; 其次的; 尾部的; 背部的.

posterity /pɒˈsterɪti/ *n.* ① 後裔, 子孫 ② 後世, 後代.

postern /ˈpɒstən/ *n.* 後門, 邊門, 便門.

postgraduate /pəʊstˈgrædjʊɪt/ or postgrad or post-grad /ˌpəʊstˈgræd/ *adj.* 大學畢業後的; 大學研究院的 *n.* 研究生.

posthaste /ˌpəʊstˈheɪst/ *adv.* 以極快速度.

posthumous /ˈpɒstjʊməs/ *adj.* ① 父死後生的; 遺腹的 ② 死後出版的 **~ly** *adv.* 身後, 死後.

postil(l)ion /pɒˈstɪljən/ *n.* 前排左馬馭者.

post-mortem /pəʊstˈmɔːtem/ *adj.* 死後的 *n.* 驗屍.

postnatal /pəʊstˈneɪt'l/ *adj.* 初生嬰兒的; 產後的 // **~ depression** 產後抑鬱症.

postpone /pəʊstˈpəʊn, pəˈspəʊn/ *vt.* ① 延期, 延緩, 推遲 ②【語】後置 **~ment** *n.* **~r** *n.* 使延緩者.

postprandial /pəʊstˈprændɪəl/ *adj.* 飯後的, 餐後的.

postscript /ˈpəʊsˌskrɪpt, ˈpəʊst-/ *n.* (信的附言, 又及(略作 PS).

postulant /ˈpɒstjʊlənt/ *n.* ① 聖職, 神職申請人 ② 申請者; 請願者.

postulate /ˈpɒstjʊˌleɪt, ˈpɒstjʊlɪt/ vt. (認為自明而)假定, 假設 postulation n. 假定; 要求.

posture /ˈpɒstʃə/ n. ① 姿態, 姿勢; 態度 ② 精神準備, 心境 v. 取某種姿勢(或態度), 故作姿態.

posy /ˈpəʊzɪ/ n. (pl. -sies) 一小束花.

pot /pɒt/ n. ① 罐; 壺; 鍋 ② 茶壺 ③ [俚]大麻 ④ [口]巨款 v. (過去式及過去分詞 ~ted)把(花)栽入盆中; 裝入壺中; 刪節; 獵獲; [口]得到, 射擊, 亂射 ~ted n. 盆種在盆中的; 存放在罐中的; 刪減過的 ~belly n. 大肚皮 ~luck n. 便飯; 百樂餐(參加者各自攜帶一道菜餚分享); 碰巧得到的東西 ~sherd n. 破陶碎片 ~shot v. 亂射 // ~ted plant 盆栽花木 ~ting compost 盆栽土壤 ~ting shed 盆花棚子.

potable /ˈpəʊtəb³l/ adj. 適合飲用的 n. 飲料.

potash /ˈpɒtæʃ/ n. 碳酸鉀, 鉀肥 (亦作 potass).

potassium /pəˈtæsɪəm/ n. [化] 鉀.

potato /pəˈteɪtəʊ/ n. (pl. -toes) 馬鈴薯, 洋山芋, 土豆 ~box n. [俚] 嘴 ~head n. 笨蛋 // ~ chip 薯片 hot ~ 棘手問題 sweet ~ 蕃薯, 甜薯, 山芋.

poteen, poitín /pɒˈtʃiːn, -ˈtiːn/ n. 愛爾蘭私造威士忌酒.

potent /ˈpəʊt³nt/ adj. ① 有力的; 有勢力的 ② 有效力的; 烈性的 ③ (男性)有生殖力的 potency n.

potentate /ˈpəʊt³nˌteɪt/ n. ① 有權勢的人 ② 當權者, 君主.

potential /pəˈtɛnʃəl/ adj. ① 可能的 ② 潛在的 n. 可能性, 潛在力; 潛勢;【電】電位, 電勢 ~ity n. 可能性, 潛能 ~ly adv. // ~ difference 電位差, 勢差 ~ energy 位能, 勢能.

pothole /ˈpɒtˌhəʊl/ n. ① 路面坑窪 ② 地下洞穴 potholing n. 洞穴探險 ~r n. 洞穴探險者.

potion /ˈpəʊʃən/ n. 一服(藥); 一劑.

potpourri /ˌpəʊˈpʊərɪ/ n. [法] ① 百花香(乾花瓣加香料) ②【音】雜曲, 集成曲.

pottage /ˈpɒtɪdʒ/ n. (菜肉)濃湯(亦作 potage).

potter /ˈpɒtə/ n. 製陶工 v. 稀里糊塗混日子.

pottery /ˈpɒtərɪ/ n. (pl. -teries) 陶器類; 陶瓷廠.

potty /ˈpɒtɪ/ n. adj. (比較級 pottier 最高級 pottiest) [俚]傻的, 瘋似的 (pl. potties) 尿盆, 尿罐 // ~ chair (小孩)便盆椅.

pouch /paʊtʃ/ n. ① 小袋, 囊 ② 有袋動物之育兒袋, 肚囊 ③ [口]酒錢, 小賬.

pouf(fe) /puːf/ n. 厚實的大座墊, 蒲團(亦作 pouffe).

poulterer /ˈpəʊltərə/ n. 家禽販, 野禽販.

poultice /ˈpəʊltɪs/ n.【醫】泥敷劑; 膏藥.

poultry /ˈpəʊltrɪ/ n. 家禽.

pounce /paʊns/ n. & v. 猛撲上去抓住; 攻擊; 吸墨粉; 印花粉.

pound /paʊnd/ n. ① 磅(重量單位, 相當於 0.151 公斤)(略

作 lb.) ② 英鎊(英國貨幣名, = 100 便士)(略作 £) ③ 官設圍欄 v. ① 搗碎 ② 猛擊 ③ 亂彈(琴), 亂奏 ④ 灌輸 ⑤ 沿着⋯行走 ⑥ 亂打 ⑦ 接連不斷地開砲 ⑧ 痙攣 ⑨ 沉重地走步 ⑩ 拼命幹(活).

pour /pɔː/ vt. ① 注, 灌, 瀉, 傾瀉 ② 大施(恩惠) ③ 傾吐, 雨傾盆而下; 源源而來.

pout /paʊt/ n. ① 噘嘴 ② 生氣 v. 噘嘴, 繃臉, 發脾氣.

pouter /ˈpaʊtə/ n. 【動】凸胸鴿.

poverty /ˈpɒvəti/ n. ① 貧窮 ② 缺少, 貧乏, 貧瘠 ③ 虛弱 **~-stricken** adj. 貧困的 // **~ trap** 陷入困境, 無法解脫.

POW /piː əʊ ˈdʌbəljuː/ abbr. = prisoner of war 戰俘.

powder /ˈpaʊdə/ n. ① 粉, 粉末 ② 香粉; 牙粉 v. 使成粉末; 搽粉, 散粉於⋯ **~ed** adj. 弄成粉的, [美俚]喝醉的 **~y** adj. 粉的, 粉狀的 // **~ coating** 烤乾粉塗層 **~ puff** (擦粉用)粉撲; 花花公子 **~ room** 女廁所.

power /ˈpaʊə/ n. ① 力; 力量; 能力; 機能 ② 勢力; 權力; 威力 ③ 有勢力的人; 有影響的機構 ④ 兵力; 強國 ⑤【機】動力; 電力; 功率; 能量 **~ed** adj. 以⋯為動力的; 有動力推動的 **~ful** adj. 有力的, 強大的 **~less** adj. 無力的; 無能的; 虛弱的 // **~ cut** 斷電, 停電, 供電中斷 **~ hose** 高壓軟管 **~ rating** 額定功率 **~ point** 電門插座 **~ shower** 強力淋浴器 **~ stroke**

內燃機活塞之衝程, 動力衝程 **~ station** (發)電站 **~ steering** 電控力向盤 **~ structure** 權力結構 **~ tool** 電動工具, 重型機床 **~ transmission** 輸電.

powwow /ˈpaʊwaʊ/ n. [美俚]會談, 會議, 商量.

pox /pɒks/ n. ①【醫】痘; (皮)疹; 天花 ②[俚]梅毒 ③【植】瘡痂病.

pp /piː piː/ abbr. ① = pages 頁 ② = per procurationem [拉]由⋯所代表 ③ = postpaid 郵費已付 ④ = prepaid 已預付.

p. p. i. /piː piː aɪ/ abbr. = parcel post insured 掛號郵政包裹.

PPP /ˌpiː piː ˈpiː/ abbr. = public private partnership 公私合夥(私營生產, 政府提供服務).

PR /piː ɑː/ abbr. ① = payroll 工資發放名冊 ② = Parliamentary Reports [英]議會議事錄 ③ = public relations 公共關係 ④ = prize ring 拳擊場 ⑤ = proportional representative (選舉)的比例代表制.

practicable /ˈpræktɪkəbl/ adj. 切實可行的 practicability n.

practical /ˈpræktɪkl/ adj. ① 實地的; 事實上的 ② 實踐的; 由實地經驗過的 ③ 實用的; 應用的 ④ 能幹的 ⑤ 實事求是的 **~ity** n. **~ly** adv. // **~ joke** 惡作劇.

practice /ˈpræktɪs/ n. ① 實踐; 實行; 實際 ② 練習; 實習 ③ 慣例, 常規 ④ (律師、醫生的)開業, 業務, 生意 // **in ~** 事實上, 在實踐中 **put into ~** 實行, 付諸實施.

practise, -tice /'præktɪs/ vt. ① 實行, 實踐, 實施 ② 練習, 實習 ③ 開業, 從事 ④ 慣常進行 **~d** adj. 有實際經驗的, 老練的 **practising** adj. 積極參與宗教活動的; 執業的.

practitioner /præk'tɪʃənə/ n. 開業者, 實習者; 老手.

pragmatic /præg'mætɪk/ adj. 【哲】實用主義的; 重實效的 **pragmatism** n. **pragmatist** n. ① 實用主義者 ② 講求實效者 ③ 愛管閒事的人.

prairie /'prɛərɪ/ n. ① (尤指中美) 大草原 ② 林中空地 // **~ dog** (= **~ squirrel**) 草原犬鼠, 土撥鼠.

praise /preɪz/ v. & n. ① 表揚, 稱讚 ② 讚美; 崇拜; 歌頌 **~worthy** adj. 值得讚頌的, 可嘉許的 // **sing sb's ~s** 大唱讚歌, 讚美, 吹捧.

praline /'prɑːliːn/ n. 果仁糖, 杏仁糖.

pram /præm/ n. ① 手推童車; 嬰兒車; 搖籃車 ② [俚]手推車.

prance /prɑːns/ v. ① 騰躍, 昂首闊步.

prang /præŋ/ n. & v. [英俚]撞壞; 墜毀.

prank /præŋk/ n. ① 開玩笑, 惡作劇 ② 不正常的動作.

prat /præt/ n. 笨蛋; [美俚]屁股.

prattle /'prætl/ n. & v. ① 小孩般顛三倒四說話 ② 空談; 廢話; 嘮叨 **~r** n. 講話幼稚者, 空談者, 瞎聊的人.

prawn /prɔːn/ n. 對蝦, 明蝦.

praxis /'præksɪs/ n. (pl. -es, praxes)

實習; 習慣, 慣例, 實踐.

pray /preɪ/ vt. ① 請求, 懇求 ② 禱告, 祈禱 **~er** n. 懇求者, 禱告者; 祈禱, 禱告 // **~er book** 祈禱書 **~er mat** 跪毯 **~ing mantic** 螳螂.

pre- /priː/ pref. [前綴] 表示 "前; 先; 預先", 如: **~history** n. 史前 **~school** n. 學前預備班 **~shrunk** adj. 【紡】已預縮的.

preach /priːtʃ/ vi. ① 佈道, 傳道 ② 宣傳 ③ 諄諄勸誡 ④ 鼓吹 **~er** n. 傳教士, 說教者, 宣傳者, 鼓吹者.

preamble /priː'æmbl/ n. ① 緒言, 序; 前言 ② 開端, 端倪.

prearranged /ˌpriːə'reɪndʒd/ adj. 預先安排好的.

prebendary /'prebəndərɪ, -drɪ/ n. ① 受俸牧師 ② (不支薪的)榮譽受俸牧師.

precarious /prɪ'kɛərɪəs/ adj. 不確定的; 危險的; 靠不住的; 不安定的 **~ly** adv.

precast /'priːkɑːst, priː'kɑːst/ adj. & v.【建】預製, 預澆鑄.

precaution /prɪ'kɔːʃən/ n. 預防措施; 謹防 **~ary, ~al** adj. 預防的, 有戒備的.

precede /prɪ'siːd/ vt. ① 領先於 ② 優於, 居先 **preceding** adj. 在前的, 在先的, 前述的 **~nce** n. **~nt** adj. // **take ~nce over** 在…之上, 優於.

precentor /prɪ'sentə/ n. (教堂歌詠班)指揮; 領唱者.

precept /'priːsept/ n. ① 告誡; 訓導; 格言 ② 規程.

precession /prɪ'seʃən/ n. 前行, 先

行 // **~ of the equinoxes**【天】(分
點)歲差.

precinct /'prisɪŋkt/ n. 圍地; 境域
內; 管轄區; 界限.

precious /'preʃəs/ adj. ① 貴重的,
珍貴的 ② 寶貝的 ③ 過份的; 不
自然的 // **~ metal** 貴金屬 **~ stone**
寶石.

precipice /'presɪpɪs/ n. ① 懸崖, 峭
壁 ② 危急處境 precipitous adj.
險峻的; 陡峭的.

precipitant /prɪ'sɪpɪtənt/ adj. 急躁
的; 突然的; 輕率的.

precipitate /prɪ'sɪpɪ,teɪt, prɪ'sɪpɪtɪt/
v. ① 使突然發生 ② 猛然扔下
③ 使沉澱. 慌張的; 急躁的
~ly adv. precipitation n. ① 猛然
擲下 ② 猛衝, 急躁, 輕率, 魯莽
③【化】沉澱物; (雨、雪之)降
落.

precis, précis /'preɪsi:/ n. (pl. ~)
[法]摘要, 梗概.

precise /prɪ'saɪs/ adj. ① 精確
的; 精密的 ② 清晰的; 明確的
③ 絲毫不差的; 恰好的 ~ly adv.
precision n. // **precision farming**
【農】精耕細作.

preclude /prɪ'klu:d/ v. 排除; 杜絕;
阻止; 使不可能.

precocious /prɪ'kəʊʃəs/ adj.
① (人)早熟的, 發育過早的
② (花)早開的 precocity n. ~ness n.

precognition /,pri:kɒg'nɪʃən/ n. 預
知, 預感.

preconceived /,pri:kən'si:vd/
adj. 先入之見的; 偏見的
preconception n.

precondition /,pri:kən'dɪʃən/ n. 前
提, 先決條件.

precursor /prɪ'kɜ:sə/ n. ① 先驅,
前任 ② 預兆, 先兆.

predate /pri:'deɪt/ vt. 將日期填早
(若干天).

predatory /'predətərɪ, -trɪ/ adj.
① 掠奪成性的 ② 食肉的
predator n. 掠奪為生者, 捕食
其他動物的動物, 食肉動物
predation n. 掠奪(行為).

predecease /,pri:dɪ'si:s/ vt. 先死, 早
死.

predecessor /'pri:dɪ,sesə/ n. ① 前
任 ② 前輩.

predestination /pri:,destɪ'neɪʃən/
n. 注定; 命運 predestined adj. 命
中注定的.

predetermined /,pri:dɪ'tɜ:mɪnd/
adj. 預定的, 注定的
predeterminer n. 注定, 預先決
定 … 的方向者; 前限定詞.

predicament /prɪ'dɪkəmənt/ n. 遭
遇; 窘境; 苦境.

predicate /'predɪ,keɪt, 'predɪkɪt/ n.
①【語】謂語 ② 本質 v. ① 斷
言, 論斷 ② 宣佈 predicative adj.
【語】謂語的; 論斷性的.

predict /prɪ'dɪkt/ v. 預言, 預告, 預
示 ~able adj. ~ion n. // **weather**
~ion 天氣預報.

predilection /,pri:dɪ'lekʃən/ n. 嗜
好, 偏好, 偏愛.

predispose /,pri:dɪ'spəʊz/ vt. ① 預
先處理(或處置) ② 使傾向於 …
③ 使易感染 predispositon n.

predominate /prɪ'dɒmɪ,neɪt/ vi.
統治; 居支配地位, 佔優勢

predominance *n.* 突出, 卓越, 優勢.

predominant /prɪ'dɒmɪnənt/ *adj.* ① 主要的, 突出的, 最顯著的 ② 有力的, 有效的 ③ 佔優勢的 ④ 流行的 ~ly *adv.*

pre-eminent /prɪ'ɛmɪnənt/ *adj.* 傑出的, 優秀的, 卓越的 ~ly *adv.*
pre-eminence *n.*

pre-empt /prɪ'ɛmpt/ *v.* ① 取得先買權 ② [喻]先佔, 先取, 先發制人 ~ion *n.* ~ive *adj.*

preen /priːn/ *v.* (鳥)用嘴理毛; (人)打扮(自己); 誇耀 // ~ oneself 誇耀自己; 自滿, 自負.

prefab /priː'fæb/ *n.* [口]預制房屋, 活動房屋.

prefabricated /priː'fæbrɪ,keɪt/ *adj.* 預製的.

preface /'prɛfɪs/ *n.* 序, 緒言, 前言, 引語 *vi.* 作序 prefatory *adj.* 序言的, 在前面的.

prefect /'priːfɛkt/ *n.* 學生領班長, [法] 省長; 長官, 司令官 ~ure *n.* 長官, 法國省長, 日本縣知事之職; (中國)專區; (日本)縣; (法國)省.

prefer /prɪ'fɜː/ *v.* (過去式及過去分詞 -ferred) ① 比較喜歡, 更喜歡 ② 提出控訴 ③ [律]給(訴權人)優先獲償付權 ~able *adj.* 略勝一籌的 ~ably *adv.* ~ence *n.* ~ential *adj.* 優先的, 差別制的; [貿]特惠的 ~ment *n.* 升級, 提升; 優先權.

prefigure /priː'fɪɡə/ *or* prefigurate /priː'fɪɡjə,reɪt/ *v.* ① 預示, 預兆 ② 預想, 預言.

prefix /'priːfɪks, priː'fɪks/ *n.* [語] 前綴, 前加成份 *v.* 把 ... 放在前頭; 加前綴; 加標題於 ... .

pregnant /'prɛɡnənt/ *adj.* ① 懷孕的 ② 含蓄的 ③ 意義深長的 pregnancy *n.* ① 懷孕, 妊娠 ② 含蓄; 充實.

prehensile /prɪ'hɛnsaɪl/ *adj.* 善於抓拿的, 有捕捉力的; 善於領悟的 prehensility *n.*

prehistoric /,priːhɪ'stɒrɪk/ *or* prehistorical *adj.* 史前的 prehistory *n.*

prejudge /priː'dʒʌdʒ/ *v.* 預先判斷, 過早判斷; [律]不審而判.

prejudice /'prɛdʒʊdɪs/ *n.* 偏見, 成見; 歧視; [律] 損害, 傷害, 利害 *v.* ① 抱成見, 持偏見 ② 侵害, 損害 ~d *adj.* 有偏的 prejudicial *adj.* 引起偏見的; 不利的.

prelate /'prɛlɪt/ *n.* ① 教長, 主教 ② [美]教士, 牧師 prelacy *n.* ① [集合名詞]主教(團) ② 主教地位.

preliminary /prɪ'lɪmɪnərɪ/ *adj.* 預備的; 初步的; 序言性的 *n.* (pl. -naries) ① 開端, 準備 ② 預考 ③ [體] 預賽, 淘汰賽.

prelude /'prɛljuːd/ *n.* ① [音] 前奏曲, 序曲 ② 前兆 ③ 序幕.

premarital /priː'mærɪt'l/ *adj.* 婚前的.

premature /,prɛmə'tjʊə, 'prɛmə,tjʊə/ *adj.* 早熟的; 不成熟的; 早產的 ~ly *adv.*

premedication /,priːmɛdɪ'keɪʃən/ *n.* 準備全身麻醉的用藥.

premeditated /priː'mɛdɪteɪtɪd/ *adj.* 預先想過的, 預謀的

premeditation n.

premenstrual /priːˈmɛnstrʊəl/ adj. 月經提前的.

premier /ˈprɛmjə/ n. 總理, 首相 adj. 首要的, 第一的; 主要的 ~**ship** n. 總理(或首相)的職務.

première /ˈprɛmɪˌɛə, ˈprɛmɪə/ n. [法] ① 首次演出 ② 初次展出.

premise /ˈprɛmɪs/ n. (常用複) 前提; 【律】讓渡物件 ~**s** n. 房屋及其附屬基地, 建築 v. 預述; 前提.

premium /ˈpriːmɪəm/ n. ① 溢價; 加價; 貼水; 升水 ② 保險費 // **at a ~** (股票)以超過票面以上的價格, [喻]非常需要 **P- Bond** 溢價債券.

premonition /ˌprɛməˈnɪʃən/ n. ① 預先警告, 預先勸告 ② 預兆 **premonitory** adj.

prenatal /priːˈneɪtl/ adj. 出生前的; 胎兒期的.

preoccupy /priːˈɒkjʊˌpaɪ/ v. (過去式及過去分詞 **-pied**) ① 先佔領 ② 吸引住, 迷住, 使出神 **preoccupation** n.

preordained /ˌpriːɔːˈdeɪnd/ adj. 預定的; 命該有的.

prep /prɛp/ n. [俚]預備功課, 家庭作業, [美]預科 abbr. = ~**aratory** // ~ **school** 預備學校.

prepacked /priːˈpækt/ or **prepackaged** /priːˈpækɪdʒd/ adj. 預先包裝好的.

prepaid /ˌpriːˈpeɪd/ adj. 已預付的; 付訖的 **prepayment** n. 預付(款).

prepare /prɪˈpɛə/ v. ① 準備, 預備; 溫習 ~**d** adj. ① 有準備的 ② 特別處理過的 **preparation** n. 準備,

預備, 準備工作; 預修, 預習; 配製; 備辦 **preparatory** adj. 準備的, 預備的 // **preparatory school** 私立預科學校; [美]大學預科.

preponderant /prɪˈpɒndərənt/ adj. (數量、重量、重要性上)佔壓倒優勢的 ~**ly** adv. **preponderance** n.

preposition /ˌprɛpəˈzɪʃən/ n. 【語】介詞, 前置詞 ~**al** adj. // ~**al phrase** 介詞短語.

prepossessing /ˌpriːpəˈzɛsɪŋ/ adj. 給人好印象的; 有吸引力的.

preposterous /prɪˈpɒstərəs/ adj. 十分荒謬的, 黑白顛倒的.

prepuce /ˈpriːpjuːs/ n. (陰莖或陰蒂)包皮.

prerecorded /ˌpriːrɪˈkɔːdɪd/ adj. 預先錄製好的(節目).

prerequisite /ˌpriːˈrɛkwɪzɪt/ n. & adj. 先決條件(的), 前提(的).

prerogative /prɪˈrɒgətɪv/ n. 特權; 特性.

presage /ˈprɛsɪdʒ/ n. & v. ① 預示; 前兆 ② 預感; 預言.

presbyopia /ˌprɛzbɪˈəʊpɪə/ or **presbyopy** /ˈprɛzbɪˌəʊpɪ/ n. 【醫】老花眼.

Presbyterian /ˌprɛzbɪˈtɪərɪən/ adj. 長老會的 n. 長老會教友 **Presbyterism** n. 長老制, 長老派主張.

presbytery /ˈprɛzbɪtərɪ, -trɪ/ n. 【宗】① 長老會 ② 祭壇 ③ (天主教神父)住宅 ④ 長老(總稱).

prescience /ˈprɛsɪəns/ n. 預知; 先知先覺 **prescient** adj.

prescribe /prɪˈskraɪb/ vt. ① 命

令; 指揮; 規定 ② 處方, 開藥方
prescription n. ① 藥方 ② 命令,
指示 prescriptive adj. ① 命令的,
規定的 ② 約定俗成的.

presence /ˈprezns/ n. ① 存在
② 出席, 列席, 到場 ③ 姿容, 風
采, 風度 // ~ of mind 泰然處之.

present¹ /ˈprezˌnt/ adj. ① 在座的,
出席的, 在場的 ② 現在的, 當
前的; 目前的; -ly adv. 不久, 馬
上; [美]現在, 目前 // ~ day 當今,
在現在 ~ participle 現在分詞
~ perfect 現在完成時態 ~ tense
現在時態.

present² /ˈprezˌnt, priˈzent/ n. 贈
品, 禮物; 贈送 v. ① 贈送, 呈獻
② 交出, 呈交, 出示, 交給 ③ 陳
述, 介紹, 披露 ~ation n. ~able
adj. 拿得出去的, 像樣的 ~er n.
贈送者, 呈獻者, 推薦人 // ~ation
software 展示軟件, 簡報軟件.

presentiment /priˈzentɪmənt/ n.
(不祥的)預感, 預覺.

preserve /priˈzɜːv/ vt. ① 保存,
保藏, 防腐, 保管 ② 保持, 保
護 ③ 醃(肉、魚等) ④ 禁獵
n. ① 蜜餞 ② 禁獵區 ③ 保護區
preservation n. preservative adj.
儲藏的, 防腐的 n. 預防法; 防腐
劑; 預防藥.

preshrunk(en) /priːˈʃrʌŋk/ adj. (布
料等)已經預縮的.

preside /priˈzaɪd/ vi. 主持(會議).

president /ˈprezɪdənt/ n. ① 總
統 ② 總裁 ③ 會長; (大學)校長
~ial adj. presidency n. 總統(或議
長)的職位; 統轄.

press¹ /pres/ v. ① 壓, 按; 熨

平 ② 榨取; 搾絞 ③ 逼, 強迫
④ 敦促, 催促 n. 印刷機; (the
~) 報界, 新聞記者 ~ed adj. 壓
力大的 ~ing adj. 急迫的, 緊急
的, 迫切的 // ~ box (體育)記者
席 ~ conference 記者招待會
~ release (發佈的)新聞稿, 通訊
稿 ~ stud 按鈕, 按扣 ~ up 引體
向上, 俯臥撐 ~ed for 短缺, 催
促.

press² /pres/ n. & v. 抓壯丁, 強
迫徵兵 vt. 強迫; 勸誘 //
~ into service 強迫服役; 徵用.

pressure /ˈpreʃə/ n. ① 壓; 擠; 榨
② 壓力; 電壓 ③ 緊張; 緊張
④ 艱難困苦 ⑤ 大氣壓 -d adj.
壓力大而擔心的 ~urize vt. 加壓
力; 對…施力; 迫使 // ~ cap (製
冷系統)壓力蓋 ~ cooker 高壓鍋,
壓力鍋 ~ group (對立法等)的壓
力集團 ~ ware【地】地震壓力波
bring ~ to bear on 以勢壓服.

prestidigitation
/ˌprestɪˌdɪdʒɪˈteɪʃən/ n. 變戲法;
(魔術的)手法.

prestige /preˈstiːʒ/ n. 聲譽, 威望,
威信 prestigious adj.

presto /ˈprestəʊ/ adj. & adv.【音】
快; 急速(地).

prestressed /priːˈstrest/ adj. (混凝
土)預應力的.

presume /priˈzjuːm/ vt. ① 假
定, 假設; 推測; 認為 ② 敢於;
膽敢 presumably adv. 推測起
來; 大概, 可能 presumption n.
① 專橫, 自以為是, 放肆 ② 推
測, 臆斷 presumptuous adj. 放
肆的, 不客氣的, 專橫拔扈的

presumptuously *adv.* presumptive *adj.* 可據以推定的 // heir presumptive 假定繼承人.

presuppose /ˌpriːsəˈpəʊz/ *vt.* ① 預先假定; 預料 ② 以 … 為前提; 含有 presupposition *n.*

pretend /prɪˈtend/ *vt.* 假托, 藉口; 假裝 ~**er** *n.* 冒充者, 假冒者 pretence *n.* ① 藉口, 口實, 托辭 ② 假裝; 虛偽 ③ 虛飾

pretentious *adj.* ① 自負的, 狂妄的 ② 虛偽的, 做作的 pretension *n.* ① 抱負; 意圖; 自命不凡 ② 虛榮 ③ 托詞 ④ 預應力.

preterite, 美式 preterit /ˈpretərɪt/ *adj. & n.*【語】過去的, 已往的 *n.*【語】過去時態.

preternatural /ˌpriːtəˈnætʃrəl/ *adj.* 超自然的; 不可思議的; 異常的.

pretext /ˈpriːtekst/ *n.* ① 藉口, 口實, 托詞 ② 假相.

pretty /ˈprɪtɪ/ *adj.* (比較級 -tier 最高級 -tiest) ① 漂亮的, 俊俏的 ② 優美的 *adv.* 相當, 頗; 非常 prettify *v.* ① 修飾 ② 美化 prettily *adv.* prettiness *n.* // sitting ~ 處於極有利地位.

pretzel /ˈpretsəl/ *n.* 椒鹽捲餅, 麻花.

prevail /prɪˈveɪl/ *vi.* ① 勝, 壓倒, 佔優勢 ② 普遍; 盛行 ③ 說服 ~**ing** *adj.* 盛行的, 流行的 prevalence *n.* prevalent *adj.*

prevaricate /prɪˈværɪˌkeɪt/ *vi.* 支吾, 搪塞; 撒謊 prevarication *n.*

prevent /prɪˈvent/ *vt.* ① 阻止, 制止 ② 預防 ~**able** *adj.* ~**ion** *n.* ~**ive** *adj. & n.* 預防的, 預防劑,

(藥) // ~**ive detention** 預防性拘留, 防護關押 ~**ive medicine**【醫】預防醫藥, 防病藥物.

preview, 美式 prevue /ˈpriːvjuː/ *v. & n.* 預演; 試映; 預習.

previous /ˈpriːvɪəs/ *adj.* 以前的; 先前的 ~**ly** *adv.*

prey /preɪ/ *n.* 捕獲物; 犧牲品; 戰利品 // **bird of** ~ 肉食鳥, 猛禽 ~ **on** ① 獵獲捕食 ② 煩惱.

price /praɪs/ *n.* ① 價格, 價錢 ② 報酬, 懸賞; 為取得某物所作的犧牲 *vt.* 定價, 開價 ~**less** *adj.* 無價的; 極荒謬的 ~**y, pricy** *adj.* [英口] 昂貴的, 高價的 // ~ **control** 價格管制 ~ **current** (股票或物品的) 行市表 ~ **cutting** 削價, 減價 ~ **points** 價格點, 零售價 ~ **tag** / ~ **ticket** 價格標籤 ~ **war** 價格戰 ~**-earnings ratio**, ~ **earning mutliple**【商】價格收益比率.

prick /prɪk/ *vt.* ① 紮, 刺, 戳穿 ② 刺傷, 使痛心 ③ 豎 (耳) ④ 驅策 ⑤ 插 (苗) ⑥ 追蹤 *n.* ① 紮, 刺 ② 刺痛 ③ 刺痕 ④ 悔恨 // ~ **up one's ears** 豎耳細聽.

prickle /ˈprɪk'l/ *n.* ① 刺, 棘 ② 刺痛 *v.* 感到刺痛 ~**ly** *adj.* // ~**ly heat** 痱子 ~ **pear**【植】仙人球, 霸王樹.

pride /praɪd/ *n.* ① 驕傲, 傲慢 ② 自豪, 自滿, 得意 ③ 最優秀部份, 精華 ④ 羣獅 ⑤ 孔雀開屏 // ~ **of place** 佔第一位, 居榜首 ~ **oneself on** 引以自豪.

prie-dieu /priːˈdjɜː/ *n.* [法] 禱告台; 禱告椅.

priest /priːst/ *n.* 祭司, 教士, 神父, 牧師; 僧人, 術士 **~ess** *n.* 尼姑, 女祭司, 女術士 **~hood** *n.* ① 教士的職位(或身份) ② 全體教士 **~ly** *adj.*

prig /prɪg/ *n.* ① 一本正經、自命不凡的人 ② 小偷, 扒手 **~gish** *adj.* **~gishness** *n.*

prim /prɪm/ *adj.* (比較級 **~mer** 最高級 **~mest**) 整潔的; 一本正經的; 古板的 **~ly** *adv.* **~ness** *n.*

prima ballerina /ˈpriːmə ˌbæləˈriːnə/ *n.* 芭蕾舞主要女演員.

primacy /ˈpraɪməsɪ/ *n.* ① 首位, 第一位 ② 大主教的職務.

prima donna /ˈpriːmə ˈdɒnə/ *n.* ① 首席女歌手, 女領唱 ② 神經質的人(尤指女性); 喜怒無常的人.

primaeval /praɪˈmiːvᵊl/ *adj.* = primeval 早期的, 原始的.

prima facie /ˌpraɪmə ˈfeɪʃɪ/ *adj.* [拉]乍看起來; 初次印象.

primal /ˈpraɪməl/ *adj.* ① 第一的, 最初的 ② 首要的, 根本的.

primary /ˈpraɪmərɪ/ *adj.* ① 初級的, 初等的 ② 主要的 ③ 原始的; 第一手的; 原色的 **primarily** *adv.* 起初地 **~ cell** 原電池, 一次性電池 **~ colours** 原色 **~ consumer** 初級消費者, 食草動物 **~ product** 原始產品(如糧食、礦石) **~ school** 小學 **~ shock** 【醫】原發性休克 **~ stress** 原重音.

primate /ˈpraɪmeɪt/ *n.* ① 大主教, 首席主教 ②【動】靈長類.

prime /praɪm/ *adj.* ① 主要的, 首要的 ② 一流的, 頭等的, [英俚]漂亮的 ③ 血氣旺盛的 *v.* ① 事先提供消息 ② 為…裝火藥(或雷管) ③ 塗底子上油漆 ④ 填裝灌注 ⑤ 使準備好 // **~ cost** 主要成本 **~ meridian** 本初子午線 **P-Minister** 首相; 總理 **~ number**【數】質數, 素數 **~ rate** 最優惠(貸款)利率 **~ time** (電視)黃金時間.

primer /ˈpraɪmə/ *n.* ① 初級讀本, 入門(書) ② 裝填火藥者; 裝雷管者; 起動油泵者 ③ 底漆; 首塗油.

primeval /praɪˈmiːvᵊl/ *adj.* 早期的, 原始的; 太古的.

primitive /ˈprɪmɪtɪv/ *adj.* ① 原始的, 上古的, 早期的 ② 老式的, 粗糙的, 未開化的.

primogeniture /ˌpraɪməʊˈdʒenɪtʃə/ *n.*【律】長子身份; 長子繼承權.

primordial /praɪˈmɔːdɪəl/ *adj.* 原始的, 初發的; 基本的.

primrose /ˈprɪmrəʊz/ *n.*【植】淡黃報春花, 櫻草花.

primula /ˈprɪmjʊlə/ *n.*【植】艷色報春花.

Primus /ˈpraɪməs/ *n.* (瑞典)輕便汽化爐(或煤油爐)(亦作 **stove**).

prince /prɪns/ *n.* ① 王子; 王孫; 親王 ②…公; …侯 **~ly** *adj.* ① 王侯般的, 高貴的 ② 堂皇的 王子的 ④ 豪華的 **~ss** *n.* 公主, 王妃, 王族女性 // **~ consort** 王夫 **P- Regent** 攝政王 **P- of Wales** 王太子(亦作 **P- Royal**) **Princess**

of Wales (英國)王妃 Princess
Royal 大公主.

principal /ˈprɪnsɪpl/ adj. ① 主要
的, 首要的, 最重要的 ② 首長
的; 領銜的; 資本的, 本金的 n.
① 長官; 首長; 負責人; 校長; 社
長【商】資本, 本金 **~ly** adv. //
~ boy 默劇男主角(由女演員扮
演) **~ parts** 主要部份, (動詞)主
要變化形式.

principality /ˌprɪnsɪˈpælɪtɪ/ n. (pl.
-ties) 公國, 侯國, 封邑.

principle /ˈprɪnsɪpl/ n. ① 原理, 原
則 ② 主義, 道義 ③ 本質, 本能,
本性 // **in ~** 原則上, 大體上 **on
~** 根據原則.

print /prɪnt/ vt. ① 印; 刻; 蓋上(印
章) ② 印刷, 出版, 發行 ③ 寫成
印刷字體 ④ 曬相; 複製 ⑤ 版畫
n. ① 印刷; 印刷術 ② 圖片, 曬
圖, 相片 ③ 痕跡, 印象 ④ 指紋
⑤ 印花布 **~er** n. 印刷(業)者, 印
刷商, 排字工人; 印刷機 **~ing** n.
印染編, 印刷所, 印刷版次, 印數
~making n. 製版, 版畫製作 **~out**
n. (電腦)印刷輸出 // **out of ~** (書)
已絕版 **~ preview** 版面預覽, 打
印預覽 **~ed circuit** 印刷電路版
~ing press (電動)印刷機; 印刷
廠 **put into ~** 付印, 出版.

prior /ˈpraɪə/ adj. 在前的, 優先的
n. 小修道院院長 **~ss** n. 小修女
院院長, 大修女院副院長 **~y** n.
小修道院 // **~ to** (連)在…之前.

priority /praɪˈɒrɪtɪ/ n. ① 居先; 在
前 ② 優先權.

prise, -ze /praɪz/ vt. (**+ open / up**)
撬開.

prism /ˈprɪzəm/ n. ① 棱柱 ② 棱
鏡, 分光光譜 **~atic** adj. 棱鏡的,
用棱鏡分析的, 七色光彩的.

prison /ˈprɪzn/ n. 監獄, 拘留所,
禁閉室 **~er** n. 囚犯, 拘留犯 //
~ officer 獄吏, 獄警, 看守 **~ van**
囚車 **~er of war** 戰俘.

prissy /ˈprɪsɪ/ adj. (比較級 prissier
最高級 prissiest) ① 嚴謹謹慎的,
刻板的 ② 講究的.

pristine /ˈprɪstaɪn, -tiːn/ adj. ① 原
始時代的 ② 純樸的; 未受腐蝕
的.

private /ˈpraɪvɪt/ adj. ① 私的, 私
人的; 專用的 ② 秘密的, 非公
開的 ③ 私營的, 民間的, 私立
的 ④ 隱蔽的; 幽僻的 n. 列兵
~ly adv. 私下, 秘密地 **privacy**
n. 隱避; 隱居; 私隱; 獨處 //
~ company 不發售股票的私
營公司 **~ detective** 私人偵探
~ enterprise 私營企業 **~ key
cryptography** 私用密鑰加密
~ member's bill 閣員以外議員
所提議案 **~ parts** 陰部, 私部
~ school 私立學校 **~ sector** 不受
政府控制和資助的經濟區域; 私
營部門 **~ treaty** (私下)財產轉讓
契約.

privateer /ˌpraɪvəˈtɪə/ n. ① 私掠船
(戰時的武裝民船) ② 私掠船船
長 **~ing** n. 私掠巡航.

privation /praɪˈveɪʃən/ n. ① 缺乏,
窮困; 艱難 ② 剝奪.

privatize, -se /ˈpraɪvətaɪz/ v. 利己
主義化, 使只顧自己; 私有化(將
國有企業公司賣給私人經營管
理) **privatization** n.

privet /ˈprɪvɪt/ n. 【植】水蠟樹, 女貞.

privilege /ˈprɪvɪlɪdʒ/ n. ① 特權 ② 特殊待遇 ~d adj. 享特權的.

privy /ˈprɪvɪ/ adj. 秘密的, 暗中參與的; 有勾結的 n. (pl. privies) 廁所 // P- Council 樞密院 ~ purse 司庫.

prize /praɪz/ n. 獎賞, 獎金, 獎品 adj. 得獎的, 懸賞的, [口] 了不起的 v. 珍視, 珍藏, 當寶貝 // ~ day 頒獎日 ~ fight 職業拳擊 ~ fighter 職業拳擊手 ~ giving 頒獎, 發獎.

pro [1] /prəʊ/ n. 贊成者 // ~s and cons 贊成(論)和反對(論).

pro [2] /prəʊ/ n. ① 內行, 專家, [美] 職業選手 ② 妓女.

pro- pref. [前綴] ① "代; 副", 如: ~noun n. 代名詞 ~consul n. 代理領事 ② "親; 贊成", 如: P--American adj. 親美的 ③ "出; 向前; 在前", 如: ~duce v. 出產 ~pel v. 推進 ④ "按照", 如: ~portion n. 按比例.

PRO /pi: ɑ: əʊ/ abbr. = Public Relations Officer [美軍]對外聯絡官.

probable /ˈprɒbəbl/ adj. 很可能的, 像確實的; 大概有希望的 **probably** adv. 大概, 或許, 很可能 **probability** n.

probate /ˈprəʊbeɪt, -bɪt/ n. 【律】遺囑檢驗, 驗訖之遺囑 vt. [美]檢驗(遺囑), 予以緩刑.

probation /prəˈbeɪʃən/ n. ① 檢定, 檢驗, 查證 ② 考驗(期), 試用(期), 預備期 ③ 察看(以觀後效) 【律】緩刑 ~al, ~ary adj. ~er n. 試用人員; 見習生; 候補會員.

probe /prəʊb/ v. 用探針探查, 刺探; 調查; 探索 n. 【醫】探針; 探示器, 調查.

probity /ˈprəʊbɪtɪ/ n. 正直, 誠實.

problem /ˈprɒbləm/ n. ① 問題; 難題 ② 【數】【物】習題 ~atical adj. 有問題的, 可疑的 ~-solving n. 解決問題.

proboscis /prəˈbɒsɪs/ n. (象)鼻子; (人的)大鼻子; (昆蟲的)吻; 喙.

procedure /prəˈsiːdʒə/ n. ① 工序, 過程 ② 程序, 手續, 方法.

proceed /prəˈsiːd/ vi. ① 前進, 進行, 出發 ② 動手, 着手 ③ 繼續進行 ④ 辦理手續 ⑤ 進行訴訟 ~s pl. n. 收入, 賣得金額; 收益 ~ings pl. n. 匯編; 會報; 會議記錄; 訴訟程序.

process /ˈprəʊses/ v. & n. (後接 of 時讀) ① 進行, 經過, 作用, 歷程 ② 處置, 步驟; 加工處理, 工藝程序, 工序 v. 加工; 處理; 貯藏; 訴訟 ~or n. 農產品加工者; 電腦處理器 // ~ plate 套色板 ~ printing 彩色印.

procession /prəˈseʃən/ n. ① (人、車等)行列, 隊伍 ② 行進, 遊行, 前進 ~al adj. 列隊行進的.

proclaim /prəˈkleɪm/ v. 宣佈, 宣告, 通告 **proclamation** n. 宣言, 公告.

proclivity /prəˈklɪvɪtɪ/ n. 傾向; 癖性; 性向.

proconsul /prəʊˈkɒnsl/ n. 總督; 代理領事.

procrastinate /prəʊˈkræstɪˌneɪt,

pro-/ v. 耽擱, 拖延 procrastination n. procrastinator n. 拖延者.

procreate /'prəʊkrɪ,eɪt/ vt. ① 生 (兒女), 生殖, 生育 ② 產生, 製造 procreation n.

procrustean /prəʊ'krʌstɪən/ adj. 強求一致的; 迫使就範的.

procurator fiscal /'prɒkjə,reɪtə 'fɪsk°l/【律】財政代理; 地方財政官.

procure /prə'kjʊə/ v. ① 獲得, 取得; 達成 ② 介紹(妓女) ~ment n. ~r n. 獲得者; 拉皮條者 ~ss n. 娼妓介紹者, 拉皮條者.

prod /prɒd/ v. (過去式及過去分詞 ~ded) ① 刺戳 ② 刺激起, 惹起, 使苦惱 ③ 促使, 激勵 n. 刺針; 錐子; 竹籤; 刺激; 推動 // on the ~ 大發雷霆.

prodigal /'prɒdɪɡ°l/ adj. 浪費的, 揮霍的, 奢侈的 n. 浪子 ~ity n. ~ize v. 浪費, 揮霍.

prodigy /'prɒdɪdʒɪ/ n. ① 奇事; 奇跡 ② 非凡的人, 奇人; 神童; 絕代美人 prodigious adj. ① 巨大的, 龐大的 ② 奇妙的; 非常的 prodigiously adv.

produce /prə'djuːs, 'prɒdjuːs/ vt. ① 生, 產生 ② 出示, 拿出 ③ 製造 ④ 上演; 演出 ⑤ 生產; 出產; 產量 ② 產物, 產品; 農產品 ~r n. 生產者; 製造者; 製片人 ~d adj. 引長的; 畸形伸長的 ~ r goods【經】生產設備及原料, 生產者物品.

product /'prɒdʌkt/ n. ① 產物, 產品 ② 結果, 成果 ~ion n. ① 生產, 產生; 製造; 演出 ② 產品;

作品 ~ive adj. 生產的; 多產的 ~ivity n. // ~ liability 產品損壞或造成傷害的賠償, 產品責任 ~ recall 產品召回.

profane /prə'feɪn/ adj. ① 褻瀆神聖的, 不敬的 ② 世俗的, 粗俗的; 污穢的 v. 褻瀆, 玷污(神聖), 濫用 profanation n. = profanity.

profess /prə'fes/ vt. ① 表示, 明言; 承認 ② 假裝, 佯裝 ③ 表明信仰 ~ed adj. 公開聲稱的; 專業的; 佯裝的.

profession /prə'feʃən/ n. ① 職業 ② 宣言, 聲明(信仰等); 自白, 表白 ③ 同業, 同行 ~al adj. 職業的, 專職的 n. 職業選手, 專門職業者, 內行, 專家 ~ally adv.

professor /prə'fesə/ n. (大學) 教授, [美口]先生, 老師 ~ate n. 教授的職務(或任期), 教授會 ~ial adj. 教授的, 學者氣的 ~ship n. 教授的職位(或地位) // ~ extraordinary 臨時教授 associate ~ 副教授.

proffer /'prɒfə/ vt. ① 提供, 貢獻 ② 奉送; 自告奮勇.

proficient /prə'fɪʃənt/ adj. 熟練的, 精通的 n. 能手, 老手; 專家 proficiency n.

profile /'prəʊfaɪl/ n. ① 側面 ② 剖面, 半面 ③ 外形 // ~ cutting (姿態)形象受損.

profit /'prɒfɪt/ n. ① 盈餘, 利潤 ② 紅利 ③ 得益 ~able adj. 有益的; 有賺頭的; 合算的 ~ably adv. ~ability n. ~eer n. 奸商, 發橫財的人, 暴發戶 ~eering n. 投機

活動 // ~ and loss account【商】損溢賬戶 ~ centre 能創造利潤的部門 ~ making 賺錢, 掙錢 ~ margin 利潤率 ~ sharing 分紅制, 利潤分成 ~ warning 盈利警告.

profligate /ˈprɒflɪɡɪt/ adj. 放蕩的, 墮落的, 荒淫的 n. 肆意揮霍的人 profligacy n.

pro forma /ˌprəʊ ˈfɔːmə/ adj. [拉] 形式上 // ~ invoice 形式發票.

profound /prəˈfaʊnd/ adj. ① 深的 (深奧的; 深遠的) ② 學識淵博的; 深謀遠慮的 profundity n. // ~ly adv. 深深地; 懇切地; 鄭重地.

profuse /prəˈfjuːs/ adj. (比較級 **-fuser** 最高級 **-fusest**) ① 大方的, 豪爽的 ② 充沛的, 極其豐富的 ③ 奢侈浪費的 profusion n.

progeny /ˈprɒdʒɪnɪ/ n. ① 子孫, 後代 ② 成果, 結果 progenitor n. 祖先, 前輩, 先驅.

progesterone /prəʊˈdʒɛstəˌrəʊn/ n. 黃體酮(激素), 孕激素(亦作 progestin).

prognathous /prɒɡˈneɪθəs/ or **prognathic** /prɒɡˈnæθɪk/ adj.【解】凸顎的 prognathism n.

prognosis /prɒɡˈnəʊsɪs/ n. (pl. **-ses**) ① 預測②【醫】預後(根據病情預測能否治癒); 判病結局.

prognostication /prɒɡˌnɒstɪˌkeɪt/ n. ① 預言, 預測 ② 前兆.

program(me) /ˈprəʊɡræm/ n. ① 程序表; 節目表; 要目; 大綱 ② 綱領, 方案 ③ 規劃, 計劃 v. (過去式及過去分詞 **-grammed**) 安排(節目), 擬定(計劃), 為 … 編製

程序 **programming** n. 節目安排, 程序編製 **programmer** n. [美]訂計劃者, 程序設計員, 節目編排者 **programmable** adj. 可編程序的 // **programme language** 程序設計語言 **programme music** 標題音樂.

progress /ˈprəʊɡrɛs, prəˈɡrɛs/ n. & vi. ① 前進, 進行 ② 上進, 進步, 進展, 發展 ③ 發育, 進化 **-ion** n. 前進, 進步, 發展;【數】等差級數 **-ive** adj. 漸進的, 進步的, 累進的 // **-ively** adv. // **in** ~ 進行中, 還沒有完的.

prohibit /prəˈhɪbɪt/ vt. 不准, 禁止, 阻止 **-ion** n. 禁止, 禁令 ② 訴訟中止令 ③ [美]禁酒 **-ive** adj. ① 禁止的 ② (價格)高得讓人買不起的 **-ively** adv.

project /prəˈdʒɛkt, ˈprɒdʒɛkt/ vt. ① 拋出, 投擲, 發射 ② 使突出 ③ 設計, 規劃 ④ 投影 ① 規劃, 方案, 計劃, 設計 ② 科研(或建設)項目 ③ 工程, 事業 **-or** n. 設計者, 發射裝置, 放映機 // **-ion** n. 放映局, 播放師 // ~ **management**【商】項目管理.

projectile /prəˈdʒɛktaɪl/ n. 發射體; 導彈; 火箭.

prolapse /prəʊˈlæps, prəʊˈlæps/ n. = prolapsus【醫】脫肛; 下垂.

prole /prəʊl/ n. & adj. [英口]無產階級(的)(亦作 **-tarian**).

proletariat(e) /ˌprəʊlɪˈtɛərɪət/ n. 無產階級 proletarian n. & adj. 無產階級(的).

proliferate /prəˈlɪfəˌreɪt/ vi. ① 分枝繁殖; 增殖, 增生; 多育 ② 激

增; 擴散 proliferation n.

prolific /prəˈlɪfɪk/ adj. ① 多產的; 多育的; 作品豐富的 ② 肥沃的 prolifically adv.

prolix /ˈprəʊlɪks, prəʊˈlɪks/ adj. 冗長的; 囉嗦的 **~ity** n.

prologue, 美式 prolog /ˈprəʊlɒg/ n. 序, 開場白, 序幕.

prolong /prəˈlɒŋ/ or prolongate /ˈprəʊˌlɒŋˌgeɪt/ vt. 延長; 拉長; 引伸; 拖延 **~ation** n. **~ed** adj. 延長的, 持續很久的.

prom /prɒm/ n. ① = ~**enade concert** [英口]逍遙音樂會 ② = ~**enade** [美口](中學或大學舉辦的正式)舞會 ③ = ~**ontory** 海角, 岬.

promenade /ˌprɒməˈnɑːd/ n. ① 散步, 兜風, 閒逛 ② 供散步的上層甲板; 散步的場所; 海濱的散步道.

prominent /ˈprɒmɪnənt/ adj. ① 突起的, 凸出的 ② 傑出的, 卓越的; 著名的 **~ly** adv. prominence n.

promiscuous /prəˈmɪskjʊəs/ adj. ① 雜亂的 ② 不加區別的; 男女亂交的 promiscuity n.

promise /ˈprɒmɪs/ n. ① 允諾, 允許 ② 諾言, 約束 ③ 希望, 指望 promising adj. 有出息的, 有前途的, 有指望的 // **show ~** 有希望, 使抱有 … 的希望.

promissory /ˈprɒmɪsəri/ adj. 應允的, 承諾的 // **~ note**【經】期票, 本票.

promo /ˈprəʊməʊ/ n. (pl. -mos) 推銷影片、唱片、出版物的剪輯

宣傳預告(亦作 **~tion**).

promontory /ˈprɒməntəri, -tri/ n. 海角, 岬.

promote /prəˈməʊt/ vt. ① 促進; 提倡 ② 提升, 晉級, 升級 ③ 宣傳; 推廣; 推銷 **~r** n. 獎勵者; 煽動者; 發起者 promotion n. promotional adj.

prompt /prɒmpt/ adj. ① 敏捷的, 即刻的 ② 及時的; 即期付款的 vt. ① 刺激; 鼓勵; 煽動, 促使 ② 激起 ③ 提詞 **~ly** adv. 正好, 準時地 **~ness** n. **~er** n. 給演員提詞者; 提示; 刺激物.

promulgate /ˈprɒmʌlˌgeɪt/ vt. ① 頒佈, 公佈(法令) ② 宣傳, 發表 promulgation n. promulgator n. 公佈者, 發表者.

prone /prəʊn/ adj. ① 俯伏的 ② 有 … 傾向的.

prong /prɒŋ/ n. ① 尖頭; 叉齒 ② (真空管)插腳 **~ed** adj.

pronoun /ˈprəʊˌnaʊn/ n.【語】代名詞 pronominal adj.【語】代名詞的.

pronounce /prəˈnaʊns/ v. ① 發音 ② 宣判; 宣告 **~able** adj. 讀得出聲的 **~d** adj. 斷然的; 決然的 **~ment** n. ① 宣告 ② 聲明; 公告; 判決 pronunciation n. 發音(法).

pronto /ˈprɒntəʊ/ adv. [美俚]馬上, 立刻.

proof /pruːf/ n. ① 證據,【律】證詞 ② 校樣 adj. ① 試驗過的 ② 校樣的 ③ 耐 … 的; 防 … 的 ④ 合標準的; 規定的 **~read** v. [美]校對 **~reader** n. 審校人 **~reading** n. 校對.

-proof *suf.* [後綴]**acid~** *adj.* 耐酸的 **air~** *adj.* 密封的 **dust~** *adj.* 防塵的 **fire~** *adj.* 防火的 **radar~** *adj.* 反雷達的 **sound~** *adj.* 隔音的. .

prop /prɒp/ *v.* (過去式及過去分詞 **~ped**) 支持, 撐住, 靠着 *n.* ① 支柱 ② 支持者, 擁護者, 後盾, 靠山 ③ 鑽石別針 ④ [劇]道具 ⑤ [口][空] 螺旋槳, 推進器 (亦作 **~eller**).

propaganda /ˌprɒpəˈɡændə/ *n.* 宣傳, 傳播 **propagandist** *n.* 宣傳人員.

propagate /ˈprɒpəˌɡeɪt/ *vt.* ① 增殖, 繁殖 ② 宣傳, 普及 ③ 傳達, 波及 **propagation** *n.* **propagator** *n.* 宣傳者; 增殖者.

propane /ˈprəʊpeɪn/ *n.* [化] 丙烷.

propel /prəˈpel/ *vt.* 推進, 驅使 **~lant** *n.* 推進物, 推進劑, 噴氣燃料 **~ler** *n.* 螺旋槳 **propulsion** *n.* 推進(力) **~ler shaft** [技] 螺旋槳軸, 推進器旋轉軸.

propensity /prəˈpensɪtɪ/ *n.* 傾向, 嗜好, 脾性.

proper /ˈprɒpə/ *adj.* ① 適當的; 相當的, 正當的; 正常的 ② 有禮貌的; 規矩的 ③ [語] 專有的 ④ 本身的 ⑤ [英口]完全的, 純粹的 **~ly** *adv.* 正確地 **~ fraction** [數] 真分數 **~ noun** 專有名詞.

property /ˈprɒpətɪ/ *n.* (*pl.* **-ties**) ① 財產; 資產; 所有物; 所有權 ② 性質; 特徵 ③ 道具; [英]服裝 // **~ real** 不動產 **literary** ~ 版權.

prophecy /ˈprɒfɪsɪ/ *n.* 預言 **prophesy** *v.* 預示, 預言.

prophet /ˈprɒfɪt/ *n.* ① 言者, 先

知, 預告者, 預測者 ② 提倡者 **~ic** *adj.* 預言(者)的 **~ically** *adv.*

prophylactic /ˌprɒfɪˈlæktɪk/ *adj.* [醫]預防(性)的 *n.* 預防藥, 避孕藥物.

propinquity /prəˈpɪŋkwɪtɪ/ *n.* 鄰近, 相近, 接近; 迫切; 近似.

propitiate /prəˈpɪʃɪˌeɪt/ *vt.* ① 勸解; 撫慰; 調解 ② 討好 **propitiation** *n.* **propitiatory** *adj.* **propitious** *adj.* 順利的; 有利於…的; 吉利的; 慈悲的.

proponent /prəˈpəʊnənt/ *n.* ① 提議者; 主張者 ② 支持者.

proportion /prəˈpɔːʃən/ *n.* ① 比; 比率; [數] 比例 ② 相稱, 平衡 ③ 部份 ④ (*pl.*)大小; 面積; 容積 *vt.* 使相稱; 攤派; 分配 **~al** *adj.* **~ate** *adj.* 相稱的; 成比例的 *vt.* 使相稱, 使均衡; 攤派; 分配 **~ality** *n.* [數] 比例(性), 均衡(性), 相稱 **~ally** *adv.* **~al representation** (選舉上的)比例代表制 **in~** ① 按比例大小; 長短合適的 ② 在同等程度上 ③ 毫不誇張的.

propose /prəˈpəʊz/ *v.* ① 申請; 提議, 建議, 提出 ② 提名 ③ 計劃, 打算 ④ 求婚 **proposal** *n.* **~r** *n.* 申請者; 提議者 **proposition** *n.* 提議, 建議; 主張; 命題, 主題; [口]事情; 求愛.

propound /prəˈpaʊnd/ *vt.* 提議; 提出供考慮.

proprietary /prəˈpraɪətərɪ, -trɪ/ *n. & adj.* 所有權(的), 專賣的; 專有權的 // **~ articles** 專利品 **~ class** 資產階級 **~ company** 控股公

司, 持股公司, 土地興業公司
~ **name**【律】專用名詞.

proprietor /prə'praɪətə/ n. 所有人;
業主; 業主 proprietress n. 女所
有人(或業主、地主).

propriety /prə'praɪətɪ/ n. (pl. -ties)
行為正當, 恰當; 禮節, 規矩.

propulsion /prə'pʌlʃ(ə)n/ n. 推進
(力).

pro rata /prəʊ 'rɑːtə/ adj. & adv.
[拉按比例的(地).

prorogue /prə'rəʊg/ or prorogate
/'prəʊrə,geɪt/ v. (議會)休會, 閉會
prorogation n.

prosaic /prəʊ'zeɪɪk/ adj. 缺乏想像
力的; 枯燥乏味的.

proscenium /prə'siːnɪəm/ n. (pl.
-nia, -niums) 舞台; 前台.

proscribe /prəʊ'skraɪb/ v. 使失
去法律保護; 禁止; 排斥; 放逐
proscription n. proscriptive adj.

prose /prəʊz/ n. ① 散文 ② 平凡,
單調, 普通.

prosecute /'prɒsɪ,kjuːt/ vt. ① 控
告, 對 … 提出公訴 ② 執行, 從
事 prosecution n. prosecutor n.
執行者,【律】起訴者, 檢察人 //
public prosecutor 檢察官; 公職
檢控官.

proselyte /'prɒsɪ,laɪt/ n. 新入教者,
改入他黨者 proselytize vt. 使改
信; 使改黨.

prosody /'prɒsədɪ/ n. 韻律學, 詩體
學 prosodic adj. prosodist n. 韻律
學者; 詩體學者.

prospect /'prɒspekt/ n. ① 眼界, 展
望 ② 希望, 前途, 遠見 ③ 形勢,
情景 v. 勘探, 找(金礦), 試掘, 有

希望 ~ive adj. ① 將來的 ② 有
希望的 ~or n. 探礦者; 投機家
~us n. (創辦大學、公司之)意見
書; 發起書.

prosper /'prɒspə/ v. (使)興隆, (使)
繁榮; (使)成功 ~ity n. ~ous adj.
繁華的; 繁榮的; 興旺的.

prostate /'prɒsteɪt/ n. & adj.【解】
前列腺的.

prosthesis /prɒsθɪsɪs, prɒs'θiːsɪs/ n.
(pl. -ses) ①【語】詞首增添字母
②【醫】修復術, 彌補術; 假體
(如義肢、假牙等) prosthetic adj.

prostitute /'prɒstɪ,tjuːt/ n. 妓女; 賣
身投靠者 v. (使)賣淫; 賣身; 濫
用(才能) prostitution n. 賣淫.

prostrate /'prɒstreɪt, prɒ'streɪt/ adj.
① 拜倒在地的 ② 屈服的, 降伏
的 ③ 筋疲力盡的 v. 使屈服; 拜
倒; 平伏; 使筋疲力盡 prostration
n.

protagonist /prə'tægənɪst/ n.
① (劇中)主角, 主人公 ② 領導
者; 首創者; 支持者.

protea /'prəʊtɪə/ n. (非洲)雙子葉
灌木, 山龍眼.

protean /prə'tiːən, 'prəʊtɪən/ adj.
變化無常的; 形狀多變的.

protect /prə'tekt/ v. 保佑, 保護, 守
護; 防禦; 包庇 ~ed【環】受
保護的 ~ion n. ~ionism n. 保護
主義, 貿易保護主義 ~or n. 保護
人, 擁護者; 保護裝置; 攝政王
~orate n. ① 保護領地; (強國對
弱小國的)保護制度 ② 攝政期
間.

protective /prə'tektɪv/ adj. ① 保
護的, 防護的 ② 保護貿易的 //

~ clothing 防毒服 ~ colouring 保護色 ~ system 保護關稅制 ~ tariff 保護性關稅.

protégé, (fem.) protégée /ˈprəutiːʒei/ n. 受提攜和被保護人; 門徒.

protein /ˈprəutiːn/ n. 【化】朊, 蛋白質 // ~ energy malnutrition 【醫】蛋白質熱量營養不良 ~ synthesis 蛋白質合成.

pro tempore /ˌprəu ˈtempəri/ adv. & adj. [拉] 暫時, 臨時(略作 pro tem).

protest /ˈprəutest, prəˈtest/ v. ① 聲明, 堅決主張 ② 抗議, 聲明反對, 提出異議 ③【商】拒付(票據) n. ~ation n. ~er n. 聲明者, 抗議者.

Protestant /ˈprɒtɪstənt/ adj. ① 新教徒的 ② 提出抗議的 n. ① 新教徒 ② 抗議者 ~ism n. 新教, 耶穌教.

proto-, prot- pref. [前綴] 表示 "第一; 主要; 原始", 如: ~Arabic n. & adj. 原始阿拉伯人的).

protocol /ˈprəutəˌkɒl/ n. ① 議定書 ② 草案, 約約 ③ 禮賓司.

proton /ˈprəutɒn/ n. 【物】(正)質子, 氕核 ~ic adj. // ~ number 【化】質子數, 質子序數.

protoplasm /ˈprəutəˌplæzəm/ n. 【生】原生質; 原漿, 細胞質.

prototype /ˈprəutəˌtaip/ n. 原型; 典範; 樣板; 樣品.

protozoan /ˌprəutəˈzəuən/ n. (pl. -zoa) 原生動物.

protract /prəˈtrækt/ vt. ① 延長, 拖長 ② 伸出 ~ion n. ~or n. 半圓規,

分度規, 量角器 // ~ed test 疲勞試驗 ~ed war 持久戰.

protrude /prəˈtruːd/ v. (推)出, (使)突出, 伸出 protrusion n.

protuberant /prəˈtjuːbərənt/ adj. 凸出的, 突出的; 瘤的; 疙瘩的 protuberance n.

proud /praud/ adj. ① 傲慢的, 驕傲的 ② 自傲的; 自豪的 ③ 得意的 ④ 光榮的 ⑤ 自高自大的 ⑥ (馬等)活躍亂跳的 ~ly adv. // ~ flesh (傷口瘡癒後的)疤 as ~ as Punch 洋洋得意 be ~ of 以…為豪 do one ~ [口] 給面子; 使歡喜 do oneself ~ 做得漂亮; 有面子.

prove /pruːv/ vt. (過去式 ~d 過去分詞 ~d, ~n) ① 證明, 證實 ②【律】檢定, 驗證 ③ 勘探, 探明 ~n adj. 被證明了的.

provenance /ˈprɒvɪnəns/ 美式 provenience /prəʊˈviːnɪəns/ n. 起源, 出處, 原產地.

provender /ˈprɒvɪndə/ n. 飼料, 糧草, 秣.

proverb /ˈprɒvɜːb/ n. 諺語, 古話; 俗話, 箴言 ~ial adj. ~ially adv. ~ialist n. 善用諺語者.

provide /prəˈvaid/ vt. ① 提供, 供應, 供給 ②(法律、條約)規定 vi. 作準備, 預防; 贍養, 提供生計 ~r n. ① 供給者; 準備者 ② 供養家庭的人 // ~d (that), providing (that) 倘若…; 只要; 在…條件下 ~ oneself 自備, 自辦.

providence /ˈprɒvɪdəns/ n. ① 神意, 大命②神, 上帝 ② 深謀遠慮 ② 節約 provident adj. ① 有

先見之明的 ② 精明的 ③ 節儉的 providently *adv.* providential *adj.* 神意的；天祐的，幸運的 providentially *adv.* 靠天祐.

province /ˈprɒvɪns/ *n.* ① 省；州；鄉下 ② 本份；職責；範圍 provincial *adj.* 地方的；鄉下的；鄉下氣的，土氣的 provincialism *n.* ① 鄉下氣 ② 土腔，方言 ③ 地區性；褊狹的，鄉土觀念.

provision /prəˈvɪʒən/ *n.* ① 預備，準備；設備；供應(品) ② 糧食，食品 ③【律】規定；條項，條款 *vt.* 供應糧食(或必需品) ~al *adj.* 暫時的，臨時的；假定的 ~ally *adv.* ~ality *n.* 臨時性，暫時性.

proviso /prəˈvaɪzəʊ/ *n.* (*pl.* -so(e)s) 附帶條款；附文；但書.

provoke /prəˈvəʊk/ *vt.* ① 觸怒，使憤怒，激怒 ② 引起 ③ 驅使，迫使 provoking *adj.* 氣人的，叫人冒火的，叫人焦躁的 provocation *n.* provocative *adj.*

provost /ˈprɒvəst/ *n.* ① [英]大學的學院院長 ② [美]教務長 ③ [蘇]市長 // ~ marshal 憲兵司令.

prow /praʊ/ *n.* 船首；飛機頭部.

prowess /ˈpraʊɪs/ *n.* 英勇；威力；本事；威風.

prowl /praʊl/ *vi.* 賊頭賊腦地踱來踱去；徘徊 *n.* (野獸)到處尋食；(小偷)四處探頭探腦 ~er *n.* 徘徊者；小偷；秘密警察.

Proxima Centauri /ˈprɒksɪmə senˈtɔːraɪ/ *n.*【天】毗鄰星.

proximal /ˈprɒksɪməl/ *adj.* 鄰近的，

最接近的.

proximity /prɒkˈsɪmɪtɪ/ *n.* 接近；鄰近 proximate *adj.* 最接近的；大致的；近似的.

proxy /ˈprɒksɪ/ *n.* 代理人；代表 // ~ server 代理伺服器.

prude /pruːd/ *n.* 過份謙虛；過份拘謹的人 prudish *adj.* ~ry *n.* 過份拘謹；假正經，裝正經.

prudent /ˈpruːd'nt/ *adj.* ① 小心的，慎重的；穩健的 ② 世故的，精明的 ③ 節儉的，精打細算的 **prudence** *n.* ~ial *adj.* ① 謹慎的；考慮周到的 ② 備諮詢的 // ~ial committee 諮詢委員會.

prud'homme /prjuːˈdɒm/ *n.* ①【律】勞資糾紛仲裁委員 ② 正直的人.

prune /pruːn/ *n.* 杏脯，梅乾，西梅乾 *vt.* ① 修剪(樹枝) ② 刪減，砍掉；省去(費用) // pruning knife 修剪刀，剪枝刀.

prurient /ˈprʊərɪənt/ *adj.* 好色的，貪淫的 prurience *n.* 好色；渴望.

pry /praɪ/ *v.* (過去式及過去分詞 pried) 盯着看；窺探，刺探，愛打聽.

PS /piː es/ *abbr.* ① = postscript 又及 ② = passenger steamer 客輪 ③ = public school [美]公立中(小)學，[英]公學 ④ = police sergeant 巡官.

psalm /sɑːm/ *n.*【宗】讚美詩，聖歌 ~ist *n.* 讚美詩作者 ~ody *n.* 讚美詩集；聖歌集.

Psalter /ˈsɔːltə/ *n.* [聖經]《詩篇》 psaltery *n.* 八弦琴.

PSBR /ˌpiː es biː ˈɑː/ *abbr.* = public

psephology /se'fɔlədʒɪ/ *n.* 選舉(統計)學.

pseud /sju:d/ *n.* [口]偽君子, 弄虛作假的人.

pseudo-, pseud- /'sju:dəʊ/ *pref.* [前綴]表示"偽; 假; 擬, 贋", 如: **~classic** *adj.* 擬古典, 假古典 **~-archaic** *adj.* 擬古的 **~intellectual** *n.* 冒牌知識份子 **~podium** *n.* 假足, 偽足.

pseudonym /'sju:dənɪm/ *n.* 假名; 筆名 **~ous** *adj.* 用假名寫的.

psittacosis /ˌsɪtə'kəʊsɪs/ *n.*【醫】鸚鵡病.

psoriasis /sə'raɪəsɪs/ *n.* 牛皮癬.

psyche /'saɪkɪ/ *n.* ① (P-)【希神】愛神 ② 靈魂, 精神.

psychedelic, psycho- /ˌsaɪkə'delɪk/ *adj.* ① 引起幻覺的 ② 幻覺劑的.

psychiatry /saɪ'kaɪətrɪ/ *n.* 精神病學; 精神病治療法 psychiatric *adj.* psychiatrist *n.* 精神病學者; 精神病醫生 // psychiatric hosptial 精神病院.

psychic(al) /'saɪkɪk/ *adj.* ① 精神的; 靈魂的 ② 心理的 ③ 通靈的 *n.* 巫師, 巫婆, 通靈者.

psycho /'saɪkəʊ/ *n.* (*pl.* -chos) *n.* ① 精神分析(學) ② 精神神經病患者 **~tropic** *adj.*【醫】治療精神病的藥.

psychoanalysis /ˌsaɪkəʊə'nælɪsɪs/ *n.* 精神分析(學) psychoanalyse *v.* psychoanalyst *n.* 精神分析學家 psychoanalytic *adj.*

psychology /saɪ'kɔlədʒɪ/ *n.* ① 心理學 ② 心理 psychological *adj.* 心理(上)的; 精神(現象)的 psychologically *adv.* psychologist *n.* 心理學者; 心理學家.

psychopath /'saɪkəʊˌpæθ/ *n.* 精神變態者 **~ic** *adj.* 精神病態的, 心理變態的.

psychosis /saɪ'kəʊsɪs/ *n.* (*pl.* -ses) 精神病, 精神錯亂, 精神變態 psychotic *adj.*

psychosomatic /ˌsaɪkəʊsə'mætɪk/ *adj.* 心身的; 心理與生理兩者俱有的.

psychotherapy /ˌsaɪkəʊ'θerəpɪ/ or psychotherapeutics /ˌsaɪkəʊˌθerə'pju:tɪks/ *n.*【醫】精神療法, 心理療法 psychotherapeutic *adj.* psychotherapist *n.* 心理治療師.

psych /saɪk/ *vt.* (過去式及過去分詞 **~ed**) (**+ up**) 作好思想準備.

pt *abbr.* ① = part 部份 ② = point 點 ③ = port 港口 ④ = pint 品脫.

Pt /pi:t/【化】元素鉑 (platinum) 的符號.

P. T. /'pi: ti:/ *abbr.* = physical training 體育鍛鍊.

PTA /ˌpi: ti: eɪ/ *abbr.* = **Parent-Teacher Association** [美]家長教師協會.

ptarmigan /'tɑ:mɪgən/ *n.* (*pl.* -gan(s))【鳥】雷鳥(冬天變白松雞).

pterodactyl /ˌterə'dæktɪl/ or pterodactyle /ˌterə'dæktaɪl/ *adj.* 翼手龍; 無尾飛機.

PTO /ˌpi: ti: 'əʊ/ *abbr.* = please turn

over 見背面, 見下頁.

ptomaine /ˈtəʊmeɪn/ n. 【化】屍鹼, 屍毒 // **~domain** [美軍俚]食堂 **~poisoning** 屍鹼中毒, 食物中毒.

Pu abbr. 【化】元素鈈 (plutonium) 的符號.

pub /pʌb/ n. & abbr. = **~lic house** 小酒館.

puberty /ˈpjuːbəti/ n. 青春期; 發情期; 妙齡 **pubertal** adj.

pubescent /pjuːˈbesnt/ adj. ① 青春的; 妙齡的 ②【動】【植】長柔毛的.

pubic /ˈpjuːbɪk/ adj. 陰毛的; 陰阜的; 陰部的.

pubis /ˈpjuːbɪs/ n. (pl. -bes)【解】恥骨.

public /ˈpʌblɪk/ adj. ① 公共的, 公眾的, 公用的 ② 公開的, 當眾的 n. 人民; 國民; 公眾; 大眾, 社會 **~ly** adv. **~an** n. 酒店老闆 // **~ address system** 有線廣播系統 **~ affairs** 公眾事務 **~ assistance institution** 貧民收容所 **~ auction** 拍賣 **~ bidding** 投標 **~ comfort station** 公廁 **~ company** 股份有限公司 **~ house** 客棧, 小酒館 **~ lending right** 公共借閱權, 授予公共圖書館圖書借閱權(以補償作者因圖書館借出其作品而蒙受的潛在損失) **~ offence** 政治犯 **~ officer** 公務員 **~ opinion** 民意, 輿論 **~ orator** 代表人, 秘書長 **~ relations** 公共關係, 公眾關係, 公關 **~ school** (英國私立的)公學 **~ sector** 由政府資助的國家經濟

部分 **~ spirited** 熱心公益的.

publicity /pʌˈblɪsɪti/ n. ① 公開(性); 傳開 ② 宣傳 ③ 宣傳材料 ④ 引起公眾注意 **publicize** vt. 發表; 做廣告 **publicist** n. 國際法專家; 宣傳人員.

publish /ˈpʌblɪʃ/ vt. ① 公開發表, 宣佈 ② 公佈, 頒佈 ③ 發行, 出版 **~er** n. 出版者, 發行人 **publication** n. ~**ing** n. 出版事業.

puce /pjuːs/ adj. & n. 深褐色的(的).

puck /pʌk/ n. ① 冰球(硬橡膠圓盤) ② 喜歡惡作劇的小妖精 ③ 頑童, 淘氣小孩 **~ish** adj.

pucker /ˈpʌkə/ vt. 起皺紋, 摺疊, 縮攏 n. 摺縫, 皺紋.

pudding /ˈpʊdɪŋ/ n. ① 布丁(西餐甜點), [喻]物質報酬 ② (用肉和麵粉做的)香腸 ~**-faced** adj. 臉型偏圓而呆板的 ~**-headed** adj. 愚蠢的 // ~ **pie** 肉布丁.

puddle /ˈpʌdl/ n. ① (路面)水坑 ② 膠土 ③ [俚]混亂 // **puddling furnace** 【技】(生熟鐵)攪煉爐.

pudendum /pjuːˈdendəm/ n. (pl. **-da**)陰部; 陰戶 **pudendal** adj.

puerile /ˈpjʊəraɪl/ adj. 孩子氣的; 幼稚的.

puerperium /ˌpjʊəˈpɪərɪəm/ n. 產後期 **puerperal** adj.

puff /pʌf/ n. ① 噴的一次(或噴) ② 一呼一吸 ③ 被子, 鴨絨被 ④ 吹噓, 誇獎 ⑤ 粉撲 ⑥ 吸煙噴煙 ⑦ 膨服 ~**y** adj. 膨起的 // ~ **adder** [非]膨身蛇 ~ **ball**【植】馬勃(菌) ~ **pastry** 多層酥皮糕點 **out of** ~ 氣喘吁吁的.

puffin /ˈpʌfɪn/ n. ①【鳥】善知鳥,

海鷗 ② 馬勃(菌).

pug /pʌg/ n. 巴兒狗, 獅子狗 // ~ **nose** 獅子鼻.

pugilism /pjuːdʒɪˌlɪzəm/ n. (空手) 拳擊運動 pugilist n. 拳擊家, 拳師 pugilistic adj.

pugnacious /pʌgˈneɪʃəs/ adj. 愛吵架的; 好鬥的 pugnacity n.

puissant /pjuːˈɪsənt/ adj. [詩]有力的, 強大的 puissance n.

puke /pjuːk/ [俗] v. ① 嘔吐 ② 嘔出物 ③ 催吐劑 v. 嘔, 吐.

pukka, puc- /pʌkə/ adj. [印第安] 上等的; 牢靠的; 真正的 // ~ **gen** 可靠情報.

pulchritude /ˈpʌlkrɪˌtjuːd/ n. 美麗.

pule /pjuːl/ vi. (小雞等)唧唧地叫; (傷心地)抽噎, 哭泣.

pull /pʊl/ vt. ① 拉, 拖, 牽, 曳, 拔 ② 吸引, 招徠 v. 拉, 拉力, 牽引力, 吸引力; [喻]一杯; (吸)一口 (煙); 勒住馬 // ~ **in** ① 將軍倒退 到路邊; 路邊停車 ② (火車)到 站, (船)靠岸 ③ [俚]逮捕 ~ **off** ① 取勝, 得獎 ② (用力)脫掉 ③ 開(船) ④ 走開, 逃走, 釋放 ~ **out** ① 拔(牙等) ② 拖長(談話) ③ 車駛向一邊以便超越 ④ (火 車)離站 ~ **over** ① 從頭上套下 來穿(衣) ② 車靠路邊 ③ 把(桌 子等)推翻 ~ **through** ① 使渡過 難關 ② 脫離危險期 ~ **up** ① (連 根)拔出, 根絕, 勒住(馬) ② 吃力 攀登 ③ 停車, 剎住 ④ 訓斥, 責 罵 ~-**down menu** 下拉式功能表, 下拉式選單.

pullet /ˈpʊlɪt/ n. ① 小母雞 ② 毛 蛤.

pulley /ˈpʊlɪ/ n. 【機】滑輪, 皮帶 輪.

Pullman /ˈpʊlmən/ n. (pl. -mans) (由普爾曼設計、設備特別舒適 的)豪華火車臥車廂.

pullover /ˈpʊlˌəʊvə/ n. 套頭衫, 套 頭毛衣.

pulmonary /ˈpʌlmənərɪ, -nrɪ, ˈpɒl-/ adj. 肺的; 似肺的; 有肺的 // ~ **artery** 肺動脈 ~ **circulation** 肺循環 ~ **vein** 肺靜脈.

pulp /pʌlp/ n. ① 果肉 ② 牙髓 ③ 紙漿 ④ [美俚]庸俗的雜誌 v. 搗成(紙)漿狀, 累得癱軟 // ~ **cavity** 牙髓腔.

pulpit /ˈpʊlpɪt/ n. ① 講道壇 ② 機 器操縱台.

pulsar /ˈpʌlsɑː/ n. 【天】脈衝星.

pulse /pʌls/ n. ① 脈搏 ② 脈衝 ③ 意向, 傾向 ④ 豆類 pulsate v. 搏動, 悸動 pulsation n.

pulverize, -se /ˈpʌlvəˌraɪz/ vt. ① 弄成粉狀 ② 噴成霧 ③ 粉碎 pulverization n.

puma /ˈpjuːmə/ n. 【動】美洲獅.

pumice /ˈpʌmɪs/ n. 浮石; 輕石; 泡 沫岩.

pump /pʌmp/ n. ① 輕便舞鞋 ② 泵 v. ① 用泵抽(水); 抽乾(井 等); 絞盡(腦汁) ② [俚]把(秘密) 盤問出來 ③ 用氣筒打氣 ④ 注 入 ~**ed** adj. [俚]喘得上氣不接 下氣的 ~**er** n. 用泵的人; 司泵 員 ~**ship** n. [粗]撒尿, 小便 // ~ **priming** 經濟刺激開支 ~**ing station** 泵站.

pumpernickel /ˈpʌmpəˌnɪkˈl/ n. 裸 麥粗麵包.

pumpkin /ˈpʌmpkɪn/ n. ① 南瓜 ② [口]夜郎自大的蠢貨 ③ [俚]腦袋瓜.

pun /pʌn/ n. 雙關語, 雙關俏皮話 v. (過去式及過去分詞 ~ned) ① 用雙關語 ② 把(泥土、碎石等)擊打成塊 ~ningly adv. 一語雙關地 ~ster n. 善用雙關語者.

punch /pʌntʃ/ vt. ① 用拳打; 用棍刺; 捅 ② 用力擊, 用力按 ③ 穿孔, (打孔機)打孔, (票銷)剪票 n. ① 拳打 ② [俚]力量; 效果; 勢力 ③ 沖床 ④ 打孔機 ⑤ 大鋼針 ⑥ 票鉗 ⑦ 矮胖子 ⑧ 香甜混合飲料 ~er n. ① 穿孔的人 ② 穿孔機, 打孔器 ~-drunk adj. ① [美俚]被打得頭昏眼花的 ② 夜郎自大的 ~-up n. 吵鬧; 毆鬥; 打羣架 // ~ bag 練打拳用的沙袋.

punctilious /pʌŋkˈtɪlɪəs/ adj. 禮儀太煩的; 規矩太多的; 拘泥形式的; 死板的.

punctual /ˈpʌŋktjʊəl/ adj. 準時的; 如期的; 準確的 ~ly adv. ① 按時, 如期 ② 鄭重其事地 ~ity n. 嚴守時間; 恪守信用.

punctuate /ˈpʌŋktjʊˌeɪt/ vt. ① 加標點於… ② 強調 ③ 間斷, 不時打斷 punctuation n. 標點法 // punctuation mark 標點符號.

puncture /ˈpʌŋktʃə/ n. & v. ① 刺, 扎, 戳 ② 穿孔, 扎傷, 刺破.

pundit /ˈpʌndɪt/ n. ① 梵學者 ② [謔]博學的人; 空談家.

pungent /ˈpʌndʒənt/ adj. ① 辛辣的, 刺鼻的 ② 尖酸刻薄的, 潑辣的 pungency n.

punish /ˈpʌnɪʃ/ v. ① 罰, 處罰, 懲罰 ② 使大敗 ~ing adj. 處罰的, 懲罰的 ~ment n. 刑罰; 罰; [口]給吃苦頭 punitive adj. 刑罰的, 懲罰的.

punk /pʌŋk/ n. ① 70 年代後期起流行的一種搖滾樂 ② 搖滾樂師及其追隨者.

punkah /ˈpʌŋkə/ n. ① (印度)布風扇 ② (棕櫚做的)扇子.

punnet /ˈpʌnɪt/ n. (闊而淺的)扁籃.

punt¹ /pʌnt/ v. (足球)踢懸空球 n. 方頭平底船.

punt² /pʌnt/ n. (使用歐元前)愛爾蘭貨幣單位.

punter /ˈpʌntə/ n. ① 下賭注的人 ② 公眾之一員.

puny /ˈpjuːnɪ/ adj. (比較級 punier 最高級 puniest) ① 弱小的, 矮小的 ② 微不足道的.

pup /pʌp/ n. ① 小狗; 小海豹等小動物 ② [俚]小伙子.

pupa /ˈpjuːpə/ n. (pl. -pae, -pas) 蛹 ~l adj.

pupil /ˈpjuːpᵊl/ n. ① 中、小學生 ②【解】眼的瞳孔 // ~ reflex【生】瞳孔反射.

puppet /ˈpʌpɪt/ n. ① 木偶；傀儡；[喻]受人擺佈的人 ~eer n. 操縱傀儡的人.

puppy /ˈpʌpɪ/ n. (pl. -pies) = ~ dog 小狗 ~dom, ~hood n. 小狗的狀態; 逞能時代 ~ish adj. 狗似的; 愛打扮, 愛俏的; 逞能的 ~ism n. 小狗一般的行為; 逞能 // ~ fat (孩時的)肥胖.

purblind /ˈpɜːˌblaɪnd/ adj. ① 半瞎的, 近視眼的 ② 遲鈍的.

purchase /ˈpɜːtʃɪs/ n. & vt. ① 購買, 買 ② 贏得 ③ 購置(物) **~r** n. 買主, 購買者.

purdah /ˈpɜːdə/ n. ① 印度及穆斯林婦女的閨房帷幔 ② 婦女隔幔的習慣(或制度).

pure /pjʊə/ adj. ① 純的, 純粹的; 清一色的 ② 地道的 ③ 天真的, 純真的 ③ 清潔無垢的; 清廉的 ④ 純理論的 **~ly** adv. purify v. 淨化, 使純淨 purist n. 恪守清規戒律者 purity n. 純潔; 清白; 清廉 **~bred** adj. 純種的.

purification /ˌpjʊərɪfɪˈkeɪʃ°n/ n. 清洗; 淨化; 提純.

purée /ˈpjʊəreɪ/ n. [法] 菜泥, 果泥; 肉泥; 醬 v. 純汁, 濃湯 v. (過去式及過去分詞 **-d**) 把 … 做成濃湯(或醬), 把(水果、蔬菜)壓成泥.

purgatory /ˈpɜːɡətərɪ, -trɪ/ adj. ① 洗淨的 ② 滌罪的 n. ① 臨時懲罰所(或滌罪所); 暫時的苦難 ② 煉獄 purgatorial adj. 煉獄的, 滌罪的.

purge /pɜːdʒ/ vt. ① 使(身、心)潔淨; 清洗, 肅清, 掃除 ② 通便 ③【律】雪冤 n. ① 淨心 ② 肅整(政黨) ③ 瀉藥 purgation n. purgative adj.

Puritan /ˈpjʊərɪt°n/ n. ①【宗】清教徒 ② (p-)信仰、道德方面極度拘謹的人 **~ical** adj. **~ism** n. 清教主義.

purl /pɜːl/ n. ① (繡邊)金銀絲 ② 繡邊; 流蘇 vt. & n. ① (編織物)的反編, 倒編 ② 潺潺流水(聲).

purlieus /ˈpɜːljuːz/ (pl.) n. ① 森林邊緣 ② 近郊, 郊外.

purloin /pɜːˈlɔɪn/ v. ① 偷竊, 竊取.

purple /ˈpɜːp°l/ adj. 紫紅色的, 深紅色的 n. // **~ cabbage** 紫甘藍.

purport /ˈpɜːpɔːt, pɜːˈpɔːt/ n. 意義; 要旨; 涵義 vt. 聲稱; 意味着.

purpose /ˈpɜːpəs/ n. ① 目的, 宗旨 ② 決意 ③ 用途, 效果 vi. 想, 企圖; 打算(做) **~ly** adv. (= on ~) **~ful** adj. ① 有目的的, 故意的 ② **~-built** adj. 為特別目的建造的 **~-made** adj. 為特定目的製作的.

purr /pɜː/ vi. & n. (貓等)得意地咕嚕咕嚕叫.

purse /pɜːs/ n. ① 錢包, 錢袋 ② 資財, 金錢 ③ 獎金 v. 噘嘴 **~r** n. (輪船、班機上的)事務長.

pursue /pəˈsjuː/ v. ① 追, 追趕, 追蹤 ② 追求 ③ 繼續; 實行, 奉行, 推行, 從事 **~r** n. 追趕者; 追求者; 追隨者 pursuit n. 追趕; 追求; 追擊; 職業, 工作, 研究 pursuance n.

purulent /ˈpjʊərʊlənt/ adj. 化膿的; 膿性的 purulence n. ① 化膿 ② 膿, 膿液.

purvey /pəˈveɪ, ˈpɜːveɪ/ vt. (伙食)供給, 供應 **~ance** n. 承辦伙食 **~or** n. 伙食承辦者.

purview /ˈpɜːvjuː/ n. ① 範圍; 權限 ② 視界.

pus /pʌs/ n. 膿, 膿液 **~sy** adj. 膿樣的, 多膿的.

push /pʊʃ/ vt. & n. ① 推, 推進; 推行 ② 促進, 催促 ③ 驅使, 逼迫 ④ 推銷 ⑤ 販賣(毒品等) **~er**

n. 推進者；販毒者 ~y *adj.* [美] 有進取精神的，有幹勁的，纏人 索要的 ~bike *n.* [英]自行車，腳 踏車 ~chair *n.* 可摺疊的嬰孩 四輪車 ~over *n.* ① [美俚]極簡 單的工作；開差 ② 不堪一擊之 對手 ~-up *n.* [體]俯臥撐，掌上 壓 // come to the ~ 臨到緊要關 頭；陷入絕境 get the ~ [俚]被解 僱 make a ~ 加油，發奮 ~ and go [口]精力充沛的，有進取心的 ~ mail【計】推銷函 ~ technology 【計】自動推送技術.

pusillanimous /ˌpjuːsɪˈlænɪməs/ *adj.* 膽小的；無力氣的；懦弱的 pusillanimity *n.*

puss /pʊs/ *n. or* ~y *n. (pl.* ~ies) ① 小貓咪(愛稱) ② 小女孩 ③ 兔子，老虎.

pussyfoot /ˈpʊsɪˌfʊt/ *vi.* [美俚]偷偷 地走；悄悄地行動；抱騎牆態度.

pustule /ˈpʌstjuːl/ *n.*【醫】小膿皰 pustular *adj.*

put /pʊt/ *vt.* (過去式及過去分 詞 ~) ① 擱，放，擺 ② 加入，攙 進 ③ 敍述，說明 ④ 估計 ⑤ 扔， 推(鉛球) ⑥ 提出，建議 *n.* 推， 刺；投，擲，扔；【股】按限價賣出 ~-down *n.* ① 貶低(的話) ② 平 定 ③ (飛機)降落 ~log *n.*【建】 腳手架跳板，橫木，踏腳桁 ~off *n.* 推諉，辯解 ~-upon *adj.* ① 被 愚弄的 ② 受虐待的 // ~ about 宣佈，散佈 ~ across [美俚]加 以說明以使人接受；弄得很成 功 ~ down ① 記下，寫下 ② 放 下 ③ 削減 ④ 鎮壓；制止；使沉 默 ~ forward 建議，提出，推舉

~ off ① 推遲，延期 ② 推脫，避 開 ③ 脫掉 ④ 排斥，丟棄 ⑤ 使 為難，窘困 ~ out 拿出；遷移；逐 出；解僱；滅火；表現；發揮；使 出(款項) ~ over ① [美俚]順利 完成 ② (使戲劇、演講)大獲成 功 ~ through ① 完成，做好(工 作) ② 貫穿 ③ (使(議案)得以通 過 ④ (電話)接通 ~ up ① 掛，升， 舉 ② 蓋，造(房) ③ 提出，提名 ④ 上演(劇) ⑤ 留宿 ~ up with 忍住；熬過；遷就；將就.

putative /ˈpjuːtətɪv/ *adj.* 推斷的； 假定的 ~ly *adv.*

putrid /ˈpjuːtrɪd/ *adj.* ① 已腐爛 的；惡臭的，墮落的 ② 討人厭 的 putrefaction *n.* 腐敗；腐爛 物 putrescent *adj.* ① 將腐爛的 ② 腐敗的 putrefy *v.* 使化膿；化 膿；腐敗.

putsch /pʊtʃ/ *n.* 倉促起義，暴動； 民變.

putt /pʌt/ *v. & n.*【高爾夫】輕擊 球進洞 ~er *n.* 輕擊者；輕擊棒.

puttee, putty /ˈpʌtiː/ *n.* 綁腿.

putty /ˈpʌti/ *n.* ① 油灰 ② 去污粉 ~-head *n.* [美口]蠢貨 // ~ face [美 俚]白痴.

putz /pʌts/ *n.* ① [美俚]傻瓜，笨蛋.

puzzle /ˈpʌzəl/ *v.* 為難，迷惑；傷 腦筋 *n.* 難題，謎，為難 ~ment *n.* puzzling *adj.* 費解的，莫名其妙 的.

PVC /ˌpiː viː ˈsiː/ *abbr.* = polyvingl chloride【化】聚氯乙烯(塑料).

PX /ˌpiː ˈeks/ *abbr.* = ① please exchange 請交換 ② post exchange 美陸軍消費合作社.

py(a)emia /paɪˈiːmɪə/ *n.* 【醫】膿血症 pyaemia, pyemiamic *adj.*

Pygmy, Pi- /ˈpɪgmɪ/ *n.* (非洲)俾格米人, 矮小黑人 *adj.* **(p-)**矮小的; 微不足道的; 小規模的.

pyloric sphincter /paɪˈlɔːrəs ˈsfɪŋktə/ *n.* 【解】幽門括約肌.

pyjamas, 美式 pajamas /pəˈdʒɑːməz/ *n.* [英]睡衣褲, [印度]寬鬆褲.

pylon /ˈpaɪlən/ *n.* (高壓線)架線橋塔; (飛機標誌塔); 路標燈.

pyorrhoea, 美式 pyorrhea /ˌpaɪəˈrɪə/ *n.* 【醫】膿溢; 齒槽膿漏.

pyramid /ˈpɪrəmɪd/ *n.* ① 金字塔 ②【數】角錐 **~al** *adj.* 金字塔狀的, 錐體的.

pyre /paɪə/ *n.* 火葬柴堆, 火葬燃料.

pyrethroid /paɪˈriːθrɔɪd/ *adj. & n.* 【化】除蟲菊精類.

Pyrex /ˈpaɪreks/ *n.* 派熱克斯耐熱耐酸玻璃(商標名).

pyrites /paɪˈraɪtiz, ˈpaɪraɪts/ *n.* 黃鐵礦; 疏化礦類.

pyroclastic flow /ˌpaɪrəʊˈklæstɪk fləʊ/ *n.* 【地】火山碎屑流.

pyrograph /ˈpaɪrəˌgræf/ *n.* ① 烙畫 ② 熱譜 **~y** *n.* 烙畫法, 熱譜法.

pyromania /ˌpaɪrəʊˈmeɪnɪə/ *n.* 放火狂 **~c** *adj. & n.*

pyrotechnics /ˌpaɪrəʊˈtekniks/ *n.* ① 煙火製造術 ② 焰火施放 pyrotechnic *adj.* 煙火一般的; 輝煌燦爛的.

Pyrrhic victory /ˈpɪrɪk ˈvɪktəri/ *n.* 以極大犧牲換取的勝利.

Pythagoras' theorem /paɪˌθægərəsɪz ˈθɪərəm/ *n.* 【數】畢達哥拉斯定理, 畢氏定理, 勾股定理.

Pythagorean /paɪˌθægəˈriːən/ *adj.* 畢達哥拉斯哲學的.

python /ˈpaɪθən/ *n.* 巨蟒, 蟒蛇.

Q

Q, q /kjuː/ *n.* 可表示: ① cue 提示 ② quality 質量 ③ queen 皇后, 撲克牌中的皇后 ④ Quebec 魁北克 (加拿大的省份, 為該省的首府) ⑤ question 問題 ⑥ quarter 四分之一(1/4).

QB /kjuː biː/ *abbr.* = Queen's Bench 英國高等法院.

QC /kjuː siː/ *abbr.* ① = Queen's Counsel [英]王室法律顧問 ② =

quality control 質量管理.

QED /ˌkjuː iː ˈdiː/ *abbr.* = which was to be proved ([拉]**quod erat demon-strandum**之略)業已證明.

ql. /kjuː el/ *abbr.* = quantum libet (藥劑)隨意量(亦作 as much as desired).

QM /kjuː em/ *abbr.* = quartermaster ① 軍需官 ② 舵手.

qr. /kjuː/ *abbr.* ① = quarter ② = quire.

qs /kjuː ɛs/ *abbr.* ① = quantum sufficit [拉](藥劑)足量, 適量 (亦作 sufficient quantity) ② = quarter section 四分之一平方英里(= 160 英畝).

qt /kjuː tiː/ *abbr.* ① = quart 夸脫(液體單位) ② = quantity 數量.

q. t. /kjuː tiː/ *abbr.* = quiet // on the ~[俚]私下地.

qua /kweɪ, kwɑː/ *prep.* 以 … 的身份(或資格); 作為.

quack /kwæk/ *n.* ① 嘎嘎(鴨叫) ② 大聲閒談, 吵鬧聲 ③ 庸醫, 江湖郎中 ④ 騙子 ~**ery** *n.* 江湖郎中行醫之騙術.

quad /kwɒd/ *n.* ① 四方院子; [俚]監獄 ② 象限 ③ 無字空鉛 ④ 四倍 ⑤ 四邊形 ⑥ 四胞胎.

quadrangle /ˈkwɒdˌræŋgˈl/ *n.* 四角形, 四邊形 quadranglar *adj.*

quadrant /ˈkwɒdrənt/ *n.* ①【數】象限, 圓周的四分之一 ② 扇形體 ③【天】【海】象限儀.

quadraphonic /ˌkwɒdrəˈfɒnɪks/ *adj.* (唱片、錄音帶)四聲道的.

quadratic /kwɒˈdrætɪk/ *adj.*【數】正方形的, 方形的 *n.* 二次方程式.

quadrennial /kwɒˈdrɛnɪəl/ or quadriennial /ˌkwɒdrˈɛnɪəl/ *adj.* ① 每四年一次的之 ② 連續四年的 ~**ly** *adv.* quadrennium *n.*

quadri- /ˈkwɒdrə/ *pref.* [前綴] 表示"四; 第四", 如: quadrilateral *adj.* 四邊(形)的; 四方面的 *n.*【數】四邊形.

quadrille /kwɒˈdrɪl, kwə-/ *n.* 四對舞; 方舞; 四對舞舞曲.

quadriplegia /ˌkwɒdrɪˈpliːdʒɪə, -dʒə/ *n.*【醫】四肢麻痺 quadriplegic *n.* 四肢麻痺症患者.

quadroon /kwɒˈdruːn/ *n.* (血統佔四分之一)(黑白)混血兒.

quadruped /ˈkwɒdrʊˌpɛd/ *n.*【動】四足動物 ~**al** *adj.*

quadruple /ˈkwɒdrʊpˈl, kwɒˈdruːpˈl/ *adj.* ① 四倍的 ② 四重的 ③【音】四節拍的 *n.* 四倍, 四倍量.

quadruplet /ˈkwɒdrʊplɪt, kwɒˈdruːplɪt/ *n.* 四件一套; 四胞胎中之一個孩子.

quadruplex /ˈkwɒdrʊˌplɛks, kwɒˈdruːplɛks/ *adj.* 四倍的; 四式的.

quaff /kwɒf, kwɑːf/ *v.* [詩]一口喝乾(酒); 咕咚咕咚地喝.

quagmire /ˈkwæɡˌmaɪə, ˈkwɒɡ-/ *n.* = quag 沼澤地; [喻]困境.

quail /kweɪl/ *n.* (*pl.* ~(s)) ①【動】鵪鶉 ②[美俚]女大學生 *vi.* 畏縮, 沮喪.

quaint /kweɪnt/ *adj.* 離奇有趣的; 古雅的; 靈巧的 ~**ly** *adv.* ~**ness** *n.*

quake /kweɪk/ *vi.* ① 搖動, 震動 ② 顫抖 *n.* 震動; 地震.

Quaker /ˈkweɪkə/ *n.* (基督教一派別)貴格會教徒; 公誼會教徒 ~**ism** *n.* 教友派 // ~ **City** 費城別名.

qualify /ˈkwɒlɪˌfaɪ/ *vt.* ① 使有資格; 准予② 斟酌; 限制; 緩和 qualified *adj.* 有資格的; 合格的 qualifier *n.* ① 合格者 ② 限定

者 qualification *n.* ① 授權；批准；資格；職權 ② 條件；限制；斟酌 ③ 身份證明，執照．

quality /'kwɒlɪtɪ/ *n.* (*pl.* **-ties**) ① 質，質量，品質 ② 優質，優點 ③ 才能，技能，素養 qualitative *adj.* // ~ **control** 質量管理，質量控制．

qualm /kwɑːm/ *n.* ① 一陣頭暈眼花，噁心 ② 不安；(良心)責備．

quandary /'kwɒndrɪ, -dərɪ/ *n.* (*pl.* **-ries**) 窘迫，左右為難．

quango /'kwæŋgəʊ/ *n.* (*pl.* **-gos**) (政府出資任命的)半官方機構．

quanta /'kwɒntə/ *n.* (quantum 之複數)量，額；定量，份．

quantify /'kwɒntɪfaɪ/ *vt.* (過去式及過去分詞 quantified) ① 確定…的數量 ② 用數量表示 quantifiable *adj.* quantification *n.* 定量，量化．

quantity /'kwɒntɪtɪ/ *n.* (*pl.* **-ties**) ① 量，數量，額 ② 大宗，大量，大批 ③ 定量，定額 quantitative *adj.* // ~ surveyor (建築)物料測量師；估算師；估料師．

quantum /'kwɒntəm/ *n.* (*pl.* **-ta**) 量，額；定量；份，總量 // ~ **jump** / **leap** [口]突然大變，驟變 ~ **mechanics** 量子力學 ~ **theory** 【物】量子論．

quarantine /'kwɒrənˌtiːn/ *n.* ① 停船檢疫期間 ② 停船檢疫期間 ③ 檢疫所 *vt.* ① 對…進行檢疫 ② 封鎖；隔離；使孤立 ③ 命令停船留驗．

quark /kwɑːk/ *n.* ① 夸克(假設為構成物質基礎之粒子) ② 低脂肪乳酪．

quarrel /'kwɒrəl/ *n.* ① 爭吵，口角，吵架 ② 吵鬧之原由 *vi.* 爭吵，爭論；不和；責備；抱怨 ~**some** *adj.* 好爭吵的．

quarry /'kwɒrɪ/ *n.* (*pl.* **-ries**) ① 採石場 ② 知識泉源；消息(或資料)出處 ③ 獵獲物，追求物 ④ 菱形玻璃，機製花磚 quarrier *n.* 採石工人 // ~ **tile** 機製無釉花磚．

quart[1] /kwɔːt/ *n.* 夸脫(液量單位＝1/4 加侖或 2 品脫) // **try to put a ~ into a pint pot** 想把一夸脫倒入一品脫的瓶子(做不到的事)．

quart[2] /kɑːt/ *n.*【劍擊】右胸開胸(手掌向上，劍尖指向對手右胸) // **a ~ major** 最大的四張同花順．

quarter /'kwɔːtə/ *n.* ① 四分之一 ② 一季度 ③ 一刻鐘 ④ (*pl.*)處所；住處 ⑤ 25 美分硬幣 ⑥ 饒命；寬恕 ~**ly** *adj.* 按季的；分四部份的 *adv.* 一年四次；一季一次 *n.* 季刊 ~**ed** *adj.* ① 四份的；四等份的 ② 提供住處的 ~**back** *n.* (橄欖球)四分衛；進攻時指揮本隊的選手 ~**deck** *n.*【海】後甲板 ~**final** *adj.*【體】複賽的 *n.* 四分之一決賽；複賽 ~**light** *n.* (車輛的)邊窗 ~**master** *n.* ① 舵手 ② 軍需官(略作 Q. M.) // ~ **day** 四季結賬日(美國 1 月、4 月、7 月、10 月的第一日；英國乃 3 月 25 日報喜節 Lady Day、6 月 24 日仲夏節 Midsummer's Day、9 月 29 日米迦勒節 Michaelmas、12 月 25 日聖誕節 Christmas)．

quartet(te) /kwɔːˈtet/ *n.* ① 四重奏

(曲); 四重唱(曲); 四重奏樂隊; 四重唱組合 ② 四件一組.

quarto /ˈkwɔːtəʊ/ n. (pl. **-tos**) (低等的)四開, 四開本書.

quartz /kwɔːts/ n.【礦】石英, 水晶 // ~ **clock** / **watch** 石英鐘/錶 ~ **lamp** 石英燈.

quasar /ˈkweɪzɑː, -sɑː/ n.【天】類星射電源.

quash /kwɒʃ/ vt. ① 取消, 廢除, 使無效 ② 搗碎 ③ 壓制, 鎮壓; 平息.

quasi- pref. [前綴] 表示 "類似; 準; 擬", 如: ~**cholera** n. 類似霍亂 ~**judicial** adj. 準司法的 ~**official** adj. 半官方的 ~**religious** adj. 類宗教的 ~**shawl** n. 類似圍巾的東西 ~**sovereign** adj. 半獨立的; 半主權的.

quatrain /ˈkwɒtreɪn/ n. [詩]四行詩, 四行一節的詩.

quaver /ˈkweɪvə/ vi. & n. ① 震動, 顫動 ② 顫音.

quay /kiː/ n. 碼頭, 埠頭 ~**side** n. 碼頭區 ~**age** n. ① 碼頭使用費 ② 一組碼頭.

quean /kwiːn/ n. (未婚)婦女; 少女; 輕佻女人.

queasy, queazy /ˈkwiːzɪ/ adj. (比較級 queasier 最高級 queasiest) ① 令人作嘔的; 使人眩暈欲吐的 ② 易反胃的 ③ 顧慮重重的; 不安的 queasily adv. queasiness n.

queen /kwiːn/ n. ① 皇后, 王后 ② 女王, 女首腦 ③ (因地位、相貌、權力等而受尊崇的)出眾的婦女; 愛神; 情人; (社交)名媛;

尤物 ④ [美俚]同性戀之男子 ⑤ 紙牌中Q(即皇后) ⑥ (蟻、蜂之)女王 ~**ly** adj. (像女王的; 有威嚴的) ~**-size(d)** adj. 大碼的 ~**ing** n. ① 立為女王(或皇后) ② [英]皇后蘋果(一品種) // ~ **bee** 蜂王, [喻]社交女王 ~ **consort** 皇后, 王妃 ~ **dowager** (皇)太后(已故君主之妻) ~ **mother** 太后(在位君主之母) ~ **post**【建】雙柱架 ~ **regent** 攝政王 ~ **it** 像女王般地行動 ~ **it over girls** 在女孩子中稱王稱霸 Queen's Counsel 英王室法律顧問.

Queensberry rules /ˈkwiːnzbərɪ ruːlz/ n. 標準拳擊規則.

queer /kwɪə/ adj. ① 奇妙的 ② [口]可疑的, 費解的 ③ 眩暈的, 眼花的 ④ [美俚]同性戀的 vt. 破壞 ~**ish** adj. 有點古怪的 ~**ly** adv. // **in - street** [俚]背負重債, 陷入困境 **on the ~** 犯偽鈔罪造謠 ~ **sb's pitch** [英口]暗中破壞某人計劃.

quell /kwel/ vt. ① 鎮壓, 平息 ② 鎮定; 減緩; 消除.

quench /kwentʃ/ vt. ① 解(渴) ② 抑制 ③ 撲滅, 熄滅.

quern /kwɜːn/ n. 手推磨 // ~ **stone** 磨石.

querulous /ˈkwerʊləs, ˈkwerjʊ-/ adj. 愛抱怨的, 愛發牢騷的 ~**ly** adv.

query /ˈkwɪərɪ/ n. (pl. **-ries**) ① 質問, 詢問, 疑問 ② 請問 v. (過去式及過去分詞 **-ied**) 問, 詢問, 質問; 作為問題提出, 對 … 表示懷疑.

quest /kwɛst/ n. ① 尋找; 搜索; 追求 ② 追求物 ③ 審問 v. 跟蹤搜尋, 四處找(常後接 about, after 和 for) // **in ~ of** 為 … 而尋求.

question /ˈkwɛstʃən/ n. ① 詢問, 提問, 發問 ② 疑問 ③ 問題, 議題 ④ 懸案 ⑤ 審問 v. 詢問, 訊問, 審問 **~able** adj. 可疑的, 靠不住的 **~ably** adv. **~(n)aire** n. [法] (調查情況的)一組問題; 調查表, 徵求意見表, 問卷 // **in ~** ① 議論中的 ② 被爭論的, 成問題的 **out of the ~** 根本不可能 **out of ~** 毫無疑問 **~ mark** 問號(?) **~ master** 答問節目主持人 **~ time** (讓議員提出問題的)質詢時間.

queue /kjuː/ [英] n. ① 髮辮, 辮子 ② 隊伍, 車隊 v. (過去式及過去分詞 **~d**) 梳成辮子, 排成隊, 排隊等候.

quibble /ˈkwɪbᵊl/ n. & v. ① 狡辯; 支吾, 遁辭 ② 推托 ③ (說)雙關語.

quiche /kiːʃ/ n. (用蛋、芝士、醃肉和其他材料做的) 鹹味餡餅.

quick /kwɪk/ adj. ① 快的, 迅速的 ② 敏捷的, 機敏的 ③ 性急的; 易發怒的 n. 指甲肉; 感情中樞 adv. 快速地 **~ly** adv. **~en** vt. ① 加快, 加速 ② 使復活, 使甦醒; 使有生命 **~ie** n. [美俚] ① 匆匆做成的事 ② 粗製濫造的影片 (或作品) **~lime** n. 生石灰 **~sand** n. 流沙 **~sighted** adj. 眼快的 **~silver** n. 水銀, 汞 **~step** n. ① 齊步(走) ② 快速進行曲; 輕快舞步 // **cut sb to the ~** 觸到痛處.

quid /kwɪd/ n. (單複數同形) [英俚] 一鎊, 咀嚼物, 一塊煙草 // **~ pro quo** [拉] 補償物, 交換物, 賠償, 報酬.

quiescent /kwiˈɛsᵊnt/ adj. ① 靜的, 寂靜的, 沉默的 ② 不動的 ③ 休眠的 quiescence, quiescency n.

quiet /ˈkwaɪət/ adj. ① 靜的, 恬靜的, 平靜的 ② 不動的, 安靜的 ③ 肅靜的, 寂靜的 ④ 太平的 n. 寂靜; 肅靜; 平穩; 沉着; 安定 **~ly** adv. **~ness** n. **~en** v. **~er** n. 隔音裝置 **~ude** n. 寂靜, 平穩, 寧靜; 沉着 // **on the ~** 私下, 暗地裏, 秘密地.

quietism /ˈkwaɪətɪzᵊm/ n. 無為主義 quietist n. & adj. 主張清淨無為者的.

quietus /kwaɪˈiːtəs, -ˈeɪtəs/ n. ① 死亡, 滅亡; 解脫 ② 償清(債務).

quiff /kwɪf/ n. [英俚] 額髮向上梳的髮型; [美俚] 一陣風; 一口煙.

quill /kwɪl/ n. 羽毛管; 鵝毛筆; 豪豬刺.

quilt /kwɪlt/ n. 被子 **~ed** adj. 縫成被的, 東拼西湊做成的.

quin /kwɪn/ n. **= ~tuple** t.

quince /kwɪns/ n. 【植】苦味榲桲梨, 榲桲樹.

quinine /kwɪˈniːn, ˈkwaɪnaɪn/ n. 【藥】奎寧, 金雞納霜.

quinquennial /kwɪnˈkwɛnɪəl/ adj. ① 每五年一次的 ② 持續五年的.

quinsy /ˈkwɪnzɪ/ n. 【醫】化膿性扁桃腺炎.

quintessence /kwɪnˈtɛsᵊns/ n. ① 第五原質 ② 精華, 典範, 精

髓 quintessential *adj.*

quintet(te) /kwɪnˈtet/ *n.* ① 【音】五部曲, 五重奏 ② 五人一組.

quintuple /ˈkwɪntjʊpˈl, kwɪnˈtjuːpˈl/ *adj.* 五的; 五倍的; 五重的 *n.* 五倍之 *v.* 以五乘之, 成為五倍 ~**t** *n.* 五胞胎, 五人一組, 五件一套.

quip /kwɪp/ *n.* ① 譏諷, 挖苦諷刺語 ② 妙語, 好笑的言語 *v.* (過去式及過去分詞 ~ped)譏諷, 講妙語.

quire /kwaɪə/ *n.* 【紙】一刀 (= 24 或 25 張紙).

quirk /kwɜːk/ *n.* ① 雙關語; 口實 ② 奇想, 不定的 ③ 書寫花體 ④ 突然的急轉彎, 扭曲 ⑤ [美俚]見習空軍飛行員 *v.* 嘲諷, 彎曲, 扭曲 ~**y** *adj.* 詭詐的; 離奇古怪的.

quisling /ˈkwɪzlɪŋ/ *n.* 賣國賊; 叛國份子; 傀儡政府頭子.

quit /kwɪt/ *v.* (過去式及過去分詞 -ted) ① 放棄, 停止 ② 退出, 離開; 告別(親友) ③ 償清, 還清 ④ 免除 ⑤ 辭職 ~**ter** *n.* [美口]輕易中止(或放棄)的人; 半途而廢者 ~**s** *adj.* (僅作表語)成平局, 兩相抵銷的, 恢復原狀的.

quitch /kwɪtʃ/ *n.* 【植】匍匐根草 (亦作 couch grass).

quite /kwaɪt/ *adv.* ① 完全, 十分 ② 事實上; 差不多 ③ 頗, 相當 ④ [口]很, 極 // **not** ~ 有點不 ~ **a few** [美]相當(多)的; 很不少 ~ **other** 元全不同的 ~ **some** [美]不尋常的 ~ **the thing** 時髦, 時新.

quiver /ˈkwɪvə/ *v.* 震顫, 抖動 *n.* ① 顫動; 顫音 ② 箭袋, 箭筒; 一

箭筒的箭 ③ 大羣, 大隊 ~**ing** *adj.*

quixotic(al) /kwɪkˈsɒtɪk/ *adj.* ① 唐吉訶德式的 ② 騎士氣概式的; 空想的 quixotically *adv.*

quiz /kwɪz/ *n.* (*pl.* -zes) ① [英]戲弄, 惡作劇 ② 淘氣鬼; 嘲弄者 ③ [美]考問, 提問; 小測, 測驗; 猜謎 *vt.* (過去式及過去分詞 ~zed)盤問; 給 … 出難題 ~**zical** *adj.* ① 愛挖苦人的 ② 疑問的; 困惑的 ③ 古怪的; 滑稽的 ~**zically** *adv.*

quod /kwɒd/ *n.* [英俚]牢獄 // **in / out of** ~ 入/出獄.

quoin /kwɔɪn, kɔɪn/ = coign, coigne *n.* 【建】① (房屋之)突角, 外角, 隅石 ② 楔子.

quoit /kɔɪt/ *n.* ① 套環, 圈 ② 扔套圈遊戲.

quondam /ˈkwɒndæm/ *adj.* 以前的, 過去的, 曾經的.

quorum /ˈkwɔːrəm/ *n.* 法定人數 quorate *adj.*

quota /ˈkwəʊtə/ *n.* ① 份, 分得部份 ② 定額, 配額, 限額.

quote /kwəʊt/ *vt.* ① 引用; 引述 ② 把 … 放入引號 ③ 【經】報(價), 開(價) *n.* 引文, 引語; 引號; 報價 quotable *adj.* 可引用的 quotation *n.* ① 引用語, 語錄 ② 【商】行市, 時價, 行情 ③ 估價單, (賣方)報價單 // quotation marks 引號.

quoth /kwəʊθ/ *v.* [古][謔]說(亦作 said).

quotidian /kwəˈtɪdɪən/ *adj.* ① 每天發生的; 日常的 ② 平凡的, 空見慣的 *n.* 每日發作的瘧疾.

quotient /ˈkwəʊʃɪnt/ n. ①【數】商 ② 份額 // **intelligence** ~ 智商 (略作 IQ) ~ **group**【數】商羣.

Qur'an /kəˈrɑːn, -ˈræn/ n. 古蘭經 (亦作 Koran).

q.v. /ˌkjuː ˈviː/ abbr. ① = quod vide

[拉]參看, 另見, 見 ② = as much as you wish (處方用語)多少隨便; 聽便.

qwerty /ˈkwɜːtɪ/ n. 標準英語打字機, 標準電腦鍵盤(頂行頭六個字母為 Q, W, E, R, T, Y).

R

r /ɑː/ abbr. ① = ~**adius** ② = ~**atios** ③ = ~**ight**.

rabbi /ˈræbaɪ/ n. ① (猶太教領袖) 拉比; 法師 ② 猶太法學專家(或博士).

rabbit /ˈræbɪt/ n. ① (家)兔 ② 兔毛, 兔肉 ③ [英國]蹩腳(或技術差)的運動員 vi. ① 打兔子 ② [俗]信口開河 // ~ **hutch** 兔棚 ~ **warren** 養兔場.

rabble /ˈræbˡl/ n. ① 烏合之眾; 羣氓 ② (**the** ~) 下層民眾; 下等人 ③ (動物或昆蟲的)一羣; (東西)混亂的一堆 ~~**rouser** 煽動暴亂的人.

rabid /ˈræbɪd, ˈreɪ-/ adj. ① 狂暴的; 狂怒的; ② 偏激的, 狂熱的; 固執的 ③ (患)狂犬病的; 瘋狂的.

rabies /ˈreɪbiːz/ n.【醫】狂犬病; 恐水症(亦作 hydrophobia).

raccoon /rəˈkuːn/ n. = racoon (北美洲)浣熊.

race /reɪs/ n. ① (速度上的)比賽; 競賽; 競爭 ② (pl.)賽跑會(尤指賽馬會) ③ 歷程; 經歷 ④ 急流, 水道 ⑤ 種族; 家系; 種類 ⑥ 祖

先; 祖籍; 世系 vi. 參加比賽; 賽跑 vt. 和⋯比速度(或競賽); 使(馬等)參加比賽 ~**course** n. 賽馬場; 跑道; 賽船水道 // ~ **cup** 優勝杯 ~ **meeting** 賽馬會; 賽跑會 ~ **track** 跑道.

raceme /rəˈsiːm/ n.【植】串狀花; 總狀花序.

racer /ˈreɪsə/ n. 參加(速度)比賽者; 比賽用的馬(或快艇、自行車、汽車、飛機等).

racial /ˈreɪʃəl/ adj. ① 種族的; 人種的 ② 由種族引起的; 種族間的 ~**ism**, racism n. 種族偏見; 種族歧視; 種族主義 ~**ist**, racist n. 種族主義者 adj. 種族主義的; 種族歧視的.

rack /ræk/ n. ① 架子; 支架 ② 行李架 ③ 飼草架 ④【機】齒條; 齒軌 ⑤ 拉肢刑架; 拷問台 ⑥ 巨大痛苦 ⑦ 破壞 vt. ① [主英]在飼草架中裝滿草料(用來餵馬等); 把⋯放在架子上 ② (牲畜)繫在飼草架前 ③ 對⋯施肢刑 ④ 使(在肉體或精神上)受劇烈痛苦; 折磨 ⑤ 榨取 // **in a high** ~ [英方]居高位 **off the** ~ (衣服

等)現成做好的 (be) **on the ~** 受酷刑; 受極大折磨 **~ one's brains** 絞盡腦汁 ~ **up** [俚]獲(勝); 得(分); 徹底擊敗.

racket /ˈrækɪt/ n. ① (網球、羽毛球、乒乓球等的)球拍 ② (pl.) (在四面有圍牆的球場玩的)回力網球 ③ 吵鬧聲 ④ 繁忙的社交; 歡宴 ⑤ 敲詐勒索; 騙局 vt. 用球拍打 vi. ① 喧嚷; 大吵大鬧 ② 忙於社交應酬; 尋歡作樂.

racketeer /ˌrækɪˈtɪə/ n. 詐騙勒索者; 敲詐勒索者 vt. 對…敲詐勒索; 詐騙 vi. 敲詐勒索; 詐騙錢財 **~ing** n. 詐騙活動.

raconteur /ˌrækɒnˈtɜː/ n. ① 善於講故事的人; 故事大王 ② 健談者.

racoon /rəˈkuːn/ n. 【動】浣熊; 浣熊毛皮.

racy /ˈreɪsɪ/ adj. ① 充滿活力的; 活潑的; 精力充沛的 ② 保持原有美味(或芳香)的; 具特色的; 新鮮的; 純正的 ③ 辛辣的; 尖銳潑辣的 ④ 粗俗的; 下流的 ⑤ 為競賽設計的; 流線型的 ⑥ (動物)體長而瘦的 ⑦ (體形)適於賽跑的.

rad /ræd/ adj. [美俚]很好的.

radar /ˈreɪdɑː/ n. ① 雷達; 雷達設備; 無線電探測器; 無線電定位裝置 ② 雷達技術 **~man** n. 雷達操縱員; 雷達兵 **~scope** n. 達顯示器; 雷達屏.

radial /ˈreɪdɪəl/ adj. ① 光線的; 射線的 ② 放射的; 輻射狀的 ③ 半徑的; 徑向的 // **~ motion** 【物】徑向運動 **~-ply tyre** 徑向簾布層輪胎.

radiance /ˈreɪdɪəns/ n. ① 發光; 明亮; 光輝燦爛 ② 容光煥發之喜色; 喜氣洋洋; 光彩照人 【物】輻射率 radiant adj.

radiate /ˈreɪdɪeɪt/ vi. ① 發光; 照耀; 放熱; 發射電磁波 ② (光、熱等)輻射; 發散; 傳播 ③ 呈輻射狀發出; 從中心發散 ④ 流露; 顯示 vt. ① 發射(光、熱等) ② 使呈輻射狀發出; 使從中心發散 ③ 流露; 顯示 ④ 播送; 播放 ⑤ 使發光; 照亮; 照射 radiation n.

radiator /ˈreɪdɪeɪtə/ n. ① 輻射體; 輻射器 ② 暖氣裝置; 散熱器 ③ 【無】發射天線 ④ (汽車的)水箱; 冷卻器.

radical /ˈrædɪkəl/ adj. ① 基本的; 根本的; 徹底的 ② 原本的; 固有的 ③ 根治的; 切除的 ④ 極端的; 過激的 ⑤ 【數】根式的; 根號的; 【植】根生的; 【化】基的; 原子團的; 【語】詞根的 ⑥ [俚]頂呱呱的 n. ① 根部; 基礎; 基本原理 ② 極端份子; 激進份子 ③ 【數】根式; 根號; 根基 【化】基; 根; 原子團; 【語】詞根 ④ (漢字的)偏旁; 部首 **~ism** n. 激進主義 **~ly** adv. ① 根本地; 本質上; 徹底地; 完全地 ② 極端地; 激進地.

radicle /ˈrædɪkl/ n. ① 【植】胚根; 小根 ② 【解】(神經、血管等的)小根; 根狀部 ③ 【化】基; 根; 原子團.

radii /ˈreɪdɪaɪ/ n. radius 的複數.

radio /ˈreɪdɪəʊ/ n. (pl. **-os**) ① 無

線電; 射電; 無線電傳送(或廣播) ② 無線電台; 無線電廣播事業 ③ 收音機; 無線電設備 *vt.* ① 向…發無線電報(或電話) ② 用無線電發送(或廣播) *vi.* 用無線電通訊; 用無線電傳送; 用無線電廣播 ~communication *n.* 無線電通訊 ~-controlled *adj.* 無線電操縱的 // ~ frequency 無線電頻率 ~ receiver 無線電接收機; ~ set 收音機; 無線電台 ~ station 無線電台 ~ telescope 無線電望遠鏡.

radio- *pref.* [前綴] 可表示"放射", 輻射; 鐳; X 射線; 光線" 等.

radioactive /ˌreɪdɪəʊˈæktɪv/ *adj.* 放射性的; 放射引起的 radioactivity *n.* 放射性; 放射(現象).

radiocarbon /ˌreɪdɪəʊˈkɑːbᵊn/ *n.* 【化】放射性碳; 碳-14.

radiography /ˌreɪdɪˈɒɡrəfɪ/ *n.* 射線照相術.

radioisotope /ˌreɪdɪəʊˈaɪsətəʊp/ *n.* 放射性同位素.

radiology /ˌreɪdɪˈɒlədʒɪ/ *n.* 輻射學; 放射學 radiologic(al) *adj.* radiologist *n.* 放射學家.

radiotherapy /ˌreɪdɪəʊˈθerəpɪ/ *n.* 放射療法 radiotherapist *n.* 放射療法專家.

radish /ˈrædɪʃ/ *n.* 蘿蔔; 野生蘿蔔; (常生食的)小蘿蔔.

radium /ˈreɪdɪəm/ *n.* 【化】鐳 ~ therapy 鐳射療法.

radius /ˈreɪdɪəs/ *n.* (*pl.* **-dii, -diuses**) ① 半徑 ② 周圍; 範圍 ③ 輻射狀部份; (車輪的)輻條

④【解】橈骨.

radon /ˈreɪdɒn/ *n.*【化】氡(一種惰氣).

RAF /ræf/ *abbr.* = Royal Air Force [英]皇家空軍.

raffia /ˈræfɪə/ *n.*【紡】酒椰葉纖維.

raffish /ˈræfɪʃ/ *adj.* ① 俗艷的; 粗俗的; 趣味低下的 ② (行為等)大膽放蕩的; 落拓不羈的; 放浪的.

raffle /ˈræfᵊl/ *n.* ① (尤指為慈善公益事業而舉辦的)抽獎活動 ② 垃圾; 廢物 *vt.* 抽彩出售 *vi.* 參加(或舉辦)兌獎售物活動.

raft /rɑːft/ *n.* ① 木排; 木筏 ② 救生筏; 浮台 ③ [美俗]大量, 許多 *vt.* ① 用筏子運送; 筏流(木材) ② 將…紮成筏子 ③ 乘筏子渡(河) *vi.* 乘筏子; 划筏子; 放筏.

rafter /ˈrɑːftə/ *n.* ① 椽; 椽子 ② 木材筏流工; 紮筏人 ③ 乘筏者.

rag [1] /ræɡ/ *n.* ① 破布; 碎布; 抹布 ② 用作造紙原料的破布料 ③ (*pl.*)破舊衣服 ④ 小布塊; 小風帆 ⑤ 碎片; 殘餘 ⑥ [俗]報刊.

rag [2] /ræɡ/ *n.* [英] ① 玩笑 ② 學生舉行的慈善募捐聯歡會 *vt.* 戲弄; 拿某人取樂.

ragamuffin /ˈræɡəˌmʌfɪn/ *n.* 衣衫襤褸的人(尤指流浪兒童).

rage /reɪdʒ/ *n.* ① 憤怒; 狂怒 ② (風浪、火勢等的)狂暴; 兇猛; (疾病等的)猖獗 ③ 強烈的慾望; 激情; 狂熱 ④ (the ~)風靡一時的事物; 時尚 *vi.* ① 發怒; 發火 ② (風)狂吹; (浪)洶湧.

ragged /ˈræɡɪd/ *adj.* ① 破爛的; 撕破的; 衣衫襤褸的 ② 不整潔的; 蓬亂的 ③ 參差不齊的; 凹凸不

平的 ④ 刺耳的 ⑤ 不完善的; 不協調的; 粗劣的 **~ly** *adv.* **~ness** *n.*

raglan /ˈræɡlən/ *n.* 插肩袖, 套袖; 插肩袖大衣 *adj.* 套式的; 插肩式的; 套袖的

ragout /ræˈɡuː/ *n.* 蔬菜燉肉片; 五香雜燴.

raid /reɪd/ *n.* ① 突然襲擊; 侵襲 ② 突入查抄; 突入搜捕 ③ (公款等的) 侵吞; 盜用 ④ 劫掠; 劫奪; 挖取 *vt.* ① 襲擊; 突入 … 查抄 ② 侵吞 ③ 劫掠; 攫取; 劫奪; 挖取 *vi.* (突然)進行襲擊 **~er** *n.* ① 襲擊者; 侵入者; 查抄警員; 劫掠者 ② (進行襲擊的)艦艇; 飛機.

rail /reɪl/ *n.* ① 橫檔, 欄杆 (掛物用的)橫欄 ② 鐵軌(或路); 鋼軌, 軌道 ③ (*pl.*)鐵路股票 ④ [俚]鐵路職工 *vt.* ① 給 … 裝橫檔; 用欄杆圍 ② 給 … 鋪鐵軌; 給 … 舖設軌道 ③ [主英]由鐵路運送 *vi.* ① 乘火車旅行 ② 責罵; 抱怨.

railing /ˈreɪlɪŋ/ *n.* ① 欄杆 ② 做欄杆用的材料 ③ [用複]欄杆, 籬笆 ④ 責罵; 抱怨 *adj.* 責罵的, 抱怨的.

raiment /ˈreɪmənt/ *n.* (總稱)衣服, 服裝, 衣飾.

rain /reɪn/ *n.* ① 雨; 雨水; 雨天 ② (**the ~s**) 雨季; 季節雨 *vi.* ① 下雨; 降雨 ② 如雨般降下; 大量降下; 傾瀉 **~iness** *n.* 下雨; 多雨 **~less** *adj.* 無雨的; 少雨的 **~lessness** *n.* 無雨; 少雨 **~y** *adj.* ① 下雨的; 多雨的 ② 含雨的; 帶雨的 **~band** *n.* 【氣】雨帶 **~belt** *n.* 【氣】雨帶; 多雨地帶 **~coat** *n.* 雨衣 **~fall** *n.* 雨量

~forest *n.* (熱帶)雨林 **~proof** *adj.* 防雨的, 防水的 **~storm** *n.* 【氣】雨暴 // **~ cape** 雨披.

rainbow /ˈreɪnˌbəʊ/ *n.* ① 彩虹; 月虹; 霧虹 ② 五彩繽紛的聚合 ③ 幻想; 虛無縹緲的希望 *adj.* 彩虹的; 五彩繽紛的 *v.* (使)呈彩虹狀 // **~ coalition** [美]彩虹聯盟(由少數民族組成的政治聯盟).

raise /reɪz/ *vt.* ① 舉起; 把 … 往上提; 使升高 ② 豎起; 扶直; 建起 ③ 種植; 餵養; 養育 ④ 喚起; 引起; 激起; 揚起 ⑤ 提出; 發出; 表露 ⑥ 招募; 召集; 徵集; 籌集 ⑦ 鼓起(勇氣等); 提高; 增大; 提拔 ⑧ 使復活; 使(鬼魂等)出現 ⑨ 使(麵糰、麵包等)發酵, 使發泡 *n.* ① 提高; 舉; 升 ② [美口](工資、薪金的)提升, 增加 ③ 高處; 高地 // **raising agent** 發麵劑, 發酵劑.

raisin /ˈreɪzn/ *n.* 葡萄乾.

raj /rɑːdʒ/ *n.* [印度]統治; 主權; (**the R-**) [史]英國 1858 至 1947 年對印度的統治.

raja(h) /ˈrɑːdʒə/ *n.* [印度]王公; 首領.

rake¹ /reɪk/ *n.* ① (長柄)耙; 摟耙; 草耙; 釘齒耙, 耙機 ② 耙狀物; 錢耙; (火爐用的)火鈎 ③ 耙集; 摟草; 耙平; 耙鬆 ④ 骨瘦如柴的人(或馬) *vt.* ① (用耙)耙(集; 在 … 用耙清掃; 耙平; 耙鬆 ② 大量搜集; 匆匆搜羅 ③ 搔; 抓; 刮; 擦過 ④ 搜遍; 在 … 中徹底翻抄 *vi.* ① (用耙)耙 ② 搜索; 搜尋; 翻檢; 核查 ③ 刮過; 擦過;

削過 **~off** n. (非法交易的)回扣; 佣金.

rake ² /reɪk/ n. ① 斜度; 傾角 ② 【機】前刀面; 前傾面 ③ 【礦】傾伏; 斜脈 ④ 浪蕩子 vi. 傾斜; (船桅、煙囱)成傾角 vt. 使傾斜.

rakish /ˈreɪkɪʃ/ adj. ① 瀟灑的; 漂亮的 ② (船)流線型的; 輕捷靈巧的 ③ 放蕩的; 驕奢淫逸的; 浪蕩子的.

rally /ˈrælɪ/ vt. ① 重新集合; 重整 ② 召集; 集合; 團結 ③ 重新振作; 恢復 ④ 使(股票價格等)止跌回升 vi. ① 重新集合; 重整 ② 集合; 團結; 扶助; 支持 ③ (在精力、健康等方面)重新振作; 恢復 ④ (股票市場等)止跌回升; 降後復漲 n. ① 重新集合; 重整 ② 重新振作; 復元 ③ 羣眾集會; 羣眾大會; 聯誼會; 交誼會.

ram /ræm/ n. ① 公羊 ② **(the R-)** 【天】白羊星座 ③ 【機】衝頭; 壓頭 ④ 撞; 錘; 搗; 夯 vt. ① 夯實(土等); 搗實; 埋實 ② 猛壓; 用力推; 硬塞; 填; 給(槍、炮)裝彈 ③ 猛撞; 衝擊 ④ 反覆灌輸; 迫使接受 ⑤ 高速駕駛 vi. ① 夯; 搗; 撞擊 ② 衝; 闖; 迅速移動; 疾行.

RAM /ɑː eɪ ɛm/ abbr. ① = random access memory【計】隨機存取存儲器 ② = Royal Academy of Music [英國]皇家音樂學院 ③ = relative atomic mass【化】原子量.

Ramadan /ˌræməˈdɑːn/ = Rhamadhan, Ramazan n. 伊斯蘭教曆的九月; 萊麥丹月; 齋月.

ramble /ˈræmb'l/ vi. ① 閒逛; 漫遊; 漫步 ② 漫談; 聊天; 信筆亂寫 ③ (小路、溪流等)蜿蜒伸展 ④ (植物)蔓生; 蔓延 n. ① 閒逛; 漫遊 ② 隨筆; 信筆寫的東西 **~r** n. 漫步者; 漫談者; 蔓生植物 rambling adj. ① 漫遊的; 漫步的 ② (言辭、文字)散漫蕪雜的 ③ 蔓生的; 蔓延的.

ramekin, ramequin /ˈræmɪkɪn/ n. (供一人食用的)小烤盤; 一烤盤食品.

ramify /ˈræmɪfaɪ/ vi. (植物)分枝; 分支; 成為枝岔狀 vt. (常用被動語態)使分枝; 使成分支; 使成岔狀 ramification n. ① 分枝; 分支; 枝狀物 ② 分枝(或分支)形成; 分枝(或分支)排列 ③ 衍生結果; 派生影響; 複雜性.

ramp /ræmp/ n. ① 斜面; 斜坡; 坡道 ② (飛機)活動舷梯; 輕便梯; (船隻的)下水滑道; 滑軌.

rampage /ˈræmpeɪdʒ, ˌræmˈpeɪdʒ/ vi. 橫衝直撞; 暴跳 n. 橫衝直撞; 暴跳如雷 **~ous** adj.

rampant /ˈræmpənt/ adj. ① (植物)蔓生的; 繁茂的 ② 狂暴的; 不受管束的; 猖獗的; 極端的 ③ (獅子等)用後腳立起的; 躍立的 **~ly** adv.

rampart /ˈræmpɑːt/ n. (城堡周圍的)防護牆; 壁壘; 防禦物; 保護物 vt. 築壘圍住; 防禦; 保護.

ramrod /ˈræmˌrɒd/ n. ① (前裝槍的)送膛棍; 輪膛棒 ② (槍的)通條 ③ 死板的人; 僵直的東西 adj. 僵直的; 死板的; 不變通的; 嚴厲的.

ramshackle /ˈræmˌʃækʰl/ adj. ① (房屋等)搖搖欲墜的; 東倒西歪的 ② 快要解體的.

ran /ræn/ v. run 的過去式.

ranch /rɑːntʃ/ n. ① (尤指美國、加拿大的)大牧場; 飼養場; 農場 ② 牧場(或飼養場、農場)的員工和住戶 ~er n. ① 大牧場(或農場)主(或經理) ② 大牧場(或農場)工人 ③ 騎馬牛仔.

rancid /ˈrænsɪd/ adj. ① (脂肪類食物)腐爛變質的; 惡臭的 ② 令人作嘔的; 討厭的.

rancour, 美式 **rancor** /ˈræŋkə/ n. 深仇; 積怨; 敵意 ~ous adj.

rand /rænd, rɒnt/ n. 蘭特(南非的貨幣單位, 1 蘭特 = 100 分).

random /ˈrændəm/ n. 任意行動; 【計】隨機過程 adj. ① 胡亂的; 任意的; 任意選取的 ② 不受管束的 ③ 隨機的 ~ly adv. // at ~ 胡亂地; 任意地 ~ access 【計】隨機存取 ~ access memory 【計】隨機存取記憶體.

rang /ræŋ/ v. ring 的過去式.

range /reɪndʒ/ n. ① 排; 行; 一系列 ② 山脈 ③ 級別; 等級; 階層; 類別 ④ (變化)幅度; (聽、視、活動、影響等的範圍); 知識面; 領域 ⑤ 音域 ⑥ 射程; 航程 ⑦ 靶場; 發射場; 生長區; 狩獵區 vt. 排列; 把…排成行 vi. ① (成行或成排)延伸 ② 漫遊; 四處搜索 ③ (在一定幅度或範圍內)變動, 變化 ~r n. ① 護林官; 護林員; 國家公園管理員 ② 【美】(騎兵)巡邏隊員 ③ 漫遊者.

rank /ræŋk/ n. ① 排; 行; 列; 系列 ② 【軍】行列; 橫列; 序列; 隊形 ③ 社會地位; 階級 ④ 高級地位; 高貴; 顯貴 ⑤ 軍階; 官銜; 學銜; 職銜 ⑥ 等級; 品類 vt. ① 將…排成行; 排列 ② 把…分等; 給…評定等級 ③ 級別高於 ④ 排成隊伍 vi. 加入行列; 列入 adj. ① 繁茂的; 長滿(雜草)的; (土壤)極度肥沃的 ② 惡臭難聞的; 腐爛的 ③ 粗鄙的; 污穢的; 極壞的 ~ly adv.

rankle /ˈræŋkʰl/ vi. ① (傷口等)激起疼痛; 發痛 ② 激起怨恨 vt. 使疼痛; 使痛苦; 使怨恨.

ransack /ˈrænsæk/ vt. ① 徹底搜索; 仔細搜查 ② 搶劫; 掠奪.

ransom /ˈrænsəm/ n. (釋放俘虜等的)贖金; 贖身; 贖救 vt. 贖; 贖回; 向…勒索贖金.

rant /rænt/ v. ① 大聲地說; 誇張地說; 大聲責罵; 痛罵.

rap /ræp/ n. ① 叩擊(聲), 敲擊(聲) ② 快板歌(由電子樂器伴奏的快節拍吟唱)(亦作~music) ③ 急拍(聲); 責罵; 嚴厲批評 vt. ① 叩擊; 敲擊; 急拍 ② 突然說出; 嚴厲批評.

rapacious /rəˈpeɪʃəs/ adj. ① 貪婪的 ② 掠奪的; 搶劫的 ~ly adv. ~ness n. rapacity n. 強奪; 貪婪; 貪吃.

rape /reɪp/ vt. ① 強姦 ② 強奪 ③ 洗劫 n. ① 強姦(案); 強姦罪 ② 強奪; 洗劫 ③ 葡萄渣 ④ 油菜 rapist n. 強姦犯.

rapid /ˈræpɪd/ adj. ① 快的; 迅速的 ② 陡的; 險峻的 ③ 【攝】快

速的 ~ly *adv.* ~ness *n.* ~s *n.* (河
的)急流; 湍流.

rapidity /rə'pɪdɪtɪ/ *n.* ① 快; 快速
② 陡; 險峻.

rapier /'reɪpɪə/ *n.* (決鬥或劍術中
用的)輕劍; 雙刃長劍.

rapine /'ræpaɪn/ *n.* 搶劫; 強奪.

rapport /ræ'pɔː/ *n.* ① 關係; 聯繫;
融洽關係 ② 融洽; 和諧 ~**eur** *n.*
報告人; 匯報人.

rapprochement /ræprɒʃmɑ̃/ *n.*
[法](尤指兩國間)友好關係的建
立(或恢復); 和睦; 友好(狀態).

rapscallion /ræp'skæljən/ *n.* 流氓;
無賴; 惡棍.

rapt /ræpt/ *adj.* ① 着迷的; (神情)
痴迷的; 狂喜的 ② 全神貫注的;
出神的 ~**ly** *adv.* ~**ness** *n.* ~**or** *n.*
猛禽; 肉食鳥.

rapture /'ræptʃə/ *n.* ① 着迷; 痴迷
② 狂喜; 欣喜若狂 **rapturous** *adj.*

rare /reə/ *adj.* ① 稀薄的; 稀疏的;
稀鬆的 ② 稀有的; 稀少的; 難得
的 ③ 稀罕的; 稀奇的; 傑出的
④ [口]非常好的; 極有趣的; 極
度的 ⑤ (肉)煎得嫩的; (蛋)半熟
的 ~**ly** *adv.* ~**ness** *n.* // ~ **earth** 稀
土(元素).

rarefy /'reərɪfaɪ/ *vt.* ① 使稀薄; 使
稀疏 ② 精煉; 使純化 *vi.* ① 變
稀薄; 變稀疏 ② 變得精煉; 變得
純化 **rarefied** *adj.* **rarefication** *n.*

raring /'reərɪŋ/ *n.* 渴望的 // ~ **to**
go 巴不得馬上就開始.

rarity /'reərɪtɪ/ *n.* ① 稀有; 珍奇;
優異 ② 稀罕的東西; 珍品; 罕見
的人.

rascal /'rɑːskᵊl/ *n.* ① 流氓; 無賴;

惡棍 ② [謔]淘氣鬼; 搗蛋鬼 ~**ly**
adj. & adv.

rash /ræʃ/ *adj.* ① 魯莽的; 輕率莽
撞的; 急躁的 ② 倉促作出的; 輕
率說出的 *n.* ① 疹; 疹子 ② (短
時期內爆發的)一連串(始料不
及的壞事) ~**ly** *adv.* 魯莽地; 急躁
地; 倉促地 ~**ness** *n.* 魯莽; 急躁.

rasher /'ræʃə/ *n.* 熏肉薄片.

rasp /rɑːsp/ *vi.* ① 發出刺耳聲; 發
出擦刮聲 ② 刺激 *vt.* ① 用粗
聲粗氣說話; 厲聲說 ② 用粗銼
刀銼; 粗銼; 擦刮 *n.* ① 刺耳聲
(或感); 擦刮聲 ② 粗銼刀; 木銼
③ [俚]刮臉.

raspberry /'rɑːzbərɪ, -brɪ/ *n.*
① [植]覆盆子, 樹莓 ②(產漿
果的)懸鈎子屬植物 ③ [俚](表
示輕蔑的)唾舌聲.

rat /ræt/ *n.* ① 鼠; 似鼠的嚙齒
動物 ② [口]喻卑鄙者; 鼠輩; 卑
鄙小人; 變節小人 *vi.* ① 捕鼠
② [口]做卑鄙壞事; 變節; 背叛
③ 告發.

ratafia /ˌrætə'fiə/ = **ratafee** *n.* ① 杏
仁甜酒; 果仁甜酒 ② 杏仁味甜
餅乾 ③ (調味用)杏仁油精.

ratchet /'rætʃɪt/ *n.* 【機】棘輪; 棘
爪.

rate /reɪt/ *n.* ① 比率; 率 ② 速率;
速度 ③ 費率; 保險費率; 運費
率 ④ 價格; 費用 ⑤ 等級; 類別
⑥ 計時工資 ⑦ (常用複)[英]
不動產稅; 地方稅 ⑧ 估計值 *vt.*
① 對 … 估價; 評價 ② 給 … 定
級; 把 … 列為; 把 … 看作; 認
為 ③ 定 … 的速率; 定 … 的費
率; 定 … 的幣值 ④ [口]值得; 應

得 vi. 被評價; 被列入特定級別 ~**able** adj. 可估定的; 可評定的; 按比例(計算)的; 應微地方稅的 // at an ~s 無論如何 **at an easy** ~ 廉價地; 很容易地 **at any** ~ 無論如何; 至少 **at that** ~ 那樣的話 **at this** ~ 這樣的話 ~ **with sb** 受某人好評.

rather /ˈrɑːðə; ˈrɑːˈðɜ:/ adv. ① 寧可; 寧願; 最好 ② 更確切些; 更恰當 ③ 有幾分; 有一點 ④ 相當; 頗 ⑤ 恰恰相反 ⑥ [英舊]當然; 的確 // ~**...than otherwise** 不是別的而是 ~ **too** 稍微; 一點 **the** ~ **that** 何況; 因為 … 所以更加.

ratify /ˈrætɪfaɪ/ vt. 正式批准; 認可 **ratification** n. 正式批准; 簽署認可 **ratifier** n. 批准者; 認可者.

rating /ˈreɪtɪŋ/ n. ① 等級; 品級; (陸、海軍的)士兵級別 ② [主英]水兵; 普通海員 ③ 收聽率; 收視率 ④ 評分; 評定結果; 測試得分 ⑤ 地位; 聲譽.

ratio /ˈreɪʃɪəʊ; -ʃəʊ/ n. ① 比, 比率; 比例 ② 金銀比價 ③【律】判決理由.

ratiocinate /ˌrætɪˈɒsɪneɪt/ vt. 推理; 推斷 **ratiocination** n.

ration /ˈræʃən/ n. ① (食物等的)定量; 定額 ② (pl.)口糧; 食物; 【軍】給食 vt. ① 配給供應; 定量供應 ② 對 … 實行配給; 向 … 提供給養 // ~ **card** (定量)配給票證卡.

rational /ˈræʃənəl/ adj. ① 理性的; 推理的; 基於理性的; 合理的 ② 神智健全的 ③【數】有理

(數)的 ~**ity** n. ~**ism** n. 理性主義; 唯理論 ~**ist** n. 理性主義者; 唯理論者 ~**ly** adv. // ~ **number**【數】有理數.

rationalize, -se /ˈræʃənəˌlaɪz/ vt. ① 使合乎理性; 使合理 ② 合理地解釋; 就 … 自我辯解 ③ [主英]對 … 作合理化改革 ④【數】給 … 消根; 使有理化 vi. ① 自我辯解; 文過飾非 ② 理性思考; 按理性行事 **rationalization** n. 合理化.

rat(t)an /ræˈtæn/ n. ①【植】白藤; 藤; 白藤莖 ② 藤條; 藤杖.

rattle /ˈrætl/ vt. ① 使發出喀噠聲 ② [俗]使緊張; 使驚恐 ③ 急促地講; 匆忙地做 vi. ① 發出喀噠的聲響 ② 嘎啦嘎啦地行進; 嘎吱吱地顫動 ③ 喋喋不休 n. ① 喔唵聲, 嘎啦嘎啦聲 ② 嘎嘎響的玩具等 ③ 響尾蛇的響環 ~**r** n. [美][俗]響尾蛇~**snake** n. 響尾蛇 **rattling** adj. [舊][俗]快速的; 輕快的 adv. 很; 非常.

raucous /ˈrɔːkəs/ adj. 嘶啞的; 刺耳的; 粗聲的.

raunchy /ˈrɔːntʃɪ/ adj. 下流的; 粗俗的; 淫穢的.

ravage /ˈrævɪdʒ/ vt. ① 使荒蕪; 毀壞 ② (軍隊等)搶劫, 掠奪 n. ① 大破壞, 毀滅; 蹂躪; 劫掠 ② (pl.)破壞的痕跡; 災害.

rave /reɪv/ vi. ① 說胡話; 痛罵 ② 熱情地讚揚; 極力誇獎 ③ (風等)呼嘯; 咆哮 n. ① [俗]熱情的讚美 (= ~-**up**) [英][俗]喧鬧的聚會 ~**r** n. [俗]放蕩不羈的人 **ravings** pl. n. 瘋話; 狂言.

ravel /ˈrævɪ́l/ vi. ① (線、纖維等)糾結在一起, 纏在一起 ② (編織物)綻線, 散開; 鬆散 vt. ① 使(線等)糾纏在一起 ② 拆開; 拆散 n. 混亂; 糾結.

raven /ˈreɪv'n/ n. 【動】渡鴉 adj. (指毛髮)黑亮的; 烏油油的.

ravening /ˈrævənɪŋ/ adj. (尤指狼)急於覓食充饑的, 餓紅了眼的.

ravenous /ˈrævənəs/ adj. ① 狼吞虎嚥的 ② 貪婪的; 貪求的 ③ 餓極了的 **~ly** adv. **~ness** n.

ravine /rəˈviːn/ n. 溝壑; 深谷.

ravioli /ˌrævɪˈəʊlɪ/ n. (單複數同形)意大利雲吞.

ravish /ˈrævɪʃ/ vt. ① (常用被動語態)使狂喜; 使陶醉; 使入迷 ② 強姦 **~ment** n.

ravishing /ˈrævɪʃɪŋ/ adj. 令人陶醉(或銷魂)的, 迷人的 **~ly** adv.

raw /rɔː/ adj. ① 生的; 未經加工(或製造)的; 處於自然狀態的 ③ (數據等)未經分析(或修正)的; 第一手的 ④ (作品等)未經潤飾的 ⑤ 生疏無知的; 無經驗的 ⑥ (布邊等)磨損的; 未縫邊的 ⑦ 光禿的; 赤裸的 ⑧ (天氣、空氣等)濕冷的 **~ly** adv. **~ness** n. **~boned** adj. 骨瘦如柴的 **~hide** n. 生(牛)皮; 生牛皮鞭 **// ~ material** 原料 **~ milk** 生牛奶 **~ silk** 生絲 **~ water** 原水; 未經淨化的水 **in the ~** 處於自然狀態的; 樸實自然的 ② 裸體的 **in the ~** 觸到某人的痛處.

ray /reɪ/ n. ① 光線; 亮光; (常用複) 射線; 輻射線 ② [喻]一絲微光; (智慧等的)閃光, 閃現

③【數】半直線.

rayon /ˈreɪɒn/ n. 人造絲; 人造纖維; 人造絲織物 adj. 人造絲的; 人造纖維的.

raze, -se /reɪz/ vt. ① 拆毀; 夷平 ② 刮去; 擦去; 抹掉; 勾銷.

razor /ˈreɪzə/ n. 剃刀; 電動剃鬚刀 **~-blade** n. 剃刀片 **~-edge** n. [喻]危急關頭 **~-sharp** adj. 非常鋒利的; 極其敏銳的.

razzle-dazzle /ˈræzl̩ˈdæzl̩/ or raz(z)mataz(z) /ˌræzməˈtæz, ˌræzməˈtæz/ n. ① 騷動; 歡鬧 ② 大轟大嗡.

R.C., RC /ɑː siː/ abbr. ① = Red Cross 紅十字會 ② = Roman Catholic 羅馬天主教; 羅馬天主教徒.

Rd abbr. = road

re- pref. [前綴] 表示 ① "回復; 恢復" ② "又; 再; 重新".

reach /riːtʃ/ vt. ① 到達; 抵達 ② 伸出; 伸手觸及, 達到(頂端或底部) ③ 把…遞來 ④ (炮火等)擊中; 射及 ⑤ 與…建立聯繫 ⑥ 影響; 打動 vi. ① 達到; 及到; 延伸; 傳到 ② 合計(肢體等)伸出; 伸出去爭; 努力爭取 n. ① (手、足等的)伸出; 伸出的距離 ② (智力、影響等的所及範圍; 理解力 ③ 區域; 河段; (路程、過程的)一段.

react /rɪˈækt/ vt. ① 重做; 重演 ② 使起(化學)反應; 使發生相互作用 vi. ① 作出回應; 反應 ② 影響; 起作用 ③ 起化學作用; 【物】反應 ④ 反動; 朝反方向移動; 起反作用 ⑤【軍】反攻; 反

擊 **~ion** *n.* 反動; 反作用; 反應
~ionary *adj.* 反動的; 反動派的
n. 反動份子.

reactive /rɪˈæktɪv/ *adj.* ① 易起化
學反應的; 化學性質活潑的; 活
性的; 化學反應的 ② 反作用的;
反動的; 電抗性的.

reactor /rɪˈæktə/ *n.* ① 核反應堆
② 起反應的人(或物) ③ 電抗
器.

read [1] /riːd/ *v.* (過去式及過去分
詞 ~) ① 讀; 閱讀; 朗讀; 宣讀
② 讀懂; 理解; 解釋 ③ 讀到; 獲
悉 ④ 攻讀; 學習 ⑤ 指示; 顯示;
標明 ⑥ 預卜; 預言 *n.* 閱讀; 讀
物; 閱讀時間 **~out** *n.* 【計】讀出
// **~ down** 從頭至尾細讀 **~ off** 迅
速讀出(或讀完) **~ out** 朗聲讀出;
【計】讀出; 宣佈開除 **~ over** 重
讀(或再看)一遍; 從頭至尾讀(或
看)一遍 **~ sb a lesson / lecture**
教訓某人; 告誡某人 **~ through**
從頭至尾讀(或看)一遍 **~ untrue**
(儀表、量具等)讀數不準確
~ up (on) 研究; 攻讀.

read [2] /red/ *v.* ~的過去式和過去
分詞 *adj.* (常用以組成複合詞)讀
很多書的; 有學問的; 通達的.

readable /ˈriːdəbl/ *adj.* ① 易讀
的; 可讀的 ② 易辨認的; 清晰的
~ness *n.* readably *adv.*

readdress /ˌriːəˈdrɛs/ *vt.*
① 更改(郵件上的)姓名、地址
② 再對 … 講話; 重新招呼 ③ (**+
oneself**) 使重新着手; 使重新致
力於.

reader /ˈriːdə/ *n.* ① 讀者 ② 教科
書; 課本; 選集 ③ 審稿人; 校對

人; 文摘員 ④ (水、電等的)抄錶
員; 讀數員 ⑤ 朗讀者; 廣播員;
【宗】讀經師 ⑥ [美國]閱卷助教;
[英國]高級講師 ⑦ 釋疑者; 解
答者.

readily /ˈrɛdɪlɪ/ *adv.* ① 迅速地
② 容易地 ③ 樂意地.

readiness /ˈrɛdɪnɪs/ *n.* ① 準備就
緒 ② 迅速; 敏捷 ③ 不費力; 容
易 ④ 願意; 樂意.

reading /ˈriːdɪŋ/ *n.* ① 讀; 閱讀(能
力) ② 朗讀; 朗誦(會) ③ 宣讀;
(文件的)正式宣讀 ④ 讀物; 文
選 ⑤ 讀數; 度數; 指示數 ⑥ 闡
釋; 看法; 評價 // **~ lamp** 枱燈
~ room 閱覽室; (印刷所)校對室.

readjust /ˌriːəˈdʒʌst/ *vt.* 重新調節;
使重新適應 *vi.* 重新調整; 重新
適應 **~ment** *n.*

ready /ˈrɛdɪ/ *adj.* ① (用作表語)
準備好的 ② (用作表語)樂意的;
願意的 ③ (用作表語)快要 … 的;
易於 … 的 ④ 預先準備好的; 手
頭現成的 ⑤ 快的; 立即的 ⑥ 靈
敏的; 靈便的 readily *adv.* ① 心
甘情願地 ② 迅速地 *n.* ① 射擊
準備姿勢; 準備就緒 ② [俚]現
錢; 現金 *vt.* 使準備好 **~-made**
adj. 現成的, 預先製成的 // **get
~** (使)準備好 **make ~** 準備好
~ all!【軍】各就各位! **~, present,
fire!**【軍】預備! 瞄準, 放!.

reaffirm /ˌriːəˈfɜːm/ *vt.* 再一次斷
言; 重申; 再確認.

reagent /riːˈeɪdʒənt/ *n.* ①【化】試
劑 ② 反應物; 反應力.

real /ˈrɪəl/ *adj.* ① 真的, 真正的;
天然的 ② 現實的; 實際的 ③ 逼

真的 ④ 認真的; 誠摯的 ⑤ 講究實際的; 實在的 ⑥【律】不動(產)的 adv. [主美口]很; 真正地; 確實地 n. (the ~) 真實; 現實 ~ly adv. ~ness n. ~-life adj. 存在於現實生活中的, 真實的 ~-time adj.【律】實時的 // ~-time authorization【計】實時核准系統.

realism /ˈrɪəlɪzəm/ n. ① 現實(性); 真實性 ② 現實主義; 寫實主義 ③ 唯實論; 實在論.

realist /ˈrɪəlɪst/ n. ① 現實主義者; 現實主義作家 ② 實在論者; 唯實論者 ~ic adj.

reality /rɪˈælɪtɪ/ n. ① 真實; 實在 ② 現實; 實際 ③ 真實感; 逼真性 // in ~ 實際上; 事實上.

realize, -se /ˈrɪəlaɪz/ vt. ① 實現; 使變為事實 ② 使(設計、構想)有形化; 使有真實感 ③ 體會; 認識; 明白 ④ 把(證券等)變現金; 變賣 ⑤ 獲得; 賺取; 售得 realizable adj. 可實現的; 可實行的 realization n.

realm /rɛlm/ n. ① 王國; 國度 ② 國土; 領土 ③ 領域; 範圍 ④ 界.

realtor /ˈrɪəltə, -ˌtɔː/ n. [美]房地產經紀人.

realty /ˈrɪəltɪ/ n.【律】不動產; 房地產.

ream /riːm/ n. ① 令(紙張的計量單位, 以前為 480 張, 現為 500 或 516 張) ② (pl.) [俗]大量.

reanimate /rɪˈænɪmeɪt/ vt. ① 使復活; 使甦蘇; 救活 ② 使重有活力; 使重振精神 ③ 鼓舞; 激勵.

reap /riːp/ vt. ① 收割(莊稼); 收穫 ② 獲得 vi. ① 收割; 收穫 ② 遭到報應; 得到報償.

reaping hook /ˈriːpɪŋ hʊk/ n. = reaphook 鐮刀.

reaping-machine /ˈriːpɪŋ məˈʃiːn/ n. 收割機.

reappear /ˌriːəˈpɪə/ vi. 再(出)現; 重新顯形.

rear /rɪə/ n. ① 後部; 後邊; 背部 ② 後方;【軍】後衛; 後尾部隊 ③ [口]臀部; 屁股 adj. ① 後部的; 後邊的 ② 後面的; 背部的 ③【軍】後尾(部隊)的; 殿後的 vt. ① 撫養; 培養 ② 栽種; 飼養 ③ 豎起; 舉起; 抬高 ④ 樹立; 建造 vi. 高聳; 突起; (馬)用後腿站起 ~guard n.【軍】後衛部隊 // ~ admiral 海軍少將 ~-view mirror (汽車的)後視鏡.

rearm /rɪˈɑːm/ vt. ① 重新以武器裝備; 使(國家)重整軍備 ② 改進…的裝備 vi. 重新武裝; 重整軍隊 ~ament n.

rearrange /ˌriːəˈreɪndʒ/ vt. 重新整理; 再分類; 再安排; 再佈置 ~ment n.

rearward /ˈrɪəwəd/ adj. 近後方(的); 在後面(的); 向後面(的) n. 後部; 後面 ~s adv.

reason /ˈriːzən/ n. ① 理由; 原因 ② 理智; 理性; 判斷力; 推理力 ③ 道理; 情理; 明智 adj.【邏】理由; 前提 vt. ① 推論; 推理; 作邏輯思維 ② 理喻; 勸告 vt. ① 推斷; 分析 ② 勸喻; 說服 ③ 討論; 論戰 ~able adj. ① 通情達理的 ② 正當的; 合理的; 適當的

③ 公平的; 公道的 ④ 有理智的; 明智的 ~ableness n. ~ably adv. ~ed adj. 經縝密推斷分析的 ~ing n. ① 推理; 評理 ② 論證; 論據 // as = was 根據情理 beyond / out of / past all ~ 毫無道理 bring to ~ 使服從; 使明事理 by ~ of 由於; 因為 by ~ that 由於, 因為 for ~s best known to oneself 出於唯有自己知道的原因 in (all) ~ 合情合理的; 正當的 ~(s) of State 國家利益的理由 stand to ~ 合情理; 是當然的.

reassemble /ˌriːəˈsembl/ vt. ① 再集合; 重新聯合 ② 重新裝配 vi. 再集合; 重新聚集 reassembly n. 重新集合; 重新裝配.

reassert /ˌriːəˈsɜːt/ vt. 再斷言; 重申; 再堅持 ~ion n.

reassume /ˌriːəˈsjuːm/ vt. 再假定; 再假設; 再擔任; 再採用 reassumption n.

reassure /ˌriːəˈʃʊə/ vt. ① 向…再保證; 再安慰; 使放心 ② [英] 給…再保險 reassurance n. reassuring adj. 安慰的; 令人放心的.

rebate /ˈriːbeɪt/ n. (作為減免或折扣的)部份退款; 折扣 vt. ① 退還(部份付款); 向…退還部份付款 ② 打…的折扣.

rebel /ˈrebl, ˈrebl/ n. 反叛份子; 造反者; 反抗者 adj. 反叛(者)的; 反抗(者)的 vi. ① 反叛; 造反; 武力反抗 ② 反對; 不服從; 抗命 ③ 厭惡; 生反感; 不接受.

rebellion /rɪˈbeljən/ n. ① 反叛; 叛亂; 造反 ② 反對; 反抗.

rebellious /rɪˈbeljəs/ adj. ① 反叛的; 造反的; 公然蔑視的 ② 難處理的; 桀驚不馴的 ③ (疾病)難治的 ~ly adv. ~ness n.

rebind /riːˈbaɪnd/ vt. (過去式及過去分詞 rebound)重新捆綁; 重新捆紮; 重新裝訂的書; 重裝本.

rebirth /riːˈbɜːθ/ n. ① 再生; 重生; 新生 ②【宗】轉世; 輪生 ③ 復活; 復興.

reborn /riːˈbɔːn/ adj. ① 再生的; 重生的; 新生的 ② 復活的; 復興的.

rebound [1] /rɪˈbaʊnd/ v. rebind 的過去式及過去分詞.

rebound [2] /rɪˈbaʊnd, ˈriːbaʊnd/ v. ① 彈回, 跳回 ② 產生事與願違的結果 ③ 重新振作 ④ 返回, 報應 n. ① 彈回, 跳回; 回復; 回升 ② 彈回的球; 接彈回的球 (主要指籃球) ③ 回跳 // on the ~ ① 彈回時 ② 失望(或沮喪)之際.

rebuff /rɪˈbʌf/ n. ① 斷然拒絕; 回絕; 冷遇 ② 制止; 抵制 vt. ① 斷然拒絕; 回絕; 冷落 ② 制止; 抵制.

rebuild /riːˈbɪld/ vt. (過去式及過去分詞 rebuilt) ① 重建; 改建; 重新組裝 ② 重新組織; 改造; 使重新形成.

rebuke /rɪˈbjuːk/ vt. ① 指責; 訓斥 ② 使相形見絀; 作為對…的鞭策 n. 指責; 訓斥.

rebus /ˈriːbəs/ n. ① (猜字的)畫謎 ② (紋章上)代表人名的圖案.

rebut /rɪˈbʌt/ vt. ①【律】反駁; 駁

斥 ② 揭露; 揭穿 ③ 擊退; 制止 **~tal** *n.* 反駁; 反證.

recalcitrance /rɪˈkælsɪtrəns/ *n.* 拒不服從; 頑抗; 桀驁不馴 **recalcitrant** *adj.*

recall /rɪˈkɔːl/ *vt.* ① 記得; 回想起 ② 提醒; 使人想起 ③ 叫回; 召回 ④ 使(思想、注意力)重新集中 ⑤ 收回; 撤銷, 罷免 ⑥ 使復甦; 使恢復 *n.* ① 回想; 回憶 ② 叫回; 召回 ③ 收回; 撤銷, 取消 ④【軍】歸隊號聲;【海】召回訊號 **~able** *adj.* ① 可回憶的; 記得起的 ② 可召回的; 可撤銷的

recant /rɪˈkænt/ *vt.* (正式並公開地)撤回(聲明等); 放棄(信仰、誓言、主張等) *vi.* ① (正式並公開地)撤回聲明; 放棄信仰(或主張等) ② 公開認錯 **~ation** *n.*

recap /ˈriːˌkæp/ *v.* & *n.* = **~itulate**, **~itulation.**

recapitulate /ˌriːkəˈpɪtjʊˌleɪt/ *v.* 扼要重述; 概述; 總結, 概括 **recapitulation** *n.*

recapture /ˌriːˈkæptʃə/ *vt.* ① 再俘虜; 再捕獲 ② 奪回; 重佔; 收復 ③ 使再現; 重溫; 重新經歷 ④ [美](政府)依法徵收 *n.* ① 再俘虜; 再捕獲 ② 奪回; 收復 ③ 依法徵收 ④ 重獲物; 奪回物; 收復物.

recast /ˌriːˈkɑːst/ *vt.* (過去式及過去分詞 ~) ① 重新澆鑄; 改鑄; 重新塑造 ② 重訂(計劃等); 改寫; 重算 ③ 重新演員(角色)人 *n.* ① 重鑄(物); 改鑄(物); 重新塑造(物) ② 改寫; 重做 ③ 重算; 重計 ④ 更換演員.

recce /ˈrɛki/ *v.* & *n.* [軍俚]偵察; 搜索.

recede /rɪˈsiːd/ *vi.* ① 退; 後退; 遠去 ② 變得渺茫; 變得模糊; 變得淡漠 ③ 向後傾斜; 縮進; (男子)從前額向後開始脫髮 ④ 縮回; 撤回; 背離 ⑤ 減少; (價格等)降低; 縮減.

receipt /rɪˈsiːt/ *n.* ① 收到; 接到 ② 發票; 收據 ③ 收到物 ④ (常用複)收入; 進款 *vt.* ① [主美]出具…的收據; 承認收到 ② 在…上註明收訖(即 Received 字樣 *vi.* [美]出具收據.

receivable /rɪˈsiːvəbˈl/ *adj.* ① 可收到的; 可接收的 ② (尤指法律上)可接受的; 認可的 ③【會計】應收的 **~s** *pl. n.* 應收票據; 應收款項.

receive /rɪˈsiːv/ *vt.* ① 收到; 接到 ② 得到; 遭受; 接受 ③ 被授予; 被批名為 ④ 接受; 採納 ⑤ (同意)聽取; 受理 ⑥ 接待; 接見 ⑦ 容納; 承接; 承受 *vi.* ① 收到; 得到; 接受 ② 接見; 會客 ③ (無線電、電視)接收 **~d** *adj.* 被普遍接受的; 公認的; 標準的.

receiver /rɪˈsiːvə/ *n.* ① 收受者; 接待者 ② 聽筒; 耳機 ③ 收音機; 收報機; (電視)接收機; 接收器 ④ (液體)承受器; 儲氣罐 ⑤ (公用電話)硬幣投入口 ⑥【律】破產事務官; 破產管理人.

recent /ˈriːsˈnt/ *adj.* 最近的; 新近的; 近代的 **~ly** *adv.*

receptacle /rɪˈsɛptəkˈl/ *n.* ① 容器; 儲藏器 ②【植】花托; 花床

③ (電源) 插座.

reception /rɪˈsɛpʃən/ n. ① 接待; 迎接; 歡迎 ② 招待會; 歡迎會 ③ 接受; 容納 ④【無】接收; 接收(保真)質量; 接收情況 ⑤ (旅館等的)接待處 ~ist n. 接待員.

receptive /rɪˈsɛptɪv/ adj. ① 能容納的; 可以接受的 ② 接受能力強的; 能迅速接受的 ③ 願接受的; 易接受的 ④【生理】接受的; 感受的 ~ness, receptivity n.

recess /rɪˈsɛs, ˈriːsɛs/ n. ① 暫停; 休息 ② 假期; 課間休息; (法庭)休庭 ③ (山脈、海岸、牆等)凹處; 凹室; 壁龕 ④ (常用複)深處; 隱秘處;【解】隱窩 vt. ① 把 … 放在凹室(或壁龕)內; 把 … 設置在遠離處 ② 使凹進去; 使成凹室 ③ 使(會議、審判)暫停; 宣布 … 休會(或休庭) vi. ① [主美]暫停 ② 休假 ③ 休會 ④ 休庭.

recession /rɪˈsɛʃən/ n. ① 後退; 撤退 ② 凹處; 縮進處; 隱藏處 ③ (經濟的)衰退; 衰退期 ~ary adj. (經濟活動)疲軟的; 可能造成疲軟的.

recessive /rɪˈsɛsɪv/ adj. ① 後退的; 退回的; 有倒退傾向的 ②【生】隱性的 ③ (人)退隱的.

recharge /riːˈtʃɑːdʒ/ vt. ① 給(電池)重新充電 ② 再裝(彈藥等).

recherché /rəˈʃɛəʃeɪ, rəʃɛəˈʃeɪ/ adj. [法]矯揉造作的; 太講究的; 煞費苦心的.

recidivist /rɪˈsɪdɪvɪst/ n. 經常犯罪的人; 慣犯.

recipe /ˈrɛsɪpɪ/ n. ①【醫】處方(符號 R) ② 烹飪法; 食譜; (飲食等

的)調製法 ③ 訣竅; 方法; 秘方.

recipient /rɪˈsɪpɪənt/ n. ① 接受者; 收受者 ② 容器.

reciprocal /rɪˈsɪprəkᵊl/ adj. ① 相互的; 有來有往的 ② 互惠的; 對等的 ③ 回報的; 報答的; 答謝的 ④【數】倒數的; 互逆的 n.【數】倒數 // ~ verb【語】相互動詞.

reciprocate /rɪˈsɪprəˌkeɪt/ vt. ① 回報; 酬答; 報答 ② 互換; 交換 ③ 使往復運動 vi. ① 回報; 報答; 還禮 ② 互給; 互換 ③ (機件)往復運動 reciprocation n.

reciprocity /ˌrɛsɪˈprɒsɪtɪ/ n. ① 相關關係; 相互性; 相互依存; 相互性 ② 互換; 互惠; 對等.

recital /rɪˈsaɪtᵊl/ n. ① 背誦; 朗誦 ② 詳述; 敘述; 列舉 ③ 獨奏會; 獨唱會; 獨舞表演會.

recitation /ˌrɛsɪˈteɪʃən/ n. ① 背誦; 朗誦 ② 背誦的詩文 ③ 詳述; 敘述; 列舉 ④ [美]背課文.

recite /rɪˈsaɪt/ vt. ① 背誦; 朗誦 ② 詳述; 敘述 ③ 列舉 vi. ① 背誦; 朗誦 ② [美]背課文; 回答老師提問.

reckless /ˈrɛklɪs/ adj. 不顧後果的; 不考慮後果(或危險)的; 鹵莽的; 易衝動的 ~ly adv. ~ness n.

reckon /ˈrɛkən/ vt. ① 計算; 測算; 測量 ② 認為; 把 … 看作(或算入) ④ 估計; 判斷 vi. ① 計算 ② 估計; 判斷 ③ [口]以為; 認為 ④ [口]指望; 盼望 ~er n. 計算者; 計算表 // ~ in 把 … 計算(或考慮)在內 ~ up 計算; 結算; 估計; 品評 ~ with 向 … 結算; 賠償; 估計到; 考慮到; 處理; 解決

~ **without** 不考慮; 忽略; 未料到; 盼望不要有.

reckoning /ˈrekənɪŋ/ n. ① 計算; 測算; 估計 ② 賬單; 結賬 ③ [喻]算賬; 懲罰 ④ (船或飛機等的)航跡推算; 推算定位.

reclaim /rɪˈkleɪm/ vt. ① 使改過; 使改正; 改造; 感化 ② 開墾; 開拓 ③ 回收利用; 再生產 ④ 要求歸還, 收回 n. ① 改造; 感化 ② 廢物回收利用; 再生物品(尤指再生膠) ~able adj. 可開墾的; 可改造的; 可回收的.

reclamation /ˌrekləˈmeɪʃən/ n. ① 開墾; 開拓 ② 改造; 感化 ③ 廢物回收利用.

recline /rɪˈklaɪn/ vi. ① 斜倚; 靠; 躺 ② 依靠; 依賴 ③ (座椅靠背)向後仰 vt. 使斜倚; 使躺下; 使後仰.

recluse /rɪˈkluːs/ n. 隱士; 隱居者; 出家人.

recognition /ˌrekəɡˈnɪʃən/ n. ① 認出; 識別 ② 承認; 確認 ③ 賞識; 表彰 ④ 招呼; 致意 ⑤ 發言准許; 發言權.

recognize, -se /ˈrekəɡnaɪz/ vt. ① 認出; 識別 ② 承認; 確認 ③ 明白; 認識到 ④ 准許⋯發言 ⑤ 招呼; 向⋯致意 ⑥ 賞識; 表彰 ⑦【律】使某給; 使立保證書 vi.【律】具結; 立保證書 recognizable adj. recognizance n. 具結; 保證書; 保證金.

recoil /rɪˈkɔɪl/ vi. ① 彈回; 跳回 ② 退卻; 後退 ③ 畏縮 ④ 報應; 報復 n. ① 彈回; 跳回; (槍炮等的)後座(力) ②【物】反衝 ③ 後退; 畏縮.

recollect /ˌrekəˈlekt/ vt. ① 回憶; 追憶; 記起 ② (+ oneself) 使自己鎮定下來 vi. 回憶; 記憶.

recollection /ˌrekəˈlekʃən/ n. ① 回憶; 記憶(力) ② (常用複)回憶起的事物; 往事; 回憶錄.

recommend /ˌrekəˈmend/ vt. ① 推薦; 舉薦 ② 勸告; 建議 ③ 使成為可取; 使受歡迎 ~able adj. 可推薦的; 值得推薦的; 可取的.

recommendation /ˌrekəmenˈdeɪʃən/ n. ① 推薦; 薦信; 口頭推薦 ② 勸告; 建議 ③ 優點; 長處.

recompense /ˈrekəmˌpens/ vt. ① 酬謝; 回報 ② 賠償; 補償 n. 酬勞; 報答; 報酬; 賠償; 補償.

reconcile /ˈrekənsaɪl/ vt. ① 使和解; 使和好; 把⋯爭取過來 ② 調停; 調解; 調和; 使符合 ③ (常用被動語態或接 oneself) 使順從(於); 使安心(於) ④【會計】調節; 核對 reconcilable adj.

reconciliation /ˌrekənsɪliˈeɪʃən/ n. ① 和解; 修好 ② 調停; 調解 ③ 調和; 一致 ④ 順從【會計】調節.

recondite /rɪˈkɒndaɪt, ˈrekəndaɪt/ adj. ① 深奧的; (文體)艱澀難懂的 ② 鮮為人知的; 無名的 ③ 隱秘的 ④ 研究冷門課題的.

recondition /ˌriːkənˈdɪʃən/ vt. ① 修理; 修復 ② 改革; 改善; 糾正.

reconnaissance /rɪˈkɒnɪsəns/ n. ① 偵察 ② 勘察; 考察; 草測

③ 預先調查 ④ 偵察隊.

reconnoitre, 美式 **-er** /ˌrekəˈnɔɪtə/ v. 偵察; 勘察; 踏勘; 察看 n. 偵察; 踏勘.

reconsider /ˌriːkənˈsɪdə/ v. 重新考慮 **~ation** n.

reconstruct /ˌriːkənˈstrʌkt/ vt. ① 重建; 改建; 改組; 重新構成 ② 修復 ③ (根據若干跡象)重新描述; 使再現 ④ 使(脫水或濃縮食品)復原 **~ed** adj. **~ion** n.

record /ˈrekɔːd, rɪˈkɔːd/ vt. ① 記錄; 記載 ② 登錄; 登記; 提交; 備案 ③ 將(聲音、圖像等)錄下 ④ 自動記錄; 標明; 標示 ⑤ 標誌; 顯示; 表明 vi. 錄音; 錄像; 記錄 n. ① 記錄; 記載 ② 履歷; 歷史; 成績 ③ 唱片; 錄製品 ④ 最高紀錄; 最佳成績; 前科記錄 ⑤ 卷宗; 檔案; 審判記錄; 議事錄 **~breaking** adj. 破記錄的 // **~ breaker** 破記錄者 **~ holder** 記錄保持者.

recorder /rɪˈkɔːdə/ n. ① 記錄者; 記錄員; 書記員; 錄音器; 文檔員 ② 記錄裝置; 記錄儀; 磁帶錄音機 ③ [英國]刑事法院法官 ④ 八孔長笛.

recording /rɪˈkɔːdɪŋ/ n. ① 記錄; 錄製 ② 唱片; 錄製品 ③ 錄音; 錄像.

recount [1] /rɪˈkaʊnt/ vt. 詳細敍述; 説明.

recount [2] /ˈriːˈkaʊnt, ˌriːˈkaʊnt/ v. & n. 重新計數; 再清點.

recoup /rɪˈkuːp/ vt. ① 補償; 彌補 ② 償還; 向 … 償付.

recourse /rɪˈkɔːs/ n. ① 依靠; 依賴; 求助 ② 求助對象; (賴以得救的)手段; 辦法 ③ 【律】追索權; 求償權; 償還請求.

recover /rɪˈkʌvə/ v. ① 恢復; 使復元; 使康復 ② 重新獲得; 重新找到; 再次發現 ③ 挽回; 彌補; 補償 vi. ① 痊癒; 康復; 恢復原狀(或正常) ② (擊劍、拳擊、游泳、划艇等比賽中)還原至防禦或準備姿勢 ③【律】勝訴; 獲得有利判決 **~able** adj. 可恢復的; 可復元的; 可痊癒的; 可重獲的; 可找回的; 可補償的.

recovery /rɪˈkʌvərɪ/ n. ① 恢復; 康復; 痊癒 ② 追回; 尋回; 收復 ③【律】收回; 重新獲得 ④ 提取; 回收; 再生; 回收率 ⑤ 復生.

recreate [1] /ˈrekrɪˌeɪt/ vt. (消遣等)調劑身心; 使恢復精力 vi. 消遣; 娛樂; 遊戲 recreation n. recreational adj. // recreational facilities 娛樂設施.

recreate [2] /ˌriːkrɪˈeɪt/ v. 再創造; 再創建; 再創作; 再現 recreatable adj. recreation n.

recriminate /rɪˈkrɪmɪˌneɪt/ vi. 反控; 反訴 recrimination n. recriminatory adj.

recrudesce /ˌriːkruːˈdes/ vi. (病痛等)復發; (內亂等)再爆發 **~nce** n. **~nt** adj.

recruit /rɪˈkruːt/ vt. ① 招募; 徵募(新兵); 招收; 招聘; 吸收(新成員) ② 補充(加強)… 的兵力; 增加 … 的人數 vi. 招募新兵; 招收新成員 n. ① 新兵; [美]復員士兵 ② 新手; 新成員; 新擁護者 **~ment** n.

rectangle /ˈrektæŋˈgˈl/ n. 長方形; 矩形; 長方形物.

rectangular /rekˈtæŋɡjələ/ adj. ① 長方形的; 矩形的 ② 有直角的; 成直角的.

rectification /ˌrektifiˈkeiʃ°n/ n. ① 糾正; 改正; 矯正; 校正 ②【化】精餾 ③【電】整流 ④【數】求長(法).

rectify /ˈrektiˌfai/ vt. ① 糾正; 改正; 矯正; 整頓; 修復 ② 調正; 校正 ③【化】精餾 ④【電】整(流) ⑤【數】求(曲線等的)長度.

rectilinear /ˌrektiˈliniə/ adj. = rectilineal ① 直線的; 沿直線的; 形成直線的 ② (透鏡)無畸變的; 直線性的.

rectitude /ˈrektiˌtjuːd/ n. ① 操行端正; 正直; 純正 ② (判斷、方法、步驟等的)正確.

recto /ˈrektəʊ/ n. (書)右邊的一頁.

rector /ˈrektə/ n. ① (英、美聖公會的)教區長; (英國)教區首席教父 ② 神學院院長; 修道院院長 ③ (某些學校、學院、大學的)校長; 院長.

rectum /ˈrektəm/ n. (pl. -tums, -ta)【解】直腸.

recumbent /rɪˈkʌmbənt/ adj. ① 躺着的; 斜靠的 ② 休息的; 不活動的 ③【植】橫臥的; 平臥的.

recuperate /rɪˈkuːpəˌreit, -ˈkjuː-/ vi. ① 復元; 恢復; 休養 ② 挽回損失 vt. ① 使(健康、元氣等)恢復 ② 挽回; 復得; 回收 recuperation n. recuperative adj.

recur /rɪˈkɜː/ vi. ① 再發生; 重新產生; 反覆出現 ② 再現; 重新

浮上心頭 ③ (問題等)被重新提出; 被反覆覆提及 ④ (在談話、思考等時的)回歸; 回想 ⑤【數】遞歸; 循環. ~rence n. ~rent adj. 再發性的; 復發的; 週期性的 // ~ring decimal 無限循環小數.

recusant /ˈrekjəzənt/ n. ① 不屈從權威或規章的人 ② [英]【史】不服從國教者.

recycle /ˌriːˈsaikˈl/ vt. ① 使再循環(指舊材料) ② 回收利用(廢物等); 重新處理並利用 n. 再循環 // ~ bin [計](文件)垃圾箱.

red /red/ adj. ① 紅色的; 鮮紅的 ② (指眼睛)發紅的; 充血的; 發炎的 ③ (指面孔)(出於羞愧、生氣而)通紅的 ④ (指毛髮)紅褐色的; 棕色的; 薑黃色的 ⑤ 赤化的; 赤色的; 革命的; 共產主義的 n. ① 紅色 ② 紅衣服 ③ 赤色份子 ④ 負債; 虧損; 赤字 ~-blooded adj. ① 充滿活力的; 有陽剛之氣的; 有強烈性慾的 ② (小說等)情節緊張的 ~cap n. [美](機場或車站的)搬運工, 紅帽子 [英]憲兵 ~-carpet adj. 隆重的; 上賓待遇的 ~-eye n. 夜班機 ~-handed adj. 正在作案的; 雙手沾滿鮮血的; 殘忍的 ~-wood n. 紅杉 ~- card【足】紅牌 R- Cross 紅十字會 ~ tape 官樣文章; 官僚習氣.

redden /ˈred°n/ vt. 使變紅; 染紅 vi. 變紅; 臉紅.

reddish /ˈrediʃ/ adj. 帶紅色的; 微紅的.

reddle /ˈred°l/ n.【礦】代赭石; 紅鐵礦; 土赤鐵礦.

redeem /rɪˈdiːm/ *vt.* ① 贖回(抵押品); 買回 ② 償還; 付清 ③ 將(紙幣)兑換硬幣(或金塊、銀塊); 將(股票、債券)兑換現金 ④ 履行; 彌補; 抵銷 ⑥ 解救; 使擺脱; 【宗】救贖 ⑦ 維護.

redeemable /rɪˈdiːməbʰl/ *adj.* ① 可贖回的; 可償還的 ③ 可兑現的; 可兑換現金的 ④ 能改善的; 能挽救的; 能改過自新的.

redeemer /rɪˈdiːmə/ *n.* ① 贖主; 贖買者 ② 償還者; 補償者 ③ (諾言等的)履行者; 踐約人 ④ 挽救者; 救星; (the R-)救世主, 耶穌基督.

redemption /rɪˈdɛmpʃʰn/ *n.* ① 贖回, 買回 ② 償還; 清償 ③ 兑換硬幣 ④ (義務等的)履行; 實踐 ⑤ 挽救; 改造; 救贖 redemptive *adj.* // beyond / past ~ 不可救藥的; 不可挽回的.

redeploy /ˌriːdɪˈplɔɪ/ *vt.* 調遣; 調配; 重新部署 ~ment *n.*

redevelop /ˌriːdɪˈvɛləp/ *vt.* ① 重新規劃(或開發); 重建 ② 重新發展 ~ment *n.*

redirect /ˌriːdɪˈrɛkt, ˌriːdaɪ-/ *vt.* ① 使改變方向; 使改變路線 ② 更改(信件上的)地址.

redo /ˌriːˈduː/ *vt.* (過去式 redid 過去分詞 ~ne) ① 重做; 重寫; 重演 ② 重新裝飾; 重新油漆(或粉刷).

redolent /ˈrɛdələnt/ *adj.* ① 香的; 芳香的 ② 有(或散發出)強烈氣味的 ③ 使人聯想起 … 的; 充滿 … 氣息的.

redouble /rɪˈdʌbʰl/ *vt.* ① 使再加倍; 進一步加强 ② 使翻兩番 *vi.* ① 再加倍; 倍增; 進一步加强 ② 翻兩番; 增加至四倍.

redoubt /rɪˈdaʊt/ *n.* ① 棱堡; 多面堡 ② 防禦工事 ③ 安全藏身處; [喻]據點, 堡壘.

redoubtable /rɪˈdaʊtəbʰl/ *adj.* ① 可怕的; 厲害的; 難對付的 ② 令人敬畏的; 可敬的.

redound /rɪˈdaʊnd/ *vi.* ① 起作用; 有助於 ② 增加(利益、信譽、恥辱等) ③ 回報; 報應.

redress /rɪˈdrɛs/ *vt.* ① 糾正, 矯正; 平反; 洗雪; 革除 ② 補償; 補救 ③ 賠償(損失) ④ 恢復(平衡); 使平衡 *n.* ① 糾正; 矯正; 調節 ② 平反; 洗雪; 革除 ③ 補償; 補救.

reduce /rɪˈdjuːs/ *vt.* ① 減少; 縮小; 裁減 ② 削減 … 的價格; 降低 ③ 把 … 降低; 使淪落 ④ 使(視力、聽力等)衰退; 使變瘦弱 ⑤ 迫使; 約束; 限制 ⑥ 歸納; 簡化 ⑦ 把 … 分解 ⑧【化】使還原; 【醫】使 … 復位; 使 … 恢復原狀 ⑨ 換算 【數】約化; 簡化 *vi.* ① 減少; 縮小; 降低 ② (節食)減輕體重; 減肥 ③ 換算; 折合 reducible *adj.* // reducing agent【化】還原劑.

reduction /rɪˈdʌkʃʰn/ *n.* ① 減少(量); 削減(數); 裁減(數) ② 縮小; 縮圖 ③ 下降; 降低; 降級 ④ 轉換; 變化 ⑤ 歸納; 總結; 簡化 ⑥ 濃縮; 變稠 ⑦ 稀釋 ⑧ 換算; 折合; 【數】簡化; 約化 ⑨ 還原 ⑩ 復位(術).

redundance /rɪˈdʌndəns/ or

redundancy n. ① 多餘(量); 剩餘(量) ② 累贅; 冗長; 贅詞 ③ [主英]裁員; 被解僱的工人 ④[計]【機】重複; 冗餘 redundant adj.

reduplicate /rɪˈdjuːplɪkeɪt, rɪˈdjuːplɪˌkeɪt/ vt. ① 使加倍; 重複 ② 複製③【語】重疊; 用重疊法構詞 reduplication n.

reecho, re-echo /ˌriːˈekəʊ/ vi. 反覆回響; 回蕩 n. 迴聲之回響.

reed /riːd/ n. ① 蘆葦; 蘆葦叢 ② 蘆桿 ③ 蘆笛; 牧笛 ④【音】簧舌, 簧片.

reeducate, re-educate /ˌriːˈedʒʊkeɪt/ vt. 再教育; 重新教育 reeducation n.

reedy /ˈriːdi/ adj. ① 多蘆葦的; 蘆葦叢生的 ② (指聲音)又高又尖的; 刺耳的 reediness n. 刺耳的聲音; 又高又尖的聲音.

reef ¹ /riːf/ n. ① 礁; 暗礁.

reef ² /riːf/ n. (帆船上的)縮帆部; 疊帆部 vt. 收帆; 縮帆 // ~ knot 平結; 方結; 縮帆結.

reefer /ˈriːfə/ n. ① 對襟短上衣 ② [俚]大麻煙卷 ③ [美][口]冰箱; 冷藏包; 冷藏車 ④ 縮帆人.

reek /riːk/ n. ① 濃烈的臭味; 臭氣; 臭煙味 ② 臭煙味 vi. ① 有臭氣味; 發出臭味 ② 有某種可疑或可厭的味道 ③ 冒出濃煙; 冒氣.

reel ¹ /riːl, rɪəl/ n. ① 捲軸; 捲筒; 絞車; (釣竿上的)繞線輪 ②【紡】筒管; 線軸 ③ (電影膠片、磁帶等)捲盤; (線等的)捲 ④ 搖紗機; 手動車 vt. ① 捲, 繞 ② (從捲軸等上)放出; 抽出 ③ 滔滔不絕地

講或背誦.

reel ² /riːl, rɪəl/ vi. ① 站立不穩; 受到震撼 ② 蹣跚; 跌跌撞撞 ③ 搖動; 搖晃; 動搖 ④ 旋轉; 回旋; 眩暈; 似在旋轉.

reel ³ /riːl, rɪəl/ n. (蘇格蘭)里爾舞(曲); (美國)弗吉尼亞舞(曲) vi. 跳里爾舞; 跳弗吉尼亞舞.

reenforce, re-enforce /ˌriːɪnˈfɔːs/ vt. & n. = reinforce.

reenter, re-enter /ˌriːˈentə/ vt. ① 再進入; 重返 ② 重新加入(團體、政黨等) ③ 重新登入(或登記) vi. ① 重新入內; 重新登場; 重返; 再入 ② 重新報名 reentry n.

re-establish /ˌriːɪˈstæblɪʃ/ vt. 重建; 恢復; 另建; 重新安置 re-establishment n.

reeve /riːv/ n. [英]城鎮(或地區)長官; 地方官; [加拿大]鄉鎮議會的議長; 地方執行官.

reexamine, re-examine /ˌriːɪgˈzæmɪn/ vt. ① 再檢查; 重新審查 ② 重考; 對…進行復試 reexamination n.

re-export /ˌriːˈɛkspɔːt, riːˈɛkspɔːt/ v. 把…再輸出 n. 再輸出; 再出口; 再出口商品.

ref /rɛf/ abbr. = ~eree.

refectory /rɪˈfektəri, -trɪ/ n. (修道院、學校等的)食堂; 餐廳 // ~ table 長餐桌.

refer /rɪˈfɜː/ vt. ① 引…去參考(或查詢); 指點 ② 叫…求助於; 使向…請教 ③ 提交…仲裁(或處理) ④ 把…歸因於; 認為…屬於; 認為…起源於 vi. ① 談到;

提到; 涉及; 有關 ② 查閱; 參考;
查詢 ③ (+ to) 指稱, 適用 **~able**
adj. 可歸因於 … 的; 與 … 有關
的.

referee /ˌrefəˈriː/ *n.* ① (球賽等
體育運動的) 裁判(員); 主裁判
② 仲裁人; 調停人 ③ 證明人;
介紹人; 推薦人 ④ 審閱人; 專家
【律】鑒定人 *vt.* ① 為 … 擔
任裁判; 仲裁; 調停 ② 審閱; 鑒
定 *vi.* ① 擔任裁判; 仲裁; 調停
② 審閱; 鑒定.

reference /ˈrefərəns/ *n.* ① 參照;
參考; 查閱 ② 引文(出處); 參考
文獻; 參考書 ③ 參考符號(如星
號、劍號等) ④ 提交(仲裁); 委
託處理; 委託權限 ⑤ 提到; 涉
及; 關係; 關聯 ⑥ 證明文件; 介
紹信; 推薦信; 證明人; 推薦人;
介紹人 // **~ book** 參考工具書(如
詞典、百科全書等) **~ library** 參
考圖書館; 參考叢書 **~ marks** 參
照符號, 參照標記(如星號等)
~ room 參考書閱覽室.

referendum /ˌrefəˈrendəm/ *n.* (*pl.*
-dums, -da) ① 公民投票(權); 公
民所投的票 ② 復決投票; 復決
權 ③ (外交使節致本國政府的)
請示書.

refill /ˌriːˈfil/ *vt.* 再裝滿; 重新注滿;
再填滿 *n.* ① 再次裝填(容器)的
物 ② 置換物; 替換筆芯.

refine /riˈfain/ *vt.* 提煉; 精煉;
精製 ② 提法; 煉去 淨化; 減
化; [喻]使華華 ④ 使 … 的道德
完善, 使優美; 使文雅 *vi.* ① 被
提煉; 被提純 ② 被淨化 ③ 變得優
雅精美 **~ment** *n.* **~r** *n.* 精煉者;

精煉商; 精煉機 **~ry** *n.* 提煉廠;
精煉廠; 精製廠.

refined /riˈfaind/ *adj.* ① 精煉的;
精製的 ② 優雅的; 高雅的; 有教
養的; 過份考究的 ③ 精妙的; 精
細的.

refit /ˌriːˈfit, ˈriːfit/ *v. & n.* (船等)改
裝; 修裝.

reflate /riːˈfleit/ *vt.* 使(通貨)再膨脹
vi. (通貨緊縮後)採取通貨再膨
脹政策 **reflation** *n.* 通貨再膨脹.

reflect /riˈflekt/ *vt.* 反射(光、
熱、聲音等) ② 照出; 映出; 反
映; 表現 ③ 帶來; 招致 ④ 深思;
考慮; 想到; 反省 *vi.* ① (光等)被
反射; 發出反射 ② 映現; 照出影
像 ③ 深思; 考慮; 反省 ④ 招致
非議; 帶來恥辱; 帶來影響 **~ible**
adj. 可反射的; 可映出的 **~ive**
adj. ① 沉思的 ② 反射的; 反光
的 **~or** *n.* 反射器(或鏡); 反射物;
反光罩; 反射式望遠鏡; 反映者;
反映物.

reflection, reflexion /riˈflekʃən/ *n.*
① 反射; 反映; 反射光(或
熱等) ② 映像; 倒映; (言行、思
想等)酷似的人(或物) ③ 思考;
沉思; 反省 ④ 見解; 想法.

reflex /ˈriːfleks/ *n.* 【生理】反
射, 反射作用 ② (對刺激的)本能
反應; 習慣性思維(或行為)方式
③ (光、熱等的)反射; 反射光
(或熱) *adj.* ① 反射(作用)的; 反
射(性)的 ② 反映的; 反應敏
捷的 ② (光、熱等)反射的.

reflexive /riˈfleksiv/ *adj.* ①【語】
反身的 ② 反射的; 能反射的; 能
折回的 ③ (本能)反應的 *n.* 反射

代詞; 反身動詞.

reflexology /ˌriːflekˈsɒlədʒɪ/ n. (足部按摩的)反射療法.

reflux /ˈriːflʌks/ n. 倒流; 逆流; 回流; 退潮 vt. 使回流.

reforest /riːˈfɒrɪst/ v. = reafforest 重新植樹(或造林) **~ation** n.

reform [1] /rɪˈfɔːm/ vt. ① 改革; 革新; 改良 ② 革除(弊端、陋習等); 改造 [主美]修訂(法律) vi. 改正; 改過自新 n. ① (政治、社會等方面的)改革; 改良; 改過; 革除(弊病、陋習等的)革除; 廢除 ② [主美]法律的修訂 **~atory** n. 少年感化院.

reform [2] /ˌriːˈfɔːm/ vt. 重新形成; 重新塑造 vi. 重新形成; 重新組成; 重新編隊.

reformation /ˌrefəˈmeɪʃən/ n. ① 改革; 改良; 革新 ② 改過自新 ③ 重新形成; 重新組成 ④ (**the R-**)宗教改革(16 世紀歐洲改革天主教會的運動, 結果產生新教).

reformer /rɪˈfɔːmə/ n. 改革者; 改良者.

reformism /rɪˈfɔːmɪzm/ n. 改良主義.

reformist /rɪˈfɔːmɪst/ n. 改良主義者 adj. 改良主義的; 改革者的; 改革運動的.

refract /rɪˈfrækt/ vt. ① 使折射 ② 測定(眼睛、透鏡)的屈光度 **~ion** n. **~ive** adj.

refractor /rɪˈfræktə/ n. 折射器; 折射物體; 折射望遠鏡.

refractory /rɪˈfræktərɪ/ adj. ① 倔強的; 難駕馭的 ② (疾病)難治的; 頑固的 ③ 耐火的; 耐高溫的; 難熔(煉)的.

refrain /rɪˈfreɪn/ vi. 忍住; 節制; 自制以避免 n. ① 疊句 ② 疊歌; 副歌 ③ 疊歌樂曲 ④ 一再重複的話(或聲音).

refrangible /rɪˈfrændʒɪbˡl/ adj. 【物】可折射的; 屈折性的.

refresh /rɪˈfreʃ/ vt. ① 使清新; 使清涼 ② 使變得新鮮 ③ 使精神恢復; 使精神振作 ④ 使更新; 使得到補充; 使恢復 **~ing** adj.

refresher /rɪˈfreʃə/ n. ① 提神物; [口]提神清涼飲料 ② 使恢復記憶的事物 ③ 進修課程.

refreshment /rɪˈfreʃmənt/ n. ① (精神或身體上的)活力恢復; 爽快 ② (食品、休息等)起提神作用的事物 ③ (pl.)茶點; 點心; 飲料.

refrigerant /rɪˈfrɪdʒərənt/ n. ① 致冷劑; 冷凍劑; 致冷物質 ② 清涼劑; 退熱藥 adj. ① 致冷的; 冷卻的 ② 使清涼的; 退熱的; 解熱的.

refrigerate /rɪˈfrɪdʒəˌreɪt/ vt. 使冷卻; 使保持清涼; 冷藏 **~d** adj. 冷藏的, 有冷藏設備的 refrigeration n.

refrigerator /rɪˈfrɪdʒəˌreɪtə/ n. 電冰箱; 雪櫃; 冷藏室; 冷凍庫.

refuel /riːˈfjuːəl/ v. (飛機、汽車等)加油.

refuge /ˈrefjuːdʒ/ n. ① 避難; 庇護; 躲避 ② 收容所; 避難所; 庇護所 ③ 庇護人 ④ [英](街道中央的)避車島; 安全島.

refugee /ˌrefjʊˈdʒiː/ n. 避難人; 流

亡者; 難民.

refulgent /rɪˈfʌldʒənt/ adj. 光輝的; 燦爛的 refulgence n.

refund /rɪˈfʌnd/ vt. 退還; 付還; 償還 n. ① 退還; 償還 ② 退款; 償還金額.

refurbish /ˌriːˈfɜːbɪʃ/ vt. ① 重新磨光; 重新擦亮 ② 整修; 把 ⋯ 翻新; 刷新 ~ment n.

refurnish /ˌriːˈfɜːnɪʃ/ vt. ① 再供給; 重新裝備 ② 給 ⋯ 添置新傢具 (或新設備).

refusal /rɪˈfjuːz³l/ n. ① 拒絕; 回絕 ② 優先購買權; 優先取捨權.

refuse /rɪˈfjuːz, ˈrefjuːs/ vt. ① 拒絕; 回絕;拒絕接受; 拒絕服從 ② 拒絕給予; 不肯; 不肯 ③ (馬)不肯躍過 vi. ① 拒絕; 不接受, 不允; 不同意 ② (馬)不肯跳越 n. 廢物; 廢料; 垃圾; 渣滓.

refutation /ˌrefjʊˈteɪʃən/ n. ① 駁斥; 反駁 ② 可供反駁用的證據.

refute /rɪˈfjuːt/ vt. 駁斥; 反駁; 駁倒; 辯駁 refutable adj. 可駁斥的; 可反駁的.

regain /rɪˈɡeɪn/ vt. ① 取回; 領回, 收回; 收復; 恢復 ② 返回; 回到.

regal /ˈriːɡ³l/ adj. ① 國王的; 帝王的; 帝后的; 王室的 ② 適合帝王身份的; 帝王似的 ③ 莊嚴的; 威嚴的; 豪華的 ~ly adv.

regale /rɪˈɡeɪl/ vt. ① 宴請; 款待 ② 使喜悅; 使樂不可支.

regalia /rɪˈɡeɪliə/ pl. n. (有時用作單數) ① 王權; 君主特權 ② 王位(或王權)標誌 ③ (表明官階等的)禮服; 徽章; 標記 ④ 盛裝; 華服 ⑤ 上等大雪茄煙.

regard /rɪˈɡɑːd/ vt. ① 看待; 把 ⋯ 看作; 認為 ② 敬重; 尊敬; 尊重; 器重 ③ (常用於否定句)注意; 聽從 ④ 考慮; 思考 ⑤ 注視; 打量; 凝視 ⑥ 與 ⋯ 有關; 涉及 n. ① 敬愛; 尊敬; 尊重, 器重 ② (pl.)問候; 致意 ③ 關係; 方面 ④ 注重; 注意; 關心; 注視; 凝視 ⑥ 緣由; 原委 // as ~s 關於; 就 ⋯ 而論; 在 ⋯ 方面 in ~ to / of 關於; 至於; 就 ⋯ 而論; 在 ⋯ 方面 with ~ to (= in ~ to) 關於, 至於 without ~ to 不考慮; 不顧到.

regarding /rɪˈɡɑːdɪŋ/ prep. 關於; 至於; 就 ⋯ 而論; 在 ⋯ 方面.

regardless /rɪˈɡɑːdlɪs/ adj. 毫不在意的; 毫不顧及的 adv. ① 不顧後果地; 不管怎樣; 無論如何 // ~ of 不顧, 不管.

regatta /rɪˈɡætə/ n. ① (源出意大利威尼斯的)鳳尾船比賽 ② 帆船比賽; 賽船大會.

regency /ˈriːdʒənsɪ/ n. ① 攝政; 攝政職位, 攝政權 ② 攝政團; 攝政政府 ③ (the R-) [英] [史] 攝政時期 adj. 攝政的; (R-)(英國或法國)攝政時期的.

regenerate /rɪˈdʒenəreɪt/ vt. ① 使恢復; 使新生出 ⋯ (精神上)重生; 新生; (道德上)使提高 ③ 革新; 重建; 復興 vi. ① 恢復; 復興 ② 再生; 被重新生長物所取代 ③ (精神上)重生; 獲得新生 adj. 恢復的; (精神上)重生的; 新生的; 再生的; 經革新的.

regeneration /rɪˌdʒenəˈreɪʃən/ n. 新生; 再生; 更新.

regent /ˈriːdʒənt/ n. ① 攝政者; 攝

reggae /ˈreɡeɪ/ n. 雷蓋(起源於牙買加的民間音樂, 後與搖滾樂等結合); 雷蓋配樂歌曲.

regicide /ˈredʒɪsaɪd/ n. 弒君; 弒君者.

regime, ré- /reɪˈʒiːm/ n. ① 政治制度; 政體; 政權 ② 管理制度; 體制; 體系 ③ 統治時期 ④ 養生法; 攝生法 // ~ change 政權更迭.

regimen /ˈredʒɪmen/ n. 攝生法; 養生之道.

regiment /ˈredʒɪmənt, ˈredʒɪment/ n. ①【軍】團 ② (一)大批; (一)大羣; 大量 vt. ①【軍】把…編成團; 把…編成組 ② 嚴密地組織; 管轄 ~ed adj. 組織嚴密的; 嚴密控制的; 井然有序的.

regimental /ˌredʒɪˈmentˀl/ adj. 【軍】團的 n. (pl.) ① 團隊制服 ② 軍裝.

regimentation /ˌredʒɪmenˈteɪʃˀn/ n. ①【軍】編團; 團隊編成 ② 標準化; 系統化.

region /ˈriːdʒən/ n. ① 地區; 地帶; 區域 ② 行政區 ③ (身體的)部位 ④ 領域; 界; 範圍; 幅度 ⑤ (大氣、海水等的)層 ~al adj. // in the ~ of 在…左右; 接近.

register /ˈredʒɪstə/ n. ① 登記; 記錄; 註冊; (郵件等的)掛號 ② 登記簿; 註冊簿; 掛號簿; 名單 ③ 自動記錄器; 計數器;【計】寄存器 ④【音】音區; 聲區 ⑤【語】語域(特定範圍內使用的詞彙、語法範疇) vt. ① 登記; 註冊; [喻]記住 ② (儀表等)指示; 自動記錄 ③ 把(郵件)掛號; 把(行李)托運 ④ (面容等)流露; 顯出 ⑤ 表示; 表達 vi. ① 登記; 註冊; 掛號【印】套準; 對齊 ~ed adj. 已登記的; 已註冊的; 已掛號的 ② 牢記心上的 // ~ed post (= [美]~ed mail) 掛號郵寄 ~ed nurse 註冊護士 ~ed trademark 註冊商標 ~ed office (= registry office) 註冊處; 戶籍登記處.

registrar /ˌredʒɪˈstrɑː, ˈredʒɪstrɑː/ n. ① 登記員; 戶籍員; 掛號員 ② (學校的)教務主任; 註冊主任 ③ [英]專科住院醫生.

registration /ˌredʒɪˈstreɪʃən/ n. ① 登記; 註冊; 掛號 ② 登記項目; 記錄事項 ③ 登記(或註冊、掛號)人數 ④ 登記(或註冊)證 // ~ card (入住旅館、參加會議等的)登記卡, 登記單 ~ number 汽車登記號碼.

registry /ˈredʒɪstrɪ/ n. ① 登記處; 註冊處; 掛號處 ② 登記簿; 註冊簿; 掛號簿 ③ 船籍(登記) // ~ office 戶籍登記處.

regius /ˈriːdʒɪəs/ adj. [英]皇家的; 欽定的.

regnant /ˈreɡnənt/ adj. ① (常置於所修飾名詞之後)在位的; 統治的 ② 強大的; 佔優勢的; 佔支配地位的 ③ 流行的; 普遍的.

regress /rɪˈɡres/ vi. ① 退回; 回歸 ② 後退; 倒退; 退化 ③【心】回歸; 倒退 ④【天】退行 ~ion n. ~ive adj.

regret /rɪˈɡret/ vt. ① 因…懊悔;

因…後悔; 因…而遺憾 ② 痛
惜; 惋惜; 惆悵 ③ 為…抱歉 vi.
感到懊悔; 感到遺憾; 感到惋惜
n. ① 懊悔; 遺憾 ② 痛惜; 惋惜;
惆悵; 失望 ③ 道歉; 歉意 ~**ful**
adj. ~**fully** adv. ~**table** adj. 可惜
的, 令人遺憾的.

regular /ˈregjələ/ adj. ① 固定
的; 有規律的 ② 整齊的; 勻稱
的; 有系統的 ③【數】等邊(或
等角、等面)的; 正則的 ④ 定期
的 ⑤ 經常的; 習慣性的; [美]普
通的 ⑥ 正式的; 正規的 ⑦ 徹底
的, 完全的 ⑧【軍】常備軍的;
由常備軍組成的 ⑨【語】按規
則變化的 n. ①[口]常客; 經常
投稿人 ② 正式成員; 固定成員
③【軍】正規兵; 常備兵 ④ 主力
隊員; 正式隊員 ~**ly** adv. ~**ity** n.

regularize, -se /ˈregjələraɪz/ vt.
① 使有規律; 使規律化; 使
成系統; 使條理化 ② 使符合
法律; 使合法化; 使符合規範
regularization adj.

regulate /ˈregjəleɪt/ vt. ① 管理; 指
揮; 控制; 為…制訂規章 ② 校
準; 對準; 調整; 調節 ③ 整治; 調
理 ④ 使規則化; 使規律化; 使
條理化 regulation n. regulator n.
① 管理者; 校準者 ② 調節器;
調節閥; 校準器 ③ 標準時鐘
regulatory adj.

regurgitate /rɪˈɡɜːdʒɪteɪt/ vi.
① (液體、氣體等)回流; 回湧
② 反胃;【動】反芻 ③ (感情等)
重新泛起 vt. ① 使回流; 使回湧;
(因反胃等)吐出 ② 機械刻板地
重複 regurgitation n.

rehabilitate /ˌriːəˈbɪlɪteɪt/ vt. ① 修
復; 把…翻新; 復興 ② 平反;
恢復…的職位(或權利、財
產、名譽等) ③ 使(身體)康復;
使(殘廢者等)恢復正常生活
rehabilitation n.

rehash /riːˈhæʃ/ vt. ① 重複談論;
換湯不換藥 ② 將(舊材料等)略
加修改後再發表(或使用) n. 一
味的重複; (舊作品的)改作; 改
寫品; 故事新編.

rehearse /rɪˈhɜːs/ vt. ① 排演; 排
演, 練習; 演習 ② 訓練; 使熟
練掌握 ③ 敘述; 詳述; 反覆講
④ 高聲朗讀 vi. 參加排練(或排
演、練習、演習) rehearsal n.

rehouse /riːˈhaʊz/ v. 給…提供新
住房.

reign /reɪn/ n. ① (君主的)統治
② (君主的)統治時期; 在位期
vi. ① 為王; 當國家元首; 統治
② 當主管; 主宰; 起支配作用
③ 盛行; 流行.

reimburse /ˌriːɪmˈbɜːs/ vt. 償還; 付
還(款項); 賠償; 補償 ~**ment** n.

rein /reɪn/ n. ① (常用複)駕馭馬
的繮繩; (一端縛住幼兒身體,
另一端由成人牽執的)安全繩
套 ② (pl.)控制權; 支配權; 控制手段; 支配手段 vt.
① 用繮繩勒住; 勒(馬等)轉向
② 駕馭; 控制; 約束 ③ 給…配
繮繩.

reincarnate /ˌriːɪnˈkɑːneɪt,
ˌriːɪnˈkɑːnɪt/ vt. (常用被動語態)賦
予新形體(或新靈魂); 使轉世化
身; 使重新體現 reincarnation n.

reindeer /ˈreɪnˌdɪə/ n. (單複數同

形)【動】馴鹿.

reinforce /ˌriːɪnˈfɔːs/ vt. ① 增援; 增強; 加強 ② 補充; 充實; 增進 ③ 加固; 強化; 使更有力; 進一步證實 **~ment** n. // **~d concrete** 鋼筋混凝土.

reinstate /ˌriːɪnˈsteɪt/ vt. ① 使恢復原職; 使復得原有權利 ② 使恢復原狀 **~ment** n.

reinsure /ˌriːɪnˈʃʊə, -ˈʃɔː/ vt. ① 給…再保險; 分保; 轉保 ② [美]再次保證; 重新確保 vi. [美]再次保證; 重新確保 reinsurance n.

reissue /ˌriːˈɪʃjuː/ vt. ① 再發給; 重新發給 ② 重新發行; 再次出版 n. (書籍、唱片等的)重新發行; 重新發行物; 再版.

reiterate /riːˈɪtəˌreɪt/ vt. 反覆做; 反覆講; 反覆重申 reiteration n.

reject /rɪˈdʒɛkt, ˈriːdʒɛkt/ vt. ① 拒絕 ② 拋棄, 丟棄 ③ 不同意; 不錄用 ④ 剔除, 厭棄 ⑤ 吐出; 嘔吐 n. ① 被拒絕的人; (徵兵考核中的)不合格者 ② 被拒貨品; 不合格品; 等外品 **~ion** n.

rejig /riːˈdʒɪg/ vt. ① 重新裝備(工廠等) ② [口]調整; 重新安排; 檢修 ③ [口]更改; 篡改 n. [口]調整; 重新安排.

rejoice /rɪˈdʒɔɪs/ vi. ① 感到高興; 充滿喜悅 ② 歡樂; 慶祝 ③ [謔]因…而自豪; 享有 rejoicing n.

rejoin [1] /riːˈdʒɔɪn/ vt. ① 使再結合; 使再聚合 ② 重返(隊伍等); 再加入 ③ 再連接.

rejoin [2] /riːˈdʒɔɪn/ vt. 回答; 反駁.

rejoinder /rɪˈdʒɔɪndə/ n. 回答;

反駁 ②【律】作第二次答辯; 再答辯.

rejuvenate /rɪˈdʒuːvɪˌneɪt/ vt. ① 使返老還童; 使變得年輕; 使恢復青春活力;【生】使復壯 ② 更新; 使改觀 ③【地】使回春; 使更生 rejuvenation n.

rekindle /riːˈkɪndl/ v. 重新燃起; 重新燃燒; 重新激起.

relapse /rɪˈlæps/ vi. ① 重新陷入; 回復; 故態復萌; 重新墮落 ② 舊病復發; 和睦相處 **~d** adj. 有關的; 有親戚關係的.

relate /rɪˈleɪt/ vt. ① 敘述; 講 ② 聯繫; 顯示出與…的關係 vi. ① 有關聯; 涉及 ② 符合; 適用 ③ 理解; 和睦相處 **~d** adj. 有關的; 有親戚關係的.

relation /rɪˈleɪʃən/ n. ① 關係; 聯繫 ② (pl.)交往; 事務 ③ 家屬; 親屬; 親屬關係 ④ 敘述; 敘述的事; 故事 ⑤ (pl.)性關係; 性交 **~ship** n. // **be out of all ~ to** (= **bear no ~ to**) 和…毫不相稱; 和…毫無關係 **in / with ~ to** ① 關於; 涉及 ② 與…相比.

relative /ˈrɛlətɪv/ n. ① 親戚; 親屬 ② 親緣動物(或植物) ③【語】關係詞 ④ 相對物 adj. ① 有關係的; 相關的 ② 比較的; 相對的 ③【音】關係的; 記號相同的 **~ly** adv. relativity n. 相關性;【物】相對論.

relativism /ˈrɛlətɪˌvɪzəm/ n. 相對主義; 相對論.

relax /rɪˈlæks/ vt. ① 使鬆弛; 使鬆懈; 放鬆 ② 放寬; 緩和; 減輕; 削弱 ③ 使輕鬆; 使休息 vi. ① 鬆

弛; 鬆懈; 放鬆 ② 放寬; 緩和; 減
輕 ③ 變得隨和; 變得和藹; 變
得寬鬆 ④ 休息; 娛樂 ⑤ 通便
~ation n. ~ed adj. 輕鬆自在; 從
容的; 鬆弛的 ~ing adj. 令人輕鬆
愉快的.

relay /ˈriːleɪ, rɪˈleɪ/ n. ① 驛馬; 驛站
② 接替人員; 替班 ③【機】繼動
器;【電】繼電器;【自】替續器
④【訊】轉播; 中繼; 轉播的無線
電節目 ⑤ 接力賽跑; 接力傳球
vt. ① 接力傳送; 分程傳送; 傳遞
② 轉述; 轉達 ③ 中繼轉發; 轉
播 ④ 用繼電器控制(或操作) //
~ **race** (跑步、游泳等的)接力賽
~ **station** 【訊】中繼站; 轉發站.

release /rɪˈliːs/ vt. ① 放開; 鬆開;
放鬆 ② 排放; 發放 ③ 發泄; 發
揮 ④ 釋放; 解放 ⑤ 解除; 解
脫; 豁免 ⑥ 放棄; 讓與 ⑦ 發佈
(新聞等); 公開發行 n. ① 放鬆;
排放; 發放; 釋放 ② 發泄; 發揮
③ 解除; 解脫; 豁免 ④【機】釋
放裝置; 排氣裝置 ⑤ 放棄; 讓與
⑥ 發佈; 發行; 發佈的新聞(或聲
明、文件等); 發行的影片(或唱
片)等.

relegate /ˈrelɪˌɡeɪt/ vt. ① … 降級;
把 … 置於次要地位 relegation n.

relent /rɪˈlent/ vi. ① 變溫和; 變
寬容; 發慈悲; 憐憫 ② 減弱; 緩
和 ~**less** adj. ① 殘酷的; 無情的
② 不間斷的; 持續的 ③ 不屈不
撓的.

relevant /ˈrelɪvənt/ adj. ① 有關
的; 切題的 ② 適宜的; 恰當的
relevance, relevancy n.

reliable /rɪˈlaɪəbl/ adj. 可靠的;

可信賴的; 確實的 reliability n.
reliably adv.

reliance /rɪˈlaɪəns/ n. ① 信賴; 信
心 ② 依靠 ③ 受信賴的人(或
物); 可依靠的人(或物).

reliant /rɪˈlaɪənt/ adj. ① 信賴的
② 依靠的.

relic /ˈrelɪk/ n. ① 遺物; 遺蹟; 遺
俗; 遺風 ② 聖徒遺物; 聖物
③ 紀念物 ④ (pl.)殘留物; 殘片;
廢墟 ⑤ (pl.)遺體; 屍骸.

relief /rɪˈliːf/ n. ① (痛苦、緊張、
捐稅、壓迫等的)減輕; 寬慰;
解除; 免除 ② 救濟(品); 補助
③ 解救; 解圍 ④ 換班; 代替;
換班的人 ⑤ 調劑; 變換 ⑥ 浮
雕; 浮雕品 ⑦ 輪廓鮮明; 突現
⑧ (地勢的)起伏; 高低; 凹凸.

relieve /rɪˈliːv/ vt. ① 緩解; 解
除; 使得到解脫 ② 幫助 … 擺
脫 ③ 使寬心; 使寬慰 ④ 援助
⑤ 救濟; 解救; 救援 ⑥ 接替; 解
除 … 的職務 ⑦ 使得到調劑; 使
不單調 ⑧ 調劑; 使有變化 //
~ (+ oneself) 解大(小)
便 ② [謔]幫助拿(東西); 偷 ~d
adj. 寬心的; 安慰的.

religion /rɪˈlɪdʒən/ n. ① 教; 宗教;
宗教信仰 ② 個人生活中重要的
事; 自己一心要做的事 religious
adj.

relinquish /rɪˈlɪŋkwɪʃ/ vt. ① 放棄;
停止 ② 交出; 讓與 ③ 鬆開; 放
開 ~**ment** n.

relish /ˈrelɪʃ/ n. ① 滋味; 美味; 風
味 ② 調味品; 佐料; 開胃品; 拼
盤 ③ 胃口; 興趣; 愛好; 有趣的
事物 vt. ① 從 … 得到樂趣; 喜
愛; 愛好 ② 津津有味地吃(或

喝); 欣賞; 品味.

relive /ˌriːˈlɪv/ vi. (尤指在想像中) 重新過…的生活; 再經歷.

relocate /ˌriːləʊˈkeɪt/ vi. 遷移至新 地點; 重新安置 vt. 重新確定… 的位置; 使安置於新地點;【軍】 調動 relocation n.

reluctance /rɪˈlʌktəns/ or reluctancy n. 不情願; 勉強 reluctant adj. reluctantly adv.

rely /rɪˈlaɪ/ vt. ① 依賴; 依靠 ② 信 賴; 相信 ③ 指望; 期望.

remain /rɪˈmeɪn/ vi. ① 留下; 逗 留; 停留; 被遺留 ② (作連繫 動詞, 多後接補足語) 保持不變 ③ 剩餘; 餘留 ④ (後接不定式) 留待; 當待 // ~ing adj. 剩下的; 留下的.

remainder /rɪˈmeɪndə/ n. ① 剩 餘物; 殘餘部份; 遺蹟 ② 剩下 的人 ③【數】差數; 餘數; 餘項 ④【律】繼承權 ⑤ 因滯銷而減 價出售的書; 剩書 adj. 剩餘的; 吃剩的; 剩書的; 出售削價剩書 的 vt. 廉價賣剩書.

remains /rɪˈmeɪnz/ pl. n. ① 剩餘 物; 殘餘; 剩餘 ② 遺體; 遺骸; 殘 骸; 子遺 ③ (尤指未經發表的)遺 稿; 遺墨 ④ 遺蹟; 遺風.

remake /ˈriːˌmeɪk, riːˈmeɪk/ vt. (過 去式及過去分詞 remade)重製; 翻新; 改造; 修改; 重新攝製(或 錄製) n. ① 重製; 翻新; 改造; 修 改 ② 重製物; 重製產品; (尤指) 重新拍攝的影片.

remand /rɪˈmɑːnd/ vt. & n.【律】 還押(被控告人); 押候; 在押.

remark /rɪˈmɑːk/ vt. ① 談論; 評

論; 說; 談到 ② 注意; 看到; 察覺 vi. 評論; 談論; 議論 n. ① 談論; 評論; 議論; 話題 ② 注意; 察覺.

remarkable /rɪˈmɑːkəbl/ adj. ① 值得注意的; 引人注目的 ② 非凡的; 異常的; 出色的; 卓 越的 ~ness n. remarkably adv.

remarry /ˌriːˈmærɪ/ v. ① (使)再婚 ② 復婚.

remediable /rɪˈmiːdɪəbl/ adj. ① 可 治療的 ② 可補救的; 可糾正的; 可矯正的; 可挽回的.

remedial /rɪˈmiːdɪəl/ adj. 治療的; 糾正的; (教育)補習的.

remedy /ˈremɪdɪ/ n. ① 治療(法); 藥品 ② [喻]藥方; 補救(辦法); 糾正(法); 矯正(法)③【律】補 償; 賠償 vt. ① 醫治; 醫療 ② 補 救; 糾正; 矯正; 使恢復正常.

remember /rɪˈmembə/ vt. ① 記 得; 回想起 ② 牢記; 記住; 不 忘 ③ 代…問候; 代…致意 ④ 給…小費; 給…謝禮; 向… 送禮 ⑤ (+ oneself) 反省自身 vi. 記住; 記得; 回憶; 有記憶力 ~ance n. ① 記憶; 回想; 記憶力 ② 紀念品.

remind /rɪˈmaɪnd/ vt. ① 提醒; 使 記起; 使想起 ② 使發生聯想.

reminder /rɪˈmaɪndə/ n. ① 提醒者 ② 催單; 催還單; 催繳單 ③ 提 示; 幫助記憶的記號.

reminisce /ˌremɪˈnɪs/ vi. 追憶往事; 緬懷往事; 話舊 ~nce n. ~nt adj. ① 令人聯想起的 ② 懷舊的.

remiss /rɪˈmɪs/ adj. ① 疏忽的; 粗 心的 ② 不負責任的; 懈怠的 ~ly adv. ~ness n.

remission /rɪˈmɪʃən/ or remittal n.
① 寬恕; 赦免; 饒恕 ② (債務、捐稅等的)免除; 豁免 ③ (痛苦、勞役等的)緩和; 減輕.

remit /rɪˈmɪt/ vt. ① 匯(款); 匯寄; 寄運 ② 寬恕; 赦免; 豁免 ③ 緩解; 減弱; 減輕 ④ 將 … 提交; 【律】把(案件)發回原審法院重審.

remittance /rɪˈmɪtəns/ n. 匯款; 匯款額; 匯款憑據.

remnant /ˈrɛmnənt/ n. ① 殘餘; 剩餘; 殘漬; 殘餘物 ② (常用複)殘存部份; 殘餘份子 ③ 零料; 剩料; 碎布頭.

remonstrate /ˈrɛmənˌstreɪt/ vi. ① 抗議; 反對 ② 進諫; 告誡 remonstrance n.

remorse /rɪˈmɔːs/ n. ① 懊悔; 悔恨; 自責 ② 同情(心) ~ful adj.

remorseless /rɪˈmɔːslɪs/ adj. ① 不痛悔的; 不悔恨的; 不知自責的 ② 無憐憫心的; 無情的; 殘忍的 ~ly adv.

remote /rɪˈməʊt/ adj. ① 遙遠的; 偏僻的 ② 長遠的; 很久的 ③ 關係遠的; (親戚)遠房的 ④ 很少的; 微乎其微的 ⑤ 疏遠的; 冷淡的 ~ly adv. ~ness n. // ~ access 【計】遠程訪問; 遠程存取 ~ control 遙控; (電視機等的)遙控器 ~ damages 【律】間接損害 ~ sensor 遙感器.

remould, 美式 remold /riːˈməʊld/ vt. 重新塑造; 改鑄; 改造; 翻新; 翻修.

remount /riːˈmaʊnt/ vt. ① 重新登上 ② 重新騎上 ③ 重新鑲嵌; 重新裱貼; 重新架置 vi. 重登; 再騎上.

remove /rɪˈmuːv/ vt. ① 移開; 挪走; 拿去 ② 調動; 搬遷 ③ 脫下; 摘下 ④ 去除; 消除; 取消 ⑤ 把 … 免職; 開除; 逐出 vi. 移動; 遷移; 移居 removable adj. removal n.

remover /rɪˈmuːvə/ n. ① 脫塗劑; 洗淨劑; 去漆劑 ② (案件的)轉移審理 ③ [英](代客搬家的)搬運工; 搬運商; 搬運公司.

removed /rɪˈmuːvd/ adj. ① 遠離的; 無關的 ② 隔代的; 隔輩的 // ~ section 【數】【物】截面圖.

remunerate /rɪˈmjuːnəˌreɪt/ vt. 酬報; 給 … 酬勞.

remuneration /rɪˌmjuːnəˈreɪʃən/ n. 酬報; 酬勞; 酬金 remunerative adj.

renaissance /rəˈneɪsəns/ n. ① 新生; 再生; 復活; 復興 ② (文藝、學術等的)復興運動; 復興運動時期 ③ (the R-)[歐洲]的文藝復興; 文藝復興時期(風格).

renal /ˈriːnʲl/ adj. 腎臟的; 腎的; (位於)腎臟區的.

rename /riːˈneɪm/ vt. 給 … 重新起名; 給 … 改名.

renascence /rɪˈnæsəns, -ˈneɪ-/ n. = renaissance.

renascent /rɪˈnæsʲnt, -ˈneɪ-/ adj. 新生的; 再生的; 復活的; 復興的.

rend /rɛnd/ vt. (過去式及過去分詞 rent) ① 撕碎; 扯破 ② 因憤怒(或憂慮、失望)而揪扯(頭髮或衣服等) ③ 割裂; 分裂 ④ 奪去; (用力)摘下, 撕下 ⑤ (聲音等)刺破; 劃破.

render /ˈrendə/ vt. ① 提出(理由等); 呈遞; 匯報 ② 給予; 提供 ③ 放棄; 讓與 ④ 使得; 使成為 ⑤ 翻譯 ⑥ 報答; 補償 ⑦ 表達; 描繪 ⑧ (藝術上)表演; 扮演; 朗誦; 演奏; 處理(繪畫等的主題) ~ing n. ① 給予; 提供 ② 藝術表達; 藝術管理 ③ 表演; 演奏 ④ 翻譯; 譯文.

rendezvous /ˈrɒndɪˌvuː/ n. (pl. -vous) ① 約會; 會面; (部隊、船隻、宇宙飛船等的)會合 ② 約會地點; 會面地點; 集結地點 ③ 經常出沒的場所; 聚會地點; 大本營 vi. 約會; 會面; 在指定地點會合.

rendition /renˈdɪʃən/ n. ① 表演; 演奏; 演唱 ② 翻譯; 譯文.

renegade /ˈrenɪˌɡeɪd/ n. ① 變節者; 叛徒; 改變信仰者; 脫黨份子 ② 歹徒; 罪犯; 叛亂者.

reneg(u)e /rɪˈniːɡ, rɪˈneɪɡ/ vi. ① (紙牌戲中)藏牌; 有牌不跟 ② 食言; 背信; 違約.

renew /rɪˈnjuː/ vt. ① 使獲得新生; 使更生; 更新; 使恢復新鮮 ② 更換; 把…換新 ③ 補充; 加固; 加強; 再裝滿 ④ 重新開始 ⑤ 重申; 使得以重申 ⑥ 重訂; 續借; 續訂; 延長…的期限 ~al n. ~ed adj. 更新的; 重新開始的; 復興的; 重建的.

renewable /rɪˈnjuːəb'l/ adj. ① 可更新的; 可恢復新鮮的 ② 可重新開始的; 可繼續的 ③ 能再生的.

rennet /ˈrenɪt/ n. (製芝士等用的

幼小反芻動物的)乾胃膜; 凝乳素.

renounce /rɪˈnaʊns/ vt. ① 放棄; 拋棄; 棄絕 ② 拒絕接受; 宣佈與…斷絕關係; 拒絕承認.

renovate /ˈrenəˌveɪt/ vt. 修復; 整修如新; 把…擦洗一新 renovation n.

renown /rɪˈnaʊn/ n. 名望; 聲望; 使出名; 使享有聲譽 vt. 吹牛; 說大話; 自誇 ~ed adj. 著名的.

rent¹ /rent/ n. 地租; 房租; 租金; 租費 vt. ① 租借; 租用 ② 租出 vi. 出租; 出借 ~-free adj. 免收租金的; 不交租金的.

rent² /rent/ n. ① (布、衣服等上的)破洞; 裂處; 裂縫 ② (政黨、組織等的)分裂; 破裂 ③ 撕裂.

rent³ /rent/ v. rend 的過去式及過去分詞.

rentable /ˈrentəb'l/ adj. 可出租的; 可得租金的.

rental /ˈrent'l/ n. ① 租費; 租金收入 ② 租賃; 出租(業) ③ 出租的財產(指房屋、套房、汽車等).

renter /ˈrentə/ n. ① 承租人; 佃戶 ③ 出租人; 房東; 地主 ③ [主英]影片經理商.

renunciation /rɪˌnʌnsɪˈeɪʃən/ n. ① (權利、要求、稱號等的)放棄; 拋棄 ② 宣佈中止; 宣佈斷絕關係; 拒絕承認 ③ 自我克制.

reopen /riːˈəʊpən/ vt. ① 重新打開; 重新開放 ② 再開始; 重新進行; 繼續 ③ 再討論; 重新審議 vi. 再開; 重開.

reorganization, -sation /ˌriːˌɔːɡənaɪˈzeɪʃən/ n. 改組; 改造;

改編; 整頓.

reorganize, -se /riːˈɔːɡə,naɪz/ *v.* ① 改組; 改編; 重新制定 ② 整頓; 改革.

rep /rep/ *n.* ① 棱紋平布 ② [口] 定期換演劇目的劇場; 定期換演劇目的劇團 ③ [口] 代表.

repair [1] /rɪˈpeə/ *vt.* ① 修理; 修復; 修補; 整修 ② 恢復; 糾正 ③ 彌補; 補救; 補償; 賠償 *n.* ① 修理; 修補; 整修 ② (常用複) 修理工作; 修補工作; 整修工程 ③ (*pl.*) 修理費; 維修費 ④ 彌補; 補救; 修復; 恢復 **repairable** *adj.* 可修理的; 可補償的; 可補救的 **repairer** *n.*

repair [2] /rɪˈpeə/ *vi.* ① 去; 赴 ② (成羣地) 常去; 聚眾而去.

reparation /ˌrepəˈreɪʃən/ *n.* ① 補償; 賠償; 補救 ② (*pl.*) 戰敗者的賠償; 賠款.

repartee /ˌrepɑːˈtiː/ *n.* ① 巧妙的回答; 妙語回答; 機智的反駁 ② 機敏應答的才能.

repast /rɪˈpɑːst/ *n.* (書面語) 餐; 飲食; 佳餚美食.

repatriate /riːˈpætri,eit, riːˈpætrɪt/ *vt.* 把 … 遣返回國 *n.* 被遣返回國者 **repatriation** *n.*

repay /rɪˈpeɪ/ *vt.* (過去式及過去分詞 repaid) ① 償還; 付還; 還錢給 ② 報答; 回報; 報復; 回敬 **~able** *adj.* 可償還的; 應償還的; 可報答的; 應予報復的 **~ment** *n.*

repeal /rɪˈpiːl/ *vt.* 撤銷(決議等); 廢除(法令等).

repeat /rɪˈpiːt/ *v.* ① 重複; 重做 ② 複述; 背誦 ③ 照着說; 照着

寫 ④ 把 … 講出去; 把 … 對人說 ⑤ 重演; 重播; 使再現; 再經歷 *vi.* ① 重複; 重做; 重說 ② [美] (在選舉中違法)重複投票 ③ (食物)在口中留下餘味 ④ (時鐘) (分針指向 30 和 60 時的)敲鐘報時; (武器連發) *n.* ① 重複; 重做; 重說 ② 重複的行動(或言詞); 重演的事物; 重播節目 ③ 複寫; 複製(品); 副本 【音】反覆部份; 反覆記號 **~able** *adj.* **~ed** *adj.*

repeatedly /rɪˈpiːtɪdlɪ/ *adv.* 一再地; 再三地; 多次地.

repel /rɪˈpel/ *vt.* ① 擊退; 逐回; 驅除 ② 抵制; 抗禦; 排斥; 拒絕 ③ 使厭惡; 使反感 *vi.* ① 使人厭惡; 使人反感 ② 相互排斥; 不相融合.

repellent, -lant /rɪˈpelənt/ *adj.* ① 排斥的; 討厭的 ②【化】相斥的; 防水的 *n.* 防水劑; 驅蟲劑.

repent /rɪˈpent/ *vi.* 悔悟; 悔改; 後悔; 懊悔 **~ance** *n.* **~ant** *adj.*

repercussion /ˌriːpəˈkʌʃən/ *n.* ① 擊回; 彈回; 反衝 ② (聲音的)回響; 迴聲; (光的)反射 ③ (常用複)(尤指間接、深遠且多在意料之外的)反響; 影響; 後果.

repertoire /ˈrepə,twɑː/ *n.* (準備好能演出的)全部劇目; 全部節目.

repertory /ˈrepətərɪ, -trɪ/ *n.* ① (準備好能演出的)常備劇目; 全部節目 ② 劇團短期內演出的各種劇目.

repetition /ˌrepɪˈtɪʃən/ *n.* ① 重複; 重說; 重做 ② 反覆講; 背誦; 指定背誦的材料 ③ 複製品; 副本.

rephrase /ri:'freiz/ vt. 重新措辭; 改用別的措辭表達.

repine /ri'pain/ vi. 感到不滿; 埋怨; 發牢騷.

replace /ri'pleis/ vt. ① 代替; 取代 ② 接替; 更換; 調換 ③ 歸還; 放回原處 **~able** adj. 可代替的; 可更換的; 可歸還的; 可復歸原處的 **~ment** n.

replay /ri:'plei, ri:'plei/ vt. ① 重新舉行(比賽) ② 重演; 重播 n. 重新舉行的比賽; 重播(的錄音或錄像).

replenish /ri'pleniʃ/ vt. 把…再裝滿; 把…再補足; 補充 **~ment** n.

replete /ri'pli:t/ adj. ① 充滿的; 裝滿的; 充斥的 ② 充實的; 詳盡的; 完備的 repletion n.

replica /'replikə/ n. ① (尤指出於原作者之手或在其指導下製成的)藝術複製品 ② (尤指縮小比例的)模型 【音】反覆(記號) **~te** vt. 複製 **~tion** n.

reply /ri'plai/ vi. ① 回答; 答覆 ② (以動作)作答 vt. 回答; 答覆 n. ① 回答; 答覆 ② 反應; 反響.

report /ri'pɔ:t/ n. ① 報告; 報告書 ② [主英](學生的)成績報告單 ③ 報導; 記錄; 傳聞 ④ [律]案情報告; 充斥的 ⑤ 爆炸聲; 劈啪聲 ⑥ 名譽; 名聲 vi. ① 報告; 匯報 ② 說; 敘述; 傳說 ③ 報導; 宣告; 記述; 描述 ④ 告訴; 告發 vi. ① 報告; 匯報 ② 說; 敘述 ③ 報導; 當記者 ④ 報到 **~age** n. 報導 **~er** n. ① 報告者; 匯報人 ② 記者; 新聞廣播員 ③ (法庭的)書記員; 筆錄員.

repose /ri'pəuz/ n. ① 憩息; 休息; 睡眠 ② 安詳; 從容 ③ 安靜; 靜謐; 平靜 vi. ① 躺; 靠; 休息 ② 長眠; 安息 ③ 呈屏卧狀態; 靜卧; 蘊藏 ④ 安放; 安置 vt. ① 使倚靠; 使靜卧; 使休息 ② 把(信賴、希望等)寄托於.

repository /ri'pɒzitəri, -tɔ:ri/ n. ① 倉庫; 棧房; 儲藏室 ② 博物館; 陳列室 ③ 資源豐富地區 ④ 親信; 知己 ⑤ 富於知識的圖書.

repossess /,ri:pə'zes/ vt. (使)重新擁有; (使)重新佔有; (使)恢復 **~ion** n.

reprehend /,repri'hend/ vt. 斥責; 指責.

reprehensible /,repri'hensəb'l/ adj. 應受斥責的; 應受指責的.

represent /,repri'zent/ vt. ① 代表; 表示; 象徵 ② 作為…的代表(或代理人); 作為…的代表人物 ③ 提出異議(或抗議); 發出呼籲 ④ 相當於 ⑤ 表述; 描繪 ⑥ 集中體現出; 典型地反映 ⑦ 是…的結果.

representation /,reprizen'teiʃən/ n. ① 代表; 代理; 代表權; (一個選區的)全體代表 ② 表示; 表述; 表現 ③ 圖畫; 圖像 ④ (pl.)說明; 陳述; 抗議 ⑤ 演出; 扮演 **~al** adj. (藝術作品或風格)具象的.

representative /,repri'zentətiv/ n. ① 代表; 代理人; [律]繼承人 ② 議員; (常用 R-) [美]眾議院議員; 州議員 ③ 有代表性的事物; 典型事例 adj. 代表的; 代理的; 代表制的; 代議制的; 有代表性的; 典型的.

repress /rɪ'prɛs/ vt. ① 抑制; 壓制; 約束 ② 鎮壓; 平息 **~ed** adj. 被抑制的; 【心】被壓制的 **~ion** n. **~ive** adj. 抑制的; 壓制的; 壓抑的.

reprieve /rɪ'priːv/ vt. ① 緩期執行 (刑罰, 尤指死刑) ② 暫時解救; 暫時緩解 n. 緩刑(令); 暫緩; 暫止.

reprimand /'rɛprɪ,mɑːnd/ n. (當權者所作的)訓斥; 斥責; 譴責 vt. 訓斥; 斥責; 譴責.

reprint /,riː'prɪnt/ v. 重印; 再版 n. 重印(本); 再版(本); 翻印(件); 翻版書.

reprisal /rɪ'praɪzᵊl/ n. 報復(行動); 以牙還牙.

reproach /rɪ'prəʊtʃ/ n. ① 責備; 指摘 ② 引起指摘的緣由; 丟人現眼的人或事; 恥辱 vt. ① 責備; 指摘; 斥責 ② 引起對 … 的指摘; 使蒙受恥辱 **~ful** adj.

reprobate /'rɛprəʊ,beɪt/ n. 墮落者; 道德敗壞的人; 惡棍 adj. 墮落的; 道德敗壞的; 邪惡的.

reproduce /,riːprə'djuːs/ vt. ① 再生產; 再製造 ② 生殖; 繁殖; 繁育 ③ 複製; 翻版; (錄音等的)播放; 複寫; 模擬 ④ (在腦海中)再現; 重temp vi. ① 繁殖; 生殖 ② 進行再生產; 被複製 reproduction n.

reproducible /,riːprə'djuːsəbᵊl/ adj. ① 能再製造的 ② 能繁殖的; 能再生的 ③ 可複製皂 ④ 能再現的 reproductive adj. 再生的; 生殖的.

reproof /rɪ'pruːf/ n. 責備; 指摘; 責備之詞.

reprove /rɪ'pruːv/ vt. 責備; 指摘; 非難 reprovingly adv.

reptile /'rɛptaɪl/ n. ① 爬行動物; [口]爬蟲; 兩棲動物 ② 可憐蟲; 可鄙的人; 卑躬屈節的人 reptilian adj.

republic /rɪ'pʌblɪk/ n. 共和國; 共和政體.

republican /rɪ'pʌblɪkən/ adj. ① 共和國的; 共和政體的 ② 擁護共和政黨的; 共和主義的; 共和國公民的 ③ (R-) [美]共和黨的; [美]【史】民主共和黨的 n. ① 共和黨人; 擁護共和政體者 ② (R-) [美]共和黨黨員; [美]【史】民主共和黨黨員.

repudiate /rɪ'pjuːdɪ,eɪt/ vt. ① 拒絕; 拒絕接受(或履行); (尤指政府當局)拒絕清償(公債等) ② 否認; 否定; 駁斥 ③ 聲明與 … 脫離關係; 聲明與 … 斷絕往來; 聲明與(妻)離婚 repudiation n.

repugnance /rɪ'pʌɡnəns/ or repugnancy n. ① 厭惡; 強烈的反感 ② 抵觸 repugnant adj.

repulse /rɪ'pʌls/ vt. ① 擊退; 驅逐 ② 拒絕(接受); 排斥 n. 擊退; 擊敗; 拒絕.

repulsion /rɪ'pʌlʃən/ n. 厭惡; 反感; 【物】互相排斥 repulsive adj.

reputable /'rɛpjʊtəbᵊl/ adj. ① 聲譽好的; 享有聲譽的; 應受尊重的 ② (語言)規範的; 標準的.

reputation /,rɛpjʊ'teɪʃən/ n. 名聲; 名譽.

repute /rɪ'pjuːt/ n. 名譽; 名聲; 好

名聲; 聲譽; 美名 vt. (常用被動語態)稱為; 認為 ~d adj. 一般認為的; 馳名的; 出名的.

request /rɪˈkwest/ vt. 請求; 要求; 懇求 n. ① 請求; 要求; 需要; 需求 ② 要求(或請求)的內容.

requiem /ˈrekwɪˌem/ n. (常用 R-)【宗】(天主教)安魂彌撒(儀式); 追思彌撒(儀式); 安魂曲; 追思曲; 挽歌; 挽詩.

require /rɪˈkwaɪə/ vt. ① 需要; 有賴於 ② 要求; 堅持須有; 命令; 規定 [主英]想要; 感到要 ~ment n.

requisite /ˈrekwɪzɪt/ adj. 需要的; 必不可少的 n. 必需品; 必要條件.

requisition /ˌrekwɪˈzɪʃən/ n. ① 需要; 需求; 要求 ② 正式請求; 正式要求; 申請;【律】引渡犯人的要求; 徵用; 徵用令; 申請領取單 vt. ① 徵用; 徵發 ② (書面)申請領取 ③ 命令 … 做.

requital /rɪˈkwaɪtl/ n. ① 報答; 回報; 報復; 補償 ② 報答之事; 酬謝(物); 報復行動; 報復行動; 補償物; 賠償金.

requite /rɪˈkwaɪt/ vt. ① 報答; 回報; 補償 ② 向(某人)報仇; 向(某人)報復.

rerun /ˈriːˌrʌn, ˌriːˈrʌn/ vt. (過去式 reran 過去分詞 ~) 重播; 重放(電影等); 重跑.

rescind /rɪˈsɪnd/ vt. ① 廢除; 取消 ② 撤回; 撤銷.

rescue /ˈreskjuː/ vt. ① 營救; 救援; 搭救; 挽救 ②【律】非法劫回(被扣押的犯人或財物) n. ① 營救;

搭救; 救援 ② (被扣押犯人或財物的)非法劫回 ~r n. 援救者; 營救者; 救星.

research /rɪˈsɜːtʃ, ˈriːsɜːtʃ/ n. ① 調查; 研究 ② (常用複)研究工作; 調查工作; 研究才能 vi. 研究; 探究 ~er n. 調查者; 探究者; 學術研究者.

resemblance /rɪˈzembləns/ n. ① 類似; 形似; 相貌相似 ② 相似之處; 相似程度 ③ 形似物.

resemble /rɪˈzembl/ vt. 像; 與 … 相似; 類似.

resent /rɪˈzent/ vt. 對 … 表示忿恨; 對 … 懷恨; 因 … 而怨恨 ~ful adj. ~ment n.

reserve /rɪˈzɜːv/ vt. ① 保留; 留出; 留給 ② 儲備; 保存 ③ 推遲; 延遲 ④ 預訂 n. ① 儲備(物); 儲備量; 儲備金; 準備金; 公積金 ② (常用複)(礦)藏量; 儲量 ③ (常用複)【軍】後備隊; 預備隊; 預備役; 預備役軍人;【體】後備隊員; 替補隊員 ④ (公共)專用地; 禁獵區; 自然保護區 ⑤ 保留 ⑥ (言語、行動的)自我克制; 沉默寡言; 含蓄 ⑦ 冷淡 ⑧ (文藝作品的)嚴肅; 節制 adj. 保留的; 留出的; 儲備的 ② 後備的; 預備的 reservation n.

reservist n. 預備隊軍人; 後備役軍人.

reserved /rɪˈzɜːvd/ adj. 緘默的; 保留的.

reservoir /ˈrezəˌvwɑː/ n. ① 水庫; 蓄水池 ② [喻](知識、精力等的)儲藏; 蓄積; 寶庫.

reset /ˌriːˈset/ vt. (過去式及過去分

詞 ~)①① 重新安放; 重新安置; 重新調整 ② 重撥(鐘、錶、鬧鐘)於特定時刻 ③ 重新設計(考試題目) ④【印】重排; 重鑲; 重嵌.

reshuffle /riːˈʃʌfl/ v. 重新組織; 改組; 重新洗牌.

reside /rɪˈzaɪd/ vi. (正式用語) ① 居住; 定居; (官員、工作人員等)駐在 ② (性質等)存在; 在於 ③ (權力、權利等)屬於; 歸於 ~nce n.

resident /ˈrezɪdənt/ n. ① 居民; 定居者 ② (旅館等的)住客; 寄宿者 ③ 常駐外交代表; 駐外公使; 駐外特工 ④ 留鳥; 無遷徙習性的動物 adj. ① 居住的; 定居的; 常駐的 ② 住校的; 住院的; 住在任所的 ③ (鳥類等)無遷徙習性的 ④ 固有的; 內在的; 存在於…的.

residential /ˌrezɪˈdenʃəl/ adj. 居住的, 住宅區的.

residual /rɪˈzɪdjʊəl/ adj. ① 剩餘的; 殘留的 ②【數】殘數的; 餘數的 ③ 使用後留有一定效應的; 有後效的.

residue /ˈrezɪdjuː/ n. 剩餘, 殘餘;【律】剩餘財產 residuary adj.

residuum /rɪˈzɪdjʊəm/ n. (pl. -ua) = residue [拉].

resign¹ /rɪˈzaɪn/ vi. ① 辭職; 引退 ② 聽任; 順從 ③【棋】認輸 ④ 投降 vt. ① 辭職, 辭去 ② 使順從, 使聽從 resignation n. resigned adj. 已辭職的; 已放棄的; 服從的.

resign² /rɪˈzaɪn/ v. 再簽署; 再簽字.

resilience /rɪˈzɪljəns/ or resiliency

n. ① 彈回; 彈性; 回復能力; 復原力 ②(指人)迅速恢復的愉快心情 resilient adj.

resin /ˈrezɪn/ n. 樹脂; 合成樹脂; 松香; 樹脂製品 ~ous adj.

resist /rɪˈzɪst/ vt. ① 抵抗; 反抗; 抵制; 抗拒; 抵擋; 擋開 ② 抗; 耐 ③ 按捺; 忍住 vi. 抵抗, 反抗; 抵制; 抗拒 ~er n. 抵抗者; 反抗者 ~ible adj. 可抵抗的; 可抗拒的 ~or n. 電阻器.

resistance /rɪˈzɪstəns/ n. ① 抵抗; 反抗 ② 抵抗性; 抵抗力 ③ 抗性; 耐性 ④【電】電阻; 阻抗 ⑤ 反對 resistant adj.

resolute /ˈrezəluːt/ adj. ① 堅決的; 堅定的; 有決心的; 堅毅的 ② 顯示堅定的; 展示出決心的 ~ly adv.

resolution /ˌrezəˈluːʃən/ n. ① 決心; 決意; 決定 ② 決定做的事; 正式決定; 決議 ③ (法院的)判決; 裁決 ④ 分解; 解析; (光學儀器的)分辨率; (電視圖像的)清晰度 ⑤【醫】(炎症等的)消散; 消退 ⑥ 解決; 解答; 消除.

resolve /rɪˈzɒlv/ vt. ① 決定; 決意; 使決定 ② 正式決定; 作出…的決議 ③ 解決; 解答; 解除; 消除 ④ 使(炎症等)消散; 使消退 ⑤ 分解; 解析; 使解體 ⑥ (光學儀器等)分辨; 辨析 vi. 決定; 決意, 決心 n. ① 決心; 已決定的事 ② 堅決, 剛毅 resolvable adj. 可解決的; 可溶解的; 可解析的.

resolved /rɪˈzɒlvd/ adj. 決心的; 堅決的; 堅定的.

resonance /ˈrezənəns/ n. ① 迴聲;

反響; 響亮, 洪亮 ②【物】共振; 諧振; 共鳴 resonant *adj.*

resort /rɪˈzɔːt/ *vi.* ① (尤指成羣結隊地)前往; 常去 ② 求助; 憑藉; 訴諸; 採用 *n.* ① 度假勝地; (美)度假旅館 ② 常去之地; 聖地 ③ 求助; 憑藉; 採用; 訴諸 ④ 求助(或憑藉的)對象; 採用的手段(或辦法).

resound /rɪˈzaʊnd/ *vi.* ① 引起迴聲; 激起迴響; 迴蕩 ② (物體)發出持續巨響; 發出迴響 ③ (名聲、事件等)被傳揚; 被傳頌 **~ing** *adj.* 響亮的; 完全的; 巨大的; 徹底的.

resource /rɪˈzɔːs, -ˈsɔːs/ *n.* ① (常用複)資源; 儲備力量; 資財; 財力 ② 辦法; 對策; 智謀; 應變的能力 ③ (資訊、知識等)的來源 ④ 消遣; 娛樂 ⑤ 受援的可能; 得救的希望; (精神上的)慰藉 **~ful** *adj.* 機智的, 善於隨機應變的.

respect /rɪˈspɛkt/ *n.* ① 尊敬; 敬重 ② 敬意; 問候 *pl.* 考慮; 重視 ③ 關係; 方面; 着重點 *vt.* ① 尊敬; 敬重 ② 尊重; 重視; 注重; 遵守; 考慮 **~ful** *adj.* **~fully** *adv.* **~fulness** *n.* // **in all ~s** (= **in every ~**) 無論從哪一方面; 從各方面 **in (one / some / this / any) ~** 在一/某/這/任何方面 **in ~ of** (= **with ~ to**) ① 關於; 至於; 在⋯方面 ② 涉及, 談到 **in ~ that** 因為; 考慮到⋯ **pay last ~s to** 向(死者)告別.

respectable /rɪˈspɛktəbᵊl/ *adj.* ① 可尊敬的; 值得尊敬的; 應受

尊敬的 ② 名聲好的; 正派的; 體面的 ③ (質量等)過得去的; 不錯的; (數量等)不少的; 相當大的; 可觀的 **respectably** *adv.*

respecting /rɪˈspɛktɪŋ/ *prep.* 關於; 至於; 就⋯而言.

respective /rɪˈspɛktɪv/ *adj.* 各自的; 各個的; 個別的 **~ly** *adv.*

respiration /ˌrɛspəˈreɪʃᵊn/ *n.* 呼吸; 呼吸作用.

respirator /ˈrɛspəˌreɪtə/ *n.* 口罩; [英]防毒面具; (人工)呼吸器(或機).

respire /rɪˈspaɪə/ *v.* 呼吸 **respiratory** *adj.*

respite /ˈrɛspɪt, -paɪt/ *n.* ① 暫停; 小憩 ② 延期; 緩刑.

resplendent /rɪˈsplɛndᵊnt/ *adj.* 燦爛的; 光輝的; 輝煌的; 華麗的 **resplendence** *n.*

respond /rɪˈspɒnd/ *vi.* ① 作答; 回答 ②【宗】應答; 唱和 ③ 作出反應; 響應 ④【律】承擔責任 ⑤ (橋牌中對同伴叫牌)應叫 **response** *n.*

responsibility /rɪˌspɒnsəˈbɪlɪtɪ/ *n.* ① 責任; 責任感; 責任心 ② 職責; 任務; 義務; 負擔 ③ (尤指財力或財力上的)責任能力; 償付能力; 可靠性.

responsible /rɪˈspɒnsəbᵊl/ *adj.* ① 需負責的; 承擔責任的 ② 有責任感的; 負責可靠的; 能履行義務的 ③ 責任重大的; 重要的 ④ 有責任能力的; 能明辨是非的; 有鑒別能力的.

responsive /rɪˈspɒnsɪv/ *adj.* ① 回答的; 應答的; 響應的 ② 易動感

情的;敏感的;反應熱烈的;富有
同情心的 ③ 敏感的.

rest ¹ /rɛst/ n. ① 休息;睡眠 ② 長
眠;安息 ③ 平靜;安寧;安定
④ 暫停;停止;靜止 ⑤ (朗誦
中的)停頓;【音】休止;休止符
⑥ 擱架;支座;托;墊 ⑦ (口令
用語)稍息 vi. ① 休息;睡覺;安
息;長眠;【農田】休閒 ② 安心;
安寧 ③ 暫停;停止 ④ 支撐(在);
擱(在);停留(在) ⑤ 依靠;依賴;
信賴 vt. ① 使休息;使安歇;讓
(農田)休耕 ② 使輕鬆;使舒適
③ 使躺下;使斜倚;把…靠(或
擱);使得到支撐 **~ful** adj.

rest ² /rɛst/ n. (the ~) 剩餘部分;其
餘的 n.;其餘 // **for the ~** 至於其
他;除此之外.

restaurant /ˈrɛstərənt/ n. 餐館;飯
店;菜館;酒家.

restitution /ˌrɛstɪˈtjuːʃən/ n. ① 補
償;賠償 ② 恢復;恢復原狀
③ 復職;復位 ④【物】(彈性體
的)復原 ⑤ 歸還;物歸原主.

restive /ˈrɛstɪv/ adj. ① 焦躁不安
的;不穩定的;不耐煩的 ②(馬
等)難駕馭的;不肯前進的 ③ 倔
強的;難以控制的.

restless /ˈrɛstlɪs/ adj. ① 得不到休
息的 ② 焦躁不安的 ③ 靜不下
來的;不安寧的 **~ly** adv.

restore /rɪˈstɔː/ vt. ①((使)恢復;
(使)回復 使(帝王等)復位;
(使)康復 ② 歸還;交還 ③ 修
補(受損文物等);修復;重建
restoration n. restorative adj.

restrain /rɪˈstreɪn/ vt. ① 抑制;遏
制 ② 控制;限制;約束;阻止

③ 管束;監禁 **~ed** adj. **~t** n.

restrict /rɪˈstrɪkt/ vt. 限制;約束;
限定 **~ion** n. **~ive** adj. 限制性的;
約束性的.

result /rɪˈzʌlt/ n. ① 結果;成果;
效果 ② 比賽結果;比分;成績
③【數】(計算)結果;答案;答數
④ [美](議院的)決議;決定 vi.
①(作為結果)發生;產生 ② 結
果;導致 ③【律】(財產)被歸還.

resultant /rɪˈzʌltənt/ adj. ① 作為
結果的;從而發生的 ②【物】
組合的;合成的 n. ① 結果
②【物】合量;合力 ③【數】結
式 ④【化】生成物;反應產物.

resume /rɪˈzjuːm/ vt. ① 重新開始;
繼續 ② 恢復;重返;重新得到;
重新使用 ③ 取回;收回 ④ 接着
說;繼續說 vi. 重新開始;繼續;
言歸正傳.

résumé /ˈrezjʊˌmeɪ/ n. [法] ① 摘
要;概要 ②(求職者等所寫的)個
人簡歷.

resumption /rɪˈzʌmpʃən/ n. ① 重
新開始;繼續 ② 恢復;重返;重
獲;收回.

resurgence /rɪˈsɜːdʒəns/ n. 甦醒;復
活;恢復活力 resurgent adj.

resurrect /ˌrezəˈrekt/ vt. ① 使死而
復生;使復活 ② 使重新流行;恢
復使用;重新喚醒對…的記憶
~ion n.

resuscitate /rɪˈsʌsɪˌteɪt/ vt. 使復活;
使甦醒.

retail /ˈriːteɪl/ n. 零售;零賣 adj. 零
售的;零批的 adv. 以零售方式;
以零售價格 v. 零售;零賣 **~er** n.
零售店;零售商.

retain /rɪˈteɪn/ vt. ① 保留; 保持 ② 擋住; 攔住 ③ 保存; 留住 ④ 能記住 ⑤ 付定金聘請(律師、騎師等); 付定金保留 ~er n. 定金; [古]老僕人.

retake /riːˈteɪk, ˌriːˈteɪk/ vt. (過去式 retook 過去分詞 ~n) ① 再奪; 再取; 再拿走; 再取走; 奪回 ② 重攝; 重拍; 重录 ③ 重考; 補考 n. ① 再奪(走); 再取(走); 奪回 ② 重攝(鏡頭); 重录(聲音); 重拍(照片) ③ 重考, 補考.

retaliate /rɪˈtælɪˌeɪt/ vi. 報復; 回報; 以牙還牙 retaliation n.

retard /rɪˈtɑːd, ˌriːˈtɑːd/ vt. ① 使減速; 阻滯; 妨礙; 阻止 ② 推遲; 延遲 ~ation n. ~ed adj. 弱智的; 精神發育遲緩的.

retch /retʃ, riːtʃ/ vi. 乾嘔; 作嘔; 噁心.

retell /riːˈtel/ (過去式及過去分詞 retold) vt. 再講; 重述; 以不同方式復述.

retention /rɪˈtenʃən/ n. ① 保留, 留置; 保持力 ② 攔住; 容納 ③ 記憶力 ④【醫】停滯; 瀦留 retentive adj. 有記憶能力的; 能保持濃體的.

rethink /riːˈθɪŋk, ˌriːˈθɪŋk/ v. (過去式及過去分詞 rethought) 再想; 重新思考; 再想; 重新思考; 反思.

reticence /ˈretɪsəns/ n. ① 沉默寡言; 緘默 ②【藝術風格、表達形式的】節制; 嚴謹 reticent adj.

reticulate /rɪˈtɪkjəlɪt, rɪˈtɪkjəˌleɪt/ adj. = ~d 網狀的; 網狀組織的.

reticule /ˈretɪˌkjuːl/ n. 女裝網格手提袋; 手提網索繩袋.

retina /ˈretɪnə/ n. (pl. -nas, -nae)【解】視網膜.

retinue /ˈretɪˌnjuː/ n. (要人的)一批隨員; 侍從們; 侍從們.

retire /rɪˈtaɪə/ vi. ① 退休; 退職 ② 退役 ② 退出; 離開; 退卻; 引退; 撤退 ③ 就寢; 上床睡眠 ④ 遠去; 使退休; 使退職 vt. 使退役; 辭退 ~d adj. ~ment n.

retiring /rɪˈtaɪərɪŋ/ adj. 腼腆的; 孤僻的; 羞怯的.

retort [1] /rɪˈtɔːt/ v. 反駁; 回嘴反擊 n. 反駁; 回嘴; 駁斥.

retort [2] /rɪˈtɔːt/ n. ① 曲頸甑; 蒸餾甑 ②(冶金、製煤氣等用的)蒸餾罐; (提煉水銀等用的)乾餾釜 vt. 提純; 蒸餾.

retouch /riːˈtʌtʃ/ vt. ① 潤飾; 潤色(畫作、文章、化妝等)【攝】修整(照片、相片) n. ① 潤飾; 潤色 ②【攝】修片; 修版.

retrace /rɪˈtreɪs/ vt. ① 折回; 折返 ② 回憶; 回顧; 追求 ③ 追溯; 探究…的源流 ④ 再描摹.

retract /rɪˈtrækt/ v. ① 縮回; 縮進(爪、觸角等) (飛機)收起(起落架) ② 撤回, 收回(聲明、諾言、意見等); 食言; 變卦 ③【語】收舌發(音) ~able adj. 可縮回的 ~ion n.

retread /riːˈtred, ˌriːˈtred/ vt. 給(舊車胎)裝新胎面; 翻(胎) n. ① 翻新後的舊輪胎; 可重用的舊輪胎 ②[美俚]再服兵役的人.

retreat /rɪˈtriːt/ vi. ① 退卻; 撤退; 後退 ② 退避; 躲避; 退縮; 規避 n. ① 退卻; 撤退 ②(兵營中日暮

時的)降旗號 ③ 後退; 隱退; 退避; 休養;【宗】靜修; 靜思 ④ 隱退處; 靜居處; 休養所.

retrench /rɪ'trentʃ/ v. 減少; 緊縮; 節省(開支) **~ment** n.

retrial /riː'traɪəl/ n. 復審; 重新審理.

retribution /,retrɪ'bjuː:ʃən/ n. ① 懲罰;【宗】(來世)報應; 果報 ② 善報; 報酬; 報答 retributive adj.

retrieve /rɪ'triːv/ vt. ① 重新得到; 收回; 取回 ② 使恢復; 使再生 ③ 挽回; 補救; 挽救; 糾正 vi. ① (獵犬等)銜回獵物 ② 收回釣魚線 retrieval n.

retro /'retrəʊ/ n. & adj. (早年流行服裝款式等的)再流行.

retroact /'retrəʊ,ækt/ vi. ① 倒行; 反動; 起反動作用 ② (法律等)溯及既往; 有追溯效力 **~ive** adj.

retroflex /'retrəʊ,fleks/ adj. ① 翻轉的; 反曲的 ②【語】捲舌的; 捲舌音的.

retrograde /'retrəʊ,greɪd/ adj. ① 後退的; 向後的; 逆行的 ② 退步的; 衰退的; 惡化的;【生】退化的.

retrogression /,retrə'greʃən/ n. 後移; 倒退; 衰退; 惡化.

retrorocket /'retrəʊ,rɒkɪt/ n. 制動火箭; 減速火箭.

retrospect /'retrəʊ,spekt/ n. 回顧; 回想; 追溯 **~ion** n.

return /rɪ'tɜːn/ vi. ① 回; 返回 ② 復歸; 回復; 恢復 ③ 退回; 送還 vt. ① 把 … 送回; 歸還 ② 回報; 報答 ③ 使回復; 使恢復 ④ (選民)選出(或重新選出) ⑤

為議員 ⑤ 回答說; 回嘴說 ⑥ 獲得; 產生(利潤) ⑦ (板球、網球)回球 ⑧ 報告; 匯報; 申報; 正式宣佈 n. ① 回來; 返回; 回程; 來回票 ② 歸還; 償還; 送回; 放回 ③ 回復; 恢復; 再見 ④ 回答; 報答 ⑤ (pl.)退貨 ⑥ (常用複)收益; (常用複)成果 ⑦ 報告; 申報; (統計)報表 ⑧ (劇場的)退票 // ~ **key** 【計】回車鍵 ~ **ticket** 來回票 ~ **visit** 重訪; 回訪.

reunion /riː'juːnjən/ n. ① 再聯合; 再會合 ② (家人等的)團聚; 團圓; (校友等的)重聚; 重聚聯歡會.

reunite /,riːjuː'naɪt/ v. ① (使)再聯合; ② (使)重新結合; ③ (使)重聚.

reuse /,riː'juːz/ v. 重新使用; 再利用(某物).

rev /rev/ n. [口](發動機的)旋轉 **~s** pl. n. (每分鐘的)轉速.

revalue /riː'væljuː/ vt. ① 對 … 重新估價 ② 調整貨幣的價值(使升值).

revamp /riː'væmp/ vt. ① 修補; 把(舊物)翻新 ② 改組; 改建 ③ 修改; 改進.

reveal /rɪ'viːl/ vt. ① 揭示; 暴露; 泄露; 透露 ② 使顯露; 展現; 顯示 ③【宗】(上帝)啟示; 默示 **~ing** adj. 揭示性的; 啟發性的; 暴露的; 展現的.

reveille /rɪ'væli/ n.【軍】起床號; 晨操列隊號; 起床鼓.

revel /'revl/ vi. ① 陶醉; 着迷 ② 作樂; 狂歡; 歡宴; 痛飲 n. 作樂; 狂歡; 歡宴; (常用複)喜慶狂歡活動 **~ry** n. 狂歡; 歡宴.

revelation /ˌrevəˈleɪʃən/ *n.* ① 揭示; 暴露; 透露; 展現 ② (尤指出人意表的)被揭示的真相; 被揭露的內情; (驚人的)新發現 ③【宗】啟示; 默示; 神示內容.

revenge /rɪˈvendʒ/ *n.* ① 復仇; 報復 ② 復仇心; 報復慾望 ③ (比賽失敗一方的)雪恥機會; 雪恥賽 *vt.* 報…之仇; 洗雪(恥辱); 為…報仇 ~ful *adj.*

revenue /ˈrevɪˌnjuː/ *n.* ① (尤指大宗的)收入; 總收入 ② (國家的)歲入; 稅收.

reverberate /rɪˈvɜːbəˌreɪt/ *v.* (使)反響; 迴響; 迴蕩 reverberant *adj.* reverberation *n.*

revere /rɪˈvɪə/ *vt.* 尊敬; 崇敬; 敬畏.

reverence /ˈrevərəns/ *n.* ① 尊敬; 崇敬; 敬畏 ② (過去對教士的尊稱, 現為該謔用語)尊敬的…閣下; 尊敬.

reverend /ˈrevərənd/ *adj.* ① 可尊敬的; 應受尊敬的 ② (the R-)對神父的尊稱(略作 Rev 或 Revd).

reverent /ˈrevərənt, ˈrevrənt/ *adj.* 恭敬的.

reverie /ˈrevəri/ *n.* ① 夢想; 幻想; 白日夢 ② 沉思; 出神 ③【音】幻想曲; 夢想曲.

reversal /rɪˈvɜːsl/ *n.* 顛倒; 反轉; 轉變.

reverse /rɪˈvɜːs/ *adj.* ① 反向的; 相反的; 倒轉的; 顛倒的;【機】回動的; 倒退的 ② 背面朝前的; 背面的; 反面的 *n.* ① (the ~) 相反情況; 厄運; 挫折 ②【機】回動; 倒退裝置; 回動齒輪; 倒

擋位置 *vt.* ① 使倒轉;【機】使回動; 使倒退 ② 顛倒; 翻轉; 徹底改變; 倒轉調換 ③【律】撤銷 *vi.* ① 反向; 倒轉 ② (尤指跳華爾茲舞時)往反方向旋轉.

reversible /rɪˈvɜːsəbl/ *adj.* ① 可反向的; 可翻轉的 ② (衣料等)雙面可用的; (衣服等)正反可穿的 ③【化】(物) 可逆(性)的; (電池) 可逆式的 ④ 可逆轉的.

reversion /rɪˈvɜːʃən/ *n.* ① (局面、習慣、信仰等的)回復; 恢復; 復原之反向; 反轉; 逆轉 ②【生】回復變異; 返祖遺傳(體)【化】返原 ④【律】繼承權; (地產等讓與期滿後的)歸還; 歸屬; 歸還的地產 ⑤ 恤金(尤指人壽保險賠款).

revert /rɪˈvɜːt/ *vi.* ① 回復; 回返; 復舊 ② 重提; 重想 ③【生】回復變異; 返祖遺傳 ④【律】(地產、權利等的)歸還; 歸屬.

revery /ˈrevəri/ *n.* = reverie.

revet /rɪˈvet/ *vt.* 用磚石(或混凝土)護(牆、堤); 用磚石(或混凝土)鋪蓋(牆、堤)的面 ~ment *n.* 護牆; 護岸; 磚石或混凝土的面.

review /rɪˈvjuː/ *vt.* ① 複習; 溫習 ② 細察; 縱覽; 詳檢; 審核 ③ 再考察; 重新勘察 ④ 回顧; 檢討; 復查;【律】複審 ⑤ 檢閱; 評閱 *vi.* ① 複習功課; 溫習功課 ② 評論; 寫評論文章 *n.* ① 複習; 溫習 ② 縱覽; 審核 ③ 回顧; 檢討; 複審 ④ (軍事)檢閱; 閱兵(式) ⑤ 評論(文章); 書評 ~er *n.* 評論者; 評論作家; 複審者; 審核者.

revile /rɪ'vaɪl/ v. 辱罵; 謾罵; 痛斥.

revise /rɪ'vaɪz/ vt. ① 修訂; 訂正; 校訂 ② 修改; 改正 ③【生】對…重新分類 ④ [主英]複習; 溫習 (亦作 review) vi. [主英]複習功課; 溫習功課 n. [印]二校樣; 再校樣 revision n.

revisionism /rɪ'vɪʒə,nɪzəm/ n. 修正主義.

revisionist /rɪ'vɪʒənɪst/ n. 修正主義者 adj. 修正主義的; 主張修正的.

revival /rɪ'vaɪv'l/ n. ① 甦醒; 復活; 再生; 復興 ② 恢復; 復原.

revive /rɪ'vaɪv/ vi. ① 甦醒; 復甦 ② 恢復精力; 復元 ③ 復興; 重新流行 ④【化】還原 vt. ① 使甦醒; 使復甦 ② 使恢復精力; 使復元; 使振奮精神 ③ 使復興; 使重新流行 ④ 重演; 重映; 重播 ⑤【化】使還原.

revivify /rɪ'vɪvɪ,faɪ/ vt. ① 使再生; 使復活; 重振…的活力 ②【化】還原.

revocation /,revə'keɪʃən/ n. 撤回; 取消; 廢除.

revoke /rɪ'vəʊk/ vt. 撤回; 撤銷; 取消; 廢除 vi. (牌戲中)有牌不跟.

revolt /rɪ'vəʊlt/ n. ① 反叛; 叛變 ② 造反; 起義 ③ 違抗 vi. ① 反叛; 叛亂 ② 造反; 起義 ③ 反抗; 違抗; 背叛 ④ 厭惡; 生反感 vt. 使厭惡; 使生反感.

revolution /,revə'luʃən/ n. ① 革命; 革命活動; 革命運動; 革命力量 ② 劇變; 大變革 ③ 旋轉; 繞轉; 【天】公轉 ④ 循環; 週期 ~ary adj. 革命的, 大變革的 n. 革命黨

員; 革命者.

revolutionize, -se /,revə'luʃə,naɪz/ vt. ① 在…發動革命 ② 向…灌輸革命思想; 使革命化 ③ 使發生劇變; 在…方面引起突破性大變革.

revolve /rɪ'vɒlv/ vi. ① 轉動; 旋轉; (天體)自轉 ② 繞轉; (天體)公轉 ③ 環繞; 圍繞 ④ 旋轉往復 ⑤ 盤桓於腦海; 一再浮現 vt. ① 使轉動; 使旋轉; 使繞轉 ② 使循環往復 ③ 反覆思考 revolving adj. 旋轉的.

revolver /rɪ'vɒlvə/ n. 左輪手槍.

revue /rɪ'vjuː/ n. [法](有小型歌舞的)時俗諷刺劇; 滑稽歌舞串演.

revulsion /rɪ'vʌlʃən/ n. ① (感情等的)突變; 劇變; 急劇反應 ② 厭惡; 強烈反感 ③ 恐懼.

reward /rɪ'wɔːd/ n. ① 報答; 報償; 報應 ② 酬金; 獎品 vt. ① 報答; 給…應有報應 ② 酬謝; 獎勵 ~ing adj. 令人滿意的; 值得的.

rewind /riː'waɪnd/ vt. ① 再繞; 重繞 ② 繞回; 倒回(錄音帶、影片等).

rewire /riː'waɪə/ vt. 給…更換電線.

reword /riː'wɜːd/ vt. ① 再說; 重述 ② 改變…的措辭; 改述; 改寫.

rewrite /riː'raɪt, 'riː,raɪt/ vt. (過去式 rewrote 過去分詞 rewritten) ① 重寫; 改寫; 修改 ② [美]加工編寫(新聞稿、新聞稿) ③ 擴展重寫 n. 重寫或改寫(的文稿); [美]加工編寫的新聞稿.

rhapsody /'ræpsədɪ/ n. ①【音】狂想曲 ② 狂熱讚詞 ③ 狂喜

rhapsodic adj. 狂喜的.

rheostat /ˈriːəˌstæt/ n.【電】變阻器.

rhetoric /ˈretərɪk/ n. ① 修辭; 修辭學 ② 辯才; 辯術; 巧辯 ③ 花言巧語 ④ 言談; 講話 **~al** adj. 修辭的; 誇誇其談的.

rhetorician /ˌretəˈrɪʃən/ n. ① 修辭學家; 修辭學教師 ② 演說家; 雄辯家 ③ 說話浮誇的人; 詞藻華麗的作者.

rheumatic /ruːˈmætɪk/ adj. ① (患)風濕病的; 風濕病引起的 ② 易致風濕病的; (有關)風濕病治療的 n. 風濕病患者; (pl.) [口]風濕病 **rheumatism** n.【醫】風濕症.

Rh factor /ɑː ˈeɪtʃ ˈfæktə/ n.【醫】Rh(血型)因子; 獼因子.

rhinestone /ˈraɪnˌstəʊn/ n. 萊茵石(鑽石仿製品).

rhinitis /raɪˈnaɪtɪs/ n.【醫】鼻炎.

rhino /ˈraɪnəʊ/ n. = **~ceros** [口]犀牛.

rhinoceros /raɪˈnɒsərəs, -ˈnɒsrəs/ n. (pl. **-os(es)**)【動】犀牛.

rhizome /ˈraɪzəʊm/ n.【植】根莖; 根狀莖.

rhodium /ˈrəʊdɪəm/ n.【化】銠.

rhododendron /ˌrəʊdəˈdendrən/ n.【植】杜鵑(花).

rhomboid /ˈrɒmbɔɪd/ n. 長菱形 adj. 菱形的(亦作 **~al**).

rhombus /ˈrɒmbəs/ n. = rhomb 菱形; 斜方形.

rhubarb /ˈruːbɑːb/ n.【植】大黃; 大黃莖.

rhyme, rime /raɪm/ n. ① 韻; 韻腳; 同韻的詞 ② 押韻; 押韻的詞; 韻文 v. (使)押韻.

rhythm /ˈrɪðəm/ n. ① 律動; 節律 ②【音】節奏; 拍子 ③ (言語、作文等的)抑揚頓挫; 輕重規則變化 ④ (事件或過程)有規律的重複 // **~ and blues** 節奏藍調, 節奏布魯斯音樂 **~ method**【醫】週期避孕法.

rhythmic(al) /ˈrɪðmɪk/ adj. 有韻律的; 有節奏的 // **~gymnastics** 韻律體操.

rib¹ /rɪb/ n. ① (人體、動物、船體等的)肋骨; 排骨; 肋 ② (傘、扇等的)骨;【建】(圓拱的)肋; 拱肋 ③【空】翼肋; (葉)的主脈; (昆蟲的)翅脈; (礦區)側壁; 礦柱 ⑤ (編)棱紋 ribbed adj. 有棱紋的, 有羅紋的 ribcage n. 胸腔.

rib² /rɪb/ n. & v. 戲弄; 取笑.

ribald /ˈrɪbəld/ adj. 開下流玩笑的; 下流的 **~ry** n.

ribbon /ˈrɪbən/ n. ① (尤指捆紮、裝飾用的)緞帶; 絲帶; 絨帶; 彩紙帶 ② (打字機的)色帶; 帶狀物; 條狀物 ③ (pl.)破碎條帶 ④ (勳章的)綬帶; 飾帶; (尤指授予軍人、優勝者的)勳帶; 勳表.

riboflavin(e) /ˌraɪbəʊˈfleɪvɪn/ n.【生化】核黃素.

rice /raɪs/ n. 稻; 米; 米飯.

rich /rɪtʃ/ adj. ① 富的; 有錢的 ② 富饒的; 豐富的 ③ 盛產的; 肥沃的 ④ 昂貴的; 精緻華麗的 ⑤ (食物)油膩的; 味濃的; (酒)醇的 ⑥ (聲音)深沉的; 圓潤而洪亮的 ⑦ (色彩)濃艷的; 富麗的 **the ~** pl. n. (總稱)富人; 有錢人 **~ness** n. // **~ email**【計】

有聲電子郵件.

riches /ˈrɪtʃɪz/ *pl. n.* ① 財富; 財產 ② 富有; 豐饒; 豐富.

rick [1] /rɪk/ *n.* 乾草堆; 禾堆; [美]柴垛.

rick [2] /rɪk/ *n. & v.* [英]輕微扭傷; 扭筋(亦作 **wrick**).

rickets /ˈrɪkɪts/ *pl. n.* 【醫】佝僂病.

rickety /ˈrɪkɪtɪ/ *adj.* ① (患佝僂病的; 似佝僂病的) ② (腿腳)虛弱的; 走路搖晃的; 連接處不牢固的; 東倒西歪的; 不牢靠的.

rickshaw /ˈrɪkʃɔ/ *n.* [日]人力車; 東洋車; 黃包車.

ricochet /ˈrɪkəˌʃeɪ, ˌrɪkəˈʃeɪ/ *n.* ① (石片、子彈等接觸物面、水面後的)跳飛; 回跳; 漂飛 ② 跳彈; 跳飛的石片 *vi.* 漂飛; 跳彈; 彈回.

rid /rɪd/ *vt.* 過去式及過去分詞 ~) ① 使擺脫; 解除 … 的負擔; 從 … 清除 ② [古]廢除; 驅逐; 趕走; 消滅 ③ [古]拯救; 救出 // **be ~ of** 擺脫; 去掉 **get ~ of** 擺脫; 去掉; 除去.

riddance /ˈrɪdns/ *n.* 擺脫 // **good ~ (to sb / sth)** 表示擺脫後之喜悅的說法.

ridden /ˈrɪdn/ *v.* ride 的過去分詞 *adj.* (常用以組成複合詞)受 … 控制(或支配)的.

riddle [1] /ˈrɪdl/ *n.* ① 謎(語) ② [喻]謎; 謎一般的人物; 猜不透的難題.

riddle [2] /ˈrɪdl/ *n.* (篩穀物、泥土、砂石等的)粗篩; 格篩 *vt.* ① 用粗篩篩(穀物、泥土、沙石等); 搖動 … 使灰落下 ② 把 …

打得滿是窟窿; 把 … 弄得處處穿孔 ③ (常用被動語態)使完全敗壞.

ride /raɪd/ (過去式 rode 過去分詞 ridden) *vi.* ① 騎馬(牲口、自行車等); 乘馬; 乘坐; 搭乘 ② (馬、車等)適於乘騎; (道路等)適於騎馬(或行車)通過 ③ 漂行; 飄游; 【體】直立滑水 *vt.* ① 騎(馬等); 乘(車等) ② 騎馬(或乘車)通過; 騎馬(或乘車)進行(比賽等) ③ 讓 … 騎(或乘); 搭載 ④ 乘(風、浪等); 在 … 上航進; 【體】直立滑水 ⑤ 渡過(難關等) *n.* ① 騎馬; 搭乘; 乘騎旅行(的路程) ② (尤指林中的)騎馬道 ③ 供乘騎的馬(或其他牲口) ④ (遊樂場所供人玩樂的乘坐裝置) ⑤ 交通工具; 車輛 **~r** *n.* ① 騎馬(或自行車)的人; 乘車的人; 滑水(或衝浪)運動員 ② (聲明、判決書後面的)附文.

ridge /rɪdʒ/ *n.* ① (人、動物的)脊;(山、屋、堤等的)脊; 嶺; 山脈; 分水嶺 ② (狹長的隆起部分) 壟; 埂 ③ (氣象圖上)狹長的高壓帶 *vt.* ① 使成脊狀; 使起皺 ② 裝(屋)脊; 在 … 上開脊棱 ③ 翻(地)作壟.

ridicule /ˈrɪdɪkjuːl/ *vt. & n.* 嘲笑; 嘲弄; 戲弄.

ridiculous /rɪˈdɪkjələs/ *adj.* 引人嘲笑的; 可笑的; 荒謬的; 荒唐的.

riding /ˈraɪdɪŋ/ *n.* ① 騎; 騎馬的運動或娛樂 ② (組成複合詞)與騎馬有關的; 騎馬用的, 如: **~ boots** *n.* 馬靴.

rife /raɪf/ *adj.* (一般作表語)流行

的; 普遍的; 充滿的; 充斥的(多指壞事)。

riffle /ˈrɪfl/ vt. (紙牌戲)洗牌; 迅速翻(書頁)。

riff-raff /ˈrɪf ræf/ n. (常作 the ~) 烏合之眾; 下等人; 羣氓; 地痞流氓。

rifle /ˈraɪfl/ n. ① 來福槍; 步槍 ② 來福線; 膛線 vt. ① (在槍膛內)製來福線 ② 搜查; 搶劫 ~man n. 步槍射手; 步兵 // ~ range ① 步槍靶場 ② 步槍射程。

rift /rɪft/ n. ① 裂縫; 裂口;【地】斷裂; 斷陷谷; 長狹谷 ② (人際關係等的)裂痕。

rig [1] /rɪg/ vt. ① 裝配; 裝置 ② 給 (船隻桅杆)裝配帆及索具; 給(飛機等)裝配構件 ③ [口]草草構築; 臨時架起 ④ [口]裝束; 打扮; 為…提供衣服 n. ①【海】帆裝(指一艘帆船特有的桅桅型式) ② [口]服裝款式; 奇裝異服 ③ 裝置; 設備; 器械 ④ 鑽井架; 鑽塔。

rig [2] /rɪg/ vt. ① 操縱; 壟斷 ② 對…預先做手腳; 偽造 ③ 對…作出不利安排 n. [主英] ① 詭計; 騙局 ② 惡作劇。

right /raɪt/ adj. ① 正直的; 對的; 準確的 ② 恰當的; 符合要求的 ③ 正當的; 理所當然的; 公正的 ④ 右邊的; 右面的; 向右的 ⑤ 最有利的; 方便怡人的 ⑥ 健康的; 正常的; 健全的 ⑦ 正面的; 主要一面的 ⑧ (常用 R-)右翼的; 右派的 ⑨ (線)直的; (角)垂直的; (有)直角的 adv. ① 正確

地 ② 合適地; 符合要求地 ③ 正當地; 理所當然地; 公正地 ④ 往右地; 在右面 ⑤ 正好地; 毫厘不差地 ⑥ 立即; 馬上 ⑦ 非常; 十分 ⑧ 以有利結果地; 怡人地 ⑨ 筆直地; 徑直地 ⑩ 完全地; 徹底地 n. ① 正確; 對 ② (the ~s) (事件等的)實況; 真情; 正常狀態 ③ 正當; 合法; 公正 ④ 正當要求; 權利; 有權; 授權; (常用複)產權 ⑤ (pl.) [美口]公民權; 黑人民權 ⑥ 右邊; 右部; 右翼 ⑦ 右轉彎② (拳擊中的)右手; 右手拳 vt. ① 糾正; 改正; 糾正…的錯誤 ② 把…整得井井有條; 使恢復正常; 把…扶正 ③ 補救; 補償; 為… (伸冤) int. 好; 行; 對 ~eous adj. 正直的; 正當的 ~ful adj. 正義的; 正當的; 合法的 ~ist n. & adj. [舊]右翼團體(的); 右翼份子(的) ~ly adv. 公正地; 適當地; 正確地 ~ness n. 正義; 正確; 正當 ~-angled adj. 直角的 ~-hand adj. 右手的; 右邊的; 最得力的 ~-handed adj. (慣)用右手的; (工具等)為右手使用的 ~-minded adj. 正直的; 有正義感的 ~-wing adj. 右翼的 ~-winger n. 右翼份子 // all (表示贊同)行, 好 **get sth ~** 使某事恢復正常; 把某事了解清楚 **~ away, ~ now** 立即 **the ~s and wrongs of sth** 事實, 真相。

right to life /raɪt tə laɪf/ n. 生存權; 生命權(指反對墮胎)。

rigid /ˈrɪdʒɪd/ adj. ① 剛硬的; 剛性的; 堅固的; 僵硬的 ② 嚴格死板的; 苛嚴的; 固執僵化的 ~ity *n.*

rigmarole /ˈrɪgməˌroʊl/ or
rigamarole *n.* 胡言亂語; 冗長的
廢話; 繁瑣費時的手續.

rigor /ˈrɪgə, ˈraɪgɔː/ *n.* (發燒前突
然的)寒戰; 發冷; 僵直.

rigor mortis /ˈrɪgə ˈmɔːtɪs/ *n.*【醫】
屍僵; 死後僵直.

rigour, 美式 rigor /ˈrɪgə/ *n.* ① (性
格等)嚴峻; 嚴厲; 苛刻 ② (常用
複)(生活)艱苦; (氣候)嚴酷 ③ 嚴
密; 精確 rigorous *adj.*

rile /raɪl/ *vt.* ① 使惱火; 惹 … 生氣
② [美]攪渾(水等).

rill /rɪl/ *n.* 小河; 細流 *vi.* 潺潺流
流; 涓涓流淌.

rim /rɪm/ *n.* ① (尤指圓形物的)
邊; 緣 ② (車輪的)輪輞; 輪胎輞
圈 ③ 圓圈; (籃球架上的)籃圈
vt. 裝邊於; 裝輪輞於; 作 … 的
邊.

rime /raɪm/ *n.* ① 霜; 白霜;
②【氣】霧淞 ③ (凝結的一層)外
皮; 殼 *vt.* 使蒙霜; 使蒙上白霜似
的一層.

rind /raɪnd/ *n.* ① 果(或蔬菜)皮
② (芝士、鹹肉等的)外皮.

ring[1] /rɪŋ/ *n.* ① 戒指; 指環 ② 環
形物; 環圈; 圓圈; (天體的)光環;
(樹木的)年輪 ③ 圓形場地(如
馬戲場、賽馬場等) ④ 拳擊場;
摔角場 ⑤ (尤指秘密的)集團 *vt.*
① 以圓圈環繞; 把 … 圈出; 包
圍 (in; about) ② 裝環; 給(牲口)套鼻
圈 ③ 圍起(牲口) ~leader *n.* (違
法活動中的)頭目 ~let *n.* 長鬈髮
//~ finger 左手無名指 ~ road (圍
繞城市的)環路.

ring[2] /rɪŋ/ (過去式 rang 過去分
詞 rung) *vi.* ① 鳴; 響; 發出清脆
響亮的聲音 ② 鳴鈴; 按鈴, 敲鐘
③ 聽起來 ④ 響徹; 響起; 響個
不停 *vt.* ① 按(鈴); 搖(鈴); 敲(鐘
等) ② 敲響鐘聲報時(或報數)
③ [英]打電話給 *n.* ① 鈴聲; 鐘
聲; 洪亮的聲音 ② 按鈴; 打電話
③ (表示特定感情的)口氣; 語氣
~er *n.* 按(或搖)鈴的人; 敲鐘人;
鳴鐘裝置; 冒名頂替者 ~tone *n.*
(手機)鈴聲.

ringster /ˈrɪŋstə/ *n.* [美口](尤指壟
斷市場、操縱毒品或非法買賣
古董等的)團夥份子; 幫派份子;
小集團成員.

rink /rɪŋk/ *n.* ① (室內)溜冰場; 滑
冰場 ② 滾球草場; 冰球場 ~er *n.*
溜冰者.

rinse /rɪns/ *vt.* ① 用清水漂淨衣
服等上的肥皂(或髒物等); 漂洗
掉(肥皂、髒物等) ② 輕洗(頭
髮等); 用清水沖洗 ③ (用水或
液體)吞下食物 *n.* ① 漂洗; 沖洗
② (漂洗等用)清水(或其他液體)
③ 染髮(劑); 護髮液.

riot /ˈraɪət/ *n.* ① 暴亂; 騷亂; 大混
亂 ② 喧鬧; 狂歡; (感情等的)盡
情發泄; 放縱 ③ 極度豐富; 眾多
④ 極有趣的人(或事) *vi.* 參與暴
亂(或鬧事).

rip /rɪp/ *vt.* ① 撕; 扯; 剎; 劃破
② 劈; 鋸(木材等); 鑿開 ③ 拆
(衣、屋等) *vi.* ① 被撕開; 裂
開 ② (車、船等)裂開; 猛衝; 飛
速行進 *n.* ① 裂口; 裂縫; 破洞
② [美俚]偷竊 ③ (由相反方面造成的
的風和海流造成的)裂流水域;

激流; 巨浪 **~-off** n. 欺騙; 偷盜; 要高價 **~-roaring** adj. 喧鬧的; 巨大的。

ripe /raɪp/ adj. ① 熟的; 成熟的 ② (儲存後)適於食用的 ③ 成年的; 年高的; 老練的 ④ (癤等)已化膿的。

ripen /ˈraɪpən/ vi. ① (穀物、果實等)成熟; (感情等)變得成熟 ② (癤等)成熟可去膿 vt. ① 使(穀物、果實等)成熟; 使(感情等)成熟 ② 使(癤等)成熟去膿 ③ (經加工儲存後)使成熟可食(或可飲)。

ripost(e) /rɪˈpəʊst, rɪˈpɒst/ n. ① 迅速的回擊; 尖銳的反駁 ②【體】敏捷的回劍 vi. 尖銳地反駁; 敏捷地回劍。

ripple /ˈrɪpˀl/ n. ① 漣漪; 細浪 ② 波紋; 波動; 微小反響 ③ 輕柔而起伏的聲音 v. (使)起細浪。

rise /raɪz/ vi. (過去式 rose 過去分詞 ~n) ① 起立; 起床; 起身; 直立 ② 升起; 上升; 地位升高 ③ 上漲; 增長; 增強 ④ 高聳; 隆起 ⑤ 起義; 反抗 ⑥ 浮現; 浮現 ⑦ 發源; 起因 ⑧ 閉會; 休會 ⑨ (生麵)發起來 n. ① 升起; 上升 ② 上漲; 增長 ③ 高地; 崗; 斜坡 ④ (地位、權力、價值、音調等的)升高; 興起。

risen /ˈrɪzˀn/ v. rise 的過去分詞。

risible /ˈrɪzɪbˀl/ adj. 令人發笑的; 可笑的; 滑稽的; 荒謬的。

rising /ˈraɪzɪŋ/ adj. ① 上升的; 升起的 ② 上漲的; 增長的 ③ 漸高的; 向上斜的 ④ 正在發展中的 n. ① 起立; 起床 ② 上升; 升起

③ 上漲; 增長 ④ 高地; 突出部份 ⑤ 起義; 造反; 叛亂。

risk /rɪsk/ n. ① 危險; 風險 ② 引起危險的事物; 危險人物 ③ (保險業用語)保險對象(包括人和物) vt. ① 使(生命、財產等)遭受危險 ② 冒 … 的危險; 冒險幹; 大膽做 ③ 把 … 作賭注 **~y** adj. // **~ assessment**【商】風險評估。

risotto /rɪˈzɒtəʊ/ n. (用洋蔥、雞炒的)意大利調味飯。

risqué /ˈrɪskeɪ/ adj. [法]有傷風化的; 近乎淫猥的。

rissole /ˈrɪsəʊl/ n. 炸魚(肉)餅; 炸魚(肉)丸。

rite /raɪt/ n.【宗】儀式; 典禮; 禮拜式。

ritual /ˈrɪtjʊəl/ adj. ① (宗教)儀式的; 典禮的 ② 例行的; 慣常的 n. ① 儀式; 典禮 ② (宗教儀式的)程序 ③ 例行公事; 習慣; 固定的程序。

ritzy /ˈrɪtsɪ/ adj. [美俚]豪華的; 高雅的。

rival /ˈraɪvˀl/ n. 競爭者; 對手; 可與匹敵的人(或物) adj. 競爭的; 對抗的; 對立的 vt. ① 與 … 競爭 ② 努力趕上(或超過) ③ 與 … 匹敵; 比得上 **~ry, ~ship** n.

riven /ˈrɪvən/ adj. 分裂的; 被劈開的。

river /ˈrɪvə/ n. 江; 河; 水道; 巨流。

rivet /ˈrɪvɪt/ n. 鉚釘 vt. ① 鉚; 鉚接 ② 使(眼光等)一動不動地停住 ③ 吸引住 … 的注意力 ④ 使不動; 使固定。

rivulet /ˈrɪvjʊlɪt/ n. 小河; 小溪; 細流。

RN /ɑ: ɛn/ *abbr.* ① = Royal Navy [英]皇家海軍 ② = registered nurse 註冊護士.

RNA /ɑ: ɛn eɪ/ *abbr.* = ribonucleic acid 核糖核酸.

roach /rəʊtʃ/ *n.* (*pl.* ~es) ①【魚】(歐洲產)斜齒鯿; (美國產, 類似斜齒鯿的)淡水鯿 ② 蟑螂 ③ [美俚]大麻煙卷的煙蒂.

road /rəʊd/ *n.* ① 路; 道路; 公路 ② 街道; 馬路; (R-)(用於街道名)街, 路, 道(略作 Rd) ③ (去目的地的)路線; [喻]路途; 途徑 ~**block** *n.* 路障 // ~ **map** 道路圖; 公共交通圖; 藍圖 ~ **test** (學開車者的)路考; (汽車的)行車試驗.

roam /rəʊm/ *vi.* ① (無目標地)隨便走; 漫步; 漫遊; 流浪 ② 漫無邊際地談論 *vt.* 在 … 隨便走; 漫步於, 漫遊. 隨便走; 漫步; 漫遊; 閒逛 ~**ing** *n.*【訊】漫遊.

roan /rəʊn/ *adj.* 皮毛紅棕色夾雜着白(或灰)色的; 花毛的 *n.* 紅白間色的馬(或其他動物); 花毛(的馬或其他動物).

roar /rɔ:/ *vi.* ① (獅、虎等)吼叫; (海、風等)怒號; 呼嘯; (雷、炮等)轟鳴 ② 呼喊; 大喊大叫; 狂笑; 高聲歌唱 ③ 喧嘩; 喧鬧 *vt.* ① 呼喊; 吼叫 ② 使轟鳴 *n.* ① 吼聲; 怒號; 轟鳴 ② 大笑聲; 嚷叫聲; 咆哮聲; 喧鬧聲.

roaring /ˈrɔ:rɪŋ/ *n.* ① 吼叫(聲); 怒號(聲); 呼嘯(聲); 咆哮(聲); 轟鳴(聲) ② (馬的)吼喘症 *adj.* ① 吼叫的; 呼嘯的; 咆哮的; 轟鳴的 ② 有暴風雨的 ③ 喧鬧的

④ (火)旺的 ⑤ [口]活躍的; 興旺的; 極健康的; 成功的; 興旺的.

roast /rəʊst/ *vt.* ① 烤; 炙; 烘 ②【冶】焙燒; 烘烤; 烘乾; 將 … 烘成褐色 ③ 使受熱發燙; 使取暖 ④ [口]取笑; 嘲弄; 嚴厲批評 *vi.* ① 烤; 炙; 烘 ② 被烘焙; 被烘乾; 被烘成褐色 ③ 受熱發燙; 感到極熱; 取暖 *n.* ① 烤; 炙 ② 烘烤過的東西; (一塊或一盆)烤肉; 待烤的肉 ③ 烤食野餐會 ④【冶】焙燒 ⑤ 取笑; 嘲弄; 嚴厲批評 *adj.* 烤過的; 烘烤的 ~**er** *n.* ① 烤具; 烤爐; 可烘炙的食品 ~**ing** *adj.* 可供烘烤的; 熾熱的.

rob /rɒb/ *vt.* ① 搶; 盜竊 … 的財物; 敲詐; 向 … 漫天要價 ② 非法剝奪; 使喪失 ~**ber** *n.* 強盜; 盜賊.

robbery /ˈrɒbərɪ/ *n.* ① 搶劫罪; 搶劫案 ② 敲詐勒索.

robe /rəʊb/ *n.* ① 長袍; 罩袍; (嬰孩穿的)罩衣; [美]晨衣; 浴衣 ② (常用複)禮袍; 官服; 制服; 法衣 *vt.* 給 … 穿上長袍(或晨衣、浴衣、禮服等); 給 … 穿衣.

robin /ˈrɒbɪn/ *n.* 知更鳥.

robot /ˈrəʊbɒt/ *n.* ① 機器人; 自動機; 自動控制裝置 ② [南非]自動交通燈 ③ 機器般的人 ~**ic** *adj.*

robust /rəʊˈbʌst, ˈrəʊbʌst/ *adj.* ① 強壯的; 粗壯的; 健全的 ② 堅定的; 堅強的; 結實的; 堅固耐用的 ③ 需要體力(或耐力)的 ④ (酒)醇厚的; (味)濃的 ⑤ 粗俗的; 粗野的.

rock¹ /rɒk/ *n.* ① 岩, 岩石, 大石 ② 礁石 ③ [英]棒棒糖.

rock² /rɒk/ *vt.* ① 搖; 輕搖; [喻] 撫慰 ② 搖晃; 使震動; 使震驚 ③【礦】用洗礦箱搖洗(礦砂) *vi.* 搖; 擺動; 震動 *n.* 搖動; 搖擺; 搖滾樂; 搖滾舞 **~er** *n.* 搖椅; 搖籃 // **~ bottom** 〔物價、貧窮等〕最低點; 最低水平 ② 根本; 本質 **~ music** 搖滾音樂; 搖滾樂 **~ and roll** 搖滾樂; 搖滾舞.

rockery /ˈrɒkərɪ/ *n.* 假山; 岩石園; 假山庭園.

rocket /ˈrɒkɪt/ *n.* ① 火箭; 火箭式投射器; 火箭彈; 由火箭推進的導彈 ② 煙火; 火箭訊號 ③ [英俚]斥責; 措辭強硬的信 *vi.* ① 迅速上升; 猛漲 ② 快速移動, 飛速變化.

rocking /ˈrɒkɪŋ/ *adj.* ① 搖擺的; 搖動的; 作搖動用的 ②【音】搖滾型的; 按搖滾式演奏的 // **~ chair** 搖椅 **~ horse** 搖動木馬.

rocky /ˈrɒkɪ/ *adj.* ① 岩石的; 多岩石的; 岩石構成的 ② 岩石似的; 堅定不移的; 鐵石般的; 無情的 ③ 障礙(或困難)重重的 ④ 搖動的; 不穩的; 搖搖不定的; 不牢靠的 ⑥ [口](因病)身體搖搖晃的; 頭暈目眩的.

rococo /rəˈkəʊkəʊ/ *adj.* 洛可可式的(歐洲 18 世紀建築、藝術等的風格, 強調精巧華麗).

rod /rɒd/ *n.* ① 杆; 竿; 棒條 ② 樹枝條; 柳條 ③ (責打用的)笞鞭; 棍棒; 枝條把 ④ 桿狀物; 牧羊杖; 手杖; 避雷針; 釣竿 ⑤ 連桿; 手柄 ⑥ 釣竿 ⑥ (君王等手執的)權杖; 權威; 專制統治 ⑦【測】標尺; 標桿; 平方桿(面積單位)

⑧ [美俚](左輪)手槍.

rode /rəʊd/ *v.* ride 的過去式.

rodent /ˈrəʊdᵊnt/ *n.* ① 嚙齒目動物(如鼠、松鼠、兔等) ② 獐頭鼠目的人.

rodeo /ˈrəʊdɪəʊ/ *n.* (*pl.* **-os**) ① 牧馬騎術表演; 放牧人競技會; (電單車等的)競技表演 ② (美國西部為打烙印等的)趕攏牛羣.

roe /rəʊ/ *n.* (*pl.* **~s**) ① 魚(或甲殼動物等的)卵; 魚白【動】狍.

roentgen, röntgen /ˈrɒntgən, -tjən, ˈrent-/ *n.*【核】倫琴(一種 X 射線或 γ 輻射的照射劑量單位) *adj.* (亦作 **R-**)倫琴射線的; X 射線的.

roger /ˈrɒdʒə/ *int.* ① (無線電話通訊用語)已收到; 已獲悉 ② [俚]對!好!行!.

rogue /rəʊg/ *n.* ① 無賴; 流氓; 惡棍; [古]流浪漢 ② 調皮鬼; 小淘氣 ③ 兇野的離羣獸(尤指象).

roguery /ˈrəʊgərɪ/ *n.* ① 無賴行為; 欺詐 ② 調皮搗蛋; 淘氣.

roguish /ˈrəʊgɪʃ/ *adj.* 調皮的; 搗蛋的; 淘氣的.

roister /ˈrɔɪstə/ *vi.* ① 大搖大擺; 擺架子 ② 喧鬧作樂; 鬧飲 **~er** *n.* 喧鬧者; 鬧飲者 **~ing** *adj. & n.*

role, rôle /rəʊl/ *n.* ① 角色 ② 作用; 任務; 職責 **role-play** [社]【心】角色扮演; 角色演習 *vi.* 演習角色 // **role model** [社]【心】行為榜樣.

roll /rəʊl/ *vi.* ① 滾動; 打滾; (汽車)翻車; (淚珠等)滾落 ② 被捲起; 被繞起; 被裹住 ③ 被滾壓; 被輾; 被滾平 ④ (車輛)行駛 ⑤ 搖晃擺擺 ⑥ 綿延起伏; 波

動 ⑦ [俗] 攝影機開動 ⑧ 發出隆隆聲 vt. ① 使滾動; 使打滾 ② 捲; 繞; 滾搓 ③ 把⋯裹 (或包) 起來 ④ [美俗] 搶劫 (喝醉或睡着的人) ⑤ 壓滾; 輾; 軋; 擀; 滾平 ⑥ 使左右搖擺 ⑦ 使開始運轉; 開動 n. ① 一卷; 捲軸; 捲狀物; 麵包卷; 捲餅; 鬈曲的頭髮 ② 滾動; 打滾; (波浪等) 的翻滾 ③ (土地等的) 綿延起伏 ④ 左右搖晃 ⑤ 輥軋機; 卷筒; (打字機等的) 滾筒 ⑥ 案卷; 名單; 花名冊; 登記表 ⑦ [美口] 一卷鈔票; 錢 ~-out n. (產品等的) 正式推出 // ~ call 點名.

roller /ˈrəʊlə/ n. ① 滾動物; 滾子; 滾筒; 軋輥; 捲髮筒 ② 滾軋機; 輾壓機; 壓路機 ③ 巨浪 ④ 捲軸 **~-coaster** n. (遊樂場的) 環滑車; 過山車; [喻] 急轉突變的行為 (或事件) **~-skate** n. 滾軸溜冰鞋 vi. 滾軸溜冰 // ~ **bearing** 滾柱軸承.

rollick /ˈrɒlɪk/ vi. & n. 嬉耍; 歡鬧 **~ing** adj.

rolling /ˈrəʊlɪŋ/ adj. ① 滾的; 可滾動的 ② 周而復始的 ③ (眼睛等) 轉動的; (衣領等) 翻動的 ④ 搖擺的; 搖晃的 ⑤ 起伏的 n. ① 滾; 滾動; 轉動; 翻滾 ② 軋製; 滾壓 ③ 隆隆聲 // ~ **pin** 擀麵杖 ~ **mill** 軋鋼機; 軋鋼廠.

roly-poly /ˈrəʊlɪˈpəʊlɪ/ n. ① 矮胖子; 胖孩子; 圓滾滾的東西 (或動物); [美] 不倒翁 (玩具) ③ [英] 果醬布丁卷 adj. 矮胖的; 圓胖的.

ROM /rɒm/ abbr. = read-only memory 【計】唯讀記憶體.

Roman /ˈrəʊmən/ n. ① 古羅馬人; 羅馬人 ② **(the ~s)** 古羅馬帝國成員 ③ 羅馬天主教徒 ④ **(r-)** 【印】羅馬體; 正體字; 羅馬體鉛字 adj. ① (古) 羅馬的; (古) 羅馬人的 ② 羅馬天主教的; 羅馬教廷的 ③ **(r-)** 【印】羅馬體的; 正體的 ④ 古羅馬人風格的; 羅馬式建築的; 半圓拱的 // ~ **alphabet** 羅馬字母表 ~ **Catholic** 天主教徒; 天主教的 ~ **Catholicism** 天主教; 羅馬教 ~ **numeral** 羅馬數字.

Romance /rɒˈmæns, ˈrəʊmæns/ n. 羅曼語; 拉丁語系 adj. 羅曼語的; 拉丁系語言的.

romance /rɒˈmæns, ˈrəʊmæns/ n. ① 浪漫故事; 浪漫文學; 傳奇文學 ② (歐洲) 中世紀傳奇故事; 騎士故事 ③ 浪漫事蹟; 離奇事件; 風流韻事 ④ 浪漫性; 傳奇性; 浪漫的想望 ⑤ 浪漫曲 vi. ① 誇大; 歪曲 (或捏造) 事實 ② 使浪漫化.

Romania /rəʊˈmeɪnɪə/ n. (歐洲) 羅馬尼亞.

Romanian /rəʊˈmeɪnɪən/ adj. & n. 羅馬尼亞的; 羅馬尼亞人或語 (的).

romantic /rəʊˈmæntɪk/ adj. ① 浪漫的; 富於浪漫色彩的; 傳奇 (式) 的; 風流的 ② 有浪漫思想 (或感情) 的; 愛空想的; 喜歡傳奇的 ③ (常用 **R-**) (文學、音樂等) 浪漫派的 n. 浪漫的人; (常用 **R-**) 浪漫主義作家 (或藝術家等) **~ally** adv. **~ism** n. 浪漫主義; 浪漫精神 **~ist** n. 浪漫主義作家 (或藝術家) **~ize** v. ① (使) 理想化

②(使)浪漫化.

Romany, -mani /ˈrɒmənɪ, ˈrɒ-/ n. 吉卜賽人的; 吉卜賽語的).

romp /rɒmp/ n. ① 嬉戲喧鬧 ② 輕易取得的勝利 vi. ① (兒童等)喧鬧地玩耍; 嬉戲地追逐(或扭打) ② [口]輕易取勝; 不費力地完成 **~ers** pl. n. (= **~er suit**) (兒童穿的寬鬆的)連褲外衣, 連衫褲 // **~ home, ~ in** 輕易取勝.

rondo /ˈrɒndəʊ/ n. (pl. **-dos**)【音】迴旋曲.

rood /ruːd/ n.【宗】十字架; 有耶穌受難像的十字架.

roof /ruːf/ n. ① 屋頂 ②【喻】住處; 家 ③ 頂; 頂部; 車頂 vt. ① 給…蓋上屋頂, 做…的屋頂 ② 遮蔽; 庇護 **~ing** n. 屋頂材料; 蓋屋頂.

rook /rʊk/ n. ① 禿鼻烏鴉; 白嘴鴉 ② (以賭博營生的)賭棍; 騙子 vt. (用賭博)騙(某人)錢; 敲詐; 詐取.

rookery /ˈrʊkərɪ/ n. ① 白嘴鴉結巢處; 白嘴鴉羣 ② (海豹、企鵝等的)羣; 羣棲處.

rookie /ˈrʊkɪ/ n. [口]無工作經驗的新手; 生手; 新兵.

room /ruːm, rʊm/ n. ① 房間; 室 ② (pl.)一套房間; 寓所 ③ 地方; 空間 ④ 餘地; 機會 vi. [美]佔用住房; 住宿 **~er** n. [美]房客, 寄宿者; **~ful** n. 全屋的人(或物) **~mate** n. 室友.

roomy /ˈruːmɪ, ˈrʊmɪ/ adj. 寬敞的; 寬大的.

roost /ruːst/ n. 鳥的棲息地 vi. 棲息; 進窩 **~er** n. 雄禽; [美]公雞.

root [1] /ruːt/ n. ① 根; 根莖; 根部;

根狀物 ② 底部; 基部; 根本; 基礎 ③ 核心 ④ 根源; 原因 ⑤ 祖籍; 故土 ⑤【數】根;【語】詞根 vt. ① 使生根; 栽種; 使紮根; 使固定 ② 根除; 鏟除; 肅清 vi. ① 生根; 固定 ② 起源於; 起因於 **~ed** adj. 生了根的; 根深的 **~less** adj. 無根的; (人)無根基的.

root [2] /ruːt/ vi. ① (豬等)用鼻(或嘴)拱土(覓食) ② 翻找; 搜尋; 發掘 ③ (為參賽者)打氣; 捧場; 歡呼 ④ 聲援; 支持 vt. ① (豬等)用鼻(或嘴)拱(地或翻) ② 搜尋; 發掘.

rope /rəʊp/ n. ① 粗繩; 索; 纜繩 ② (the ~) 絞索; 絞刑; [美]套捕牛、馬的套索 ③ (繩狀的)(一)串; (一)條 ④ (the ~s) (處理工作、問題等的)訣竅; 規則 vt. ① 用繩捆(或紮、繫等) ② 用繩圍起(或隔開、分隔) ③ (+ sb in) 勸誘… 參加; 說服… 加入.

rosary /ˈrəʊzərɪ/ n. ① (尤指天主教徒念玫瑰經時用的)一串念珠 ② (常用 R-)玫瑰經.

rose [1] /rəʊz/ v. rise 的過去式.

rose [2] /rəʊz/ n. ① 薔薇科植物; 薔薇; 玫瑰花 ② 玫瑰紅 ③ 形似玫瑰的東西; 玫瑰花飾 ④ (灑水壺、水管等的)蓮蓬式噴嘴.

rosé /ˈrəʊzeɪ/ n. 玫瑰紅葡萄酒.

roseate /ˈrəʊzɪˌeɪt/ adj. ① 玫瑰色的 ② 美好的 ③ 樂觀的.

rosehip /ˈrəʊzˌhɪp/ n. 玫瑰果; 薔薇果.

rosemary /ˈrəʊzmərɪ/ n.【植】迷迭香.

rosette /rəʊˈzɛt/ n. ① 玫瑰花形物

(如徽章等); 玫瑰花形飾物(如玫瑰花結等) ② 石造物上的玫瑰花形雕飾.

rosin /ˈrɒzɪn/ *n.* 松香; 松脂.

roster /ˈrɒstə/ *n.* ① (軍隊等的)值勤人員表; 名冊 ② 登記表; 項目單 *vt.* 把⋯列入名單(或登記表)中.

rostrum /ˈrɒstrəm/ *n.* (*pl.* **-trums, -tra**) 演講台; 講台.

rosy /ˈrəʊzɪ/ *adj.* ① 玫瑰色的; 玫瑰紅的; 紅潤的; (因害羞等)漲紅臉的 ② 美好的; 光明的; 樂觀的; 大有希望的.

rot /rɒt/ *vi.* ① 腐爛; 腐壞; 腐敗; 墮落 ② (社會、制度等)逐漸衰敗; 消毀; 憔悴 ③ [英俚]開玩笑 *vt.* ① 使腐; 使腐爛; 使腐敗; 使墮落 ② [俚]搞糟 ③ [英俚]取笑 *n.* 腐爛; 腐壞; 腐敗; 墮落 *int.* (表示厭惡、蔑視、惱煩等)胡說!.

rota /ˈrəʊtə/ *n.* 勤務輪值表.

rotary /ˈrəʊtərɪ/ *adj.* 旋轉的; 輪轉的; 轉動的 *n.* [美](道路的)環形交叉.

rotate /rəʊˈteɪt/ *vi.* ① 旋轉; 轉動 ② 循環; 交替; 輪流; 輪換 ③【軍】輪換調防 *vt.* ① 使旋轉; 使轉動 ② 使輪流; 使交替 ③【軍】把(人員、部隊)輪換調防 rotating *adj.* rotation *n.* rotatory *adj.*

rote /rəʊt/ *n.* 死記硬背 // **by ~** 靠死記硬背.

rotisserie /rəʊˈtɪsərɪ/ *n.* 電熱轉動烤肉器.

rotor /ˈrəʊtə/ *n.* (機器的)旋轉部份;【空】(直升機的)旋翼.

rotten /ˈrɒtᵊn/ *adj.* ① 腐爛的; 發臭的; 腐敗的; 腐朽的; 墮落的 ② [俚]蹩腳的; 討厭的; 糟糕的 // **~ apple** [喻]害羣之馬.

rotter /ˈrɒtə/ *n.* [英俚]無賴; 壞蛋; 討厭的傢伙; 無用的人.

Rottweiler /ˈrɒtˌvaɪlə/ *n.* 洛威拿狗(德國種猛犬).

rotund /rəʊˈtʌnd/ *adj.* (指人)圓而胖的; 矮胖的.

rotunda /rəʊˈtʌndə/ *n.* ① (有圓頂的)圓形建築物 ② 圓形大廳.

r(o)uble /ˈruːbᵊl/ *n.* 盧布(俄羅斯貨幣).

roué /ˈruːeɪ/ *n.* 放蕩的人; 老色鬼; 酒色之徒.

rouge /ruːʒ/ *n.* ① 胭脂 ② 紅鐵粉, 鐵丹 *vt.* 搽胭脂.

rough /rʌf/ *adj.* ① 表面不平的; 毛糙的; 粗糙的 ② (路面)高低不平的; 崎嶇的; 難行的 ③ 毛茸茸的; 蓬亂的 ④ 未加工的; 粗製的; 未經琢磨的 ⑤ 未完成的; 初步的; 粗略的 ⑥ 粗陋的; 簡陋的; 不講究的 ⑦ 粗魯的; 粗野的 ⑧ 暴風雨的; 狂暴的; (海浪等)洶湧的 ⑨ 笨重的; 艱難的 ⑩ (聲音等)刺耳的; (酒等)烈性的 *n.* ① 高低不平之地; (高爾夫球場的)深草區 ② [主英]粗人; 莽漢; 暴徒 ③ 粗糙的東西; 毛坯 ④ 梗概; 要略; 草樣; 草圖 *vt.* (主要用於下述搭配) // **~ it** 過艱苦生活 // **~ sth out** 粗略地安排(或設計、草擬) // **~ sb up** [俗]粗暴對待; 毆打 // **~ sth up** 弄亂, 使不平整 *adv.* 粗略地, 粗魯地 **~ly** *adv.* **~ness** *n.* **~-and-tumble** *n.*

roughcast /ˈrʌfˌkɑːst/ *n.* (用小卵石、沙石等混合物塗在建築物外牆的)粗灰泥.

roughen /ˈrʌfⁿ/ *vt.* 使粗糙; 使(路面)不平 *vi.* 變糙; 變毛糙; (路面)變得不平; (天氣)起風暴.

roughshod /ˈrʌfˌʃɒd/ *adv.* 無情地; 殘暴地; 殘忍地.

roulette /ruːˈlet/ *n.* 輪盤賭.

round /raʊnd/ *adj.* ① 圓的; 球形的; 環形的 ② 弧形的; 半圓的; 半球形的 ③ 豐滿的; 圓而胖的 ④ 環行的; 成圓狀的 ⑤ 完整的; 十足的 ⑥ 用十、百、千等一類整數表示的; 大概的; 約略的 ⑦ 大量的; 可觀的 ⑧ 坦率的; 明確的 ⑨ (文體、風格等)完美流暢的; 十分生動的 ⑩ (聲音)圓潤洪亮的; (字體)圓潤的 *n.* ① 圓形物; 球狀物; 圓柱狀物 ② 循環往復的事物 ③ (掌聲、歡呼的)突然爆發 ④ (槍、炮的)射擊; 子彈, 炮彈 ⑤ 輪唱曲 ⑥ 一套, 一系列(或一個、一份、一次) ⑦ (比賽; 談判等的)一輪, 一回合, 一場 ⑧ 巡行; 巡視, 巡診; 巡迴路線 *adv.* ① 成圓圈地; 圍繞地; 旋轉地 ② 在四處, 在各處; 從各方面 ③ 繞道地; 循環地; 從頭至尾地 ④ 在附近; 在周圍 ⑤ 逐一; 遍及 ⑥ 在反方向; 轉過來 *prep.* ① 圍繞; 繞過; 環繞 ② 向…各處; 在…各處 ③ 在…周圍; 在…附近 ④ 在…整個期間 ⑤ 以…為軸心; 以…為中心 ⑥ 大約 *v.* ① (使)成圓形; 用圓唇發(音)

② 環繞…而行; 拐道 ③ 完成; 使圓滿結束; 使完美 ④ (+ on / upon sb) 突然生氣而責罵 ⑤ (+ sth out) 詳細説明 ⑥ (+ sb / sth up) 使聚攏 ⑦ (+ sth up / down) 把…提高或降低到整數 ~**about** *adj.* 迂迴的; 委婉的 *n.* 遊樂場中的圓形旋轉台; (道路的)環形交叉 ~-**shouldered** *adj.* 曲脊塌肩的 ~-**table** *adj.* (會議)圓桌的 ~-**trip** *adj.* 往返的; 來回旅程的.

roundly /ˈraʊndlɪ/ *adv.* ① 嚴厲地; 尖刻地 ② 直率地; 坦率地 ③ 完全地; 徹底地.

roundsman /ˈraʊndzmən/ *n.* (*pl.* -**men**) ① 巡邏者; 巡視者; [美]巡邏警官 ② [英]商業推銷員; 送貨員.

rouse /raʊz/ *vt.* ① 喚醒; 喚起; 使覺醒 ② 激起; 激怒 ③ 驚起; 嚇出(獵物等) ④ 攪動 *vi.* 被喚醒; 醒來; 起來 **rousing** *adj.* 精力充沛的; 令人鼓舞的.

roustabout /ˈraʊstəˌbaʊt/ *n.* [美]石油工人; [美]碼頭工人.

rout /raʊt/ *n.* 潰敗; 潰退 *vt.* ① 擊潰, 打垮; 使大敗 ② 強拉, 硬拽; 拖出.

route /ruːt/ *n.* ① 路; 道路; 路線; 航線 ② (郵差、送奶員等的)遞送路線(或地區); (商品推銷員的)固定推銷路線 ③ 途徑; 渠道 *vt.* ① 為…安排路線; 給…定路線 ② 按特定路線送(或寄發).

routine /ruːˈtiːn/ *n.* ① 例行公事; 例行手續; 慣例 ② 固定節目 ③【計】例行程序; 程序 *adj.* 日常的; 例行的; 常規的; 一般的

~er *n.* 墨守成規者; 拘泥的人
~ly *adv.*

routinism /ruː'tiːnɪzəm/ *n.* 墨守成規; 事務主義.

roux /ruː/ *n.* (能使湯、漿等增稠, 並可製醬汁的)油脂麵糊.

rove /rəʊv/ *vi.* ① 流浪; 漫遊 ② 環顧; (思想、感情轉移不定 ③ [口](尤指男子)愛情不專一 *vt.* 流浪於; 漫遊於 **~r** *n.* 流浪者.

row [1] /rəʊ/ *n.* ① 一排; 一列; 一行 ② 成排座位; 成行植物 **// in a ~** 成一排, 一連串; 連續.

row [2] /rəʊ/ *vt.* ① 划(船等); 划運; 划渡 ② 擔任 ⋯ 號划手 ③ 參加 (賽船); 與 ⋯ 進行划船比賽 *vi.* ① 划船; 蕩槳 ② 參加賽船, 當賽船划手 *n.* 划船; 划船遊覽; 划程 **~boat** *n.* [美]划艇.

row [3] /raʊ/ *n.* ① [口]吵嚷; 騷動 ② 吵架 ③ 受斥責 ④ 爭辯; 吼叫 *vi.* [口]爭吵; 吵鬧.

rowan /rəʊən, 'raʊ-/ *n.* 花楸; 花楸漿果(鮮紅色).

rowdy /'raʊdɪ/ *n.* 粗暴而好爭吵的人; 喧鬧者; 小流氓; 暴徒 *adj.* 好爭吵的; 喧鬧的; 粗暴的.

rowen /'raʊən/ *n.* 一季中牧草的第二度收割.

rowlock /'rɒlək/ *n.* [英](船的)槳叉; 槳架([美]亦作 oarlock).

royal /'rɔɪəl/ *adj.* ① 國王的; 女王的; 王室的 ② 王國(政府)的; (R-)[用於組織、學會等名稱](英國)皇家的; 皇家學會的 ③ 似君王的; 高貴的; 莊嚴的 ④ 盛大的; 大規模的 ⑤ 極好的; 第一流的 *n.* [口]王室成員.

royalist /'rɔɪəlɪst/ *n.* 保皇主義者; 保皇黨人; (R-)保皇黨黨員 *adj.* 保皇主義的; 保皇主義者的; 保皇黨人的.

royally /'rɔɪəlɪ/ *adv.* 莊嚴地; 高貴地; 盛大的.

royalty /'rɔɪəltɪ/ *n.* ① 王族成員; (總稱)王族 ② 王位; 王權; 王威 ③ (專利權的)使用費; (著作的)版稅; 特許使用費; 開採權使用費; 礦區使用費.

rpm /ɑː piː ɛm/ *abbr.* = revolutions per minute 每分鐘轉數.

RSVP /ɑː ɛs viː piː/ *abbr.* = please reply 請賜覆(正式請柬用語).

rub /rʌb/ *vt.* ① 擦; 摩擦; 使相擦 ② 搽; 擦上; 把 ⋯ 擦得 ③ 觸怒; 惹惱 *vi.* 摩擦 ① 摩擦 ② 磨損處; 擦痛處 *n.* ① 阻礙; 疑難.

rubber [1] /'rʌbə/ *n.* ① 橡膠; 合成橡膠 ② 橡皮; 橡皮擦子; 黑板擦 ③ [俗]避孕套 ④ (pl.)橡皮套靴 **~y** *adj.* 似橡膠的 **~ize** *vt.* 用橡膠處理; 塗上橡膠 **~neck** *n.* 好奇地伸長脖子看 *n.* 好奇的觀光者 **~stamp** *n.* 橡皮圖章 *vt.* 漫不經心地同意.

rubber [2] /'rʌbə/ *n.* 【體】(板球、草地網球等的)勝局比賽(如三局兩勝、五局三勝); (橋牌等)一盤勝局; 一盤比賽.

rubbish /'rʌbɪʃ/ *n.* ① 垃圾; 廢物 ② 廢話; 無聊的思想.

rubble /'rʌbl/ *n.* 碎石; 破瓦; 瓦礫.

rube /ruːb/ *n.* [美口]莊稼漢; 鄉下人.

rubella /ru:ˈbelə/ n. 【醫】風疹.

rubicund /ˈru:bɪkənd/ adj. (臉色、膚色等)紅潤的; (人)血色好的; 氣色好的.

Rubik's cube /ˈru:bɪks kju:b/ n. 扭計骰, 魔術方塊, 魔方.

rubric /ˈru:brɪk/ n. ① (舊時書本等中的)紅字標題(或句、段) ② 特殊字體的標題(或首字母等) ③ (章、節等的)標題.

ruby /ˈru:bɪ/ n. ① 紅寶石; 紅寶石製品 ② 紅寶石色; 紅玉色; 深紅色 adj. 紅寶石色的; 紅玉色的; 深紅色的 // ~ anniversary (= [英] ~ wedding) 紅寶石婚期(結婚 40 週年).

r(o)uche /ru:ʃ/ n. 褶襇飾邊 ruched adj. 有褶襇飾邊的.

ruck¹ /rʌk/ n. ① [英](欖球)亂陣 ② 散亂的一羣運動員 ③ (the ~) 普通人; 一般性事物.

ruck² /rʌk/ n. 皺; 褶 vi. (+ up) 變皺; 起皺.

rucksack /ˈrʌkˌsæk/ n. 帆布背包.

ruction /ˈrʌkʃən/ n. (常用複) [口] 吵鬧; 爭吵; 抗議.

rudder /ˈrʌdə/ n. (船的)舵; (飛機的)方向舵, 舵.

ruddy /ˈrʌdɪ/ adj. ① 紅潤的; 血色好的; 淺紅色的 ③ [英俚]討厭的; 可惡的 adv. [英口]非常; 極其.

rude /ru:d/ adj. ① 粗魯的; 無禮的 ② 簡單的; 粗劣的; 未加工的 ③ 狂暴的; 嚴重的 ④ (聲音)刺耳的; 難聽的 ⑤ 原始的; 未開化的 ⑥ 崎嶇不平的; 荒涼的 ⑦ 粗略的 ⑧ (故事等)下流的.

rudiment /ˈru:dɪmənt/ n. ① (常用複)基礎; 基本原理 ② (常用複)雛形; 萌芽 ③【生】未成熟的器官(或部份) ④ 退化器官 ~ary adj.

rue /ru:/ vt. 對…感到懊悔; 對…感到悔恨 n.【植】芸香 ~ful adj. 後悔的; 悲哀的; 遺憾的.

ruff /rʌf/ n. ① (16 至 17 世紀流行的高而硬的)輪狀皺領 ② (鳥、獸的)頸部彩羽, 頸毛(指有特色的).

ruffian /ˈrʌfɪən/ n. 流氓; 暴徒; 惡棍.

ruffle /ˈrʌfl/ vt. 弄皺; 弄毛糙 ② 弄亂(頭髮等), (鳥受驚或發怒時)豎起(羽毛) ③ 把(布等)打褶襇 ④ 觸惱; 使生氣 n. (衣服上的)褶襇飾邊.

rug /rʌg/ n. 小地毯; 厚毛毯.

rugby /ˈrʌgbɪ/ n. (亦作 R-)英式欖球(運動).

rugged /ˈrʌgɪd/ adj. ① 高低不平的; 多岩石的; 多森林的 ② 粗壯的; 強健的 ③ 堅固耐用的 ④ 粗魯的; 不文雅的.

rugger /ˈrʌgə/ n. [俗]欖球.

ruin /ˈru:ɪn/ n. ① 毀滅; 滅亡; 沒落 ② 傾家蕩產; 重大損失 ③ 破產; 破壞(或破敗)的建築物(或城市) ④ (常用複)廢墟; 遺蹟 ⑤ 毀滅(或毀損等)的原因; 禍根 vt. ① 使毀滅; 使覆滅; 毀壞 ② 使傾家蕩產; 使破產 ③ 誘姦(女子) ④ 弄髒; 寵壞 ~ous adj. ~ously adv.

rule /ru:l/ n. ① 規則; 法則; 規章 ② (教會的)教規; 教條 ③【律】裁決; 法律原則 ④ 統治(期);

管轄(期) ⑤ 習慣; 慣例; 規定 ⑥ 準則; 標準; 刻度尺 *vt.* ① 統治; 管理; 控制 ② 裁決; 裁定 ③ (用尺等)劃(直線); 在… 上劃(平行)線 *vi.* ① 統治; 管理; 控制 ② 作出裁決; 作出裁定 **~d** *adj.* (紙張)印有平行線的.

ruler /ˈruːlə/ *n.* ① 統治者; 管理者; 支配者 ② 尺, 直尺.

ruling /ˈruːlɪŋ/ *n.* 裁決, 裁定; 判決 *adj.* ① 統治的; 管理的 ② 主要的; 居支配地位的 ③ 普遍的; 流行的.

rum /rʌm/ *n.* 冧酒 (甘蔗汁製的)烈酒; [美]酒 *adj.* [英俚]古怪的; 離奇的.

Rumania /ruːˈmeɪniə/ *n.* = Romania.

Rumanian /ruːˈmeɪniən/ *adj. & n.* = Romanian.

r(h)umba /ˈrʌmbə, ˈrʊm-/ *n.* 倫巴舞(曲).

rumble [1] /ˈrʌmbəl/ *v.* ① (雷、炮等)隆隆響 ② (車輛)轆轆行駛 *n.* ① 隆隆聲; 轆轆聲 ② [美俚]暴徒之間的巷戰 rumbling *n.* 隆隆聲; (常用複)普遍的議論(或意見、抱怨).

rumble [2] /ˈrʌmbəl/ *vt.* [英俚]察覺, 識破.

rumbustious /rʌmˈbʌstjəs/ *adj.* [俗]歡鬧的, 喧鬧的.

ruminant /ˈruːmɪnənt/ *n.* 反芻動物 *adj.* 反芻的; 反芻動物的.

ruminate /ˈruːmɪneɪt/ *vi.* ① 反芻 ② 沉思; 反覆思考 rumination *n.* ruminative *adj.*

rummage /ˈrʌmɪdʒ/ *vi. & n.* 翻找; 搜查; 仔細檢查.

rummy /ˈrʌmi/ *n.* 拉米紙牌戲.

rumour, 美式 rumor /ˈruːmə/ *n.* 謠言, 謠傳; 傳聞; 傳說 *vt.* (常用被動語態)謠傳; 傳說.

rump /rʌmp/ *n.* ① (獸的)臀部; (鳥的)尾部; 牛臀肉 ② 低劣部份; 殘餘部份 ③ (政黨等的)殘餘組織.

rumple /ˈrʌmpəl/ *vt.* 弄皺; 使凌亂.

rumpus /ˈrʌmpəs/ *n.* 喧鬧; 騷擾.

run /rʌn/ *n.* (過去式 ran 過去分詞 ~) *vi.* ① 跑; 奔; (馬等)奔馳 ② 逃跑; 逃避 ③ 跑步鍛鍊 ④ 趕緊; 趕去 ⑤ 伸展; 持續 ⑥ 寫着, 說着 ⑦ 褪色 ⑧ 參加賽跑; 競賽; 競爭 ⑨ (車、船)行駛; 快速行進 ⑩ 快速游動; 洄游 ⑪ (球、車輪、機器等)滾動; 轉動; 運轉; 捲動 ⑫ (液體等)流動; 流出; 滴; 滲潤 ⑬ 變得; 變成 ⑭ 蔓生; 蔓延; 傳播 *vt.* ① 使跑; 在…上跑來跑去; 穿過 ② 參加(賽跑、競賽); 與…比賽 ③ 提出(候選人); 提出(某人)參加競選 ④ 追捕(獵物等); 追查; 探究 ⑤ 駕駛; 運載; 開動機器 ⑥ 辦; 管理; 經營; 指揮 ⑦ 使流, 倒注; 澆鑄; 提煉 ⑧ (車)行駛; 使車移動 ⑨ 走私 ⑩ 開車送 ⑪ 刊載 *n.* ① 跑步; 奔跑; 賽跑; 奔跑的能力(或氣力) ② 奔跑的路程(或時間); (車、船等)的路線; 航線; 班次 ③ 趨勢; 動向; 礦脈; 木紋等的走向 ④ 小徑 ⑤ 一段時間 ⑥ (棒球、板球)得分 ⑦ 洄游的魚羣; 魚羣的洄游 ⑧ 流動; 流量; 水槽; 水管 ⑨ 連續; 連續的演出(或展出、刊登) ⑩ (機器的)運轉; 運轉月 ⑪ 擠提存款; 擠兌; 爭購; 暢銷.

runabout /ˈrʌnəbaʊt/ n. ① 輕型小汽車; 微型汽車 ② 輕便汽艇 ③ 輕便飛機.

runaway /ˈrʌnəweɪ/ n. 逃跑者; 逃亡者 adj. ① 逃走的、離家出走的 ② (動物或車輛)失控的 ③ 迅速的; 輕易得到的.

rune /ruːn/ n. 最古老的日耳曼語系的字母; 如尼字母.

rung [1] /rʌŋ/ v. ring 的過去分詞.

rung [2] /rʌŋ/ n. ① 梯子橫檔; 梯級; (橇、椅等的)橫檔 ② [喻]等級; 地位; 梯級.

run-in /ˈrʌnɪn/ n. ① [美]激烈的爭執; 吵架; 衝突 ② (事件的)醞釀時期, 籌備期.

runlet /ˈrʌnlɪt/ n. 溪; 小河.

runnel /ˈrʌnl/ n. ① 溪; 小河 ② 溝; 水溝.

runner /ˈrʌnə/ n. ① 跑動的人; 賽跑的人(或馬等);【棒】跑壘者 ② 外勤人員; 跑街的; 推銷員(旅館等的)接客員; 收賬員; 送信人; 通訊員 ③ 走私者 ④ 滑行裝置 ⑤ 蔓藤植物的莖 ~~up n. (比賽中的)第二名, 亞軍 // ~ bean 紅花菜豆.

running /ˈrʌnɪŋ/ adj. ① 奔跑的; 賽跑的 ② 運轉着的; 流動的; 連續的 ③ (傷口)流膿的 n. ① 跑; 賽跑; 流動; 運轉 ② 管理; 照顧 // ~ total 累積總數 ~ water 流水; 活水; 自來水.

runny /ˈrʌni/ adj. ① (果醬等)太稀的 ② 流黏液的.

runoff /ˈrʌnɒf/ n. ① [美](雨、雪)徑流量; 流量 ② (比賽的)加時賽.

runt /rʌnt/ n. ① (一窩之中)最弱小的動物 ② 微不足道的小人物.

runway /ˈrʌnweɪ/ n. (機場)跑道.

rupee /ruːˈpiː/ n. 盧比(印度、尼泊爾、巴基斯坦、毛里求斯、斯里蘭卡等國的貨幣單位).

rupture /ˈrʌptʃə/ n. ① 破裂; 裂開 ② (關係的)破裂; 絕交 ③【醫】(組織的)破裂; 疝 vt. ① 使破裂; 使裂開 ② 斷絕(關係); 破壞(團結等) vi. 破裂; 裂開; 絕交.

rural /ˈrʊərəl/ adj. ① 農村的; 鄉下的; 鄉村生活的 ② 鄉民的 ③ 生活於農村的 ③ 農業的.

ruse /ruːz/ n. 詭計; 計策; 欺詐.

rush [1] /rʌʃ/ vi. ① 衝; 奔; 猛攻 ② 急速流動; 湧; 急瀉 ③ 快去; 趕緊; 倉促行動 ④ 突然出現; 湧現 vt. ① 使衝; 急行; 急送 ② 敲詐 ③ 趕緊做; 倉促完成 ④ 催促; 使匆促 ⑤ (向…)猛攻, 攻佔 n. ① 衝; 奔; 急速行進(或流動) ② 匆忙; 繁忙; 緊張 ③ 猛攻; 突然襲擊 ④ 蜂擁前往; 蜂擁的搶購 ⑤ 大量; 激增 adj. 急需的; 急忙的; 繁忙的 // ~ hour 高峰時間; (上下班的)繁忙時間, 交通擠擁時間.

rush [2] /rʌʃ/ n. ① 燈心草; 類似燈芯草的植物 ② 無價值的東西.

rusk /rʌsk/ n. (甜)麵包乾; 脆(甜)餅乾.

russet /ˈrʌsɪt/ n. 黃褐色; 赤褐色; 黃(赤)褐色土布; 赤褐色粗皮蘋

果 *adj.* 黃(赤)褐色的; 黃(赤)褐色土布製的.

Russian /ˈrʌʃən/ *adj.* 俄羅斯(人、語)的; 俄語的 *n.* 俄羅斯人; 俄羅斯族; 俄語.

Russo- /rʌsəʊ-/ *pref.* [前綴] 表示 "俄羅斯; 俄羅斯人".

rust /rʌst/ *n.* ① 鐵鏽; 鏽 ② 鐵鏽色 ③ (腦子等的)發鏽; 衰退; 惰性 ④【植】鏽病; 鏽菌 *vi.* ① 生鏽; 氧化 ② (腦子等)發鏽; 衰退 ③ 成鐵鏽色 ④【植】患鏽病 *vt.* 使(金屬)生鏽; 使(腦子等)發鏽; 使成鐵鏽色 *adj.* 鐵鏽色的; 赭色的.

rustic(al) /ˈrʌstɪk/ *adj.* ① 鄉村的; 農村風味的; 鄉居的; 適於農村的; 樸素的 ② 像鄉下人的; 質樸的; 土氣的; 粗魯的 ③ 鄉間土製的; 粗製的 *n.* 鄉下人; 莊稼人;

鄉巴佬; 土包子.

rustle [1] /ˈrʌsˀl/ *vi.* 沙沙作響; 發出窸窣聲 *vt.* 使沙沙作響 *n.* 沙沙聲; 窸窣聲.

rustle [2] /ˈrʌsˀl/ *v.* [美]偷(牲口) ~r *n.* 偷牲口賊; 盜馬賊.

rusty /ˈrʌstɪ/ *adj.* ① (生)鏽的 ② 鐵鏽色的; 赭紅色的 ③ 褪了色的; 破舊的; 陳舊的 ④ (腦子等)發鏽的; 衰退的; 遲鈍的 ⑤ (知識、能力等)荒廢的; 生疏的.

rut /rʌt/ *n.* ① 車轍; 槽; 溝 ② 常規; 慣例 ③ 困境 *vt.* 在 … 形成車轍.

ruthless /ˈruːθlɪs/ *adj.* ① 無情的; 冷酷的 ② 堅決的; 永不鬆懈的; 不間斷的 ~ly *adv.* ~ness *n.*

rye /raɪ/ *n.* ① 黑麥; 黑麥粒; 黑麥粉 ② 黑麥威士忌酒.

S

s /ɛs/ *abbr.* ① = ~econd(~) ② = ~ingular.

S /ɛs/ *abbr.* ① = small 細碼 (衣服標籤上用) ② = saint ③ = south(ern) ④【化】元素硫 (sulfur) 的符號.

Sabbatarian /ˌsæbəˈteərɪən/ *n.* 嚴守安息日的人(尤指基督教教徒).

Sabbath /ˈsæbəθ/ *n.* 安息日.

sabbatical /səˈbætɪkˀl/ *adj.* 安息日的; 休假的 *n.* 休假; 公休 // be on ~ 在休假.

saber /ˈseɪbə/ *n.* = sabre [美]

sable /ˈseɪbˀl/ *n.* 黑貂; 黑貂皮 *adj.* 黑色的; 陰暗的.

sabot /ˈsæbəʊ/ *n.* 木鞋; 木底鞋.

sabotage /ˈsæbətɑːʒ/ *n.* 故意毀壞; 破壞活動 *vt.* 破壞; 暗中破壞.

saboteur /ˌsæbəˈtɜː/ *n.* 破壞者; 怠工者.

sabre, 美式 saber /ˈseɪbə/ *n.* ① 馬刀, 軍刀 ② 長劍; 佩劍.

sac /sæk/ *n.*【生】囊; 液囊.

saccharin /ˈsækərɪn/ *n.* 糖精.

saccharine /ˈsækəˌraɪn, -ˌriːn/ *adj.* 含糖的; 非常甜的; 過份甜的.

sachet /ˈsæʃeɪ/ n. 小袋子; 香囊.

sack /sæk/ n. ① 袋, 包 ② 寬大上衣 ③ 劫掠 ④ 解僱 ⑤ [美俚]床, 睡袋 ⑥ 睡覺 vt. ① 將…裝進袋裏 ② [口]解僱 ③ 劫掠 **~cloth** n. 粗麻布; 喪服 // **give sb the ~** 解僱某人 **hit the ~** 上床睡覺.

sacrament /ˈsækrəmənt/ n. 聖事; 聖事; (the ~) 聖餐 **~al** adj. 聖禮的; 聖餐的.

sacred /ˈseɪkrɪd/ adj. ① 神聖的; 宗教的 ② 不可冒犯的 ③ 鄭重的.

sacrifice /ˈsækrɪfaɪs/ n. ①【宗】祭祀; 犧牲; 獻身 ② 賤賣 v. ① 獻祭; 犧牲 ② 賤賣 **sacrificial** adj. 犧牲的; 獻祭的.

sacrilege /ˈsækrɪlɪdʒ/ n. 褻瀆神聖; 瀆神罪 **sacrilegious** adj. 褻瀆神聖的.

sacristan /ˈsækrɪstən/ or **sacrist** n. 教堂司事.

sacrosanct /ˈsækrəʊˌsæŋkt/ adj. 神聖不可侵犯的 **~ity** n.

sad /sæd/ adj. 悲哀的; 可悲的; 淒慘的; [口]糟透的 **~ly** adv. **~ness** n. 悲傷, 令人憂傷的事.

sadden /ˈsædn/ v. (使)悲哀.

saddle /ˈsædl/ n. 鞍; 鞍座; 鞍形物 vt. 給(馬等)加鞍; 使負擔.

sadism /ˈseɪdɪzəm, ˈsæ-/ n. 虐待狂; 性虐待狂 **sadist** n. 有虐待狂的人 **sadistic** adj. 虐待狂的; 殘忍的.

sadomasochism /ˌseɪdəʊˈmæsəˌkɪzəm, ˌsædəʊ-/ n.【心】施虐受虐狂; 性施虐虐受虐狂.

s.a.e. /ˌes eɪ iː/ abbr. = stamped addressed envelope 貼上郵票、寫好地址的信封.

safari /səˈfɑːrɪ/ n. (尤指在非洲的)狩獵或科學研究性質的遠征 // **~ park** 野生動物園.

safe /seɪf/ adj. 安全的; 可靠的; 平安的 n. 保險箱; 冷藏箱 **~ly** adv. 安全地; 平安地; 可靠地 **~ness** n. 安全感 **~deposit** n. 保險倉庫 **~keeping** n. 妥善保管; 安全保護 // **~ haven** 安全區; 避難所.

safeguard /ˈseɪfˌɡɑːd/ n. 保護, 防衛措施, 安全裝置 vt. 保護.

safety /ˈseɪftɪ/ n. 安全, 平安, 保險 // **~ belt** 救生帶; 安全帶 **~ value** 安全閥; [喻]使怒氣、不滿等得以安全發洩的方式.

saffron /ˈsæfrən/ n. ①【植】藏紅花; 番紅花 ② 橘黃色 adj. 藏紅色的; 橘黃色的.

sag /sæɡ/ vi. (尤指中間)下陷; 下彎, 下垂 n. 下陷, 下沉.

saga /ˈsɑːɡə/ n. 北歐英雄傳說; 長篇故事; (描寫某一家族的)家世小說.

sagacious /səˈɡeɪʃəs/ adj. 敏銳的; 聰明的.

sagacity /səˈɡæsɪtɪ/ n. 聰明, 機敏.

sage /seɪdʒ/ n. 聖人, 賢人;【植】鼠尾草 adj. 賢明的; 道貌岸然的 **~brush** n. 篙; 三齒篙.

sago /ˈseɪɡəʊ/ n. 西谷米; 西米(由西谷椰子莖髓製成的白色硬粒狀澱粉質食物).

said /sɛd/ v. say 的過去式和過去分詞 adj. (文件用語)該; 上述的.

sail /seɪl/ n. ① 帆 ② 航行; 航程

v. 航行; 啟航; 駕駛 **~er** *n.* 帆船 **~ing** *n.* 航行, 航海 **~or** *n.* 水手, 海員; 水兵 **~cloth** *n.* 帆布 // **plain ~ing** 一帆風順 **~ close to / near the wind** 搶風駛船; 冒風險 **~ through** (sth) 順利通過 (考試等).

saint /seint, sənt/ *n.* ① 聖者, 聖徒 ② (S-) (放在聖賢的姓名前) 聖 (略作 St.).

sake /seik/ *n.* 緣故, 關係; 目的 // **for God's ~** 看在上帝份上; 千萬; 務必 **for the ~ of** … 為了 …, 因為 ….

salacious /səˈleiʃəs/ *adj.* 好色的, 淫蕩的; 黃色的.

salad /ˈsæləd/ *n.* 沙律, 涼拌菜 **~ dressing** 拌沙律的調味汁.

salamander /ˈsæləˌmændə/ *n.* ① 【動】蠑螈; 火蛇 ② 能耐高溫的人 (或物).

salami /səˈlɑːmɪ/ *n.* 意大利香腸, 莎樂美腸.

salary /ˈsælərɪ/ *n.* 薪金 **salaried** *adj.* 有薪金的; 靠薪水生活的.

sale /seil/ *n.* 出售; (尤指存貨的) 賤賣 // **for ~** 待售; 出售 **on ~** 出售; 上市 **~s representative** (= **~ rep**) 銷售代表; 推銷員.

saleable, 美式 **salable** /ˈseiləbl/ *adj.* 可銷售的; 有銷路的.

salesman /ˈseilzmən/ *n.* (*pl.* **-men**) 店員; [美] 推銷員 **~ship** *n.* 推銷術; 推銷能力.

salience /ˈseiliənt/ *n.* 凸起; 突出 特徵 **salient** *adj.* (角等) 突出的; 顯著的 *n.* 凸角; 突出部.

saline /ˈseilain/ *adj.* 有鹽份的; 鹽的; 鹹的 *n.* 生理鹽水; 鹽鹼灘; 鹽井, 鹽田 **salinity** *n.* 鹽濃度, 鹹度, 含鹽量.

saliva /səˈlaivə/ *n.* 口水, 唾液 **~ry** *adj.* 唾液的.

sallow /ˈsæləʊ/ *adj.* (膚色) 灰黃色的 *n.* 【植】闊葉柳.

sally /ˈsælɪ/ *n.* ① 突圍; 出擊 ② 俏皮話 ③ 漫遊 *vi.* 突圍; 出擊.

salmon /ˈsæmən/ *n.* 三文魚; 鮭魚; 大馬哈魚; 鮭肉.

salon /ˈsælɒn/ *n.* [法] ① 沙龍 ② 大客廳 ③ 理髮店; 美容院 ④ 畫廊.

saloon /səˈluːn/ *n.* ① 大廳 ② 交誼室 ③ (作特定用途的) … 廳; 室 ④ [美] 酒館.

salt /sɔːlt/ *n.* ① 鹽; 【化】鹽類 ② 趣味, 風趣 *adj.* 鹹味的; 有鹽的, 醃製的 **~ed** *adj.* ① 醃的 ② (人) 老練的; 有經驗的 **~ish** *adj.* 有點鹹的 **~cellar** *n.* (餐桌上的) 鹽碟, 鹽瓶 **~works** *n.* 製鹽場 // **~ junk** 醃肉 **worth one's ~** 稱職; 值得僱用.

saltpetre, 美式 **-er** /ˈsɔːltˈpiːtə/ *n.* 【化】硝酸鉀; 硝石.

salty /ˈsɔːltɪ/ *adj.* ① 含鹽的, 有點鹹的 ② 潑辣的 ③ 機智的 ④ 風趣的.

salubrious /səˈluːbrɪəs/ *adj.* (氣候、空氣等) 有益健康的.

salutary /ˈsæljʊtərɪ, -trɪ/ *adj.* 有益的; 有益健康的.

salute /səˈluːt/ *v.* 行禮; 打招呼; 致敬; 迎接; 頌揚 *n.* ① 行禮, 招呼 ② 禮炮 **salutation** *n.* 致意, 問候, 寒暄.

salvage /'sælvɪdʒ/ n. ① 海上救援 ② 被救的船隻 ③ 救援的費用 vt. 救助, 搶救, 打撈.

salvation /sæl'veɪʃən/ n. ① 救援; 救濟 ②【宗】超度; 救世 // Salvation Army【宗】救世軍.

salve /sælv, saːv/ vt. ① 安慰 ② 緩和; 減輕 n. ① 油膏, 藥膏 ② 安慰; 慰藉.

salver /'sælvə/ n. 托盤, 盤子.

salvo /'sælvəʊ/ n. ①【律】保留條款 ② 遁辭; 緩和的方法 ④ 槍炮齊鳴, 齊射; 齊聲歡呼.

Samaritan /sə'mærɪt'n/ n. 助人為樂的人; 撒瑪利亞會(英國慈善組織)的成員.

samba /'sæmbə/ n. (源自巴西的)森巴舞.

same /seɪm/ adj. ① 相同的; 同樣的 ② 上述的 pro. 同樣的人(或事物) // all the ~, just the ~ (雖然…)還是; 仍然.

samovar /'sæməˌvɑː, ˌsæmə'vɑː/ n. (尤指俄國式的)茶炊.

sampan /'sæmpæn/ n. 【漢】舢板.

sample /'saːmp'l/ n. 樣品, 貨樣, 標本; 實例 vt. 對…取樣檢驗; 初次體驗.

sampler /'saːmplə/ n. 樣品檢驗員; 繡花樣本.

samurai /'sæmʊraɪ/ n.【史】日本歷史上的武士階層; 武士.

sanatorium /ˌsænə'tɔːrɪəm/ or 美式 **sanitarium** n. (pl. -riums, -ria n.) 療養院; 休養地.

sanatory /'sænətərɪ/ adj. 有療效的; 有益於健康的.

sanctify /'sæŋktɪˌfaɪ/ vt. 使神聖; 使聖潔; 尊崇; 認可.

sanctimonious /ˌsæŋktɪ'məʊnɪəs/ adj. 假裝神聖的; 偽裝虔誠的; 偽善的 **sanctimony** n. 假裝神聖; 偽裝虔誠.

sanction /'sæŋkʃən/ n. ① 批准, 認可 ② 制裁 vt. 認可; 批准; 授權.

sanctity /'sæŋktɪtɪ/ n. ① 聖潔, 神聖② 尊嚴 ② (pl.)神聖的義務(或權利等).

sanctuary /'sæŋktjʊərɪ/ n. ① 聖所, 聖殿 ② 避難所; 庇護所.

sanctum /'sæŋktəm/ n. 聖所; 私室; 書房.

sand /sænd/ n. 沙; (pl.)沙地, 沙洲 vt. 撒上沙, 摻上沙; 用沙擦(或擦) ~y adj. ① 沙質的; 多沙的 ② 流動似的 ③ (毛髮等)沙色的; 黃棕色的 // ~ bag 沙袋 ~ bank 沙洲, 沙灘 ~ hill 沙丘 ~ paper 沙紙 ~ storm 沙暴.

sandal /'sænd'l/ n. 涼鞋; 草鞋; 拖鞋.

sandalwood /'sændəlˌwʊd/ or **sandal** n. 檀香木.

sandwich /'sænwɪdʒ, -wɪtʃ/ n. 三文治; 夾心麵包 vt. 夾在中間 // ~ man 身前身後掛着廣告牌的人.

sane /seɪn/ adj. ① 神志清醒的; 健全的 ② 穩健的.

sang /sæŋ/ v. sing 的過去式.

sang-froid /sɑ̃frwa/ n. 【法】鎮定; 沉着.

sanguinary /'sæŋgwɪnərɪ/ adj. 血腥的; 流血的; 血淋淋的; 殘忍的.

sanguine /'sæŋgwɪn/ adj. ① 樂觀

的 ② 紅潤的; 多血質的.

sanitarium /ˌsænɪˈtɛərɪəm/ *n.* =
sanatorium [美].

sanitary /ˈsænɪtərɪ, -trɪ/ *adj.* 衛生
的; 清潔的 // ~ **towel**、~ **pad** (女
性經期用的)衛生巾.

sanitation /ˌsænɪˈteɪʃən/ *n.* (環境)
衛生; 衛生設備.

sanity /ˈsænɪtɪ/ *n.* ① 神智正常; 明
智 ② 穩健.

sank /sæŋk/ *v.* sink 的過去式.

Sanskrit /ˈsænskrɪt/ *n.* 梵文, 梵語
的. 梵文的.

Santa Claus /ˈsæntə ˌklɔːz/ *n.* 聖誕
老人.

sap /sæp/ *n.* ① 樹液 ② 活力; 元
氣 ③【軍】坑道 ④ 暗中破壞
⑤ [美俚]笨蛋 *vt.* 使衰弱 **–less**
adj. 枯萎的; 乏味的 **~py** *adj.* 多
汁的; 精力充沛的.

sapience /ˈseɪpɪəns/ *n.* 精明; 聰明
(常含諷刺意味) **sapient** *adj.* 精
明的.

sapling /ˈsæplɪŋ/ *n.* 樹苗; 幼樹.

sapper /ˈsæpə/ *n.* 坑道工兵; 地雷
工兵.

sapphire /ˈsæfaɪə/ *n.* 藍寶石; 寶石
藍(色).

sarcasm /ˈsɑːkæzəm/ *n.* 諷刺; 挖苦
sarcastic *adj.* 諷刺的; 挖苦的.

sarcode /ˈsɑːkəʊd/ *n.* 原生質.

sarcophagus /sɑːˈkɒfəgəs/ *n.* (雕刻
精美的)石棺.

sardine /sɑːˈdiːn/ *n.* 沙丁魚.

sardonic(al) /sɑːˈdɒnɪk/ *adj.* 挖苦
的; 嘲笑的.

sargasso /sɑːˈɡæsəʊ/ *n.*【植】馬尾
藻.

sari, saree /ˈsɑːrɪ/ *n.* (印度婦女穿
的)莎麗服.

sarong /səˈrɒŋ/ *n.* 紗籠(馬來人及
印尼人的服裝, 用長條布料或綢
緞製成, 類似筒裙).

sarsaparilla /ˌsɑːspəˈrɪlə,
ˌsɑːspə-/ *n.*【植】菝葜; 由菝葜根
製成的軟性飲料或汽水.

sarsenet, -cenet /ˈsɑːsnɪt/ *n.* 薄綢,
薄絹.

sartorial /sɑːˈtɔːrɪəl/ or satorian
adj. 裁縫的; (男裝)服裝的.

SAS /ɛs eɪ ɛs/ *abbr.* = Special Air
Service (英國)特種空勤團.

sash /sæʃ/ *n.* ① 帶子, 飾帶 ② 腰
帶 ③ 框格 // ~ **window** 上下拉
動開關的窗子.

sassafras /ˈsæsəfræs/ *n.* 美洲檫木
(樹皮有香味, 可供製藥用).

Sassenach /ˈsæsənæk/ *n.* [蘇格蘭]
[貶]英格蘭人.

sassy /ˈsæsɪ/ *adj.* [美俗]莽撞的; 冒
昧的; 有生氣的; 時髦的.

sat /sæt/ *v.* sit 的過去式及過去分
詞.

Sat. *abbr.* ① = Saturday ② =
Saturn.

Satan /ˈseɪtən/ *n.* 撒旦, 惡魔, 魔王
satanic *adj.* 魔鬼的; 惡魔似的;
邪惡的.

satchel /ˈsætʃəl/ *n.* 書包, 小背包,
小皮包.

sate /seɪt/ *vt.* 滿足(胃口、慾望).

satellite /ˈsætəˌlaɪt/ *n.*
① 衛星 ② 附庸國 ③ 僕從 ④ =
~ **broadcasting** 衛星轉播 ⑤ =
~ **television** 衛星電視 // ~ **dish**
衛星天線; 衛星訊號接收器.

satiate /ˈseɪʃɪˌeɪt/ *vt.* 使充份滿足; 使飽足; 使膩膩 **satiation** *n.* 充份滿足; 飽足 // **be ~d with sth** 對某物生膩.

satiety /səˈtaɪətɪ/ *n.* 充份滿足; 過飽.

satin /ˈsætɪn/ *n.* 緞子 *adj.* 緞子的, 緞子似的.

satire /ˈsætaɪə/ *n.* 諷刺; 諷刺作品 **satiric** *adj.* 諷刺的; 寫諷刺作品的 **satirical** *adj.* 諷刺的; 喜歡諷刺的 **satirist** *n.* 諷刺作家, 諷刺家 **satirize** *v.* 諷刺, 諷刺地描寫.

satisfy /ˈsætɪsˌfaɪ/ *vt.* ① 滿足, 使滿意 ② 符合 ③ 償還 ④ 賠償 ⑤ 解決 **satisfaction** *n.* ① 滿足, 滿意 ② 賠償 ③ 報復; 決鬥 **satisfactory** *adj.* ① 令人滿意的; 良好的 ② 符合要求的 **satisfied** *adj.* 滿足的; 滿意的 **~ing** *adj.* 使人滿足的; 令人滿意的.

saturate /ˈsætʃəˌreɪt, ˈsætʃərɪt/ *vt.* ① 浸透, 滲透 ② 使充滿; 【化】使飽和 **saturation** *n.* 浸透; 飽和(狀態).

Saturday /ˈsætədɪ, -deɪ/ *n.* 星期六.

Saturn /ˈsætɜːn/ *n.* 【羅神】農神; 【天】土星.

saturnine /ˈsætəˌnaɪn/ *adj.* ① (表情等)陰沉的 ② 譏諷的 ③ 鉛中毒的.

satyr /ˈsætə/ *n.* ①【希神】半人半獸的森林之神 ② 色鬼, 色狼.

sauce /sɔːs/ *n.* ① 調味汁; 醬油 ② [美]果醬 ③ [喻]增加趣味的東西 ④ [口]冒失無禮 **saucy** *adj.* ① 冒失無禮的 ② (衣服等)時髦的; 漂亮的 **~box** *adj.* [口]冒失鬼

~pan *n.* 有柄有蓋的深平底鍋.

saucer /ˈsɔːsə/ *n.* 淺碟; 茶托; 淺碟形物 **--eyed** *adj.* 眼睛又大又圓的.

sauerkraut /ˈsaʊəˌkraʊt/ *n.* [德]酸泡菜.

sauna /ˈsɔːnə/ *n.* (芬蘭式)蒸氣浴, 桑拿浴.

saunter /ˈsɔːntə/ *vi.* & *n.* 閒逛; 漫步.

sausage /ˈsɒsɪdʒ/ *n.* 香腸; 臘腸.

sauté /ˈsəʊteɪ/ *adj.* [法]嫩煎(或炸)的 *vt.* 嫩煎(或炸).

savage /ˈsævɪdʒ/ *adj.* ① 兇猛的; 野蠻的; 未開化的 ② 粗魯的; [口]狂怒的 *n.* 野人; 殘酷的人 *vt.* 兇猛地攻擊; 傷害 **~ry** *n.* 野性; 兇殘行為; 未開化狀態.

savanna(h) /səˈvænə/ *n.* (熱帶的)大草原.

savant /ˈsævənt/ *n.* 博學的人; 學者.

save /seɪv/ *v.* ① 救, 拯救 ② 節省 ③ 儲蓄; 貯存 *prep.* 除⋯之外 *conj.* 只是; 除去 **~r** *n.* ① 救助者 ② 儲存者; 節省的人 **saving** *adj.* ① 救助的 ② 節儉的 ③ 保存的; 儲蓄的 ④ 保留的 *n.* 救濟; 節省; 貯存; (*pl.*)儲蓄金; 存款.

saviour, 美式 **savior** /ˈseɪvjə/ *n.* 救助者; 救星 **the S-** *n.* 救世主, 基督.

savoir-faire /ˌsævwɑːˈfɛə/ *n.* [法]處世的能力.

savour, 美式 **savor** /ˈseɪvə/ *n.* 滋味, 風味, 趣味 *vt.* 品嘗; 給⋯加調味品 // **~ of sth** 帶⋯的意味.

savoury, 美式 **savory** /ˈseɪvərɪ/ *adj.*

味道可口的; 香辣的; 怡人的 n.
(餐後的)消食小菜.

savoy /sə'vɔɪ/ n. 【植】皺葉甘藍(亦
作 ~ **cabbage**).

savvy /'sævɪ/ v. 懂得; 知曉 n. 理解;
智慧.

saw [1] /sɔː/ n. ① 鋸子 ② 格言 v.
(過去式 ~**ed** 過去分詞 sawn) 鋸;
鋸開 ~**blade** n. 鋸條 ~**dust** n. 鋸
木屑 ~**mill** n. 鋸木廠; 鋸床.

saw [2] /sɔː/ v. see 的過去式.

sawyer /'sɔːjə/ n. 鋸木人; 鋸工.

saxhorn /'sæksˌhɔːn/ n. 【音】薩克
斯號.

saxifrage /'sæksɪˌfreɪdʒ/ n. 【植】虎
耳草.

Saxon /'sæksən/ n. 【史】撒克遜
人(語); 英格蘭人 adj. 撒克遜人
(語)的; 英格蘭人的.

saxophone /'sæksəˌfəʊn/ n. 【音】
色士風; 薩克斯管 saxophonist n.
色士風吹奏者.

say /seɪ/ v. (過去式及過去分詞
said) ① 說; 講 ② 說明; 表明
③ 報導 ④ 譬如說 n. 發言權; 意
見.

saying /'seɪɪŋ/ n. ① 話; 言語 ② 俗
話; 諺語.

say-so /'seɪsəʊ/ n. ① [美俗]無證據
的斷言 ② 同意 ③ 決定權.

scab /skæb/ n. ① 【醫】痂 ② (尤
指羊的)疥癬; (植物的)斑點病
③ 工賊.

scabbard /'skæbəd/ n. 劍鞘, 鞘.

scabies /'skeɪbiːz/ n. 【醫】疥瘡, 疥
癬.

scabrous /'skeɪbrəs, 'skæb-/ adj.
① (指動植物)表面粗糙的 ② 猥

褻的; 下流的.

scaffold /'skæfəld, -fəʊld/ n.
① 【建】腳手架 ② 絞刑架; 斷頭
台 ~**ing** n. 【建】腳手架; 搭腳手
架的材料.

scalawag /'skæləˌwæg/ or scallywag
n. 無賴; 調皮鬼.

scald /skɔːld/ vt. 燙傷; 用沸水清洗
n. 燙傷; 燙洗 ~**ing** adj. 滾燙的;
灼熱的.

scale /skeɪl/ n. ① 鱗; 介殼 ② (pl.)
天平; 秤 ③ 標度, 尺度 ④ 比例
尺, 比例 ⑤ 等級, 級別 ⑥ 大小,
規模 ⑦【音】音列, 音階 ⑧ 水
垢, 齒垢 vt. ① 刮 ... 的鱗; 剝 ...
的介殼 ② 除去 ... 的積垢 ③ 攀
登 ④ (按比例)繪製, (按比例)
增減 ~**d** adj. 瓦片疊蓋的; 剝去
鱗的 scaly adj. ① 有鱗的 ② 有
水垢的 ③ [俚]卑鄙的 // ~ **up** /
down 按比例上升/下降.

scalene /'skeɪliːn/ adj. (指三角形)
不等邊的.

scallion /'skæljən/ n. 青葱; 細葱.

scallop /'skɒləp, 'skæl-/ n.【動】扇
貝; 扇貝肉; 扇貝殼; 扇形飾邊
vt. 用扇貝殼烹製; 用扇形飾邊
裝飾.

scallywag /'skælɪˌwæg/ n. =
scalawag [口]流氓; 無賴.

scalp /skælp/ n. 頭皮; (昔日印
第安人的戰利品)帶髮頭皮 vt.
① 剝頭皮 ② 投機倒賣.

scalpel /'skælpʰl/ n. 解剖刀, 外科
小手術刀.

scamp /skæmp/ n. ① 流氓, 無賴
② 【謔】小淘氣 vt. 草率地做.

scamper /'skæmpə/ vi. 跳跳蹦蹦;

奔逃 n. 蹦跳; 奔跑.

scampi /'skæmpi/ pl. n. 蝦; 大蝦.

scan /skæn/ vt. ① (用雷達等)掃瞄; 瀏覽; 審視 ② 按節奏吟誦 ③ 標出(詩)的韻律 vi. (詩)符合格律; 掃瞄; 審視; 瀏覽 ~ner n. 掃瞄器.

scandal /'skænd'l/ n. ① 醜事; 醜聞 ② 誹謗; 憤慨 ~ize vt. 使憤慨; 誹謗 ~ous adj. 惡意中傷的; 可恥的; 令人反感的 ~monger n. 惡意中傷的人, 散播醜聞者.

Scandinavian /ˌskændɪ'neɪvɪən/ n. 斯堪的納維亞人(語) adj. 斯堪的納維亞(人、語)的.

scant /skænt/ adj. 不足的; 缺乏的; 剛剛夠的 ~y adj. 缺乏的; 剛剛夠(大)的.

scapegoat /'skeɪpˌgəʊt/ n. 替罪羊; 犧牲品.

scapula /'skæpjʊlə/ n. 【解】肩胛骨.

scar /skɑː/ n. 傷疤; 傷痕; (精神上的)創傷 v. 使留下傷疤; 結疤.

scarab /'skærəb/ n. ① 金龜子科甲蟲, 聖甲蟲 ② 甲蟲形雕像飾物 (古埃及人視為護身符).

scarce /skeəs/ adj. ① 缺乏的; 不充足的 ② 珍貴的, 稀有的 ~ly adv. 僅僅; 幾乎沒有; 決不 scarcity n. 缺乏; 不足; 稀有.

scare /skeə/ v. 驚嚇; 受驚 驚恐, 大恐慌 ~crow n. ① (嚇唬鳥的)稻草人; 嚇唬人的東西 ② 骨瘦如柴的人 ~monger n. 散播恐怖消息的人 // ~ buying 搶購.

scarf /skɑːf/ n. ① 圍巾; 披巾; 頭巾; 領巾 ② 嵌接; (嵌接的)截面 ~pin n. 領帶別針.

scarify /'skeərɪˌfaɪ, 'skærɪ-/ vt. ①【農】鬆土 ②【醫】劃破 ③ 嚴厲批評; 苛責 ④ (俗)嚇唬.

scarlet /'skɑːlɪt/ n. 猩紅色, 鮮紅; 緋紅; 紅衣 adj. 猩紅色的, 鮮紅的 // ~ fever 猩紅熱 ~ runner bean 紅花菜豆 ~ woman 淫婦; 妓女.

scarp /skɑːp/ n. 陡坡; 崖岸; (外濠)的內壁.

scarper, scarpa /'skɑːpə/ vi. [英俚]逃跑; 溜走.

scat /skæt/ vi. [口](常用於祈使句)走開 n. (爵士樂歌唱中反覆作)無詞無意義的喊叫.

scathing /'skeɪðɪŋ/ adj. 嚴厲的; 尖刻的.

scatology /skæ'tɒlədʒɪ/ n. ① 糞(石)學, 糞粒研究 ② 誨淫的作品, 淫書的研究.

scatter /'skætə/ vt. 驅散; 散播 撒播; 撒 vi. 消散; 分散; 潰散 ~brain n. 浮躁的人; 注意力不集中的人 ~brained adj. 浮躁的; 不專注的.

scatty /'skætɪ/ adj. [俗]浮躁輕率的; 瘋瘋癲癲的.

scavenge /'skævɪndʒ/ v. 撿破爛; 吃腐肉 ~r n. ① 清道夫 ② 拾破爛者 ③ 吃腐肉的動物.

scenario /sɪ'nɑːrɪˌəʊ/ n. [意]劇情說明; 電影劇本.

scene /siːn/ n. ① 事情發生的地點 ② (戲劇或電影的)一場; 場景; 佈景; 風景 ③ 吵鬧 // behind the

~s 在幕後; 暗中.

scenery /ˈsiːnərɪ/ *n.* (總稱)舞台佈景; 風景, 景色.

scenic /ˈsiːnɪk/ *adj.* ① 舞台的 ② 景色優美的 ③ 佈景的 ④ 戲劇性的.

scent /sɛnt/ *n.* ① 氣味; 香味, 香水 ② (獵物的)臭跡; 蹤跡; 線索 ~**ed** *adj.* 芳香的; 灑了香水的.

sceptic, 美式 **skeptic** /ˈskɛptɪk/ *n.* 【哲】懷疑論者; 持懷疑態度的人; 無神論者 **sceptical** *adj.* 懷疑的; 懷疑態度的 **scepticism** *n.* 懷疑主義; 懷疑論; 懷疑態度.

sceptre, 美式 **-er** /ˈsɛptə/ *n.* (君王的)權杖, 王權, 王位.

schedule /ˈʃɛdjuːl/ *n.* 一覽表; 程序表; 時間表 *vt.* 將 … 列表; 將 … 列入計劃表; 排定, 安排.

schema /ˈskiːmə/ *n.* (*pl.* **-mata**) ① 圖表, 圖解 ② 綱要, 要略, 摘要 ~**tic** *adj.* 綱要的; 圖解的.

scheme /skiːm/ *n.* ① 計劃; 方案 ② 陰謀 ③ 安排, 配置 *v.* 計劃, 策劃, 謀劃 ~**r** *n.* 計劃者; 陰謀者.

scherzo /ˈskɛətsəʊ/ *n.* [意]【音】諧謔曲.

schism /ˈskɪzəm, ˈsɪz-/ *n.* (政治組織等的)分裂; 分派; (宗教的)宗派分立 ~**atic** *n.* 分裂論者; 宗派分立論者 *adj.* 分裂的; 宗派分立(論)的.

s(c)hist /ʃɪst/ *n.* 【地】頁岩; 片麻岩.

schizo /ˈskɪtsəʊ/ *n.* [口]精神分裂症患者.

schizoid /ˈskɪtsɔɪd/ *adj.* (像)患精神分裂症的 *n.* 精神分裂症患者.

schizophrenia /ˌskɪtsəʊˈfriːnɪə/ *n.* 【醫】精神分裂症 **schizophrenic** *adj.* 患精神分裂症的; 神魂顛倒的.

schmal(t)z /ʃmælts, ʃmɑːlts/ *n.* [美俚]傷感的柔情, 誇張渲染的情感; 過份傷感.

schnap(p)s /ʃnæps/ *n.* (單複數同形)烈酒; (荷蘭)烈性杜松子酒.

schnitzel /ˈʃnɪtsəl/ *n.* 炸小牛肉片.

scholar /ˈskɒlə/ *n.* 學者; 領獎學金的學生 ~**ly** *adj.* 學者風度的; 博學的; 與學問有關的 ~**ship** *n.* ① 獎學金 ② 學識.

scholastic(al) /skəˈlæstɪk/ *adj.* 學校的; 學術的; 經院哲學的 **scholasticism** *n.* 經院哲學.

school /skuːl/ *n.* ① 學校 ② 上課 ③ (大學裏的)學院; 學派 ④ 全校師生; 全校學生 ⑤ (魚)羣 *vt.* 送進學校培養; 教導; 訓練 ~**ing** *n.* 學校教育; 學費; 訓練 ~**boy** *n.* 男學生 ~**days** *pl. n.* 學生時代 ~**girl** *n.* 女學生 ~**master** *n.* 男老師; (中、小學)校長 ~**mate** *n.* 同學 ~**mistress** *n.* 女教員; 女校長 ~**work** *n.* 學校作業 // ~ **report** 學生成績報告單, 成績表 ~ **run** [英]家長接送子女上下學的時間.

schooner /ˈskuːnə/ *n.* ① 縱帆船 ② 大酒杯.

sciatic(al) /saɪˈætɪk/ *adj.* 【解】髖部的; 坐骨的 **sciatica** *n.* 坐骨神經痛.

science /ˈsaɪəns/ *n.* ① 科學; 自然科學 ② (一門)理科學科 ③ 專門技術 // ~ **fiction** 科幻小説.

scientific(al) /ˌsaɪənˈtɪfɪk/ *adj.*
① 科學(上)的; 符合科學規律的
② 系統的 ③ 有技術的.

scientist /ˈsaɪəntɪst/ *n.* 科學家.

sci-fi /ˈsaɪˈfaɪ/ *n.* = science fiction
[口]科幻小説.

scimitar, -ter /ˈsɪmɪtə/ *n.* 彎刀.

scintillate /ˈsɪntɪˌleɪt/ *v.* 發火花; 閃
鑠; 妙語如珠 scintillation *n.* 發
火花; 閃光, 火花; 煥發.

scintillating /ˈsɪntɪˌleɪtɪŋ/ *adj.*
① 生氣勃勃的 ② 機智聰明的.

scion /ˈsaɪən/ or sient *n.* ① 後裔,
子孫 ②【植】接穗; (嫁接或栽種
用的)幼枝, 幼芽.

scissors /ˈsɪzəz/ *pl. n.* 剪刀.

sclerosis /skləˈrəʊsɪs/ *n.* (*pl.* -ses)
【醫】硬化症 sclerotic *adj.*【醫】
硬化的;【解】鞏膜的.

scobs /skɒbz/ *pl. n.* 鋸屑, 鋸末; 銼
屑; 刨花.

scoff /skɒf/ *n.* 嘲弄, 嘲笑 ② 笑
柄 *v.* ① 嘲弄, 嘲笑 ② [俚]狼吞
虎嚥 // ~ at sb / sth 嘲弄某人/某
事.

scold /skəʊld/ *v.* ① 責罵; 申斥 ② 好
罵街的潑婦; 愛罵人的人 ~ing *n.*
責罵; 申斥.

sconce /skɒns/ *n.* 裝在牆上的燭台
(或燈座).

scone /skɒn, skəʊn/ *n.* 烤餅, 鬆軟
圓餅.

scoop /skuːp/ *n.* ① 杓子; 鐘斗; 一
杓; 一罐 ② 穴; 凹 ③ 特稿 *vt.*
舀; 挖; [口]收集, 刊出特快消息.

scoot /skuːt/ *vi.* [口]迅速跑開; 溜
走.

scooter /ˈskuːtə/ *n.* (兒童遊戲用)
踏板車.

scope /skəʊp/ *n.* ① 範圍, 餘地
② 視界; 眼界 ③ 機會.

scorch /skɔːtʃ/ *v.* ① 燒焦, 烤焦
焦化 ② 使枯萎 *n.* ① 燒焦; 焦痕
② (草木等的)枯黃 ~er *n.* [口]極
熱的大熱天 ~ing *adj.* 灼熱的.

score /skɔː/ *n.* ① 刻痕; 傷痕; 劃線
②【體】得分 ③ (*pl.*)大量 ④ 賬
目, 欠賬 ⑤【音】總譜, 樂譜
⑥ 宿怨 ⑦ 方面, 理由 *v.* ① 打記
號; 劃線 ②【體】得分 ③ 記賬 ④ 寫
成總譜 ~r *n.*【體】進球(或得分)
者; 記分員 ~board *n.*【體】記分
牌 // ~ off sb [口]駁倒某人; 佔
某人便宜; 羞辱某人 ~ out 劃掉;
刪去(字句等) ~ up 把…記入賬
內, 記下.

scorn /skɔːn/ *n. & vt.* 藐視; 嘲弄;
奚落 ~ful *adj.* 藐視的; 嘲笑的 //
be ~ful of sth 藐視某事.

scorpion /ˈskɔːpɪən/ *n.*【動】蠍子;
刻毒的人.

Scot /skɒt/ *n.* 蘇格蘭人 ~ch *adj.*
蘇格蘭(人)的 *n.* 蘇格蘭威士忌
酒 ~tish *adj.* 蘇格蘭的; 蘇格蘭
人(或方言)的 ~s *adj.* 蘇格蘭人
的 *n.* 蘇格蘭方言 ~sman, (*fem.*)
~swoman *n.* 蘇格蘭男人, 蘇格
蘭女人.

scotch /skɒtʃ/ *vt.* 消除(謠言); 阻
止; 破壞.

scot-free /ˌskɒt ˈfriː/ *adj. & adv.* 未
受損害的(地); 未受處罰的(地).

Scotland Yard /ˈskɒtlənd jɑːd/ *n.*
倫敦警察廳, 蘇格蘭場.

scoundrel /ˈskaʊndrəl/ *n.* 壞蛋, 惡
棍.

scour /skaʊə/ v. ① 擦洗; 洗滌; 沖洗; 擦亮 ② 〖冶〗腐蝕 ③ 徹底搜尋, 追尋 **~er** n. 百潔布; 去污粉.

scourge /skɜːdʒ/ n. ① 帶來災難的人(或事物) ② (刑具)鞭 vt. 嚴懲; 折磨; 鞭打.

scout /skaʊt/ n. 偵察兵; 偵察機(或艦); (S-)童子軍 v. ① 偵察; 搜尋 ② 蔑視.

scow /skaʊ/ n. 無動力裝置的駁船, 大型平底船.

scowl /skaʊl/ n. 愁眉苦臉; 怒容 vi. (+ at / on) 怒視; 皺眉頭.

scrabble /ˈskræbl/ v. ① 亂扒找, 亂摸索 ② 奮鬥; 掙扎.

scrag /skræg/ n. ① 羊頸肉 ② 皮包骨的瘦人(或動物) **~gy** adj. ① 瘦的, 皮包骨的 ② 凹凸不平的.

scram /skræm/ vi. 走開, 滾開.

scramble /ˈskræmbl/ v. ① 爬行; 攀登; (植物)攀緣; 雜亂蔓延 ② 爭奪 ③ 勉強湊和 ④ 炒蛋 ⑤【軍】緊急起飛 n. ① 攀登; 爬 ② 爭奪 ③ (電車車)越野賽.

scrap /skræp/ n. ① 碎片; 零屑; 廢料 ② 少許 ③ 〖俚〗打架; 爭吵 ④ (pl.)殘羹剩飯 vt. ① 廢棄 ② 打架, 吵架 **~py** adj. ① 零碎的; 剩餘的 ② 〖俚〗好鬥的 **~book** n. 剪貼簿.

scrape /skreɪp/ v. ① (+ off / away / out) 刮; 刮落; 擦; 擦去 ② 擦傷 ③ 艱難地湊集 ④ 勉強度日 n. ① 刮; 擦; 擦傷; 擦痕 ② 刮擦聲 ③ 困境 **~r** n. 刮刀; 削刮器.

scratch /skrætʃ/ v. ① 搔, 抓; 抓

傷 ① 亂塗亂寫; (+ out) 勾劃掉 ③ (用爪子等)挖出 ④ 撤出比賽 ⑤ 湊集(金錢) n. ① 搔, 抓; 抓痕, 刮傷 ② 亂塗 ③ 起跑線 adj. 匆匆湊成的 **~y** adj. 潦草的; 發刮擦聲的; 使人發癢的 **~back** n. (抓癢用的)小扒子, 不求人 **~cat** n. 狠毒的女人 // **~ file**【計】暫用檔案 **~ line** 起跑線 **~ pad** 便箋簿 **from ~** 白手興家; 從零開始 **up to ~**〖口〗達到標準, 合乎規格.

scrawl /skrɔːl/ n. & v. ① 潦草地寫(或畫) ② 潦草模糊的筆跡 ③ 潦草寫(或畫)成的東西.

scrawny /ˈskrɔːnɪ/ adj. 骨瘦如柴的.

scream /skriːm/ n. ① 尖叫; 尖銳刺耳的聲音 ② 令人捧腹大笑的人(或事物) v. 尖叫; 拼命喊叫(或哭喊); (風)呼嘯 **~ing** adj. 發出尖叫聲的; 令人發笑的; 驚人的.

scree /skriː/ n. 山麓碎石; 有碎石的山坡.

screech /skriːtʃ/ n. 尖叫; 尖銳刺耳的聲音 v. 尖叫, 喊叫 // **~ owl**【動】鳴角鴞.

screed /skriːd/ n. 冗長的文章(或議論、書信).

screen /skriːn/ n. ① 屏, 幕; 簾; 帳 ② 掩蔽物 ③ 銀幕 ④ 屏幕 ⑤ 掩護部隊 ⑤ 篩, 過濾器 vt. ① 遮蔽 ② 庇佑 ② 放映(電影、幻燈片) ③ 甄別; 篩選; 審查 **~play** n. 電影劇本 **~saver** n.【計】屏幕保護程序 **~shot** n.【計】屏幕截圖 **~writer** n. 電影劇本作者 // **~ dump**【計】屏幕拷貝; 屏幕複製; 屏幕擷取.

screw /skru:/ n. ① 螺旋; 螺絲; 螺絲釘 ② [英俚]薪水, 工資 ③ [英俚]吝嗇鬼 vt. ① 用螺旋操縱, 用螺絲擰緊, 旋, 擰 ② 勒索 ~y adj. [俚]古怪的; 瘋瘋癲癲的 ~ball n. [美俚]古怪的人; 瘋瘋癲癲的人 ~driver n. 螺絲起子.

scribble /skrɪb'l/ v. 潦草地寫; 亂塗 n. 潦草的筆跡; 亂塗的東西.

scribe /skraɪb/ n. ① (印刷術發明之前的)抄寫員 ② 古時猶太法律學家 ③ [謔]作家.

scrimmage /ˈskrɪmɪdʒ/ n. & vi. 混戰; 扭打.

scrimp, sk- /skrɪmp/ v. 過度縮減; 節儉; 吝嗇.

scrip /skrɪp/ n. 購物券; 臨時憑證.

script /skrɪpt/ n. ① 手稿; 打字原稿; 劇本原稿 ② 草書體鉛字; 筆跡.

scripture /ˈskrɪptʃə/ n. (S-)聖經; 經文; 經典 scriptural adj. 聖經的.

scrofula /ˈskrɒfjʊlə/ n. 【醫】瘰癧; 淋巴結核 scrofulous adj.

scroll /skrəʊl/ n. ① 紙卷; 羊皮紙捲軸; 捲狀物 ② (石刻上的)漩渦飾 ③ 花押 v. (電腦屏幕上的文字等材料) ④ (使文字等材料(在屏幕上)上下移動) // ~ bar 【計】(電腦屏幕邊上的)上下滾動軸.

scrotum /ˈskrəʊtəm/ n. (pl. -ta, -tums)【解】陰囊.

scrounge /skraʊndʒ/ v. ① 以非法手段獲得; 騙取; 偷取 ② 乞討 ③ 借而不還 ④ 搜尋.

scrub /skrʌb/ v. ① 擦洗; 擦掉 ② [俚]取消 n. ① 擦洗 ② 矮樹; 灌木 ③ 長滿灌叢的地方; 灌木林 ~by adj. ① 長滿矮樹的; 灌木叢的 ② 矮小的 ③ 襤褸的; 骯髒的.

scruff /skrʌf/ n. 頸背.

scruffy /ˈskrʌfi/ adj. 襤褸的; 巡邋的.

scrum /skrʌm/ or ~mage n. (橄欖球賽中)並列爭球; 爭奪; 混戰.

scrumptious /ˈskrʌmpʃəs/ adj. 美味的; 頭等的; 極好的.

scrunch /skrʌntʃ/ v. 嘎吱吱地咬嚼; 發出碎裂聲; 縮緊 n. 咀嚼聲; 咬碎, 碾碎.

scruple /ˈskru:p'l/ n. & v. 良心不安; 躊躇; 顧忌.

scrupulous /ˈskru:pjʊləs/ adj. ① 顧慮重重的 ② 認真的; 謹慎的.

scrutineer /ˌskru:tɪˈnɪə/ n. (選票)監票人.

scrutiny /ˈskru:tɪni/ n. 仔細檢查, 評審, 細看, 細閱 scrutinize v. 細看, 細閱, 仔細檢查.

scuba /ˈskju:bə/ n. 水中呼吸器, 水肺 // ~ diving 戴水肺的潛水.

scud /skʌd/ vi. & n. ① 飛奔, 疾行 ② 掠過 ③ (S-)【軍】飛毛腿導彈(亦作 S- missile).

scuff /skʌf/ v. ① 拖着腳走 ② 磨損.

scuffle /ˈskʌf'l/ vi. & n. ① 扭打; 混戰 ② 腳行走 ③ 急匆匆地跑.

scull /skʌl/ n. (比賽用的)小划艇; (雙槳船上的)短槳.

scullery /ˈskʌləri/ n. 碗碟洗滌室.

sculptural /ˈskʌlptʃərəl/ adj. 雕刻(或雕塑)的.

sculpture /'skʌlptʃə/ n. 雕刻(術); 雕塑(術); 雕刻(或雕塑)品 v. 雕刻(或雕塑)(口]亦作 sculpt)

sculptor n. 雕刻(或雕塑)師; 雕刻(或雕塑)家 **sculptress** n. 女雕刻(或雕塑)師.

scum /skʌm/ n. ① 沫子; 浮渣, 渣滓; 糟粕 ② 下賤的人 **~my** adj. 滿是浮垢的; 卑劣的.

scupper /'skʌpə/ n. [海] 甲板排水孔 vt. [俚]打敗; 摧毀.

scurf /skɜːf/ n. 頭皮屑; 頭垢 **~y** adj.

scurrilous /'skʌrɪləs/ adj. 庸俗下流的; 謾罵的.

scurry /'skʌrɪ/ v. 急匆匆地跑; 急趕 n. 急跑; 急促的奔跑聲; (雪、雨等的)飛灑.

scurvy /'skɜːvɪ/ n. [醫] 壞血病.

scut /skʌt/ n. (兔、鹿等的)短尾巴.

scuttle /'skʌtl/ n. ① 煤桶 ② 急促的奔跑 ③ [建] 天窗 [船] 舷窗 vt. (將船)鑿沉.

scythe /saɪð/ n. 長柄大鐮刀.

SDI /ˌes diː 'aɪ/ abbr. = Strategic Defence Initiative [軍] 美國戰略防禦計劃.

SE n. [ ] abbr. = southeast(en).

sea /siː/ n. ① 海; 海洋 ② 海浪; 波濤 ③ 大量 **~board** n. 沿海地區; 海濱 **~ear** n. [動] 鮑魚 **~faring** adj. 航海的 **~food** n. 海味 **~front** n. 濱海區; 海濱馬路 **~gull** n. [鳥] 海鷗 **~maid** n. 美人魚; 海中女神 **~plane** n. 水上飛機 **~port** n. 海港 **~scape** n. 海景(畫) **~shore** n. 海岸, 海濱

~sick adj. 暈船的 **~sickness** n. 暈船 **~side** adj. & n. 海邊的); 海濱(的) **~wall** n. 防波堤 **~ward** adj., n. & adv. 朝海的); 海那一邊的 **~weed** n. [植] 海草; 海藻 // **~ anemone** [動] 海葵 **~ calf** [動] 斑海豹 **~ cucumber** [動] 海參 **~ dog** [動] 海豹; 星鯊; 海盜; 老水手.

seal /siːl/ n. ① [動] 海豹 ② 封蠟; 封鉛 ③ 封印; 封條 ④ 璽 ⑤ 標誌 vt. ① 蓋印 ② 封, 密封 ③ 保證 // **~ off** 將…密封(或封鎖、封閉)起來 **~ing wax** 火漆; 封蠟.

seam /siːm/ n. ① 線縫; 縫口; 接縫 ② [地] 層; 礦層 vt. 縫合; 接合 vi. 生裂縫 **~less** adj. 無縫的; **~y** adj. 有縫的; 露出線縫的; 醜惡的; 骯髒的 **~stress, sempstress** n. 縫紉女工, 女裁縫.

seaman /'siːmən/ n. (pl. **-men**) ① 水兵 ② 水手, 海員 **~ship** n. 駕船術; 航海術.

séance, sé- /'seɪɑːns, -ɑːns/ n. [法] 集合; 降神會.

sear /sɪə/ vt. ① 使乾枯; 使凋萎 ② 燒焦 ③ 使感情上麻木.

search /sɜːtʃ/ v. & n. 搜查; 仔細檢查; 探究 **~ing** adj. 銳利的; 洞察的; 徹底的 **~light** n. 探照燈 // **~ directory** [計] 搜索目錄 **~ engine** [計] 搜索引擎 **~ party** 搜索隊 **~ warrant** 搜查令.

season /'siːzn/ n. ① 季, 季節 ② 旺季, 好時機 ③ [口]月票, 季度車票 v. ① 調味 ② (使)適應 ③ (木材)變乾 ④ 使(變得)合用; 使有經驗 **~able** adj. 合時令的;

合時宜的 **~al** *adj.* 季節(性)的
~ing *n.* 調味品, 佐料; 助興的東西.

seat /siːt/ *n.* ① 座位 ② 所在地; 位置 ③ 屁股; 褲襠 ④ 會員資格 *vt.* ① (使)就座 ② 設座位 ③ 修補座部 **~belt** *n.* (車、飛機上的安全帶).

SEATO /ˈsiːtəʊ/ *abbr.* = Southeast Asia Treaty Organization 東南亞條約組織.

sebaceous /sɪˈbeɪʃəs/ *adj.* 油脂的; 皮脂的.

sec. /sɛk/ *abbr.* ① = second(s) ② = secretary.

secateurs /ˈsɛkətəz, ˌsɛkəˈtɜːz/ *pl. n.* [英]修枝大剪刀.

secede /sɪˈsiːd/ *v.* 退出; 脫離.

secession /sɪˈsɛʃən/ *n.* 退出; 脫離 **~ist** *n.* 脫離主義者.

seclude /sɪˈkluːd/ *vt.* ① 隔離, 隔開 ② 使孤立 ③ 使隱退 **~d** *adj.* 隱蔽的; 僻靜的; 與世隔絕的; 隱居的 the seclusion *n.* 隔離; 孤立; 隱退.

second /ˈsɛkənd/ *num.* 第二的 *adj.* ① 二等的, 次等的 ② 副的; 輔助的 ③ 另一個, 額外的 *n. & pro.* ① 第二個(人或物) ② (月的)第二日 ③ 另一人(或物) ④ 第二名, 第二位 ⑤ 次品 ⑥ 秒; 片刻 *vt.* 支持; 輔助; 贊成 **~ary** *adj.* 第二位的; 中級的; 次要的, 輔助的 **~ly** *adv.* 第二, 其次 **~-best** *adj.* 僅次於最好的 **~-class** *adj.* 第二流的; 二等的; 平庸的 **~-hand** *adj.* 舊的, 用過的; 經營舊貨的; 間接的 **~-rate** *adj.* 二流的, 二等的

// **~ fiddle** 次要角色; 次要作用 **~ nature** 第二天性 **~ sight** 預見力 **~ thought(s)** 再三考慮(後的決定).

secrecy /ˈsiːkrəsɪ/ *n.* ① 秘密狀態 ② 保密 ③ 保密功能.

secret /ˈsiːkrɪt/ *adj.* ① 秘密的; 機密的; 神秘的 ② 偏僻的 *n.* ① 秘密; 機密 ② 秘訣 ③ 神秘 **~ly** *adv.* // **in ~** 暗地裏, 秘密地 **keep a ~** 保守秘密 **~ agent** 特務, 間諜 **~ service** 特務機關; 特工處.

secretariat(e) /ˌsɛkrɪˈtɛərɪət/ *n.* ① 書記處; 秘書處 ② 書記(或秘書、部長、大臣)的職務.

secretary /ˈsɛkrɪtrɪ, -ərɪ/ *n.* ① 秘書; 書記 ② 大臣, 部長 secretarial *adj.* **~-general** *n.* 秘書長.

secrete /sɪˈkriːt/ *vt.* ① 隱藏 ② 分泌 secretion *n.* ① 藏匿 ② 分泌; 分泌物 secretory *adj.* 分泌的; 促進分泌的 secretive *adj.* 遮遮掩掩的; 守口如瓶的.

sect /sɛkt/ *n.* 派別; 宗派; 學派.

sectarian /sɛkˈtɛərɪən/ *adj.* 宗派的; 教派的; 學派的; 排斥其他宗派的 **~ism** *n.* 宗派主義.

section /ˈsɛkʃən/ *n.* ① 部份; 片斷 ② 部門, 處, 科, 股, 組 ③ 切除; 剖面 ④ 工段; 區域 ⑤ (文章、條文等的)節, 項, 款 *vt.* ① 把…分成段(或部份、章節等) ② 切除 **~al** *adj.* 部份的; 段落的; 截面的; 地方的 **~alism** *n.* 分裂主義; 地方主義.

sector /ˈsɛktə/ *n.* ① 部份, 部門 ②【軍】防區 ③【數】扇形

④ 兩腳規; 函數尺.

secular /ˈsɛkjələ/ adj. 世俗的; 非宗教的 **~ize** vt. 使世俗化; 使還俗.

secure /sɪˈkjʊə/ adj. ① 安心的 ② 有保障的; 可靠的; 牢固的 vt. ① 使安全, 保護 ② 獲得 ③ 弄牢 // **~ server**【計】安全伺服器.

security /sɪˈkjʊərɪtɪ/ n. 安全; 安全感; 保安; 保障 // **~ guard** 保安人員 **~ service** 保安部門 Security Council (聯合國)安全理事會.

sedan /sɪˈdæn/ n. 轎子; [美]轎車 // **~ chair** 轎子.

sedate /sɪˈdeɪt/ adj. 安靜的; 鎮靜的 vt. 給…服鎮靜藥 sedation n.【醫】鎮靜(作用) sedative adj. 有鎮靜作用的; 止痛的 n. 鎮靜劑; 止痛藥.

sedentary /ˈsɛdəntərɪ, -trɪ/ adj. 坐着的; 需要(或慣於)坐着的; (鳥等)定棲的.

sedge /sɛdʒ/ n.【植】薹, 莎草; 菅茅; 蓑衣草.

sediment /ˈsɛdɪmənt/ n. 沉渣; 沉澱物; 沉積物 **~ary** adj. **~ation** n. 沉澱作用; 沉澱過程.

sedition /sɪˈdɪʃən/ n. 煽動叛亂的言論(或行動); 暴動 seditious adj. 煽動性的; 犯煽動罪的.

seduce /sɪˈdjuːs/ vt. 勾引; 誘姦; 誘惑; 以魅力吸引.

seduction /sɪˈdʌkʃən/ n. 引誘, 誘姦; (pl.)誘惑力.

seductive /sɪˈdʌktɪv/ adj. 性感的; 誘惑的; 有誘惑力的.

sedulous /ˈsɛdjʊləs/ adj. 勤勉的; 小心仔細的.

see /siː/ v. (過去式 saw 過去分詞 ~n) ① 看見 ② 察看 ③ 明白 ④ 會見; 看望 ⑤ 陪送 ⑥ 參觀 ⑦ 思考 ⑧ 經歷 ⑨ 照料 ⑩ 注意 ⑪ 接見, 接待 **~ing conj.** 鑒於, 因為 // **~ sb off** 為某人送行 **~ throught** 看穿, 識破 **~ to it that** 一 務必使.

seed /siːd/ n. ① 種子 ② 起因 ③ 精液 ④ 子孫 ⑤【體】種子選手 v. ① 播種 ② 結子 ③ 去掉…的種子(或核、籽) **~less** adj. 無核的 **~ling** n. 剛出芽的幼苗 **~bed** n. 苗床; 溫床 // **go / run to ~** 花開結籽; 變得衰弱無用 **~ money** (新項目等的)種子基金 **~ pearl** 小粒珍珠.

seedy /ˈsiːdɪ/ adj. ① 破舊的; 破爛的 ② [口]不舒服的 ③ 名聲不好的 ④ 低級的; 下流的.

seek /siːk/ v. (過去式及過去分詞 sought) ① 找, 搜索 ② 尋求 ③ 試圖; 企圖 // **~ after / for** 尋找, 探求 **~ out** 搜尋出.

seem /siːm/ vi. 似乎; 看來; 好像 **~ing** adj. 表面上的, 似乎真實的 **~ly** adj. 合適的, 適宜的.

seen /siːn/ v. see 的過去分詞.

seep /siːp/ vi. 滲出 **~age** n.

seer /sɪə/ n. 觀看者; 預言家.

seersucker /ˈsɪəˌsʌkə/ n. 皺條紋織物; 泡泡紗.

seesaw /ˈsiːˌsɔː/ n. 蹺蹺板; 上下(或來回)的移動 vi. 玩蹺蹺板; 上下(或來回)移動; 交替, 起伏.

seethe /siːð/ vi. ① (液體)沸騰似的冒泡 ② 激昂, 激動 ③ 混亂; 騷動.

segment /ˈsɛgmənt, sɛgˈmɛnt/ *n.*
① 部份 ②【數】弧, 圓缺 ③ 切
片 ④ (水果等的)瓣 *v.* 分割; 分
裂 ~**ation** *n.* 分割; 分裂.

segregate /ˈsɛgrɪˌgeɪt/ *v.* 分離, 隔
離 segregation *n.* // racial ~tion
種族隔離.

seine /seɪn/ *n.* (捕魚用的)大圍網.

seismic /ˈsaɪzmɪk/ *adj.* 地震
(引起的) seismograph *n.* 地
震儀 seismology *n.* 地震學
seismologist *n.* 地震學家.

seize /siːz/ *v.* ① 抓住; 奪取 ② 沒
收 ③ 捕獲 ④ 乘機 seizure *n.*

seldom /ˈsɛldəm/ *adv.* 很少; 不常;
難得.

select /sɪˈlɛkt/ *vt.* 選擇, 挑選 *adj.*
精選的 ~**ion** *n.* 選擇; 可供挑選
的物品; 精選出來的東西(或人)
~**ive** *adj.* 精挑細選的, 有選擇的
~**or** *n.* 挑選者; 選擇器.

selenium /sɪˈliːnɪəm/ *n.* 【化】硒.

self /sɛlf/ *n.* (*pl.* selves) ① 自己, 本
人 ② 本性; 本質 ③ 私心; 私利
~**ish** *adj.* 自私自利的 ~**less** *adj.*
忘我的, 無私的.

self- /sɛlf/ *pref.* [前綴] 自己
的 ~**abuse** *n.* 手淫; 自責
~**addressed** *adj.* (指給對方
用來回信的信封)寫明自己姓
名、地址的 ~**conscious** *adj.*
(在他人面前)不自然的; 怕難
為情的 ~**contained** *adj.* (公
寓套間)設施齊全的; 供獨用
的 ~**correcting** *adj.* 【計】自
動校正的 ~**criticism** *n.* 自
我批評 ~**defence** *n.* 自衛
~**determination** *n.* 自決; 自主;

民族自決權 ~**drive** *adj.* 自己開
車度假的 ~**educated** *adj.* 自學
的; 自修的 ~**effacing** *adj.* 不愛
出風頭的; 謙遜的 ~**employed**
n. 個體獨立經營的 ~**esteem**
n. 自尊 ~**evident** *adj.* 自明
的; 不言而喻的 ~**important**
adj. 自視過高的 ~**imposed** *adj.* 自己施加的; 自
願承擔的 ~**indulgent** *adj.* 放
縱自己的, 縱慾的 ~**interest**
n. 自身利益, 私利 ~**made** *adj.*
靠個人奮鬥成功的, 白手起家
的 ~**possessed** *adj.* 有自制力
的; 沉着的 ~**poession** *n.* 冷
靜, 沉着 ~**raising** (= [美]
~**rising**) *adj.* (指麵粉)自行發酵
的 ~**reliant** *adj.* 依靠自己的; 獨
立的 ~**reliance** *n.* 信賴自己, 自
力更生 ~**respect** *n.* 自尊, 自重
~**sacrifice** *n.* 自我犧牲 ~**service**
adj. & n. 顧客自助的(的); 無人售
貨(的) ~**sufficient** *adj.* 自給自
足的; 傲慢的 ~**support** *n.* 自立,
自給 ~**taguth** *adj.* 自學而成的
~**winding** *adj.* (鐘等)自動上發
條的.

sell /sɛl/ (過去式和過去分詞 sold)
v. ① 賣, 銷售; 推銷 ② 出賣, 背
叛 ③ [俚]欺騙 ④ 宣傳 *n.* ① 欺
騙 ② 失望 ③ 推銷方式 ~**er** *n.*
賣主; 售出的商品 // ~**by date**
(易腐食品上標明的)銷售期限
~ **off** 廉價出售 ~ **out** 賣光, 售完;
出賣, 背叛 ~ **up** 變賣(全部)家
產.

Sellotape /ˈsɛləˌteɪp/ *n.* 透明膠紙
vt. 用透明膠紙黏貼.

selvage, selvedge /ˈselvɪdʒ/ n.【紡】織邊; 布邊.

selves /selvz/ n. self 的複數.

semantic /sɪˈmæntɪk/ adj. 語義學的 ~s n. (通常作單數處理)語義學.

semaphore /ˈseməfɔː/ n. (鐵路的)訊號裝置; 旗語; 旗語通訊法.

semblance /ˈsembləns/ n. 外貌; 外表; 相似.

semen /ˈsiːmen/ n. 精液; 種子.

semester /sɪˈmestə/ n. [美]半學年, 一學期.

semi- /ˈsemɪ/ pref. [前綴] 表示 "半; 部份的", 如: ~annual adj. 每年一年一次的 ~automatic adj. 半自動的 ~circle n. 半圓 ~colon n. 分號(;) ~colony n. 半殖民地 ~conductor n. 半導體 ~detached adj. (房屋)一側與他屋相連的; 半獨立的 ~final adj. 準決賽的 n. 半決賽 ~monthly adj. 每半月的 n. 半月刊 ~official adj. 半官方的 ~skilled adj. 半熟練的; 只需要有限技術的.

semibreve /ˈsemɪˌbriːv/ n.【音】全音符.

seminal /ˈsemɪnl/ adj. ① 精液的 ② 種子的, 生殖的 ③ 有啟發性的 ④ 創新的; 有創意的.

seminar /ˈsemɪˌnɑː/ n. ① (大學的)研究班(或課程) ② 研討會; [美]專家討論會.

seminary /ˈsemɪnərɪ/ n. 神學院; 學校.

semiprecious /ˌsemɪˈpreʃəs/ adj. (寶石)次貴重的; 半寶石的.

semiquaver /ˈsemɪˌkweɪvə/ n.【音】十六分音符.

Semite /ˈsiːmaɪt/ n. 閃米特人(主要指猶太人和阿拉伯人) Semitic adj. 閃米特人(或語)的.

semitone /ˈsemɪˌtəʊn/ n.【音】半音.

semolina /ˌseməˈliːnə/ n. 粗麵粉(用於製作意大利麵食、布丁等).

sempstress /ˈsempstrɪs/ n. = seamstress [英].

SEN /es iː en/ abbr. = State Enrolled Nurse [英]註冊護士.

senate /ˈsenɪt/ n. ① (S-) [美]參議院 ② (古羅馬)元老院 ③ [英](某些大學的)評議會 senator n. 參議員; 元老院議員; (大學)評議員 senatorial adj. 參議員的.

send /send/ v. (過去式及過去分詞 sent) ① 寄; 送; 派遣 ② 打發 ③ 發射 ④ 使陷入 ⑤ 使變成 ~er n. 發送者 ~off n. [口]送行, 歡送 // ~ along 發送; 派遣 ~ back 送還 ~ down [英](大學)開除, 勒令退學; [俚]關進大牢 ~ off 寄出, 發出 ~ out 發出; 放出; 長出.

senescent /sɪˈnesnt/ adj. 變老的; 開始衰老的.

senile /ˈsiːnaɪl/ adj. 高齡的; 老朽的 senility n. 老朽; 衰老 // ~ dementia【醫】老人痴呆, 腦退化症.

senior /ˈsiːnjə/ adj. ① 年長的; 地位高的; 資格老的 ② 老, 大(常略作 Sen 或 Sr. 放在姓名後, 以區別於父子、兄弟等) n. ① 長者; 前輩; 上級 ② [美](大學)四年級

學生 ~ity n. ① 年長 ② 資歷深;
職位高.

senna /ˈsɛnə/ n. 【植】番瀉樹; 番
瀉葉(用作瀉藥).

señor /seˈnjɔr, seˈnɔr/ n. (pl. ~ñors,
-ñores) [西]先生 ~ a n. [西]夫人,
太太 ~ita n. [西]小姐, 女士.

sensation /senˈseɪʃən/ n. ① 感覺;
意識; 知覺 ② 轟動; 激動; 震驚
~al adj. 感覺的; 轟動一時的; 驚
人的; 聳人聽聞的 ~alism n. 危
言聳聽.

sense /sɛns/ n. ① 感官, 感覺 ② 意
識; 意義 ③ (pl.)知覺; 理性 vt. 感
覺; 意識到; 領悟; 檢測 ~less adj.
無感覺的; 無意義的; 愚蠢的.

sensibility /ˌsɛnsɪˈbɪlɪtɪ/ n. ① 敏感
(性); 感受力 ② (pl.)情感.

sensible /ˈsɛnsɪbl/ adj. ① 明事理
的 ② 合理的 ③ 實用的 ④ 覺察
到的 ⑤ 明顯的.

sensitive /ˈsɛnsɪtɪv/ adj. ① 敏
感的; 靈敏的 ② 容易動怒的
sensitivity n. 敏感(性); 靈敏(度).

sensitize, -se /ˈsɛnsɪtaɪz/ v. 使敏感;
變敏感; 易於感光.

sensor /ˈsɛnsə/ n. 傳感器; 感受器.

sensory /ˈsɛnsərɪ/ adj. 感覺的; 傳
遞感覺的.

sensual /ˈsɛnsjʊəl/ adj. 肉慾的; 肉
感的; 淫蕩的 ~ist n. 耽於聲色的
人 ~ity n. 縱慾; 好色; 淫蕩.

sensuous /ˈsɛnsjʊəs/ n. 感官上愉
悅的; 引起快感的.

sent /sɛnt/ v. send 的過去式及過
去分詞.

sentence /ˈsɛntəns/ n. 判決;【語】
句子 vt. 宣判; 判決; 處罰.

sententious /sɛnˈtɛnʃəs/ adj. 好說
教的; 好用格言的.

sentient /ˈsɛntɪənt/ adj. 有感覺(能
力)的; 有知覺的 sentience, -cy n.
感覺(能力); 知覺(能力).

sentiment /ˈsɛntɪmənt/ n. ① 感情
② 情操, 情趣, 情緒 ③ 多愁善
感 ④ 意見; 觀點.

sentimental /ˌsɛntɪˈmɛntl/ adj. 情
感上的; 傷感的; 多愁善感的
~ism n. 傷感主義 ~ist n. 傷感主
義者.

sentimentality /ˌsɛntɪmɛnˈtælɪtɪ/ n.
傷感情緒; 多愁善感; 傷感的表
現.

sentinel /ˈsɛntɪnl/ n. 哨兵.

sentry /ˈsɛntrɪ/ n. 崗哨, 哨兵 //
~ box 崗亭 ~ go 步哨勤務.

sepal /ˈsɛpl/ n.【植】(花的)萼片.

separable /ˈsɛpərəbl/
adj. 可分離的; 可區分的
seperability n. 可分性.

separate /ˈsɛpəˌreɪt, ˈsɛprɪt, ˈsɛpərɪt/
v. ① 分離; 隔開; 分別, 分手
② 分居 ③ 區分 adj. 分開的;
分別的; 單獨的 separation n.
seperated adj. 分居的.

separatist /ˈsɛpərətɪst, ˈsɛprə-/ n.
分離主義者.

separator /ˈsɛpəˌreɪtə/ n. 分離器;
脫脂器.

sepia /ˈsiːpɪə/ n. 深褐色; 深褐色顏
料.

sepsis /ˈsɛpsɪs/ n. (pl. -ses)【醫】膿
毒病; 敗血症.

September /sɛpˈtɛmbə/ n. (略作
Sept) 九月.

septet(te) /sɛpˈtɛt/ n. 七重奏; 七重

唱; 七人一組.

septic /ˈsɛptɪk/ *adj.* 引起腐爛的;
敗血病的 // ~ **tank** 化糞池.

septicaemia, 美式 **septicemia**
/ˌsɛptɪˈsiːmɪə/ *n.* 敗血症.

septuagenarian
/ˌsɛptjʊədʒɪˈnɛərɪən/ *n. & adj.* 70
至 79 歲之間的(人).

sepulcher, 美式 -er /ˈsɛpəlkər/ *n.*
墳墓; 墓穴 **sepulchral** *adj.* 墳墓
的; 埋葬的; 陰森森的; 陰沉沉
的.

sequel /ˈsiːkwəl/ *n.* ① 繼續 ② 後
果 ③(作品的)續集.

sequence /ˈsiːkwəns/ *n.* ① 連續, 順
序 ② 結果 ③ 影片中的一個場
景或情節 **sequent** *adj.* 連續的;
結果的 **sequential** *adj.* 相繼的;
結果的 // **sequential access**【計】
按序存取.

sequester /sɪˈkwɛstə/ *vt.* ① 分隔;
使隔絕 ② 使隱退 ③【律】假扣
押 ④ 查封.

sequestrate /sɪˈkwɛstreɪt/ *vt.*【律】
假扣押; 查封 **sequestration** *n.*

sequin /ˈsiːkwɪn/ *n.* (服裝上作裝飾
用的)金屬小圓片.

sequoia /sɪˈkwɔɪə/ *n.*【植】紅杉(產
於美國加州).

seraglio /sɛˈrɑːlɪˌəʊ/ or **serail** /səˈraɪ,
-ˈraɪl, -ˈreɪl/ *n.* (伊斯蘭國家中)閨
房; 後宮; 皇宮.

seraph /ˈsɛrəf/ *n.* (*pl.* **-aphs,
-aphim, -aphin**)(九級天使中地
位最高的)六翼天使.

serenade /ˌsɛrɪˈneɪd/ *n.* 小夜曲 *v.*
唱(或奏)小夜曲.

serendipity /ˌsɛrənˈdɪpɪtɪ/ *n.* 易遇
奇緣的好運氣.

serene /sɪˈriːn/ *adj.* ① 安詳的
② 晴朗的; 平靜的 **serenity** *n.*

serf /sɜːf/ *n.* 農奴; 受奴役的人.

serge /sɜːdʒ/ *n.* 斜紋毛嗶嘰.

sergeant /ˈsɑːdʒənt/ *n.* 軍士; 中士
警官, 巡佐 // ~ **major** 軍士長.

serial /ˈsɪərɪəl/ *adj.* 連續的; 系
列的; 連載的 *n.* 連續劇; 連載小
說 **-ize** *vt.* 使連續; 連載; 使系
列化 // ~ **killer** 連環殺手 ~ **port**
【計】序列埠.

seriatim /ˌsɪərɪˈætɪm, ˌsɛr-/ *adv.* 依
次; 逐一.

series /ˈsɪərɪz/ *n.* (單複數同形)
① 連續; 系列; 套 ② 叢書; 輯;
(電視、廣播)系列節目 ③【化】
系 ④【數】級數 ⑤【動】族
⑥【電】串聯.

serious /ˈsɪərɪəs/ *adj.* ① 嚴肅的;
莊重的 ② 認真的 **-ly** *adv.* **~ness**
n.

sermon /ˈsɜːmən/ *n.* 說教; 訓誡;
【宗】佈道.

serous /ˈsɪərəs/ *adj.* ①【醫】血清
的; 血漿 ② 水份多的.

serpent /ˈsɜːpənt/ *n.* (大)蛇; 陰險
的人; 魔鬼 **~ine** *adj.* 蜿蜒的; 蛇
狀的.

serrated /sɛˈreɪtɪd/ *adj.* 鋸齒形的;
鋸齒狀的.

serried /ˈsɛrɪd/ *adj.* (行列)密集的;
排緊的.

serum /ˈsɪərəm/ *n.* 血清; 血漿.

servant /ˈsɜːvənt/ *n.* ① 僕人; 傭人;
僱員 ② 公務員 // ~ **girl**, ~ **maid**
女僕; 褓姆.

serve /sɜːv/ *v.* ① 為 … 服務(或

效勞); 接待(顧客) ② 供職; (在軍隊裏)服役 ③ 擺出(飯菜等) ④ 適合, 適用 ⑤ 送交 ◇ 發球 ~r n. 彌撒助祭人; 發球人; 托盤 [計] 伺服器, 伺服程式 serving n. 一客食物.

service /ˈsɜːvɪs/ n. ① 服務, 供職 ② 招待; 上菜 ③ 行政部門, 服務機構 ④ 軍種 ⑤ 公共服務設施 ⑥ 儀式 ⑦ 用處 ⑧ 一套餐具 ⑨ 發球 **~able** adj. 有用的; 耐用的; 便利的 **~man** n. 現役軍人 // **~ area** 高速公路旁供應汽油及小吃的地方 **~ charge** 服務費 **~ contract** 僱用契約; 售後服務合同 **~ flat** 房費中包含服務費的公寓房間 **~ industry** 服務性行業 **~ mark** (洗衣店、運輸公司等的)服務標誌 **~ provider** 提供服務的公司; [計] 網絡服務供應商 **~ station** 加油站; 服務站.

serviette /ˌsɜːvɪˈet/ n. [英]餐巾.

servile /ˈsɜːvaɪl/ adj. 奴隸的; 奴性的; 低三下四的 servility n.

servitude /ˈsɜːvɪtjuːd/ n. 奴役; 勞役; 苦役.

sesame /ˈsesəmɪ/ n. 芝麻.

session /ˈseʃən/ n. ① (議會的)會議; (法庭的)開庭 ② 會期; [美]上課時間; 學期.

set /set/ (過去式及過去分詞 ~) vt. ① 放; 安置 ② 安裝; 安排 ③ 播種 ④ 樹立(榜樣); 創造(記錄) ⑤ 提出, 分配(任務) ⑥ 調整; 校正(儀器等) ⑦ 為 … 譜曲 ⑧ 使孵卵 vi. ① (太陽等)落下 ② 凝結 ③ 着手 ④ 結果實 ⑤ 合適 ⑥ 出發 ⑦ (風)吹 ⑧ (潮水)流

adj. ① 決心的 ② 規定的 ③ 預先準備好的; 固定的 n. ① 日落 ② 副; 套 ③ 舞台佈景 ④ 一夥人 ⑤ 姿勢 ⑥ 凝結 **~back** n. 挫折; 倒退; 逆流 // **~ off** 出發; 使開始; 使 … 爆炸; 引起 **~ out** 出發; 開始; 陳列; 陳述; 安排 **~ to** 開始精神抖擻地做; 開始打鬥(或爭執) **~ up** 建立, 創立; 豎立; 樹立; (使)開始從事某種職業; 供給; 準備 **~ square** 三角板.

settee /seˈtiː/ n. 長靠椅; 小沙發.

setter /ˈsetə/ n. ① 塞特狗(一種蹲伏獵狗) ② (組成複合詞)安裝或處理 … 的人.

setting /ˈsetɪŋ/ n. ① 環境; 背景; 佈景 ② 配曲 ③ 鑲嵌底座 ④ 安裝; 調整 ⑤ 日落; 月落.

settle /ˈsetl/ vt. ① 安排; 料理; 解決 ② 使定居; 使移居 ③ 安放 ④ 使平靜 ⑤ 把(財產)傳給 vi. ① 停息 ② 下陷, 下沉 ③ 安定下來 ④ 結算 ⑤ 安家; 定居 n. 高背長椅 **~d** adj. 定居的; 持續的; 固定不變的; (眼目)已結清的; 移民居住的 **~ment** n. ① 解決 ② 清算; 清賬 ③ 沉降 ④ 殖民 ⑤ 財產轉讓 ⑥ 新住宅區; 村落 **~r** n. 移民; 定居者 [化]澄清器 // **~ down** 開始過安定生活; 定居; 安靜下來; 專心於.

seven /ˈsevən/ num. & n. 七; 七個 **~teen** num. & n. 十七; 十七個 **~teenth** num. & n. 第十七(個) ② 十七分之一 ③ (每月的)第十七日 **~tieth** num. & n. ① 第七十(個) ② 七十分之一 **~ty** num. & n. 七十; 七十個.

sever /'sɛvə/ *vt.* 切斷, 使分離; 分隔; 斷絕 *vi.* 斷; 裂開.

several /'sɛvrəl/ *adj.* 幾個的; 各個的; 種種的 *pro.* 幾個, 數個(人) **~ly** *adv.* 分別地; 各自地.

severe /sɪ'vɪə/ *adj.* ① 嚴肅的; 嚴格的; 嚴厲的 ② 尖銳的; 劇烈的 ③ 純樸的 **~ly** *adv.* severity *n.*

sew /səʊ/ *v.* (過去式 ~ed 過去分詞 ~ed, ~n) 縫; 縫製; 縫合; 縫紉 **// ~ing machine** 縫紉機.

sewage /'sjuːɪdʒ/ *n.* 陰溝裏的污水; 污物.

sewer /'sjuːə/ *n.* 陰溝; 下水道 **~age** *n.* 排水系統; 溝渠系統.

sewn /səʊn/ *v.* sew 的過去分詞.

sex /sɛks/ *n.* ① 性; 性別 ② 性感 ③ 性交 **~ism** *n.* 性別歧視 **~ist** *n. & adj.* 性別歧視者; 性歧視的 **~less** *adj.* 無性(別)的; 缺乏性慾的; 缺少性感的 **~ual** *adj.* 性(別)的; 男女的; 有性的 **~y** *n.* [口] 性感的; 色情的 **// ~ appeal** 性魅力; 性感 **~ pot** [美]性感的女人 **~ worker** 性工作者(指妓女) **~ual harassment** 性騷擾 **~ual intercourse** 性交.

sexagenarian /ˌsɛksədʒɪ'nɛərɪən/ *adj. & n.* 60 歲至 69 歲的(人).

sextant /'sɛkstənt/ *n.* (航海等用的)六分儀.

sextet(te) /sɛks'tɛt/ *n.* 【音】六重唱(曲).

sexton /'sɛkstən/ *n.* 教堂司事; 挖墓人.

SF /ˌɛs 'ɛf/ *abbr.* = science fiction 科幻小說.

shabby /'ʃæbɪ/ *adj.* ① (指物)破爛的; (指人)衣着寒酸的 ② (指行為)卑鄙的 ③ 不公平的.

shack /ʃæk/ *n.* 簡陋的小屋; 棚屋.

shackle /'ʃækl/ *n.* ① (常用複)手銬; 腳鐐 ② 束縛; 桎梏 *vt.* 給 … 帶上鐐銬; 束縛.

shad /ʃæd/ *n.* (美洲)鯡魚.

shade /ʃeɪd/ *n.* ① 蔭; 陰涼處 ② 遮光物 ③ (pl.)陰暗 ④ 色彩的濃淡 ⑤ 陰魂 ⑥ 少許, 少量 ⑦ [俚]太陽鏡 *v.* 遮蔽, 使陰暗; (色彩等)漸變 shady *adj.* 遮陰的; 成蔭的; 陰涼的; [口]可疑的; 靠不住的; 有問題的 **// in the ~** 在陰影下; 遜色.

shadow /'ʃædəʊ/ *n.* ① 影子; 陰影; 蔭 ② 黑斑; (繪畫的陰暗部份 ③ 跟蹤者 ④ 絲毫 ⑤ 強烈的影響 *vt.* ① 遮蔽; 投陰影於 ② 跟蹤 **~y** *adj.* 有影的; 多蔭的; 朦朧的; 虛幻的 **// ~ cabinet** 影子閣員.

shaft /ʃɑːft/ *n.* ① 箭桿; 矛桿 ② 柱身 ③ 機械的軸; 工具的柄 ④ 井孔.

shag /ʃæg/ *n.* 粗毛; 絨毛, 粗絲線 **~gy** *adj.* 長滿粗毛的; 粗疏蓬亂的.

shah /ʃɑː/ *n.* 沙(舊時伊朗國王的稱號).

shake /ʃeɪk/ (過去式 shook 過去分詞 ~n) *v.* ① 搖; 搖動; 抖動 ② 使震動; 動搖 ③ 揮舞 *n.* ① 搖動; 震動; 顫慄 ② 握手 ③ [口]瞬間 **~r** *n.* 混合器; 攪拌器 shaky *adj.* 搖動的; 搖晃的; 發抖的; 不穩定的; 靠不住的; 衰弱的 **~down** *n.* 地鋪; [美俚]敲詐;

勒索; 徹底搜查 **~up** n. (政策的)
劇變; (人員的)大改組 // **~ off** 擺
脫; 抖落; 抖掉.

Shakespearean, -rian / ʃeikˈspiəriən/
adj. 莎士比亞的; 莎士比亞風格
的.

shale / ʃeil / n. 【地】頁岩.

shall / ʃæl, 弱 ʃəl / (過去式 should)
v. aux. 將; 要; 應; 可.

shal(l)ot / ʃəˈlɒt / n. 青葱; 冬葱.

shallow / ˈʃæləʊ/ adj. 淺的; 淺薄
的; 膚淺的.

sham / ʃæm/ n. 假冒; 騙子; 贗品;
哄騙 v. 假裝 adj. 假的; 虛偽的.

shamble / ˈʃæmbˈl/ vi. & n. 蹣跚;
踉蹌.

shambles / ˈʃæmbˈlz/ pl. n. (動詞
用單數) ① 混亂; 一團糟 ② 屠
宰場; 屠殺場所.

shame / ʃeim/ n. ① 羞愧(感); 恥
辱 ② 可惜的事; 可恥的人 **~ful**
adj. 恥辱的; 丟臉的 **~less** adj. 無
恥的; 不要臉的.

shammy / ˈʃæmi/ n. 羚羊皮; 麂皮;
油鞣革.

shampoo / ʃæmˈpuː/ n. 洗髮劑; (洗
地毯、汽車等的)洗滌劑 vt. 洗
(髮、地毯等).

shamrock / ˈʃæmˌrɒk/ n. 【植】酢
漿草; 三葉苜蓿.

shandy / ˈʃændi/ or 美式 **~gaff** n.
啤酒混合檸檬水或汽水的飲料.

shank / ʃæŋk/ n. ① 脛, 小腿 ② 軸
③ (植物的)柄, 梗 ④ (工具的)
柄, 桿.

shan't / ʃɑːnt/ v. = shall not.

shantung / ʃænˈtʌŋ/ n. 【紡】山東
綢.

shanty / ˈʃænti/ n. ① 簡陋小屋; 棚
屋 ② 水手的勞動號子 // **~ town**
棚屋區; 貧民窟.

shape / ʃeip/ n. ① 形狀, 樣式; 外
型 ② 情況 v. ① 形成, 使成形;
製造 ② 進展 ③ 影響 ④ 設計
~less adj. 無形的; 不像樣子的;
無定形的 **~ly** adj. (尤指女子身
體)美的, 樣子好的.

shard / ʃɑːd/ n. (陶瓷、玻璃)碎片.

share / ʃeə/ n. 一份; 股份 v. ① 均
分; 分擔 ② 同享; 合用
~holder n. 股東 **~out** n. 均分;
分攤 **~ware** 【計】共享軟件 //
~ index 股票指數.

shark / ʃɑːk/ n. ① 鯊魚 ② 敲詐勒
索者; 貪得無厭的人; 騙子 **~skin**
n. 【紡】席紋織物, 鯊皮布.

sharp / ʃɑːp/ adj. ① 鋒利的; 尖
銳的 ② 敏銳的; 機警的 ③ 鮮
明的 ④ 突然的; 急轉的 ④ 激
烈的 ⑤ 輪廓鮮明的 ⑥ 強烈
的 ⑦ [俚]時髦的; 漂亮的 n.
【音】升半音 ② [口]騙子
③ [美俚]內行 adv. ① 準時地
② 突然地 ③【音】調子偏高
地 **~en** vt. 磨鋒利; 尖; 加強; 加
重; 使劇烈; 使敏銳 vi. 變鋒利,
變尖; 尖銳化; 急劇化 **~ly** adv.
~shooter n. 神槍手.

shatter / ˈʃætə/ v. ① 粉碎; 砸碎;
破壞; 摧毀 ② 使震驚; 使極度不
安 ③ 使精疲勞.

shave / ʃeiv/ (過去式 **~d** 過去分
詞 **~d, ~n**) v. ① 剃; 刮(鬍子等)
削 ② 掠過; 擦過 ③ [口]削減
n. ① 剃鬚; 修面 ② 掠過; 擦過
~r n. 電動剃鬚刀; [俚]小伙子

shavings /pl. n. 刨花; 削片 // close ~ 僥倖脫險 **shaving brush** 修面刷 **shaving cream, shaving foam** 剃鬚膏.

shawl /ʃɔːl/ n. 圍巾; 披巾.

she /ʃiː/ pro. 她.

sheaf /ʃiːf/ n. (pl. sheaves) 束, 捆.

shear /ʃɪə/ v. (過去式 ~ed 過去分詞 ~ed, shorn) ① 剪(羊毛等); 修剪 ② 切斷 ③ 剝奪 **~er** n. 剪羊毛的人 **~s** pl. n. 大剪刀.

sheath /ʃiːθ/ n. ① 鞘; 套; 鞘狀物 ② 避孕套 **~e** vt. ① 插…入鞘 ② 包; 覆蓋.

shebeen, -bean /ʃəˈbiːn/ n. (愛爾蘭、非洲) 無執照的酒館.

shed /ʃed/ (過去式和過去分詞 ~) vt. ① 流出; 流下 ② 脫落; 蛻換 ③ 擺脫 ④ 散發 n. 小屋; 棚; 庫房.

sheen /ʃiːn/ n. 光輝; 光澤 **~y** adj.

sheep /ʃiːp/ n. (單複數同形) n. ① 羊, 綿羊 ② 膽小的人 **~ish** adj. 腼腆的; 忸怩的; 羞愧的 **~-dip** n. 洗羊藥水 **~-dog** n. 牧羊犬 **~-fold** n. 羊圈 **~-skin** n. 羊皮毯; 羊皮革; 羊皮紙; [美]畢業證書; 文件.

sheer /ʃɪə/ adj. ① 徹底的 ② 絕對的 ③ 純淨的 ④ 極薄的 ⑤ 陡峭的 adv. 陡峭地; 垂直地 vi. 突然轉換方向; 突然改變話題 // ~ off / away 避開; 轉變方向(或話題等).

sheet /ʃiːt/ n. ① 被單 ② 任何平展成張的東西 ③ 紙張; 大片 ④ 【空】帆腳索 **~ing** n. (金屬、塑料等的)薄片材料.

sheik(h) /ʃɪk, ʃeɪk/ n. ① 酋長; 族長; (伊斯蘭教)教長 ② [美]美少年.

sheila /ʃiːlə/ n. [澳新俚]少女; 女郎; 少婦.

shekel, -qel /ʃekˈl/ n. ① 謝克爾(古時猶太人使用的銀幣) ② 謝克爾(以色列的貨幣單位) ③ (shekels) [口]錢; 財富; 硬幣.

shelf /ʃelf/ n. (pl. shelves) ① 架子; 擱板 ②【地】陸架; 陸棚 ③ 沙洲; 暗礁 // on the ~ 被擱在一邊; (女子)結婚希望的 ~ **life** (食品等出售前能保存的)貨架期.

shell /ʃel/ n. ① 殼; 果殼; 貝殼; 甲殼 ② 外表 ③ 炮彈 ④ 輕型賽艇 vt. 剝去…的殼(或殼); 炮轟 **~fish** adj. 貝殼類動物 **~-proof** adj. 防彈的 **~-shock** n. 彈震症; 炮彈休克 **~-work** n. 貝殼工藝品 // ~ **company** 控股公司; 空殼公司.

shellac(k) /ʃəˈlæk, ʃelæk/ n. 蟲膠; 蟲膠清漆 vt. (過去式及過去分詞 -lacked 現在分詞 -lacking.) 塗以蟲漆 [美俚]徹底打敗.

shelter /ʃeltə/ n. ① 隱蔽處; 掩護物 ② 保護 ③ 隱蔽 v. 隱蔽; 保護; 掩護; 躲避.

shelve /ʃelv/ vt. ① 裝擱板(或架子)於…; 把…放在架子上 ② 擱置, 推遲 vi. 逐漸傾斜 **shelving** n. 擱板材料.

shenanigans /ʃɪˈnænɪɡənz/ n. ① 惡作劇; 胡鬧 ② 詭計; 欺詐.

shepherd /ʃepəd/ n. 牧羊人; 領導人 v. 牧羊; 引導; 帶領 **~ess** n. 牧羊女 // ~'s **pie** 肉餡馬鈴薯餅.

sherbet /ˈʃɜːbət/ n. 果子露; 果汁粉; 果汁汽水; (用生果和少量牛奶調製的)雪葩.

sheriff /ˈʃerɪf/ n. 郡長, [美]縣的執法官.

Sherpa /ˈʃɜːpə/ n. 夏爾巴人(居住在尼泊爾和中國邊界喜馬拉雅山南坡的一個部族, 常為珠穆朗瑪峰探險隊作嚮導及搬運物資).

sherry /ˈʃerɪ/ n. 白葡萄酒; 雪利酒.

shiatsu, -tzu /ʃiˈætsuː/ n. 【醫】指壓(療法)(亦作 acupressure).

shibboleth /ˈʃɪbəleθ/ n. 過時的口號或原則; 口令; 標語.

shield /ʃiːld/ n. 盾; 防護物; 盾形獎品; 盾形徽章 vt. 防護; 保護; 包庇.

shift /ʃɪft/ v. ① 移動; 改變; 轉移 ② 推卸 ③ 換擋; 變速 ④ 自謀生計 n. 移動; 變更 ② 輪班 ③ 手段; 計謀 ④ (女)內衣; 襯衫 ~**less** adj. 無能的; 得過且過的 ~**y** adj. 詭詐的; 不值得信任的 // ~ **key** [計] 切換鍵.

shilling /ˈʃɪlɪŋ/ n. [英國舊貨幣單位]先令(= 1/20 鎊).

shilly-shally /ˈʃɪlɪˌʃælɪ/ n. 猶豫不決, 躊躇; 遊手好閒.

shimmer /ˈʃɪmə/ n. 微光; 閃光 vi. 發微光; 閃爍.

shin /ʃɪn/ n. 【解】外脛; 脛 vi. 攀; 爬.

shindig /ˈʃɪndɪɡ/ n. [俚]狂歡會; 慶祝會; 喧鬧.

shine /ʃaɪn/ (過去式及過去分詞 shone) vi. ① 照耀; 發亮; 發光 ② 出色, 卓越 vt. 使照射; (過去

式與過去分詞用 ~d)擦亮 n. 光輝; 光彩; (擦)光 **shiny** adj. 晴朗的; 發光的; 閃耀的.

shingle /ˈʃɪŋɡl/ n. ① 木瓦; 蓋屋板 ② 小招牌 ③ (海灘)卵石 vt. 用木瓦蓋.

shingles /ˈʃɪŋɡlz/ pl. n. 【醫】帶狀疱疹.

Shinto /ˈʃɪntəʊ/ n. (日本的)神道教; 神道教信徒.

shinty /ˈʃɪntɪ/ or 美式 **shinny** n. 一種類似曲棍球的遊戲.

ship /ʃɪp/ n. ① 船, 艦 ② [美口]飛船; 飛機 vt. ① 裝上船; 裝運 ② 僱 … 為船員 ③ 攢走 vi. 作水手 ~**ment** n. 裝貨; 裝運; 裝載的貨物 ~**per** n. 貨主; 發貨人 ~**ping** n. 裝運; 海運; (總稱)(一國或一港的)船舶 ~**builder** n. 造船公司 ~**wreck** n. 船隻失事 ~**yard** n. 造船廠; 船塢.

shire /ʃaɪə/ n. (英國的)郡 // ~ **horse** (拉車用的)大種馬.

shirk /ʃɜːk/ v. 逃避(責任、工作等) ~**er** n.

shirt /ʃɜːt/ n. 襯衫; 恤衫 // **keep one's ~ on** [俚]耐着性子; 不發脾氣 **put one's ~ on** [俚]把全部家當押在 … 上.

shirty /ˈʃɜːtɪ/ adj. 惱怒的; 煩惱的.

shish kebab /ˈʃiːʃ kəˈbæb/ n. = kebab 烤肉串.

shit /ʃɪt/ n. ① 黃便; 大便 ② 廢話, 胡說八道 ③ 卑鄙小人 v. 排大便 int. (表示厭惡、惱怒等)呸!放屁!.

shiver /ˈʃɪvə/ vi. 發抖; (被)打碎 n. ① 戰慄 ② 碎片, 碎塊.

shoal /ʃəʊl/ n. ① 魚羣; 大羣 ② 淺灘; 沙洲 ③ (pl.)潛伏的危機.

shock /ʃɒk/ n. ① 衝擊; 震動; 震驚 ② 突擊; 休克 ④ 亂蓬蓬的一堆; [美]乾草堆 v. ① (使)震動; (使)感到震驚 ② 使休克 ~er n. 令人震驚(或厭惡、憤怒)的東西; 低劣的東西; [美]聳人聽聞的電影(小說) ~ing adj. 可怕的; 令人震驚的; 駭人聽聞的; 十分醜惡的; [口]很糟的 // ~ absorber 減震器 ~ therapy 電休克療法 ~ wave 衝擊波.

shod /ʃɒd/ v. shoe 的過去式及過去分詞.

shoddy /ʃɒdɪ/ adj. 質量差的; 劣等的 n. 回紡纖維.

shoe /ʃuː/ n. 鞋; 蹄鐵 vt. (過去式及過去分詞 shod)給…穿鞋; 給(馬)釘蹄鐵 ~black, ~-boy n. 擦鞋的人 ~-blacking, ~ polish n. 鞋油 ~lace n. 鞋帶 ~horn n. 鞋拔 ~maker n. 鞋匠 ~shine n. 擦皮鞋; 擦皮鞋的人 ~tree n. 鞋楦.

shone /ʃɒn/ v. shine 的過去式及過去分詞.

shoo /ʃuː/ int. 噓!(驅趕鳥禽等的聲音) v. 發噓噓聲(以趕走動物或小孩).

shook /ʃʊk/ v. shake 的過去式.

shoot /ʃuːt/ v. (過去式及過去分詞 shot) ① 開(槍); 放(炮); 發射; 射出(光線等) ② 射中; 射獵 ③ (使)飛馳 ④ 刺痛 ⑤ 發芽; 長(枝葉); 突出; 長出 ⑥ [美俚]把話講出來 ⑦ 拍電影 n. ① 芽; 苗; 嫩枝 ② 射擊; 狩獵 ③ 狩獵

隊; 獵場 ~ing n. ① 射擊; 射殺; 槍殺事件 ② 打獵 ③ (電影的)拍攝 ~out n. 槍戰 // ~ing range, ~ing gallery 打靶場; 射擊場 ~ing star 流星.

shop /ʃɒp/ n. ① [英]商店 ② 車間; 工廠; 工場 ③ [俚]辦事處; 機構 v. 選購(商品); 去(商店)購物; [俚]告發 ~per n. 購物者; 顧客 ~girl n. 女店員 ~keeper n. 店主 ~lifter n. 在商店行竊的賊 ~ping n. 購買; 買東西 // ~ping assistant 店員 ~ping basket【計】(供網上選擇商品用的)購物籃 ~ping centre 購物中心 ~ping mall [美](車輛禁入的)步行商業區.

shore /ʃɔː/ n. ① 濱, 岸 ② 支柱 vt. 以支柱支撐; 支持.

shorn /ʃɔːn/ v. shear 的過去分詞.

short /ʃɔːt/ adj. ① 短的; 矮的 ② 簡短的 ③ 欠缺的 ④ (烈性酒)不摻水的 ⑤ 簡慢的 ⑥ 易裂的; 脆的 adv. ① 簡短地 ② 突然地; 唐突地 ③ 缺乏; 不足 n. ① 概略 ② 電影短片 ③【電】[俚]短路 ④ (pl.)短褲; [美]男襯褲 ⑤ 少量烈酒 ~age n. 不足, 缺少 ~en v. 弄短; 減少 vi. 變短; 縮小 ~ly adv. 立刻; 突然地; 唐突地; 簡慢地 ~bread, ~cake n. [美]脆餅; 鬆餅 ~circuit v.【電】短路; 使短路; 避開; 簡化 ~coming n. 不足; 缺點 ~hand n. 速記 ~handed adj. 人手不足的 ~lived adj. 短命的; 短暫的; 短程的 ~range adj. 短期的; (武器)短程的 ~sighted adj. 近視的; 眼

光淺的. **~-tempered** adj. 急性子的; 脾氣暴躁的. **~-term** adj. 短期的. **~-wave** n.【無】短波 // **~ cut** ① 近路; 捷徑 ②【計】快捷方式 **~ story** 短篇小說.

shot /ʃɒt/ v. shoot 的過去式及過去分詞 n. ① 發射; 射擊 ② 子彈; 炮彈 ③ 射程 ④ 槍手 ⑤ 拍攝 ⑥ 試圖 ⑦ 鉛球 ⑧ [俗]一口烈酒 adj. 閃色的; 雜色的 ② 筋疲力盡的; 用壞的. **~gun** n. 獵槍, 散彈. **~proof** adj. 防彈的 // **~ put** 推鉛球.

should /ʃʊd/ v. shall 的過去式 v. aux. 應該; 萬一; 就; 可能; 竟然; 必須.

shoulder /ˈʃəʊldə/ n. 肩, 肩部 vt. 肩負; 挑起; 承擔; 用肩推擠 // **~ blade** 肩胛骨 **~ strap** 肩章.

shouldn't /ˈʃʊdnt/ v. = should not.

shout /ʃaʊt/ v. 呼喊, 呼叫聲 v. 叫喊 // **~ down** 大聲喊叫以阻止…講話; 以喊收聲壓倒.

shove /ʃʌv/ v. ① 使勁推, 擠 ② 隨便亂放 ③ 塞入 n. 猛推.

shovel /ˈʃʌvl/ n. ① 鏟子; 鐵鍬 ② 挖土機 v. 鏟起.

show /ʃəʊ/ v. (過去式 **~ed** 過去分詞 **~ed**, **~n**) ① 給…看; 出示; 陳列 ② 放映; 演出 ③ 表明, 炫耀 ④ 帶領; 帶路 ⑤ 給予 ⑥ 露面; 顯現 n. ① 表示; 演出; 展覽 ② 炫耀 ③ 外觀; 景象 ④ 機會 **~y** adj. 華美的; 惹眼的 **~case** n. 顯示優點的東西; 供充相的場合; 陳列櫃 **~down** n. 攤牌; 一決雌雄 **~man** n. 演藝會主持人 **~off** n. 炫耀; [美]愛炫耀的人

~room n. 陳列室 // **~ bill** 海報; 招貼; 廣告 **~ window** 櫥窗.

shower /ˈʃaʊə/ n. ① 陣雨; 淋浴; 陣雨一樣地湧來的東西 ② [美] (為新娘舉行的送禮會 v. ① 下陣雨; 陣雨般落下 ② 淋浴; 淋濕 ③ 大量地給予 **~y** adj. 多陣雨的 **~head** n. (淋浴用的)蓮蓬頭 // **~ cap** (保持頭髮不被淋濕的)浴帽 **~ gel** 沐浴液; 沐浴露.

shown /ʃəʊn/ v. show 的過去分詞.

shrank /ʃræŋk/ v. shrink 的過去式.

shrapnel /ˈʃræpnl/ n. 榴霰彈; 彈片.

shred /ʃred/ n. 碎片; 碎條; 少量 v. 撕碎; 切碎.

shrew /ʃruː/ n. ① 地鼠 ② 潑婦 **~ish** adj. 潑婦似的; 愛罵人的.

shrewd /ʃruːd/ adj. 精明的; 敏銳的; 伶俐的.

shriek /ʃriːk/ n. 尖叫聲; 尖厲的聲響 v. 尖聲喊叫; 尖聲發出(或說出); 發出尖厲的聲響.

shrike /ʃraɪk/ n.【鳥】伯勞鳥.

shrill /ʃrɪl/ adj. ① (聲音)尖銳的; 刺耳的; (抱怨、要求等)強烈的 ② 哀切的 ③ 辛辣的.

shrimp /ʃrɪmp/ n. ① 小蝦 ② 矮小的人.

shrine /ʃraɪn/ n. 神龕; 聖祠; 聖陵; 聖地.

shrink /ʃrɪŋk/ v. (過去式 shrank, shrunk 過去分詞 shrunk, shrunken) (使)收縮; 退縮, 畏縮; 躲避 **~age** n. 收縮; 變小; 低落; 收縮量.

shrivel /ˈʃrɪvᵊl/ v. ① (使)皺縮; (使)枯萎

shroud /ʃraʊd/ n. ① 裹屍布; 壽衣; 覆蓋物 ② (船)的支桅索 vt. 用裹屍布為殮; 覆蓋; 包; 掩蔽.

Shrovetide /ˈʃrəʊˌtaɪd/ n. 懺悔節.

shrub /ʃrʌb/ n. 灌木 ~bery n. (總稱)灌木; 灌木叢.

shrug /ʃrʌg/ v. & n. 聳(肩).

shrunk /ʃrʌŋk/ v. shrink 的過去式.

shrunken /ˈʃrʌŋkən/ v. shrink 的過去分詞 adj. 縮攏的.

shudder /ˈʃʌdə/ vi. & n. 發抖; 戰慄.

shuffle /ˈʃʌfᵊl/ v. ① 拖着腳走 ② (站立或坐着時)把(腳)在地上滑來滑去 ③ 洗牌 ④ 弄亂; 攪亂 ⑤ 搪塞; 支吾 n. 曳行; 洗牌; 重新安排.

shun /ʃʌn/ vt. 迴避; 避免.

shunt /ʃʌnt/ v. (使火車)轉軌; 轉移; 改變…的方向(或路徑) n. [英口]汽車追尾事故.

shush /ʃʊʃ/ int. 噓!(示意別人靜下來) v. 請…安靜下來.

shut /ʃʌt/ v. (過去式及過去分詞~)關閉; 關上; 合上; 停止營業; 封閉 ~ter n. 百葉窗; (照相機)快門; (光)柵 // ~ **down** (使)停工; (使)關閉; (夜等)降臨 ~ **off** 關掉(煤氣等); 切斷, 隔離 ~ **out** 將…關在外面; 排除; 遮住 ~ **up** 關閉; 監禁; [口](使)住口.

shuttle /ˈʃʌtᵊl/ n. ① (織機的)梭; 穿梭般的來回 ② (亦作 space ~) 太空穿梭機 ③ 來回於兩地間的民航飛機; 穿梭巴士 v. (使)來回

移動; 穿梭般運送 // ~ **diplomacy** 【政】穿梭外交.

shuttlecock /ˈʃʌtᵊlˌkɒk/ n. 羽毛球.

shy /ʃaɪ/ adj. 膽小的; 害羞的; 遲疑的; 謹慎的; 缺少的 v. 驚逸; 退避.

SI /ɛs aɪ/ abbr. ① = Système international (d'unités) [法] ② = International System of Units 國際單位制; 公制.

Siamese /ˌsaɪəˈmiːz/ adj. 暹羅人(語)的 n. (單複數同形)暹羅人(語) // ~ **cat** 暹羅貓 ~ **twins** 連體雙胞胎.

Siberian /saɪˈbɪərɪən/ adj. 西伯利亞的.

sibilant /ˈsɪbɪlənt/ or sibilous adj. 發嘶嘶聲的 n. 嘶嘶聲, [語]嘶音.

sibling /ˈsɪblɪŋ/ n. 兄弟姊妹.

sibyl /ˈsɪbɪl/ n. 古代的女預言家; 女巫.

sic /sɪk/ adv. [拉]原文如此(對引文錯誤所作的附註).

sick /sɪk/ adj. ① 有病的 ② (通常作表語)噁心的; 要嘔吐的; (作表語)厭惡的 ③ 不愉快的, 懊喪的; 令人討厭的 ④ 渴望的; 想望的 (+ **up**) [口]嘔吐 ~**ly** adj. 有病的; 多病的; 令人作嘔的 ~**ness** n. 疾病; 嘔吐 ~**bed** n. 病床 // ~ **leave** 病假.

sicken /ˈsɪkən/ v. (使)生病; (使)噁心; (使)厭倦 sicking adj. 令人厭惡的; 使人作嘔的.

sickle /ˈsɪkᵊl/ n. 鐮刀.

side /saɪd/ n. ① 邊; 旁邊 ② 面; 側面; (身體的)側邊, 脅 ③ (比賽等)隊; 一方 ④ [英俚]傲慢

vi. 祖護; 支持 **~bar** *n.* 【計】正文的補充部分 **~board** *n.* 餐具櫃 **~burns** *pl. n.* [美]連鬢鬍子 **~effect** *n.* (藥物)副作用 **~light** *n.* 側光; 偶然啟示; 側面消息 **~line** *n.* 旁線; 側道; 兼職; 副業 **~long** *adj. & adv.* 橫向的(地); 斜向的(地) **~road** *n.* 旁路; 小道 **~track** *n.* (鐵路的)側線 *vt.* 使轉變話題 **~walk** *n.* [美]人行道 **~ways** *adj. & adv.* 斜着的(的); 斜向一邊的(的); 自一邊的(地) // **on the** ~ 作為兼職; 另外; 秘密地 ~ **benefit** 附帶的好處 ~ **by** ~ 並肩地; 互相支持地 ~ **view** 側面圖; 側面形狀.

sidereal /saɪˈdɪərɪəl/ *adj.* 【天】星的; 恒星的; 星座的.

sidle /ˈsaɪdl/ *vi.* 側身而行; 羞怯地走.

siege /siːdʒ/ *n.* 圍攻; 包圍 // **lay ~ to** 包圍; 圍攻 **raise the ~ of** … 解圍.

sienna /sɪˈenə/ *n.* 濃黃土(一種油畫及水彩顏料); 赭色.

sierra /sɪˈerə/ *n.* 峯巒起伏的山嶺.

siesta /sɪˈestə/ *n.* 午睡.

sieve /sɪv/ *n.* (細眼)篩; 濾器 *vt.* 篩; 濾.

sift /sɪft/ *v.* ① 篩; 精選; 篩分 ② 篩撒 ③ 細查.

sigh /saɪ/ *n. & v.* ① 歎氣 ② (風等)哀鳴 ③ (+ for) 熱望.

sight /saɪt/ *n.* ① 視力; 視覺 ② 瞥見 ③ 視野 ④ 情景; 奇觀; (pl.) 名勝 ⑤ (槍的)瞄準器; 準星 *vt.* 看; 觀測 **~less** *adj.* 盲的; 瞎的 **~ed** *adj.* (人)看得見的; 不盲的

~ing *adj.* 看見(指看見不常見的人或事) **~seeing** *n.* 遊覽; 觀光 **~seer** *n.* 觀光客 // **at first** ~ 乍一看; 乍看起來 **in** ~ 被看到 **out of** ~ 在視線之外.

sign /saɪn/ *n.* ① 符號; 記號 ② 招牌; 標記 ③ 徵兆; 跡象 ④ 手勢 ⑤ 蹤跡 *v.* ① 簽名; 畫押 ② 以手勢表示; 用訊號表示 **~board** *n.* 招牌 **~post** *n.* 路標 // ~ **language** (聾啞人用的)手語.

signal /ˈsɪgnᵊl/ *n.* ① 訊號; 暗號 ② 近因; 徵象 ③ 電波訊號; 訊號器 *v.* 發訊號; 用訊號告知; 表示, 表明 **~man** *n.* 訊號員 // ~ **book** 旗語通訊手冊 ~ **box** (鐵路的)訊號房 ~ **flag** 訊號旗 ~ **烽火** ~ **generator** 訊號發生器.

signatory /ˈsɪgnətərɪ, -trɪ/ *adj.* 簽署的; 簽約的 *n.* 簽署者; 簽約國.

signature /ˈsɪgnɪtʃə/ *n.* ① 簽名, 蓋章 ② 【音】拍號; 調號 // ~ **file** 【計】(發郵件人的)簽名檔.

signet /ˈsɪgnɪt/ *n.* 圖章, 私章 // ~ **ring** 圖章戒指.

significance /sɪgˈnɪfɪkəns/ *n.* 意義; 重要性; 意味; 重要 **significant** *adj.* 有意義的; 重要的; 意味深長的 **signification** *n.* 正確含意; 詞義; 字義 // **significant figures** 【數】有效數(字).

signify /ˈsɪgnɪfaɪ/ *vt.* 表示, 表明, 意味 *vi.* 有重要性; 有關係.

sign(i)or /ˈsiːnjɔː/ *n.* [意](用作稱呼)先生.

signora /siːnˈjɔːrə/ *n.* [意](用作稱呼)太太, 夫人.

signorina /ˌsiːnjɔːˈriːnə/ *n.* [意](用

作稱呼)小姐.

Sikh /siːk/ *n.* 錫克教信徒.

silage /ˈsaɪlɪdʒ/ *n.* 青貯飼料 *vt.* 青貯.

silence /ˈsaɪləns/ *n.* 沉默; 寂靜; 湮沒; 無音信 *vt.* 使沉默; 使緘口; 壓制; 平息 ~**r** *n.* 使沉默的人; 消音器.

silent /ˈsaɪlənt/ *adj.* 沉默的; 寂靜的; 未明言的; 未被記住的; 無聲的; 靜止的.

silhouette /ˌsɪluːˈet/ *n.* 側面影像; 剪影; 黑色輪廓 *vt.* 使現出黑色側影; 使現出輪廓.

silica /ˈsɪlɪkə/ *n.* 【化】二氧化硅; 硅石 silicon *n.* 【化】硅 // silicon chip【計】硅片.

silicosis /ˌsɪlɪˈkəʊsɪs/ *n.* 【醫】矽肺; 硅肺.

silk /sɪlk/ *n.* 絲; 蠶絲; 絲織品; 綢緞 ~**en** *adj.* 絲一般的; 柔軟的; 有光澤的 ~**y** *adj.* 絲一樣的; 柔滑的; 優雅的 ~**worm** *n.* 蠶.

sill /sɪl/ *n.* ① 窗台; 門檻 ② 【建】基石; 基本.

silly /ˈsɪlɪ/ *adj.* 傻的; 愚蠢的; 可笑的; 無聊的 *n.* [口] 傻瓜 ~**billy** *n.* [口] 傻瓜.

silo /ˈsaɪləʊ/ *n.* ① (貯存青飼料的)地窖 ② 導彈發射井.

silt /sɪlt/ *n.* 淤泥; 淤沙 *v.* (使)淤塞.

silvan, sy- /ˈsɪlvən/ *adj.* 林木的; 鄉村的.

silver /ˈsɪlvə/ *n.* ① 銀; 銀幣 ② 銀器 ③ 銀白色 *vt.* 鍍銀於…; 使成銀白色 *vi.* 變成銀白色 ~**y** *adj.* 似銀的; 有銀色光澤的; (聲音)清脆的 ~**-haired** *adj.* 白髮蒼蒼的 ~**-plated** *adj.* 鍍銀的 ~**smith** *n.* 銀匠 ~**-tongued** *adj.* 雄辯的 ~**ware** *n.* (總稱)銀器; 銀製品 // ~ **birch** 白樺 ~ **jubilee** 25 週年慶祝 ~ **surfer**【計】老年網民; 銀髮網民 ~ **wedding** 銀婚; 結婚 25 週年紀念.

simian /ˈsɪmɪən/ *adj.* 猿猴的; 像猿猴的 *n.* 類人猿; 猴.

similar /ˈsɪmɪlə/ *adj.* 相似的; 類似的 ~**ity** *n.* 相似; 相似之處 ~**ly** *adv.*

simile /ˈsɪmɪlɪ/ *n.* 【修】直喻; 明喻.

similitude /sɪˈmɪlɪˌtjuːd/ *n.* 類似; 相似; 比喻; 直喻.

simmer /ˈsɪmə/ *vi.* ① 煨; 燉 ② 強壓住心中的怒氣 (負面情緒) 醞釀, 一觸即發 ~ **down** 平靜下來 ~ **with** 內心充滿難以壓下的….

simoom /sɪˈmuːm/ *n.* or simoon *n.* (阿拉伯沙漠的)西蒙風; 沙漠乾熱風.

simper /ˈsɪmpə/ *n. & vi.* 傻笑; 假笑.

simple /ˈsɪmpl/ *adj.* ① 簡單的; 簡樸的 ② 單純的 ③ 直率的 ④ (出身等)低微的 ⑤ 蠢笨的 simplicity *n.* simplify *vt.* 簡化; 使單純 simplistic *adj.* 過份簡化的 simply *adv.* ~**ton** *n.* 笨人; 傻瓜 ~**-minded** *adj.* 頭腦簡單的; 純樸的; 笨的.

simulate /ˈsɪmjəˌleɪt, ˈsɪmjʊlɪt/ *vt.* ① 假裝; 冒充 ② 模仿, 模擬 ③ 看上去像 simulation *n.* simulator *n.* 模仿者; 模擬裝置.

simultaneous /ˌsɪmlˈteɪnɪəs/ *adj.*

同時的; 同時發生的 simultaneity
n. 同時性 ~ly adv.

sin /sɪn/ n. 罪; 罪孽; 罪惡; 過失;
過錯 vi. 犯罪; 犯錯 ~ful adj. 大
罪的; 邪惡的 ~ner n. 罪人.

since /sɪns/ conj. ① 自從…以來;
從…以後 ② 因為; 既然 prep.
自從; …以來 adv. 從那時以後;
後來; 以前.

sincere /sɪnˈsɪə/ adj. ① 真誠的; 真
摯的; 真實的 ② 直率的 ③ 純淨
的 ~ly adv. sincerity n.

sine /saɪn/ n. 【數】正弦 // ~ curve
【數】正弦曲線.

sinecure /ˈsaɪnɪˌkjʊə, ˈsaɪ-/ n. 掛名職
務; 閒差事; 冗職.

sine die /ˈsaɪnɪ ˈdaɪiː/ adj. & adv.
[拉]無限期地.

sine qua non /ˈsaɪnɪ kweɪ ˈnɒn/ n.
[拉]必須的條件(或資格).

sinew /ˈsɪnjuː/ n. 腱; (pl.)肌肉; 體
力; 精力; 力量的源泉 ~y adj. 肌
肉發達的, 強壯的; 剛勁的.

sing /sɪŋ/ v. (過去式 sang 過去分
詞 sung) ① 唱(歌) ② (鳥等)啼,
囀 ③ 發嗚嗚聲, 作響 ④ 讚頌
④ [美俚]告密 ~er n. 歌手; 歌唱
家 ~song n. 即席演唱會; 單調的
節奏; 單調的歌.

singe /sɪndʒ/ v. (現在分詞 ~ing)
燒焦; 烤焦; 損傷; 損害.

single /ˈsɪŋɡl/ adj. ① 單一的; 單
身的 ② 個別的; 單人用的 ③ 單
純的 ④ 獨一無二的 v. (+ out)
挑選; 選拔 n. 單程車票; (pl.)
(網球等的)單打; (pl.)未婚者
singly adv. ~-breasted adj. 單排
鈕的 ~-eyed adj. 獨眼的; 單純

的 ~-handed adj. 獨力的; 單槍
匹馬的 ~-minded adj. 真誠的 //
~ parent 單獨撫養孩子的父親
或母親.

singlet /ˈsɪŋɡlɪt/ n. 男裝無袖汗衫;
背心.

singleton /ˈsɪŋɡltən/ n. 單身男子
(或女子); 單張牌; 獨個的東西.

singular /ˈsɪŋɡjʊlə/ adj. ① 單一的
② [語法]單數的 ③ 奇特的; 卓
越的 ~ity n. 奇特; 異常; 非凡 ~ly
adv. 非凡地; 奇特地; 卓越地.

sinister /ˈsɪnɪstə/ adj. 不吉利的; 兇
惡的, 陰險的.

sink /sɪŋk/ (過去式 sank 過去分
詞 sunk) vi. ① 下沉; 沉沒(太
陽、月亮)落下 ② 凹陷; 下垂
③ 墮落; 消沉 ④ 滲入 ⑤ 降低
vt. ① 弄沉 ② 使陷入 ③ 插入
④ 使下垂; 降低 ⑤ 搞垮 ⑥ 隱
匿 n. ① 陰溝 ② 洗滌槽 ③ 巢
窟 ~er n. (釣絲等的)錘; 墜子 //
~ing fund 還債基金.

Sino- pref. [前綴] 表示"中國
(的)".

Sinology /saɪˈnɒlədʒɪ, sɪ-/ n. 漢學
sinologist n. 漢學家.

sinuous /ˈsɪnjʊəs/ adj. 蜿蜒的; 彎
曲的; 曲折的; 起伏的.

sinus /ˈsaɪnəs/ n. 【解】竇 ~itis n.
竇炎.

sip /sɪp/ v. 啜; 呷; 吸飲 n. 啜; 一
口.

siphon, sy- /ˈsaɪf(ə)n/ n. 虹吸管; 彎
管 vt. ① 用虹吸管吸去(或輸送)
② (非法地)提取; 轉移.

sir /sɜː/ n. 先生; 閣下; (S-)爵士.

sire /ˈsaɪə/ n. ① 父親; 種馬 ② [古]

陛下; 大人 vt. 為 … 的父親.

siren /ˈsaɪərən/ n. ① 汽笛; 警報器 ② 【希神】海妖; 迷人而危險的美女.

sirloin /ˈsɜːlɔɪn/ n. 牛腰肉.

sirocco /sɪˈrɒkəʊ/ n. (吹向南歐洲的)非洲熱風.

sisal /ˈsaɪsl/ n. (製繩用的)西沙爾麻.

siskin /ˈsɪskɪn/ n. 【鳥】金翅雀.

sissy, ci- /ˈsɪsɪ/ n. & adj. 女人氣的(男人).

sister /ˈsɪstə/ n. 姐; 妹; 修女; 尼姑 ~hood n. 姊妹關係; 婦女團體 ~-in-law n. 嫂; 弟媳; 姑子; 小姨子 ~ly adj. 姊妹般的.

sit /sɪt/ (過去式及過去分詞 sat) vi. ① 坐; 就坐; 坐落 ② (鳥)棲息; (雞等)伏窩 ③ 佔議席; 開會; 開庭 ④ 參加考慮 ⑤ (衣服)合身 vt. 使就坐; 騎 ~ting n. ① 坐着的一段時間 ② (議會)開會的一段時間 ③ 坐着被畫像(或照相)的一段時間 ~-in n. 靜坐示威 // ~ back 放鬆; 休息 ~ in on 出席; 參加 ~ on 為(委員會、陪審團)的成員; [俚]疏於處理 ~ting room 起居室 ~ tight [俚]穩坐不動; 耐心等待; 固執己見.

sitcom /ˈsɪtkɒm/ n. = situation comedy [口]場景喜劇; 處境喜劇.

site /saɪt/ n. ① 場所; 位置 ② 地基 ③ 遺址 vt. 給 … 確定位置; 給 … 選址.

situate /ˈsɪtjʊeɪt/ vt. 使位於; 使處於; 定 … 的位置 ~d adj. 位於 … 的; 坐落在 … 的; 處於 … 地境

的.

situation /ˌsɪtjʊˈeɪʃən/ n. 位置; 場所; 形勢; 狀況; 職業.

six /sɪks/ num. & n. 六; 六個 ~teen num. & n. 十六; 十六個 ~teenth num. & n. ① 第十六(個) ② 十六分之一 ③ (每月的)第十六日 ~th num. & n. ① 第六(個) ② 六分之一 ③ (每月的)第六日 ~tieth num. & n. ① 第六十(個) ② 六十分之一 ~ty num. & n. 六十; 六十個.

six-pack /ˈsɪkspæk/ n. (尤指啤酒)六瓶(或罐)裝的一箱; 六件裝.

size /saɪz/ n. ① 大小; 尺寸 ② 體積 ③ 身材 ④ [俗]真相 ⑤ (使紙張光滑, 布片堅挺的)膠料; 漿糊 vt. ① 依大小排列(或分類) ② [俗]判斷; 品評 ③ 給 … 上漿 ~able adj. 相當大的.

sizzle /ˈsɪzl/ vi. & n. [俗]發嘶嘶聲; 咖嗖聲.

skate /skeɪt/ n. 溜冰鞋 vi. 溜冰 ~r n. 溜冰者 skating n. 溜冰 ~board n. 滑板 ~boarding n. 滑板運動 // skating rink 溜冰場.

skedaddle /skɪˈdædl/ vi. [俗](通常用於祈使句)快走開; 趕快逃; 倉惶遁竄 ~r n.

skein /skeɪn/ n. (紗、線等)的一束, 一絞; (飛行中的大雁的)一羣.

skeleton /ˈskelɪtən/ n. ① 骨骼; 骸髏 ② 骨架; 大綱; 輪廓 ③ 脈絡 ~ic adj. 基本的; 最起碼的.

skeptic(al) /ˈskeptɪk/ n. = sceptic(al).

sketch /sketʃ/ n. ① 素描; 速寫 ② 草圖; 草稿; 梗概 ③ (滑稽的)

短劇(或短文); 小品 v. 繪草圖;
作速寫; 草擬; 概述 ~book n. 寫
生簿; 見聞錄; 小品集.

skew /skju:/ *adj.* 斜的; 歪的; 偏的
n. 歪斜 ~ed *adj.* ① 彎曲的; 歪斜
的 ② 被歪曲(或曲解)的.

skewbald /'skju:,bɔ:ld/ *adj.* (馬等)
花斑色的; 有花斑的.

skewer /'skju:ə/ *n.* 烤肉叉; 串肉
扦.

ski /ski:/ *n.* 滑雪板; 雪橇 *vi.* 滑雪
~er *n.* 滑雪者 ~ing *n.* 滑雪; 滑雪
運動.

skid /skɪd/ *n.* ① (車輪的)打滑
② 滑動枕木, 墊板, 墊木 ③ 剎
車, 制動器 *vt.* ① 用剎車剎住
② 用滑動枕木滾滑; 使打滑 *vi.*
(汽車等)打滑.

skiff /skɪf/ *n.* 輕舟; 小艇.

skill /skɪl/ *n.* 技能; 技巧; 熟練
skil(l)ful *adj.* 靈巧的; 熟練的
skil(l)fully *adv.* skil(l)ed *adj.* 需
要技術的; 有技術的; 熟練的.

skillet /'skɪlɪt/ *n.* ① [英]長柄煮鍋
[美]煎鍋; 平底鍋.

skim /skɪm/ *v.* ① 撇去浮沫; 撇取乳
皮; 掠過; 擦過 ~mer *n.* 撇沫器;
漏杓 // ~med / ~ milk 脫脂乳.

skimp /skɪmp/ *v.* 節儉; 少給; 吝
嗇.

skin /skɪn/ *n.* ① 皮; 皮膚 ② 獸
皮; 皮革 ③ 果皮; 植物的外皮
④ [美俚]騙子; 小氣鬼 *vt.* ① 剝
皮② 擦傷 ~ner *n.* ① [俚]詐騙
皮革商; 剝皮者; [俚]騙子 ~ny
adj. 皮包骨的 ~-deep *adj.* 膚淺
的; 不長久的 ~-tight *adj.* 緊身的
n. 緊身衣.

skint /skɪnt/ *adj.* [英俚]身無分文
的.

skip /skɪp/ *v.* ① 跳; 蹦; 跳繩
(運動) ② 略過; 遺漏 ③ 急轉
④ [口]悄悄離開; 故意不參加 *n.*
① 跳; 跳躍; 略過 ② (運工地廢
料、垃圾的)大鐵箱, 廢料桶.

skipper /'skɪpə/ *n.* ① (小商船等
的)船長 ② (足球、球球)球隊隊
長 ③ 飛魚 ④ 跳躍者.

skirl /skɜ:l/ *n.* 風笛吹出的尖銳聲.

skirmish /'skɜ:mɪʃ/ *n.* 小戰鬥; 小
衝突; 小爭執.

skirt /skɜ:t/ *n.* ① 裙子; 裙子似
的防護罩 ② 女人; 女子 ③ 邊
緣; (pl.)郊外 *v.* ① 位於⋯邊緣
② 沿着⋯的邊緣走 ③ 迴避 //
~ing board [英][建] 踢腳板; 壁
腳板.

skit /skɪt/ *n.* 諷刺短文; 滑稽短劇.

skittish /'skɪtɪʃ/ *adj.* ① (馬)易受
驚的 ② (人)愛調情的 ③ 輕浮的
④ 膽小的.

skittle /'skɪt'l/ *n.* (pl.)九柱戲; 撞柱
戲.

skive /skaɪv/ *vi.* ① [英俚]偷懶; 逃
學, 曠工, 逃避(責任等) ② 輕輕
離去.

skivvy /'skɪvɪ/ *n.* [英俚]女僕.

skua /'skju:ə/ *n.* 【鳥】賊鷗; 大海
鳥.

skulduggery, 美式 skullduggery
/skʌl'dʌɡərɪ/ *n.* 詭計; 欺詐.

skulk /skʌlk/ *vi.* ① 躲躲閃閃; 躲
避 ② 偷偷摸摸地走 ③ 偷懶 *n.*
躲藏者; 逃避職責者.

skull /skʌl/ *n.* 顱骨; 頭蓋骨; 頭
~cap *n.* 便帽.

skunk /skʌŋk/ n. ①【動】臭鼬 ② 卑鄙的人.

sky /skaɪ/ n. ① 天, 天空 ② (pl.)天氣 ③ 天堂, 天國 ~-**blue** adj. 蔚藍的 ~-**diving** n. (延緩張傘的)跳傘 ~-**lark** n. 雲雀 ~-**light** n. 天窗 ~-**line** n. (建築物、山等)以天空為背景映出的輪廓 ~-**scraper** n. 摩天大樓.

slab /slæb/ n. 平板; 厚板; 厚片.

slack /slæk/ adj. ① 鬆弛的; 不緊的 ② 疏忽的; 懶散的; 馬虎的 n. ① (繩索等)鬆垂的部份 ② (pl.) 寬鬆的褲子; 便褲 ③ 煤屑 v. 使鬆弛; 偷懶; 懶散 ~-**en** v. 放鬆, 鬆懈; (使)變緩慢 ~-**er** n. 逃避兵役的人; 懶漢.

slag /slæg/ n. ① 礦渣; 熔渣; 煤屑 ② [英俚]蕩婦.

slain /sleɪn/ v. slay 的過去分詞.

slake /sleɪk/ v. ① 清除; 平息 ② 滿足 ③ 使(石灰)熟化.

slalom /slɑːləm/ n. 障礙滑雪; 彎道滑雪比賽.

slam /slæm/ v. ① 砰地關上(門等); 砰地放下; 用力投; 猛擊 ②[口] 猛烈抨擊; 辱罵 n. 砰的一聲; 猛烈抨擊.

slander /slɑːndə/ n. & vt. 誹謗; 污衊 ~-**ous** adj.

slang /slæŋ/ n. 俚語; 行話; 黑話 ~-**y** adj. // ~-**ing match** 互相吵罵.

slant /slɑːnt/ adj. 傾斜的; 歪的 n. ① 斜面; 斜線(號) ② 偏見 ③ 歪曲 v. ① (使)傾斜; 歪曲 ②[美俚] 走開 ~-**ed** adj. 傾斜的; 有傾向性的.

slap /slæp/ vt. 拍擊; 摑; 啪的一聲放下 n. 拍擊; 一巴掌; 拍的聲響 adv. [口]直接地; 正好; 恰恰 ~-**dash** adj. 草率的; 粗心大意的 ~-**happy** adj. 嘻嘻哈哈漫不經心的 ~-**stick** n. 粗俗的滑稽劇 ~-**up** adj. [英][口]極好的; 一流的.

slash /slæʃ/ v. ① 猛砍; 砍傷; 鞭打 ② 大幅度削減 ③ (在衣服上)開叉 ④ 嚴厲批評 ① 揮砍; 鞭打 ② 長傷痕(刀口); 長縫 ③ [英]斜線號 (/).

slat /slæt/ n. (木或金屬的)窄板條.

slate /sleɪt/ n. ① 石板; 石板瓦 ② [美]候選人名單 ③ 板岩 vt. ① 用石板瓦蓋 ②[口]嚴厲批評; 責罵 ③ 提名擔任(某職位) slaty adj. 板岩的; 石板(狀)的 // ~-**club** [英]互助會 ~-**pencil** 石筆.

slattern /slætən/ n. 邋遢女人 ~-**ly** adj. 邋遢的.

slaughter /slɔːtə/ n. & vt. 屠殺; 屠宰; 殘殺 // ~-**house** 屠宰場.

Slav /slɑːv/ n. 斯拉夫人 adj. 斯拉夫人(或語)的.

slave /sleɪv/ n. 奴隸; (+ of / to) 耽迷於…的人 vi. 拼命工作 // ~-**driver** 監管奴隸的人.

slaver[1] /sleɪvə/ n. 奴隸販子; 販奴船.

slaver[2] /slævə/ n. 口水 v. 淌口水; 垂涎.

slavery /sleɪvəri/ n. 奴隸身份; 奴隸制度; 苦役.

Slavonic /sləˈvɒnɪk/ or 美式 Slavic adj. 斯拉夫人(或語)的 n. 斯拉夫語.

slavish /sleɪvɪʃ/ adj. 奴隸(般)的; 無獨創性的.

slay /sleɪ/ vt. (過去式 slew 過去分詞 slain) 殺死; 殺害.

sleazy /ˈsliːzɪ/ adj. ① (尤指地方) 骯髒的; 污穢的 ② 質量差的.

sledge /sledʒ/ or 美式 **sled** n. (運動用的) 雪橇; (運載用的) 雪車 vi. 乘雪橇 vt. 用雪橇運送 **~hammer** n. 大鐵錘.

sleek /sliːk/ adj. ① 光滑的; 光亮的 ② 雅緻的 ③ 時髦的; (人) 健壯的 vt. 使(毛髮) 柔滑發亮.

sleep /sliːp/ (過去式及過去分詞 slept) vi. ① 睡覺; 睡着; 過夜 ② 長眠 vt. 睡; 供…住宿; 以睡眠消除(或渡過) n. 睡眠 **~er** n. (與形容詞連用)睡得(好、不好等)的人; [英]枕木; 臥車; 臥鋪 **~less** adj. 不睡的; 失眠的; 警覺的 **~y** adj. 想睡的; 睏乏的; (指地方)寂靜的 **~walk** vi. 夢遊 **~walker** n. 夢遊者 **~walking** n. 夢遊(症) // **~ing bag** 睡袋 **~ing car** (鐵路的)臥車 **~ing partner** 不參與經營的隱名合夥人 **~ing pill** 安眠藥 **~ing sickness** (熱帶) 昏睡病; 嗜眠病.

sleet /sliːt/ n. 雨夾雪; 凍雨; 霰 vi. 下凍雨.

sleeve /sliːv/ n. ① 袖子 ②【機】套; 套管(或筒).

sleigh /sleɪ/ n. (尤指馬或狗拉的) 雪橇, 雪車.

sleight /slaɪt/ n. ① 奸詐; 花招 ② 靈巧; 熟練 // **~ of hand** 手法巧妙; 花招.

slender /ˈslɛndə/ adj. ① 細長的; 纖細的; (人)苗條的 ② 微薄的; 微小的; 微弱的.

slept /slɛpt/ v. sleep 的過去式及過去分詞.

sleuth /sluːθ/ n. [俗]偵探 **~hound** n. 警犬.

slew /sluː/ v. ① slay 的過去式 ② (使)旋轉; (使)轉向.

slice /slaɪs/ n. ① 薄片; 一片 ② 一份額 ③ 餐刀; 鍋鏟 ④ (高爾夫球)右曲球 v. 割; 切; 切成薄片; 打右曲球.

slick /slɪk/ adj. ① 熟練的; 靈巧的 ② 圓滑的; 伶俐的 n. 水面上的浮油; 油膜 v. 弄光滑; 扮整齊.

slide /slaɪd/ (過去式及過去分詞 slid, slidden) vi. ① 滑行; 滑動 ② 不知不覺地陷入 ③ 偷偷地走 vt. 使滑動; 把…偷偷地插入 n. 滑(動); 滑坡; 滑道; 滑面; 幻燈片 // **~ fastener** 拉鏈 **~ rule** 計算尺 **~ show**【計】圖片播放; 幻燈片放映 sliding board 滑梯 sliding door 滑動門.

slight /slaɪt/ adj. ① 輕微的; 微小的 ② 纖弱的; 脆弱的 ③ 苗條的 n. & vt. 輕視, 怠慢 **~ly** adv.

slim /slɪm/ adj. ① 苗條的; 纖細的; 微小的 ② [口]狡猾的 v. 減肥; 減少, 減小.

slime /slaɪm/ n. 軟泥; 黏液; 黏質物 slimy adj. ① 黏滑的; 泥濘的 ② [俗]諂媚的; 奸詐的.

sling /slɪŋ/ n. ① 投石器 ② 吊帶;【醫】懸帶 vt. (過去式及過去分詞 slung)用力投, 扔; 吊起.

slink /slɪŋk/ vi. (過去式及過去分詞 slunk)溜走; 躡躡地走 **~y** adj. ① 步態躡躡的 ② (衣服)顯出身體線條的.

slip /slɪp/ vi. ① 滑; 滑倒; 滑移 ② 悄悄走掉; 滑脫; 滑出 ③ 弄錯; 匆忙地穿(或脫) ⑤ 遺漏 vt. ① 使滑動 ② 悄悄放入 ③ 被忽略 ④ 匆忙地穿(或脫) ⑤ 擺脫 ⑥ 打開 n. ① 滑倒 ② 遺漏 ③ 小錯誤 ④ 女套裙; 襯裙 ⑤ 紙條 ⑥ 接枝, 插條 ⑦ 枕套 ~pery (= [俗]~py) adj. 滑的; 狡猾的; 棘手的 ~knot n. (繩索的)滑結 ~shod adj. 散漫的; 粗心的; 懶散的 // ~ road 高速公路側旁的側道; 岔道.

slipper /ˈslɪpə/ n. 拖鞋.

slippery /ˈslɪpəri, -prɪ/ adj. ① (指物體表面)滑的; 光滑的; ② (指人)油滑的; 不老實的.

slit /slɪt/ n. 狹長切口; 裂縫 v. 切開; 縱切; 撕裂.

slither /ˈslɪðə/ vi. ① 晃晃悠悠地滑動; 蜿蜒滑行.

sliver /ˈslɪvə/ n. 薄片; 碎片; 長條 vt. 把…切成薄片; 把…弄成碎片 vi. 碎裂成片.

slob /slɒb/ n. 邋遢懶惰的人; 粗魯的人.

slobber /ˈslɒbə/ v. ① 流涎; 淌口水 ② 過份地愛慕; 過於傷感 n. 口水.

sloe /sləʊ/ n. [植] 黑刺李; 野李(樹); [美] 野梅.

slog /slɒɡ/ v. ① 猛擊 ② 苦幹 ③ 吃力地走 n. 猛擊; 跋涉; 苦幹.

slogan /ˈsləʊɡən/ n. 口號; 標語.

sloop /sluːp/ n. 單桅小帆船.

slop /slɒp/ n. ① (常用複)髒水; 污水 ② 人體排泄物 ③ 泔水 ④ [英] 流質食物 v. ① 潑出; 濺出; 溢出 ② 踏着泥漿走 ~py adj. 衣冠邋遢的; (工作)草率的; 粗心大意的; 傷感的; 滿是污水的; 非常稀的.

slope /sləʊp/ n. 傾斜; 斜坡; 斜面; 坡度 vt. ① (使)傾斜, (使)成斜坡 ② (+ off) 悄悄避開; 離去.

slosh /slɒʃ/ n. ① 在水或泥漿中濺潑着行走 ② 使液體在容器內晃動作響 n. ① 濺潑聲 ② 泥濘.

slot /slɒt/ n. ① 窄孔; 縫; 口; 窄槽 ② (在組織、程序中所佔的位置; 職位 v. 開孔, 開槽; 放(插入孔、槽) // ~ machine 投幣機, 角子機.

sloth /sləʊθ/ n. 懶惰; [動] 樹懶.

slouch /slaʊtʃ/ vi. ① 懶洋洋地站(或坐、走動) ② 下垂 n. 懶洋洋的姿態.

slough [1] /slaʊ/ n. 泥沼; 沼澤地; [喻] 泥坑.

slough [2] /slʌf/ v. (蛇等的)脫皮; 脫落; 脫殼; 拋棄 n. 蛇蛻.

sloven /ˈslʌvᵊn/ n. 不修邊幅的人 ~ly adj. 邋遢的, 不整潔的.

slow /sləʊ/ adj. ① 慢的, 緩慢的; 遲鈍的 ② 猶豫的; 不活躍的 v. (使)慢下來; (使)鬆弛 ~ly adv. 慢慢地; 漸漸地 ~ness n. 緩慢; 遲鈍 ~coach n. [英]慢性子的人; 遲鈍的人 ~-witted adj. 遲鈍的; 笨的 // ~ motion 慢動作; (影片)慢鏡頭.

slowworm /ˈsləʊˌwɜːm/ n. [動] 蛇蜥蜴; 慢缺肢蜥(無足、無毒).

sludge /slʌdʒ/ n. ① 淤泥; 軟泥 ② 油垢; 污物 ③ [俚]敷衍話

sludgy /adj. 淤泥的; 泥濘的.

slug /slʌɡ/ n. ①【動】蛞蝓; 鼻涕蟲 ② 子彈 ③ 一口酒 ④ [美]冒充硬幣投入售貨機的金屬塊.

sluggard /ˈslʌɡəd, ˈslʌɡəd/ n. 懶漢.

sluggish /ˈslʌɡɪʃ/ adj. 懶惰的; 緩慢的; 無生氣的.

sluice /sluːs/ n. ① 水閘; 人工水道; 水槽 ② 水閘內的水 v. (用水流) 淘洗, 沖洗; (水)奔流.

slum /slʌm/ n. 貧民區; 貧民窟 vi. (尤指為了獵奇)探訪貧民區.

slumber /ˈslʌmbə/ vi. & n. 睡眠.

slump /slʌmp/ v. 沉重地倒下; (指物價等)驟跌 n. 不景氣, 商業蕭條.

slung /slʌŋ/ v. sling 的過去式及過去分詞.

slunk /slʌŋk/ v. slink 的過去式及過去分詞.

slur /slɜː/ v. ① 含混不清地講(或寫) ②【音】流暢地演奏; 略過 n. 誹謗; 污點;【音】連接線.

slurp /slɜːp/ vt. 唏唏地吃, 咕嘟咕嘟地喝.

slurry /ˈslʌrɪ/ n. 泥漿; 水泥漿; 灰漿.

slush /slʌʃ/ n. ① 爛泥 ② 雪水 ③ 無端傷感的言語(或文字) ④ [美]賄賂.

slut /slʌt/ n. 邋遢女人; 放蕩女人 ~tish adj. 邋遢的; 放蕩的.

sly /slaɪ/ adj. ① 狡猾的; 躲躲閃閃的 ② 會意的; 頑皮的 ~ly, slily adv.

smack /smæk/ n. ① 滋味; 風味 ② 少量 ③ 拍擊; 掌摑 ④ 唖嘴聲; 接吻聲 ⑤ 嘗試 vi. 有味; 帶

有 … 風味; 唖嘴 vi. 拍擊; 掌摑, 使作響 adv. 猛然; 恰好.

small /smɔːl/ adj. ① 小的; 少的; 細小的 ② 微不足道的 ③ 卑鄙的 ④ 氣量小的 adv. 些微地; 細小地; 小規模地 n. 狹小部份; 小件衣物 ~-minded adj. 小心眼的; 氣量小的; 天花 ② ~-pox n. 天花 ③ ~ hours 凌晨時分 ~ talk 閒談.

smarmy /ˈsmɑːmɪ/ adj. 一味討好的; 奉承的.

smart /smɑːt/ adj. ① 精明的; 聰敏的 ② 敏捷的 ③ 瀟灑的; 衣冠楚楚的; 時髦的 ④ 嚴厲的; 劇烈的; 厲害的 vi. 劇痛; 刺痛, 苦痛 n. 傷心, 劇痛; 痛苦 // ~ bomb 激光制導炸彈 ~ card (內藏微型處理機的)智慧卡.

smash /smæʃ/ v. ① 打碎; 打破; 搗毀 ② 猛擊; (網球)猛烈扣殺 ③ 撞毀; 擊敗 n. 撞擊(聲); 車輛相撞; (網球)扣球 ~ing adj. 非常出色的; 極好的.

smattering /ˈsmætərɪŋ/ n. ① 少量 ② 一知半解.

smear /smɪə/ vt. ① 塗; 搽; 弄髒 ② 誹謗 ③ 打垮 n. 污點; 污跡; 誹謗.

smell /smel/ (過去式及過去分詞 ~ed 或 smelt) vt. ① 聞; 聞到; 察覺 ② 發出 … 的氣味; 有 … 的氣味 vi. ① 有嗅覺; 嗅 ② 散發氣味; 發臭氣 n. 嗅覺; 氣味; 臭味; 嗅; 聞 ~y adj. [俗]有臭味的 // ~ing salts 嗅鹽.

smelt /smelt/ n.【動】胡瓜魚; 香魚 vt.【冶】熔煉; 精煉 ~er n. 熔爐.

smile /smaɪl/ vi. ① 微笑; 冷笑 ②(+ **on**) 贊同; 鼓勵 vt. 以微笑表示; 發出某種微笑 n. 微笑, 笑容.

smirch /smɜːtʃ/ vt. 弄髒; 玷污(名譽等) n. 污跡; 污點.

smirk /smɜːk/ n. & vi. 傻笑; 洋洋自得的(地)笑.

smite /smaɪt/ vt.(過去式 smote 過去分詞 smitten) 重擊; 打; 敲擊.

smith /smɪθ/ n. 鐵匠, 鍛工; (用於複合詞) … 匠, 製造者 ~**y** n. 鐵匠鋪, 鍛工車間.

smithereens /ˌsmɪðə'riːnz/ pl. n. 碎片.

smitten /'smɪtⁿn/ v. the 的過去分詞 adj. (+ **with**) 突然迷戀上 …的.

smock /smɒk/ n. 工作服; (兒童)罩衫; (孕婦)寬鬆的女罩衫.

smog /smɒg/ n. 煙霧 ~**gy** adj.

smoke /sməʊk/ n. 煙; 吸煙; (泛指)香煙; 雪茄 vi. 冒煙; 抽煙 vt. 抽煙; 用煙熏; 熏製; 熏髒 ~**d** adj. (食品)熏製的 ~**free** adj. 禁止吸煙的 ~**screen** n. 【軍】煙幕 ~**stack** n. (工廠等的)大煙囪 // ~ **bomb** 煙霧彈 ~ **stone** 煙水晶 smoking car, smoking carriage 可吸煙車廂 smoking room 吸煙室.

smoker /'sməʊkə/ n. 吸煙者; (火車上的)可吸煙車廂.

smoky /'sməʊki/ adj. ① 冒煙的; 煙霧瀰漫的 ② 帶煙熏味道的 ③ 煙霧狀的; 煙色的.

smooch /smuːtʃ/ vi. & n. 擁吻.

smooth /smuːð/ adj. ① 平滑的; 平坦的; 平穩的 ② 平均的 ③ 平順

的 ④ 醇美的 ⑤ 流暢的 ⑥ [美俚]絕妙的 vt. ① 使平滑; 弄平 ② 消除(障礙、困難等) ③ 緩和(矛盾等) ~**ly** adv. ~**tongued**, ~**spoken** adj. 油嘴滑舌的.

smorgasbord /'smɔːgəsˌbɔːd, 'smɜː-/ n. [瑞典]北歐式(或斯堪的納維亞式)自助餐; 食物精美豐盛的自助餐.

smote /sməʊt/ v. smite 的過去式.

smother /'smʌðə/ v. ① (使)窒息; 悶熄; 悶住(火), 使透不過氣來 ② 覆蓋 ③ 忍住(笑、咳欠等).

smoulder, 美式 smolder /'sməʊldə/ n. & v. ① 用文火悶燒; 無火焰地慢慢燃燒 ② (仇恨等)悶在心中.

smudge /smʌdʒ/ n. 污跡; 污點 v. (被)弄髒, 形成污跡.

smug /smʌg/ adj. ① 自滿的; 沾沾自喜的 ② 整潔的 ~**ly** adv.

smuggle /'smʌgⁿl/ v. 走私; 偷運; 偷送 ~**r** n. 走私犯 smuggling n. 走私.

smut /smʌt/ n. ① 污跡; 煤塵 ② 下流的話(或故事、圖片等) ③ 黑穗病.

smutty /'smʌti/ adj. 有污跡的; 淫穢的.

snack /snæk/ n. ① 小吃; 快餐 ② 點心 vi. 吃快餐 // ~ **bar** 快餐櫃; 快餐部.

snaffle /'snæfⁿl/ v. [英俗]用不正當手段將 … 據為己有; 偷, 盜.

snag /snæg/ n. ① 障礙 ② 可造成損傷的尖銳或粗糙之物 ③ 衣服上被刺破的洞 vt. 劃破; 刺破.

snail /sneɪl/ n. 【動】蝸牛 // ~ **mail**

(與電子郵件相比而言的普通郵政服務)蝸牛郵政; 傳統郵政.

snake /sneɪk/ *n.* 蛇; 陰險的人 *vi.* 蜿蜒曲折地前進 **snaky** *adj.* 像蛇的; 蜿蜒的 // ~ **charmer** 弄蛇的人, 耍蛇者.

snap /snæp/ *v.* ① 突然折斷; 拉斷 ② 啪地一聲關上或打開 ③ 使發出劈啪聲 ④ 厲聲地說 ⑤ 拍快照 ⑥ (棒球)急傳 ⑦ 猛咬; 猛撲 *n.* ① 突然折斷; 快照; 劈啪聲 ② 猛咬 ③ 突變的瓦斯 ④ 輕鬆的事(或工作) ⑤ 小脆餅 **~pish** *adj.* 愛咬人的; 脾氣大的 **~py** *adj.* 活潑的; 急躁的; [俚]飛快的; [俗]漂亮的; 時髦的 **~shot** *n.* 快相 // ~ **lock** 彈簧鎖.

snare /snɛə/ *n.* 羅網; 圈套; 陷阱 *vt.* (用羅網、陷阱等)捕捉; (用計謀等)誘惑; 陷害.

snarl /snɑːl/ v. [動] 嗥叫, 咆哮; 吠叫 ② (人)怒吼; 厲聲說 ③ (使)糾結; 使混亂 n. ① 咆哮; 怒吼; 嗥叫 ② 纏結; 混亂; 糾結.

snatch /snætʃ/ v. ① 攫奪; 乘機獲取 ② [美俚]拐走; 綁架 n. ① 搶奪; 抓取 ② 片斷; 片刻.

snazzy /ˈsnæzi/ *adj.* (尤指衣物)漂亮的; 時髦的.

sneak /sniːk/ v. ① 偷偷地走; 偷竊 ② (兒童語)告密, 告發 n. 怯弱而詭詐的人; 告密者 ~ *adj.* 鬼鬼祟祟的.

sneakers /ˈsniːkəz/ *pl. n.* 膠底帆布鞋; 軟底鞋; 運動鞋.

sneer /snɪə/ v. 嘲笑; 輕蔑地笑; 嘲笑地說出 n. 嘲笑; 譏笑的表情(或言詞等).

sneeze /sniːz/ *n.* & *vi.* 噴嚏; 打噴嚏 // **not to be ~d at** 不可輕視.

snick /snɪk/ *vt.* 刻痕於; 在…上割小口. 刻痕; 小割口.

snicker /ˈsnɪkə/ *vi.* & *n.* = snigger.

snide /snaɪd/ *adj.* ① 冷嘲熱諷的; 嘲弄的 ② 虛偽的; 假的.

sniff /snɪf/ *v.* ① 用力吸; 抽鼻子 ② (+ out) 嗅出; 覺察出 ③ (+ at) 蔑視. 吸氣(聲); 嗅.

sniffle /ˈsnɪf ə l/ *vi.* & *n.* = snuffle.

snifter /ˈsnɪftə/ *n.* [俚]少量烈酒; 少量麻醉劑 ② 小口大肚酒杯.

snigger /ˈsnɪgə/ *vi.* & *n.* 竊笑; 暗笑.

snip /snɪp/ *v.* 剪, 剪斷 *n.* 剪; 剪口(或痕); 剪下的碎片; [英俚]便宜貨.

snipe /snaɪp/ *n.* (單複數同形) 【鳥】鷸; 沙錐鳥 *vi.* ① 狙擊 ② 誹謗 **~r** *n.* 狙擊手.

snitch /snɪtʃ/ *v.* ① 偷; 扒竊 ② (+ on) 告密 *n.* 告密者.

snivel /ˈsnɪv ə l/ *vi.* & *n.* ① 流鼻涕 ② 哭泣; 哭訴.

snob /snɒb/ *n.* 勢利小人; 自大的人.

snobbery /ˈsnɒbəri/ *n.* 諂上欺下(的言行).

snobbish /ˈsnɒbɪʃ/ *adj.* 諂上欺下的; 勢利的.

snook /snuːk/ *n.* [俚]一種表示輕蔑的動作 // **cock a ~ at** 以拇指頂着鼻尖, 其餘四指對某人搖動, 以示輕蔑.

snooker /ˈsnuːkə/ *n.* 彩色桌球遊戲(桌球的一種).

snoop /snuːp/ *vi.* (+ about /
around / into) [俗]打探; 窺探.

snooty /ˈsnuːtɪ/ *adj.* 目中無人的;
傲慢的.

snooze /snuːz/ *vi.* & *n.* (打)瞌睡,
打盹; 小睡.

snore /snɔː/ *v.* 打鼾 *n.* 鼾聲.

snorkel /ˈsnɔːkʲl/ *n.* (潛水者用的)
呼吸管; (潛艇用的)通氣裝置.

snort /snɔːt/ *v.* ① (馬等)噴鼻子;
發哼聲(以示輕蔑、厭惡等)
② [俚]吸毒 *n.* 噴鼻(聲); [俗]一
酒.

snot /snɒt/ *n.* [俚]鼻涕 **~ty** *adj.*
[俗] ① 流鼻涕的; 沾滿鼻涕的
② 傲慢的; 勢利的.

snout /snaʊt/ *n.* ① (動物的)口鼻
部; 豬嘴② 噴嘴; 突出的嘴狀物
③ [英俚]人的鼻子.

snow /snəʊ/ *n.* ① 雪; 降雪 ② 似
雪的東西; (電可卡因粉末 *vi.*
下雪; 雪一般地落下 *vt.* [美俗]
① 花言巧語地蒙騙 ② 用雪困
住 **~y** *adj.* 下雪的; 多雪的; 積雪
的; 雪白的 **~blind** *adj.* 雪盲的
~bound *adj.* 被雪困阻的 **~drift**
n. 雪堆 **~flake** *n.* 雪花 **~plough**
n. 清雪機 **~slide, ~slip** *n.* 雪崩
~storm *n.* 暴風雪.

snub /snʌb/ *n.* & *vt.* 慢待; 冷落;
無禮地對待 *adj.* (指鼻子)獅鼻子
似的; 低扁的.

snuff /snʌf/ *n.* 鼻煙; 燭花 *vt.* 剪
(燭)花 **~box** *n.* 鼻煙盒 // **~ film**
殺人實況影片 **~ it** [俚]死去
~ out [俗]使完結; 熄滅(燭花).

snuffle /ˈsnʌfʲl/ *n.* ① 抽鼻子 ② 鼻
音; 鼻塞聲 *vi.* 抽鼻子; 出聲地

嗅; 鼻塞時出聲地呼吸.

snug /snʌg/ *adj.* ① 溫暖舒適的
② (衣服)合身的; 緊身的 ③ [俗]
尚可的.

snuggle /ˈsnʌgʲl/ *vi.* 依偎; 挨近(以
求溫暖).

so /səʊ/ *adv.* 那麼, 那樣; 這麼; 如
此地; (代替上文中的形容詞、
名詞或動詞)也, 同樣 *conj.* 因而,
所以; 為的是; 那麼 *pro.* 如此;
左右, 上下, 約 *int.* 哦, 啊; 就這
樣; 好; 停住 **~-and~** *n.* ① 某某
人; 某某事 ② 討厭的人 **~-called**
adj. 所謂的; 號稱的 // **~ or ~** 大約,
左右 **~ as to** 以便; 以致 **~ long**
再見 **~ that** 為的是; 結果是.

soak /səʊk/ *v.* ① 浸泡; 浸濕; 吸收
② [俗]向⋯ 敲竹槓; 向⋯ 徵重
稅 ③ [美口]痛飲 **~ed** *adj.* 濕透
的 **~ing** *adj.* 使人濕透的.

soap /səʊp/ *n.* ① 肥皂 ② [俗]電
視連續劇 ③ [美俚]賄賂 *vt.* 用
肥皂擦洗; 塗肥皂於⋯ **~y** *adj.*
(似)肥皂的; 含有肥皂的; 諂媚
的 **~box** *n.* 臨時演說台 **~stone** *n.*
皂石(一種用作桌面或飾物的材
料) // **~ bubble** 肥皂泡 **~ opera**
(描繪家庭生活的)電視連續劇
~ powder 肥皂粉.

soar /sɔː/ *vi.* ① 高飛; 翱翔; 【空】
滑翔; 高聳; 屹立 ② (物價等)劇
增 ③ (思想等)向上; 昂揚.

sob /sɒb/ *n.* & *vi.* 嗚泣, 哽咽 *vt.* 哭
訴; 嗚咽着說 // **~ story** [俗]非常
悲傷的故事 **~ stuff** [俗]傷感的
文章(或話語)

sober /ˈsəʊbə/ *adj.* ① 清醒的, 沒
醉的 ② 嚴肅的; 冷靜的 ③ (指

顏色)樸素的; 素淨的 v. (使)清
醒; (使)嚴肅; (使)冷靜 **~ly** adv.

sobriety /səˈbraɪətɪ/ n. ① 清醒;
冷靜 ② 節制; 戒酒.

so(u)briquet /ˈsəʊbrɪˌkeɪ/ n. [法]綽
號, 諢名.

soccer /ˈsɒkə/ n. 英式足球.

sociable /ˈsəʊʃəbəl/ adj. 好交際
的; 友善的; 和藹的 **sociability** n.
sociably adv.

social /ˈsəʊʃəl/ adj. ① 社會的; 社
交的; 交際的; 愛交際的 ②(動
物)羣居的 ③ 交誼的 n. [俗]交
誼會, 聯歡會 **~ly** adv. 在社會
上; 在社交上; 善於交際地 **~ism**
n. 社會主義 **~ist** n. 社會主義
者; 社會主義的 **~ite** n. 社
會名流 **~ize** vt. 使社會化; 使
適合社會需要; 參加社交活動
// **~ housing** (為低收入家庭建
造的)公共住房 **~ indicator** 社
會生活改善指標 **~ networking**
【計】網上交誼 **~ security** 社會
保障(金) **~ services** 社會服務
~ studies (中小學的)社會科學課
程 **~ worker** 社工, 社會福利工
作者.

society /səˈsaɪətɪ/ n. ① 社會; 會,
社, 團體, 協會; 學會 ② 交往;
友誼 ③ (一個地方的)社會名流
④ 羣體生活.

sociology /ˌsəʊsɪˈɒlədʒɪ/ n. 社會學
sociological adj. **sociologist** n. 社
會學家.

sock /sɒk/ n. ① 短襪 ② [俗](用
拳)猛擊 vt. 拳打; 毆打 // **~ it to**
sb [俚]猛烈打擊; 給某人留下深
刻印象.

socket /ˈsɒkɪt/ n. ① 窩, 穴, 孔
② 【機】承窩, 套節 ③ 【電】插
口; 插座.

sod /sɒd/ n. ① 草皮; 方塊草皮
② [粗俗](罵人語)畜生 ③ 棘手
之事 v. [粗]叫他媽的 // **~ it** 他媽的
~ off 滾開.

soda /ˈsəʊdə/ n. 鹼, 小蘇打; 蘇打
水; 汽水 // **~ fountain** ① 散裝汽
水容器 ② 冷飲處 **~ water** 蘇打
水.

sodden /ˈsɒdən/ adj. ① 浸濕的; 濕
透的 ② (因飲酒過多而)遲鈍的.

sodium /ˈsəʊdɪəm/ n. 【化】鈉
// **~ carbonate** 碳酸鈉; 純
鹼 **~ hydroxide** 苛性鈉; 燒鹼
~ nitrate 硝酸鈉.

sodomy /ˈsɒdəmɪ/ n. 雞姦
sodomite n. 雞姦者.

sofa /ˈsəʊfə/ n. 沙發.

soft /sɒft/ adj. ① 軟的, 柔軟的
② 柔滑的; 柔和的 ③ 溫柔的;
溫和的 ④ 心腸軟的 **~en** vt. 弄
軟; 使柔和; 削弱 vi. 變軟, 軟化
~ly adv. **~ie, ~y** n. 柔弱的人; 多
愁善感的人 **~ball** n. 壘球(運動)
~~headed adj. 笨的 **~~hearted**
adj. 心腸軟的 **~~spoken** adj. 聲
音溫柔的; 中聽的 **~ware** n. 【計】軟
腦)軟件 // **~ copy** 【計】軟拷貝,
電子檔(現存於電腦中的文件)
~ drink 軟性飲料; 汽水 **~ drug**
軟性毒品; 不易成癮的毒品
~ error 軟性錯誤(不易發現的軟
件中的錯誤) **~ target** 易受攻擊
的目標.

soggy /ˈsɒgɪ/ adj. 濕透的; 因潮濕
而沉甸甸的.

soigné, (*fem.*) **soignée** /ˈswɑːnjeɪ, swɑːˌɲe/ *adj.* [法]整潔的; 衣着考究的; 高雅的.

soil /sɔɪl/ *n.* ① 土壤; 泥土; 土地 ② (俗)國家; 國土 *v.* ① 變髒; 弄髒 ② 弄污; 污辱 // **~ erosion** 土壤流失; 土壤侵蝕 **~ injector** 土壤注射器(注入肥料或殺蟲劑) **~ pipe** 污水管.

soiree /ˈswɑːreɪ/ *n.* 社交晚會.

sojourn /ˈsɒdʒɜːn/ *vi. & n.* 逗留, 寄居.

solace /ˈsɒlɪs/ *vt. & n.* 慰藉, 安慰(物).

solar /ˈsəʊlə/ *adj.* 太陽的; 利用太陽光的 // **~ cell** 太陽能電池 **~ eclipse** 日食 **~ energy, ~ power** 太陽能 **~ flare** 太陽耀斑 **~ panel** 太陽能電池板 **~ system** 太陽系.

solarium /səʊˈleərɪəm/ *n.* (*pl.* **-lariums, -laria**) 日光浴室; 日光浴床.

sold /səʊld/ *v.* sell 的過去式及過去分詞.

solder /ˈsɒldə/ *n.* 焊料; 焊錫; 接合物 *vt.* 焊接.

soldier /ˈsəʊldʒə/ *n.* 士兵; 軍人; 戰士 *vi.* 從軍 **~ly** *adj.* 軍人似的; 英勇的 // **~ on** 不屈不撓地堅持下去.

sole /səʊl/ *n.* ① 腳掌; 鞋底; 襪底 ② 比目魚 *adj.* 唯一的; 單獨的; 獨身的 *vt.* 給鞋換新底 **~ly** *adv.* 單獨; 僅僅; 唯一.

solecism /ˈsɒlɪˌsɪzəm/ *n.* ① 語法錯誤; 文理不通 ② 失禮, 舉止不當.

solemn /ˈsɒləm/ *adj.* 嚴肅的; 莊重

的; 正式的; 一本正經的 **~ity** *n.* **~ize** *vt.* 隆重舉行; 隆重紀念; 使莊重 **~ly** *adv.*

solenoid /ˈsəʊlɪˌnɔɪd/ *n.* 【電】螺形線圈.

sol-fa /ˈsɒlˈfɑː/ *n.* 【音】階名唱法; 首調唱法.

solicit /səˈlɪsɪt/ *v.* ① 請求, 懇求 ② 徵求 ③ (妓女)拉客 **~ation** *n.*

solicitor /səˈlɪsɪtə/ *n.* ① 律師 ② [美]推銷員.

solicitous /səˈlɪsɪtəs/ *adj.* 焦慮的, 關心的; 渴望的 **solicitude** *n.*

solid /ˈsɒlɪd/ *adj.* ① 固體的; 堅牢的; 結實的 ② 實心的; 無空隙的 ③ 純的; 可靠的 ④ 不間斷的 ⑤ 沒分歧的; 立體的 **~ify** *v.* (使)變堅固; (使)凝固; 充實 **~ity** *n.* 固體性; 固態; 堅固 **~-state** *adj.* 固態的; 固態物理學的 // **~ fuel** 固體燃料; 固態燃料 **~ geometry** 立體幾何 **~ solution** 【物】【化】固溶體.

solidarity /ˌsɒlɪˈdærɪtɪ/ *n.* 團結一致.

soliloquy /səˈlɪləkwɪ/ *n.* 自言自語的; 【劇】獨白.

solipsism /ˈsɒlɪpˌsɪzəm/ *n.* 【哲】唯我論.

solitaire /ˌsɒlɪˈteə, ˈsɒlɪˌteə/ *n.* ① 單人紙牌遊戲 ② (耳環、戒指上的)獨立寶石 ③ 鑲單顆寶石的首飾.

solitary /ˈsɒlɪtərɪ, -trɪ/ *adj.* 獨居的; 孤獨的; 孤僻的; 唯一的; 偏僻的 // **~ confinement** 單獨監禁.

solitude /ˈsɒlɪˌtjuːd/ *n.* 孤獨; 隱居; 寂寞; 偏僻的地方.

solo /ˈsəʊləʊ/ *n.* ① 獨唱(曲); 獨奏(曲) ② (空軍)單飛 *adj.* 獨唱的; 獨奏的; 單獨表演的; 單獨進行的 *adv.* 單獨地 **~ist** *n.* 獨唱(或獨奏)者; 單飛者.

solstice /ˈsɒlstɪs/ *n.* 【天】至, 至點; 至日(一年中冬天白天最短或夏天白天最長的一天) // the summer / winter ~ 夏/冬至.

soluble /ˈsɒljʊbˈl/ *adj.* 可溶解的; 可解決的; 可解釋的 solubility *n.*

solution /səˈluːʃ'n/ *n.* 溶解; 溶液; 解決; 解答; 解決辦法.

solvable /ˈsɒlvəbˈl/ *adj.* 可解答的; 可解決的; 可解釋的.

solve /sɒlv/ *vt.* 解答; 解決; 解釋.

solvency /ˈsɒlvənsɪ/ *n.* ① 償付能力 ② 溶解力 solvent *adj.* 有償付能力的; 有溶解力的 *n.* 溶劑; 溶媒.

sombre, 美式 **-er** /ˈsɒmbə/ *adj.* 昏暗的; 陰沉的; 憂鬱的; 暗淡的.

sombrero /sɒmˈbreərəʊ/ *n.* (拉美各國流行的)闊邊帽.

some /sʌm, səm/ *adj.* ① 若干的; 一些; 有些 ② 某一 ③ [美俗]極好的; 了不起的 *pro.* 一些; 若干; 有些人; 有些東西 *adv.* 大約; 幾分; 稍微.

somebody /ˈsʌmbədɪ/ *pro.* ① 某人; 有人 ② 重要人物.

somehow /ˈsʌmhaʊ/ *adv.* 以某種方法; 不知怎麼地.

someone /ˈsʌm,wʌn, -wən/ *pro.* 某人; 有人.

somersault, summersault /ˈsʌmə,sɔːlt/ *n. & vi.* (翻)筋斗.

something /ˈsʌmθɪŋ/ *pro.* ① 某事; 某物 ② 重要的東西(事) *adv.* 幾分, 稍微, 有點 // ~ like 有一點像; 大約.

sometime /ˈsʌm,taɪm/ *adv.* 在某一時候; 某日 *adj.* 以前的.

sometimes /ˈsʌm,taɪmz/ *adv.* 不時; 有時候; 間或.

somewhat /ˈsʌm,wɒt/ *adv.* 有幾分; 有一點.

somewhere /ˈsʌm,weə/ *adv.* 在某處; 到某處 *pro.* 某處.

somnambulism /sɒmˈnæmbjʊ,lɪzəm/ *n.* 夢遊(症) somnambulist *n.* 夢遊(症患)者.

somnolent /ˈsɒmnələnt/ *adj.* ① 想睡的; 睏倦的 ② 催眠的 somnolence, somnolency *n.* 瞌睡; 嗜睡.

son /sʌn/ *n.* 兒子; (*pl.*)(男性)子孫後代; (老年人對男孩或年輕男子的稱呼)孩子 **~-in-law** *n.* (*pl.* ~s-in-law) 女婿.

sonar /ˈsəʊnɑː/ *n.* 聲納; 探測儀器.

sonata /səˈnɑːtə/ *n.* [意]奏鳴曲.

son et lumière /sɒn eɪ ˈluːmɪeə, sɔ̃ e lymjɛr/ *n.* [法]實地歷史回顧晚會(以講述或歌舞表現形式配合燈光、音響和錄音效果在名勝古蹟或名建築物前, 再現該處在歷史各階段的情況, 使人感覺彷彿置身於當時的環境中).

song /sɒŋ/ *n.* 歌, 歌曲; 唱歌; 聲樂 **~ster** *n.* 歌手, 歌唱家; 鳴禽 **~stress** *n.* 女歌手, 女歌唱家 **~writer** *n.* 歌曲作家.

sonic /ˈsɒnɪk/ *adj.* 【物】聲音的; 音速的; 利用音波的 // ~ boom (超音速飛機引起的)音爆, 轟聲.

sonnet /ˈsɒnɪt/ *n.* 十四行詩.

sonny /ˈsʌnɪ/ *n.* (作稱呼用)孩子, 小寶貝.

sonorous /səˈnɔːrəs, ˈsɒnərəs/ *adj.* 響亮的; 洪亮的; (語言、文字) 莊重的 sonority *n.* 響亮; 宏亮.

soon /suːn/ *adv.* 立刻; 不久; 早; 快 // as ~ as possible 盡早(或快) ~er or later 遲早.

soot /sʊt/ *n.* 煤煙; 黑煙灰 ~y *adj.* 沾滿煙灰的; 讓煙灰弄黑的; 黑 色的.

soothe /suːð/ *vt.* ① 安慰, 撫 慰 ② 使平靜 ③ 緩和, 減輕 soothing *adj.* soothingly *adv.*

soothsayer /ˈsuːθˌseɪə/ *n.* 算命先 生, 占卜者; 預言者.

sop /sɒp/ *n.* ① 吃之前浸在牛奶或 湯中的麵包片 ② 賄賂 ③ 安慰 品 *vt.* 浸泡; (用海綿等)把液體吸 乾.

sophism /ˈsɒfɪzm/ *n.* 詭辯 sophist *n.* 詭辯家 sophistic(al) *adj.* 詭辯 的 sophistry *n.* 詭辯法.

sophisticated /səˈfɪstɪˌkeɪtɪd/ *adj.* ① 久經世故的, 老練的 ② 高雅 的 ③ 尖端的 ④ 複雜的 ⑤ 精細 的 sophisticate *n.* 久經世故的人 sophistication *n.*

sophomore /ˈsɒfəˌmɔː/ *n.* [美]高中 或大學二年級學生.

soporific /ˌsɒpəˈrɪfɪk/ *adj.* 催眠的 *n.* 催眠劑, 安眠藥.

soppy /ˈsɒpɪ/ *adj.* [英俗]過於傷感 的; 感情脆弱的.

soprano /səˈprɑːnəʊ/ *or* sopranist *n.* ① 女高音; 高音部 ② 女高音 歌手.

sorbet /ˈsɔːbeɪ, -bɪt/ *n.* (果汁、 糖、水調製的)沙冰; 雪葩.

sorcerer /ˈsɔːsərə/ *(fem.)* **sorceress** /ˈsɔːsərɪs/ *n.* 巫師; 術士.

sordid /ˈsɔːdɪd/ *adj.* ① (指地方等) 骯髒的; 破爛的 ② (指人、行為 等)卑鄙的; 自私的; 下賤的.

sore /sɔː/ *adj.* ① 疼痛的 ② 使人 惱火的 ③ 厲害的, 嚴重的 *n.* (身 體上的)痛處; 傷處 ~ly *adv.* 非 常, 很; 嚴重地; 劇烈地 ~ness *n.* 疼痛.

sorghum /ˈsɔːgəm/ *n.* 【植】高粱.

sorority /səˈrɒrɪtɪ/ *n.* [美](大學中 的)女生聯誼會, 女生聯誼會成 員.

sorrel /ˈsɒrəl/ *n.* 【植】酸模 ② 紅褐色, 栗色; 栗色馬.

sorrow /ˈsɒrəʊ/ *n.* ① 悲傷, 悲哀 ② 悔恨 ③ 不幸; 悲傷的原因 *vi.* 悲傷; 悔恨 ~ful *adj.*

sorry /ˈsɒrɪ/ *adj.* 抱歉的, 惋惜的, 難過的, 慚愧的; 對不起的.

sort /sɔːt/ *n.* ① 種類, 類別 ② 品 質, 本性 ③ 某一種人 *vt.* 分類; 整理; 劃分; 挑選 // out of ~s 身 體不適; 情緒不佳 ~ of [俗]有 幾分地 ~ out 整理; 揀出; 解決; [俚]懲治.

sortie /ˈsɔːtɪ/ *n.* 【軍】(由城內)突 圍; 出擊 ② (作戰機)出動的架次 ③ 臨時出門(去陌生地方).

SOS /ˌɛs əʊ ˈɛs/ *n.* 【無】呼救訊號, 求救電報, 緊急求救.

so-so /ˈsəʊˌsəʊ/ *adj. & adv.* [俗]平 平常常; 一般; 還過得去.

sot /sɒt/ *n.* 酒鬼.

sotto voce /ˌsɒtəʊ ˈvəʊtʃɪ/ *adj. &*

adv. [意]低聲的(地).

sou /suː/ *n.* (法國昔日的低值硬幣) 蘇; [俗]極少的錢.

soufflé /ˈsuːfleɪ/ *n.* [法]蛋奶酥, 梳乎厘.

sough /saʊ, sʌf/ *n.* (風的)颯颯聲 *vi.* (風)颯颯作響.

sought /sɔːt/ *v.* seek 的過去式及過去分詞.

soul /səʊl/ *n.* ① 靈魂; 幽靈 ② 高尚氣魄; 精神力量 ③ 典型; 化身 ④ 精髓 ⑤ = ~ **music** [美](黑人的一種當代流行音樂)靈魂音樂 ⑥ 人 ~**ful** *adj.* 感情上的; 深情的 ~**less** *adj.* 沒有靈魂的; 麻木不仁的 ~**-destroying** *adj.* 枯燥無味的; 折磨人的 ~**-searching** *n.* 自我反省 ~**-stirring** *adj.* 令人振奮的.

sound /saʊnd/ *n.* ① 聲音 ② 語氣; 含意 ③ 可聽到的範圍 *vi.* 作響; 發出聲音; 聽起來; 探測深度 *vt.* 使發出聲音; 發出; 發佈; 【醫】聽診; 探測 *adj.* ① 完好的; 健全的 ② 正確的; 合理的 ③ 穩妥的; 可靠的 ④ 牢固的; 徹底的 ⑤ 嚴厲的 ⑥ (睡眠)深沉的 ~**ings** *n.* 探詢; 試探; 測出的水的深度 ~**less** *adj.* 無聲的; 寂靜的 ~**ly** *adv.* 健全地; 完全地; 徹底地; 可靠地; 穩健地; 正確地 ~**proof** *adj.* 隔音的 // ~ **barrier** 音障 ~ **card**【計】聲效卡 ~ **effects** 音響效果 ~ **wave** 聲波 ~**ing board** 被諮詢的人; 被徵詢的人.

soup /suːp/ *n.* 湯; 羹.

soupçon /supsɔ̃/ *n.* [法]少量(的攙加物).

sour /saʊə/ *adj.* ① 酸的; 酸味的; 酸腐的 ② 脾氣壞的; 乖戾的; 討厭的; 拙劣的 *v.* (使)變酸; (使)惡化; (使)變乖戾 ~**puss** *n.* [俚]脾氣壞的人.

source /sɔːs/ *n.* 源頭; 源泉; 來源; 出處 // ~ **code**【計】原始碼 ~ **language** (譯本的)原語.

souse /saʊs/ *vt.* 將 ⋯ 投入水中; 將水倒在 ⋯ 上; 醃漬 *n.* 醃漬用的汁; [美]醃漬品 ~**d** *adj.* [俚]喝醉酒的.

south /saʊθ/ *n.* 南; 南方; 南部 *adj.* 南方的; 在(或向)南方的 *adv.* 向(或朝)南 ~**erly** *adj.* & *adv.* (指風)自南方的(地); 向南方的 ~**ern** *adj.* 南方的; 在南方的 ~**east** *n.*, *adj.* & *adv.* 東南; 在(或向、自)東南(的) ~**eastern** *adj.* 東南方的; 在(或自)東南方的 ~**ward(s)** *adv.* & *adj.* (指旅行)向(或朝)南(的) ~**west** *n.*, *adj.* & *adv.* 西南; 在(或向、自)西南的 ~**western** *adj.* 西南方的; 在(或自)西南方的 // S-**Pole** 南極.

souvenir /ˌsuːvəˈnɪə, ˈsuːvəˌnɪə/ *n.* 紀念品.

sou'wester /saʊˈwɛstə/ *n.* (海員用的)防水帽.

sovereign /ˈsɒvrɪn/ *adj.* ① (指權力)最高的; (指國家、統治者等)有主權的 ② 有絕對權力的; 非常有效的 ③ 極好的 *n.* ① 君主; 元首 ② 舊時英國的一鎊金幣 ~**ty** *n.* 主權; 君權; 主權國家的地位.

soviet /ˈsəʊvɪət, ˈsɒv-/ *n.* (前蘇聯

sow ¹ /səʊ/ v. (過去式 sowed 過去分詞 sowed, sown) ① 播種; 播種於⋯② 散佈; 傳播③ 引起.

sow ² /saʊ/ n. 母豬.

sown /səʊn/ v. sow 的過去分詞.

soya bean /ˈsɔɪə ˌbiːn/ or 美式 soybean n. 大豆; 黃豆.

soy sauce /ˈsɔɪ ˌsɔːs/ n. 醬油.

sozzled /ˈsɒzəld/ adj. [俚] 爛醉的; 喝醉的.

spa /spɑː/ n. 水療中心; 礦泉; 礦泉療養地 // ~ water 礦泉水.

space /speɪs/ n. ① 空間; 太空; 間隔; 空地 ② 空曠處; 餘地 ~craft, ~ship n. 太空船; 宇宙飛船 ~man n. 太空人, 宇航員 ~suit n. 宇航服, 太空服 // ~ bar (電腦鍵盤上的)空白鍵 ~ capsule 太空飛船座艙 ~ probe 太空探測器 ~ shuttle 航天飛機 ~ station 太空站, 航天站.

spacious /ˈspeɪʃəs/ adj. 寬敞的; 廣闊的.

spade /speɪd/ n. 鏟; 鍬; (紙牌)黑桃 // call a ~ a ~ 直言不諱.

spaghetti /spəˈɡɛtɪ/ n. 意粉.

span /spæn/ n. ① (拱門或橋樑的)跨度, 架徑 ② 一段時間, 期間 ③ [舊]一拃, 指距 vt. ① (橋)橫跨; 跨越 ② 架; 延伸 ③ 用拃量.

spangle /ˈspæŋɡl̩/ n. (用於服裝的)亮晶晶的小飾片 vt. 用亮晶晶的小飾片裝飾.

Spaniard /ˈspænjəd/ n. 西班牙人 Spanish n. 西班牙語 adj. 西班牙(人或語)的.

spaniel /ˈspænjəl/ n. 獵犬(一種長毛垂耳狗).

spank /spæŋk/ vt. 打(小孩)屁股, 拍打 vi. [舊][俗](馬、船、車)飛跑; 突駛 n. 一巴掌; 拍打.

spanner /ˈspænə/ n. [英]扳鉗; 扳手; 螺絲扳子.

spar /spɑː/ n. 【船】檣, 桁, 桅 【礦】晶石 vi. 練習拳擊; (常為友好地)爭論.

spare /speə/ v. ① 饒恕; 饒命; 赦免; 不傷害 ② 節省; 吝惜; 省掉 ③ 抽出(時間) ④ 讓給 adj. ① 多餘的; 空閒的; 備用的 ② 少量的; 貧乏的 ③ (指人)瘦的 n. (機器、汽車等的)備用件; 備用車輪 sparing adj. 節省的 sparingly adv. 節省地 // (and) to ~ 有餘; 大量 ~ part 備用零件 ~ tyre 備用輪胎.

sparerib /ˌspeəˈrɪb/ n. 排骨; 豬肋骨.

spark /spɑːk/ n. 火花; 火星; 一點點 vi. 發出火花; 冒火星 vt. [俗]引起, 激發 // ~ plug [電]【機】火花塞.

sparkle /ˈspɑːkl̩/ vi. ① 閃耀; 閃光 ② 充滿活力和機智; 精神煥發 n. 閃耀; 閃光; 生氣; 活力 ~r n. (一種能在手, 發小火花的)煙花; [俚](pl.)金剛鑽 sparkling adj. (酒等)起泡的; 才華橫溢的.

sparrow /ˈspærəʊ/ n. ① 麻雀 ② [美]個子矮小的人.

sparse /spɑːs/ adj. 稀疏的; 稀少的.

spartan /ˈspɑːtn̩/ adj. ① (指條件)艱苦的; 簡樸的 ② 剛毅的.

spasm /ˈspæzəm/ n. 痙攣; 抽搐;

(動作、感情等)一陣發作 **~odic** *adj.* 痙攣(性)的; 由痙攣引起的; 間歇的; 一陣陣的.

spastic /ˈspæstɪk/ *adj.* 痙攣的; 患大腦痲痺症的. *n.* 腦痲痺症患者.

spat /spæt/ *v.* spit 的過去式及過去分詞 *n.* ① (常用複) 鞋罩 ② [美] 鬥嘴.

spate /speɪt/ *n.* ① 突然泛濫; 洪水 ② 大量; 突然增多.

spathe /speɪð/ *n.* 【植】佛焰苞.

spatial, -cial /ˈspeɪʃəl/ *adj.* 空間的; 有關空間的; 存在於空間的.

spatter /ˈspætə/ *vt.* 濺; 灑; 潑 *vi.* 滴落; 紛落 *n.* ① 濺; 潑; 滴落 ② 淅瀝聲; 濺落聲.

spatula /ˈspætjʊlə/ *n.* ① (尤指用於畫油畫或烹飪用的)刮鏟; 抹刀, 刮刀 ② 【醫】壓舌板.

spawn /spɔːn/ *n.* (魚、青蛙、貝類等的)卵, 子; 【生】菌絲 *v.* (魚等)產(卵); 大量湧現, 大量產生.

spay /speɪ/ *vt.* 切除(動物)的卵巢.

speak /spiːk/ (過去式 spoke 過去分詞 spoken) *vi.* 說話; 講話; 講話; 講演; 發言, 表明含義 *vt.* 說, 講(某種語言); 說出, 顯示, 表達, 宣告 **~er** *n.* 說話者; 講演者; 發言人; 說某種語言的人; (S-)議長; [俗]揚聲器 **// not to ~ of** 不值得一提; 更不用說 **~ ill / well of sb** 說某人壞/好話 **~ out** 大膽說出自己的看法, 明確說出自己的意見 **~ out against sth** 大膽抗議 **~ up** 大聲點說, 聲音洪亮地說.

spear /spɪə/ *n.* ① 矛; 槍; 梭鏢 ② (草的)嫩葉, 幼芽 *vt.* 用矛刺, (用尖利的東西)刺 **~head** *vt.* 帶頭進行; 當 ⋯ 的先鋒.

spearmint /ˈspɪəmɪnt/ *n.* 【植】薄荷; 留蘭香.

spec /spek/ *n.* 用於慣用語 **on ~** 冒險地; 碰運氣地.

special /ˈspeʃəl/ *adj.* ① 特別的; 專門的; 特設的 ② 例外的; 格外的 *n.* 臨時警察; 臨時列車; 臨時增刊; 特價商品 **~ly** *adv.* **~ist** *n.* 專家 **~ity** *n.* 專業, 專長; 特產; 特級產品; 特別優秀的服務 **~ize** *vi.* 成為專家; 專門研究; 專攻, 因 ⋯ 而聞名 *vt.* ① 使專門化 ② 特別指明 **~ization** *n.* 特殊化; 專門化 **~ty** *n.* ([美]亦作 = ~ity).

specie /ˈspiːʃiː/ *n.* 硬幣.

species /ˈspiːʃiːz/ *n.* (單複數同形) 種類; 【生】種, 物種.

specific /sprˈsɪfɪk/ *adj.* ① 具體的; 明確的 ② 特殊的 ③ (藥)特效的 *n.* ① 特效藥 ② 具體細節 ③ 特性 **~ally** *adv.* **~ation** *n.* 詳細說明; 明細單; 計劃書; 規格; 詳述; 說明書 **// ~ gravity** 比重.

specify /ˈspesɪfaɪ/ *vt.* 規定; 指定; 載明; 詳細說明.

specimen /ˈspesɪmɪn/ *n.* 標本; 樣本; 樣品; 範例; 抽樣; 取樣; [俗]怪人.

specious /ˈspiːʃəs/ *adj.* 表裏不一的; 華而不實的; 似是而非的.

speck /spek/ *n.* ① 微粒; 斑點; 污點 ② 一點點.

speckle /ˈspekl/ *n.* (皮膚、羽毛、蛋殼等上的)小斑點 **~d** *adj.* 有斑點的.

specs /spɛks/ *pl. n.* [俗]眼鏡.

spectacle /ˈspɛktəkḷ/ *n.* ① 盛大的公開展示(或遊行、表演); 大場面 ② 奇觀; 壯觀; 景象 ③ (*pl.*)眼鏡 **~d** *adj.* 戴眼鏡的.

spectacular /spɛkˈtækjələ/ *adj.* 壯觀的; 引人注目的; 驚人的.

spectate /spɛkˈteɪt/ *v.* 觀看(比賽等).

spectator /spɛkˈteɪtə/ *n.* 觀眾; 旁觀者; 目擊者.

spectre, 美式 -er /ˈspɛktə/ *n.* 鬼; 鬼魂; 可怕的心理陰影 **spectral** *adj.* 鬼怪(似)的, 幽靈(似)的.

spectroscope /ˈspɛktrəˌskəʊp/ *n.* 【物】分光鏡.

spectrum /ˈspɛktrəm/ *n.* (*pl.* **-tra**) ①【物】光譜; 頻譜 ② 廣闊的範圍.

speculate /ˈspɛkjəˌleɪt/ *v.* ① 揣測, 推測 ② 投機; 做投機生意 **speculation** *n.* **speculative** *adj.* **speculator** *n.* 投機商.

sped /spɛd/ *v.* speed 的過去式及過去分詞.

speech /spiːtʃ/ *n.* 說話; 談話; 說話的能力(或方式); 演說; 發言 **~less** *adj.* 說不出話來的; 難以用語言表達的 // **~ recognition** 【計】語言識別 **~ synthesis**【計】言語合成 **~ therapy** 語言障礙療法.

speed /spiːd/ *n.* ① 速度; 快捷; 速率 ② 膠片的感光度 *vi.* (過去式及過去分詞 sped 或 **~ed**) (**+ up**) 快速前進; 超速行駛; 加速 *vt.* 使快速前進; 使加快速度 **~er** *n.* 違章超速駕駛者 **~ing** *n.* 違章超速

行駛 **~y** *adj.* [俗]動作迅速的, 快的 **~boat** *n.* 快艇 **~ometer** *n.* 示速器; 里程計.

spel(a)eology /ˌspiːliˈɒlədʒi/ *n.* 洞穴學; 洞穴探險運動.

spell /spɛl/ (過去式及過去分詞 spelt 或 **~ed**) *vt.* ① 拼寫; 拼作 ② 招致 ③ 意味着 (**+ out**) 使…清楚易懂; 詳細解釋 *vi.* 拼寫 *n.* ① (活動或工作進行的)一段時間; (某事物持續的)時期 ② 輪班 ③ 符咒; 咒語 ④ 誘惑力; 吸引力 **~ing** *n.* 拼詞; 拼詞能力; (詞的)拼法 **~bound** *adj.* 着迷的; 被符咒鎮住(似)的 **~checker** *n.*【計】拼寫檢查程式.

spelt /spɛlt/ *v.* spell 的過去式及過去分詞.

spend /spɛnd/ *v.* (過去式及過去分詞 spent) ① 花(錢); 花費(時間) ② 用盡, 耗盡 ③ 度過; 消磨 **~thrift** *n.* 揮霍的心; 浪費金錢的人.

spent /spɛnt/ *v.* spend 的過去式及過去分詞 *adj.* 失去效能的; 已被使用過的; 筋疲力盡的.

sperm /spɜːm/ *n.* 精液, 精子 **~icide** *n.*【醫】殺精劑 // **~ whale**【動】抹香鯨, 抹香鯨.

spermaceti /ˌspɜːməˈsɛtɪ, -ˈsiːtɪ/ *n.* 鯨腦油; 鯨蠟.

spermatozoon /ˌspɜːmətəˈzəʊɒn/ *n.* (*pl.* **-zoa**)【生】精子; 精蟲.

spew /spjuː/ *v.* 嘔吐, 吐; 湧出, 噴出.

sphagnum /ˈsfægnəm/ *n.* (*pl.* **-na**)【植】水蘚, 水苔.

sphere /sfɪə/ *n.* ① 球體; 球形之物

② 範圍; 領域 ③ 社會團體; 社會地位 **spherical** /adj./ 球形的; 球的, 球狀的.

sphincter /ˈsfɪŋktə/ n.【解】括約肌.

sphinx /sfɪŋks/ n. ① (**the S-**)【希神】斯芬克斯(帶翼獅身女怪) ② (**the S-**)(古埃及)獅身人面像 ③ 神秘的人; 謎一樣的人.

spice /spaɪs/ n. ① 香料, 調味品, 佐料 ② 趣味, 情趣 vt. ① 用香料提味 ② 使增添趣味.

spick /spɪk/ adj. 用於慣用語 **~ and span** 極整潔的.

spicy /ˈspaɪsɪ/ adj. 加香料的; (故事等)有刺激性的; 下流的.

spider /ˈspaɪdə/ n. 蜘蛛;【計】蜘蛛程式.

spiel /ʃpiːl/ n. [俚]滔滔不絕的話語.

spigot /ˈspɪɡət/ n. (木桶等上開口處的)塞子, 木塞.

spike /spaɪk/ n. ① 長釘; 尖釘; 尖頭 ② (pl.)(賽跑穿的)釘鞋 ③ (植物的)穗; 穗狀花 vt. 加尖釘於…; 用尖釘刺傷 **spiky** adj. ① 尖的; 銳利的 ② (人)尖銳的; 易怒的; 難以相處的.

spill /spɪl/ v. (過去式或過去分詞 **-ed** 或 **spilt**)(使)溢出; 灑出; 潑出; 泄露 (從馬、自行車等上)摔下; (點火用的)紙捲兒 **~way** n. 溢洪道; 泄水道 // **~ the beens** [俗]泄露消息; 泄露秘密.

spilt /spɪlt/ v. spill 的過去式及過去分詞.

spin /spɪn/ v. (過去式及過去分詞 spun) ① 紡; 紡紗 ② (蜘蛛等)

吐絲結(網) ③ (使)迅速旋轉 n. ① 旋轉 ② (乘車等)兜一圈, 兜風 **~ner** n. 紡紗工 **~-dryer** n. (衣服的)甩乾機.

spina bifida /ˈspaɪnə ˈbɪfɪdə/ n.【醫】脊柱裂.

spinach /ˈspɪnɪdʒ, -ɪtʃ/ n. 菠菜.

spinal /ˈspaɪnˈl/ adj.【解】脊椎(骨)的; 脊柱的 // **~ column** 脊柱.

spindle /ˈspɪndˈl/ n. 紡錘, 錠子; 軸心; 軸.

spindrift /ˈspɪndrɪft/ n. 浪花.

spine /spaɪn/ n. ①【解】脊柱, 脊椎(骨) ② 書脊, 書背 ③ (仙人掌、刺蝟等的)針刺 **-less** adj. (動物)無脊椎的; (人)懦弱的; 無骨氣的 **spiny** adj. 有刺的; 多刺的.

spinet /ˈspɪnɛt, spɪˈnɛt/ n. 古鋼琴 (小型直立式撥弦鍵琴).

spinnaker /ˈspɪnəkə/ n. 賽艇的大三角帆.

spinney /ˈspɪnɪ/ n. [英]樹叢; 小灌木林.

spinster /ˈspɪnstə/ n. 未婚婦女; 老處女.

spiral /ˈspaɪərəl/ adj. 螺旋形的; 螺線的 n. 螺旋線; 螺旋形物體; 不斷的增或減 vi. 呈螺旋狀移動; 盤旋運動; 不斷增加或減少.

spire /spaɪə/ n. (尤指教堂的)塔尖; 尖頂.

spirit /ˈspɪrɪt/ n. ① 精神; 心靈; 靈魂 ② 鬼魂; 精靈, 妖精 ③ 人 ④ 勇氣; 活力 ⑤ 心境, 態度 ⑥ 本質; 真義 ⑦ (pl.)烈酒, 酒精 vt. 迅速而秘密地攜走; 拐走 **-ed** adj. 活潑的; 猛烈的 **~ual** adj.

① 精神(上)的; 心靈上的 ② 宗教的; 上帝的; 神聖的 ~ualism n. 唯靈論; 招魂論; 招魂術 ~ualist n. 唯靈論者; 招魂術巫師 ~uous adj. 含酒精的 // ~ level (氣泡)水準儀.

spit /spɪt/ (過去式及過去分詞 spat) vt. 從口中吐(唾沫等); 激烈地説 vi. ① 吐口水; 吐痰 ② (火等)發出劈啪聲 ③ [俗]下小雨 n. ① 口水, 唾液 ② 烤肉鐵叉 ③ 岬 ~toon n. 痰盂.

spite /spaɪt/ n. 惡意; 怨恨 vt. 刁難; 欺負; 仇視 ~ful adj. // in ~ of 儘管; 不管, 不顧.

spitfire /'spɪt.faɪə/ n. 烈性子的人.

spittle /'spɪt'l/ n. 唾沫; 痰.

spiv /spɪv/ n. [俚]不務正業而衣著講究的人; 騙子.

splash /splæʃ/ v. 濺, 潑; 濺濕; 濺污; 飛濺; 濺落 ② 揮霍 ③ 以顯眼的位置展示(或發表) ④ 飾以不規則的彩色圖案 ~board n. (車的)擋泥板 ~down n. (宇宙飛船的)海上濺落.

splatter /'splætə/ v. (使)不斷發出潑濺聲; 濺濕; 濺污.

splay /spleɪ/ v. (使)一端張開(或擴大); (使)呈八字形.

spleen /spli:n/ n. ①【解】脾; 脾臟 ② 怒氣; 壞脾氣.

splendid /'splendɪd/ adj. 華麗的; 輝煌的; 壯麗的; [俗]極好的.

splendour, 美式 **splendor** /'splendə/ n. 華麗; 輝煌; 壯麗; 光輝.

splenetic /splɪ'netɪk/ adj. ① 脾氣暴躁的 ② 脾臟的.

splice /splaɪs/ vt. 捻接; 編結(繩頭); 疊接(錄音帶等).

splint /splɪnt/ n. (醫用)夾板.

splinter /'splɪntə/ n. (木頭、玻璃等的)碎片; 裂片; 尖片 v. (使)成碎片; 碎裂; (從某組織中)分裂出來.

split /splɪt/ v. (過去式及過去分詞 ~) ① (使)裂開; 劈開; (使)分裂; 分開 ② 分擔; 分享 ③ [俚]離開 n. ① 裂開, 裂口; 裂縫 ② 分歧, 不和 ~level adj. (房屋、房間)錯層性的 // ~ infinitive【語】分裂不定式 ~ screen (電視、電腦屏幕上)分區顯示; 分割屏幕 ~ second 一剎那 ~ting headache 劇烈的頭痛.

splotch /splɒtʃ/ or **splodge** n. 污痕; 污漬.

splurge /splɜ:dʒ/ v. & n. 揮霍, 浪費; 炫耀; 賣弄.

splutter /'splʌtə/ or **sputter** v. 氣急敗壞地説; 發噗噗聲; 爆裂聲; 劈啪聲.

spoil /spɔɪl/ v. (過去式及過去分詞 ~t 或 ~ed) ① 損壞; 破壞 ② 寵壞; 縱容; 嬌養 ~s 臟物; 戰利品; 政治利益 ~age n. 損壞; (食物)變質 ~sport n. 掃興的人 // be ~ing for 渴望.

spoke /spəʊk/ v. speak 的過去式 n. 輪輻; 輻條 ~sman n. (pl. -men) 發言人; 代言人.

spoken /'spəʊkən/ v. speak 的過去分詞 adj. 口頭的; 口語的.

spoliation /ˌspəʊlɪ'eɪʃən/ n. 掠奪; 搶劫.

sponge /spʌndʒ/ n. 海綿; 海綿狀

物; (醫用)棉球 vt. ① 用海綿擦
洗乾淨 ② (用騙取手段)白吃, 白
得; 詐騙 ~r n. 食客; 騙吃騙喝的
人 spongy adj. 海綿狀的; 有吸水
性的; 柔軟有彈性的.

sponsor /ˈspɒnsə/ n. ① 負責人(如
教練) ② 教父(母) ③ 發起人; 保
證人, 贊助人 vt. 發起, 主辦; 贊
助; 資助.

spontaneous /spɒnˈteɪnɪəs/ adj. 自
發的; 自願的; 自然的 ~ly adv.
~ness, spontaneity n. 自發.

spoof /spuːf/ n. & v. [俗]戲弄; 嘲
弄; 愚弄.

spook /spuːk/ n. [俗]鬼 ~y adj. 怪
異得嚇人的.

spool /spuːl/ n. 線軸(膠片等的)
捲軸 vt. ① 把 … 繞在線軸(或捲
軸)上 ② [計](打印前)把門數
據暫存到記憶體中.

spoon /spuːn/ n. 匙; 調羹; 一匙(的
量) vt. 用匙舀取; 朝上輕擊(球)
~ful n. 一匙的量; 滿匙 ~feed vt.
用匙餵; 填鴨式灌輸.

spoor /spʊə, spɔː/ n. (野獸的)足跡;
嗅跡.

sporadic /spəˈrædɪk/ adj. ① 偶爾
發生的; 偶然見到的; 零星的
② 分散的.

spore /spɔː/ n. 【生】芽胞, 孢子.

sporran /ˈspɒrən/ n. (蘇格蘭男子
穿正式服裝時繫在短裙前的)毛
皮袋.

sport /spɔːt/ n. ① 體育活動; 娛樂
活動; 體育運動; 運動項目 ② 玩
笑, (pl.)運動會 vi. 遊戲; 玩耍 vt.
炫耀 ~sman n. (pl. -men) ① 運
動員 ② 有體育精神的人, 胸襟

光明磊落的人 ~swoman n. (pl.
-women) 女運動員 ~swriter n.
[美]體育記者 // ~ing chance 公
平的機會; 有希望的機會.

spot /spɒt/ n. ① 小點, 圓斑點;
污點 ② (皮膚上的)小紅斑, 丘
疹 ③ 地點; 場所 ④ [俚]少量
v. ① 弄污; 變污 ② 點綴 ③ 看
出; 認出, 發現 ④ [英俗]下小雨
~less adj. 沒有污點的; 純潔的;
非常乾淨的 ~ty adj. 盡是斑點
(或污點)的; 有雀斑的 ~check v.
抽樣檢查, 突擊調查 ~light n. 聚
光燈; 公眾注意的焦點(或中心)
// ~ cash 【商】交貨即付的現金
on the ~ 立即, 當場, 在(或到)現
場 **put sb on the** ~ 置某人於困
境; 迫使某人採取行動或辯解.

spouse /spaʊs, spaʊz/ n. 配偶, 丈
夫; 妻子.

spout /spaʊt/ n. ① (液體流出或
流過的)水落管; 流出槽 ② 噴水
口; 水嘴 ③ 水柱; 噴流 v. ① 噴
出; 噴射; 湧出 ② 滔滔不絕地朗
讀或大聲講.

sprain /spreɪn/ n. & vt. (關節等的)
扭傷.

sprang /spræŋ/ v. spring 的過去
式.

sprat /spræt/ n. 【魚】西鯡; 小鰻.

sprawl /sprɔːl/ v. ① 四肢攤開坐
(或躺) ② 潦草地書寫 ③ 蔓延;
散亂地擴展 n. 四肢攤開的躺或
坐; 雜亂的大片地方.

spray /spreɪ/ n. ① (帶花、葉的)
小枝; 小花枝 ② 浪花; 水花
③ 噴霧劑 v. 噴向; 噴塗; 噴濺,
噴濺 // ~ can 噴霧器.

spread /sprɛd/ v. (過去式及過去分詞 ~) ① 伸開, 展開, 攤開 ② 傳播, 散佈 ③ 塗敷 ④ 安排 (飯桌) n. ① 範圍; 寬度; 傳播; 伸展 ② 一桌飯菜 ④ 鋪展的布單 ⑤ (塗麵包等的)醬 **~sheet** /n. 【計】試算表程式.

spree /spri/ n. (俗)外出歡鬧; 縱歡, 玩樂.

sprig /sprɪg/ n. 嫩枝, 小枝.

sprightly /ˈspraɪtlɪ/ adj. 活潑的; 精力量盛的.

spring [1] /sprɪŋ/ n. ① 春天; 青春 ② 泉 ③ 跳躍 ④ 彈簧; 發條; 彈性, 彈力 ⑤ 健康的活力 **~y** adj. ① 有彈性的; 有生氣的 ② 多泉水的 **~board** n. 跳板, 彈板 **~box** n.【動】(南非洲的)小瞪羚 **~tide** n. 子午潮; 春季 **~time** n. 春天, 春季 // **~ balace** 彈簧秤 **~ bed** 彈簧床 **~ chicken** (食用)童子雞; (謔)年輕人 **~lock** 彈簧鎖 **~ onion** 葱; 青葱.

spring [2] /sprɪŋ/ v. (過去式 sprang 過去分詞 sprung) ① 跳 ② (借機械作用)使動作 ③ (俗)幫助逃走 ④ 使(動物)離開躲藏處 ⑤ 源於 ⑥ 突然出現 ⑦ 長出.

sprinkle /ˈsprɪŋk[l]/ v. 撒, 灑; 噴淋 n. 少量; 少數 **~r** n. 灑水器; 灑水滅火裝置 sprinkling n. 少量; 稀稀拉拉的幾個.

sprint /sprɪnt/ v. 短距離全速跑; 衝刺 n. 短跑; 衝刺.

sprite /spraɪt/ n. ① 妖精【計】子畫面.

sprocket /ˈsprɒkɪt/ n. 【機】鏈輪齒; 鏈輪(盤).

sprout /spraʊt/ n. 發芽; 萌芽; 開始生長; 長出 n. 芽; 苗.

spruce /sprus/ n. 【植】雲杉; 雲杉木 adj. 外表整潔的; 漂亮的 v. (+ up) 打扮整齊.

sprung /sprʌŋ/ v. spring 的過去分詞.

spry /spraɪ/ adj. 活躍的, 活躍的, 輕快的.

spud /spʌd/ n. ① (俗)馬鈴薯 ② 草鋤; 小鑔.

spume /spjum/ n. & v. 泡; 起泡沫.

spun /spʌn/ v. spin 的過去式及過去分詞.

spunk /spʌŋk/ n. (舊俚)勇氣, 精神; (英俚)精液 **~y** adj. (舊俚)有勇氣的; 有精神的.

spur /spɜ/ n. ① 踢馬刺; 馬靴刺 ② 刺激物 ③ 激勵; 鼓舞 ④ 山的支脈 ⑤ 橫嶺 ⑥ (公路、鐵路的)支線 v. 用靴刺; 踢刺; 刺激; 激勵; 疾馳.

spurious /ˈspjʊərɪəs/ adj. ① 假的; 偽造的 ② 私生的.

spurn /spɜn/ v. 輕蔑地拒絕; 摒棄; 踢開.

spurt, spirt /spɜt/ v. ① (液體、火焰等)噴出; 迸出; 湧出; (精力等)迸發; 突然增速.

sputter /ˈspʌtə/ v. & n. = splutter.

sputum /ˈspjutəm/ n. (pl. -ta)【醫】唾液, 痰.

spy /spaɪ/ n. 間諜; 偵探; 特務 v. ① 中監視; 窺探; 偵察 ② 作間諜; 搜集情報 ③ 觀察; 發現, 看到 **~glass** n. 小望遠鏡.

Sq. abbr. = Square (用於街道名稱)廣場.

squab /skwɒb/ n. ① (供食用的)雛 ② (轎車等的)軟座, 軟墊.

squabble /skwɒbᵊl/ vi. & n. (因瑣事)口角; 爭吵.

squad /skwɒd/ n. 【軍】班; 小組; 小隊.

squadron /skwɒdrən/ n. 英國皇家空軍中隊; 騎兵中隊; 分遣艦隊, 裝甲團.

squalid /skwɒlɪd/ adj. ① 骯髒的 ② 令人厭惡的 ③ 墮落的; 卑鄙的.

squall /skwɔːl/ n. 狂飆; 暴風(常夾有雨或雪); (因痛苦或恐懼而發出的)哭叫 vi. 大聲哭叫 ~y adj. 颶暴風的; 帶有狂風的.

squalor /skwɒlə/ n. 污穢; 骯髒.

squander /skwɒndə/ vt. 浪費; 揮霍.

square /skwɛə/ n. ① 正方形; 方形物 ② 廣場; 廣場四周的建築和街道 ③ 平方; 二次冪 ④ 曲尺; 丁字尺; 矩尺 ⑤ [舊][俗]守舊的人, 老古板 adj. ① 正方形的; 方的 ② 平方的; 自乘的 ③ 寬闊結實的 ④ 平行的 ⑤ 結清的; 兩訖的 ⑥ 坦誠的 ⑦ 堅決的 ⑧ 公正的, 誠實的 ⑨ [舊][俗]古板守舊的 vt. 【數】使成平方 // be (all) ~ with sb (比賽中)與…積分相等; 兩不欠賬 ~ bracket 方括號 ([ ]) ~ dance 四對方舞 ~ meal 豐盛的飯菜 ~ root 平方根.

squash /skwɒʃ/ v. ① 壓碎; 壓平(或扁) ② 擠進; 將…塞進 ③ [俗](粗魯地)使緘默 ④ 以斥責反駁 ⑤ 鎮壓; 打垮 ⑥ 拒絕接受(意見)等 n. ① 擁擠不堪的人

羣 ② [英]果汁飲料 ③ 壁球(遊戲) ④ 南瓜 // ~ hat 軟氈帽; 扁帽 ~ rackets 壁球(遊戲).

squat /skwɒt/ vi. ① 蹲; 跪坐; 蹲伏(動物)蜷伏 ② 擅自住進空屋; 擅自在空地定居 n. ① 蹲; 跪坐 ② 被擅自佔據的空屋(或空地) adj. 粗矮的; 矮胖的 ~ter n. 蹲踞的人; 擅自佔用房屋或土地者.

squaw /skwɔː/ n. (北美印第安人的)女人; 老婆.

squawk /skwɔːk/ vi. & n. (鳥等)嘎嘎叫(聲); [俚]大聲抱怨; 高聲抗議.

squeak /skwiːk/ n. (鼠等)嘰嘰的叫聲; 尖細的吱吱聲 vi. ① 吱吱叫; 嘰嘰叫 ② 用尖銳的聲音說話 ③ [俚]供出秘密; 當告密者 ~y adj. 發尖叫聲的; 嘎吱作響的.

squeal /skwiːl/ vi. n. 尖聲叫; 哇哇叫喊; 嚷叫着說; [俚]揭發(同案犯).

squeamish /skwiːmɪʃ/ adj. ① 易嘔吐的 ② 易受驚的 ③ 易生氣的; 神經質的 ④ (在原則、道德上)太拘謹的.

squeeze /skwiːz/ v. ① 壓榨; 擠壓; 緊握; 壓榨出; 壓成; 擠過; 塞入 ② 榨取; 勒索 n. ① 榨; 壓; 擠 ② 緊的擁抱(或握手) ③ 擁擠 ④ 擠壓出的少量的東西 ⑤ 困境 ⑥ [美俚]勒索.

squelch /skweltʃ/ vi. 咯吱咯吱作響; (在泥地裏)咯吱咯吱地走 n. 咯吱聲.

squib /skwɪb/ n. ① 小爆竹 ② 諷刺短文.

squid /skwɪd/ *n.*【動】魷魚; 烏賊.

squiffy /ˈskwɪfɪ/ *adj.* [英俗]微醉的.

squiggle /ˈskwɪgᵊl/ *n.* 彎曲的短線; 潦草的字跡.

squint /skwɪnt/ *vi.* 斜視; 斜着眼看; 瞇着眼瞟; 窺視 *n.* 斜視眼; 斜視; [英口]瞧; 瞅 *adj.* & *adv.* 斜的; 不正的.

squire /skwaɪə/ *n.* ① (英國昔日的)鄉紳; 地主 ② (昔日)騎士的年輕扈從 ③ [英俗或謔](用於稱呼)客官, 大老爺.

squirm /skwɜːm/ *vi.* ① 蠕動; 扭動身軀; 翻滾 ② 坐立不安.

squirrel /ˈskwɪrəl/ *n.* ① 松鼠 ② 松鼠的毛皮.

squirt /skwɜːt/ *v.* (液體、粉末等)噴出; 噴濕; 使流出; 朝 … 噴 *n.* 噴出的液體(或粉末等); 夜郎自大的人.

squish /skwɪʃ/ *n.* 輕微的咯吱聲 *vi.* 咯吱咯吱地走.

Sr. *abbr.* ① = Senior ② = Sister【宗】修女.

SRC /ɛs ɑː siː/ *abbr.* ① = Science Research Council [英]科學研究委員會 ② = **~-funded projects** 科學研究委員會提供資金的項目.

SRN /ˌes ɑːr ˈen/ *abbr.* = State Registered Nurse [英]註冊護士(經過三年培訓的合格護士).

St. *abbr.* = ① Saint ② Street.

stab /stæb/ *v.* 刺; 刺入; 刺傷; 戳 *n.* 刺; 戳; 刺中的傷口; 刺痛 // **a ~ in the back** 背後中傷 **~ sb in the back** 背叛; 背後中傷.

stabilize, -se /steɪbɪlaɪz/ *v.* (使)穩定; 安定 **stabilization** *n.* 穩定; 安定(作用).

stable /ˈsteɪbᵊl/ *adj.* ① 穩定的 ② 堅固的; 堅定的 ③ 可靠的 *n.* 馬房; 馬廄 **stability** *n.* 穩定(性), 堅固(性), 牢固(性) **stably** *adv.*

staccato /stəˈkɑːtəʊ/ *adj.* & *adv.*【音】斷奏的(地); 不連貫的(地).

stack /stæk/ *n.* ① 乾草堆; 穀囤 ② 垛, 堆; 大量 ③ 高大的煙囱 ④ 書庫; 書架 *vt.* 堆放, 堆置, 堆集.

stadium /ˈsteɪdɪəm/ *n.* (*pl.* **-diums**, dia) (四周有看台的)體育場; 運動場.

staff /stɑːf/ *n.* ① 杖; 棒 ② 權杖 ③ (全體)工作人員; (全體)職員 ④【軍】參謀人員 ⑤ (*pl.* staves)【音】五線譜 *vt.* 為 … 配備職員(或教員) *adj.* [主英]教師課間休息室; 教員室.

stag /stæg/ *n.* ① 雄鹿 ② [英]新股套利者(購買新發行的股票, 並立即賣出以獲利的人) // **~ party** 只有男人的聚會.

stage /steɪdʒ/ *n.* ① 台; 舞台 ② 舞台生涯 ③ 活動的場所; 事情發生的地點 ④ (進展的)時期, 階段 ⑤ 站; 驛站; (兩站間的)一段旅程 ⑥ (火箭的)級 *vt.* ① 上演(戲劇) ② 舉行 ③ 實現.

stagger /ˈstægə/ *vi.* & *n.* 蹣跚; 搖晃 *vt.* ① (指消息等)使吃驚(或擔心、不知所措) ② 錯開(時間等).

staging /ˈsteɪdʒɪŋ/ *n.* ①【建】腳手架; 工作架 ② (戲劇)上演 ③ (多級火箭中)一節火箭的脱離.

stagnant /'stægnənt/ *adj.* ① (水) 不流動的 ② 污濁的 ③ 蕭條的; 不景氣的 stagnancy *n.* stagnate *vi.* ① 停滯; 不流動 ② 變遲鈍 ③ 蕭條 stagnation *n.*

stagy, 美式 stagey /'steɪdʒɪ/ *adj.* 嬌揉造作的; 不自然的.

staid /steɪd/ *adj.* ① 嚴肅呆板的; 保守的 ② 穩重的.

stain /steɪn/ *n.* ① 染上其他顏色 ② 弄髒; 變髒 ③ 着色, 染色 ④ 玷污; 敗壞 *n.* 着色劑; 染料; 污點; 瑕疵 //~ed glass 彩色玻璃.

stainless /'steɪnlɪs/ *adj.* 沒有污點的; 純潔的; 不生鏽的 // ~ steel 不鏽鋼.

stair /steə/ *n.* (*pl.*)樓梯; 梯級 ~case, ~way *n.* (常指帶價欄的)樓梯.

stake /steɪk/ *n.* ① 椿; 椿標 ② 柱; (昔日的)火刑柱 ③ 賭金 ④ 投資 ⑤ (*pl.*)(尤指賽馬的)獎金 *vt.* ① 以椿支撐 ② 打賭 ③ [美俗] 資助 ④ 宣稱欲佔有 …**holder** *n.* 股東; 利益共享者; 賭注保 管者 // **at ~** 面臨危險; 存亡攸關 **go to the ~ over (sth)** 不惜代價堅持 ~ **a claim to (sb / sth)** 宣稱對… 有權.

stalactite /'stæləkˌtaɪt/ *n.* 【地】鍾 乳石.

stalagmite /'stæləgˌmaɪt/ *n.* 【地】 石筍.

stale /steɪl/ *adj.* ① 走了味的; 不新 鮮的(乾癟的) ② 腐敗了的 ③ 過 時的 ④ (運動員、演員等)疲憊 的.

stalemate /'steɪlˌmeɪt/ *n.* ① (國際 象棋)僵局, 王棋受困 ② 僵侍; 對峙 *vt.* 使成僵局; 使僵持.

stalk /stɔːk/ *n.* (草本植物的)莖; 葉 柄, 花梗 *v.* ① 昂首闊步 ② 偷 偷接近 ③ (疾病等)蔓延 //~ing horse 口實; 假托.

stall /stɔːl/ *n.* ① 廐 ② 分隔欄 ③ 售貨台; 攤位 ④ [美]汽車間 ⑤ [英](*pl.*)正廳前等座位; 牧師 座位; 小隔間 ⑥ (飛機等)失速 *v.* ① 把(牲畜)關在廐中 ② (使引 擎)熄火 ③ (使飛機)因失速而墜 落 ④ 拖延; 推托.

stallion /'stæljən/ *n.* 公馬; 種馬.

stalwart /'stɔːlwət/ *adj.* (指人)高大 健壯的; 忠實可靠的, 堅定的 *n.* (政黨等的)忠實的擁護者.

stamen /'steɪmən/ *n.*【植】雄蕊.

stamina /'stæmɪnə/ *n.* 精力; 耐力; 毅力.

stammer /'stæmə/ *v.* 結巴; 結巴着 説 *n.* 口吃.

stamp /stæmp/ *n.* ① 郵票; 印花 ② (購物時附帶的)贈券 ③ 圖章; 印記 ④ 戳腳 ⑤ 特徵; 印記 種類 *v.* ① 跺 ② 邁着沉重的步伐走 ③ 印(圖案), 蓋章; 貼郵票 ④ 用 印模衝壓; 銘刻 ⑤ 顯示出 // ~ed addressed envelope 有郵票和回 郵地址的信封 ~ing ground 常到 的地方; 經常落腳的地方.

stampede /stæm'piːd/ *n.* (受驚動 物)驚跑; 亂竄; (人羣)蜂擁 *v.* (使)驚逃; (使)潰散; 使衝動行事.

stance /stæns, stɑːns/ *n.* 站立的姿 勢; 姿態.

stanch /stɑːntʃ/ *vt.* = staunch.

stanchion /ˈstɑːnʃən/ *n.* 柱子; 支柱.

stand /stænd/ (過去式及過去分詞 **stood**) *vi.* ① 站, 立 ② 坐落, 位於 ③ 停滯 ④ 堅持; 維持 ⑤ 停住 ⑥ 處於(某種狀態或情形) ⑦ 作競選候選人 ⑧ 取某一航向 *vt.* ① 使直立; 豎起 ② 放置 ③ 忍受; 經受 ④ 請客(吃飯) *n.* ① 停頓; 停止 ② 立場 ③ 抵抗; 抗擊; 架; 攤; 攤位 ⑤ 停車候客處 ⑥ 看台 ⑦ 證人席 ⑧ 停留演出 ~**ing** *n.* ① 地位; 名望, 身分 ② 持續; 期間 *adj.* ① 常備的; 永久的; 固定的; 長期有效的 ② 停滯的 ③ 直立的 ~**alone** *adj.* 【計】獨立的 ~**by** *n.* 後備人員; 備用物 *adj.* 備用的; 待命的; (飛機旅客)等退票(或餘票)的 ~**in** *n.* 替身; 替身演員 ~**off** *n.* 對峙, 對抗 ~**offish** *adj.* 冷淡的; 矜持的 ~**patter** *n.* [美]頑固份子, 死硬派 ~**pipe** *n.* 豎管(向建築物之外供水用); 管體式水塔 ~**point** *n.* 立場, 觀點 ~**still** *n.* 停止; 停頓.

standard /ˈstændəd/ *n.* ① 標準; 規格 ② 質量水平 ③ 旗幟; 軍隊旗標 ④ 支柱 *adj.* ① 標準的; 合規格的; 一般的(優秀的) ② 公認優秀的 ③ 權威的 ~**bearer** *n.* 旗手; 傑出的領導者 // ~ **deviation** 【數】均方差.

standardize, -se /ˈstændəˌdaɪz/ *vt.* 使標準化; 使合乎規格 **standardization** *n.*

stank /stæŋk/ *v.* stink 的過去式.

stanza /ˈstænzə/ *n.* ① (詩的)節, 段 ② [俚]](運動、比賽的)局、盤、場.

staple /ˈsteɪpl/ *n.* ① 釘書針; U 字釘 ② 主要產品(或商品) ③ 主要的東西(尤指食物) *adj.* 主要的; 首要的; 一般性的 *vt.* 用釘書釘(或 U 字釘)釘住 ~**r** *n.* 釘書機.

star /stɑː/ *n.* ① 星; 恆星 ② 星號(★) ③ (表示優等級別的)星; 星章; 星標 ④ (著名演員等)明星; 名家 ⑤ [占星術]司命星 *v.* ① 用星狀物裝飾(或標出) ② (在電影等中)(由)主演 ~**ry** *adj.* 星光燦爛的; 明亮的 ~**fish** *n.*【動】海星 ~**fruit** *n.*【植】楊桃, 五斂子 ~**lit** *adj.* 星光照耀的 // S- **Wars** 星球大戰計劃(美國戰略防禦計劃的別稱).

starboard /ˈstɑːbəd, -ˌbɔːd/ *n.*【海】【空】(船、飛機的)右舷.

starch /stɑːtʃ/ *n.* 澱粉; 粉漿 *vt.* 給(衣服等)上漿 ~**y** *adj.* (似)澱粉的; 含許多澱粉的; [俗]拘謹的; 古板的; [美]高傲的 // ~ **blocker** 澱粉阻斷劑(防止體重增加的錠劑).

stare /steə/ *vi.* 盯, 凝視; 目不轉睛地看 *vt.* 瞪得使(處於某種狀態) *n.* 盯視; 凝視.

stark /stɑːk/ *adj.* ① 荒涼的; 慘淡的 ② 嚴酷的 ③ 赤裸裸的; 無裝飾的 ④ 明顯的 ⑤ 十足的 *adv.* 完全地.

starling /ˈstɑːlɪŋ/ *n.*【鳥】燕八哥; 歐椋鳥.

start /stɑːt/ *vi.* ① 起程, 出發 ② 開始, 開動 ③ 嚇一跳; 驚跳 ④ 突然出現 ⑤ 突出 ⑥ 鬆動 *vt.* ① 使開始; 着手做; 使起

動 ② 創辦 ③ 打擾 ④ 弄鬆 n.
① 起程; 動身 ② 開始; 着手
③ 嚇一跳; 驚跳 ④ 機會 ⑤ 優
先的地位; (the ~) 起跑線 ~er n.
起跑者; 起跑發令員; 起動裝置
// ~ing block [體] 起跑器 ~ing
point 起跑點

startle /ˈstɑːtl/ v. (使)吃驚; (使)驚
跳; (使)嚇一跳

starve /stɑːv/ v. (使)挨餓, 餓死; 渴
望; 急需 starvation n. 饑餓, 餓死.

stash /stæʃ/ vt. (俗)藏匿; 貯藏.

state /steɪt/ n. ① 國家; 政府
② 州; 邦 ③ 狀態; 情形 ④ 隆重
禮儀; 盛況; 壯觀 vt. ① 說明, 陳
述 ② 安排; 規定 adj. ① 政府
的; 國家的 ② 儀式的; 禮儀的
~less adj. 無國籍的 ~ly adj. 莊
嚴的; 雄壯的; 高貴的 ~ment n.
聲明; 表述; 供述; 說明; 銀行結
單 ~-of-the-art 採用最新技
術的, 最新型的 ~-room n. (要人
用的)特別套房; (輪船上的)特別
客艙 ~-run adj. 國營的 ~sman
n. (pl. -men) 政治家; 政府要員
~sperson n. 政治家.

statecraft /ˈsteɪtkrɑːft/ n. 管理國
家事務的才能.

static /ˈstætɪk/ adj. ① 靜止的
② [無] 靜電的; [無] 靜電的 n.
(無線電、電視等)靜電干擾; 天
電; 靜電 ~s n. [物] 靜力學.

station /ˈsteɪʃən/ n. ① 站; 所; 局
② 車站 ③ 電台; 電視台 ④ 地
位; 職位; 身份; 位置 ⑤ [澳]牧
場 ⑥ 小型軍事基地 vt. 安置;
駐紮 ~master n. 火車站站長 //
~ house [美]警察局.

stationary /ˈsteɪʃənrɪ/ adj. 靜止
的; 不動的.

stationery /ˈsteɪʃənrɪ/ n. (總稱)文
具 stationer n. 文具商.

statistic /stəˈtɪstɪk/ n. 統計資料 ~al
adj. 統計的; 統計學的 ~ian n. 統
計學家; 統計員 ~s pl. n. 統計資
料, 統計數字; 統計學.

statuary /ˈstætjʊərɪ/ n. (總稱)雕像,
塑像; 雕塑藝術.

statue /ˈstætjuː/ n. 雕像; 塑像; 鑄
像.

statuesque /ˌstætjʊˈesk/ adj. 雕像
般的; (常指女子)端莊美麗的.

statuette /ˌstætjʊˈet/ n. 小雕像; 小
塑像.

stature /ˈstætʃə/ n. ① 身材 ② (道
德、才能等的)高境界; 高水平.

status /ˈsteɪtəs/ n. 地位, 身份; 重要
地位, 要人身份 // ~ bar [計] 狀
態欄 ~ quo 現狀 ~ symbol 地位
(或財富)的象徵.

statute /ˈstætjuːt/ n. 法令, 法規; 成
文法; (公共機構的)章程, 條例
statutory adj. 法令的; 法定的.

staunch /stɔːntʃ/ adj. 堅定的; 忠
實的; 可靠的 vt. (= stanch) 止血.

stave /steɪv/ n. ① 桶板 ② [音] 五
線譜表 v. (過去式及過去分詞
~d 或 stove) 敲破; 穿孔 // ~ sth
in 撞破; 擊穿; 穿孔 ~ sth off 避;
延緩.

staves /steɪvz/ n. staff 的複數形式
之一.

stay /steɪ/ vi. ① 停留; 逗留; 保持
下去 ② 等一會兒, 暫停 vt. 停
止; 延緩; 制止 n. ① 逗留; 停留
② 作客 ③ 延緩 ④ (支持桅、

桿等的)繩索, 鋼索 ⑤ 支持物; 依靠 ⑥ (pl.)緊身褡; 束腹; 緊身胸衣 // ~ put [俗]待在原處不動 ~ up 不睡覺; 仍是原狀.

STD /,es ti: 'di:/ abbr. ① = sexually transmitted disease 性傳播的疾病 ② = subscriber trunk dialling (英國)用戶直通長途電話.

stead /sted/ n. ① 代替 ② 有用處; 好處 // in sb's / sth's ~ 代替某人(或某物) **stand sb in good ~** 對某人有用處(或益處).

ste(a)dfast /stedfəst/ adj. 堅決的; 堅定的; 不變的.

steady /stedi/ adj. 堅固的; 牢靠的; 穩定的; 可靠的; 不變的 v. (使)牢靠; (使)穩固; (使)穩定 **steadily** adv.

steak /steik/ n. 大塊肉片(或魚片); 牛扒.

steal /sti:l/ (過去式 stole 過去分詞 stolen) v. ① 偷, 盜竊 ② 偷偷地獲取; 巧取 ③ 偷偷地做(或行動) ④ 溜進(或出, 走).

stealth /stelθ/ n. 偷偷摸摸的行動; 暗中的行動 ~y adj. 偷偷進行的; 隱秘的 ~ily adv. // ~ aircraft 【軍】隱密飛機, 隱形飛機 ~ bomber 【軍】隱密轟炸機, 隱形轟炸機 ~ technology 【軍】隱密技術.

steam /sti:m/ n. 氣, 蒸氣; 氣霧 vi. ① 冒氣, 蒸飛 ② 靠蒸氣為動力前進 vt. 蒸; 用蒸氣薰開 ~er n. ① 輪船 ② 蒸籠 ~y adj. 蒸氣(似)的; 充滿蒸氣的; [俗]色情的 ~boat, ~ship n. 輪船 ~roller n. 蒸氣壓路機 // be / get ~ed up

(about / over sth) 對⋯非常激動, 憤怒 **run out of ~** [俗]筋疲力盡 ~ **engine** 蒸氣機.

steed /sti:d/ n. [古][謔]馬.

steel /sti:l/ n. ① 鋼 ② 鋼銼刀; 刀劍 ③ (性格、態度上的)強硬 vt. 使堅強 ~y adj. 像鋼一樣的; 鋼鐵般的 ~works n. 煉鋼廠 ~yard n. 秤; 提秤 // ~ wool (用以擦拭、磨光的)鋼絲絨.

steep /sti:p/ adj. ① 陡峭的 ② [俗](價格、要求)不合理的; 過份的 vt. ① 浸, 泡 ② 使理頭於, 沉湎於 ③ 充滿 ~en v. (使)變得(更)陡峭.

steeple /sti:p'l/ n. (教堂頂部的)尖頂; 尖塔 ~chase n. 越野賽馬(或賽跑); 障礙賽馬(或賽跑) ~jack n. 尖塔(或煙囱)修理工.

steer /stɪə/ v. ① 駕駛; 掌舵; 駕駛(沿某方向)行駛 ② 指導, 帶領 n. ① 駕駛指示 ② [美俚]建議, 忠告 ③ 菜牛; 小公牛 ~age n. 駕駛; 掌舵; 統艙 ~sman n. (pl. -men) 舵手 // ~ing committee 指導委員會 ~ing lock 汽車防盜鎖 ~ing wheel 方向盤; 舵輪.

stellar /stelə/ adj. 星的; 星球的; 星似的, 星形的.

stem /stem/ n. ①【植】莖, 幹, 花梗; 果柄 ②【語】詞幹; 詞根 ③ 家族的主系; 正支 vi. 起源於; 來自 vt. 堵住; 塞住; 遏止.

stench /stentʃ/ n. 臭, 臭氣.

stencil /stens'l/ n. 模版; 型板; 漏字板 ② 蠟紙 ③ (以漏字的方法製成的)圖案; 文字 vt. (用模版等)印製; 漏印.

stenography /stə'nɒɡrəfi/ *n.* 速記(法) **stenographer** *n.* 速記員 **stenographic** *adj.* 速記(法)的.

stentorian /sten'tɔ:riən/ *adj.* (指嗓音)洪亮的.

step /step/ *n.* ① 步; 一步; 步態 ② 腳步聲 ③ 舞步 ④ 步驟 ⑤ 進展 ⑥ 台階; 階梯; (*sing.*) 短距離 *vi.* 踏, 邁步, 走 **// in / out of ~ with** 與⋯步調一致/不一致 **mind / watch one's ~** 當心; 謹慎行事 **~ by ~** 逐步地 **take ~s (to do sth)** 採取行動以⋯ **~ in** 介入; 干預 **~ up** 向前走來; 增加.

step- /step/ *pref.* [前綴] 表示 "繼; 異", 如: **~brother** *n.* 異父(或母)兄弟 **~child** *n.* 繼子(女)(妻子或丈夫與前夫或前妻所生之子女) **~father** *n.* 繼父 **~mother** *n.* 繼母 **~sister** *n.* 異父(或母)姊妹 **~son** *n.* 繼子.

steppe /step/ *n.* (常用複)大草原.

stereo /'steriəu, 'stiər-/ *n.* ① 立體聲; 立體聲錄音 ② 立體聲錄音機(或收音機) **~phonic** *adj.* 立體聲的 **~scope** *n.* 立體鏡 **~scopic** *adj.* 有立體感的 **~type** *n.* ① 陳規, 陳套; 刻板印象, 老套俗見 ② (印刷用的)鉛板 **~typed** *adj.* 老一套的.

sterile /'sterail/ *adj.* ① 無生殖力的; 不結果實的 ② (土地)不毛的, 貧瘠的 ③ (討論等)無結果的 ④ 無菌的 **sterility** *n.*

sterilize, -se /'sterilaiz/ *vt.* ① 消毒, 殺菌 ② 使絕育 **sterilization** *n.* ① 消毒 ② 絕育.

sterling /'stɜ:liŋ/ *adj.* (貴金屬等)標準成份的 ② 純真的 ③ (人或人品)極佳的; 優秀的. *n.* 英國貨幣.

stern /stɜ:n/ *adj.* ① 嚴厲的; 苛刻的 ② 冷峻的; 嚴肅的 *n.* 船尾; [俗]任何東西的尾部; 後部; 屁股 **~ly** *adv.*

sternum /'stɜ:nəm/ *n.* 【解】胸骨, 【動】(甲殼類動物的)胸板.

steroid /'stɪərɔɪd, 'ste-/ *n.* 【生化】類固醇.

stertorous /'stɜ:tərəs/ *adj.* 鼾聲如雷的.

stet /stet/ *v.* [拉](校對文字材料時, 在錯刪、錯改處註明不作改動的刪詞)不刪; 保持原樣.

stethoscope /'steθə,skəup/ *n.* 聽診器.

Stetson /'stetsʰn/ *n.* (男裝)高頂寬邊帽; 斯泰森氈帽(美國西部牛仔戴的高頂闊邊氈帽).

stevedore /'sti:vi,dɔ:/ *n.* (碼頭)裝卸工; 搬運工人.

stew /stju:/ *v.* ① 用文火煮; 燉; 煨; 燜 ② 感到悶熱難捱 *n.* 燉肉; 燉好的菜 **// let sb ~** 讓某人自食其受 **~ in one's own juice** 自食其果, 自作自受 **be in a ~ about / over sth** 為某事坐立不安.

steward /'stjuəd/ *n.* ① (飛機、火車、輪船上的)乘務員; 管家 ② (大學、俱樂部等的)膳務員 ③ (賽馬、演出、集會等的)籌備人 **~ess** *n.* 女乘務員; 空中小姐.

stick /stik/ *n.* ① 棒, 棍; 柴枝; 手杖 ② 球棒; 指揮棒 ③ 細長的棒狀物 ④ [俗]不善交際的人 *v.* (過

去式及過去分詞 stuck) ① 刺;
戳; 插; 刺入 ② 黏合; 附着 ③ 陷
住; 卡住 ④ [俗]容忍 ⑤ [俗]確
立 **~er** n. 黏貼標籤; [俗]堅毅
的人 **-ler** n. 固執己見的人 **-y**
adj. 黏(性)的; [俗](天氣)悶熱
潮濕的; [俗]不愉快的; 困難的;
[俗]持異議的; 不肯幫忙的 //
~ insect【昆】竹節蟲 **~y tape** (黏
東西用的)膠帶, 膠紙.

stickler /ˈstɪklə/ n. 固執己見的人;
墨守成規的人; 為瑣事爭吵不休
的人.

stiff /stɪf/ adj. ① 僵硬的; 僵直的
② 濃稠的 ③ 困難的; 嚴峻的
④ 拘謹的 ⑤ 不友善的 ⑥ [俗]
(價格)太高的 ⑦ (風)強勁的 n.
[俚]死屍 **-en** vt. (使)發僵; 發呆;
硬化 **~ly** adv. **~ness** n. **~-necked**
adj. 頑固的; 倔強的; 傲慢的.

stifle /ˈstaɪf'l/ v. ① (使)窒息; (使)
呼吸困難 ② 熄滅; 撲滅 ③ 鎮
壓; 抑制 **stifling** adj. 令人窒息
的; 憋悶的; 沉悶的.

stigma /ˈstɪɡmə/ n. ① 污名; 恥辱
② [舊](犯人身上的)烙印, 金印
③【植】花的柱頭 **~tize** vt. 誣衊;
責難.

stile /staɪl/ n. 梯磴; 踏板; 階梯.

stiletto /stɪˈlɛtəʊ/ n. ① 短劍; 匕首
② 細高跟女皮鞋.

still /stɪl/ adj. ① 靜止的; 寂靜的
② 無風的; (飲料)不起泡沫的
adv. ① 仍; 尚; 還 ② 然而; 即使
③ 更加; 愈發 ④ 此外 n. ① 安
靜; 寂靜 ② 圖片; 劇照 ③ 蒸
餾器 v. (使)靜止; (使)平靜下來
~ness n. 寧靜 **~born** adj. 死後生

下來的; (想法或計劃)夭折的 //
~ birth 死胎, 死產 **~ life** 靜物寫
生(畫).

stilt /stɪlt/ n. 高蹺; 支撐物; 支架
~ed adj. (談話、文章、舉止等)
生硬的; 不自然的.

stimulant /ˈstɪmjələnt/ n. 興奮劑;
激勵; 激發.

stimulate /ˈstɪmjəˌleɪt/ vt. 刺激; 激
勵; 激發; 促進.

stimulation /ˌstɪmjəˈleɪʃən/ n. 刺激;
鼓勵; 興奮(作用).

stimulus /ˈstɪmjələs/ n. (pl. -li) 刺
激物; 促進因素; 激勵.

sting /stɪŋ/ v. (過去式及過去分詞
stung) ① 刺; 蜇; 刺傷; 感到刺
痛 ② 激怒 ③ [俗]敲竹槓, 騙錢
n. ① (黃蜂等的)毒刺, 蜇針, 蜇
鈎 ② (植物的)刺毛 ③ 蜇痛; 刺
傷 ④ (身心方面的)刺痛, 傷痛 //
~ing nettle 蕁麻.

stinger /ˈstɪŋə/ n. ① 有刺的東西;
使人疼痛的一擊 ② **= ~ missile**
【軍】毒刺導彈(美國手提式地對
空導彈).

stingy /ˈstɪndʒɪ/ adj. ① [俗]吝嗇
的, 小氣的 ② 缺乏的; 不足的.

stink /stɪŋk/ vi. (過去式 stank 過
去分詞 stunk) 發惡臭; 很糟 vt.
使充滿臭氣 n. 惡臭; 臭氣; [俚]
麻煩; 大驚小怪 **~er** n. [俗]令人
討厭的人或事; 難辦的事 **~ing**
adj. [俗]令人討厭的; 糟透的 //
~ sth out 使充滿臭氣.

stint /stɪnt/ v. (尤指對食物的)限
制; 節省; 節制 n. 分派的工作;
定額.

stipend /ˈstaɪpend/ n. (尤指神職人

員的)薪水, 薪金 **~iary** *adj.* 有薪金的; 領取俸給的.

stipple /ˈstɪpˈl/ *vt.* 繪畫、雕刻點畫; 點描; 點刻.

stipulate /ˈstɪpjʊˌleɪt/ *vt.* 規定; 約定 **stipulation** *n.* 規定; 約定; 合同; 契約.

stir /stɜː/ *vt.* ① 攪拌; 搖動 ② 激發; 惹起 *vi.* ① (使)微動; 被激起 ② [俗]搬弄是非 *n.* 攪拌; 激動, 大驚小怪; 騷動 **~ring** *adj.* 激動人心的; **~-fry** *vt.* 快炒, 翻炒.

stirrup /ˈstɪrəp/ *n.* ① 馬蹬 ② 蹬形物.

stitch /stɪtʃ/ *n.* ① (縫紉、編織的)一針, 針腳 ② (外科手術)傷口縫線; 針法 ③ 肋部劇痛 *v.* 縫; 縫合 // in ~es [俗]忍不住大笑 **not have a ~ on** 赤身露體.

stoat /stəʊt/ *n.* 【動】鼬.

stock /stɒk/ *n.* ① 儲積品; 存貨 ② 家畜 ③ 國債 ④ 公司資本 ⑤ 股票; 股份 ⑥ 家系, 世系 ⑦ 原料, 材料 ⑧ 湯料, 原湯 ⑨ (繁殖用的)基部 ⑩ 把手 ⑪ 樹幹; 母株 ⑫ (*pl.*)造船台 ⑬ (*pl.*)足枷(刑具) ⑭ 聲譽 *v.* 貯存; 備貨; 供應, 供貨; 儲備 **~broker** *n.* 股票經紀人 **~ broking** *n.* 證券交易 **~holder** *n.* 股東 **~keeping** *n.* 庫存 **~taking** *n.* 清點存貨; 盤點 // **~ car** 改型賽車 **~ control** 庫存管理 **~ exchange** (= **~ market**) 證券交易所, 股票交易市場.

stockade /stɒˈkeɪd/ *n.* 圍樁; 柵欄.

stockinet(te) /ˌstɒkɪˈnet/ *n.* 彈力織物.

stocking /ˈstɒkɪŋ/ *n.* 長襪.

stocky /ˈstɒkɪ/ *adj.* 矮壯的; 粗壯的.

stodge /stɒdʒ/ *n.* 油膩的食物 **stodgy** *adj.* 油膩難消化的; (書等)枯燥乏味的; (人)老氣橫秋的.

stoic /ˈstəʊɪk/ *n.* 能忍受艱難困苦的人; 能高度自制的人; 禁慾的人 **~al** *adj.* 能忍受艱難困苦的; 極能自制的 **~ism** *n.* 堅忍精神; 自持精神.

stoke /stəʊk/ *v.* ① 給(火或爐子)加燃料 ② [俗](使)大吃 **~r** *n.* 火伕; 司爐; 自動加煤機.

stole /stəʊl/ *v.* steal 的過去式 *n.* 女人的披肩; (某些基督教牧師在禮拜儀式上所圍的)聖帶.

stolen /ˈstəʊlən/ *v.* steal 的過去分詞.

stolid /ˈstɒlɪd/ *adj.* 感情遲鈍的; 麻木不仁的 **~ity** *n.*

stomach /ˈstʌmək/ *n.* ① 胃; 胃口 ② [俗]肚子 ③ [喻]愛好; 慾望 *vt.* 吃得下; 忍耐; 忍受 **~ache** *n.* 胃痛; 肚子痛.

stomp /stɒmp/ *vi.* 踩踏; 踩着腳走.

stone /stəʊn/ *n.* ① 石, 岩石; 石頭; 石塊 ② 石碑 ③ 寶石; 玉石 ④ 果核 ⑤ [醫]結石 *v.* 拿石頭打; 取出果核 **stony** *adj.* ① 多石的; 鋪滿石塊的 ② 冷酷無情的; [俚]手無分文的 **~-blind** *adj.* 全瞎的 **~-deaf** *adj.* 全聾的 **~mason** *n.* 石匠 // **~ fruit** 核果.

stood /stʊd/ *v.* stand 的過去式及過去分詞.

stooge /stuːdʒ/ *n.* & *vi.* ① [劇][俚](作)丑角的搭檔; 捧眼 ② [俗]

(當)替身 ③ [俚](當)傀儡.

stool /stu:l/ *n.* ① 櫈子; 腳櫈 ② 【醫】糞便 // ~ **pigeon** [俗]囮子; 引誘(罪犯)入圈套的人; 暗探; 線人.

stoop /stu:p/ *vi. & n.* 俯身; 彎腰; 曲背 *vt.* 低(頭); 彎(背).

stop /stɒp/ *v.* ① (使)停止 ② 阻止 ③ 停頓 ④ 堵塞; 封上 ⑤ 補牙 ⑥ 逗留 *n.* ① 中止, 停止 ② 停頓 ③ 停車; 車站 ④ 句號 ⑤(攝影)光圈快門 ~**page** *n.* (尤指因罷工造成的)停工 ② 堵塞; 阻止 ③ 扣除; 取消(假期等) ~**per** *n.* 塞子 ~**ping** *n.* 補牙的填充物 ~**clock** *n.* 計時器 ~**cock** *n.* 【機】管閥, 旋塞閥 ~**gap** *n.* 臨時代替者(或物); 權宜之計 ~**over** *n.* 中途停留(一夜), 中途停留處 ~**watch** *n.* (賽跑等用的)秒錶.

store /stɔ:/ *n.* ① 貯藏; 儲備 ② (*pl.*)貨物, 物品 ③ [美]商店; [英]大百貨店, 堆棧, 倉庫 ④【計】記憶體 *vt.* ① 積蓄; 貯藏 ② 寄存 ③ 容納 **storage** *n.* 貯藏; 貨棧; 儲存費 ~**front** *n.* ① (臨街的)店面 ②【計】網上購物頁面 ~**house** *n.* 倉庫; 貨棧 ~**keeper** *n.* [美]店主; 倉庫管理員 ~**room** *n.* 貯藏室.

storey, 美式 **story** /stɔ:rɪ/ *n.* 樓層; 樓的一層.

stork /stɔ:k/ *n.*【鳥】鸛.

storm /stɔ:m/ *n.* ① 風暴; 暴雨; 暴風雪 ② 感情的猛烈爆發 ③ (*pl.*) [美俗]颶風或颶風暴的外重門窗 ④【軍】猛攻 *v.* ① 狂怒; 咆哮 ② 猛衝; 突襲; 攻佔

~**y** *adj.* (多)暴風雨的; 激烈的 // ~ **troops** 突擊隊.

story /stɔ:rɪ/ *n.* ① 故事, 小說, 傳奇 ②(小說等的)情節; (報紙上的)記事 ③[俗]謠言; 假話 ④ 經歷 ~**teller** *n.* 說書人; 講故事的人.

stoup /stu:p/ *n.* 聖水缽.

stout /staʊt/ *adj.* ① 強壯的; 結實的 ②[俗]堅決的; 果敢的 ③(人)有點肥胖的; 矮胖的 *n.* 烈性黑啤酒.

stove /stəʊv/ *n.* 火爐; 爐灶.

stow /stəʊ/ *vt.* 收藏, 裝; 裝載 *vi.* (+ **away**) 偷渡 ~**age** *n.* 裝載, 收藏; 裝載處 ~**away** *n.* (為躲在船或飛機上)逃票旅行者(或偷渡者).

straddle /ˈstrædl/ *v.* 跨立; 跨坐; 騎【軍】交叉射擊(或轟炸).

strafe /streɪf, strɑ:f/ *vt.* 掃射; 炮轟.

straggle /ˈstrægl/ *vi.* ① 蔓延; 散亂 ② 掉隊; 落後.

straight /streɪt/ *adj.* ① 直的 ② 整齊的, 井然的; 端正的 ③ 誠實的; 真實可靠的 ④ 接連的 ⑤(酒類)未沖淡的 *adv.* 直; 直接地; 正直地; 坦率地; 立即 *n.* ①[俚]保守的人 ② 異性戀者 ③ 平直的部份 ~**en** *v.* ① 變直; 弄直 ② 清理; 解決; 整頓 ~**forward** *adj.* 直爽的; 坦白的; 誠實的; 簡單的; 明確的 ~~**out** *adj.* 坦率的; 露骨的 // ~ **away** 立即; 馬上.

strain /streɪn/ *v.* ① 拉緊 ② 竭力使用, 竭盡全力(去做某事) ③ 扭傷; 損傷 ④ 濫用, 曲解 ⑤ 濾, 過濾 *n.* ① 拉緊; 緊張

② 拉力; 應力 ③ 苛求 ④ 疲憊
⑤ 扭傷 ⑥(常用複)曲調; 歌
⑦ 風格; 筆調; 語氣 ⑧ 氣質, 性
情 ⑨(動植物的)品種; 家系 **~ed**
adj. 緊張的; 不自然的; 牽強的;
心力交瘁的; **~er** *n.* 過濾器.

strait /streɪt/ *n.* ① 海峽; 峽
② (*pl.*)艱難, 窘迫, 困難 **~jacket**
n. (約束瘋子等用的)緊衣, 束縛
衣; [喻]束縛 **~-laced** *adj.* 過份拘
謹的; 非常古板的.

straitened /streɪtˀnd/ *adj.* 勉強糊
口的; 窮苦的.

stramonium /stræˈməʊnɪəm/ *n.*
【植】曼陀羅花.

strand /strænd/ *v.* (使)擱淺; (使)
困在岸上, (使)陷於困境
① (繩子等的)股; 一股繩(或線);
一綹頭髮 ②[喻]故事的線索, 情
節 ③[詩]濱; 岸 **~ed** *adj.* 無依無
靠的; 陷入困境的.

strange /streɪndʒ/ *adj.* ① 奇怪的;
奇特的 ② 陌生的; 生疏的 **~r** *n.*
① 陌生人; 異鄉人 ② 外行, 生
手.

strangle /ˈstræŋɡˀl/ *vt.* ① 勒死, 掐
死 ② 壓制; 束縛; 悶住 **~hold** *n.*
壓制; 束縛.

strangulation /ˌstræŋɡjʊˈleɪʃˀn/ *n.*
勒死; 扼殺; 束束.

strap /stræp/ *n.* 吊帶; 皮帶; 肩帶;
背帶 *vt.* 用帶子捆紮; 包紮(傷口
等); 綁住; 鞭打 **~ping** *adj.* 高大
健壯的.

strata /ˈstrɑːtə/ *n.* stratum 的複數.

stratagem /ˈstrætədʒəm/ *n.* 計謀,
詭計; 計策.

strategy /ˈstrætɪdʒɪ/ *n.* 戰略(學);

兵法; 謀略, 計謀; 方針, 政策
strategic *adj.* 戰略(上)的; 有戰略
意義的 **strategist** *n.* 戰略家.

stratify /ˈstrætɪˌfaɪ/ *vt.* 使成層; 使
分層 **stratification** *n.* 分層;【地】
岩層; 地層 **stratified** *adj.*

stratosphere /ˈstrætəˌsfɪə/ *n.*【氣】
同溫層; 平流層.

stratum /ˈstrɑːtəm/ *n.* (*pl.* **-ta**,
-tums) ① 層; 地層; 岩層 ② 社
會階級; 階級.

straw /strɔː/ *n.* ① 稻草; 麥稈; (喝
飲料的)吸管 ② 無價值的東
西, 無意義的東西 ③ 一點點 //
~ vote, ~ poll 非官方民意測驗.

strawberry /ˈstrɔːbərɪ, -brɪ/ *n.* 草
莓.

stray /streɪ/ *vi.* ① 走失; 走離; 迷
路 ② 漂泊; 遊蕩 ③ 偏離; 離題
adj. ① 迷失的; 離羣的 ② 偶然
的; 零散的 *n.* 走失的家畜; 迷路的人; 漂泊者; 散失的東西.

streak /striːk/ *n.* ① 條紋; 紋理; 條
痕; 色線 ②(性格)特色 ③ 一連
串; 一系列 *vt.* 在…上加條紋 *vi.*
[俗]飛跑; 當眾裸體奔跑 **~y** *adj.*
有條紋的; 多條紋的.

stream /striːm/ *n.* ① 小河, 溪流
② 流, 流出, 流動 ③ 趨勢, 流向
vi. ① 流, 湧; 流出 ② 飄揚; 招展
vt. (按能力)把(小學生)分類 **~er**
n. 橫幅; 長旗; 彩帶; 飄帶; 彩紙
帶 **~ing** *n.* ①【計】(音像文件等
的)流播 ②[英](按小學生的能
力)能力分組 **~line** *vt.* ① 使成
流線型 ② 使更有效(率) **~lined**
adj. 流線型的.

street /striːt/ *n.* ① 街道, 馬路

② 生活和工作都在一條街上的人 ~**car** n. [美]市內電車 **~lamp**, **~light** n. 路燈 **~wise** adj. 懂得如何在大城市裏生存的 **~walker** n. 妓女.

strength /streŋθ/ n. ① 力量, 力氣 ② 強度 ③ 依仗物 ④ 長處, 優點 ⑤ 人力; 兵力; 實力 **~en** v. (使)強壯起來; 增強; 加強; 鞏固.

strenuous /'strenjʊəs/ adj. ① 努力奮鬥的; 勤勉的 ② 精力旺盛的 ③ 需竭盡全力的; 艱難的 **~ly** adv.

streptococcus /ˌstreptəʊˈkɒkəs/ n. 【微】鏈球菌.

streptomycin /ˌstreptəʊˈmaɪsɪn/ n. 【藥】鏈霉素.

stress /stres/ n. ① 壓力; 憂患; 緊張 ② 強調; 重視 ③ 重音; 重讀 ④ 應力; 拉力 vt. 強調; 重讀 **~ful** adj. 充滿壓力的; 緊張的 // **~ mark** 【語】重音特號.

stretch /stretʃ/ v. ① 拉長; 拉直; 伸展; 鋪開 ② (可)延伸 ③ 有彈性也; 濫用也 ④ 曲解也 n. ① 伸展; 擴展 ② 伸縮性; 彈性 ③ 連續的一段時間 ④ [俚]服役期; 服刑期 **~y** adj. [口]可伸長的; 有彈性的 **~er** n. 擔架.

strew /struː/ vt. (過去式 **~ed** 過去分詞 **~ed**, **~n**) 撒; 散播; 散落.

striated /straɪˈeɪtɪd/ adj. 有條紋的; 有溝痕的 **striation** n. 條紋; 溝痕.

stricken /ˈstrɪkən/ adj. 受害的; 疾病纏身的; 受難的; 受災的.

strict /strɪkt/ adj. ① 嚴格的; 嚴厲的 ② 確切的; 嚴密的 ③ 完全的; 絕對的 **~ly** adv.

stricture /ˈstrɪktʃə/ n. ① 限制物; 約束物 ② (常用複)苛評; 責難.

stride /straɪd/ vi. (過去式 **strode** 過去分詞 **stridden**) 大步地走; 跨過 n. 一大步的距離; 跨幅; 步態.

strident /ˈstraɪdˈnt/ adj. (聲音)刺耳的 **stridency** n. **~ly** adv.

strife /straɪf/ n. 衝突; 爭吵; 鬥爭.

strike /straɪk/ v. **struck** 過去分詞 **~n**) vt. ① 打; 擊; 撞; 觸 ② 侵襲 ③ 劃(火柴) ④ (鐘)敲響 ⑤ 鑄造; 衝壓 ⑥ 突然變化; 使突然想起; 給以印象 ⑦ 計算出 ⑧ 碰到 ⑨ 取下 vi. ① 突然降臨 ② 打擊; 攻擊; 侵襲 ③ 點燃 ④ (鐘)敲響; 報時 ⑤ 罷工 ⑥ 觸礁 n. ① 罷工 ② 襲擊 ③ 突然發現(金礦、石油等) **~r** n. ① 罷工者 ② 足球前鋒; (板球)擊球手 **striking** adj. 顯著的; 引人注目的; 有魅力的; 美麗動人的; (時鐘)打點的 // **go far be** 進行罷工 **~ home** (評論等)擊中要害.

string /strɪŋ/ n. ① 細繩 ② 琴弦 ③ (**the ~s**) 弦樂器, 弦樂師 ④ 串在一起的東西, 一連串的事物; 一行人 ⑤ [俗]限制條件 v. (過去式及過去分詞 **strung**) ① 給(弓、提琴等)裝弦 ② 用細繩穿起繫起; 紮起; 綁③ 懸掛 ④ 剝蔬菜豆角的筋 **~y** adj. 似繩的; (豆角、肉等)多筋的 // **pull ~s** [俗]拉關係; 走後門 **~ along (with sb)** 陪伴; 跟隨 **~ band** 弦樂隊 **~ed instrument** 弦樂器.

stringent /ˈstrɪndʒənt/ adj. ① (指法規等)必須遵守的; 嚴格的; 苛刻的 ② 銀根緊的; 資金不足的

stringency n.

strip /strɪp/ vt. ① 剝; 剝去; 剝光; 剝奪 ② 損壞(螺紋等) ③ 拆開 vi. 脫去衣服. n. 窄長的(紙、土地等); 脫衣舞表演 ~per n. ① 脫衣舞女郎 ② 刮漆器; 去漆液 ~tease n. 脫衣舞 // ~ mine [美] 露天礦 ~ mining [美](煤的)露天開採.

stripe /straɪp/ n. ① 條紋 ②【軍】臂章 ③ [美]種類; 類別 ④ (pl.) 鞭打 ~d adj. 有條紋的.

stripling /ˈstrɪplɪŋ/ n. 年輕人, 小伙子.

strive /straɪv/ vi. (過去式 strove 過去分詞 ~n) 奮力; 努力; 力爭; 抗爭; 鬥爭; 反抗.

strobe /strəʊb/ n. & v. = ~ light 頻閃燈光.

strode /strəʊd/ v. stride 的過去式.

stroke /strəʊk/ n. ① 打擊; 一擊 ② (游泳、划船等的)一划; 泳式; (賽艇的)尾槳手 ③ 筆劃, 一筆, 一劃 ④ 鐘響聲 ⑤【醫】中風 ⑥ 一舉; 一次努力. vt. 撫摸; 捋.

stroll /strəʊl/ n. & vi. 散步; 閒逛.

strong /strɒŋ/ adj. ① 堅固的; 強壯的; 有力的; 堅強的 ② 濃烈的, 強大的; 強烈的 ③ (人)精力充沛的; 能幹的 ④【商】穩定上漲的 ~ly adv. ~arm adj. 用暴力的 ~box n. 保險箱 ~hold n. 堡壘, 要塞 ~minded adj. 意志堅強的 ~room n. 保險庫 // ~ acid【化】強酸 ~ alkali【化】強鹼.

strontium /ˈstrɒntɪəm/ n.【化】鍶 // ~ 90 鍶 90 (鍶的一種放射性同位素).

strop /strɒp/ n. (磨剃刀的)皮帶; 蕩刀皮; 革砥 vt. 在蕩刀皮上磨.

stroppy /ˈstrɒpɪ/ adj. 脾氣壞的; 好爭吵的; 難對付的.

strove /strəʊv/ v. strive 的過去式.

struck /strʌk/ v. strike 的過去式及過去分詞 adj. [美]因罷工而關閉的.

structure /ˈstrʌktʃə/ n. ① 結構, 構造; 構造法 ② 結構物; 建築物 structural adj.

strudel /ˈstruːdəl/ n. 水果芝士卷 (一種水果餡餅).

struggle /ˈstrʌɡl/ vi. & n. ① 鬥爭; 掙扎; 搏鬥 ② 奮鬥; 努力.

strum /strʌm/ v. 亂彈奏(弦樂).

strumpet /ˈstrʌmpɪt/ n. 妓女.

strung /strʌŋ/ v. string 的過去式及過去分詞.

strut /strʌt/ vi. 趾高氣揚地走 n. ① 高視闊步【建】支柱; 抗壓構件.

strychnine /ˈstrɪkniːn/ n.【藥】馬錢子鹼; 士的寧(烈性毒劑).

stub /stʌb/ n. ① 鉛筆頭 ② 煙蒂 ③ 殘餘部份; 殘喘 ④ (支票的)存根; 票根 ⑤ 樹樁 vt. ① 絆(腳) ② 捻熄, 踩熄(香煙) ~by adj. 短粗的.

stubble /ˈstʌbl/ n. (莊稼割剩的)殘茬; 鬍鬚楂 stubbly adj. 滿是鬍鬚楂的; 有殘梗的, 殘梗狀的.

stubborn /ˈstʌbən/ adj. ① 頑固的; 倔強的 ② 難對付的; 棘手的.

stucco /ˈstʌkəʊ/ n. 灰泥; 拉毛水泥.

stuck /stʌk/ v. stick 的過去式及過去分詞.

stuck-up /stʌk,ʌp/ *adj.* [俗]高傲自大的; 勢利的.

stud /stʌd/ *n.* ① 飾釘; (衣服上的)飾鈕 ② 鑲寶石的耳環 ③ 大頭釘 ④ (足球鞋上的)鞋釘 ⑤ 馬羣; 種馬 *vt.* ① 點綴; 用飾釘(或寶石)裝飾 ② 散佈; 密佈.

student /stju:d°nt/ *n.* 學生; [俗]學習者.

studio /stju:dɪ,əʊ/ *n.* ① 畫室; 雕塑室 ② 照相室; 播音室; 演播室; 攝影棚 ③ 電影公司 // ~ **flat** (=[美]~ **apartment**) 單房公寓.

studious /stju:dɪəs/ *adj.* ① 好學的; 用功的 ② 細心的 ③ 故意的.

study /stʌdɪ/ *n.* ① 學習; 研究 ② 專著; 論文 ③ 研究項目 ④ 書房 ⑤ 習作; 試作 ⑥[音]練習曲; (a ~)值得觀察的事物; 不尋常的景象 *v.* 學習; 研究; 詳細察看 studied *adj.* 深思熟慮的; 故意的 // ~ **hall** [美](學校的)自修室; 自修課.

stuff /stʌf/ *n.* 材料; 原料; [俚]東西; 玩意 *vt.* ① 填塞; 隨手亂放 ② 暴食 ③[俚]處理 ~**ing** *n.* 填料; 餡.

stuffy /stʌfɪ/ *adj.* ① 悶熱的; 不通風的 ②[俗](鼻子)不通氣的; [俗]呆板乏味的.

stultify /stʌltɪ,faɪ/ *vt.* 使無效; 使顯得荒唐可笑; 使感到沉悶(或心煩).

stumble /stʌmb°l/ *vi.* ① 絆倒, 幾乎摔倒 ② 結結巴巴地説 ③ 不斷出錯地演奏 ④ 搖搖晃晃地走 *n.* 絆倒; 結巴; 差錯 // ~ **across** 偶然發現 **stumbling block** 障礙(物).

stump /stʌmp/ *n.* 樹樁; 殘餘部份; 殘端 *v.* ① 沉重地行走 ② 難倒; 使困惑 ③[美]作巡迴政治演説 ~**y** *adj.* 粗短的; 矮胖的 // ~ **up** [俗]不情願地付出所需的錢.

stun /stʌn/ *vt.* ① 打昏; 使茫然; 使發愣 ② 給予深刻印象 ~**ner** *n.* (尤指女人)極有吸引力的人 ~**ning** *adj.* [俗]給人深刻印象的; 極好的; 令人驚訝的.

stung /stʌŋ/ *v.* sting 的過去式及過去分詞.

stunk /stʌŋk/ *v.* stink 的過去式及過去分詞.

stunt /stʌnt/ *vt.* 阻礙生長 *n.* ①[俗]特技; 絕技; 引人注意的舉動 ② 花招; 手腕 // ~ **man**, (*fem.*) ~ **woman** 特技(女)演員.

stupefy /stju:pɪ,faɪ/ *vt.* 使麻木; 使恍惚; 使驚呆 stupefaction *n.* 麻木狀態; 恍惚.

stupendous /stju:'pɛndəs/ *adj.* ① 巨大的; 偉大的 ② 了不起的; 極好的; 驚人的.

stupid /stju:pɪd/ *adj.* ① 愚蠢的; 笨的; 傻的 ② 不省人事的; 昏迷的 ~**ity** *n.* ~**ly** *adv.*

stupor /stju:pə/ *n.* 恍惚; 神志不清; 麻木.

sturdy /stɜ:dɪ/ *adj.* 牢固的; 健壯的; 堅定的; 堅強的; 健全的.

sturgeon /stɜ:dʒən/ *n.*【魚】鱘魚; 鱘魚.

stutter /stʌtə/ *v. & n.* 口吃; 結巴; 結結巴巴地説出.

sty /staɪ/ *n.* 豬圈, 豬欄.

stye(e) /stai/ n. ①【醫】瞼腺炎 ② 麥粒腫.

style /stail/ n. ① 風格; 作風 ② 文體; 文風 ③ 方式; 時尚 ④ 風度 ⑤ 造型 ⑥ 頭銜; 稱呼 vt. ① 使符合時尚 ② 使具某一種風格 ③ 稱呼 **stylish** adj. 時髦的; 式樣新穎的 **stylist** n. (服裝髮型等)設計師; (追求)文筆優美的作家 **stylistic** adj. 文體的; 藝術風格上的 // **styling mousse** 髮型固定劑, (定型)慕絲.

stylus /stailəs/ n. (唱機的)唱針; 鐵筆.

stymie, stymy /staimi/ vt. 阻撓; 妨礙.

styptic(al) /stiptik/ adj. 止血的 n. 止血藥.

suave /swɑːv/ adj. 文縐縐的; 自信而圓通的; 老練的 **~ly** adv. **suavity** n.

sub /sʌb/ n. ①【俗】潛水艇 ② 副編輯, 助理編輯 ③ (球隊)候補隊員 vi. 代理; 代替; 任副編輯.

sub- /sʌb-/ pref. [前綴] 表示 "在 …下面; 副; 次; 亞; 近於".

subaltern /sʌbˈltən/ n. [英]陸軍中尉.

subatomic /ˌsʌbəˈtɒmɪk/ adj. 亞原子的; 原子內部的 // **~ particle** 亞原子粒子.

subcommittee /ˈsʌbkəˌmɪti/ n. 小組委員會.

subconscious /sʌbˈkɒnʃəs/ adj. 潛意識的; 下意識的 n. 下意識心理活動.

subcontinent /sʌbˈkɒntɪnənt/ n. 次大陸.

subcontract /ˌsʌbkənˈtrækt/ n. 轉訂的契約(或合同); 分包合同 **~or** n. 轉訂契約的承包人.

subcutaneous /ˌsʌbkjuːˈteɪnɪəs/ adj. 【解】皮下的; 寄生於皮下的.

subdivide /ˌsʌbdɪˈvaɪd, ˈsʌbdɪˌvaɪd/ v. 再分; 細分 **subdivision** n. ① 再分; 細分 ② 細分而成的部門.

subdue /səbˈdjuː/ vt. 征服; 壓制; 克制; 抑制 **~d** adj. 低沉的; 柔和的; 壓抑的.

subeditor /sʌbˈɛdɪtə/ n. 副編輯, 助理編輯.

subheading /ˈsʌbˌhedɪŋ/ n. 小標題; 副標題.

subject /ˈsʌbdʒɪkt/ n. ① 題目; 主題 ② 學科 ③ 對象; 被試驗者(或物) ④ 起因, 原因 ⑤【語】主語 ⑥ 庶民, 人民 adj. ① 受人支配的; 政治上不獨立的; 受制於…的 ② 易患…的; 常會…的 ③ 以…為條件的 vt. 征服; 使服從; 使遭受; 使經受 **~ion** n. 征服; 服從; 隸屬 **~ive** adj. 主觀的;【語】主語的 n. 【計】主語 // **~ line**【計】主題線(或位置) **~ matter** 題材; 論題.

subjoin /sʌbˈdʒɔɪn/ vt. 增補; 附加; 添加.

sub judice /ˈdʒuːdɪsi/ adj. [拉]在審理中的(地); 尚未裁決的(地); 在考慮中的(地).

subjugate /ˈsʌbdʒʊˌɡeɪt/ vt. 使屈服; 征服; 鎮壓; 抑制 **subjugation** n.

subjunctive /səbˈdʒʌŋktɪv/ n.【語】虛擬語氣; 虛擬語氣動詞 adj.【語】虛擬語氣的.

sublease /sʌb'li:s, 'sʌb,li:s/ vt. & n. 轉租, 分租(土地、房屋等).

sublet /sʌb'let/ v. (過去式及過去分詞 ~)轉租, 分租(房屋、公寓等).

sublieutenant /ˌsʌblə'tɛnənt/ n. 海軍中尉.

sublimate /'sʌblɪˌmeɪt/ vt. 【化】使昇華; 使淨化 n. 昇華物.

sublime /sə'blaɪm/ adj. ① 崇高的; 令人崇敬的 ② 極端的, 異常的; ~ly adv. Sublimity n. 崇高; 絕頂; 莊嚴.

subliminal /sʌb'lɪmɪn'l/ adj. 潛意識的; 下意識的.

sub-machine gun /ˌsʌbmə'ʃi:ngʌn/ n. 輕機槍; 手提機關槍; 衝鋒槍.

submarine /ˌsʌbmə'ri:n, ˌsʌbmə'ri:n/ n. ① 潛水艇 ②[美] 法式三文治 adj. 海中的; 海生的; 海下的; 置於海底的.

submerge /sʌb'mɜ:dʒ/ or **submerse** v. (使)浸在水中, (使)潛入水中; 淹沒 submersible adj. 有潛水功能的; 可潛水的 submersion n.

submit /sʌb'mɪt/ vt. ① 呈送; 提交 ②【律】建議, 主張; 申辯 vi. 屈服; 服從 submission n. submissive adj. 服從的; 降服的; 順服的.

subnormal /sʌb'nɔ:m'l/ adj. 正常以下的; 智力不正常的.

subordinate /sə'bɔ:dɪnɪt, sə'bɔ:dɪneɪt/ adj. 下級的; 從屬的; 次要的 n. 下屬 vt. 使居次要地位; 輕視 subordination n. // ~ clause【語】從句.

suborn /sə'bɔ:n/ vt. 使作偽證; 唆使(某人)犯法; 買通.

subpoena /sʌb'pi:nə, sə'pi:nə/ n.【律】傳票 vt. 傳訊.

sub rosa /'rəʊzə/ adv. [拉]秘密地; 私下裏; 偷偷地.

subscribe /səb'skraɪb/ v. 捐助; 訂閱; 簽署; 贊同 ~r n. 捐助者; 訂閱者; 電話用戶 subscription n. 捐助; 訂閱; 簽署; 捐助金; (俱樂部等的)會費.

subsection /sʌb'sɛkʃən, 'sʌb,sɛkʃən/ n. ① 分部; 分區; 分支 ② 小節; 分項.

subsequent /'sʌbsɪkwənt/ or **~ial** adj. 後來的; 隨後的 ~ly adv.

subservient /səb'sɜ:vɪənt/ adj. 曲意奉承的; 諂媚的; 恭順的 subservience n.

subside /səb'saɪd/ vi. ① 下沉; 下陷 ② 降到正常水平 ③ 平息; 平靜下來 ④[俗謔]坐下 ~nce n.

subsidiary /səb'sɪdɪəri/ adj. 輔助的; 次要的; 附屬的.

subsidy /'sʌbsɪdi/ n. 補助金; 津貼; 資助 subsidize vt. 給…補助金.

subsist /səb'sɪst/ vi. 生存; 存在; 維持生活 ~ence n.

subsoil /'sʌb,sɔɪl/ n. 下層土; 底土.

subsonic /sʌb'sɒnɪk/ adj.【物】亞音速的, 亞聲速的.

substance /'sʌbstəns/ n. ① 物質; 實質; 本質 ② 主旨; 要義 ③ 資產; 財產 ④ 堅實 substantial adj. ① 相當的; 牢固的; 堅實的 ② 富有的 ③ 大體上的 ④ 真實的; 實實在在的 substantially adv. substantiality n.

substantiate /səb'stænʃɪˌeɪt/ vt.

證實; 證明 substantiation n.

substantive adj. 真正的; 實際的.

substation /'sʌbˌsteɪʃən/ n. 變電站; 變電所.

substitute /'sʌbstɪˌtjuːt/ n. 代替者 (或物); 代理人. v. 代用品 v. 代替; 代用 substitution n.

subsume /səb'sjuːm/ vt. 將 … 歸入 (某種類).

subterfuge /'sʌbtəˌfjuːdʒ/ n. 遁辭; 詭計; 欺騙.

subterranean /ˌsʌbtə'reɪniən/ adj. 地下的; 隱蔽的.

subtitle /'sʌbˌtaɪt'l/ n. 小標題; 副標題【影】字幕 vt. 給 … 加副標題(或字幕).

subtle /'sʌt'l/ adj. ① 微妙的 ② 精巧的; 巧妙的; 靈巧的 ③ 機敏的; 敏銳的; 精明的 ④ 難以捉摸的 ~ty n.

subtract /səb'trækt/ vt. 減去; 去掉 ~ion n. 減法(運算).

subtropical /ˌsʌb'trɒpɪk'l/ adj. 亞熱帶的, 副熱帶的.

suburb /'sʌbɜːb/ n. 郊外; 近郊; 市郊 ~an adj. ① 市郊的 ② 偏狹的; 見識短淺的.

subvention /səb'vɛnʃən/ n. 補助金; 津貼.

subvert /səb'vɜːt/ vt. ① 推翻; 顛覆 ② 破壞; 敗壞; 腐蝕 subversion n. subversive adj. & n. 顛覆性的; 顛覆份子.

subway /'sʌbˌweɪ/ n. 地下通道; [美]地下鐵道.

後; 接替; 繼承.

success /sək'sɛs/ n. ① 成功, 成就 ② 成功者 ~ful adj.

succession /sək'sɛʃən/ n. ① 繼續, 連續; 接續 ② 繼承 successive adj. successively adv.

successor /sək'sɛsə/ n. 繼任者; 繼承人.

succinct /sək'sɪŋkt/ adj. 簡明的; 簡潔的.

succour /'sʌkə/ n. & vt. 救助; 援助.

succulent /'sʌkjələnt/ adj. 多汁的; 美味的;(植物)莖葉肥厚的; 液豐富的 n. 多汁植物; 肉質植物 succulence n.

succumb /sə'kʌm/ vi. ① 屈服; 屈從 ② 喪命; 死.

such /sʌtʃ/ adj. ① 這樣的, 這種的; 同樣的 ② 上述的, 該 ③ 如此這般的 pro. 這樣的人(或物); 上述的人(或物) ~and~ adj. & pro. 如此這般的 ~like adj. [口] 這種的; 這類的 pro. [口]這一類的人(或事物).

suck /sʌk/ vt. & n. 吸吮; 咂; 抽(氣體或液體等) ~er n. 吸盤; 吸管; 容易受騙的人; 入迷者;(植物的)吸根; [口]棒棒糖.

suckle /'sʌk'l/ vt. 哺乳, 餵奶.

sucrose /'sjuːkrəʊz, -krəʊs/ n.【化】蔗糖; 甜菜糖.

suction /'sʌkʃən/ n. ① 吸; 吸引 ② 吸力.

sudden /'sʌd'n/ adj. 忽然的; 突然的; 疾速的; 出乎意料的 n. 只用於慣用語 all of a ~ 突然; 出乎意料地 ~ly adv.

succeed /sək'siːd/ v. ① (+ in) 成功, 取得成果 ② (+ to) 繼任; 接續 ③ (+ to) 繼承, 承襲 vt. 繼 … 之

sudorific /ˌsjuːdəˈrɪfɪk/ *adj.* 發汗的 *n.* 發汗藥.

suds /sʌdz/ *pl. n.* 肥皂水泡沫; [美俚]啤酒.

sue /sjuː/ *v.* 起訴; 控告; 正式請求.

suede /sweɪd/ *n.* 小山羊皮, 軟羔皮.

suet /ˈsuːɪt, ˈsjuːɪt/ *n.* (牛、羊等的)板油.

suffer /ˈsʌfə/ *vt.* ① 經歷 ② 遭受 ③ 忍受; 忍耐 *vi.* ① 受痛苦; 患病 ② 受損失; 變糟 **~er** *n.* ① 受難者; 遭受痛苦的人 ② 患病者 **~ing** *n.* ① 苦難; 苦惱; 痛苦; 折磨 ② 受苦, 遭難.

sufferance /ˈsʌfərəns, ˈsʌfrəns/ *n.* ① 忍受, 忍耐; 忍耐力 ② 默許; 寬容 // **on ~** 被容忍; 經勉強同意.

suffice /səˈfaɪs/ *v.* ① 足夠; 滿足 ② 能夠 // **~ it to say that** 只要說…就夠了.

sufficient /səˈfɪʃənt/ *adj.* 足夠的; 充份的 **sufficiency** *n.*

suffix /ˈsʌfɪks/ *n.* 【語】後綴; 詞尾.

suffocate /ˈsʌfəkeɪt/ *v.* (使)窒息致死, 悶得難受 **suffocating** *adj.* **suffocation** *n.*

suffragan /ˈsʌfrəgən/ *n.* 大主教助手; 副主教.

suffrage /ˈsʌfrɪdʒ/ *n.* ① 選舉權 ② 投票; 投票贊成.

suffuse /səˈfjuːz/ *vt.* 佈滿; 充滿(顏色、水氣等) **suffusion** *n.*

sugar /ˈʃʊgə/ *n.* ① 糖; 方糖, 一匙糖 ② [主美口](稱呼)親愛的 *vt.* 加糖; 包糖衣 **~y** *adj.* 甜的; 甜蜜的 // **~ beet** 甜菜 **~ cane** 甘蔗

~ daddy 老色鬼 **~ loaf** 棒棒糖 **~ lump** 方糖.

suggest /səˈdʒest/ *vt.* ① 建議, 提議 ② 暗示 ③ 使聯想起; 使想到 **~ible** *adj.* 易受影響的 **~ion** *n.* ① 建議 ② 細微的跡象, 稍帶有一點 ③ 聯想; 暗示, 啟發 **~ive** *adj.* ① 引起聯想的; 提醒的 ② 含有猥褻意味的.

suicide /ˈsuːɪˌsaɪd, ˈsjuː-/ *n.* 自殺; 自取滅亡 **suicidal** *adj.* 自殺的; 想自殺的; 有致命危險的.

suit /suːt, sjuːt/ *n.* ① 訴訟; 請求 ② 套裝; 套裙; 一套衣服 ③ (紙牌中同花色的)一副牌 *v.* 適合; 相配 **~ed** *adj.* 合適的; 般配的 **~case** *n.* 小提箱, 手提箱.

suitable /ˈsuːtəbᵊl, ˈsjuːt-/ *adj.* 合適的; 適宜的 **suitably** *adv.* **suitability** *n.*

suite /swiːt/ *n.* ① 一套傢具; 套房, 一套東西(或物品) ② 一組隨從人員 ③【音】組曲 ④【計】軟件套件.

suitor /ˈsuːtə, ˈsjuːt-/ *n.* [舊]向女子求婚的人; 【律】訴訟人.

sulk /sʌlk/ *vi.* 慍怒; 生悶氣 *n.* (the **~s**) 慍怒, 生悶氣.

sullen /ˈsʌlən/ *adj.* 悶悶不樂的; 慍怒的; 陰沉的.

sully /ˈsʌlɪ/ *vt.* 弄髒; 玷污.

sulphate /ˈsʌlfeɪt/ *n.* 【化】硫酸鹽.

sulphide /ˈsʌlfaɪd/ *n.* 硫化物.

sulphonamide /sʌlˈfɒnəˌmaɪd/ *n.* 【藥】磺胺; 磺按類藥物.

sulphur, 美式 **sulfur** /ˈsʌlfə/ *n.* 【化】硫; 硫磺 **sulphuric** *adj.* 含硫的 **sulphurous** *adj.* 硫磺的; 含

硫的.

sultan /ˈsʌltən/ n. 蘇丹(某些伊斯蘭國家的君主)~a n. ① 無籽小葡萄(乾) ② 蘇丹的妻子(或母親、女兒) ~ate n. 蘇丹統治下的疆土; 蘇丹的地位.

sultry /ˈsʌltrɪ/ adj. ① 悶熱的 ② (女子)皮膚黝黑卻美麗性感的; 能引起性慾的.

sum /sʌm/ n. ① 算術運算 ② 金額; 總數; 【數】和 v. 概括; 總結 // ~ up 總結; 估量; 判斷.

summary /ˈsʌmərɪ/ adj. ① 概括的; 扼要的 ② 迅速的; 立即的 n. 摘要; 概略 // in ~ 概括起來.

summarize, -se /ˈsʌmərɑɪz/ v. 概括; 總結.

summation /sʌˈmeɪʃən/ n. 總結; 積累; 【數】加法.

summer /ˈsʌmə/ n. ① 夏; 夏季 ② (pl.)年, 歲數 // ~ camp 夏令營 ~ school 暑期學校 ~ solstice 夏至.

summit /ˈsʌmɪt/ n. ① 最高點; 頂; 絕頂 ② 最高級會談.

summon /ˈsʌmən/ vt. ① 召喚 ② 【律】傳訊, 傳喚 ③ 召集 ④ 鼓起(勇氣); 提起(精神等); 喚起.

summons /ˈsʌmənz/ n. (pl. -monses) ① 召喚, 命令 ② 傳喚出庭; 傳票 vt. 傳喚出庭.

sumo /ˈsuːməʊ/ n. (日本的)摔跤競技)相撲.

sump /sʌmp/ n. 潤滑油槽; 污水坑.

sumptuous /ˈsʌmptʃuəs/ adj. 豪華的; 奢侈的; 華麗的 ~ly adv.

sun /sʌn/ n. ① 太陽; 日 ② 日光 ③ 恆星 vt. 曬(太陽) ~less adj. 無陽光的; 曬不到太陽的 ~ny adj. 向陽的; 陽光充足的; 歡快的 ~bath n. 日光浴 ~bathe vi. 作日光浴 ~beam n. 日光 ~burn n. 曬黑; 日炙 ~burnt adj. 曬黑的; 曬紅並且起泡的 ~down n. [主美] 日落 ~flower n. 向日葵 ~glasses pl. n. 太陽鏡 ~hat n. 遮陽帽 ~light n. 日光 ~lit adj. 陽光照耀的 ~rise n. 日出; 黎明 ~screen n. 防曬霜 ~set n. 日落; 黃昏 ~shine n. 陽光 ~spot n. 太陽黑子 ~stroke n. 中暑 ~tan n. 曬黑 ~tanned adj. 曬黑的.

Sun. abbr. = Sunday.

sundae /ˈsʌndɪ, -deɪ/ n. 新地, 聖代(一種加有水果、果仁、鮮忌廉等的冰淇淋).

Sunday /ˈsʌndɪ, -deɪ/ n. 星期日 // a month of ~s 很長的時間 ~ school 主日學校.

sunder /ˈsʌndə/ vt. 分開; 切斷; 分裂.

sundry /ˈsʌndrɪ/ adj. 各種各樣的 n. (pl. -dries) 雜貨; 雜物; 雜項.

sung /sʌŋ/ v. sing 的過去分詞.

sunk /sʌŋk/ v. sink 的過去式及過去分詞.

sunken /ˈsʌŋkən/ adj. 沉入海底的; 沉沒的; (臉頰等)下陷的; 凹陷的; 低窪的.

sup /sʌp/ v. 啜飲; [古]吃晚飯 n. [英]少量; 一啜.

super /ˈsuːpə/ adj. [俗]極好的; 超級的 n. [英俗]警長.

super- /ˈsuːpə/ pref. [前綴] 表示

"在 … 之上; 非常地; 極端地; 超級地".

superannuation /ˌsuːpərˌænjʊˈeɪʃən/ n. 退休; 退職; 退休金

superannuated adj. [俗]老朽的; 舊得不宜再用的.

superb /sʊˈpɜːb, sjʊ-/ adj. ① 極好的; 超等的 ② 壯麗的; 宏偉的 ~ly adv.

supercharged /ˈsuːpəˌtʃɑːdʒd/ adj. (發動機)加大了功率的.

supercilious /ˌsuːpəˈsɪlɪəs/ adj. 自高自大的, 傲慢的; 目空一切的.

superconductor /ˌsuːpəkənˈdʌktə/ n. 【物】超導(電)體
superconductivity n. 超導(電)性.

superficial /ˌsuːpəˈfɪʃəl/ adj. ① 表面的; 外觀的; 外貌的 ② 膚淺的; 淺薄的.

superfine /ˈsuːpəfaɪn/ adj. 【商】極精細的; 上等的; 頂級的.

superfluous /suːˈpɜːfluːəs/ adj. 多餘的; 過剩的; 不必要的 **superfluity** n. 太多; 過剩; 多餘; 多餘物.

supergrass /ˈsuːpəgrɑːs/ n. [俚]向警方告密者.

superhuman /ˌsuːpəˈhjuːmən/ adj. 超人的; 非凡的.

superimpose /ˌsuːpərɪmˈpəʊz/ vt. 把 … 放在另一物的上面; 疊加.

superintend /ˌsuːpərɪnˈtend, ˌsuːprɪn-/ vt. 管理; 監督; 主管 **~ence** n. **~ent** n. 管理人; 監督人; 部門主管; [英]資深警官.

superior /suːˈpɪərɪə/ adj. ① 優良的; 上等的 ② 優於 … 的 ③ (職位、地位、等級等)較高的, 上級的; 在上的 ④ 自以為高於他

人的, 有優越感的 n. ① 上司; 優越者 ② 質量更好的東西 ③ 修道院院長 ~ity n. 優越; 優勢.

superlative /suːˈpɜːlətɪv/ adj. 最高的; 最佳的; 【語】最高級的 n. 【語】最高級形容詞(或副詞).

superman /ˈsuːpəmæn/ n. (pl. -men) 超人; 具有非凡能力的人.

supermarket /ˈsuːpəˌmɑːkɪt/ n. 超級市場.

supernatural /ˌsuːpəˈnætʃərəl/ adj. 超自然的; 神奇的 // the ~ 超自然現象; 超自然的存在物.

supernova /ˌsuːpəˈnəʊvə/ n. 【天】超新星.

supernumerary /ˌsuːpəˈnjuːmərərɪ/ adj. 額外的; 多餘的 n. 多餘的人(或物).

superphosphate /ˌsuːpəˈfɒsfeɪt/ n. 【化】過磷酸鹽(肥料).

superpower /ˈsuːpəˌpaʊə/ n. 超級大國.

superscrip /ˈsuːpəˌskrɪpt/ adj. 寫在(或標在)某字(或某數字、某符號)上方的.

supersede /ˌsuːpəˈsiːd/ vt. 代替; 更換; 取代.

supersonic /ˌsuːpəˈsɒnɪk/ adj. 超音速的; 超聲波的.

superstar /ˈsuːpəˌstɑː/ n. 超級巨星.

superstition /ˌsuːpəˈstɪʃən/ n. 迷信(行為) **superstitious** adj.

superstructure /ˈsuːpəˌstrʌktʃə/ n. 上部建築物; 上層建築.

supertanker /ˈsuːpəˌtæŋkə/ n. 超級油輪.

supertax /ˈsuːpəˌtæks/ n. 附加稅.

supervene /ˌsuːpəˈviːn/ vi. 突然發

生; 意外變故 supervention n.

supervise /su:pə,vaɪz/ v. 監督; 管理 supervision n. supervisor n. 管理人; 督學; 導師.

supine /su:'paɪn/ adj. ① 仰臥的 ② 勉強的; 不情願的.

supper /sʌpə/ n. 晚餐; 晚飯.

supplant /sə'plɑ:nt/ vt. 取代; 代替.

supple /sʌpl/ adj. ① 易變的; 柔軟的 ② 靈活的; 反應快的.

supplement /sʌplɪmənt, 'sʌplɪˌment/ n. ① 增補; 補充; (書的)補編 ② 額外數量 n. 補充, 增補 ~ary adj.

suppliant /sʌplɪənt/ adj. 懇求的; 哀求的 n. 懇求者.

supplicate /sʌplɪˌkeɪt/ v. 懇求; 哀求 supplicant n. 懇求者 supplication n.

supply /sə'plaɪ/ vt. ① 供給; 供應 ② 滿足 n. ① 供給; 給養 ② (常用複)物資; 供應品 supplier n. 供應者; 供應商 // ~ chain (商品生產與銷售間的)供應鍊.

support /sə'pɔːt/ vt. ① 支持; 援助; 支撐; 擁護 ② 證實 ③ 資助; 養活 n. 支持(人); 支撐物 ~able adj. 可幫助的; 可容忍的 ~er n. 支持者 ~ing adj. (演員)擔任配角的; 次要的 ② 支撐的; 支持的 ~ive adj. 給予幫助的; 給予鼓勵的; 給予同情的.

suppose /sə'pəʊz/ vt. ① 想像; 認為 ② 假定 ③ 必須先以…為條件 ④ (用於祈使句)請考慮 ~d adj. 假定的; 被信以為真的 ~dly adv. 大概; 想來; 據推測 supposing conj. 如果; 假如 supposition n. 想像; 推測; 假定 // be ~d to (do sth) 應該; (用於否定時)被允許; 獲准.

suppository /sə'pɒzɪtərɪ/ n.【藥】栓劑; 塞藥.

suppress /sə'pres/ vt. ① 鎮壓; 制止 ② 隱瞞 ③ 查禁 ④ 抑制(感情) ~ion n.

suppurate /sʌpjʊˌreɪt/ v. 化膿 suppuration n.

supreme /sʊ'priːm, sjʊ-/ adj. (地位等)最高的; 最重要的; 最佳大的 ~ly adv. supremacy n. // ~ court 最高法院.

surcharge /sɜː,tʃɑːdʒ, sɜː'tʃɑːdʒ, 'sɜː,tʃɑːdʒ/ n. ① 額外加價 ② 超載; 負荷過重 ③ 郵票上的變值印記 vt. 額外加價; 使超載.

surd /sɜːd/ n. & adj.【數】不盡根(的).

sure /ʃʊə, ʃɔː/ adj. 確實的; 無疑的; 可靠的; 肯定的 adv. [俗]確實地; 當然的; 的確 ~ly adv. 確實; 無疑; 當然 ~ty n. 保證人; 擔保人; 保證(金) ~fire adj. [口]必然的; 一定會成功的 ~footed adj. 腳步穩的 // make ~ (of sth / that...) 查明; 證實; 設法落實 to be ~ 誠然; 的確.

surf /sɜːf/ n. 拍岸浪 vi. 玩衝浪 ~ing n. 衝浪運動; 上網 ~er n. 衝浪者 ~board n. 衝浪板.

surface /sɜːfɪs/ n. ① 表面 ② 水面 ③ 外表; 皮毛 v. ① 裝面 ② [俗]重新出現 ③ 醒來 ④ 浮出水面 ~to-air adj. (導彈)地(或艦)對空的 // ~ tension【物】表面

~ water【地】地表水.

surfeit /ˈsɜːfɪt/ n. ① 過量; 過度 ② 過度飲食 vt. ① 使飲食過度 ② 使沉溺於.

surge /sɜːdʒ/ n. ① 大浪; 波濤 ② 突發; 陡增 vi. ① 澎湃洶 湧; 洶湧向前 ② 突然湧起 // **~ protector**【計】電湧保護器.

surgeon /ˈsɜːdʒən/ n. 外科醫生; 軍醫.

surgery /ˈsɜːdʒərɪ/ n. ① 外科; 外科手術 ② [英]診所; 應診時間 ③ [英俗]議員接待選民的時間 **surgical** adj. 外科的; 外科手術上的 // **surgical spirit** (= [美]rubbing alcohol) 醫用酒精.

surly /ˈsɜːlɪ/ adj. 脾氣暴躁的; 不友好的; 無禮的.

surmise /səˈmaɪz/ n. 推測; 猜測.

surmount /sɜːˈmaʊnt/ vt. 克服; 置於…頂上 **~able** adj. (困難等)可克服的.

surname /ˈsɜːneɪm/ n. ① 姓 ② 別名; 外號.

surpass /səˈpɑːs/ vt. 優於; 勝過; 超過 **~ing** adj. 卓越的; 無雙的; 超羣的.

surplice /ˈsɜːplɪs/ n.【宗】寬大白色法衣.

surplus /ˈsɜːpləs/ n. & adj. 剩餘的; 過剩的; 盈餘的; 餘額.

surprise /səˈpraɪz/ vt. ① 使驚奇; 突然襲擊 ② 意外地發現 n. ① 驚奇; 吃驚 ② 令人感到意外的事物 **~d** adj. 感到驚奇的; 感到意外的 **surprising** adj. 令人驚奇的; 出人意料的 // **take by ~** ① 奇襲攻佔; 冷不防捉住 ② 使吃驚.

surrealism /səˈrɪəˌlɪzəm/ n. 超現實主義 **surrealistic** adj. **surrealist** n. 超現實主義者 adj. 超現實主義的.

surrender /səˈrendə/ v. ① 投降; 屈服 ② 交出; 放棄 ③ 聽任…的擺佈 n. 屈服; 投降; 交出; 放棄.

surreptitious /ˌsʌrəpˈtɪʃəs/ adj. 秘密的; 偷偷的.

surrogacy /ˈsʌrəgəsɪ/ n.【醫】代孕生子(亦作 surrogate mothering).

surrogate /ˈsʌrəgɪt, -gət/ n. 代理人; 代用品; 代理人 adj. 替代的; 代用的 // **~ mother** 代孕母親.

surround /səˈraʊnd/ vt. 圍繞; 包圍; 環繞 **~ing** adj. 周圍的 **~ings** pl. n. 環境.

surtax /ˈsɜːtæks/ n. 附加稅.

surveillance /sɜːˈveɪləns/ n. 監視.

survey /ˈsɜːveɪ, səˈveɪ/ v. ① 眺望 ② 打量 ③ 概括地評述 ④ 測量; 勘測; 調查 **~or** n. 房屋鑒定人; 土地測量員; 檢查官員.

survive /səˈvaɪv/ v. 活下來; 倖存; 倖免於…; 比…長命 **survival** n. 倖存 **survivor** n. 倖存者.

susceptible /səˈseptəbl/ adj. ① 易受影響的; 易受傷害的 ② 易動感情的; 多情的 ③ (+ of) 能夠…的 **susceptibility** n. ① 敏感性 ②【物】磁化率 ③ (pl.)感情.

suspect /səˈspekt, ˈsʌspekt/ v. ① 懷疑; 猜想 ② 認為…; 認為 n. 嫌疑犯 adj. 可疑的; 靠不住的.

suspend /səˈspend/ vt. ① 懸掛; 吊起; 懸浮 ② 中止; 暫停 ③ 延期; 推

遲 ④ 暫停(某人的)職務 **~er** *n.*
束襪帶; (*pl.*) [美]吊褲帶; 背帶 //
~ed sentence [律] 緩刑.

suspense /səˈspens/ *n.* 焦慮; 不安;
懸念.

suspension /səˈspenʃən/ *n.* ① 懸
掛 ② 中止; 暫時停職 ③ 緩衝裝
置; 懸浮液 // **~ bridge** 吊橋.

suspicion /səˈspɪʃən/ *n.* ① 懷疑;
嫌疑 ② 一點; 些微 **suspicious**
adj. 懷疑的; 可疑的.

suss out /sʌs aʊt/ *v.* 推算出; 推斷
出; 調查; 發現…的真相.

sustain /səˈsteɪn/ *vt.* ① 支撐; 支
持; 承受 ② 維持; 持續 ③ 遭受
④ [律] 確認為正當 **~ed** *adj.* 持
久的; 持續的; 歷久不衰的.

sustenance /ˈsʌstənəns/ *n.* ① 食物;
飲料; 營養 ② 維持; 支持.

suture /ˈsuːtʃə/ *n.* & *vt.* [醫] 縫合.

suzerain /ˈsuːzəreɪn/ *n.* 宗主國(君
主); 宗主(政府) **~ty** *n.* 宗主權.

svelte /svelt, sfelt/ *adj.* [法](身材)
苗條娟秀的.

SW /ɛs ˈdʌbljuː/ *abbr.* ① =
South-west(ern) ② = short wave.

swab /swɒb/ *n.* [醫] 藥籤; 棉籤;
用藥籤取下的化驗標本 *vt.* 擦
抹; 擦洗.

swaddle /ˈswɒdl/ *vt.* ① 包; 裹; 用
襁褓包裹 ② 限制; 束縛.

swag /swæg/ *n.* ① [建] 垂花飾
② [舊俚] 贓物 ③ [澳] 流浪漢的
包袱.

swagger /ˈswæɡə/ *vi.* 昂首闊步地
走; 擺架子 *n.* 昂首闊步; 擺架子.

swain /sweɪn/ *n.* [謔] 情人; 求婚的
男子; [古] 鄉下年輕人.

swallow /ˈswɒləʊ/ *n.* ① 燕子 ② 吞
嚥 *v.* ① 吞嚥 ② [俗] 忍受 ③ 輕
信 ④ 吞沒 ⑤ 耗盡 ⑥ 抑制.

swam /swæm/ *v.* swim 的過去式.

swamp /swɒmp/ *n.* 沼澤; 沼澤地
vt. ① 淹沒; 吞沒 ② 使應接不
暇; 使忙得不可開交 **~y** *adj.* (多)
沼澤的; 潮濕鬆軟的.

swan /swɒn/ *n.* 天鵝 **~song** *n.* 最
後的演出(或功業、作品).

swank /swæŋk/ *vi.* & *n.* [俗] 吹牛;
擺臭架子; 炫耀(者) **~y** *adj.* 時髦
的; 炫耀的; 愛出風頭的.

swap, swop /swɒp/ *v.* & *n.* ① [俗]
交換(物); 交流 ② (做) 交易.

sward /swɔːd/ *n.* [舊][書面語] 草
地; 草皮.

swarm /swɔːm/ *n.* (昆蟲、鳥等)一
羣; 蜂羣; (常用複) 一大羣人 *vi.*
① (蜜蜂) 成羣行動; 湧向 ② 密
集; 雲集 ③ **(+ with)** (指地方) 充
滿 ④ **(+ up)** 爬; 攀緣.

swarthy /ˈswɔːðɪ/ *adj.* 黑黝黝的.

swashbuckling /ˈswɒʃˌbʌklɪŋ/ *adj.*
虛張聲勢的; 浪漫冒險的.

swastika /ˈswɒstɪkə/ *n.* ① 卍萬字
符號(象徵吉祥) ② (德國納粹
黨黨徽).

swat /swɒt/ *vt.* & *n.* 重拍; 狠擊.

swatch /swɒtʃ/ *n.* 樣品; 小塊布
樣; 樣片.

swath /swɔːθ/ 或 **~e** *n.* 綁帶; 割下
的一行草(或麥等); 長而寬的一
片地.

swathe /sweɪð/ *vt.* 纏; 裹; 綁.

sway /sweɪ/ *v.* (使)搖動; (使)歪斜;
影響; 改變 *n.* ① 搖擺 ② 統治;
支配.

swear /sweə/ v. (過去式 swore 過去分詞 sworn) ① 發誓; (使)宣誓 ② 咒罵 ③ 鄭重地證實; 斷言 **~ing-in** adj. 宣誓就職 **~word** n. 詛咒語.

sweat /swet/ n. ① 汗; 汗水 ② 水珠; 濕氣 ③ 艱苦的努力; 艱鉅的任務 vi. 出汗; 流汗; [俗]焦躁不安; 艱苦努力 **~y** adj. **~band** n. 擊在頭上或腕上的(防)汗帶, 吸汗帶 **~shirt** n. 長袖棉織運動衫 **~shop** n. 血汗工廠(工資低、勞動條件惡劣的工廠) // **~ed labour** 血汗勞工.

sweater /swetə/ n. 絨線衣; 毛線衣.

Swede /swi:d/ n. 瑞典人 **Swedish** adj. 瑞典(人、語)的 n. 瑞典語.

swede /swi:d/ n. [植] 蕪菁甘藍.

sweep /swi:p/ v. (過去式及過去分詞 swept) vt. ① 掃; 掃淨 ② 沖走; 捲走 ③ 環視; 掠過 vi. ① 掠過; 擦過 ② 莊嚴地走 ③ 延伸; 連綿 ① 打掃 ② 擺動; 揮動 ③ 搜索 ① 掃蕩 ⑤ 範圍; 區域; 逶迤(指海岸、河流、公路等) **~er** n. 清潔工; (足球比賽)自由中衛 **~ing** adj. 影響深遠的; 廣泛的; 完全的; 決定性的; 籠統的 **~stake** n. 抽彩賭博方式.

sweet /swi:t/ adj. ① 甜的; 甜蜜的 ② 芳香的 ③ 悦耳的 ④ 清純的 ⑤ 令人心滿意足的 ⑥ [俗]迷人的; 誘人的; 可愛的 n. ① (常用複)[英]糖果; 甜食 ② (pl.)樂趣 ③ (用作愛稱)親愛的 **~en** v. ① (使)變甜 ② (使)變得可愛; (使)溫和; (使)悦耳 **~ener** n. 增

甜劑; [俗]賄賂 **~ie** n. [俗] ① 糖果; 甜食 ② 善良可愛的人; (稱呼語)親愛的 **~ly** adj. **~ness** n. **~heart** n. [舊]戀人, 情人, 愛人 // **~ pepper** 甜椒 **~ potato** 甘薯, 蕃薯; 山芋 **~ shop** [英]糖果店.

swell /swel/ (過去式 **~ed** 過去分詞 swollen, **~ed**) v. ① (使)增大; (使)膨脹; (使)腫起; (使)膨脹 ② (使)增加; (使)增強 ③ (使)充滿 ④ (使)激動興奮 n. 浪濤; 【音】聲音漸強 adj. [美俗]時髦的; 漂亮的; 非常好的; 第一流的 **~ing** n. 膨脹; 隆起; 腫脹; 腫塊.

swelter /sweltə/ vi. [俗]酷熱; 熱得發昏; 中暑 **~ing** adj. 悶熱的.

swept /swept/ v. sweep 的過去式及過去分詞.

swerve /swɜːv/ vi. & n. 突然改變方向; 突然轉彎.

swift /swift/ adj. 迅速的; 敏捷的 n. 【鳥】雨燕 **~ly** adv.

swig /swig/ v. [俗]痛飲; 大口喝.

swill /swil/ vt. ① 沖洗; 沖刷 ② 大口喝; 痛飲 vi. (液體)流淌 n. ① 暴飲; 沖洗 ② 泔水(飼料), 豬食.

swim /swim/ (過去式 swam 過去分詞 swum) vi. ① 游泳 ② 浮, 泡; 充溢 ③ 漂浮 ④ 旋轉, 搖晃; 眩暈 vt. 用… 姿勢游泳; 游過; 使(馬等)游過 n. 游泳 **~mer** n. 游泳者 **~suit** n. 女泳裝.

swimming /swimiŋ/ n. 游泳; 眩暈 adj. 適於游泳的; 游泳用的 **~ly** adv. 舒適愉快地; 順利地 // **~ bath** [英]室內游泳池 **~ costume**[主英]泳裝 **~ pool** 游

泳池 ~ **trunks** 男游泳短褲.

swindle /'swɪndʒ/ *vt.* 欺騙; 詐取 *n.* 欺騙; 騙局; 騙人的東西 //~**r** *n.* 騙子.

swine /swaɪn/ *n.* (單複數同形) ① [俗]惡棍 ② [古]豬 // ~ **fever** [英]豬瘟.

swing /swɪŋ/ *v.* (過去式及過去分詞 swung) ① (使)搖擺; (使)搖蕩 ② 輕快而有節奏地走(或跑) ③ (使)轉彎; 突然轉向反方向; (使)突然改變意見等 ④ (使)動搖 ⑤ 有節奏感 ⑥ [俗]完成; 獲得 *n.* ① 揮舞; 擺動 ② 擺程, 振幅 ③ 鞦韆 ④ 節奏感 ⑤ (觀點)轉變 // ~ **bridge** 旋開橋 ~ **door** 轉門.

swingeing /'swɪndʒɪŋ/ *adj.* ① [主英](指打擊)沉重的 ② 兇猛的 ③ 大量的; 大範圍的.

swipe /swaɪp/ *v.* 猛打; 猛擊; [謔]偷 *n.* 猛擊.

swirl /swɜːl/ *n.* 渦流, 漩渦; 螺旋狀 *v.* (使)打漩.

swish /swɪʃ/ *v.* 嗖嗖地揮動; (使)刷刷地擺動; 刷刷(或嗖嗖)作響; 刷刷作響地移動 *n.* 嗖嗖聲; 颼颼聲 *adj.* [英俗]豪華的; 時髦的; 漂亮的.

Swiss /swɪs/ *adj.* 瑞士(人)的 *n.* 瑞士人.

switch /swɪtʃ/ *n.* ① (電路)的開關; 電閘 ② (鐵路)的道岔, 轉轍器; 軌閘 ③ 突然的轉變 ④ 枝條; 嫩枝 ⑤ 女人的長假髮 *v.* ① (使)轉變; 突然改變 ② (使)互換位置; 交換 ③ 抽打 ④ (使列車)轉軌 ⑤ 切斷(電流等); 關掉 ~**back**

n. (陡坡上鐵路或公路的)之字形爬坡路線 ~**board** *n.* (電話)交換台; 配電盤 ~**yard** *n.* [美](鐵路)調車場 // ~ **off** 關掉(收音機等) ~**on** (電源、電器等的)接通, 打開.

swivel /'swɪvᵊl/ *n.* (尤用於複合詞)轉軸; 旋轉軸承 *v.* (使)轉動; 旋轉 // ~ **chair** 轉椅.

swizzle stick /'swɪzᵊl stɪk/ *n.* 攪酒棒.

swollen /'swəʊlən/ *v.* swell 的過去分詞 *adj.* 腫起的; 膨脹的.

swoon /swuːn/ *n.* [舊]昏厥, 昏倒 *vi.* (+ over sb / sth) [舊]昏倒; 神魂顛倒.

swoop /swuːp/ *v.* ① 突然撲下; 猛撲 ② (+ away) [俗]出其不意地抓起; 一下子全搶走 *n.* 猛撲; 猝然攻擊.

swop /swɒp/ *v. & n.* = swap.

sword /sɔːd/ *n.* 劍; 刀 ~**sman** *n.* 劍手; 劍客 ~**smanship** *n.* 劍術 // a ~ of Damocles 迫在眉睫的危險.

swore /swɔː/ *v.* swear 的過去式.

sworn /swɔːn/ *v.* swear 的過去分詞 *adj.* ① 發誓之後作出的 ② 莫逆的 ③ 不共戴天的.

swot /swɒt/ *v.* [英俗]苦讀; 用功學習(以準備考試) *n.* 苦讀的人; 下苦功學習的學生.

swum /swʌm/ *v.* swim 的過去分詞.

swung /swʌŋ/ *v.* swing 的過去式及過去分詞.

sybarite /'sɪbəˌraɪt/ *n.* 喜好奢侈享樂的人 sybaritic *adj.* 愛奢侈的; 好享樂的.

sycamore /ˈsɪkəˌmɔː/ n. [主英]大楓樹; [主美]梧桐樹; 楓木; 梧桐木; (地中海地區的)無花果樹.

sycophant /ˈsɪkəˌfænt/ n. 拍馬屁的人 **~ic** adj.

syllable /ˈsɪləbˈl/ n. 音節 **syllabic** adj.

syllabus /ˈsɪləbəs/ n. (pl. **-buses**, **-bi**) 課程大綱; 教學大綱.

syllogism /ˈsɪləˌdʒɪzəm/ n. 【邏】三段論法; 推論法 **syllogistic** adj.

sylph /sɪlf/ n. 窈窕的女子; 苗條的女郎.

sylvan /ˈsɪlvən/ adj. = silvan.

symbiosis /ˌsɪmbaɪˈəʊsɪs/ n. 【生】共生, 共棲; 共生現象.

symbol /ˈsɪmbˈl/ n. 符號; 記號; 象徵; 標誌 **~ic(al)** adj. **~ism** n. 用符號表示; 象徵主義 **~ist** n. 象徵派藝術家(或作家) **~ize** vt. 用符號表示; 象徵; 代表.

symmetry /ˈsɪmɪtrɪ/ n. 對稱; 勻稱; 均等 **symmetric(al)** adj.

sympathy /ˈsɪmpəθɪ/ n. ① 同情; 憐憫; 同感; 支持 ② 協調 【物】共振; 共鳴 **sympathetic** adj. 同情的; 有好感的; 贊同的 **sympathize** vi. **sympathizer** n.

symphony /ˈsɪmfənɪ/ n. 交響樂; 交響曲 **symphonic** adj.

symposium /sɪmˈpəʊzɪəm/ n. (pl. **-siums**, **-sia**) (專題)討論會; 專題論文集.

symptom /ˈsɪmptəm/ n. 【醫】① 症狀; 症候 ② 徵兆; 徵候 **-atic** adj.

synagogue /ˈsɪnəgɒg/ n. 猶太教會堂.

sync(h) /sɪŋk/ n. = synchronization

[俗]同步.

synchromesh /ˈsɪŋkrəʊˌmeʃ/ n. 同步齒輪裝置.

synchronize, -se /ˈsɪŋkrəˌnaɪz/ v. (使)同時發生; 同步; (使)在時間上一致 **synchronization** n. **synchronous** adj. 同時的 **synchronic** adj. (尤指語言)共時的.

syncopate /ˈsɪŋkəˌpeɪt/ vt. 【音】切分 **-d** adj. 切分的 **syncopation** n.

syncope /ˈsɪŋkəpɪ/ n. 【醫】暈厥; 【語】詞中(音節)省略, 中略.

syndicalism /ˈsɪndɪkəˌlɪzəm/ n. 工團主義.

syndicate /ˈsɪndɪkɪt, ˈsɪndɪˌkeɪt/ n. 辛迪加(企業聯合組織); 委員會 vt. 通過報業組織辛迪加在各報同時發表 **syndication** n.

syndrome /ˈsɪndrəʊm/ n. 【醫】症候羣; 綜合病徵; [喻]全部特徵; 全部症狀.

synod /ˈsɪnəd, ˈsɪnɒd/ n. ① 會議; 討論會 ② 宗教會議.

synonym /ˈsɪnəˌnɪm/ n. 同義詞 **~ous** adj.

synopsis /sɪˈnɒpsɪs/ n. (pl. **-ses**) (書、劇本等的)梗概; 大意; 摘要 **synoptic** adj. ① 大綱的; 提要的 ② 天氣的; 天氣圖的.

syntax /ˈsɪntæks/ n. 【語】句法; 句子結構 **syntactic** adj.

synthesis /ˈsɪnθɪsɪs/ n. (pl. **-ses**) 綜合; 綜合後的產物; 【化】合成 **synthesize** vt. 用合成法製作; 【化】合成; 綜合 **synthesizer** n. 電子綜合音樂演奏器 **synthetic** adj. ① 綜合的; 合成的; 人造的

② 虛假的 n. 合成物; 合成纖維.

syphilis /'sɪfɪlɪs/ n. 【醫】梅毒.

Syrian /'sɪrɪən/ adj. 敍利亞(人、語)的 n. 斜利亞人.

syringa /sɪ'rɪŋgə/ n. 【植】丁香; 山梅花.

syringe /sɪ'rɪndʒ, 'sɪrɪndʒ/ n. ① 注射器 ② 噴水器 ③ 水槍.

syrup /'sɪrəp/ n. 糖漿; 蜜糖; 果汁.

system /'sɪstəm/ n. ① 組織; 系統; 體系 ② 裝置; (人或動物的)機體 ③ 體制; 制度 ④ 方法 ⑤ 秩序; 條理 **~atic** adj. 有系統的; 有計劃的; 有方法的; 有條不紊的; 有預謀的; 經過周密策劃的; 全身的; 系統的; 有全面影響的 // **~ disk**【計】系統硬件 **~ operator**【計】系統管理員 **~ software**【計】系統軟件 **~s analysis**【計】系統分析 **~s analyst**【計】系統分析員.

systematize /'sɪstɪmətaɪz/ vt. 使系統化; 使成體系; 使制度化; 使組織化 systematization n.

T

T, t /tiː/ n. (pl. T's, t's) 用於慣用語或複合詞; **~shirt** T 恤衫; 圓領衫 **~square** T 形尺; 丁字尺 // **to a ~** 恰好地; 絲毫不差地.

ta /tɑː/ int. [口]謝謝.

TA /tiː eɪ/ abbr. = Territorial Army [英]本土防衞義勇軍.

tab /tæb/ n. (供手拉、掛物、查認等的)小懸垂物; (卡片的)標籤; (方便起罐的)拉環; [美]賬單, 借據 vt.【計】按電腦鍵盤上的 Tab (製表鍵).

Tabasco /tə'bæskəʊ/ n. 塔巴斯科辣醬(商標名).

tabby /'tæbɪ/ n.【動】虎斑貓.

tabernacle /'tæbə,næk'l/ n. (聖經)聖龕; (羅馬天主教)盛聖餐的容器; (新教的)禮拜堂.

table /'teɪb'l/ n. 桌子; 枱 ② 同桌就餐的人 ③ 桌上擺好的菜餚 ④ (一覽)表; 表格 vt. [英]提出(議案); [美]擱置(提案) **~cloth** n. 桌布 **~land** n. 台地; 高原 **~ware** n. 餐具 // **~ talk** 席間敍談 **~ tennis** 乒乓球運動.

tableau /'tæbləʊ/ n. (pl. -leaux, -leaus) ① 舞台造型; 戲劇性的生動場面 ② 形象化的描寫.

table d'hôte /ˌtɑːb'l 'dəʊt, ˌtɑːb'l dəʊt/ adj. & n.【法](價格固定的)套餐.

tablet /'tæblɪt/ n. ① (銘刻文字的)圖; 牌 ② 便箋簿 ③ 藥片; 藥丸 ④ 小塊的東西.

tabloid /'tæblɔɪd/ n. ① 小報 ② 文摘 ③ (用於商標名)藥片.

taboo /tə'buː/ n. (某些文化中的)禁忌 adj. 禁忌的; 忌諱的.

tabular /'tæbjʊlə/ adj. 列成表格的; 表格式的.

tabulate /'tæbjʊleɪt/ vt. 把 … 列成表格 tabulation n. tabulator n. 製表人; 製表機; (打字機上的)製

表鍵.

tachograph /ˈtækəgrɑːf/ n. (汽車的)記速器.

tachometer /tæˈkɒmɪtə/ n. 轉速表; 流速器.

tacit /ˈtæsɪt/ adj. ① 緘默的 ② 心照不宣的; 不言而喻的.

taciturn /ˈtæsɪtɜːn/ adj. 沉默寡言的.

tack /tæk/ n. ① 平頭釘 ② 粗縫; 假縫 ③ 方針; 策略 ④【空】搶風行駛 vt. 釘住; 用粗針腳縫; [俗]附加 vi.【空】搶風行駛; 呈之字形航線行駛.

tackle /ˈtæk'l/ n. ① 滑車, 轆轤 ② 用具; 器械裝備 ③ (美式足球)擒抱 v. ① 處理; 解決 ② 與 … 交涉 ③ (欖球等球賽中的)攔截搶球; 擒抱.

tacky /ˈtækɪ/ adj. ① (油漆、膠水等)還有點黏的; 尚未乾透的 ② [美俗]俗氣的; 不雅觀的; 趣味低級的.

tact /tækt/ n. 機智; 老練; 圓滑 ~ful adj. ~less adj.

tactics /ˈtæktɪks/ n. 戰術; 策略; 手段 tactical adj.

tactile /ˈtæktaɪl/ adj. (有)觸覺的; 可觸知的.

tadpole /ˈtædpəʊl/ n.【動】蝌蚪.

taffeta /ˈtæfɪtə/ n. 塔夫綢; 府綢.

taffrail /ˈtæfˌreɪl/ n. 船尾欄杆.

tag /tæg/ n. ① 標籤 ② 鬆散的末端; 末端的垂吊物 ③ 附加在句子後面以示強調的詞(或短語); 常被引用的語錄等 v. 加標籤於; 尾隨; 附加 // ~ **question**【語】附加疑問句.

tagliatelle /ˌtæljəˈtelɪ/ n. 意大利扁麵條(麵粉加雞蛋、牛奶和鹽等製成的乾製麵條).

tail /teɪl/ n. ① 尾; 尾巴; 尾部 ② (辮髮)蹤者 ③ (pl.)燕尾服 ④ (pl.)硬幣的背面 vt. ① 尾隨跟蹤 ② 摘除(水果等的柄) ~**back** n. [英](因受阻而形成的)車輛長龍 ~**coat** n. 燕尾服 ~**light** n. (車的)尾燈.

tailor /ˈteɪlə/ n. 裁縫 vt. 製造(衣服); 使適合 ~**made** adj. 訂製的; 十分適合的; 特製的.

taint /teɪnt/ vt. 污染; 玷污; 使感染; 使腐爛; 腐蝕 n. 污點; 玷污; 腐壞; 感染.

take /teɪk/ v. (過去式 took 過去分詞 ~n) ① 攜帶; 帶(走); 拿; 抱; 取 ② 捕捉 ③ 取自; 摘錄 ④ 減去; 佔領 ⑥ 接受; 容納; 容忍; 承受 ⑦ 反應; 理解 ⑧ 看待; 認為 ⑨ 租用 ⑩ 選擇; 購買 ⑫ 吃; 喝; 服用 ⑬ 需要 ⑭ 穿 ⑮ 參加 ⑯ 攻讀 ⑰ 授課 ⑱ 記錄 ⑲ 檢查; 測量 ⑳ 乘坐 ㉑ 採訪 ㉒ 越過 ㉓ 以 … 為例 ㉔ 就座 ㉕ 拍照 ㉖ 主持 n. ① 捕獲量; 交易的金額 ② (影片一次連續拍得的場景(或情節) ~**away** n. 供外賣的菜餚; 外賣餐館 ~**off** n. (飛機的)起飛; 起跳點; 幽默的模仿 ~**over** n. 接收; 接管; 接任 // ~ **after** 像(父、母); 學 … 的樣 ~ **away** 消除; 帶走 ~ **off** 脫掉(衣服); (飛機)起飛; [俗]匆忙走掉; [俗]突然受歡迎 ~ **on** ① 呈現; 表現 ② 接委; 承擔; 僱用 ~ **over** 接管; 接收; 接任 ~ **up** 繼續; 佔據; 幫助; 反駁; 拿起; 吸收; 從事; 採取; 接受.

taking /ˈteɪkɪŋ/ *adj.* 迷人的; 有魅力的.

takings /ˈteɪkɪŋz/ *pl. n.* (商店、劇院等的)收入的金額, 營業收入.

talc /tælk/ *n.* 【礦】滑石; 滑石粉.

talcum powder /ˈtælkəm ˈpaʊdə/ *n.* 爽身粉.

tale /teɪl/ *n.* 故事; 流言.

talent /ˈtælənt/ *n.* ① 天才, 天賦; 才華 ② 有才幹的人; 人才 ③ [俚](統稱)尤物, 十分性感的人 **~ed** *adj.* 有才能的; 有才華的.

talisman /ˈtælɪzmən/ *n.* (*pl.* -mans) 護身符; 避邪物.

talk /tɔːk/ *v.* ① 說; 談; 講; 談論; 講話; 說閒話 ② 供認 ③ 討論 *n.* ① 談話; 商談; 會談 ② 空談; 流言 ③ 講演 **~ative** *adj.* 健談的; 多嘴的 **~board** *n.* 【計】演講板; 公告板 **~ing-to** (*n.* **-ing-tos**) 訓斥; 斥責 // **~ show** (電視等的)訪談節目.

tall /tɔːl/ *adj.* 高的; 身材高的; 一定高度的 // **~ order** [俗]艱巨的任務; 過份的要求 **~ story** [俗]難以置信的故事.

tallboy /ˈtɔːlbɔɪ/ *n.* 高腳五斗櫥; 帶抽屜的高低櫃.

tallow /ˈtæləʊ/ *n.* (可做蠟燭、肥皂等的)動物脂.

tally /ˈtælɪ/ *n.* ① 記賬; [英]賒賬 ② (比賽)分數 ③ 票據 ④ 標籤 *vi.* (指敍述、數量)相待; 吻合.

Talmud /ˈtælmʊd/ *n.* 猶太教法典.

talon /ˈtælən/ *n.* (常用複)(尤指猛禽的)爪.

tamarind /ˈtæmərɪnd/ *n.* 【植】羅望子樹; 羅望子果實.

tamarisk /ˈtæmərɪsk/ *n.* 【植】檉柳.

tambour /ˈtæmbʊə/ *n.* (刺繡用的)繡架; 鏽圈.

tambourine /ˌtæmbəˈriːn/ *n.* (帶小鈴的)小手鼓.

tame /teɪm/ *adj.* ① 溫順的; 馴服的; 聽話的 ② 乏味的; 平淡的 *vt.* 馴服; 馴養; 制服 **~ly** *adv.*

tam-o'-shanter /ˌtæmə ˈʃæntə/ *n.* (蘇格蘭人戴的帽子中央飾一絨球的寬頂無邊圓帽; 蘇格蘭式便帽.

tamp /tæmp/ *vt.* 拍實; 砸牢; 搗實.

tamper /ˈtæmpə/ *vi.* ① 干涉; 竄改 ② 賄賂 ③ 亂弄.

tamper-evident /ˈtæmpər ɛvɪdənt/ *adj.* (包裝等)防止非法拆封的.

tampon /ˈtæmpɒn/ *n.* 【醫】(塞傷口用的)棉塞; 女性經期棉塞.

tan /tæn/ *v.* ① 鞣(皮); 硝(皮) ② 曬成褐色 ③ 鞭打 *n.* 黃褐色; 曬黑的膚色 *adj.* 黃褐色的 **~ned** *adj.* 曬成棕褐色的 **~ner** *n.* 製革工人 **~nery** *n.* 製革廠 // **~ sb's hide** 痛打某人.

tandem /ˈtændəm/ *n.* 前後座雙人(或多人)自行車 // **in ~** 一前一後地; 合作地; 協力地.

tandoor /ˈtænduə/ *n.* (印度的)唐杜里泥爐.

tandoori /tænˈdʊərɪ/ *n.* 印度烤製食品; 印度唐杜里烹飪法.

tang /tæŋ/ *n.* 強烈的味道(或氣味); 特有的氣味 **~y** *adj.*

tangent /ˈtændʒənt/ *n.* 【數】切線; 正切 **~ial** *adj.* // **go / fly off at a**

~ 突然變卦; 突然改變思路.

tangerine /ˌtændʒəˈriːn/ *n.* ① 紅橘; 柑橘樹 ② 橘紅色.

tangible /ˈtændʒəbl/ *adj.* ① 可觸知的 ② 確實的; 明確的 tangibility *n.*

tangle /ˈtæŋgl/ *n.* (繩子、毛髮等) 纏結; 糾纏; 混亂狀況 *v.* (使) 纏結; (使) 變混亂; 捲入爭論 (或打鬥等) ~d *adj.* 糾結在一起的.

tango /ˈtæŋgəʊ/ *n.* (*pl.* -gos) 探戈舞(曲).

tank /tæŋk/ *n.* ① 大容器; 大箱; 大罐 ② 槽; 水箱 ③ 油桶 ④ 坦克車 ~er *n.* 油輪; 運油飛機; 運油(或牛奶)汽車.

tankard /ˈtæŋkəd/ *n.* 大啤酒杯; 大酒杯的容量.

tannin /ˈtænɪn/ *n.*【化】鞣酸 tannic *adj.*

Tannoy /ˈtænɔɪ/ *n.* 坦諾伊擴音器材(商標名).

tansy /ˈtænzɪ/ *n.*【植】艾菊.

tantalize, -se /ˈtæntəlaɪz/ *vt.* ① 逗弄; 逗惹 ② 使乾着急地折磨.

tantamount /ˈtæntəmaʊnt/ *adj.* (+ to) 效果等於…的; 相當於….

tantrum /ˈtæntrəm/ *n.* (尤指小孩) 發脾氣; 動怒.

Taoism /ˈtaʊɪzəm, ˈdaʊ-/ *n.* (中國的) 道教 Taoist *n.* 道教信徒; 道士.

tap /tæp/ *n.* ① 龍頭; 閥門; (酒桶等上的) 栓塞, 嘴子 ② (在電話線路上搭線) 竊聽 ③ 輕輕拍打(聲) ④ (*pl.*)(軍隊中的) 熄燈號 *v.* ① 從…取(酒、水等), 開龍頭取(水等) ② 獲取 ③ 開發 ④ 安裝竊聽裝置 ⑤ 輕拍; 輕敲

~-dance *v.* 跳踢踏舞 ~-dancing *n.* 踢踏舞 ~-water 自來水.

tape /teɪp/ *n.* ① 透明膠帶; 膠布(帶) ② 電報用紙帶 ③ 錄像帶; 錄音帶 ④ 帶尺 ⑤【體】(賽跑終點的) 終點線 *v.* 用帶子捆緊; 用磁帶錄音 ~-worm *n.*【昆】條蟲 / ~ measure, measuring ~ 帶尺; 捲尺 ~ recorder 錄音機.

taper /ˈteɪpə/ *n.* ① 小蠟燭; 燭心 ② 逐漸變細 *v.* (+ off)(使) 逐漸變細; (使) 逐漸減少(或停止).

tapestry /ˈtæpɪstrɪ/ *n.* ① 掛毯; 花氈 ② 織錦畫.

tapioca /ˌtæpɪˈəʊkə/ *n.* (食用) 木薯澱粉.

tapir /ˈteɪpə/ *n.*【動】貘(產於美洲及南亞).

tappet /ˈtæpɪt/ *n.*【機】挺桿; 推桿.

taproot /ˈtæpˌruːt/ *n.*【植】主根; 直根.

tar /tɑː/ *n.* 柏油; 瀝青; 焦油 *vt.* 鋪以柏油; 塗瀝青.

taradiddle /ˌtærəˈdɪdl/ *n.* [舊俗] (無關緊要的) 謊言; 廢話.

taramasalata /ˌtærəməsəˈlɑːtə/ *n.* 鯔魚(或鱈魚)蘸醬.

tarantella /ˌtærənˈtelə/ *n.* [意] 塔拉泰拉舞(曲).

tarantula /təˈræntjʊlə/ *n.* 長毛大毒蜘蛛.

tarboosh, tarbush, tarbouche /tɑːˈbuːʃ/ *n.* (穆斯林男子戴的) 無邊氈帽.

tardy /ˈtɑːdɪ/ *adj.* 緩慢的; 遲的; 不準時的.

tare /teə/ *n.* ① (貨物的) 皮重 ② 皮重的扣除 ③【植】野豌豆.

target /'tɑ:gɪt/ n. ① 靶子 ② 目標; 指標 ③ (批評等的)對象 vt. (+ on) 以…為目標; 把…對準 // ~ **language** (譯本的)譯入語.

tariff /'tærɪf/ n. ① 關稅, 稅率 ② (尤指旅館中的)價目表.

tarmac /'tɑ:mæk/ n. 柏油碎石; 柏油; 碎石鋪成的機場跑道.

tarn /tɑ:n/ n. 山中小湖.

tarnish /'tɑ:nɪʃ/ v. (使)失去光澤; 玷污, 敗壞(名聲等) n. 失去光澤; 污斑; 污點.

taro /'tɑ:rəʊ/ n. (pl. -ros) 芋頭.

tarot /'tærəʊ/ n. (算命用的一種) 紙牌, 塔羅牌.

tarpaulin /tɑ:'pɔ:lɪn/ n. 柏油帆布; 防水油布.

tarragon /'tærəgən/ n. 【植】蘢蒿.

tarry /'tærɪ/ vt. [古]逗留; 耽擱 [美俗]躊躇 adj. 似柏油的; 塗有柏油的.

tarsus /'tɑ:səs/ n. (pl. -si)【解】跗骨, 踝.

tart /tɑ:t/ adj. 酸的; 尖酸刻薄的 n. ① (常指餡露在外面的)果餡餅 ② 淫蕩的女子; [俚]妓女.

tartan /'tɑ:t'n/ n. ① 方格圖案 ② (尤指蘇格蘭的)格子毛織物.

tartar /'tɑ:tə/ n. ① 牙垢【化】酒石 ② 脾氣暴躁的人; 難對付的人 // ~ **sauce** /'sɔ:s/ (用蛋黃醬加碎洋蔥、小黃瓜、香料等拌成).

tartaric /tɑ:'tærɪk/ adj. 酒石的 // ~ **acid** 酒石酸.

task /tɑ:sk/ n. 任務; 功課; 工作 vt. 交給…任務; 派給…工作 ~**bar** n.【計】工作列 ~**master** n. 工頭

監工 // ~ **force** 特遣部隊 **take sb to** ~ 斥責; 批評 ~ **management** 【計】任務管理.

tassel /'tæs'l/ n. 流蘇; 纓; 穗.

taste /teɪst/ n. ① 味; 味覺 ② 體驗; 愛好 ③ 鑒賞力 ④ 得體的舉止風度 v. ① 嚐(味), 品嚐 ② 有某種味道 ③ 吃, 喝 ④ 感受; 體驗 ~**ful** adj. 有審美能力的; 趣味高雅的 ~**less** adj. 沒味道的; 庸俗的; 無鑒賞力的 ~**r** n. (酒、茶等的)嚐味者, 鑒賞員 // ~ **bud** n. (舌上的)味蕾.

tasty /'teɪstɪ/ adj. 美味的; 可口的.

tat /tæt/ n. [英俗]衣衫襤褸的人; 破爛的東西; 粗製濫造的貨物.

tattered /'tætəd/ adj. 破爛的; 襤褸的.

tatters /'tætəz/ pl. n. 破布; 碎布片; 碎紙片 // **in** ~ 遭破壞; 遭毀壞.

tattle /'tæt'l/ vi. ① 閒聊 ② 談論他人私事 ③ 泄露他人秘密 n. 閒聊; 空話; 饒舌.

tattoo /tæ'tu:/ n. ①【軍】歸營號 ② 敲擊 ③ 紋身(花紋) vt. 紋身.

tatty /'tætɪ/ adj. ① 破爛的; 襤褸的 ② 低劣的; 粗俗的.

taught /tɔ:t/ v. teach 的過去式及過去分詞.

taunt /tɔ:nt/ n. & vt. 奚落; 嘲弄.

taupe /təʊp/ adj. 灰褐色的.

taut /tɔ:t/ adj. (指繩、布等)繃緊的; (指肌肉、神經)緊張的 ~**en** v.

tautology /tɔ:'tɒlədʒɪ/ n. 同義重複; 贅述; 贅言 **tautological** adj. (= **tautologous** n.).

tavern /'tævən/ n. [古]小旅店; 小

酒店; 客棧.

tawdry /'tɔːdrɪ/ adj. 俗麗的; 華而不實的.

tawny /'tɔːnɪ/ adj. (指頭髮, 皮膚等)黃褐色的; 茶色的.

tax /tæks/ n. 稅; 稅額; 負擔 vt. ① 抽稅; 付稅 ② 使受沉重壓力 ③ 責備 **~able** adj. 應徵稅的 **~ation** n. 徵稅; 稅則 **~-deductible** adj. 課稅減免的 **~-free** adj. 免稅的 **~man** n. (pl. -men) 收稅員 **~payer** n. 納稅人 // **~ dodger** 偷稅者 **~ relief** 減稅.

taxi /'tæksɪ/ n. 的士; 出租汽車 vi. (指飛機在地面或水面)向前滑行 // **~ rank** 的士候客處.

taxidermy /'tæksɪ,dɜːmɪ/ n. (動物標本)剝製術.

taxonomy /tæk'sɒnəmɪ/ n. (指涉及生物的)分類學; 分類(系統).

t.b., TB abbr. = tuberculosis 結核(病); 肺結核.

tea /tiː/ n. 茶; 茶葉; 茶水; 一杯茶; 茶點 **~pot** n. 茶壺 // **~ party** 茶會; 茶話會 **~ service, ~ set** 一套茶具 **~ shop** 茶室 **~ towel** 茶巾 **~ urn** (燒或泡大量茶水的)茶壺.

teach /tiːtʃ/ v. (過去式及過去分詞 taught) ① 教; 教授; 教書(為業) ② 教導; [俗]告誡; 懲戒; 教訓 **~er** n. 教員; 老師 **~ing** n. 教學(工作); 教導.

teak /tiːk/ n. 【植】柚樹; 柚木(木材).

teal /tiːl/ n. (單複數同形)小野鴨; 水鴨.

team /tiːm/ n. 隊; 組; 羣; 【體】隊 **~mate** n. 隊友 **~ster** n. [美]卡車

司機 **~work** n. 合作; 協力.

tear [1] /tɪə/ n. 淚; 淚水; 淚珠 **~ful** adj. 哭泣的; 眼淚汪汪的 **~jerker** n. [俗]催人淚下的故事(或戲劇、電影等) // **~ bomb, ~ shell** 催淚彈 **~ gas** 催淚性毒氣.

tear [2] /tɛə/ (過去式 tore 過去分詞 torn) v. ① 撕(破); 扯(破) ② 撕走; 被撕破 ③ 擾亂 ④ 飛奔; 疾馳.

tease /tiːz/ v. ① 取笑; 戲弄; 逗弄 ② 梳理(羊毛等); 使(布)的表面起毛 ③ 好喜弄别人的人 **~r** n. [口]棘手的問題; 難題 teasingly adv. 嘲弄地.

teasel, -zel, -zle /'tiːzəl/ n. 【植】川續斷(舊時使布等表面起毛的植物); 起絨草.

teat /tiːt/ n. 動物的乳頭; (奶瓶上的)橡皮奶頭.

tech /tek/ n. [俗]工藝學院; 技術學校.

technical /'teknɪkᵊl/ adj. ① 技術(性)的; 工藝的 ② 專門性的; 使用術語的 ③ 嚴格按照法律意義的 **~ity** n. 專門術語; 技術細節; 細枝末節 technician n. 技術員; 技師; 精於技巧者; 技工.

Technicolor /'teknɪ,kʌlə/ n. ① 彩色印片法 ② (t-)鮮艷的顔色.

technique /tek'niːk/ n. 技術; 技巧.

technocracy /tek'nɒkrəsɪ/ n. 專家治國; 實行專家治國的國家 technocrat n. 主張專家治國的專家.

technology /tek'nɒlədʒɪ/ n. 技術(學); 工藝(學); 工業技術 technological adj. technologist n.

①(工程)技術專家; 工藝學家
②[美]技術員; 技師.

technostress /ˈteknəʊˌstres/ n.【醫】
科技壓力(不適應高科技社會而
產生的症狀).

teddy bear /ˈtedɪ beə/ n. 玩具熊.

tedious /ˈtiːdɪəs/ adj. 冗長乏味的;
沉悶的; 使人厭煩的 tedium n.

tee /tiː/ n. (高爾夫球的)發球區;
球座.

teem /tiːm/ vi. ① 充滿; 富於
② (雨、水)傾瀉 ~ing adj. 充滿
的; 熱鬧的; 多產的.

teenage /ˈtiːnˌeɪdʒ/ adj. 青少年的.
~r n. (13 至 19 歲的)青少年.

teens /tiːnz/ pl. n. (13 至 19 歲)十
多歲 ~ter n. [美]青少年(亦作
teenager).

teeny /ˈtiːnɪ/ adj. = tiny [俗]極小
的; 微小的 ~bopper n. 衣着趕時
髦又喜好流行歌曲的少女; 新潮
少女.

teepee /ˈtiːpiː/ n. = tepee.

tee-shirt /ˈtiːʃɜːt/ n. = T-shirt.

teeter /ˈtiːtə/ vi. 搖晃; 踉蹌.

teeth /tiːθ/ n. tooth 的複數.

teethe /tiːð/ vi. (嬰兒)生乳牙 //
teething troubles 創業階段的困
難; 起頭難.

teetotal /tiːˈtəʊtl/ adj. (贊成)絕對
戒酒的; 戒酒主義的 ~ler n. 滴
酒不沾的人.

TEFL /ˈtefl/ abbr. = Teaching
English as a Foreign Language 作
為外語的英語教學.

Teflon presidency /ˈteflɒn
ˈprezɪdənsɪ/ n.【政】不管受到政
敵多大的攻擊也不會受到傷害

的總統職位.

tele- /ˈtelɪ/ pref. [前綴] 表示
①「遠; 遠距離」②「電報; 電視;
電訊」.

telecommunications
/ˌtelɪkəˌmjuːnɪˈkeɪʃənz/(pl.) n. (用
作單)電訊; 電訊學.

telecommute /ˈtelɪkəˌmjuːt/ v. 利用
電腦終端機在家上班.

teleconference /ˈtelɪˌkɒnfərəns/ n.
電話(或視像)會議(利用電訊系
統舉行的會議).

telegram /ˈtelɪˌɡræm/ n. 電報.

telegraph /ˈtelɪˌɡræf, -ˌɡrɑːf/ n. 電
報通訊; 電報機 v. 用電報發送;
發電報; 用電報向… 發指示 ~ic
adj. 電報通訊的 // 用電報發送的
~ist n. (= [美]~er) 報務員 ~y n.
電報(技術).

telekinesis /ˌtelɪkɪˈniːsɪs, -kaɪ-/ n. 心
靈遙感(心靈學用語).

telemeter /tɪˈlemɪtə/ n. 遙測機; 測
距儀.

teleology /ˌtelɪˈɒlədʒɪ/ n.【哲】目的
論.

telepathy /tɪˈlepəθɪ/ n. 心靈感應
(術); [俗]洞察他人心理活動的
能力.

telephone /ˈtelɪˌfəʊn/ n. 電話(機) v.
打電話; 用電話告知 **telephonic**
adj. **telephonist** n. 電話接線生
telephony n. ① 電話技術 ② 通
話 // ~ banking 電話銀行業
務 ~ book, ~ directory 電話簿
~ box, ~ booth (公用)電話亭
~ exchange 電話局; 電話交換台
~ number 電話號碼 ~ operator
電話接線生.

telephotography /ˌtɛlɪfə'tɒgrəfi/ *n.* 遠距離攝影, 攝遠技術 **telephotographic** *adj.*

telephoto lens /ˌtɛlɪˌfəʊtəʊ lɛnz/ *n.* 攝遠鏡頭.

teleprinter /ˈtɛləˌprɪntə/ *n.* = [美] teletypewriter 電傳打字電報機.

teleprompter /ˈtɛlɪˌprɒmptə/ *n.* (電視台的)講詞提示器.

telesales /ˈtɛlɪˌseɪlz/ *n.* 電話推銷.

telescope /ˈtɛlɪˌskəʊp/ *n.* 望遠鏡 *v.* ① (使)套疊後變短 ② 嵌進; 疊縮; 壓縮.

teletext /ˈtɛlɪˌtɛkst/ *n.* 電視文字廣播.

television /ˈtɛlɪˌvɪʒən/ *n.* 電視; 電視節目; 電視機 **televise** *vt.* 用電視播出 **televisual** *adj.* 電視的; 適於上電視鏡頭的 // ~ **set** 電視機.

teleworking /ˈtɛlɪˌwɜːkɪŋ/ *n.* 利用電腦在家上班 (亦作 telecommuting).

telex /ˈtɛleks/ *n.* 電傳打字電報系統; 電傳打字電報; [俗]電傳打字機.

tell /tɛl/ *v.* (過去式及過去分詞 **told**) ① 講述; 告訴; 説 ② 確知 ③ 泄露秘密 ④ 辨別 ⑤ 產生明顯的影響 ⑥ 吩咐; 命令 ⑦ 數數 **~er** *n.* (銀行的)出納員; 自動櫃員機; (投票的)檢票員; 講故事的人 **~ing** *adj.* 有效的; 顯著的 **~tale** *n.* 揭別人隱私的人; 指示器 *adj.* 揭露隱情的 // ~ **sb off** [俗]責備某人 ~ **tales (about sb)** 揭某人隱私.

telly /ˈtɛlɪ/ *n.* = television [主英口].

temerity /tɪ'mɛrɪtɪ/ *n.* [俗]魯莽; 放肆; 輕率.

temp /tɛmp/ *n.* 臨時僱員(尤指臨時秘書) *vi.* [俗]作臨時僱員; 作臨時秘書.

temper /'tɛmpə/ *n.* ① 性情; 情緒; 脾氣 ② (金屬回火後的)硬度和彈性 *vt.* 將(金屬)回火; 使緩和; 使減輕.

tempera /'tɛmpərə/ *n.* 蛋彩畫顏料; 蛋彩畫法.

temperament /'tɛmpərəmənt, -prəmənt/ *n.* 氣質; 性情; 性格 **~al** *adj.* 氣質上的; 性格所造成的; 易激動的; 變幻無常的.

temperance /'tɛmpərəns/ *n.* 自制; 節制; 節慾; 戒酒 **temperate** *adj.* 有節制的, 自我克制的; (氣候)溫和的.

temperature /'tɛmprətʃə/ *n.* 溫度; 氣溫; 體溫 **~-sensitive** *adj.* 熱敏的; 感溫的.

tempest /'tɛmpɪst/ *n.* 大風暴; 暴風雨; 暴風雪 **~uous** *adj.* // **a ~ in a teapot** [美]小事引起的風波; 大驚小怪.

template, templet /'tɛmplɪt/ *n.* (切割、鑽孔、裁剪時所用的)模板; 樣板; 型板.

temple /'tɛmp'l/ *n.* 廟; 寺; 神殿; 太陽穴.

tempo /'tɛmpəʊ/ *n.* (*pl.* -pos, -pi) 【音】拍子; 節奏; [喻]步調; 發展速度.

temporal /'tɛmpərəl, 'tɛmprəl/ *adj.* ① 世間的; 世俗的 ②【語】時間的 ③ 太陽穴的.

temporary /'tɛmpərərɪ, 'tɛmprərɪ/ *adj.* 暫時的; 臨時的 **temporarily** *adv.*

temporize, -se /ˈtempəˌraɪz/ *vi.* (為爭取時間)拖延; 應付.

tempt /tempt/ *vt.* 勸誘; 引誘; 引起欲望; 吸引; 慫恿. **~ation** *n.* **~ing** *adj.* 誘惑人的; 迷人的.

ten /ten/ *num.* & *n.* 十; 十個. **-th** *num.* & *n.* ① 第十(個) ② 十分之一 ③ (每月的)第十日 **~fold** *adj.* & *adv.* 十倍的(地).

tenable /ˈtenəbl/ *adj.* ① 可防守的; 守得住的 ② 站得住腳的 ③ (職務、職位)可保持的.

tenacious /tɪˈneɪʃəs/ *adj.* 抓住不放的; 緊握的; 堅持的; 頑強的; (記憶力)強的 **tenacity** *n.*

tenant /ˈtenənt/ *n.* 房客; 租戶; 佃戶; 不動產所有人 **tenancy** *n.* 租賃; 租賃期 // **~ farmer** 佃農.

tench /tentʃ/ *n.* (*pl.* **~(es)**) (歐洲淡水)鯉魚.

tend /tend/ *vt.* 照顧; 看護; [美](商店等)招待顧客 *vi.* 傾向; 趨向; 走向 **~ency** *n.* 趨勢; 傾向; 動向 **~entious** *adj.* 有傾向的; 有偏見的.

tender /ˈtendə/ *adj.* ① 脆弱的; 柔弱的 ② 一觸即痛的; 敏感的 ③ 心腸軟的; 仁慈的; 溫柔的 ④ (肉)嫩的 *v.* ① 提出; 提供 ② 投標 *n.* ① (尤用於複合詞)照顧者 ② 小船 ③ 投標 **~ly** *adv.* **~ness** *n.* **~foot** (*pl.* **-foots, -feet**) 新手; 生手 **~-hearted** *adj.* 溫厚的; 慈愛的.

tendon /ˈtendən/ *n.* 【解】腱.

tendril /ˈtendrɪl/ *n.* ①【植】捲鬚; 蔓 ② 捲鬚狀之物.

tenement /ˈtenəmənt/ *n.* (租用的)住宅; 房間; 廉價公寓大樓; 【律】享有物; 保有物 // **~ house** [美]廉價公寓大樓.

tenet /ˈtenɪt, ˈtiːnɪt/ *n.* 原則; 教義; 信條; 主義.

tenner /ˈtenə/ *n.* [英俗]十英鎊(鈔票); [美]十美元(鈔票).

tennis /ˈtenɪs/ *n.* 網球(運動) // **~ ball** 網球 **~ court** 網球場.

tenon /ˈtenən/ *n.* 榫頭; 凸榫.

tenor /ˈtenə/ *n.* ① 常規; 進程 ② 大意; 要旨 ③【音】男高音; 男高音歌手.

tenpin bowling /ˈtenpɪn ˈbəʊlɪŋ/ *n.* 十柱保齡球(遊戲).

tense /tens/ *n.* 【語】動詞的時態 *adj.* 緊張的; 令人緊張的; 拉緊的 *v.* (使)緊張.

tensile /ˈtensaɪl/ *adj.* 張力的; 能伸長的; 拉力的 // **~ strength**【物】拉伸強度.

tension /ˈtenʃən/ *n.* ①【物】拉力; 張力; 拉緊的狀態(或程度) ② 緊張(不安); (關係上的)緊張 ③ 電壓; 高壓電纜.

tent /tent/ *n.* 帳篷.

tentacle /ˈtentəkl/ *n.* (章魚等的)觸鬚; 觸角; 觸手.

tentative /ˈtentətɪv/ *adj.* 試驗的; 嘗試性的; 暫時的 **~ly** *adv.*

tenterhooks /ˈtentəhʊks/ *pl. n.* 用於慣用語 **on** ~ 如坐針氈; 焦慮不安.

tenuous /ˈtenjʊəs/ *adj.* 纖細的; 單薄的; (空氣、流體)稀薄的; 空洞的; 微弱的 **tenuity or ~ness** *n.*

tenure /ˈtenjʊə, ˈtenjə/ *n.* ① 佔有;

保有 ② 佔有期; 任期 ③ [主美]
(在大學等中)教師的終身職位
~d adj. [美]享有終身職位的.

tepee /'ti:pi:/ n. (北美印第安人的)
圓錐形帳篷.

tepid /'tepɪd/ adj. 不冷不熱的; 溫
熱的; [喻]不太熱烈的, 不太熱情
的.

tequila /tɪ'ki:lə/ n. ①【植】墨西哥
龍舌蘭 ② 龍舌蘭酒(一種墨西
哥烈酒).

tercentenary /ˌtɜːsɛnˈtiːnərɪ/ n.
三百週年紀念.

term /tɜːm/ n. ① 期限; 期間;
限期; 學期 ②【律】開庭期
③ (一般的)詞, 名稱, (專門)術
語 ④【數】項; (pl.)條款; 條件
⑤ 費用; 價錢 vt. 措詞; 把 … 稱
為.

termagant /'tɜːməgənt/ n. 潑婦; 悍
婦 adj. 兇悍的.

terminal /'tɜːmɪnᵊl/ adj. ① (重病)
末期的; 晚期的 ② 每期的; 每學
期的 ③ 末端的; 終點的; 界限的
n. ① (鐵路、巴士等的)終點站
② 候機樓 ③【電】電極 ④ 接線
柱 ⑤ (電腦)終端機.

terminate /'tɜːmɪˌneɪt/ v. 終止; 結
束; 終結 **termination** n. ① 終止;
終點 ② 終止妊娠, 墮胎 ③【語】
詞尾.

terminology /ˌtɜːmɪˈnɒlədʒɪ/ n. 專
門名詞; 術語(學) **terminological**
adj.

terminus /'tɜːmɪnəs/ n. (pl. **-ni**,
-nuses) 鐵路(或巴士)終點站, 總
站.

termite /'tɜːmaɪt/ n.【昆】白蟻.

tern /tɜːn/ n.【鳥】燕鷗.

ternary /'tɜːnərɪ/ adj. 三個一套的,
三個一組的; 三重的;【化】三
元的;【數】三元的, 三進制的 //
~ form【音】三段式.

terrace /'terəs/ n. ① 台地; 梯田
② 看台; (房屋旁的)露台 ③ 式
樣相同的一排房屋; 排屋 // **~d
house** 排屋中的一棟房屋.

terracotta /ˌterəˈkɒtə/ n. 赤陶(土);
赤褐色.

terra firma /ˌterə ˈfɜːmə/ n. (與海
洋或天空相對而言的)陸地.

terrain /tə'reɪn, 'tereɪn/ n. ① 地形;
地貌 ② 地帶; 地區.

terrapin /'terəpɪn/ n. (北美淡水產
的)鱉, 甲魚.

terrarium /te'reərɪəm/ n. ① 小動
物飼養箱 ② 小植物栽培盆.

terrestrial /tə'restrɪəl/ adj. ① 地球
的; 組成地球的 ② 陸地的; 陸地
上的; 陸棲的.

terrible /'terəbᵊl/ adj. ① 可怕的;
駭人的 ② 令人無法忍受的; 極
度的; 嚴重的 ③ [俗]極壞的; 很
糟的 **terribly** adv. 糟透地; [俗]非
常; 十分.

terrier /'terɪə/ n. 㹴犬(一種敏捷
的小狗).

terrific /tə'rɪfɪk/ adj. ① 可怕的, 嚇
人的 ② [俗]極大的; 極度的; 非
常的 ③ 極好的; 了不起的.

terrify /'terɪˌfaɪ/ vt. 嚇唬; 使極為
驚恐 **terrified** adj. 害怕的; 受驚
的 **~ing** adj. 令人害怕的; 驚人
的.

terrine /te'ri:n/ n. 熟食冷肉醬.

territory /'terɪtərɪ, -trɪ/ n. ① 領土;

版圖; 領地 ② 區域; 領域; 勢力
範圍 territorial *adj.* 領土的; 地區
性的 // territorial sea 近海.

terror /ˈterə/ *n.* 驚恐; 恐怖; 令人
恐懼的人(或物); [俗]可怕的(或令
人討厭)的人(或物) ~ism *n.* 恐怖
主義; 恐怖行為 ~ist *n.* 恐怖主義
者; 恐怖份子 ~ize *vt.* 恐嚇; 脅迫.

terry /ˈteri/ *n.* (製作毛巾等的)毛
圈織物.

terse /tɜːs/ *adj.* 精練的; 簡潔的;
簡明的.

tertiary /ˈtɜːʃəri/ *adj.* 第三
的; 第三位的; 第三等級的 //
~ education [英]高等教育.

Terylene /ˈteriliːn/ *n.* [英][紡]滌
綸(商標名).

tessellated /ˈtesileitid/ *adj.* 鑲嵌有
圖案花紋的; 用小塊大理石或地
磚鑲嵌成的 tessellation *n.* 棋盤
形圖案.

test /test/ *n.* ① 試驗; 測驗; 考驗
②[醫]化驗; 檢查 ③ 考試 *v.*
試驗; 檢驗; 考試; 測驗 // ~ case
[律] 判例 ~ drive 試車 ~ tube
試管 ~-tube baby 試管嬰兒.

testament /ˈtestəmənt/ *n.* ① 確實
的證明; 遺囑 ② (T-)(基督教)聖
約書 // The New / Old T- 新/舊
約全書.

testamentary /ˌtestəˈmentəri/ *adj.*
遺囑的; 遺囑中寫明的.

testate /ˈtesteit, ˈtestit/ *adj.* [律] 留
有遺囑的 testator, (*fem.*) testatrix
n. 立遺囑人.

testicle /ˈtestikʼl/ *n.* [解] 睪丸.

testify /ˈtestifai/ *v.* 證明; 證實; (出
庭)作證; 表明.

testimonial /ˌtestiˈməuniəl/ *n.*
①(能力、資格、品德等的)證
明書; 鑒定書; 推薦信 ② 獎狀;
紀念品; 感謝信.

testimony /ˈtestiməni/ *n.* ① 證明;
證據 ②[律] 證詞 ② 表明; 表示
③ 聲明; 陳述.

testis /ˈtestis/ *n.* (*pl.* -tes) [解] 睪
丸.

testy /ˈtesti/ *adj.* 易怒的; 暴躁的;
不耐煩的.

tetanus /ˈtetənəs/ *n.* [醫] 破傷風.

tetchy /ˈtetʃi/ *adj.* 易怒的; 暴躁
的; 突然發脾氣的.

tête-à-tête /ˌteitaːˈteit/ *n.* [法]促膝
談心; 密談 *adj.* & *adv.* 面對面的
(地); 私下的(地).

tether /ˈteðə/ *n.* ① (拴牲口的)繫
繩; 繫鏈 ② (能力、行動、辦法
的)限度 *vt.* ① 拴; 繫 ② 約束; 限
制 // at the end of one's ~ 山窮
水盡; 束手無策; 智竭才盡; 忍受
不住.

Teutonic /tjuːˈtɒnik/ *adj.* ① 日耳
曼人的; 日耳曼語的 ② 條頓民
族的; 條頓語的.

text /tekst/ *n.* ① 正文; 本文; 原文
②(引自聖經等的)引文; 句子
③ 課文; 課本 ~ual *adj.* 原文的;
本文的; 正文的 ~book *n.* 教科
書; 課本 // ~ box [計] 文字方塊
~ chat [計] 文字聊天; 網上聊天
~ editor [計] 文字編輯機; 文本
編輯程式 ~ file [計] 文本文件
~ message (手機)短訊.

textile /ˈtekstail/ *n.* 紡織品; 紡織
原料 *adj.* 紡織的.

texture /ˈtekstʃə/ *n.* ① (物質、織

物等的)質地; 紋理 ② 肌理; 結構 ③ 外觀; 特徵.

than /ðæn, ðən/ *conj.* 比; 比較; 除…(外) *prep.* 比.

thane /θeɪn/ *n.* ① [英] [史] 大鄉紳(盎格魯－撒克遜時代受賜封地的貴族) ② [蘇格蘭史]受賜封地的領主.

thank /θæŋk/ *vt.* 謝; 感謝 ~s *pl. n.* 感謝; 謝意 ~ful *adj.* 感謝的; 欣慰的 ~less *adj.* 忘恩負義的; 不感激的; (指行動)徒勞無益的; 吃力不討好的 // ~s to 由於 no ~s to 並非由於.

thanksgiving /ˌθæŋksˈɡɪvɪŋ/ *n.* 感恩; (T-)感恩節(亦作 T- Day).

that /ðæt/ *adj.* 那個; 那種 *pro.* 那; 那個人; 那件東西 *adv.* 那樣; 那麼 *conj.* (用於名詞從句的開頭, 本身無意義); (引導狀語從句)因為; 由於; 為了; 以至於.

thatch /θætʃ/ *n.* ① 稻草; 乾蘆葦 ② 茅草屋頂 ③ [俗]厚密的頭髮 ~ed *adj.* 茅草蓋的; 茅草屋頂的.

thaw /θɔː/ *v.* ① (使)融化; (使)解凍 ② (使人及態度等)變得隨和; 變緩和 *n.* ① 融雪天氣(或季節) ② (關係)緩和.

the /ðə, ðɪ, ðiː/ *art.* 這(些); 那(些); 這種; 那種 *adv.* 更; 愈…愈….

theatre, 美式 **-er** /ˈθɪətə/ *n.* ① 戲院; 劇場 ② 階梯式講堂(或教室) ③ 手術室 ④ 戰場 **theatrical** *adj.* ① 戲劇的; 劇場的 ② (指行為)誇張的; 不自然的 **theatrically** *adv.*

thee /ðiː/ *pro.* [古或方言](thou 的賓語)你; 汝.

theft /θeft/ *n.* 偷竊, 盜竊.

their /ðeə/ *pro.* 他們的 ~s *pro.* 他們的(東西、親屬等).

theism /ˈθiːɪzəm/ *n.* 有神論; 一神論.

them /ðəm, ðem/ *pro.* 他們(they 的賓語).

theme /θiːm/ *n.* ① 題目, 主題 ② [音] 主題; 主旋律 ③ [美]作文題, 練習題 **thematic** *adj.* // ~ park (陳設佈置圍繞一個主題的)主題樂園 ~ song (歌劇、電影等的)主題曲.

themselves /ðəmˈselvz/ *pro.* 他們自己; 他們親自.

then /ðen/ *adv.* 那時; 然後; 而且; 此外; 那麼.

thence /ðens/ *adv.* ① [古或書]從那裏 ② 因此 ③ 以後.

theocracy /θɪˈɒkrəsɪ/ *n.* 神權政治; 神權政體(或國家) **theocratic** *adj.*

theodolite /θɪˈɒdəˌlaɪt/ *n.* 經緯儀.

theology /θɪˈɒlədʒɪ/ *n.* 神學 **theologian** *n.* 神學家 **theological** *adj.* 神學的.

theorem /ˈθɪərəm/ *n.* [數]定理; 定律; (一般的)原理.

theory /ˈθɪərɪ/ *n.* 理論; 學說; 見解; 推測; 原理 **theoretical** *adj.* 理論(上)的; 推理的 **theorist** *n.* 理論家 **theorize** *vi.* 創立理論; 推理.

therapy /ˈθerəpɪ/ *n.* 治療; 療法 **therapeutic** *adj.* 治療的 **therapeutics** *n.* 治療學 **therapist** *n.* 治療專家, 治療師.

there /ðeə/ *adv.* 在那裏; 到那裏 *n.* 那裏 *int.* 你瞧!哎呀!好啦! [美]~abouts *adv.* (常用於 or 的後面) ① 在那附近 ② (表示數

量、程度等)大約，左右 ~after
adv. 此後；其後 ~by adv. 因此；
從而 ~fore adv. 因此；所以 ~in
adv.【律】在那裏面；在其中；在
那方面 ~upon adv. 因此；由於；
隨即.

therm /θɜ:m/ n. 瑟姆(煤氣熱量單
位:英制 = 10 萬英熱單位；美制
= 1000 卡).

thermal /ˈθɜ:məl/ adj. ① 熱的；熱
量的；溫的 ② 溫泉的 ③ (指衣
服)保暖的 // ~ expansion 熱膨脹
~ pollution 熱污染.

thermionic /ˌθɜ:mɪˈɒnɪk/ adj.【物】
熱離子(學)的 // ~ valve 熱離子
管.

thermodynamics
/ˌθɜ:məʊdaɪˈnæmɪks/ n.【物】熱力
學.

thermometer /θəˈmɒmɪtə/ n. 溫度
計；寒暑表.

thermonuclear /ˌθɜ:məʊˈnju:klɪə/
adj. 熱核的.

thermoplastic /ˌθɜ:məʊˈplæstɪk/
adj. 熱塑的 n. 熱塑性塑料.

Thermos /ˈθɜ:məs/ n. 熱水保溫瓶；
熱水瓶.

thermosetting /ˈθɜ:məʊˌsetɪŋ/ adj.
(指塑料)熱固(性)的 // ~ plastic
熱固塑料.

thermostat /ˈθɜ:məˌstæt/ n. ① 恆
溫器 ② (自動火警警報器等的)
溫變自動啟閉裝置.

thesaurus /θɪˈsɔ:rəs/ n. (pl. -ruses,
-ri) 同義詞詞典.

these /ði:z/ pro. & adj. this 的複數.

thesis /ˈθi:sɪs/ n. (pl. -ses) ① 論點；
論題 ② 論文；畢業論文.

thespian /ˈθespɪən/ n. 演員；悲劇
演員 adj. 戲劇藝術的；悲劇的.

they /ðeɪ/ pro. 他們；人們.

thiamin /ˈθaɪəˌmɪn, -mɪn/ or ~e n.
【生化】硫胺素；維生素 B1.

thick /θɪk/ adj. ① 厚的、粗大的
② 茂密的 ③ (液體)濃的、稠的
④ (氣體)混濁的 ⑤ (口音)重的
(聲音)不清的 ⑥ [俗]笨的、遲
鈍的 ⑦ [俗]親密的 adv. 厚；濃、
密；深 n. 用於慣用語 in the ~ of
(在 …)最激烈處；(在 …)最緊張
時 ~en v. (使)變得更厚、濃、
密、粗等 ~ness n. ~headed adj.
愚笨的 ~set adj. 矮胖的；稠密的
~-skinned adj. 臉皮厚的；麻木
不仁的 // through ~ and thin 不
顧艱難險阻.

thicket /ˈθɪkɪt/ n. 灌木叢；矮樹叢.

thief /θi:f/ n. 小偷；賊.

thigh /θaɪ/ n. 大腿；股.

thimble /ˈθɪmb'l/ n. (縫紉時用的)
頂針；【機】套筒 ~ful n. (尤指酒)
一點點；極少量.

thin /θɪn/ adj. ① 薄的、細的；瘦
的 ② 稀少的 ③ 薄弱的 ④ [俚]
不舒適的 ⑤ [美俚]手頭沒錢的
adv. 薄；細；稀；疏 v. (使)變薄(或
細、瘦、淡、稀疏等) ~ly adv.

thine /ðaɪn/ pro. [古]你的(東西)
(thou 的所有格及物主代詞).

thing /θɪŋ/ n. ① 東西；事物 ② 事
情，事件 ③ (pl.)情況 ④ (表示
喜愛、輕蔑等)人；傢伙 ⑤ (pl.)
【律】財產.

think /θɪŋk/ v. (過去式及過去分
詞 thought) ① 想，思索，思考
② 以為 ③ 想要，打算 ④ 料想，

料到 **~er** *n.* 思考的人; 思想家 **~ing** *adj.* 有思想的 *n.* 思想; 思考; 考慮 // **~ tank** 智囊團.

third /θɜːd/ *num. & n.* ① 第三(個) ② 三分之一 ③ (每月的)第三日 **~rate** *adj.* 三等的; 三流的 // **the ~ degree** 追問; 逼問; 拷問 **the T-World** 第三世界 **~ party** 第三方 **~ person**【語】第三人稱.

thirst /θɜːst/ *n.* ① 渴; 口渴 ② [喻] 渴望 *vi.* 渴望; [古]感到口渴 **~y** *adj.* ① 口渴的 ② 渴望的 ③ 乾旱的.

thirteen /ˈθɜːˈtiːn/ *num. & n.* ① 第十三(個) ② 十三分之一 ③ (每月的)第十三日.

thirty /ˈθɜːtɪ/ *num. & n.* 三十; 三十個 **thirtieth** *num. & n.* ① 第三十(個) ② 三十分之一 ③ (每月的)第三十日.

this /ðɪs/ *pro. & adj.* 這; 這個; 今; 本; 這件事; [俗]某一(個).

thistle /ˈθɪsˈl/ *n.*【植】薊.

thither /ˈðɪðə/ *adv.* [古]到(或向)那裏.

tho, tho' /ðəʊ/ *adv. & conj.* = though.

thole /θəʊl/ *n.* (船邊的)槳架; 槳座.

thong /θɒŋ/ *n.* ① 皮條; 皮帶 ② 鞭(梢); [美]人字拖鞋.

thorax /ˈθɔːræks/ *n.* (*pl.* ~es, thoraces)【解】胸; 胸廓 thoracic *adj.*

thorn /θɔːn/ *n.* (植物的)刺; 荊棘, 帶刺的灌木 **~y** *adj.* 有刺的; [喻]棘手的 // **a ~ in one's side / flesh** 令人氣惱的人/事物.

thorough /ˈθʌrə/ *adj.* 完全的; 徹底的; 充份的; 十足的; 細緻周到的 **~ly** *adv.* **~bred** *adj. & n.* (動物)純種的; 純種馬 **~fare** *n.* 大街; 大道; 通衢 **~going** *adj.* 徹底的; 完全的; 十足的 // **No ~ fare!** 禁止通行!.

those /ðəʊz/ *pro. & adj.* (that 的複數形式)那些.

thou /ðaʊ/ *pro.* [古]你; 汝.

though /ðəʊ/ *conj.* 雖然; 儘管 *adv.* 然而; 不過; 可是.

thought /θɔːt/ *n.* ① 思考; 思想; 思潮 ② 關懷; 掛慮 ③ 想法; 心思 ④ 打算; 意圖 ⑤ 少許; 一點 *v.* think 的過去式及過去分詞 **~ful** *adj.* ① 深思的; 有深度的 ② 體貼的; 關心的 ③ 考慮周到的 **~less** *adj.* 欠考慮的; 輕率的; 不體貼人的; 自私的.

thousand /ˈθaʊzənd/ *num. & n.* 一千; 一千個 **~th num & n.** ① 第一千(個) ② 千分之一.

thrall /θrɔːl/ *n.* 奴隸; 奴役; 束縛.

thrash /θræʃ/ *vt.* ① 棒打; 鞭打 ② (在競賽中)徹底打敗 ③ 猛烈扭擺 **~ing** *n.* 痛打; 慘敗, 大敗 // **~ sth out** 通過充份討論產生; 坦誠徹底地討論.

thread /θrɛd/ *n.* ① 線; 似線的細長物 ② 螺紋 ③ 線索; 思路 ④ (*pl.*) [美俚]衣服 *vt.* 穿線於; 擠過; 穿過; 把(磁帶等)裝好待用 **~bare** *adj.* (衣服等)磨薄的; 破舊的; [喻]陳舊的; 陳腐的.

threat /θrɛt/ *n.* 恐嚇; 威脅 **~en** *v.* 威脅; 恐嚇.

three /θriː/ *num. & n.* 三; 三個

~-dimensional *adj.* 三維的; 立體的 **~-piece** *adj.* 三件一套的.

threnody /ˈθrɛnədɪ, ˈθriː-/ *n.* 挽歌; 哀歌.

thresh /θrɛʃ/ *v.* 打穀; (使)脫粒.

threshold /ˈθreʃhəuld, ˈθreʃˌhəuld/ *n.* 門檻; 入口; 門口; [喻]入門; 開端.

threw /θruː/ *v.* throw 的過去式.

thrice /θraɪs/ *adv.* ① (詩)三次地; 三倍 ③ 非常.

thrift /θrɪft/ *n.* 節儉, 節約 **~y** *adj.*

thrill /θrɪl/ *v.* (使)感到激動, (使)緊張顫慄 *n.* 激動; 戰慄; 令人激動(或戰慄)的經歷 **~ed** *adj.* 興奮的 **~ing** *adj.* 令人興奮(或激動)的 **~er** *n.* 驚險作品(或小說、電影等).

thrive /θraɪv/ *vi.* (過去式 **~d**, throve 過去分詞 **~d**, [古]**~n**) 苗壯成長; 興旺; 繁榮.

throat /θrəut/ *n.* 咽喉 **~y** *adj.* 喉音的; 沙啞的; 嘎聲的.

throb /θrɒb/ *vi.* (心臟等)悸動; 跳動; 有規律地顫動 *n.* 搏動; 跳動.

throes /θrəuz/ *pl. n.* 劇痛; (分娩時的)陣痛 // in the ~ of [俗]不辭辛勞地忙於.

thrombosis /θrɒmˈbəusɪs/ *n.* (*pl.* **-ses**)【醫】血栓形成; 栓塞.

throne /θrəun/ *n.* 寶座; 御座; (the ~) 王位; 王權.

throng /θrɒŋ/ *n.* 一大羣(人); 一大堆(東西) *v.* (使)羣集; 擠滿; 蜂擁.

throstle /ˈθrɒs'l/ *n.*【鳥】畫眉

throttle /ˈθrɒt'l/ *v.* ① 掐死; 勒死 ② (使)窒息 ③ (使)節流; 節制; 減速 *n.* (發動機的)節流閥; 油門.

through /θruː/ *prep.* ① 通過; 穿過; 貫通; [美]直到 ② 由於 *adv.* 穿過; 從頭到尾; 越過 *adj.* 直通的; 直達的; 可以通行的; 過境的; 完成的, 完結的; [英](電話)接通的; [美](電話)打完的 **~put** *n.* 生產量 // **~ ticket** 通票; 全程票 **~ train** 直達列車 **~ and ~** 完全地; 徹底地.

throughout /θruːˈaut/ *adv.* 到處; 全部; 始終; 從頭到尾 *prep.* 貫穿; 遍及; 自始至終.

throve /θrəuv/ *v.* thrive 的過去式.

throw /θrəu/ *v.* (過去式 threw 過去分詞 **~n**) ① 扔; 投 ② (匆忙或漫不經心地)穿上(或脫下) ③ 摔倒 ④ 使陷於 ⑤ 使延伸 ⑥ [俗]使受驚擾 ⑦ 發(脾氣) *n.* 投; 拋; 擲; 投擲的距離 **~-away** *adj.* ① 用後即棄的; 一次性的 ② 隨隨便便的; 故意裝作隨便一說的 **~-back** *n.* 具有返祖現象的動物(或人) **~-in** *n.*【足】界外球.

thru /θruː/ *adj. & adv. & prep.* = through [美].

thrush /θrʌʃ/ *n.*【鳥】畫眉 ② (小孩患的)鵝口瘡 ③ 念珠菌陰道炎.

thrust /θrʌst/ *vt.* (過去式及過去分詞 **~**) ① (猛)推; 塞; 刺 ② 強加 *n.* ① 猛推; 刺; 衝; 衝鋒 ② 突擊 ③ (火箭等的)推動力 ④ (言談的)攻擊 ⑤ (談話等的)要點; 主題 **~er** *n.*【空】助進器; 推進器.

thud /θʌd/ *n.* 砰, 嘭(等重擊聲) *n.* 砰地墮下(一擊等); 發出嘭聲.

thug /θʌg/ *n.* 暴徒; 惡棍; 兇手; 刺

客.

thumb /θʌm/ n. 拇指 v. 翻閱; 翻查; 翻弄; 弄髒 // ~ **index** (書籍) 缺口指標索引 **be all ~s** 笨手笨腳 ~ **a lift** 豎起拇指請求搭車.

thump /θʌmp/ v. & n. 捶擊; 砰砰地打 n. 重擊; 捶擊; 重擊聲 ~**ing** adj. [俗]巨大的 adv. [俗]非常; 極端地.

thunder /ˈθʌndə/ n. 雷; 雷霆; (似雷的)轟隆聲 v. 打雷, 發出雷鳴般的響音; 大聲威; 隆隆地行駛 ~**ing** adj. (= thumping) 巨大的 ~**ous** adj. 雷鳴般的; 聲音巨大的 ~**y** adj. (天氣)要打雷似的 ~**bolt** n. 雷電; 霹靂; 晴天霹靂似的事件(或聲明或消息) ~**clap** n. 雷鳴; 晴天霹靂的事件(或消息等) ~**storm** n. 雷雨 ~**struck** adj. 大吃一驚的.

Thur(s). abbr. = Thursday.

Thursday /ˈθɜːzdɪ, -deɪ/ n. 星期四.

thus /ðʌs/ adv. 這樣, 像這樣; 因此; 從而; 於是.

thwack /θwæk/ n. & v. = whack.

thwart /θwɔːt/ vt. 阻撓, 反對, 挫敗 n. 划艇上的座板.

thy /ðaɪ/ pro. [古]你的 (thou 的所有格).

thyme /taɪm/ n. 【植】百里香; 麝香草.

thyroid /ˈθaɪrɔɪd/ n. 【解】甲狀腺.

tiara /tɪˈɑːrə/ n. 女性的冕狀頭飾; 羅馬教皇的三重冕.

tibia /ˈtɪbɪə/ n. 【解】脛骨.

tic /tɪk/ n. (尤指面部的)痙攣.

tick /tɪk/ n. ① 滴嗒聲 ② [俗]一瞬間 ③ 表示已查對的符號

(✓) ④【昆】扁虱 ⑤ 被套; 枕套 ⑥ [俗]信用; 賒欠 v. ① 滴嗒滴嗒響 ② 打勾號, 畫剔號(✓) // ~ **away** (時間)過去 ~ **sb off** [俗]責備 ~**over** 照常進行; (發動機)空檔慢轉.

ticket /ˈtɪkɪt/ n. ① 票; 入場券 ② 標籤; 價目籤 ③ 候選人名單 ④ (交通違章)通知單 vt. (給商品)加上標籤 ~**ing** n. (音樂會、球賽的)售票 // ~ **collector** (火車站等的)收票員.

ticking /ˈtɪkɪŋ/ n. (做墊、套等用的)堅質棉布.

tickle /ˈtɪkl/ v. ① 發癢; 搔; 弄癢 ② 滿足; 使高興 n. 癢; 弄癢 **ticklish** adj. ① 怕癢的 ② (問題等)棘手的; 需小心應付的.

tiddler /ˈtɪdlə/ n. [口]非常小的魚.

tiddlywinks /ˈtɪdlɪwɪŋks/ n. 挑圓片(比賽誰把小圓片先挑進杯內的一種遊戲).

tide /taɪd/ n. 潮汐; 潮水; 浪潮, 趨勢 [古]季節 vt. (+ sb over) (幫某人)渡過難關; 克服(困難) **tidal** adj.

tidings /ˈtaɪdɪŋz/ pl. n. 消息.

tidy /ˈtaɪdɪ/ adj. 整潔的; [俗]相當大的; 可觀的 v. 弄整潔; 收拾好 **tidily** adv. **tidiness** n.

tie /taɪ/ n. ① 領帶; 帶子; (起連接作用的)繫條 ② [喻]關係; 紐帶 ③ 束縛 ④ 牽累 ⑤ (比賽等的)平局 ⑥【音】連結線 ⑦ [美]枕木 v. ① 繫; 捆; 繫; 打結 ② (比賽等)打成平局 v. (與成功的電影或電視節目有關的書或玩具等)相關產品 ~**pin** n. 領帶

別針 // ~ break, ~ breaker【體】(平分情況下的)決勝局; 平分決賽.

tier /tɪə/ n. (多層看台等的)一排; 一層.

tiff /tɪf/ n. 小爭執; 口角.

tiger /ˈtaɪɡə/ n. 老虎 tigress n. 母老虎 // ~ economy 小龍經濟(尤指亞洲的新興國家或地區, 如新加坡、韓國).

tight /taɪt/ adj. ① 緊的; 牢固的 ② 密封的; 不漏的 ③ 拉緊的; 繃緊的 ④ 〔俗〕醉醺醺的 ⑤ 緊湊的; 擠滿的 ⑥ (比賽)勢均力敵的 ⑦ (錢)難借到的; 抽緊銀根的 ⑧ 〔俗〕吝嗇的 adv. 緊緊地; 牢牢地 n. (pl.)緊身連褲襪 --en v. 變緊; 拉緊; 收緊; (使)變得更嚴格 --ly adv. 緊緊地 ~-fisted a. 吝嗇的 ~-knit, ~ly-knit adj. 緊密團結的; 關係牢固的 ~-rope n. (雜技中用的)繃索, 繃緊的繩絡.

tike, ty- /taɪk/ n. ① 〔俗〕(罵人語)沒用的傢伙; ② 〔主美〕小淘氣鬼 ③ 雜種狗; 劣種狗.

tilde /ˈtɪldə/ n.【語】顎化符號(西班牙語字母 n 讀作/tʌldə/時上面所加符號);【語】代字符號(~).

tile /taɪl/ n. ① 瓦; 花磚; 瓷磚 ② (一張)麻將牌 vt. 鋪瓦於⋯; 貼瓷磚於⋯.

till /tɪl/ prep. (通常不用於句首) = until n. (商店、銀行的)放錢的抽屜; 銀櫃 vt. 耕作, 耕種 ~age n. 耕作; 耕地.

tiller /ˈtɪlə/ n. ① 農夫 ② (小帆船上的)舵柄.

tilt /tɪlt/ v. ① (使)傾斜 ② 騎馬持矛衝刺 ③ 抨擊 n. ① 傾斜; 歪 ② 騎馬持矛比武 ③ 好意的抨擊.

timber /ˈtɪmbə/ n. ① 木材; 木料 ② (可作木料的)樹木; 樹林 ③ (建造屋頂、橋樑的)棟木; 船骨 ④ 〔美〕才幹.

timbre /ˈtɪmbə, ˈtæmbə/ n. 〔法〕【音】音色; 音質.

time /taɪm/ n. ① 時間; 歲月; 光陰 ② 時機; 機會 ③ 時期; 期間 ④ (pl.)時代 ⑤ 次; 回; 倍 ⑥【音】拍子 vt. 選擇⋯的時機; 定⋯的時間; 為⋯計時 ~less adj. 永恆的; 不變的; 持久的 ~ly adj. 適時的; 及時的 ~frame n. 處理特定工作所需的時間 ~server n. 趨炎附勢的人, 見風轉舵者 ~serving adj. 趨炎附勢的 ~table n. 時間表; 時刻表; 課程表 ~worn adj. 陳舊的 // ~ limit 期限; 限期 ~ off 休息時間 ~ out (工作等的)暫停時間; 休息時間【體】暫停 ~ signature【音】(表示作品節拍的)拍號 ~ switch 定時開關 ~ zone 時區 at ~s 有時; 間或 from ~ to ~ 偶爾 in ~ 及時 on ~ 準時.

timid /ˈtɪmɪd/ adj. 膽小的; 羞怯的 ~ity adv.

timorous /ˈtɪmərəs/ adj. = timid.

timpani, tym- /ˈtɪmpənɪ/ pl. n.【音】定音鼓.

tin /tɪn/ n. 錫; 白鐵; 罐頭鐵皮 vt. 〔英〕罐頭; 罐頭聽 vt. 將⋯做成罐頭食品; 在⋯上面鍍錫 ~ned adj. 〔英〕罐裝的 ~foil n. (包裝用)錫箔 ~plate n. 馬口鐵 ~pot adj. 低劣

的, 微不足道的 **~smith** *n.* 白鐵匠 // **~ opener** 開罐器.

tincture /'tɪŋktʃə/ *n.* ①【藥】酊劑 ②（帶有）一點點（氣味、味道）*vt.* 使帶有某種性質（或色澤、氣味等）.

tinder /'tɪndə/ *n.* 易燃物; 引火物.

tine /taɪn/ *n.* (叉的)尖齒; (鹿角的)尖杈.

ting /tɪŋ/ *n.* 叮噹聲 *v.* (使)叮噹叮噹響.

tinge /tɪndʒ/ *n.* 淡淡的色彩; 氣息; 意味 *vt.* 微微地染上…; 使帶有某種色彩(或意味).

tingle /'tɪŋg'l/ *n.* ① 刺痛感 *vi.* 感到刺痛; [喻]感到激動.

tinker /'tɪŋkə/ *n.* ① 補鍋匠 ② 隨便試着修理 *vi.* 隨便試着修理; 瞎擺弄.

tinkle /'tɪŋk'l/ *n.* 叮噹聲 [英俗]打電話 *v.* (使)發出叮噹聲.

tinsel /'tɪns'l/ *n.* (裝飾用的)光亮的金屬片(或條、線) [貶]表面的光亮, 華而不實的事物.

tint /tɪnt/ *n.* ① 色度, 顏色的濃淡 ② 染髮; 染髮劑 *vt.* 給…染色 **~ed** *adj.* 帶點顏色的.

tiny /'taɪnɪ/ *adj.* 很小的; 微小的.

tip /tɪp/ *n.* ① 尖, 尖端; 裝在尖頂上的東西 ② 垃圾場; [俗]髒亂的地方 ③ 小費 ④ 實用的小竅門 ⑤ 秘密訊息 *v.* ① 裝尖頭; 放在尖端上 ② (弄)傾斜; (使)翻倒 ③ 輕觸碰; 輕擊 ④ 給小費 ⑤ 事先猜測 **~-off** *n.* 透露消息; 暗示; 警告 // **~ sb off** 給某人以暗示(或警告) **~ping point** (小事件不斷累積而達到難以忍受程度的)爆發點.

tippet /'tɪpɪt/ *n.* 披肩; 圍巾.

tipple /'tɪp'l/ *n.* [俗]酒; 含酒精飲料 *v.* 喝酒; 酗酒.

tipster /'tɪpstə/ *n.* 提供情報者; 告密者.

tipsy /'tɪpsɪ/ *adj.* ① [俗]微醉的 ② 易傾斜的.

tiptoe /'tɪp,təʊ/ *n.* 腳尖 *vi.* 用腳尖走.

tiptop /,tɪp'tɒp/ *adj.* 頂點的; 極點的; 第一流的.

TIR /tiː/ *ɑ/ *abbr.* = Transport International Routier [法]國際陸路貨運(協定).

tirade /taɪ'reɪd, tə-/ *n.* 長篇的譴責; 滔滔不絕的責罵.

tire /'taɪə/ *v.* (使)疲勞; 厭倦; 不再感興趣 *n.* = tyre [美]輪胎 **~d** *adj.* ① 疲倦的; 厭煩的 ② 陳舊的; 陳腐的 **~less** *adj.* 精力充沛的; 不易疲勞的 **~some** *adj.* 令人厭倦的; 討厭的; 沉悶乏味的 tiring *adj.* 令人疲倦的, 累人的.

tiro, ty- /'taɪrəʊ/ *n.* (*pl.* **-ros**) 新手; 生手.

tissue /'tɪʃuː, 'tɪsjuː/ *n.* ①【生】組織 ② 紙巾; 衛生紙; 包裝紙; 薄絹 ③ 一連串.

tit /tɪt/ *n.* ①【鳥】山雀 ②[俚]乳房; 乳頭 ③[英俚](罵人語)無用的東西 // **~ for tat** 以牙還牙.

Titan /'taɪt'n/ *n.* 【希神】泰坦(傳說曾統治世界的巨人族的成員); **(t-)** 巨人; 巨物; 了不起的人.

titanic /taɪ'tænɪk/ *adj.* 巨大的; 極其有力的.

titanium /taɪ'teɪnɪəm/ *n.* 【化】鈦.

titbit /ˈtɪt.bɪt/ *n.* ① 量少味美的食品，珍品 ② 花邊新聞，趣聞.

tithe /taɪð/ *n.* ①【使】(農產品)什一稅 ② 十分之一；小部份.

titillate /ˈtɪtɪˌleɪt/ *v.* 刺激(慾望)；使興奮.

tit(t)ivate /ˈtɪtɪˌveɪt/ *v.* [俗]打扮；裝飾.

title /ˈtaɪtᵊl/ *n.* ① 名稱；標題；書名 ② 頭銜；稱號 ③【律】權益；權利 ④【體】冠軍稱號 ~**d** *adj.* 有爵位的；有貴族頭銜的 ~**holder** *n.*【體】冠軍；有稱號(或職稱)者；產權所有人 // ~ **bar**【計】標題欄 ~ **deed**【律】地契；房契 ~ **page** 書名頁 ~ **role** 劇名角色；片名角色.

titter /ˈtɪtə/ *n.* 嗤笑；竊笑.

tittle-tattle /ˈtɪtᵊlˌtætᵊl/ *n. & vi.* 閒聊；雜談.

titular /ˈtɪtjʊlə/ *adj. or* ~**y** *adj.* 掛名的；有名無實的.

tizzy /ˈtɪzɪ/ *n.* [俗]激動(或慌亂)的心境.

TNT /ˈtiː ɛn tiː/ *abbr.* = trinitrotoluence【化】梯恩梯，三硝基甲苯；黃色炸藥.

to /tuː, tʊ, tə/ *prep.* 向；到；朝；對比；為了；關於；致使；按照；直至 *adv.* (用門戶、窗)關上；關着；甦醒過來；着手 // ~ **and fro** 來來回回；來來往往.

toad /təʊd/ *n.*【動】蟾蜍；癩蛤蟆 ② 討厭的傢伙.

toad-in-the-hole /ˌtəʊd ɪn ðə ˈhəʊl/ *n.* [英]烤香腸布丁.

toadstool /ˈtəʊdˌstuːl/ *n.*【植】毒菌；有毒的蘑菇.

toady /ˈtəʊdɪ/ *n.* 拍馬屁的人 *vi.* 諂媚；奉承.

toast /təʊst/ *n.* ① 烤麵包片，多士，吐司 ② 祝酒；乾杯 ③ 被祝酒者 *v.* ① 烤；烘 ② 為 … 敬酒 ~**er** *n.* 多士爐；烤麵包箱 ~**master** *n.* 宴會主持人.

tobacco /təˈbækəʊ/ *n.* ① 煙草；煙葉 ② 煙草製品 ~**nist** *n.* 煙草商；煙草製品商店.

toboggan /təˈbɒgən/ *n.* 平底雪橇 *vi.* ① 坐平底雪橇滑雪 ② 突然急劇下降.

today /təˈdeɪ/ *n.* 今天；現今；現代.

toddle /ˈtɒdᵊl/ *vi.* [俗]走路；步行；(尤指幼兒)搖搖晃晃地走 ~**r** *n.* 學步行的兒童.

toddy /ˈtɒdɪ/ *n.* 加糖和熱水的烈酒；棕櫚酒.

to-do /təˈduː/ *n.* 混亂；喧鬧.

toe /təʊ/ *n.* 腳趾；(鞋或襪等的)趾部 ~**cap** *n.* 鞋(或靴)頭；鞋尖飾皮 ~**hold** *n.* (攀登懸崖時的)小立足點；克服困難的辦法 ~**nail** *n.* 腳趾甲.

toff /tɒf/ *n.* [英俚](上層社會的)闊佬；衣冠楚楚的人；花花公子.

toffee, toffy /ˈtɒfɪ/ *n.* 拖肥糖；太妃糖 **toffee-apple** *n.* 插在棒上塗有拖肥糖的蘋果 **toffee-nosed** *n.* [英俚]勢利的.

tofu /ˈtəʊˌfuː/ *n.* 豆腐.

tog /tɒg/ *v.* [俗]打扮；穿上漂亮衣服 *n.* [俗]衣服.

toga /ˈtəʊgə/ *n.* (古代羅馬市民穿的)寬鬆托加袍.

together /təˈgɛðə/ *adv.* 一起；共同；一致；同時；連續地.

toggle /ˈtɒgˈl/ n. 栓扣; 棒形鈕扣;【海】套索釘; (電腦等的控制開關) v.【計】(用切換鍵)切換.

toil /tɔɪl/ n. 苦役; 苦工 vi. 苦幹; 勞苦; 緩慢困難地移動; 跋涉 ~some adj. 辛苦的; 勞累的.

toilet /ˈtɔɪlɪt/ n. 洗手間; 廁所; [舊] 梳洗打扮 ~ries pl. n. 化妝品 / ~ paper 衞生紙 ~ roll 衞生卷紙.

token /ˈtəʊkən/ n. ① 標誌; 象徵 ② 證明 ③ 輔幣, 代幣 ④ 紀念品; 禮券 adj. 象徵性的.

told /təʊld/ v. tell 的過去式及過去分詞.

tolerate /ˈtɒləˌreɪt/ vt. ① 容許; 容忍; 寬恕②能接受藥力的; 能經受治療的 tolerable adj. ① 可容忍的; 可寬容的 ② 尚好的; 還可以的 tolerance n. ① 容忍; 寬容 ②【機】(配合)公差 tolerant adj. 忍受的; 容忍的; (動植物對冷熱等條件)能忍受的 toleration n. 容忍; 寬容; 默認.

toll /təʊl/ n. ① 通行費; 通行稅 ② 損失③ 破壞; 傷亡 ④ 鐘聲 v. 鳴(鐘); 敲鐘(報告時間、喪耗等).

tom /tɒm/ n. ① 公貓 ② 雄性動物.

tomahawk /ˈtɒməˌhɔːk/ n. (北美印第安人的)輕斧; 戰斧.

tomato /təˈmɑːtəʊ/ n. (pl. -toes) 番茄; 西紅柿.

tomb /tuːm/ n. 墳墓, 冢 ~stone n. 墓碑.

tombola /tɒmˈbəʊlə/ n. [英]唐伯拉彩票(從轉筒中抽出數字獎券, 若數字與獎品上的數字相同即可獲獎).

tomboy /ˈtɒmˌbɔɪ/ n. 頑皮女子; 男孩似的女子; 假小子.

tome /təʊm/ n. 大冊書; 學術巨著.

tomfool /ˌtɒmˈfuːl/ adj. 極傻的; 愚蠢透頂的 ~ery n. 蠢事; 蠢舉.

Tommy gun /ˈtɒmɪ gʌn/ n. 衝鋒槍.

tomorrow /təˈmɒrəʊ/ n. 明天; 明日; (不遠的)未來.

tom-tom /ˈtɒmtɒm/ n. 手鼓; 銅鑼.

ton /tʌn/ n. 噸(英制 = 2240 磅; 美制 = 2200 磅); 貨物容積噸位; 船的排水噸位; (pl.)大量 ~nage n. (船的噸位);【商】每噸貨的運費 ~ne n. 公噸 (= 1000 公斤).

tone /təʊn/ n. ① 音調; 音色; 語調; 口吻; (樂器的)音質 ② 風格; 特徵③ (顏色的)色調; 光度; 濃淡④ (身體的)健康狀況⑤【語】抑揚, (語調的)升降 v. 帶某種語調(或色調) ② (+ down)(使)緩和 tonal adj. 聲調的; 色調的 ~less adj. 缺乏聲調(或色彩)的; 沒精打采的; 呆板的 // ~ in (with sth) 色調相配 ~ language 聲調語言(不同的聲調能表示不同的意思, 如漢語) ~ up (使色調)更明亮; 增強.

tongs /tɒŋz/ (pl.) n. 夾子; 鉗子.

tongue /tʌŋ/ n. 舌; 舌頭; 語言; 舌狀物 ~-in-cheek adj. 無誠意的 ~-tied adj. (因羞怯等而)說不出話的 ~-twister n. 繞口令.

tonic /ˈtɒnɪk/ n. ① 補藥 ② [喻]振奮劑③【音】主音.

tonight /təˈnaɪt/ n. & adv. 今夜; 今晚.

tonne /tʌn/ n. = metric ton [英].

tonsil /ˈtɒnsəl/ n.【解】扁桃腺
~**litis** n. 扁桃腺炎.

tonsure /ˈtɒnʃə/ n. 削髮(為僧); 頭
上剃光的扁部份; 禿頂.

too /tuː/ adv. 太; 過於; 也; 又; 還
非常; 很.

took /tʊk/ v. take 的過去式

tool /tuːl/ n. ① 工具 ② 走狗, 爪牙
③ 手段 ~**bar** n.【計】工具欄; 工
具列.

toot /tuːt/ n. ① (號角、笛等的)嘟
嘟聲 ② [美]醉酒; 痛飲 v. (使)發
嘟嘟聲.

tooth /tuːθ, tuːð/ n. (pl. teeth) 牙齒;
齒狀物; (pl.)有效的力量 ~**ache**
n. 牙痛 ~**brush** n. 牙刷 ~**paste**
n. 牙膏 ~**pick** n. 牙籤 ~**some** adj.
好吃的; 可口的.

tootle /ˈtuːtl/ vi. ① 吹出嘟嘟聲;
發輕柔的嘟嘟聲 ② [俗]信步; 閒
逛.

top /tɒp/ n. ① 頂; 上端; 頂部
② 上層; 首位; 最高地位(或成就
等) ③ 頂蓋 ④ 上衣 ⑤ 陀螺 vt.
① 加蓋; 加頂; 到頂部 ② 超越;
勝過; 領先 ③ 修剪頂部 adj. 最
高的; 最優良的 ~**less** adj. ① 無
頂的, 無蓋的 ② (女人)露出上
身的; 袒胸露乳的 ~**coat** n. 面
層油漆 ~~**down** adj. 從上而下
進行的; 從總體到具體的 ~~**end**
adj. (產品)同類中較好的; 高檔
的 ~**flight** adj. 最好的; 高檔.
~~**most** adj. 最高的; 最上面的
~**spin** n.【體】上旋球 // ~ **boots**
馬靴 ~ **secret** 絕密的.

topaz /ˈtəʊpæz/ n. 黃玉; 黃玉礦
黃寶石.

topi, topee /ˈtəʊpiː, -piː/ n. 遮陽帽;
遮陽盔.

topiary /ˈtəʊpɪərɪ/ n. 灌木修剪術.

topic /ˈtɒpɪk/ n. 論題; 話題; 題目
~**al** adj. 熱門話題的; 有關時事
的; (藥物等)局部的.

topography /təˈpɒɡrəfɪ/ n. 地誌;
地形; 地形學 topographical adj.

topology /təˈpɒlədʒɪ/ n.【數】拓撲
學.

topper /ˈtɒpə/ n. ① [俗]高頂禮帽
② 高檔貨.

topple /ˈtɒpl/ v. 搖搖欲墜; (使)倒
塌; 推翻; 顛覆.

topsy-turvy /ˌtɒpsɪˈtɜːvɪ/ adj. &
adv. 亂七八糟的(地); 顛倒的
(地).

toque /təʊk/ n. 無邊女帽.

tor /tɔː/ n. 多岩石的小山; 岩石山
端.

Torah /ˈtɔːrə, ˈtəʊrɑː, ˈtəʊrə/ n. 摩西
五書;《聖經》首五經.

torch /tɔːtʃ/ n. 火炬; [英]手電筒
[美]亦作 flash light) // carry a
~ for sb. (單方面地)愛上; 單戀.

tore /tɔː/ v. tear 的過去式.

toreador /ˈtɒrɪəˌdɔː/ n. (尤指騎馬
的)鬥牛士.

torment /ˈtɔːment, ˈtɔːment/ n. 痛
苦; 苦惱; 使人痛苦(或苦惱)的
人(或物) vt. 使痛苦; 使苦惱; 戲
弄; 折磨 ~**or** n. 折磨人的人(或
東西).

torn /tɔːn/ v. tear 的過去分詞.

tornado /tɔːˈneɪdəʊ/ n. (pl. -do(e)s)
龍捲風; 旋風.

torpedo /tɔːˈpiːdəʊ/ n. (pl. -does)
魚雷 vt. ① 用魚雷襲擊(或炸沉)

② [喻]破壞.

torpid /'tɔ:pid/ *adj.* ① 遲鈍的; 不活潑的; 呆滯的 ② 麻木的 ③ 冬眠的 **~ity** *n.* **~ly** *adv.*

torpor /'tɔ:pə/ *n.* 遲鈍; 麻木; 懶散.

torque /tɔ:k/ *n.* 【物】扭(力)矩; 轉(力)矩 // **~ converter** 【機】變矩器.

torrent /'tɔrənt/ *n.* ① 急流; 洪流 ② [喻](感情等的)迸發; (謾罵等的)連發.

torrid /'tɔrid/ *adj.* ① 炎熱的 ② 熱情的 ③ 色情的.

torsion /'tɔ:ʃən/ *n.* 【物】扭轉; 扭力; 轉矩.

torso /'tɔ:səʊ/ *n.* (*pl.* **-sos, -si**) (人體的)軀幹; 軀幹部份的雕像.

tort /tɔ:t/ *n.* 【律】侵權行為; 民事過失.

tortoise /'tɔ:təs/ *n.* 龜; 烏龜 **~shell** *n.* 龜甲; 玳瑁殼; 有棕色斑點的貓(或蝴蝶).

tortuous /'tɔ:tjʊəs/ *adj.* ① 曲折的; 彎彎曲曲的 ② (政策等)欺騙的; 不正直的.

torture /'tɔ:tʃə/ *n.* 折磨; 拷問; 拷打; 苦難 *vt.* 折磨; 拷問; 使遭受苦難.

Tory /'tɔ:ri/ *n.* 英國保守黨黨員 *adj.* 英國保守黨的 **~ism** *n.* 英國保守黨之主義.

tosh /tɒʃ/ *n.* [俚]廢話.

toss /tɒs/ *v.* ① 扔; 拋 ② (使)搖擺; (使)顛簸 ③ 給食物拌加調味品 ④ 擲硬幣決定(某事) ⑤ 突然將(頭)一仰 *n.* ① 扔; 拋 ② 搖擺; 顛簸 ③ 突然仰(頭).

tot /tɒt/ *n.* 小孩; 小杯的酒 *v.* 加起來; 總計.

total /'təʊtl/ *adj.* 總計的; 全部的; 完全的; 全然的 *n.* 總數; 總共; 合計 *vt.* 計算…的總數; 總數達; [美俚]完全毀壞 **~ity** *n.* 完全; 全部; 總數 **~ly** *adv.* 全部; 完全 // **~ eclipse** 【天】日(或月)全食 **~ quality management** 全面質量管理.

totalitarian /ˌtəʊˌtælɪ'teərɪən/ *adj.* 極權主義的 *n.* 極權主義者 **~ism** *n.* 極權主義.

tote /təʊt/ *n.* ① 搬運, 運送; 攜帶 ② 把…加起來; 計算…的總數.

totem /'təʊtəm/ *n.* 圖騰; 圖騰形象 // **~ pole** 圖騰柱.

totter /'tɒtə/ *vi.* ① 蹣跚; 跌跌撞撞 ② 搖晃; 搖搖欲墜.

toucan /'tu:kən/ *n.* (美洲熱帶的)巨嘴鳥; 鵎鵼.

touch /tʌtʃ/ *v.* ① (使)接觸; (使)相碰; 摸 ② 干涉; 損害, 傷害 ③ 吃(或喝)一點 ④ 使感動 ⑤ 涉及 ⑥ 達到 ⑦ 比得上 *n.* ① 觸; 接觸; 觸覺 ② 潤色; 修飾 ③ 一點點 ④ 手法; 風格 ⑤ 個人的技能 **~ed** *adj.* 受感動的; 精神不太正常的 **~ing** *adj.* 動人的; 令人傷感的 **~y** *adj.* ① 易怒的; 過敏的 ② 難處理的 **~-and-go** *adj.* [俗]危急的; 沒把握的; 結果難以預料的 **~-down** *n.* ① (飛機)降落之分 [美橄欖球]底線得分 **~line** *n.* 【足】邊線 **~pad** *n.* 【計】(電腦或其他電器的)觸控板 **~stone** *n.* 試金石; 檢驗標準 // **~ screen** 【計】觸控屏幕.

touché /tuːˈʃeɪ/ int. 說得好!(讚歎爭論中對方言之有理等).

tough /tʌf/ adj. ① 堅韌的; 堅固的; 能吃苦耐勞的 ② [美]粗暴的; 兇惡的; 嚴厲的; 困難的 ③ (肉)咬不動的 ④ 強硬的, 固執的 ⑤ [俗]不幸的 n. [俗]惡棍; 歹徒 ~en v.

toupee /ˈtuːpeɪ/ n. 遮禿處的男裝假髮; 小頂假髮.

tour /tʊə/ n. 遊覽; 旅行; 觀光; 參觀 ② 巡廻比賽(或演出) ③ (軍人或外交人員在海外的)服役期, 任職期 v. 旅行; 遊覽; 在 … 巡廻演出 ~ism n. 旅遊業 // ~ guide 導遊 ~ operator 旅遊公司; 旅行社.

tour de force /ˈtʊədəˈfɔːs/ n. (pl. tours de force) [法]絕技; 傑作; 絕妙的表演.

tourmaline /ˈtʊəməˌliːn/ n. 【礦】電氣石; 電石.

tournament /ˈtʊənəmənt, ˈtɔː-/ n. 比賽; 錦標賽; 聯賽; [舊]馬上比武.

tourniquet /ˈtʊənɪˌkeɪ, ˈtɔː-/ n. 【醫】止血帶; 壓脈器.

tousle /ˈtaʊzl/ vt. 弄亂(頭髮等); 使蓬亂; 弄皺 ~d adj.

tout /taʊt/ v. ① 拉生意; 兜售; 招徠 ② [英]出售黑市票 n. (音樂會、比賽等的)門票)兜售者 // ticket ~ 票販子.

tow /təʊ/ n. 拖; 拉; 牽引 n. ① 拖曳; 被拖的船 ② 短麻屑; 亞麻短纖維 // in ~ 被拖着; [俗]伴隨; 跟着 on ~ 被拖着.

toward(s) /təˈwɔːd, tɔːd, ˈtəʊəd/

prep. ① 向; 朝 ② 接近; 大約 ③ 對於; 關於 ④ 為了; 有助於.

towel /ˈtaʊəl/ n. 毛巾.

tower /ˈtaʊə/ n. 塔; 城樓; 塔樓 vi. (+ above / over) 高聳; 屹立; 高度超過 [喻]勝過 ~ing adj. ① 高聳的, 高大的 ② 強烈的 ③ 傑出的; 卓越的 // a ~ of strength (危難時)可依賴的人; 中流砥柱 ~ block 高層公寓(或辦公樓).

town /taʊn/ n. 鎮; 市鎮; 城鎮; 商業區 ~sfolk, ~speople pl. n. 城鎮居民; 城裏人 ~ship n. (美國、加拿大縣以下的)區; (南非)黑人居住區.

toxaemia, 美式 **toxemia** /tɒkˈsiːmɪə/ n. 【醫】毒血症.

toxic(al) /ˈtɒksɪk/ adj. 有毒的; 中毒的 toxicity n. 毒性; 毒力 toxicology n. 【醫】【藥】毒理學; 毒物學.

toxin /ˈtɒksɪn/ n. 【生】【生化】毒素.

toy /tɔɪ/ n. 玩具; 玩物 vi. (+ with) 不太認真地考慮, 玩弄; 少許 ③ 挽弄地擺弄 adj. 作玩具用的; (狗)小如玩具的.

trace /treɪs/ n. ① 蹤跡; 足跡; 痕跡; 遺蹟 ② 微量; 少許 ③ 挽繩 vt. ① 追蹤; 跟蹤; 追溯; 查明 ② 敍述 … 的發展 ③ 畫出 … 的輪廓; 描繪出; 描摹 ④ 吃力地寫 ~able adj. 可追蹤的 ~r n. ① 追蹤者; 描繪工具; 繪圖員; 曳光彈; 放射性示蹤劑 ~ry n. 花格圖案; 教堂窗戶上方的石花格 // ~ element 【化】微量元素 tracing paper (透明)描圖紙.

trachea /trəˈkiːə/ *n. (pl.* **-cheae**) 【解】氣管.

track /træk/ *n.* ① 痕跡; 足跡; 蹤跡(輪船、飛機等的)航跡; 車轍 ② 路線; 小徑; 軌道 ③ [美] 月台; 站台; 跑道 ④ 履帶; (錄音帶的)磁道 *v.* 追蹤; 搜尋 ~**ball** *n.*【計】軌跡球 // ~ **events**【體】徑賽 ~ **record** 徑賽成績記錄、(個人或單位成敗的)業績記錄 ~ **suit** (田徑)運動服.

tract /trækt/ *n.* ① 廣闊的地面 ② 區域 ③ (宗教或政治方面的)短論; 小冊子 ④【解】管; 道.

tractable /ˈtræktəbl/ *adj.* 温順的; 易處理的; 易控制的 tractability *n.*

traction /ˈtrækʃən/ *n.* ① 拖拉; 牽引(力) ②【醫】牽引治療 ③ 附着摩擦力.

tractor /ˈtræktə/ *n.* 拖拉機; 牽引車.

trad /træd/ *n.* [英俗] 傳統爵士樂.

trade /treɪd/ *n.* ① 貿易; 交易; 買賣 ② 行業; 職業; 交易 *v.* 做生意; 交易; 交換; [美]購物 ~**sman** *n. (pl.* **-men**) 送貨員; 店主; 商人 // ~ **agreement** (國際)貿易協定 ~ **association** 行業協會 ~ **deficit** 貿易赤字 ~ **discount** 同行折扣; 商業折扣 ~ **gap** 進出口差額 ~ **mark** 商標 ~ **surplus** 貿易順差 ~ **union** 工會 ~ **wind**【氣象】貿易風; 信風.

tradition /trəˈdɪʃən/ *n.* 傳統; 慣例; 傳說 ~**al** *adj.* ~**alism** *n.* 傳統主義; 因循守舊 ~**alist** *n.* 傳統主義者; 因循守舊的人 // ~**al**

medicine 傳統醫療(如中醫、中草藥醫療).

traduce /trəˈdjuːs/ *vt.* ① 中傷; 誹謗 ② 違反; 背叛.

traffic [1] /ˈtræfɪk/ *n.* ① 交通 ② (街上行駛的)車輛 ③ (航線上船隻、飛機的)行駛; 運輸量 ④ 非法買賣; 違法交易 // ~ **island** (馬路中間的)安全島 ~ **lights** 交通指揮燈 ~ **warden** (處理違章停車的)交通督導員.

traffic [2] /ˈtræfɪk/ *v.* (過去式及過去分詞 **-ked** 現在分詞 **-king**)(尤指從事非法或不道德的)買賣; 做生意.

tragedy /ˈtrædʒɪdɪ/ *n.* 悲劇; 不幸事件; 慘事 tragedian *n.* 悲劇作家; 悲劇演員 tragedienne *n.* 悲劇女演員 tragic *adj.* 悲劇的; 悲慘的; 災難的.

tragicomedy /ˌtrædʒɪˈkɒmɪdɪ/ *n.* 悲喜劇.

trail /treɪl/ *n.* ① 痕跡; 足跡; 蹤跡 ② 崎嶇小路 *v.* ① 拖; 拖曳 ② 無精打采地走 ③ 落後; 失利 ④ (植物)蔓生; 蔓延 ⑤ 追蹤; 尾隨 ⑥ (說話聲音)逐漸變低並消失 ~**er** *n.* 拖車; (拖汽車的)篷車; (電影、電視的)預告片.

train /treɪn/ *v.* ① 訓練; 培養 ②(將槍、炮、攝像機等)瞄向 ③ 使(植物)向一定方向生長 *n.* ① 火車; 列車 ② (行進中的)一隊; 隨行人員 ③ 一連串(事件) ④ 思路 ⑤ 拖裾; 裙裾 ~**ee** *n.* 受培訓者 ~**er** *n.* 教練; 馴獸師; 馴馬師; 教練機; 模擬飛行裝置 ~**ers** *pl. n.* [英](休閒)運動鞋

~man *n.* (*pl.* **-men**) [美]列車乘務員 // **~ set** 玩具火車 **in ~** 準備就緒.

training /'treɪnɪŋ/ *n.* 職業(培訓)訓練 // **~ school** 職業(培訓)學校; [美] [加拿大]少年犯教養所.

traipse /treɪps/ *n. & v.* [俗]疲乏地走; 艱難地行走.

trait /treɪ, treɪt/ *n.* 品質; 特性; 特點.

traitor /'treɪtə/ *n.* 叛徒; 賣國賊.

trajectory /trə'dʒɛktəri, -tri/ *n.* 軌跡; 彈道.

tram /træm/ *n.* [英]有軌電車.

trammel /'træməl/ *vt.* 束縛; 妨礙; 阻止 *n.* (*pl.*)束縛; 妨礙物.

tramp /træmp/ *v.* 沉重地走; 徒步旅行; 步行 *n.* ① 流浪漢; 遊民 ② 徒步旅行; 長途步行 ③ 沉重的腳步聲 ④ 不定期貨船.

trample /'træmp'l/ *v.* ① 踐踏; 踩壞; 踏碎 ② 重步行走 ③ 蔑視; 冷酷地對待.

trampoline /'træmpəlɪn, -,liːn/ *or* **trampolin** *n.* 蹦床; 彈床; 彈簧墊.

trance /trɑːns/ *n.* 精神恍惚; 出神; 發呆.

tranche /trɑːnʃ/ *n.* 片; 一份; 一部份.

tranquil /'træŋkwɪl/ *adj.* 寧靜的; 安寧的 **~lity** *n.* **~lize** *vt.* 使安靜; 使鎮靜 **~lizer** *n.* 鎮靜劑.

trans- /trænz/ *pref.* [前綴] 表示 "橫越; 橫貫; 超越; 轉移; 變化; 在(或向)另一邊".

transact /træn'zækt/ *vt.* 辦理; 處理; 執行 **~ion** *n.* ① 辦理; 處理; 執行 ② 事務; 交易 ③ (*pl.*)學術

講座; 學術討論 ④ 會報; 學報.

transatlantic /,trænzət'læntɪk/ *adj.* 大西洋彼岸的; 橫越大西洋的; 大西洋沿岸國家的.

transceiver /træn'siːvə/ *n.* 【無】無線電收發機.

transcend /træn'sɛnd/ *vt.* 超出; 超越; 勝過 **~ence** *n.* **~ent** *adj.* 卓越的; 出類拔萃的 **~ental** *adj.* 非凡的; 玄妙的; 超自然的.

transcribe /træn'skraɪb/ *vt.* ① 抄寫; 謄寫 ② 改編(樂曲); 改製(錄音) ③ 【語】用音標標音.

transcript *n.* ① 抄本; 打字本; 錄音 ② [美]成績單 **transcription** *n.* ① 抄寫; 謄寫 ② 抄本; 錄音.

transducer /trænz'djuːsə/ *n.* 【物】換能器; 變換器.

transept /'trænsɛpt/ *n.* 十字形教堂的耳房.

transfer /træns'fɜː, 'trænsfɜː/ *v.* ① 遷移; 調往 ② 移交 ③ 改製(錄音) ④ 轉移; 調動 ⑤ 換車(或船等) *n.* 遷移; 轉移; 調動; 換車(或船等); [美]換車證 **~able** *adj.* 可轉移的; 可轉讓的 **~ence** *n.* 轉移; 轉讓; 調動 // **~ coach** 機場送客大巴 **~ passenger** 轉乘的旅客.

transfigure /træns'fɪɡə/ *vt.* ① 使變形 ② 使改觀; 美化 **transfiguration** *n.*

transfix /træns'fɪks/ *vt.* ① 刺穿 ② 嚇呆; 使麻木.

transform /træns'fɔːm, 'trænsfɔːm/ *v.* 徹底改變; 改造 **~ation** *n.* **~er** *n.* 變壓器.

transfusion /træns'fjuːʒən/ *n.* 輸血.

transgress /trænz'ɡrɛs/ *v.* 逾越; 違

反; 違法.

transient /ˈtrænzɪənt/ *adj.* 短暫的; 易逝的 transience, transiency *n.*

transistor /trænˈzɪstə/ *n.* 晶體管; 電晶體收音機(亦作 ~ radio) ~ized *adj.* 裝有晶體管的.

transit /ˈtrænsɪt, ˈtrænz-/ *n.* 通過; 通行; 運輸過程; 【天】中天 // ~ **lounge** (機場的)中轉候機廳 ~ **passenger** (機場的)中轉旅客 ~ **visa** 過境簽證.

transition /trænˈzɪʃən/ *n.* 轉變; 過渡 ~**al** *adj.*

transitive /ˈtrænsɪtɪv/ *adj.*【語】及物的.

transitory /ˈtrænsɪtərɪ, -trɪ/ *adj.* 暫時的; 瞬間的.

translate /trænsˈleɪt, trænz-/ *v.* ① 翻譯 ② 解釋; 說明 ③ 轉化; 使變為 translation *n.* translator *n.* 翻譯者.

transliterate /trænzˈlɪtəˌreɪt/ *vt.* 按另一字母體系拼出; 音譯 transliteration *n.*

translucent /trænzˈluːsˈnt/ *adj.* ① 半透明的 ② 易理解的 translucence *n.*

transmigration /ˌtrænzmaɪˈgreɪʃən/ *n.* ①【宗】投生; 轉世 ② 移居; 移民.

transmit /trænzˈmɪt/ *vt.* 傳送; 傳達; 傳播; 傳導 transmission *n.* ① 傳送; 傳播 ② (無線電或電視節目的)播送 ③ (機動車的)傳動系統 ~**ter** *n.* 傳播者; 傳導物; 發射機.

transmogrify /trænzˈmɒgrɪˌfaɪ/ *vt.* [謔]使完全變形; 使徹底改變性

質.

transmute /trænzˈmjuːt/ *vt.* 使變為; 使完全變成⋯ transmutaiton *n.* 變形; 變質; 變化.

transoceanic /ˌtrænzˌəʊʃɪˈænɪk/ *adj.* 大洋彼岸的; 越洋的.

transom /ˈtrænsəm/ *n.* ① (門、窗的)橫楣 ② [主美](門、窗上的)頂窗.

transparent /trænsˈpærənt, -ˈpeər-/ *adj.* ① 透明的 ② 明顯的; 無疑的 ③ 明晰的; 易懂的 transparency *n.* ① 透明 ② 幻燈片.

transpire /trænˈspaɪə/ *v.* ① 泄漏 ② [俗]發生 ③ (植物的葉子)散出(蒸氣) transpiration *n.* 散發(蒸氣).

transplant /trænsˈplɑːnt, ˈtrænsˌplɑːnt/ *vt.* 移植; 移種; 遷移; 適應移植的人 *n.* (組織或器官的)移植 ~**ation** *n.*

transport /trænsˈpɔːt, ˈtrænsˌpɔːt/ *vt.* ① 運輸; 運送 ② 放逐; 流放 *n.* ① 運輸; 運送 ② 運輸工具; 運輸船; 運輸機 ③ (~s)強烈的感情; 激動 ~**ation** *n.* ~**er** *n.* (運載汽車或沉重機器等的)大型運輸車.

transpose /trænsˈpəʊz/ *vt.* 調換; 使換位置;【音】將(樂曲)變調 transposition *n.*

trans(s)exual /trænzˈseksjʊəl/ *adj. & n.* 易性癖者; 心態上認為自己是異性的人; (經手術)變性的人.

transship /trænzˈʃɪp/ or **tranship** *vt.* 將(貨物)移到另一艘船; 轉運.

transubstantiation

/ˌtrænsəbˌstænʃˈeɪʃən/ n.【宗】聖餐變體(天主教認為聖體禮中所用的餅和葡萄酒在禮儀過程中變成基督的身體和血).

transverse /ˈtrænzvɜːs/ adj. 橫向的; 橫切的; 橫斷的 transversal n.【數】截線 // ~ section 截面圖 ~ wave【物】橫波.

transvestite /trænzˈvestaɪt/ n. 好穿異性服裝的人 transvestism n. 易服癖.

trap /træp/ n. ① (捕捉動物的)捕機; 陷阱; 圈套 ② (喻)詭計, 埋伏 ③ 困境 ④ (排水管上的)U形隔氣 ⑤ 雙輪輕便馬車 ⑥ [俚]嘴 vt. 設陷阱捕捉; 使落入圈套; 使陷入困境; 誘捕; 堵住 ~**per** n. 設陷阱捕獸者 ~**door** n. (地板、天花板、屋頂上的)活板門; 通氣門.

trapeze /trəˈpiːz/ n. (馬戲團、體操所用的)高鞦韆; 吊架.

trapezium /trəˈpiːzɪəm/ n.【數】[美]不等邊四邊形; [英]梯形.

trapezoid /ˈtræpɪzɔɪd/ n. [美]梯形; [英]不等邊四邊形.

trappings /ˈtræpɪŋz/(pl.) n. (尤指作為官職標誌的)服飾, 禮服; (表示聲譽、財富等外表的)裝備(品).

Trappist /ˈtræpɪst/ n.【宗】(天主教西多會中的)特拉普派(此派嚴格遵守緘默戒律).

trash /træʃ/ n. ① 劣貨; 拙劣的作品; [美]廢物; 垃圾 ② [美俗]被人瞧不起的人.

trauma /ˈtrɔːmə/ n.【心】精神創傷; [俗]痛苦的經歷; 不愉快的

經歷;【醫】外傷; 創傷 ~**tic** adj. 外傷的; 創傷的 ~**tize** vt. 使受傷; 使精神創傷.

travail /ˈtræveɪl/ n. ① [古或詩]辛勞; 勞苦 ② [古]分娩的陣痛.

travel /ˈtrævəl/ v. ① 旅行; 遊歷 ② 行進; (使)移動 ③ 出外兜銷 ④ (指酒、魚等)經運送 ⑤ [俗]飛馳 n. ① 旅行; 遊歷 ② (機件的)行程 ~(l)**er** n. 旅行者; 旅行推銷員 ~(l)**ing** adj. 旅行的; 巡迴的 // ~ **agency** (= ~ **bureau**) 旅行社 ~**ler's cheque** (= [美]~**er's check**) 旅行支票.

traverse /ˈtrævɜːs/ vt. 橫越; 橫斷; 橫貫 n. ① 橫斷物; 橫樑 ② (登山) Z 字形攀登.

travesty /ˈtrævɪstɪ/ n. ① 荒謬可笑的模仿 ② 歪曲; 曲解 vt. 荒謬地模仿; 歪曲.

trawl /trɔːl/ n. 拖網; 搜羅; [美]曳釣繩 v. ① 用拖網捕魚 ② (喻)搜尋 ~**er** n. 拖網漁船.

tray /treɪ/ n. ① 淺盤; 托盤 ② (辦公桌上的)文件盤.

treachery /ˈtretʃərɪ/ n. 背叛; 叛逆; 變節 **treacherous** adj. 背叛的; 靠不住的; 危險的.

treacle /ˈtriːk|/ n. 糖蜜; 糖漿.

tread /tred/ v. (過去式 trod 過去分詞 trodden) ① 踩; 踏; 走; 落足 ② 踐踏; 踩碎 n. ① 步態; 腳步聲 ② (台階等的)踏面 ③ 車胎胎面花紋 ~**mill** n. 踏車; (鍛鍊身體用的)跑步機; [喻]單調的工作.

treadle /ˈtred|/ n. (腳踏車、縫紉機等的)踏板.

treason /ˈtriːzⁿ/ n. ① 謀反; 叛逆 ② 叛國(罪) ③ 不忠; 背信 **~able, ~ous** adj. 犯叛國罪的; 謀反的.

treasure /ˈtrɛʒə/ n. ① 財寶; 珍寶; 珍品 ② 珍愛的人; 難得的人才 vt. ① 珍惜; 珍重; 珍愛 ② 珍藏 **~r** n. 司庫; 會計; 財務員 // **~ trove** 埋藏於地下的無主寶藏.

treasury /ˈtrɛʒərɪ/ n. ① 寶庫; 金庫 ②[喻](指書等)集錦; 名作選集; 極有價值的東西 ③ (the T-) 財政部.

treat /triːt/ v. ① 對待; 看待 ② 探討; 論 ③ 治療 ④ 處理 ⑤ 款待 ⑥ 談判 n. ① 款待 ② 令人愉快的事物 **~ment** n. 對待; 處理; 治療(法).

treatise /ˈtriːtɪz/ n. 論文; 專著.

treaty /ˈtriːtɪ/ n. ① 條約; 協定; 協議 ② 商定; 協商.

treble /ˈtrɛbⁿl/ adj. 三倍的; 三重的;【音】高音的 n. 三倍; 三重;【音】最高音部 v. (使)成為三倍.

tree /triː/ n. ① 樹; 樹木 ② 木料 ③ 家譜; 家系圖 **~line** n.【地】林木線.

trefoil /ˈtriːfɔɪl, ˈtrɛfɔɪl/ n.【植】車軸草; 三葉草.

trek /trɛk/ n. & vi. 長途跋涉; 徒步旅行.

trellis /ˈtrɛlɪs/ n. ①(支撐攀緣植物的)格子籬; 棚架 ②(窗戶等)格子.

tremble /ˈtrɛmbⁿl/ vi. ① 發抖; 顫動 ② 焦慮不安 n. 顫抖; 抖動.

tremendous /trɪˈmɛndəs/ adj. ① 極大的; 巨大的 ②[俗]極好的; 非凡的.

tremolo /ˈtrɛmələʊ/ n. (pl. **-los**)【音】震音; 顫音.

tremor /ˈtrɛmə/ n. 微顫; 抖動; (喜悅、驚恐等引起的)興奮, 激動, 戰慄.

tremulous /ˈtrɛmjʊləs/ adj. ① 發抖的; 顫抖的 ② 怯懦的 ③ 不穩定的; 歪歪斜斜的.

trench /trɛntʃ/ n. 溝; 渠; 戰壕 vt. 掘溝於…; 在…挖戰壕.

trenchant /ˈtrɛntʃənt/ adj. ①(評論等)犀利的; 尖銳的 ② 有力的; 中肯的.

trend /trɛnd/ n. 傾向; 趨勢; 動向 vi. 趨向; 有某種趨勢 **~y** adj. [俗]時髦的; 趕時髦的.

trepidation /ˌtrɛpɪˈdeɪʃən/ n. ① 惶恐; 憂慮; 恐懼 ② 顫抖.

trespass /ˈtrɛspəs/ vi. ① 非法侵入; 侵佔; 侵犯 ② 打擾; 妨礙 ③[古]犯罪 n. 非法侵入; [古]罪過; 過失.

tress /trɛs/ n. 一綹頭髮; (pl.)(尤指女人的披肩)長髮.

trestle /ˈtrɛsⁿl/ n. (放木板、桌面等的)支架; 枱架.

trews /truːz/ (pl.) n. 格子緊身褲.

tri- /traɪ/ pref. [前綴] 表示"三; 三重的".

triad /ˈtraɪæd/ n. 三人組合; 三種事物的組合; 三合一; (T-)三合會.

trial /ˈtraɪəl/ n. ① 審訊; 審判 ② 試驗 ③ 磨難;【體】選拔賽 // **on ~** ① 受檢查; 受檢驗; 試用中 ② 在受審中 **~ and error** 反覆試驗; 不斷摸索 **~ run** 預先演練(如試車、試航、試演等).

triangle /ˈtraɪˌæŋɡ°l/ n. ① 三角形; 三角形物 ② 三角關係 **triangular** adj. **triangulation** n. 三角測量 (術)

tribe /traɪb/ n. ① 部落; 部族 ②(動植物的)族; 類 ③ 一大羣 人;[蔑]一夥; 一幫 **tribal** adj. 部落的 **tribalism** n. 部落制度; 宗教制度.

tribulation /ˌtrɪbjʊˈleɪʃən/ n. 苦難; 患難; 災難; 磨難.

tribunal /traɪˈbjuːn°l, trɪ-/ n. ① 法官席 ② 法庭 ③ 裁決.

tribune /ˈtrɪbjuːn/ n. ① 民眾領袖; 民權捍衛者 ② 講壇; (T-)(用於報刊名)論壇報.

tributary /ˈtrɪbjʊtəri, -trɪ/ n. 支流 adj. ① 支流的 ② 進貢的 ③ 從屬的.

tribute /ˈtrɪbjuːt/ n. ① 貢品; 貢金 ② 頌辭; 稱頌.

trice /traɪs/ n. 瞬息, 一剎那 // in a ~ 一瞬間, 立即.

triceps /ˈtraɪseps/ n. 【解】三頭肌.

trick /trɪk/ n. ① 詭計, 騙局 ② 技巧, 訣竅 ③ 戲法, 把戲 ④(行為、舉止等方面的)習慣; 習氣 ⑤(牌戲中的)一圈, 一墩 vt. 欺騙; 扮扮; 裝飾 **~ery** n. 欺騙; 詭計; 花招 **~ster** n. 騙子, 魔術師 **~y** adj. ①(工作等)需要技巧的; 複雜的 ②(人或行為)狡猾的, 詭計多端的.

trickle /ˈtrɪk°l/ v. (使)滴; 淌; 慢慢地過來(或去) n. 滴; 細流; 慢慢來(或去)的少量東西.

tricolour, 美式 **tricolor** /ˈtrɪkələ, ˈtraɪˌkʌlɚ/ n. 三色旗; (the T-)法國國旗.

tricycle /ˈtraɪsɪk°l/ n. (手動或摩托)三輪車; (尤指兒童)三輪腳踏車.

trident /ˈtraɪd°nt/ n. 三叉戟; (T-)三叉戟飛機.

tried /traɪd/ adj. 經過考驗的; 試驗過的; 可靠的 **~-and-tested** adj. 質量上乘的 **~-and-true** adj. 忠誠可靠的; 切實可行的.

triennial /traɪˈenɪəl/ adj. 持續三年的; 每三年一次的.

trier /ˈtraɪə/ n. ① 試驗者 ② 勤勞的人; 盡力工作的人.

trifle /ˈtraɪf°l/ n. ① 瑣事 ② 少量的錢 ③ 小物件, 無多大價值的東西 ④ 鬆糕 vi. (+ with) 輕視; 玩弄 **trifling** adj. 瑣細的, 微不足道的 // a ~ 有一點; 稍微.

trigger /ˈtrɪɡə/ n. (槍等的)扳機, 引爆器; 觸發裝置;【機】扳柄 vt. ① 扣扳機關槍; 使爆炸 ② 引發; 引起.

trigonometry /ˌtrɪɡəˈnɒmɪtrɪ/ n. 【收】三角學.

trike /traɪk/ n. [口]三輪車.

trilateral /traɪˈlætərəl/ adj. 三邊的; 三方的; 三國之間的.

trilby /ˈtrɪlbɪ/ n. (男裝)軟氈帽.

trill /trɪl/ n. 顫聲;【音】顫音 v. 發顫聲; 用顫音唱.

trillion /ˈtrɪljən/ n. 兆; 萬億.

trilobite /ˈtraɪləˌbaɪt/ n.【古生】三葉蟲.

trilogy /ˈtrɪlədʒɪ/ n. (尤指小說、戲劇、歌劇)三部曲.

trim /trɪm/ adj. ① 整齊的; 整潔的 ② 苗條的 ③ 優美的 vt. ① 修剪; 整飾 ② 刪掉; 切掉; 削

減 ③ 裝飾 ④ (使船、飛機)平穩; (使帆)適應風向 n. ① (頭髮等的)修剪 ② (衣服、傢具等的)裝飾物 ③ 準備; 齊備 ~ming n. 裝飾材料; (pl.)修剪下來的東西; (pl.)配料.

trimaran /ˈtraɪməˌræn/ n. 三體船.

trinitrotoluene /traɪˌnaɪtrəˈtɒljuˌiːn/ n.【化】三硝基甲苯 (TNT 炸藥的全稱).

trinity /ˈtrɪnɪtɪ/ n. 三人一組; 三個一套; (the T-)【宗】三位一體.

trinket /ˈtrɪŋkɪt/ n. 小裝飾品; 廉價首飾; 小玩意兒.

trio /ˈtriːəʊ/ n. (pl. -s) 三人一組; 三個一套; 三重奏; 三重唱.

trip /trɪp/ v. ① 絆; (使)絆倒 ② 輕快地走走(或跑、舞蹈); [舊俚]旅行 ③ (使)犯過失; 泄漏秘密等 ④ 打開(開關), 啟動 n. ① (短途)旅行 ② 絆倒 ③ [俚](服迷幻藥後的)幻覺 ④ 開關; 跳閘 ~per n. (短程)旅遊者 ~ping adj. 輕快的.

tripartite /traɪˈpɑːtaɪt/ adj. 三部份組成的; 涉及三人的; 三方之間的.

tripe /traɪp/ n. ① 牛、羊、豬等可供食用的胃, (牛、羊的)肚 ② 廢話; 拙劣的作品.

triple /ˈtrɪpʲl/ adj. 三部份的; 三人的; 三重的; 三方的; 三倍的 // ~ **jump** 三級跳遠.

triplet /ˈtrɪplɪt/ n. 三胞胎中的一個; (pl.)三胞胎; 三個一組的東西.

triplicate /ˈtrɪplɪkət/ n. 一式三份 // (**in** ~) 一式三份 vt. 將 … 分成一式三份.

tripod /ˈtraɪpɒd/ n. (照相機等的)三腳架.

tripos /ˈtraɪpɒs/ n. (劍橋大學)文學士學位考試.

triptych /ˈtrɪptɪk/ n. 三幅相聯的圖畫; 三幅相聯銀幕電影; 三摺寫板; 三件相聯的藝術作品.

trisect /traɪˈsɛkt/ vt.【數】將(一條線、一隻角等)三等分; 把 … 分成三份.

trite /traɪt/ adj. (言詞等)陳腐的; 平凡的.

tritium /ˈtrɪtɪəm/ n.【化】氚.

triumph /ˈtraɪəmf/ n. ① 凱旋; 勝利 ② 成功; 偉大成就 ③ 喜悅 vi. 取勝; 成功 ~**al** adj. 勝利的; 成功的; 慶祝勝利的 ~**ant** adj. ① 勝利的 ② (因勝利而)喜氣洋洋的.

triumvirate /traɪˈʌmvɪrɪt/ n. 三人統治小組; 三頭政治.

trivet /ˈtrɪvɪt/ n. (放鍋等的)三角架.

trivia /ˈtrɪvɪə/ pl. n. (單複數同形)瑣事; 無足輕重的消息 n. adj. 瑣細的; 無足輕重的 ~**lity** n. 無關緊要; 瑣事 ~**lize** vt. 使顯得瑣碎(或不重要).

trod /trɒd/ v. tread 的過去式.

trodden /ˈtrɒdʲn/ v. tread 的過去分詞.

troglodyte /ˈtrɒɡləˌdaɪt/ n. ① (尤指史前的)穴居人 ② 隱士.

troika /ˈtrɔɪkə/ n. ① 俄式三駕馬車 ② 三人小組; 三頭政治.

Trojan /ˈtrəʊdʒən/ n. 古代特洛伊城居民; 勤奮的人 adj. 特洛伊城的 // ~ **house** 特洛伊木馬; 內部

troll /trəʊl/ *n.* (斯堪的納維亞神話中的)邪惡巨人; 好惡作劇但態度友善的侏儒 *vi.* (在船後拉着鈎絲)拖釣.

trolley /ˈtrɒlɪ/ *n.* ① 手推車; 小台車; (鐵路)查道車; ② [美]有軌電車 // **~ bus** 無軌電車.

trollop /ˈtrɒləp/ *n.* 懶婦; 妓女.

trombone /trɒmˈbəʊn/ *n.* [音]拉管, 長號 trombonist *n.* 長號手.

troop /truːp/ *n.* 一羣; (*pl.*)軍隊; (由成人帶領的 16 至 32 人組成的)童子軍中隊; 騎兵(或炮兵、裝甲兵)連隊 *vi.* 成羣結隊地走; 列隊行進 **~er** *n.* 騎兵; 裝甲兵; [美]州警察.

trope /trəʊp/ *n.* [修]轉義; 比喻; 借喻.

trophy /ˈtrəʊfɪ/ *n.* 獎品; 獎盃; 戰利品; 勝利紀念品.

tropic /ˈtrɒpɪk/ *n.* 回歸線; **(the ~s)** 熱帶(地區) **~al** *adj.* 熱帶的; 炎熱的.

trot /trɒt/ *v.* ① (馬等的)小跑, 快步走; 騎(馬)小跑 ② (人)小步跑, 匆匆走; [俗]走; 去 *n.* 疾走; 小跑; **(the ~s)** [俚]腹瀉 // **one the ~** [俗]一個接一個; 連續; 忙個不停 **~ sth out** [俗]對人重彈老調; 提出 … 供某人考慮.

troth /trəʊθ/ *n.* ① [古]忠誠; 真實 ② 婚約 // **plight one's ~** 訂婚.

troubadour /ˈtruːbədɔː/ *n.* (11 至 13 世紀法國的)吟遊詩人.

trouble /ˈtrʌb(ə)l/ *n.* ① 煩惱; 苦惱; 憂慮 ② 麻煩; 困難; 不便(或困難)的事 ③ 疾病 ④ 故障 ⑤ 爭端; 騷亂 *v.* 使煩惱; 打擾; 費心; 費神; 麻煩 **~d** *adj.* 煩惱的; 混亂的 **~maker** *n.* 惹事生非的人 **~shooter** *n.* (機器等的)檢修工; 糾紛調停人; 解決麻煩問題的能手 **~shooting** *n.* 檢修; 調停 **~some** *adj.* 討厭的; 麻煩的; 令人煩惱的 // **~ spot** 動亂地區.

trough /trɒf/ *n.* ① 飼料槽; 排水槽; [氣](低壓)槽 ② (海浪的)波谷.

trounce /traʊns/ *vt.* 擊敗; [舊]嚴厲處罰; 痛打.

troupe /truːp/ *n.* (尤指巡迴演出的)戲班; 演出團.

trousers /ˈtraʊzəz/ *pl. n.* 褲子.

trousseau /ˈtruːsəʊ/ *n.* (*pl.* **-seaux, -seaus**) 嫁妝.

trout /traʊt/ *n.* (單複數同形) *n.* 鱒魚.

trowel /ˈtraʊəl/ *n.* 泥刀; 抹子; (園藝用)小鏟.

troy weight /trɔɪ weɪt/ *n.* [英]金衡制; 金衡.

truant /ˈtruːənt/ *n.* 懶人; 逃避責任的人; 逃學的學生 truancy *n.* ① 逃學, 曠課 ② 逃避責任 // **play ~** 逃學; 曠課; 逃避責任.

truce /truːs/ *n.* 停戰協定; 停戰; 休戰.

truck /trʌk/ *n.* [英](鐵路運貨)車皮; 敞篷貨車箱; [美]卡車; 手推車 **~er** *n.* [美]卡車司機 // **have no ~ with** … 不與 … 打交道; 與 … 無關.

truckle /ˈtrʌk(ə)l/ *vi.* (**+ to**) 屈從; 順從.

truckle bed /ˈtrʌkˌl bɛd/ n. 帶腳輪的矮床(不用時置於床下).

truculent /ˈtrʌkjʊlənt/ adj. 好鬥的; 尋釁的 truculence n.

trudge /trʌdʒ/ vi. 艱難地行走; 跋涉 n. 長途跋涉.

true /truː/ adj. ① 真實的; 真的; 真正的 ② 正確的; 精確的 ③ 安放穩妥的 ④ 忠誠的 adv. 真正地; 真實地; 精確地 truism n. 自明的道理 truly adv. 真實地; 誠實地; 真誠地; 的確 ~-**hearted** adj. 忠誠的 ~-**life** adj. 真實的.

truffle /ˈtrʌfˌl/ n. 黑松露(可食用); 巧克力軟糖.

trug /trʌg/ n. (園工用的)淺筐籃.

trump /trʌmp/ n. ① (牌戲的)王牌 ② (舊俗)慷慨(或忠實、肯幫忙)的人 vt. 以王牌取勝; 勝過 // ~ **card** 王牌; 最後手段.

trumpery /ˈtrʌmpərɪ/ n. (舊)華而不實的; 中看不中用的.

trumpet /ˈtrʌmpɪt/ n. 喇叭; 小號; 喇叭形物 v. ① 宣揚; 鼓吹 ② (大象)吼叫 ~-**er** n. 小號手; 號兵.

truncate /ˈtrʌŋˈkeɪt/ vt. 掐頭去尾; 截短; 縮短; 【數】截斷.

truncheon /ˈtrʌntʃən/ n. 短棒; 警棍.

trundle /ˈtrʌndˌl/ v. (使)沉重地滾動(或移動).

trunk /trʌŋk/ n. ① 樹幹; 軀幹 ② 主幹, 主體 ③ 大衣箱; 皮箱 ④ 象鼻子 ⑤ (pl.)游泳褲; 運動褲 ⑤ [美](汽車尾部的)行李箱 // ~ **call** [英舊]國內長途電話 ~ **road** 道路幹線.

truss /trʌs/ n. ① 構架; 桁架 ② [英]乾草束; 稻草捆; (疝氣患者用的)疝氣帶 vt. 捆綁; 用構架(或桁架)支撐.

trust /trʌst/ n. ① 信任; 信賴 ② 責任; 職責 ③ 信托物; 信托財產 ④ 聯合企業 ⑤ (為保護歷史文物而成立的)組織 v. 信任; 依靠; 希望; 信仰 ~**ee** n. 被信任的; 受托人; 被信托者 ~**ful** adj. 相信的; 沒有懷疑的 ~**ing** adj. 輕信的 ~**worthy** adj. 可信賴的 ~**y** adj. [古][謔]可靠的 // ~ **fund** 信托基金.

truth /truːθ/ n. 真實; 真理; 真相 ~**ful** adj. 誠實的; 真實的 ~**fully** adv. // ~ **table** 【數】【計】真值表.

try /traɪ/ v. ① 試; 嘗試; 試驗; 設法; 努力 ② 審問; 審判 ③ 考驗 ④ 使感到非常疲勞(或艱難) n. ① 嘗試; 試驗; 努力 ② (橄欖球)觸球 ~**ing** adj. 令人難以忍受的; 惱人的 // ~ **one's hand** (at sth) 嘗試(某事) ~ **square** 曲尺, 檢驗角尺.

tryst /trɪst, traɪst/ n. 約會; 約會處.

tsar /zɑː, tsɑː/ n. [舊俄]沙皇.

tsetse /ˈtsetsɪ/ n. (產於熱帶非洲, 咬人並使人得昏睡病的)采采蠅.

tsunami /tsʊˈnæmɪ/ n. 海嘯.

tub /tʌb/ n. ① 桶; 盆; 浴盆 ② 洗澡 ③ [俗]慢而笨重的船 **~by** adj. 矮胖的.

tuba /ˈtjuːbə/ n. 【音】低音喇叭; 大號.

tube /tjuːb/ n. ① 管; 筒 ② (the ~) [英俗]地下鐵道 ③ [美]電子管; 真空管 tubing n. (總稱)管子; 管子材料; 管道系統 tubular n. & adj. // ~ **well** 【農】管井.

tuber /ˈtjuːbə/ *n.*【植】塊莖; 球根.

tuberculosis /tjʊˌbɜːkjʊˈləʊsɪs/ *n.* 結核病(尤指肺結核) tubercular *adj.*

tuberos /ˈtjuːbəˌrəʊs, ˈtjuːbəˌrəʊz/ *n.*【植】晚香玉.

TUC /tiː juː siː/ *abbr.* = Trade Union Conference [英]職工大會.

tuck /tʌk/ *n.* ① (衣服的)縫褶; 橫褶 ② [英俗](兒童喜歡吃的)小吃; 糖果 *vt.* ① 將(衣服、紙等)打褶 ② 掖; 塞 ③ 捲起; 裹起 ④ 蓋上; 隱藏起 // **~ away** [俗]儲存; 隱藏; 痛快地吃 **~ into sth, ~ in** [俗]大吃; 盡情地吃.

Tudor /ˈtjuːdə/ *adj.* & *n.* [英]【史】都鐸王朝(1485 至 1603 年); 都鐸王朝王室成員 *adj.* (建築、內部裝飾、傢具等)都鐸式的.

Tue(s). *abbr.* = Tuesday.

Tuesday /ˈtjuːzdɪ, -deɪ/ *n.* 星期二.

tuft /tʌft/ *n.* (頭髮、羽毛、草等的)一束; 一把; 一簇.

tug /tʌg/ *v.* 用力拉, 拖曳 *n.* 拉; 拽; 扯; 拖船 // **~ of war** 拔河遊戲.

tuition /tjuːˈɪʃən/ *n.* ① (尤指對個人或小組的)教學; 講授 ② (尤指大學的)學費.

tulip /ˈtjuːlɪp/ *n.*【植】鬱金香; 山慈姑.

tulle /tjuːl/ *n.* 薄紗.

tumble /ˈtʌmbᵊl/ *v.* ① (使)跌倒; 跌下; 跌落 ② 翻滾 ③ 匆匆地進入(或跑出) ④ 弄亂 *n.* 跌倒; 跌落; 凌亂; 混亂 **~down** *adj.* 倒塌的; 搖搖欲墜的 // **~ dryer** 烘乾機.

tumbler /ˈtʌmblə/ *n.* ① 平底大玻璃杯 ② 鎖的制動栓 ③ 翻筋斗的雜技演員.

tumbrel, -bril /ˈtʌmbrəl/ *n.* ① 翻卸式肥料運送車; 敞車 ② (尤指法國大革命時的)死囚車.

tumescent /tjuːˈmɛsənt/ *adj.* (身體某部位)稍許腫脹的; 脹起的 tumescence *n.*

tumid /ˈtjuːmɪd/ *adj.* (身體某部位)腫起的.

tummy /ˈtʌmɪ/ *n.* (兒語)肚子.

tumour, 美式 tumor /ˈtjuːmə/ *n.*【醫】腫瘤; 腫塊.

tumult /ˈtjuːmʌlt/ *n.* ① 騷亂; 混亂 ② 煩亂; 激動 ③ 喧鬧聲; 喧囂 **~uous** *adj.*

tumulus /ˈtjuːmjʊləs/ *n.* (*pl.* **-li**)古冢; 古墳.

tun /tʌn/ *n.* 大酒桶; 大桶 (216 加侖啤酒或 252 加侖葡萄酒的容量).

tuna /ˈtjuːnə/ *n.* 金槍魚.

tundra /ˈtʌndrə/ *n.*【地】凍原; 苔原; 凍土帶.

tune /tjuːn/ *n.* ① 曲子; 曲調 ② 正確的音高 ③ 和諧; 協調 *v.* ① 調(樂器的)音 ② 調(收音機等的)頻率; 收聽 ③ 調整(發動機等) ④ 使和諧 **~ful** *adj.* 和諧的; 悦耳的; 曲調優美的 **~less** *adj.* 不和諧的; 不成調的; 不悦耳的; 無音調的 // tuning fork【音】音叉.

tuner /ˈtjuːnə/ *n.* 調音師;【無】調諧器.

tungsten /ˈtʌŋstən/ *n.*【化】鎢.

tunic /ˈtjuːnɪk/ *n.* [主英](警察、軍人等穿的)緊身上衣; (婦女穿的)寬鬆的(敞袖)束腰外衣.

tunnel /ˈtʌnl/ *n.* 地下通道; 隧道;

地洞 v. 挖掘地道(或隧道).

tunny /ˈtʌnɪ/ n. = tuna.

turban /ˈtɜːbən/ n. (穆斯林和錫克教徒纏在頭上的)包頭巾; 男裝頭巾; (女子的)頭巾式小帽.

turbid /ˈtɜːbɪd/ adj. (液體)混濁的; 不清的; [喻]混亂的.

turbine /ˈtɜːbɪn, -baɪn/ n. 渦輪機; 汽輪機.

turbo- /ˈtɜːbəʊ/ pref. [前綴] (用於複合詞)表示"渦輪推動的; 有渦輪的".

turbojet /ˈtɜːbəʊˌdʒet/ n. 渦輪噴氣發動機; 渦輪噴氣飛機.

turboprop /ˌtɜːbəʊˈprɒp/ n. 渦輪螺旋槳發動機; 渦輪螺旋槳飛機.

turbot /ˈtɜːbət/ n.【魚】大菱鮃(比目魚之一種).

turbulent /ˈtɜːbjʊlənt/ adj. ① (風、浪等)狂暴的, 洶湧的 ② 動亂的; 混亂的; 不安定的 ③ 難以控制的 turbulence n.

tureen /təˈriːn/ n. ① (有蓋)湯碗 (燒菜和上菜用的)蒸鍋.

turf /tɜːf/ n. (pl. -s, turves) ① 草皮; 一塊草皮 ② [愛爾蘭]泥炭; 煤泥 ③ (the ~) 跑馬場; 賽馬 ④ [俗] [主美](流氓等)的地盤; 勢力範圍 vt. (+ out) 鋪草皮於…; [英俗]處理掉; 弄走.

turgid /ˈtɜːdʒɪd/ adj. ① 膨脹的; 浮腫的 ② (語言、風格等)誇張的; 晦澀的.

Turk /tɜːk/ n. 土耳其人 ~ey n. 土耳其 ~ish adj. 土耳其(人、語)的 n. 土耳其語 // ~ish bath 土耳其浴; 蒸氣浴.

turkey /ˈtɜːkɪ/ n. ① 火雞; 火雞肉 ② [美俚]失敗; 慘敗 // talk (cold) ~ [口]直率地説.

turmeric /ˈtɜːmərɪk/ n. 薑黃; 薑黃根粉.

turmoil /ˈtɜːmɔɪl/ n. 騷動; 混亂; 喧鬧.

turn /tɜːn/ v. ① 轉; 轉動; 旋轉; 翻轉; 轉向 ② (潮水)上漲(或回落) ③ 將…轉準 ④ 使去往 ⑤ 繞過 ⑥ (使)成為; 變為; 達到(或超過)(某一年齡或時間) ⑦ (使)變酸; (使)反胃 ⑧ (用旋床)旋製 n. ① 轉動; 旋轉; 轉彎 ② 趨勢; 發展變化 ③ (路的)轉彎 ④ (輪到的)機會 ⑤ 節目; 表演 ⑥ [俗]震驚 ⑦ 身體不適 ~ing n. (路的)轉彎處 ~coat n. 叛徒; 變節者 ~off n. 支路; 岔路; 令人討厭的人(或事) ~out n. ① 出席者; 到場的人 ② 出清; 掃除 ③ 產量 ④ 穿着方式 ~over n. 人員更替率; 【經】周轉率; 營業額; 成交額 ~up n. [口]出人意料的事件 // ~ sb / sth down 拒絕; 駁回 ~ sth off 關閉; 關上(電源、煤氣等); 關(收音機、電視機等) ~ sth on 打開(收音機、暖氣等) ~ out sth / sb 生產; 製造; 造就; 培養 ~ to sth / sb 求助於; 求教於 ~ing point 轉折點.

turnip /ˈtɜːnɪp/ n. ① 蘿蔔 ② 蕪菁; 甘藍.

turnkey /ˈtɜːnˌkiː/ adj. 落成的; 可交付使用的.

turnpike /ˈtɜːnˌpaɪk/ n. 收税的高速公路; 公路上的收税關卡.

turpentine /ˈtɜːpənˌtaɪn/ n. 松脂

(精); 松節油.

turpitude /ˈtɜːpɪˌtjuːd/ n. 卑鄙; 邪惡, 墮落, 敗壞.

turquoise /ˈtɜːkwɔɪz, -kwɑːz/ n. 【礦】綠松石; 青綠色.

turret /ˈtʌrɪt/ n. ① 塔樓; 角樓 ② (戰艦、坦克等上的)炮塔; (飛機上的)旋轉槍架.

turtle /ˈtɜːtˀl/ n. 【動】海龜; [美]龜鱉.

turtle-dove, turtle dove /ˈtɜːtˀldʌv/ n. 【鳥】斑鳩.

tusk /tʌsk/ n. (象、野豬等的)獠牙; 長牙.

tussle /ˈtʌsˀl/ n. & vi. 爭鬥; 扭打.

tussock /ˈtʌsək/ n. ① (高出周圍其他草的)草叢 ② (毛髮等的)束, 簇.

tut /tʌt/ v. = ~~~ (表示不耐煩、不贊成等所發的)噓!嘖! vi. 發出噓噓聲(表示不耐煩).

tutelage /ˈtjuːtɪlɪdʒ/ n. ① 保護; 監護 ② 教導; 指導.

tutelar(y) /ˈtjuːtɪlə, ˈtjuːtɪlərɪ/ adj. & n. 保護(人)的; 監護(人)的.

tutor /ˈtjuːtə/ n. ① 家庭教師; 私人教師 ② [英]大學生的指導教師; 導師 ③ [美]大學助教 ④ (尤指音樂方面的)輔導手冊 v. 指導; 個別指導; 控制(自己或自己的感情)~ial adj. 私人教師的; 個別指導的 n. 大學導師的輔導課; 學習指南; 指導手冊.

tutti-frutti /ˈtuːtɪˈfruːtɪ/ n. 雜錦水果冰淇淋; 雜錦水果甜食.

tutu /ˈtuːtuː/ n. (芭蕾舞女演員穿的)短裙.

tuxedo /tʌkˈsiːdəʊ/ n. (pl. -dos) [美]

(男裝)無尾禮服; (晚會)小禮服.

TV /ˌtiːˈviː/ abbr. = television (set) 電視(機).

twaddle /ˈtwɒdˀl/ n. 廢話; 無聊的話; 拙劣的作品.

twain /tweɪn/ n. [古][詩]二; 兩個; 一對.

twang /twæŋ/ n. ① 撥弦聲 ② (某些方言的)鼻音 v. (使)發出彈撥聲.

tweak /twiːk/ v. & n. 摔; 扭.

twee /twiː/ adj. [英俗]故作優雅(或傷感)的 ② 俗麗的.

tweed /twiːd/ n. 粗花織物; (pl.)粗花呢裝 ~y adj. [俗]常穿粗花衣服的; [英謔](鄉下有錢人)熱誠的.

tweet /twiːt/ n. 小鳥的喞啾聲 vi. (鳥)喞啾叫 ~er n. 高音喇叭.

tweezers /ˈtwiːzəz/ pl. n. 鑷子; 小鉗子.

twelve /twelv/ num. & n. 十二; 十二個 twelfth num. & n. ① 第十二(個) ② 十二分之一 ③ (每月的)第十二天.

twenty /ˈtwentɪ/ num. & n. 二十; 二十個 twentieth num. & n. ① 第二十(個) ② 二十分之一 ③ (每月的)第二十日.

twerp, twirp /twɜːp/ n. [俗]愚蠢的人; 可鄙的人; 令人氣惱的人.

twice /twaɪs/ adv. 兩次; 兩倍.

twiddle /ˈtwɪdˀl/ v. 旋弄; 撥弄; 擺弄 // ~ one's thumbs 閒得無聊.

twig /twɪg/ n. 小枝; 嫩枝 v. [英俗]意識到; 了解.

twilight /ˈtwaɪˌlaɪt/ n. ① 曙光; 黎明 ② 薄暮; 黃昏 ③ (the ~) 衰落

期; 衰退期; (人的)暮年.

twilit /ˈtwaɪlɪt/ *adj.* ① 暮光(或曙光)照亮的 ② 微明的; 昏暗的; 朦朧的.

twill /twɪl/ *n.* 斜紋布.

twin /twɪn/ *n.* 孿生兒之一; 兩個成對或相似的東西中的一個 *adj.* 孿生的; 成對的; 兩個相似的 **~-bedded** *adj.* (房間)有兩張單人床的 **~-engined** *adj.* (飛機)雙引擎的.

twine /twaɪn/ *n.* 細繩; 合股線 *v.* (使)交織; 捻; 搓; 纏繞.

twinge /twɪndʒ/ *n.* ① 刺痛, 陣痛, (精神上的)一陣痛苦.

twinkle /ˈtwɪŋkʲl/ *vi.* ① 閃爍; 閃耀 ② (眼睛)閃閃發亮 ③ (兩腿)迅速移動 *n.* 閃爍; 眼中的閃光; 快速移動 // **in the twinkling of an eye** 一瞬間.

twirl /twɜːl/ *v.* ① 迅速移動, 旋轉 ② (使)捲曲 *v.* ① 快速轉動; 旋轉 ② 螺旋形的東西.

twirp /twɜːp/ *n.* = twerp.

twist /twɪst/ *v.* ① 纏繞; 捻; 搓; 搓; 扭彎; (使)壓變形 ② 轉動身子 ③ 扭傷 ④ (路、河流等)彎曲; 曲折 ⑤ 歪曲 ① 擰; 捻; 搓; 纏繞; 扭彎; 螺旋狀; 曲折 ② 變化; 發展 ③ (性格、精神上)異常 **~ed** *adj.* 扭曲的; (行為)不道德的 **~er** *n.* ① 不誠實的人; 騙子 ② 難題 ③ 龍捲風, 旋風 **~y** *adj.* 曲折的; 彎彎曲曲的.

twit /twɪt/ *n.* [英俗]笨蛋, 蠢貨 *vt.* 取笑; 揶揄.

twitch /twɪtʃ/ *n.* ① 抽搐; 抽筋; 痙攣 ② 猛拉 *v.* ① 抽搐 ② 猛拉;

急扯.

twitter /ˈtwɪtə/ *n.* ① (鳥)喳喳地叫 ② (人)嘰嘰喳喳地說; 興奮(或激動)地講 *n.* ① 喳喳的叫聲 ② [俗]緊張; 興奮 // **all of a ~** 興奮的(地), 緊張的(地).

two /tuː/ *num. & n.* 二; 兩個 **~-dimensional** *adj.* 二維的; 平面的 **~-edged** *adj.* 雙刃的; 同時有兩種意義(或結果)的 **~-fold** *adj. & adv.* 兩倍的(地); 雙重的(地) **~-piece** *n.* 兩件一套的衣服; 套服 **~-way** *adj.* (指開關)雙向的; (指道路)可雙向行駛的; (無線電)收放兩用的; 雙方面的.

tycoon /taɪˈkuːn/ *n.* [俗](工商業的)巨頭; 大亨.

tyke /taɪk/ *n.* = tike.

tympanum /ˈtɪmpənəm/ *n.* (*pl.* **-nums, -na**)【解】中耳; 鼓膜.

type /taɪp/ *n.* ① 類型; 樣式; 種類 ② 典型; 典範 ③ [俗]某類性格的人 ④ (印刷用的)活字 *v.* 打字 **typist** *n.* 打字員 **~script** *n.* 打字稿 **~writer** *n.* 打字機.

typhoid /ˈtaɪfɔɪd/ *n.*【醫】傷寒(亦作 **~ fever**).

typhoon /taɪˈfuːn/ *n.* 颱風.

typhus /ˈtaɪfəs/ *n.*【醫】斑疹傷寒.

typical /ˈtɪpɪkʲl/ *adj.* ① 典型的; 有代表性的 ② (某人或某事物)特有的 **~ly** *adv.*

typify /ˈtɪpɪˌfaɪ/ *vt.* ① 作為…的代表; 作為…的典型 ② 象徵着; 代表.

typography /taɪˈpɒɡrəfɪ/ *n.* 凸版印刷術, 鉛印術; 印刷品的式樣 **typographer** *n.* 印刷工人, 排字工

typographical *adj.* 印刷(術)的.

tyranny /ˈtɪrənɪ/ *n.* ① 暴政; 苛政 ② 殘酷; 專橫; 暴行; 嚴酷 ③ 暴君統治下的國家 tyrannical *adj.*
tyrannize *v.* 暴虐統治; 虐待; 欺壓.

tyrant /ˈtaɪrənt/ *n.* ① 暴君; 專制

統治者 ② 專橫的人 tyrannical or tyrannous *adj.* 暴君的; 專制的; 專橫的.

tyre, 美式 ti- /taɪə/ *n.* 輪胎.

tyro /ˈtaɪrəʊ/ *n.* = tiro.

tzar /zɑː, tsɑː/ *n.* = czar, tsar.

U

U /juː/ *adj.* ① [俗] 上流社會的 ② [英](指電影)適合任何人的; 老少咸宜的 *pro.* 你(在電郵和手機短訊中使用, 代替you).

ubiquitous /juːˈbɪkwɪtəs/ *adj.* 無處不在的 ubiquity *n.*

U-boat /ˈjuː bəʊt/ *n.* (尤指第二次世界大戰時的)德國潛水艇.

udder /ˈʌdə/ *n.* (牛、羊等的)乳房.

UFO /, juː efˈəʊ/ *abbr.* = unidentified flying object 不明飛行物; 飛碟.

ugh /ʊx, ʊh, ʌh/ *int.* (表示厭惡或恐懼)唉; 呃; 啊.

ugly /ˈʌglɪ/ *adj.* ① 醜陋的 ② 難聽的 ③ 險惡的; 邪惡的 ugliness *n.*

UHF /, juː eɪt ʃˈef/ *abbr.* = ultrahigh frequency【無】超高頻.

UHT /juː eɪt tiː/ *abbr.* = ultra heat treated (指牛奶)超高溫處理.

UK /juː keɪ/ *abbr.* = United Kingdom (尤用於地址中)聯合王國, 英國.

ukulele, uke- /, juːkəˈleɪlɪ/ *n.* (流行於夏威夷的)小四弦琴, 夏威夷小結他.

ulcer /ˈʌlsə/ *n.* 潰瘍 ~ate *v.* (使)生潰瘍 ~ation *n.* ~ous *adj.*

ulna /ˈʌlnə/ *n.* (*pl.* -nae, -nas)【解】尺骨.

ulterior /ʌlˈtɪərɪə/ *adj.* ① 隱蔽的, 秘而不宣的 ② 後來發生的.

ultimate /ˈʌltɪmɪt/ *adj.* ① 最後的 ② 主要的; 根本的 ③ [俗]不可逾越的 ~ly *adv.*

ultimatum /, ʌltɪˈmeɪtəm/ *n.* (*pl.* -tums, -ta) 最後通牒.

ultra- /ˈʌltrə/ *pref.* [前綴] 表示 "超; 過度; 極端".

ultrahigh frequency /ˈʌltrəˌhaɪ ˈfriːkwənsɪ/ *n.*【無】超高頻, 特高頻(無線電頻率在 3000 與 300 兆赫之間).

ultramarine /, ʌltrəməˈriːn/ *adj.* & *n.*【化】紺青色的(的).

ultrasonic /, ʌltrəˈsɒnɪk/ *adj.*【物】超聲的; 超音速的.

ultrasound /ˈʌltrəˌsaʊnd/ *n.*【物】超聲; 超聲波; 超聲波掃描.

ultraviolet /, ʌltrəˈvaɪəlɪt/ *adj.*【物】紫外的; 紫外線的.

ululate /ˈjuːljʊˌleɪt/ *vi.* 嚎; 悲泣; 哀

鳴.

umber /ˈʌmbə/ *n.* 赭土(顏料).

umbilical /ʌmˈbɪlɪkˈl, ˌʌmbɪˈlaɪkˈl/ *adj.* 【解】臍的 // ~ **cord** 臍帶.

umbrage /ˈʌmbrɪdʒ/ *n.* 惱火, 憤怒, 生氣 // **give ~** 惹怒 **take ~** (at sth) (對某事)感到惱火.

umbrella /ʌmˈbrelə/ *n.* 傘; 保護傘.

umpire /ˈʌmpaɪə/ *n.* ① (網球、板球比賽的)裁判員 ② 仲裁人 *v.* (當)裁判; 仲裁.

umpteen /ˈʌmpˈtiːn/ *adj.* 許多的; 無數的.

UN /juː en/ *abbr.* = United Nations 聯合國.

un- /ʌn-/ *pref.* [前綴] 表示 ① "無; 不; 非" ② "除去; 奪去" ③ "做相反的動作".

unabashed /ˌʌnəˈbæʃt/ *adj.* ① 不害羞的; 不難為情的 ② 泰然自若的.

unabated /ˌʌnəˈbeɪtɪd/ *adj.* (暴風雨、危機、爭辯等)不減弱的; 依然猛烈的.

unable /ʌnˈeɪbˈl/ *adj.* ① 不能的; 不會的 ② 不能勝任的.

unacceptable /ˌʌnəkˈseptəbˈl/ *adj.* 不能接受的; 不能贊同的.

unaccountable /ˌʌnəˈkaʊntəbˈl/ *adj.* ① 無法解釋的, 莫名其妙的 ② 沒有責任的.

unaccustomed /ˌʌnəˈkʌstəmd/ *adj.* ① 不習慣的 ② 不平常的, 奇異的 ③ 不熟悉的.

unadulterated /ˌʌnəˈdʌltəreɪtɪd/ *adj.* ① (尤指食品)不攙雜的; 純正的 ② (俗)地道的; 十足的.

unaffected /ˌʌnəˈfektɪd/ *adj.* ① 不受影響的; 沒有變化的 ② 真摯自然的; 不裝腔作勢的.

unanimous /juːˈnænɪməs/ *adj.* 一致的; 全體同意的 unanimity *n.*

unannounced /ˌʌnəˈnaʊnst/ *adj.* & *adv.* 未經宣佈(的); 未經通報姓名(的).

unanswerable /ʌnˈɑːnsərəbˈl/ *adj.* 無法回答的; 無可辯駁的.

unapproachable /ˌʌnəˈprəʊtʃəbˈl/ *adj.* (指人)難以接近的; 不可親的.

unarmed /ˌʌnˈɑːmd/ *adj.* ① 無武器的; 非武裝的 ② 不用武器的; 徒手的.

unashamed /ˌʌnəˈʃeɪmd/ *adj.* 泰然自若的, 不害羞的.

unassailable /ˌʌnəˈseɪləbˈl/ *adj.* ① 攻不破的; 固若金湯的 ② 不可辯駁的; 無懈可擊的.

unassuming /ˌʌnəˈsjuːmɪŋ/ *adj.* 不愛出風頭的; 謙虛的.

unattached /ˌʌnəˈtætʃt/ *adj.* ① (與某團體、機構等)無關係的; 無聯繫的 ② 未結婚的; 未訂婚的; 無伴侶的.

unattended /ˌʌnəˈtendɪd/ *adj.* ① (指東西)無主的 ② 無人管的; 無人照料的.

unavailing /ˌʌnəˈveɪlɪŋ/ *adj.* 無效的; 無益的.

unavoidable /ˌʌnəˈvɔɪdəbˈl/ *adj.* 不可避免的; 不得已的.

unaware /ˌʌnəˈweə/ *adj.* 不知道的; 未察覺的 **~s** *adv.* ① 意外地; 突然地 ② 不知不覺地; 無意中.

unbalance /ʌnˈbæləns/ *v.* ① (使)失

去平衡; (使)不均衡 ② (使)精神錯亂; (使)失常 ~d *adj.* ① (指人)精神失常的; 錯亂的 ② (指意見等)偏激的; 有偏見的.

unbearable /ˌʌnˈbɛərəbˈl/ *adj.* 難以忍受的; 不能容忍的.

unbecoming /ˌʌnbɪˈkʌmɪŋ/ *adj.* ① 不相稱的; 不合身的; 不配的 ② 不適當的, 不得體的.

unbeknown(st) /ˌʌnbɪˈnəʊn/ *adj.* [口]不為人知的; 未知的.

unbelief /ˌʌnbɪˈliːf/ *n.* 不信; 無信仰.

unbelievable /ˌʌnbɪˈliːvəbˈl/ *adj.* 令人難以置信的; 令人驚訝的 unbelieving *adj.* 不相信的; 懷疑的.

unbend /ʌnˈbɛnd/ *v.* (過去式及過去分詞 unbent) ① (使)變直; 弄直 ② 變得平易近人; 變隨和.

unbending /ʌnˈbɛndɪŋ/ *adj.* 固執的; 堅定的.

unbidden /ʌnˈbɪdˈn/ *adv.* ① 未被要求的; 未受邀請的; 未被命令的 ② 自願的; 自動的.

unblushing /ʌnˈblʌʃɪŋ/ *adj.* 不害羞的; 不臉紅的; 厚顏無恥的.

unborn /ʌnˈbɔːn/ *adj.* 未出生的; 未來的; 有待出現的.

unbounded /ʌnˈbaʊndɪd/ *adj.* 無限的; 無邊的; 極大的.

unbreakable /ʌnˈbreɪkəbˈl/ *adj.* 不易破碎的; 牢不可破的.

unbridled /ʌnˈbraɪdˈld/ *adj.* 放縱的; 放肆的; 激烈的.

unburden /ʌnˈbɜːdˈn/ *vt.* ① 卸掉負擔; 使安心 ② 吐露; 表白.

unbusinesslike /ʌnˈbɪznɪslaɪk/ *adj.* ① 不系統的; 無條理的, 低效率的 ② 缺乏職業規矩的.

unbutton /ʌnˈbʌtˈn/ *vt.* ① 解開(鈕扣) ② 吐露(心事) ~ed *adj.* 無拘束的; 隨便的.

uncalled for /ʌnˈkɔːld fɔː/ *adj.* ① 不必要的; 多餘的 ② 沒有理由的; 無緣無故的 ③ 唐突無禮的.

uncanny /ʌnˈkænɪ/ *adj.* ① 奇異的; 不可思議的 ② 非凡的; 意想不到的 uncannily *adv.*

uncared for /ʌnˈkɛəd fɔː/ *adj.* 沒人照顧的; 被忽視的.

unceasing /ʌnˈsiːsɪŋ/ *adj.* 不斷的; 始終不停的 ~ly *adv.*

unceremonious /ˌʌnsɛrɪˈməʊnɪəs/ *adj.* 隨便的; 不拘形式的; 不拘禮節的 ② 不禮貌的; 不客氣的; 冒失的 ~ly *adv.*

uncertain /ʌnˈsɜːtˈn/ *adj.* ① 不確定的 ② 靠不住的 ③ 易變的 ④ 含糊的; 躊躇的 ~ly *adv.* ~ty *n.*

uncharitable /ʌnˈtʃærɪtəbˈl/ *adj.* 苛刻的; 無情的.

uncharted /ʌnˈtʃɑːtɪd/ *adj.* ① 圖上未標明的 ② 未經探測的; 未繪製成圖的 ③ [喻]未知的; 不詳的.

unchecked /ʌnˈtʃɛkt/ *adj.* 未被遏止的; 未受抑制的.

unchristian /ʌnˈkrɪstʃən/ *adj.* ① 違反基督教教義的; 非基督徒的 ② 野蠻的; 不文明的.

uncivil /ʌnˈsɪvəl/ *adj.* 沒禮貌的; 粗魯的.

uncle /ˈʌŋkˈl/ *n.* ① 伯父; 叔父; 姑父; 舅父; 姨父 ② [俗](對長者的

稱呼)叔叔, 伯伯.

unclean /ʌnˈkliːn/ *adj.* ① (指食物)
不可食用的; (宗教上)禁食的
② (精神上)不純潔的; 沒節操的

uncoil /ʌnˈkɔɪl/ *v.* 解開; 展開; 伸
開.

uncomfortable /ʌnˈkʌmftəbˈl,
-ˈkʌmfət-/ *adj.* ① 不舒適的 ② 不
安的; 不自在的 ③ 不方便的
uncomfortably *adv.*

uncommon /ʌnˈkɒmən/ *adj.* ① 稀
有的; 不尋常的 ② 顯著的; 傑出
的 **~ly** *adv.*

uncompromising /ʌnˈkɒmprəmaɪzɪŋ/
adj. ① 不妥協的; 堅定的 ② 頑
固的 **~ly** *adv.*

unconcern /ˌʌnkənˈsɜːn/ *n.* 冷漠;
漫不經心; 沒興趣 **~ed** *adv.*

unconditional /ˌʌnkənˈdɪʃənˈl/ *adj.*
無條件的; 絕對的 **~ly** *adv.*

unconfirmed /ˌʌnkənˈfɜːmd/ *adj.*
(指事實等)未經證實的; 未確認
的.

unconscionable /ʌnˈkɒnʃənəbˈl/
adj. ① 過份的; 不合理的 ② 無
節制的.

unconscious /ʌnˈkɒnʃəs/ *adj.*
① 不省人事的; 無知覺的 ② 不
知道的; 沒注意的; ③ 無意的;
不是存心的 the ~) 【心】
潛意識 **~ly** *adv.* **~ness** *n.*

unconsidered /ˌʌnkənˈsɪdəd/ *adj.*
① (話語等)未經思考(而説出)
的; 隨口而出的 ② 被忽視的; 未
受理會的.

uncooperative /ˌʌnkəʊˈɒpərətɪv/
adj. 不合作的; 不願合作的.

uncork /ʌnˈkɔːk/ *vt.* ① 拔去塞子

② [口]流露(感情); 透露.

uncouple /ʌnˈkʌpˈl/ *vt.* 使分開; 使
(火車車廂)脱鈎.

uncouth /ʌnˈkuːθ/ *adj.* ① 粗魯的;
沒教養的 ② 笨拙的; 難看的.

uncover /ʌnˈkʌvə/ *vt.* ① 打開 …
的蓋子; 使露出 ② 揭露, 暴露.

uncritical /ʌnˈkrɪtɪkˈl/ *adj.* 不願批
評的; 不加批判的; 無批判力的.

unction /ˈʌŋkʃən/ *n.* ① (一種宗教
儀式)塗油; 塗油儀式 ② 虛情假
意; 油腔滑調 ③ 津津有味; 濃厚
的興趣.

unctuous /ˈʌŋktʃʊəs/ *adj.* ① 油的;
含油脂的 ② 油滑的; 甜言蜜語
的; 假殷勤的.

undaunted /ʌnˈdɔːntɪd/ *adj.* 大膽
的, 無畏的.

undeceive /ˌʌndɪˈsiːv/ *vt.* 使醒悟;
使不受迷惑.

undecided /ˌʌndɪˈsaɪdɪd/ *adj.* ① 未
決的; 未確定的 ② 未下定決心
的; 優柔寡斷的.

undeclared /ˌʌndɪˈkleəd/ *adj.*
① (指貨物)未向海關申報的; 未
報關的 ② 不公開的; 未宣佈的.

undeniable /ˌʌndɪˈnaɪəbˈl/ *adj.* 不
容否認的; 無可爭辯的; 確實的
undeniably *adv.*

under /ˈʌndə/ *prep.* ① (位置)在 …
下方; 在 … 之下 ② (年齡)小於;
(數量)少於; (地位)低於 ③ 在 …
領導(或指引、統治)下 ④ 根據
⑤ 攜帶 ⑥ 在 … 狀態下 ⑦ 使用
(某一名字) ⑧ 被分類為 ⑨ (田地)
種着 … 的 *adv.* ① 在水下 ② 無
知覺地.

under- /ˈʌndə/ *pref.* [前綴] 表示

① "在 … 下面" ② "低於; 次於"
③ "不足; 過少; 過低".

underachieve /ˌʌndərəˈtʃiːv/ vi. (尤指學習上)未發揮潛力 ~r n.

underage(d) /ˌʌndərˈeɪdʒ/ adj. 未成年的; 未達法定年齡的.

underarm /ˈʌndərˌɑːm/ adj. ① 腋下的 ②【板】低手擊出的.

underbelly /ˈʌndəbelɪ/ n. ① 下腹部; (豬的)下腹肉 ② 薄弱的部位; 弱點.

underbid /ˌʌndəˈbɪd, -ər-/ vt. (過去式及過去分詞 ~)(如拍賣時)喊價低於 …; 比 … 出價低廉.

undercarriage /ˈʌndəˌkærɪdʒ/ n. (飛機的)起落架; (汽車的)底盤.

undercharge /ˌʌndəˈtʃɑːdʒ/ v. 少算價錢; 要價過低.

underclothes /ˈʌndəˌkləʊðz/ pl. 內衣褲(亦作 underclothing).

undercoat /ˈʌndəˌkəʊt/ n. ① 穿在大衣內的上衣 ② 底漆; 內塗層.

undercover /ˌʌndəˈkʌvə/ adj. 暗中的; 私下進行的; 秘密的.

undercurrent /ˈʌndəˌkʌrənt/ n. ① 潛流; 暗流 ② [喻]潛在的傾向.

undercut /ˌʌndəˈkʌt, ˈʌndəˌkʌt/ n. [英](牛的)裏脊; 軟腰肉 vt. (過去式及過去分詞 ~)廉價出售; 削價競爭.

underdeveloped /ˌʌndədɪˈveləpt/ adj. ① 發育不全的 ② 不發達的; 落後的.

underdog /ˈʌndəˌdɒɡ/ n. 弱者; 處於劣勢的人(或國家).

underdone /ˌʌndəˈdʌn/ adj. 烤(或煮)得嫩的; 半生不熟的.

underestimate /ˌʌndərˈestɪˌmeɪt, ˌʌndərˈestɪmɪt/ vt. 低估; 看輕 n.

underfed /ˌʌndəˈfed/ adj. 未吃(或餵)飽的.

underfoot /ˌʌndəˈfʊt/ adv. 在腳下; 在地上.

undergarment /ˈʌndəˌɡɑːmənt/ n. 內衣; 襯衣.

undergo /ˌʌndəˈɡəʊ/ vt. (過去式 underwent 過去分詞 ~ne) 經受; 遭受; 經歷.

undergraduate /ˌʌndəˈɡrædjuɪt/ n. 大學本科生; 大學生.

underground /ˈʌndəɡraʊnd/ adj. & adv. ① 地下的; 在地下 ② 秘密的(地); 隱密的(地) n. ① [英]地下鐵道 ② 地下組織; 地下活動.

undergrowth /ˈʌndəˌɡrəʊθ/ n. (長在大樹下的)矮樹叢.

underhand /ˈʌndəˌhænd/ adj. ① 秘密的; 狡詐的; 陰險的 ②【板】低手擊出的.

underlay /ˈʌndəleɪ/ n. 襯墊; 地毯下面的襯墊.

underlie /ˌʌndəˈlaɪ/ (過去式 underlay 過去分詞 underlain) vi. 在下面 vt. 是 … 的基礎; 是 … 的原因; 在 … 下面 underlying adj. 基本的; 隱含的.

underline /ˌʌndəˈlaɪn/ vt. ① 在(詞等)下面劃線 ② 加強; 強調.

underling /ˈʌndəlɪŋ/ n. [蔑]部下; 手下人; 走卒.

undermanned /ˌʌndəˈmænd/ adj. 人員不足的; 人手不夠的.

undermentioned /ˈʌndəˌmenʃənd/ adj. [英]下述的.

undermine /ˌʌndəˈmaɪn/ vt.
① 在 … 下面挖洞(或地道); 削弱 … 的基礎 ② 使逐漸被削弱; 暗中破壞.

underneath /ˌʌndəˈniːθ/ prep.
在 … 的下面 adv. ① 在下面; 在底下 ② 在下部; 在下層 n. (物體的)底部; 底面.

undernourished /ˌʌndəˈnʌrɪʃt/
adj. 營養不良的; 營養不足的.

underpants /ˈʌndəˌpænts/(pl.) n.
(男)內褲; 襯褲.

underpass /ˈʌndəˌpɑːs/ n. ① 下穿交叉道; 高架橋下通道 ② 地下通道; 地道.

underpay /ˌʌndəˈpeɪ/ vt. (過去式及過去分詞 underpaid) 報酬過低; 少付工資.

underpin /ˌʌndəˈpɪn/ vt. ① 在下面加固; 支撐 ② [喻]鞏固; 為(論點等)奠定基礎.

underprivileged /ˌʌndəˈprɪvəlɪdʒd/
adj. ① 被剝奪基本社會權利的; 沒有社會地位的 ② 貧苦的; 貧困的.

underrate /ˌʌndəˈreɪt/ vt. 低估; 輕視 ~d adj.

underscore /ˌʌndəˈskɔː/ vt. = underline.

undersecretary /ˌʌndəˈsɛkrətrɪ/ n.
副部長; 次長; 次官.

undersell /ˌʌndəˈsɛl/ vt. (過去式及過去分詞 undersold) 廉價出售; 削價競爭.

underside /ˈʌndəsaɪd/ n. 下側; 底面; 底部.

undersigned /ˌʌndəˈsaɪnd/ adj. 在文件末尾簽名的.

undersize(d) /ˌʌndəˈsaɪz/ adj. 比一般小的; 個子小的; 小型的.

understaffed /ˌʌndəˈstɑːft/ adj. 工作人員太少的; 人手不足的.

understand /ˌʌndəˈstænd/ v. (過去式及過去分詞 understood) vt.
① 了解; 理解; 明白 ② 聽說; 認為; 獲悉 ③ 視為當然; (因含意自明而)省略 vi. ① 懂得; 理解
② 熟悉了解 ~able adj. 可理解的; 可以諒解的; 可懂的.

understanding /ˌʌndəˈstændɪŋ/ n.
① 理解力; 悟性 ② 懂得; 知道 ③ 諒解; 體諒 ④ 協定; 協議 adj. ① 諒解的; 寬容的 ② 善解人意的.

understate /ˌʌndəˈsteɪt/ vt. 謹慎地陳述 ② 少報, 少說 ~ment n.

understudy /ˌʌndəˌstʌdɪ/ n. 候補演員; 替角 vt. 準備當替角.

undertake /ˌʌndəˈteɪk/ vt. (過去式undertook 過去分詞 undertaken)
① 擔任; 承擔 ② 答應(做); 同意(做).

undertaker /ˈʌndəˌteɪkə/ n. 殯儀商; 承辦殯葬事宜的人.

undertaking /ˌʌndəˈteɪkɪŋ/ n.
① 承辦的工作; 事業; 企業
② 承諾; 保證 ③ 殯儀業.

undertone /ˈʌndəˌtəʊn/ n. ① 低調; 低音; 小聲 ② 潛在的傾向; 未表明的感情(或意向等) ③ 淡色; 底彩.

undertow /ˈʌndəˌtəʊ/ n. (海的)回流; 退波; 回頭浪.

undervalue /ˌʌndəˈvæljuː/ vt. 低估; 輕視.

underwater /ˌʌndəˈwɔːtə/ adj. 水

下的; 在水下操作的; 在水下用的.

underwear /ˈʌndəˌwɛə/ n. 內衣.

underweight /ˌʌndəˈweɪt/ adj. 重量不足的; 重量不夠標準的 n. 標準以下的重量.

underworld /ˈʌndəˌwɜːld/ n. ① 陰間; 地獄 ② 黑社會.

underwrite /ˌʌndəˈraɪt, ˈʌndəˌraɪt, ˌʌndəˈraɪt/ vt. (過去式 underwrote 過去分詞 underwritten) ① (保險業用詞)承保, 簽署保險合同 ② 認購(一個公司)未售出的全部股票 ③ 資助; 提供資金給(某企業) ~r n. 保險商(尤指水險商).

undeserved /ˌʌndɪˈzɜːvd/ adj. ① 不該得的; 不應得的 ② 冤枉的 ~ly adv.

undesirable /ˌʌndɪˈzaɪərəbl/ adj. ① 討厭的; 令人不快的 ② 不理想的 n. 討厭的人; 不良份子 undesirably adv.

undeterred /ˌʌndɪˈtɜːd/ adj. 未受阻的; 未受挫折的.

undeveloped /ˌʌndɪˈvɛləpt/ adj. ① 未成熟的; 發育不全的 ② 不發達的; 未開發的.

undies /ˈʌndɪz/ pl. n. [俗]女裝內衣.

undignified /ʌnˈdɪɡnɪˌfaɪd/ adj. 不莊重的; 有損尊嚴的.

undisputed /ˌʌndɪˈspjuːtɪd/ adj. 毫無疑問的; 無可爭辯的.

undistinguished /ˌʌndɪˈstɪŋɡwɪʃt/ adj. 平凡的; 普通的.

undivided /ˌʌndɪˈvaɪdɪd/ adj. 專心的; 專一的.

undo /ʌnˈduː/ vt. (過去式 undid 過去分詞 ~ne) ① 解開; 鬆開; 打開 ② 損害; 糟蹋 ③ 取消 ~ing n. 毀滅(或敗落)的原因 ~ne adj. ① 解開的; 鬆開的; 打開的 ② 未完成的; 未做的.

undoubted /ʌnˈdaʊtɪd/ adj. 無疑的; 確實的 ~ly adv.

undreamed-of /ʌnˈdriːmdˌɒv/ adj. 夢想不到的; 意外的(亦作 **undreamt-of**).

undress /ʌnˈdrɛs/ v. (給 …)脫去衣服; 取掉(…)的裝飾 ~ed adj. 不穿衣服的; 裸體的.

undrinkable /ʌnˈdrɪŋkəbl/ adj. 不可飲用的; 喝不得的.

undue /ʌnˈdjuː/ adj. 不適當的; 過度的 unduly adv.

undulate /ˈʌndjʊˌleɪt, ˈʌndjʊlɪt/ vi. 波動; 起伏; 呈波浪狀 underlating adj. undulation n.

undying /ʌnˈdaɪɪŋ/ adj. 不死的; 不朽的; 永恆的.

unearned /ʌnˈɜːnd/ adj. ① 不勞而獲的(如來自投資的收入) ② 不應得的 ③ 尚未賺得的.

unearth /ʌnˈɜːθ/ vt. ① 發掘; 挖出 ② 發現; 揭露.

unearthly /ʌnˈɜːθlɪ/ adj. ① 超自然的; 神秘的 ② 可怕的; 鬼怪的 ③ [俗]過早的; 荒謬的.

uneasy /ʌnˈiːzɪ/ adj. ① 不安的; 焦慮的; 不自在的 ② 不寧靜的; 不舒適的 ③ 令人煩惱的 uneasily adv. uneasiness n.

uneatable /ʌnˈiːtəbl/ adj. 不可食用的; 吃不得的.

uneconomic /ˌʌniːkəˈnɒmɪk, ˌʌnɛkə-/ adj. 不賺錢的; 沒利潤的.

uneconomical /ˌʌniːkəˈnɒmɪkˀl, ˌʌnekə-/ adj. 浪費的; 不經濟的.

uneducated /ʌnˈedjʊkeɪtɪd/ adj. ① 未受教育的 ② 缺乏教養的.

unemployed /ˌʌnɪmˈplɔɪd/ adj. ① 失業的 ② 未利用的, 空閒的.

unemployment /ˌʌnɪmˈplɔɪmənt/ n. 失業; 失業人數.

unending /ʌnˈendɪŋ/ adj. 無休止的; 無盡的; 不斷的.

unequal /ʌnˈiːkwəl/ adj. ① 不相等的; 不同的 ② 不平等的 ③ 不相稱的; 不勝任的 ~ly adv.

unequalled, 美式 **unequaled** /ʌnˈiːkwəld/ adj. ① 無比的; 極好的 ② 無敵的.

unequivocal /ˌʌnɪˈkwɪvəkˀl/ adj. 不含糊的; 明確的 ~ly adv.

unerring /ʌnˈɜːrɪŋ/ adj. 沒錯誤的; 準確的; 沒偏差的.

UNESCO /juːˈneskəʊ/ abbr. = United Nations Educational, Scientific and Cultural Organization 聯合國教科文組織.

uneven /ʌnˈiːvən/ adj. ① 不平坦的 ② 不規則的; 變化不定的 ③ (比賽等)不平等的; 懸殊的 ④ 不公平的; 不公正的.

unexceptionable /ˌʌnɪkˈsepʃənəbˀl/ adj. 無可指摘的; 完美的.

unexceptional /ˌʌnɪkˈsepʃənˀl/ adj. 不特別的; 普通的 ~ly adv.

unexpected /ˌʌnɪkˈspektɪd/ adj. 意外的; 想不到的; 突然的 ~ly adv.

unfailing /ʌnˈfeɪlɪŋ/ adj. ① 不斷的; 不變的; 持久的 ② 可靠的; 確實的 ~ly adv.

unfair /ʌnˈfeə/ adj. ① 不公平的; 不正當的 ② 不守規則的; 違反法規的 ~ly adv.

unfaithful /ʌnˈfeɪθfəl/ adj. 不忠實的; 不貞的 ~ly adv.

unfamiliar /ˌʌnfəˈmɪljə/ adj. 不熟悉的; 陌生的.

unfathomable /ʌnˈfæðəməbˀl/ adj. ① 深不可測的 ② 難解的; 深奧的.

unfavourable, 美式 **unfavorable** /ʌnˈfeɪvərəbˀl, -ˈfeɪvrə-/ adj. ① 不順利的; 不祥的 ② 反對的; 不同意的.

unfeeling /ʌnˈfiːlɪŋ/ adj. ① 冷酷的; 無情的 ② 無感覺的.

unfeigned /ʌnˈfeɪnd/ adj. 不虛偽的; 真誠的.

unfit /ʌnˈfɪt/ adj. ① 不適當的; 不相宜的 ② 不勝任的; 無能力的 ③ 健康狀況不佳的; (精神)不健全的.

unflagging /ʌnˈflægɪŋ/ adj. 不倦的; 不鬆懈的.

unflappable /ʌnˈflæpəbˀl/ adj. 從容的; 鎮定的; 冷靜的.

unflinching /ʌnˈflɪntʃɪŋ/ adj. 不退縮的; 無畏的; 堅定的.

unfold /ʌnˈfəʊld/ v. ① (使)展開; 攤開 ② 表露; 顯現.

unforeseen /ˌʌnfɔːˈsiːn/ adj. 未預見到的; 意料之外的.

unforgettable /ˌʌnfəˈɡetəbˀl/ adj. 難忘的; 永遠記得的.

unfortunate /ʌnˈfɔːtʃənɪt/ adj. ① 不幸的; 倒霉的 ② 不適當的; 令人遺憾的 n. 不幸的人 ~ly adv.

unfounded /ʌnˈfaʊndɪd/ adj. ① 無

根據的; 無稽的 ② 未建立的.

unfreeze /ʌnˈfriːz/ v. (過去式 unfroze 過去分詞 unfrozen) (使)解凍; (使)融化.

unfriendly /ʌnˈfrɛndlɪ/ adj. 不友好的; 有敵意的.

unfurl /ʌnˈfɜːl/ v. 打開; 展開; 鋪開.

ungainly /ʌnˈgeɪnlɪ/ adj. ① 笨拙的 ② 難看的; 不雅的.

ungodly /ʌnˈgɒdlɪ/ adj. ① 不敬上帝的; 邪惡的; 罪孽的 ② [俗]很不方便的; 很不合適的 ③ 荒謬的; 荒唐的.

ungovernable /ʌnˈgʌvənəbˌl/ adj. 難管制的; 狂暴的.

ungracious /ʌnˈgreɪʃəs/ adj. 無禮的; 怨恨的; 不情願的.

ungrateful /ʌnˈgreɪtful/ adj. ① 不領情的; 忘恩負義的 ② 徒勞的; 白費力氣的.

unguarded /ʌnˈgɑːdɪd/ adj. ① 未被看守的; 未被監視的 ② 不小心的; 疏忽的; 不慎重的.

unguent /ˈʌŋgwənt/ n. 藥膏; 油膏.

unhappy /ʌnˈhæpɪ/ adj. ① 不快樂的; 愁苦的 ② 不幸的; 令人遺憾的 ③ 憂慮的; 不滿意的 ④ 不適當的 unhappily adv.

unhealthy /ʌnˈhɛlθɪ/ adj. ① 不健康的; 病態的 ② 有害健康的; 有害身心的 ③ [俗]有生命危險的 ④ 道德敗壞的.

unheard /ʌnˈhɜːd/ adj. 未被聽到的; 不予考慮的 ~-of 不尋常的; 前所未有的.

unhinge /ʌnˈhɪndʒ/ vt. ① 使精神失常; 使發狂 ② 使分開; 使裂開.

unholy /ʌnˈhəʊlɪ/ adj. ① 邪惡的; 有罪的 ② [俗]不尋常的; 極度的.

unhoped for /ˌʌnˈhəʊpt fɔː/ adj. 未料到的; 意外的.

uni- /ˈjuːnɪ/ pref. [前綴] 表示 "一; 單".

UNICEF /ˈjuːnɪˌsɛf/ abbr. = United Nations Children's Fund 聯合國兒童基金會.

unicorn /ˈjuːnɪkɔːn/ n. (神話中的)獨角獸.

unidentified /ˌʌnaɪˈdɛntɪfaɪd/ adj. 無法辨別的; 身份不明的.

uniform [1] /ˈjuːnɪfɔːm/ adj. 一樣的; 一致的; 相同的; 不變的 uniformity n. uniformly adv.

uniform [2] /ˈjuːnɪfɔːm/ n. 制服; 軍服 uniformed adj. 穿制服的.

unify /ˈjuːnɪˌfaɪ/ vt. 使合一; 統一 unification n.

unilateral /ˌjuːnɪˈlætərəl/ adj. 單方面的; 一方的; 片面的 ~ly adv.

unimpeachable /ˌʌnɪmˈpiːtʃəbˌl/ adj. 無可指摘的; 無可懷疑的; 可靠的.

uninformed /ˌʌnɪnˈfɔːmd/ adj. ① 消息不靈通的; 缺乏了解的 ② 無知的; 不學無術的; 未受教育的.

uninterested /ʌnˈɪntrɪstɪd, -tərɪs-/ adj. 不感興趣的; 漠不關心的; 無動於衷的.

uninviting /ˌʌnɪnˈvaɪtɪŋ/ adj. 無吸引力的; 令人反感的.

union /ˈjuːnjən/ n. ① 聯合; 合併 ② 聯盟; 聯合 ③ 同盟; 協會; 聯

合會; 工會 ④ 一致; 和諧; 和睦 ⑤ (管道等的)連接; 結合 **~ize** *v.* 成立工會.

unionist /ˈjuːnjənɪst/ *n.* 工會會員; 工會支持者 **unionism** *n.* 聯合主義; 工會主義.

unique /juːˈniːk/ *adj.* ① 唯一的; 無雙的; 獨特的 ② [俗]非凡的; 罕有的 **~ly** *adv.*

unisex /ˈjuːnɪˌseks/ *adj.* 男女皆宜的; 不分性別的.

unison /ˈjuːnəsn, -zn/ *n.* ① 【音】齊唱; 齊奏 ② 和諧; 一致.

unit /ˈjuːnɪt/ *n.* ① 單元; 單位 ② (尤用於複合詞中)部件; 元件; 裝置 ③【軍】小隊; 分隊; 部隊 ④ (傢具、設備等)可配成套的用具 ⑤ 最小的整數; 基數 // **~ cost** 單位成本 **~ price** 單價 **~ trust** 投資信托公司.

Unitarian /ˌjuːnɪˈtɛərɪən/ *adj.*【宗】唯一神教派的; 一位論派的 *n.* (基督教)唯一神教派教徒 **~ism** *n.* 唯一神教派; 上帝一位論.

unite /juːˈnaɪt/ *v.* ① (使)聯合; (使)合作; (使)團結 ② 協力; 力行 **~d** *adj.* ① 和睦的; 一致的 ② (政治上)聯合的; 統一的.

unity /ˈjuːnɪtɪ/ *n.* ① 整體性; 一致性 ② 單一; 個體; 整體的東西 ③ 和諧; 協調; 團結.

universal /ˌjuːnɪˈvɜːsl/ *adj.* ① 普遍的; 一般的 ② 全體的 ③ 全世界的; 宇宙的; 世界性的 **~ly** *adv.*

universe /ˈjuːnɪˌvɜːs/ *n.* ① 宇宙; 世界; 天地萬物 ② 恆星系; 星辰系.

university /ˌjuːnɪˈvɜːsɪtɪ/ *n.* ① 大學; 綜合大學 ② 大學師生員工 ③ 大學校舍.

unjust /ˌʌnˈdʒʌst/ *adj.* 不公平的; 不當的.

unkempt /ˌʌnˈkempt/ *adj.* 不整潔的; 蓬亂的; 邋遢的.

unkind /ˌʌnˈkaɪnd/ *adj.* ① 不和善的; 不客氣的 ② 刻薄的; 冷酷的 **~ly** *adv.*

unknowing /ˌʌnˈnəʊɪŋ/ *adj.* 不知道的; 沒發覺的; 無意的 **~ly** *adv.*

unknown /ˌʌnˈnəʊn/ *adj.* ① 不為人所知的; 無名的 ② 不出名的; 陌生的 *n.* ① 不出名的人; 不為人所知的事物 ②【數】未知數; 未知量.

unlace /ˌʌnˈleɪs/ *vt.* 解開(鞋等的)帶子; 把 … 鬆開.

unladen /ˌʌnˈleɪdn/ *adj.* 未裝載的; 卸了載的.

unlawful /ˌʌnˈlɔːfʊl/ *adj.* 違法的; 非法的.

unleaded /ˌʌnˈledɪd/ *adj.* (汽油)不含鉛的.

unleash /ˌʌnˈliːʃ/ *vt.* 解除管束; 釋放; 放開; 使不受控制.

unleavened /ˌʌnˈlevnd/ *adj.* ① (指麵包)沒用酵粉製作的; 不含酵素的 ② 未經感化的.

unless /ˌʌnˈles/ *conj.* 除非; 如果不; 要不是.

unlike /ˌʌnˈlaɪk/ *adj.* 不像的; 相異的 *prep.* ① 不像 …; 和 … 不同 ② 不符合 … 的特點.

unlikely /ˌʌnˈlaɪklɪ/ *adj.* 不太可能發生的; 未必真實的; 未必會成功的; 靠不住的.

unlimited /ˌʌnˈlɪmɪtɪd/ *adj.* 無限的;

極多的.

unlisted /ʌnˈlɪstɪd/ *adj.* ① 未列入表格的 ② [美](電話號碼)未列入電話簿的.

unload /ʌnˈləʊd/ *vt.* ① 從 … 卸貨; 卸(貨) ② 把 … 交給; 除去; 擺脫 ③ 取出 … 中的(子彈、膠卷) *vi.* 卸貨.

unlock /ʌnˈlɒk/ *vt.* ① 開鎖 ② 釋放 ③ 揭示.

unlooked-for /ʌnˈlʊkt fɔː/ *adj.* 意外的; 未預見到的.

unloose(n) /ʌnˈluːs/ *vt.* 解開; 鬆開; 釋放.

unlucky /ʌnˈlʌkɪ/ *adj.* ① 倒霉的; 不幸的; 不吉祥的 ② 不巧的.

unman /ʌnˈmæn/ *vt.* 使失去男子氣慨 **-ly** *adj.* 無男子氣慨的.

unmanned /ʌnˈmænd/ *adj.* 無人的; 無人操作的; 無人駕駛的.

unmannerly /ʌnˈmænəlɪ/ *or* **unmanneredly** *adj.* 粗暴的; 沒禮貌的.

unmarried /ʌnˈmærɪd/ *adj.* 未婚的; 單身的.

unmask /ʌnˈmɑːsk/ *v.* 揭掉(… 的)假面具; 揭露.

unmatched /ʌnˈmætʃt/ *adj.* 無敵的; 無比的.

unmentionable /ʌnˈmenʃənəbl/ *adj.* 説不出口的; 不宜明言的.

unmistak(e)able /ˌʌnmɪˈsteɪkəbl/ *adj.* 不會弄錯的; 明顯的.

unmitigated /ʌnˈmɪtɪɡeɪtɪd/ *adj.* ①(指壞人、壞事)純粹的; 十足的 ② 未緩和的.

unmoved /ʌnˈmuːvd/ *adj.* 無動於衷的; 冷漠的; 鎮靜的.

unnatural /ʌnˈnætʃərəl/ *adj.* ① 不自然的; 奇異的 ② 不合人情的 ③ 極殘酷的; 極邪惡的 ④ 不真誠的; 勉強的 **-ly** *adv.*

unnecessary /ʌnˈnesɪsərɪ, -ɪsrɪ/ *adj.* ① 不必要的; 多餘的 ② 過度的; 不適宜的.

unnerve /ʌnˈnɜːv/ *vt.* 使失去自制(或勇氣、自信) **unnerving** *adj.* 令人沮喪的.

unnoticed /ʌnˈnəʊtɪst/ *adj.* 未被注意的; 被忽視的.

unnumbered /ˌʌnˈnʌmbəd/ *adj.* ① 未編號的; 未計數的 ② 數不清的; 無數的.

UNO /juː en əʊ/ *abbr.* = United Nations Organization 聯合國組織.

unobtrusive /ˌʌnəbˈtruːsɪv/ *adj.* ① 不引人注目的 ② 謙虛的; 謹慎的 **-ly** *adv.*

unoccupied /ʌnˈɒkjʊˌpaɪd/ *adj.* ① 沒人住的; 未被佔用的 ②(指地區或國家)未被佔領的 ③ 空間的; 沒事的.

unofficial /ˌʌnəˈfɪʃəl/ *adj.* 非官方的; 非正式的.

unorthodox /ʌnˈɔːθəˌdɒks/ *adj.* ① 非正統的 ② 異端的; 異教的.

unpack /ˌʌnˈpæk/ *v.* (從包裹等)把東西取出; 拆(包).

unpaid /ˌʌnˈpeɪd/ *adj.* ① 未付的 ②(指人)不受薪的;(指工作)沒有報酬的.

unpalatable /ʌnˈpælətəbl/ *adj.* ① 難吃的; 不可口的 ② 令人討厭的; 難以接受的.

unparalleled /ʌnˈpærəˌleld/ *adj.* 無

unpick /ʌnˈpɪk/ *vt.* 拆開(衣服等的)針腳.

unpleasant /ʌnˈplezʲnt/ *adj.* 不愉快的; 令人討厭的.

unpopular /ʌnˈpɒpjələ/ *adj.* ① 不得人心的; 不受歡迎的 ② 不流行的 ~ity *n.*

unprecedented /ʌnˈpresɪˌdentɪd/ *adj.* 史無前例的; 空前的.

unpredictable /ˌʌnprɪˈdɪktəbʲl/ *adj.* 無法預言的; (指人)不可捉摸的; 多變的.

unprejudiced /ʌnˈpredʒʊdɪst/ *adj.* 公平的; 無偏見的.

unprepossessing /ˌʌnpriːpəˈzesɪŋ/ *adj.* 不討人喜歡的; 不吸引人的; 沒有魅力的.

unpretentious /ˌʌnprɪˈtenʃəs/ *adj.* 不炫耀的; 不自大的; 謙虛的.

unprincipled /ʌnˈprɪnsɪpʲld/ *adj.* 無節操的; 無恥的; 肆無忌憚的.

unprintable /ʌnˈprɪntəbʲl/ *adj.* (話語、文章)不宜印出的; 不能付印的.

unprofessional /ˌʌnprəˈfeʃənʲl/ *adj.* ① (行為)違反職業準則的 ② (工作)外行的; 馬虎粗糙的.

unprofitable /ʌnˈprɒfɪtəbʲl/ *adj.* 無利的; 虧本的; 沒有用的.

unpunished /ʌnˈpʌnɪʃt/ *adj.* 未受懲罰的.

unqualified /ʌnˈkwɒlɪˌfaɪd/ *adj.* ① 不合格的; 不能勝任的; 無資格的 ② 沒有限制的; 無條件的; 絕對的.

unquestionable /ʌnˈkwestʃənəbʲl/ *adj.* 無疑的; 無可爭辯的; 確實的.

unravel /ʌnˈrævʲl/ *vt.* ① 解開; 拆散 ② 弄清楚; 解決; 闡明 *vi.* 散開; 變明晰.

unread /ʌnˈred/ *adj.* ① (指書)未讀過的 ② (指人)讀書不多的; 無知的.

unreadable /ʌnˈriːdəbʲl/ *adj.* 晦澀難讀的; (字跡)難辨認的.

unreal /ʌnˈrɪəl/ *adj.* ① 虛幻的 ② 不真實的; 不實在的.

unreasonable /ʌnˈriːznəbʲl/ *adj.* ① (指人)不講理的 ② 超出常情的; 過度的; 不合理的 unreasonably *adv.*

unrelenting /ˌʌnrɪˈlentɪŋ/ *adj.* ① 不退讓的; 持續不斷的; 堅持不懈的 ② (指人)冷酷無情的; 鐵石心腸的.

unremitting /ˌʌnrɪˈmɪtɪŋ/ *adj.* 不懈的; 不斷的; 持續的.

unrepeatable /ˌʌnrɪˈpiːtəbʲl/ *adj.* 不可重複的; 一次性的; (過於下流等)不能複述的.

unrequited /ˌʌnrɪˈkwaɪtɪd/ *adj.* (尤指愛情)沒有回報的 // ~ love 單相思, 單戀.

unreserved /ˌʌnrɪˈzɜːvd/ *adj.* ① (指座位等)沒有被預訂的 ② 無保留的; 坦率的.

unrest /ʌnˈrest/ *n.* 不穩; 不安; 動盪.

unrestrained /ˌʌnrɪˈstreɪnd/ *adj.* 無節制的; 無拘束的; 放縱的; 沒有控制的.

unrivalled /ʌnˈraɪvʲld/ *adj.* 無敵的; 無雙的.

unroll /ʌnˈrəʊl/ *v.* 展開; 打開(捲

着的東西).

unruffled /ʌnˈrʌfld/ *adj.* ① 沉着的; 冷靜的; 從容不迫的 ② 不混亂的.

unruly /ʌnˈruːlɪ/ *adj.* 難控制的; 任性的; 不守規矩的.

unsaid /ʌnˈsɛd/ *adj.* 未說明的; 未講出的; 不說的.

unsaturated /ʌnˈsætʃəreɪtɪd/ *adj.* ① 未飽和的 ②【化】(有機化合物)能與氫化合的.

unsavoury, 美式 **unsavory** /ʌnˈseɪvərɪ/ *adj.* ① 難吃的; 難聞的 ② 令人作嘔的; 令人討厭的.

unscathed /ʌnˈskeɪðd/ *adj.* 未受損傷的; 未受傷害的.

unscrew /ʌnˈskruː/ *v.* 旋出螺釘; 扭鬆; 扭開.

unscripted /ʌnˈskrɪptɪd/ *adj.* (講演等)無講稿的; 不用講稿的.

unscrupulous /ʌnˈskruːpjʊləs/ *adj.* 不講道德的; 無恥的; 肆無忌憚的.

unseat /ʌnˈsiːt/ *vt.* ① 使從馬、自行車等上摔下 ② 罷免; 免去議席.

unseemly /ʌnˈsiːmlɪ/ *adj.* (指行為等)不恰當的; 不得體的.

unseen /ʌnˈsiːn/ *adj.* ① 看不見的; 未被察覺的; 未被看見的 ② (指翻譯)即席的; 無準備的 *n.* ① 即席翻譯 ② 看不見的事物.

unselfish /ʌnˈsɛlfɪʃ/ *adj.* 無私的; 慷慨的.

unserviceable /ʌnˈsɜːvɪsəbl/ *adj.* (因破損而)已經不能用的.

unsettled /ʌnˈsɛtld/ *adj.* ① 腸胃不舒服的 ② 不穩定的; 不安的

③ 多變的; 易變的; 不可預見的 ④ 有待進一步討論的 ⑤ (賬單等)未付清的.

unshak(e)able /ʌnˈʃeɪkəbl/ *adj.* (指信仰等)不可動搖的; 堅定不移的.

unsightly /ʌnˈsaɪtlɪ/ *adj.* 難看的; 不雅觀的.

unskilled /ʌnˈskɪld/ *adj.* 無特殊技能的; 不需要特殊技能的.

unsocial /ʌnˈsəʊʃəl/ *adj.* 不愛交際的; 孤僻的; 厭惡社交的.

unsophisticated /ʌnsəˈfɪstɪˌkeɪtɪd/ *adj.* ① 天真的; 純樸的; 單純的 ② 簡單的; 不複雜的; 不精細的; 基本的.

unsound /ʌnˈsaʊnd/ *adj.* ① 不健康的; 不堅實的 ② 有錯誤的; 有缺陷的.

unsparing /ʌnˈspɛərɪŋ/ *adj.* ① 慷慨的; 大方的 ② 嚴厲的; 不寬恕的.

unspeakable /ʌnˈspiːkəbl/ *adj.* 不能用語言表達的; 難以形容的.

unstable /ʌnˈsteɪbl/ *adj.* ① 不穩定的; 易變的; 難以預言的 ② 不穩固的; 不牢靠的 ③ (性情)反覆無常的.

unsteady /ʌnˈstɛdɪ/ *adj.* ① 不穩的; 不可靠的; 搖擺的 ② 不一致的; 不規則的; 不均勻的.

unstinting /ʌnˈstɪntɪŋ/ *adj.* 大方的; 慷慨的.

unstuck /ʌnˈstʌk/ *adj.* ① 未黏牢的; 未黏住的 ② 分離的; 鬆開的 // come ~ 失敗; 不成功.

unstudied /ʌnˈstʌdɪd/ *adj.* ① 自然的; 不矯揉造作的; 不裝腔作勢

的 ② 臨時的; 即席的.

unsuccessful /ˌʌnsək'sesfʊl/ *adj.* 不成功的, 失敗的.

unsuitable /ʌn'suːtəb'l/ *adj.* 不合適的; 不適宜的; 不相稱的.

unsung /ʌn'sʌŋ/ *adj.* ① 未唱的 ② 未被歌頌的; 未被承認的.

unsure /ʌn'ʃʊə/ *adj.* 缺乏自信的; 不確定的; 沒把握的.

unswerving /ʌn'swɜːvɪŋ/ *adj.* 堅定的; 堅貞的; 不變的.

untapped /ʌn'tæpt/ *adj.* 未使用的; 未開發的; 未利用的.

untenable /ʌn'tenəb'l/ *adj.* (指理論)站不住腳的; 不堪一擊的; 難以防守的.

unthinkable /ʌn'θɪŋkəb'l/ *adj.* 難以想像的; 不可思議的; 不可能的.

unthinking /ʌn'θɪŋkɪŋ/ *adj.* 未加思考的; 輕率的.

untidy /ʌn'taɪdɪ/ *adj.* 不整齊的; 凌亂的.

until /ʌn'tɪl/ *conj.* 直到 … 為止 *prep.* 直到.

untimely /ʌn'taɪmlɪ/ *adj.* ① 不合時宜的 ② 過早的.

untold /ʌn'təʊld/ *adj.* ① 未說過的; 未透露的 ② 說不盡的; 數不清的.

untouchable /ʌn'tʌtʃəb'l/ *adj.* ① 達不到的; 碰不着的; 不可接觸的 ② (人)批評不得的 *n.* (印度)不可接觸的賤民.

untoward /ˌʌntə'wɔːd, ʌn'təʊəd/ *adj.* 困難重重的, 不幸的; 難應付的.

untried /ʌn'traɪd/ *adj.* 未經試驗

的; 未經考驗的.

untrue /ʌn'truː/ *adj.* ① 不真實的; 假的 ② 不忠實的; 不誠實的.

untruth /ʌn'truːθ/ *n.* ① 謊言; 假話 ② 不真實; 虛偽.

unusual /ʌn'juːʒʊəl/ *adj.* 不尋常的; 奇異的; 與眾不同的; 有特色的 ~ly *adv.*

unutterable /ʌn'ʌtərəb'l/ *adj.* 說不出的; 無法形容的.

unvarnished /ʌn'vɑːnɪʃt/ *adj.* ① 未塗油漆的 ② (喻)未加修飾的; 真率的.

unveil /ʌn'veɪl/ *vt.* 揭去 … 的面紗(或幕布等); 公諸於眾; 公開展出 *vi.* 揭開面紗.

unwanted /ʌn'wɒntɪd/ *adj.* ① 不必要的; 多餘的 ② 不受歡迎的.

unwarranted /ʌn'wɒrəntɪd/ *adj.* ① 無根據的 ② 未經授權的; 沒正當理由的.

unwell /ʌn'wel/ *adj.* 不舒服的; 有病的.

unwholesome /ʌn'həʊlsəm/ *adj.* ① 不衛生的; 有害健康的, 有害身心的 ② 臉色不好的; 憔悴的.

unwieldy /ʌn'wiːldɪ/ *adj.* 不易移動(或控制)的; 龐大的; 笨重的.

unwilling /ʌn'wɪlɪŋ/ *adj.* 不情願的; 不願意的; 勉強的 ~ly *adv.* ~ness *n.*

unwind /ʌn'waɪnd/ *v.* (過去式及過去分詞 unwound) ① 解開; 鬆開 ② (俗)輕鬆一下; 放鬆一會兒.

unwise /ʌn'waɪz/ *adj.* 不明智的; 愚笨的.

unwitting /ʌn'wɪtɪŋ/ *adj.* ① 不知情的; 沒察覺的 ② 非存心的; 非

故意的. ~**ly** *adv.*

unwonted /ʌn'wəʊntɪd/ *adj.* 不常有的.

unworldly /ʌn'wɜːldlɪ/ *adj.* 超凡脫俗的; 非塵世的.

unworthy /ʌn'wɜːðɪ/ *adj.* ① 無價值的 ② 不值得的; 不配的; 不相稱的.

unwrap /ʌn'ræp/ *vt.* 打開(包裹等).

unwritten /ʌn'rɪt'n/ *adj.* 未寫下的; 不成文的.

unyielding /ʌn'jiːldɪŋ/ *adj.* ① 不能彎曲的 ② 頑強的; 堅強的.

up /ʌp/ *adv.* ① 向上; 在上 ② 起來; 起床; 不眠 ③ 上揚; 上漲, 上升 ④ 接近; 向…去; 在(大城市) ⑤ 成碎片; 分開 ⑥ (用於短語動詞)完全; 牢固 ⑦ [俗]正在發生(或進行) *prep.* 向高處; 在高處; 沿着 *vi.* (後接 **and** 和另一個動詞)[俗]起立; 跳起(做某事) *vt.* [俗]增加 *n.* (球着地後發)彈起 **~-and-coming** *adj.* [俗](指人)有很大進步的; 很可能會成功的 **~s and downs** 好運和壞運的交替; 盛衰; 浮沉.

upbeat /'ʌp,biːt/ *n.* ①【音】上拍; 弱拍 ② 興旺; 上升 *adj.* 樂觀的; 快樂的.

upbraid /ʌp'breɪd/ *vt.* 譴責; 責備.

upbringing /'ʌp,brɪŋɪŋ/ *n.* (幼年的)教育; 教養; 撫育, 撫養.

upcountry /ʌp'kʌntrɪ/ *adj.* & *adv.* 在內地的(地); 向內地的(地).

update /ʌp'deɪt, 'ʌp,deɪt/ *vt.* 使現代化; 使成為最新的; 向…提供最新資訊 *n.* 新資訊, 新的情況; 最新報導; 最新校正數據 ② 更新, (根據新資訊所作的)修正.

upend /ʌp'end/ *v.* 豎起; 倒豎; 顛倒.

upfront /'ʌp'frʌnt/ *adj.* ① 在最前面的; 首要的 ② 預付的; 先期的 *adv.* 在前面; 預先; 首先.

upgrade /ʌp'greɪd/ *vt.* 提高…的等級; 提升.

upheaval /ʌp'hiːv'l/ *n.* ① 突然而猛烈的上衝 ② 巨變; 驟變; 騷動.

uphill /'ʌp'hɪl/ *adj.* ① 上坡的; 上升的 ② [喻]費力的; 困難的 ③ 位於高處的.

uphold /ʌp'həʊld/ *vt.* (過去式及過去分詞 **upheld**)① 支持; 擁護 ② 維持, 保持.

upholster /ʌp'həʊlstə/ *vt.* 為(沙發等)裝布面(或墊子等); 裝潢(傢具); (用地毯、傢具等)裝飾(房間) **~er** *n.* 室內裝潢商; 室內裝飾工 **~y** *n.* 室內裝飾業; 室內裝飾品.

upkeep /'ʌp,kiːp/ *n.* ① 保養; 維修 ② 保養費; 維修費.

upland /'ʌplənd/ *n.* (常用複)高地.

uplift /ʌp'lɪft, 'ʌp,lɪft/ *vt.* (尤指在精神等方面)提高; 振奮上.

upon /ə'pɒn/ *prep.* = on (表示日期時只用 on).

upper /'ʌpə/ *adj.* ① (指位置)上面的; 較高的 ② (地位、等級等)較高的 ③ 北部的; 北面的.

uppermost /'ʌpə,məʊst/ *adj.* & *adv.* 最高的(地); 最主要的(地).

uppish /'ʌpɪʃ/ *adj.* [主英]驕傲自

大的; 盛氣凌人的.

upright /ˈʌpˌraɪt/ adj. ① 筆直的; 直立的 ② 正直的; 高尚的; 誠實的 adv. 筆直地; 直立地 n. 直豎的柱子; 豎式鋼琴.

uprising /ˈʌpˌraɪzɪŋ, ʌpˈraɪzɪŋ/ n. ① 叛亂; 暴動 ② 起義.

uproar /ˈʌpˌrɔː/ n. 喧嚷; 鼓譟; 騷動 ~**ious** adj. ① 喧鬧的; 興高采烈的 ② 非常可笑的.

uproot /ʌpˈruːt/ vt. ① 連根拔起 ② 趕出家園; 使離鄉別井.

upset /ʌpˈset, ˈʌpˌset/ (過去式及過去分詞 ~) vt. ① 弄翻; 碰翻 ② 打亂; 擾亂; 破壞 ③ 使心煩意亂; 使苦惱 ④ 使腸胃不適 vi. 翻倒; 傾覆; 溢出 n. ① 傾覆; 擾亂; 混亂 ② 心煩意亂; 腸胃不適 ③ (運動比賽中)出現意外的結果 adj. ① 弄翻的 ② (勝利等)意外的 ③ 混亂的 ④ 苦惱的 // ~ **the** / **sb's apple cart** ① 打亂安排; 破壞計劃 ② 推翻理論.

upshot /ˈʌpˌʃɒt/ n. 結果; 結局.

upside-down /ˈʌpsaɪdˈdaʊn/ adj. & adv. ① 倒置的(地); 顛倒的(地) ② 混亂的(地).

upstage /ˈʌpˈsteɪdʒ/ adj. & adv. ① 在舞台後部的(的); 向舞台後部的(的) ② [俗]勢利的 adv. ③ 諂上欺下的(地) vt. 突出自己; 搶(某人)的戲; 搶(某人)的風頭.

upstairs /ˈʌpˈsteəz/ adv. & adj. 在樓上(的); 向樓上 n. [俗]樓上.

upstanding /ʌpˈstændɪŋ/ adj. ① 強健的 ② 正派的; 正直的 ③ 直立的.

upstart /ˈʌpstɑːt/ n. 暴發戶; 突然發跡的人.

upstream /ˈʌpˈstriːm/ adv. & adj. 向上游(的); 逆流(的).

upsurge /ˈʌpˌsɜːdʒ/ n. ① 急增, 突升 ② 突然高漲; 激動.

upswing /ˈʌpˌswɪŋ/ n. ① 上揚; 向上的擺動 ② 改進; 改善.

uptake /ˈʌpˌteɪk/ n. 領會; 理解(用於慣用語 **quick on the ~** 理解得快 **slow on the ~** 理解得慢).

uptight /ˈʌptaɪt, ʌpˈtaɪt/ adj. [俗] ① 精神緊張的; 煩惱的 ② 有敵意的 ③[美]非常無守的; 過於謹慎的.

up-to-date /ˈʌp tə deɪt/ adj. ① 新近的; 時髦的 ② 含有最新資訊的; 最新的.

up-to-the-minute /ˈʌptəðəˈmɪnɪt/ adj. 最新的; 最時髦的; 最近的.

uptown /ˈʌpˈtaʊn/ adv. & adj. [美] 在住宅區(的); 向住宅區(的) n. 住宅區.

upturn /ˈʌpˈtɜːn, ˈʌpˌtɜːn/ n. 好轉; 上升; 改善 ~**ed** adj. ① 朝上的; 向上翹的 ② 倒過來的.

upward /ˈʌpwəd/ adj. 向上的; 上升的; 朝上的 ~(**s**) adv. 向上 // ~**s of** 多於…; …以上.

uranium /jʊˈreɪnɪəm/ n.【化】鈾.

Uranus /ˈjʊərənəs, jʊˈreɪnəs/ n. ①【天】天王星 ②【希神】天王.

urban /ˈɜːbən/ adj. 都市的; 城市的 ~**ize** vt. 使都市化.

urbane /ˈɜːˈbeɪn/ adj. 風度翩翩的; 文雅的 ~**ly** adv. urbanity n.

urchin /ˈɜːtʃɪn/ n. ① 頑童; 小淘氣 ② 街頭流浪兒.

urea /ˈjʊərɪə/ n.【化】尿素.

urethra /jʊˈriːθrə/ n.【解】尿道.

urge /ɜːdʒ/ vt. ① 驅趕; 驅策 ② 力勸 ③ 催促; 鞭策; 鼓勵 ④ 力陳; 力薦; 強調 n. 強烈的慾望; 衝動.

urgency /ˈɜːdʒənsɪ/ n. ① 緊急; 迫切 ② 堅持要求; 強求.

urgent /ˈɜːdʒənt/ adj. 急迫的; 緊急的; 催促的 **~ly** adv.

urinal /ˈjʊərɪn-, jʊˈraɪn-/ n. ① (尤指男人的)小便池 ② 尿壺.

urinary /ˈjʊərɪnərɪ/ adj. 尿的; 泌尿器官的 // **~ bladder** 膀胱.

urinate /ˈjʊərɪˌneɪt/ vi. 排尿; 小便.

urine /ˈjʊərɪn/ n. 尿.

urn /ɜːn/ n. ① 甕; (尤指)骨灰缸 ② 茶桶; 大茶壺 ③ 大咖啡壺.

us /ʌs/ pro. 我們(we 的賓語).

US /juː ɛs/ or **~A** abbr. = United States of America 美利堅合眾國, 美國.

usage /ˈjuːsɪdʒ, -zɪdʒ/ n. ① 用法; 使用 ② 習慣的做法; 慣例 ③【語】慣用法.

use[1] /juːs/ n. ① 使用; 利用 ② 用途; 用處 ③ 使用權; 運用能力 ④ 價值; 益處 ⑤ 習慣; 慣例; 慣用法.

use[2] /juːz/ v. ① 使用; 利用 ② 對待 ③ 消耗; 用(盡) ④ [俗]吸(毒); [美]吸(煙) usable adj. 可使用的; 宜於使用的 // **~ up** ① 用光 ② 使筋疲力盡.

used[1] /juːzd/ adj. 穿過的; 用過的; 舊的.

used[2] /juːzd/ adj. (作表語)(+ to) 習慣於⋯的.

used to /ˈjuːst tə/ modal v. (否定式 used not to, usedn't to, usen't to)

過去常常; 以往慣常.

useful /ˈjuːsfʊl/ adj. ① 有用的; 有益的; 有幫助的 ② [俗]有能力的; 能幹的; 得力的.

useless /ˈjuːslɪs/ adj. ① 沒用的; 無益的; 無效果的 ② [俗]弱的; 無能力的; 不能勝任的.

user /ˈjuːzə/ n. 使用者; 用戶 **~-friendly** adj. (尤指電腦及其軟件)便於外行使用的; 不難使用的 **~name** n.【計】用戶名 // **~ group**【計】用戶組, 用戶羣 **~ ID**【計】用戶識別 **~ interface**【計】用戶接口.

usher /ˈʌʃə/ n. ① (電影院等的)招待員; 引座員 ② (帶路去見某人的)引路人 ③ (法院等的)門房 vt. ① 招待; 引導 ② [喻]標誌着⋯的開端; 宣告.

usual /ˈjuːʒʊəl/ adj. 通常的; 平素的; 照例的 **~ly** adv. // **as** ~ 像往常一樣.

usurer /ˈjuːʒərə/ n. 放高利貸者 usury n. 高利貸; 高利.

usurp /juːˈzɜːp/ vt. ① 篡奪; 強奪 ② 奪取 ③ 侵佔 **~ation** n.

utensil /juːˈtɛnsɪl/ n. 器具; (家庭)用具, 廚房.

uterus /ˈjuːtərəs/ n. (pl. uteri)【解】子宮 uterine adj.

utilitarian /ˌjuːtɪlɪˈtɛərɪən/ adj. ① 注重實用的; 極為實用的; 功利的 ② 實用主義的; 功利主義的 **~ism** n. 實用主義; 功利主義.

utility /juːˈtɪlɪtɪ/ n. ① 有用; 功用 ② 實用; 效用 ③ 公用事業(亦作 **public ~**) // **~ program**【計】實用程式.

utilize, -se /ˈjuːtɪlaɪz/ *vt.* 利用 utilization *n.*

ut(ter)most /ˈʌt.məʊst/ *adj.* ① 最大的; 最遠的 ② 極度的 *n.* (the utmost) 最大限度; 最大可能 // do one's utmost 竭盡全力.

Utopia /juːˈtəʊpɪə/ *n.* 烏托邦; 理想中完美的國度 **~n** *adj.* 烏托邦的; 不切實際的; 空想的.

utter¹ /ˈʌtə/ *adj.* (用來強調名詞) 完全的; 絕對的; 徹底的 **~ly** *adv.*

utter² /ˈʌtə/ *v.* ① 發出(聲音等) ② 說; 表達 ③ 發言; 噴射 **~ance** *n.* ① 說話; 表達 ② 言辭; 言論.

uttermost /ˈʌtəˌməʊst/ *adj. & n.* = utmost.

U-turn /ˈjuː tɜːn/ *n.* 車船等的 U 字形轉彎, 180度轉彎; 大轉彎.

uvula /ˈjuːvjʊlə/ *n.* 【解】小舌 **~r** 懸雍垂.

uxorious /ʌkˈsɔːrɪəs/ *adj.* 溺愛妻子的; 怕老婆的 **~ly** *adv.* **~ness** *n.*

V

V, v /viː/ *abbr.* ① = venerable 尊敬的 ② = vicar 教堂牧師 ③ = valve 閥 ④ = verb 動詞 ⑤ = victory 勝利 ⑥ = voltage 電壓; 伏特數 ⑦ = volt 伏特(電壓單位).

v. /viː/ *abbr.* ① = versus ② = very.

VA. /viː eɪ/ *abbr.* ① = Veterans' Administration [美]退伍軍人管理局 ② = vicar apostolic【宗】名譽主教 ③ = volt-ampere【電】伏安 ④ = value analysis 價值分析.

vac /væk/ *abbr.* ① = ~ant 空的 ② = ~ation [口]假期 ③ = ~uum 真空.

vacancy /ˈveɪkənsɪ/ *n.* ① 空; 空虛; 空隙 ② 空位, 空額, 空缺 vacant *adj.* vacantly *adv.* 茫然, 無所事事地 // vacant possession【律】空房購置.

vacate /vəˈkeɪt, veɪˈkeɪt/ *vt.* ① 使空

無所有, 搬出, 騰出 ② 解除, 空出 ③ 退出, 撤退 ④ 作廢 ⑤ 休假, 度假.

vacation /vəˈkeɪʃən, veɪˈkeɪʃən/ *n.* ① 假期; 休假 ② 搬出; 退出; 辭職 **~land** *n.* 旅遊勝地, 休假地 // **~ school** 暑期學校 **be on** ~ 放假期間.

vaccinate /ˈvæksɪneɪt/ *v.* 接種(疫苗); 種痘, 打預防針 vaccination *n.* 【醫】預防注射, 接種(疫苗) vaccinator *n.* (疫苗)接種員; 接種針.

vaccine /ˈvæksiːn/ *adj.* 牛痘的; 預防疫苗的 **~e** *n.* 已接種牛痘者 vaccinia *n.* 【醫】牛痘 vaccinial *adj.* // **~ lymph** 痘苗 **~ farm** 疫苗培養所 **~ point** 接種針.

vacillate /ˈvæsɪleɪt/ *vi* ① 擺動 ② 躊躇不決 vacillant *adj.* 搖擺不定的 vacillation *n.* ① 搖擺; 波

動; 震蕩 ② 猶豫不決; 優柔寡
斷.

vacua /ˈvækjʊə/ n. (vacuum 之複
數) 真空.

vacuity /vəˈkjuːɪtɪ/ n. ① 空; 空虛;
真空; 空間; 空處 ② 發呆 ③ 無
聊, 無所事事 ④ 無聊話.

vacuous /ˈvækjʊəs/ adj. ① 空洞的;
空虛的 ② 精神空虛的, 發呆的
③ 無所事事的.

vacuum /ˈvækjʊəm/ n. (pl. -s,
vacua) ① 真空, 空處, 空虛
② [美口](真空)吸塵器(亦作
~ cleaner) v. 用真空吸塵器清潔
地板 ~packed adj. 真空包裝的 //
~ bottle、~ flask 熱水瓶 ~ brake
真空軔動器 ~ pump 真空泵
~ tube 真空管, 電子管.

VAD /viː eɪ diː/ abbr. = Voluntary
Aid Detachment 義務輔助勤務
隊.

vade mecum /ˈvɑːdɪ ˈmeɪkəm/ n.
[拉]手冊, 便覽.

vagabond /ˈvægəbɒnd/ n. ① 流浪漢,
漂泊無定的人; [口]流氓, 無賴
adj. 流浪的; 飄泊不定的; 無賴
的 ~age n. 流浪(生活、習慣)(亦
作 ~ism)~ize vi. 過流浪生活, 流
浪.

vagal /ˈveɪɡˈl/ adj. 【解】交感神經
的, 迷走神經的.

vagary /ˈveɪɡərɪ, vəˈɡeərɪ/ n. 異想
天開; 妄想, 幻想.

vagina /vəˈdʒaɪnə/ n. (pl. -nas,
-nae) 【動】鞘; 【解】陰道 ~al adj.
vaginitis n. 【醫】陰道炎.

vagitus /væˈdʒaɪtəs/ n. 【醫】嬰兒
啼哭.

vagrant /ˈveɪɡrənt/ adj. ① 流離失
所的, 流浪的 ② 見異思遷的, 不
定的 n. 流浪者; 遊民; 無賴; 流
氓 ~ness n. vagrancy n.
飄泊; 流浪.

vague /veɪɡ/ adj. 含糊的, 模糊的;
籠統的; 曖昧的 n. 模糊不定的
狀態 ~ly adv. ~ness n.

vagus /ˈveɪɡəs/ n. (pl. -gi)【解】迷
走神經, 交感神經.

vain /veɪn/ adj. ① 徒然的, 無益
的 ② 空的, 空虛的 ③ 自負的,
虛榮的 ~ly adv. 虛妄地; 無益地;
自負地 ~ness n. // be ~ of 自誇,
自以為…了不起 in ~ 徒然, 無
益; 輕慢地.

vainglory /ˌveɪnˈɡlɔːrɪ/ n. 自負, 虛
榮心 vainglorious adj. 過於自負
的; 狂妄自大的; 虛榮心很強的.

Val abbr. ① = valentine 情人節
② = valuation 評價 ③ = value
價值.

valance /ˈvæləns/ n. ① 桌帷 ② (窗
簾頂部)掛布框架 ③ 帷幔.

vale /veɪl/ n. 峽, 峽谷, 溪.

valediction /ˌvælɪˈdɪkʃən/ n. 告別,
告別辭 valedictory adj.

valence [1] /ˈveɪləns/ n. valency n.
【化】(化合)價, (原子)價; 【生】
(效)價.

valence [2] /ˈveɪləns/ n. = valance.

valentine /ˈvæləntaɪn/ n. 情人節禮
品(卡); 情人; 情書.

valerian /vəˈlɪərɪən/ n. 【植】纈草.

valet /ˈvælɪt, ˈvæleɪ/ n. 隨從; 男僕
v. 當男侍僕, 侍候 // ~ parking
代客泊車服務 ~ service 旅館店
員的(清潔、洗衣)服務.

valetudinarian /ˌvælɪˌtjuːdɪˈnɛərɪən/ *adj. & n.* 多病虛弱的(人).

valiant /ˈvæljənt/ *adj.* 勇敢的, 英勇的 **~ly** *adv.*

valid /ˈvælɪd/ *adj.* ① 有根據的; 確鑿的; 正確的 ②【律】有效的.

validate /ˈvælɪˌdeɪt/ *vt.* ① 證實, 確證 ② 使(法律上)有效, 使生效 validation *n.*

validity /vəˈlɪdətɪ/ *n.* ① 正確, 正當, 妥當 ②【律】有效, 合法性.

valise /vəˈliːz/ *n.* ① 旅行手提包(或箱) ② 旅行袋 ③ 背包.

valley /ˈvælɪ/ *n.* ① 山谷; 河峽 ② 流域 ③【建】屋面天溝.

valor /ˈvælər/ *n.* = [英] **valour** [美] 勇猛, 英勇, 豪邁氣概.

valorize, -se /ˈvæləˌraɪz/ *vt.* 以補助形式穩定和維持(商品的)價格 valorization *n.* valorous *adj.*

value /ˈvæljuː/ *n.* ① 價值; 重要性; 益處 ② 估價, 評價 ③ (郵票)面值 ④ 等值 ⑤ (*pl.*) 道德價值; 社會準則 *vt.* (現在分詞 valuing 過去式及過去分詞 **~d**) ① 給 … 估價 ② 對 … 作出評價 ③ 尊重; 看重 valuable *adj.* ① 有價值的 ② 貴重的 ③ 可評價的 valuables *n.* 貴重的物品 valuation *n.* 估價, 評價; 價值【數】賦值 **~less** *adj.* 沒有價值的; 不微足道的; 無用的 **~r** *n.* 評價者, 估價者 // **~added tax** [英]增值稅 **~ chain** 價值鏈 **~ judgment** 對人之善惡等所作的主觀論斷, 評頭品足.

valve /vælv/ *n.* ①【機】閥, 活門 ②【解】瓣膜, 殼瓣 ③【物】電子管, 真空管 valvular *adj.*

vamoose /vəˈmuːs/ *v.* [美俚]突然離開, 跑掉.

vamp /væmp/ *n.* [美俚](誘引男人的)妖婦 *v.* 以媚術誘惑(男子)以勒索錢財.

vamp² /væmp/ *vt.* ① 給(鞋、靴)換面 ② 修補, 翻新 ③ 拼湊 ④【音】為(獨唱)即席伴奏 **~er** *n.* 鞋匠, 即席伴奏者.

vampire /ˈvæmpaɪə/ *n.* (民間傳說中的)吸血鬼; [美俚]演妖婦角色之演員; 勾引男子的女人(亦作 vamp) // **~ bat**【動】吸血蝠, 齧蝠.

van¹ /væn/ *n.* ① 有蓋載貨馬車; 搬運車 ② 大篷車; 有蓋貨車 // **~ line** [美]長途運輸公司.

van² /væn/ *n.* ①【軍】先鋒 ② 先驅, 領導人(亦作 **~guard**).

vanadium /vəˈneɪdɪəm/ *n.*【化】釩 vanadate *n.*【礦】釩酸鹽 // **~ steel** 釩鋼.

vandal /ˈvændəl/ *n.* 文化、藝術的摧殘者 **~ic** *adj.* **~ism** *n.* (對財產尤指文化藝術品的)惡意破壞 **~ize** *vt.* 破壞(公私財產, 尤指文化藝術品).

Vandyke /vænˈdaɪk/ *n.* 范戴克(16世紀英國畫家) // **~ beard** (下巴上的)尖鬚.

vane /veɪn/ *n.* ①【氣】風向標, 風信旗 ②【喻】隨風倒的人 ③ (風車、推進器的)翼; 葉片, 葉輪.

vanguard /ˈvænˌɡɑːd/ *n.* ① 先鋒, 前衛 ② 先進份子, 先驅, 前導.

vanilla /vəˈnɪlə/ *n.*【植】香子蘭; 香草 vanillic *adj.*

vanish /ˈvænɪʃ/ vi. ① 消失; 消散; 消滅 ②【數】成零 // ~ **cream** 雪花膏 ~**ing point** (透視畫之)沒影點.

vanity /ˈvænɪtɪ/ n. (pl. **-ties**) ① 空虛; 無用, 無益之舉 ② 虛榮, 浮華, 虛榮心, 自負 // ~ **case** (裝化妝品之)女裝手提包.

vanquish /ˈvæŋkwɪʃ/ vt. 征服, 戰勝, 擊敗, 克服 ~**able** adj. ~**er** n. 征服者, 勝利者 // **the** ~**ed** 被征服者.

vantage /ˈvɑːntɪdʒ/ n. 優勢, 優越之地位 // ~ **ground** (= ~ **point**) 有利的地位; (佔)上風.

vapid /ˈvæpɪd/ adj. ① 沒味道的, 走了味的 ② 無趣味的, 沒生氣的 ③ 不尖銳的; 不痛快的 ~**ity** n. ① 無味; 乏味; 走味, 走氣 ② 無生氣, 沒精神; 沒趣味 ~**ly** adj.

vapour, 美式 **vapor** /ˈveɪpə/ n. ① 氣, 蒸氣, 煙霧 ② 氣化液體或固體 **vaporize** v. 氣化; 蒸發; 揮發 **vaporizer** n. 蒸發器, 氣化器, 噴霧器 **vaporous** adj.

vapourware /ˈveɪpəˌweə/ n.【計】發表後但最終卻沒上市的電腦軟件或硬件.

variable /ˈveərɪəbl/ adj. ① 易變的, 變化無常的 ② 可變的 n. ① 易變的東西 ②【數】變量, 變數 **variability** n. // ~ **cost**【商】可變成本.

variant /ˈveərɪənt/ adj. ① 相異的, 不同的, 不一致的 ② 各種各樣的 n. ① 變體, 變量 ② 變種, 異體(字) **variance** n. // **at variance**

(**with**) 與 ⋯ 不和; 和 ⋯ 不一致.

variation /ˌveərɪˈeɪʃən/ n. ① 變化, 變動 ② 變量, 偏差 ③【生】變種 ④【音】變奏曲 ~**al** adj.

varicella /ˌværɪˈselə/ n.【醫】水痘.

varicoloured, 美式 **varicolored** /ˈveərɪˌkʌləd/ adj. 雜色的, 多色的, 五彩繽紛的.

varicose /ˈværɪˌkəʊs/ adj. 靜脈曲張的 // ~ **veins**【醫】靜脈曲張 (尤指腿部靜脈).

variegated /ˈveərɪˌgeɪtɪd/ adj. ① 雜色的, 斑駁的 ② 變化多端的, 多樣化的 **variegation** n.

variety /vəˈraɪətɪ/ n. (pl. **-ties**) ① 變化, 多樣性 ② 雜貨 ③ 異種; 種類; 項目 ④ [英]雜要表演 // ~ **show**, ~ **entertainment** 雜要演出.

various /ˈveərɪəs/ adj. ① 不同的, 各種各樣的 ② 多樣的, 多方面的 ③ 好幾個的 ④ 各個的, 個別的 ~**ly** adv.

varlet /ˈvɑːlɪt/ n. ① 侍童, 跟班, 僕人 ② 無賴, 歹徒, 惡棍.

varnish /ˈvɑːnɪʃ/ n. ① 清漆, 罩光漆; 凡立水, 釉 ② 光澤面, 掩飾 ③ [英]指甲油 v. 上清漆; 美化 ~**ing day** ① 畫展之前作修飾作品的一天 ② 藝術展覽開幕日.

varsity /ˈvɑːsɪtɪ/ n. = **university** [英口]大學(校隊).

vary /ˈveərɪ/ vt. ① 改變, 變更, 修改 ② 使變化, 使多樣化 vi. 變化, 多樣化 **varied** adj.

vascular /ˈvæskjʊlə/ adj.【生】【解】脈管的, 血管的 // ~ **bundle**

【植】維管束 **~ cylinder** 維管柱 **~ plant** 導管植物 **~ system** 導管系統.

vas deferens /ˈvæs ˈdefəˌrenz/ *n.* (*pl.* vasa deferentia /ˈveɪsə ˌdefəˈrenʃ(ɪ)ə/) 輸精管.

vase /vɑːz/ *n.* ① 花瓶; 瓶 ②【建】瓶飾.

vasectomy /vəˈsektəmɪ/ *n.* 【醫】輸精管切除(術).

vaseline /ˈvæsɪˌliːn/ *n.* ①【化】凡士林, 礦脂 ②【美俚】奶油.

vassal /ˈvæs(ə)l/ *n.* ① (封建時代的)諸侯, 陪臣 ② 附庸, 奴隸 **~age** *n.* ① 陪臣身份 ② 效忠 ③ 領地.

vast /vɑːst/ *adj.* 廣闊的, 遼闊的, 浩瀚的 **~ly** *adv.* **~ness** *n.*

vat /væt/ *n.* ① 大桶, 大缸 ② (荷蘭)液量名.

VAT /væt/ *abbr.* = value-added tax 增值稅.

Vatican /ˈvætɪkən/ *n.* 梵蒂岡(羅馬教廷所在地).

vaudeville /ˈvɔːdəvɪl/ *n.* ① [英]輕鬆歌舞劇 ② [美]雜耍 ③ [法]諷刺民歌 // **~ house** [美]雜耍場([英]亦作 music hall).

vault¹ /vɔːlt/ *n.* ①【建】拱頂, 穹窿 ② 圓頂房間(或地下室) [美]地下保險庫 ③ 地下靈堂 **~ed** *adj.* 有拱頂的, 圓頂的.

vault² /vɔːlt/ *n. & v.* 撐竿跳; 跳躍.

vaunt /vɔːnt/ *v.* 誇飾; 自我吹噓; 宣揚; 稱頌 **~ed** *adj.*

VC /ˌviː ˈsiː/ *abbr.* ① = vice-chairman 副主席, 副議長 ② = vice-chancellor 大學副校長, 副大法官 ③ = vice-consul 副領事

④ = Victoria Cross [英]維多利亞十字勳章 ⑤ = volunteer corps 義務軍(隊).

VCR /ˌviː siː ˈɑː/ *abbr.* [舊] ① = video cassette recording 盒式磁帶錄像 ② = video cassette recorder 盒式錄像機, 錄影機.

VD /ˌviː ˈdiː/ *abbr.* ① = venereal disease 性病 ② = vapour density 蒸氣密度.

V-Day /ˈviː deɪ/ *n.* (第二次世界大戰的)勝利日, 勝利節.

VDU /ˌviː diː ˈjuː/ *abbr.* = visual display unit [計] 視頻顯示單元(電腦訊息顯示螢光屏裝置).

VE /ˌviː ˈiː/ *abbr.* = value engineering 價值工程學.

veal /viːl/ *n.* ① 小牛肉 ② **~er** 小牛犢.

vector /ˈvektə/ *n.* ①【數】矢量, 向量 ②【生】帶菌者(或體), 傳病媒介.

veep /viːp/ *n.* [美口]副總統(亦作 vice-president).

veer /vɪə/ *v.* ① (風)轉變方向; 【氣】風向順轉 ② (意見等的)轉變 // **~ and haul** 一會兒放鬆, 一會兒拉緊.

vegan /ˈviːɡən/ *n.* 嚴格的素食主義者; 不吃肉食、乳製品者 **~ism** *n.* 素食主義.

vegetable /ˈvedʒtəb(ə)l/ *n.* ① 植物 ② 蔬菜 ③ [美俚]植物人 // **~ butter** 素牛油 **~ down** 木棉 **~ marrow** [英]菜瓜 **~ oystem** [美]【植】婆羅門參 **~ tallow** 植物脂.

vegetarian /ˌvedʒɪˈteərɪən/ *n. &*

adj. ① 素食主義者(的) ② 只吃蔬菜、素菜的); [美]怕吃葷腥肉類的(人) ~ism n. 素食; 素食主義.

vegetate /ˈvedʒɪˌteɪt/ vi. ① (植物)生長; 像植物一樣發育 ② 坐吃; 過呆板閒靜的生活.

vegetation /ˌvedʒɪˈteɪʃən/ n. ①[植]營養體的生長(或發育); [集合名詞]植物; 植被; 草木 ② 單調生活 ③[醫]贅生物; 增殖體 vegetative adj.

vehement /ˈviːəmənt/ adj. ① 激烈的, 猛烈的 ② 激情的 vehemence n. ~ly adv.

vehicle /ˈviːɪkl/ n. ① 車輛; 載運工具; 飛行器 ② 媒介質 ③[藥]賦形劑 ④[化]載色劑 vehicular adj.

veil /veɪl/ n. ① 面紗, 面罩 ② (修女的)頭巾 ③ 幔帳, 幕 ④ 口實, 假托 v. 以面紗遮蓋; 蒙蔽 ~ed adj. 偽裝的 // take the ~ 當修女.

vein /veɪn/ n. ①[解]靜脈; [口]血管 ②[植]葉脈 ③[動]翅脈 ④[地]礦, 岩脈, 水脈 ⑤ 裂痕, 裂縫 ⑥ 紋理 ⑦ 氣質, 傾向; 性情, 性格 ⑧ 心境, 情緒 ~ed adj.

Velcro /ˈvelkrəʊ/ n. [美]魔術貼(商標名).

veld(t) /felt, velt/ n. (南非)無林草原.

vellum /ˈveləm/ n. ① 精製犢皮紙, 上等皮紙 ② 皮紙, 文件.

velocipede /vɪˈlɒsɪˌpiːd/ n. ①[謔]自行車 ② [英俚]兒童三輪腳踏車 ③[鐵路] 輕便手壓車(亦作handcar).

velocity /vɪˈlɒsɪtɪ/ n. ① 迅速, 快速 ② 速度; 速率.

velour(s) /vɛˈlʊə/ n. ① 絲絨, 天鵝絨, 棉絨 ② 絨皮軍帽③(製帽用)毛皮.

velvet /ˈvelvɪt/ n. ① 絲絨, 天鵝絨 ② (鹿角上的)絨毛 ③ 賺頭, 盈利 ~een n. 棉絨, 平絨 ~y adj. ① 天鵝絨似的 ② 溫和的.

venal /ˈviːnl/ adj. ① 可用錢買得來的, 能收買的 ② 貪財的, 貪污的, 腐敗的 ~ity n. ~ly adv.

vend /vend/ v. ① 賣, 出售 ② 販賣, 叫賣 ③ 發表(言論) ~ee n. 【律】買主 ~er n.【律】叫賣商 ~or n. = ~ing machine 自動販賣機.

vendetta /venˈdetə/ n. 族間世仇; 長期爭鬥.

veneer /vɪˈnɪə/ n. ① 鑲面板, 表層鑲飾, 護面 ② 虛飾 // a ~ of respectability 一層虛掩.

venerable /ˈvenərəbl/ adj. 可尊敬的; 年高德劭的 venerate vt. 尊敬, 崇敬 veneration n. // ~ antiquity 太古, 遠古 ~ building 古建築(物) ~ relic 古代文物.

venereal /vɪˈnɪərɪəl/ adj. ① 性交的; 性病的 ②【藥】治性病的 // ~ desire 性慾 ~ disease 性病, 梅毒.

Venetian /vɪˈniːʃən/ adj. 威尼斯(式)的 // ~ blind 威尼斯式百葉簾, 板簾 ~ carpet (鋪走廊的)威尼斯地氈 ~ chalk (裁縫用)滑石劃粉 ~ pearl 人造珍珠 ~ school 威尼斯畫派 ~ window

【建】威尼斯式窗(由拱、柱、牆壁等部件構成).

vengeance /ˈvendʒəns/ *n.* 報仇, 復仇 **vengeful** *adj.* 報仇心切的, 復仇的 **vengefully** *adv.* // **with a ~** [口]徹底地; 過度地; 猛烈地.

venial /ˈviːnɪəl/ *adj.* 可原諒的; 罪過不大的; 輕微的 **~ity** *n.* **~ly** *adv.*

venison /ˈvenəzˌn, -sˌn/ *n.* ① 鹿肉 ② 野味.

Venn diagram /ˈven ˈdaɪəˌɡræm/ *n.* 【數】維恩圖, 文氏圖.

venom /ˈvenəm/ *n.* ① (蛇、蜘蛛等之)毒液; 毒 ② 惡意, 惡毒 *vt.* 放毒 **~ous** *adj.* **~ously** *adv.*

venous /ˈviːnəs/ *adj.* 【解】靜脈的 **~ly** *adv.*

vent¹ /vent/ *n.* ① 孔, 口, 漏洞, 噴嘴, 裂口; 通氣孔; 煙道 ② (感情之)發洩; 吐露 *v.* 開孔, 放出, 發洩, 吐露.

vent² /vent/ *n.* 衣縫開叉處.

vent³ /vent/ *n.* = ventilation 通風.

ventilate /ˈventɪˌleɪt/ *vt.* ① 使通風, 裝通風設備; 開氣孔 ② 【醫】使(血液)吸取氧氣 ③ 發洩(感情); 發表(意見); 公開討論 **ventilation** *n.* 通風設備, 氣孔.

ventilator *n.* 通風設備, 氣孔.

ventral /ˈventrəl/ *adj.* 【解】腹部的; 前面的 **~ly** *adv.*

ventricle /ˈventrɪkˈl/ *n.* or **ventricule** *n.* 【解】室, 心室.

ventriloquist /venˈtrɪləkwɪst/ *n.* 口技表演者; 腹語(術)者 **ventriloquism** *n.* 口技, 腹語(術).

venture /ˈventʃə/ *n.* ① 冒險, 冒險事業; (商業)投機 ② 投機物

(船貨、商品等) *vt.* ① 膽敢, 冒味 ② 冒險 **~some** *adj.* venturous *adj.* **~r** *n.* 投機者, 冒險者 // **~ capital** 【經】風險資本(亦作 risk capital) **joint ~** 合資經營; 合資企業.

venue /ˈvenjuː/ *n.* ① 【律】犯罪地點; 審判地點 ② (指定)集合地點; 立場; 根據.

Venus /ˈviːnəs/ *n.* ① 【羅神】維納斯(愛和美的女神) ② 【天】金星 // **~'s flower basket** 【動】偕老同穴(一種深海海綿) **~ fly trap** 【植】捕蠅草.

veracious /veˈreɪʃəs/ *adj.* ① 說真話的, 誠實的 ② 真實的 **~ly** *adv.* Veracity *n.*

veranda(h) /vəˈrændə/ *n.* 遊廊; 走廊; 陽台.

verb /vɜːb/ *n.* 【語】動詞 **~al** *adj.* ① 言語(上)的, 文字的; 口頭的 ② 逐字的 ③ 動詞的 **~ally** *adv.* **~alize** *v.* 用口頭表達.

verbatim /vɜːˈbeɪtɪm/ *adj.* & *adv.* 一字不差的(地); 逐字的(地).

verbena /vɜːˈbiːnə/ *n.* 【植】美人櫻, (戟葉)馬鞭草.

verbiage /ˈvɜːbɪdʒ/ *n.* ① 囉嗦, 冗長 ② [蔑]措辭.

verbose /vɜːˈbəʊs/ *adj.* 囉嗦的, 嘮叨的, 冗長的 **~ly** *adv.* verbosity *n.*

verdant /ˈvɜːdˌnt/ *adj.* ① 青蔥的 ② 綠葉茂盛的 verdancy *n.* ① 翠綠, 新綠 ② 單純, 幼稚 **~ly** *adv.*

verdict /ˈvɜːdɪkt/ *n.* ① (陪審團的)裁決 ② 判斷, 意見, 決定.

verdigris /ˈvɜːdɪɡrɪs/ *n.* 銅綠, 銅鏽.

verdure /ˈvɜːdʒə/ n. ① 青綠, 新綠的嫩葉 ② 新鮮, 茂盛 ③ 風景掛毯, verdurous adj.

verge ¹ /vɜːdʒ/ n. ① 邊緣, 鑲邊 ② 界限 ③ 權杖, 節杖 // **on the ~ of** 將近…… **~ on** 接近, 迫近; 瀕臨 **~ on madness** 瀕於瘋狂.

verge ² /vɜːdʒ/ vi. 向…傾斜, 斜向, 趨向, 傾向 **~r** n. 教堂管理人.

verify /ˈverɪˌfaɪ/ v. 證實; 證明, 核驗; 核實 verifiable adj. verification n. verily adv. 真正地, 真正地, 肯定地.

verily /ˈverɪlɪ/ adv. 真正地; 忠實地.

verisimilitude /ˌverɪsɪˈmɪlɪˌtjuːd/ n. or verisimility n. ① 貌似真實, 逼真 ② 逼真的事物.

veritable /ˈverɪtəbᵊl/ adj. 真實的, 真正的 veritably adv.

verity /ˈverɪtɪ/ n. (pl. **-ties**) 真實性; 事實; 真理.

vermicelli /ˌvɜːmɪˈsɛlɪ/ n. [意大利] 細麵條; 掛麵.

vermicide /ˈvɜːmɪˌsaɪd/ n. 殺蟎蟲劑; 打蟲藥.

vermiform /ˈvɜːmɪˌfɔːm/ adj. 蠕蟲狀的 // **~ appendix**【解】闌尾.

vermil(l)ion /vəˈmɪljən/ n.【化】銀朱; 硫化汞 adj. 朱紅色的; 鮮紅色的.

vermin /ˈvɜːmɪn/ n. (單複數同形) ① 害蟲; 寄生蟲; 害獸 ② 害人蟲, 歹徒, 壞蛋 **~ous** adj.

vermouth /ˈvɜːməθ, vəˈmuːθ/ n. 苦艾酒.

vernacular /vəˈnækjʊlə/ n. ① 本國語; 本地語; 土話 ② 日常口語; 方

言 ② 行話; 俗話; 下流話.

vernal /ˈvɜːnᵊl/ adj. ① 春天的; 春天似的; 春天發生的 ② 有生氣的, 朝氣蓬勃的; 青春的 **~ly** adv. **~ize** vt. 催促發育.

vernier /ˈvɜːnɪə/ n.【機】游標(尺), 微分尺, 千分尺.

veronica /vɪˈrɒnɪkə/ n. ①【植】水苦藚 ② = sudarium.

verruca /veˈruːkə/ n. (pl. **-cae**, **-cas**)【醫】疣, 瘊子 verruciform adj. 疣狀的 verrucose adj. 多疣的.

versatile /ˈvɜːsəˌtaɪl/ adj. ① 多才多藝的 ② 通用的, 萬能的 ③ 反覆無常的 versatility n.

verse /vɜːs/ n. ① 詩句, 詩行 ② 詩篇 ③ 韻文; 詩歌 ④ (聖經中)節 **~d** adj. (+ in) 通曉的, 精通的, 有造詣的 versify vi. 作詩, 以詩表達 versification n.

version /ˈvɜːʃən, -ʒən/ n. ① 翻譯; 譯本; 譯文 ② 說法; 不同的看法 ③ 版本; 形式 // **revised ~** 修訂本.

verso /ˈvɜːsəʊ/ n. (pl. **-sos**) ① 書的左面; 反頁; 封四, 封底 ② (貨幣、金牌的)反面, 背面.

versus /ˈvɜːsəs/ prep. [拉] ① [體] 對(亦作 against) ② 與…相對 (略作 v. 或 vs.).

vertebra /ˈvɜːtɪbrə/ n. (pl. **-brae**, **-bras**)【解】脊椎骨 **~l** adj. **~te** n. & adj.【動】脊椎動物的.

vertex /ˈvɜːteks/ n. (pl. **-texes**, **-tices**) ① 頂點, 絕頂 ② 頭頂;【天】天頂;【幾何】(三角形的)頂點.

vertical /ˈvɜːtɪkᵊl/ *adj.* 垂直的, 直立的, 縱的 *n.* 垂直線; 垂直面; 垂直向 **~ly** *adv.* // **~ axis**【數】縱軸, 垂直軸 **~ intergration**【商】垂直整合 **~ plane**【物】鉛垂面 **~ shifting** 上下垂直移動 **~ thinking** 按常識進行思考 **~ welding** (90 度)垂直焊接.

vertigo /ˈvɜːtɪˌgəʊ/ *n.* (*pl.* **~es**, vertigines)【醫】眩暈, 眼花 vertiginous *adj.* ① 旋轉的 ② 令人頭暈眼花的.

vervain /ˈvɜːveɪn/ *n.*【植】(開白花, 長藍、紫刺的)馬鞭草.

verve /vɜːv/ *n.* ① 神韻 ② 熱情, 活力, 生氣.

very /ˈvɛrɪ/ *adv.* 很, 非常, 極 *adj.* (比較級 verier 最高級 veriest) 真的; 實在的, 真正的, 十足的; (在名詞前)表示強調 // **the ~ thing**! 正是那個! **You are the ~ person I'm looking for**! 你正是我要找的人!.

vesicle /ˈvɛsɪkᵊl/ or vesicula *n.* 泡, 囊;【醫】小水疱.

vesper /ˈvɛspə/ *n.* ① 金星, 長庚星 ②【宗】晚禱鐘 **~s** *n.* (羅馬天主教的)晚禱.

vessel /ˈvɛsᵊl/ *n.* ① 容器, 器皿 ② 船艦, 飛船 ③【解】管, 脈管, 血管;【植】導管 ④ [喻][謔]人 // **the ~s of wrath** 遭天罰的人 **the weaker ~** 女人, 女性.

vest /vɛst/ *n.* ① [美]背心, 馬甲 ② [英]汗衫 ③ 內衣, 襯衣 ④ 女裝胸前之 V 形飾布 *vi.* (**+ in / with**) (權利財產等)屬於, 歸屬 *vt.* 授予; 賦予, 給予;【律】授予所有權; 使穿上(法衣、祭服等) // **~ed interest** 既得利益.

vestal /ˈvɛstᵊl/ *adj.* 純潔的, 貞潔的 // **~ virgin** 修女, 處女, 貞潔的女子;【羅神】獻身女灶神的處女祭司之一.

vestibule /ˈvɛstɪˌbjuːl/ *n.* ① 門廳, 門道 ② [美]車廂出入處通廊.

vestige /ˈvɛstɪdʒ/ *n.* ① 痕跡; 證據 ② 足跡 ③ 一點, 絲毫 vestigial *adj.* ① 尚留痕跡的 ② (器官)萎縮退化的.

vestiment /ˌvɛstɪˈmənt/ *n.* = vestment 衣服(尤指法衣).

vestry /ˈvɛstrɪ/ *n.* (*pl.* **-tries**) ① 祭具室 ② (教堂中)小禮拜室; 神父(或教士)的辦公室 **~man** *n.* 教區代表, 教區委員.

vet /vɛt/ *n.* ① = **~erinary surgeon** 獸醫 ② = [美]**~eran** 老兵 *vi.* 當獸醫 *vt.* [口]診療, 治療(動物).

vetch /vɛtʃ/ *n.*【植】巢菜; 箭筈豌豆, 苕子(飼料用).

veteran /ˈvɛtərən, ˈvɛtrən/ *n.* ① 老手, 老練的人, 老兵 ② 復員軍人, 退役軍人 ③ 老樹 *adj.* 老練的, 經驗豐富的, 由老兵組成的 // **~ car** 1919 年前(尤指 1905 年前)造的老爺車 Veteran's Day [美]退伍軍人節(11 月 11 日).

veterinarian /ˌvɛtərɪˈnɛərɪən, ˌvɛtrɪ-/ *n.* 獸醫 *adj.* = veterinary.

veterinary /ˈvɛtərɪnərɪ, ˈvɛtrɪnrɪ/ *adj.* 獸醫(學)的 // **~ surgeon** 獸醫.

veto /ˈviːtəʊ/ *n.* & *v.* (*pl.* **-toes**) ① 否決; 禁止 ② 否決權 **~er**, **~ist** *n.* 否決者 **~less** *adj.* 無否決

權的.

vex /veks/ *vt.* ① 使煩惱, 使苦惱, 使焦急, 使為難 ② 使惱怒, 使生氣 **~ation** *n.* **~atious** *adj.* ① 令人煩惱的, 令人焦急的, 氣死人的 ② 麻煩的 // **~ed question** 長期爭論不休的問題.

VHF, vhf /ˌviː eɪtʃ ˈef/ *abbr.* = very high frequency 無線電甚高頻.

VHS /ˌviː eɪtʃ ɛs/ *abbr.* [舊] = Video Home System 家用盒式錄像機制式.

via /ˈvaɪə, ˈviːə/ *n.* 道路 *prep.* ① 經過, 經由, 取道 ② 憑藉, 以…為媒介; 通過(某種手段) // **~ cruces** 十字架之路, 苦難之路 V- Lactea 銀河 **~ media** 中間路線.

viable /ˈvaɪəbᵊl/ *adj.* ① 能養活的, 能生存的 ② 可行的 **viably** *adv.* **viability** *n.* 成活力, 生存能力.

viaduct /ˈvaɪəˌdʌkt/ *n.* ① (山谷中的)高架橋 ② 高架鐵路.

vial /ˈvaɪəl, vaɪl/ *n.* 小玻璃瓶; 藥瓶 (亦作 phial).

viand /ˈvaɪənd/ *n.* ① (一件)食品 ② (*pl.*)菜餚; 佳餚; 食物.

vibes /vaɪbz/ *n.* ① = vibraphone [美口]電顫琴 ② 人與人之間的感情影響; 氣氛, 氛圍; 共鳴.

vibrant /ˈvaɪbrənt/ *adj.* ① 震動的, 顫動的 ② 響亮的 ③ 精神振奮的, 生氣勃勃的 **vibrance** *n.* = vibrancy.

vibraphone /ˈvaɪbrəˌfəʊn/ *n.* 【音】電顫琴.

vibrate /vaɪˈbreɪt/ *v.* ① 搖動, 震動, 顫動 ② 心中打顫; 精神振奮 ③ 反響 **vibration** *n.* **vibrator**

n. ① 使震動的人(或物) ③【電】震子 ③ 震動器 ④【醫】震顫按摩器 **vibratory** *adj.*

vibrato /vɪˈbrɑːtəʊ/ *n.* (*pl.* **-tos**) 【音】演奏(或演唱)時的顫動效果; 輕微顫音.

vicar /ˈvɪkə/ *n.* ① 教區牧師, [美] 教堂牧師 ② 教皇 **~age** *n.* 教區牧師之薪俸(或職位、住宅).

vicarious /vɪˈkɛərɪəs, vaɪ-/ *adj.* ① 代理(人)的 ② 做替身的 **~ly** *adv.*

vice [1] /vaɪs/ *n.* ① 罪惡; 不道德; 缺德行為; 壞習慣 ② 瑕疵, 毛病, 缺陷 // **~ squad** [美]風化糾察隊 (取締賣淫賭博的警察).

vice [2] /vaɪs/ *n.* 【機】老虎鉗, 軋鉗.

vice [3] /vaɪs/ *prep.* 代, 代替.

vice- /vaɪs/ *pref.* [前綴] 表示"副; 代理; 次", 如: **~chairman** *n.* 副主席; 副會長 **~chancellor** *n.* 大學副校長, 副大法官.

vicegerent /ˌvaɪsˈdʒɛrənt/ *adj.* 代理的 *n.* 代理人; 攝政官 **vicegerency** *n.* (*pl.* **-cies**) 攝政, 代理(職).

vice-pres. /ˌvaɪsˈprɛz/ *abbr.* = **~ident** 副總統; 副會長; 大學副校長; 副總裁; 副社長.

viceroy /ˈvaɪsrɔɪ/ *n.* 總督 **viceregal** *adj.* 總督的.

vice versa /ˈvaɪsɪ ˈvɜːsə/ *adv.* [拉]反過來, 反之亦然.

Vichy water /ˈviːʃiː ˈwɔːtə/ *n.* 維希礦泉水.

vicinity /vɪˈsɪnɪtɪ/ *n.* 附近的.

vicious /ˈvɪʃəs/ *adj.* ① 罪惡的; 惡劣的 ② 殘暴的, 惡毒

的 ③ 脾氣壞的 // ~ circle 惡性循環 ~ headache 劇烈的頭痛 ~ remark 刻毒的話 ~ text 錯誤百出的文本.

vicissitude /vɪ'sɪsɪˌtjuːd/ n. ① 變動, 變遷 ② 榮枯盛衰; (pl.) 好壞命運之交替.

victim /'vɪktɪm/ n. ① 犧牲(品) ② 犧牲者, 受害者, 遭難者 ~ize vt. ① 屠殺作犧牲 ② 使犧牲; 迫害 ~ization n.

victor /'vɪktə/ n. ① 勝利者, 戰勝者 ~ious adj. ~y n. 勝利, 戰勝.

victoria /vɪk'tɔːrɪə/ n. ①【植】(南美)睡蓮, 玉蓮 ② 摺篷汽車.

Victoria Cross /vɪk'tɔːrɪə krɒs/ n. [英]維多利亞十字勳章(最高軍功章).

Victorian /vɪk'tɔːrɪən/ adj. 維多利亞女王(時代)的; 舊式的 n. 維多利亞時代的人.

victual /'vɪtl/ n. (pl.)食物; [美]剩飯 v. (現在分詞 -ling 過去式及過去分詞 -led) 供給食物; 儲備糧食 ~ler n. 食物供應者.

vicuña /vɪ'kuːnjə/ or **vicuna** n. [西] ① 南美駱馬 ② 駱馬絨.

vide /'vaɪdɪ/ v. [拉]見, 參閱, 如: ~ ante vt. 見前 ~ infra vt. 見下 // ~ p. 30 (= vp. 30) 見 30 頁 ~ post 見後.

videlicet adv. [拉]即, 就是說(略作 viz.).

video /'vɪdɪˌəʊ/ n. & adj. 電視(的); 視頻(的); 影像(的) v. (現在分詞 ~ing 過去式及過去分詞 ~ed) 錄像 ~phone n. 電視電話 ~tape vt. 給 … 錄像; 將電視節目錄

在磁帶上 ~text n. 將電腦中儲存的訊息顯示在電視屏幕上 // ~ adapter 視頻轉接器 ~ camera 數碼攝錄機 ~ card 顯示卡 ~ clip 視像片段 ~ conference 視像會議 ~ conferencing 視像開會 ~ cassette, ~ cartridge 錄像帶暗盒, 盒式錄像帶 ~ cassette recorder 錄像機 ~ disc 錄像盤, 開卷式錄像帶 ~ nasty 色情、兇殺或暴力錄像 ~ tape 錄像(磁)帶.

Videotex(t) /'vɪdɪəʊˌteks/ n. = video data【計】電傳視訊.

vie /vaɪ/ vi. (過去式及過去分詞 -d 現在分詞 vying) 競爭 vt. 冒 … 危險.

Vietcong /ˌvjetˈkɒŋ/ n. 越共; 越共成員.

Vietnamese /ˌvjetnəˈmiːz/ adj. 越南(人、語)的 n. ① 越南人 ② 越南語.

view /vjuː/ n. ① 看, 望; 眺望, 展望, 觀察, 考察 ② 視力, 視域, 眼界 ③ 風景, 情景, 景色 ④ 看法, 見解 v. ① 看, 望, 眺望 ② 觀察, 視察 ③【律】查驗, 檢查 ④ 揣度, 認為 ⑤ 用電視觀看 ~er n. 觀看者, 觀眾, 電視觀眾, 觀察者 ~finder n. 取景器 ~phone n. 電視電話(亦作 picture phone) ~point n. 觀點, 觀察位置 ~screen n. 數碼相機屏幕 // in ~ of 在看得見的地方 ② 鑒於; 由 … 看來 on ~ 供人觀看, 展示.

Viewdata /'vjuːˌdeɪtə/ n. (資訊可藉電話線或電視電纜傳送的)視訊

系統(商標名).

vigil /ˈvɪdʒɪl/ *n.* 值夜, 守夜, 熬夜, 通宵護理(病人) **~ant** *adj.* 守夜 不睡的; 時時警惕的; 警戒的 **~ance** *n.*

vigilante /ˌvɪdʒɪˈlænti/ *n.* [美]自警 團團員 // **~ corps** 自警團.

vignette /vɪˈnjet/ *n.* ① 書籍章頭章 尾的小花飾(或小插圖) ②(簡短 優美的)描述; 簡介.

vigour, 美式 vigor /ˈvɪgə/ *n.* ① 精 力; 活力 ② 氣力; 生氣; 體力 ③ 氣魄; 精神 vigorous *adj.* vigorously *adv.*

Viking /ˈvaɪkɪŋ/ *n.* 北歐(尤指斯堪 的納維亞)海盜.

vile /vaɪl/ *adj.* ① 卑劣的 ② 極壞 的; 討厭的 **~ly** *adv.* **~ness** *n.*

vilify /ˈvɪlɪfaɪ/ *vt.* ① 說…壞 話, 誣衊, 誹謗; 辱罵 ② 貶低 vilification *n.* vilifier *n.* 誹謗者, 中傷者.

villa /ˈvɪlə/ *n.* ① 別墅 ② [英]郊區 住宅.

village /ˈvɪlɪdʒ/ *n.* ① 村莊, 鄉村 ② 村落, 村社 **~r** *n.* 村民.

villain /ˈvɪlən/ *n.* ① 壞蛋, 壞人 ② 反面角色 **~ous** *adj.* **~y** *n.* ① 卑劣; 兇惡; 腐化墮落 ② 壞 事; 罪惡.

villein /ˈvɪlən, ˈvɪleɪn/ *n.* [英]【史】 隸農.

vim /vɪm/ *n.* [口]力氣, 精力, 活力.

vinaigrette /ˌvɪneɪˈgret/ *n.* ① 調味 酸醬油 ②(拌沙律之)香醋油.

vindicate /ˈvɪndɪkeɪt/ *vt.* ① 辯解; 辯護 ② 證明…的正當; 維護 vindication *n.*

vindictive /vɪnˈdɪktɪv/ *adj.* ① 復仇 的, 報復的 ② 深仇切恨的 **~ness** *n.* **~ly** *adv.*

vine /vaɪn/ *n.* ① 藤; 有蔓植物 ② 葡萄藤([美]亦作 grape~) **~dresser** *n.* 修剪葡萄枝的人 **~yard** *n.* 葡萄園.

vinegar /ˈvɪnɪgə/ *n.* ① 醋 ② 尖 酸刻薄 **~y** *adj.* ① 醋似的, 酸的 ②(性情)乖戾的 **~blink** *n.* [美] 白葡萄酒.

viniculture /ˈvɪnɪˌkʌltʃə/ *n.* (釀酒) 葡萄栽培.

vino /ˈviːnəʊ/ *n.* [意][西]葡萄酒, 果酒 **~us** *adj.*

vintage /ˈvɪntɪdʒ/ *n.* ① 葡萄收穫 (期) ② 葡萄收穫量 ③ 佳釀美酒 // **~ car** (1919 至 1930 年間製造 的)汽車 **~ wine** 陳年佳釀 **~ year** 佳釀酒釀成之年份.

vintner /ˈvɪntnə/ *n.* [主英](葡萄酒) 酒商.

vinyl /ˈvaɪnɪl/ *n.* 【化】乙烯基 // **~ plastic** 乙烯基塑料 **~ resin** 乙 烯基樹脂.

vinylon /ˈvaɪnɪlɒn/ *n.* 【織】維尼綸 (聚乙烯醇縮纖維).

viol /ˈvaɪəl/ *n.* 中世紀六弦提琴.

viola [1] /vɪˈəʊlə/ *n.* 【植】菫菜(屬).

viola [2] /vɪˈəʊlə/ *n.* 【音】中提琴.

violate /ˈvaɪəleɪt/ *vt.* ① 違犯, 違 反, 破壞 ② 褻瀆, 污辱 ③ 妨礙, 侵犯, 侵入 ④ 強姦 violation *n.* violator *n.* 違犯者; 侵擾者.

violent /ˈvaɪələnt/ *adj.* ① 猛烈的, 狂暴的 ② 厲害的 ③ 激烈的; 熱 烈的 ④ 強暴的暴虐的 violence *n.* **~ly** *adv.*

violet /ˈvaɪəlɪt/ n.【植】紫羅蘭, 藍光; 堇菜 // **the March ~** (= the **sweet ~**) 香堇菜(花) **~ ray**【物】紫射線.

violin /ˌvaɪəˈlɪn/ n.【音】小提琴; 小提琴手 **~ist** n. 小提琴家.

violoncello /ˌvaɪələnˈtʃeləʊ/ n. (pl. **-los, -li**)【音】大提琴.

VIP /viː aɪ piː/ abbr. = very important person 要人, 要員, 大人物.

viper /ˈvaɪpə/ n. ①【動】毒蛇, 蝰蛇 ② 毒品販子.

virago /vəˈrɑːgəʊ/ n. (pl. **-go(e)s**) 潑婦, 悍婦.

viral /ˈvaɪrəl/ adj.【醫】病毒性的; 病毒引起的 // **~ load** 血中含病毒量.

virgin /ˈvɜːdʒɪn/ n. ① 處女 ② 童貞修女 adj. 處女的; 像處女的; 易害羞的; 純潔的; 新鮮的 **~ity** n. 童貞; 純潔 // **~ soil** 處女地, 生荒地 **~ stand** 原始森林.

virginal /ˈvɜːdʒɪnˀl/ adj. 處女的; 像處女的; 純潔的 n. 小型單音弦古鋼琴.

virile /ˈvɪraɪl/ adj. 男性的; 有男子氣概的 **virility** n. 男子氣概; 男性魅力.

virology /vaɪˈrɒlədʒɪ/ n. 病毒學(亦作 viruology).

virtual /ˈvɜːtʃʊəl/ adj. ① 實際上的; 事實上的, 事實上的 ②【物】虛的 ③ 有效的 **~ly** adv. // **~ ampere**【電】有效安培 **~ displacement**【物】虛位移 **~ height**【物】有效高度 **~ image**【物】虛像.

virtue /ˈvɜːtjuː, -tʃuː/ n. ① 品德; 德行 ② 善行; 美德; 貞操 ③ 價值; 優點; 長處 **virtuous** adj. ① 有道德的; 善良的 ② 貞潔的 **~ly** adv. virtuously // **by ~ of** (= **in ~ of**) 靠, 因, 靠…的力量.

virtuoso /ˌvɜːtjʊˈəʊzəʊ, -səʊ/ n. (pl. **-sos, -si**) ① 藝術鑒賞家(或愛好者) ② 藝術大師; 名家; (尤指)音樂演奏名手 **~ship** n. (= virtuosity) ① 藝術鑒別力 ② 藝術(尤指是音樂)上的熟練技巧 ③ 藝術鑒賞界.

virulent /ˈvɪrʊlənt/ adj. ① 劇毒的; 致命的 ② 病毒的, 致病性強的; 惡性的 ③ 惡毒的, 惡意的 **~ly** adv. virulence n. ① 有毒; 毒力; 毒性 ② 刻毒, 惡毒.

virus /ˈvaɪrəs/ n. ①【醫】病毒; 過濾性病原體 ② 電腦病毒 viral adj. 病毒的, 病毒所致的 // **~ checker** 病毒掃瞄軟件.

visa /ˈviːzə/ n. & vt. (出入境)簽證 (亦作 visé).

visage /ˈvɪzɪdʒ/ n. 臉; 面貌; 容貌; 外表.

vis-à-vis /ˌviːzɑːˈviː/ n. ① 相對的人, 對方, 對談者, 對舞者 ② 面對面的談話; 密談 adj. 相對的 adv. 面對面, 對坐着 prep. 在…的對過, 對着, 對於.

viscera /ˈvɪsərə/ n. (viscus 之複數) ① 內臟, 臟腑 ② 內容 ~l adj. ① 內臟的 ② 內心的 ③ 本能的; 食慾的.

viscid /ˈvɪsɪd/ adj. ① 黏的, 黏膠的 ② 半流體的 **~ity** n. **~ly** adv.

viscose /ˈvɪskəʊs/ n.【化】黏膠液,

黏膠(纖維).

viscount /ˈvaɪkaʊnt/ *n.* 子爵 ~cy, ~y, ~ship *n.* 子爵之地位(或頭銜、身份、爵位) ~ess *n.* 子爵夫人, 女子爵.

viscous /ˈvɪskəs/ *adj.* 黏的; 【物】黏性的 viscosity *n.* ~ly *adv.* // ~ fluid 黏滯流體.

visible /ˈvɪzɪbʰl/ *adj.* ① 可見的, 看得見的, 肉眼能見的 ② 顯著的, 明白的 visibly *adv.* 顯然, 明明白白 visibility *n.* ① 能見度; 可見物; 可見性 ② 可見距離; 視界 ③ 顯著, 明顯度 // ~ spectrum 【物】可見光譜.

vision /ˈvɪʒən/ *n.* ① 視力, 視覺 ② 洞察, 想像力 ③ 景像, 光景 ④ 幻影, 幻覺 ⑤ 【修】想像描述 ~ary *adj.* ① 幻想的, 幻影的 ② 空想的, 非現實的 *n.* 幻想家, 夢想者, 空想家 // ~ statement 【商】目標聲明.

visit /ˈvɪzɪt/ *vt.* ① 拜訪, 訪問, 探望, 遊覽, 參觀 ② 視察, 調查, 巡視, (醫生)出診 ~able *adj.* 適於拜訪的; 值得訪問的 ~ant *n.* (特指身份高的)來訪者, 貴賓 *adj.* 來訪的 ~ation *n.* ① (正式的)訪問; 視察; 巡視; 天罰; 災禍應～ *or n.* ① 訪問者, 來賓, 遊客, 參觀者 ② 巡視員 *n.* (*pl.*)【體】客隊, 來訪隊 ~orial *adj.* 訪問的, 巡視的.

visiting /ˈvɪzɪtɪŋ/ *adj. & n.* 訪問(的); 視察(的) // ~ book 來賓留名簿 ~ card 名片 ~ day 會客日; 接見來客日 ~ fireman [美俚]遊客 ~ scholar 訪問學者 on

~ terms 關係甚密的相互訪問.

visking tubing *n.* 人造黏膜管.

visor, -zor /ˈvaɪzə/ *n.* ① 頭盔上的面罩 ② 帽舌, 遮陽 ③ 【機】護目鏡, 遮陽板.

vista /ˈvɪstə/ *n.* ① 展望; 峽谷風光; 遠景 ② 瞻望前途 ③ 追溯往事.

VISTA /ˈvɪstə/ *abbr.* = Volunteers in Service to America 美國義工服務隊(到貧苦地區服務).

visual /ˈvɪʒʊəl, -zjʊ-/ *adj.* ① 視覺的, 觀看的 ② 看得見的 ③ 光學的 ④ 形象化的 ~ise *v.* (= ~ize) (使)顯現; 想像; (使)形象化, 具體化 ~ization *n.* ~ly *adv.* // ~ aids 視覺輔助工具 ~ display unit 可視顯示單位 ~ field 視野 ~ pollution (市內廣告牌等造成的)視覺污染 ~ resolution 視力分析率 ~ sensations 視覺.

vital /ˈvaɪtʰl/ *adj.* ① 生命的; 維持生命所必需的; 有生命力的; 生氣勃勃的 ② 生死攸關的; 致命的; 重要的 ~s *pl. n.* 要害器官(心、肺、腦等); 要害; 核心 ~ly *adv.* ~ity *n.* ① 生命力, 活力, 體力 ② 生氣 // ~ statistics ① 人口動態統計 ② [謔]女性身材尺寸, 三圍(指胸圍、腰圍和臀圍).

vitamin /ˈvɪtəmɪn, ˈvaɪ-/ *n.* 維他命, 維生素.

vitiate /ˈvɪʃɪeɪt/ *vt.* ① 損害; 弄壞 ② 使失效 ③ 使道德敗壞 vitiation *n.*

viticulture /ˈvɪtɪkʌltʃə/ *n.* 葡萄栽培(學).

vitreous /ˈvɪtrɪəs/ *adj.* 玻璃的; 透明的 // ~ body 眼睛玻璃體

~ humour (眼睛的)玻璃液.

vitrify /ˈvɪtrɪˌfaɪ/ v. (過去式及過去分詞 -fied)玻化, 使玻璃化 **vitrification** n. = vitrifaction // vitrified clay n. 玻璃化陶土.

vitriol /ˈvɪtrɪˌɒl/ n. ①【化】硫酸 (鹽、礬) ② 刻薄話 **~ic** adj.

vituperate /vɪˈtjuːpəˌreɪt/ vt. 罵, 責罵, 辱罵 **vituperation** n. **vituperative** adj.

viva [1] /ˈviːvə/ [意]歡詞; 萬歲; 歡呼聲 [法]亦作 vive).

viva [2] /ˈviːvə/ n. 口頭進行的考試, 口試(亦作 viva coce).

vivace /vɪˈvɑːtʃɪ/ adv. [意]【音】活潑地(速度極快).

vivacious /vɪˈveɪʃəs/ adj. ① 快活的, 活潑的, 生氣勃勃的 ② 長命的, 難殺死的 **vivacity** n. 活潑, 快活.

vivarium /vaɪˈvɛərɪəm/ n. (pl. -iums, -ia) 生態動物園, 生態飼養場(或室、箱).

viva voce /ˈvaɪvəˈvəʊtʃɪ/ adv. [拉]大聲地, 口頭地, 口試地.

vivid /ˈvɪvɪd/ adj. ① 活潑, 生動 ② 鮮明的 ③ 如在眼前的 **~ly** adj. **~ness** n.

viviparous /vɪˈvɪpərəs/ adj. ①【動】胎生的 ②【植】株上萌發.

vivisection /ˌvɪvɪˈsɛkʃən/ n. 活體解剖 **~ist** n. 活體解剖者.

vixen /ˈvɪksən/ n. ① 雌狐 ② 潑婦, 悍婦 **~ish** adj.

viz(.) /vɪz/ abbr. = videlicet, that is, namely.

vizier /vɪˈzɪə/ n. (伊斯蘭國)大臣.

vizor /ˈvaɪzə/ n. = visor 頭盔上的面罩.

VLF, vlf /viː ɛl ɛf/ abbr. = very low frequency【無】甚低頻.

V-neck /viː nɛk/ n. V 字形領口, 三角領口 **~ed** adj.

VOA /viː əʊ eɪ/ abbr. = Voice of America 美國之音.

vocabulary /vəˈkæbjʊlərɪ/ n. ① 詞彙 ② 用詞範圍 ③ 詞彙量 // ~ control 詞彙控制 • **entry** (詞典中)條目.

vocal /ˈvəʊkᵊl/ adj. ① 聲的, 聲音的 ② 口頭的 ③ 有聲音的;【音】聲樂的; 歌唱的 **~s** pl. n. 流行音樂的歌唱部份 **~ly** adv. **~ise** n. 【音】(不用歌詞而用元音)練唱, 練聲 **~ist** n.【音】聲樂家, 歌唱家 **~ize** vt. ① 使發聲, 清晰地發音, 有聲化 ② 使發成元音(或濁音), 元音化 **~ization** n. ① 發聲法, 有聲化 ②【音】練唱, 練聲 (特指元音練唱法) // ~ cords / bands【解】聲帶.

vocalic /vəˈkælɪk/ adj.【語】元音的, 多元音的 n. 元音.

vocation /vəʊˈkeɪʃən/ n. ① 天命; 天職 ② 職業, 行業 **~al** adj. // **~al education** 職業教育 **~al school** 職業學校 **~al disease** 職業病 **~al studies** 職業教育.

vocative /ˈvɒkətɪv/ adj. & n.【語】呼格(的); 呼喚語.

vociferate /vəˈsɪfəˌreɪt/ v. 大聲叫喊着說; 叫罵, 喧鬧 **vociferation** n.

vociferous /vəˈsɪfərəs/ adj. 大聲叫嚷的; 喧鬧的 **~ly** adv.

vocoder /ˈvəʊˌkəʊdə/ *n.* [美]語音編碼機.

voder /ˈvəʊdə/ *n.* 語音合成器(亦作 voice operation demonstrator).

vodka /ˈvɒdkə/ *n.* [俄]伏特加(酒).

vogue /vəʊg/ *n.* ① 時髦, 風氣, 時尚, 流行 ② 時髦的事物(或人物); 流行物 // **in ~** (十分)流行 **give ~ to** 使流行.

voice /vɔɪs/ *n.* ① 聲音; 嗓音; 鳴聲 ② 發聲能力; 語言 ③ 代言人 ④ [語]語態 ⑤ 歌喉, 嗓子 **~d** *adj.* 有聲的; 濁音的 **~less** *adj.* ① 無聲的, 沉默無言的 ② 無發言(或投票)權的 ③ 發清音的 **~r** *n.* ① 調音者 ② 表示意見者, 投票者 **~activated** *adj.* 聲控的 **~over** *n.* 電視畫外音(評論員, 解說員說話); 旁白敍述 // **~ box** 【解】喉嚨, 嗓門 **~ mail** 語音信箱 **~ recognition** 【計】語音識別, 聲音識別.

void /vɔɪd/ *adj.* ① 空的, 空虛的 ② 沒有的 ③ [詩]無益的 ④ [律]無效的 *n.* ① 空虛, 空處, 空隙, 空席, 真空 ② 空虛的感覺, 寂寞的心情 *vt.* ① 排泄, 放出 ② 使無效, 取消.

voile /vɔɪl/ *n.* [法][紡]巴里紗(透明薄紗).

vol. *abbr.* ① = volume ② = volcano ③ = volunteer.

volatile /ˈvɒləˌtaɪl/ *adj.* ① 揮發的 ② 快活的, 輕快的 ③ 易變的; 反覆無常的; 輕浮的 有翅動物 **volatility** *n.* 揮發性 **volatilization** *n.* 揮發(作用).

vol-au-vent /ˈvɒləvɑ̃/ *n.* [法]酥皮餡餅.

volcano /vɒlˈkeɪnəʊ/ *n.* (*pl.* **-no(e)s**) 火山 **volcanic** *adj.*

vole /vəʊl/ *n.* [動]田鼠.

volition /vəˈlɪʃən/ *n.* 意志(力), 決心 // **of one's own ~** 出於本人的意志.

volley /ˈvɒlɪ/ *n.* ① 排槍, 齊射 ② (質問的)連發 ③ [足][網球](不待球着地)攔擊, 踢踢 *v.* ① 齊射, 迸發 ② 飛擊, 踢踢 **~ball** *n.* 【體】排球 **~baller** *n.* 排球運動員.

volt /vəʊlt/ *n.* 【電】伏(特) **~aic** *adj.* 電流的, 伏特的 **~age** *n.* 【電】電壓, 伏特數 **~meter** 【電】電壓表, 伏特計.

volte-face /vɒltˈfɑːs/ *n.* [法]轉向; 逆轉, 變卦, 180度轉變.

voluble /ˈvɒljʊbl/ *adj.* ① 流利的, 流暢的, 口若懸河的, 善辯的 ② 易旋轉的 **volubility** *n.* ① (口才、文章)流暢, 流利 ② 旋轉性 **volubly** *adv.*

volume /ˈvɒljuːm/ *n.* ① 卷, 冊, 書籍 ② 【物】【樂】音量; 強度, 響度 ③ (常用複)大塊, 大量, 許多 ④ 體積, 容積, 分量, 額 **voluminous** *adj.* ① 卷數多的, 大部頭的 ② 很多的; 容積大的, 廣大的 **~tric** *adj.* 測量容積的.

voluntary /ˈvɒləntərɪ/ *adj.* ① 自願的, 自發的 ② 故意的, 有意的 ③ 【生理】隨意的 ④ 【律】無償的 *n.* 教堂中風琴獨奏 **voluntarily** *adv.*

volunteer /ˌvɒlənˈtɪə/ *n.* ① 自願者, 義工 ② 志願兵, 義勇軍 *vi.*

① 自願做…；當志願兵 ②【律】無償讓渡(或讓受)人.

voluptuous /vəˈlʌptjʊəs/ *adj.* ① 淫逸的 ② 肉慾的, 色情的, 妖嬈的 voluptuary *n.* & *adj.* 縱慾的(人), 迷戀酒色的(人).

volute /ˈvɒljuːt, vəˈluːt/ *n.* ① 渦漩形(物) ② 盤蝸(飾) ③ 集氣環.

vomit /ˈvɒmɪt/ *v.* 嘔吐, 吐出 *n.* 吐出物; 吐劑; 髒話.

voodoo /ˈvuːduː/ *n.* ① [美]伏都教; 巫術信仰 ② 伏都教徒, 黑人巫師.

voracious /vɒˈreɪʃəs/ *adj.* ① 貪吃的; 狼吞虎嚥的 ② 貪心的 **~ly** *adv.* voracity *n.* 貪食, 暴食, 貪婪.

vortex /ˈvɔːtɛks/ *n.* (*pl.* **-texes, -tices**) ① 漩渦; 旋風 ② 渦流.

votary /ˈvəʊtərɪ/ *n.* (*pl.* **-ries**) ① 皈依者, 信仰者, 信徒 ② 熱心者; 愛好者; 提倡者.

vote /vəʊt/ *n.* ① 投票; 表決 ② 投票權; 選舉權; 投票人 ③ 選票; 得票數 *vt.* 給…投票, 投…的票; 投票表決; 提議; 選舉 **~r** *n.* 投票者, 選舉人 // **be ~d**[美]被公認為 **~ (a measure) through** 使(議案)表決通過 **~ by ballot** 無記名投票 **~ down** 否決 **~ for** 投票贊成.

votive /ˈvəʊtɪv/ *adj.* 奉獻的; 還願的; 誠心祈求的 **~ly** *adv.*

vouch /vaʊtʃ/ *vi.* 保證, 擔保, 作證 *vt.* ① 保證 ② 確定, 斷言 **~er** *n.* ① 保證人, 證明人 ② 證件, 收據, 憑單 ③ 現金券.

vouchsafe /ˌvaʊtʃˈseɪf/ *vt.* 賜; 允諾.

vow /vaʊ/ *n.* 誓言, 誓約 *v.* 起誓, 發誓; 許願.

vowel /ˈvaʊəl/ *n.*【語】元音(字母) *adj.* 元音的 *vt.* 加元音於….

vox /vɒks/ *n.* (*pl.* voces) [拉]語言, 聲音, 呼聲 // **~ pop** [美](電視、無線電中)民意調查採訪.

vox populi /ˈpɒpjʊˌlaɪ/ *n.* 人民呼聲; 輿論.

voyage /ˈvɔɪɪdʒ/ *n.* 航海; 航行; 旅行; 航程 *v.* 航行, 渡過, 飛過 **~r** *n.* 航行者, 旅行者 // **~ charter**【海】航次租賃 **~ policy**【海】航次保險.

voyeur /vwaɪˈɜː, vwajœr/ *n.* [法]【醫】觀淫癖患者 **~ism** *n.* 觀淫癖 **~istic** *adj.*

VS, vs /viː ɛs/ *abbr.* ① = veterinary surgeon 獸醫 ② = verse 韻文 ③ = versus 對.

V-sign /viː saɪn/ *n.* V 字形手勢, 勝利手勢(英國首相邱吉爾在第二次大戰勝利時作過此手勢).

VSO /viː ɛs əʊ/ *abbr.* = Voluntary Service Overseas 海外義工服務(隊).

VSOP /viː ɛs əʊ piː/ *abbr.* = very superior old pale 上等白蘭地(酒).

VTOL /ˈviːtɒl/ *abbr.* = vertical takeoff and landing (飛機)垂直起落.

VTR /viː tiː ɑː/ *abbr.* [舊] ① = video tape recorder 視頻訊號磁帶記錄器; 磁帶錄相機 ② = video tape recording (磁帶)錄相.

vulcanize, -se /ˈvʌlkənaɪz/ *vt.* 使硫化, 在…中加硫, 使硬化 *vi.* 硫

化, 硬化 vulcanization n. 硫化(作用) vulcannite n. 硬橡皮.

vulgar /ˈvʌlɡə/ adj. ① 平民的, 民眾的 ② 庸俗的, 粗俗的; 下流的 ③ 通俗的, 大眾的 ~ly adv. ~ian n. 粗俗的人, 庸俗的暴發戶 ~ism n. ① 粗俗, 庸俗 ② 粗俗話, 詞語之非規範用法 ~ity n. 粗俗語, 粗俗行為 ~ize vt. 使庸俗, 庸俗化, 大眾化, 通俗化 ~ization n. // ~ fraction 普通分數.

Vulgate /ˈvʌlɡeɪt, -ɡɪt/ n. 公元四世紀的拉丁文聖經.

vulnerable /ˈvʌlnərəbˀl/ adj. ① 易受攻擊; 損壞的 ② 易受傷的; 脆弱的 vulnerability n. vulnerably adv.

vulnerary /ˈvʌlnərərɪ/ adj. 醫治創傷的 n. 創傷癒合劑.

vulpine /ˈvʌlpaɪn/ adj. 狐狸的; 狐狸似的; 狡猾的.

vulture /ˈvʌltʃə/ n. 兀鷹, 禿鷲, 雕.

vulva /ˈvʌlvə/ n. (pl. -vae, -vas) 【解】女陰; 外陰; 陰戶.

vying /ˈvaɪɪŋ/ v. vie) 的現在分詞 adj. 競爭的.

W

W, w /ˈdʌbˀl, juː/ abbr. ①【化】元素鎢 (tungsten) 的符號 ② = wolfram 鎢 ③ = warden 看守 ④ = warehouse 倉庫 ⑤ = watt(s) 瓦 (電力單位) ⑥ = weight 重量 ⑦ = Wednesday 星期三 ⑧ = west(ern) 西.

WA /ˈdʌbˀl, juː eɪ/ abbr. ① = West Africa 西非 ② = Western Australia 西澳洲 ③ = with average【險】(承保單獨海損)水漬險.

WAC /wæk/ abbr. = Women's Army Corps [美]陸軍婦女隊.

wack /wæk/ or n. [美俚]怪人 ~y adj. (比較級 ~ier 最高級 ~iest) [美俚]古怪的; 壞的; 有害的; 瘋瘋癲癲的 ~iness n.

wad /wɒd/ n. ① (軟綿綿的)一團, 一撮 ② 一卷, 一捆(紙、布) v.

(現在分詞 ~ding 過去式及過去分詞 ~ded) ① 弄成一團, 捲成一卷 ② (以軟料)填塞 ~ding n. 填料, 填絮, 填塞.

waddle /ˈwɒdˀl/ vi. 搖搖擺擺地走 n. 搖擺的步伐.

wade /weɪd/ n. & v. 蹚, 費力地前進 ~r n. ① 蹚水的人, 涉渡者 ② 長腿水鳥 ③ (pl.)涉水長膠靴.

wadi, wady /ˈwɒdɪ/ n. (pl. -dies) (北非及阿拉伯地區只在雨季有水的)乾涸河床.

wafer /ˈweɪfə/ n. ① 薄脆餅乾 ② 晶圓; 薄片; 膠紙 ③【醫】(包藥用)糯米紙 ④【宗】聖餅(不發酵的圓麵包) ~-thin adj. = ~y 極薄的.

waffle /ˈwɒfˀl/ n. ① 奶蛋格子餅, 窩夫 ② [美俚]含糊不清地說(或寫).

waft /wɑːft, wɒft/ vt. 吹送, 飄送, 使飄浮 ① 浮動, 飄浮 ② 一陣風 ③ 飄揚物.

wag /wæg/ vt. (現在分詞 ~ging 過去式及過去分詞 ~ged) 搖, 擺動(尾巴等) vi. 不停地動; 喋喋不休; [俚]動身出發 n. ① 搖動, 擺動 ② 愛說笑的人, 滑稽角色 ③ [英俚]逃學(亦作 play ~ & ~ it) ~gish adj. 玩笑的; 諧謔的 ~tail n. 長尾小鳥 // The tail ~s the dog. 上下顛倒; 小人物掌大權.

wage /weɪdʒ/ n. ① (常用複)工資 ② 報酬 vt. ① 實行, 進行; 作(戰) ② [俚]僱傭 ~worker n. (= ~ earner) 僱傭勞動者 // ~ day 發工資日 ~ freeze [英]工資凍結 ~ hike 加薪 time ~s 計時工資 ~s by the piece 計件工資 get good ~s 拿高薪.

wager /weɪdʒə/ n. 賭注, 打賭 vt. 打賭, 擔保.

waggle /wægᵊl/ v. & n. = wag 搖動, 擺動 **waggly** adj.

wag(g)on /wægən/ n. ① (四輪)運貨馬車 ② (火車)無蓋貨車 ③ 手推車 ~er n. 運貨馬車車夫.

waif /weɪf/ n. ① 流浪者, 無家可歸的人, (特指)流浪兒 ② 無主人的動物 ③ 無主物品, 漂流物.

wail /weɪl/ v. & n. ① 痛哭, 大哭, 慟哭 ② 悲哀 ~er n. 慟哭者, 哀悼者 // Wailing Wall 西牆, 哭牆.

wain /weɪn/ n. = wagon [詩]貨運馬車.

wainscot /weɪnskət/ n. & v.【建】護壁板 ~ing, ~ting n. 護壁材料.

waist /weɪst/ n. ① 腰; 腰部; 腰身 ② [美](西裝)背心(亦作 ~coat) ~band, ~belt n. 腰帶, 褲帶 ~line n. 腰圍.

wait /weɪt/ v. ① 等, 等待, 等候 ② 服侍, 伺候 ③ 耽擱 ~er n. 侍者, 侍應員, 服務員 ② 盆, 托盤 ~ress n. 女侍應員, 侍女 // ~ing list 候補(申請)人名單 ~ing room 候車室, 候診室 ~-and-see attitude 觀望態度.

waive /weɪv/ vt. ① 放棄(權利、要求等), 撤回; 停止 ② 暫時, 擱置, 推遲 ③ 不予考慮, 撇開 ~r n.【律】棄權書, 放棄聲明書.

wake¹ /weɪk/ v. (過去式 woke 過去分詞 woken) ① 醒, 醒來, 醒着 ② 警覺, 醒悟 ③ 甦醒, 活潑來 vt. 弄醒, 叫醒; 使覺醒, 使振作 n. 守靈 ~ful adj. 睡不着的, 醒着的, 不眠的 ~fulness n. ~n vi. 醒來, 醒着 vt. 弄醒; 喚醒, 使覺醒, 振作, 鼓勵.

wake² /weɪk/ n. (船駛過時的)尾波, 航跡, 蹤跡 // in the ~ of 在……後接踵而來.

walk /wɔːk/ vi. ① 走, 步行 ② 走着去, 散步 ③ 帶着走, 領着走 n. ① 行走, 步行; 徒步; 散步 ② 步法, 步態 ③ 步行距離, 步程 ④【體】競走 ⑤ 步道, 人行道 ~about n. 散步, 閒步 ~away n. 輕而易舉的勝利(或工作) ~-down n. 地下室, 地下商場 ~er n. ① 步行者; 散步者 ② 助步車 ~ie-talkie n. 對講機 **Walkman** n. 帶耳塞之小收錄機(亦作 personal stereo)(商標名) ~~-on n. 跑龍套(演員) ~out n.
① 罷工(者), 罷課(者) ② 退席抗
議 ~over n. 一帆風順; 輕易得勝
~up n. & adj. ① 無電梯設備的
(公寓) ② 臨街的 // ~ into ① 走
進 ② 不情願地見面 ~ one's
chalk(s) [俚]不辭而別 ~ in
darkness 過罪孽生活 ~ in sb's
shoe [俚]代替(某人) walks of life 職
業, 身份(各階層).

walking /ˈwɔːkɪŋ/ n. & adj. 步
行, 步態(的) // ~ dictionary 活
字典 ~ stick 手杖 ~ ticket =
~ papers) 解僱通知 ~ tour 徒步
旅行.

wall /wɔːl/ n. ① 牆壁, 圍牆; 城
牆 ② 障壁, 堤防 ③ 內壁 vt. 築
牆圍起來, 築城防禦 ~ed adj.
有圍牆的 ~chart n. 掛圖之圖
表 ~flower n.① 【植】桂竹香
② 牆花(舞會中沒有舞伴的女
子) ~paper n. 糊壁紙 ~-to~ adj.
(地氈)鋪滿地板的 // go over the
~ [美俚]越獄 go to the ~ 陷入絕
境; (事業)失敗 hang by the ~ 被
遺忘 ~ cloud 雲牆.

wallaby /ˈwɒləbɪ/ n. (pl. -bies,
-by) ①【動】沙袋鼠; 小種袋鼠
② [俚]澳洲人.

wallet /ˈwɒlɪt/ n. 錢包, 皮夾子.

walleyed /ˈwɔːˌlaɪd/ adj. ① 多眼白
的, 眼大而閃亮的 ② [俚]喝醉了
的.

wallop /ˈwɒləp/ vt. (現在分詞 ~ing
過去式及過去分詞 ~ed) [口]猛
擊; 擊潰, 打垮; 衝過去, 笨拙地
走 n. 笞打, [美口]強烈快感 adj.
巨大的 ~er n. ① 猛擊者, 痛毆

者 ② 特大物, 怪物 // go (down)
~ 唏哩嘩啦地倒下.

wallow /ˈwɒləʊ/ vi. (豬等在泥、
水中)翻滾, 打滾 [喻]沉迷於. (水
牛等)打滾的(泥潭) // ~ in money
非常有錢.

wally /ˈwɒlɪ/ n. (pl. -lies) ① [俚]
笨人 ② 玩物; 裝飾物.

walnut /ˈwɔːlnʌt/ n.【植】胡桃, 核
桃(樹).

walrus /ˈwɔːlrəs, ˈwɒl-/ n. (pl.
-ruses, -rus)【動】海象; [美俚]
矮胖子.

waltz /wɔːls/ n. 華爾茲舞(曲); 圓
舞(曲); [喻]輕鬆愉快的工作 v.
跳華爾茲舞; 旋轉; 輕易地進行.

wampum /ˈwɒmpəm/ n. (從前北
美印第安人用作貨幣和裝飾品
的)貝殼串珠.

wan /wɒn/ adj. ① 蒼白的, 沒有血
色的 ② 病弱的.

wand /wɒnd/ n. ① (柳樹等的)嫩
枝, 細枝 ② (魔術師的)短杖, 權
杖.

wander /ˈwɒndə/ vi. ① (無目的
地)漫步, 漫遊; 徘徊, 流浪, 漂泊
② 迷路, 走岔 ~er n. 流浪者, 漫
遊者, 彷徨者, 迷路的動物 ~lust
n. 旅行熱, 流浪癖.

wane /weɪn/ vi. ① 缺損, 虧; (光,
勢)衰落, 減少 // on the ~ (月亮)
正在虧缺中, 衰落中, 減少 ~ to
the close 接近末尾 wax and ~ 盈
虧; 盛衰.

wangle /ˈwæŋgˀl/ vt. [口] ① 用計
謀辦到, 巧妙取得 ② 脫身(困
境) ③ 哄騙; 偽造 n. 詭計; 花言
巧語.

want /wɒnt/ *vt.* ① (想)要, 想得到 ② 需要, 必要 ③ 徵求; 通緝 ⑤ 缺少, 欠缺, 不夠 *n.* ① 不足, 缺乏, 需要 ② 窮困, 貧困, 匱乏 **~ed** *adj.* 警方追捕的 **~ing** *adj.* 短缺的; 不足的 *prep.* 缺, 短少 // **in ~** 貧窮 **~ ad** 招聘, (求職)廣告.

wanton /wɒntən/ *adj.* ① 放肆的, 放縱的; 任性的; 變化無常的; 魯莽的; 荒唐的; 胡作非為的 ② 行為不檢的 ③ 淘氣的, 頑皮的 ④ 毫無理由的 *vt.* 揮霍無度; 浪費 **~ly** *adv.*

wapiti /wɒpɪtɪ/ *n.* (*pl.* **-tis**) [集合名詞]【動】(北美)馬鹿.

war /wɔː/ *n.* ① 戰爭; 軍事 ② 兵學, 戰術 ③ 武器, 兵器 ④ 鬥爭; 不和 *adj.* 戰爭的 *v.* (現在分詞 **~ring** 過去式及過去分詞 **~red**) 打仗, 作戰, 鬥爭, 競爭 **~ring** *adj.* 交戰的, 勢不兩立的 **~fare** *n.* 戰爭, 戰事, 戰爭狀態 **~head** *n.* 彈頭 **~like** *adj.* 戰爭的, 軍事的, 好戰的 **~monger** *n.* 戰爭販子 **~mongering** *n.* 鼓吹戰爭行為 **~path** *n.* 征途 **~ship, ~vessel** *n.* 軍艦 **~weary** *adj.* 厭戰的 // **~ baby** ① 戰時出生的孩子; 士兵的私生子 ② 因戰爭需要發展的工業 **~ crime** 戰爭罪 **~ criminal** 戰犯 **~ cry** 戰鬥吶喊 **~ fatigue** 厭戰(情緒).

warble /wɔːbˈl/ *v.* ① 鳥啼囀 ② 用顫音唱, 唱歌 **~r** *n.* ① 鳴禽; (顫音)歌手 ②【動】苔鶯 ③【物】顫音器.

ward /wɔːd/ *n.* ① 監視, 監護, 守護 ②【律】受監護人 ③ 選區, 行政區 ④ 病房 ⑤ 牢房 **~room** *n.* 軍艦上的軍官休息室 **~ship** *n.* 監護(權) // **~ off** 避開; 退卻.

warden /wɔːdˈn/ *n.* ① 看門人, 看守人; 保管人, [美]典獄長 ② 負責監督執行各種規定、條例的官員 **~ship** *n.* 看守人的職位(或職權).

warder /wɔːdə/ *n.* ① (監獄)看守; 保管員; 守望員, 衛兵 ② 權杖 **wardress** *n.* [英]監獄女看守.

wardrobe /wɔːdrəʊb/ *n.* ① 衣櫥 ② 藏衣室 ③ 行頭, (全部)服裝.

ware /wɛə/ *n.* ① (用於複合詞)製品, 成品, 器皿(如 **hard~, iron~**) ② (*pl.*)商品, 貨品 *vt.* 小心, 留心, 注意; 避免 **~house** *n.* ① 倉庫, 貨棧 ② 批發站; 大零售店.

warlock /wɔːlɒk/ *n.* 巫師, 術士.

warm /wɔːm/ *adj.* ① 暖和的, 溫暖的 ② 熱情的, 熱心的 ③ 熱烈的 ④ 親熱的 ⑤ (顏色)暖色的, 濃艷的 *vt.* 使暖, 加溫 **~blooded** *adj.*【動】溫血的, 熱血的, 熱情的 **~corner** *n.* [口]激戰地區; 不愉快的處境 **~er** *n.* 取暖器, 加溫器 **~ly** *adv.* **~th** *n.* ① 溫暖, 暖和 ② 熱心, 熱情, 興奮, 誠懇 // **~ up** *adj.* ① 加溫, 使變暖 ② 熱身, 作準備.

warn /wɔːn/ *vt.* ① 警誡, 警告; 訓誡 ② 預先通知 **~ing** *n.* ① 警告, 警示 ② 預告, 通知.

warp /wɔːp/ *vt.* ① 使彎曲, 翹曲, 扭歪 ② 歪曲, 偏差; 曲解 *n.* 歪曲, 乖戾; [紡](織物的)經紗 **~er** *n.*【紡】整經工, 整經機.

warrant /wɒrənt/ *n.* ① 正當理由

② 授權證書 ③ 保證 ④【律】搜查證 ~y n. ① 保證書 ② 根據，理由 ③ 授權(證) ④【律】保單 ~ee n.【律】被保證人 ~er n. (= ~or) 擔保人 // ~ officer (英美陸海空軍)准尉.

warren /ˈwɒrən/ n. ① 養兔場 ② 人口擁擠的公寓(或地區、大雜院) ~er n. 養兔場主，養兔場看管人.

warrior /ˈwɒrɪə/ n. 勇士，力士，武士.

wart /wɔːt/ n.【醫】疣，肉贅，瘊子 ~y adj. (比較級 -ier 最高級 -iest) 疣似的；有疣子的 ~hog n.【動】非洲野生疣豬.

wary /ˈwɛərɪ/ adj. (比較級 warier 最高級 wariest) 小心的，留神的，謹慎的 warily adv. wariness n.

was /wəz, wɒz/ v. be 的過去式(用於第一、三人稱單數).

wash /wɒʃ/ vt. ① 洗，洗滌 ② 洗掉，洗去，洗淨 ③ 沖洗，沖選 ④ (浪)沖擊，沖刷 ⑤ 淡淡着色於 ~able adj. 經洗的，耐洗的 ~er n. ① 洗滌者 ② 洗衣機 ③【機】墊圈 ~ing n. [集合名詞]需洗的衣物，洗過的衣物 ~basin n. 洗臉盆 ~board n. 洗衣板;【建】壁腳板 ~cloth n. 毛巾(亦作 rag) ~coat n. 焊接表層 ~out n. 潰敗，沖潰 ~room n. 盥洗室，廁所 ~stand n. 臉盆架 ~tub n. 洗衣盆，洗滌槽 ~up n.【礦】沖洗出之礦沙量 // ~ away 沖走 ~ down 洗掉，沖下，沖服 ~ up 飯後洗刷碗碟等 ~ hand of it 洗手不幹 ~ sale [美](股票的)虛拋.

wasp /wɒsp/ n. ① 黃蜂 ② 暴躁的人，脾氣不好的人 ~ish adj. 脾氣不好的 // ~ waist (束緊之)細腰.

Wasp, WASP /wɒsp/ n. [謔]祖先是英國新教徒的美國人.

wassail /ˈwɒseɪl/ n. 宴會，歡宴; 宴會的祝酒 v. 祝酒，乾杯，痛飲.

waste /weɪst/ adj. ① 荒蕪的，不毛的; 未開墾的 ② 廢棄的，多餘的 v. ① 浪費，糟蹋 ② 毀壞 ③ 使荒蕪 ④ 消耗，使衰弱，蹂躪 n. ① 浪費 ② (常用)荒地，荒野; 荒漠，荒蕪 ③ 消耗，損耗，衰弱 wastage n. 浪費，損耗; 廢料 ~ful adj. 浪費奢侈的，揮霍的 ~fully adv. ~er n. ① 浪費者，揮霍者 ② 行為不良的人 ③ 浪費者 ④ [口]無用的人 ⑤ 廢品 ⑥ 破壞者 ⑥【醫】瘦弱嬰兒 ~bin n. 垃圾桶 ~land n. 荒地，荒漠 // ~ pipe 污水管 ~ product 廢料，人體排泄物 ~paper basket 廢紙簍.

wastrel /ˈweɪstrəl/ n. ① 流浪兒童 ② 飯桶 ③ 浪費者.

watch /wɒtʃ/ n. ① 手錶，鐘錶 ② 值夜，值班，守夜，看守人，哨兵 ③ 看守，監視，注意; 警戒 v. ① 注視，注意 ② 看守，觀察 ③ 守候，看着 ④ 期待，等候 ⑤ 望着 ~able adj. 值得注意的 ~er n. 看守人，值班員; 守夜人，哨兵 ~ful adj. 留心的，注意的，小心提防的，警惕的 ~fully adv. ~fulness n. ~dog n. 看門狗，監視者 ~man n. 看守人，更夫，夜班警衛員 ~tower n. 瞭望塔 ~word n. (= password) 口令暗號 // ~ one's time 等待時機 ~ out

注意.

water /ˈwɔːtə/ n. ① 水 ② 水域, 水道, 領水, 領海 ③ 水位, 水深, 水面 ④ 分泌液, (如尿、汗、口水等) vt. 澆水, 灌溉, 注水於…, 給…水喝, 給水 ① 在(織物上)加波紋 ② 攙水, 沖淡 vi. ① (動物)飲水, 加水 ② 淌眼淚, 垂涎, 渴望 ~bed n. 電熱溫水褥, 裝水橡皮褥 ~borne adj. 通過水傳播的 ~colour n. 水彩畫 ~colourist n. 水彩畫家 ~course n. 水道, 運河, 河床 ~cress n. 【植】水田芹 ~ed-down adj. 稀釋, 沖淡的 ~fall n. 瀑布 ~front n. 水邊; 濱河(湖)地; 河濱馬路 ~lily n. 【植】睡蓮 ~line n. (吃)水線 ~lock n. 水閘 ~logged adj. 水澇的, 水浸泡的 ~mark n. 水印 v. 印水印(在紙上) ~melon n. 西瓜 ~proof adj. 防水的, 不透水的 n. 防水布 ~shed n. [英]分水嶺 ~shoot n. 排水管 ~-skiing n. 【體】滑水 ~tight adj. 不漏水的, 不透水的 ~way n. 水路, 航道 ~wheel n. 水車, 揚水車 ~white adj. 無色的; 清澈的 ~worn adj. 水蝕的 ~y adj. ① 水汪汪的 ② 攙水的 ③ 淡的, 無味的 // ~ buffalo 水牛 ~ butt 盛雨水桶 ~ chestnut 【植】荸薺 ~ closet 廁所 ~ cooler 涼水機, 飲用水冷卻器 ~ cure 水療(法) ~ hole 水坑 ~ ice (用果汁、水、糖調製的)雪葩 ~ing place (牛馬)飲水處, 水療場; 海水浴場 fresh ~ 淡水 hold ~ 不漏水; (理由)站得住腳 piped (running) ~ 自來水

~ polo 【體】水球 ~ softner 軟水劑 ~ supply 給水; 供水設備 ~ table 地下水位 ~ tower 水塔 ~ vapour 水蒸氣.

watt /wɒt/ n. 【電】瓦特(電力單位) ~age n. 【電】瓦數.

wattle /ˈwɒtl/ n. ① 枝條, 籬笆(條) ② (火雞等的)垂肉.

wave /weiv/ n. ① 水浪, 碎浪 ② 波動, 波浪形 ③ 波紋, 波線 ④ (用手)揮舞 v. ① 搖擺 ② 使招展 ③ 揮手表示 ④ 弄成波浪形 ~form n. 波浪形的 ~hopping n. 【空】掠水飛行 ~length n. 波長 ~y adj. 波狀的, 起伏的, 波濤洶湧的 // ~ band 【無】波段 ~built terrace 波成階地 ~cut terrace 波蝕階地 ~ file 【計】存聲音之檔案.

waver /ˈweivə/ vi. ① 搖擺, 顫動 ② 動搖 ③ 猶豫不決 ~er n. 動搖者, 猶豫不決者.

wax [1] /wæks/ n. ① 蠟 ② 蠟狀物 ③ 耳垢 ④ 火漆 v. 上蠟於; 用蠟擦 ~en adj. 蠟製的 ~wing n. 連雀 ~work n. 蠟像.

wax [2] /wæks/ v. ① 大起來, 增大 ② (月亮)漸漸變大變圓 // ~ing room 【天】盈月.

wax [3] /wæks/ n. [英口]生氣, 發怒 ~y adj. [俚]生氣的 // in a ~ 一氣忿.

way /wei/ n. ① 路, 道路 ② 路程 ③ 路線, 途中 ④ 方向 ⑤ 方法, 手段 ⑥ 方式, 樣子 ⑦ 習慣, 風氣 ⑧ [口]狀況 ~farer n. 趕路的人, 旅客 ~lay vt. 埋伏等候, 伏擊 ~out adj. [美口]極不尋常的, 標新立異的 ~side adj. & n. 路邊

~ward adj. ① 任性的，剛愎自用的 ② 反覆無常的 **~wardness** n.

WC /ˌdʌbˌljuː siː/ abbr. ① = water closet 廁所，盥洗室 ② = without charge 免費.

wd abbr. ① = would ② = wiring diagram 電路圖，接線圖.

we /wi, wiː/ pro. ① 我們(主語) ② 大家，人們.

weak /wiːk/ adj. ① 弱的，無力的 ② 軟弱，薄弱的 ③ 淡薄的 ④ 不中用的 ⑤【商】疲軟的 **~en** v. ① 使衰弱，削弱 ② 沖淡，變得拿不定主意 **~ling** n. 虛弱的人 **~ly** adj. (比較級 **~lier** 最高級 **~liest**) 軟弱的，虛弱的 adv. 軟弱地，優柔寡斷地 **~ness** n. 懦弱，優柔寡斷；弱點；癖好；毛病 // **~ acid** 弱酸 **~ alkali** 弱鹼.

weal /wiːl/ n. ① 福利 ② 腫起傷痕.

wealth /welθ/ n. ① 財富，財產 ② 富裕 ③ 豐富，富饒，大量 **~y** adj. **~iness** n.

wean /wiːn/ v. ① 使斷奶 ② 使從…中解脫 ③ 使放棄 n. 嬰兒；小孩.

weapon /ˈwepən/ n. 武器，兵器；鬥爭工具 **~ry** n. 武器庫.

wear /weə/ v. (過去式 **wore** 過去分詞 **worn**) ① 穿着，戴着，掛着，佩着，帶着 ② 呈現着，表現出 ③ 磨損，用舊 ④ 使疲乏 n. 穿着，佩戴；穿戴的東西；磨損，磨損 **~able** adj. 可穿的，適於穿着(或佩戴)的 **~er** n. 穿衣者，佩戴者 **~ing** adj. 令人發倦的 **~well** adj. 經用；顯得年輕 // **~ on** (時

間的)消逝 **~ out** ① 穿壞，穿舊 ② 耗盡；使疲乏不堪 **~ and tear** 消磨，消耗磨損.

weary /ˈwɪərɪ/ adj. (比較級 **~ier** 最高級 **~iest**) ① 疲倦的，睏乏的 ② 感到厭倦的 ③ 令人厭倦的；乏味的 vt. 使疲倦，使疲乏，使生厭，發膩，煩擾 **wearily** adv. **weariness** n. **wearisome** adj. 令人厭倦的；乏味的.

weather /ˈweðə/ n. ① 天氣，氣候 ② 時候；處境；狀況 **~-beaten** adj. 飽經風霜的 **~cock** n. 風標，風信雞(亦作 **~ vane**) **~man** n. [口]天氣預報員 **~ometer** n. 老化試驗器 // **~ forecast** 天氣預報 **~ permitting** 天氣良好時 **~ report** 天氣預報 **~ station** 氣象站，氣象台 **under the ~** [俚] ① 身體不舒服 ② 經濟困難.

weave /wiːv/ v. (過去式 **wove**, **~d** 過去分詞 **woven**, **~d**) ① 織，編結 ② [喻]構成，編成，設計 ③ 曲曲彎彎前進 vi. 織布，編織 **~r** n. 織工，編製者.

web /web/ n. ① 蜘蛛網 ② 織物 ③ (水鳥)蹼，掌皮 **~bed** adj. 有蹼的 **~bing** n. (作馬肚帶用的)編織帶，厚邊；【動】蹼.

wed /wed/ vt. (過去式 ~, **~ded**) ① 與…結婚 ② 嫁，娶，使結婚 ③ 使結合 vi. 結婚 **~ded** adj. ① 結了婚的 ② 固執的 **~ding** n. 婚禮；婚宴；結婚(紀念) **~lock** n. 婚姻；結婚狀態.

Wed. abbr. = Wednesday.

wedge /wedʒ/ n. ① 楔子，尖劈；[喻]楔機 v. 用楔子楔牢；擠進；用楔

子劈開.

Wednesday /ˈwɛnzdɪ, -deɪ/ n. 星期三、週三、禮拜三.

wee /wiː/ adj. (比較級 ~r 最高級 ~st) 小小的, 極小的.

weed /wiːd/ n. ① 雜草, 野草 ② 廢物, 沒出息的人 ③ 瘦長個子的人 v. 除草, 清理, 淘汰 ~er n. 除草機; 除草人 ~y adj. ① 雜草多的 ② 不中用的 ③ 細瘦的 ~killer n. 除草劑 // ~ out 清除, 肅清.

weeds /wiːdz/ n. 寡婦的喪服.

week /wiːk/ n. ① 星期, 週 ② 星期日以外的六天; 工作日 ~ly adj. & adv. 一星期一次(的), 週刊的 ~lies pl. n. 週刊, 週報 ~day n. 平日 ~end n. 週末(現指星期六、日).

weep /wiːp/ vi. (過去式及過去分詞 wept) ① 哭泣; 悲歎; 歎息 ② 流淚, 滴下 ③ 滲出, 分泌出; ~y adj. ① 淚汪汪的 ② 哭泣的 // ~ away 在哭泣中度過 ~ Irish 假哭 ~ oneself out 盡情痛哭 ~ out 邊哭邊說 ~ing willow 垂柳.

weeper /ˈwiːpə/ n. ① 哭喪者 ② 號哭者 ③ 喪章 ④ 寡婦用黑布紗.

weevil /ˈwiːvɪl/ n. 【昆】象鼻蟲.

weft /wɛft/ n. ① 緯線, 緯紗 ②【海】訊號旗, 求救訊號.

weigh /weɪ/ v. ① 稱, 量 ② 衡量, 估量 … 優劣 ③ 壓下 ④ 使吃重, 使垂頭喪氣 ⑤ 衡量, 估計 ⑥ 慎重考慮 ~anchor v. 起錨, 開船 ~bridge n. 枱枰, 地磅 ~man n. 過磅員.

weight /weɪt/ n. ① 重量; 體重;

重力(地心)引力 ② 斤兩, 份量 ③ 砝碼, 秤砣 ④ 重擔, 重壓, 重任 ⑤ 重要性, 影響力 ⑥ 權重 v. 在 … 上加重, 裝載, 使負擔, 折磨, 壓迫 ~ily adv. ~ing n. 額外津貼 ~less adj. 無重的, 失重的 ~lessness n. 失重 ~lifting n.【體】舉重 ~lifter n. 舉重運動員 ~y adj. (比較級 ~ier 最高級 ~iest) ① 重的, 有份量的, 有權勢的 ② 重要的, 重大的 ③ 沉重的, 承受不了的.

weir /wɪə/ n. ① 堰, (導流)壩 ② 水口 ③ (捕魚的)魚梁.

weird /wɪəd/ adj. ① 怪誕的, 神怪的, 不可思議的 ②[口]離奇的, 古怪的 ③ 令人不寒而慄; 叫人毛骨悚然的 n. 命運; 預言; 前兆 ~ly adv. ~o n. 怪人.

welch, -sh /wɛlʃ/ v. 賴債溜走; 逃避義務.

welcome /ˈwɛlkəm/ adj. (比較級 ~r 最高級 ~st) ① 受歡迎的, 吃香的 ② 可喜的 n. ① 歡迎, 款待 ② 隨看使用, 不用謝 v. (現在分詞 welcoming 過去式及過去分詞 ~d) 歡迎 ~r n. 歡迎者 // ~ mat 歡迎墊, 門口擦鞋棕墊.

weld /wɛld/ n. 焊接, 焊接點 v. 焊接 ~er n. 焊工; 焊接機 // ~ angle 焊角 ~ bead 焊珠.

welfare /ˈwɛlfɛə/ n. 福利 // ~ state 福利, 國家 ~ work 福利事業(或工作).

well¹ /wɛl/ adv. (比較級 better 最高級 best) ① 好 ② 適當, 恰當, 正好 ③ 足夠, 完全, 充份 ④ 很, 相當 ⑤ 有理由 ⑥ 健康的, 令人

滿意的 **~being** *n*. 生活安寧, 幸福, 福利 **~built** *adj*. 身體強壯的, 好體格的 **~-disposed** *adj*. 好意的; 性情(或情緒)好的 **~-done** *adj*. 做得出色的; 煮透的 **~fixed** *adj*. [美] ① 興旺的 ② 喝醉了的 **~-founded** *adj*. 有理由的, 有根據的 **~-handled** *adj*. 處理得當的 **~-heeled** *adj*. [美]富有的 **~-known** *adj*. 眾所周知的, 著名的 **~-meaning** *adj*. 善意的, 好心的 **~-nigh** *adv*. 幾乎 **~-off**, **~-to-do** *adj* 富裕的, 小康的 **~-spoken** *adj*. 說話得體的; 說得巧妙的 **~-timed** *adj*. 正合時宜的; 合拍的 **~-worn** *adj*. 用舊了的; 陳腐的.

well² /wɛl/ *n*. ① 水井, 油井, 油氣井 ② 泉水, 源頭 ③【礦】豎井, 升降機井道 ④ (漁船的)養魚艙, (法庭的)律師席.

wellies /ˈwɛlɪz/ *n*. = wellingtons 威靈頓長靴.

wellingtons /ˈwɛlɪŋtənz/ *n*. = ~ boots 威靈頓長靴.

welsh /wɛlʃ/ *v*. = welch 不付賭金而溜掉, 賴賬.

Welsh /wɛlʃ/ *v*. 威爾斯(人、語)的 // ~ rabbit 威爾士芝士, 威爾士乾酪多士(亦作 ~ rarebit).

welt /wɛlt/ *n*. ① 貼邊, 滾條, 縫邊 ② 鞭痕; [口]鞭打 *v*. ① 給…縫上滾邊 ② 鞭打.

welter /ˈwɛltə/ *v*. 混亂; 打滾; 翻騰; 起伏.

welterweight /ˈwɛltəˌweɪt/ *n*. ① 重量級騎師 ② 次重量級拳師(或摔跤手)(體重 147 磅為專業級,

167 磅為業餘級).

wen /wɛn/ *n*.【醫】皮脂腺囊腫, 粉瘤.

wench /wɛntʃ/ *n*. ① 少女; 少婦; 鄉下女子 ② 下層女子(尤指女僕).

wend /wɛnd/ *v*. (過去式及過去分詞 ~ed) 走往, 去, 赴.

wensleydale /ˈwɛnzlɪˌdeɪl/ *n*. 溫斯利代爾芝士.

went /wɛnt/ *v*. go 的過去式.

wept /wɛpt/ *v*. weep 的過去式及過去分詞.

were /wɜː, 弱 wə/ *v*. be 的過去式(用於複數, 虛擬語氣中).

we're /wɪə/ *abbr*. = we are.

weren't /wɜːnt/ *v*. = were not.

wer(e)wolf /ˈwɪəˌwʊlf/ *n*. (*pl*. wer(e)wolves)【神話】能變成狼的人, 狼人.

west /wɛst/ *n*. ① 西, 西方, 西部(地區) ② 西洋, 西歐及美洲 *adv*. 在西部, 在西方, 向西方 **~erly** *adj*. 西的, 西部(或西方)的, 向西的; 從西邊來的 **~ern** *adj*. 西的, 西方的; 向西的 *n*. ② [美]西部電影 **~erner** *n*. (美國)西部人; 西歐人, 西方人 **~ernize** *vt*. 使西方化 **~ward** *adv*. 向西方, 向西的 **~wards** *adv*. 向西去 // **go** ~ 向西去; [俚]上西方; 死 ~ **bound** *adj*. 西行的, 向西的 ~ **by north** 西偏北 W- End 倫敦西區 W- minister 英國議會 W- Point 西點軍校.

wet /wɛt/ *adj*. (比較級 ~ter 最高級 ~test) ① 濕, 潮濕的 ② 未乾的 ③ [美俚]允許賣(或製)酒的, 不禁酒的 ④ [俚]喝醉了的 ⑤ 愚蠢的 n. ① 濕氣, 水份 ② 雨, 雨天 ③ [俚]酒 ④ [俚]笨蛋 v. (過去式及過去分詞 ~) ① 弄濕 ② 喝酒以表慶賀 ~back n. [美] (非法入境或帶進美國的墨西哥農業工人 ~land n. 沼澤地 ~nurse n. 乳母, 褓姆 ~-nurse vt. 當乳母; 悉心照料 // ~ blanket 掃興的人 ~ dream 夢遺 ~ goods [俚]酒 ~ hen [美]討厭的夥伴 ~ oxidation 濕氧化腐蝕 ~ pack 【醫】濕裹法 ~ suit 保温潛水衣 the ~ season 雨季; 濕季.

wether /ˈweðə/ n. 閹過的羊.

whack /wæk/ n. & v. ① [口]用力抽打 ② [俚]一份一份分開, 分配 ③ 嘗試 ~ed adj. 耗盡的 ~er n. [方]用力抽打的人; 大謊話 ~ing n. 毆打 adj. [口]巨大的.

whale /weɪl/ n. 【動】鯨; 龐然大物 ~r n. 捕鯨者, 捕鯨船 ~bone n. 鯨鬚(骨); 鯨骨製品 whaling n. 捕鯨 // a ~ of [美俚]大量的, 了不起的 a ~ on / at / for 非常愛…的, … 極好的 ~ fishery 捕鯨業; 捕鯨場 ~ watching 觀賞鯨魚.

wham /wæm/ v. (現在分詞 ~ming 過去式及過去分詞 ~med) [美俚]使勁打, 重擊 n. 重擊; 重擊聲 ~my n. [美俚]不祥之物, 詛咒.

wharf /wɔːf/ n. (pl. wharves, ~s) 碼頭 ~age n. 碼頭費, 碼頭業務(貨物之裝卸, 入倉庫).

what /wɒt, 弱 wət/ adj. ① [疑問]甚麼? ② [感歎]多麼! 真! int. [疑問]甚麼? 甚麼東西? 怎樣的人? ~ever pro. ① [關係代詞]甚麼都 ② [連接代詞]無論, 不

管 adj. ① [關係形容詞]無論甚麼…都 ② [疑問形容詞]無論怎樣 ~for n. 懲罰, 譴責 ~soever adj. (= at all) // ~for? (= why?) 為甚麼?為何?.

wheat /wiːt/ n. 【植】小麥 ~ear n. ① 麥穗 ② 【鳥】麥鶲 ~en adj. ~germ n. [美]麥芽精 ~meal adj. & n. 小麥粉(非全麥粉).

wheedle /ˈwiːdl/ v. 哄, 騙; 用甜言蜜語引誘.

wheel /wiːl/ n. ① 輪, 車輪 ② 繞樞軸旋轉 ③ [口]自行車; (pl.) 汽車 v. ① 推動, 拉動, 開動(車) ② 用車運送 ③ 旋轉 ④ 騎腳踏車 ⑤ 急轉彎(走) ~barrow n. 獨輪手推車 ~base n. 【機】軸距 ~chair n. 輪椅 ~clamp n. 扣留違章停車的輪夾 ~er-dealer n. = ~er [美俚]手腕潑辣的事業家(或投機商、政客等) ~dealing n. 精明的交易(計劃等) // ~ alignment 前車輪校正 ~ and deal [美俚]不受約束的獨斷獨行, 掌握支配權, 投機取巧 ~ing and dealing 以精明方法甚至不擇手段取得成功.

wheeze /wiːz/ v. 喘息; 喘着氣說話 wheezy adj. wheezily adv.

whelk /welk/ n. ① 【動】油螺, 峨螺 ② 疹痕; 鞭痕 ③ 【醫】丘疹.

whelp /welp/ n. ① 小狗; (獅、虎、狼等的)仔 ② [蔑]孩子, 小鬼 v. 生子.

when /wen/ adv. ① [疑問]甚麼時候, 幾時, 何時 ② [引導定語]當…時候 conj. ① 當…時 ② 剛…就 ③ 如果 ④ 既然 pro.

[疑問]甚麼時候 n. 時候, 時間; 日期; 場合 ~ever adv. & conj. 無論甚麼時候; 隨時; 一…時; 每次…總是.

whence /wɛns/ adv. [古]從哪裏; 為甚麼 n. 來源, 根源.

where /wɛə/ adv. [疑問]在哪裏; 向哪裏 pro. 哪裏 ~about conj. 在(或去)…的地方 ~about, ~abouts adv. [疑問]在哪一帶, 在甚麼地方附近 ~as conj. ① 鑒於② 而, 卻, 倒; 其實 ~by conj. ① [疑問]憑甚麼, 依其麼, 怎麼, 怎麼 ~fore adv. [疑問]為甚麼, 何以② [關係]因此, 所以 n. 原因, 理由 ~upon adv. ① 于 n. 在甚麼上面, 在甚麼, 在誰身上② [關係]於是; 因此 ~ver conj. 無論甚麼地方 adv. [強調]究竟在哪裏 ~withal adv. (= ~ with) [古][疑問]用甚麼; [關係]用以 n. 必要的資金; 資力; 手段.

wherry /wɛrɪ/ n. (pl. -ries) ① 擺渡小船② 平底駁船.

whet /wɛt/ vt. (過去式及過去分詞 ~ted) ① 磨, 磨快② 刺激, 加強, 助長(食慾、好奇心) n. 研磨② 開胃藥 ~stone n. ① 磨(刀)石② 刺激品, 激勵物.

whether /wɛðə/ conj. ① (後接間接疑問的名詞從句)是不是…, …還是② (後接讓步副詞從句)不管, 無論(可與 if 互換).

whey /weɪ/ n. 乳清 ~faced adj. 臉色蒼白的, 失色的 ~ey adj. 似乳清的; 含乳清的.

which /wɪtʃ/ adj. ① [疑問]哪一個, 哪個; 哪些② [關係]這個,

哪個③ [連接]無論哪個 pro. ① [疑問]哪個, 哪一個; 哪些② [關係]這(個, 那個) ~ever adj. ① [關係]無論哪一個② [強調疑問]究竟哪一個.

whiff /wɪf/ n. ① 一陣風; 一口(煙)味②【商】小雪茄煙③暗示, 線索.

Whig /wɪg/ n. (英國自由黨前身)輝格黨黨員.

while /waɪl/ conj. ① 當…的時候, 與…同時② 而, 但是, 卻是, 反過來③ 雖則, 儘管 n. 一段時間; 一會兒 whilst conj. (= ~) 與…同時 worth~ adj. 值得(的) // ~ away (time) 消磨(時間)靜混 all the ~ 始終, 一直 once in a ~ 偶爾, 有時.

whim /wɪm/ n. 忽然產生的念頭; 奇想; 任性 ~sey, ~sy n. ① 異想天開② 奇形怪狀③ 反覆無常 ~sical adj. ~sicality n.

whimper /wɪmpə/ v. 抽噎, 嗚咽(狗等)悲嗥 n. 啜泣, 嗚咽; 怨聲.

whin /wɪn/ n. 【植】荊豆;【地】暗色岩.

whine /waɪn/ n. & v. ① 悲嗥, 哀訴, 訴怨② (發)牢騷 whining n. & adj.

whinge /wɪndʒ/ n. & v. 抱怨.

whinny /wɪnɪ/ v. (現在分詞 ~ing 過去式及過去分詞 whinnied) (馬的)嘶鳴 n. 嘶鳴聲, 概然表示(或答應) n. 嘶聲.

whip /wɪp/ v. (現在分詞 ~ping 過去式及過去分詞 ~ped) ① 鞭打, 抽打; 鞭策②驟然, 抓住, 採取突然行動③攪打④打(蛋、牛

奶)起沫 ⑤ [口]擊敗, 逃走 ⑥ 列
隊, 糾集 n. ① 鞭子 ② 督促議員
出席重要會議的議院督導員及
其命令 ③ 攪打成的食品 **~cord**
adj. 繃緊的, 堅強的 n. 鞭打的
~lash ① 鞭頭繩 ② 鞭打 **~lash
injury** n. (因汽車突然開動、停
駛、顛簸引起的)揮鞭(式頸部)
創傷 **~-round** n. [英口]勸募捐
款 **~ hand** 執鞭之手; 右手; 優
勢 **~ping boy** 替罪羊, 受鞭僮讀
~ping top 抽鞭陀螺.

whippet /ˈwɪpɪt/ n. 賽狗用的小靈
狗.

whir(r) /wɜː/ v. & n. 呼呼地飛或
旋轉 n. 呼呼聲; 嗡嗡聲.

whirl /wɜːl/ v. ① 旋轉, 捲成漩
渦 ② 頭暈眼花 ③ (車、人飛
跑); 急行 n. ① 旋轉, 旋風, 漩渦
② 混亂 ③ 輪、環 **~pool** n. 渦流,
漩渦 **~wind** n. 旋風[喻]猛烈之
勢力 *adj.* 迅猛異常的.

whisk /wɪsk/ v. ① 攪, 拂, 掃 ② 打,
攪拌 ③ 突然帶走 n. 拂塵, 掃把;
攪拌器.

whisker /ˈwɪskə/ n. (pl.) ① 連鬢鬍
子, 絡腮鬍子; 觸鬚 (狗貓等的)
鬍鬚 **~ed**, **~ry** *adj.* 有鬍鬚的 //
lose by a ~ [美運]以極小的分差
輸掉.

whisky [1] /ˈwɪskɪ/ n. 威士忌酒
whiskey n. 美國或愛爾蘭本土產
的威士忌.

whisky [2] /ˈwɪskɪ/ n. 兩輪輕便馬車.

whisper /ˈwɪspə/ n. & v. ① 低聲說
話, 耳語 ② 密談, 告密; 背後談
論 ③ (風等)沙沙地響 ④ 悄悄囑
咐.

whist /wɪst/ n. 惠斯特牌戲(四人
玩) **~drive** n. 惠斯特牌賽.

whistle /ˈwɪsˀl/ v. ① 吹口哨 ② 鳴
汽笛 ③ 鳴哨, 鳴笛通知 n. 口
哨, 汽笛, 警笛 ② 嘘聲 whistling n.
& *adj.* 吹笛(的) **~-blower** n. [美
俚]告密者, 揭發者 **~stop** n. [美
口]快車不停之小站 // blow the
~ on [口]告發; 制止.

whit /wɪt/ n. 一點點, 絲毫 // not a
~ (= no ~) 一點也不….

white /waɪt/ *adj.* ① 白(色)的, 雪
白的 ② 蒼白的 ③ 白種人的
④ 潔白的, 善良的 ⑤ 淺色的
⑥ [英]咖啡加牛奶的 n. ① 雪白
② 白種人 ③ 眼白 ④ 蛋白 **~n**
v. 使白, 漂白, 塗白; 變白 **~ness**
n. whitish *adj.* 微白的, 帶白色的
~bait n. 【魚】銀魚 **~book** n. 白
皮書 **~-collar** *adj.* 白領的, 腦力
勞動者 **~fish** n. 【魚】白鮭; 洋方
頭魚 **~hot** *adj.* 白熱的 **~wash** n.
① 石灰水; ② 粉刷 ③ 【體】零
分慘敗 v. 粉刷, 刷白 // ~ blood
cell 白血球 **~ elephant** 白象, [俚]
廢物, 累贅 **~ flag** 白旗, 降旗, 休
戰旗 **~ fox** 【動】北極狐 **~ goods**
① 家用的漂白織物 ② 家庭大
型用具 (如電冰箱、洗衣機、
(電)烤箱等) **~ knight** 【經】白衣
騎士, 援助面臨被收購的公司的
救星 ~ **lie** 圓場謊; 小謊 **~ metal**
白色金屬; 白合金 **~ mixture** 緩
瀉藥 **~ money** 銀幣 **~ mule** [美
俚]私酒 **~ paper** 白皮書 ~ **sauce**
(用奶油調製的)白汁.

whither /ˈwɪðə/ *adj.* [古] ① [疑問]
到哪裏, 在甚麼地方 ② [關係]向

whiting /ˈwaɪtɪŋ/ n. ①【魚】小鱈魚，② 白堊粉，鉛粉.

whitlow /ˈwɪtləʊ/ n.【醫】甲溝炎，指頭膿炎.

Whitsun /ˈwɪtsᵊn/ n.【宗】聖靈降臨節(復活節後第七個禮拜天).

whittle /ˈwɪtᵊl/ v. 切，削；削減，損害 // ~ **down**, ~ **away** 逐步削減，逐漸耗損.

whiz(z) /wɪz/ vi. (現在分詞 whizzing 過去式及過去分詞 whizzed) ① 發出呼嘯聲，颼颼作聲 ② 颼地快速飛過 n. (pl. whizzes) 噓聲，[口]伶俐的人; 能手 **whizzer** n. ①【俚】尤物，能手 ② 離心乾燥機.

who /huː/ pro. (賓語 ~m 所有格 ~se) ①【疑問】誰，甚麼人，怎樣的人? ②【關係】哪位? ~**ever** pro. (賓語 ~**mever** 所有格 ~**sever**) ① 任何人; 誰(都)，甚麼人(都) ② 不管誰⋯，無論甚麼人 // ~**'s** ~ 名人錄; 人名詞典.

WHO /ˈdʌblˌjuː eɪtʃ ˈəʊ/ abbr. = World Health Organization 世界衛生組織.

whoa /wəʊ/ int. ① 遏!(令馬停住) ②【謔】停止.

whodun(n)it /ˌhuːˈdʌnɪt/ n. [美俚]偵探小說(或電影、戲劇).

whole /həʊl/ adj. ① 全部的，整個的 ② 完全的，完整無損的 ③ 無疵的，無恙的 ④【數】整數的，不含分數的 n. 整個，全部，全體; 統一體，總體 **wholly** adv. ~**cheese** n. [美俚]自我中心的人 ~**-coloured** adj. 純色的 ~**-hearted** adj. 全心全意的 ~**meal** n. & adj. (不去麩的)粗麵粉(的) ~**sale** n. 批發的，躉賣的 ~**saler** n. 批發商 ~**some** adj. ① 有益健康的 ② 安全的 // on the ~ 大體上，總之，從整體來看 ~ **number** 整數 ~ **tone**【音】全音.

whom /huːm/ pro. who 之賓語(口語中常用 who 代替).

whoop /wuːp/ n. & v. ① 高呼，吶喊 ② 嗬嗬的叫喊 ③ 發哮喘聲 ④ 哄抬(價錢) // ~**s and jingles** [俚]發酒瘋.

whoopee /ˈwʊpiː/ int. 喝!嗬!(表示高興快樂)

whooping cough /ˈhuːpɪŋ kɒf/ n.【醫】百日咳.

whoopla /ˈwuːplˌɑː/ n. [美口]狂歡，嬉鬧，痛飲; 大吹大擂.

w(h)op /wɒp/ v. [口]鞭打; 打敗，打跨 n. 重打(聲) **whopper** n. ①[口]龐然大物 ② 彌天大謊 **whopping** adj. 極大的，荒唐的.

whore /hɔː/ n. ① 妓女 ② 出賣信仰(或才能)者 v. 賣淫.

whorl /wɜːl/ n. ①【植】葉輪 ② 手指螺紋 ③ 螺環.

whose /huːz/ pro. (who, which 之所有格) ①【疑問】誰的 ②【關係】那個人的; 那些人的; 他(她)的; 他們(她們)的.

why /waɪ/ adv. 【疑問】為甚麼? pro. (pl. ~s) ① 原因，理由，② 難解的問題.

wick /wɪk/ n. ① 燈芯; 蠟燭芯 ② 吸油繩.

wicked /'wɪkɪd/ *adj.* ① 邪惡的, 不道德的 ② 頑皮的, 淘氣的 ③ [俚]極好的. **~ly** *adv.* **~ness** *n.*

wicker /'wɪkə/ *adj.* 樹枝藤條編的 **~work** *n.* 藤製品.

wicket /'wɪkɪt/ *n.* ① (大門上的)便門【板】三柱門 **~keeper** *n.* 板球守門員.

wide /waɪd/ *adj.* ① 寬闊的 ② 闊廣的 ③ 廣博的; 廣泛的 ④ 差距大的, 差得遠的 ⑤ 充份張開的 *adv.* ① 廣闊地 ② 遠遠 ③ 張得很大 **~ly** *adv.* **~n** *v.* 弄闊, 放寬, 擴大 **~-eyed** *adj.* 睜大眼睛的 **~-floored** *adj.* 寬底的 **~spread** *adj.* 廣佈的, 蔓延的, 普遍的 // **~ awake** 完全清醒的, 機警的 **~ area network**【計】寬域網 **far and ~** 到處.

widow /'wɪdəʊ/ *n.* 寡婦 *v.* 使成寡婦 **~ed** *adj.* 鰥夫 **~er** *n.* 鰥夫 **~hood** *n.* 寡婦之身份.

width /wɪdθ/ *n.* 廣闊; 寬度; 幅度; 幅員.

wield /wiːld/ *vt.* ① 揮動 ② 使用 ③ 支配; 掌握(權力).

wife /waɪf/ *n.* (*pl.* wives) ① 妻子 ② 婦人 ③ [美俚]鰥婦 **~ly** **~like** *adj.* 妻子的, 像妻的.

wig /wɪg/ *n.* 假髮 **~ged** *adj.* 戴假髮的.

wigeon /'wɪdʒən/ *n.* = widgeon【鳥】野鴨.

wigging /'wɪgɪŋ/ *n.* [英口]責罵, 叱責.

wiggle /'wɪg'l/ *v.* ① 搖擺, 扭動 ② 用槳划船 *n.* ① 快速擺動 ② 奶油青豆燒魚(蝦等) **~r** *n.*

【動】孑孓 wiggly *adj.*

wight /waɪt/ *n.* ① 生物; 動物 ② [古]人.

wigwam /'wɪg.wæm/ *n.* 北美印第安人的帳篷; 棚屋.

wilco /'wɪl.kəʊ/ *int.* 行!可以!照辦!.

wild /waɪld/ *adj.* ① 野生的; 未馴養的 ② 荒野的 ③ 未開化的 ④ 狂暴的, 任性的 ⑤ 散亂的, 邋遢的 **~ly** *adv.* **~ness** *n.* **~cat** *n.* ① 野貓, 山貓 **~life** *n.* 野生動物(或植物) **~s** *n.* 無人居住之荒野 // **~cat strike** (沒有工會支持的)「野貓」式罷工, 閃電罷工 **~goose chase** 無益(或無望)的追求 **W- West** 荒蠻的美國西部.

wildebeest /'wɪldɪ.biːst, 'vɪl-/ *n.*【動】角馬(亦作 gnu).

wilderness /'wɪldənɪs/ *n.* 荒地, 荒蕪(或荒涼)之地方.

wildfire /'waɪld.faɪə/ *n.* 野火, 磷火, 鬼火 // **spread like ~** 像燎原的火一樣迅速蔓延.

wile /waɪl/ *n.* 詭計, 奸計, 欺騙(手法) wily *adj.*

wilful, 美式 willful /'wɪlfəl/ *adj.* ① 任性的, 固執的 ② 故意的 wilfully *adv.* wilfulness *n.*

will /wɪl/ *v.* (過去式 would) 作助動詞 ① (表示將來或現在的意願)要, 希望 ② (表示堅決、固執拒絕等)總是 ③ (表示習慣、習性時常, 經常, 往往 *n.* ① 意志 ② 決心 ③ 願望, 志向 ④ 遺囑 **~ing** *adj.* ① 情願的, 欣然 ② 自願的, 自動的 **~ingly** *adv.* **~ingness** *n.* 情願, 樂意 **~power** *n.* 意志力.

willies /ˈwɪlɪz/ n. 緊張不安 // **give one the ~** [俚] 使人害怕(或緊張、發抖).

will-o'-the-wisp /ˌwɪləðəˈwɪsp/ n. ① 鬼火, 磷火 ② 幻影 ③ 不可捉摸的東西(或人) ④ 行蹤不定的人.

willow /ˈwɪləʊ/ n. ① 柳(樹) ② 柳木 **~y** adj. 苗條的 // **wear the green ~** ① 戴孝 ② 失戀 **weeping ~** 垂柳.

willy-nilly /ˌwɪlɪˈnɪlɪ/ n. (澳洲)大旋風 adv. 無可奈何地, 不管願意不願意.

wilt /wɪlt/ v. 枯萎, 凋謝; 憔悴, [喻] 頹喪.

wimp /wɪmp/ n. [口] 軟弱無能的人 **~y** adj.

wimple /ˈwɪmpᵊl/ n. (中東婦女及修女戴的)頭巾.

win /wɪn/ v. (現在分詞 ~ning 過去式及過去分詞 won) ① 勝, 贏 ② 奪得(獎品等), 掙得, 爭取 ③ 博得, 贏得(名譽、稱讚、愛情) n. [口]勝利, 成功 **~ner** n. 勝利者, 贏家 **~ning** n. ① 勝利; 佔領; 成功 ② (pl.)獎金, 獎品 adj. 得人歡心的; 可愛的 // **~ over** 爭取過來.

wince /wɪns/ vi. & n. (因疼痛、吃驚等而)畏縮, 退縮.

winceyette /ˌwɪnsɪˈet/ n. 【紡】英國棉織絨布.

winch /wɪntʃ/ n. 絞盤, 絞車 v. 用絞車吊起.

wind [1] /wɪnd/ n. ① 風, 氣流 ② 吹風, 暗示 ③ 空談 ④ 呼吸 ⑤ 腸氣, 屁 ⑥ 吹來的氣味; 臭跡

⑦ 風聲, 傳說 **~bag** n. ① 氣囊 ② 滿口空話的人 **~break** n. 防風林; 防風設備, 擋風牆 **~cheater** n. 風衣, 防風上衣(亦作 parka) **~fall** n. ① 意外好運, 橫財 ② 風颳下的果實 **~mill** n. (磨坊)風車 **~pipe** n. 【解】氣管 **~-pollinated** adj. 【植】靠風傳播花粉的 **~-proof** adj. 不透風的, 防風的 **~screen** n. (汽車前方)擋風玻璃 **~sock** n. 【機場】風向袋, 套筒風標(亦作 ~ sleeve) **~surfing** n. 【體】滑浪風帆 **~swept** adj. 擋風的; 任風吹颳的 **~ward** adj. & n. 頂風(的); 迎風(的) **~y** adj. 有風的, 多風的 // **~ instrument** 【音】管樂器, 吹奏樂器.

wind [2] /waɪnd/ v. (過去式及過去分詞 ~ed, wound) 吹(笛、喇叭等).

wind [3] /waɪnd/ v. (過去式及過去分詞 ~ed, wound) ① 捲繞, 纏繞 ② 上發條, 搖轉 ③ 絞起, 捲揚 ④ 蜿蜒前進 **~ing** adj. 彎彎曲曲的 // **~ up** ① 捲緊, 捲線, 絞起 ② 使振作精神 ③ 解散(公司等); 終止, 結束(談話).

windlass /ˈwɪndləs/ n. 絞車, 捲揚機, 起錨機.

window /ˈwɪndəʊ/ n. ① 窗; 窗戶; 窗框; 玻璃窗; 櫥窗 ② 【計】屏幕視窗 ③ 【宇】(火箭等)最佳發射時間(亦作 launch ~) ④ 入窗 ⑤ 讓人們了解的機會, 場合 **~-dressing** n. 櫥窗裝飾(法); 炫耀 **~pane** n. 玻璃窗 **~sill** n. 【建】窗台 // **~ envelope** (露出信紙上收信人姓名、住址的)信封

~ seat 靠窗之座位 ~ shopping 逛商店, 只觀看櫥窗而不購買.

wine /waɪn/ *n.* ① 酒, 葡萄酒 ② 果酒 *// ~* **and dine** 好酒好菜招待; 酒足飯飽.

wing /wɪŋ/ *n.* ① 翅膀; 翼 ② 機翼 ③ 翼面, 側面 ④ 側廳, 側樓 ⑤ 政黨内部派系, (左、右)翼 *v.* ① 給 … 裝上翅膀 ② 飛過, 飛跑, 飛快行進 ~**ed** *adj.* ① 有翼的 ② 飛快的 ~**er** *n.* 【體】翼(左、右翼運動員) ~**manship** *n.* 飛行技術 ~**span** *n.* 【空】翼展 ~**spread** *n.* 【空】翼距 *// ~* **commander** [英]空軍中校 ~ **nut** 蝶形螺母.

wink /wɪŋk/ *vi.* ① 眨眼 ② 使眼色 ③ 假裝沒看見; 寬恕; 縱許 ④ 閃爍 *v.* ① 眨眼 ② 瞬間, 瞬息 ③ (*pl.*)小睡片刻 ~**er** *n.* ① 使眼色的人 ② 眼睫毛.

winkle /ˈwɪŋkᵊl/ *n.* 【動】食用峨螺, 濱螺 ~~**picker** *n.* [俚]尖頭鞋, 火箭鞋 *// ~* **out** 剔出, 抽出, 揭出(秘密等); 逐出.

winnow /ˈwɪnəʊ/ *vt.* ① 揚(場), 簸(穀), 篩(糠) ② 甄別, 挑選, 辨明(真假) ③ 鼓吹, 吹亂.

winsome /ˈwɪnsəm/ *adj.* 贏得人注意的, 迷人的; 可愛的.

winter /ˈwɪntə/ *n.* 冬, 冬天; 冬季 *vt.* 過冬, 越冬, 使受凍; 使萎縮 ~**berry** *n.* 【植】冬青 **wintry** *adj.* 冬天的; 冬天似的; 荒涼的 *// ~* **solstice** 冬至 ~ **sports** 冬季運動(尤指雪上、冰上的)冬季運動.

wipe /waɪp/ *v.* ① 擦, 揩; 擦去, 消除 ②【機】拭接(鉛管) *n.* ① 擦, 拭, [口]打; [喻]拒絕; [俚]手絹 ~**r** *n.*

(= **windscreen** ~**r**) 汽車擋風玻璃的刮水器, 雨刷 ~**out** *n.* 擦去; 還清(債); 雪(恥); 殲滅; [俚]殺死.

wire /waɪə/ *n.* ① 金屬線 ②【電】導線; 線路 ③ 鐵絲網 ④ 電報 *v.* ① 給 … 打電報 ② 配線 **wiring** *n.* 【電】線路; 配線; 接線; 架線 *adj.* 金屬線的 ~~**haired** *adj.* 剛毛的 ~**man** *n.* ① 報務員 ② 線路工 ③ 架線工 *// ~* **netting** 鐵絲網 ~ **tapping** [美]竊聽.

wireless /ˈwaɪəlɪs/ *adj.* 無線的, 無線電的 *n.* 無線電收音機.

wisdom /ˈwɪzdəm/ *n.* ① 智慧, 聰明, 才智 ② 知識, 學問 ③ 金言; 格言 *// ~* **tooth** 慧齒, 智齒.

wise [1] /waɪz/ *adj.* ① 有智慧的, 聰明的 ② 博學的 ③ 明白的 ~**acre** *n.* 自作聰明的(蠢)人 ~**crack** *n.* [美俚]俏皮話, 妙語 *v.* 說俏皮話 ~**ly** *adv.*

wise [2] /waɪz/ *n.* [古]方式, 方法; 程度 *vt.* 指點; 勸導; 迫使.

-wise *suf.* [後綴]表示 "方法; 方式; 方向", 如: **clock~** *adj.* & *adv.* 順時針方向.

wish /wɪʃ/ *vt.* ① 希望, 但願 ② 想, 要(跟不定式 to do) ③ 祝願 *n.* ① 願望; 祝願; 請求 ② 希求的事情 ~**bone** *n.* (鳥胸的)叉骨 ~**ful** *adj.* 渴望的 *// ~**ful thinking** 如意算盤; 痴心妄想.

wishy-washy /ˈwɪʃɪˌwɒʃɪ/ *n.* [蔑]淡而無味之飲料.

wisp /wɪsp/ *n.* ① 小捆, 把, 束, 股 ② 瘦小纖細的東西(或人) ~**y**

adj. ① 小捆狀的 ② 飄渺的.

wisteria /wɪˈstɪərɪə/ n. or **wistaria** n. 紫藤.

wistful /ˈwɪstfʊl/ adj. ① 渴望的 ② 愁悶的 ~ly adv. ~ness n.

wit /wɪt/ n. ① 智慧；理智；理解 ② 機智, 才智, 妙語 ③ 頭腦敏捷的人 ④ 才華橫溢之話語(或文章) v. (過去式及過去分詞 wist) 知道 ~ster n. 妙語連珠的人 ~ticism n. 名言；妙語, 俏皮話 ~tily adv. 機智地；詼諧的 ~ty adj. 聰明的, 機智的, 會說俏皮話的 // at one's ~'s end 智窮才盡, 毫無辦法 out of one's ~ 神經錯亂 to ~ 即, 也就是說(亦作 namely, that is to say).

witch /wɪtʃ/ n. ① 妖巫, 巫婆 ② 妖婦, 迷人的女子 ③ 醜陋討厭的女人 ~craft n. 妖術；魅力 ~hunt n. 以莫須有罪名進行政治迫害 // ~ doctor 巫醫.

with /wɪð, wɪθ/ prep. ① 和…一起, 和…同時 ② 和, 跟 ③ 用 ④ 伴隨着, 具有 ⑤ 一致；贊成 ⑥ 由於, 因為 ⑦ 對於；關於 ⑧ 由…看來 ⑨ 雖, 雖有 ~in prep. & adv. ① 在…內, ② 在…範圍內 ~out prep. ① 沒有；不 ② 在…外面.

withdraw /wɪðˈdrɔː/ vt. (過去式 withdrew 過去分詞 ~n) ① 縮回 ② 抽回, 領回, 使退出 ③ 回收 (貨物) ④ 撤退(軍隊) ⑤ 撤銷 ~al n. ~n adj. ① 孤獨的, 離羣的 ② 偏僻的 // ~al sympton【醫】戒斷症狀.

wither /ˈwɪðə/ v. ① 枯萎, 萎縮, 衰

弱 ② (希望等)破滅, 消衰 ~ing adj. ① 使枯萎的, 摧毀性的 ② 令人侷促的(眼光、話語).

withers /ˈwɪðəz/ n. 馬肩隆(馬肩骨間隆起處).

withhold /wɪðˈhəʊld/ vt. (過去式 ~ing 過去分詞 withheld) ① 壓住, 抑住, 抑制 ② 勒住, 扣住, 不(答應) vi. 抑制, 忍住.

withstand /wɪðˈstænd/ vt. (過去式及過去分詞 withstood)抵擋, 擋住；頂住；反抗；經得起, 耐得住.

witness /ˈwɪtnɪs/ n. ① 證人, 目擊者 ② 證據, 證賃, 證明 v. 親眼看見, 目擊, 目睹;【律】簽名作證；表明 // ~ box [英]法庭證人席.

wittingly /ˈwɪtɪŋlɪ/ adv. 故意地；有意地.

wives /waɪvz/ n. wife 的複數.

wizard /ˈwɪzəd/ n. 術士, 男巫, 魔術師;[美口]奇才 ~ry n. 妖術, 法術.

wizened /ˈwɪzˈnd/ adj. 枯萎的.

woad /wəʊd/ n. ①【植】菘藍 ② 菘藍(或靛青)染料.

wobble /ˈwɒbᵊl/ v. & n. = wabble ① 搖搖擺擺地移動 ② 搖動 wobbly adj. 搖擺不穩的.

wodge /wɒdʒ/ n. [英口]一大塊, 一大團.

woe /wəʊ/ n. ① 悲哀, 悲痛, 苦惱 ② 災難, 禍 ~ful adj. 悲傷的, 悲慘的, 悲哀的 ~fully adv. ~begone adj. ① 悲哀的, 憂愁的 ② 愁眉苦臉的.

wok /wɒk/ n. (中國)鐵鍋, 鑊.

woke /wəʊk/ v. wake 的過去式.

wold /wəʊld/ n. 荒瘠不毛之高原,

荒原.

wolf /wʊlf/ *n.* (*pl.* wolves) ① 狼
②[俚]色鬼 *v.* 狼吞虎嚥地吃 //
cry ~ 發出假警報 ~ **whistle** 色鬼
對婦女調情所發出的怪聲口哨.

wolfram /ˈwʊlfrəm/ *n.*【化】鎢(亦
作 tungsten).

wolverine /ˈwʊlvəˌriːn/ *n.* (北極)狼
獾.

woman /ˈwʊmən/ *n.* (*pl.* women)
女人, 婦人, 成年女性, 婦女
~hood *n.* (女子)成年身份; 女性
~ish *adj.* 女人氣的 **~ly** *adj.* 女子氣的; 溫柔的 **~izer** *n.*
女性化的(男)人 // **~'s lib** (= **~'s
liberation**) 婦女解放運動 **~'s
rights** 女權(運動).

womb /wuːm/ *n.* 子宮, 孕育處.

wombat /ˈwɒmbæt/ *n.* [澳洲]袋熊.

won /wʌn/ *v.* win 之過去式及過去
分詞.

wonder /ˈwʌndə/ *n.* ① 驚奇, 驚訝
② 不可思議, 奇妙, 奇跡, 奇觀,
奇異的事情(或東西) *v.* 驚奇, 驚
訝, 納罕; 覺得奇怪; 感到懷疑
adj. 驚人的成功 **~ful** *adj.* ① 令
人驚奇的, 奇異的 ②[口]好極
的; 精彩的 **~fully** *adv.* **~land** *n.*
仙境, 奇境 **~ment** *n.* ① 驚異,
愕; 驚歎 ② 奇跡, 奇觀 ③ 好奇
心 wondrous *adj.* 令人驚歎的, 驚
異的 // **~ drug** 靈丹妙藥.

wonky /ˈwɒŋkɪ/ *adj.* [英俚]搖搖晃
晃的; 靠不住的.

wont /wəʊnt/ *adj.* (只作表語)慣
常, 習以為常 *n.* 習慣.

won't /wəʊnt/ *v.* = will not.

woo /wuː/ *vt.* ① 向 … 求婚, 求愛

② 追求 ③ 死氣白賴地請求; 勸
說 **~er** *n.* 求婚者; 追求者.

wood /wʊd/ *n.* ① 樹林, 森林
② 木質 ③ 木材, 木頭, 木柴 **~ed**
adj. ① 樹木茂密的, 多樹林的
② 木質的 **~en** *adj.* ① 木製的
② 木然的, 無表情的, 木頭人似
的 **~y** *adj.* ① 樹木繁茂的 ② 木
本的, 木質的, 木頭般的 **~bine** *n.*
(= **~ bin**) 裝木材的大箱 **~block**
n. 打擊樂器的木塊 **~cock** *n.*
【鳥】丘鷸 **~craft** *n.* 林中作業技
術 **~craving** *n.* 木刻 **~cut** *n.* 木
刻; 版畫 **~cutter** *n.* 伐木工人,
樵夫 **~house** *n.* 木材貯藏所, 柴
房 **~land** *n.* 森林地(帶) **~pecker**
n.【鳥】啄木鳥 **~ranger** *n.* [美]
森林巡視員 **~wind** *n.* 木管樂
器 **~work** *n.* 木製品; 木結構; 木
工活 **~working** *n.* & *adj.* 木器
製造(的) **~worm** *n.* 鑽(蛀)木蟲
// **~ pigeon**【鳥】斑鳩 **~ pulp** 木
(紙)漿.

woof /wuːf/ *n.* ① 緯線 ② 織物.

woofer /ˈwuːfə/ *n.* 低音喇叭
~-and-tweeter 高低音兩用喇
叭.

wool /wʊl/ *n.* ① 羊毛 ② 絨線; 毛
織品; 毛織 **~len**, [美]**~en** *adj.*
羊毛的, 毛織的, 毛絨的 *n.* 毛
線, 絨線, 毛織品 **~ly** *adj.* (比較
級 **~lier** 最高級 **~liest**) ① 羊毛
的 ② 毛茸茸的 ③ 朦朧的; (聲
音)嘶啞的 *n.* [口]毛線衣 **~ly-
headed**, **~ly-minded** *adj.* 頭腦不
清的, 糊塗的 **~gathering** *n.* 茫然
空想; 做白日夢 **~sack** *n.* ① 羊毛
袋 ② [英]上院議長職位.

woozy /ˈwuːzɪ/ *adj.* (比較級 woozier 最高級 wooziest) [美俚] 頭昏眼花的, 眩暈的.

word /wɜːd/ *n.* ① 單詞; (*pl.*)歌詞, 台詞 ② 談話, 言語 ③ 音信, 消息 ④ 諾言 ⑤ 命令; 口令 *v.* 用話表達, 説, 措辭 ~**age** *n.* ① 措辭, 用字 ② 詞彙(量) ③ 囉嗦, 冗長 ~**ing** *n.* 用字, 措辭 ~**less** *adj.* 沉默的 ~**-perfect** *adj.* 能一字不差背出的 ~**y** *adj.* (比較級 ~**ier** 最高級 ~**iest**) ① 言語的; 口頭的 ② 囉嗦的 ~**iness** *n.* // ~ **class** 詞類 ~ **equation** 文字方程 ~ **processor** 電腦文字處理器 ~ **processing** 進行電腦文字處理 **break one's** ~ 食言, 失信, 毀約 **go back on one's** ~ 背棄諾言, 食言 ~ **for** ~ 逐字地 ~ **of honour** 以名譽擔保的諾言.

wore /wɔː/ *v.* wear 之過去式.

work /wɜːk/ *n.* ① 工作, 勞動, 操作 ② 業務, 事務, 事業 ③ 作業, 任務, 功課 ④ 針綫活, 加工 ⑤ 著作, 作品 ⑥ 工廠 *v.* ① 工作, 幹活 ② 運轉 ③ 做工, 做事 ④ 計算, 解決 ⑤ 研製; 制訂 ⑥ 耕耘 ⑦ 完成 ~**able** *adj.* 可應用的, 可行的, 行得通的; 可運轉的, 可加工的; 可耕種的 ~**aday** *n.* 平日, 工作日 ~**aholic** *n.* [口]工作狂 ~**er** *n.* 工人, 工作者, 工作人員 ~**book** *n.* 練習簿; 工作手冊 ~**force** *n.* [經]勞動力, 勞動大軍 ~**house** *n.* 救濟院, 貧民習藝所; [美]感化院, 勞動教養院 ~**man** *n.* (*pl.* ~**men**) 工人, (體力)勞動者 ~**manship** *n.* 手藝, 技巧, (製品之)巧拙, 工作質量 ~**out** *n.* (體育)鍛鍊, 選拔賽 ~**shop** *n.* ① 工場, 車間, 工作坊 ② (專題)討論會 ③ 實驗班 ④ 創作室 ~**shy** *adj.* 厭惡工作的, 懶惰 ~**top** *n.* 廚房中進行食物加工的枱面 // ~ **angle** 【技】操作角度 ~ **out** ① 通過努力獲得成功 ② 精心作出 ③ 製訂出(方案) ~ **to rule** [美]按章怠工 ~**ed up** 生氣的, 激動的.

working /ˈwɜːkɪŋ/ *adj.* 工作的; 工作用的; 工人的 ~**-class** *adj.* 工人階級的 // ~ **party** 專案調查組.

world /wɜːld/ *n.* ① 世界, 地球 ② 宇宙, 天體, 天地 ③ 人類 ④ 人世間, 現世 ⑤… 界 ⑥ 社會 ~**ly** *adj.* (比較級 ~**lier** 最高級 ~**liest**) ① 世間的 ② 世俗的 ③ 追名逐利的 ~**weary** *adj.* 厭世的 ~**wide** *adj.* 全世界範圍内的, 世界性的 // ~ **without end** 永遠, 永久.

worm /wɜːm/ *n.* ① 蟲, 蠕蟲, 蛆 ② 蝸輪傳動裝置, (蒸餾器的)螺旋管 ③ [俚]惹人討厭的沒有骨氣的人 ④ 腸道寄生蟲 *v.* 蟲一般地爬, 慢慢前進 ~**cast** *n.* 蚯蚓糞 ~**-eaten** *adj.* 蟲蛀的, 過時的 ~**-fence** *n.* [美]曲折柵欄 ~**y** *adj.* (比較級 ~**ier** 最高級 ~**iest**) ① 蟲多的, 蟲蛀的 ② 卑劣的.

wormwood /ˈwɜːmˌwʊd/ *n.* ① 【植】苦艾, 茵蔯 ② 奇恥大辱 ③ 苦惱, 痛苦.

worn /wɔːn/ *v.* wear 之過去分詞.

worry /ˈwʌrɪ/ *v.* (現在分詞 ~**ing** 過去式及過去分詞 worried) ① 使

煩惱, 使苦惱; 使擔心; 使憂慮
② 焦慮, 操心, 發愁 ③(狗等)不
斷地咬住折磨 n. 苦惱, 麻煩, 愁
悶, 操心 ~ing adj. 讓人擔心的
~wart n. [美口]因小事而終日煩
惱的人.

worse /wɜːs/ adj. (bad, ill 之比較
級) (badly, ill 之比較級)更
壞, 更糟 worst adj. & adv. 最壞,
最糟(的) ~n vt. 使更壞, 損壞.

worship /'wɜːʃɪp/ n. ①【宗】禮拜
② 崇拜, 仰慕, 敬仰 v. (現在分詞
~ping 過去式及過去分詞~ped)
參拜, 崇拜, 禮拜, 敬仰, 做禮拜
~per n. 禮拜者, 做禮拜的人 ~ful
adj. ① 可貴的, 可尊敬的 ② 有
價值的 ③ 虔敬的.

worsted /'wʊstɪd/ n. 精紡絨線(或
毛線) adj. 絨線做的.

wort /wɜːt/ n. (啤酒原料)麥芽汁.

worth /wɜːθ/ adj. ① 值得 …
② 有 … 價值的; 值 … n. 價值,
真價, 值(多少錢的東西) ~less
adj. 無價值的, 不足取的 ~ily
adv. ~iness n. ~while adj. 值得出
力的, 值得的 ~y adj. 有價值的;
可尊敬的; 有道德的.

would /wʊd, wəd/ v. will 的過去
式(用來表達過去的將來和虛擬
語態, 也可表達習慣、請求和幻
想) ~~be adj. 自稱的, 冒充的, 所
謂的 ~n't = ~ not // ~ rather 寧
可, 寧願.

wound [1] /wuːnd/ n. 傷, 負傷, 創傷
② 屈辱, 苦痛 v. 傷害, 打傷 ~ed adj.
受傷的.

wound [2] /waʊnd/ v. wind 之過去
式及過去分詞.

wove /wəʊv/ v. weave 之過去式.

wow /waʊ/ int. 哎唷!(表示驚訝、
快樂、痛苦) n. [美俚](戲劇等)
極為成功.

wpm /ˌdʌb'ljuː piː 'em/ abbr. =
words per minute 每分鐘(打字)
字數.

(w)rack /ræk/ n. ① 海草 ② 失事
船隻 ③ 破壞, 毀壞, 霧氣.

WRAF /ræf/ abbr. = Women's
Royal Air Force [英]皇家空軍婦
女隊.

wraith /reɪθ/ n. ① 幻影 ② 鬼魂,
鬼.

wrangle /'ræŋg'l/ v. 爭吵 n. 口
角, 拌嘴, 爭論 ~r n. ① 爭吵者
②(美西部)牧人.

wrap /ræp/ v. (現在分詞 ~ping 過
去式及過去分詞 ~ped) ① 捲, 包
裹 ② 隱蔽 ③ 摺疊, 纏繞 ④ 包
起來, 穿起來 n. 披肩; 圍巾, 罩
衫, 外套, 大衣 ~per n. ① 包裝
者 ② 包裝紙, 封套 ③ 膝毯, 披
肩; 包袱(布) ~ping n. 包裝材料
// ~ up ① 包起來 ② 穿得暖和
③ [口]總結, 結論.

wrasse /ræs/ n. 【魚】隆頭魚(多種
顏色海魚).

wrath /rɒθ/ n. ① 憤怒, 激怒
② 報仇雪恥 ~ful adj.

wreak /riːk/ vt. ① 泄(怒); 雪(恨)
② 懲罰, 報仇.

wreath /riːθ/ n. (pl. ~s) 花環, 花冠,
花圈 ~e v. ① 編紮成花圈 ② 用
花圈(或花環)裝飾 ③ 盤繞, 纏
住.

wreck /rek/ n. ① (船隻)失事, 遭
難; 破壞, 毀壞 ② 失事船; 破毀

物; 殘骸, 落魄者 v. 破壞, 摧毀, 使遇險 **~age** n. 失事, 遇難; 毀壞; 殘骸; 漂流物 **~er** n. ① 使船隻失事的人; ② 劫掠失事船隻的人; 破壞者 ② 搶救失事船者; 打撈船; 救險車 **~age** n. 失事船隻殘骸.

wren /rɛn/ n. ①【鳥】鷦哥 ② [美] 女子, 女大學生.

wrench /rɛntʃ/ vt. ① 擰, 扭轉 ② 扭傷 ③ 曲解, 歪曲 n. ① 擰 ② 扭傷 ③ [美]活動扳手, 扳鉗 ④ 悲痛的分別.

wrest /rɛst/ vt. ① 用力擰絞 ② 勉強取得, 費力奪取.

wrestle /'rɛsˈl/ v. ①【體】摔跤, 角力 ② 搏鬥, 格鬥 ③ 戰鬥, 苦鬥 **~r** n. 摔跤運動員; 搏鬥者 wrestling n. 摔跤比賽.

wretch /rɛtʃ/ n. ① 可憐的人, 苦命人; 倒霉蛋 ② 卑劣無恥之徒, 壞傢伙 **~ed** adj. ① 不幸的, 可憐的, 悲慘的 ② 不堪的, 實在不行的 **~edly** adv. **~edness** n.

wrier, wry- /raɪə/ adj. wry 之比較級.

wriggle /'rɪgˈl/ v. ① 蠕動, 扭動 ② 用計逃脫 n. 蠕動, 蠢動.

wright /raɪt/ n. ① 工人, 製作者, 工匠 ② (常用於複合詞中) **wheel~** n. 輪匠, 車輪製造人.

wring /rɪŋ/ v. (現在分詞 ~ing 過去式及過去分詞 wrung) ① 絞, 擰, 扭 ② 絞出, 榨出, 敲詐, 勒索 ③ 折磨.

wrinkle[1] /'rɪŋkˈl/ n. ① 好主意, 妙計, 新招 ② 方法, 技巧.

wrinkle[2] /'rɪŋkˈl/ n. 皺褶, 皺紋 v.

起皺 **wrinkly** adj. 有皺紋的, 易皺的.

wrist /rɪst/ n. 手腕 **~watch** n. 手錶.

writ /rɪt/ n. ① 文書, 文件 ②【律】公文, 令狀; 票.

write /raɪt/ v. (現在分詞 writing 過去式 wrote 過去分詞 written) ① 寫, 記, 錄, 抄 ② 寫作 ③ 寫信給… **~r** n. ① 作者, 作家 ② 書寫者 ③ 打字機; 記錄器 **~-off** n. 注銷(債款等), 一筆勾銷; (壞得無法修復而) 報廢 **~-up** n. (電影, 戲劇) 報道, 評論.

writhe /raɪð/ v. (過去式 ~d 過去分詞 ~d, [詩] ~n) 扭, 扭歪; 翻騰; 蠕動; 折騰; 耍賴打滾; 痛苦不堪.

wrong /rɒŋ/ adj. ① 不好的 ② 錯誤的, 不正確的 ③ 有毛病的 n. ① 不正, 邪惡; 壞事, 罪惡 ② 過失, 錯誤, 不當之處 vt. ① 損害, 不公正地對待; 虐待; 侮辱; 冤枉; 誤解 **~doer** n. 做壞事的人; 罪犯 **~ful** adj. 不正當的, 非法的, 不好的 **~fully** adv. **~ly** adv. 錯誤地, 不正確地.

wrote /rəʊt/ v. write 之過去式.

wrought /rɔːt/ adj. [古]work 之過去式及過去分詞; 製造的; 精製的 // ~ iron 鍛鐵, 熟鐵.

wrung /rʌŋ/ vi. wring 之過去式及過去分詞.

wry /raɪ/ adj. (比較級 wrier, ~er 最高級 wriest, ~st) ① 扭歪的; 歪曲的; 歪斜的; 錯誤的; 不當的; 牽強附會的 ② 諷刺的 **~ly** adv.

WS /'dʌbˈl juː ɛs/ abbr. = Weather

Station 氣象站.

wt. *abbr.* ① = weight 重量 ② = watt【電】瓦 ③ = warrant 保證.

WTO /ˈdʌbl̩ ju: ti: əʊ/ *abbr.* = World Trade Organization 世界貿易組織.

WWI /wɜːld wɔː wʌn/ *abbr.* = World War One 第一次世界大戰.

WWII /wɜːld wɔː tuː/ *abbr.* = World War Two 第二次世界大戰.

wych-elm, witch-elm /wɪtʃˌelm/ *n.*【植】(產於歐亞洲的)大葉榆木.

wynd /waɪnd/ *n.* (蘇格蘭)小巷, 胡同.

X

X, x /eks/ *abbr.* (*pl.* X's, x's) ① 錯誤的符號 ② 接吻的符號 ③ 乘法符號 ④ 第一個未知數 ⑤ 羅馬數字 X (= 10) ⑥【喻】未知的人, 難預測的事物 ⑦ 用 X 號表示劃去, 刪掉.

X-chromosome /eks ˈkrəʊməˌsəʊm/ *n.*【生】X 染色體(成對存在於女性).

Xe *abbr.*【化】元素氙 (xenon) 的符號.

xenon /ˈzenɒn/ *n.*【化】氙(存在於空氣中量極少的無色無味氣體).

xenophobia /ˌzenəˈfəʊbɪə/ *n.* 畏懼和憎惡外國; 仇外 xenophobic *adj.*

Xerox /ˈzɪərɒks/ *n.* ① 靜電印刷品, 複印製品(原為商標名) ② 靜電影印機 *v.* 用靜電影印機影印(音譯為"施樂").

XL /eks el/ *abbr.* = extra large 特大碼(服裝尺碼).

Xmas /ˈeksməs, ˈkrɪsməs/ *n.* = Christmas 聖誕節.

X-rated /eks ˌreɪtɪd/ *adj.* (美國電影等) X 級的; 青少年禁看的; 淫穢的.

X-ray, x- /eks reɪ/ *n.* ① X 光射線; 愛克斯光射線; 倫琴射線(能穿透過某些固體物質) ② X 光照片; X 光透視 *vt.* 用 X 光射線透視檢查(或攝影、治療) // ~ telescope【天】X 射線望遠鏡 ~ therapy【醫】X 光射線療法, 放射療法 ~ tube X 光管.

Xrds, X roads *abbr.* = crossroads 交叉道口, 十字路口.

X-rts *abbr.* = ex rights【股】無權認購新股.

X. S. /eks es/ *abbr.* = extra strong 特強的.

XTC /eks ti: si:/ *abbr.* = ecstasy 狂喜; 入迷, 銷魂; 精神恍惚.

Xtra *abbr.* 無線電聯絡時用的字母 x 的代碼.

xtry *abbr.* = extraordinary 特別的; 額外的; 異常的.

XW /eks ˈdʌbl̩ ju:/ *abbr.* = ex warrants 無認股證書.

X. Wt *abbr.* = experimental weight

實驗重量.

XX /ɛks ɛks/ *abbr.* ① = double X (啤酒強度標記) ② =【生】同配子型(雌性).

XX. H. /ɛks ɛks eɪtʃ/ *abbr.* = double extra heavy 特超重的.

XX. S. /ɛks ɛks ɛs/ *abbr.* = double extra strong 特超強的.

XXX /ɛks ɛks ɛks/ *abbr.* = triple X

xylem /ˈzaɪləm/ *n.*【植】木質部 // **~ ray** 木射線.

xylophone /ˈzaɪləˌfəʊn/ *n.* ①【音】木琴 ② 木質震動計.

xylose /ˈzaɪləʊz, -ləʊs/ *n.*【化】木糖.

xyst /zɪst/ *or* **~us, -os** *n.* (古代羅馬的)室內運動場; 柱廊; 園內林蔭道.

Y

Y, y /waɪ/ 可表示: (*pl.* Y's, y's) ① 第二個未知數 ②【化】元素釔 (yttrium) 的符號 ③ = Young Men's Christian Association 基督教青年會 ④ = yard(s) 碼 ⑤ = year(s) 年.

yacht /jɒt/ *n.* 帆艇, 遊艇 **~ing** *n.* 快艇駕駛(法); 乘遊艇旅遊 **~sman** *n.* 快艇駕駛人 **~swoman** *n.* 快艇女駕駛員.

ya(h) /jɑː/ = yes.

yahoo /jəˈhuː/ *n.* ①【美】粗漢 ② 人面獸心者.

Yahweh /ˈjɑːweɪ/ *n.*【宗】(神的名字)雅偉, 雅威.

yak [1] /jæk/ *n.*【動】西藏牦牛.

yak [2] /jæk/ *v.* (過去式及過去分詞 **~ked**)【擬聲詞】① 閒扯 ② 嘮叨, 哄堂大笑.

Yale /jeɪl/ *n.* ① 耶魯大學 ② 碰鎖, 撞鎖(亦作 ~ lock) // ~ man 耶魯大學畢業生.

yam /jæm/ *n.*【植】[美]山芋, 甘薯; [蘇格蘭]馬鈴薯, 土豆; (中國)山藥.

yank /jæŋk/ *v.* [美口]猛拉, 使勁拉.

Yankee /ˈjæŋki/ *or* Yank *n.* & *adj.* ① [俚]洋基佬 ② (指南北戰爭時的)北軍; 北部人 ③ 美國佬式(的) **~ism**, Yankism *n.* 美國佬脾氣; 美國腔.

yap /jæp/ *vi.* (現在分詞 **~ping** 過去式及過去分詞 **~ped**) ① 小狗狂吠 ② 大聲罵; 胡扯; [美]發牢騷; 吹毛求疵 *n.* ① [美俚]亂咬聲 ② [俚]嘴 ③ 年輕無賴, 歹徒 ④ 發牢騷; 叫嚷.

yard [1] /jɑːd/ *n.* ① 圍場, 院子 ② (學校內的)運動場 ③ 場地; 工場; 製造場; 堆置場.

yard [2] /jɑːd/ *n.* ① 碼(相當於三英尺, 約 0.9144 公尺) ② 一碼長的東西 **~goods** *n.* 匹頭, 布匹, 織物 **~stick** *n.* 碼尺(衡量標準); 檢驗標準.

yarmulke /ˈjɑːməlkə/ *n.* (猶太人在正式場合所戴的)圓頂小帽.

yarn /jɑːn/ n. ① 紗, 紗線, 毛線; 人造絲 ② [俚]故事; 奇談 ③ 謊話, 謠言 // spin a ~ 隨便(編)講個故事

yarrow /'jærəʊ/ n. 【植】歐蓍草.

yashmak, -mac /'jæʃmæk/ n. (伊斯蘭教女性出門戴的只露眼睛的)面紗.

yaw /jɔː/ v.【海】【空】偏航; 搖晃晃地前進; 盤旋.

yawl /jɔːl/ n. 二桅帆船; 船載小艇.

yawn /jɔːn/ v. ① 打呵欠 ② 張開大口 ③ 打着呵欠說話 n. ① 呵欠, 張開大口 ② 裂縫, 裂口 ~ing adj.

yaws /jɔːz/ n.【醫】雅司病(一種熱帶慢性痘疹皮膚傳染病).

Y-chromosome /waɪ'krəʊməˌsəʊm/ n.【生】Y染色體(成對存在於男性).

yd, yd. abbr. = yard(s).

ye /jiː/ pro. (pl.)(thou 的複數) = you [俚][方]你們.

yea /jeɪ/ adv. = yes [古].

yeah /jeə/ adv. = yes [美口].

year /jɪə/ n. ① 年, 歲; 一年 ② 年度 ③ (pl.)年紀, 年齡, 歲數 ~book n. 年鑒, 年報 ~ling n. 一歲的孩子 ~long adj. 整整一年的 ~ly adj. 一年一次的, 每年的 // a ~ and a day【律】滿一年 all the ~ round 全年, 一年到頭 ~ after ~ 一年一年地 ~ by ~ 年年; 逐年 ~ end 年終, 年底 ~ in, ~ out 年復年, 一年又一年地; 始終.

yearn /jɜːn/ vi. ① 想念, 嚮往, 懷念 ② 渴望, 熱望 ~ing n.

yeast /jiːst/ n. ① 酵母(菌) ② 發酵粉, 酵母片 ~y adj. // ~ infection 【醫】酵菌感染.

yeld /jeld/ adj. [蘇格蘭] ① 不妊的, 不育的 ② 不產乳汁的.

yell /jel/ v. 叫喊, 大嚷, 喊加油, (突然)大笑 n. 大聲叫喊, [美](啦啦隊的)呼喊聲.

yellow /'jeləʊ/ adj. ① 黃(色)的, 金黃色的 ② [粗]膽小的, 沒骨氣的 n. ① 黃疸; 膽小, 懦弱 v. 染成黃色, 弄成黃色 ~ing adj. 變黃過程 ~ish adj. (= ~y adj.) 淡黃色的 ~-livered adj. [美]膽小的 // ~ card 黃牌(亮黃牌以示運動員犯規, 兩次就得退出比賽) ~ fever 黃熱病(熱帶地區由蚊子傳染的重病) ~ hammer 【鳥】鴝鴨, [美]金翼啄木鳥 ~ jaudice 黃疸 Y- Pages [美]黃頁(分類商業電話號碼簿).

yelp /jelp/ n. & v. (狗)汪汪地叫, 吠, 叫喊.

yen[1] /jen/ n. (單複數同形)圓, 日元(日本貨幣單位)(略作¥).

yen[2] /jen/ n. [俚](漢語中的)癮, 渴望.

yeoman /'jəʊmən/ n. (pl. -men) ① [英]【史】自由民 ② 自耕農 ~ry n. 自由民, [英]義勇騎兵 // ~ of the guard (英國王的)親衛兵.

yes /jes/ adv. (表示肯定, 同意的回答)是; 是的, 對的(不管問話方式如何, 如回答的是肯定的, 就用 ~)~man n. 唯唯諾諾的人, 隨聲附和的人.

yesterday /'jestədɪ, -,deɪ/ adv. & n. ① 昨天 ② 過去, 昔日 ③ 最近.

yet /jet/ adv. ① 還; 現在還是, 依然 ② 還(沒有…) ③ 現在, 已經 ④ 又, 再, 更, 此外 conj. 雖然… 但是, 可是.

yeti /ˈjetɪ/ n. [藏語](喜馬拉雅山的)雪人(亦作 Abominable Snowman).

yew /juː/ n. 【植】紫杉.

YHA /waɪ eɪtʃ eɪ/ abbr. = Youth Hostels Association 青年招待所協會.

Yiddish /ˈjɪdɪʃ/ n. 依地語, 意第緒語(猶太人使用的國際語).

yield /jiːld/ v. ① 生出, 產生 ② 給予; 讓與; 讓渡; 放棄 ③ 讓步, 投降; 屈從 ④ 彎曲 ⑤ 好轉 n. ① 出產 ② 產量, 收成 ③ 收益 ④ 屈服 ⑤ 極限 **-ing** adj. ① 有出產的 ② 易受影響的, 易順服的 ③ 易彎曲的, 會變形的.

yippee /jɪˈpiː/ int. 呀哇!妙!(表示快樂、愉快)

YMCA /waɪ em si eɪ/ abbr. = Young Men's Christian Association 基督教青年會.

yob /jɒb/ or **~bo** n. [英俚]小壞蛋, 壞傢伙.

yodel, -dle /ˈjəʊdl/ v. 岳得爾調(用假嗓子和正常調交替唱) v. (現在分詞 yodeling 過去式及過去分詞 yodeled) 用岳得爾調唱(或呼喊).

yoga /ˈjəʊgə/ n. 【宗】瑜伽; 瑜伽苦行(或修行) yogi 瑜伽修行者.

yoghurt, yogurt, yoghourt /ˈjɒgət, ˈjɒg-/ n. [土耳其]酸乳酪.

yoke /jəʊk/ n. ① 軛, 軛狀扁擔 ② 羈絆, 束縛; (外族)統治;【鐵】護軌夾 v. ① 給…上軛, 把(牛、馬)套在(車上) ② 結合, 連合, 配合 // **~ fellow, ~ mate** 同事, 夥伴.

yokel /ˈjəʊkl/ n. 莊稼漢, 鄉下佬, 土包子.

yolk /jəʊk/ n. ① 蛋黃, 卵黃 ② 羊毛油脂 **-y** adj.

Yom Kippur /jɒm ˈkɪpə, jɒm kiˈpʊr/ n. 贖罪日(猶太曆 7 月 10 日)(亦作 Day of Atonement).

yon /jɒn/ adj. & adv. = **~der** [古][方][詩]在那邊.

yonder /ˈjɒndə/ adj. & adv. 在那邊, 遠處(的), 那裏(的).

yonks /jɒŋks/ pl. n. 很久.

yoo-hoo /ˈjuːˌhuː/ int. & n. 喂, 喃嗬(以引起注意).

yore /jɔː/ n. 昔, 往昔(現僅用於 of 後).

yorkshire pudding /ˈjɔːkˌʃɪə ˈpʊdɪŋ/ n. 約克郡布丁(常夾牛肉一起吃).

you /juː, jə/ pro. (單複數同形) ① 你, 您, 你們(第二人稱的主語和賓語) ② 各位, 諸位 ③ (泛指一般)人, 任何人.

young /jʌŋ/ adj. (比較級 **~er** 最高級 **~est**) ① 年輕的, 幼嫩的 ② 年少氣盛的, 朝氣勃勃的 n. (動物)仔; 青年, 年輕人 **~ish** adj. 相當年輕的, 還年輕的 **~ster** n. 年輕的, 活潑少年.

your /jɔː, jʊə, jə/ adj. 你(們)的(you 之所有格) **~s** pro. ① 你(們)的東西 ② 來信, 尊函 **~self** pro. (pl. **~selves**) 你自己, 你們自己.

youth /juːθ/ n. (pl. **-s**) ① 少年, 小時候, 青少年時代, 青春時期, 青

作嘔的.

Yugoslavian, Ju- / ˌjuːgəʊˈslɑːvɪən/ *adj. & n.* = Yugoslav 南斯拉夫人 (的).

Yule /juːl/ *n.* 【詩】聖誕節, 聖誕節期間.

yummy /ˈjʌmɪ/ *adj.* (比較級 yummier 最高級 yummiest) [口] 好吃的; 美味的.

yuppie, yuppy /ˈjʌpɪ/ *n.* (由 Young Urban Professional 三個大寫字頭和 ie 組成)雅皮士(指一批受過高等教育, 從事高薪職業, 生活入時的青年人).

YWCA /ˌwaɪ ˈdʌbəl juː siː eɪ/ *abbr.* = Young Womens's Christian Association 基督教女青年會.

yowl /jaʊl/ *n. & vi.* 悲號, 長吼, 狂嘯.

yo-yo /ˈjəʊjəʊ/ *n.* (*pl.* ~s) 搖籃, 牽線木輪玩具(商標名); [美俚]遲鈍愚蠢的人.

YTS /ˌwaɪ tiː ˈɛs/ *abbr.* = Youth Training Scheme 青年培訓方案.

yucca /ˈjʌkə/ *n.* 【植】(熱帶生長的)絲蘭花.

yucky, yukky /ˈjʌkɪ/ *adj.* (比較級 yuckier, yukkier 最高級 yuckiest, yukkist) [美俚]令人討厭的, 令人

Z

Z, z /zɛd/ *n.* (*pl.* Z's, z's)【數】第三個未知數.

Z, z /zɛd/ 可表示: ① zone 區 ② zenith distance【天】天頂距 ③ zero 零.

zabaglione /ˌzæbəˈljəʊnɪ/ *n.* [意大利]沙巴雍(一種易消化的甜食, 用雞蛋, 糖和馬爾薩拉白葡萄酒調製而成).

zany /ˈzeɪnɪ/ *adj.* (比較級 zanier 最高級 zaniest) 荒唐可笑的; 愚笨的. *n.* 小丑, 笨蛋.

zap /zæp/ *v.* (現在分詞 ~ping 過去式及過去分詞 ~ped) [美俚] ① 打敗; (開槍)打死 ② 遙控操縱速變電視頻道 ③ 快速移動.

zeal /ziːl/ *n.* 熱心, 熱誠, 熱情 ~ot *n.* 熱心人, 狂熱者 ~ous *adj.* ~ously *adv.*

zebra /ˈziːbrə, ˈzɛbrə/ *n.*【動】斑馬 zebrine *adj.* (像)斑馬的. ~ crossing *n.* 斑馬線(人行橫道).

zebu /ˈziːbuː/ *n.*【動】(印度)瘤牛, 封牛.

Zen /zɛn/ *n.* (佛教的)禪(宗).

zenith /ˈzɛnɪθ/ *n.* ①【天】天頂 ② 頂點, 極點, 全盛.

zephyr /ˈzɛfə/ *n.* 和風, 微風.

zeppelin /ˈzɛpəlɪn/ *n.* 齊柏林圓筒形飛艇(泛指 airship).

zero /ˈzɪərəʊ/ *n.* (*pl.* -ros, -roes) ①【數】零, 零號 ② 零位, 零

點, 起點, 零度 ③ 無 ④ 最低點 *adj.* 零(度)的;【氣】雲幕(低於 50 英尺, 能見度小於 165 英尺) // ~ **growth** 零增長 ~ **hour** 預定 行動開始時刻, 嚴格考驗的起點 ~ **in on** 瞄準目標, [口]集中於….

zest /zɛst/ *n.* ① 欣賞, 享受 ② 風味, 趣味 ③ 檸檬皮, 橘子皮 ④ 熱情; 熱心.

zigzag /ˈzɪɡˌzæɡ/ *adj.* Z 字形的, 鋸齒形的 *v.* (過去式及過去分詞 ~ged) 作之字形轉彎, 急轉 *adv.* 曲折地.

zilch /zɪltʃ/ *n.* [美俚]無; 烏有; 零.

zinc /zɪŋk/ *n.*【化】鋅 (符號為 Zn).

zing /zɪŋ/ *n.* ①(擬聲詞)尖嘯聲 ② 熱情; 活力; 興致 ③ 風趣.

zinnia /ˈzɪnɪə/ *n.*【植】百日草.

Zionism /ˈzaɪəˌnɪzm/ *n.* 猶太復國主義 **Zionist** *n. & adj.* 猶太復國主義者(的).

zip /zɪp/ *n.* ① 拉鎖, 拉鏈 ② 呼嘯而過的聲音 ③ [俚]零分 ④ 精力, 活力 *v.* (現在分詞 ~ping 過去式及過去分詞 ~ped) 拉上拉鏈 // ~ **code** (美國)郵區編碼 ~ **drive** [計]壓縮磁碟機 ~ **file** [計]壓縮文件存檔.

zircon /ˈzɜːkɒn/ *n.*【礦】鋯石 ~ **ium** *n.*【化】鋯 (符號為 Zr).

zither /ˈzɪðə/ *n.*【音】齊特拉琴(一種古撥弦樂器).

zizz /zɪz/ *n.* [英俚]打盹, 打瞌睡.

zloty /ˈzlɒti/ *n.* (*pl.* ~(s)) 茲羅提(波蘭貨幣單位).

Zn *abbr.*【化】元素鋅 (zinc) 的符號.

zodiac /ˈzəʊdɪˌæk/ *n.*【天】黃道帶, 黃道十二宮圖 ~ **al** *adj.*

zombi(e) /ˈzɒmbɪ/ *n.* (*pl.* **-bi(e)s**) ① 起死回生的巫術 ② 殭屍; 回魂屍 ③ 行動僵直不靈的人.

zone /zəʊn/ *n.* ① 地帶 ② 區, 區域, 範圍 ③ 圈, 帶 *vt.* 環繞, 把 … 分成地帶 **zonal** *adj.* 帶狀的 // ~ **defence** 區域聯防 ~ **time** 地方時間.

zoo /zuː/ *n.* (*pl.* ~s) 動物園 ~ **keeper** *n.* 動物園管理員.

zoology /zuːˈɒlədʒɪ, zəʊ-/ *n.* 動物學 **zoological** *adj.* **zoologist** *n.* 動物學家 // **zoological garden** 動物園(亦作 zoo).

zoom /zuːm/ *v.* ① 快速上升; 激增 ② 嗡嗡地活動 ③ 大獲成功 ④【攝】可變焦(距)鏡頭(亦作 ~lens 或 ~ -er).

ZT /zɛd tiː/ *abbr.* ① = zone time 區時 ② = zero time 零時.

zucchini /tsuːˈkiːnɪ, zuː-/ *n.* (*pl.* **-ni(s)**)【植】翠玉瓜, 綠皮西葫蘆.

Zulu /ˈzuːluː/ *n. & adj.* (非洲)祖魯人(的); 祖魯語(的).

zygote /ˈzaɪgəʊt, ˈzɪg-/ *n.*【生】合子, 接合孢子; 受精卵.

zyme /zaɪm/ *n.*【生化】酵母.

zz /zɛd zɛd/ *abbr.* = zigzag.

zzz /ziːz/ *n.* 漫畫中表示鼾聲的符號.

附　錄

附錄一　標點符號用法

apostrophe 撇號「'」

撇號「'」與 s 連用表示所有格。與單數名詞連用時撇號加在 s 之前（例如：Mother's day）；與複數名詞連用時，撇號加在該名詞詞尾（例如：families' income）。複數名詞詞尾不是 s 時也用 's。（例如：children's books）。除了少數慣例之外，專有名詞以 s 結尾時，一般也加上 's（例如：Jones's, the Williams's）

brackets 括號「( )」

括號「( )」用作分隔某些句子的部份。條件是省略括號的內容後，句子意思仍然完整，而標點用法也不受括號部份影響，例如：The boy in the car (reading a book) is my friend. 如果想在引句中加插己見，加插的部份則需要用方括號。例如：They [the students] made use of library service.

capital letters 大寫

句子或引語的第一個字母要大寫；專有名詞、人物及機構的名稱、頭銜也要大寫，如 Thanksgiving Day、Christmas、Mr Tam、Dr Cheung、Red Cross。假如名稱或頭銜含有 the 作為首字，這個 the 要大寫。

colons and semicolons 冒號「:」及分號「;」

兩者用作表示比用逗號大的分隔，但它們表示的分隔比用句號小。

冒號用作驟然分隔兩個有關的陳述句，也用於引出一串詞、引文或撮要。例：The shopping list included: a dozen of eggs, four apples, and three packs of spaghetti. 如果連接的內容另起新行，冒號之後可加破折號。

分號可代替連詞連接兩句或句子的兩部份，例如：I was lucky; I found my mobile phone.

commas 逗號「,」

1. 逗號用作把句子斷開，或形成句子中的稍微停頓，如：When the going gets tough, the tough get going.

2. 逗號用作把一串名詞、形容詞或短語分成個別單元，例如：He has bought a dozen of eggs, two cans of tuna, and three oranges. 在這串詞語中出現的最後一個逗號（即在 and 或 or 前的逗號）可以省略。在一串形容詞中的最後一個形容詞及後隨名詞之間，一般不加逗號，例如：He is a friendly, helpful young man.

3. 正如破折號（dash）及括號（brackets）一樣，逗號也用作把一個詞或短語與主句分開，而該主句在語法上仍是獨立完整的。逗號表示稍微分隔；破折號表示的分隔有斷續意味；括號則表示明確的分隔。
   例　如：Thinking twice, he decided not to buy the new refrigerator. Space technology–especially manned spaceflights–made many advances. The little boy (singing loudly) in the room is my nephew.

4. 當兩個短語由一個連詞連接起來時，而又表達了對比，就加上逗號，例如：Hurry up, or you will be late.

5. 稱呼某人時，在名字或稱謂前後都加上逗號，例如；Good morning, Ms Cheung, how are things going?

exclamation marks 歎號「!」

歎號只能用於真正的歎語之後，不能用於一般陳述語。

full stops (periods) 句號「.」

句號一般只在帶有主要動詞的完整句子末出現。句號也用於縮略語及代表整個詞的首字母之後（例如：abbr. 、e.g. 、N.Y.）。但由一個詞的首字母及其末字母構成的縮略語，通常都把句號省去（如 Mr 、Mrs 、Ms 、St 、Rd）。一些常用的縮寫名稱，例如：LLB 、MD 、WHO 、UFO 等，都不用句號。因語言運用經常轉變，以上只概括了一般習慣用法。

hyphens 連（字）號「-」

複合詞如 broad-minded 或附有前綴的詞如 unavoidable，可用或可不用連（字）號。一般來說，新構成的複合詞帶有連（字）號；變舊或熟悉後，連（字）號會省去；而當複合形容詞放在一個名詞前，該複合形容詞應帶有連（字）號，以強調該詞的各組成部份不能獨立使用，例如：self-employed musicians。

inverted commas (quotation marks, quotes) 雙／單引號「" "/' '」

1. 雙引號用於直接引語，不用於間接引語。如果在主句中加插引語，通常該引語前後都帶逗號。
2. 單引號用於直接引語或一句話語內的稱謂／引語。例如："Father often teaches us 'Hope for the best, prepare for the worse'", she said, "and I think it's quite right."

question marks 問號「?」

問號只用於直接問句末，不用於間接問句末。

附錄二　不規則動詞表

不定式	過去式	過去分詞
abide	abided, abode	abided, abode
arise	arose	arisen
awake	awoke	awoken
backbite	backbitten	backbitten
backslide	backslid	backslid
be (am/is/are)	was, were	been
bear	bore	borne
become	became	become
befall	befell	befallen
beget	begot	begotten
begin	began	begun
behold	beheld	beheld
bend	bent	bent
beseech	besought, beseeched	besought, beseeched
bet	bet	bet
bid	bade, bid	bidden, bid
bind	bound	bound
bite	bit	bitten
bleed	bled	bled
bless	blessed	blessed
blow	blew	blown
break	broke	broken
breed	bred	bred
bring	brought	brought
broadcast	broadcast	broadcast
build	built	built
burn	burnt, burned	burnt, burned

不定式	過去式	過去分詞
burst	burst	burst
bust	bust, busted	bust, busted
buy	bought	bought
cast	cast	cast
catch	caught	caught
chide	chided, chid	chided, chid, chidden
choose	chose	chosen
cleave	cleaved, clove, cleft	cleaved, cloven, cleft
cling	clung	clung
come	came	come
cost	cost	cost
creep	crept	crept
crow	crowed	crowed
cut	cut	cut
deal	dealt	dealt
dig	dug	dug
dive	dived	dived
do	did	done
draw	drew	drawn
dream	dreamt, dreamed	dreamt, dreamed
drink	drank	drunk
drive	drove	driven
dwell	dwelt, dwelled	dwelt, dwelled
eat	ate	eaten
fall	fell	fallen
feed	fed	fed
feel	felt	felt
fight	fought	fought
find	found	found
flee	fled	fled

不定式	過去式	過去分詞
fly	flew	flown
forbear	forebore	forborne
forbid	forbade	forbidden
foretell	foretold	foretold
forget	forgot	forgotten
forgive	forgave	forgiven
forsake	forsook	forsaken
forswear	forswore	forsworn
freeze	froze	frozen
gainsay	gainsaid	gainsaid
get	got	got, gotten
gild	gilded, gilt	gilded, gilt
gird	girded, girt	girded, girt
give	gave	given
go	went	gone
grind	ground	ground
grow	grew	grown
hang	hung, hanged	hung, hanged
have (has)	had	had
hear	heard	heard
heave	heaved, hove	heaved, hove
hew	hewed	hewed, hewn
hide	hid	hidden
hit	hit	hit
hold	held	held
hurt	hurt	hurt
inlay	inlaid	inlaid
input	input, inputted	input, inputted
inset	inset	inset
keep	kept	kept

不定式	過去式	過去分詞
ken	kenned, kent	kenned, kent
kneel	knelt, kneeled	knelt, kneeled
knit	knitted, knit	knitted, knit
know	knew	known
lay	laid	laid
lead	led	led
lean	leant, leaned	leant, leaned
learn	learnt, learned	learnt, learned
leave	left	left
lend	lent	lent
let	let	let
lie	lay	lain
lie	lied	lied
light	lighted, lit	lighted, lit
lose	lost	lost
make	made	made
mean	meant	meant
meet	met	met
miscast	miscast	miscast
misdeal	misdealt	misdealt
mishear	misheard	misheard
mishit	mishit	mishit
mislay	mislaid	mislaid
mislead	misled	misled
misread	misread	misread
misspell	misspelt, misspelled	misspelt, misspelled
misspend	misspent	misspent
mistake	mistook	mistaken
misunderstand	misunderstood	misunderstood
mow	mowed	mowed, mown

不定式	過去式	過去分詞
outbid	outbid	outbid
outdo	outdid	outdone
outfight	outfought	outfought
outgrow	outgrew	outgrown
output	output, outputted	output, outputted
outrun	outran	outrun
outsell	outsold	outsold
outshine	outshone	outshone
overbid	overbid	overbid
overcome	overcame	overcome
overdo	overdid	overdone
overdraw	overdrew	overdrawn
overeat	overate	overeaten
overfly	overflew	overflown
overhang	overhung	overhung
overhear	overheard	overheard
overlay	overlaid	overlaid
overpay	overpaid	overpaid
override	overrode	overridden
overrun	overran	overrun
oversee	oversaw	overseen
overshoot	overshot	overshot
oversleep	overslept	overslept
overtake	overtook	overtaken
overthrow	overthrew	overthrown
pay	paid	paid
plead	pleaded, pled	pleaded, pled
prepay	prepaid	prepaid
prove	proved	proved, proven
put	put	put

不定式	過去式	過去分詞
quit	quit, quitted	quit, quitted
read	read	read
rebind	rebound	rebound
rebuild	rebuilt	rebuilt
recast	recast	recast
redo	redid	redone
rehear	reheard	reheard
remake	remade	remade
rend	rent	rent
repay	repaid	repaid
rerun	reran	rerun
resell	resold	resold
reset	reset	reset
resit	resat	resat
retake	retook	retaken
retell	retold	retold
rewrite	rewrote	rewritten
rid	rid	rid
ride	rode	ridden
ring	rang	rung
rise	rose	risen
run	ran	run
saw	sawed	sawed, sawn
say	said	said
see	saw	seen
seek	sought	sought
sell	sold	sold
send	sent	sent
set	set	set
shake	shook	shaken

不定式	過去式	過去分詞
shed	shed	shed
shine	shone	shone
shoe	shod	shod
shoot	shot	shot
show	showed	showed, shown
shrink	shrank, shrunk	shrunk
shut	shut	shut
sing	sang	sung
sink	sank	sunk
sit	sat	sat
slay	slew	slain
sleep	slept	slept
slide	slid	slid
sling	slung	slung
slink	slunk	slunk
slit	slit	slit
smell	smelt, smelled	smelt, smelled
smite	smote	smitten
speak	spoke	spoken
speed	sped, speeded	sped, speeded
spell	spelt, spelled	spelt, spelled
spend	spent	spent
spill	spilt, spilled	spilt, spilled
spin	spun	spun
spit	spat, spit	spat, spit
split	split	split
spoil	spoilt, spoiled	spoilt, spoiled
spread	spread	spread
spring	sprang	sprung
stand	stood	stood

不定式	過去式	過去分詞
stave	staved, stove	staved, stove
steal	stole	stolen
stick	stuck	stuck
sting	stung	stung
strew	strewed	strewed, strewn
stride	strode	stridden
strike	struck	struck
string	strung	strung
strive	strove	striven
sublet	sublet	sublet
swear	swore	sworn
sweep	swept	swept
swell	swelled	swelled, swollen
swim	swam	swum
swing	swung	swung
take	took	taken
teach	taught	taught
tear	tore	torn
tell	told	told
think	thought	thought
thrive	thrive, throve	thrived, thriven
throw	threw	thrown
thrust	thrust	thrust
tread	trod	trod, trodden
unbend	unbent	unbent
underbid	underbid	underbid
undercut	undercut	undercut
undergo	underwent	undergone
understand	understood	understood
undertake	undertook	undertaken

不定式	過去式	過去分詞
underwrite	underwrote	underwritten
undo	undid	undone
unfreeze	unfroze	unfrozen
unsay	unsaid	unsaid
unwind	unwound	unwound
uphold	upheld	upheld
upset	upset	upset
wake	woke	woken
wear	wore	worn
weave	wove, weaved	woven, weaved
wed	wedded, wed	wedded, wed
weep	wept	wept
wet	wet, wetted	wet, wetted
win	won	won
wind	wound	wound
withdraw	withdrew	withdrawn
withhold	withheld	withheld
withstand	withstood	withstood
work	worked, wrought	worked, wrought
wring	wrung	wrung
write	wrote	written

附錄三　常見地名表

Afghanistan /æfˈɡænɪˌstɑːn, -ˌstæn/ 阿富汗

Africa /ˈæfrɪkə/ 非洲

Albania /ælˈbeɪnɪə/ 阿爾巴尼亞

Algeria /ælˈdʒɪərɪə/ 阿爾及利亞

America → (the) United States (of America)

Andorra /ænˈdɔːrə/ 安道爾

Angola /æŋˈɡəʊlə/ 安哥拉

Anguilla /æŋˈɡwɪlə/ 安圭拉島

(the) Antarctic /ænˈtɑːktɪk/ 南極地區

Antigua /ænˈtiːɡə/ 安提瓜島

(the) Arctic /ˈɑːktɪk/ 北極地區

Argentina /ˌɑːdʒənˈtiːnə/ (亦稱 the Argentine /ˈɑːdʒənˌtiːn, -ˌtaɪn/) 阿根廷

Asia /ˈeɪʃə, ˈeɪʒə/ 亞洲

Australasia /ˌɒstrəˈleɪzɪə/ 澳大拉西亞

Australia /ɒˈstreɪlɪə/ 澳洲

Austria /ˈɒstrɪə/ 奧地利

(the) Bahamas /bəˈhɑːməz/ 巴哈馬

Bahrain, Bahrein /bɑːˈreɪn/ 巴林

(the) Baltic /ˈbɔːltɪk/ 波羅的海地區

Bangladesh /ˌbɑːŋɡləˈdeʃ, ˌbæŋ-/ 孟加拉

Barbados /bɑːˈbeɪdɒs, -dəʊz, -dɒs/ 巴巴多斯

Belgium /ˈbeldʒəm/ 比利時

Belize /bəˈliːz/ 伯利茲

Benin /beˈniːn/ 貝寧

Bermuda /bəˈmjuːdə/ 百慕達

Bhutan /buːˈtɑːn/ 不丹

Bolivia /bəˈlɪvɪə/ 玻利維亞

Botswana /bʊˈtʃwɑːnə, bʊtˈswɑːnə, bɒt-/ 博茨瓦納

Brazil /brəˈzɪl/ 巴西

Britain → Great Britain

Brunei /bruːˈnaɪ, ˈbruːnaɪ/ 汶萊

Bulgaria /bʌlˈɡɛərɪə, bʊl-/ 保加利亞

Burkina Faso /bɜːˈkiːnəˈfæsəʊ/ 布基納法索

Burma /ˈbɜːmə/ → Myanmar

Burundi /bəˈrʊndi/ 布隆迪

Cambodia /kæmˈbəʊdɪə/ (舊稱 Kampuchea) 柬埔寨

Cameroon /ˌkæməˈruːn, ˈkæməˌruːn/ 喀麥隆

Canada /ˈkænədə/ 加拿大

(the) Caribbean /ˌkærɪˈbiːən/ 加勒比

Central African Republic /ˈsentrəl

ˈæfrɪkən rɪˈpʌblɪk/ 中非共和國

Ceylon /sɪˈlɒn /→ Sri Lanka

Chad /tʃæd/ 乍得

Chile /ˈtʃɪlɪ/ 智利

China /ˈtʃaɪnə/ 中國

Columbia /kəˈlʌmbɪə/ 哥倫比亞

Commonwealth of Independent States
/ˈkɒmən‚welθ əv ‚ɪndɪˈpendənt
steɪts/ 獨立國家聯合體（獨聯體）

Congo /ˈkɒŋɡəʊ/ 剛果

Costa Rica /ˌkɒstə ˈriːkə/ 哥斯達黎加

Cuba /ˈkjuːbə/ 古巴

Cyprus /ˈsaɪprəs/ 塞浦路斯

(the) Czech /tʃek/ 捷克

Denmark /ˈdenmɑːk/ 丹麥

Dominica /ˌdɒmɪˈniːkə, dəˈmɪnɪkə/
　　Commonwealth of Dominica
　　/ˈkɒmən‚welθ əv ‚dɒmɪˈniːkə/ 多米
　　尼克

(the) Dominican Republic /dəˈmɪnɪkən
rɪˈpʌblɪk/ 多米尼加共和國

East Timor /ˌiːst ˈtiːmɔː/ 東帝汶

Ecuador /ˈekwədɔː/ 厄瓜多爾

Egypt /ˈiːdʒɪpt/ 埃及

El Salvador /el ˈsælvədɔː/ 薩爾瓦多

England /ˈɪŋɡlənd/ 英格蘭

Equatorial Guinea /ˌekwəˈtɔːrɪəl ˈɡɪnɪ/
赤道幾內亞

Eswatini /ɛˈswɑːtiːnɪ/（舊稱
　　Swaziland）史瓦帝尼（舊稱斯威
　　士蘭）

Ethiopia /ˌiːθɪˈəʊpɪə/ 埃塞俄比亞

Europe /ˈjʊərəp/ 歐洲

Fiji /ˈfiːdʒiː, fɪˈdʒiː/ 斐濟

Finland /ˈfɪnlənd/ 芬蘭

France /frɑːns/ 法國

Gabon /ɡəˈbɒn/ 加蓬

Gambia /ˈɡæmbɪə/ 甘比亞

(Federal Republic of) Germany /
　　(ˈfedərəl rɪˈpʌblɪk əv) ˈdʒɜːmənɪ/ 德
　　意志聯邦共和國；德國

Ghana /ˈɡɑːnə/ 加納

Gibraltar /dʒɪˈbrɔːltə/ 直布羅陀

Great Britain /ˌɡreɪt ˈbrɪtn/ 亦稱 (the)
　　United Kingdom (of Great Britain
　　and Northern Ireland) 英國；大不
　　列顛及北愛爾蘭聯合王國

Greece /ɡriːs/ 希臘

Grenada /ɡreˈneɪdə/ 格林納達

Guatemala /ˌɡwɑːtəˈmɑːlə/ 危地馬拉

Guiana /ɡaɪˈænə/ 圭亞那

Haiti /ˈheɪtɪ, hɑːˈiːtɪ/ 海地

Holland /ˈhɒlənd/（亦稱 (the)
　　Netherlands /ˈneðələndz/）荷蘭

Honduras /hɒnˈdjʊərəs/ 洪都拉斯

Hungary /ˈhʌŋɡərɪ/ 匈牙利

Iceland /ˈaɪslənd/ 冰島

India /ˈɪndɪə/ 印度

Indonesia /ˌɪndəʊˈniːzɪə/ 印度尼西亞

Iran /ɪˈrɑːn/ (舊稱 Persia) 伊朗

Iraq /ɪˈrɑːk/ 伊拉克

Irish Republic /ˈaɪrɪʃ rɪˈpʌblɪk/ 愛爾蘭
(共和國)

Israel /ˈɪzreɪəl, -rɪəl/ 以色列

Italy /ˈɪtəlɪ/ 意大利

Ivory Coast /ˈaɪvərɪ ˈkəʊst/ 象牙海岸

Jamaica /dʒəˈmeɪkə/ 牙買加

Japan /dʒəˈpæn/ 日本

Java /ˈdʒɑːvə/ 爪哇

Jordan /ˈdʒɔːdən/ 約旦

Kampuchea /ˌkæmpʊˈtʃɪə/ →
Cambodia

Kenya /ˈkenjə, ˈkiːnjə/ 肯雅

Korea /kəˈriːə/ 朝鮮；韓國
North Korea 北韓；South Korea 南韓

Kuwait /kʊˈweɪt/ 科威特

Laos /laʊz/ 老撾

Lebanon /ˈlebənən/ 黎巴嫩

Lesotho /lɪˈsuːtʊ, ləˈsəʊtəʊ/ 萊索托

Liberia /laɪˈbɪərɪə/ 利比里亞

Libya /ˈlɪbɪə/ 利比亞

Liechtenstein /ˈlɪktən‚staɪn/ 列支敦
士登

Luxemburg /ˈlʌksəm‚bɜːg/ 盧森堡

Madagascar /ˌmædəˈgæskə/ 馬達加
斯加

Malawi /məˈlɑːwɪ/ 馬拉維

Malaysia /məˈleɪzɪə/ 馬來西亞

Mali /ˈmɑːlɪ/ 馬里

Malta /ˈmɔːltə/ 馬爾他

Mauritania /ˌmɒrɪˈteɪnɪə/ 毛里塔尼亞

Mauritius /məˈrɪʃəs/ 毛里求斯

Mediterranean /ˌmedɪtəˈreɪnɪən/ 地中
海地區

Melanesia /ˌmeləˈniːzɪə/ 美拉尼西亞

Mexico /ˈmeksɪ‚kəʊ/ 墨西哥

Micronesia /ˌmaɪkrəʊˈniːzɪə/ 密克羅尼
西亞

Monaco /ˈmɒnə‚kəʊ, məˈnɑːkəʊ/ 摩
納哥

Mongolia /mɒŋˈgəʊlɪə/ 蒙古

Montserrat /ˌmɒntsəˈræt/ 蒙塞拉特島

Morocco /məˈrɒkəʊ/ 摩洛哥

Mozambique /ˌməʊzəmˈbiːk/ 莫桑
比克

Myanmar /ˈmaɪænmɑː/ (舊稱 Burma)
緬甸

Namibia /nɑːˈmɪbɪə, nə-/ 納米比亞

Nauru /naːˈuːruː/ 瑙魯

Nepal /nɪˈpɔːl/ 尼泊爾

(the) Netherlands → Holland

New Zealand /ˌnjuː ˈziːlənd/ 新西蘭

Nicaragua /ˌnɪkəˈrægjʊə, -gwə/ 尼加
拉瓜

Niger /naɪˈdʒɛə/ 尼日爾

Nigeria /naɪˈdʒɪərɪə/ 尼日利亞

Norway /ˈnɔːˌweɪ/ 挪威

Oman /əʊˈmɑːn/ 阿曼

(the) Pacific /pəˈsɪfɪk/ 太平洋地區

Pakistan /ˌpɑːkɪˈstɑːn/ 巴基斯坦

Palestine /ˈpælɪˌstaɪn/ 巴勒斯坦

Panama /ˈpænəˌmɑː, ˌpænəˌmɑː/ 巴
拿馬

Papua New Guinea /ˈpæpjʊə njuː ˌgɪnɪ/
巴布亞新幾內亞

Paraguay /ˈpærəˌgwaɪ/ 巴拉圭

Persia /ˈpɜːʃə/ → Iran

Peru /pəˈruː/ 秘魯

(the) Philippines /ˈfɪlɪˌpiːnz, ˌfɪlɪˈpiːnz/
菲律賓

Poland /ˈpəʊlənd/ 波蘭

Polynesia /ˌpɒlɪˈniːʒə, -ʒɪə/ 波利尼
西亞

Portugal /ˈpɔːtjʊgəl/ 葡萄牙

Puerto Rico /pwɜːtəʊ ˈriːkəʊ, ˌpwɛə-/

波多黎各

Qatar (亦稱 Katar) /kæˈtɑː/ 卡塔爾

Romania /rəʊˈmeɪnɪə/ 羅馬尼亞

Russia /ˈrʌʃə/ 俄羅斯

Rwanda /rʊˈændə/ 盧旺達

Saudi Arabia /ˌsaʊdɪ əˈreɪbɪə, ˈsɔː-/ 沙
地阿拉伯

Scotland /ˈskɒtlənd/ 蘇格蘭

Senegal /ˌsɛnɪˈgɔːl/ 塞內加爾

Serbia /ˈsɜːbɪə/ 塞爾維亞

(the) Seychelles /seɪˈʃɛl, -ˈʃɛlz/ 塞舌爾

Siam /saɪˈæm, ˈsaɪæm/ → Thailand

Sierra Leone /sɪˈɛərə lɪˈəʊnɪ, -lɪˈəʊn/ 塞
拉利昂

Singapore /ˌsɪŋəˈpɔː, ˈsɪŋgə-/ 新加坡

Slovakia /sləʊˈvækɪə/ 斯洛伐克

Somalia /səʊˈmɑːlɪə/ 索馬里

South Africa /ˌsaʊθ ˈæfrɪkə/ 南非

Spain /speɪn/ 西班牙

Sri Lanka /ˌsriː ˈlæŋkə/ (舊稱 Ceylon)
斯里蘭卡

Sudan /suːˈdɑːn, -ˈdæn/ 蘇丹

Sumatra /sʊˈmɑːtrə/ 蘇門答臘

Suriname /ˌsʊərɪˈnæm/ 蘇里南

Swaziland /ˈswɑːzɪˌlænd/ →Eswatini

Sweden /ˈswiːdən/ 瑞典

Switzerland /ˈswɪtsələnd/ 瑞士

Syria /'sɪrɪə/ 敘利亞

Tahiti /təˈhiːtɪ/ 塔希利島

Tanzania /ˌtænzəˈnɪə/ 坦桑尼亞

Thailand /'taɪˌlænd/（舊稱 Siam）泰國

Togo /'təʊɡəʊ/ 多哥

Tonga /'tɒŋɡə/ 湯加

Trinidad and Tobago /'trɪnɪˌdæd ænd təˈbeɪɡəʊ/ 千里達和多巴哥

Tunisia /tjuːˈnɪzɪə, -ˈnɪsɪə/ 突尼西亞

Turkey /'tɜːkɪ/ 土耳其

Uganda /juːˈɡændə/ 烏干達

Ukraine /juːˈkreɪn/ 烏克蘭

(the) United States of America /juːˈnaɪtɪd steɪts əv əˈmɛrɪkə/ 美利堅

合眾國；美國

Uruguay /'jʊərəˌɡwaɪ/ 烏拉圭

Venezuela /ˌvɛnɪˈzweɪlə/ 委內瑞拉

Vietnam /ˌvjɛtˈnæm/ 越南

Wales /weɪlz/ 威爾斯

Western Samoa /ˌwɛstən səˈməʊə/ 西薩摩亞

(the Republic of) Yemen /'jɛmən/ 也門（共和國）

Zaire /zɑːˈɪə/ 扎伊爾

Zambia /'zæmbɪə/ 贊比亞

Zimbabwe /zɪmˈbɑːbwɪ, -weɪ/ 津巴布韋

附錄四　常見英語人名（男）

Aaron /ˈɛərən/ 阿倫

Adam /ˈædəm/ 亞當

Adrian /ˈeɪdrɪən/ 阿德里安

Alan /ˈælən/ 艾倫

Albert /ˈælbət/ 艾伯特

Alfred /ˈælfrɪd/ 阿爾弗雷德

Alexander /ˌælɪgˈzɑːndə/ 阿歷山大

Alvin /ˈælvɪn, ˈælvən/ 阿爾文

Amos /ˈeɪmɒs/ 阿摩司

Andrew /ˈændruː/ 安德魯

Angus /ˈæŋgəs/ 安格斯

Ant(h)ony /ˈæntənɪ/ 安東尼

Archibald /ˈɑːtʃə‚bɔld/ (U.S.) 阿奇伯德

Arnold /ˈɑːnəld/ 阿諾德

Arthur /ˈɑːθə/ 亞瑟

Aubrey /ˈɔːbrɪ/ 奧布里

Baldwin /ˈbɔːldwɪn/ 伯德溫

Baron /ˈbærən/ 巴倫

Barry /ˈbærɪ/ 巴里

Bartholomew /bɑːˈθɒlə‚mjuː/ 巴梭羅繆

Basil /ˈbæzəl/ 巴茲爾

Benjamin /ˈbendʒəmɪn/ 本傑明

Bernard /ˈbɜːnəd/ 伯納德

Bert → Albert, Gilbert, Herbert

Bertrand /ˈbɜːrtrənd/ 伯臣

Bill /bɪl/ 比爾 → William

Bob /bɒb/ → Robert

Boris /ˈbɒrɪs/ (U.S.) 鮑里斯

Brant /brænt/ 布蘭特

Bryan, Brian /ˈbraɪən/ 布賴恩

Bruce /bruːs/ 布魯斯

Byron /ˈbaɪərən/ 拜倫

Calvin /ˈkælvɪn/ 喀爾文

Carl /kɑːl/ 卡爾

Cecil /ˈsɛsəl, ˈsɪs-/ 塞西爾

Charles /tʃɑːlz/ 查爾斯，查理斯

Christopher /ˈkrɪstəfə/ 克里斯托弗

Clark /klɑːk/ 克拉克

Clifford /ˈklɪfəd/ 克利福德

Clyde /klaɪd/ 克萊德

Cyril /ˈsɪrəl/ 西里爾

Dale /deɪl/ 戴爾

Daniel /ˈdænjəl/ 丹尼爾

Darren /ˈdærən/ 達倫

David /ˈdeɪvɪd/ 大偉

Den(n)is /ˈdɛnɪs/ 丹尼斯

Derek /ˈderɪk/ 德里克

Dexter /ˈdekstə/ 德克斯特

Dick /dɪk/ 迪克 → Richard

Dominic /ˈdɒmɪk/ 多米尼克

Donald /ˈdɒnəld/ 唐納德

Douglas /ˈdʌɡləs/ 道格拉斯

Duke /djuːk/ (U.S.) 杜克

Dwight /dwaɪt/ 德懷特

Earl(e) /ɜːl/ 厄爾

Edgar /ˈedɡə/ 埃德加

Edmund /ˈedmənd/ 埃德蒙

Edward /ˈedwəd/ 愛德華

Elliot /ˈelɪət/ (U.S.) 艾略特

Elmer /ˈelmə(r)/ 埃爾默

Elton /ˈeltən/ 伊爾頓

Eric, Erick /ˈerɪk/ 埃里克

Ernest /ˈɜːnɪst/ 歐內斯特

Eugene /juːˈdʒiːn/ (U.S.) 尤金

Felix /ˈfiːlɪks/ (U.S.) 費利克斯

Ferdinand /ˈfɜːdɪˌnænd/ 費迪南德

Floyd /flɔɪd/ 弗洛伊德

Francis /ˈfrɑːnsɪs/ 弗朗西斯

Frank /fræŋk/ 弗蘭克

Frederick /ˈfredrɪk/ 弗西德里克

Gabriel /ˈɡeɪbrɪəl/ 加布里埃爾

Gary /ˈɡærɪ/ 加里

Gaspar /ˈɡæspə, ˈɡæspɑː/ 加斯珀

Gavin /ˈɡævɪn/ 加文

Gene /dʒiːn/ → Eugene

Geoffrey, Jeffrey /ˈdʒefrɪ/ 傑弗里

George /dʒɔːdʒ/ 喬治

Gerald /ˈdʒerəld/ 傑拉爾德

Gilbert /ˈɡɪlbət/ 吉爾拉特

Godfrey /ˈɡɑdfri/ (U.S.) 高弗里

Gordon /ˈɡɔːdən/ 戈登

Grant /ɡrɑːnt/ 格蘭特

Gregory /ˈɡreɡərɪ/ 格里高里

Gustave /ˈɡʌstɑːv/ (U.S.) 古斯塔夫

Guy /ɡaɪ/ 蓋伊

Hal → Henry

Hale /heɪl/ 赫爾

Harold /ˈhærəld/ 哈羅德

Harry /ˈhærɪ/ 哈里 → Henry

Harvey /ˈhɑːvɪ/ 哈威

Henry /ˈhenrɪ/ 亨利

Herbert /ˈhɜːbət/ 赫伯特

Homer /ˈhəʊmə/ 霍默

Horace /ˈhɒrɪs/ 霍瑞斯

Howard /ˈhaʊəd/ 霍華德

Hugh /hjuː/ 休

Humphrey /ˈhʌmfrɪ/ 韓福瑞，漢弗萊

Ian /ˈiən/ (U.S.) 伊恩

Isaac /ˈaɪzək/ 艾薩克

Ivan /ˈaɪvən/ 伊凡

Jack /dʒæk/ 傑克 → John

Jacob /dʒeɪkəb/ 雅各布

James /dʒeɪmz/ 詹姆斯

Jason /dʒeɪsən/ 賈森

Jeffery → Geoffrey

Jeremy /dʒɛrəmi/ 傑里米

Jerome /dʒəˈrəʊm/ 傑羅姆

Jesse /dʒɛsɪ/ 傑西

Jim /dʒɪm/ → James

John /dʒɒn/ 約翰 → Sean

Joseph /dʒəʊzɪf/ 約瑟夫

Julian /dʒuːljən, -lɪən/ 朱利安

Justin /dʒʌstɪn/ 賈斯廷

Keith /kiθ/ (U.S.) 基思

Kelvin /kɛlvɪn/ 凱爾文

Kenneth /kɛnəθ/ 肯尼思

Kent /kɛnt/ 肯特

Kevin /kɛvɪn/ 凱文

Kirk /kɜːk/ 柯克

Kyle /kaɪl/ 凱爾

Lance /lɑːns/ 蘭斯

Lawrence, Laurence /lɒrəns/ 勞倫斯

Leo /liːəʊ/ 利奧

Leslie /lɛsli/ (U.S.) 萊斯利

Louis /luːɪs/ 路易斯

Luke /luːk/ 盧克

Luther /luːθə/ 路德

Lynn /lɪn/ 林恩

Malcolm /mælkəm/ 馬爾科姆

Manuel /mænjuːəl/ (U.S.) 曼紐爾

Mark /mɑːk/ 馬克

Marlon /mɑːrlən/ (U.S.) 馬倫

Martin /mɑːtɪn/ 馬丁

Matthew /mæθjuː/ 馬修

Maurice /mɒrɪs/ 莫里斯

Max /mæks/ 馬克斯

Melvin /mɛlvɪn/ 梅爾文

Michael /maɪkəl/ 邁克爾

Miles, Myles /maɪlz/ 邁爾斯

Morgan /mɔːgən/ 摩根

Nathan /neɪθən/ 內森

Ned /nɛd/ → Edmund

Neil, Niel, Neal /niːl/ (U.S.) 尼爾

Nicholas /nɪkələs/ 尼古拉斯

Nigel /naɪdʒəl/ (U.S.) 奈傑爾

Noel /nəʊˈɛl/ 諾埃爾

Norman /nɔːmən/ 諾曼

Oliver, Olivier /ɒlɪvə/ 奧利弗

Oscar /ɒskə/ 奧斯卡

Owen /əʊɪn/ 歐文

Patrick /pætrɪk/ 帕特里克

Paul /pɔːl/ 保羅

Percy /pɜːsɪ/ 珀西

Peter /piːtə/ 彼得

Philip /ˈfɪlɪp/ 菲利普

Ralph /rælf/ 拉爾夫

Randolph /ˈrændɒlf, -dəlf/ 倫道夫

Raymond /ˈreɪmənd/ 雷蒙德

Richard /ˈrɪtʃərd/ 理查德

Rick, Rickie, Ricky → Eric

Robert /ˈrɒbət/ 羅伯特

Robin /ˈrɒbɪn/ 羅賓

Rock /rɒk/ 洛克

Rodney /ˈrɒdnɪ/ 羅德尼

Roger /ˈrɒdʒə/ 羅傑

Roland /ˈrəʊlənd/ 羅蘭德

Ronald /ˈrɒnəld/ (U.S.) 羅納德

Roy /rɔɪ/ 羅伊

Rudolph, Rudolf /ˈruːdɒlf/ 魯道夫

Russell /ˈrʌsəl/ 拉塞爾

Samuel /ˈsæmjʊəl/ 塞繆爾

Sandy /ˈsændɪ/ → Alexander

Scott /skɒt/ 斯科特

Sean /ʃɒn/ (U.S.) 肖恩

Sebastian /sɪˈbæstjən/ 塞巴斯蒂安

Simon /ˈsaɪmən/ 西蒙

Spencer, Spenser /ˈspensə/ 斯賓塞

Stanley /ˈstænlɪ/ 斯坦利

Stephen, Steven /ˈstiːvən/ 史蒂文

Sylvester, Silvester /sɪlˈvestə, sɪlˈvestər/ 西爾維斯特

Stuart /ˈstjʊət/ 斯圖亞特

Sydney, Sidney /ˈsɪdnɪ/ 西德尼

Ted /ted/, Teddy /ˈtedɪ/ → Edward, Theodore

Terence, Terrence /ˈterəns/ 特倫斯

Theodore /ˈθɪədɔː/ (U.S.) 西奧多

Thomas /ˈtɒməs/ 托馬斯

Timothy /ˈtɪməθɪ/ 蒂莫西

Todd /tɒd/ 陶德

Tony /ˈtəʊnɪ/ 托尼 → Anthony

Tracy /ˈtreɪsɪ/ 特雷西

Victor /ˈvɪktə/ 維克托

Vincent /ˈvɪnsənt/ 文森特

Vivian, Vyvian /ˈvɪvɪən/ 維維安

Wallace /ˈwɒlɪs/ 華理士

Walter /ˈwɔːltə/ 沃爾特

Warren /ˈwɒrən/ 沃倫

Wayne /weɪn/ 韋恩

William /ˈwɪljəm/ 威廉

Xavier, Javier /ˈzeɪvɪə/ 塞維爾

附錄五　常見英語人名（女）

Abigail /ˈæbɪˌgeɪl/ 愛比蓋爾

Ada /ˈeɪdə/ 埃達

Agatha /ˈægəθə/ 阿加莎

Agnes /ˈægnɪs/ 阿格尼絲

Alexandra /ˌælɪgˈzɑːndrə/ 亞歷山大德拉

Alice /ˈælɪs/ 艾麗絲

Alison /ˈælɪsən/ 艾莉森

Amanda /əˈmændə/ 阿曼達

Amelia /əˈmiːlɪə/ 艾米莉亞

Amy /ˈeɪmi/ (U.S.) 埃米

Andrea /ˈændrɪə/ (U.S.) 安德烈亞

Angela /ˈændʒələ/ 安傑拉

Ann, Anne /æn/ 安，安妮

Annabelle /ˈænəˌbel/ (U.S.) 安納貝爾

Antonia /ænˈtoʊnɪə/ (U.S.) 安東尼婭

April /ˈeɪprəl/ 艾裴莉

Arlene /ɑːrˈliːn/ (U.S.) 艾蓮

Athena /əˈθiːnə/ 雅典娜

Audrey /ˈɔːdri/ (U.S.) 奧德麗

Barbara /ˈbɑːbərə, ˈbɑːbrə/ (U.S.) 巴巴拉

Beatrice, Beatrix /ˈbiːətrɪs/ 碧翠絲

Betsy /ˈbetsi/ 貝蒂 → Elizabeth

Beverly /ˈbevərli/ (U.S.) 貝弗莉

Blanche /blɑːntʃ/ 布蘭奇

Brenda /ˈbrendə/ 布蓮達

Bridget, Bridgit /ˈbrɪdʒɪt/ 布麗奇特

Brook(e) /brʊk/ 布魯克

Candice, Candace, Candis /ˈkændɪs/ 坎迪斯

Carol, Carroll /ˈkærəl/ 卡羅爾

Caroline, Carolyn /ˈkærəˌlaɪn, ˈkærəlɪn/ 卡羅琳

Catherine, Katherine /ˈkæθrɪn/ 凱塞琳

Cecilia /sɪˈsiːljə/ 塞西莉亞

Charlotte /ˈʃɑːlət/ 夏洛特

Cheryl /ˈʃerəl/ 謝麗爾

Chloe /ˈkloʊɪ/ 克洛伊

Christine /krɪsˈtin/ (U.S.) 克里絲廷

Claire, Clare /kleə/ 克萊爾

Constance /ˈkɒnstəns/ 康斯坦絲

Crystal /ˈkrɪstəl/ 克莉絲多爾

Cynthia /ˈsɪnθɪə/ 辛西婭

Daisy /ˈdeɪzi/ 黛西

Daphne /ˈdæfni/ 達夫妮

Dawn /dɔːn/ 道恩

Deborah /ˈdebərə, -brə/ 德波拉

Denise, Denice /dəˈniːs/ (U.S.) 丹尼絲

Diana, Diane /daɪˈænə, daɪˈæn/ 黛安娜

Dilys /ˈdɪlɪs/ 迪莉斯

Donna /ˈdɒnə/ 唐娜

Dora /ˈdɔːrə/ (U.S.) 多拉

Doris /ˈdɒrɪs/ 多麗絲

Dorothy /ˈdɒrəθɪ/ 多蘿西

Edith /ˈiːdɪθ/ (U.S.) 伊迪絲

Elaine /ɪˈleɪn/ 伊萊恩

Eleanor /ˈɛlənər/ (U.S.) 伊琳諾

Elizabeth /ɪˈlɪzəbəθ/ 伊麗莎白

Ella /ˈelə/ 埃拉 → Eleanor

Ellen /ˈelən/ 埃倫 → Helen

Elsie /ˈelsi/ 埃爾西 → Alice, Elizabeth

Emily /ˈeməli/ (U.S.) 埃米莉

Emma /ˈemə/ 埃瑪

Enid /ˈiːnɪd/ 安妮德

Ernestina → Tina

Esther /ˈestə/ 艾絲達

Ethel /ˈɛθəl/ (U.S.) 艾瑟兒

Etta → Henrietta

Eunice /ˈjuːnɪs/ 尤妮絲

Eve /iːv/ 伊芙

Evelyn /ˈiːvlɪn, ˈev-/ 伊夫林

Faith /feɪθ/ 費思

Fay, Faye /feɪ/ 費伊

Fiona /fiˈoʊnə/ (U.S.) 菲奧娜

Flora /ˈflɔːrə/ 費洛拉

Florence /ˈflɒrəns/ 弗洛倫斯

Frances /ˈfrɑːnsɪs/ (U.S.) 弗洛西絲

Freda /ˈfriːdə/ (U.S.) 弗蕾達

Gail /geɪl/ 佳兒

Genevieve /ˈdʒɛnɪˌviːv/ 吉娜維夫

Georgia /ˈdʒɔːdʒə/ 喬治婭

Ginny /ˈdʒɪnɪ/ → Virginia

Gloria /ˈɡlɔːrɪə/ 格洛麗亞

Grace /ɡreɪs/ 格雷絲

Greta → Margaret

Gwendolyn, Gwendoline /ˈɡwendəlɪn/ 格溫德琳

Hannah /ˈhænə/ 漢納

Harriet /ˈhærɪət/ (U.S.) 哈麗艾特

Hazel /ˈheɪzəl/ 黑茲爾

Heather /ˈheðə/ 希瑟

Helen /ˈhelɪn/ 海倫

Henrietta /ˌhenriˈetə/ 亨莉埃塔

Hester /ˈhestə/ 賀絲達

Hilary /ˈhɪlərɪ/ (U.S.) 希拉里

Hilda /ˈhɪldə/ 希爾達

Holly /ˈhɒlɪ/ 霍莉

Hope /həʊp/ 霍普

Ida /ˈaɪdə/ 艾達

Ingrid /ˈɪŋɡrɪd, ˈɪzəʊbel/ 英格里德

Irene /aɪˈriːnɪ/ 艾琳

Iris /ˈaɪrɪs/ 艾里絲

Isabel, Isobel /ˈɪzəbɛl, ˈɪzəʊbɛl/ 伊莎貝爾

Ivy /ˈaɪvɪ/ 艾維

Jacqueline /ˈdʒækəlɪn/ 傑奎琳

Jane /dʒeɪn/ 珍

Janet /ˈdʒænɪt/ 珍妮特

Janice /ˈdʒænɪs/ 賈妮絲

Jean, Jeanne /dʒiːn/ 吉恩

Jennifer /ˈdʒɛnɪfə(r)/ 珍妮弗

Jessica /ˈdʒɛsɪkə/ 傑西卡

Jill, Gill /dʒɪl/ 吉爾

Joan /dʒəʊn/ 瓊

Joanne /dʒəʊˈæn/ (U.S.) 喬安

Jocelyn /ˈdʒɑslɪn/ (U.S.) 賈思琳

Jodie /ˈdʒəʊdi/ (U.S.) 喬蒂

Josephine /ˈdʒəʊzəˌfiːn/ 約瑟芬

Joyce /dʒɔɪs/ 喬伊絲

Judith /ˈdʒuːdɪθ/ 朱迪思

Judy /ˈdʒuːdɪ/ 朱迪

Julia /ˈdʒuːljə/ (U.S.) 朱莉婭

Juliet, Juliette /ˈdʒuːlɪˈɛt/ 朱麗葉

June /dʒuːn/ 朱恩

Karen /ˈkɑrən/ 卡琳

Katherine, Catherine /ˈkæθərɪn/ 凱瑟琳

Kathleen /ˈkæθˌliːn/ 凱思琳 → Catherine

Kay, Kaye /keɪ/ 凱伊

Kelly /ˈkɛlɪ/ 凱莉

Kimberly /ˈkɪmbərli/ 金芭莉

Laura /ˈlɔːrə/ 勞拉

Lee /liː/ 莉

Leila, Lela /ˈliːlə/ (U.S.) 莉拉

Lesley /ˈlesli/ (U.S.) 萊斯莉

Lillian, Lilian /ˈlɪlɪən/ 莉蓮

Linda /ˈlɪndə/ 琳達

Lisa, Liz → Elizabeth

Lois /ˈləʊɪs/ 洛伊絲

Lorraine /lɒˈreɪn/ 洛琳

Louise /luːˈiːz/ 路易絲

Lucy, Lucille /ˈluːsɪ/ 露西

Lydia, Lidia /ˈlɪdɪə/ 莉迪亞

Lynn /lɪn/ 琳恩

Mabel /ˈmeɪbəl/ (U.S.) 梅布爾

Madeline /ˈmædəlɪn/ (U.S.) 馬德琳

Mamie /ˈmeɪmɪ/ 梅米

Marcia /ˈmɑrʃə/ (U.S.) 馬西婭

Mandy → Amanda

Margaret /ˈmɑːgrət/, Marguerite /ˌmɑːgəˈriːt/ 瑪格麗特

Margarita /ˌmɑːgəˈriːtə/ → Rita

Maria /məˈriːə/ 瑪麗亞

Marian, Marion /ˈmɛərɪən/ 瑪麗安

Marina /məˈriːnə/ 馬蓮娜

Martha /ˈmɑːθə/ 馬莎

Mary /ˈmɛəri/ 瑪麗 → Maria

Maxine /mækˈsin/ (U.S.) 瑪克辛

May /mei/ 玫

Michelle /miˈʃɛl/ (U.S.) 米歇爾

Mildred /ˈmildrid/ 米爾德萊莉

Miranda /miˈrændə/ 米蘭達

Molly /ˈmɒli/ 莫莉

Monica /ˈmɒnikə/ 莫妮卡

Nancy /ˈnænsi/ 南希

Naomi /ˈneiəmi/ 內奧米

Natalie /ˈnætəli/ 納塔利

Nell, Nellie → Helen

Nicola /ˈnikələ/ 妮可拉

Nina /ˈniːnə/ 妮娜

Noel, Noelle /nəuˈɛl/ 諾埃爾

Nora /ˈnɔːrə/ 諾拉

Norma /ˈnɔːmə/ 諾瑪

Olivia /əˈliviə/ 奧利維亞

Page /peidʒ/ 蓓姬

Pamela /ˈpæmələ/ 帕梅拉

Patricia /pəˈtriʃə/ 帕特里夏

Paula /ˈpɔːlə/ 佩兒

Peggy /ˈpegi/ 佩吉 → Margaret

Penelope /pəˈnɛləpi/ 佩妮洛普

Phoebe /ˈfiːbi/ 菲比

Phyllis, Phillis /ˈfilis/ 菲莉斯

Polly /ˈpɒli/ 波莉

Priscilla /priˈsilə/ 普里西拉

Rachel /ˈreitʃəl/ 蕾切爾

Rebecca /riˈbekə/ 麗貝卡

Renée /rəˈnei/ 蕾妮

Rhoda /ˈrəudə/ 羅達

Rita /ˈritə/ (U.S.) 麗塔 → Margarita

Roberta /rəˈbɜːtə/ 羅波塔

Rose /rəuz/ 羅絲

Rosemary /ˈrəuzməri/ 羅絲瑪麗

Roxanne /rɒkˈsæn/ 洛克仙妮

Ruby /ˈruːbi/ 露比

Ruth /ruːθ/ 露思

Sabina /səˈbinə/ (U.S.) 莎賓鄉

Sally /ˈsæli/ 莎莉 → Sarah

Samantha /səˈmænθə/ 薩曼莎

Sandra /ˈsɑːndrə/ 桑德拉 → Alexandra

Sarah, Sara /ˈsɛərə/ 莎拉

Sharon /ˈʃærən/ 雪倫

Sheila /ˈʃiːlə/ 希拉

Shirley /ˈʃɜːli/ (U.S.) 雪莉

Sibyl, Sybil /ˈsibil/ 西比爾

Silvia, Sylvia /ˈsilviə/ 西維亞

Sophia /səʊˈfaiə/ 索菲婭

Stella /ˈstelə/ 斯特拉

Stephanie /ˈstefəni/ 斯蒂芬妮

Susan /ˈsuːzən/ 蘇珊

Tammy /ˈtæmɪ/ 泰米

Teresa, Theresa /təˈriːzə/ 特里薩

Thelma /ˈθɛlmə/ 塞爾瑪

Tiffany /ˈtɪfənɪ/ 蒂芙妮

Tina /ˈtiːnə/ 蒂娜 → Christina,
   Ernestina

Toni /ˈtouni/ (U.S.) 冬妮 → Antonia

Tracy /ˈtreɪsɪ/ 特蕾西

Ursula /ˈɜːsjʊlə/ 厄休拉

Valerie, Valery /ˈvælərɪ/ 瓦萊麗

Vanessa /vəˈnesə/ 瓦內莎

Vera /ˈvɪərə/ 薇拉

Veronica /vəˈrɒnɪkə/ 維朗妮卡

Victoria /vɪkˈtɔːrɪə/ 維多利亞

Viola /ˈvaɪələ/ 維奧拉

Violet /ˈvaɪəlɪt/ 維奧萊特

Virginia /vəˈdʒɪnɪə/ 弗吉尼亞

Vivian, Vivien /ˈvɪvɪən/ 維維安

Wanda /ˈwɒndə/ (U.S.) 溫達

Wendy /ˈwɛndɪ/ 溫迪 → Gwendoline,
   Genevieve

Winifred /ˈwɪnəfrɪd/ (U.S.) 溫妮費德

Xenia /ˈziːnɪə/ 芝妮亞

Yvonne /iˈvɑn/ (U.S.) 伊芳

Zoe /ˈzoʊɪ/ (U.S.) 佐伊

實用英語圖解

(1) HUMAN BODY 人體

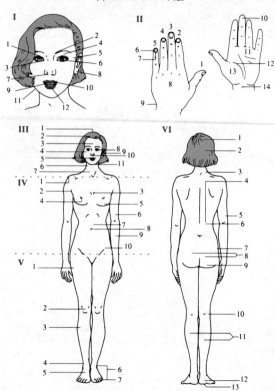

I Face 臉

1. Eyelashes   睫毛
2. Eyebrow   眉
3. Cornea   角膜
4. Eyelid   眼皮
5. Temple   太陽穴
6. Pupil   瞳孔
7. Nostril   鼻孔
8. Earlobe   耳垂
9. Tooth / teeth   牙齒
10. Lip   唇
11. Jaw   頜
12. Tongue   舌

II Hand 手

1. Thumb   拇指
2. Forefinger / index finger   食指
3. Middle finger / long finger / second finger   中指
4. Ring-finger   無名指
5. Little finger   小指
6. Nail   指甲
7. Moon   月牙 / 健康圈
8. Back of the hand   手背
9. Wrist   手腕
10. Finger-cushion   指掌
11. Palm of the hand   手掌
12. Life-line / line of life   生命線
13. Ball of the thumb   拇指腕掌
14. Pulse artery, pulse   脈管 / 脈

III Head 頭

1. Vertex / crown of the head   頭頂
2. Hair   頭髮
3. Forehead   額
4. Cheek   頰
5. Mouth   口
6. Neck   頸
7. Throat (gorge of a man: Adam's apple)   喉 (嚨)

8. Eye   眼
9. Ear   耳
10. Nose   鼻
11. Chin   頦

IV Trunk 胴 / 軀幹

1. Shoulder   肩
2. Armpit   腋窩
3. Chest   胸
4. Nipple   乳頭
5. Breasts / bosom   乳房
6. Upper arm   上臂 / 上胳膊
7. Belly / abdomen   腹
8. Navel   臍
9. Forearm   前臂
10. Groin   腹股溝

V Leg 腿

1. Thigh   股 / 大腿
2. Knee   膝 / 膝蓋
3. Lower leg   脛 / 小腿
4. Ankle   踝
5. Instep   跗 / 腳面
6. Foot   足 / 腳
7. Toe   趾

VI Back view 背面

1. Crown (of the head)   髮旋
2. Back of the head   頭後部
3. Nape of the neck   頸背 / 後頸
4. Back   背 (脊)
5. Elbow   肘
6. Loin / waist   腰部
7. Hip   臀部 / 髖部
8. Haunches / hinder parts   胯部 / 臀部
9. Buttock   臀 / 屁股
10. Hollow of the knee   膕
11. Calf   腓 / 小腿肚
12. Heel   踵 / 後腳跟
13. Sole   腳底 / 腳掌

(2) MAN'S CLOTHES 男士服裝

1. Business suit	成套西裝	20. Soft felt hat	禮帽
2. Collar	領口	21. Muffler	厚圍巾
3. Jacket	西裝外套 / 上裝	22. trench coat	有腰帶的大衣
4. Tie	領帶	23. Belt	腰帶
5. Seam	線縫	24. White shirt	白襯衫
6. Button hole	鈕洞	25. Braces	背帶
7. Sleeve	袖子	26. Tie clip	領帶夾
8. Trousers	褲子	27. Loafers	懶漢鞋 / 平底便鞋
9. Dinner jacket / tuxedo	小禮服	28. Overalls	工人褲
10. Top pocket	胸袋	29. Turtleneck	高圓領
11. Side pocket	橫袋	30. Sneakers	運動鞋
12. Cufflinks	袖扣	31. Nightshirt	長睡衣
13. Single cuff	單袖口	32. Slippers	拖鞋
14. Double cuff	雙袖口	33. (jockey) shorts / underpants	內褲
15. Swallow tail / evening dress suit	燕尾服	34. Button-down collar	鈕扣衣領
16. Bow tie	蝴蝶結	35. Collarless	無領
17. Waistcoat	西裝背心 / 馬夾	36. Single-breasted jacket	單排鈕扣外套
18. Coat-tails	燕尾 / 後擺	37. Double-breasted jacket	雙排鈕扣外套
19. Overcoat	大衣	38. Cap	鴨舌帽
		39. Baseball cap	棒球帽

(3) WOMAN'S CLOTHES 女士服裝

1.	Suit	套裝	17.	Bra	乳罩
2.	Jacket	短上衣	18.	Briefs	三角褲
3.	Pencil skirt	半截直身裙	19.	(bikini) panties	內褲
4.	Flat shoe	平底鞋	20.	Camisole	背帶內衣
5.	Scarf	領巾	21.	Slip	連身襯裙
6.	Blouse	襯衣	22.	Half slip	襯裙
7.	Pleated skirt	百褶裙	23.	Pantyhose	連褲襪
8.	High heels / High-heel shoes	高跟鞋	24.	Stockings	長筒絲襪
9.	Pullover	套頭毛衣	25.	Handbag	手袋
10.	Cardigan	開襟毛衣	26.	Shoulder bag	單肩袋
11.	Wedding dress	婚紗 / 結婚禮服	27.	Tote bag	大手提袋
12.	Veil	面紗	28.	Ring	戒指
13.	Train	拖裙	29.	Earrings	耳環
14.	Evening dress	晚禮服	30.	Necklace	項鏈
15.	Lace	花邊	31.	Chain	鏈條
16.	Stole	披肩 / 長圍巾	32.	Bracelet	手鏈 / 手鐲

(4) HOUSES 房屋

I

II

I General Plan 總圖

1. Roof 屋頂
2. Skylight 天窗
3. Chimney 煙囪
4. Lightning-conductor 避雷針
5. Aerial / antenna 天線
6. First floor /【美】Second floor 二樓
7. Shutter 百葉窗
8. Ground floor /【美】first floor 一樓 / 地下
9. Window 窗
10. Windowsill 窗台
11. Window shade 遮光窗簾
12. Windowpane 玻璃窗
13. Front door 前門 / 正門

14. Door lamp 門燈
15. Front garden 前花園
16. Gate 大門
17. Gate post 門柱
18. Name plate 名牌
19. Letter box 信箱
20. Fence 圍欄 / 柵欄
21. Rows of dwelling houses 數排住宅
22. Pavement 人行道
23. Street 街道
24. Country house villa 郊舍 / 別墅
25. Apartment house 公寓
26. Log cabin 木屋
27. Suburban houses 郊外住宅區

II Floor Plan 平面圖

1. Sitting room 客廳
2. Dining room 飯廳
3. Kitchen 廚房
4. guest room / spare bedroom 客房

5. Study 書房
6. Bedroom 臥房 / 睡房
7. Bathroom 浴室

(5) SITTING ROOM 客廳

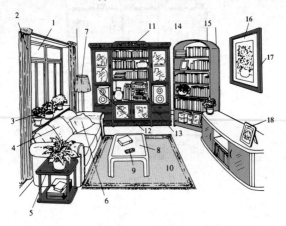

22

23

24

1.	Window	窗	13.	Stereo system	立體聲音響裝置
2.	Curtain	簾	14.	Wall	牆
3.	Plant	盆栽	15.	Bookcase	書櫥 / 書架
4.	Settee / sofa / couch	長沙發	16.	Painting	畫
5.	Side table	矮櫃	17.	Frame	畫框
6.	Cushion	靠墊	18.	Picture / photograph	相片
7.	Lampshade	燈罩	19.	Armchair	扶手椅
8.	Coffee table	咖啡桌 / 茶几	20.	Loveseat	雙人沙發
9.	Remote control	遙控器	21.	Stool	矮櫈
10.	Carpet	地毯	22.	Rocking chair	搖椅
11.	Wall unit	組合櫃	23.	Stool	櫈子
12.	Speaker	喇叭箱	24.	High chair	高腳椅

(6) DINING ROOM 飯廳

I

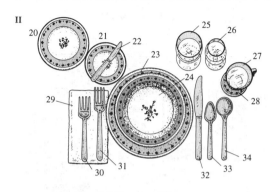

I Dining Room 飯廳

1.	Wall cupboard	吊櫃	11.	Salt shaker	鹽瓶
2.	Candle	蠟燭	12.	Pepper shaker	胡椒瓶
3.	Candlestick	燭台	13.	Creamer	奶油罐
4.	Pitcher	水壺	14.	Butter dish	牛油碟
5.	Glass	水杯	15.	Sugar bowl	糖罐
6.	Chandelier	吊燈	16.	Lazy Susan	轉盤
7.	Cupboard	瓷器碗櫥	17.	Dining table	餐桌
8.	Plates	碟子	18.	Table cloth	枱布
9.	Coffee pot	咖啡壺	19.	Dining chair	餐椅
10.	Teapot	茶壺			

II Plate Setting 餐具擺設

20.	Salad plate	沙律盤	28.	Saucer	淺碟
21.	Bread and butter plate	麵包牛油碟	29.	Napkin	餐巾
22.	Butter knife	牛油刀	30.	Salad fork	沙律叉
23.	Dinner plate	餐盤	31.	Dinner fork	叉
24.	Soup bowl	湯碗	32.	Knife	刀
25.	Water glass	水杯	33.	Teaspoon	茶匙
26.	Wine glass	酒杯	34.	Soup spoon	湯匙
27.	Cup	茶杯			

(7) BEDROOM 臥房

I

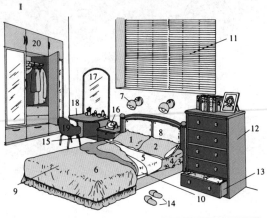

II

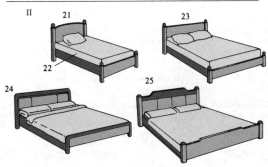

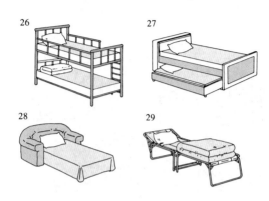

I Bedroom 臥房

1. Pillow	枕頭	11. Blinds	百葉簾
2. Pillowcase	枕套	12. Chest	五斗櫃
3. Fitted sheet	床套	13. Drawer	抽屜
4. Flat sheet	床單	14. Slippers	拖鞋
5. Quilt	被	15. Night table	床頭櫃
6. Bedspread	被罩	16. Alarm clock	鬧鐘
7. Bedside lamp	床頭燈	17. Mirror	鏡
8. Headboard	床頭板	18. Dresser / bureau	梳妝台
9. Bed	床	19. Dressing stool	化妝椅
10. Mattress	床墊	20. Wardrobe	衣櫃

II Types of Beds 不同種類的臥床

21. Single bed	單人床	26. Bunk bed	雙層床
22. Mattress	床墊	27. Trundle bed	帶輪矮床
23. Double bed	雙人床	28. Sofa bed	沙發床
24. Queen-size bed	大號床	29. Cot	摺疊床
25. King-size bed	特大號床		

(8) BATHROOM 浴室

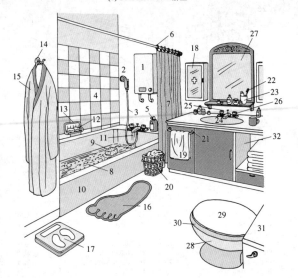

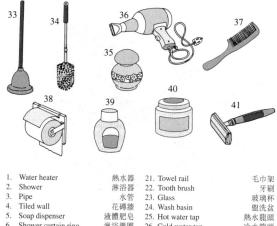

1.	Water heater	熱水器	21.	Towel rail	毛巾架
2.	Shower	淋浴器	22.	Tooth brush	牙刷
3.	Pipe	水管	23.	Glass	玻璃杯
4.	Tiled wall	花磚牆	24.	Wash basin	盥洗盆
5.	Soap dispenser	液體肥皂	25.	Hot water tap	熱水龍頭
6.	Shower curtain ring	淋浴簾圈	26.	Cold water tap	冷水龍頭
7.	Shower curtain	淋浴簾	27.	Mirror	鏡子
8.	Rubber mat	防滑墊	28.	Water closet / toilet	抽水馬桶
9.	Sponge	海綿	29.	Lid	馬桶蓋
10.	Bathtub	浴盆，浴缸	30.	Seat	座板
11.	Bath water	浴水	31.	Tank	水箱
12.	Bath soap	肥皂	32.	Towel shelf	毛巾櫃
13.	Soap dish	肥皂盤	33.	Plunger	通廁器
14.	Clothes rack	衣架	34.	Toilet brush	馬桶刷
15.	Bath gown	浴衣	35.	Air refreshment	空氣清新器
16.	Bath mat	浴室地蓆 / 防滑墊	36.	Hair dryer	吹風機
17.	Bathroom scales	體重計	37.	Comb	梳子
18.	Medicine cabinet / medicine chest		38.	Toilet paper	衛生紙
		藥櫃	39.	Cold cream	面霜 / 潤膚霜
19.	Hand towel	手巾	40.	Shaving cream	剃鬚膏
20.	Hamper	洗衣籃	41.	Safety razor	安全剃刀

(9) MEALS 餐食

1.	Coffee pot	咖啡壺	24. Sandwich	三文治 / 三明治
2.	Water jug	水壺	25. Sugar tongs	糖夾
3.	Fruit bowl	果盤	26. Tray	盤子
4.	Egg-cup	蛋杯	27. Sugar bowl	糖缸
5.	Teapot	茶壺	28. Tea-spoon	茶匙
6.	Tea-cup	茶杯	29. Cup	杯子
7.	Saucer	淺碟	30. Milk jug	牛奶壺
8.	Roll	麵包捲	31. Samovar	煮茶用的大銅壺
9.	Bread basket	麵包籃	32. Tureen	湯碗
10.	Croissant	牛角包	33. Soup-ladle	大湯匙
11.	Cheese	芝士	34. Soup plate	湯碟
12.	Slice of bread	麵包片	35. Gravy-boat	肉汁碗
13.	Bread-plate	麵包碟	36. Meat fork	肉叉
14.	Pudding	布丁	37. Platter	大盤子
15.	Jello	果凍	38. Sliced meat	肉片
16.	Ice cream	雪糕	39. Napkin	餐巾
17.	Butter	牛油	40. Salad dish	沙律盤
18.	Salt cellar	鹽瓶	41. Dinner plate	餐碟
19.	Pepper cellar	胡椒瓶	42. Fork	叉
20.	Hamburger	漢堡	43. Knife	刀
21.	Egg, ham & bread	蛋、火腿和麵包	44. Table-spoon	湯匙
22.	Hot dog	熱狗	45. Dessert	甜品
23.	Bun	餐包		

Reference 參考

Breakfast	早餐	Pork chop	豬排
Lunch	午餐	Pudding	布丁
Brunch	早午餐	Ice-cream	雪糕
Supper	晚餐	Sausage	香腸
Dinner	晚餐 / 正餐	Bacon	煙肉
Salad	沙律	Toast	多士
Soup	湯	Potato chips	薯條
Grilled chicken	燒雞	Fish chips	炸魚
Beefsteak	牛排		

(10) ELECTRICAL APPLIANCES 家用電器

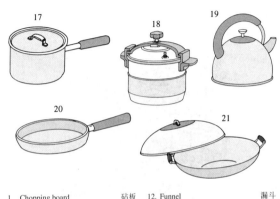

1.	Chopping board	砧板	12. Funnel	漏斗
2.	Cook's knife	廚刀	13. Kitchen scales	廚房秤
3.	Cleaver	切肉刀	14. Skimmer	漏杓 / 撇除器
4.	Whisk	攪拌器	15. Peeler	削皮刨
5.	Bottle opener	開瓶器	16. Nutcracker	堅果鉗
6.	Measuring spoons	計量匙	17. Saucepan	長柄鍋
7.	Grater	擦碎板	18. Pressure cooker	高壓鍋
8.	Tin opener	開罐頭器	19. Kettle	水壺
9.	Turner / spatula	鍋鏟	20. Frying pan	煎鍋
10.	Ladle	大湯匙	21. Wok	鑊
11.	Sieve	篩		

(13) OFFICE 辦公室

I

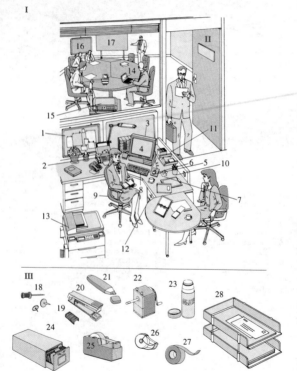

II

III

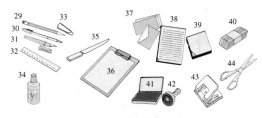

I Office 辦公室

1.	Noticeboard / bulletin board	通告板	8. Keyboard	鍵盤
2.	Fax	傳真機	9. Swivel chair	(高身) 轉椅
3.	Personal computer	私人電腦	10. Pencil cup	筆筒
4.	Monitor	屏幕	11. Partition shelf	間隔板
5.	Mouse	滑鼠	12. Drawers	抽屜
6.	Mouse mat	滑鼠墊子	13. Photocopier / xerox machine	影印機
7.	Office desk	辦公桌		

II Meeting Room 會議室

14.	Notebook	手提電腦	16. Whiteboard	白板
15.	Overhead projector	投影機	17. Screen	屏幕

III Stationery 文儀用品

18.	Thumbtacks	圖釘	32. Ruler	直尺
19.	Staples	釘書釘	33. Paper clip	紙夾
20.	Stapler	釘書機	34. Correction fluid	改錯液
21.	Highlight pen	螢光筆	35. Letter opener	開信刀
22.	Pencil sharpener	削鉛筆器	36. Writing board	書寫板
23.	Glue stick	漿糊筆	37. Envelope	信封
24.	Index card cabinet	索引卡片箱	38. Letter pad	信紙
25.	Tape dispenser	膠紙座	39. Memo pad	記事紙
26.	Scotch tape	透明膠紙	40. Rubber	橡皮 / 擦膠
27.	Masking tape	不透光膠紙	41. Ink pad	印台
28.	Desk tray	案頭文件盤	42. Chop	印 / 章
29.	Pencil	鉛筆	43. Punch	打孔機
30.	Ball pen	原子筆	44. Pair of scissors	剪刀
31.	Fountain pen	墨水筆		

(14) MUSICAL INSTRUMENTS 樂器

1.	Bagpipe	風笛	25.	Jazz guitar	爵士樂結他
2.	Bag	風囊	26.	Bass drum	大鼓
3.	Drone	低音管	27.	Stick	鼓槌
4.	Chanter	指管	28.	Side drum	小軍鼓
5.	Violin	小提琴	29.	Drumstick	鼓槌
6.	Scroll	琴頭	30.	Cymbals	鈸
7.	Tuning peg	弦軸	31.	Flute	長笛
8.	Pegbox	弦槽	32.	Oboe	雙簧管
9.	Neck	琴頸	33.	Bassoon	巴松管 / 大管
10.	Resonating body	共鳴箱	34.	Trumpet	小號
11.	Strings	琴弦	35.	Tenor horn	次中音號
12.	F-hole	音孔	36.	Accordion	手風琴
13.	Bridge	琴馬	37.	Keyboard	琴鍵
14.	Chin rest	腮托	38.	Bellows	風箱
15.	Viola	中提琴	39.	Bass stop	低音鍵鈕
16.	Violoncello	大提琴	40.	Gong	鑼
17.	Spike	支柱	41.	Electronic organ	電子琴
18.	Double bass	低音大提琴	42.	Trombone	長號 / 伸縮號
19.	Piccolo	短笛	43.	Upright piano	立式鋼琴
20.	Clarinet	單簧管	44.	Keyboard	琴鍵
21.	Mouthpiece	嘴口	45.	Left pedal	左踏板
22.	Bell	喇叭口	46.	Right pedal	右踏板
23.	Banjo	班卓琴	47.	Grand piano	(演奏用) 三角鋼琴
24.	Guitar	結他	48.	Harmonium	簧風琴

(15) MATHEMATICS 數學

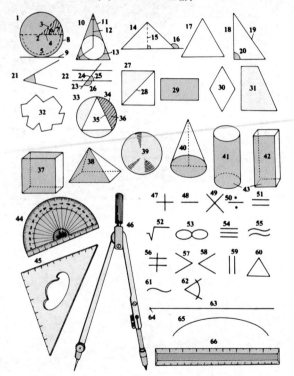

1.	Circle	圓	33. Circumcircle	外接圓
2.	Centre	圓心	34. Arc	弧
3.	Radius	半徑	35. Chord	弦
4.	Diameter	直徑	36. Segment　弓形 / 圓缺 / 球缺 / 部份	
5.	Semicircle	半圓	37. Cube	立方體
6.	Centre angle	圓心角	38. Pyramid	角錐
7.	Sector	扇形	39. Sphere	球體
8.	Circumference	圓周	40. Cone	圓錐
9.	Tangent	切線	41. Cylinder	圓柱
10.	Triangle	三角形	42. Quadratic prism	方形角柱
11.	Side	邊	43. Base	底
12.	Bisector	分角線	44. Protractor	量角器
13.	Inscribed circle	內切圓	45. Set square	三角尺
14.	Isosceles triangle	等腰三角形	46. Compasses	圓規
15.	Height	高	47. Plus sign	加號
16.	Exterior angle	外角	48. Minus sign	減號
17.	Equilateral triangle	等邊三角形	49. Multiplication sign	乘號
18.	Right-angled triangle	直角三角形	50. Division sign	除號
19.	Hypotenuse	斜邊	51. Equals sign	等號
20.	Right angle	直角	52. Radical sign	根號
21.	Angle	角	53. Infinity	無窮大
22.	Parallel lines	平行線	54. Identity sign	恆等號
23.	Cutting line	截線	55. Approximately equal to	近似於
24.	Interior angle	內角	56. Unequal to	不等於
	（此為 obtuse angle 鈍角）		57. Greater than	大於
25.	Interior angle	內角	58. Less than	小於
	（此為 acute angle 銳角）		59. Parallel sign	平行符號
26.	Exterior angle	外角	60. Triangle symbol	三角形符號
27.	Square	正方形	61. Similarity sign	相似符號
28.	Diagonal	對角線	62. Angle symbol	角符號
29.	Rectangle	長方形	63. Straight line	直線
30.	Rhombus	菱形	64. End	端
31.	Trapezium	梯形	65. Arc	弧
32.	Polygon	多邊形	66. Ruler	直尺

(16) CHEMISTRY LABORATORY 化學實驗室

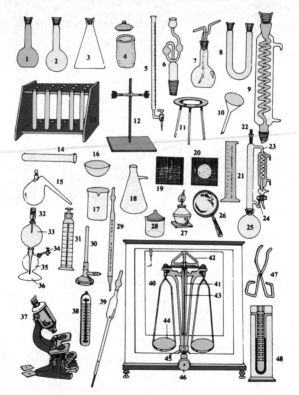

1.	Flat-bottomed flask	平底燒瓶
2.	Round-bottomed flask	圓底燒瓶
3.	Conical flask	錐形燒瓶
4.	Crucible	坩堝
5.	Burette	滴定管
6.	Air lock	安全漏斗
7.	Wash-bottle	洗瓶
8.	U-tube	U 形試管
9.	Coiled-condenser	蛇形冷凝器
10.	Funnel	漏斗
11.	Tripod	三腳架
12.	Burette stand	滴定管架
13.	Test tube rack	試管架
14.	Test tube	試管
15.	Retort	曲頸瓶
16.	Evaporizing dish	蒸發皿
17.	Beaker	燒杯
18.	Filter flask	吸濾瓶
19.	Wire gauze	鐵絲網
20.	Wire gauze with asbestos centre	石棉芯鐵絲網
21.	Measuring cylinder	量筒
22.	Distillation apparatus	蒸餾器
23.	Condenser	冷凝器
24.	Return tape	回流旋塞

25.	Distillation flask	蒸餾燒瓶
26.	Magnifying glass	放大鏡
27.	Alcohol burner	酒精燈
28.	Weighing bottle	稱量瓶
29.	Graduated pipette	吸量管
30.	Bunsen burner	本生燈
31.	Measuring flask	量瓶
32.	Gas generator	氣體發生器
33.	Overflow container	溢流容器
34.	Gas outlet	排氣管
35.	Container for the solid	固體容器
36.	Acid container	酸容器
37.	Microscope	顯微鏡
38.	Thermometer	溫度計
39.	Pipette	移液管
40.	Analytical balance	分析天平
41.	Column	立柱
42.	Balance beam	樑式天平
43.	Pointer	指針
44.	Scale pan	稱盤
45.	Scale	刻度尺
46.	Stop knob	制動旋鈕
47.	Crucible tongs	坩堝鉗
48.	Manometer	（測量氣體或液體的）壓力計

(17) CARS 汽車

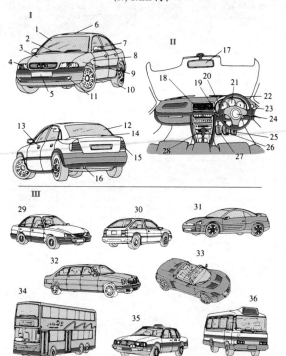

I Car 汽車

1.	Windscreen	擋風玻璃	
2.	Windscreen wipers	刮水器	
3.	Bonnet	引擎蓋	
4.	Headlight	車頭燈	
5.	Number plate	號碼牌	
6.	Sunroof	活動頂板	
7.	Wing mirror	側鏡	
8.	Sidelight	側燈	
9.	Wing	翼子板	
10.	Tyre	輪胎	
11.	Indicator	轉向指示燈	
12.	Rear window	後窗	
13.	Door handle	車門把手	
14.	Boot	行李箱	
15.	Rear light	車尾燈	
16.	Exhaust pipe	排氣管	

II The Interior of a Car 汽車內部

17.	Rear-view mirror	後視鏡 / 倒後鏡	
18.	Air vent	通風口	
19.	Ignition	點火裝置	
20.	Speedometer	車速計	
21.	Petrol gauge	汽油計量器	
22.	Steering wheel	方向盤	
23.	Indicator switch	轉向指示燈開關	
24.	Horn	喇叭按鍵	
25.	Accelerator	油門踏板	
26.	Brake	煞車踏板	
27.	Clutch	離合器踏板	
28.	Gear lever	變速桿	

III Types of Vehicles 不同種類的車輛

29.	Sedan	轎車	
30.	Hatchback	掀背式汽車	
31.	Sports car	跑車	
32.	Limousine	長身高級轎車	
33.	Convertible	敞篷汽車	
34.	Double-decker bus	雙層公共汽車	
35.	Taxi	計程車	
36.	Minibus	小巴	
37.	Bulldozer	推土車	
38.	Jeep	吉普車	
39.	Lorry / truck	貨車	
40.	Oil tanker	運油車	
41.	Container truck	貨櫃車	

(18) BICYCLE & MOTORCYCLES 腳踏車與摩托車

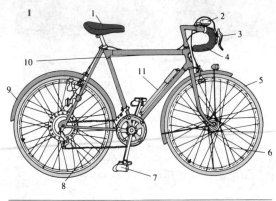

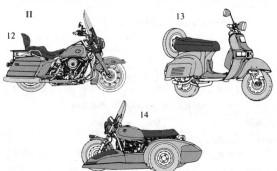

I Bicycle 腳踏車

1.	Saddle	鞍座	7.	Pedal	踏板
2.	Bell	鈴	8.	Chain	鏈條
3.	Brake lever	制車手柄	9.	Mudguard	擋泥板
4.	Handlebars	把手	10.	Crossbar	橫樑
5.	Tyre	輪胎	11.	Pump	打氣筒
6.	Spokes	輻條			

II Types of motorcycles 不同種類的摩托車

12.	Four-cyclinder motorcycles 四汽缸重型摩托車		13.	Scooter	低座小型摩托車
			14.	Sidecar machine	帶邊斗發動機

(19) SHIPS 船

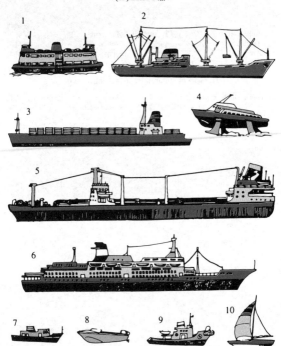

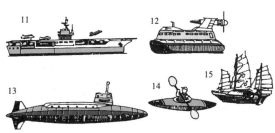

1.	Ferry	渡輪	9.	Tug boat	拖船
2.	Cargo ship	貨船	10.	Sailing boat	帆船
3.	Container ship	貨櫃船	11.	Aircraft carrier	航空母艦
4.	Hydrofoil	水翼船	12.	Hovercraft	氣墊船
5.	Crude carrier	運油輪	13.	Submarine	潛水艇
6.	Passenger liner	定期客船	14.	Canoe	獨木舟
7.	Pilot boat	引航船	15.	Junk	帆船
8.	Speed boat	快艇			

(20) AIRCRAFT 飛行器

I

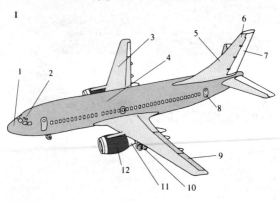

II

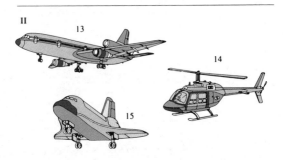

I Aircraft 飛行器

1.	Nose	機首	7. Rudder	方向舵
2.	Cockpit	駕駛艙	8. Hatch	艙口
3.	Wing	機翼	9. Wing flap	副翼
4.	Fuselage	機身	10. Undercarriage	起落架
5.	Fin	安定翼	11. Jet engine	噴氣式發動機
6.	Tail	機尾	12. Cowing	發動機罩

II Types of Aircrafts 不同種類的飛行器

13. Jumbo jet	大型噴射式客機	15. Space shuttle orbiter	太空穿梭機
14. Helicopter	直升機		

(21) SPORTS 運動 I

1.	Baseball	棒球	11.	Basketball	籃球
2.	Lacrosse / hockey	曲棍球	12.	Shoot	投籃
3.	Squash	壁球	13.	Tennis	網球
4.	Handball	手球	14.	Serve	發球
5.	Football / soccer	足球	15.	Golf	高爾夫球
6.	Kick	踢球	16.	Volleyball	排球
7.	Table tennis	乒乓球	17.	Bowling	保齡球
8.	Badminton	羽毛球	18.	American football	美式橄欖球
9.	Softball	壘球	19.	Billiards	桌球 / 撞球
10.	Pitch	投球	20.	Water polo	水球

(22) SPORTS 運動 II

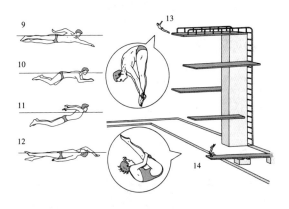

1.	Balance beam	平衡木	
2.	Trampoline	蹦床，彈床	
3.	Free exercise	自由體操	
4.	Vaulting horse	跳馬	
5.	Pommel horse	鞍馬	
6.	Horizontal bar	單杠	
7.	Rings	吊環	

8.	Parallel bars	雙槓	
9.	Crawl stroke	爬泳，捷泳	
10.	Breaststroke	蛙泳	
11.	Butterfly stroke	蝶泳	
12.	Backstroke	背泳	
13.	Highboard diving	高台跳水	
14.	Springboard diving	彈板跳水	

(23) SPORTS 運動 III

1.	Barbell	槓鈴	10. Scuba diving	戴水肺潛水
2.	Weights	啞鈴	11. Surfing	滑浪
3.	Weightlifting	舉重	12. Windsurfing	風帆滑浪
4.	Boxing	拳擊	13. Fencing	劍擊
5.	Karate	空手道	14. Wrestling	摔角
6.	Kungfu	功夫	15. Shooting	射擊
7.	Canoeing	划艇	16. Archery	射箭
8.	(white water) rafting	(激流) 划艇	17. Skiing	滑雪
9.	Snorkeling	浮潛	18. Ice skating	溜冰

(24) SPORTS 運動 IV

I

II   9

10

11

12

I Field Event 田賽

1.	Pole vault	撐竿跳高	5. Discus	擲鐵餅
2.	Hurdles	跨欄	6. Long jump	跳遠
3.	High jump	跳高	7. Javeline	擲標槍
4.	Shot put	推鉛球	8. Hammer	擲鏈球

II Track Event 徑賽

9.	Marathon	馬拉松賽跑	11. Relay	接力
10.	Running	賽跑	12. Walking	競步

(25) TREES 樹

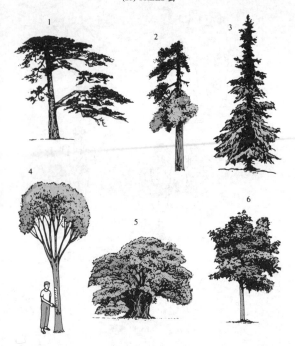

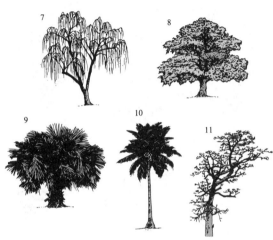

1.	Pine	松樹	7.	Willow	柳樹
2.	Cypress	柏樹	8.	Mulberry	桑樹
3.	Fir	冷杉 / 樅樹	9.	Chinese fan palm	葵樹
4.	Rubber tree	橡膠樹	10.	Coconut palm / coconut tree	椰樹
5.	Banyan	榕樹	11.	Kapok	木棉
6.	Chinese parasol tree	梧桐樹			

(26) FLOWERS 花

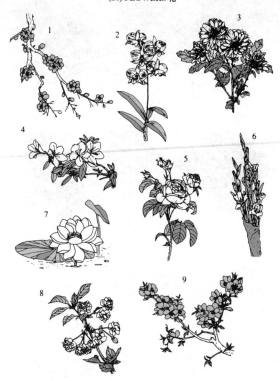

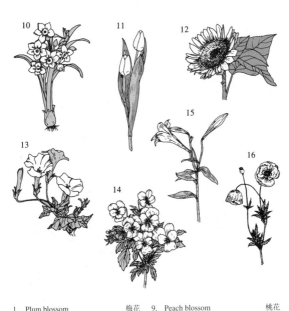

1.	Plum blossom	梅花	9.	Peach blossom	桃花
2.	Orchid	蘭花	10.	Narcissus / daffodil	水仙
3.	Chrysanthemum	菊花	11.	Tulip	鬱金香
4.	Azalea	杜鵑	12.	Sunflower	向日葵
5.	Rose	玫瑰	13.	Morning glory	牽牛花
6.	Sword lily	劍蘭	14.	Pansy	三色菫 / 蝴蝶花
7.	Lotus (flower)	蓮花	15.	Lily	百合花
8.	Cherry blossom	櫻花	16.	Poppy flower	罌粟花

(27) FRUITS 水果

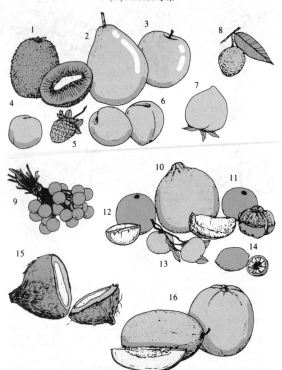

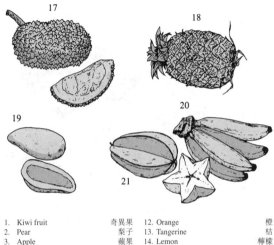

1.	Kiwi fruit	奇異果	12. Orange	橙
2.	Pear	梨子	13. Tangerine	桔
3.	Apple	蘋果	14. Lemon	檸檬
4.	Apricot	杏子	15. Coconut	椰子
5.	Strawberry	草莓	16. Hami melon	哈蜜瓜
6.	Plum	李子	17. Durian	榴槤
7.	Peach	桃	18. Pineapple	菠蘿
8.	Lychee / litchi	荔枝	19. Mango	芒果
9.	Longan	龍眼	20. Banana	香蕉
10.	Pomelo	柚	21. Star fruit	楊桃
11.	Mandarin orange	柑		

(28) VEGETABLES 蔬菜

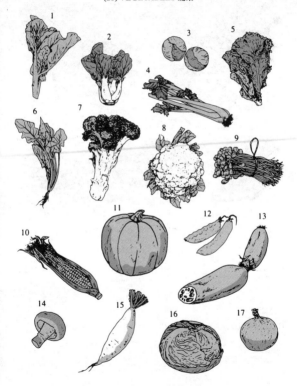

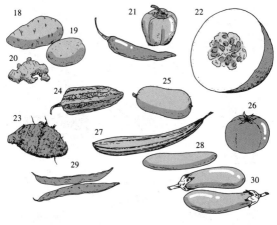

1.	Chinese kale / Chinese broccoli 芥蘭	16. Cabbage	捲心菜
2.	Chinese white cabbage 白菜	17. Onion	洋蔥
3.	Brussel sprouts 球芽甘藍	18. Sweet potato	蕃薯
4.	Celery 西芹	19. Potato	馬鈴薯
5.	Lettuce 生菜 / 萵苣	20. Ginger	薑
6.	Spinach 菠菜	21. Pepper	辣椒
7.	Broccoli 西蘭花	22. Wax gourd	冬瓜
8.	Cauliflower 椰菜花	23. Taro	芋頭
9.	Bean sprout 豆芽	24. Bitter gourd	苦瓜
10.	Corn 玉米	25. Hairy gourd	節瓜
11.	Pumpkin 南瓜	26. Tomato	蕃茄
12.	Pea 豌豆	27. Silk gourd	絲瓜
13.	Lotus root 蓮藕	28. Cucumber	黃瓜
14.	Mushroom 蘑菇	29. String bean	四季豆
15.	Turnip 蘿蔔	30. Eggplant / aubergine	茄子

(29) WILD ANIMALS 野生動物

1. Camel	駱駝	13. Squirrel	松鼠
2. Cheetah	非洲獵豹	14. Seal	海豹
3. Lion	獅子	15. Hippopotamus	河馬
4. Zebra	斑馬	16. Bat	蝙蝠
5. Rhinoceros	犀牛	17. Crocodile	鱷魚
6. Tiger	老虎	18. Fox	狐狸
7. Leopard	豹	19. Bear	熊
8. Wolf	狼	20. Gorilla	大猩猩
9. Panda	熊貓	21. Elephant	象
10. Kangaroo	袋鼠	22. Monkey	猴子
11. Koala	無尾熊 / 樹熊	23. Giraffe	長頸鹿
12. Walrus	海象	24. Deer	鹿

(30) DOMESTIC ANIMALS 家畜

1.	Horse	馬	9.	Chicken	雞
2.	Donkey	驢	10.	Rabbit	兔
3.	Pig	豬	11.	Buffalo	水牛
4.	Cat	貓	12.	Ox	公牛
5.	Dog	狗	13.	Cow	母牛
6.	Pigeon	鴿	14.	Sheep	綿羊
7.	Duck	鴨	15.	Goat	山羊
8.	Goose	鵝			

(31) BIRDS 鳥

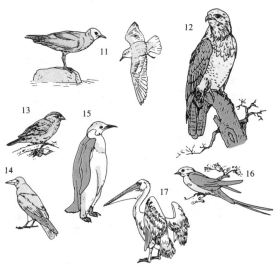

1.	Woodpecker	啄木鳥	10.	Heron	蒼鷺
2.	Swan	天鵝	11.	Gull	鷗
3.	Ostrich	駝鳥	12.	Eagle	鷹
4.	Owl	貓頭鷹	13.	Sparrow	麻雀
5.	Crane	鶴	14.	Crow	烏鴉
6.	Cuckoo	杜鵑 / 布谷鳥	15.	Penguin	企鵝
7.	Kingfisher	翠鳥	16.	Swallow	燕子
8.	Parrot	鸚鵡	17.	Pelican	鵜鶘 / 塘鵝
9.	Flamingo	紅鶴			

(32) SEA ANIMALS 海洋動物

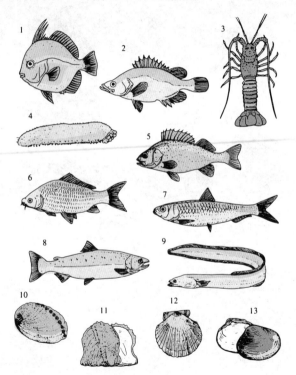

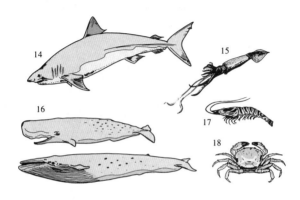

1.	Pomfret	鯧魚	
2.	Chinese perch	桂花魚	
3.	Lobster	龍蝦	
4.	Sea cucumber	海參	
5.	Perch	鱸魚	
6.	Carp	鯉魚	
7.	Sardine	沙丁魚	
8.	Salmon	鮭 / 三文魚	
9.	Eel	鰻	
10.	Abalone	鮑魚	
11.	Oyster	蠔	
12.	Scallop	元貝	
13.	Mussel	蛤貝	
14.	Shark	鯊魚	
15.	Cuttlefish	烏賊	
16.	Whale	鯨魚	
17.	Shrimp	蝦	
18.	Crab	蟹	

(33) SHAPES 形狀

1

2

3

4

5

6

7

8

9

10

11

12

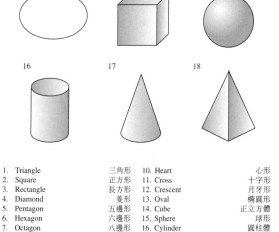

| 13 | 14 | 15 |
| 16 | 17 | 18 |

1.	Triangle	三角形	10.	Heart	心形
2.	Square	正方形	11.	Cross	十字形
3.	Rectangle	長方形	12.	Crescent	月牙形
4.	Diamond	菱形	13.	Oval	橢圓形
5.	Pentagon	五邊形	14.	Cube	正立方體
6.	Hexagon	六邊形	15.	Sphere	球形
7.	Octagon	八邊形	16.	Cylinder	圓柱體
8.	Star	星形	17.	Cone	圓錐體
9.	Circle	圓形	18.	Pyramid	錐體